近代文学書誌大系 6

丹羽文雄書誌

岡本和宜 著

和泉書院

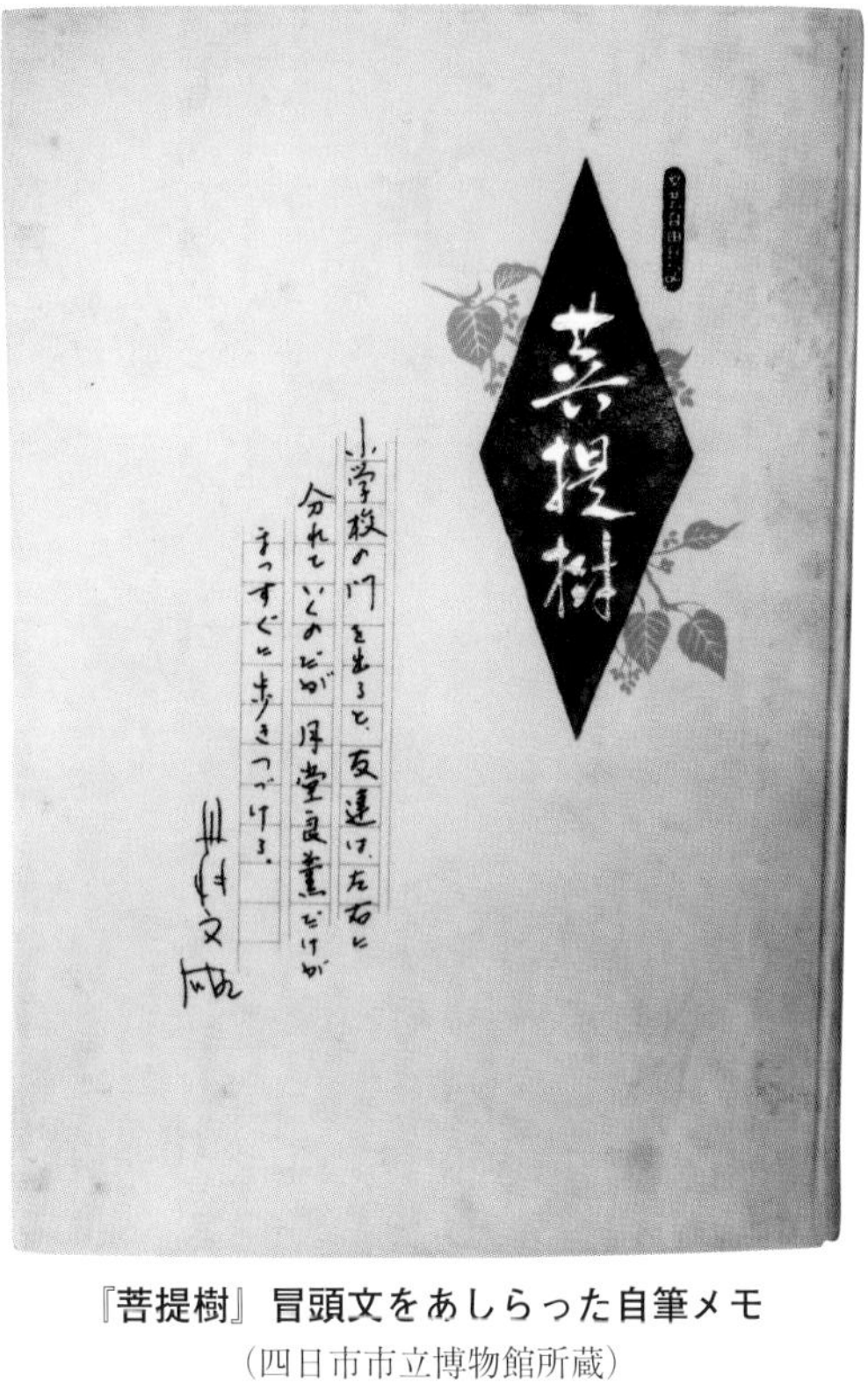

『菩提樹』冒頭文をあしらった自筆メモ
（四日市市立博物館所蔵）

『丹羽文雄書誌』序文

岡本和宜君は努力の人である。天分の読書力に加えて、文献の探索に向けられる粘りと情熱とを、私は誰よりも熟知している。彼は、由緒ある神官の家に生まれ、和歌山の名門県立桐蔭高校から伊勢の皇學館大学に進学、大学院博士後期課程に学んだ。学部一回生のときから、皇學館大学近代文学研究会に所属し、寡黙ながら、作品の解読を裏付ける文献の捜査に非凡のものを持ち合わせていたのを、今、思い出す。

学部の卒業論文、大学院の修士論文は、ともに川端康成研究であった。その一部は学術雑誌に掲載され、先般『川端康成作品論集成　第五巻』（おうふう、二〇一〇年九月）には、「「十六歳の日記」本文考」が収録された。その後も研鑽怠らず、『川端文学への視界』〈川端康成学会年報27〉（銀の鈴社、二〇一二年六月）には、「川端康成全集未収録文三編及び書簡二通」が掲載されている。若き日の彼は、大学院の有志に呼びかけ研究同人誌『立志』（平成十一年四月）を創刊し、みずから編集代表者となっている。誌名は、かつての神宮皇學館館長山田孝雄の遺著『山田孝雄の立志時代』に拠る。同書は、私の恩師重松信弘先生から私が譲り受けたもので、大学院の学生だった彼の目に触れたものである。

その後『伊勢志摩と近代文学』（和泉書院、一九九九年三月）の「三重近代文学史年表」、『有吉佐和子の世界』（翰林書房、二〇〇四年十月）の「年譜・主要文献目録・翻訳書目」などは、彼の助力が無くては成立しないものだった。博士課程修了後は郷里の和歌山に帰り、神官として奉仕する傍ら教育活動にも精力的に取り組み、教育者としての彼を慕う教え子も多い。その功績を認められて先年大桑文化奨励賞を最年少で受賞した。

今回の丹羽文雄書誌は、その学生時代の努力の成果の一端である。「費用の関係からページ数を大幅に減らしましたので、見づらい部分もあるかと思いますが、上下巻単体でも活用できるように工夫したつもりです」と私信にある。最初に用意した原稿は、その数倍にも及び、二冊に分括する計画であった。現代日本文学史上、稀に見る膨大な作品を遺した丹羽文雄の書誌の試みは、余人の手に余るが、岡本君は果敢にその難事業に挑戦して、一つの解答を世に示した。本書が日本近代書誌学の成果のひとつとして有為の書物に数えられるのを、私は信じている。

言うまでもなく、本書の成立は和泉書院廣橋研三社長の御理解と編集部皆様の献身的な御支援が無ければ実現しなかったものである。厳しい状況下での、出版に対する敬虔な御姿勢に、ただただ頭を垂れ、尊敬の念の募るのを覚える。関係各位に、衷心よりの感謝を申し上げたい。

以上、蕪辞を連ねて序文とする。

平成二十四年十二月

皇學館大学文学部教授・文学部長
半　田　美　永

目次

『丹羽文雄書誌』序文……半田美永　i
凡例……vi

一　著作目録

Ⅰ小説（創作）……三
　i単行本……三
　ii文庫……一六三
Ⅱ随筆……一八四
　i単行本……一八四
　ii文庫……二一四
Ⅲ個人全集・選集……二一七
　i丹羽文雄選集……二一七
　ii丹羽文雄選集……二二一
　iii丹羽文雄文庫……二二三
　iv丹羽文雄作品集……二四四
　v丹羽文雄作品集　特装版……二四六
　vi丹羽文雄自選集……二四七
　vii丹羽文雄文学全集……二四九
　viii丹羽文雄文学全集　限定版……二六四
　ix丹羽文雄の短篇30選……二六七
　x他作家の個人全集・選集……二六八
Ⅳ文学全集……二七一
　i文学全集（個人作品集　共著）……二七一
　ii文学全集（合集　叢書など）……二九三
Ⅴ作品集……三〇二
　i単行本……三〇二
　ii文庫……三一〇
Ⅵ対談集……三一二
Ⅶ現代語訳ほか……三一六
Ⅷ編著、監修本……三一九
Ⅸその他……三三二
　i筆跡……三三二
　ii書簡ほか……三三三
　iii未確認（全集記載）……三三四
Ⅹ翻訳書……三三六
　i単行本……三三六
　ii作品集……三三八
　iii雑誌掲載……三四〇

二　伝記年譜……三四三

三　書名一覧
Ⅰ発行年月日順……四〇三
Ⅱ五十音順……四二四

四　初出目録
Ⅰ小説……四五三
Ⅱ随筆・アンケート・インタビュー・談話……六三三
Ⅲ対談・座談・鼎談……八六一

五　映画・テレビ・ラジオ・演劇ほか
Ⅰ映画……八八三
ⅰ原作作品……八八三
ⅱ出演作品……八九〇
ⅲ企画作品……八九〇
ⅳリバイバル上映……八九一
Ⅱテレビ……八九二
ⅰテレビドラマ……八九二
ⅱテレビ出演　映画放映ほか……九〇〇
ⅲ未確認（日付、内容は「自筆メモ」による）……九〇三
Ⅲラジオ……九〇四
ⅰラジオドラマ、朗読、出演など……九〇四
ⅱ未確認（日付、内容は「自筆メモ」による）……九一二
Ⅳ演劇……九一四
ⅰ初演目録……九一四
ⅱ初演不明……九一五
ⅲ企画のみ……九一五
Ⅴビデオ・ＤＶＤ・レコードほか……九一六
ⅰビデオ……九一六
ⅱＤＶＤ……九一六
ⅲレコード……九一七
Ⅵ映像資料・音声資料……九一八
ⅰ映像資料……九一八
ⅱ音声資料……九一八

六　参考文献目録
Ⅰ単行本……九二一
ⅰ研究書……九二一
ⅱ回想、介護に関するもの……九二八
ⅲゴルフに関するもの……九二九

iv文壇回想・文学史ほか……九三二
Ⅱ雑誌特集……九三三
i作家・作品特集……九三三
ii雑誌特集……九三七
Ⅲ雑誌掲載・単行本収録・新聞掲載ほか……九三九
i研究論文・時評・書評……九三九
ii新聞記事・消息欄ほか……一〇五〇
iii介護に関するもの……一〇六六
ivゴルフに関するもの……一〇六九
v映画・演劇評、研究書書評ほか……一〇七二
vi小説……一〇七六
Ⅳ全集・選集・作品集・文庫解説……一〇七八
i個人全集・選集……一〇七八
ii作品集……一〇七九
iii文庫……一〇八一
iv文学全集……一〇八二
Ⅴ月報・内容見本・パンフレットほか……一〇八六
i個人全集……一〇八六
ii文学全集……一〇九一
iii内容見本・パンフレット……一〇九三
iv帯、カバーほか……一〇九五
Ⅵ辞典類……一〇九六
Ⅶ年譜・参考文献……一一〇一
i単行本……一一〇一
ii個人全集・選集……一一〇一
iii文学全集ほか……一一〇二
iv雑誌……一一〇四
Ⅷ書誌……一一〇五
i研究書……一一〇五
ii雑誌総目次ほか……一一〇五
iii雑誌掲載論文……一一〇六
iv社史ほか……一一〇七
v映画・ドラマ目録……一一〇八
vi翻訳目録……一一〇八
vii書誌索引・記事索引……一一〇八
Ⅸ他作家の研究書・全集ほか……一一一一
i作家……一一一一
ii全集・叢書……一一一四
iii装丁家・画家……一一一四
iv戦記ほか……一一一四
あとがき……一一一七

凡　例

一、本書誌は二〇一一年までに発表された丹羽文雄に関わる文献を掲載した。
　文献は「著作目録」「初出目録」「映画・テレビ・ラジオ・演劇ほか」「参考文献目録」に分類して掲載し、年譜、書名一覧を附した。

二、収録は新装版、改装版、特装版、豪華版、私家版、限定版など、判明し得るすべての刊本を対象とした。ただし文庫のカバー改装は省略した。

三、漢字は原則として新字体とした。ただし、人名、出版社、固有名詞については底本のままとした。仮名遣い、送り仮名、外国語表記は底本のままとした。また当時の慣用や著者独特の表記と判断されるものはそのままとした。ルビ、改行も当時の慣用等を示すものとして底本に従い、統一しなかった。
なお著者自筆原稿を掲載した成瀬書房版『鮎』（昭和四八年一二月一〇日）の「作者のことば」は、底本のままとした。

四、「著作目録」について
　「著作目録」は丹羽文雄の著書を以下の一〇部に分類し、それぞれ発行年月日順に配列。
　　Ⅰ　小説（創作）
　　Ⅱ　随筆
　　Ⅲ　個人全集・選集
　　Ⅳ　文学全集
　　Ⅴ　作品集
　　Ⅵ　対談集
　　Ⅶ　現代語訳ほか
　　Ⅷ　編著、監修本
　　Ⅸ　その他
　　Ⅹ　翻訳書

1　「Ⅰ　小説（創作）」「Ⅱ　随筆」「Ⅴ　作品集」は、それぞれ「ⅰ　単行本」（新書を含む）「ⅱ　文庫」に分類した。

2　「Ⅳ　文学全集」は、「ⅰ　文学全集（個人作品集　共著）」（著者代表に丹羽文雄とあるもの）「ⅱ　文学全集（合集　叢書など）」（作品一つだけ収録されたものなど）と分類した。

3　「Ⅴ　作品集」は、Ⅳ以外の丹羽作品を収録したものを対象とした。ただし序跋文のみ収録のもの、文庫本解説などは割愛した。

4　「Ⅸ　その他」は、書簡、筆跡など関連するものを対象とし、「ⅰ　筆跡」「ⅱ　書簡ほか」「ⅲ　未確認」に分類した。「ⅲ　未確認」は全集記載があるが、確認がとれないものである。

5　記載形式は以下の通り。
　　文献番号　書名　発行年月日　発行所
　　頁数　定価　判型　造本（函　カバーなど）
　　副題（シリーズ名）　装幀者　表記　ＩＳＢＮほか
　　収録作品（初出掲載誌紙　巻号　初出発表年月日）

〔序文など〕
＊備考

（1）文献番号は以下のように分類した。

Ⅰ　小説（創作）
　ⅰ単行本　（1001〜）
　ⅱ文庫　（2001〜）
Ⅱ　随筆
　ⅰ単行本　（3001〜）
　ⅱ文庫　（4001〜）
Ⅲ　個人全集・選集
　ⅰ〜ⅸ　個人全集・選集　（5001〜）
　ⅹ　他作家の個人全集・選集　（5501〜）
Ⅳ　文学全集
　ⅰ文学全集（個人作品集　共著）　（6001〜）
　ⅱ文学全集（合集　叢書など）　（6501〜）
Ⅴ　作品集
　ⅰ単行本　（7001〜）
　ⅱ文庫　（7501〜）
Ⅵ　対談集　（8001〜）
Ⅶ　現代語訳ほか　（8501〜）
Ⅷ　編著、監修本　（9001〜）
Ⅸ　その他
　ⅰ筆跡　（9101〜）
　ⅱ書簡ほか　（9201〜）
　ⅲ未確認　（9301〜）
Ⅹ　翻訳書　（9501〜）

（2）書名　原則として表紙あるいは本扉のものを採用し、奥付などで異なる場合は備考に記した。

（3）発行年月日　奥付に従った。

（4）判型　変型判については（タテ　㎜×ヨコ　㎜）で注記した。

（5）収録作品　複数の作品が収録されている場合は配列順に記載した。章立て、小見出しのある場合は〔　〕内に記した。

（6）＊印には備考を記した。適宜「序」「跋」帯文などを引用した。

（7）「序」「跋」はそのまま引用し、明らかに誤植と思われるものには「ママ」と記した。序文、カバー文、帯文の改行、一字下げ等は底本のままとし、統一しなかった。カバー文、帯文の改行は「／」で表した。帯文の表背裏の区別は〈　〉で表した。帯文は表背裏をすべて引用したが、丹羽と関わりのない広告文などは割愛した。

〔帯〕表〈愁眉／生活の苦悩とどん底にうごめく人間群像を活写した力作集／丹羽文雄／講談社版／280円〉背〈異色短篇集〉裏〈現代社会の重苦しい苦悩にひしがれながら、ぎりぎりの愛欲の底にうごめく人間たち、その一人々々が宿命のように背負い続ける暗い生活の翳を、闊達な筆致できざみあげた力作短編集／収録作品／愁眉／鵜となる女／天皇の末裔／恐い環境／看護婦の妻／生身〉

6　Ⅴ〜Ⅹの文献は、丹羽文雄の収録作品のみ記載した。また記載内容も簡略にした。

7　Xの翻訳書について

（1）記載形式は以下の通り。

ⅰ　文献番号　書名　（原題）　翻訳された言語
発行年　発行所（発行された国）　総頁　判型
造本　翻訳者名

ⅱ　文献番号　書名　翻訳された言語
発行年　発行所（発行された国）　総頁　判型
造本　収録作品（原題）　掲載頁　翻訳者名

ⅲ　文献番号　書名　発行年
収録作品（原題）　掲載頁　翻訳者名
翻訳された言語

（2）発行年は西暦で表記した。

（3）収録は四日市市立図書館、四日市市立博物館所蔵の資料と、以下の参考文献掲載のものを採録した。

日本文藝家協会編『文芸年鑑』（新潮社）
日本ペンクラブ編『近代日本文学翻訳書目』（一九七八年、講談社インターナショナル）
実藤恵秀監修『中国訳日本書綜合目録』（一九八〇年、中文大學出版社）
黒古一夫監修、康東元著『日本近・現代文学の中国語訳総覧』（平成一七年一二月、勉誠出版）
『韓國世界文學文獻書誌目錄總覽』（一九九二年、檀國大學校出版部）
『国立国会図書館所蔵日本関係欧文図書目録　昭和23年－50年』（*Catalog of materials on Japan in Western languages in the National Diet Library*）Tokyo : National Diet Library, 1977.
Japan P.E.N. Club,（1997）*Japanese Literature in Foreign Languages 1945～1995*
Index Translationum" Unesco [etc.] 1932-92
the International House of Japan Library（1979）
Modern Japanese literature in translation — a bibliography, Kodansha International
Index Translationum" Unesco

また国際交流基金のウェブサイト「日本文学翻訳書誌検索」（http://www.jpf.go.jp/JF_Contents/Information Search Service）を参照した。

五、書名一覧について

書名一覧は以下の二部に分類し、配列した。

Ⅰ　発行年月日順
Ⅱ　五十音順

1　記載形式は以下の通り。

（1）表記は新字で統一し、副題は略した。

（2）便宜上（　）に注記を付した。

（3）「Ⅰ　発行年月日順」では、編著・監修本、未確認は除いた。

（4）「Ⅱ　五十音順」では、同じ書名の場合は年代順に配列し、全集等は巻数順とした。

（5）「Ⅱ　五十音順」では、編著・監修本、未確認、翻訳書は除いた。

六、初出目録について

初出目録は以下の三部に分類し、それぞれ発行年月日順に配列した。

Ⅰ　小説
Ⅱ　随筆・アンケート・インタビュー・談話
Ⅲ　対談・座談・鼎談

1　収録対象は現在発表が確認できるものとし、未発表作品（のち掲載されたものを除く）、書簡は対象外とした。

2　初出目録の記載形式は以下の通り。

作品名　「発表誌紙名」巻号　発行年月日　掲載頁
掲載回数　＊原稿用紙枚数　執筆年月日　備考
〔収録〕文献番号　収録書名（発行年月日　発行所）
〔再録〕再録誌紙名　巻号（発行年月日）

3　記載事項について

（1）　作品名は、初出本文の標題とした。目次との異同、改題等は注記した。

（2）　アンケートなど個別の表題をもたないものは「無題」とし、＊に注記をほどこした。

（3）　掲載誌紙名の表記は、原則初出誌のままとしたが、戦中の誌紙名変更（「サンデー毎日」の「週刊毎日」、「読売新聞」の「読売報知」など）は注記し、従来の誌紙名に統一した。同一誌紙名で発行所が異なる場合は、発行所を（　）内に記した。

（4）　原稿用紙枚数・執筆年月日は、四日市市立博物館所蔵の丹羽文雄自筆のメモ（原稿料受け取りのための覚書。以下、「自筆メモ」とする）をもとに記した。自筆メモに記載がないものは、竹村書房版『丹羽文雄選集』（以下『竹村選集』）、講談社版『丹羽文雄文学全集第二十八巻』「年譜」（以下『全集』）中の掲載誌紙の原稿枚数を参考に記し、異同のある場合は注記した。

（5）　収録・再録　作品を収録した刊本、雑誌を全て掲げた。ただし、雑誌復刻版、マイクロフィッシュ、CD-ROMなどは注記で記した。文献番号、収録書名は本書「一　著作目録」のものを使用した。表記は新字体に統一し、シリーズ名や副題は略した。また異装版、限定版などは割愛した。

4　同一日付のものは、掲載誌紙名の五十音順に配列した。

5　日付記載のないもの、未見および初出不明のものは各月の最後に配列した。ただしⅡⅢでは未確認のものが多いので、末尾にまとめて配列した。

6　連載作品は、第一回に掲載回数、各掲載号書誌（発行年月日・巻号・掲載頁）、収録書名を記し、二回目以降は省略した。

7　Ⅱの「アンケート」「インタビュー」「談話」については、作品名の後に（　）で記した。

8　Ⅲの対談相手、座談会参加者は、＊に注記をほどこしたが、来歴等は割愛した。

七、映画・テレビ・ラジオ・演劇ほかについて

映画・テレビ・ラジオ・演劇ほかは以下の六部に分類し、それぞれ公開年月日順に配列した。

Ⅰ　映画

Ⅱ　テレビ
Ⅲ　ラジオ
Ⅳ　演劇
Ⅴ　ビデオ・DVD・レコードほか
Ⅵ　映像資料・音声資料

1　Ⅰは「ⅰ　原作作品」「ⅱ　出演作品」「ⅲ　企画作品」「ⅳ　リバイバル上映」に分類した。

2　Ⅱは「ⅰ　テレビドラマ」「ⅱ　テレビ出演　映画放映ほか」に分類した。

3　Ⅲは「ⅰ　ラジオドラマ、朗読、出演など」「ⅱ　未確認」に分類した。

4　Ⅳは「ⅰ　初演目録」「ⅱ　初演不明」「ⅲ　企画のみ」に分類した。

5　Ⅴは「ⅰ　ビデオ」「ⅱ　DVD」「ⅲ　レコードほか」に分類した。

6　Ⅵは「ⅰ　映像資料」「ⅱ　音声資料」に分類した。

7　目録の記載形式は以下の通り。

Ⅰ
作品名　公開年月日　配給会社
フィルムの巻数・長さ　上映時間　種類（カラー　白黒）
スタッフ名（監督／脚本／撮影など）
〔出演〕
主要出演者
＊「原作作品名」

Ⅱ・Ⅲ
作品名　放映開始年月日～放送終了年月日　放送局
放映時間　放送回数　放映曜日
＊スタッフ名（脚本、演出など）、主要出演者、「原作作品名」

Ⅳ
作品名　初演年月日　初演場所
スタッフ名（脚本、演出など）、主要出演者
＊「原作作品名」

Ⅴ
作品名　販売年月日　販売元
品番　価格　時間
＊注記
〔収録〕

Ⅵ
作品名　公開・放映年月日　配給会社・放映放送局
＊主要出演者、注記

8　Ⅵの映像資料については、二〇一一年現在視聴できる資料を掲載した。

9　記載内容は主に以下の参考文献によった。

日本映画史研究会『日本映画作品辞典・戦前篇』全五巻（平成八年五月二五日　科学書院）
日本映画史研究会『日本映画作品辞典・戦後篇Ⅰ』全六巻（平成一〇年六月二五日　科学書院）
『テレビドラマ全史1953～1994』（平成六年五月　東京ニュース通信社）
大笹吉雄『日本現代演劇史　昭和戦中篇』（平成五年一月　白水社）

スティングレイ編『日本映画原作事典』（平成一九年一一月　日外アソシエーツ）
江藤茂博『映画・テレビドラマ原作文芸データブック』（平成一七年七月　勉誠出版）
また以下のウェブサイトを参照した。
「ｇｏｏ映画」（http://movie.goo.ne.jp/cast/107996/）
「CinemaScape ―映画批評空間―」（http://cinema.intercritique.com/）
「映画 .com」（http://eiga.com/movie/）
「早稲田大学演劇博物館デジタル・アーカイブ・コレクション」（http://www.enpaku.waseda.ac.jp/db/）
「ＮＨＫアーカイブス保存番組検索」（http://www.nhk.or.jp/chronicle/index.html/）

八、参考文献目録について

参考文献目録は以下の九部に分類し、それぞれ発行年月日順に配列した。

Ⅰ　単行本
Ⅱ　雑誌特集
Ⅲ　雑誌掲載・単行本収録・新聞掲載ほか
Ⅳ　全集・選集・作品集・文庫解説
Ⅴ　月報・内容見本・パンフレットほか
Ⅵ　辞典類
Ⅶ　年譜・参考文献
Ⅷ　書誌
Ⅸ　他作家の研究書・全集ほか

1　Ⅰは「i　研究書」「ii　回想、介護に関するもの」「iii　ゴルフに関するもの」「iv　文壇回想・文学史ほか」に分類した。なお「iv　文壇回想・文学史ほか」は収録作品を割愛した。
2　Ⅱは「i　作家・作品特集」「ii　雑誌特集」に分類した。
3　Ⅲは「i　研究論文・時評・書評」「ii　新聞記事・消息欄ほか」「iii　介護に関するもの」「iv　ゴルフに関するもの」「v　映画・演劇評、研究書書評ほか」「vi　小説」に分類した。
4　Ⅳは「i　個人全集・選集」「ii　作品集」「iii　文庫」「iv文学全集」に分類した。
5　Ⅴは「i　個人全集」「ii　文学全集」「iii　内容見本・パンフレット」「iv　帯、カバーほか」に分類した。
6　Ⅶは「i　単行本」「ii　個人全集・選集」「iii　文学全集ほか」「iv　雑誌」に分類した。
7　Ⅷは「i　研究書」「ii　雑誌総目次ほか」「iii　雑誌掲載論文」「iv　社史ほか」「v　映画・ドラマ目録」「vi翻訳目録」「vii　書誌索引・記事索引」に分類した。なおiv・viiは書名の五十音順に配列した。
8　Ⅸは「i　作家」「ii　全集・叢書」「iii　装丁家・画家」「iv　戦記ほか」に分類した。
9　参考文献目録の記載形式は以下の通り。

Ⅰ

編著者名　『書名』　発行年月日　発行所
収録作品（目次細目）

＊備考
Ⅱ
「誌名」　巻号　発行年月日
副題
執筆者名　論文名　掲載頁
＊備考
Ⅲ以降
執筆者名　論文名　『収録書名』（発行年月日　発行所）
掲載頁　＊対象作品、備考
↓『収録書名』（発行年月日　発行所）・「再録誌紙名」
巻号（発行年月日）
10　表記は固有名詞を除き新字とした。
11　共著、論文集に関しては目次細目に「執筆者名　論文名
頁」を記した。またテーマが多岐に渉る場合、丹羽文
雄に関するもののみ記し、他は割愛した。
12　目次細目では改行を「／」で記した。

九、本書中、今日の人権意識に照らして不適切と思われる語句が用いられているが、丹羽文雄の全業績を歴史的事実として正確に伝えることを目的としていること、また丹羽が既に故人であり、時代的背景と作品の価値とにかんがみ、そのまま用いる事にした。

一　著作目録

I　小説（創作）

i　単行本

1001　**鮎**　昭和一〇年一月一〇日　文体社
三九五頁　二円　四六判　紙装　上製　丸背　函
創作集　五〇〇部限定　旧字旧仮名
象形文字（改造　一六巻四号　昭和九年四月一日）／秋（街　大正一五年一〇月一日）／鶴（三田文学　八巻三号　昭和八年三月一日）／鮎（文芸春秋　一〇巻四号　昭和七年四月一日）／横顔（新潮　二九年九号　昭和七年九月一日）／三日坊主（行動　二巻九号　昭和九年九月一日）／手帖（小説　二号　昭和八年六月一日　初出時は「丘」）／海面（世紀　一巻一号　昭和九年四月一日）／鼬（文芸首都　一巻六号　昭和八年六月一日）／甲羅類（早稲田文学　一巻二号　昭和九年七月一日）／贅肉（中央公論　四九年八号　昭和九年七月一五日）／後記

〔後記〕

処女作を書いてから九年になる。沢山書いて来たが、近頃何かしら気持に締めくゝりがつかなくては妙な感じであつたが、この単行本を校了してみて、やつと落着けた。つまり脱皮すべき季節に達してゐた様に思はれる。処女出版といふものは作家にとつて生涯忘れられないものであらう。その意味でこの一冊に収めた作は自分の好きなものだけを選び、もつて精一杯の盛装に代へた訳である。

一九三四年師走記―著者

1002　**自分の鶏**　昭和一〇年九月二三日　双雅房
四一七頁　三円　四六判　クロス装　上製　丸背　函
創作集　鈴木信太郎カット・装幀　五〇部限定署名入
旧字旧仮名
ある最初（三田文学　一〇巻一号　昭和一〇年一月一日）／椿の記憶（世紀　二巻三号　昭和一〇年四月一日）／変貌（早稲田文学　一巻五号　昭和九年一〇月一日）／百日紅（文芸　二巻一二号　昭和九年一二月一日）／鬼子（新潮　三二年一号　昭和一〇年一月一日）／貉（経済往来　一〇巻一号　昭和一〇年一月一日）／岐路（中央公論　五〇年三号　昭和一〇年三月一日）／真珠（早稲田文学　二巻六号　昭和一〇年六月一日）／対世間（新潮　三六年六号　昭和一〇年六月一日）／自分の鶏（改造　一七巻六号　昭和一〇年六月一日）／達者な役者（作品　六巻七号　昭和一〇年七月一日）／煩悩具足（文芸春秋　一三巻八号　昭和一〇年八月一日）／後記

〔後記〕

この正月に僕は最初の脱皮をしたがあの時は夢中だつた。自分がどんな読者層に迎へられるか、果して単行本となつてひとり歩きが出来るのか、少しも自信が持てなかつた。これはどの作家も最初の単行本の時に覚える気持だらうと思ふ。今また『自分の鶏』を上梓するに当つて、最初ほどの動揺は覚えない。小さいなりにも目途のやうなものが出来てゐる。それだけに僕は漸く慣れて来た花道から舞台に出る自分の一挙手一投足に、慌てないで僕らしい仕種を示すことが出来るやうに思ふ。呼吸を整へて、自分のみえが切れることは嬉しい。この感じは、いづれの作家も経験してゐる心持であらう。

処女出版の『鮎』はあまり装幀が地味すぎたので、或る一部の人々に僕らしくないといふ批評をされた。今度は鈴木信太郎氏に装幀をお願ひした。自分の気持には比較的地味なところが多いのではないかと思つてゐたが、これは嘘で、あまりに派手な部分が多すぎるので却つて地味を粧つてゐた—一種の警戒色になつてゐたのかも知れない。そのためか鈴木氏の装幀が出来上つて来ると、何かこれまで自分から離れてゐたものがやつと戻つて来たやうな、ほつとした心持になつた。

十二篇の各篇にカットを挿入したのは、文体社主双雅房岩本氏の冒険である。僕は喜んで氏の冒険に賛成した。長篇小説の挿画は陳腐だが短篇集では珍しいのではないかと思つてゐる。洋書にはカットを使用してゐるが、日本ではまだ一度も見かけない。或は僕の寡聞なのかも判らない。しかし将来短篇にこの種の流行が生じたなら、はなはだ愉しいことだらうと思つてゐる。

特装本の布装幀の色は、瀧澤邦行氏にお願ひをした。氏は馬琴の末にあたつてゐるので、馬琴を思ひ、僕は一種の感慨を覚えてゐる。

昭和十年九月九日　文雄

1003　**自分の鶏**　昭和一〇年九月二三日　双雅房

四一七頁　二円　四六判　紙装　上製　丸背　函
創作集　鈴木信太郎カット・装幀　旧字旧仮名

＊　1002の異装通常版。

1004　**鮎**　昭和一〇年九月二五日　文体社

三九五頁　一円二〇銭　四六判　紙装　角背
創作集　普及版　旧字旧仮名

＊　1001の普及改訂版。「後記」を追加。

〔後記〕

処女作を書いてから九年になる。沢山書いて来たが、近頃何かしら気持に締めくゝりがつかなくては妙な感じであつたが、この単行本を校了してみて、やつと落着けた。つまり脱皮すべき季節に達してゐた様に思はれる。処女出版といふものは作家にとつて生涯忘れられないものであらう。その意味でこの一冊に収めた作は自分の好きなものだけを選び、もつて精一杯の盛装に代へた訳である。—一九三四年師走　文雄記—

□

処女創作集「鮎」は一ヶ月で売切れてしまつた。それで普及版を出すことにしたが、多少の感慨なきを得ない。言ひかへるなら、最初の誕生日に親の手を離れた子供がよちよちと二三歩歩き出し、両親の欣びは勿論、本人の赤ん坊も自分が両脚で歩けたことを吃驚りしてゐる。それで拍子づいてもう三四歩歩き続けて、誰よりも赤ん坊自身が自分の脚に自信をつける—さう言つた感じである。

処女本の「鮎」は誤植だらけであつたが、今度は宗岡薫氏にお願ひをした。—一九三四年秋　文雄記—

1005　**この絆**　昭和一一年二月一九日　改造社
　四一〇頁　二円　四六判　紙装　上製　丸背　函
　創作集　富本憲吉装幀　旧字旧仮名

この絆（改造　一八巻二号　昭和一一年二月一日）／煩悩具足（文芸春秋　一三巻八号　昭和一〇年八月一日）／古い恐怖（日本評論　一〇巻一一号　昭和一〇年一一月一日）／袴（文学界　二巻八号　昭和一〇年九月一日）／蜀葵の花（新潮　三三年一号　昭和一一年一月一日）／象形文字（改造　一六巻四号　昭和九年四月一日）／妻の死と踊子（中央公論　五〇年一〇号　昭和一〇年一〇月一日）／贅肉（中央公論　四九年八号　昭和九年七月一五日）／自分の鶏（改造　一七巻六号　昭和一〇年六月一日）／環の外（文芸　三巻一一号　昭和一〇年一一月一日）／山ノ手線（行動　三巻八号　昭和一〇年八月一日）／余語

〔余語〕

この本を校正するに当つて、作品の思ひ出や、自分の立場などを語つておきたい。

「煩悩具足」「自分の鶏」「象形文字」「贅肉」は、かつて単行本「鮎」「自分の鶏」に入れたものであるが、改造社の心持が、丹羽文雄の第一集を出すといふ形をとりたいといふので、重複するが、自分は以上の四篇を選んだ。

「この絆」「山ノ手線」「古い恐怖」「自分の鶏」のやうな作品の中には、自分の今後の進路が示されてゐるやうに思ふ。この種の自分の体臭は今後ますます濃厚になつていくやうに思はれるが、あくまで徹したい心でゐる。

「環の外」「煩悩具足」は、自分にとつて一つの定規のやうなものである。上つ調子な飛び上り方をしないやうに、自分をひきしめてくれる作品である。

「袴」は気軽に書いたが、比較的成功した短篇らしい短篇だと思ふ。

「蜀葵の花」は批評家たちが自分の作品の区別をつけてゐる所謂アダム《ママ》ものゝ一種だが、しよつ中アダム《ママ》ばかり眺めてゐては自づと目が偏狭になつてしまふだらうといふ懸念から、極く平凡な常識人の目を借りてみたものである。それだけの甲斐はあつたと思ふ。物語の形式をかりたのは、少ない紙数で沢山なことが書きたかつたからである。

「妻の死と踊子」「象形文字」は自分のもつとも著しい色彩のやうなものである。この色彩感は年齢と共に段ゝ薄れたやうな気持がする。所詮は三十前後の作品だ。

「贅肉」を書くまでに、「秋」「鮎」の二作がある。一作毎に変つて来てゐるが、こゝへ来て、自分の心境も或る極に達したやうに思はれる。然しいくら深まつたところで、たかゞ作家の心境に過ぎないのだが、案外こんなところに作家と思想家の一線があるのではないかといふ気持もある。

昭和一一年一月末　丹羽文雄

＊　改行一字下げは底本のまま。

1006　**閨秀作家**　昭和一一年三月二〇日　竹村書房
　三四二頁　一円五〇銭　四六判　紙装　角背　カバー
　パラフィン　岩本和三郎装幀　旧字旧仮名

丹羽文雄読物集
序／ある喪失（若草　一一巻八号　昭和一〇年八月一日）／移つて来た街（早稲田文学　二巻一一号〜三巻一号　昭和一〇年一〇月一日〜一一年一月一日）／嫉妬（大和　一巻二号　昭和一〇年二月一日）／閨秀作家（サンデー毎日　一五巻三号　昭和一一年三月一〇日）／雀太郎（大阪朝日新聞　昭和一一年一月五日）／浮気（新装　昭和一〇年一二月）／混同の秘密（文芸春秋　一四巻一号　昭和一一年一月一日）／芽（三田文学　一〇巻一〇号　昭和一〇年一〇月一日）／雪（エコー　三二八号　昭和九年一一月一日）／温泉神（週刊朝日　二八巻一号　昭和一〇年七月七日）／花嫁（大阪朝日新聞　昭和一〇年二月三日）／小さい娼婦（新雑誌　昭和一〇年七月）／田谷の話（一色淑女の内）（文芸雑誌　一巻一号〜四号　昭和一一年一月一日〜四月一日　原題「一色淑女」）／青春の主題（週刊朝日　二八巻二〇号　昭和一〇年一〇月一日）／伊豆の記憶（世紀　一巻七号　昭和九年一〇月一日）／石採祭の夜（時事新報　昭和九年七月一六日）／晩秋初冬記（都新聞　昭和一〇年一一月一〇日）

＊　「自選傑作叢書」の第一冊として刊行された。紅野敏郎「叢書・文学全集・合著集総覧」（昭和五三年三月一五日　講談社『日本近代文学大事典6』）によると、この叢書として『閨秀作家』以下、高見順『女体』、小田嶽夫『城外』、島木健作『三十年代』、藤沢恒夫『恋人』、伊藤整『小説の運命』、中野重治『小説の書けぬ小説家』、中条百合子『乳房』、新田潤『崖』が刊行されている。なお目次には「晩秋初冬期」とあるが、「晩秋初冬記」の誤り。

〔序〕

この本は僕のはじめての読物集である。

読物の建前として、愉しんでもらへたら幸甚である。そのため特に作品を選択した。校正をしてゐる間に我乍ら愉しい気持になつてきたので、いつも鹿爪らしい顔をして小説を書いてゐる自分の内の或る一面にはこのやうな暢気な面もあるのだと何か嬉しいやうな心持になつた。

小説の中に一定の思想を盛ることよりも、人間さまざまな感情感覚を盛らうと努めてゐる自分には、当然このやうな本が出来るのかも知れない。社会的感覚といふ巧みな言葉があるけれど、自分のは殆ど情痴的な感情感覚に限られてゐるやうである。今後どのやうに自分は変化していくか判らないが、現在はそれだ。僕の創作理論といふものは持前の気性と同じで、人と人との間の類似に目を注ぐよりは、人と人との相違に目を向ける性なので、そのため作品がいくらかどぎついやうである。しかし僕としてはこの相違に目を注いだ方がその人間がよく理解も出来、よく書けるのだと思ひこんでゐる。

晩秋初冬記、伊豆の記憶の二篇は随筆として発表したものである。

昭和十一年三月　文雄記

1007　**自分の鶏（普及版）**　昭和一一年九月二三日　双雅房
四一四頁　一円二〇銭　四六判　紙装　角背
創作集　鈴木信太郎カット・装幀　旧字旧仮名

＊　1002の普及版。「後記」は抜粋。

〔後記〕

この正月に僕は最初の脱皮をしたがあの時は夢中だつた。自分がどんな読者層に迎へられるか、果して単行本となつてひとり歩きが出来るのか、少しも自信が持てなかつた。これはどの作者も最初の単行本の時に覚える気持だらうと思ふ。今また『自分の鶏』を上梓するに当つて、最初ほどの動揺は覚えない。小さいなりにも目途のやうなものが出来てゐる。それだけに僕は漸く慣れて来た花道から舞台に出る自分の一挙手一投足に、慌てないで僕らしい仕種を示すことが出来るやうに思ふ。呼吸を整へて、自分のみえが切れることは嬉しい。この感じは、いづれの作家も経験してゐる心持であらう。

丹羽文雄

1008　**若い季節**　昭和一一年九月一五日　竹村書房
二九一頁　二円　菊判　紙装　上製　丸背　函
竹村垣装幀　旧字旧仮名
作者の言葉／若い季節（朝日新聞　夕刊　昭和一一年六月三〇日〜八月六日　三二回）／一茎一花（福岡日日新聞　夕刊　昭和一一年五月三〇日〜六月一六日　二九回）

〔作者の言葉〕

若い季節について。

都会に住む若いサラリーマンはいま時どんな生活様式をとつてゐるだらうか。青春過剰をどうして始末してゐるだらうか。『若い季節』の中でそれを書いてみたいと思つた。銀座には沢山な青年が流行に身をやつし、何の苦労もなささうな顔で歩いてゐる。然し大抵はふところに紅茶一杯分くらゐしか所持してゐないのが多い。彼等はこの社会に向つて、最早奇蹟を予期しない。その癖、可能な範囲で出来るだけ青春を愉しみたがつてゐるのだ。本人は真摯なつもりでも、自づと一幅の諷刺画になつてゐる。然し、誰が笑へるだらう。

一茎一花について。

これは多分に自叙伝の形である。この中では決して自分を良い子にしてはゐないつもりだ。これまで幾つかの材料で短篇を発表して来たが、長篇の形式でまとめて発表したい気持が次第に昂じてゐた時、福岡日日新聞から依頼で、幸ひとばかりに書き上げたものである。新聞に発表したものに新しく七十枚を書き加へた。

自分は決してこの中で頽廃的の情痴の人間や社会の側面ばかり狙つて書いたのではない。それが割合に色濃く出てゐるとしても、仕方のない結果である。が、一茎一花の題名が示すやうに作者が何を主題にしてゐるのか、読者には判つて貰えると思ふ。この一篇はその意味で、世間に対する自分の精一杯な弁明の役目も持つてゐるのだ。

丹羽文雄

昭和十一年九月

1009　**女人禁制**　昭和一一年一〇月二〇日　双雅房
三三五頁　三円　四六判　紙装　上製　丸背　函
岩本和三郎装幀　八〇部限定特装版　署名入
旧字旧仮名　短編集
女人禁制（中央公論　五一年六号　昭和一一年六月一日）／文鳥と鼠と（新潮　三三年五号　昭和一一年五月一日）／菜の花

時まで（日本評論　一一巻四号　昭和一一年四月一日）／荊棘萌え初め（文芸　四巻四号　昭和一一年四月一日）／友情（新評論　昭和一一年三月）／女達の家（明朗　創刊号　昭和一一年四月）／嘘多い女（日本評論　一一巻一〇号　昭和一一年一〇月一日）／後記

＊　巻末に「丹羽文雄著書目録」を附す。

〔後記〕

「女人禁制」と「荊棘萌え初め」は自分にとつて今後の歩き方を暗示してゐるやうな気がする。が今後どう変るか勿論判らない。「嘘多い女」にしても、これまでのマダム物から自分としてはいくらかはみ出してゐるつもりである。何か積極的な暴力のやうなものに惹きつけられてゐるのが、この頃の僕の創作態度になつてゐる。

『鮎』を初めて出してから僅か二年目だが、僕は随分変つて来た。三四年間の作風は三四人の作者が顔を出してゐるやうである。これからも大いに変ることだらう。変ることに僕は愉しい期待をかけてゐる。案外しんは少しも変つてゐないのだが。

「菜の花時まで」は多分に自叙伝である。小説の成功不成功に拘らず、自分としては忘れられない作品である。作品ではあまり苛酷に自分を扱つてしまつたやうに思ふが、僕の気性には自己虐殺の傾向があるらしい。自己虐殺と言へば、「友情」にもそれが多分に感じられる。かうしたところが夢を追ふ若い女たちの心を傷つけるらしいのだが、彼女達も一度大人の世界にはいつてしまへば、判つてくれると思ふ。或る婦人が僕の小説を批評して、自分のやうな年頃（二十七八歳）の女性は読んで何か血なまぐさい暗示を受けると言つた。僕はそんなものかなと思つた。「文鳥と鼠と」もその作風である。

「女達の家」は軽いスケッチ風だが、自分の好きな作品である。

昭和十一年十月　文雄記

1010　**小鳩**　昭和一一年一二月八日　信正社

三一四頁　一円四〇銭　四六判　クロス装　角背

カバー　パラフィン　横山隆装幀　旧字旧仮名

丹羽文雄読物集

序／小鳩（オール読物　六巻九号　昭和一一年九月一日）／湯の娘（若草　一二巻一〇号　昭和一一年一〇月一日）／紅子（若草　一一巻四号　昭和一〇年四月一日）／逃げる花嫁（現代　一七巻一一号　昭和一一年一一月一日）／辛い夢若い夢（週刊朝日　二九巻二二号　昭和一一年五月一日）／恋に似通ふ（若草　一二巻五号　昭和一一年五月一日）／殴られた姫君（モダン日本　七巻九号　昭和一一年九月一日）／逢へば懐し（週刊朝日　三〇巻五号　昭和一一年八月一日）／横切つた女（日曜報知　二五二号　昭和一一年九月二〇日）／芳乃の結婚（婦人画報　三九三号　昭和一一年一〇月一日　「結婚前後」改題）

＊　「丹羽文雄著書目録」を附す。

〔序〕

これは僕の第二読物集である。

先の読物集の時、愉しんで貰つたらと望んで出版をしたが、幸ひ僕の謙譲は達せられた。それで勢ひづいて第二篇を出す次第だが、著者の気持は恰度ひらけた新開の道を改めて疾走する思ひにも似てゐる。この一本をすすめて、自分で窮屈がらずとも、恥しがらずとも済む気持だ。

現在の自分はがむしやらに現実に取組んでゐるので、頻に当る風の音だけを聞いてゐる。小説と云ふものの元来の面白さは案外かうした読物の中に多分に含まつてゐるのではないかと、いつもさやうに考へてゐるのだが、何のことはない、作者は夢中になつて走つてゐるのでよく足許が判らないのだ。しかしいつかは足許に注意して、小説の性質を検べ直す時が来るかも知れない。もつともさうした仕事は僕の仕事ではなく、批評家の権限であらう。いや、心ある読者はすでに僕の小説をずたずたに検討してゐてくれるかも知れないのだ。

諷刺といひ、皮肉といひ、思想といひ、そんなものは僕の作品の上にはあらはに現れてはゐない。諷刺と解釈するのも、作者が足を払はれてはゐると苦笑するのも、共鳴するのも、反撥を覚えるのも、読んだ上の解釈はすべて読者の自由である。その意味で、この一本は読者にとつて好個の材料にならう。これは僕の謙遜でもあり、文学的な傲慢な主張でもある。

昭和十一年十二月　　文雄

1011　**女人彩色**　昭和一二年四月二〇日　河出書房
三四四頁　一円六〇銭　四六判　紙装　上製　丸背
函　田村孝之介装幀　短編集　旧字旧仮名

女ひとりの道（週刊朝日　三一巻一号　昭和一二年一月一日）／狂った花（文芸春秋　一五巻四号　昭和一二年四月一日）／日記（文芸　五巻一号　昭和一二年一月一日）／モオパサンの女（３３３　二巻一号　昭和一二年一月一日）／霜の声（中央公論　五二年一号　昭和一二年一月一日）／馬酔木（オール読物　七巻一号　昭和一二年一月一日）／秋花（改造　一八巻一二号　昭和一一年一二月一日）／青春強力（週刊朝日　三一巻八～一八号　昭和一二年二月七日～四月一一日）

＊「著書目録」を附す。

〔後記〕

この一冊は従来と違つた組み合はせをしてみた。所謂純文芸の舞台にした作品と、さうでない大衆物の雑誌に載せた作品は別々にして、後者には読物集と名をつけて、これまで二冊出してゐるのだが、今度両方を一つにして、そのため所載誌を明らかにした。

もともと器用に筆の使ひ分けをして創作の出来る自分ではない。大体作家にはさやうな使ひ分けは不可能だと思つてゐる。ただ大衆物の場合はいくらか材料に制肘を受けるだけである。自分としては双方に真剣に取りくんでゐるので、その点大衆物にも決して負目は感じてゐない。不遜な言ひ方を許して貰ふなら、これまでの大衆物と純文芸の大きな距離を何とかして整理しようとする、自分らしい犠牲となれば幸甚である。

十二年四月　文雄記

1012　**愛欲の位置**　昭和一二年六月二〇日　竹村書房
三三四頁　一円七〇銭　四六判　紙装　角背　函
短編集　旧字旧仮名

序／愛欲の位置（改造　一九巻六号　昭和一二年六月一日）／秘密（アサヒグラフ　二八巻八号　昭和一二年二月一七日「五官の秘密」改題）／写真（新潮　三四年一号　昭和一二年一月一日）／復讐者（週刊朝日　三一巻二七号　昭和一二年六月

一日「嫉かれ上手」改題）／豹と薔薇（若草　一三巻一〜六号　昭和一二年一月一日〜六月一日　六回）／藍染めて（新女苑　一巻一〜七号　昭和一二年一月一日〜七月一日　七回）／著書目録

〔序〕

「愛欲の位置」はこれまでの私の作品と較べて、随分調子外れである。何か無中で書きあげた熱つぽさがある。距離も不定であるが、私としては愛着の激しい小説だ。同時に私の今後はこの調子から進展していくものと考へてゐる。

「豹と薔薇」は中学生の思ひ出を書き、「藍染めて」は大学生時代の友人や私の身に起つた事件を小説体に書きあげたものである。自叙伝ではないが、それに近い。作者自身に一番なつかしい作品だ。この中では先づ私が生活をしてゐる。多分に青年にあり勝ちな個人的な感情に溺れてゐるが、その意味で如何にも私らしく偽りのない現実に接してゐるといふ満足もある。

昭和十二年六月　文雄

1013　**女人禁制（普及版）**　昭和一二年八月一四日　双雅房

三三四頁　一円七〇銭　四六判　紙装（フランス装）　角背　パラフィン　函　旧字旧仮名

＊　1009の普及版。「後記」に日付なし。

1014　**幼い薔薇**　昭和一二年八月二〇日　版画荘

六二頁　五〇銭　四六判　紙装　上製　角背　パラフィン　帯　旧字旧仮名　版画荘文庫第七

幼い薔薇（サンデー毎日　一六巻三三号　昭和一二年七月一日）

＊　帯未確認。

1015　**豹の女**　昭和一二年一〇月一九日　河出書房

三五〇頁　一円八〇銭　四六判　紙装　上製　丸背　帯　函　竹村晋装幀　旧字旧仮名

書きおろし長編小説叢書三（第一回配本）

序／豹の女（書きおろし）

＊　「書きおろし長篇小説叢書」の一冊として刊行。紅野敏郎「叢書・文学全集・合著集総覧」（昭和五三年三月一五日　講談社『日本近代文学大事典6』）によると、この叢書は深田久弥『続愛と知』（昭和一八年八月一〇日）まで三一冊が刊行されている。

〔序〕

ノラは果してどうなつてゐるだらうか。私達の周囲には沢山なノラがゐる。

「人形の家」を飛び出すことは、すでに常識のやうになつてゐる。しかし飛び出したあとのノラの行き方には、まだこれと言つたたしかな道はひらけてゐないのである。或るものは人形の家にゐる時よりも不幸になつてゐる。或るものは幸福を摑んでゐる。しかし幸せになれたノラは数へるほどしかゐないのだ。多くは趨くところを知らずに、世の荒波にもまれてゐる。しかもますます迷へるノラは多くならうとしてゐる。

この一篇に描くノラの行き方も、結局は一つの例にすぎない。ノラの悲劇は、目醒めた女性の悲劇である。しかしその対照になる男といふものは大抵の場合、その性質や環境に従ひ、相対的に女ほどにつき詰めた気持にはなつてゐないものである。

ノラはさやうな旧態依然とした異性とも争はねばならないのだ。その上に食はねばならない問題が、自分一人の腕にかぶさつて来る。

　近頃の或る女性の間には、家出は愚しい行為である、家出は思慮の外に置いてゐて、その範囲内で出来るだけ自分を生かすやうに努力すべきが賢明ではないかと言つてゐるのだが、それも一つの生き方には違ひない。するとノラの行き方は莫迦げて見える。しかしノラは真剣なのだ。人間は裸になつて、真剣になつた時の姿が何ものよりも美しいのだ。真剣は尊重しなければならない。

昭和十二年中秋
文雄

〔帯〕（函ではなく本体に付く）
表〈書きおろし長篇小説叢書／1　南海孤島　川端康成／2　生活の探求　島木健作／3　豹の女　丹羽文雄／4　幸福　阿部知二／5　空模様　武田麟太郎／6　恋愛模様　立野信之／7　新選組　村上知義／8　太陽と薔薇　林房雄／9　一六番勝負　深田久彌／10　軍艦三笠　豊島與志雄／各巻　壱円八拾銭／丹羽文雄〉背〈書きおろし／長篇小説叢書〉裏〈寵児丹羽文雄　書きおろし五百枚！／心憎いまで小説の技法を心得、縦横に読者を操る点、流石にこの作者だと感服した／寺崎浩／（文学界十一月号）／「豹の女」の主人公は、いつも外部的なものに反撥して自己の心理を知る—といふよりも感ずる女性である。／飯島正／（新潮十一月号）〉

＊　附録「書きおろし長篇小説叢書月報　No. 2　丹羽号」
（昭和一二年一〇月一八日）
寺崎浩　豹の女／無記名　編輯室

1016　**薔薇合戦　上**　昭和一二年一一月二〇日　竹村書房
三五六頁　一円五〇銭　四六判　紙装（フランス装）
角背　天金　小磯良平装幀　旧字旧仮名

薔薇合戦（都新聞　昭和一二年五月三〇日〜一二月三一日　二一六回）
三人姉妹／「ニゲラ」創立／那須行／友達／相見て／再び弱者／よしなき結婚／幸の湖／夏の間／高い課業／多数者の一人

1017　**海の色**　昭和一二年一二月二〇日　竹村書房
三一八頁　一円四〇銭　四六判　紙装　上製　角背
旧字旧仮名

女の侮蔑（日本評論　一二巻七号　昭和一二年七月一日）／似た女（スタア　昭和一二年五月）／書簡（早稲田文学　四巻六号　昭和一二年六月一日）／海の色（文芸　五巻六号　昭和一二年一一月一日）／八月の日の誓（昭和一二年四月一日　サンデー毎日　一六巻一六号）／瓜や茄子（サンデー毎日　一六巻四五号　昭和一二年九月一〇日）／季節（エス・エス　一巻二号　昭和一一年八月一日）／偽すみれ（新女苑　一巻八号　昭和一二年八月一日）／町内の風紀（中央公論　五二年一二号　昭和一二年一一月一日）／虹の行方（現代　一八巻八号　昭和一二年八月一日）／困つた愛情（週刊朝日　三三巻一号　昭和一三年一月一日）

1018　**薔薇合戦　下**　昭和一三年一月二〇日　竹村書房
三四四頁　一円五〇銭　四六判　紙装（フランス装）
角背　天金　小磯良平装幀　旧字旧仮名
薔薇合戦（都新聞　昭和一二年五月三〇日～一二月三一日　二一六回）
狂馳の子／愛について／妻を買ふ／初冬の出来事／函嶺の冬／わが家／秩序の環／雨と風／結末と発端

1019　**生きてゆく女達**　昭和一三年九月二〇日　春陽堂
三二四頁　一円三〇銭　四六判　紙装　角背　ビニル
中川一政装幀　旧字旧仮名　総ルビ
新小説選集第六巻
湯の町（日の出　七巻一〇号　昭和一三年一〇月一日）／女優（サンデー毎日　一七巻二八号　昭和一三年六月一〇日）／女傘（大陸　一巻三号　昭和一三年八月一日）／幼い鬼（婦人公論　二三巻一号　昭和一三年一月一日）／深山桜（オール読物　八巻六号　昭和一三年五月一日）／遠い悲話（雄弁　二九巻七号　昭和一三年七月一日）／虹となる女（オール読物　八巻八号　昭和一三年六月一五日）／青い目と罪（モダン日本　九巻九号　昭和一三年九月一日）／述懐―跋に代へる

〔述懐―跋に代へる〕

私《わたし》には男《をとこ》の世界《せかい》を描《か》くよりも、女《をんな》の世界《せかい》の方《はう》が描《か》きやすい。それだけ女《をんな》の世界《せかい》をよく知《し》つてゐるといふ理由《わけ》ではない。私《わたし》ののぞいてゐる女《をんな》の世界《せかい》は、女《をんな》の世界《せかい》の一部分《ぶぶん》にすぎない。そのこともよく承知《しようち》してゐる。たゞ女《をんな》の世界《せかい》を描《か》いてゐる方《はう》が、作者《さくしや》として満足《まんぞく》ができるにすぎなくして、他《ほか》に理屈《りくつ》はない。

女《をんな》の社界的地位《しやかいてきちゐ》が今日《けふ》ほどに向上《かうじやう》してきたのは、たしかに欧州大戦以来《おうしうだいせんいらい》の現象《げんしやう》であらう。女《をんな》はこれからどれほど男《をとこ》の世界《せかい》に侵蝕《しんしよく》していくか判《わか》らない。女《をんな》の地位《ちゐ》はますます変化《へんくわ》していくにちがひないのだ。また女自身《をんなじしん》のもの、考《かんが》へ方《かた》、見方《みかた》、所謂自覚状態《いはゆるじかくじやうたい》は日々《ひび》に更新《かうしん》されていくにちがひないのだ。これはひとり職業婦人《しよくげうふじん》だけにかぎらない。一般《ぱん》の女性《ぢよせい》にも積極性《せききよくせい》は増《ま》してきてゐる。私《わたし》の作家的情熱《さつかてきじやうねつ》はさやうな女性《ぢよせい》の積極性《せききよくせい》に向《む》けられる場合《ばあい》、一番満足《いちばんまんぞく》ができるのである。

時《とき》はいま、未曾有《みぞうう》の非常時《ひじやうじ》に際《さい》してゐる。かうした時代《じだい》に女性《ぢよせい》がはたしてどのやうな動《うご》き方《かた》を示《しめ》していくものか、それをぢいつと見守《みまも》つてゐるのも、作者《さくしや》としての任務《にんむ》であり、またそれを描《か》くことは喜《よろこ》びでもある。そしてまたさやうな作者《さくしや》の態度《たいど》はこの時代《じだい》に対《たい》しての一種《いつしゆ》の責任《せきにん》でもあると考《かんが》へてゐる。

＊　ルビは底本のまま。

1020　**跳ぶ女**　昭和一三年九月二〇日　赤塚書房
一〇九頁　八〇銭　四六判　紙装（フランス装）
角背　カバー　旧字旧仮名　新文学叢書
跳ぶ女（モダン日本　八巻一一号　昭和一二年一一月一日）／聡明（オール読物　八巻一号　昭和一三年一月一日）／隣りの恋人（婦人倶楽部　一九巻四号　昭和一三年三月一五日）

＊　「新文学叢書」の第一冊として刊行。紅野敏郎「叢書・文学全集・合著集総覧」（昭和五三年三月一五日　講談社『日本近代文学大事典6』）によると、以下上林暁『文学開眼』（昭和一四年七月二〇日）まで二八冊が刊行されてい

る。丹羽を論じた浅見淵『現代作家論』、田畑修一郎『鳥打帽』、古谷綱武『作家の世界』などもこの叢書に含まれる。

1021　**花戦**　昭和一三年九月二〇日　竹村書房
三〇二頁　一円五〇銭　四六判　紙装(フランス装)
角背　カバー　小磯良平装幀　旧字旧仮名
妻の作品(改造　二〇巻三号　昭和一三年三月一日)/自分がした事(日本評論　一三巻七号　昭和一三年六月一日)/花戦(週刊朝日　三三巻一七号~三一号　昭和一三年四月三日~六月二六日　一三回)

1022　**還らぬ中隊**　昭和一四年三月三日　中央公論社
三〇四頁　一円　四六判　紙装(フランス装)　角背
藤田嗣治装幀　旧字旧仮名　支那事変従軍長篇作品
還らぬ中隊(中央公論　五三年一二号~五四年一号　昭和一三年一二月一日~一四年一月一日　二回)
＊　末尾に「附記─作中の固有名詞や地形及び戦闘時日は、わざと事実によらないことにしました。」とある。

1023　**東京の女性**　昭和一四年六月一七日　改造社
四三四頁　一円七〇銭　四六判　紙装　上製　丸背
パラフィン　旧字旧仮名
東京の女性(報知新聞　昭和一四年一月二二日~六月一六日　一四五回)
困つた女/春の気配/からくり/嵐/檻禁/爆発する心/挨拶/第一の客/海/媚態/妹の素振/月日の足/復讐/転落する心/肉体の悪魔/秋立ちぬ

1024　**七色の朝**　昭和一四年七月二〇　日　実業之日本社
三九四頁　一円七〇銭　四六判　紙装(フランス装)
角背　カバー　セロファン　函　小磯良平装幀
旧字旧仮名　丹羽文雄読物集
七色の朝(週刊朝日　三五巻二一号　昭和一四年五月一日)/唇の門(オール読物　九巻五号　昭和一四年五月一日)/手紙返すべきか(新女苑　三巻三号　昭和一四年三月一日)/職業持つ女(サンデー毎日　一八巻二号~一五号　昭和一四年一月一日~三月二六日　一二回)

1025　**南国抄**　昭和一四年八月四日　新潮社
三〇一頁　一円　四六判　紙装(フランス装)　角背
カバー　セロファン　旧字旧仮名　昭和名作選集一五
写真一葉(著者近影)
覚書(書き下ろし)/人生案内(改造　二一巻二号　昭和一四年二月一日)/継子と顕良(文芸春秋　一七巻一一号　昭和一四年六月一日)/自分がした事(日本評論　一三巻七号　昭和一三年六月一日)/贅肉(中央公論　四九年八号　昭和九年七月一五日)/南国抄(日本評論　一四巻四号　昭和一四年四月一日)
＊　古谷綱武「解説」299-301頁
〔覚書〕
現在の私は或る過渡期が来てゐる。これまでの作品に不満を覚えるのも、かつてないほどに激しい。『贅肉』は私のこれまでの作品の特色を、一番いろ濃く現してゐる。なつかしくは思ふのだが、『贅肉』の境地にとどまつてゐることが危険であることも十分に判つてゐる。

現在の私は前進してゐるつもりである。と言ふよりこれまでの私はあまりに脇道を歩いて来た。私の眼前にはおぼろげながら文学の何であるかが判つて来たやうに思ふ。

『人生案内』『南国抄』『継子と顕良』は、これまでの私になかつた荒々しい作品である。しかしこれらの作品には、散文精神に適つたものがいくらか現れてゐるであらうと考へてゐる。勿論荒削りである。投げやりの乱暴さもある。批評家もそれらを指摘してゐた。が私としては、当分はこの調子を続けていきたい。これまでの私の身をかざつてゐた世紀の文学病をかなぐりすてるには、これらの乱暴な身振りは許されてよい、またさうするのでなければ、転身は出来ないと考へてゐる。

その意味で、この一冊は私にとつて記念となるものである。私が散文精神に適ふ作家となれるか、敗北をするか、この一冊がその振り出しにもなる。

『南国抄』『人生案内』『継子と顕良』は、それぞれにモデル問題を惹起した。中には知人に大変迷惑もかけてゐる。作者の筆は無も有に書きかへることが出来るものである以上は、モデルに迷惑を及ぼさぬやうにいくらでも書きやうはある筈である。しかし私にはこの現実面を歪曲するだけの傲慢な態度がとれなかつた。また、歪曲しないではゐられないだけの弱い気持にもなれなかつた。私は真正面から吹きつける吹雪を覚悟して、それらを書いた。その場合私の立場を守るものは謙虚な一語につきる。が、まだまだ謙虚になり切れないでゐる。私の文学修業はまたこの一事の修業の意味でもある。

丹羽文雄

1026　**家庭の秘密**　昭和一五年三月二〇日　新潮社
四二八頁　一円九〇銭　四六判　紙装　角背　函
二段組　小谷良徳装幀　志村立美挿絵　旧字旧仮名
総ルビ

家庭の秘密（都新聞　昭和一四年六月一三日～一五年二月一一日　二四二回）

火事騒ぎ／話二つ／静子登場／秋近く／奔流／湯田中／答／駻馬／もどかしさ／弓雄なる男／再び／街／血の内容／落葉／近頃の倫理／小柴の一日／百夜／争ひ／小旅行／定まる宿命／強気弱気／雪の日

1027　**太宗寺附近**　昭和一五年四月二八日　新潮社
三一四頁　一円四〇銭　四六判　紙装　角背
パラフィン　小谷良徳装幀　旧字旧仮名

太宗寺附近（文芸　七巻一二号　昭和一四年一二月一日）／弥生（新女苑　三巻九号　昭和一四年九月一日）／再会（改造　二二巻四号　昭和一五年三月一日）／青苔（婦人公論　二四巻一～六号　昭和一四年一月一日～六月一日　六回）

＊「青苔」の末尾に「（未完）」とあり、以下の文章が付されている。

―作者は、もうこれ以上弥生を追ひかけていくことが出来なくなつた。予定の半分の枚数だが、ここで筆を措くことにした。何のことはない、作者は作中の主人公に背負投をくらつた形である。ひとり小笠原譲が手も足も出なくなつたのではない、作者の私も手も足も出せなくなつた。

　弥生にはこのままのモデルがあつた。養子を迎へたが、半年ほどで離縁になつた。母親の気に入らなかつたからである。が、それから間もなく第二の養子を迎へた。それから恰度一年になるが、またそろそろ離縁沙汰になりさうなのである。母親の選定した養子だが追ひ出してしまふのも母親なのである。弥生に当るモデルは母親に対して何事も言はないのだ。ぢいつと我慢をしてゐる。私もその初めの内は、彼女の忍苦の様子をどれほど歯痒く思つたか判らないのだ。腑抜けだ、馬鹿だ、無気力だ、母のためとは言ひながら底なしの自己虐殺は、結果に於て母にも不幸であり、自分も不幸に終るものだと、口を酸つぱくして唆かしたものである。が、彼女の信念は動かなかつた。今では私も彼女の固い決意には呆れ返つてゐる。が、感動もしてゐる。

　彼女は決して素直ではないのだ。どうにも仕様のない頑固な女だと思つてゐる。しかし何がそれほど彼女を頑な女にさせたのかと、その動機を辿つていくと、母の再婚が唯一の原因になつてゐるのは間違ひのないことである。母は自分のしてゐることを、それほど間違つたことではないと思つてゐるかも知れない。事実間違つてはゐないだらう。しかし、それが対世間的になる場合、時には弥生のやうな人間を作り出す危険も含んでゐるのである。しかし弥生は不器用な生れつきであつたばかりにまんまと母の再婚のかもし出す毒気に当てられ、化《ママ》石してしまつたのである。性格とは言へもはや手の下しやうはない。

　私は黙つて、彼ら親子を眺めてゐるより他は仕方がないのだ。母の再婚が作り出した悲しい世間の出来事である。

——了——

1028　**風俗**　昭和一五年六月一八日　三笠書房
二七〇頁　一円五〇銭　四六判　紙装　角背
パラフィン　函　白銀功装幀　旧字旧仮名
現代小説選集
第一部（風俗（日本評論　一五巻六号　昭和一五年六月一日）／隣人（中央公論　五四年九号　昭和一四年九月一日）／巷の早春（新潮　三七年五号　昭和一五年五月一日））／第二部（別府航路（週刊朝日　三四巻二一号　昭和一三年一一月一日）／失踪（オール読物　一〇巻四号　昭和一五年四月一日）／朝（蝋人形　六巻四号　昭和一〇年四月一日）／妻と私と絹子（モダン日本　一一巻一号　昭和一五年一月一日）／昔男ありて（会館芸術　九巻一～六号　昭和一五年一月一日～六月一日　六回））

＊「現代小説選集」の第五冊として刊行された。「現代小説選集」は一〇冊刊行されている。紅野敏郎「叢書・文学全集・合著集総覧」（昭和五三年三月一五日　講談社『日本近代文学大事典6』）に総目録がある。

1029　**紅蛍**　昭和一五年七月二六日　時代社
三六六頁　一円七〇銭　四六判　紙装　上製　角背
小谷良徳装幀　旧字旧仮名　丹羽文雄読物集

紅蛍（週刊朝日　三七巻二六号　昭和一五年六月一〇日）／隣同士（サンデー毎日　一九巻一号　昭和一五年一月一日）／遁げて行く妻（サンデー毎日　一七巻四三号　昭和一三年九月一〇日）／伊豆山の蟻（サンデー毎日　一八巻二〇号　昭和一四年四月二〇日）／椿の花（サンデー毎日　一八巻一二号　昭和一四年三月一〇日）／切火（オール読物　一〇巻七号　昭和一五年七月一日）／女優の家（週刊朝日　別冊映画号　昭和一四年六月二〇日）／博多人形（若草　一五巻三号　昭和一四年三月一日）／夢を作る人（歌劇　二二巻一一号～二三巻二号　昭和一四年一一月一日～一五年二月一日　四回）

1030　**或る女の半生**　昭和一五年八月一九日　河出書房
三三二頁　一円七〇銭　四六判　紙装（フランス装）
角背　カバー　函　山田伸吉装幀　旧字旧仮名
或る女の半生他七篇
或る女の半生（中央公論　五五年八号　昭和一五年八月一日）／ある喪失（若草　一一巻八号　昭和一〇年八月一日）／荊棘萌え初め（文芸　四巻四号　昭和一一年四月一日）／女達の家（明朗　創刊号　昭和一一年四月）／殴られた姫君（モダン日本　七巻九号　昭和一一年九月一日）／文鳥と鼠と（新潮　三三年五号　昭和一一年五月一日）／環の外（文芸　三巻一一号　昭和一〇年一一月一日）

1031　**青春の書**　昭和一五年八月二五日　今日の問題社
三五三頁　一円八〇銭　四六判　紙装　角背
パラフィン　函　吉田貫三郎装幀　旧字旧仮名
青春の書（新女苑　二巻一～一二号　昭和一三年一月一日～一二月一日　一二回）／上海―東京（週刊朝日　三五巻三号　昭和一四年一月一五日）／跳ぶ結婚（日の出　九巻四号　昭和一五年四月一日）／君への贈物（日の出　九巻二号　昭和一五年二月一日）／第二の結婚（日の出　八巻八号　昭和一四年八月一日）

1032　**二つの都**　昭和一五年一〇月一六日　高山書院
四七二頁　二円五〇銭　四六判　紙装（フランス装）
上製　角背　吉田貫三郎装幀　旧字旧仮名
二つの都（大陸新報　昭和一五年一月一日～六月二一日　一六〇回）
新宿案内／噂／心の角度／罠／初江の素性／広い東京／第一歩／潮騒／凶日／光乱れて／告白／海／搦手／罪あらば／六月寒し

1033　**母の青春**　昭和一五年一〇月二〇日　明石書房
三三七頁　一円七〇銭　四六判　紙装　角背
山田伸吉装幀　旧字旧仮名
母の青春（エス・エス　五巻四～九号　昭和一五年四月一日～九月一日　六回）／花戦（週刊朝日　三三巻一七～三一号　昭和一三年四月三日～六月二六日　一三回）
＊　再版（昭和一七年三月二〇日発行）では異装。

1034　**浅草寺附近**　昭和一六年一月一〇日　青木書店
二九六頁　二円　四六判　紙装　上製　丸背　函

パラフィン　山田伸吉装幀　旧字旧仮名　短編集
浅草寺附近（改造　二二巻一八号　昭和一五年一〇月一日）／開かぬ門（日の出　九巻一一号　昭和一五年一一月一日）／女性相談（大洋　一巻六号　昭和一四年一一月一日）／役者の宿（モダン日本　一一巻八号　昭和一五年八月一日）／街の唄（オール読物　九巻一〇号　昭和一四年一〇月一日）／水や空（アサヒグラフ　三二巻一八号　昭和一四年五月三日）／挿話（サンデー毎日　一八巻四六号　昭和一四年九月一〇日）／旅情（婦女界　六〇巻四号　昭和一四年九月一〇日）／尊顔（オール読物　一〇巻一二号　昭和一五年一二月一日）

1035　**浅草寺附近**　昭和一六年一月一〇日　青木書店
二九六頁　三円　四六判　紙装　上製　丸背　函
パラフィン　山田伸吉装幀　旧字旧仮名　短編集
特製三〇〇部限定
＊　1034の特製限定版。装幀等は同一。

1036　**闘魚**　昭和一六年二月一〇日　新潮社
四〇二頁　一円九〇銭　四六判　紙装　上製　丸背
函　猪熊弦一郎装幀　旧字旧仮名　東宝映画化
闘魚（朝日新聞　昭和一五年七月一三日〜一二月五日　一四五回）
出会ひ／温古寮／街の風／花花／石を投げこむ／鏡二つ／別離／転落の日／芒／加賀谷の登場／霜の日／冬の間／誤解／ぬり絵／再び夏／第二の出発／秋日和／門田とも子／落葉／言葉と言葉／路上／魚紋／宣言／菊の始末／霜の朝

1037　**対世間（丹羽文雄選集）**
昭和一六年六月二一日　春陽堂
三一九頁　一円五〇銭　四六判　紙装（フランス装）
角背　パラフィン　山田伸吉装幀　旧字旧仮名
丹羽文雄選集
移つて来た街（早稲田文学　二巻一一号、三巻一号　昭和一〇年一〇月一日、一一年一月一日）／日記（文芸　五巻一号　昭和一二年一月一日）／遁げて行く妻（サンデー毎日　一七巻四三号　昭和一三年九月一〇日）／手紙返すべきか（新女苑　三巻三号　昭和一四年三月一日）／南国抄（日本評論　一四巻四号　昭和一四年四月一日）／風俗（日本評論　一五巻六号　昭和一五年六月一日）／青い目と罪（モダン日本　九巻九号　昭和一三年九月一日）／対世間（新潮　三二巻六号　昭和一〇年六月一日）
＊　副題に「丹羽文雄選集」とあるが、巻表記がないため単行本として扱った。昭和一六年六月二五日「読売新聞」一面に広告があるので引用する。
丹羽文雄選集／よどみなき時代の流れに職場もつもの、凡ゆる姿態が、今日の問題をはらみ、濃淡こもごも、微細きはまる心理と葛藤と勝ち抜かんとする意欲と、生活と両性の問題を余すところなく強靭な筆致で浮彫りされた《ママ》、女性の心理衣裳を織りなせる多彩けんらんたる昭和風俗図会でもある。御熟読を俟つ。待望久しき全貌！／第一巻　職業もつ女　一・七〇　〒一四　発売／第二巻　人生案内　一・五〇　〒一四　発売／第三巻　対世間　一・六〇　〒一四　近日発売／丹羽文雄　生きて行く女達／短篇小説集　価一・三〇　〒

一四

1038　**怒濤**　昭和一六年六月二二日　改造社
　二九五頁　二円　四六判　クロス装　上製　丸背　函
　短編集　佐野繁次郎装幀　旧字旧仮名
書翰の人（文芸　九巻二号　昭和一六年二月一日）／九年目の土（新潮　三八巻一号　昭和一六年一月一日／知性　四巻二号　昭和一六年二月一日）／怒濤（改造　二三巻一一号　昭和一六年六月一日）

1039　**職業もつ女（丹羽文雄選集）**
　昭和一六年六月二三日　春陽堂
　三六九頁　一円七〇銭　四六判　紙装（フランス装）
　角背　パラフィン　山田伸吉装幀　旧字旧仮名
　丹羽文雄選集
職業もつ女（サンデー毎日　一八巻二～一五号　昭和一四年一月一日～三月二六日　一二回）／似た女（スタア　昭和一二年五月　未確認）／海の色（文芸　五巻六号　昭和一二年一一月一日）／隣人（中央公論　五四年九号　昭和一四年九月一日）／朝切火（オール読物　一〇巻七号　昭和一五年七月一日）（蝋人形　六巻四号　昭和一〇年四月一日）／狂った花（文芸春秋　一五巻四号　昭和一二年四月一日）／鬼子（新潮　三二年一号　昭和一〇年一月一日）

1040　**人生案内（丹羽文雄選集）**
　昭和一六年六月二三日　春陽堂
　二七七頁　一円五〇銭　四六判　紙装（フランス装）
　角背　パラフィン　山田伸吉装幀　旧字旧仮名
　丹羽文雄選集
太宗寺附近（文芸　七巻一二号　昭和一四年一二月一日）／鮎（文芸春秋　一〇巻四号　昭和七年四月一日）／ある女の半生（中央公論　五五年八号　昭和一五年八月一日）／真珠（早稲田文学　二巻六号　昭和一〇年六月一日）／巷の早春（新潮　三七年五号　昭和一五年五月一日）／蜀葵の花（新潮　三三年一号　昭和一一年一月一日）／人生案内（改造　二一巻二号　昭和一四年二月一日）

1041　**逢初めて**　昭和一六年七月一五日　有光堂
　二九一頁　一円三〇銭　四六判　紙装　角背
　小穴隆一装幀　旧字旧仮名　有光名作選集（2）
作者の言葉／逢初めて（「藍染めて」改題　新女苑　一巻一～七号　昭和一二年一月一日～七月一日　七回）／若い季節（朝日新聞　夕刊　昭和一一年六月三〇日～八月六日　三一回）
＊「藍染めて」改題。「有光名作選集」の第二冊として刊行。紅野敏郎「叢書・文学全集・合著集総覧」（昭和五三年三月一五日　講談社『日本近代文学大事典6』）によると一九冊が刊行されている。同書に総目録がある。なお昭和一六年八月二八日に発禁処分となる。
〔作者の言葉〕
「逢初めて」は「藍染めて」と題して発表した私の青春回想小説である。私のたつた一つの学生小説である。かうした回想小説は二度と繰り返せないだけに、作者にとつてはなつかしいものである。この中で私が早稲田大学時代の友人や私の身に起つたことを書いた。自叙伝ではないが、それに近い。多分に青年にあり勝ちな個人的な感情に溺れてゐるが、その意味で如何にも私らしく現実に接してゐるといふ自負もある。
「若い季節」では外国映画はなやかなりし頃の風俗を扱つた。風俗の先端面を扱つてゐるだけに、現在の時代風俗と比較して多少の感慨もあることだらうと思ふ。

丹羽文雄

1042　**中年**　昭和一六年七月三〇日　河出書房
二三九頁　一円六〇銭　四六判　上製　丸背　函
荻須高徳装幀　旧字旧仮名　新文学叢書
中年（書き下ろし）
＊　書き下ろし。昭和一六年八月一二日に発禁となる。付録「新文学叢書月報1」に随筆「初夏の娘」（映画朝日　一六巻六号　昭和一四年六月一日）を掲載。

1043　**流れる四季**　昭和一七年三月八日　春陽堂
三七八頁　二円二〇銭　四六判　紙装　上製　角背
カバー　猪熊弦一郎装幀　旧字旧仮名
流れる四季（主婦之友　二五巻一号～二六巻三号　昭和一六年一月一日～一七年三月一日　一五回）
＊　同日発行で同デザインながら角背のものがある。

1044　**勤王届出**　昭和一七年三月二〇日　大観堂
三四三頁　二円　四六判　紙装　上製　丸背
パラフィン　函　近藤啓太郎装幀　旧字旧仮名
勤王届出（「実歴史」改題　知性　四巻一一～一二号　昭和一六年一一月一日～一二月一日　二回）／暁闇（中央公論　五六年八号　昭和一六年八月一日）
＊　書き下ろし長篇として刊行。

1045　**碧い空**　昭和一七年四月一日　宝文館
三一五頁　二円　四六判　紙装　上製　丸背　カバー
吉田貫三郎装幀　旧字旧仮名
美しい座（日本映画　昭和一五年一一月）／戦陣訓の歌（放送　一巻一号　昭和一六年一〇月一日）／碧い空（日の出　一〇巻一〇号　昭和一六年一〇月一日）／娘の家（主婦之友　二四巻九号　昭和一五年九月一日）／おかしな家庭（同盟通信　昭和一五年一月）／柳屋敷（新若人　二巻四号　昭和一六年四月）／春の籤（サンデー毎日　二〇巻一号　昭和一六年一月一日）／泪（オール女性　昭和一六年五月）／本となる日（日本評論　一六巻二号　昭和一六年二月一日）／妻の設計（モダン日本　一二巻三号　昭和一六年三月一日）／あにおとうと（興亜日本　昭和一六年四月）／友の妻（オール読物　一一巻六号　昭和一六年六月一日）／老愁（モダン日本　一二巻八号　昭和一六年八月一日）

1046　**青蜩（ひぐらし）**　昭和一七年九月二〇日　三杏書院
三二三頁　二円　四六判　紙装　丸背　カバー
近藤啓太郎装幀　旧字旧仮名
断書／青蜩（婦人日本　昭和一六年七～一一月　六回）／再び

来る日（日の出　一〇巻一〜八号　昭和一六年一月一日〜八月一日　八回「新しい声」改題）

〔断書〕

「青蟬」は昭和十六年「婦人日本」に連載したものであるが、ここにをさめるに当つて改作した。

「再び来る日」は昭和十六年「日の出」に連載した「新しい声」の改題であるが、これもここにをさめるに当つて、大いに改作したことを断る。

昭和十七年六月

文雄

1047 **この響き**　昭和一七年一〇月三〇日　実業之日本社

五一八頁　二円六〇銭　四六判　紙装　上製　丸背

カバー　伊藤正義装幀　旧字旧仮名

この響き（報知新聞　昭和一六年九月一一日〜一七年三月二二日　一九二回）

林の中で／絃楽夜曲／藤の棚と姉妹／姫子岬／津久井洋裁店／見合ひ／隣組の話／三ヶ月講習／女ごころ／再会／爆発／日日の姿／金銭について／流行の正体／迎春／千代紙の世界／当惑／椿事／微妙な心／早春／屋上の争ひ／再び病室で／姉の帰国／この響き

＊冒頭に「昭和一六年九月より十七年三月にかけて報知新聞紙上に連載す」とある。

1048 **海戦**　昭和一七年一二月二五日　中央公論社

二九六頁　一円八〇銭　四六判　紙装　丸背　カバー

中村研一装幀　旧字旧仮名

海戦（中央公論　五七年一一号　昭和一七年一一月一日）

出動／前夜／八月八日／夜襲までの時間／決戦／戦ひの後／表裏

＊海軍省検閲済　丙第五八五号

1049 **報道班員の手記**　昭和一八年四月一九日　改造社

二五八頁　二円　四六判　紙装　上製　丸背

旧字旧仮名

報道班員の手記（改造　二四巻一一号　昭和一七年一一月一日）／ソロモン海戦記（読売新聞　昭和一七年九月一日）／機関長のこと（文芸　一〇巻一〇号　昭和一七年一〇月一日）／ラバウルの生態（日本女性　二巻一〇号　昭和一七年一〇月一日）／三つの並木道（新女苑　六巻一一号　昭和一七年一一月一日）／艦内生活の断片（婦人公論　二七巻一〇号　昭和一七年一〇月一日）

＊後に発禁。

1050 **ソロモン海戦**　昭和一八年四月二〇日　室戸書房

二二八頁　一円五〇銭　四六判　紙装　上製　丸背

カバー　松添健（海軍報道班員）装幀・挿絵

旧字旧仮名　少国民版

はしがき／一　基地の朝／二　軍艦の人々（一）／三　軍艦の人々（二）／四　飛行長と私／五　機関長のこと／六　敵機現はる／七　海峡暮色／八　最後の偵察／九　敵前の入浴／一〇　全軍突撃せよ／一一　敵艦隊見ゆ／一二　初弾命中／一三

飛び交ふ弾道／一四　燃え尽す敵艦隊／一五　アッツ、危機一瞬／一六　甲板の上と下／一七　戦闘三十六分間／一八　戦ひすんで／一九　無敵帝国艦隊

＊　少国民版。従軍手記。巻末にソロモン、ニューギニア方面における戦果及び損害一覧（昭和一七年八月七日～一八年二月七日）を付す。

〔はしがき〕

これを書いてゐる最中にも、ソロモン海戦における第三次海戦の大戦果が次々に発表されてゐます。海軍報道班員として私が従軍したのは、八月八日の第一次海戦、即ちツラギ海峡夜襲戦でしたが、あれからもう四ヶ月以上にもなるのに、あの壮烈な夜襲戦の記憶は今もなほ生々しく残つてゐて、眼をつむればあの時の光景が、眼前の出来ごとのやうに躍動します。

私は報道班員としての体験をできるだけ詳しく書いて、日本海軍の強さ偉大さを諸君に知つていただかうと思ひます。大東亜戦争は百年戦争であるといわれてゐますが、このソロモン海域における戦闘の如きも、今後幾度か、大規模な形で繰返されるることでせう。それほどこの海域は、太平洋の勢力を維持しようとする米英海軍にとつて重大な意味をもつてゐるのです。死にもの狂ひの反撃は、更に第四次、第五次海戦となつて続けられるに違ひありません。八月十日、大本営報道部課長平出英夫大佐が放送されたやうに、米英は敗戦につぐ敗戦により、軍事上の打撃はむろんのことですが、政治上・経済上にも深刻な影響を与へられ、国民の士気を鼓舞するためにも、なんとかして名誉快復の方策に出なければならない状態に追ひこまれてゐました。

米当局は、しきりに対日一斉反撃を豪語してゐたのです。彼等の反撃はいつも口先だけの強がりにすぎなかつたのですが、かう追ひこまれては、さすがにデマ海戦のデマ宣伝だけでは国民の不安をおさへることが出来ないとさとらねばなりませんでした。そこで、まづ支那を基地とする空軍の対日反撃に期待をかけたのですが、これは我陸軍航空部隊の機先を制した猛攻によつて粉砕されました。第二方策として、我軍が諸戦において占領した大鳥島への反撃を試みましたが、これも儼然たる我防備の前には歯が立たず、あきらめるより仕方がありませんでした。

けれどルーズベルトは、なんとかして対日反撃を実際にやつてみなければならない立場に追ひこまれてゐました。欧州におけるドイツ、イタリーの圧倒的攻勢を太平洋方面において牽制しようといふのです。一方有力部隊をアリユーシャン《ママ》群島方面に行動せしめ、同時に米英の残存艦隊をまとめて、戦艦、巡洋艦、航空力より成る大艦隊を編成し、輸送船団を擁してソロモン群島方面に出撃してきたわけでした。

この輸送船の中には、米国が多年訓練した御自慢の海兵隊を乗組ましてゐたに違ひありません。米国海軍当局も、今回の出撃を「米国がはじめて取つた大攻撃である」と豪語してゐた点からみても、この出撃に大きな期待をかけてゐたことが察せられるではありませんか。

ところが彼等の期待は、我無敵海軍の底知れぬ力の前には、みごとに裏切られることになつたのです。

日本海軍は、なぜこのやうに強いのか。幸ひ友人牧屋善三君の協力を得て、今回の私の従軍手記がここに立派な装ひをこら

し、「小《ママ》国民版ソロモン海戦」となつて世に出る運びとなりました。諸君とともにあの感激を新たにし、今もなほ南方前線に奮闘する海の将兵に対して感謝のまことを捧げたいと存じます。

昭和十七年十一月　　著者

1051　**みぞれ宵**　昭和一八年七月一九日　改造社

三五一頁　二円二五銭　四六判　紙装　上製　丸背

カバー　伊藤正義装幀　旧字旧仮名

みぞれ宵（日の出　一二巻二号　昭和一八年二月一日）／貝子（貝子―続報道班員の手記　オール読物　一三巻二号　昭和一八年二月一日）／梵鐘（新太陽　一四巻三号　昭和一八年三月一日）／世良家の夫妻（「虹の家族」改題　週刊婦人朝日　一九巻一一号～二〇巻六号　昭和一七年一一月四日～九月二日　一六回）

1052　**ソロモン海戦**　康徳一〇年一〇月二〇日（昭和一八年一〇月二〇日）　国民画報社（満州）

三七七頁　一円五〇銭　四六判　紙装　角背　カバー

旧字旧仮名

艦内生活の断片（婦人公論　二七巻一〇号　昭和一七年一〇月一日）／ソロモン海戦記（読売新聞　昭和一七年九月一日）／機関長のこと（文芸　一〇巻一〇号　昭和一七年一〇月一日）／ラバウルの生態（日本女性　二巻一〇号　昭和一七年一〇月一日）／三つの並木道（新女苑　六巻一一号　昭和一七年一一月一日）／あやまち（俳句研究　一〇巻六号　昭和一八年六月二日）／婆婆人（新女苑　七巻八号　昭和一八年八月一日）／呉の宿（日の出　一二巻八号　昭和一八年八月一日）／海戦（中央公論　五七年一一号　昭和一七年一一月一日）／あとがき

＊　満州版。奥付は「康徳一〇年一〇月二〇日」。駐満海軍武官府推薦図書。

〔あとがき〕

目下『海戦』は中央公論社より単行本として発売されてゐるが、満州にわたるのはその一割にもあたらないといふやうに聞いてゐた所、この度、新京の国民画報社の奥一君が上京して、是非出し度いと話があつたのを幸、満州版として出版することにした。

これは中央公論社から出てゐるものとちがひ、海軍報道班員として書いたものや、その他数篇を加へて新に一冊にまとめるものである。題名もソロモン海戦とした。同名のものが日本で出てゐるが、これはそれともちがひ、また中央公論社のと混同されたくないために一筆する次第である。

昭和十八年八月　　文雄

1053　**現代史　第一篇―運命の配役**

昭和一九年一月三〇日　改造社

三七二頁　二円六〇銭（二円五〇銭　特別行為税一〇銭）　四六判　紙装　角背　佐野準次郎装幀

旧字旧仮名

現代史第一篇（改造　二四巻四号～九号　昭和一七年四月一日～一〇月一日　五回）

1054　**水焔**　昭和一九年三月一日　新潮社
三四七頁　一円八〇銭（税四銭）　四六判　紙装
角背　恩地孝四郎装幀　旧字旧仮名　二〇〇〇〇部
水焔（毎日新聞　昭和一八年四月一九日～八月二八日　一二〇回）
二つの家族／美質／ふとした機会／入所第一歩／幼い夢／水の上／街で／演劇の夕／今日の運命／姉と弟／窓の内外／船の出来事／己の位置

1055　**春の山かぜ**　昭和一九年一一月八日　春陽堂
二二六頁　二円四五銭　四六判　紙装　角背
旧字旧仮名　短編集　五〇〇〇部
春の山かぜ（改造　二五巻一一号　昭和一八年一一月一日）／基地の花（文芸読物　一三巻一一号　昭和一八年一一月一日）／靖国のことば（日の出　一二巻一〇号　昭和一八年一〇月一日）／混血児（文芸　一一巻九号　昭和一八年九月一日）／海戦余滴（新太陽　一四巻九号　昭和一八年九月一日）／呉の宿（日の出　一二巻八号　昭和一八年八月一日）／婆婆人（新女苑　七巻八号　昭和一八年八月一日）／知られざる頁（大洋　五巻一二号　昭和一八年一二月一日）

1056　**春の山かぜ**　昭和二〇年六月一〇日　春陽堂
二二六頁　二円四五銭　四六判　紙装　角背
旧字旧仮名
＊　1055の異装版。

1057　**春の門**　昭和二一年一月一〇日　新生活社
二六四頁　五円　四六判　紙装（フランス装）　角背
清水崑装幀　旧字旧仮名　新生活叢書
春の門（書き下ろし　昭和一六年執筆）

1058　**豹と薔薇**　昭和二一年四月一五日　白鷗社
一二八頁　五円　B6判　紙装　角背　旧字旧仮名
かもめ文庫
作者の言葉／豹と薔薇（若草　一三巻一～六号　昭和一二年一月一日～六月一日）／ある喪失（若草　一一巻八号　昭和一〇年八月一日）
〔作者の言葉〕
『豹と薔薇』は中学生の思ひ出を書いたものである。自叙伝ではないが、それに近い。作者自身に一番なつかしい作品だ。この中では先づ私が生活をしてゐる。多分に青年にあり勝ちな個人的な感情に溺れてゐるが、その意味で如何にも私らしく詳《ママ》りのない現実に接してゐるといふ満足もある。

○

現代文学に、なにを要求するかときかれたならば、平凡な言葉ではあるが強い性格人に接したいといふ他はない。同時に作家については自力本願である。近ごろ流行の現代人の無性格とか、これに反駁した風な性格云々は、主張者それぞれには理屈あつての言葉であらうが、いかにも文学的な見方であるといふ不満が感じられる。

○

小説家の最上の望みは、自分の作品がつねに聡明な読者に読まれることに他ならない。作家は全部を自分のために書くものではないと思はれる。自分のために書く気持は極く少量にとゞめて置かなければならないのだ。

　聡明な読者は作者の思想を生活するものであるのだ。またはそれを破壊する。作者の意志を受け入れたり、信じなかつたりするものである。その作品のため読者の憎しみを買ふことは、また作者の喜びにもなるのである。

○

　小説にあつては如何なる主義もこれに限る至上の主義といふものは存在しないのだ。読者の好みによつて千差万別であつて差支ないのだ。人間はどんな主義にも興味をひかれるが、いかなる主義にも飽きるのが、通性であるからだ。たとへば、現代の英雄といふやうな言葉も、ちよつと流行のやうであるが、いちいちさようなレッテルを貼りつけなければならないことが不満なのである。強い性格―さう形容するだけで、たくさんなのではないかと私は思つてゐる。

○

　人間は所詮誰かのために生きていくものである。誰かのため、この気持を忘れすて《ママ》に出来る人間は幸せなのではないかと思ふ。どうやら自分には、この誰かのためといふ気持がどこまでもつき纏つていくものらしい。（以上は作者の数ある感想文から抜率《ママ》したものである）

＊「作者の言葉」は表紙見開きに掲載。裏には無記名「かもめ文庫刊行の趣旨」、「新人を嘱望す」を掲載。

1059 **眉匠**　昭和二一年五月一日　オール・ロマンス社
三二頁　二円　B6判　紙装　角背　旧字旧仮名
オール・ロマンス叢書第一輯　村唯一装幀
眉匠（週刊朝日　三九巻二五号　昭和一六年六月二日）

1060 **姉おとうと**　昭和二一年五月一五日　生活社
三一頁　一円五〇銭　B6判　紙装　角背　二段組
旧字旧仮名　日本叢書五五
姉おとうと（書下ろし）

1061 **現代史**　昭和二一年五月二五日　創生社
二八二頁　二五円　B6判　紙装　上製　角背
塚本自然装幀　旧字旧仮名
まえがき／前篇〔第一章　海を渡る／第二章　諜報機関／第三章　北一輝かへる／第四章　挿話／第五章　自分の巣／第六章　落選まで〕／後篇〔第一章　政治の雰囲気（新小説　一巻二号　昭和二一年二月一日）／第二章　力の信者（時局情報　一〇巻一号　昭和二一年一月一日）／第三章　巻紙と暗殺（文明　一巻一号　昭和二一年二月一日）〕

〔まえがき〕
　この一篇はいはゆる歴史ではない。また伝記物でもない。あくまで自分の創作である。小説は人生の仮構であり、現実の上に第二の現実をうち建てるものと私は信じてゐる。
　歴史はあらゆる人々によつて書かるべきである。「現代史」は一時期の歴史であるが、私は自分の創り出す現実によつて、多くの人々にまじはり、歴史編纂の一部をになひたいといふ野心を抱いた。

今日豁然と開かれた自由と民主主義は、私達の力で闘ひとつたものではなく、外からの力で得たものである。今私達のおかれてゐる現実はとてつもない苦悩の道程である。と言ふことは、私達が歴史から拒絶された存在ではあり得ないからだ。私達は過去にも責任を持つべきである。しかしまた戦争責任は単に過去や外側にある問題ばかりではなくして、現在の私達の心の問題である。私は殊に自分の問題としてそれを痛感してゐる。

「現代史」には戦争犯罪者が多く登場する。この一冊にまとめるに際して、本名に書き代へた。

前篇を「改造」誌に連載したのが、戦ひの初期であつたが、後篇は余儀なく筆を折らねばならなかつた。若しも日本が戦ひに勝つたとしたら、「現代史」は永久に書かれなかつたであらう。否応なしに永遠に真実から眼を塞がれたことであらう。敗戦となり、私はまるで憑かれた人のやうに書くことを急いだ。どうしてあんなに急いだのか、今思い返してみても変な気がする。そのため前篇と後篇は観察の上にも、感想の上にも違つた色調を取るやうになつた。時間的にもいちいち主人公を追つてゐられなかつた。

一九四六年五月

栃木県の疎開先にて　文雄記

＊前篇は「現代史　第一篇」（改造　二四巻四号～九号　昭和一七年四月一日～一〇月一日　全五回）の大幅改訂。

1062 **三姉妹**　昭和二一年五月二五日　春陽堂
三五〇頁　一八円　B6判　紙装　角背　旧字旧仮名
江崎孝坪装幀　一〇〇〇〇部

三姉妹（原題「三人姉妹」　福岡日日新聞ほか新聞四社連合　昭和一六年一月一日～八月七日　二一三回　四六〇枚）

1063 **女形作家**　昭和二一年七月一〇日　白都書房
八七頁　四円五〇銭　B6判　紙装　角背
山田義夫装幀　旧字旧仮名　白都叢書一輯

女形作家（書き下ろし）

1064 **芽**　昭和二一年七月一〇日　和田堀書店
二四三頁　一三円　B6判　紙装　角背　パラフィンカバー　旧字旧仮名

小さい娼婦（新雑誌　昭和一〇年七月）／青春の主題（週刊朝日　二八巻二〇号　昭和一〇年一〇月一日）／芽（三田文学　一〇巻一〇号　昭和一〇年一〇月一日）／嫉妬（大和　一巻二号　昭和一〇年二月一日）／石採祭の夜（時事新報　昭和九年七月一六日）／海辺の出逢い（キング　二二巻三号　昭和二一年三月一日）／雪（エコー　三三八号　昭和九年一一月一日）／花嫁（新小説　一巻二号　昭和二一年二月一日）／田谷の話（文芸雑誌　一巻一号　昭和二一年一月一日　原題「一色淑女」）／混同の秘密（文芸春秋　一四巻一号　昭和一一年一月一日）／雀太郎（大阪朝日新聞　昭和一一年一月五日）／浮気（新装　昭和一〇年一二月）／伊豆の記憶（世紀　一巻七号　昭和九年一〇月一日）／あとがき

〔あとがき〕

初期の作品をみると、気まり悪いが、なつかしさもある。ここに収めたものは一篇だけをのぞいて他はすべて初期のものであり、それを書いた当時のことがいろいろと思ひ出される。

閨秀作家といふ名で本にしたが、部数も少く、著者の私ですら持つてゐない本である。現在ではほとんど無くなつてゐるだらう。それを再販するに当つて、私としては筆を入れたいと思つた。しかし思ひ直した。勿論つたない小品ばかりではあるが、つたなさの中に作者の感傷の拠りどころも見出せるのである。年月を経て、自作をふりかへる時は、作者といふ気持よりも鑑賞者の気持が強く動くものであるが、またそれだけに作品の未熟さも一種いぢらしいものに思はれる。

今は言語の自由が与へられてゐる。演劇に小説に、思ひ切つた奔放な調子が現はれて来てゐる。反動といふことはであるが、それにしてもこの時代にこの旧作が再び陽の日を見るにいたつたことは感慨無量である。今の私にはとてもこの作品集に収めたものと類似のものは書けない。小鬢に白髪を見るやうになつた今、この書を読者におくることは、ちよつと勇気が要る。しかし作者にとつて明かに一里塚であつた以上は、否定することは出来ない。

作者はかくの如く言訳をする。しかし、さういふことに関心をもたない読者にもこの一冊で小説の愉しさは味つてもらへるだらう。

昭和二十一年四月　文雄

1065　**愛欲**　昭和二一年七月一〇日　東八雲書店
一五〇頁　五円　B6判　紙装　角背　旧字旧仮名
愛欲（芸術　一号　昭和二一年七月一〇日）

1066　**陶画夫人**　昭和二一年八月一五日　六興出版部
二〇二頁　一〇円　B6判　紙装　角背　旧字旧仮名
陶画夫人（サンデー毎日　二五巻二～一五号　昭和二一年一月五日～四月七日　一三回）

1067　**学生時代**　昭和二一年八月二〇日　碧空社
二四九頁　一三円　B6判　紙装　角背　旧字旧仮名
鈴木壽一郎装幀　碧空叢書一
継子と顕良（文芸春秋　一七巻一一号　昭和一四年六月一日）／女人禁制（中央公論　五一年六号　昭和一一年六月一日）／学生時代（「藍染めて」改題　新女苑　一巻一～七号　昭和一二年一月一日～七月一日　七回）

1068　**昔男ありて**　昭和二一年九月一日　豊島岡書店
二三二頁　一五円　B6判　紙装　角背　旧字旧仮名
昔男ありて（会館芸術　九巻一～六号　昭和一五年一月～六月一日　六回）／隣人（中央公論　五四年九号　昭和一四年九月一日）／巷の早春（新潮　三七年五号　昭和一五年五月一日）／風俗（日本評論　一五巻六号　昭和一五年六月一日）／達者な役者（作品　六巻七号　昭和一〇年七月一日）／岐路（中央公論　五〇年三号　昭和一〇年三月一日）

1069　**椿の記憶**　昭和二一年九月二〇日　コバルト社
一七九頁　一三円　B6判　紙装　角背　カバー
旧字旧仮名　コバルト叢書一八
自分の鶏（改造　一七巻六号　昭和一〇年六月一日）／町内の

風紀（中央公論　五二年一二号　昭和一二年一二月一日）／椿の記憶（世紀　二巻三号　昭和一〇年四月一日）／温泉神（週刊朝日　二八巻一号　昭和一〇年七月七日）／真珠（早稲田文学　二巻六号　昭和一〇年六月一日）／移つて来た街（早稲田文学　二巻一一号～三巻一号　昭和一〇年一〇月一日～一一年一月一日）／蜀葵の花（新潮　三三年一号　昭和一一年一月一日）

1070　**東京の女性**　昭和二一年九月二〇日　三島書房
四〇一頁　二五円　Ｂ６判　紙装　角背
恩地幸四郎装幀　旧字旧仮名　三島文庫六
東京の女性（報知新聞　昭和一四年一月二三日～六月一六日　一四五回）

1071　**憎悪**　昭和二一年九月三〇日　大野書店
二一九頁　一五円　Ｂ６判　紙装　角背
小谷良徳装幀　旧字旧仮名
雨（世界文化　一巻一号　昭和二一年二月一日）／逆縁（新風　一巻二号　昭和二一年二月一日）／魚心荘（潮流　創刊号　昭和二一年一月一日）／人と獣の間（新人　二五巻一二号　昭和二一年三月一日）／籠眼（婦人画報　四一巻五号　昭和二一年四月一日）／山村の静（新女苑　一〇巻二号　昭和二一年二月一日）／篠竹（新生　二巻一号　昭和二一年一月一日）／憎悪（評論　一号　昭和二一年三月一日）
＊　目次には「篠竹」のみ表記なし。

1072　**柔い眉**　昭和二一年九月三〇日　太白書房
二〇八頁　一五円　Ｂ６判　紙装　角背　旧字旧仮名
柔い眉（サンデー毎日　一八巻二～一五号　昭和一四年一月一日～三月二六日　一二回）
＊　「職業もつ女」改題。

1073　**或る女の半生**　昭和二一年一〇月五日　日東出版社
二二三頁　一六円　Ｂ６判　紙装　角背　永井保装幀
旧字旧仮名
或る女の半生（中央公論　五五年八号　昭和一五年八月一日）／文鳥と鼠と（新潮　三三年五号　昭和一一年五月一日）／日記（文芸　五巻一号　昭和一二年一月一日）／狂つた花（文芸春秋　一五巻四号　昭和一二年四月一日）／海の色（文芸　五巻六号　昭和一二年一一月一日）／妻の作品（改造　二〇巻三号　昭和一三年三月一日）／あとがき
〔あとがき〕
「或る女の半生」は中央公論に発表のもので、この一篇は私のものとしては風変りであると同時に、書き方にも一つの冒険がある。つまり今まで小説の肉づけとされてゐたものを一切抹殺したならばどうなるかといつた冒険であつた。デテールをすべて消して書いた。自分としては改めて小説に於ける夾雑物の意味といふものが判つた気がした。これにはモデルがある。モデルからこの一篇を感謝された。私は原稿料の一部を贈つたが、それが建碑の一部になつたといふ思ひ出がある。
「文鳥と鼠と」は文芸に発表、この題材で二三篇書いてゐるが、抒情的なものは、この一篇が比較的作者の気に入つたやうに出てゐると思つてゐる。

「日記」も文芸に発表、中野文園町に最初に家を持つた経験が、この中に大いに利用されてゐる。勿論出来事は違ふが、類似の借家が二軒並んでゐて、どちらの家の出来事も互によく判るので、気持の上でかなり困つた。題名は内容にふさはしくなかつた。そのことは瀧井孝作氏にも言はれた。瀧井さんに褒められたことを覚へてゐる。

「狂つた花」は文芸春秋に発表した。村女史に長篇の一部のやうだと言はれたが、密度の点ではなるほど長篇の一部のようである。兜町に通ふ中年女をモデルにしたが、兜町なるものをもつとよく知つてから書けばもつとよかつたと思つてゐる。この題材はこれからも手がけたいと思つてゐる。

「海の色」は事変初期のもので、文芸に発表した。その頃の若い女性の日常生活の具体性を現すために、戦地に送る品物の名前を書き並べたところ、或る批評家から便乗的だとやられた。さういふ観方しかできないおろかな批評家もいるものだと呆れた経験を思ひ出す。

「妻の作品」は改造に発表。私のものとしてはそれほどあくの強くなく、誰にでも受け入れられる作品である。二三の出版社からこれを求められたが、結局この書に収めることになつた。

文雄

1074　**女ひとりの道**　昭和二一年一〇月一〇日　日本書林
二〇〇頁　一二円　B6判　紙装（フランス装）
角背　三岸節子装幀　旧字旧仮名
〔収録〕
開かぬ門（日の出　九巻一一号　昭和一五年一一月一日）／幼い薔薇（サンデー毎日　一六巻三三号　昭和一二年七月一日）／女ひとりの道（週刊朝日　三一巻一号　昭和一二年一月一日）／微風（新婦人　昭和二一年六月一日）

1075　**女優**　昭和二一年一〇月一五日　生活文化社
二四九頁　一七円　B6判　紙装　角背　パラフィン
旧字旧仮名
女優（サンデー毎日　一七巻二八号　昭和一三年六月一〇日）／老愁（モダン日本　一二巻八号　昭和一六年八月一日）／小鳩（オール読物　六巻九号　昭和一一年九月一日）／湯の娘（若草　一二巻一〇号　昭和一一年一〇月一日）／湯の町（日の出　七巻一〇号　昭和一三年一〇月一日）／秋花（改造　一八巻一二号　昭和一一年一二月一日）／復讐者（週刊朝日　三一巻二七号　昭和一二年六月一日）／吹雪（週刊新日本　特別号　昭和二一年六月一日）

1076　**豹の女**　昭和二一年一〇月一六日　葛城書店
二二九頁　一五円　B6判　紙装　角背　パラフィン
旧字旧仮名
豹の女（河出書房『豹の女』昭和一二年一〇月一九日）

1077　**再会**　昭和二一年一一月一〇日　昭森社
二三九頁　二〇円　B6判　紙装　角背
児島善三郎装幀　旧字旧仮名　現代作家叢書三
再会（改造　二二巻四号　昭和一五年三月一日）／太宗寺附近

（文芸　七巻一二号　昭和一四年一二月一日）／怒濤（改造　二三巻一一号　昭和一六年六月一日）／三日坊主（行動　二巻九号　昭和九年九月一日）／あとがき

〔あとがき〕

「再会」の題材はあまりに異常である。直ちに作者の私小説と解釈されることは迷惑であるが、多分に私小説の世界に拠つたものである。しかしこの一篇に現はれる家庭的感情は、どこの家庭にも多少とも陰をひそめてゐると考へる。その意味で私の念願は、徹底的に日本の家庭制度にメスを入れたいことである。私たちが十重二十重の検閲の桎梏にあつた頃には、とても自分の親を俎上にのせて書くことは許されなかつた。例へば母親に対して、母親を人間的に解釈することは由々しき瀆罪とされてゐた。母親の正体を見届けようと欲しても、神聖を犯すものとして、批判の目は許されなかつた。不自然なことであつた。今日再び私たちは自由に批判することが出来る。しかしたとへいかやうに母親を俎上にのせたとしても、母親が他人となる筈もなく、母親としての位置は絶対のものであることが、更に鮮明に印象づけられるのである。この一篇を發表した時、作中に出てくる或る作家が、これは文学精神の喪失だと評した。新聞の編輯者や雑誌の編輯者が反駁文を書くやうにとすすめてくれたが、彼には特に解釈があることとして私は反駁しなかつた。作家は己の書くものを偽ることが出来ないものだ。彼が否定したのは当然で、若し彼が黙つてゐるのなら嘘をついてゐることになるからである。不断《ママ》から私は彼をその意味で眺めてゐたので、否定されるのは痛くとも何ともなかつた。彼と私は文学の考へ方が違つてゐるからであつた。私はこれを書いて、文学者の悲しさには何の救ひもないことをしみじみと知つた。

「太宗寺附近」を書いて続いて「浅草寺附近」を書いた。すると或る人が「崇顕寺附近」がやがて現れるだらうと皮肉つた。崇顕寺とは私の生れた家である。寺附近ものをねらつた訳ではない。私はどちらかといへば、題名には拘泥しない方である。太宗寺や浅草寺が出てくるからそれをつけたまでである。或る時代の私は、かうした小説の世界に創作の張り合ひを見出してゐたが、風俗作家と言はれてきた自分も、正体は案外さうではないらしい。さう言ふのは文壇月評批評家の一番言ひやすい言ひ方の結果であつて、私を十分に見抜いてゐないのである。

「怒濤」に来て、漸く自分の世界を見出したやうに思つた。今後はこれから発展するものと考へてゐるが、この小説はこれまでの作風と変り、作品の評価を作者が先に立つて限定してゐるやうなものである。「三日坊主」の時代は、作品そのものに一切のものを含めて作者は顔を出してゐないのである。読む人の心の深さ浅さ如何によつて、深刻にも浅薄にも、面白くも、面白くなくもなるやうな形式である。が、段々と年齢をとるに従つて、私は喋り出したくなつた。作品そのものに喋らせるのではない。作者がぢかに喋りたいのである。

初期の私の作品は、その意味でも謙遜でもあつた。そして常に危険な誤解と背中合はせであつた。「三日坊主」に興味をもつ読者は、大抵私の狙つたもの以外に関心をもつのである。小説は決して読者を強いてはならない。それ一つを金科玉条と心得ていいが、段々と我儘が出て来たやうである。小説の読み方を一つに限定してしまひたい誘惑に負けるやうになつた。これは私にとつて大きな革命である。野生的な創作態度から徐々に観念的に移つていくやうである。この変化は私にとつてはやむを得ないのだが、如何に生くべきかの回答に対して、私はいささか性急になりすぎてゐるのかも知れない。

昭和二十一年秋

1078　**書翰の人**　昭和二一年一一月一〇日　鎌倉文庫

二九二頁　二〇円　B6判　紙装　角背　帯

旧字旧仮名　現代文学選一八

書翰の人（文芸　九巻二号　昭和一六年二月一日）／煩悩具足（文芸春秋　一三巻八号　昭和一〇年八月一日）／菜の花時まで（日本評論　一一巻四号　昭和一一年四月一日）／浅草寺附近（改造　二二巻一八号　昭和一五年一〇月一日）／人生案内（改造　二一巻二号　昭和一四年二月一日）／あとがき

〔あとがき〕

「書翰の人」はモデル小説であるが、モデル小説としてではなく自分の好きな作品である。自分のものでも好きなのと嫌ひなのと、どうでもよいのがあるが、この作品はこの前後の私の作風が変つて来てゐるといふ意味でも忘れられないものである。鉄は熱い内に打てといふのが持論で、これもさめない内に執筆したものである。何か急いで書いてゐる。あとから考へて、かうした材料は是非長篇の形式でじつくりと書くべきだと思つた。急いで執筆したので、大切なものを随所に落してしまつたやうであり、それだけに未練のつながる作品である。もう沢山といふほど時間をかけ、書きつくした作品となると、あとから惹かれるものを覚えない。

「人生案内」には二三ヶ所地理的にまちがつてゐるところがあるさうだが、私は別に直さうとは思はない。この作品は出来上りの雰囲気を予想して書いたものではなくて、どんなものになるか、見当もつかずに書きつづけたものだ。芸術作品としては粗けづりで、自信がもてないのだが、何か一風変つた生気のあるものを書いたといふあと味は忘れられない。これは日本海の八洲ホテルに宿つてゐて、締切の間際までひつぱつた小説である。半分渡してまたあと半分を書くといふことは私の場合ないことであつたが、これだけはさうして書いた。ホテルといふ部屋の調度品にかこまれておよその雰囲気とちがつた材料をこなしてゐるので、時々妙な気がした。私はこの後も時々、デテールを省略した小説に魅力を覚えるやうになつた。

「煩悩具足」私といふ人間は人間をとらへる場合に抽象的な側からでなく、よくよく具体的な側面からはいつていく型である。この作品などある意味ではもつとも私の体臭の強いものである。しかしこの方法には先輩の影響が多い。次第に私はこのやり方に不満を覚えはじめて、さまざまの形のものにはしるやうになつたが、出発点を決定した流儀はさう簡単に変へられるものではなく、どこまでもこのやり方がつきまとつてゐる。近頃の書くものなどは、わざわざこのやり方に逆はうとさへしてゐる。この作品など随分えげつないものだが、具体的につつこんでゐると、この境地まで達しなければ我慢がならなくなつてしまふ。作者の思想を作品自身に語らせようとするには、思ひ切つたつつ放し方をしなければならないものである。誤解や読みちがひされるのも、このやり方のせゐであるが、この方法をやめない以上は私はいつも私の半分だけが読者に理解されてゐるのである。

「菜の花時まで」私の私小説である。このなつかしい題材になつた郷里も空襲できれいになくなつてしまつたことを思ふと、この小説までが感慨無量の種になる。私小説といつても私の場合は他の私小説ほど激烈なものではない。だから或る人が云つてゐたやうに、その作者の顔を思ひうかべながら私小説をよむと興味がふかいと。私の場合などその例だらう。しかしこの作品は私にとつて二度と書けないものであり、私自身のなつかしい思ひ出である。作品の出来栄えなど、二の次である。

「浅草寺附近」は私がこの選集に自選したものではなくて、鎌倉文庫の審査部からの希望で入れたものである。私はこの代りに「再会」を入れてゐたが、どういふ理由か、変へられた。

「浅草寺附近」は、大分書くものがやかましくなつてからの作品なので、無理に省筆したところがある。その意味では記録的にもならうが、私としては大して愛着ももつてゐない。しかし審査部を川端康成さんと中山義秀君がやつてゐると聞いたので、安心して任せることになつた。私に判らないところが二君には判断されたのであらう。

〔帯〕表〈書翰の人／奔放な散文精神を以て、女性風俗を描き、颯爽と登場せる丹羽文雄氏の、常に変貌して然も常に己を一貫する確信の珠玉篇――／愛欲の中に嘗つて見ぬ赤裸々な女性を描き尽した問題作「書翰の人」を始め、自己の真実を捉へて余すところのない「煩悩具足」「菜の花時まで」生々しい現実に力強い人生を顕出した「浅草寺附近」同じく大阪の街に人生を捉へて氏の作為的力量を不動ならしめる「人生案内」を収めて、丹羽文学の本質を余蘊なく伝へた一巻。／丹羽文雄著　価廿円〉背〈鎌倉文庫版〉

1079　**女の侮蔑**　昭和二二年一月一日　三昧書林
一九二頁　一八円　B6判　紙装　角背
中原史人装幀　旧字旧仮名
鮎（文芸春秋　一〇巻四号　昭和七年四月一日）／女の侮蔑（日本評論　一二巻七号　昭和一二年七月一日）／袴（文学界　二巻八号　昭和一〇年九月一日）／簞笥（新風　一巻二号　昭和二〇年二月二五日）／弥生（新女苑　三巻九号　昭和一四年九月一）／小さな花（日の出　一四巻七号　昭和二〇年一二月一日）／蜀葵の花（新潮　三三年一号　昭和一一年一月一日）

1080　**贅肉**　昭和二二年一月二五日　実業之日本社
二〇五頁　二〇円　B6判　紙装　角背　旧字旧仮名
贅肉（中央公論　四九年八号　昭和九年七月一五日）／甲羅類（早稲田文学　一巻二号　昭和九年七月一日）／象形文字（改造　一六巻四号　昭和九年四月一日）／妻の死と踊子（中央公論　五〇年一〇号　昭和一〇年一〇月一日）／愛欲の位置（改造　一九巻六号　昭和一二年六月一日）

1081　**二つの都**　昭和二二年二月一日　新月書房
三七二頁　七五円　B6判　紙装　角背
吉田貫三郎装幀　旧字旧仮名

二つの都（大陸新報　昭和一五年一月一日～六月二一日　一六〇回）

＊扉に写真一葉。

1082　**闘魚**　昭和二二年二月二〇日　コバルト社
三〇二頁　三五円　B6判　紙装　角背　パラフィン
旧字旧仮名　映画化文芸傑作選

闘魚（朝日新聞　昭和一五年七月一三日～一二月五日　一四五回）

1083　**再婚**　昭和二二年三月二〇日　日東出版社
一七九頁　二五円　B6判　紙装　角背　旧字旧仮名

再婚（サロン　一巻一～四号　昭和二一年八月一日～一二月一日　四回）／植物（女性　一巻四号　昭和二二年三月二〇日）／山里（暁鐘　一巻三号　昭和二一年九月一〇日）／狆のいる家（サンデー毎日　二六巻一四・一五合併号　昭和二二年四月六日）／あとがき

〔あとがき〕

「再婚」は、「サロン」なる小型の創刊号から四回つづきで発表したものである。これにはモデルがあるが、モデルを明かすわけにはいかない。もつとも作中人物には、それぞれ作者の創作が加はつてゐるから、モデルの実在もそれほどこの小説には関係がない。この第一篇が発表になつた時、「大人に読ませる小説を丹羽文雄が書いてゐる」といふ広告が新聞に出た。大人によませるとか、子女に読ませるとか、特別に私は区別して書いてゐるつもりはなかつたので、この広告には驚いた。しかしさういへば私もこれまで、雑誌の性質によつて、注文をつけられて、さんざんに妥協して、サービスの小説を随分書いて来てゐる。いまよみ直しても冷汗ものである。終戦以来、私はさうした妥協は一切排斥してきた。そのため近頃の私の書いたものが、女性に妙に風当りが強くなつてゐると評判されるやうになつた。特にさうは分けてゐるのではない。これまでの私が、あまりに商業主義に無抵抗であつたのだ。

「山里」は、「暁鐘」に発表する。私の農村物の一つで、「愛欲」「霧境」に連なるものである。私はあくまで農村の傍観者である。それだけにまた別なものを見てゐると信じてゐる。

「植物」は「女性」の特輯号に、

「狆のゐる家」は「サンデー毎日」にそれぞれ発表したが、前述の妥協を排した私の生き方を如実にこれらが物語つてくれるだらうと思ふ。近頃の旧に還つた風な商業主義に接する、私はますます終戦以後の信念を強固にしたいと思ふ。因に「狆のゐる家」一篇は「狆のいる家」といふ風に新仮名遣になつてゐるが校正の煩雑を避けるためにそのままにした。

「狆のいる家」「植物」はそれぞれ十二月号新年号に発表の予定で書いたものであるが、近頃の出版事情の混沌ゆゑ、雑誌に掲載されるよりも先にこの本が出るかも知れないが、その点も読者は諒解されたい。

昭和二十二年早春　　文雄記

1084　**愛欲**　昭和二二年五月一二日　朝明書院
二〇五頁　三五円（改正一五〇円）　B6判

紙装(フランス装)　角背　海野建夫装幀
旧字旧仮名　短編集

〔収録〕愛欲(芸術　昭和二一年七月一〇日)/八月十五日(暁鐘　創刊号　昭和二一年五月一日)/錯覚(風雪　一巻一号　昭和二二年一月一五日)/あとがき

〔あとがき〕

「愛欲」「八月十五日」は、今までの私のものになかつた農村生活を背景にしたものである。農村生活といつたところで、私は鍬を手にしたわけではない。その点、農村の実感とは縁の遠いものであることは確だが、私は私なりに第三者の目として農村生活を捉へてゐると思つてゐる。日本では偏狭な見方があつて、農村でない人間が農村を描く場合は、信用しないといふをかしな習慣がある。かうしたをかしな習慣の結果、日本の小説家は誰からも信用される材料として、小さく狭くすくみ上つた結果、身辺雑記小説といふ小説のジヤンルを作り出した。「錯覚」はこれまた小説家の生活には縁の遠い税官吏の世界であるが、私が税務署の官吏でない以上、この小説は信用するに足りないといふ論法になるわけである。まことに偏狭な、島国根性の、哀しい習慣である。その流儀でいくと、トルストイの「闇の力」も、チエホフの農民物も、ことごとく信用するに足りないといふことになるのである。

しかし、もういゝ加減鎖国的な、をかしな、せまい考へ方から解放されてもよいのではないか。日本に本格小説の生れない秘密も、案外このやうなところにある。もつとも一般の読者は素直に、この「愛欲」一冊を読んでくれることと信じる。三篇とも終戦後の作品であり、読者の期待に添へるものと思ふ。

昭和二十二年春　　文雄記

1085　**理想の良人**　昭和二二年五月一五日　風雪社
一五六頁　五〇円　A5判　紙装　角背
佐野繁次郎装幀　旧字旧仮名

理想の良人(人間　二巻二号　昭和二二年二月一日)/六軒(新潮　四四年二号　昭和二二年二月一日)/厭がらせの年齢(改造　二八巻二号　昭和二二年二月一日)/あとがき

〔あとがき〕

私は今日までに四百字詰原稿用紙を約三万枚書きつぶしてゐる。そして漸くたどりついたのが、「理想の良人」であり、「厭がらせの年齢」であり、「六軒」である。私は本年で四十四歳である。

かつてある華人が私の手相を見て、努力型の人間だと言つた。平たくて、肉のもりあがつた掌をしてゐるからだ。大きな手だ。この手は百姓の手である。私の父は名古屋出の百姓の二男に生れ、寺に養子に来たのである。だから私の中にも百姓の血は流れてゐる。私はよくよく努力型である。三万枚を約十五年間に書いてゐる。しかし三万枚も書きあげながら、この境地から顧れば、忸怩たるものがある。いや、私としては精一ぱいだつたと自己弁護しよう。行李に一ぱい小説原稿をつめて上京し、川端さんを呆れさせたのは十何年昔のことである。今後の私は、やはり書きまくつて死ぬことだらう。先日もある所で、草野心平君が、君の顔は君の書く小説そつくりだと言つた。いかにも小説的な顔をしてゐるといふのである。いふこと、なすこと、すべてが小説的だといふのである。その評言を、今の私はすなほにうけとれる気持になつてゐる。が、さてどういふのが小説的顔であり、振舞ひであるのか、さういふ私にはよく判らない。ただある種の感じが通じるだけである。

「六軒」は近頃しきりと私の書く一つの様式のものである。本多顕彰君が、「六軒」は小さんの味だと言つた。なるほどさうかと私は思つた。思ひもよらない批評であつたが、さう言はれてみると作者自身頷かずにはゐられない。「厭がらせの年齢」「理想の良人」は様々の問題を提供出来て、作者は満足である。近作のこの三篇を書いた時間はそれぞれ二三ヶ月間に渡るが、印刷や編輯の都合で同じ二月に発表された。百枚余の「理想の良人」も、八十枚の「厭がらせの年齢」も、それぞれ二日間で書いてゐる。一日に六十枚といふ速力であつたが、もつとも書くまでには相当期間考へてゐるのだから二日間で書きあげたといふことは大して特色にもならない。ことに「厭がらせの年齢」は疎開中に考へてゐた材料であり、材料をあたためてゐたのは数年にもなるのである。もう一篇、この世界のものを書きたいと思つてゐる。二月に三篇が「新潮」「改造」「人間」に発表になると、ひさしく逢はない古谷綱武君から葉書が来た。古谷君は約十年前に丹羽文雄選集七巻を編輯してくれた友達である。十年後の私に対して、なほ愛情を持ち、私を注目してゐてくれることを力強く思つた。十年後にこの三篇を古谷綱武君に読んで貰つたことは、私としても嬉しいのである。古谷君は十年後の私の成長をどう解釈したであらうか。この一冊と同じ風雪社から「鬼子母神界隈」が出版されることになつてゐる。「鬼子母神界隈」「夢想家」「世帯合壁」を一冊にまとめたが、これと「理想の良人」の二冊は、戦争を通つて来た自分の一里塚として、忘れられない創作集のつもりである。

昭和二十二年四月　　　　文雄記

1086　**流れる四季**　昭和二二年五月一五日　鷺の宮書房
二一七頁　三八円　A5判　紙装　角背　善郎装幀
二段組　旧字旧仮名

流れる四季（主婦之友　二五巻一号～二六巻三号　昭和一六年一月一日～一七年三月一日　一五回）

1087　**白い南風**　前篇　昭和二二年五月二五日　八雲書店
三二八頁　六〇円　B6判　紙装　角背
野村守夫装幀　旧字旧仮名

白い南風　前篇（原題「家庭の秘密」　都新聞　昭和一四年六月一三日～一五年二月一一日　二四二回）

火事騒ぎ／話二つ／静子登場／秋近く／奔流／湯田中／笞／駻馬／もどかしさ／弓雄なる男／再び／あとがき

＊「家庭の秘密」改題。

〔あとがき〕

はげしく心を動かされた小説が段々と終りに近付く時には、或る種の焦燥を覚えるものである。思へ（ママ）たよりも早く終りの来ることが残念でならない。あと五十頁、あと三十頁だと、終りの頁数を数へながら、惜しがつて頁を繰つた経験が一再ならず私にもあつた。その面白さは何でもかまはない。私は今日までたくさんの小説を発表して来たが、果してそのやうな焦燥をあたへる小説が自分のものにあつたらうか。あの長篇、この長篇と思ひ返すのだが、無条件でこの長篇小説ならと自信をもつて持ち出せる小説は、残念ながらいまだに一冊もない。汗顔の至である。

　しかし、読者の心を摑む部分を社会風俗史的な点に限るならば、乏しい私の作品の中にもこれならとすすめられるものがある。それがこの「白い南風」である。風俗小説といふ限定をもつなら、この長篇は多分読者に或る焦燥感をあたへるにちがひないといふ自信をもつてゐる。以前に「家庭の秘密」として発表したが、その題名があまりにくだけすぎてゐて、お涙頂戴映画の題に類したために、当然読まれるべくして読まれなかつた憾みがあつた。それに読者は常に調子の高いものを求めてゐるのであり、たとへば活字の組方にしても、ルビ付では、一部の読者を対象としてゐることになり、他の多くの読者はもうそれだけで目をそむけてしまふものである。仕合はせと八雲書店主中村梧一郎君の好意で、この長篇がもつともまともな扱ひをうけることになつた。中村君の好意に読者もすぐに判つてくれることと信じてゐる。

　昭和二十一年七月　文雄

1088　**第二の結婚**　昭和二二年六月一〇日　東方社
　二四五頁　五〇円　B6判　紙装　角背
　志村立美装幀　旧字旧仮名
七色の朝（週刊朝日　三五巻二一号　昭和一四年五月一日）／唇の門（オール読物　九巻五号　昭和一四年五月一日）／第二の結婚（日の出　八巻八号　昭和一四年八月一日）／虹となる女（オール読物　八巻八号　昭和一三年六月一五日）

1089　**女商**　昭和二二年六月二五日　斎藤書店
　二一八頁　四五円　B6判　紙装　丸背　カバー
　旧字旧仮名　特選小説集
女商（新人　二六巻七号　昭和二一年一〇月一日）／青柿（新風　一巻一〇号　昭和二一年一〇月一日）／計算の男（西日本　昭和二一年七月）／末路（週刊朝日別冊　昭和二一年七月）／機関車（小説と読物　一巻七号　昭和二一年一〇月一日）／霜境（婦人文庫　一巻六号　昭和二一年一〇月一日）／あとがき
〔あとがき〕
「女商」は「新人」に発表した。これまでの私の作風になかつたユーモラスな調子が出てゐるので、珍しいと云つた批評家がゐる。社会諷刺がいたるところに出てゐるのも、これまでの私のものに無かつたこと。ユーモラスな調子を、作者が意識してやつてゐるのが、自づから現れるのか、あいまいだと言つた人もあるが、私は決して意識してユーモラスな調子を出したわけではない。表現や扱ひ方が、それを狙ふのでは、邪道と考へる。真剣になりながら、かへつてそのため予期しないユーモラスな空気があらはれれば成功だと思ふ。これにはモデルがあるが、モデルをそのままに描いたわけではない。比較的この作を小説に纏め上げるのに苦心をした。
「霜境」は「婦人文庫」に発表したが、舟橋、吉屋両氏の長篇にはさまつたこの農村物はひどく婦人の読者を面くらはせたことと思ふ。純文学の力作といふ註文で、私はこれを書いた。

「愛欲」「山里」につらなる一連の農作物である。小説の現実は、決して有閑的なものではないといふ私の持論にも触れたもの。「末路」は或る故人らしいものをモデルにした。冒瀆であつたやうである。いづれこの埋合はせしなければならないと思つてゐる。
「機関車」「青柿」「計算の男」は、読む人の如何によつて何かを拾ひ出してもらへると思ふ。計算的に生きる男と、「青柿」の女性のやうに計算的でなく、そのくせ結果が計算的になる人の生き方、また「機関車」の女性のやうに生きる人間と、まことにこの人生は複雑至極である。

昭和二十二年春　　文雄記

1090　**逢初めて**　昭和二二年六月三〇日　三島書房
　二五一頁　四五円（送料八円）　B6判
　紙装（フランス装）　角背　旧字旧仮名
継子と顕良（文芸春秋　一七巻一一号　昭和一四年六月一日）／女人禁制（中央公論　五一年六号　昭和一一年六月一日）／逢初めて（新女苑　一巻一～七号　昭和一二年一月一日～七月一日　七回）／あとがき
〔あとがき〕
「逢初めて」は私の学生時代を描いたものである。早稲田大学時代のものは、これ一篇である。私にとつてはなつかしいもので、二度と描けないものだ。青春の形態をありのままに描いてゐる。青春のデツサンである。その描き方には、私の気質、知識、意欲が一種の癖をとつて現れてゐる。今日の私はすでにこの当時に決定されてゐる。私のものの見方、その表現の様式はここで決定的な個性的様式を備へてゐる。
はじめ「藍染めて」と題して、雑誌に連載したが、後「逢初めて」と改題して単行本にした時、戦時中であり、学生で恋愛事件を起すとはもつての他だといふ理由で、発禁となつた。終戦後、これを「学生時代」と改題して、碧空社から碧空叢書の第一巻として出版した。が、碧空社は社内の諸々の事情によつて、再版の能力がなく、今度大阪の三島書房に紙型を譲ることになつた。先に「東京の女性」を三島文庫に入れてゐる私は、他の書肆からの話を断つて、この学生時代の思ひ出の長篇を三島書房に任せることにした。
終戦後私の本は随分出てゐるが、中でもこの長篇はもつと多くの人々に読んでもらひたいものの一つである。雑誌に連載中、早稲田の学生に愛読されたといふことは、彼らの青春を私が代つて語つてゐたからに他ならない。
三度版を変へるに当つて、再び「逢初めて」の題名を採ることにした。

昭和二十二年　　文雄記

＊　内表紙に「逢初めて（学生時代改題）」とある。

1091　**鬼子母神界隈**　昭和二二年七月一五日　風雪社
　一八二頁　七〇円　A5判　紙装　角背
　江崎孝坪装幀　旧字旧仮名
鬼子母神界隈（新生　二巻一〇号　昭和二一年一〇月一日）／夢想家（新文芸　一巻三号　昭和二一年六月一〇日）／世帯合

壁（文明　一巻八号　昭和二一年一〇月一日）／あとがき

〔あとがき〕

この一冊にをさまつた三姿は私に長い創作生活にとつて種々の問題を含んでゐる。私のこれまでの決算であると共に、将来の方向を示す。三姿とも終戦後の作品である。

「鬼子母神界隈」は新生の特別号に前書したが、この一作に試みた冒険は、一般の読者には単に興味ある小説といふ風に読まれたやうであるが、総合誌に編輯者や一部の知識人には作者の努力が判つて貰つた。この一作には作者の顔が随所に出てゐるので、そこに混乱を感じさせたが、私としてはその混乱をわざわざ考慮した。人間の生命を摑へ表現するために従来の方法から一歩つき進んだつもりであつた。

「夢想家」は前姿を「林の中の家」として前書し、後姿を「夢想家」とした。今日私は小説に於けるデフォルメといふことをしばしば口にしてゐる。私に、さういふきつかけを与へてくれたのがこの作品である。理論的にデフォルメを先に考へついたわけではなく、この作品が生れて、私自身に一つの意をもつたやうに思つたからである。デフォルメがさうむやみと成功するとは思へない、きびしいリアリズムの上に咲くデフォルメである以上、単なる作者の性格や気質でごまかせるものではないからだ。

「世帯合壁」武田麟太郎に捧ぐとして発表した。この世界は武田に馴染み深いものであつた。私は同時代に作家として誰よりも武田を尊敬してゐた。武田の好きな世界を描く作者は少ない。或は今後現れないのではないか。武田が生きてゐたら、俺の縄張りを荒すといふかも知れない。私はあらゆる世界に首をつつこみたいと思つてゐる。作者にとつてはあらゆる世界が感情や知識の試験場であるからだ。

昭和二十二年六月

文雄記

1092　**若い季節**　昭和二二年七月三〇日　世界社

二三六頁　四八円　B6判　紙装（フランス装）

角背　岡鹿之助装幀　旧字旧仮名

母の青春（エス・エス　五巻四〜九号　昭和一五年四月一日〜九月一日　六回）／若い季節（朝日新聞　夕刊　昭和一一年六月三〇日〜八月六日　三一回）／あとがき

〔あとがき〕

都会に住む若いサラリーマンは、いま時どんな生活様式をとつてゐるだらうか。生活様式などと作者がことさら目を改める必要はない。誰もが食へないので、せい一杯のことをしてゐるにちがひない。午前中は会社の机に向かひ、午後からは自分が食ふために、闇の仕事にとびまはつてゐるのだ。会社の電話は、社用以外の、闇取引に利用されてゐる。当分の間は、かうした切ないぎりぎり一杯の生活が続くのだ。

しかし、時代が経てば、彼らはまた、自分の青春を食ふ以外の概念で持てあましてしまふやうにちがひないのである。青春過剰の時代になる。『若い季節』は或る時代の風俗画であるが、いつかまた、この風俗はくりかへされるにちがひない。彼らは人生に向かつて、もはや奇蹟を当てにしなくなつてゐるだらう。そのくせ、可能な範囲で出来るだけ青春を愉しまうとするだらう。本人は真摯なつもりでも、自づと一幅の風刺画となつてゐるのである。しかし、さうした時代が一日も早くめぐりもどつてくることを、作者も心から願ふのである。

『母の青春』は、またさうした青春の世界の一つの出来事である。若いものを通して、母なる観念を眺めやつたものである。

昭和二十二年五月　文雄記

1093 **群女**　昭和二二年八月五日　新太陽社
二〇〇頁　五〇円　B6判　紙装　角背
三芳小半吉装幀　旧字旧仮名
過去（紺青　一巻四号〜二巻三号　昭和二一年一〇月一日〜二二年三月一日　六回）／群女（婦人画報　五〇九〜五一一号　昭和二二年一月一日〜三月一日　三回）／鼻唄（婦人と政治　一巻一〇号　昭和二一年一二月一日）／三平通り案内（光　三巻二号　昭和二二年二月一日）／清流（モダン日本　一八巻四号　昭和二二年四月一日）

1094 **花戦**　昭和二二年八月一〇日　蒼雲書房
二一八頁　五〇銭　B6判　紙装　角背　旧字旧仮名
花戦（週刊朝日　三三巻一七〜三一号　昭和一三年四月三日〜六月二六日　一三回）

1095 **柔い眉**　昭和二二年八月二〇日　川崎書店
二〇八頁　四五円　B6判　紙装（フランス装）
角背　旧字旧仮名
柔い眉（サンデー毎日　一八巻二〜一五号　昭和一四年一月一日〜三月二六日　一二回）

1096 **嘘多い女**　昭和二二年九月一日　新文藝社
二七〇頁　六五円　B6判　紙装　角背
佐野繁次郎装幀　旧字旧仮名
山ノ手線（行動　三巻八号　昭和一〇年八月一日）／この絆（改造　一八巻二号　昭和一一年二月一日）／雪（エコー　三二八号　昭和九年一一月一日）／嘘多い女（日本評論　一一巻一〇号　昭和一一年一〇月一日）／秋（街　大正一五年一〇月一日）／対世間（新潮　三六年六号　昭和一〇年六月一日）／九年目の土（新潮　三八年一号　昭和一六年一月一日／知性　四巻二号　昭和一六年二月一日）

1097 **似た女**　昭和二二年九月二五日　尾崎書房
二一七頁　五五円　B6判　紙装　角背
堀千枝子装幀　旧字旧仮名
海面（世紀　一巻一号　昭和九年四月一日）／朝（蝋人形　六巻四号　昭和一〇年四月一日）／横顔（新潮　二九年九号　昭和七年九月一日）／遁げて行く妻（サンデー毎日　一七巻四三号　昭和一三年九月二〇日）／似た女（スタア　昭和一二年五月）／鶴（三田文学　八巻三号　昭和八年三月一日）

1098 **十字路**　昭和二二年一〇月五日　日東出版社
二六九頁　八〇円　B6判　紙装　丸背　パラフィン
旧字旧仮名
十字路（中部日本新聞　昭和二二年一月〜六月　＊掲載紙未見）
登場人物／樫／ABC／堀川ほとり／一身上／憂鬱／好きな世界／結婚について／スト是非／パアテイ／実存主義／第二

次交渉／誓ひの日／肉体の悪魔／終りに来て

1099　**南国抄**　昭和二二年一〇月一五日　新潮社
三四八頁　七五円　B6判　紙装　角背　旧字旧仮名
昭和名作選集一五

序／人生案内（改造　二一巻二号　昭和一四年二月一日）／贅肉（中央公論　四九年八号　昭和九年七月一五日）／南国抄（日本評論　一四巻四号　昭和一四年四月一日）／怒濤（改造　二三巻一一号　昭和一六年六月一日）／再会（改造　二二巻四号　昭和一五年三月一日）／古谷綱武「解説」340-343頁

〔序〕

「人生案内」を発表した時、或る文芸時評で、もつと遠慮なく書くとよかつたと言はれたやうに覚えてゐる。これだけでも当時にしたならば随分思ひ切つたものであるが、現在であつたならばもつと書けたであらうと思ふ。しかしもつと書けたことが果して作品にプラスになつたかどうかは疑問だ。私らしい特色の著しい作品だ。

「贅肉」は私と島木健作と並んで文壇に登場した時の作品である。中央公論の新人号であつた。島木君も亡くなつた今、その意味からも思ひ出ぶかいものである。これは私の母親物の一つである。

「南国抄」を発表すると或る人から他人の物語ばかり書いてゐて仕方がないではないかと批評されたやうに覚えてゐる。をかしな批評だが、或る点当つてゐないこともないので、なかなかデリケートな問題だと思つた。ひとの物語を自分流に解釈してはいけないなら、小説家は私小説以外には何も書けなくなる。といふ放言的な抗議も成り立つのである。ところで自分の経験だけしか書いてはならないといつたところで果してどこまで自分のことが書けるだらうか。

「怒濤」はかねて私の考へてゐる小説らしい小説のつもりである。この小説あたりから作者が喋り出して来てゐる。小説家は作品の中で大いに評論をなすべきだといふのが、かねてからの私の思ひである。

「再会」の題材はあまりに異常である。直ちに作者の経験と思はれては困る。この一篇に現はれる家庭的感情はどこの家庭にも多かれ少なかれ惹起されてゐることがらであり、私はいつか日本の家族制度をつつこんで書きたいと思つてゐたが、その手始めの一つである。「厭がらせの年齢」の最近作も、これから続いたものである。私といふ作家は冷酷だと言はれてゐる。私は非情の精神を何よりも大切にしてゐる型だ。私の散文精神もそこから出発してゐるが、自分の性格の中にもその特質のある点は反省してゐる。

私は今日まで は《ママ》百冊余の単行本を出してゐるが、この一冊に収めたものはいはば私の代表的なものばかりで、この一冊をよんで私といふ作家を知つていただければ僥倖と思つてゐる。鎌倉文庫の代表小説選と昭森社の「再会」とこの一冊に収めた短篇が重複するが、この集が昭和名作選集の編輯方針なので、重複を許されたいと願ふ。

昭和二十二年六月　文雄記

1100　**未亡人**　昭和二二年一二月一五日　九州書院

二一四頁　六〇円　Ｂ６判　紙装　角背　旧字旧仮名
人間図（原題「人間模様」日本小説　創刊号　昭和二二年五月一日）／十九歳（新女苑　一一巻四号　昭和二二年四月一日）／無法人（旅と読物　二巻一号　昭和二二年一月一日）／羞恥（婦人の国　一巻二号　昭和二二年二月一日）／未亡人（社会　二巻四号　昭和二二年五月一日）／雑草（文芸　四巻五号　昭和二二年六月一日）
〔帯〕表〈未亡人／彼女達は／生活の道を／愛欲の道を／いかに生きるか／その時代感覚と散文精神を以て文壇に君臨する丹羽氏が未亡人の生態を赤裸々に描く名作〉背〈丹羽文雄著〉

1101　**バラの時代**　昭和二三年一月二五日　和敬書店
二五〇頁　七〇円　Ｂ６判　紙装　角背　旧字旧仮名
バラの時代（小説と読物　二巻五号　昭和二二年五月一日）／脱兎（オール読物　昭和二一年三月一日）／自分がしたこと（日本評論　一三巻七号　昭和一三年六月一日）／青蟬（婦人日本　昭和一六年七月～一二月　六回）

1102　**薔薇合戦（上）**　昭和二三年一月三〇日　講談社
二八四頁　七〇円　Ｂ６判　紙装　角背
脇田和装幀　旧字旧仮名
薔薇合戦（都新聞　昭和一二年五月三〇日～一二月三一日　二一六回）

1103　**魚と女房達**　昭和二三年三月一五日　かに書房
二七一頁　八五円　Ｂ６判　紙装　角背　カバー
旧字旧仮名
下情（オール読物　二巻一〇号　昭和二二年一二月一日）／魚と女房達（人間　別冊一集　昭和二二年一二月一日）／秋風（ＭＥＮ　一巻二号　昭和二二年一〇月一日）／父の記憶（社会　二巻一〇号　昭和二二年一二月一日）／不憫（読物時事　四巻一号　昭和二三年一月一日）／踊子の素性（主婦と生活　二巻七～一二号　昭和二二年七月一日～一二月一日　六回）

1104　**守礼の門**　昭和二三年三月二五日　文藝春秋新社
二六七頁　九五円　Ｂ６判　紙装　角背　旧字旧仮名
守礼の門（文芸春秋　二六巻二号　昭和二三年二月一日）／型置更紗（小説と読物　二巻九号　昭和二二年一〇月一日）／川の相（文明　二巻七号　昭和二二年一〇月一日）／踊子（朝日評論　三巻一号　昭和二三年一月一日）／流転（ホープ　二巻一一号～三巻一号　昭和二二年一一月一日～二三年一月一日　三回）／あとがき
〔あとがき〕
「守礼の門」は私の小説の在り方を端的に示すものである。特色も欠点も示してゐるだらう。この材料をかみ下さうとして三度も失敗をした。一時は非情に精神を拠りどころにする私にも手がつけられないと投げ出し、時間に援助を求めた。誰かの感想文の中に、日本人はあはれみや悲しさの中で日本風な慰めと救ひとに和らげられるものだといふことを書いてゐたが、この一篇では日本風の慰めも救ひもほど遠い。印象は重苦しく、耐えがたいかも知れぬ。しかし耐えて貰らひたいのだ。しつかり見詰めて貰らひたいのだ。作者は虚無と苦悩と頽廃と悲哀に裸になつて向かひ合つてゐる気である。或は私ひとりの躍起かも知れないのだが。これは近頃流行の絶望の文学などと作者は考へてゐない。流行的ではない。それといふのも、文学の本質は常にこの種の絶望と対決を迫るものだから。私の非情は文学的理論にまでまとめ上げられたものではない。私はかんで書いてゐるやうだ。かんといふより私の悲願である。

「川の相」には構成上の破綻のあつたのをみとめる。

「踊り子」の生活の重さは、今日一般の絶望感にはちがひないが、私はことさらこの重さを作中人物に意識せ《ママ》てはゐない。重さが生きるも死ぬのも、読者の胸の中に於いてである。私の仕事は具象的な実感味を盛り上げることにほとんどつひやされてゐる。従来の私のやり方だ。日本人は論理的思想大系を抱くことは不得手だが、それを間違いなく生活化する点では天才的である。私は西洋人のやうに描きたいとは思はぬ。私はあくまで日本人であるだけで有難い。日本人の小説家は、生活化された思想を、自己を、世界を描けばよい。

「型置更紗」はこの中で一抹の清涼剤となるだらう。それ以上は私ものぞまない。

「流転」は三回に分けて発表したもので、私のマダムものの最終版である。自由奔放な或る女性の生活を、その半生の間、私はどんなに重苦しく感じてゐたことか。「流転」を書くことによつて、一応その重さは解決がついたやうである。しかし彼女の後半生は残つてゐる。私は死の瞬間まで彼女の重さを感じてゐることだらう。観念が思想に抽象化された重さでなく、私の場合はあくまで生活化された具象の上でそれを感じる。

昭和二十三年春

文雄記

1105　**蕩児**　昭和二三年三月二五日　全國書房

二五七頁　八〇円　B6判　紙装　角背

猪熊弦一郎装幀　旧字旧仮名

蕩児（別冊文芸春秋　四号　昭和二二年一〇月一日）／復讐（女性　二巻一～八号　昭和二二年一月一日～八月一日　六回）／流行の消息（トップライト　二巻五～九号　昭和二二年五月一日～一〇月一日　五回）

1106　**春の門**　昭和二三年四月一〇日　東方社

二五四頁　七〇円B6判　紙装　角背　志村立美装幀

旧字旧仮名

春の門（昭和二一年一月一〇日　新生活社）

1107　**人間図**　昭和二三年四月三〇日　改造社

三六一頁　二〇〇円　B6判　紙装　上製　角背

丹羽文雄題簽　旧字旧仮名

鬼子母神界隈（新生　二巻一〇号　昭和二一年一〇月一日）／人間図（原題「人間模様」　日本小説　創刊号　昭和二二年五月一日）／世帯合壁（文明　一巻八号　昭和二一年一〇月一日）／夢想家（新文芸　一巻三号　昭和二一年六月一〇日）／理想の良人（人間　二巻二号　昭和二二年二月一日）／女商（新人　二六巻七号　昭和二一年一〇月一日）／あとがき

［あとがき］

ここに収めた六篇は終戦後の主な作品である。

「理想の良人」「人間」所載、このやうな良人は果して現実にゐるかどうか。ゐないかも知れない。するとゾラ的実証精神を大切にする私は、主義に反したものを書いたことになる。といふことは私がゾラ的の《ママ》実証精神を大切にしながら、一方でロマネスクなものにもあこがれるといふことになる。事実私の中には、矛盾した二つのものが起る。

「夢想家」「新文芸」所載になると、ロマネスクが極端になる。私の作風に馴染んだ人々には異外《ママ》な作品だ。しかし私の芸中には、段々とこの種のものを強く求めるやうになつてゐる。一方ではあくまでゾラ的実証精神を守りながらである。この小説の主人公の如きは、現実には生きてゐない。しかし誰かの中に、といふよりは人々の中に、大なり小なりこの種の人間を迎へ入れる余地は残されてゐると私は信じる。その余地に人々は気が付かないだけだ。これはあまりにもロマネスクな小説である。私を指して、現実的なこちこちの作家ときめてかかる批評家には、都合の悪い作品だ。

「人間図」は「日本小説」に「人間模様」として所載、新聞小説と同名なので改題した。亀井勝一郎君に言はせると、私の作品第一等の文ださうである。つまり作者はつひにここまで判り得たかといふ意味だつた。これも従来の私のものとは違つてゐるが、厳密に言へば、どのやうな作品も過去の作品の生長《ママ》である。古谷綱武君が丹羽文雄論の中で、この作の発展経路を心にくいまでに指摘した。

以上三篇は、ロマネスクな小説だ。これまでの私のものに較べての意味である。

「世帯合壁」「文明」所載、武田麟太郎君に捧ぐと献辞をしてゐる。武田君を思ひ出しながら、これを書いた。武田君が死んでから、誰もあまり市井物は書かなかつた。「人民文庫」の一員ではなかつた私が、彼の独壇場を引き継いだ形になつたのは皮肉である。私には最近この種のいはゆる雑階級の小説が多い。

「女商」「新人」所載、誰かが落語のやうだと批評した。これを落語と読める批評家はえらいのかどうか、私には判らない。小説が誤解されるのはやむを得ない運命だが、誤解にも程度があらう。この一篇には筋がまるでないので、小説にまとめ上げるのに苦労をした。

「鬼子母神界隈」「新生」所載、この小説の中では、作者がひつこんでゐるわけにはいかず、いたるところに顔を出してゐる。解体された小説である。私が今後変つていくとしたならば、案外この小説がその踏出になるだらう。もつとも変らうと思つて変はれるものではない。変はるには変はるだけのものが内部に醗酵しなければならない。私といふ作家は、内に変化が生じると、先づそれを小説の形式に表現して、それから変はらざるを得なかつた理由を小説以外の形で発表する。

今後もますます私は変貌をするだらう。おそらく死ぬまでこれは続けられるだらう。

昭和二十三年初夏　文雄記

1108　**白い南風　後篇**　昭和二三年五月一五日　八雲書店

二九三頁　一二〇円　B6判　紙装　角背

野村守夫装幀　旧字旧仮名

白い南風　後篇（原題「家庭の秘密」都新聞　昭和一四年六月一三日～一五年二月一一日　二四二回）

街／血の内容／落葉／近頃の倫理／小柴の一日／百夜／争ひ／小旅行／定まる宿命／強気弱気／雪の日

＊「家庭の秘密」改題

1109　**薔薇合戦（下）**　昭和二三年五月二五日　講談社
二七九頁　八〇円　B6判　紙装　角背
脇田和装幀　旧字旧仮名

薔薇合戦（都新聞　昭和一二年五月三〇日～一二月三一日　二一六回）

1110　**人間模様**　昭和二三年六月一五日　講談社
三四五頁　一五〇円　四六判　紙装　角背
小谷良徳装幀　旧字旧仮名

人間模様（毎日新聞　昭和二二年一一月二五日～二三年四月一四日　一四〇回）

にがい鮨／素人時代／七曜デパート／嵐来る／沙丘子の立場／昼時四態／はなれわざ／スリラー料理／悲しい化粧／海を渡つた病気／風向き／対立／急転直下／アベック・タイム／新校長／明暗／結婚／深紅の外套／残つた籤

1111　**象形文字**　昭和二三年六月三〇日　オリオン社
二四二頁　一二〇円　B6判　紙装　角背
旧字旧仮名

煩悩具足（文芸春秋　一三巻八号　昭和一〇年八月一日）／象形文字（改造　一六巻四号　昭和九年四月一日）／妻の作品（改造　二〇巻三号　昭和一三年三月一日）／鮎（文芸春秋　一〇巻四号　昭和七年四月一日）／憎悪（評論　二号　昭和二一年三月一日）／太宗寺附近（文芸　七巻一二号　昭和一四年一二月一日）

1112　**誰がために柳は緑なる**　昭和二三年七月一五日　文學界社
二三九頁　一三〇円　B6判　紙装　角背
高橋錦吉装幀　旧字旧仮名　国立選書

緑の起伏（新風　二巻四～八号　昭和二二年四月一日～八月一日　四回）／誰がために柳は緑なる（女性改造　二巻四号　昭和二二年五月一日）／水禽《みづどり》（主婦と生活　二巻五号　昭和二二年五月一日）／多雨荘の姉妹（サンライズ　一巻六号　昭和二二年六月一日）／芸術家（文学界　一巻一～二号　昭和二二年六月二〇日～七月二五日　二回）

1113　**誰がために柳は緑なる**　昭和二三年七月二〇日　文學界社
二三九頁　一三〇円　B6判　紙装　角背　カバー
高橋錦吉装幀　旧字旧仮名

＊ 1112の異装版。表紙表記は「誰がために柳はみどりなる」。

1114　**女達の家**　昭和二三年一〇月一五日　鏡書房
三一五頁　一七〇円　B6判　紙装　角背
旧字旧仮名

ある喪失（若草　一一巻八号　昭和一〇年八月一日）／棘萌え

初め（文芸　四巻四号　昭和一一年四月一日）／甲羅類（早稲田文学　一巻二号　昭和九年七月一日）／温泉神（週刊朝日　昭和一〇年七月七日）／妻の死と踊子（中央公論　五〇年一〇号　昭和一〇年一〇月一日）／女達の家（明朗　創刊号　昭和一一年四月）／文鳥と鼠と（新潮　三三年五号　昭和一一年五月一日）／蜀葵の花（新潮　三三年一号　昭和一一年一月一日）／達者な役者（作品　六巻七号　昭和一〇年七月一日）／環の外（文芸　三巻一一号　昭和一〇年一一月一日）

1115　**幸福**　昭和二三年一〇月一五日　世界文學社
二九八頁　二八〇円　A5判　紙装　角背　函
富本憲吉装幀　旧字旧仮名
幸福（改造　二九巻一号　昭和二三年一月一日）／巷の胃袋（月刊にいがた　二巻七〜一二号　昭和二二年六月二五日〜一一月二五日　六回）／父（光　四巻四号　昭和二三年四月一日）／聖橋（旅と読物　二巻六号　昭和二二年七月一日）／武蔵野の虹（サンデー毎日別冊　昭和二二年一二月一〇日）／旅（東京　三巻七号　昭和二二年一〇月一日）／空しい人々（読物時事　三巻八号　昭和二二年一〇月一日）

1116　**家庭の秘密　愛欲篇**　昭和二三年一一月一五日　蜂書房
三二六頁　一四〇円　B6判　紙装　角背
岡村不二男装幀　旧字旧仮名
家庭の秘密　愛欲篇〔前篇〕（都新聞　昭和一四年六月一三日〜一五年二月一一日　二四二回）
火事騒ぎ／話二つ／静子登場／秋近く／奔流／湯田中／答／駻馬／もどかしさ／弓雄なる男／再び

＊「白い南風」改題。

1117　**家庭の秘密　運命篇**　昭和二三年一一月一五日　蜂書房
二九三頁　一四〇円　B6判　紙装　角背
岡村不二男装幀　旧字旧仮名
家庭の秘密　運命篇〔後篇〕（都新聞　昭和一四年六月一三日〜一五年二月一一日　二四二回）
街／血の内容／落葉／近頃の倫理／小柴の一日／百夜／争ひ／小旅行／定まる宿命／強気弱気／雪の日

＊「白い南風」改題。

1118　**哭壁　上**　昭和二三年一二月五日　講談社
三八三頁　三〇〇円　四六判　クロス装　上製　丸背
函　旧字旧仮名
哭壁（群像　二巻一〇号〜三巻一二号　昭和二二年一〇月一日〜二三年一二月一日　一四回）
第一部／第二部／後記

〔後記〕
海軍報道班員として宮崎郊外の山中の三角兵舎に起居してゐる時、私は二人の士官と親しくなつた。二十四歳と二十八歳の少尉である。少年航空兵上りなので、他の士官とは年齢もよけいにとつてゐた。海軍のあの習慣は私の理解を越えてゐたが、兵学校出や学徒の士官と、いはゆる下士官上りの士官とは、終生差別をつけられてゐた。二人は自分より年下の士官に対しても、遠慮をし、慇懃であつた。時には卑屈にも見えるくらゐであつた。私が山陰の直江にまはつた時、この二人もあとからまはつて来た。二人とも特攻隊の生き残りで、三角兵舎で病身をやしなつてゐた。直江に移つてからすぐに私はかへつたが、間もなく終戦になつた。爆撃機に搭乗しなかつたとしたら、おそらくあの二人は生き残つてゐる筈である。

その一人を南條良平、他を管達治として、私は常にあの二人の士官を頭に置いてゐた。士官としてでなく人間として私は親しんでゐたからだ。小説に現れる風貌は、大体実物に近いが、性格はもちろん私の創作である。終戦になつてから二人はどのやうに生活してゐるだらうかと、時々思ひ出した。管になつた方には妻子があつた。海軍といふ特殊の世界には年《ママ》も隔離されてゐて、終戦後ぽかりと姿婆《ママ》にはふり出された若者の歩む道は―何もこの二人には限らないが、それぞれに日本の運命を一身に具へてゐる。

私はこの二人の歩む道を歩みたいと思つた。南條も管も、結局は作者自身である。

たまたま藤村の「家」をよんだ。言ひたいことはいろいろとあるが、藤村が「家」で示した苦しい作家の道は、実にありがたかつた。この上巻を校正してみて、藤村の歩いた道のありがたさが、しみじみと判つた。

この長篇をはじめるに当つて、私はことさら長篇小説の定式を踏まないと編輯子に語つた。言ひたいことを書く、そのためには一回分が説明になつたり、また会話ばかりになつたりするだらうが、思ふ存分わがままをさせてほしいと言つた。「群像」の編輯子は私の無理を心よくうけ入れてくれた。回を追ふこと十四回、私にとつても初めての経験で、自分といふものを根こそぎ出つくしてしまへさうである。

そして、これが私にとつて、一つの脱皮になつてくれたら仕合せだと思つてゐる。

昭和二十三年十一月　文雄記

1119 **哭壁　下**　昭和二四年三月五日　講談社
三五四頁　三〇〇円　四六判　クロス装　上製　丸背
函　旧字旧仮名
哭壁（群像　二巻一〇号～三巻一二号　昭和二二年一〇月一日～二三年一二月一日　一四回）
第三部／第四部

1120 **告白**　昭和二四年三月一五日　六興出版
三三九頁　二〇〇円　B6判　紙装　上製　角背
カバー　旧字旧仮名
告白
〔盛粧（別冊文芸春秋　七号　昭和二三年七月一日）／発禁（世界文化　三巻七号　昭和二三年七月一日）／マロニエの並木（改造文芸　二号　昭和二三年七月二五日）／挿話（文学会議　五号　昭和二三年一〇月二五日）／喜憂（文学界　二巻九号　昭和二三年九月一日）／めぐりあひ（日本小説　二巻八号　昭和二三年九月一日）／四十五才の紋多（風雪　二巻九号　昭和二三年九月一日）／雨の多い時（社会　三巻九号　昭和二三年九月一日）〕／後記
〔後記〕

パージ問題は私にとつて生涯忘れることの出来ない事件であつた。自分のためにも記録的に書きのこしたいと思つた。同時にこの事件は日本の或る時代の検閲制度を描くことにもなるので、是非書きのこしたく思つた。しかしパージ問題だけでは小説全体が報告的になり、面白くないので、フイクシヨンを使つた。紋多は私であるが、異性の事件は必ずしも本当のことではない。ひとの出来事を自分のことのやうに使用したところもある。異性が登場する点に限り虚々実々であるが、その他のことは一切あつたとほりである。イニシアルを使つたり、本名をそのまま使つたり、一定のきまりもつけずに書いてゐるが、それについて別にはつきりとした考へがあつてのことではない。気分次第で、イニシアルにしたり、本名にしたりしたにすぎない。パージの事件にしても真実をことごとく書いたわけではない。しかし今は書けないのだ。いづれ補綴する時も出来るであらうと思ふが、一ヶ所も嘘は書いてゐない。

「告白」は私にとつて一里塚である。作家はかうして一里塚を建てつつ生きるものだと思ふ。弁解はするまい、出来るだけ己をつきはなしつつ放して書かうと努めながらそれが一種の言訳になつてゐる。滑稽なことだが、何とも致し方はない。紋多ものはこれで当分書かないつもりである。しかし或る時が来たら、またこの形式で書かうと思ふ。

これは連作の形式で発表した。

第一篇　盛粧　文芸春秋別冊
第一篇　発禁　世界文化
第二篇　マロニエの並木　改造文芸
第三篇　挿話　文学会議
第四篇　喜憂　文学界
第五篇　めぐりあひ　日本小説
第六篇　四十五才の紋多　風雪
第七篇　雨の多い時　社会

もう一篇書く予定であつたが、やめた。異性の使ひやうがなかつたからだ。いろいろと派生的な事柄はつづいて起つてゐるが、それらを書き出したら、きりがない。短篇の場合は初めから断片の覚悟がついてゐるが、長篇となると却つてその後のことが書きたくて、ここで切ることに不自然さが短篇以上に感じられるのは面白い気持だと思ふ。

昭和二十三年十一月　文雄記

1121　**かまきりの雌雄**　昭和二四年三月二〇日　全國書房
三一〇頁　二〇〇円　B6判　紙装　角背
伊藤廉装幀　旧字旧仮名
感性の秋（苦楽臨時増刊　二号　昭和二三年一一月一〇日）／洋裁店（サンデー毎日特別号　昭和二三年一二月一〇日）／隣の声（文芸読物　七巻一〇号　昭和二三年一一月一日）／かまきりの雌雄（鏡　一巻一号～二号　昭和二三年七月三〇日～一〇月一日　二回）／天童（新潮　四五年五号　昭和二三年五月一日）／近代令色（オール読物　四巻一号　昭和二四年一月一日）／縁談（苦楽臨時増刊　一号　昭和二三年七月一〇日）／洗濯屋（早稲田文学　一五巻三号　昭和二三年七月一日）

1122　**幸福（普及版）**　昭和二四年四月五日　世界文學社

二九八頁　二八〇円　B６判　紙装　角背
富本憲吉装幀　旧字旧仮名

＊　1115の普及版。

1123　**純情**　昭和二四年五月二〇日　講談社
三五四頁　一八〇頁　B６判　紙装　角背
猪熊弦一郎装幀　旧字旧仮名

純情（夕刊新大阪　昭和二三年七月一日～一二月一二日　一六一回）
二つの家庭／残忍の性／申込／相談／九州に行く／椿事／蜜月旅行／出会／海のある部屋／世間／発端／二羽の小鳥／悲しい過去／誤解／手／逃亡／嵐／街で／呼出／死の旅

1124　**人間模様**　昭和二四年六月一五日　講談社
三四五頁　一二〇円　四六判　紙装　角背　帯
中西利雄装幀　旧字旧仮名

＊　1110の異装版。新東宝映画化による。

〔帯〕表〈新東宝映画化の問題作　人間模様　むせび泣く女の魂と媚態を描く愛欲絵巻　丹羽文雄〉背〈丹羽文雄〉裏〈丹羽文雄傑作小説／純情　愛と死の彷徨を続ける若妻の心理を描いて、人妻の貞操、恋愛を鋭くえぐる問題の長篇小説／定価一八〇円／送料　一五円／薔薇合戦　上下／性格の異なる三人姉妹をめぐる妖艶な愛欲図の錯乱を描く長篇小説／定価（上）七〇円／（下）八〇円／送料　一五円／講談社〉

1125　**町内の風紀**　昭和二四年六月一五日　明星出版社
二八一頁　二〇〇円　四六判　紙装　上製　丸背
パラフィン　旧字旧仮名　丹羽文雄題簽

小鳩（オール読物　六巻九号　昭和一一年九月一日）／秋花（改造　一八巻一二号　昭和一一年一二月一日）／移つて来た街（早稲田文学　二巻一一号、三巻一号　昭和一〇年一〇月一日、一一年一月一日）／古い恐怖（日本評論　一〇巻一一号　昭和一〇年一一月一日）／豹と薔薇（若草　一三巻一～六号　昭和一二年一月一日～六月一日　六回）／町内の風紀（中央公論　五二年一二号　昭和一二年一一月一日）／あとがき

〔あとがき〕
「小鳩」は昭和十一年九月に「オール読物」に初めて書いたもの。モデルは信州湯田中温泉である。この小説はいろいろと評判になつた。川端康成さんがこの小説を読み、後日湯田中を訪ねたといふ曰くつきの小説だ。川端さんは「初雪」とかいふ小説に書いた。自分だつたらもつとよい小説に《ママ》書くと川端さんが知人に手紙をよこしたが、結果は、どうやら私の方がよかつたからである。この勝負は川端さんも微苦笑で認めてくれるだらう。

「秋花」昭和十一年十二月に「改造」に発表する。武田麟太郎の釜ヶ峠《ママ》を思はせる内容だが、作者の息使ひは苦しい。たのしい小説ではないが、かうした現実にもつと目を注いで貰《ママ》らいたいといふのが、私の願ふ散文精神である。

「移つて来た街」昭和十年十月に「早稲田文学」に発表する。この中には関根前名人が登場する。巌谷小波氏と関係のあつた人も登場する。麹町三番町がモデルである。この妙な町もすつかり焼けてしまつた。

「古い恐怖」は昭和十年十一月に「日本評論」に発表する。古い型の恐怖につれて、それから縁を絶つことの出来ない女性を主人公にした。かうした女性は、今の時代にも見かける。古い恐怖を始末出来るやうになるには、女自身が聡明になる他はないのである。

「豹と薔薇」は昭和十二年一月から六月まで「若草」に連載した。青春小説である。中学時代である。二度と私には書けない、なつかしい作品である。

「町内の風紀」は昭和十二年十一月に「中央公論」に発表。一人の主人公が出て発展する小説形式でなく、何人かの人物によつて町内の雰囲気を描いた。一元描写ではとても作者の意図するものが描けないので、私はこの時代から大胆にこの種の描写をやつた。東中野駅に近い或る町内の風紀である。この小説の形態はその後もしばしば使つた。

この一冊に収めた六篇は、私の選集に是非入れたいものであつたが、選集が限定されてゐるので、はみ出した。幸い明星出版社から話があり、別に一冊選集を出すつもりで、これをまとめた。

昭和二十三年八月　　文雄記

1126　**暴夜物語**　昭和二四年七月一日　東方社
三一九頁　一八〇円　四六判　紙装　上製　丸背
パラフィン　旧字旧仮名
暴夜物語（週刊朝日別冊　昭和二四年四月一〇日）／老いらくの恋（別冊小説新潮　三巻五号　昭和二四年四月一五日）／瀬戸内海（風雪別輯二　昭和二四年四月一五日）／父の晩年（小説と読物　四巻三号　昭和二四年三月一日）／母の詩集（キング春の増刊号　昭和二四年三月一五日）／街の物音（別冊読物時事　三号　昭和二四年五月一〇日）／人形の後（原題「人形以後」　ホープ　四巻一〜四号　昭和二四年一月一日〜四月一日　四回）

＊「暴夜物語」の扉には「ギャング無用　新東宝映画化」とある。映画は小石栄一監督、松田昌一脚色で昭和二六年二月三日、大映より公開されている。

1127　**落鮎**　昭和二四年七月一五日　中央公論社
三三五頁　二二〇円　B６判　紙装　上製　角背
カバー　佐藤敬装幀　丹羽文雄題字　旧字旧仮名
落鮎（婦人公論　三二巻一一号〜三三巻六号　昭和二三年一一月一日〜昭和二四年六月一日　八回）

1128　**落鮎（特装版）**　昭和二四年七月一五日　中央公論社
三三五頁　二五〇円　B６判　紙装　上製　角背
パラフィン　函　佐藤敬装幀　丹羽文雄題字
旧字旧仮名

＊1127の特装版。

1129　**路は続いて居る**　昭和二四年七月二五日　六興出版
三五四頁　二二〇円　四六判　紙装（フランス装）
角背　猪熊弦一郎装幀　旧字旧仮名
路は続いて居る（中部日本新聞　昭和二四年一月一日〜五月一

六日　一三四回）
或る夜の火事／日曜日／告白／仕合せな災難／闇／良心の位置／出会ひ／くはせもの／手始め／創刊屋／おせつかい／酒井旅館／自虐／善玉悪玉／衝撃／最低の姿／五月の空

1130　**日本敗れたり**　昭和二四年一〇月二五日　銀座出版社
二四九頁　一八〇円　Ｂ6判　紙装　上製　角背
カバー　帯　旧字旧仮名
日本敗れたり（サロン　四巻七号〜九号　昭和二四年八月一日〜一〇月一日　三回）
〔帯〕表〈本年度最大の問題作／（本書折込参照）／此の敗戦を通じて日本歴史に残るものがあるとすれば此の一篇こそ正にそれである。／　巨匠丹羽文雄が権威ある資料に基づいて世に問ふ万代不朽の歴史的記録小説／山あり、河あり、祖国ある限り／此の一篇を国土に伝へよ！〉背〈終戦御前会議の真相〉
＊扉写真四頁（昭和天皇以下三六人の肖像写真を掲載）
付録「折込」後藤勇（銀座出版社社長）　読者のために／迫水久常　真実を語る勇気―『日本敗れたり』を読んで／清水幾太郎　待たれる続編／鈴木文史朗　骨も肉もある貴重な文献／辰野隆　興味津々の述作

1131　**怒りの街**　昭和二四年一一月三〇日　八雲書店
三九八頁　二五〇円　四六判　紙装　上製　丸背　函
旧字新仮名（促音拗音大字）
怒りの街（東京新聞　昭和二四年四月六日〜九月二〇日　一六五回）
学生証／ジルバー／古風な家／新しい猟場／スキヤキ／同情から／親たち／殴られる彼／友の話／ラブレター／襲撃／別口／死／当分休業／商売二つ／距離／再会／下宿する／出会ひ／誓ひ／判つてゐたこと／新生第一歩／秋風／極悪／犠牲の生理／正体／一つの終末

1132　**かしまの情**　昭和二四年一一月三〇日　新潮社
三〇六頁　二〇〇円　Ｂ6判　紙装　角背
旧字旧仮名
かしまの情
第一章　かしま払底（原題「貸間払底」　人間　四巻三号　昭和二四年三月一日）／第二章　部屋（小説界　二巻一号　昭和二四年二月一日）／第三章　十夜婆々（文芸春秋　二六巻一二号　昭和二三年一二月一日）／第四章　弱肉（原題「弱肉―続・十夜婆々」　文芸　六巻一号　昭和二四年一月一日）／第五章　歌を忘れる（新文学　六巻三・四〜七号　昭和二四年三月一日〜二四年六月一日　四回）／第六章　金雀児（風雪　三巻二号　昭和二四年二月一日）／第七章　うちの猫（別冊文芸春秋　一一号　昭和二四年五月二〇日）／後記
〔後記〕
先に「告白」なる長篇で連作といふことをはじめたが、多分に苦しまぎれに考へついた方法であつた。各篇の発表が前後して、作者としては不満であつたが、「かしまの情」は連作といふことが一番ぴつたりする形式だと思つた。一人の女性が借間から借間を歩く間に、それぞれの家の生活をのぞく形式なので、連作にするためにわざわざかうした主人公をつれてきたやうにすら思はれる。勿論そこに作者としても、いくらか成算があつてのことである。第三章を初めに発表したが、各篇が前後になつたことについては、いつかうにかまはなかつた。

第一章　かしま払底　人間三月号
第二章　部屋　小説界新春号
第三章　十夜婆々　文芸春秋十二月号
第四章　弱肉　文芸新年号
第五章　歌を忘れる　新文学四、五、六月号
第六章　金雀児　風雪二月号
第七章　うちの猫　文芸春秋別冊（春）

以上のやうに発表した。

四月二十日夜、第六章「金雀児」が放送になつたが、一篇だけをぽつんと放送されても結構聞けると思つた。

「貸間の情」といふ題名は、およそ単行本の題名らしくなく、地味すぎるが、この題名は捨てがたい。単行本の時に仮名にすることにした。かうしたことも何十年か経てば、そんな時代があつたのかと不思議に思はれることになりさうだが、貸間の情の切実な感銘がこの時代の色彩を濃厚にもつてゐるといふ意味からも、捨てるわけにいかなかつた。主人公が次々に借間に苦しめられるのも、戦争といふことの尻拭ひをさせられてゐるわけである。

昭和二十四年四月　文雄記

1133　**開かぬ門**　昭和二四年一二月五日　不動書房
二五〇頁　一五〇円　Ｂ６判　紙装　上製　丸背
中村直人装幀　旧字旧仮名

姉おとうと（生活社『姉おとうと』昭和二一年五月一五日）／風俗（日本評論　一五巻六号　昭和一五年六月一日）／開かぬ門（日の出　九巻一一号　昭和一五年一一月一日）／芽（三田文学　一〇巻一〇号　昭和一〇年一〇月一日）／吹雪（週刊新日本　特別号　昭和二一年六月一日）／自分がした事（日本評論　一三巻七号　昭和一三年六月一日）／嘘多い女（日本評論　一一巻一〇号　昭和一一年一〇月一日）／巷の早春（新潮　三七年五号　昭和一五年五月一日）／奥書

〔奥書〕

「姉おとうと」　生活社の叢書の一つとして、終戦後間もなく発表したものである。幼い姉弟の疎開生活をあつかつたが、モデルは私の二人の子供がなつてゐる。子供を通してある戦争中の不自由な生活を描いておきたかつた。子供は天真爛漫で率直だから環境にも従順にとけこんでいく。大人はさうはいかない。悲しいギヤップも行間に触れてゐるつもりである。

「風俗」　歴史はくりかへすといふのは単に映画の題目だけに限らない。昭和十五年頃の新宿に軒を並べてひしめきあつてゐた喫茶店風俗は、今日少しばかり形を変へたにすぎない。店内にゐた若い女性が街に進出してゐるのすぎず、青春の一時期を放縦にすごしてゐる事実には、年月の差別はつけられない。この小説には、ことさら登場人物に名前をつけなかつた。つけても無駄だと考へたことが、私の創作上のモラルである。今日はいつさう、名前は不必要になつてゐるだらう。彼等は個性を失ひ、時代の犠牲者として、塵芥と一しよに押し流されてゐる。夜の新宿駅に立てば、誰の胸にも哀しい感慨が生れるだらう。

「開かぬ門」　翻訳に適した小説である。自分でもさう考へてゐたところ、いち早く中華語に翻訳されてゐた。これはフイクションであつて事実ではないが、作中人物に心当りがあると、二、三の問合はせの読者の手紙がまひこんだ。

「芽」　もつとも短い小説である。作者自身好きな一つである。

「吹雪」　は北海道を背景とした。これを書く時、チエホフの「許婚」といふのが私の頭にあつた。チエホフのものとしては珍しくほのぼのとした未来をのぞいたものだが、私も吹雪にめげずに突き進む女性が描きたかつた。

「自分がしたこと」「嘘多い女」　には、当時の作者の自信のもてない、もだもだした生活感情がつきまとつてゐる。つつ放して見ることも出来ない。これは作品と直接関係はないことだが、現在の自分にまがりながらにも辿りつくことの出来たのは、過去にかうした作品を何篇も書いてゐたおかげだと考へてゐる。私小説で書いた方が定着したのかも知れないのだが。

「巷の早春」　私は雑階級を描くことが好きだ。被支配階級を描くことが好きだ。何もこのことには政治的な意味はない。焼けのこりの街のところどころに、一日陽のささない、二タ間か三間の家が蒼白く残されてゐる。先夜も、田町の駅にいそぐ途中、三階建の下宿のやうな大きな家を見かけた。外国の裏町にあるやうな生活者のよりあつまりである。アパートの感じともまた違ふ。生活者の種々雑多な歴史で、柱や廊下は煮しめたやうな色になり、崩れさうになつてゐる。表から見あげると、二階三階のところどころは雨戸がしまつてゐる。一階は各個独立した商店になつてゐる。共同の玄関がある。のぞくと、うす暗く、船艙のやうな匂ひがこもつてゐるやうだ。隣室にどんな人が生活してゐるか、よく知らない。自分たちの生活で毎日が精いつぱいであらう。さうした世界の生活者に、私は妙に心惹かれる。今後もこの種の小説はつづけていきたい。

文雄記

＊　口絵　作者近影・筆蹟（「奥書」の原稿末尾）。なお口絵「筆蹟」の「奥書」原稿には、「昭和二十三年十月　文雄記」とある。

1134　**愛人**　昭和二四年一二月一五日　文藝春秋新社
三六五頁　二〇〇円　B6判　紙装　角背
猪熊弦一郎装幀　旧字新仮名（促音拗音大字）
愛人（大阪日日新聞、四国新聞ほか朝日系地方新聞　昭和二四年四月～一〇月　一五〇回）／あとがき
〔あとがき〕
この長篇小説はことごとくモデルがあるが、単にシチュエーションを借りただけで、解釈は私の創作である。がモデルがあつただけに、書く方でも張合があり、現在もモデルの生活がつづいてゐるだけに、ここで切ることは残念でならないのである。何かの形で、モデル供養をしなければならないと思つてゐる。この新聞小説は大阪、四国、名古屋、山梨、鳥取と同時に発表になつたものだが、各地でそれぞれに反響のあつたことは、作者としてまた嬉しかつた。ことに名古屋では、大変問題になつた。
或る時、いつもおくつてくる掲載新聞の中で、特に赤線のひいてある欄があつた。投書欄を私に見よという編輯部の心づくしであつた。田舎の女学生が、「愛人」の女主人公の行動につ

いて云々してゐるのである。あまりに女主人公の町子のふるまいが不羈奔放であると非難し、それを真似る女性が出てきては大変だというのだつた。作者に対して、もつと責任をもてという。修身教科書のような小説を書いてほしいという注文であつた。すると、翌日の同じ投書欄に、駁論が出ていた。二人の投書であり、二人とも前日の女学生の意見を反撥し、小説の主人公をみて真似するような人間は、所詮小説をよむ価値のない人間であり、小説に対してはもつと冷静な批判力をそなへて読まなければならないと堂々と論じていた。相当に話題になつているのを知つて、私は書くのがいつそうたのしくなつた。

　主人公の町子はなるほど不羈奔放にふるまうのだが、自分のことはあくまで自分て《ママ》責任をとるという気持のよい女性である。信頼のもてる女性である。町子が堕胎をする。私の堕胎論が出るのである。堕胎ときいただけで、びつくりしているのでは、これからの日本の人口はどうにもならない。二十年後には一億になるという話である。せまい日本の中で一億はとても食べられない。人工妊娠中絶ということを、社会問題としてまじめにとりあげねばならないと思ふ。この小説の主人公は、率先してそれをやつてのけるのである。今後はこの小説の主人公のような女性が多くなり、この主人公がなめるやうな苦悩も多くなることと思う。

　それだけでも、この長編小説は何かの参考になるだろうと作者は考える。

　それにこの新聞小説では、特に町子だけに焦点を置き、追求した。私のこれまでの新聞小説のいき方とはちがつている。

昭和二十四年初秋　文雄記

1135 **闘魚**　昭和二四年一二月二〇日　美和書房新社
三〇二頁　九八円　B6判　紙装　角背　セロファン帯　旧字旧仮名　平和確立版
闘魚（朝日新聞　昭和一五年七月一三日～一二月五日　一四五回）
＊帯には「平和確立版」（Peace. Book）既刊目録を掲載。
〔帯〕表〈平和確立版／既刊目録／横光利一　盛装／丹羽文雄　闘魚／武者小路実篤　人生読本／林芙美子　或る女の半生／室生犀星　夢は枯野を／石川啄木　一握の砂　悲しき玩具／田村泰次郎　大学／夏目漱石　草枕・坊ちゃん／吉田絃二郎　一人行く旅／除村吉太郎　芸術とリアリズム／武者小路実篤　続人生読本／吉田絃二郎　人生編路／田村泰次郎　女体は嘆かず／林芙美子　愛情伝／以下続刊／Peace. Book　各冊¥98.00〉

1136 **新家族**　昭和二五年三月三日　講談社
二六六頁　一三〇円　B6判　紙装　角背
旧字旧仮名
新家族（婦人倶楽部　三〇巻一～一二号　昭和二四年一月一日～一二月一日　一二回）

1137 **当世胸算用**　昭和二五年四月二五日　中央公論社
二八六頁　二四〇円　B6判　紙装　上製　角背
カバー　宮本三郎装幀　旧字旧仮名
当世胸算用（中央公論　六四年九～一二号　昭和二四年九月一日～一二月一日　四回）
〔帯〕表〈戦後第一級の作品／河盛好蔵／敗戦後の日本の現実

を描いた小説はおびただしい数に上るが、真の作家の正しい良心と曇りのない眼を通して庶民生活の生ける姿をありのままに写したものはこの小説に及ぶものはあるまい／これはある時代の日本人を確実に後世に伝へる貴重な資料である／丹羽文雄著〉背〈丹羽文雄／中央公論社版〉裏〈B6判　二四〇円／当世胸算用の読者におくる著者会心の長篇小説　落帖／上製　二二〇円／特製　二五〇円〉

1138　**東京どろんこオペラ**　昭和二五年五月一〇日　六興出版
二四四頁　一五〇円　B6判　紙装（フランス装）
角背　佐藤敬装幀　旧字旧仮名

東京どろんこオペラ（小説新潮　四巻四号　昭和二五年四月一日）／東京の薔薇（小説公園　一巻一号　昭和二五年一月一日）／東京貴族（週刊朝日　新年増刊　昭和二四年一二月）／あとがき

〔あとがき〕

「東京どろんこオペラ」は新東宝のプロデユーサー佐藤一郎君に依頼されて書いたものである。多分にシナリオ化に便なや《ママ》うに書いたので、シナリオにするには大変都合がよいといふことであつた。従来の主役二枚目が一人も出ない映画といふので、私も興味を覚えて書く気になつた。題材には東京のばたやの世界をとつた。私の考へてゐるやうな映画になればたのしいと思つてゐる。歌をつくつたのも、この小説ではじめてのことである。暗い虚無的な世界に少しでも明るさ、人間的なあたたかさが現れれば、映画は成功だと思ふ。

「東京の薔薇」もやはり映画のために書いた。新東宝の市川崑君が或る日出しぬけにやつて来て、映画となる小説を書いてほしいといふので、引きうけた。市川君は「人間模様」の監督なので、私も是非協力したかつた。女性のもつとも新らしい職業といふので、株式界からと、カメラマンの女性を拉してきた。株式界の婦人部長といふのを主人公としたが、実は婦人部長なるものは日本に一人しかいないので、その人にとんだ迷惑をかけることになつた。この小説は、あとで、「襟巻」といふのでまとめ上げたが、モデル禍はこの方がもつともひどかつた。作者は恐縮してゐる。

「東京貴族」には、もつとつつこんで書きたいところもあつたが、発表場所を考慮して書いた。

以上三篇は東京といふ文字のつく題名であり、東京物といふ形でこの一巻にをさめることにしたが、それほど深い意味があるわけではない。この本が世間に出る頃には映画も出来ることと思ふ。「東京の薔薇」はその後いろいろのことがあつて、監督は市川君にならないかも知れない。さうなれば市川君には別の原作をやつてもらふつもりである。

文雄

昭和二十五年五月

＊「あとがき」では「東京どろんこオペラ」は映画のために書かれたとあるが未確認。なお浅野辰雄脚色の台本が坪内博士記念演劇博物館に収蔵されており、丹羽文雄作詞のレコード「東京どろんこオペラ」（VIC　V40507　竹山逸郎歌、吉田正作曲）が昭和二五年一一月にビクタ

ーより発売されている。「東京の薔薇」は島耕二監督、館岡謙之助脚本で「孔雀の園」と題し、新東宝から昭和二六年一月三日に公開されている。

1139　**雨跡**　昭和二五年八月一七日　河出書房
三〇六頁　二〇〇円　B6判　紙装　上製　角背
カバー　旧字旧仮名
雨跡（サンデー毎日　二九巻一二～二七号　昭和二五年三月一九日～七月二日　一六回）

1140　**落穂拾い**　昭和二五年九月一日　京橋書院
二五三頁　二〇〇円　B6判　紙装　上製　角背　函
佐藤敬装幀　旧字旧仮名
落穂拾い（中央公論文芸特集　三号　昭和二五年四月）／砂地（文学界　四巻四号　昭和二五年四月一日）／袷時（新潮　四七年六号　昭和二五年六月一日）／鳥鷺（新小説　五巻四号　昭和二五年四月一日）／柿の帯（文学界　三巻五号　昭和二四年五月一日）／水汲み（別冊文芸春秋　一六号　昭和二五年五月二三日）／襟巻（別冊文芸春秋　一五号　昭和二五年三月五日）

1141　**愛の塩**　昭和二五年一〇月一日　東方社
三四七頁　一八〇円　B6判　紙装　上製　丸背
カバー　旧字新仮名（促音拗音大字）
愛の塩（神戸新聞、新潟日報、山形日日新聞ほか博報堂地方新聞　昭和二四年一一月～二五年五月　五四〇回）
花一輪／茂浦家／熱海の別荘／不慮／引越／見初める／夢／鯛の絵／滑る／第一歩／似た人／社会科の道／出会い／忘れられた家族／社内風景／社長／水つくかばね／二兎を追う／兄に似て／来訪者／女の心／作用／そばづえ／衝撃／上京／涙／常識的／途中にて

1142　**暴夜物語**　昭和二五年一〇月一日　東方社
三一九頁　B6判　紙装　上製　丸背　函
パラフィン　旧字旧仮名

＊　1126の新装版。

1143　**生活の中の詩**　昭和二五年一一月一五日　東方社
三一七頁　一八〇円　B6判　紙装　上製　丸背
カバー　旧字旧仮名
生活の中の詩（信濃毎日新聞、岐阜タイムズ、南日本新聞、京都新聞、大分合同新聞、新東京新聞の共同通信系新聞　昭和二四年四月～一二月　一七二回）
京都、東京／東京の夜／その夜／良人の願い／災難／面会／偶然の出会い／小田原通い／うつぷん／近頃女性気質／喫茶店／誤算／妻の悲しみ／鈍する／恋人に逢ひに／転落／暗雲／弱気／一騎打／次の日／壁／一つの結末

1144　**好色の戒め**　昭和二五年一二月一五日　創元社
二五五頁　二〇〇円　B6判　紙装　上製　丸背
カバー　セロファン　柏村勲装幀　旧字旧仮名
こほろぎ（中央公論文芸特集　四号　昭和二五年九月二〇日）／漁村日日（改造　三一巻一一号　昭和二五年一一月一日）／

男爵（読売評論　二巻一一号　昭和二五年一一月一日）／罪戻（世界　五六号　昭和二五年八月一日）／好色の戒め（群像　五巻九号　昭和二五年九月一日）／あとがき

〔あとがき〕

「こほろぎ」は最近書いたものの中でいちばん作者の好きな作品である。題名にしたかつたが、編輯部の希望で譲歩した。たくさん私は小説を書く。が読み返してみて素直に気に入つた作品は極く稀である。この一篇だけは是非読んで下さいと誰にも言ひたい。自惚れに解《と》られては心苦しいのだが。

「罪戻」かういうカトリック信者を意外な社会的地位をもつ人に発見して、書いてみたくなつた。聖書の文句だけの信仰。肉体は絶えず誘惑に負ける。キリスト受難の極彩色の絵葉書のやうな苦しみ方しか出来ない人間である。常人にとつては精いつぱいの懺悔である。どうして浅薄と言へよう。が作者としては、芸者たよりや医者をして、主人公の信仰を少しばかり批判させることにした。あんまり聖書の文字だけの苦しみ方なので、一言批評など下したかつたが、批評など下さない方がよかつた。信仰の深浅が問題でなく、かういふ苦しみ方をする人間を私は描いてみたかつたからである。

「漁村日日」スケッチ風の小説。私自身は時々かうしたものが書きたくなる。私には一連の農村物があるが、それと同じほどに漁村ものがある。モデルの漁村にも訪ねてゐる。あらい潮風に吹かれてゐる人々は、心の中もあらあらしいが、素直な人間である。善意の人人《ママ》とは言ひかねる。そこまでの意識はない。無知で単純だが、善良なものをひとりひとりが胸の底に持つてゐる。そんな宝を抱いてゐることすら彼らはちつとも知らない。この一連のものは当分つづけたく思つてゐる。

「男爵」これは人から聞いた話を書いてみた。主人公のやうな人間を象徴的に描ければ成功である。私はいつも異形な人間ばかり描いてゐるが、書きたいと願つてゐるものは案外平凡なものである。弱々しくて、負けてばかりゐて、ひとの足にふみつけられてゐる草花をさがしてゐるやうだ。

「好色の戒め」にはモデルがある。会つたことはないが、多分私が考へてゐるやうなことは夢にも考へてはゐないだらう。あなたはこれこれだと指摘することは、無用な、愚しいおせつかいである。私がこの小説の中で怒つてゐるなど、彼女には何の関係もないことだ。読者にとつても、私の憎悪、憤怒は、単なる材料に過ぎないのかも知れない。小説とは、そんなものだ。それでよいのだと私は考へてゐる。毒になるか、薬になるか、作者はそこまで立ち入るわけにはいかないのである。

一九五〇年一〇月　　文雄記

〔帯〕表〈丹羽文雄著　本年の話題作／人間愛欲の機微を捉へ、風俗小説の新しい進路を示す力作「好色の戒め」外五篇／こほろぎ／漁村日日／男爵／罪戻／好色の戒め〉背〈丹羽文雄著　創元社〉

1145　**七十五日物語**　昭和二六年二月一五日　東方社
　三四六頁　二〇〇円　B6判　紙装　上製　丸背
　カバー　旧字旧仮名

七十五日物語（主婦之友　三三巻六号～三四巻一二号　昭和二四年六月一日～昭和二五年一二月一日　一九回）

1146　**爬虫類**　昭和二六年三月一〇日　文藝春秋新社
四八一頁　三五〇円　B６判　紙装　角背　函　帯
恩地幸四郎装幀　旧字旧仮名
爬虫類（文芸春秋　二八巻一～七号　昭和二五年一月一日～六月一日　六回、文学界　四巻八号～五巻二号　昭和二五年八月一日～昭和二六年二月一日　五回）
〔帯〕表〈丹羽文雄の問題作／爬虫類／人間の妄執をぎりぎりまで追求した作者近来の自信作　350円〉背〈丹羽文雄〉裏〈文芸春秋・文学界に連載され百万の読者を魅了した長篇新作／文藝春秋新社刊〉

1147　**惑星**　昭和二六年五月三〇日　湊書房
四一七頁　二三〇円　B６判　紙装　上製　角背
今村寅士装幀　旧字新仮名
惑星（時事新報　昭和二五年三月一五日～九月一一日　一八〇回）
誓い新たに／たそがれ家族／パリジヤン／影の女／運命の日／三吉橋／黄土アパート／仇とその名／偶然の出会い／わがこころ／犠牲者／伊香保／待つ人／脆い／湯本の夜／告白／殴り込み／特急／驚愕／築地川／瀧の音／再び築地川／再び瀧の音／義母の手／特選／会場にて／打診／火と失職／待ちきれず／過失死／永遠の処女

1148　**結婚式**　昭和二六年九月一五日　北辰堂
二六五頁　二三〇円　B６判　紙装　上製　丸背
カバー　磯野正明装幀　旧字旧仮名
街灯（別冊文芸春秋　一九～二〇号　昭和二五年一二月二五日～昭和二六年三月五日）／故郷の山河（小説公園　二巻二号　昭和二六年二月一日）／瓢箪を撫でる（小説新潮　五巻四号　昭和二六年三月一日）／結婚式（小説新潮　五巻六号　昭和二六年五月一日）／晋州（小説公園　一巻八号　昭和二五年一一月一日）／中村八朗「解説」259‐265頁
〔帯〕表〈丹羽文雄の新しい小説―／愛欲のかなしみと、よろこびは遠く深く人生をつらぬいて流れる。古い道徳への抵抗と、新しいモラルの探究を、作家は何よりも愛欲のかぎりを背定することによつてきわめようとする。／風俗小説から実験小説の移りゆきを一望にあつめて丹羽文雄文学の新しい展開を示す珠玉の小説集！〉

1149　**海は青いだけでない**　昭和二六年九月二八日　新潮社
二四三頁　二二〇円　B６判　紙装　角背　カバー
セロファン　帯　須田壽装幀　旧字旧仮名
爛れた月（中央公論　六六年四号　昭和二六年四月一日）／壁の草（世界　六五号　昭和二六年五月一日）／歪曲と差恥（新潮　四八年八号　昭和二六年七月一日）／自分の巣（新潮　四八年一号　昭和二六年一月一日）／劇場の廊下にて（別冊文芸春秋　二二号　昭和二六年七月三日）／あとがき
〔あとがき〕
この一冊にをさめた小説は、従来のじぶんのものと大分ちがつてゐる。自分としては不意に変へたわけではなかつた。少しづつ心の中につみ重なつたものが、かうした形に打ち出された。書くものから澱のやうに不満が残り、それがつもりつもつてかうなつた。かうした不満は、永い創作生活の中で、敗戦後がとくにひどかつた。「厭がらせの年齢」で、一つの壁にぶつかつた。「哭壁」はその延長だつた。「かしまの情」「当世胸算用」を経て、「爬虫類」になつた。例によつて短篇はたくさん書いて来てゐたが、その都度試みやうとしながら、うまく自分がとらへられなかった。この一冊にしても、試みが成功したとは思つてゐないが、比較的自分の試みがはつきりとしてゐるといつた程度である。フォークナーのものを読んで驚いたのも、努力しながらもうまく成功しなかつた自分の試みが、思ひがけない形で明示されたからである。作家は一字一句を自分のものにしなければ、驚きを具体的につかめたとは言へない。

カミュは十年昔に「異邦人」を書いてゐる。自分が「爛れた月」を書いてから一ヶ月経つと、「異邦人」が翻訳された。フランス語の苦手な自分は、はじめてこの小説に接して、偶然の一致に驚いた。作者の考へてゐることが、同じであつたからだ。カミュは十年昔にすでにそれをやつてゐた。しかし自分の小説は、過去の多くの作品を背負つてゐるので、試みが気付かれずにまつたく別なところで読まれてしまつた。

その素材を書いて、自分の試みがどこにあつたかを説明しておきたいと思ふ。「爛れた月」のモデルは、自分の知合のところに起つた事件であつた。男は意思の弱い、善良な、根気のない人間だつた。しよつ中細君にどなりつけられてゐた。中学校を出てゐた。会社づとめも永くつづかなかつた。その男がいるために、却つて、家庭はごたごたが絶へず、十円のたくはへもないのだ。金をつかむと麻雀屋へいく。負けて、衣服をはぎとられた。かつぎ屋をするより他になくなつて、或る女と知合つた。その女の腹を大きくさせた。女は田舎にゐたたまらず、男の家へころがりこんだ。気の強い細君も、しまひには黙つてしまつた。生活に追ひつめられ、将来のことを考へると、これ以上生きる力も失せてしまひ、男を誘つて、情死をはかつた。女だけは死んだ。男も薬をのんだが死にきれなかつた。目下刑務所にゐる。この事件を、人物を、そのまま描けば、従来の小説になつたらう。男は女にも妻子にも未練があり、死の意思はなかつたのだが、女に迫られて情死することになつたのだ。自分は、この男に別な解釈を下した。と言つて男を全く別人に仕立てたのではなかつた。おそらく男自身がとうに見失つてゐるものをとりあげ、拡大し、固執し、それだけで男が行動してゐるやうに描かうとした。男は小学生の時、父をさがして歩いた。妾腹の子だつたから、やつと判つた。訪ねていくと、立派な家であり、あいにく父はゐなかつた。本妻が出てきた。事情を聞くと、本妻は小遣と菓子を与へて、二度と来るなと追ひかへした。するとあとから父は、第三者を通じて、男に金を送つて来た。その金で学問をしろといつた。中学、大学を出よといふのである。彼は中学にはいつた。父は一度も逢ひに来なかつた。父は責任を、金銭で償はうとした。彼は中学を出た。大学にはいらうとする年齢になつて、ぐれ出した。世間に多い筋書だつた。そして彼は恋愛をし、一家をかまへ、子供をもつたが、生活力はなかつた。細君も働きに出た。男はかつぎ屋にまでなり、つひに情死事件を起したのである。刑に服してゐる彼がゐなくなつた方が、家庭は、平和になつた。いつも二百三百の金が家にあるやうになつた。自分はこれを小説にする場合に、父に裏切られたことを重大に考へたのだ。それだけが生きる唯一の力であつたものが、裏切られたのだ。ぐれるのも当然だが、それが動機となつて彼は今まで自分をとりまいてゐた秩序を、モラルを、義理人情を、社会的良心を、愛情を、義務を否定する気持に追ひこまれた。彼は自分の内部にだけ正直に生きるといふ方法をとつた。外面的には一家の主人であり、良人である。妻を抱くこともある。麻雀をして、負けもする。女と恋愛がはじまる。が、何一つ彼は熱心になれなかつた。情死する場合にも、自分がこの女をしんから愛してゐるのではないと思ひ出させた。女が先に死ぬと、薬をのんで、あとを追つたが、女に誠実をつくしたいといふためではなかつたのだ。子供の面倒はみない。そのくせ子供は、学校の成績がよい。そんな時、父は自責の念にかられて、子供の成績を奇蹟のやうにすばらしいものと考へるのが、これまでの感情だ。が、自分はさう解釈しなかつた。彼は何かあんまり辻褄がうまく合ふやうに思へて、笑ひ出すのである。二年でゆるされるといふ刑の判決にも、彼は別にそれをねがつたわけではなかつた。だから、何となく笑ひたくなつてしまふのである。自分が描きたかつたのは、義理人情、社会の秩序、モラル、それら一切のものに少しも束縛されない、むしろそれらを拒否する彼の人間性をとりあげたのだ。おそらく本人も、父に裏切られた時に胸に刻みつけられたふかい傷が、いつか消えてしまふのだとは思はなかつたらう。この場合の父は、社会の意味でもある。しかし毎日つづいてくる日常生活がいつか彼の胸から、傷のふかさを、傷のあることを忘却させてしまつたにちがいない。忘却だが、消滅したわけではない。自分は彼に代つて、その傷を追求するつもりだつた。僕の中のいちばん正直なものを、とりあげ、拡大させるつもりだつた。彼の場合、それが何よりも本質的なものを、描くつもりであつた。「異邦人」の主人公が、法廷で何故犯罪したかと訊かれて、偶然だといひ、太陽のせゐだと言つてゐる。偶然であり、太陽のせゐであることが、読者には判る。が法廷では誰一人として判つてはくれない。彼がつねに自分に正しかつたことも、問題にされず、世間が押し潰してしまふ。さういふ世間に対して、彼は異邦人にならざるを得ないのだが、彼に強烈な自我があつためでもなければ、人間が変つてゐたわけでもない。極く平凡なインテリーにすぎない。ただ自分自身に対して、勇気があつた。或は勇気といへないものかも知れない。聡明といふのだらうか。しかし、それなら何を基準にして自分に正しいと判断を下してよいかといふ問題が生じてくる。神といふことも考へられる。それにくらべると、「爛れた月」のモデルは、勇気もなければ、聡明でもなかつた。自分はそれを小説の上で、実現したかつた。だから自分の小説は、決してありえない人間を描いたのではない。そこらにゐる、平凡な人間だ。その人の中で本人ですら忘れてゐるものを、抉り出し、強調したいと欲したにすぎない。異邦人とならざるを得なかつたほどムルソーが対立する人間社会は、ひとりカミュの小説の上だけではないのだ。あれは決してフランスの小説だけの問題ではない。人間社会を前提としてうけ入れて自分らは容易に小説を書いてきた。こはくなつた。もつとも人間社会のこれまでの掟に従つて流されていくことは、気が楽だが、そのため抹殺されていくものが無数にある。

先日、自分は新潟に旅行をした。公会堂で話をしたが、途中で電気が消えた。拡声器もとまつた。自分はまつ暗な奈落に向つて喋つてゐる気だつた。客の顔はもちろん判らない。自分は声を大きくした。手応へはない。その時自分は、ふと小説の運命といふことを感じた。同時に小説を書く人間の運命といふものを考へた。自分にとつて小説は、一つ一つが実験的なものである。抵抗である。身をもがきたてることである。結局は電灯の消えたこのひろい公会堂の聴衆に向つたやうに、手応へのない、奈落に向つて声をからして叫んでゐるやうなものではないかと思つた。徒労に終ることが判つてゐるやうな気がする。しかし自分はやめることが出来ない。賽河原の石積みに似てゐる宿命を思つた。

　この小説集の題名を特に「海は青いだけでない」としたのは、小説を書く場合のもつとも素朴な自分の足場を現してゐる。海は青くもあれば、黄色にもなり、白くもなり、赤くもなるのだ。海は青いものだけでないといふ平凡な発見は、むろん自戒の意味である。

1951・7　文雄記

〔帯〕表〈声価を世に問ふ／堂々たる丹羽氏の力作五篇／……もつそりした風俗小説を脱却して、火焔爆弾が地上をころげまわるようなこんな作風で突込んでゆくべきだ。／近来の優れた作品だと思う。―青野季吉氏評―／―爛れた月・壁の草　等五篇　新潮社版　¥220〉背〈丹羽文雄　傑作短篇集／新潮社〉裏〈幸福への距離／誰が自分の父なのであろう。…………／永遠に閉ざされた自己の出生の秘密を抱いて、懊悩する若き魂の傷心と憧憬―／素晴らしい迫力を以て描く丹羽氏問題の野心作。／丹羽文雄著・新潮社版・十月末巻　予価170円〉

＊　帯のみ旧字新仮名。

1150　**天の樹**　昭和二六年一〇月三一日　創元社

三二六頁　二五〇円　B6判　紙装　角背　カバー
帯　生澤朗装幀　旧字旧仮名

天の樹（東京新聞　夕刊　昭和二六年二月二二日～八月一五日一七五回）

嫌疑／赫子と伊都子／昔の香／家出／口紅の跡／紀子登場／知文の正体／拾ひもの／猫／質と量／協議離婚／男同士／二軒／世間の眼／狭き門／狙はれる／廊下にて／路に座る／酒の罪／急調子／一週間後／闖入者

＊　扉に「昭和二十六年二月下旬より同八月中旬まで東京新聞に連載す。挿絵は生澤朗氏をわづらはす」とある。

〔帯〕表〈丹羽文雄　最新作　長篇小説／頽廃と虚無の世相を生きる善意の人間像を追求した野心的力篇／東京新聞連載／東宝映画化／創元社〉背〈丹羽文雄　創元社〉裏〈好評新刊〉

1151　**幸福への距離**　昭和二六年一一月二五日　新潮社

一六二頁　二〇〇円　B6判　紙装　上製　角背
カバー　帯　林武装幀　旧字旧仮名

幸福への距離（群像　六巻一〇号　昭和二六年一〇月一日）

〔帯〕表〈俄然反響を呼んだ本年度の問題作！／或る評論家がこの小説は日本文学への挑戦だと言つた。私自身は過去への抵抗として書いた。母と子の位置を今まで誰も敢へてしなかつた方法で捉へやうとした。人間の本質的なものに一と鍬あてたかつた。…著者…／新潮社版　¥200〉背〈二十六年度の問題作〉裏〈「海は青いだけでない」丹羽文雄著／海は青くもあれば黄色にもなり　白くもなり　赤くもなる。…何事にも捉はれず本質的なものをそこに見ようとする丹羽氏の新らしい意欲に満ちた野心作。／「爛れた月」「壁の草」等五篇を収む。／新潮社版　￥220〉

1152　**女靴**　昭和二七年八月二五日　小説朝日社
三〇三頁　二五〇円　B6判　紙装　角背　カバー
脇田和装幀　旧字旧仮名

女の階段（小説新潮　六巻七号　昭和二七年五月一日）／葉桜（別冊文芸春秋　二六号　昭和二七年二月二五日）／妻は誰のもの（サンデー毎日　三一巻三一号　昭和二七年七月一〇日）／人情検算器（別冊文芸春秋　二八号　昭和二七年六月二五日）／堕天使（週刊朝日　秋季増刊小説と読物・新年増刊小説と読物　昭和二五年八月五日～一二月一日　二回）／青葉の虫（小説新潮　六巻九号　昭和二七年七月一日）／美少年（サンデー毎日　新春特別号　昭和二七年一月一日）／女靴（小説新潮　六巻一号　昭和二七年一月一日）

1153　**虹の約束**　昭和二七年八月二五日　新潮社
二五八頁　二四〇円　B6判　紙装　角背　カバー
須田壽装幀　二段組　旧字旧仮名

虹の約束（京都新聞、山陽新聞、新潟日報、河北新報ほか共同通信系新聞　昭和二六年一〇月～二七年五月　一九五回）
夜の客／帰宅／二人三脚／惰性／伊香保／その後／間奏曲／逃げる彼／すてて置かない／石女／距離／松林の中／先手／田鶴子の動揺／黄道吉日／最悪の日／忘れられた母／他人のこと／佐渡／孤独／保子の位置／京都へ／判らない心／再婚／一つの結末

〔帯〕表〈山の湯の町に　虹の如く／絢爛と　花ひらく　恋のさまざま／中年の人妻のあやしくひめやかな恋。／激しく懊悩する乙女の恋。あまりに夢多く破れた青年の恋。快調の丹羽氏が鋭く追究する長篇恋愛小説。―新潮社版／￥240　地方定価￥250〉背〈丹羽文雄　長篇恋愛小説〉裏〈丹羽文雄の戦後代表作集／幸福への距離／素晴らしい迫力を以て描く話題の野心作。誰を父と呼べるのか。誕生の秘密を抱いて泣く若い魂の傷心。／￥200／海は青いだけではない／何物にもとらはれず、生きる人間の本質を見つめる著者の傑作短篇「爛れた月」「壁の草」等五篇を収む。／￥220／新潮文庫／厭がらせの年齢　￥110／哭《こく》壁《へき》　￥120〉

1154　**結婚式**　昭和二七年一〇月一五日　北辰堂
二六五頁　一八〇円　四六判　紙装　角背　カバー
帯　磯野正明装幀　旧字旧仮名　傑作小説選

＊1148　結婚式（昭和二六年九月一五日　北辰堂）の新装版。

〔帯〕表〈戦後乙女の人生の哀感と青春の恋情のなきがらに想ひふれてゆく男の傷心、幸福な燭台の光に輝かされて並ぶ若やいだ人生／結婚式　￥180〉

1155　**世間知らず**　昭和二七年一一月二〇日　文藝春秋新社
三六二頁　二五〇円　B6判　紙装　角背　カバー
川端實装幀　旧字旧仮名

世間知らず（時事新報　昭和二七年一月一二日～六月二二日

一六三回）／あとがき

〔あとがき〕

この長篇は新聞小説としては型破りであつた。多くの新聞小説は大団円に終つてゐる。少くとも希望をもたせて、終つてゐる。この小説は、その慣例を破つた。はじめの予定では、何とか解決の方法もあるといふつもりであつたが、嘘が書けず、つひにつき放した結果になつた。解決は読者がよむ時の心がまへに任せたいと思つた。

仕合せとは何か。人生とは何か。その答を求めるテキストにしては、皮肉な意地悪な小説であるかも知れない。しかし仕合せとか人生といふ従来の解釈を一度ふりかへつて考へて貰ふ何かの動機にこの小説がなれば、作者にとつては喜びである。

テンポの早いのも、他の小説とちがつてゐる。三回分を、この小説は一回分ぐらゐに書いてゐる。文章もいはゆる新聞小説の慣習からは外れてゐる。私はその方法で、強引に押切つた。幸ひ読者の或る気持に迎へられたやうであり、苦情も聞かされなかつた。若しかしたら文句をつける暇がなかつたのかも知れない。たとへば、従来の新聞小説の材料にしては、どぎつすぎた。大新聞では編輯部があわてるやうな刺戟的な材料をまつかうから扱つてゐたからだ。これにはモデルがあつた。読者は次第に発展する小説の世界にびつくりしてゐたかも知れない。この小説が連載されてゐた間、その夕方の第一版が出来上つてくると編輯部は新聞をひらいて誰もかれもしいんとなつてしまつたと聞いてゐる。よみ終るまでは、いつもの編輯部の騒々しさが停止されてゐたと聞いてゐる。それほどこの小説の世界が読者に関心を持たれてゐたのだと思ふ。だから秀れてゐるのだといふのではないが。

私は従来の新聞小説の世界が、大新聞になるにしたがつて一定の範囲に限定されてゐるのを、をかしな習慣だと思つてゐる。しかしまたそこには、それだけの理由もあることを私も知つてゐるが、この小説を従来の新聞小説の型を破らせて書かせてくれた時事新報の勇気に、私は改めて感謝する次第である。

昭和二十七年十月　作者

1156　**当世胸算用・告白**　昭和二七年一二月五日　小説朝日社

二一一頁　二〇〇円　B6判　紙装　角背　カバー　セロファン　二段組　脇田和装幀　旧字旧仮名

現代文学叢書　写真一葉（著者近影）

当世胸算用（中央公論　六四年九～一二号　昭和二四年九月一日～一二月一日　四回）／告白〔盛粧（別冊文芸春秋　七号　昭和二三年七月一日）／発禁（世界文化　三巻七号　昭和二三年七月一日）／マロニエの並木（改造文芸　二号　昭和二三年七月二五日）／挿話（文学会議　五号　昭和二三年一〇月二五日）／喜憂（文学界　二巻九号　昭和二三年九月一日）／めぐりあひ（日本小説　二巻八号　昭和二三年九月一日）／四十五才の紋多（風雪　二巻九号　昭和二三年九月一日）／雨の多い時（社会　三巻九号　昭和二三年九月一日）〕／後記

〔後記〕

「当世胸算用」は昭和二四年後半期の中央公論誌上に四回に連載したものである。荻窪にあるマーケットを背景とした。これが雑誌に出ると、モデル問題が起つた。ラヂオにもなつて連続放送をされたので、いつそう問題になつた。ところが此のマーケットが、何かで大売出をする時、かの有名なる「当世胸算用」のモデル・マーケット云々と立看板に書いて、宣伝の一ト役を買つてゐることを知つて、私は驚いた。
「当世胸算用」といふ西鶴の作がある。西鶴のものはいくつか読んでゐるが、いまだにその作だけは読みのこしてゐるのである。敗戦後の日本の姿を描いたものとして、私としてはなつかしいものである。「当世胸算用」とくらべてみるといふのも、おこがましいが、西鶴のそれを読まずして、やはり西鶴と同じやうな角度で小説を書いたとしたならば、面白い類似だと思ふ。日本の戦後を描いた作品を外国にもつていくといふ話が出て、その時「爬虫類」が挙げられたが、私としてはむしろこの小説の方が戦後の日本の姿を知つてもらふにはいいのではないかと思つた。

丹羽文雄

〔帯〕表〈当世胸算用・告白　現代文学叢書／世の弾圧の中に生き抜いた著者の戦後を代表する傑作／小説朝日社／￥200／丹羽文雄〉

1157　**厭がらせの年齢・鮎**
昭和二七年一二月一〇日　筑摩書房
二三二頁　二〇〇円　四六判　紙装　角背　二段組
旧字旧仮名　現代日本名作選
かしまの情〔第一章　かしま払底（原題「貸間払底」人間　四巻三号　昭和二四年三月一日）／第二章　部屋（小説界　二巻一号　昭和二四年二月一日）／第三章　十夜婆々（文芸春秋　二六巻一二号　昭和二三年一二月一日）／第四章　弱肉（原題「弱肉―続・十夜婆々」　文芸　六巻一号　昭和二四年一月一日）／第五章　歌を忘れる（新文学　六巻三・四～七号　昭和二四年三月一日～昭和二四年六月一日）／第六章　金雀児（風雪　三巻二号　昭和二四年二月一日）／第七章　うちの猫（別冊文芸春秋　一一号　昭和二四年五月二〇日）〕／愛欲（芸術　昭和二一年七月一〇日）／厭がらせの年齢（改造　二八巻二号　昭和二二年二月一日）／鮎（文芸春秋　一〇巻四号　昭和七年四月一日）／浦松佐美太郎「解説」229-232頁
〔帯〕表〈丹羽文雄／厭がらせの年齢・鮎／風俗小説的評価を圧倒して、最も野心的に現代文学の大道を活歩する著者の代表力作を収む。／定価200円／地方売価210円／現代日本名作選〉

1158　**厭がらせの年齢・鮎**
昭和二七年一二月一〇日　筑摩書房
二三二頁　一〇〇円　新書　紙装　角背
旧字旧仮名　現代日本名作選
＊1157の新書版。

1159　**春の門**　昭和二七年一二月一五日　東方社
二五〇頁　一六〇円　B6判　紙装　上製
セロファン　宮田武彦装幀　旧字旧仮名
＊1106の新装版。

1160　**結婚生理**　昭和二八年一月一〇日　東方社
四一四頁　二四〇円　B6判　紙装　角背

セロファン　帯　宮田武彦装幀　旧字旧仮名

結婚生理（婦人画報　五六七～五七九号　昭和二七年一月一日～一二月一日　一二回）／明日の空（婦人公論　三七巻一～九号　昭和二七年一月一日～九月一日　九回）

＊扉写真（神成澪作の人形「結婚生理　瀬戸道子」）

〔帯〕表〈人間観察に精妙を極め独自の展開に絶妙を謳われる巨匠が、結婚を前にせる若い女性群像の微妙な心理、各自特異な生態を明確に捉え克明な描写で現代社会の華やかな一断面を描き、結婚のもつ神秘性結婚生理の核心を鋭く追求せる力作。〉背〈丹羽文雄〉裏〈丹羽文雄長編小説書／愛の塩　一八〇円／生活の中の詩　一八〇円／七十五日物語　二〇〇円／春の門　一六〇円／東方社版／定価二四〇円／地方定価二五〇円〉

1161　**蛇と鳩**　昭和二八年三月一〇日　朝日新聞社

三三九頁　二八〇円　B6判　紙装　上製　丸背

カバー　帯　セロファン　須田壽装幀　新字旧仮名

蛇と鳩（週刊朝日　五七巻一七～五〇号　昭和二七年四月二七日～一二月一四日　三四回）

投機／お唾つき／教祖を見初める／モデルの過去／泥縄／かりそめの成功／結末／あとがき

〔あとがき〕

新興宗教といへば、ジャーナリズムにとつては好個の題材であり、度々とりあげられてきた。しかし、その扱ひが一方的であり、興味本位であつたのはたしかである。私は真宗高田派の末寺に生れた。宗教的雰囲気には小さいときからひたつてきた。たとへどのやうなインチキ新興宗教にしても、私の見方、感じ方は、宗教に関係のない人とはちがつてゐたのである。誇張していへば宗教団体が悪く言はれると、自分のことが悪く言はれたやうな負目を感じた。

新興宗教をテーマに書くに当つて、私は白紙の立場をとつた。敗戦後の占領で、衣食住に困りはて、頽廃と戦争の悲惨な体験にうちひしがれて、何の目あてもなくさまよつてゐた善男善女が、新興宗教の説く救ひと、安上りの医療に吸ひよせられていつた過程を、私は簡単に笑ふことは出来ないのである。それら多くの人々は、みな私の隣人であつた。

それにしても、これほど多くの宗教団体が現れたといふことは、日本歴史にとつての初めての現象であつた。戦前には神仏基併せて僅か四十四しか教団のなかつたものが、一九五一年には、七百二十にも達してゐる。未届のものを加へると、千の数字に上ると言はれてゐる。敗戦日本を知らうとすれば宗教界をのぞくことが、端的にその目的を達するほどである。

私は調べられる限り、諸々の新興宗教をしらべた。そしてその代表的な教団の教祖とか、ご明主といはれてゐる人々が、やはりどこか傑出してゐるのをみとめざるを得ない。

同時に私の心をふかくつかんだのは、その教団の組織の近代的な性質であつた。つまり教祖の苦悩とか教義そのものを問題にするよりは、組織力にものを言はせて、わが教団の隆盛に関係者が熱心になつてゐることであつた。親鸞が経文も法衣も仏壇もいらないといひ、ひたすら弥陀のありがたさを説いて歩いたといふあのやり方とは、まるで違つてゐることであつた。そのことの善悪を、私はここにのべるのではない。近代的な組織で、教団を隆盛にしようと努力することは、教義とは何の関係もないことであつた。するとそこに、一つの事業としての企業性がしのびこむことになつた。善男善女のまよへる魂を救ふといふことが、一つの事業として算盤がとれるといふことの発見であつた。

中には、真摯な教祖もゐるが、舞台の陰にゐて、教団をあやつり、莫大な金を儲けることも可能だと、そのやうに行動してゐる関係者もゐるのだ。他の教団関係者には、そこまでは明瞭な目的を持たず、宗教半分経営半分といふあやふやな立場でゐるのが、意外に多いことであつた。宗教と事業とは、両立する性質のものではない。しかし、それが今日では、立派に両立するのである。

私は、人間の心の中には、宗教をうけ入れる部分のあることを、堅く信じてゐる人間である。しかし、今日のいはゆる新興宗教なるもののあり方をみると、或るものに対しては私に臆病にならざるを得ないのだ。しかし、否定しようとは思はない。嗤はうとも思はない。ただ、当惑を覚えるばかりである。

この長編の中で、私はいろんな問題を提出出来たと思つてゐる。一個の企業としてはじめられた紫雲現世会でも、信者の中には本当に救はれた人間もゐるといふことである。救はれ方が高度とか、低級とか、そんなことを区別する筋のものではないと思ふ。教義は、立派に出来上つてゐるのだ。しかしその立派さが、知識のよせ集めに似てゐるといふことが問題になる。また教祖とか明主の傑物といふことも、どういふ意味で傑物かといふ点で問題になるのである。新興宗教が比較的生活に困らない階級の間にしかひろまらないといふことにも、近代的な特色をもつてゐる。伽藍仏教と在家仏教の相違も、もう一度考へ直されてもよいことだと思つた。

私はこの小説で、一つの教団が成立するまでの経過を楽屋裏から描いた。新興宗教の成立がみなながみなかうであるとは言はない。しかし千の数に上る宗教団体の存在は、神様ブームとジャーナリズムに言はれるほど、何かをかしい感じを与へるのは確かである。あまりに安直な教団の創立であり、存在である。そのことを私達は、もう一度考へ直す必要があるだらうと思ふ。

一九五三年早春　　文雄記

〔帯〕表〈河盛好蔵／戦後の最も注目すべき社会現象の一つは新興宗教の続出である。世人はその怪しげな正体に大きな疑問を抱きながら、それがますますはびこつてゆくことに現代の謎を見出している。「蛇と鳩」はその謎を解くことによつて現代日本の深くかくされた様相の一端を白日の下にさらそうと試みた力作である。綿密な調査と練達の手腕によつて、逞ましい作家的意欲を存分に発揮したこの作品は、近頃まれに見る本格的な社会小説と云うことができる。／朝日新聞社刊　¥280〉

1162　**朱乙家の人々**　昭和二八年五月一五日　講談社
二八八頁　二五〇円　B6判　紙装　角背　カバー
帯　セロファン　須田壽装幀　二段組　旧字新仮名
朱乙家の人々（婦人倶楽部　三二巻一号～三四巻五号　昭和二六年一月一日～昭和二八年四月一日　二九回）／あとがき

〔あとがき〕

この長篇は昭和二十六年の新年号から、婦人倶楽部に掲載をはじめた。二十九回にわたつた。一つ《ママ》雑誌に、これだけの長篇をかいたことは、はじめてである。

この長篇の前身である「理想の良人」を私は書いた。私は、この題材をあたためていた。「朱乙家の人々」で、全部がかきつくせたわけではなかつた。登場人物の節子に焦点をあわせて、彼女だけをかいた。私は、朱乙豊治をかきこんでみたいと思つている。「理想の良人」では、いくらか彼をかけたが、私は満足をしていない。この題材は私のこころのなかで、次第にみのつていく。成長をしていく。いずれまた、私は、これをテーマとして書くであろう。朱乙家にあつまる人々を、思いのこりのないように書くには、ぼう大な長篇となる。

従来の婦人雑誌にふさわしくない材料であつた。刺戟がつよすぎた。私は、ことさら、書いた。従来の婦人雑誌の、単なる絵そらごとに終るような小説とは、ちがつたものが書きたかつた。小説は、現実そのものとはちがう。しかし、現実から遊離したものではない。現実をつねにそばにおいて、小説は書かれなければならないのだ。いくら波らん万状で、おもしろかろう《ママ》と、現実感のともなわない小説は、意味がないと私は考える。単に小説の世界だけにおこつたり、消えたりするようなものでは、読者になにもあたえないことになる。

ある評論家が、私を批評して、おもしろいことを言つた。大抵の婦人雑誌の小説は、花がひらくところまで書くという。丹羽文雄は、いきなり、花がひらいたところから、小説をはじめると言つた。「朱乙家の人々」は、まさにそのとおりである。花ひらくまでの世界にも、創作欲はそそられるが、それよりも私は花ひらいてからの生涯―この方が、永い生活である―の方に、はるかに書きたい欲望をそそられる。

夏子は、わがままで、一家の暴君である。が、人情はもろい一面もあり、好人物でもある。小型の夏子は、いたるところにいる。朱乙豊治は、神の如き存在である。神の如き心情の良人のために、妻の夏子のわがままが、かえつて増長させられたという解釈はなりたつ。世界は、冷戦の渦の中にいる。しかし、一歩家庭のなかにはいると、冷戦がどこふく風かといわんばかりに、その家独自のやり方が行われている。日本の家庭には、この特色が極端なくらいである。

この長篇を書きあげてから、私は日本の家庭生活というものを、あらためて考えるようになつた―

１９５３・３　文雄記

〔帯〕表〈異常な環境の中で人間として生きることを拒否されてきた若い女性が、いかに戦いいかに反逆して自分の人生を掴んだか。良人の面前で幾人もの男を転々とする姉と、妻を奪われて平然と微笑している義兄の奇怪な夫婦生活の秘密は彼女になにを教えるか。丹羽文雄でなければ描き得ぬ愛欲絵巻であり、その渦の中から再生を目ざして強く生きようとする若い女性の勝利の記録である。／　この作者独自の愛欲文学が、ここに一つの頂点を示したものといえるであろう。／十返肇氏評／愛欲の現実にいどむ若い女性を描く問題作／講談社版・二五〇円〉背〈丹羽文雄珠玉篇　講談社〉裏〈作者の言葉／私は従来の婦人雑誌の、単なる絵そらごとに終るような小説とはちがつたものが書きたかつた。小説は現実そのものとはちがう。しかし、現実から遊離したものではない。現実をつねにそばにおいて、小説は書かねばならないのだ。いくら波らん万丈で、おもしろいからとて、現実感のともなわない小説は、意味がないと私は考える。単に小説の世界だけにおこつたり、消えたりするようなものでは、読者になにもあたえないことになる。／ある評論家が、私を批評して、おもしろいことを言つた。大抵の婦人雑誌の小説は花がひらくところまで書くという。丹羽文雄はいきなり花がひらいたところから小説をはじめると言つた。「朱乙家の人々」はまさにそのとおりである。〉

1163　**禁猟区**　昭和二八年五月三〇日　白燈社
　二八九頁　二七〇円　B6判　紙装　上製　丸背
　カバー　帯　セロファン　古茂田守介装幀
　旧字旧仮名

青い街（文芸春秋　三一巻一号　昭和二八年一月一日）／ふたりの私（文芸　九巻一一号　昭和二七年一一月一日）／群馬（小説公園　七巻一号　昭和二八年一月一日）／禁猟区（別冊小説新潮　七巻二号　昭和二八年一月一五日）／架空研究会（群像　八巻一号　昭和二八年一月一日）／媒体（世界　七六号　昭和二七年四月一日）／嘘の果（小説新潮　六巻一四号　昭和二七年一一月一日）／隣人（改造　三三巻一二号　昭和二七年九月一日）／あとがき

〔あとがき〕

「青い街」（文芸春秋、昭和二十八年一月号）青年の街といふ意味で、青いとつけた。好奇心から異色の世界にまきこまれた青年がそのことに嫌悪を覚えながらも就職の餌にひきずられていくところを描いた。それを友達が眺めてゐる。友達も無力である。すべてのことが可能だと錯覚しがちな青春時代は、その実、彼らにとつては不可能の林の中にはいりこむのと同然であつた。青春が無意味に遠のいていく。

度々立ちどまらうとする。が、彼らは押し流されてしまふ。青春とは、案外さういふものかも知れないのである。

「二人の私」（文芸、昭和二十七年十一月号）友達をモデルにした。彼はいつも自意識に苦しんでゐる。精神分裂症の典型である。この小説は事実あつたことを描いた。作者も出てくる。昔からの友人であり、作者は友情を抱いてゐる。その友情がこの一篇を支へてゐると思ふ。現在形で描いたが、枚数の少い中に豊なる材料を畳み込まうとする場合、私はよくこの手法を採る。

「架空研究会」（群像、昭和二十八年一月号）この小説は匿名小説として、発表した。こんな企画は私の知つてゐる限りでは、文壇にかつてなかつた。純文芸をこのやうな扱ひをするといふことでは、いろいろと問題はあらう。初め私は編輯者の申出を拒絶した。単に作者の名前だけで読まれるといふ悪い習慣に或る刺戟を与へるのだ、それだけでも意義があらうといふ理屈に、私は妥協した。判る人には、二三頁ですぐ私だと見当がついたやうである。私はこの小説で、家庭裁判所がどういふことをしてゐるか、そこへ送られる少年を、関係者がどのように考へ、扱つてゐるかといふことが書きたかつた。関係者の努力は、私に希望をもたせた。かうした機関を知らない人は案外多いのだと思つた。これをよんで私と同じやうに希望を抱いてもらへば、この小説の意義は成りたつ。

「群馬」（小説新潮、昭和二十八年一月号）群馬県を背景としたので、群馬とつけた。五万枚も書いてゐるので、いい加減な題名をつけたと解釈した人があつたが、それは意地悪な解釈といふものである。また主人公の鳩一を、鳩山一郎からとつたと解した人があつたが、作者はそんなことを考へてゐたわけではない。作者はいい加減に名前をつけるのではない。実直な人間を現したかつたので、鳩といふ文字を使つた。友達大勢と前橋、四万温泉を知り、その印象が鮮明だつた期間にこれを書きあげた。上州人らしい人間が現れてゐると解されたがそれは怪我の功名である。

「禁猟区」(昭和二十八年新春の小説新潮別冊)この題材は、以前にも一二度手がけてゐたが、作者としてはいづれも不満であつた。主人公の両親を持ち出すことによつて、やつと安定感を得た。最近の私の小説には、副人物が登場する。その人物が作者の代弁をしてくれるのである。このことはまた小説作法の秘密でもある。いづれまた作者は「続々小説作法」を書くつもりでゐるので、その中でこの小説の構成を詳述したいと思つてゐる。作者にとつては思い出の深い青春譜の一つである。

「嘘の果」(小説新潮、昭和二十七年十一月号)この小説については「続小説作法」の中にくはしく書いたので、省略する。

「遮断機」よりもこの方がまとまつてゐて、秀れてゐると評した人がゐた。ありがたいやうな、また当惑を覚える批評でつた。

「媒体」(世界、昭和二十七年四月号)この小説はいろいろと批判された。媒体といふ意味が、先づ不明だつたやうである。しかしよく読んで貰へば、不明な点は少しもなかつたのだ。人間は所詮観念の媒体物にすぎないのかといふ文句が、ちやんと作中にある。合評会とか月評といふものは、二三日の中に、何十篇と小説を読むものであり、読み手もつい粗雑な頭になつてしまふのはやむを得ないのである。小説といふものは、そんな風にあわただしく読むべきものではない。しかし、時と場合によつては致し方がないのである。さういふことをよく知つてゐるので、作者も何をいはれやうと意に介すまいとつとめてゐる。しかし、この小説の場合、たつた一つ言ひたいことがある。

或る文芸時評の中で、この小説の最後のところで、巡査のいふ台詞があり、それが説明不十分と言はれたことである。女主人公が情人と歩いていくのを見送つて、巡査が呟く場面である。一見、矛盾した台詞である。それを作者はわざと書いてゐるのだ。読者はそこにきて躓くことと思ふ。そして巡査の胸中を考へてくれるのである。巡査はたしかに矛盾してゐるのだが、矛盾したことをあへて呟かずにゐられなかつた巡査の心情を、作者は書きたかつたのである。巡査個人のおろかな思ひを呟きに出した。口に出せば、矛盾になるが、女主人公が彼女の告白や苦悩を裏切つた行為を示してゐるのを、こつそりと目撃して、彼女の裏切りを人間的に肯定しようとする巡査の気持が、作者は書きたかつた。たつた一つの台詞である。説明しようとすれば、何行分か描かねばならない。それを描いては野暮になる。ぶつこはしになる。批評子は説明不十分だと書いたが、それは不十分といはれる性質のものでなくて、省略である。読者は批評子に賛成するが、私は省略に賛成する。小説でためして貰ひたいのだ。

「隣人」(改造、昭和二十七年九月号)昔に同じ題名で小説を発表してゐる。他にどうにも題のつけやうがなかつたからである。この短篇には私の癖がつよく現れてゐる。近頃私の小説は、初めの二三頁は何が描かれてゐるのかよく判らないと言はれる。読んでいくにつれて、分明してくるといふ。作者はことさらさうした技巧を使用してゐる。フオークナーのやり方を真似てゐると評する人があるが、もともと作者にはさうした癖があつたのだ。昔の小説をよんで貰へば、すぐ判ることだ。しかしそのため私がいつそうフオークナーが好きになつたといふことはある。この小説でも初めの内は何が描かれてゐるのか、ちよつと判らないと思ふ。段々と判つてくる。さうしたやり方が、私の気持に合ふのである。私はことさらに読者にイメージを与へることを避けてゐるやうにふるまふ。かうしたやり方が或は、私の中から志賀直哉を追出さうとした努力の現れであるのかも知れないのだ。

一九五二年の春　　文雄記

〔帯〕表〈丹羽文雄の異色作／朝日新聞連載「恋文」の著者が画期的な構想と峻烈な筆致をもつて送る佳篇――／¥270／白燈社版〉背〈丹羽文雄　白燈社〉裏〈女靴　白燈社の近刊　丹羽文雄著　脇田和装幀　B６判　300頁　定価250円〉

1164　**恋文**　昭和二八年五月三〇日　朝日新聞社
二三〇頁　二〇〇円　B６判　紙装　上製　丸背
カバー　帯　セロファン　硲伊之助装幀　新字新仮名

恋文（朝日新聞　夕刊　昭和二八年二月一日～四月三〇日　八九回）／あとがき

〔あとがき〕

外国兵をあいての日本のおんなのことを、なにか書いておきたいとおもっていた。たれもが、かの女らにたいしては、いたしかゆしの気もちだろうとおもう。社会問題として、教育問題として、衛生問題として、いろいろと話題をにぎわしてはいるが、外国兵がかえらないかぎり、このやっかいな問題はのこるのである。私は精神的な面で、かの女らをとらえたいとおもった。私たちは前面的にかの女らをみとめているわけではない。といって、全面的に非難しているわけではない。かの女らのあることは、私たちの責任である。ほおかむりしているわけにはいかない。

いたしかゆしの私の気もちを、作中の主人公である真弓礼吉の口をとおして言わせてみた。かれはまた手のうらをかえしたような、反対のことをおこない、しゃべっている。そのどちらもが、私の気もちであった。

この小説をはじめるにあたつて、作者のことばとして、西鶴の「世間胸算用」と「万の文反古」にあやかりたいと書いた。おこがましい作者ののぞみであった。モデル問題を気にして、書かでもの作者のことばを書いたが、事実ははんたいのことがおこった。モデルになったすずらん横丁が、恋文横丁とネオンサインをあげるといううわさをきいて、ほっとした。

田中絹代さんが、映画生活三十年の記念のひとつとして、また将来映画監督となるために、第一回作品として、この「恋文」をとりあげた。私にとってもわすれることのできないことになった。

この小説で、かなを多くつかった。漢字も制限した。ひとつには朝日新聞社の方針にしたがったわけだが、そうした気もちがなかったわけではない。小説の活字づらのうつくしさということを、まえからねがっていた。むやみに漢字をつかうといわれる習慣をなおしたいとおもっていたが、くせになっているので、きょうまで、それをはたすことができなかった。この小説を機会に、やってみた。多少のむりはあったが、そのねがいがいくらかみたされた。そのせいでもあるのか、この小説がおばあさんの年齢のひとによまれていると、東京でも京都でもきいた。これからも、このやりかたでいきたいとおもっている。
　昭和二十八年四月　　文雄記

〔帯〕表〈田中絹代・初監督による映画化／浦松佐美四郎／丹羽文雄が初めて恋愛小説を書いた。こう言うと不思議に思われるかも知れないが、事実である。まるで処女作のようなういういしさで、彼はこの小説を書いている。恋愛における男性の寛容と女性の純真とをテーマとしたこの小説は、彼の得意とする戦後風俗の背景の上に、見事に展開されている。問題の解決の仕方も清新である。男女間の愛欲の問題を書き抜いて来た彼にして到達し得た清新さかもしれない。円熟した小説技法を駆使しながら、内容にこのような若々しい精神を盛った作品は珍しいものであり、若い世代の人たちにぜひ一読をすすめたい。／朝日新聞社刊〉

1165　**濃霧の人**　昭和二八年六月一五日　東方社
　三〇一頁　二〇〇円　B6判　紙装　角背　カバー
　セロファン　宮田武喜装幀　新字旧仮名
濃霧の人（小説公園　二巻八号～三巻五号　昭和二六年八月一日～昭和二七年五月一日　九回）／真珠交換（週刊読売　昭和二八年一月）／幽鬼（別冊小説新潮　六巻一二号　昭和二七年九月一五日）／たらちね（文芸　八巻一号　昭和二六年一月一日）／那須の狐（小説朝日　昭和二七年九月一日）

1166　**女靴**　昭和二八年七月一日　白燈社
　三〇三頁　二五〇円　B6判　紙装　上製　角背
　カバー　脇田和装幀　旧字旧仮名
＊1152の改版。

1167　**遮断機**　昭和二八年七月一五日　東西文明社
　二二四頁　二五〇円　B6判　紙装　上製　角背　帯
　旧字旧仮名
遮断機（新潮　四九年一一号　昭和二七年一一月一日）
＊亀井勝一郎「解説」231-243頁
〔帯〕表〈¥二五〇／……彼女の求めてゐるものが、この瞬間に欲しているものか、不純である筈はなかつた。それでゐて、仁子のふるまひは、言語道断な外貌を呈してゐた。…彼女は積極的にもう一冊の本の上に自分の本を重ねた。その本を、横にした。すると背文字が十文字になつた。…仁子は二冊の本を、自分の思ふやうに重ねたり、ねぢつたり、逆に置き直したりして、飽きなかつた。そのやり方が、九三をひきずりまはしてゐた。この大膽な変り方！　九三は粉々にされた。青いスタンドランプの光りに照らされてゐた……〉背〈煩悩具足の文学〉裏〈亀井勝一郎／九三という主人公に丹羽の逢着した問題が集中的にあらはされてゐると云つてよい……何が彼を苦しめてゐるのか。愛欲のたゞ中で行ふ自己検討である。罪についての自問自答である。如何ともし難い肉の快楽とそれは乖離しながら絶えず肉によつて裏切られる。この矛盾が二重三重の輪になつて

九三を苦しめるところが面白い……丹羽はこの作品でかかる自己計量の空無を描いた。何によつて自覚せしめられたか。丹羽の次に直面せねばならぬ思想的課題であらう。遮断機はこのやうに重要な意味を持つた作品である。〉

1168　**藤代大佐**　昭和二八年八月一〇日　東方社

三三六頁　二三〇円　B6判　紙装　角背　カバー　パラフィン　須田壽装幀　新字旧仮名

羞恥（別冊小説新潮　七巻七号　昭和二八年五月一五日）／妻の毒（小説新潮　七巻六号　昭和二八年五月一日）／菜の花（群像　八巻七号　昭和二八年六月一五日）／無名の虫（世界　八九号　昭和二八年五月一日）／風引（別冊文芸春秋　三二号　昭和二八年二月二五日）／木の芽どき（小説公園　四巻七号　昭和二八年七月一日）／紫雲現世会（別冊文芸春秋　三一号　昭和二七年一二月二五日）／髭（群像　七巻七号　昭和二七年七月一日）／藤代大佐（文学界　七巻七号　昭和二八年六月一日）／あとがき

〔あとがき〕

この一冊にあつめた小説は、去年から今年にかけて書いたものの中から選んだ。私にとつては、百八十二冊目の単行本である。

発表年月からいくと、「髭」（群像七月号一九五二年）がいちばん古い。これは二十一枚の短いものである。剛直な人間が、社会情勢の刻々の変化にこころを合はせることができずに死んでしまふ筋がきである。要領よく時勢に調子をあはせて生きるひとの多いなかに、この主人公は持前の性格ゆゑにバスにのりおくれ、己のいのちをすてることになつた。私の心情はこの主人公につよくひかれる。

「紫雲現世会」（一九五二年の暮文芸春秋別冊）さきに私は「蛇と鳩」を書いて、新興宗教をとりあげた。その中の新興の宗教団体を紫雲現世会と命名した。それを使つた。今後私が新興宗教を使ふことがあれば、すべて紫雲現世会で統一しようと考へてゐる。いままで私は何百人かのひとを書いてきてゐる。小説が終ればそれきり作中人物とわかれてしまふことになつてゐたが、これからは一度わかれた人物を再び作品にもつてきたいと考へてゐる。ちようどバルザックが「人間喜劇」でつかつたやうに、私は私なりにそれをやつてみようと考へてゐる。この小説では新興宗教にこりかたまつた妻をみて、主人公が魂のそこから一瞬ゆすぶられるといふところをねらつてみた。ただし一瞬間の衝撃である。その感動が永いものになるか、あくまで瞬間に終るかは、その人間のこころの深さと幅によるのだが。

「風引」（一九五三年二月文芸春秋別冊）これを書いてから小さい物議をかもした。それはモデルに関してであつた。私は、この小説の女主人公のやうな性格が好きだ。私はしばしばこの種のタイプを小説の人物につかつた。むろんこの女主人公には私の創作がつよくあらはれてゐる。

「無名の虫」（一九五三年五月「世界」《ママ》）四ヶ月もまへから編輯者からいはれてゐたのだが、どうにも書けず、苦しまぎれに熱海ににげだして書いた。締切日に間に合はなかつた。そのため発表は一ヶ月のびた。しかしこれが、よかつた。原稿をわたしたものの、気になつてゐた。校正が私にまはつてきたので、編輯部にことわつて、全頁に朱筆をいれた。もう一度あたらしく組みなほすほどの迷惑をかけた。原稿をわたしてしまへば、私はいつも一種のあきらめを持つことにしてゐた。活字となる瞬間まで、作者は自分のかいたものが気にかかるものである。しかしそこまで作者がいちいちのりだしてゐては、編輯部に迷惑をかけることになるので、原稿をわたしたときには、なにかを川にすてたやうなあきらめを持つことにしてゐる。この小説はとくに気にかかつてゐたものでもあり、校正がまはつてきたので、全頁を直した。五六枚書き加へた。技巧の目につく小説である。二つの家庭を照応して書いていくといふこの方法は、短篇小説では有効ではないかと考へる。

羞恥(一九五三年小説新潮六月号)老人の羞恥を、私はほほゑましいものにおもつた。人生をふりかへることで生きてゐる病人である。かれをとりまいてゐる生活の秩序をみだすほどでもないのだ。かれは羞恥をおぼえた。かれは幻滅した。しかしその打撃もかれの日々の平静さをかきみだすほどではなかつた。「菜の花」(一九五三年五月群像別冊)紋多ものである。私の私小説である。いはゆる日本の私小説作家からみたらいろいろと文句も出るだらう私小説である。が、私はこの形式のもとに私の私小説をかくことに意義をみいだしてゐる。その理由はながくなるから、ここには書かない。この小説は私の小説の骨格をあら削りにあらはしてゐるとおもふ。小説を書きだしてから二十余年になる。処女作のときから現在まで、私のなかにながれてゐる一つの流れは、この小説にあらはれてゐる。私はその流れを抹殺することも出来なければ、わすれてしまふこともできない。宿命のやうなものがある。「遮断機」をよんでもらふ前に、この小説をよんでもらつた方がよかつた。発表が前後した。私のすわるべき場所は、はじめからきまつてゐたやうである。その席を漠然と感じながら、私は気のつかないふりをしてゐた。この小説で私は、自分のすわるべき場所の自覚をはつきりともつた。

「藤代大佐」(一九五三年六月号文学界)ある編輯者がきて、以前の私の小説の文章はよみづらかつたといひ、この小説の調子の文章はすきだと云つた。たしかに以前の私の文章にくらべるとこの小説は軽くなつてゐる。ややこしい心理描写もやつてゐない。読者にあまり負担をかけなくなつてゐる。この変化を、私は苦笑をもつてふりかへる。ある時代の私は、気負ひだつてゐた。私は気負ひを、読者に強いた。その緊縛した気負ひが、ゆるんだ。その反射作用がこの小説では特にあらはれてゐるのではないかとおもふ。さういへば、新年号の文芸春秋に発表した小説では、青野季吉氏から、昔の丹羽文雄にかえつたやうだといはれた。しかし私には、この調子がどこまでつづくかわからないのだ。また気負ひだつて、息苦しいほどの文章を書くかもしれない。しかしその後には、またもどるだらう。坂があり平坦な道ありといふふうに、私ははげしい起伏を経験して進むのではないかと考へてゐる。この小説でも「菜の花」「紫雲現世会」にあらはれてゐる現実以外に、もう一つの世界にふれたつもりであつた。が大抵の人にはよみ流されたやうであつた。欲望につかれた人間を描くばかりが、この小説の目的ではなかつた。欲望といふものによつて、盲目にされてゐるのだが、それらを一切とりのぞいた瞬間に、何がのこるか。何が発見されるか。現実以外のもう一つの世界のあることにこの小説の主人公がちらりと垣間見るところがある。そこがこの小説の急所だつた。あるひは作者があまりに筆を惜しみすぎたきらひがあつたかもしれない。「菜の花」「紫雲現世会」に通じてゐる意味はそれである。しかしそれはきはめて微弱である。読者がそれを見落としたところで、責任は作者にある。微弱なあまり私の主張はとほらなかつたかもしれないのだが、やがて強力にうち出せるのではないかと、私は考へてゐる。

「木の芽どき」（一九五三年六月号小説公園）これは作者の身辺におこつたモデルものである。紋多も登場する。気の狂つたかの女を、モデル的興味以外に追求する必要を私はおぼえてゐる。

一九五三年七月　文雄記

1169　**青麦**　昭和二八年一二月一八日　文藝春秋新社

二九六頁　三四〇円　B６判　紙装（フランス装）

角背　パラフィン　函　帯　杉本健吉装幀

旧字旧仮名

青麦（書下ろし）／あとがき

〔あとがき〕

この小説は父親をモデルにした。人間的関係は、事実と多少ちがつてゐる。父をモデルにしながら私自身のことを書いたといつてよい。父のあるいた一生は、また私の道でもあると考へたからである。世俗的には、私は不孝なことをやつてのけたかも知れないのだが、父にもし霊あらば、父は私のこの小説に対して腹をたてないだらうと思ふ。うぬぼれではない。

この小説に出てくる二三の事件を、短篇に書いたこともあるが、短篇ではやはり満足ができなかつた。

父が救はれたかどうか、私には判らない。私の生き方は浄土真宗的である。救ひの考へ方は、キリスト教徒とはあくまでちがつてゐる。死といふものに対する考へ方は浄土真宗的だが、私は坊主的ではないつもりでゐる。この長篇では、父はつひに救はれなかつた。それでよいのだと私は考へた。現世的な私の目に、父がいかにも救はれたやうに映つたならば、大嘘である。さうでなかつた父の死を、私が悲しんでゐるのではない。現実的な解釈で、いかにも父が救はれない存在であつたと判れば判るだけ、私には希望がもてるのだ。父は私に、よい見本をのこしてくれた。私は父の一生を恥しいものとは思はない。

このことはまた、私の母についても言へる。母のことを小説にして、よくもあそこまで書けたものだと呆れられたが、父といひ、母といひ、私の人生にはすばらしいモデルがあつたことになる。その点、私は両親に感謝してゐる。私の小説は、大いに両親に負うてゐる。私はめぐまれてゐるやうだ。私の思想は両親の生き方によつて培はれた。それもあくまで浄土真宗的である。

一九五三年十一月　文雄記

〔帯〕表〈青麦　書下し長篇／巨匠丹羽文雄の自信作／文藝春秋新社／定価三四〇円／地方売価三五〇円〉背〈書下し長篇／文藝春秋新社〉裏〈現実的な解釈では人間は救はれない存在であるが、それだからこそ私は希望がもてる、と著者は言ふ。／本書はこのテーマを明らかにする。／表面平坦を装ふ宗門内部の罪業の明け暮れをその環境の中で苦悩した半生の体験を傾けて描破し、「私の最高傑作であらう」との自信と自負を以つて、真価を江湖に問ふ丹羽文雄文学の一頂点。／近刊／丹羽文雄　小説

作法〉

1170　**欲の果て**　昭和二九年七月八日　新潮社
二七五頁　二三〇円　Ｂ６判　紙装　角背　カバー
帯　セロファン　旧字旧仮名　昭和名作選1
柔媚の人（新潮　五一年四号　昭和二九年四月一日）／欲の果て（別冊文芸春秋　三六号　昭和二八年一〇月二八日）／藤代大佐（文学界　七巻七号　昭和二八年六月一日）／羞恥（別冊小説新潮　七巻七号　昭和二八年五月一五日）／市井事（別冊文芸春秋　三四号　昭和二八年六月二八日）／女靴（小説新潮　六巻一号　昭和二七年一月一日）／真珠交換（週刊読売　昭和二八年一月）／神西清「解説」270-275頁
〔帯〕表〈昭和名作選1／柔媚の人／欲の果て／藤代大佐／羞恥／市井事／女靴／真珠交換／新潮社版〉背〈丹羽文雄〉背〈丹羽文学の出発は遠く大正十五年の『秋』であり、出世作『鮎』は昭和七年に発表された。爾来四半世紀、常に文壇の第一線を歩み、その意欲的活動は、量に於ても日本文学の大きな驚異であった。／丹羽文学は変貌の文学だと言われる。変貌に変貌をかさね、脱皮に脱皮をかさねてゆく所に、作者のたゆまぬ精進のあとが見られると言う意味だが、ことに最近における彼の脱皮の試みは大きな波紋と鋭い刺戟を我が文壇に与えた。我が国の文学は丹羽文学の厳しい精進とともに歩んでいるとも言える。ここに収めた七篇に集約された丹羽文学の精神の中に、明日の糧が養われているのだ。／￥230／地方定価240〉

1171　**庖丁**　昭和二九年九月一〇日　毎日新聞社
二六九頁　三五〇円　Ｂ６判　クロス装　上製　丸背
函　帯　林武装幀　新字新仮名
庖丁（サンデー毎日　三三巻七～三二号　昭和二九年二月七日～七月一一日　二三回）
権威／ゆうべのこと／山名の履歴／結婚披露宴／誓い／戦争／手腕／誠実が武器／歳月／腕の冴えと悲しさ／類似／『面河ホテル』／試験／ジャズの年齢／運命の皮肉／萌黄の包み／昔の人／夫婦／意欲／あとがき
〔あとがき〕
この長篇を構成する時には、このような結末にならないつもりであった。書きはじめると、いろいろの問題が出てきた。元来私の小説作法は、予定の図式どおりに小説をはこんではいけないというのである。書きすすむうちに、おのずと筋が発展したり、人物が動き出して来て、作者が作中人物にひきずりまわされるようにならなければいけないのだ。しかし、この長篇ほど作者がひきずりまわされたのは、私の最近の仕事の中では珍しい。たとえば、お雅は余儀なく辰吉の妻になったが、山名が復員してくれば、自然と山名のふところに戻っていくつもりであった。が、山名にもどることが極めて不自然であり、嘘の解決になるとわかった。また、庖丁人を主人公にしたが、日本料理の世界や、板場の世界をこれほどくわしく調べて書くつもりではなかったのだ。
しかし、この結果は、私としては満足である。
書き出したころ、方々から激励の電話やら手紙をもらった。参考書類を送ってもらったりした。こんなことも、私には経験のないことであった。この小説が終るまで、励ましの手紙はつづいた。ここで、改めてお礼がいいたい。

　風変りな社会小説が出来上がったが、意外なほど人々が板場の世界に興味をもっていることがわかった。庖丁人を描いているので、単に料理のことだけでなく、現在かれらが置かれている社会的な地位ということが、私には興味のある問題になった。私は去年、文学者や美術家たちを、糾合して、国民健康保険の組織をつくりあげた。保険組織の経営がいかにむつかしいか、面倒な仕事であるかということを知った。庖丁人を社会的な立場から眺める場合、あまりにかれらが特殊な位地にいるのにおどろいた。いずれ庖丁人の世界でも、社会人としての権利を主張して、社会保障を要求するという段階にたちいたるだろうと考えるが、その折に何かの参考になればよいと思って、これを書いた。国家試験も、目下はゆきなやみの状態になっているらしい。

　調理師と調理士と、使い方はまちまちになっているが、私は師の方が、庖丁人の場合は正しいと判断する。辞書には、技術を業とする人を師というとある。

　昭和二十九年夏　文雄記

〔帯〕表〈丹羽文雄／庖　ほうちょう　丁／サンデー毎日連載／微妙な〝味覚〟に運命を托して精進する板前社会の生態。新しい時代の潮は、人々の哀歓を超えて流れていく。現代社会の断層を、まざまざと描いた丹羽文学の傑作。〉背〈毎日新聞社〉裏〈職人気質の追求とその行方／亀井勝一郎／一種独特な熟練者意識をもった人間の生存を、作者は実験しようと試みている。すべての職業が機械化され、大量生産の傾向を帯びている中で、「腕」をたよりとする「職人気質」がどんな運命にさらされるか、人事上のもつれ以上に、これは現代の日本にとっても一つの社会性をもつテーマだと思う。／（週刊朝日所載）／￥350〉

1172　**世間知らず**　昭和三〇年五月一五日　河出書房
　二四七頁　一二〇円　新書判　紙装　角背　カバー
　渡辺三郎カバー画　二段組　旧字旧仮名
　河出新書文芸篇二三

世間知らず（時事新報　昭和二七年一月一二日～六月二二日　一六三回）

＊　著者略歴　著者照影

1173　**久村清太**　昭和三〇年六月一七日　帝国人絹株式会社
　四八九頁　非売品　Ａ５判　クロス装　上製　丸背
　パラフィン　函　杉本健吉装幀　旧字旧仮名

久村清太（書き下ろし）

庄内館／太陽レザー時代／ビスコース／米沢人造絹絲製造所／洋行／野口遵の敵／岩国の瑞兆／困つた男／ダイヤライザー事件／社長の挨拶／手袋を投げる／久村のス・フ観／朝鮮行／戦争／一つの清算／碁に就いて／天寿

＊　久村清太年譜（一二頁）　写真一葉

1174　**秦逸三**　昭和三〇年六月一七日　帝国人絹株式会社
　三七七頁　非売品　Ａ５判　クロス装　上製　丸背
　パラフィン　函　杉本健吉装幀　旧字旧仮名

秦逸三（書き下ろし）
大学を出るまで／志を得ず／米沢高工教官時代／東工業米沢分工場時代／クロス書翰／洋行／苦闘はつづく／再婚／広島に戻つた逸三／たばこに就いて／浄瑠璃／幾子の結婚まで／ラヂオ放送／矛盾的自己同一／晩年／遺稿／花の咲く季節
＊　秦逸三年譜（一二頁）　写真一葉

1175　**青麦**　昭和三〇年七月二〇日　文藝春秋新社
二二五頁　一六〇円　Ｂ６判　紙装　角背　カバー
セロファンカバー　安井曽太郎装幀　旧字旧仮名
青麦（『青麦』　昭和二八年一二月一八日　文藝春秋新社）
〔セロファンカバー〕
表〈僧侶の愛欲を描く書下ろし長篇〉裏〈仄暗い寺院の奥にうごめく僧侶如哉の瞳は煩悩に燃え、息子鈴鹿は汚辱に喘ぐ。脂ぎった淫欲の権化、念仏しながら次々と女を犯して行き、老境に至っても止まない如哉の実体とは何か？　この不変の意義をもつテーマをとらえ、作者の生家をモデルとした積年の構想成って、書き下ろした問題の長篇小説。〉

1176　**蛇と鳩**　昭和三〇年七月二五日　講談社
二八八頁　一五〇円　新書判　紙装　角背　カバー
帯　榎戸所庄衛装幀　二段組　旧字旧仮名
ミリオン・ブックス
蛇と鳩（週刊朝日　五七巻一七～五〇号　昭和二七年四月二七日～一二月一四日　三四回）／浅見淵「解説」287-288頁
〔帯〕表〈丹羽文学の金字塔／一会社員の手で、企業として丹念に計画されたある新興宗教の成立過程が、著者の宗教観・社会観を背景に生き生きと描き出されている。ミリオン・ブックス¥150〉背〈野間文芸賞受賞〉裏〈伊藤整氏評／　丹羽文雄氏は近年、宗教意義と人間性とを描いたいくつかの作品を書いたが、その代表的な傑作は「蛇と鳩」である。ある新興宗教を中心として、信念と盲目性とを人間の心の表裏とし、社会的な観点を加えて描き出した小説である。人間をその内面衝動において描くことに秀れている作者は、この作品によって社会的観点を合せて駆使し、その創作方法に新しい面を開いたものである。ここ数年来の丹羽文雄の代表的作品としては先ず「蛇と鳩」を挙げるべきであろう。〉
＊　昭和三一年四月二五日発行の二版では異装（勝呂忠装幀）。

1177　**露の蝶**　昭和三〇年八月二五日　雲井書店
二一八頁　一二〇円　新書判　紙装　角背　カバー
セロファン　東郷青児装幀　旧字旧仮名　雲井新書
露の蝶（キング　二九巻九号～三〇巻九号　昭和二八年八月一日～昭和二九年七月一日　一二回）
〔カバーソデ〕
表〈この作者が如何に真面目に人生を考へ、如何にあらゆることを道徳的に追求してゐるか、どの作品にもその熱意が迸ってゐる。投げやりなところは凡そない。―鋭い批判とモラル追求の熱意は、頽廃の諸相を突破って儼然と光ってゐる。／廣津和郎〉
裏〈点想　丹羽文雄

小説を書いて一番たのしいのは新聞小説である。新聞小説が終ると中の人物と別れてしまふので、実在の人間と別れてしまふやうに私は淋しい思ひを味はふ。

＊

肉体が虚弱なための美しさ、頽廃から来る美しさ、白痴美なる近代的な美しさ、さういふ美しさに私も久しい間だまされて来たが、近頃はさうではなくなった。精神的薄弱症的な美人にも美しいといふ感じを喚び起されない。近頃の私の心を惹く女性は、全身に生活の匂ひのこもったタイプで、もっとも今日、生きる苦しさの現れてゐない人間は稀有であらうが、さういふ意味の生活の匂ひではないのだ。つまり天上の美しさではないのだ。たとへば東大寺の吉祥天からうけるあの感じだ。平凡で、健康で、何となくくりっとまるい感じのする女性である。

＊

私の家に、土田麦僊《ばくせん》の「湯女《ゆな》」二曲一雙がある。大膽に人物を描いてゐる。日本の伝統からはみ出した日本画だ。麦僊はこれを描いてから外国にいったさうである。麦僊は外国の名画を見、何も学ぶものがなく、帰朝すると、今度は日本画の伝統に忠実に戻っていったのださうである。私が外国文学を勉強してゐる上にもそれと似たものを時折感じる。何も学ぶものがないといふのではなく、日本人といふものをますます明瞭に教へられるといふことである。

＊

私の生き方は浄土真宗的である。救ひの考へ方は、キリスト教徒とはあくまでちがってゐる。死といふものに対する考へ方は浄土真宗的だが、私は坊主的ではないつもりである。

＊

父といひ、母といひ、私の人生にはすばらしいモデルがあったことになる。その点、私は両親に感謝してゐる。私の小説は、大いに両親に負うてゐる。私はめぐまれてゐるやうだ。私の思想は両親の生き方によって培はれた。それもあくまで浄土真宗的である。〉

〔帯〕表〈露の蝶／小説のなかにこそ真実の人生がある〉背〈小説のなかにこそ真実の人生がある　雲井書店〉裏〈女の生涯の運命は、さいしょに身をまかせた男によって決定されるのだらうか？　思ひがけない人から純潔をうばはれる久子。恋愛ではない性愛だ、とつぶやく欣一。……アプレゲール東京に息づく青年、中年の男女の生態を克明に描いた新作長篇！／¥120〉

1178　**愛人**　昭和三〇年八月三一日　河出書房
一九二頁　一一〇円　新書判　紙装　角背　カバー
須田壽装幀　二段組　新字新仮名
河出新書文芸篇四五
愛人（大阪日日新聞、四国新聞ほか朝日系地方新聞　昭和二四年四月～一〇月　一五〇回）
＊著者略歴　著者近影

1179　**落鮎**　昭和三〇年九月五日　河出書房
一九九頁　一〇〇円　新書判　紙装　角背　カバー
渡辺三郎装幀　新字新仮名　河出新書文芸篇五二
落鮎（婦人公論　三二巻一一号～三三巻六号　昭和二三年一一

月一日〜昭和二四年六月一日　八回）

＊　著者略歴　著者近影

1180　**庖丁**　昭和三〇年九月五日　毎日新聞社
二二六頁　一三〇円　新書判　紙装　角背　カバー
須田壽カバー装幀　二段組　新字新仮名　毎日新書
庖丁（サンデー毎日　三三巻七号〜三二号　昭和二九年二月七日〜七月一一日　二三回）／あとがき（毎日新聞社『庖丁』昭和二九年九月一〇日）／浅見淵「解説」224-226頁

1181　**女の計略**　昭和三〇年一〇月一日　鱒書房
二三〇頁　一二〇円　新書判　紙装　角背　カバー
東郷青児表紙画　生沢朗カバー装幀　新字新仮名
コバルト新書
感情（別冊小説新潮　九巻六号　昭和三〇年四月一五日）／箱の中の仔猫（オール読物　一〇巻七号　昭和三〇年七月一日）／女の滞貨（週刊朝日別冊　七号　昭和三〇年四月一〇日）／流浪の岸（サンデー毎日　三四巻二一号　特別号　昭和三〇年五月一〇日）／輪廻（小説新潮　九巻一一号　昭和三〇年八月一日）／S子（新潮　五二年四号　昭和三〇年四月一日）／煩悩腹痛記（オール読物　九巻九号　昭和二九年九月一日）／女の計略（週刊朝日別冊　九号　昭和三〇年八月一〇日）／あとがき

〔あとがき〕
どのように仕合わせそうな人や、強そうな人にも、不安はつきまとっている。人間が生きる限り、不安を背に背負って生きていくものである。不安が解決されたり、一時的なものであるはずはない。愚痴ったり、憤ったり、不平がったところで、不安に対する正しい対策とはならない。不安の実相をみつめることが大切ではないかと思う。この現実は所詮救われない世界である。この短篇集のどれをとりあげても、救われない人々の姿をうつしている。しかし、所詮人間は救われない存在であるということを、本当は私は、まだ十分に納得をしていないのだ。私は、納得したいのだ。叩きつけられ、二度と立ち上れないほどに徹底的に納得が出来たならば、私は小説を書かなくなるかも知れない。

丹羽文雄

＊　奥付に著者略歴。

1182　**当世胸算用**　昭和三〇年一〇月一〇日　河出書房
二一七頁　一二〇円　新書判　紙装　角背　カバー
真鍋博装幀　旧字旧仮名　河出新書文芸篇五二
当世胸算用（中央公論　六四巻九〜一二号　昭和二四年九月一日〜一二月一日　四回）／或る市井人の結婚（新潮　四六年五〜六号　昭和二四年五月一日〜六月一日　二回）

＊　著者略歴　著者近影

1183　**当世胸算用**　昭和三〇年一〇月一〇日　河出書房
二一七頁　一二〇円　新書判　紙装　角背　カバー
佐野繁次郎カバー　旧字旧仮名　河出新書文芸篇五二

＊　1182の異装版。

1184　**菩提樹　上**　昭和三〇年一〇月一五日　新潮社

二六九頁　二五〇円　Ｂ６判　紙装　角背　帯

パラフィン　橋本明治装幀　旧字旧仮名

菩提樹（週刊読売　一四巻三号〜一五巻四号　昭和三〇年一月一六日〜三一年一月二二日　五四回）

菜の花の道／灯明／若い祖母／館要助／運命の出会い／無心／煩悩／朝子の謎／触発／乙女椿／身の上相談／睦日家／二階／過去／ひとの身に非ず／目は目で見えぬ／暗渠／衆団行事／告白

〔帯〕表〈愛欲の淵に抉られた人間の本性！／新潮社版　￥250〉背〈異色の長篇〉裏〈義母と不倫な交渉を持ち、妻に捨てられた一僧侶が、妾の生活に苦しむ檀徒の一女性と、仏壇を前にして恋に落ちゆく過程を描く。仏門の教徒たる身と肉欲の煩悩の葛藤の中で、人間らしい生き方を求めて苦悶する一僧侶の、泥沼の如き愛欲生活を描いて、赤裸な人間の姿を追求した大長篇。〉

1185　**ファッション・モデル**

昭和三〇年一一月一〇日　講談社

二三五頁　一四〇円　新書判　紙装　角背

生沢朗装幀　二段組　新字新仮名　ロマンブックス

ファッション・モデル（婦人倶楽部　三五巻七号〜三六巻九号　昭和二九年七月一日〜三〇年九月一日　一五回）

この苦労を誰が知る／さらに稽古を／モデル修業第一課／東京駅にて／プリズンの父／病気見舞／出会い／大河内という存在／知られざる真相／旅先にて／ファッション芸者／蒲郡ホテルにて／四七一一芸術学院／ファッション・マネキン／松山事件／別居／温泉場へ／娼婦誕生／白い木蓮／生存競争／檻を出た獣／男のような行動（一）／男のような行動（二）／男性化／ＭとＷ（一）／ＭとＷ（二）／ＭとＷ（三）

1186　**告白**　昭和三〇年一一月二五日　講談社

二一四頁　一三〇円　新書判　紙装　角背　カバー

須田壽装幀　旧字旧仮名　ミリオン・ブックス

告白（盛粧（別冊文芸春秋　七号　昭和二三年七月一日）／発禁（世界文化　三巻七号　昭和二三年七月一日）／マロニエの並木（改造文芸　二号　昭和二三年七月二五日）／挿話（文学会議　五号　昭和二三年一〇月二五日）／喜憂（文学界　二巻九号　昭和二三年九月一日）／めぐりあひ（日本小説　二巻八号　昭和二三年九月一日）／四十五才の紋多（風雪　二巻九号　昭和二三年九月一日）／雨の多い時（社会　三巻九号　昭和二三年九月一日））／十返肇「解説」213-214頁

1187　**雨跡**　昭和三〇年一二月一五日　三笠書房

二〇六頁　一二〇円　新書判　紙装　角背　カバー

難波田龍起カバー装幀　旧字旧仮名　三笠新書

雨跡（サンデー毎日　二九巻一二〜二七号　昭和二五年三月一九日〜七月二日　一六回）／石川利光「解説」202-206頁

1188　**雨跡**　昭和三〇年一二月一五日　三笠書房

二〇六頁　Ｐサイズ（新書サイズ）　クロス装　上製　角背　カバー　旧字旧仮名

＊　1187の異装版。

1189　**支那服の女**　昭和三〇年一二月二〇日　河出書房
一八八頁　一〇〇円　新書判　紙装　角背　カバー
阿部龍應カバー装幀　河出新書文芸篇七五
旧字旧仮名

支那服の女（文芸春秋　三三巻一九号　昭和三〇年一〇月一日）／どぶ漬（群像　一〇巻一号　昭和三〇年一月一日）／気紛れの線（世界　一〇九号　昭和三〇年一月一日）／母の日（群像　八巻一一号　昭和二八年一〇月一日）／鳥黐（小説新潮　九巻一五号　昭和三〇年一一月一日）／断橋（別冊文芸春秋　四五号　昭和三〇年四月二八日）／崖下（新潮　五二年七号　昭和三〇年七月一日）／あとがき

＊　著者略歴　著者近影

〔あとがき〕
「どぶ漬」は作者の好きな作品である。かういふ女性は或ひはゐないかも知れないのだが、たくさんの作品を書いてゐる間にかうした一篇を書くことが出来たのを喜んでゐる。「母の日」はもうすこし書きこめばよかつたと思つてゐる。業といふものについて私の考へを出した方がよかつた。「鳥黐」は女性がよめば、あと味が悪いかも知れないが、それだけ異性側としてのものが出てゐると思ふ。小説といふものは、よくよく決定的なものではない。「崖下」は「業苦」「彷徨」とつづけてもらへば、最近の私の傾向が判つてもらへると思ふが、あとの二篇はこの中に入れることが出来なかつた。「断橋」「気紛れの線」の中には、あぶないもの、また将来性のあるものが見出せるやうに思ふ。よかれ悪しかれ、私はさうしたものをしつかりと自分のものにしたい。

一九五五年十二月　文雄記

1190　**惑星**　昭和三一年三月一〇日　東方社
四一七頁　二七〇円　B6判　紙装　角背　カバー
岡村夫二装幀　新字新仮名

惑星（時事新報　昭和二五年三月一五日～九月一一日　一八〇回）

1191　**菩提樹　下**　昭和三一年三月三〇日　新潮社
三一五頁　二六〇円　B6判　紙装　角背　帯
パラフィン　橋本明治装幀　旧字旧仮名

菩提樹（週刊読売　一四巻三号～一五巻四号　昭和三〇年一月一六日～三一年一月二二日　五四回）

真鍮みがき／御伝鈔／新しい苦悩／手管／祭日の舞手／祭日三日間／嘘／餅搗きの夜／新しい年／禁断の木の実／その前後／花／別れ話／蓮子／覆水／運命の日／焔の言葉

〔帯〕表〈一僧侶の苦悩の半生を描いて、現代に生きる親鸞の姿と、人間の救いを追求した、著者宿願の力作長篇。／新潮社版　￥260〉背〈長篇問題作〉裏〈赤裸々な人間的苦悩の中から教えを開いた親鸞の苦しみを背負う僧侶宗珠は、遂に終生許されぬ罪を檀徒に告白する。その激しい告白を通して、現代に生きる親鸞の姿と、人間の救いを描く。著者宿願の主題を追求して、親鸞の流れを汲む数百万の信徒、或いは未亡人達に衝動と

感動を与えた力作長篇。／上巻発売中　定価二六〇円〉

1192　**魚紋**　昭和三一年三月三一日　河出書房
二六二頁　一三〇円　新書判　紙装　丸背　カバー
中込漢装幀　二段組　新字新仮名　河出新書

魚紋（時事新報　夕刊　昭和二九年六月八日～一二月五日　一八〇回）
狼狽／姉の恋／おうめといふ女／屈辱の歴史／思ひ出の家／ギャング／病床の恋人／アサ子登場／主従／鮎の宿／舞台／部屋の主／由之の日日／エゴイスト／接近／三周忌／花さらさ／引導／妙な依頼／姉の解釈／京の秋／告白／無駄なこと／復讐的／目白の家／報告／目白の朝夕／衝撃／爆発する由之

＊　著者略歴　著者近影

1193　**飢える魂**　昭和三一年五月五日　講談社
四三八頁　三〇〇円　B6判　紙装　上製　丸背　函
田中峯装幀　二段組　新字新仮名

飢える魂（日本経済新聞　昭和三〇年四月二二日～三一年三月九日　三二〇回）
主役／心の位置／狭い家／動揺／告白／音楽会／錯覚／不思議な出会い／再び出会う／拾った機会／宿にかえって／蘇る青春／偶然の秘密／計画的／自己喪失／転落／逆襲／余儀ない芝居／殉情／速達／ゆうぎり／煩悩／他人の恋／見学／宣伝／己の捲く所／己の刈る所／三つの波紋／岐路／味岡家の朝／深夜の客／弔問／皮肉／浄土真宗／飢える／新居／母との対決／別れの挨拶

1194　**今朝の春**　昭和三一年六月五日　角川書店
二六八頁　一四〇円　新書判　紙装　角背　カバー
高橋忠弥装幀　カバー絵（デュフイ「花束」）　二段組
旧字新仮名（促音拗音大字）　角川小説新書

今朝の春（秋田魁新聞、高知新聞、熊本日日新聞ほか博報堂地方新聞　昭和二九年一月～七月。一九五回）／あとがき

〔あとがき〕
「今朝の春」は昭和二十九年に新聞小説として発表したものである。地方の新聞に連載をした。ある事情から単行本にすることをやめていたものであるが、ほとぼりもほぼ冷めたので、今度本にすることにした。
私の新聞小説としては、めずらしく一方的な描写で始終している。新聞小説の形式は、三、四人の主人公が交交に登場して、事件を発展させていくものだが、この小説では、はじめからしまいまで女主人公だけを描いた。それだけに作者としては、書き苦しかつた。しかし、それだけ読者には女主人公は近しいものに感じられていたようである。或る大学の助教授が、結婚をするなら、「今朝の春」の女主人公のような人がほしいと告白していたのを伝え聞いて、作者は満足だつた。その助教授は自分の告白が私の耳に入るなどとは夢にも思わなかつたろう。私はこの主人公に、一種のあこがれをこめて描いた。それが読者に通じたものと思う。この小説が終つて二、三日が経つて、長野の未知の人から電報をうけとつた。ユタカケツコンオメデトウと書いてあつた。何のことやら私には、判らなかつた。発信

人も知らず、また長野からも祝電をうたれる理由もなかつた。私の身辺に結婚沙汰はなかつたからである。が、ふと気がついたのは、「今朝の春」のことであつた。女主人公が最後に結婚を承諾するところがある。その相手が豊であつた。読者は豊と女主人公が結婚するかどうか、現実の問題のように気にしていたからであろう。結婚することになつたので、ほつとしたのであろう。それほど読者に期待されていたのかと、私は嬉しかつた。私の永い文筆生活の中で読者とのこのような交渉ははじめてのことであつた。

こう書けば、このあとがきは自画自讃に終りそうだが、作者と読者のつながりは、その日その日をはらはらさせて、面白おかしく波乱万丈に筋を転廻させていくことにあるものでなく、やはり読者の心をつかみ、残るものは作者自身のあこがれであり、いのりであり苦悩であるという平凡なことが、この小説にあらためて私に認識された。

昭和三十一年春　丹羽文雄

〔カバー〕
愛の福音書　十返肇／この小説は消極的な生き方とみえる女性が、その内部にひそめている善意の強さを、愛情の問題の中に描きあらわしたもので、作者としてはめずらしく淡彩風な作品である。肉親のエゴイズムを、いやというほど痛感しながらも、その汚れにしまず、自分の信ずる方向に生きてゆこうとする女性の苦しみを、作者は、あたたかい精神で見まもりながら、幸福の方向へみちびいてゆく。愛の幸福は、苦しみを通してのみ捕えることができる。ひとたび愛するものを失つた女性が、ふたたび愛するものを得るまでの人知れない悲しみを生きる記録であるとともに、これは肉親や世間の眼といかに女が戦うべきであるかを教える読本でもある。作者は、つねに女主人公とともにあつて、彼女の感情となり、彼女の感覚となり、彼女の倫理となつてこの愛の福音書をかきあげている。

＊　著者略歴、カバー絵解説は割愛。

1195　**崖下**　昭和三一年六月一五日　講談社
二五〇頁　二六〇円　四六判　紙装　上製　角背
カバー　帯　セロファン　新字新仮名
崖下（新潮　五二年七号　昭和三〇年七月一日）／彷徨（群像　一〇巻一二号　昭和三〇年一二月一日）／海の声（新潮　五三年四号　昭和三一年四月一日）／業苦（新潮　五二年一〇号　昭和三〇年一〇月一日）／彼の演技（世界　一二四号　昭和三一年四月一日）
〔帯〕表〈近代企業のメカニズムの中にまきこまれた人間生活の救ひなき日々!!　今日に生きる人間が負はされてゐる業の実相を探り、残酷なまでに人間の本性を衝く丹羽文学の真髄!!／著者近影〉背〈丹羽文雄〉裏〈目次／崖下／業苦／彼の演技／海の声／彷徨／講談社版／定価二六〇円〉

1196　**怒りの街**　昭和三一年七月一日　東方社
三一六頁　二七〇円　B6判　紙装　角背　カバー
須田寿装幀　新字新仮名（促音拗音大字）
怒りの街（東京新聞　昭和二四年四月六日～九月二〇日　一六五回）

1197　**女の四季**　昭和三一年七月五日　河出書房　一八八頁　一二〇円　新書判　紙装　角背　カバー　セロファン　渡辺三郎装幀　二段組　旧字旧仮名　河出新書

女の四季（「かしまの情」改題）

第一章　かしま払底（原題「貸間払底」　人間　四巻三号　昭和二四年三月一日）／第二章　部屋（小説界　二巻一号　昭和二四年二月一日）／第三章　十夜婆々（文芸春秋　二六巻一二号　昭和二三年一二月一日）／第四章　弱肉（原題「弱肉―続・十夜婆々」　文芸　六巻一号　昭和二四年一月一日）／第五章　歌を忘れる（新文学　六巻三・四～七号　昭和二四年三月一日～昭和二四年六月一日）／第六章　金雀児（風雪　三巻二号　昭和二四年二月一日）／第七章　うちの猫（別冊文芸春秋　一一号　昭和二四年五月二〇日）

＊　著者略歴　著者近影

1198　**家庭の秘密**　昭和三一年七月二五日　三笠書房　三〇六頁　一九〇円　新書判（特36版）　紙装　角背　カバー　セロファン　二段組　新字新仮名

家庭の秘密（都新聞　昭和一四年六月一三日～一五年二月一一日　二四二回）／小泉譲「解説」304-306頁

〔帯〕表〈既成の倫理に抵抗しつづける作者が五万枚のうちで最も自負するロマン／三笠書房　￥190〉背〈丹羽文学の最高傑作〉

〔カバーソデ〕

多作家で知られる丹羽文雄の作品の中でも、この小説は、他に類例のない波乱万丈をきわめたメロドラマです。あるいは、丹羽文雄の作品の中での唯一のメロドラマ小説だと言葉を替えてみても通用するでしょう。今日、丹羽文雄自身が、「家庭の秘密ほど面白い小説は私のものでは他にないだろう」と言っているほどです。／―小泉譲―

1199　**虹の約束**　昭和三一年八月三〇日　角川書店　二九二頁　一五〇円　新書判　紙装　角背　カバー　高橋忠弥装幀　カバー絵（ピカソ　ローズ時代）　二段組　旧字新仮名（促音拗音大字）　角川小説新書

虹の約束（京都新聞、山陽新聞、新潟日報、河北新報ほか共同通信系新聞　昭和二六年一〇月～二七年五月　一九五回）

〔カバーソデ〕

重量ある交響曲　井上友一郎／丹羽文雄氏の作品には、いわゆる小味な面白さは見られない。比較が当を失しているかも知れぬが、私はそこにシャンソンや端唄のごとき軽妙さを聴く代りに、一種、ずしりとした重量ある交響曲を耳にする思いである。それが難解であれ、晦渋であれ、私はこの重いモチーフの根柢には、人類そのものの持つ狂おしい数数の観念に直接通じるものがあると思う。人類などという、この悩ましい高等な生きものは、もし観念を抜きにすれば、ただのデクノボウに過ぎやしない。丹羽氏の作品、―とりわけ、その長篇は、かかる観念の場から発しているが、それを活写するだけではなく、その観念を逆に文学的結晶という作業によって、より新しく深化させているところに一流の才能が閃いている。氏の長篇を読むことは、それによって一つの新しい人生を経験することを意味するだろ

う。／表紙絵意匠　高橋忠弥

＊　著者略歴、カバー絵解説は割愛。

1200　**さまざまの嘘**　昭和三一年一二月二五日　彌生書房
二〇八頁　二八〇円　B6判　紙装　上製　角背
カバー　セロファン　小野忠重装幀　新字旧仮名

さまざまの嘘（新潮　五三年一一号　昭和三一年一一月一日）／不安な邂逅（小説新潮　一〇巻一六号　昭和三一年一二月一日）／湿気（中央公論　七一年一一号　昭和三一年一〇月一日）／母の晩年（群像　一一巻一〇号　昭和三一年一〇月一日）／処世術便覧（別冊文芸春秋　五四号　昭和三一年一〇月二八日）

1201　**東京の女性**　昭和三二年一月三〇日　角川書店
二四二頁　一三〇円　新書判　紙装　角背　カバー
高橋忠弥装幀　カバー絵（木下孝則「黄衣の婦人」）
二段組　旧字新仮名（促音拗音大字）　角川小説新書

東京の女性（報知新聞　昭和一四年一月二二日～六月一六日　一四五回）

〔カバーソデ〕

稀なる長距離作家　廣津和郎／私などが丹羽君の歩いて行きつつある道を見て、丹羽君に最も興味を覚えるのは、丹羽君が実践によつて考えて行き、実践によつて悟つて行くというところである。これ亦長距離作家としての天与の資質であつて、頭が先廻りして行く質の作家は、自縄自縛に陥り、手も足も出なくなつて、足掻き苦しんだ末、又その境地を突破して行けば、そこに新たな道が開けて来るのであるが、その突破の前に力尽きてしまう人が多い。併し丹羽君はそういう自縄自縛に陥ることは殆んどない。―それは実践によつて考え、実践によつて悟つて行き、頭が先に行つて空廻りするようなことがないからである。あぶない橋の前で狐疑逡巡する事がなく、どんどん渡つてしまつてから、「おお、そうか、あぶない橋だつたか」と言つたような顔をしている。書いて書いて書きつづけて、最後の成果を見てくれ、と丹羽君は言つているが、書いて書いて書きつづけながら、この長距離作家が今後も何を悟り、何を会得して行くかは、われわれに最も興味のあるところである。

＊　著者略歴、カバー絵解説は割愛。

〔帯〕表〈メカニズムの中の女の生態／自動車の女セールスマンという時代の尖端をゆく職業の中で、新しい女の生きかたを探った丹羽文学の野心長篇／（大映）映画化　￥130〉背〈大映映画化〉裏〈―丹羽文雄―　今朝の春　小説新書　￥140／虹の約束　〃　￥150／忘却の人　〃　￥140〉

1202　**雨跡**　昭和三二年三月二五日　三笠書房
二〇六頁　一七〇円　B6判　紙装　上製　角背
カバー

雨跡（サンデー毎日　二九巻一二～一七号　昭和二五年三月一九日～七月二日　一六回）／石川利光「解説」202-206頁

1203　**日日の背信**　昭和三二年四月五日　毎日新聞社
三二一頁　二八〇円　四六判　紙装　上製　角背
カバー　小磯良平装幀　二段組　新字新仮名

日日の背信〈毎日新聞　昭和三一年五月一四日～三二年三月一二日　三〇一回〉
水音／その人／被虐者／庭／悪夢は去らず／三度／手当と月給／友情／軽井沢／マス席で／海／切符／きっかけ／涙する幾子／ふたつの心／偶然／逆説を経て／激情／病室の世間話／時間／秘書介在／自己嫌悪／多忙の中に／死の影／苦味／淡雪の日／中華料亭にて／かりそめの喜び／明暗／約束／途中の心／別れのことば

1204　**其日の行為**　昭和三二年四月二五日　東方社
二四一頁　二〇〇円　四六判　紙装　上製　角背
カバー　帯　御正伸装幀　新字新仮名
処世術便覧〈別冊文芸春秋　五四号　昭和三一年一〇月二八日〉／附添婦〈別冊小説新潮　一〇巻六号　昭和三一年四月一五日〉／其日の行為〈週刊新潮　一巻一四号　昭和三一年五月一五日〉／帯の間〈小説新潮　一〇巻一一号　昭和三一年八月一日〉／妻は知らず〈オール読物　一一巻六号　昭和三一年六月一日〉／動態調査〈別冊小説新潮　一〇巻二号　昭和三一年一月一五日〉／長春吉の調査〈オール読物　一二巻一号　昭和三二年一月一日〉／食堂の女〈文芸　一四巻一号　昭和三二年一月一日〉
＊　巻末に「丹羽文雄文庫は全25巻で都合により終了」とある。
〔帯〕表〈隔絶された世界から解放された彼がもとめた自由の確証は？／官能的なリズムにうずく肉欲の喘ぎ、よるべなき孤独な魂の果なき彷徨！／巨大な社会の流れにただよう若き魂の漂泊を描く異色作！／東方社刊〉

1205　**親鸞とその妻　一**　叡山時代
昭和三二年七月三〇日　新潮社
二四〇頁　二八〇円　Ｂ６判　紙装　上製　丸背　函
パラフィン　岩田正巳装幀　新字新仮名
親鸞とその妻〈主婦の友　三九巻一一号～四三巻五号　昭和三〇年一一月一日～三四年五月一日　四三回〉
末法の世／政女と萩女／お山に戻る／或る日の会話／法然の存在／煩悩の徒／綽空殴らる／復讐／蠢動／半僧半俗／一つの動機／箒／六角堂／続六角堂／吉水入門
〔帯〕表〈激しい非難に耐えて、赤裸な人間の姿で行きようとした、親鸞の苦悩の生涯を描く、著者畢生の大作。／新潮社¥280〉背〈丹羽文雄／新潮社〉裏〈綽空（親鸞）が堂衆として入山した比叡山延暦寺は、武装した僧徒に溢れて、頽廃を極めていた。綽空だけは殺伐な空気をよそに勉学に励んだ。だが、ふとした機会に女体の誘惑を知つた綽空は、人間的な温かさに触れるとともに、煩悩と教学の板ばさみになつて人知れず苦しんだ。人間の本然の姿に目覚め始めた綽空は、深い苦悩を背負つて叡山を下つた。本巻は、山を下る迄の二十代の親鸞を描いている。〉

1206　**悔いなき愉悦**　昭和三二年八月二〇日　講談社
二五一頁　二八〇円　Ｂ６判　紙装　上製　角背
カバー　帯　小磯良平装幀　旧字旧仮名
お吟〈新潮　五四年五号　昭和三二年五月一日〉／悔いなき愉

悦（群像　一二巻六号　昭和三二年六月一日）／妻の裸体（別冊文芸春秋　五七号　昭和三二年四月二八日）／うなづく（新潮　五四巻一号　昭和三二年一月一日）／もとの顔（文学界　一一巻一号　昭和三二年一月一日）／亀井勝一郎「解説　祈りの文学」244-251頁

〔帯〕表〈丹羽文雄／悔いなき愉悦／還らぬ十年の空白に慟哭しつつ、いのちの歓喜にむせぶ未亡人の愛の相を描く／講談社版　280円〉背〈問題の力作　講談社〉裏〈亀井勝一郎氏評／この作品の根柢をなすものは祈りに発するリアリズムと云つてもよい。人間の救はれ難い所以を、底の底まで見極めようといふ、それは敬虔な態度に発する。同時に、救ひとは何かといふ真剣な思索を伴ふ。丹羽の文学的生命の中で最も大切なのは、救ひとは何かといふ人類永遠の課題を一作ごとに背負つてゐる点でありこの問ひを深めてゐる点である。／（巻末解説より）〉

1207　**露の蝶**　昭和三二年八月二〇日　雲井書店
二一八頁　二〇〇円　四六判　紙装　上製　角背
カバー　板持武典装幀　旧字旧仮名

露の蝶（キング　二九巻九号～三〇巻九号　昭和二八年八月一日～二九年七月一日　一二回）

＊1178　露の蝶（昭和三〇年八月二五日　雲井書店）の新装版。カバーソデに「久子を演じる岡田茉莉子。サンケイグラフ・フォトストーリーより。（撮影高橋八郎）」として写真六葉を載せる。なお「フォトストーリー　露の蝶」は「サンケイグラフ」六八号　昭和三〇年一一月二〇日掲載。

〔帯〕表〈小説のなかにこそ真実の人生がある！／筆者のあくなき人間探究へのたくましい筆力は、久子という若い女を主人公として、人間愛欲の機微をこころ憎いまでに彫りあげている。週刊読売評〉背〈小説のなかにこそ真実の人生がある／雲井書店〉裏〈女の生涯の運命は、さいしょに身をまかせた男によって決定されるのだろうか？　思いがけない人から純潔をうばわれる久子。恋愛ではない性愛だ、とつぶやく欣一。……アプレゲール東京に息づく青年、中年の男女の生態を克明に描いた傑作長篇！／￥200〉

1208　**忘却の人**　昭和三二年八月二〇日　角川書店
二二八頁　一四〇円　新書判　紙装　角背　カバー
高橋忠弥装幀　カバー絵（デュフイ「ニースの海岸にて」）　旧字新仮名（促音拗音大字）　角川小説新書

押花（小説新潮　九巻七号　昭和三〇年四月一日）／水いらず（小説新潮　一一巻五号　昭和三二年四月一日）／わが身（別冊小説新潮　一一巻二号　昭和三二年一月一五日）／物置の夫婦（小説新潮　一一巻三号　昭和三二年二月一日）／人形（小説公園　六巻七号　昭和三〇年七月一日）／動物的（小説公園　八巻七号　昭和三二年七月一日）／忘却の人（小説新潮　一一巻一一号　昭和三二年八月一日）

〔カバーソデ〕
人生に、なまに直面した手ごたえ　十返肇／最近は長篇小説ばやりで、次第に短篇のいいのを書く作家が少くなつた。もちろん大正時代のいわゆる名短篇ごときものを、私たちは要望しているのではないが、それにしても長篇の一部分のような、頭もなければ尻尾もなく、胴だけのような短篇には閉口である。丹羽文雄の短篇には、頭も胴も尻尾もちゃんとある。そして人生というものを、なまぐさいまで赤裸に、私たちの眼前に突きつけてくる。そして短篇ながら、長篇に優るとも劣らぬ重量感を与えてくれるところに、この作者の逞ましさがみられる。その手ごたえは、人生になまに直面した手ごたえである。どっしりとした手ごたえを、短篇でこれほど感じさす人は少い。丹羽さんの大きい手のような重量感が、短篇小説にありがちな小細工や小器用さを見事に吹き飛ばしていて、堂々たる風格がある。／表紙絵意匠　高橋忠弥

＊　著者略歴、カバー絵解説は割愛。

1209　**四季の演技**　昭和三二年一〇月五日　角川書店

三三二頁　三二〇円　Ｂ６判　紙装　上製　丸背

カバー　パラフィン　帯　島村三七雄装幀　二段組

新字新仮名

四季の演技（東京新聞ほか新聞三社連合　昭和三一年一一月～昭和三二年九月　三〇〇回）

母の影／湯の宿／美しい妹／もう一人の妹／モデルと家計／カクテル・パーティ／世間知らず／偶然／峰品子／重大なこと／翌朝／別居生活／熱海と新富町／漁色家／春の彼岸／萌ゆる草／母の行方／商事の危機／脆さ／隣りの部屋／朝の人／那須／街で／ある節度／主婦の怠慢／迷い／天の網／その夜の人々／再び那須／すれちがい／舞台の終り／あとがき

〔あとがき〕

何故好んで愛欲を材料に小説を書くのだと質問をうけたことがある。答えは簡単である。人間に興味を持ち、その人間をとらえるためには、愛欲を通した時がいちばん明瞭に正確に、捉えられると信じているからである。「四季の演技」には、さまざまな愛欲の姿が現れている。愛欲の泥濘の中で人間が絶望に陥入る。その時の人間の心のあり方が私には興味がある。私の数多い小説は、ことごとくがその一点をめざして書かれていると言ってもよいのである。その一瞬が私には、いまだに満足のいくようには捉えられない。或いは永久に捉えられないのかも知れないと思っている。が、私は小説家としてあくまでその一点をめざして書きつづけていくつもりである。その一点は、或いは人間の救いということばに置きかえられるかも知れない。桃子は絶望の淵に叩きこまれた。良人の人間味によって漸く血路を開いた。しかし自分でいのちを絶とうとはしなかった。しかし、それが桃子にとって永遠の救いであるかどうかは判らない。良人もまた生身の人間である。清水谷暁と百合子の結びつきにしても、問題はこれからである。人生に結末がない如く、小説にも結末はない。この長篇を書き終えて、私は登場人物を駅に送って、ひとり寂しく戻って来るような気持になっている。汽車にのって、私から離れていった人々の運命が、今後どうなるのか。しかし、私ひとりが気にしているのではないのだ。この長篇を読んでくれる読者の胸にも、同じように残る気がかりである。

昭和三十二年九月

丹羽文雄

〔帯〕表〈愛欲の四季、両性の演技、堂々一千枚／今秋の話題を凌う著者快心の長篇力作〉背〈愛欲の四季！　角川書店〉

1210　**飢える魂**　昭和三二年一〇月五日　講談社
四五二頁　二〇〇円　新書判　紙装　角背　二段組
太賀正装幀　新字新仮名　ロマン・ブックス
飢える魂（日本経済新聞　昭和三〇年四月二二日～三一年三月九日　三二〇回）
＊　重版ではカバー
〔重版カバー〕
フランス文学の味岡教授の家では、いつも二人の美しい女性の境遇が話題になった。道代夫人の遠縁にあたる令子と、戦前同じ町内にいたまゆみである。令子は二十七歳。八年前に二十三も年上の裕福な材木商に嫁ぎ、商用で全国を歩く横暴な夫の秘書、接待役、女中を兼ねて、奴隷のようにかしずいていた。一方、まゆみは四十歳。夫の病死、戦災と重なる不幸にもめげず、二人の子供をかかえ、不動産ブローカーとして男まさりの所帯を張っていた。時を同じくしてこの人妻と未亡人は共に実らない恋の情炎に身をこがしていく。……／　情欲の煩悩を超え愛にめざめる中年女の行路。

1211　**女靴**　昭和三二年一二月一〇日　小壺天書房
三〇三頁　二八〇円　B6判　クロス装　上製　丸背
カバー　セロファン　帯　都竹伸政装幀　新字新仮名
女の階段（小説新潮　六巻七号　昭和二七年五月一日）／葉桜（別冊文芸春秋　二六号　昭和二七年二月二五日）／妻は誰のもの（サンデー毎日　三一巻三一号　昭和二七年七月一〇日）／人情検算器（別冊文芸春秋　二八号　昭和二七年六月二五日）／堕天使（週刊朝日　秋季増刊小説と読物・新年増刊小説と読物　昭和二五年一一月～昭和二六年一月　二回）／青葉の虫（小説新潮　六巻九号　昭和二七年七月一日）／美少年（サンデー毎日新春特別号［三一巻一号］　昭和二七年一月一日）／女靴（小説新潮　六巻一号　昭和二七年一月一日）
〔帯〕表〈女靴　丹羽文雄／二つの女靴をめぐる凄じい男女の愛欲の葛藤！／巨匠の描く女の宿命!!〉

1212　**娘**　昭和三三年二月二五日　東方社
二〇二頁　二〇〇円　B6判　紙装　上製　丸背
カバー　帯　御正伸装幀　新字新仮名（促音拗音大字）
小鳥の日（小説新潮　一一巻一三号　昭和三二年一〇月一日）／着ぼくろ（新潮　五四年九号　昭和三二年九月一日）／金木犀と彼岸花（新潮　五五年一号　昭和三三年一月一日）／青春の皺（オール読物　一三巻二号　昭和三三年二月一日）／祭の夜（文芸春秋　三五巻八号　昭和三二年八月一日）／娘（群像　一三巻一号　昭和三三年一月一日）／祭の衣装（総合　六号　昭和三二年一〇月一日）
〔帯〕表〈丹羽文雄・新作／いたずらだった娘、叱られて泣いていた娘、美しく成人した娘、数々の思い出をきざんで華やかな旋風のように嫁いで行った娘！／幸せな夜、父母の胸にうずく熱い思い、美しき娘の涙を描く珠玉篇！／装幀　御正伸　東方社刊〉背〈丹羽文雄・新作〉

1213　**四季の演技**　昭和三三年五月三〇日　角川書店
三三二頁　二三〇円　B6判　紙装　上製　丸背
二段組　新字新仮名

＊ 1209 四季の演技（昭和三二年一〇月五日　角川書店）の新装改訂版。

1214 **運河　上**　昭和三三年六月一五日　新潮社
二八七頁　二九〇円　四六判紙装　上製　丸背　函
帯　山田伸吾装幀　新字新仮名

運河（サンデー毎日　三六巻二〇号～三七巻三三号　昭和三二年五月一九日～昭和三三年八月一七日　六六回）

結婚式／災難／来訪者／女の泣きどころ／続女の泣きどころ／異形の客／尼僧／親鸞嫌い／不覚なこと／母のたどった道／予感／信泰健在／続信泰健在／不思議な女／かくし部屋／友情／三人の娘／性格断面／きっかけ／羞恥／過去と別れる／ドライブから／十代の心情／夜の銀座／凶の予感／古いスケッチ・ブック／その後の秀栄尼／生甲斐／動揺／眉子の知恵／似た女の話／形式主義者／深夜／意地張り

〔帯〕表〈現代に生きる女性の、宿命のごとき哀歓をえぐる………／話題の長篇小説／「サンデー毎日」連載／日活映画化／新潮社　￥290〉背〈丹羽文雄長篇小説　新潮社〉裏〈十返肇氏評／若い娘のなにものをも顧慮しない奔放な行動と、中年のその父親の周囲に気を配った恋愛を対照させながら、現代の生活感情に圧倒的な迫力をもって食い入ってくる長篇小説である。読者は、いかにも小説らしい小説を読んだという満足感を味う《ママ》に違いない。〉

1215 **藤代大佐**　昭和三三年六月二〇日　東方社
三三六頁　二三〇円　B6判　紙装　上製　丸背
カバー　セロファン　須田壽装幀

＊ 1168の異装版。

1216 **親鸞とその妻　二　吉永時代**
昭和三三年七月一五日　新潮社
二一九頁　二六〇円　B6判　紙装　上製　丸背　函
パラフィン　岩田正巳装幀　新字新仮名

親鸞とその妻（主婦の友　三九巻一一号～四三巻五号　昭和三〇年一一月一日～三四年五月一日　四三回）

残月／桃の花／最初の結婚／続最初の結婚／異端者／暗雲漂う／署名僧綽空／書写／改名親鸞／法難／続法難／悩乱する親鸞／訪れる人／送使

〔帯〕表〈煩悩、妻帯、流罪―人間的な血に燃える親鸞の苦悩の生涯を描く、著者畢生の大作！／新潮社　￥260〉背〈丹羽文雄／新潮社〉裏〈綽空（親鸞）が堂衆として入山した比叡山延暦寺は、武装した僧徒に溢れて頽廃を極めていた。そういう空気の中で、綽空だけは殺伐とした空気をよそに勉学に励んだ。だが、托鉢に京へ出て、ふとした機会に女体の誘惑を知つた綽空は、その女性の人間的な温かさに触れるとともに、煩悩と教学の板ばさみになつて人知れず苦しんだ。人間の本然の姿に目覚め始めた綽空は深い苦悩を背負つて下つた。（第一巻・叡山時代）／本巻は、吉水の里に浄土宗を説く法然の門に入つた親鸞が、破戒僧として非難を浴びるのを恐れず妻帯し、二人の子供をもうけるにいたるまでの激しい苦悩と、浄土宗が受けた断《ママ》圧のために、妻子を残して越後に流罪になる厳しい試練の時期を描いている。〉

1217 **愛の塩** 昭和三三年七月二五日 東方社
三四七頁 二五〇円 四六判 紙装 上製 丸背
カバー 御正伸装幀 新字新仮名（促音拗音大字）
＊ 1141の新装版。

1218 **生活の中の詩** 昭和三三年九月一〇日 東方社
三一七頁 二五〇円 四六判 紙装 上製 丸背
カバー 御正伸装幀 新字新仮名（促音拗音大字）
＊ 1143の新装版。

1219 **運河 下** 昭和三三年九月三〇日 新潮社
二五四頁 二七〇円 四六判 紙装 上製 丸背 函
帯 山田伸吾装幀 新字新仮名
運河（サンデー毎日 三六巻二〇号～三七巻三三号 昭和三二年五月一九日～昭和三三年八月一七日 六六回）
挨拶まわり／口を利く教訓／知と情／魅惑／うらめしやの手紙／九尾の狐／涼子の出現／自らの罠／武器のない闘い／妻の一面／寝室をかえる／涼子の過去／自信喪失／手紙／旅行の途中／ふたりの女の相違／屈辱／女ごころ／あにいもうと／ひと足違い／父と娘の会話／贅沢な苦悩／母のことば／眉子の計画／割り切っている／秀子の筆／突如／分析される均／静かな決裂／分析か詩か／結婚記念日
〔帯〕表〈夫のエゴイズムに苦しめられながらも、自《ママ》からの逆境をきり開こうとする美貌のデザイナー！ 悲しみとせつなさを秘めて生きる、現代の女性の哀歓を鮮やかに描いて、感動を呼ぶ長篇小説待望の下巻。／新潮社版 ￥270〉背〈丹羽文雄長篇小説 新潮社〉

1220 **七十五日物語** 昭和三三年一〇月一〇日 東方社
三四六頁 二五〇円 四六判 紙装 上製 丸背
カバー 御正伸装幀 旧字旧仮名
＊ 1145の新装版。

1221 **染められた感情** 昭和三三年一〇月三〇日 講談社
二三七頁 二六〇円 四六判 クロス装 上製 角背
函 久保守装幀 二段組 新字新仮名
染められた感情（日本 一巻一～一二号 昭和三三年一月一日～一二月一日 一二回）

1222 **貞操切符** 昭和三三年一一月一日 東方社
三五二頁 二四〇円 B6判 紙装 上製 角背
カバー 須田壽装幀 旧字新仮名（促音拗音大字）
貞操切符（主婦と生活 七巻六号～八巻一二号 昭和二七年六月一日～二八年一一月一日 一八回）
＊ 5014 丹羽文雄文庫3貞操切符（昭和二九年一月一五日 東方社）改版。

1223 **怒りの街** 昭和三三年一一月二〇日 東方社
三一六頁 二五〇円 B6判 紙装 上製 丸背
カバー 永井潔装幀 新字新仮名（促音拗音大字）
＊ 1196の新装版。

1224 **浅草の唄** 昭和三三年一一月三〇日 角川書店
二五八頁 二九〇円 B6判 クロス装 上製 丸背
函 帯 新字新仮名
浅草の唄(小説新潮 一二巻一五号 昭和三三年一一月一日)/集団見合(オール読物 一三巻一一号 昭和三三年一一月一日)/執行猶予(週刊朝日別冊 一二六号 昭和三三年七月一日)/茶摘みの頃(サンデー毎日 緊急増刊号 昭和三三年一〇月七日)/血液銀行(別冊文芸春秋 六四号 昭和三三年六月二八日)
〔帯〕表〈愛と生の花束/巷に生きる様々の人々の歌ごえのなかに織り込まれた愛と生の花束 見事な巨匠の近作集/角川書店 ¥290〉背〈愛と生の花束〉

1225 **禁猟区** 昭和三三年一一月三〇日 講談社
三九八頁 三二〇円 A5判 クロス装 上製 丸背
函 初山滋装幀 二段組 新字新仮名
禁猟区(日本経済新聞 昭和三二年八月一四日~三三年一〇月五日 四一四回)
軽井沢風物/狼狽/再婚/危い所/同臭同好/友と友の間/空虚な家/ばら/非情/試験結婚/未解決/友の評判/心の時間/金銭に就いて/その日のこと/深夜の電話/春夏秋冬/梅を見にいく/運命の岐路/春の夜/第一の男/嫉妬の有無/近い火の手/忠告/第二の男/妻とは名のみ/衝撃/あこがれ/準備と愛情/善良ゆえに/開店/狭霧/水商売/病気見舞/魅惑/ゆるしを乞う/同じ患者/待っているもの/驚愕/周囲の人/厠のこと/打ちひしがれて/およしなさい/路上の狂乱/高いいびき
〔帯〕表〈 中年の社長の意のままに育てられた絢爛たる温室咲きの洋花、虹子。その比類ない美貌と姿態の奥深く秘められたみじめな過去が、青白いコンプレックスの焔となって、彼女を男性遍歴へと駆りたてる。/ 華やかな夜の銀座に錯綜する、巨匠快心の人間模様。/講談社版 320円〉

1226 **当世胸算用** 昭和三三年一二月五日 東方社
二八七頁 二〇〇円 B6判 紙装 上製 角背
カバー 須田壽装幀 新字旧仮名
当世胸算用(中央公論 六四巻九~一二号 昭和二四年九月一日~一二月一日 四回)/東京どろんこオペラ(小説新潮 四巻四号 昭和二五年四月一日)/秋(街 大正一五年一〇月一日)/十返肇「解説」
＊ 5030 丹羽文雄文庫19当世胸算用(昭和三〇年五月二五日 東方社)の改版。

1227 **結婚生理** 昭和三三年一二月二〇日 東方社
四一四頁 二六〇円 B6判 紙装 上製 丸背
カバー 岡村不二男装幀 旧字旧仮名
結婚生理(婦人画報 五六七~五七九号 昭和二七年一月一日~一二月一日 一二回)/明日の空(婦人公論 三七巻一~九号 昭和二七年一月一日~九月一日 九回)
＊ 1160の新装版。

1228 **海戦** 昭和三四年二月一〇日 東方社

三三一頁　二六〇円　B6判　紙装　上製　角背
カバー　須田壽装幀　新字旧仮名
海戦（中央公論　五七年一一号　昭和一七年一一月一日）／雨跡（サンデー毎日　二九巻二二〜二七号　昭和二五年三月一九日〜七月二日　一六回）／十返肇「解説」
＊5018　丹羽文雄文庫7海戦（昭和二九年五月二〇日　東方社）改版。なお題字のみ旧字表記。

1229　**理想の良人**　昭和三四年二月二〇日　東方社
三二一頁　二四〇円　B6判　紙装　上製　角背
カバー　須田壽装幀　新字旧仮名
理想の良人（人間　二巻二号　昭和二二年二月一日）／錯覚（風雪　一巻一号　昭和二二年一月一五日）／魚と女房達（人間別冊一集　昭和二二年一二月一日）／女商（新人　二六巻七号　昭和二一年一〇月一日）／型置更紗（小説と読物　二巻九号　昭和二二年一〇月一日）／夢想家（新文芸　一巻三号　昭和二一年六月一〇日）
＊5012　丹羽文雄文庫1理想の良人（昭和二八年一一月一日東方社）改版。

1230　**恋文**　昭和三四年三月二〇日　東方社
二五二頁　二六〇円　四六判　紙装　上製　角背
カバー　御正伸装幀　新字新仮名（促音拗音大字）
恋文（朝日新聞　夕刊　昭和二八年二月一日〜四月三〇日　八九回）

1231　**人生案内**　昭和三四年三月二〇日　東方社
三四〇頁　二六〇円　B6判　紙装　上製　角背
カバー　新字旧仮名
書翰の人（文芸　九巻二号　昭和一六年二月一日）／甲羅類（早稲田文学　一巻二号　昭和九年七月一日）／贅肉（中央公論　四九年八号　昭和九年七月一五日）／人生案内（改造　二一巻二号　昭和一四年二月一日）／愛欲の位置（改造　一九巻六号　昭和一二年六月一日）／この絆（改造　一八巻二号　昭和一一年二月一日）／霜の声（中央公論　五二年一号　昭和一二年一月一日）／十返肇「解説」
＊5020　丹羽文雄文庫9人生案内（昭和二九年七月一〇日　東方社）改版。

1232　**天衣無縫**　昭和三四年三月二〇日　講談社
二〇八頁　二六〇円　四六判　紙装　角背　ビニル
函　帯　久保守装幀　直木久蓉題字　旧字旧仮名
天衣無縫（群像　一三巻一〇〜一二号　昭和三三年一〇月一日〜三三年一二月一日　三回）
〔帯〕表〈天衣無縫　丹羽文雄／悖徳の文学か　人間探求の書か　巨匠会心の筆を以て刻みあげた人間像／講談社版　￥260〉背〈長篇小説〉裏〈　意に添はぬ再婚を強ひられ、温泉旅館「沢桔梗」のおかみとなつたふき子は、執拗な欲望に燃える夫の目を逃れて、もと海軍士官工藤との、スリルに満ちた逢瀬を重ねる……／　異常な男女愛欲の姿を通して人間性の真髄を抉つた最新作〉

1233　**愛人**　昭和三四年三月二〇日　東方社
三一五頁　二六〇円　B６判　紙装　上製　角背
カバー　須田壽装幀　新字旧仮名
愛人（大阪日日新聞、四国新聞ほか朝日系地方新聞　昭和二四年四月〜一〇月、一五〇回）
＊　5024　丹羽文雄文庫13愛人（昭和二九年一一月一〇日　東方社）の改版。
〔帯〕表〈丹羽文雄・長篇傑作／女にとって結婚と職業は両立しえないか？／女性の生理の秘密をえぐり、青春の奔放な哀歓を出せし力作。　東方社刊〉背〈長篇傑作〉

1234　**貞操切符**　昭和三四年四月二五日　東方社
三五二頁　二六〇円　B６判　紙装　上製　角背
カバー　生澤朗装幀　新字新仮名（促音拗音大字）
＊　1222の新装版。

1235　**朱乙家の人々**　昭和三四年五月一〇日　講談社
二八六頁　一八〇円　新書判　紙装　角背　カバー
太賀正装幀　新字新仮名（促音拗音大字）
ロマン・ブックス
朱乙家の人々（婦人倶楽部　三二巻一号〜三四巻五号　昭和二六年一月一日〜二八年四月一日　二九回）

1236　**女の侮蔑**　昭和三四年五月一五日　東方社
三三四頁　二四〇円　B６判　紙装　上製　角背
カバー　阿部龍應装幀　新字旧仮名
怒濤（改造　二三巻一一号　昭和一六年六月一日）／三日坊主（行動　二巻九号　昭和九年九月一日）／守礼の門（文芸春秋　二六巻二号　昭和二三年二月一日）／女の侮蔑（日本評論　一二巻七号　昭和一二年七月一日）／隣人（中央公論　五四年九号　昭和一四年九月一日）／南国抄（日本評論　一四巻四号　昭和一四年四月一日）／十返肇「解説」
＊　5017　丹羽文雄文庫６女の侮蔑（昭和二九年四月二〇日　東方社）改版。
〔帯〕表〈妻子ある男の偏執な愛情…それは十年という歳月から生じた澱のように安子の意識の下によどんで今となっては取り去りようもない。泥にまみれた三人の男女の愛憎の果ての姿を浮き彫りにした珠玉篇！／カバー　阿部龍應　東方社刊〉

1237　**東京の女性**　昭和三四年五月二〇日　東方社
三二二頁　二六〇円　四六判　紙装　上製　角背
カバー　阿部龍應装幀　新字旧仮名
東京の女性（報知新聞　昭和一四年一月二三日〜六月一六日　一四五回）
＊　5025　丹羽文雄文庫14東京の女性（昭和二九年一二月二〇日　東方社）改版。

1238　**愁眉**　昭和三四年五月二五日　講談社
二五八頁　二八〇円　B６判　クロス装　上製　角背
函　勝呂忠装幀　新字新仮名
愁眉（小説新潮　一三巻一号　昭和三四年一月一日）／鵜となる女（別冊文芸春秋　六六号　昭和三三年一〇月二七日）／天

皇の末裔（世界　一五七号　昭和三四年一月一日）／恐い環境（日本　二巻三号　昭和三四年三月一日）／看護婦の妻（オール読物　一四巻四号　昭和三四年四月一日）／生身（週刊新潮　三巻四二号　昭和三三年一〇月二〇日）
〔帯〕表〈愁眉／生活の苦悩とどん底にうごめく人間群像を活写した力作集／丹羽文雄／講談社版／280円〉背〈異色短篇集〉裏〈　現代社会の重苦しい苦悩にひしがれながら、ぎりぎりの愛欲の底にうごめく人間たち、その一人々々が宿命のように背負い続ける暗い生活の翳を、闊達な筆致できざみあげた力作短編集／収録作品／愁眉／鵜となる女／天皇の末裔／恐い環境／看護婦の妻／生身〉

1239　**藍染めて**　昭和三四年六月一〇日　東方社
三一六頁　二六〇円　B6判　紙装　上製　角背
カバー　須田壽装幀　新字旧仮名
藍染めて（新女苑　一巻一～七号　昭和一二年一月一日～七月一日　七回）／世帯合壁（文明　一巻八号　昭和二一年一〇月一日）／芸術家（文学界　一巻一～二号　昭和二二年六月二〇日～七月二五日　二回）／晋州（小説公園　一巻八号　昭和二五年一一月一日）／小鳩（オール読物　六巻九号　昭和一一年九月一日）／十返肇「解説」
＊　5015　丹羽文雄文庫4藍染めて（昭和二九年二月一〇日東方社）改版。

1240　**親鸞とその妻　三　越後時代の巻**
昭和三四年六月一五日　新潮社
二三五頁　二八〇円　B6判　紙装　上製　丸背　函
パラフィン　岩田正巳装幀　新字新仮名
親鸞とその妻（主婦の友三九巻一一号～四三巻五号　昭和三〇年一一月一日～三四年五月一日　四三回）
歳月／深夜の出来事／人間的／悪人正機／眼前の死／愚禿ということ／小鳥の声／宿業ということ／善鸞誕生／悪人と善人／人倫の譏り／続人倫の譏り／赦免／道はつづく／あとがき

〔あとがき〕
足かけ五年にわたり、「親鸞とその妻」を書きつづけてきた。当初、書くことによって私は、親鸞をすこしでも知りたいという念願をたてた。そののぞみはいく分達せられたような気がする。理解するということは、対象におのれの姿を発見することだといわれている。親鸞への傾倒は、私自身の投射の姿勢であった。三人の妻への愛欲によって、親鸞はみごとに自己昇華をなしとげた。愛欲を基点とした自己昇華ということに、私はふかい共感を覚えた。むろん親鸞の大きさにとっては、それは氷山の一角にすぎないであろう。三人の妻はフィクションではなく、歴史的事実に拠るものである。九十歳で死ぬ瞬間まで親鸞は人間関係に苦しめられていた。念仏恩深《ぶつとんのふかきことをおもつて》、不恥人倫嘲《じんりんのあざけりをはじず》の文字は、決して誇張ではなかった。愛欲の広海に沈溺して悲嘆述懐する親鸞のことばには、ことごとく血がにじんでいる。その故にこそ、私には親鸞の教えが尊いのである。

昭和三十四年春

丹羽文雄記

〔帯〕表〈三人の妻の愛欲によって、親鸞は自己昇華をなしとげた……相次ぐ試練に耐えて人間的体験を深める親鸞の、血のにじむような苦悩の生涯を描く、野心的大作遂に完結！／新潮社　¥280〉背〈丹羽文雄／新潮社〉裏〈著者の言葉／三人の妻の愛欲によって、親鸞はみごとに自己昇華をなしとげた。愛欲を基点とした自己昇華ということに、私はふかい共感を覚えた。むろん親鸞の大きさにとっては、それは氷山の一角にすぎないであろう。三人の妻はフィクションではなく、歴史的事実に拠るものである。九十歳で死ぬ瞬間まで親鸞は人間関係に苦しめられていた。……愛欲の広海に沈溺して悲嘆述懐する親鸞のことばには、ことごとく血がにじんでいる。その故にこそ、私には親鸞の教えが尊いのである。〉

1241　**魚紋**　昭和三四年六月二〇日　東方社
三五七頁　二九〇円　B6判　紙装　上製　角背
カバー　御正伸装幀　新字新仮名
魚紋（時事新報　夕刊　昭和二九年六月八日〜一二月五日　一八〇回）
＊　5028　丹羽文雄文庫17魚紋（昭和三〇年三月二五日　東方社）の改版。なお昭和三九年三月一〇日発行で同装幀のものがある。
〔帯〕表〈丹羽文雄・長篇傑作／すばらしき肢態、高貴な気品！／華麗なライトをあびて、ステージにたつ美貌のファッション・モデル宗アサ子！／父の自殺の原因に疑惑をふかめ、報復の機会をうかがう彼女の前身は？／装幀　御正伸　東方社刊〉背〈長篇傑作〉

1242　**女は恐い**　昭和三四年七月五日　東方社
三二二頁　二六〇円　B6判　紙装　上製　角背
カバー　帯　阿部龍應装幀　新字旧仮名
女は恐い（文芸春秋　三二巻六号　昭和二九年四月一日）／暗礁（小説新潮　八巻八号　昭和二九年六月一日）／水蓮（別冊小説新潮　八巻六号　昭和二九年四月一五日）／首相官邸（オール読物　八巻一二号　昭和二八年一二月一日）／三枝の表情（改造　三四巻一一号　昭和二八年九月一日）／母の日（群像　八巻一一号　昭和二八年一〇月一日）／十返肇「解説」
＊　5019　丹羽文雄文庫8女は恐い（昭和二九年六月一〇日　東方社）改版。
〔帯〕表〈女の執念とはこんなにも恐いものだろうか？　著者の身辺にまといつく文学志望者南河とし子を描き出した異色篇！／装幀　阿部龍應　東方社刊〉背〈丹羽文雄〉

1243　**純情**　昭和三四年七月二五日　東方社
二九八頁　二八〇円　B6判　紙装　上製　角背
カバー　須田壽装幀　新字旧仮名
純情（夕刊新大阪　昭和二三年七月一日〜一二月一二日　一六一回）
＊　5023　丹羽文雄文庫12純情（昭和二九年一〇月一〇日　東方社）の改版。

1244　**煩悩具足**　昭和三四年八月一日　東方社
二五九頁　二四〇円　B6判　紙装　上製　角背
カバー　須田壽装幀　新字旧仮名

煩悩具足（文芸春秋　一三巻八号　昭和一〇年八月一日）／隣の人（原題「隣人」　改造　三三巻一二号　昭和二七年九月一日）／鮎（文芸春秋　一〇巻四号　昭和七年四月一日）／たらちね（文芸　八巻一号　昭和二六年一月一日）／故郷の山河（小説公園　二巻二号　昭和二六年二月一日）／山ノ手線（行動　三巻八号　昭和一〇年八月一日）／太宗寺附近（文芸　七巻一二号　昭和一四年一二月一日号）／十返肇「解説」

＊　5021　丹羽文雄文庫10煩悩具足（昭和二九年八月一〇日　東方社）の改版。

1245　**惑星**　昭和三四年八月一日　東方社
四一七頁　二九〇円　Ｂ６判　紙装　上製　角背　函
岡村夫二装幀　新字新仮名
惑星（時事新報　昭和二五年三月一五日〜九月一一日　一八〇回）

＊　1190　惑星（昭和三一年三月一〇日　東方社）の新装版。

1246　**勤王届出**　昭和三四年九月一〇日　東方社
三一二頁　二六〇円　Ｂ６判　紙装　上製　角背
カバー　須田壽装幀　新字旧仮名
勤王届出（大観堂『勤王届出』　昭和一七年三月二〇日　「実歴史」改題　知性　四巻一一〜一二号　昭和一六年一一月一日〜一二月一日）／浅草寺附近（改造　二二巻一八号　昭和一五年一〇月一日）／鶴（三田文学　八巻三号　昭和八年三月一日）／象形文字（改造　一六巻四号　昭和九年四月一日）／板塀（新潮　五〇年六号　昭和二八年六月一日）／十返肇「解説」

＊　5016　丹羽文雄文庫5勤王届出（昭和二九年三月一〇日　東方社）の改版。

1247　**鬼子母神界隈**　昭和三四年一〇月一日　東方社
三〇〇頁　二六〇円　Ｂ６判　紙装　上製　角背　函
須田壽装幀　新字旧仮名
鬼子母神界隈（新生　二巻一〇号　昭和二一年一〇月一日）／幸福（改造　二九巻一号　昭和二三年一月一日）／憎悪（評論　二号　昭和二一年三月一日）／六軒（新潮　四四年二号　昭和二二年二月一日）／父の記憶（社会　二巻一〇号　昭和二二年一二月一日）／人間図（原題「人間模様」　日本小説　創刊号　昭和二二年五月一日）／人と獣の間（新人　二五巻一二号　昭和二一年三月一日）／雑草（文芸　四巻五号　昭和二二年六月一日）

＊　5013　丹羽文雄文庫2鬼子母神界隈（昭和二八年一二月一五日　東方社）の改版。

1248　**幸福への距離**　昭和三四年一〇月一日　東方社
二九七頁　二八〇円　四六判　紙装　上製　角背　函
帯　パラフィン　須田壽装幀　新字旧仮名
幸福への距離（群像　六巻一〇号　昭和二六年一〇月一日）／街灯（別冊文芸春秋　一九〜二〇号　昭和二五年一二月二五日〜昭和二六年三月五日）／媒体（世界　七六号　昭和二七年四月一日）／十返肇「解説」

＊　5032　丹羽文雄文庫21幸福への距離（昭和三〇年八月二〇日　東方社）改版。昭和三七年一〇月一日発行も同装幀。

〔帯〕表〈丹羽文雄・長篇傑作／或日いきなりお前は俺の子でないと父に暴露された十五歳の少年の混乱。母自身もさだかでないと言う。彼にとって今や母も想いもおよばない別個の一人物に化した。母と子の心理感情のかっ《ママ》藤を緻密に描く異色作！／東方社版〉背〈長篇傑作〉

1249　**幸福への距離**　昭和三四年一〇月一日　東方社
二九七頁　二八〇円　四六判　紙装　上製　角背
カバー　須田壽装幀　新字旧仮名
＊　1248の装幀違い。

1250　**天の樹**　昭和三四年一〇月二五日　東方社
三二七頁　二八〇円　B６判　紙装　上製　角背
カバー　セロファン　須田壽装幀　新字旧仮名
天の樹（東京新聞　夕刊　昭和二六年二月二二日～八月一五日　一七五回）
＊　5026　丹羽文雄文庫15天の樹（昭和三〇年一月二五日東方社）の改版。

1251　**架橋**　昭和三四年一一月二八日　講談社
二一九頁　二九〇円　B６判　クロス装　上製　角背
函　勝呂忠装幀　新字新仮名
架橋（群像　一四巻一一号　昭和三四年一一月一日）／仏壇（群像　一四巻七号　昭和三四年七月一日）／心驕れる人（日本　二巻六号　昭和三四年六月一日）／明暗（日本　二巻一一号　昭和三四年一一月一日）／馬頭観音（小説新潮　一三巻一一号　昭和三四年八月一日）
〔帯〕表〈架橋　丹羽文雄／人間心理の深奥を描破した珠玉作品集／講談社版　290円〉背〈異色短篇集〉裏〈　社会通念を破壊したところから出発した人間の姿がここにある。冷く他人を感じ合う父と子、男の間を転転して傷つくことを知らぬ女……／巨匠の筆は鋭く人間をえぐる。／収録作品／架橋／仏壇／心驕れる人／明暗／馬頭観音〉

1252　**ふき溜りの人生**　昭和三五年三月三〇日　新潮社
二六七頁　二九〇円　B６判　クロス装　上製　角背
セロファン　函　帯　福沢一郎装幀　新字新仮名
ふき溜りの人生（新潮　五六年一～一二号　昭和三四年一月一日～一二月一日　一二回）
〔帯〕表〈丹羽文雄　長編小説／ふき溜りの人生／人生のふきだまりに生きる人々の狂気と愛欲の生活！／新潮社版　￥290〉背〈丹羽文雄長編小説　新潮社〉裏〈刑余者、浮浪者、街の女などの困窮患者を収容する私立結核病院松籟荘―一人の男を愛していながらいろいろな男に身体を与えて罪を感じない女患、欲望に流されながらついに聖女の仮面を脱がなかった女患、そしてここにいる二十人ほどの女患は、みな男の患者を情夫にしている。……衣食住を保証されて、人生のふきだまりに無為に生きる人々の歪んだ愛欲の渦を描く！〉

1253　**恋文**　昭和三五年四月二〇日　東方社
二五二頁　三〇〇円　四六判　クロス装　上製　角背
セロファン　函　御正伸装幀

新字新仮名（促音拗音大字）　東方小説選書

＊1230　恋文（昭和三四年三月二〇日　東方社）新装版。なお昭和三七年二月二〇日、三八年一二月一五日、三九年一一月二〇日、四〇年九月一五日発行も同装幀。

1254　**東京の女性**　昭和三五年四月二〇日　東方社
三二二頁　二八〇円　Ｂ６判　紙装　上製　角背　函
セロファン　阿部龍應装幀　新字旧仮名

＊1237　東京の女性（昭和三四年五月二〇日　東方社）の改版。昭和三八年二月二〇日発行も同装幀。

1255　**禁猟区　上**　昭和三五年四月二四日　講談社
二五五頁　二六〇円　新書判　紙装　角背　カバー
太賀正装幀　新字新仮名　ロマン・ブックス
禁猟区（日本経済新聞　昭和三二年八月一四日〜三三年一〇月五日　四一四回）

1256　**禁猟区　下**　昭和三五年四月二五日　講談社
二六〇頁　二五〇円　新書判　紙装　角背　カバー
太賀正装幀　新字新仮名　ロマン・ブックス
禁猟区（日本経済新聞　昭和三二年八月一四日〜三三年一〇月五日　四一四回）

1257　**秘めた相似**　昭和三五年五月一〇日　講談社
二三二頁　三〇〇円　Ｂ６判　クロス装　上製　角背
セロファン　函　帯　勝呂忠装幀　新字新仮名
秘めた相似（小説新潮　一四巻一号　昭和三五年一月一日）／美貌恨（別冊小説新潮　一四巻二号　昭和三五年一月一五日）／ベージ色の騒ぎ（オール読物　一五巻一号　昭和三五年一月一日）／生涯（小説新潮　一四巻五号　昭和三五年四月一日）／嫉妬の対象（日本　三巻五号　昭和三五年五月一日）
〔帯〕表〈丹羽文雄　秘めた相似／多彩な現代社会の人間像を活写した珠玉作品集／講談社版　300円〉背〈異色短編集〉裏〈美しく成長した義理の娘の上に注がれるおもいは、愛情か、欲望か。亡妻の面影を妄想する、秘めた相似ゆえのなまなましい苦悶……／収録作品／秘めた相似／美貌恨／ベージ色の騒ぎ／生涯／嫉妬の対象〉

1258　**顔**　昭和三五年五月二〇日　毎日新聞社
四二五頁　三九〇円　Ａ５判　紙装　上製　角背　函
帯　セロファン　竹谷富士雄装幀　二段組
新字新仮名
顔（毎日新聞　昭和三四年一月一日〜三五年二月二三日　四一五回）
大さわぎ／毒舌家／夜／浦上世津子／あの日のこと／急変／運命の会話／潮騒／女の生理／新しい風／一年後／失神／演技／結婚問題／猶この上に／大平園子／第二の門出／新家庭の内容／出会い／初夏の夏／子供とデパート／来るべきもの／七日後／友の意味／子にかこつけて／東京の夜／不在／山の嵐／玉宮公子／仮の嫉妬／病院にて／衝撃／夢／栄養士／悪い前兆／旅支度／遺骨を抱いて／納骨手続／二日目の夜／浄瑠璃寺／鐘／あとがき

〔あとがき〕

戦前、「顔」に似た事件が私のまわりにおこった。若い妻には、二人の子供ができた。老いた良人が死亡したとき、この女は今度こそ若いひとと結婚したいといった。しかし、生活のため、子供のために再婚した相手が、やはり老人であった。かの女と結婚するはずだった若い相手は、かの女が父の妻におさまったと知ると、手の裏をかえしたように遠のいた。冷淡になったとかの女はよくこぼしていたものだが、かれとすれば、冷淡にならざるをえなかったろう。この事件が、消えるともなく私の胸に生きつづけていた。

現実の生活では、あるいはそれ以外の解決の方法はなかったかも知れない。若いふたりの情熱も、真実も、むざんにふみにじられて、ただ生活のためにつじつまを合わせるような結果になってしまったとしても、あながち責めるわけにもいくまい。文学は、現実をそのまま表現するものではないと私は固く信じている。現実はただの素材にすぎない。その上に何かを創り出すことが、芸術であろうと考えている。

去年（昭和三十四年）の一月一日から筆をおこして、四百十五回、千四百五十三枚を書きあげた。さきに私は、「日日の背信」で心理描写をやった。新聞小説としてはもっとも危険とされている心理描写をあえて行った。「日日の背信」にくらべたならば、「顔」には登場人物もすくない。ほとんど衿子と耕だけの心理に終始した。うごきのすくないものだった。書きおわった私は、いまひどく虚脱状態になっている。何もかもたたきこんだように、自分がからっぽになっている。小説というものが、いずれもこの小説だけのキメをもたなければならないとすれば、あれこれと小説は書けないという不安と絶望を感じる。

おそらく新聞小説の読者は、勝手のちがった思いでこの小説をよみつづけてくれたことと思う。関西のある尼僧が、つづけさまに葉書をくれた。夢をこわさないでくれとくりかえし書いてきた。私はこの長い小説の中で、胸の底にうまれる、静かだが、ふかいおそれというものが書きたかった。この小説の筋書によく似た現実の若いかれは、女の変心をいかり、冷淡になった。その冷淡は、現実的なあまりに現実である。もしもかれがなおかの女を愛していたならば、当然私の描くおそれにぶつかったはずである。かれは、そこにいきつくより先に、器用に、現実的に身を処した。それが、冷淡という形であらわれた。もしもかれの心の奥に灯が消えなかったならば、どのように生きただろうか。かの女はかれの父の妻となりながら、なおかれを思っていたにちがいないのである。冷淡になったと愚痴るかの女の心は、複雑をきわめていたにちがいない。しかし、その複雑な心情は、現実では不発におわった。私は小説の上で、不発におわらない真実と愛のすがたが描きたかった。小説は、あくまで私が創ったものである。

耕はさまざまに夢を描いていた。勢いこんで浄瑠璃寺という舞台まで用意をした。すべてが自分の思うようにはこんでいくと思っていた。それはまた、衿子の心でもあったのだ。三重塔のうしろではじめて抱擁をした。そのことがふたりの仕合わせの出発点になるはずであった。耕は、衿子が父の妻であったという事実に対しては、それ以上の大胆さも覚悟していたにもかかわらず、気がめいり、胸の底にうまれたおそれのなすままになった。それは衿子を抱いて、はじめて知るおそれであった。

テーベ王エディプスは、父をころし、父の妻をおのれの妻にした。母をおのれの妻にした。エディプス・コンプレックスとは、精神分析の用語であり、男の子が母親を独占したがるものの意味だが、耕の場合には、似て非なるものがあった。自分はエディプスと立場がちがうと主張することも可能であった。が、父の妻であったことは、父の子としての耕の立場からは絶対のものである。犯してはならないのだ。犯せば、もはや人間ではいられない。耕のおそれは、あるいは衿子に通じないかも知れない。が耕が今日生きていることに根源的なつながりをもっているのだ。

親の権威は、今日ひどく失われている。結婚するはずだった女を父がうばったのだ。それをとりかえすのに何の罪があろうかと考えることが、今日の流行のように一部では思われている。しかし、そうした人間と私たちは心をゆるしてつきあえるだろうか。その人間がすこしもおそれをいだかず、苦しまないことを、正当だと私たちは考えるだろうか。

利害関係で苦しむことを、私はいっているのではない。世間体を苦にするという意味でもない。そのひとの心の中だけの苦しみである。私はこの小説を書きすすめながら、今日そうした種類の苦しみがだんだんとうすれていくように思えてならなかった。おそれを感じる心が、失われているように思われる。おのれに愧じ、おのれにおそれを感じるようなひとを、ことさら私は描きたかったのだ。この小説の読者の中に、年をとった人々が多いことを知った。私の書きたいねがいが、そうした人々の胸に通っていたせいではないだろうか。

衿子と耕がむすばれなかったことで、失望するひとも多いだろう。むすばせなかったために、作者はうらまれるかも知れない。ある読者は、もしむすばせなかったら一生作者をうらむと脅迫の手紙をおくってきた。しかし、むすばれて、はたしてそのひとは心を満たされるだろうか。ふたりのあいだには、一度その危険があった。それは軽井沢のあらしの夜だった。

百回、二百回と書きつづけていると、作中人物はもはや作者の思うようにはならないものだ。それぞれの性格をもって、ひとりで動いていく。私は、浄瑠璃寺をたずねた。岡崎の旅館で、永観堂の鐘をきいた。大谷本廟にもまいった。私はただ、主要人物と行動をともにしたにすぎないのである。衿子も耕も、七年間を精いっぱいに生きてくれたと、書きあげた私はそう思っている。

私は、ふたりに作者のねがいを託した。その生き方には、読者とすれば不満もあるだろう。永観堂の鐘をききながら、泣き崩れる衿子を、哀れだと私も思う。が、耕にはそれ以外の生きようがなかったのだ。現実的にかの女に冷淡になり、赤の他人のように身を処すかれにくらべたならば、耕の苦悩、衿子のなげきは、非現実のものとなるだろう。しかし、現実のものだけがただちに真実とはいえない。私は「顔」によって、私のもとめる真実が描きたかった。

昭和三十五年二月二十四日擱筆

〔帯〕表〈川端康成氏評／「顔」は新聞に四百十五回連載中、朝ごとの第一の楽しみに愛読した。今、本にまとまったのでまた通読して感歎を新たにした。新聞小説が本になったのを読むと、たいていはきめが粗く薄手であっけなく、新聞小説から名作は、まず残らないものだが、「顔」はそのたぐいを越えて、こまやかに味わい深くすぐれている。書き終った作者は「何もかもたたきこんだように、自分がからっぽになっている」というが、そういえる大作だと思う。世の常でない運命の恋愛心理小説でありながら、激しさと悲しさとを静かなゆったりした温い流れに沈めたのは、丹羽氏の大きな成長であり、丹羽氏のわけ知り、女知りが十二分にゆきわたっているという以上に、丹羽氏の愛情があふれ、理想に生かされている。倫理的でもある。永遠の女性像の一つが艶に息づいている。みごとな大長編と信じる。〉背〈恋愛心理小説／毎日新聞社〉裏〈　作者のことば／丹羽文雄／　文学は、現実をそのまま表現するものではないと私は固く信じている。現実はただの素材にすぎない。その上に何かを造り出すことが、芸術であろうと考えている。……私はこの長い小説の中で、胸の底にうまれる、静かだが、ふかいおそれというものが書きたかった。……私は、ふたりに作者のなげきを託した。その生き方には、読者とすれば不満もあるだろう。永観堂の鐘をききながら、泣き崩れる衿子を、哀れだと私も思う。が、耕にはそれ以外の生きようがなかったのだ。現実的にかの女に冷淡になり、赤の他人のように身を処すかれにくらべたならば、親の苦悩、衿子のなげきは、非現実のものとなるだろう。しかし、現実のものだけがただちに真実とはいえない。／　私は「顔」によって、私のもとめる真実が描きたかった。〉

〔重版帯〕表〈大映映画化／道ならぬ恋の喜びとおののき／巨匠会心の異色恋愛心理小説／毎日新聞社　￥390〉背〈大映映画化　毎日新聞社〉裏〈谷崎潤一郎氏評／「顔」は心理描写が非常によく、とくに父親の田野村清州が死んでからの転換がよかった。それにキメが細かい。銀座、京都などの小道具の使い方もうまい。（毎日新聞七月二十五日付）／川端康成評／　世の常でない運命の恋愛心理小説でありながら激しさと悲しさとを静かにゆったりした温い流れに沈めたのは、丹羽氏の大きな成長であり、愛情があふれ、理想に生かされている。倫理的でもある。永遠の女性像の一つが艶に息づいている。みごとな大長編と信じる。〉

1259　**貞操切符**　昭和三五年五月二〇日　東方社
三五二頁　二九〇円　B6判　紙装　上製　角背　函
セロファン　生沢朗装幀　新字新仮名（促音拗音大字）
＊1234　貞操切符（昭和三四年四月二五日　東方社）新装版。昭和三六年一二月二〇日発行も同装幀。

1260　**春の門**　昭和三五年六月一〇日　東方社
二五四頁　二六〇円　B6判　紙装　上製　角背　函
セロファン　御正伸装幀　新字旧仮名
＊1159の新装版。昭和三七年三月一五日発行も同装幀。

1261　**鎮花祭**　昭和三五年七月一〇日　文藝春秋新社
四一一頁　三九〇円　四六判　クロス装　上製　丸背
函　帯　新字新仮名
鎮花祭（週刊朝日　六四巻六号～六五巻一四号　昭和三四年二月八日～三五年三月二九日　六〇回）
静かな家出／夢心地の数日／コマーシャル・タレント／トレマガ／偶然のわな／当惑／青い実／古風な女／予感／初夏の

変／不幸な出発／無残と羞恥／留守の罪／パントマイム／初舞台／ふるさとの月／煩悩／思いちがい／人生哲学／結晶作用／動揺／なぎさ／女ごころ／生理／不可解な風物／悪党／別離の散歩／妻の帰宅／温泉行／その足で／対決／妹の悲しみ／演出家／最初のつまずき／次のつまずき／窮鼠／暗い家／勇気をもつということ／沈黙する栄子／ある結末／男と女の相違／街の中／妊っていた陽子／可愛い部屋／あと始末／それぞれの現実／保護室／山家旅館／客／客との争い／疑われて／川の音／異邦人／神にかこづ《ママ》けて／二重人格者／何処へ

1262　**染められた感情**　昭和三五年八月二〇日　講談社
二三九頁　一七〇円　新書判　紙装　角背　カバー　久保守装幀　ロマン・ブックス　二段組　新字新仮名
染められた感情（日本　一巻一～一二号　昭和三三年一月一日～一二月一日　一二回）

1263　**愛の塩**　昭和三五年八月二五日　東方社
三四七頁　二九〇円　四六判　紙装　上製　丸背　カバー　御正伸装幀　新字新仮名（促音拗音大字）
愛の塩（神戸新聞、新潟日報、山形日日新聞ほか博報堂地方新聞　昭和二四年一一月～二五年五月　五四〇回）
＊1217　愛の塩（昭和三三年七月二五日　東方社）の新装版。

1264　**親鸞とその妻　全**　昭和三五年一〇月三日　新潮社
三六二頁　四八〇円　A５判　紙装　上製　角背　函　帯　川端龍子装幀　二段組　新字新仮名
親鸞とその妻（主婦の友　三九巻一一号～四三巻五号　昭和三〇年一一月一日～三四年五月一日　四三回）
＊全三巻（1203・1234・1238）の改訂版全一巻。
第一部（末法の世／性女と萩女／小山に戻る／ある日の会話／法然の存在／煩悩の徒／綽空殴らる／復讐／蠢動／半僧半俗／一つの動機／箒／六角堂／続六角堂／吉水入門）／第二部（残月／桃の花／最初の結婚／続最初の結婚／異端者／暗雲漂う／署名僧綽空／書写／改名親鸞／法難／続法難／悩乱する親鸞／訪れる人／送使）／第三部（歳月／深夜の出来事／人間的／悪人正機／眼前の死／愚禿ということ／小鳥の声／宿業ということ／善鸞誕生／悪人と善人／人倫の譏り／続人倫の譏り／赦免／道はつづく）／あとがき（『親鸞とその妻三』昭和三四年六月一五日　新潮社）
〔帯〕表〈丹羽文雄　畢生の大作／煩悩、妻帯、流罪……相次ぐ試練に耐えて、人間的体験を深める親鸞の、血のにじむような苦悩の生涯を描く！／全一冊豪華本　新潮社版　¥480〉背〈全一冊豪華本　丹羽文雄　新潮社〉裏〈著者のことば／理解するということは、対象におのれの姿を発見することだといわれている。親鸞への傾倒は、私自身の投射の姿勢であった。三人の妻への愛欲によって親鸞は見事に自己昇華をなしとげた。愛欲を基準とした自己昇華ということに、私はふかい共感をおぼえた。むろん親鸞の大きさにとっては、それは氷山の一角にすぎないのであろう。三人の妻はフィクションではなく、歴史的事実によるものである。九十歳で死ぬ瞬間まで親鸞は人間問題に苦しめられていた。……愛欲の広海に沈溺して悲嘆述懐す

る親鸞のことばには、ことごとく血がにじんでいる。その故にこそ、私には親鸞の教えが尊いのである。〉

1265　**虹の約束**　昭和三五年一〇月一〇日　東方社
二六七頁　三〇〇円　四六判　紙装　上製　角背
二段組　函　セロファン　御正伸装幀　新字新仮名
東方小説新書
虹の約束（京都新聞、山陽新聞、新潟日報、河北新報ほか共同通信系新聞　昭和二六年一〇月～二七年五月　一九五回）

1266　**愛人**　昭和三五年一〇月二五日　東方社
三一五頁　二九〇円　B６判　紙装　角背　函
セロファン　生沢朗装幀　新字旧仮名
＊1233　愛人（昭和三四年三月二〇日　東方社）新装版。昭和三七年一〇月二五日発行も同装幀。

1267　**水溜り**　昭和三五年一〇月三〇日　講談社
二一四頁　三〇〇円　B６判　クロス装　上製　角背
函　帯　勝呂忠装幀　新字新仮名
若い嵐（小説新潮　一四巻七号　昭和三五年五月一日）／弱い獣（オール読物　一五巻七号　昭和三五年七月一日）／夜を行く（小説新潮　一四巻九号　昭和三五年七月一日）／ある退院（小説中央公論　七五巻八号　昭和三五年七月一六日）／めぐりあい（新潮　五七年七号　昭和三五年七月一日）／水溜り（群像　一五巻八号　昭和三五年八月一日）
〔帯〕表〈水溜《みずたま》り　丹羽文雄／現代の青春を多角的にとらえた、「若い嵐」「弱い獣」「めぐりあい」「水溜り」……丹羽文学の新たな精華を収めた珠玉の作品集／講談社刊　￥300〉背〈最新刊〉裏〈◇…好評の丹羽文雄短篇集…◇／愁眉（ほか五篇）280円／架橋（ほか四篇）290円／秘めた相似（ほか四篇）300円／講談社発行〉

1268　**純情**　昭和三六年一月一五日　東方社
二九八頁　二八〇円　四六判　紙装　上製　角背　函
セロファン　須田壽装幀　新字新仮名（促音拗音大字）
＊1243　純情（昭和三四年七月二五日　東方社）の新装版。なお昭和三七年七月一五日、三八年五月二五日発行も同装幀。
〔帯〕表〈丹羽文雄・長篇傑作／どの女にも誠実をつくした。策略もなく翻弄もしなかった。／暴力と金銭に青春を押潰されてきた女との最後の恋の行手にあるは死のみなのか？／東方社刊〉背〈長篇傑作〉

1269　**ゆきずり**　昭和三六年一月二〇日　講談社
二五〇頁　三〇〇円　B６判　クロス装　上製　角背
カバー　帯　セロファン　関野準一郎装幀
新字新仮名
和解（婦人画報　六七四号　昭和三五年九月一日）／校庭の虫（週刊朝日別冊　三九号　昭和三五年九月一日）／刹那（小説中央公論　一巻一号　昭和三五年一〇月一日）／ゆきずり（別冊小説新潮　一四巻一四号　昭和三五年一〇月一五日）／若木（小説新潮　一四巻一五号　昭和三五年一一月一日）／裸の女

（別冊文芸春秋　七三号　昭和三五年九月二八日）／お礼ごころ
（オール読物　一五巻一二号　昭和三五年一二月一日）／感情
（群像一六巻一号　昭和三六年一月一日）
〔帯〕表〈ゆきずり　丹羽文雄／虚像と実像の青春を、社会の片隅に捉えた、「和解」「校庭の虫」「刹那」「ゆきずり」「若木」「お礼ごころ」「感情」等八篇を収めた丹羽文学作品集／講談社刊　300円〉背〈最新刊〉裏〈◇…好評の丹羽文雄短篇集…◇／愁眉　ほか五篇…280円／架橋　ほか四篇…290円／秘めた相似　ほか四篇…300円／水溜り　ほか五篇…300円〉

1270　**雪**　昭和三六年四月一〇日　講談社
二四九頁　三二〇円　B6判　クロス装　上製　角背
カバー　帯　セロファン　関野準一郎装幀
新字新仮名
雪（新潮　五八年一号　昭和三六年一月一日）／航跡（日本四巻一号　昭和三六年一月一日）／浮木（小説中央公論　二巻一号　昭和三六年一月一日）／交叉点（別冊小説新潮　一五巻一号　昭和三六年一月一五日）／もぐらの宿（サンデー毎日特別号　四七号　昭和三六年一月一日）／再婚（週刊公論　三巻一号　昭和三六年一月二日）
〔帯〕表〈生への執着と欲望と追求する著者の「雪」「航跡」「浮木」「交叉点」「もぐらの宿」「再婚」の六篇を収めた珠玉作品集／雪　丹羽文雄／講談社刊　￥320〉背〈最新刊〉裏〈◇…好評の丹羽文雄短篇集…◇／愁眉　（ほか五篇）…280円／架橋　（ほか四篇）…290円／秘めた相似　（ほか四篇）…300円／水溜り　（ほか五篇）…300円／ゆきずり　（ほか七篇）…300円〉

1271　**白い南風**　昭和三六年四月二〇日　東方社
二七八頁　三八〇円　A5判　クロス装　上製　函
帯　セロファン　御正伸装幀　二段組
新字新仮名（促音拗音大字）
白い南風（原題「家庭の秘密」　都新聞　昭和一四年六月一三日～一五年二月一一日　二四二回）
火事騒ぎ／話二つ／静子登場／秋近く／奔流／湯田中／笞／駻馬／もどかしさ／弓雄なる男／再び／街／血の内容／落葉／近頃の倫理／小柴の一日／百夜／争ひ／小旅行／定まる宿命／強気弱気／雪の日
〔帯〕表〈丹羽文雄文学の一頂点をしめす快心作！／真の愛情とは無償の行為なのか？　愛の深層心理を追求し、現代社会の一断面を描き反響を呼ぶ話題の巨篇！／松竹映画化・日本テレビ連続放送！　東方社刊〉背〈丹羽文雄長篇大作〉

1272　**人間模様**　昭和三六年六月一〇日　東方社
二六二頁　三六〇円　A5判　クロス装　上製　角背
函　セロファン　御正伸装幀
新字新仮名（促音拗音大字）
人間模様（毎日新聞　昭和二二年一一月二五日～二三年四月一四日　一四〇回）

1273　**中年女**　昭和三六年七月一〇日　講談社
二一五頁　二九〇円　四六判　紙装　上製　丸背　函
帯　初山滋装幀　新字新仮名
中年女（小説新潮　一五巻一～六号　昭和三六年一月一日～六

月一日　六回）
〔帯〕表〈丹羽文雄／中年女　講談社刊　¥290〉背〈丹羽文雄　講談社〉裏〈女であることを活かして、切実な生にたえてゆく未亡人。中年女の体温を通して心の絆のもろさ、愛欲のむなしさを抉る巨匠の力作長篇！〉

1274　**献身**　昭和三六年八月三〇日　新潮社
三七一頁　四二〇円　A5判　紙装　上製　角背
函　田村孝之介装幀　新字新仮名
献身（読売新聞　昭和三五年四月二六日～三六年五月一四日　三八〇回）
〔帯〕表〈丹羽文雄　長編小説／身も心もひきさかれるほどにせつなく　悲しいまでに美しい女の生き方を描いて　感動を呼ぶ……／大映映画化決定　新潮社版　¥420〉背〈悲しいまでに美しい女の生き方を描く……／丹羽文雄　長編小説　新潮社版〉裏〈二十歳を越えたばかりの瀬川朝子は、一条英信の子供をみごもった後に、彼の正体を知った。一条は、妻子の他に年上の女まで持つ冷酷なエゴイストだった。だが朝子は日蔭妻の位置から身を退こうとしなかった。それは彼女のすなおさでもあり、女の意地でもあった。〝法律の認めた妻以上の存在になってみせる〟―それが朝子の悲願となった。やがて、朝子は一条が起した事件で、彼の友人でもある若い検事柏木啓と知り合ったが、朝子の境遇を知った柏木の同情は、徐徐に深い愛情に変り、朝子も柏木の誠意と愛情に魅かれた……一人の男につかえて、献身的に生きようとしながらも、はじめて知った愛に心をひきさかれる女の哀しみと苦しさを浮彫りにした評判作！〉

1275　**薔薇合戦**　昭和三六年九月一〇日　東方社
二八〇頁　三九〇円　A5判　クロス装　上製　角背
函　セロファン　帯　御正伸装幀　二段組
新字新仮名（促音拗音大字）
薔薇合戦（都新聞　昭和一二年五月三〇日～一二月三一日　二一六回）
〔帯〕表〈丹羽文雄・長篇傑作／愛することの哀しき宿命、愛と結婚への戦い！　会社乗つとりの陰謀を背景に、肉親の愛憎の葛藤、人間性の相克を描いて、人間の内面心理をほりさげし傑作！／東方社刊〉背〈丹羽文雄　長篇傑作〉
＊　なお昭和三七年一一月一〇日発行も同装幀。

1276　**美しき嘘**　昭和三六年一〇月三〇日　中央公論社
三六三頁　四二〇円　A5判　紙装　上製　角背
二段組　函　帯　新字新仮名
美しき嘘（週刊読売　一八巻四七号～二〇巻九号　昭和三四年一一月一日～三六年二月二六日　六九回）
松茸狩り／神さま／弱点／おびえる／最初の印象／ダンス／婦人客／要が泣く／暮の買物／三人姉妹／火中の栗／桑子／説明者／ある日の会話／悪党／毒牙ということ／伝説／焼香／運転を習う／天草夫妻／不心得／告白／己れのみ愛する女／林の中／雨の夜／女の弱点／泥田／人間の差／二人目の犠牲者／不逞な心／事故／嫉妬／途中／ある最初／朝の罪／墓、海、土蔵／護身の杖／三人目の犠牲／未知なもの／秘密の位置／通夜／和気／いいたい放題／失恋者一同／姉妹あつまる／女の告白／或るおそれ／批判的／不安／罪の内容／強迫の

記事／鍵／逆上／気のない予言／松の内／女中の忠告／葬いの後／たがいの一線／一年後／同情と忘却／娘への手紙
〔帯〕表〈美しき嘘　丹羽文雄／夫の人格の完璧さゆえに心身の渇きをおぼえる美しい夫人徳子と十七歳の義弟とのひそかな愛欲。愛と虚偽との葛藤を見事に描く最新力作長篇！／〈週刊読売連載〉中央公論社　¥420〉背〈丹羽文雄　最新力作長篇　中央公論社〉

1277　**高圧架線**　昭和三六年一二月二五日　講談社
三一二頁　三八〇円　B6判　クロス装　上製　角背　カバー　帯　関野準一郎装幀　新字新仮名
憎しみが誘う（オール読物　一六巻四号　昭和三六年四月一日）／なりわい（別冊文芸春秋　七五号　昭和三六年三月二八日）／最後の火（別冊小説新潮　一三巻二号　昭和三六年四月一五日）／道草（紳士読本　創刊号　昭和三六年六月）／山の湯のひと達（別冊小説新潮　一三巻三号　昭和三六年七月一五日）／高圧架線（群像　一六巻一〇号　昭和三六年一〇月一日）／旅まわりの感覚（別冊文芸春秋　七七号　昭和三六年九月二八日）／ちかくの他人（小説新潮　一五巻一〇号　昭和三六年一〇月一日）／湯治客（オール読物　一六巻一一号　昭和三六年一一月一日）／若い履歴（小説中央公論　二巻四号　昭和三六年一〇月二〇日）
〔帯〕表〈憎悪と欲望の色彩の中にうごめく人間像を描く表題作をはじめ「憎しみが誘う」「なりわい」「最後の火」「山の湯のひと達」「道草」「旅まわりの感覚」「ちかくの他人」「湯治客」「若い履歴」の十篇を収めた珠玉短篇集。／高圧架線　丹羽文雄　講談社刊　380円〉背〈最新刊〉裏〈◇…好評の丹羽文雄作品集…◇／架橋（ほか四篇）………290円／秘めた相似（ほか四篇）………300円／水溜り（ほか五篇）………300円／ゆきずり（ほか七篇）………300円／雪（ほか六篇）………320円〉

1278　**生活の中の詩**　昭和三七年一月二〇日　東方社
三一七頁　二五〇円　四六判　紙装　上製　丸背　カバー　御正伸装幀　新文学全書　新字新仮名
＊1143　生活の中の詩（昭和二五年一一月一五日　東方社）の改版。

1279　**有情**　昭和三七年二月一五日　新潮社
一八八頁　二九〇円　四六判　クロス装　上製　丸背　函　帯　山田申吉装幀　旧字旧仮名
有情（新潮　五九年一号　昭和三七年一月一日）／あとがきに代へて
〔あとがきに代へて〕
「有情」を書きあげたが、予定では、妙好人を主人公に書くつもりで、いろいろと準備をしてゐた。が、たうとう《ママ》書けなかつた。三年越しのプランだつた。しかし「有情」と妙好人が何のつながりもないといふのではなかつた。「有情」を書き上げてみると、妙好人をいまさら書かなくともよいといふ気持になつた。書くならば他のものにしたい。善鸞のことをじつくり書いてみたいと思ふやうになつた。私の年来のプランは蓮如を書くことだが、そこへいきつくまでに書かねばならないものがいくつかある。結局「有情」もそのひとつといふことになる。

作品の出来不出来は私にはわからない。最近わが家におこつた国際結婚を材料にした、いはゆる家庭事情の小説だが、その中で私はこれまでたくさん小説を書いてゐながら一度もこれほどむきになつたことがないすがたをさらけ出した。むきになつたことで、いまの私の心境はオコリが落ちたやうになつてゐる。これまで私小説風のものを書く場合には、紋多をつかつた。しかし今度は、紋多ではすまされなかつた。はじめて私で書いた。私で書くことは、一種のカムフラージュになるとあるひとがいつたが、紋多で書くのと私で書くのとでは大へんな相違がある。そのひとのやうにいつてしまへば、何で書いてもカムフラージュになつてしまふ。それもつまりは程度問題といふことになりさうである。その程度問題が、今度の場合私には切実なことだつた。

坊主の家に生まれ、坊主となり、それがいやで家出した私の宗教観が、結局その程度かと軽蔑されるやうな「有情」かも知れない。この中には親鸞も出てくる。私の親鸞観がその程度かといはれるかも知れない。しかし、現在の私は「有情」に書いた程度の人間であるのだから、どうにもしやうがない。それ以上でもなければ、それ以下でもないのだ。「有情」の中では、私といふ人間を私はできるかぎりさらけ出したつもりである。さんざん泣きごとを並べる「有情」をよみかへして、私といふ人間は結局この程度の人間だつたのかと思はざるをえなかつた。小説をたくさん書いてきて、このやうな感慨をおぼえるのは初めてのことである。その意味で「有情」のやうなものは今後は書けないかも知れない。私の文学生活の上で意義を持つものだ。私には相当自虐精神がつよいらしい。それが「有情」を書かせたともいへる。「有情」のやうな家庭事情は珍しいものではない。国際結婚は今後ますます多くなつていくことだらう。それに対して私のやうに逆上することは、滑稽なことかも知れない。が、それが動機となつて私といふ人間が面皮をはがれるやうなことになつたが、この小説を書いたことで、いろいろと文学上にも反省することがあつた。客観的態度といひ、一定の距離をまうけて書くことが、どういふことか。作家はそれだけでよいのか。それがいつの間にかひとつの型にはまつてゐたのではないか。たまには現実の中にはいつて、どろんこになることも必要ではないか。「有情」を書いたおかげで、そんなことを私は思ふやうになつた。

〔帯〕表〈有　うじょう　情／丹羽文雄／新潮社　￥290／最近著者の家庭に起きた事件を取り上げて、三十年前の自《ママ》からの生き方を自省しながら、子に対する父のあり方をきびしく追求してゆく―著者積年の主題を発展させた長編問題作！〉背〈丹羽文雄　長編小説　新潮社〉裏〈　アメリカに留学させた息子が、ドイツ人の娘と婚約したと報されて狼狽し、激怒する父親……はじめて息子の反抗にあって煩悶する父親の苦悩と自省を、はげしい筆に綴った作品。／　この作品は〝息子の抵抗、父のショック―青い目の花嫁め《ママ》ぐる丹羽文雄家〟（週刊読売）〝丹羽文雄における父と子の関係〟（新週刊）等の特集記事によってクローズアップされた問題作である。／　と同時に、非情の筆に父と母を描きつづけて来た著者が、憤怒と苦悩の中で、新しい角度からその積年の主題を追求した野心作である。〉

＊　なお四版（昭和四五年一月三〇日）では別帯。

表〈有　うじょう　情/著者の家庭に実際に起きた事件を取り上げて、三十年前の自らの生き方を自省しながら、子に対する父のあり方をきびしく追求してゆく―著者積年の主題を発展させた長編問題作!/¥400　新潮社版〉背〈長編小説〉丹羽文雄　新潮社〉裏〈　アメリカに留学させた息子が、ドイツ人の娘と婚約したと報されて狼狽し、激怒する父親……はじめて息子の反抗にあって煩悶する父親の苦悩と自省を、はげしい筆に綴った作品。/　この作品は〝息子の抵抗、父のショック―青い目の花嫁めぐ《ママ》る丹羽文雄家〟〝丹羽文雄における父と子の関係〟等、週刊誌の特集記事によってクローズアップされた問題作である。/　と同時に、非情の筆に父と母を描きつづけて来た著者が、憤怒と苦悩の中で、新しい角度からその積年の主題を追求した野心作である。〉

1280　**この世の愁い**　昭和三七年三月五日　講談社
三一九頁　四三〇円　A5判　紙装　上製　角背
パラフィン　函　帯　加山又造装幀　二段組
新字新仮名

この世の愁い(七社連合　神戸新聞、新愛知、北海タイムス、福岡日日新聞、河北新報、大阪時事新報、時事新報　昭和三五年八月二七日〜三六年八月　三五〇回)

〔帯〕表〈父なき姉妹の青春を通して、女の宿命を描く。/この世の愁い/丹羽文雄/講談社刊　430円〉背〈長篇小説〉裏〈空しい官能だけの交渉。愛の姿を求めて、美しきがゆえにたどられればならぬ女の道。いつ果てるとも分らないこの世の愁いを負い、「女」につくられてゆく主人公を描いて巨匠円熟の名作長編〉

1281　**山麓**　昭和三七年三月三〇日　角川書店
二九二頁　三八〇円　B6判　紙装　上製　角背
函(貼函)　帯　セロファン　二段組　新字新仮名

山麓(サンデー毎日　四〇巻一四号〜四一巻一〇号　昭和三六年四月二日〜三七年三月一一日　五〇回)

四女　雅子/長女　菊乃/三女　加奈子/長女　菊乃/三女　加奈子/長女　菊乃/四女　雅子/長女　菊乃/三女　加奈子/長女　菊乃/四女　雅子/二女　操/長女　菊乃/姉妹

〔帯〕表〈家庭の因習と母のエゴイズムのなかに生きる美しい四人姉妹。現代的な末娘が投げた波紋は……。巨匠が放つ話題の長編小説。/〈サンデー毎日〉連載　東映映画化　TV全国ネット連続放送中/角川書店刊　¥380〉背〈話題の長編小説　角川書店〉裏〈丹羽文雄作品集/巨匠の決定版/1.秋・鮎・贅肉他　¥290/2.厭がらせの年齢他　¥290/3.哭壁・海戦　¥280/4.爬虫類・かしまの情　¥290/5.蛇と鳩・青麦・遮断機　¥290/6.菩提樹(全)¥250/7.飢える魂　¥250/8.日日の背信　¥260/別巻　庖丁・恋文・藍染めて　¥320〉

*　同日発行で函違い(機械函)がある。

1282　**告白**　昭和三七年四月一〇日　東方社
二〇三頁　三八〇円　A5判　クロス装　上製　角背
函　セロファン　御正伸装幀　家庭小説選書

新字新仮名（促音拗音大字）
告白（盛粧（別冊文芸春秋 七号 昭和二三年七月一日）／発禁（世界文化 三巻七号 昭和二三年七月一日）／マロニエの並木（改造文芸 二号 昭和二三年七月二五日）／挿話（文学会議 五号 昭和二三年一〇月二五日）／喜憂（文学界 二巻九号 昭和二三年九月一日）／めぐりあひ（日本小説 二巻八号 昭和二三年九月一日）／四十五才の紋多（風雪 二巻九号 昭和二三年九月一日）／雨の多い時（社会 三巻九号 昭和二三年九月一日））

＊ 同装幀で昭和三八年三月二〇日、三九年六月五日発行がある。

〔帯〕表〈丹羽文雄・長篇話題作／戦中、戦後の苦難と愛憎にみちた自己を回顧し、混沌の時代相を浮彫りにした興趣あふれる自伝小説として評価高き問題作!!／東方社刊〉背〈長篇傑作〉

1283 **母の晩年** 昭和三七年五月二〇日 東方社

三一二頁 三五〇円 B6判 クロス装 上製 角背 函 セロファン 御正伸装幀

新字新仮名（促音拗音大字）

母の晩年（群像 一一巻一〇号 昭和三一年一〇月一日）／鮎（文芸春秋 一〇巻四号 昭和七年四月一日）／贅肉（中央公論 四九年八号 昭和九年七月一五日）／真珠（早稲田文学 二巻六号 昭和一〇年六月一日）／再会（改造 二二巻四号 昭和一五年三月一日）／菜の花時まで（日本評論 一一巻四号 昭和一一年四月一日）／母の日（群像 八巻一一号 昭和二八年一〇月一日）／うなづく（新潮 五四年一号 昭和三二年一月一日）／もとの顔（文学界 一一巻一号 昭和三二年一月一日）

＊ 十返肇「解説」284-286頁。なお同装幀で昭和三八年七月二〇日、四〇年二月一五日（以後三八〇円）、四一年一一月二五日発行がある。

〔帯〕表〈定評ある『生母もの』の集大成!! 解説・十返肇／愛欲の場を本能のままに転々とする女の哀しき性（さが）!!／『この母あって、丹羽氏の人生開眼はなされ作家的形成はなされた』と言われ、現文壇に牢固たる位置をきずいた問題作!! 東方社刊〉

1284 **中年女** 昭和三七年五月二五日 講談社

二一五頁 二二〇円 新書判 紙装 角背 カバー 田中岑装幀 新字新仮名 ロマン・ブックス

中年女（小説新潮 一五巻一～六号 昭和三六年一月一日～六月一日 六回）

〔カバーソデ〕

小ぎれいで素人くさく、何となく御しやすい感じを男に与えるトキは三十九歳の未亡人である。村の男たちはトキの女を意識して蝟集する。彼女の噂は消えることがないが、噂の実体を摑んだものはいない。村人は未亡人という名に拘束を与えることに満足があるようだった。然し、トキは女であることを十二分に生かして生き泳いでゆく。愛欲のむなしい絆を描いた巨匠の珠玉長編小説。

1285 **最初の転落** 昭和三七年六月二〇日 講談社

二七四頁　三四〇円　B６判　クロス装　上製　角背
カバー　帯　関野準一郎装幀　新字新仮名

坂の途中（小説新潮　一六巻一号　昭和三七年一月一日）／結婚前夜（小説新潮　一五巻一二号　昭和三六年一二月一日）／女下駄（別冊小説新潮　一四巻一号　昭和三七年一月一五日）／へそくり（オール読物　一七巻二号　昭和三七年二月一日）／雨宿り（週刊朝日別冊　四七号　昭和三七年一月一日）／最初の転落（小説新潮　一六巻四号　昭和三七年四月一日）／枯野（別冊小説新潮　一四巻二号　昭和三七年四月一五日）／世間咄（別冊文芸春秋　七九号　昭和三七年三月二〇日）

〔帯〕表〈生への執着と欲望を追求する巨匠の珠玉作品集／最初の転落　丹羽文雄／講談社刊　価三四〇円〉背〈最新刊〉裏〈収録作品／坂の途中／結婚前夜／女下駄／へそくり／雨宿り／最初の転落／枯野／世間咄〉

1286　**欲望の河**　昭和三七年九月三〇日　新潮社
四四一頁　四八〇円　A５判　紙装　上製　角背
パラフィン　函　帯　糸岡和三郎装幀　二段組
新字新仮名

欲望の河（産経新聞ほか　昭和三六年四月一八日～三七年七月二〇日　四五五回）

〔帯〕表〈話題の長篇小説／欲望のままに生きることが幸せか？―男女の綾なす生活と感情の波紋を描いて、人間の内部に脈うつ欲望の流れを捉える……／新潮社版　¥480〉背〈現代の欲望の断面を浮彫りにした話題作　新潮社〉裏〈自分を〝代理妻〟として迎えてくれた病院長が求めるものは、若さと肉体だけだったと知って、次第に心の渇きを覚え、昔の恋人を慕う未亡人恒子。自分の美貌と才智に自信を持ち、財力豊かなカメラ会社社長に可愛がられて、昂然と生きる独身女性三千代―対象《ママ》的な境遇に置かれて明暗を彩どる、二人の女性の生き方を軸に、人間をひきずりまわす現代の欲望の断面を浮彫りにした話題作！／産経新聞・中部日本新聞・北海道新聞・西日本新聞―連載〉

1287　**情事の計算**　昭和三八年二月二〇日　講談社
二五一頁　三四〇円　B６判　クロス装　上製　角背
カバー　帯　関野準一郎装幀　直木久蓉題簽
新字新仮名

計算された夢（小説新潮　一六巻七号　昭和三七年七月一日）／死の邂逅（別冊小説新潮　一四巻三号　昭和三七年七月一五日）／昇天（オール読物　一七巻一〇号　昭和三七年一〇月一日）／通り雨（小説新潮　一六巻一〇号　昭和三七年一〇月一日）／面影に生きる（文芸朝日　一巻六号　昭和三七年一〇月一日）／情事の計算（別冊文芸春秋　八一号　昭和三七年九月一〇日）／高い天井（小説新潮　一七巻一号　昭和三八年一月一日）

〔帯〕表〈果てしない人間の欲望の渦を描く珠玉作品集／情事の計算／丹羽文雄／講談社版　価340円〉背〈最新刊〉裏〈収録作品／計算された夢／死の邂逅／昇天／通り雨／面影に生きる／情事の計算／高い天井〉

1288　**貞操切符**　昭和三八年六月五日　東方社

三五二頁　三三〇円　B6判　クロス装　上製　角背　函　セロファン　生沢朗装幀　新字旧仮名

＊1259　貞操切符（昭和三五年五月二〇日　東方社）新装版。昭和三九年七月五日発行も同装幀。

1289　**ある関係**　昭和三八年六月二五日　講談社

二三一頁　三三〇円　B6判　クロス装　上製　角背　カバー　関野準一郎装幀　新字新仮名

可愛（新潮　六〇年一号　昭和三八年一月一日）／囃子の夜（文芸　二巻一号　昭和三八年一月一日）／豚（別冊文芸春秋　八三号　昭和三八年三月一五日）／ある関係（小説新潮　一七巻五号　昭和三八年五月一日）／波の上（小説新潮　一七巻二号　昭和三八年二月一日）／浅間山（オール読物　一八巻二号　昭和三八年二月一日）／梅雨期（別冊小説新潮　一五巻二号　昭和三八年四月一五日）

〔帯〕表〈愛欲の色彩を鮮やかに捉えた巨匠の珠玉作品集！／ある関係　丹羽文雄／講談社刊　330円〉背〈最新刊〉裏〈収録作品／可愛／囃子の夜／豚／ある関係／波の上／浅間山／梅雨期〉

1290　**悔いなき煩悩　上**　昭和三八年六月二九日　新潮社

二六〇頁　三四〇円　B6判　紙装　丸背　函　帯　都竹伸政装幀　新字新仮名

悔いなき煩悩（日本経済新聞　昭和三七年六月一九日～三八年九月五日　四四一回）

〔帯〕表〈「飢える魂」「禁猟区」「日日の背信」等次々と話題作をおくる著者が、新しく女の愛と人生の苦悩を、円熟の筆に描く野心的長編小説！／NTV劇化放送中／日本経済新聞連載／新潮社版　￥340〉背〈丹羽文雄長編小説　新潮社〉裏〈二度と男を愛すまい！……見事に裏切られた愛ゆえに、かたく心を閉ざしながらも、また男に心を奪われ、すべてを捧げようとする女の、この〝悔いなき煩悩〟は何か？―愛に傷つき、苦しみながらも、なお愛を求めつづける二十六歳の証券会社員秋元駒子の、哀しいまでにいちずな愛を描いて、現代女性像を浮き彫りにする評判作！〉

1291　**悔いなき煩悩　下**　昭和三八年一〇月三〇日　新潮社

二五二頁　三四〇円　B6判　紙装　丸背　函　帯　都竹伸政装幀　新字新仮名

悔いなき煩悩（日本経済新聞　昭和三七年六月一九日～三八年九月五日　四四一回）

〔帯〕表〈真実の愛を求め、献身的に尽くしながらも、男のエゴにふみにじられる―現代女性の愛と苦悩を描いて、読書界・テレビ界に話題を呼ぶ大作！／日本経済新聞連載／新潮社版　￥340〉背〈丹羽文雄長編小説　新潮社〉裏〈ひたすらに愛し、献身的に尽くしながらも、仕合せになれない三十歳の証券会社員秋元駒子……彼女は年下の医学生を一人前にしてやり、さらに落魄の日本画家を援助して画壇に送りだしてやったが、彼らはともに駒子の愛を裏切っていった。―有能な証券会社員として活躍しながらも愛の世界で敗北する秋元駒子の充たされぬ心！現代女性像を浮き彫りにする評判作。〉

1292　**女医**　昭和三八年一一月五日　講談社
二一四頁　三三〇円　B6判　クロス装　上製　角背
カバー　帯　関野準一郎装幀　新字新仮名　短編集
4-04-872396-0
女医（オール読物　一八巻六号　昭和三八年六月一日）／夏の夜以来（新潮　六〇年六号　昭和三八年六月一日）／納豆の味（小説中央公論　四巻六号　昭和三八年七月一日）／女の絆（別冊小説新潮　一五巻三号　昭和三八年六月一五日）／貰い人と少女（新潮　六九年八号　昭和三八年八月一日）／老女の価値（小説新潮　一七巻九号　昭和三八年九月一日）
〔帯〕表〈愛の渇きと欲望の断面をえぐる巨匠の珠玉作品集！〉背〈珠玉作品集〉裏〈収録作品／女医／夏の夜以来／納豆の味／女の絆／貰い人と少女／老女の価値／講談社刊　三三〇円〉

1293　**告白**　昭和三八年一二月二五日　講談社
二一四頁　二〇〇円　新書判　紙装　角背　カバー
田中峯装幀　新字新仮名　ロマン・ブックス
告白
盛粧（別冊文芸春秋　七号　昭和二三年七月一日）／発禁（世界文化　三巻七号　昭和二三年七月一日）／マロニエの並木（改造文芸　二号　昭和二三年七月二五日）／挿話（文学会議　五号　昭和二三年一〇月二五日）／喜憂（文学界　二巻九号　昭和二三年九月一日）／めぐりあひ（日本小説　二巻八号　昭和二三年九月一日）／四十五才の紋多（風雪　二巻九号　昭和二三年九月一日）／雨の多い時（社会　三巻九号　昭和二三年九月一日）
＊　十返肇「解説」。カバーソデに著者紹介がある。
〔カバー〕
愛欲の場を通じ文学、人生に開眼した紋多は、継母をもつ生立ちの故にか、何事にも耽溺する習性がない。新橋芸者の仙龍こと三津子との情事も長くはつづかなかった。日華事変の進展に伴い、情報局は紋多の小説を目の敵にして、つぎつぎに発売中止や執筆停止の手をうってくる。やり場のない憤怒と不安で殺気立った紋多は、妻子の留守中、愛してもいない同居人の瑛子の誘惑に負けてしまう。太平洋戦争が始まると、徴用で従軍する作家が目立ち、紋多にも遂にその日がきた……。／発禁、パージ問題に悩んだ戦中戦後の複雑怪奇な事情と冷厳な自己省察を造型した異色の長篇。

1294　**有情**　昭和三九年二月一〇日　雪華社
三三四頁　六五〇〇円　四六倍判（27㎝）　革装
上製　丸背　天金　竹谷富士夫装幀　丹羽文雄題簽
帙入　夫婦函　限定版　署名入　旧字旧仮名
丹羽文雄自選集
湯女（書き下ろし）／鮎（文芸春秋　一〇巻四号　昭和七年四月一日）／「鮎」回想（書き下ろし）／韋駄天（書き下ろし）／厭がらせの年齢（改造　二八巻二号　昭和二二年二月一日）／「厭がらせの年齢」回想／親鸞画像／青麦（『青麦』　昭和二八年一二月一八日　文芸春秋新社）／「青麦」回想（書き下ろし）／大同石仏（書き下ろし）／崖下（新潮　五二年七号　昭和三〇年七月一日）／「崖下」回想（書き下ろし）／エッフェル塔

のある風景（書き下ろし）／有情（新潮 五九年一号 昭和三七年一月一日）／「有情」回想（書き下ろし）

＊ 伊藤整「鮎」解説／浅見淵「厭がらせの年齢」解説／亀井勝一郎「青麦」解説／村松定孝「崖下」解説／十返肇「有情」解説／竹谷富士雄 装幀について／坂口正知

1295 **落鮎** 昭和三九年二月二〇日 東方社
二四八頁 三四〇円 B6判 クロス装 上製 角背
函 セロファン 赤坂三好装幀
新字新仮名（促音拗音大字）
落鮎（婦人公論 三二巻一一号～三三巻六号 昭和二三年一一月一日～二四年六月一日 八回）／怒濤（改造 二三巻一一号 昭和一六年六月一日）／三日坊主（行動 二巻九号 昭和九年九月一日）
〔帯〕表〈丹羽文雄・長編傑作／愛と虚偽との葛藤!!／巨匠が巧緻の筆を極めて描きつくした女の哀しみと苦しさ！／東方社刊〉

1296 **魚紋** 昭和三九年三月一〇日 東方社
三五七頁 三五〇円 B6判 クロス装 上製 角背
函 セロファン 新字新仮名（促音拗音大字）
＊ 1241 魚紋（昭和三四年六月二〇日 東方社）の新装版。昭和四〇年五月五日発行も同装幀。

1297 **魚紋** 昭和三九年三月一〇日 東方社
三五七頁 三五〇円 B6判 クロス装 上製 角背
カバー 新字新仮名（促音拗音大字）
＊ 1296の装幀違い。

1298 **春の門** 昭和三九年四月一〇日 東方社
二五四頁 三〇〇円 B6判 クロス装 上製 角背
函 セロファン 御正伸装幀 旧字旧仮名
＊ 1260 春の門（昭和三五年六月一〇日 東方社）の新装版。なお昭和四〇年六月一五日、四一年四月二〇日、四二年三月一〇日発行も同装幀。
〔帯〕（昭和四一年四月二〇日発行）
表〈丹羽文雄・長篇傑作／人間観察に精妙をきわめ、独自の展開に絶妙を謳われる巨匠が、現代風俗の断面を描き、若き群像の心理を濃密に追究せ《ママ》 力作！／東方社刊〉背〈長篇傑作〉裏〈春の門 ¥300／新刊・重版好評書／丹羽文雄／白い南風 三八〇／東京の女性 三六〇／愛人 三二〇／魚紋 三五〇／藤代大佐 二三〇〉

1299 **愛人** 昭和三九年四月一〇日 東方社
三一五頁 三二〇円 クロス装 角背 函
セロファン 生沢朗装幀
新字新仮名（促音拗音大字）
＊ 1266 愛人（昭和三五年一〇月二五日 東方社）の改版。昭和四一年六月一〇日発行（三六〇円）も同装幀。なお三九年一月二〇日、一二月一五日発行では函ではなくカバー。

1300 **東京の女性** 昭和三九年六月一五日 東方社

三二二頁　三六〇円　B6判　クロス装　上製　角背
函　セロファン　阿部龍應装幀
新字新仮名（促音拗音大字）
＊　1254　東京の女性（昭和三五年四月二〇日　東方社）の改版。紙装からクロス装に変更される。なお昭和四一年六月一〇日発行も同装幀。

1301　**浜娘**　昭和三九年九月二〇日　講談社
二〇五頁　三五〇円　四六判　クロス装　上製　角背
カバー　関野準一郎装幀　新字新仮名
うまい空気（別冊文芸春秋　八五号　昭和三八年九月一五日）／おのれの業（日本　七巻二号　昭和三九年二月一日）／ある青年の死（世界　二一七号　昭和三九年一月一日）／浜娘（文芸春秋　四二巻二号　昭和三九年二月一日）／驟雨（小説現代　二巻四号　昭和三九年四月一日）／祭の夜（別冊文芸春秋　八七号　昭和三九年三月一四日）／お札くばり（初出未確認）
〔帯〕表〈人間生存の深奥を愛の渇きと欲望の中に捉えた巨匠の作品集！／浜娘　丹羽文雄〉背〈珠玉作品集〉裏〈収録作品／うまい空気／おのれの業／ある青年の死／浜娘／驟雨／祭の夜／お札くばり／講談社刊　三五〇円〉

1302　**結婚生理**　昭和三九年一一月一五日　東方社
二五七頁　三〇〇円　B6判　紙装　角背　ビニル
石川重信装幀　旧字新仮名（促音拗音大字）
イースト・ブックス
＊　1160　結婚生理（昭和二八年一月一〇日　東方社）の新版。

1303　**海の蝶**　昭和三九年一一月二〇日　講談社
二六六頁　四六〇円　B6判　クロス装　上製　角背
函　帯　パラフィン　新字新仮名
海の蝶（小説現代　一巻一号～二巻一号　昭和三八年二月一日～三九年一月一日　一二回）
風のそよぎ／羊子の過去／習慣／軽井沢／夜の魔／その夜
〔帯〕表〈妖しく燃える女の生命―／情熱の裏にかくされた冷徹の智―／つぎつぎと重ねる秘密に飽くことを知らぬ／令夫人羊子。愛欲の色彩を鮮やかに捉えた問題長篇／愛の渇きと欲望の断面を抉る巨匠の長篇〉背〈最新長篇〉裏〈長篇小説・海の蝶・丹羽文雄／講談社刊　￥460〉

1304　**愛人**　昭和三九年一二月一五日　東方社
三〇九頁　三〇〇円　B6判　紙装　角背　ビニル
生沢朗装幀　新字新仮名（促音拗音大字）
イースト・ブックス
愛人（大阪日日新聞、四国新聞ほか朝日系地方新聞　昭和二四年四月～一〇月　一五〇回）
＊　5024　丹羽文雄文庫13愛人（昭和二九年一一月一〇日　東方社）の改版。解説なし。

1305　**再婚**　昭和三九年一二月二〇日　新潮社
二五八頁　三七〇円　B6判　紙装　上製　カバー
中本達也装幀　新字新仮名

節操（小説新潮　一八巻一号　昭和三九年一月一日）／再婚（小説新潮　一八巻四号　昭和三九年四月一日）／戯画（別冊小説新潮　一六年二号　昭和三九年四月一五日）／汽笛（新潮　六一年九号　昭和三九年九月一日）／餞別（別冊小説新潮　一六巻三号　昭和三九年七月一五日）／義母（別冊小説新潮　一六巻四号　昭和三九年一〇月一五日）／負け犬（別冊小説新潮　一六巻一号　昭和三九年一月一五日）

〔帯〕表〈丹羽文雄の最新短編集　新潮社版／八年の療養生活ですべてを失った佐伯は秀子との交際にとまどい、あせった。三十すぎの孤独な男女の心のふれ合いに人生の機微を捉えた傑作「再婚」の他、市井に生きる人々の哀歓を描いた六編を収録。価370円〉

1306　**命なりけり**　昭和四〇年一月三〇日　朝日新聞社　三五九頁　六五〇円　A5判　紙装　上製　角背　函　帯　竹谷富士雄装幀・挿絵　二段組　新字新仮名

命なりけり（朝日新聞　昭和三八年一一月二九日～三九年一二月八日　三七三回）

落穂拾い／波の音／予感／涙／式から旅へ／四年目／変った家風／秋／夜のおそい理由／帰国／通じないことば／昔の仲間／人間診断／失格者／妻の在り方／かえらざる中傷／梶とその周辺／青葉の下／弱点／夜／結婚式／債権者会議／社長排斥／解散式のあと／鈴虫／追討ち／秋の空／夜話／親の心持／二つの哀願

〔帯〕表〈丹羽文雄「命なりけり」　朝日新聞社刊　￥650／青年社長・九鬼への思いを秘めて嫁いだ鈴鹿、厚顔無恥な出世主義の夫・鳥居―女の幸せな生き方を求めて、男の欲望、女の哀しみと苦悩、そして倒産の苛酷な現実をめぐる人間心理の深層を描く、丹羽文学最高峰―朝日新聞連載一年、全国の読者に深い感動を与えた、珠玉の名作！〉

1307　**かりそめの妻の座**　昭和四〇年二月一〇日　講談社　二一五頁　三五〇円　四六判　クロス装　上製　角背　カバー　荻太郎装幀　新字新仮名

かりそめの妻の座（小説中央公論　三巻二号～四巻二号　昭和三七年五月一日～三八年三月一日　六回）／制服と暴力（小説中央公論　四巻七号　昭和三八年八月一日）／夏草（オール読物　一九巻九号　昭和三九年九月一日）／山の女（小説現代　二巻一〇号　昭和三九年一〇月一日）

〔帯〕表〈半身不随の男に嫁がせられ、妄想と嗜虐に耐えながら、その死まで仕えた女心と自覚と哀切を描いた中編「かりそめの妻の座」ほか三編を収録。／かりそめの妻の座　丹羽文雄〉背〈最新作品集〉裏〈収録作品／かりそめの妻の座／制服と暴力／夏草／山の女／講談社刊／三五〇円〉

1308　**ファッション・モデル**　昭和四〇年四月一〇日　日本文華社　二三二頁　二七〇円　新書判　紙装　角背　二段組　新字新仮名　文華新書小説選集

ファッション・モデル（婦人倶楽部　三五巻七号～三六巻九号　昭和二九年七月一日～三〇年九月一日　一五回）

〔カバー〕

女の悲しい業と愛欲を描きつづける丹羽文雄／　人間の業としての「女の愛欲」を描いては文壇随一といわれる作家は丹羽文雄氏である。芸術的愛欲作家といわれるほど、著者の描く女性は、人妻であろうと、娘であろうと、飲み屋の女であろうと、すべて情事におぼれてゆく女性であって、女のかなしい業を背負って生きている。本書に描かれた主人公のファッション・モデルもその例外ではなく、はなやかな職業のうらに起る女の、愛と野望を深く掘りさげている。／　著者は明治三十七年、三重県浄土真宗の寺の跡とり息子として生れ、早稲田大学に入ったが、後作家生活に入った。昭和七年「鮎」で文壇に認められて以来、書きあげた原稿がじつに八万枚。これだけ書いた作家は、氏以外にないといわれるが、いまなお、それ以上のペースで書きつづけている。かたわら、日本文芸家協会の理事長の職にあり、その若さとスタミナは、衰えることを知らない。昭和三十九年、芸術院会員に選ばれたことは人の知るところ。著書は「日日の背信」「命なりけり」外多数。また門下からは、多数の芥川賞、直木賞作家を出したことは周知のことである。

1309　**だれもが孤独**　昭和四〇年五月二五日　講談社
二九〇頁　四三〇円　B6判　紙装　上製　角背　函
帯　荻太郎装幀　二段組　新字新仮名
だれもが孤独（週刊サンケイ　一〇巻五一号～一二巻二〇号
昭和三六年一一月六日～三八年五月一三日）
波の上／モンモ／島の温泉／ぼくの世界／転勤命令／帰京／伸／告白／皮の手袋／訪問客／瀬戸物／いびき／洗面所／妻の態度／運命／見送り／自分のえらぶ道／ことばなし／その後／発覚／椿事／家を出る／三彩旅館／四谷のアパート／踊子の自白／亜弓誕生／七年間／ひさしぶり／仏像に似た女／入社／案内者／本番／妙なこと／誤解　海をわたる孤独／深夜／おにぎり／少年鑑別所／続少年鑑別所／夕顔／まだ見ぬ妹／校門／誘拐／純粋なもの／晴江／泥沼／おぼれる／決行／庖丁／好人物／苅萱堂縁起
〔帯〕表〈熱情にからむ憎悪の焔／その交錯に戦く青年期の感情／愛欲の業の中に潜む人間それぞれの孤独を、麗筆に滲ませた問題の長編小説！／性の深淵をのがれ得ぬ人間像を抉る巨匠の長編〉背〈最新長編〉裏〈長編小説・だれもが孤独・丹羽文雄／講談社版　430円〉

1310　**白い南風**　昭和四〇年七月一〇日　東方社
二七八頁　三〇〇円　四六判　紙装　角背　ビニル
二段組　石渡美季子装幀　新字新仮名（促音拗音大字）
イースト・ブックス
＊1271　白い南風（昭和三六年四月二〇日　東方社）の新版。

1311　**かえらざる故郷**　昭和四〇年一〇月二〇日　講談社
四一一頁　七五〇円　四六判　クロス装　上製　角背
パラフィン　函　帯　二段組　田村孝之介装幀
新字新仮名
かえらざる故郷（報知新聞　昭和三九年二月二三日～四〇年七月一日）／あとがき
淳子の真実／谷間／離婚第一号／二女千枝／肇の憂鬱／晴子

／暗示／洛西洛南／あせる心／肇の結婚／千枝の秘密／最後の結婚／元旦の身辺／千枝の日／離婚二号／「別所」／閉店前後／いつまでも／動揺／私の彼／店のマッチ／血

〔あとがき〕

去年の二月から筆を起して、とうとう五百回に達した。「青苔」は銀座一丁目の「卯波」がモデルである。おかみの鈴木真砂女は、万太郎の門下で、俳人として有名である。「かえらざる故郷」を書くとき、モデルにしてもよいと許可をうけた。が、真砂女の経験をそのまま描いたのではなかった。淳子、千枝、和代、晴子、肇も、それぞれモデルらしいものがあるが、モデルをそのまま描いたのではなかった。しかし、迷惑をかけたこともあろうかと気にしている。

以前に、「天衣無縫」という長篇を発表した。やはり真砂女をモデルにしたものだった。このときも、許可をうけた。真砂女は、俳句を何十年もつづけてきたひとらしく、自分を客観視することには気持がねれているのだ。「天衣無縫」にしろ、「かえらざる故郷」にしろ、女主人公の生き方に対して私は一種のあこがれを托した。元子を、単の男まさりのしっかりものというふうには描かなかった。女らしくて、自分というものをごまかさず、率直に生きているひとだ。あやまちを犯すこともある。が、元子はすぐ立ち直るのだ。元子のような母親のもとには、淳子、千枝、和代、晴子、肇のような子供が集まるのも、当然だというふうに描きたかった。母親という存在に、私は新しいタイプをつくりたかった。子供たちに対して、単にものわかりがよいという母親を描くのではなく、つまり、頭だけでものわかりがよいのではなく、身をもってさとったものわかりのよい母親を描きたかった。

小説を書く場合、ことに長篇となると、私は、自分の願いを、あこがれを、理想をつよく托す。人間事を単に描くだけでは小説を書くよろこびは感じられない。あるいは元子の生き方に対して、その娘らの生き方に対して眉をひそめるひともいるかも知れない。が、秩序といい、モラルといい、必ずしも絶対的なものではない。私はつねにそうしたものに疑問をもって、小説を書いている。

真砂女は、私の妻の親しいひとである。真砂女を見ていると、私はいつも心を洗われるような気がする。現在の真砂女は、元子のように若くない。が、不思議な若さをもっているひとだ。俳句という打ちこめる仕事をもっているせいもあろうが、それだけではない。真砂女の若さを究明するために私は「かえらざる故郷」を描いたということにもなる。真砂女の若さは、肉体的なものではない。その若さは、生き方にあると考えられる。今後も私はかの女をモデルに借りるだろう。真砂女の永遠の若さの秘密が知りたい。そして、そのことはひとりの女性の不思議ではとどまらないのだと考える。

丹羽文雄

〔帯〕表〈愛欲の色彩を鮮かに捉え、既存のモラル、秩序に疑問を投げかけた著者会心の長編話題作！／かえらざる故郷／丹羽文雄　講談社刊〉背〈巨匠丹羽文雄　会心の大長編〉裏〈料亭「別所」を舞台とし、そこに生きる五人の女性それぞれの動きを華麗な筆で織りなし、愛欲の中に秘められた人間の業、煩悩の姿を掘り下げて女性心理の深奥を捉えながら、永遠の理想像を追求した丹羽文学の精髄あますところなき野心大長編。750

円〉

1312　**雪の中の声**　昭和四〇年一一月三〇日　新潮社
　二四四頁　三九〇円　四六判　クロス装　上製　角背
　函　帯　パラフィン　田村孝之介装幀　新字新仮名
四人の女（小説新潮　一九巻七号　昭和四〇年七月一日）／妻の秘密（小説新潮　一九巻一号　昭和四〇年一月一日）／雪の中の声（新潮　六二年一号　昭和四〇年一月一日）／父帰らず（小説新潮　一九巻四号　昭和四〇年四月一日）／独身寮（小説新潮　一八巻九号　昭和三九年九月一日）／焚火（小説新潮　一九巻二号　昭和四〇年二月一日）／養豚場（別冊小説新潮　一七巻三号　昭和四〇年七月一五日）
〔帯〕表〈丹羽文雄　傑作短編集／吹雪の夜、山道で迷った田代の助けを求める声を最初に聞きつけたのは、その夜婚約したばかりの咲子であった………。死に直面した人間の心理を鮮やかに捉えた表題作の他に最新作六編を収録。　新潮社版　¥390〉背〈丹羽文雄　新潮社〉裏〈収録作品／四人の女／妻の秘密／雪の中の声／父帰らず／独身寮／焚火／養豚場〉

1313　**魔身**　昭和四一年三月二五日　中央公論社
　二五三頁　四五〇円　B6判　クロス装　上製　角背
　函　帯　田村孝之介装幀　新字新仮名
　978-4-12-000160-4（4-12-000160-1）
魔身（婦人公論　五〇巻一～一二号　昭和四〇年一月一日～一二月一日　一二回）
〔帯〕表〈地方都市の寺院を舞台に織りなされるなまなましい人間模様を円熟した筆で描く最新作長篇！／丹羽文雄　¥450　中央公論社〉背〈丹羽文雄　中央公論社〉裏〈女婿を誘惑して恥じぬ祖母、身うちにうごめく魔物に動かされて義母と通じ、女犯の罪を重ねて寺を去った父、家出した母……幼き日の著者自身ともいうべき少年の瞳を通して愛憎に溺れる人間のすがたをえがいた野心作／装幀　田村孝之介／「婦人公論」連載〉

1314　**女心**　昭和四一年四月一〇日　講談社
　二四三頁　四八〇円　四六判　クロス装　上製　角背
　函　帯　田村孝之介装幀　新字新仮名
隣家の法悦（小説現代　三巻一号　昭和四〇年一月一日）／天職（オール讀物　二〇巻一号　昭和四〇年一月一日）／馬（別冊文芸春秋　九一号　昭和四〇年三月一五日）／繃帯を外す時（小説現代　三巻六号　昭和四〇年六月一日）／病葉（オール讀物　二〇巻六号　昭和四〇年六月一日）／耳たぶ（中央公論　八〇年五号　昭和四〇年五月一日）／傘と祭り（オール讀物　二〇巻一〇号　昭和四〇年一〇月一日）／半裂き（別冊文芸春秋　九四号　昭和四〇年一二月一五日）／女心（小説現代　四巻二号　昭和四一年二月一日）
〔帯〕表〈収録作品／隣家の法悦／天職／馬／繃帯を外す時／病葉／耳たぶ／傘と祭り／半裂き／女心／講談社版／四八〇円〉背〈珠玉作品集〉裏〈愛欲の中に秘められた人間の業、煩悩の姿を彫り下げて女性心理の深奥を鮮やかに捉えた珠玉の作品集／女心　丹羽文雄〉

1315　**雲よ汝は**　昭和四一年四月三〇日　集英社

二六一頁　六五〇円　A5判　紙装　上製　角背　函
帯　田村孝之介装幀　新字新仮名
雲よ汝は（マドモアゼル　六巻四～一二号　昭和四〇年四月一日～一二月一日　九回）／豹と薔薇（若草　一三巻一～六号　昭和一二年一月一日～六月一日）／藍染めて（新女苑　一巻一～七号　昭和一二年一月一日～七月一日　七回）／あとがき

〔あとがき〕
「雲よ汝は」は小学生から中学生の少女を主人公に描いた。多分に日記風の小説である。「豹と薔薇」は中学生を、「藍染めて」は大学生を主人公にした。私の数多い小説の中で、この三篇だけが青春小説と名付けられるものである。「豹と薔薇」と「藍染めて」は、ともに作者が主人公になっている。自叙伝というほどではないが、それに近いものである。今度この三篇が一冊にまとまることになり、私としてもこの愛着のつよい作品だけに、うれしいことである。私の中学生や大学生は、いまの生徒に比較すると、雲泥の相違があるかも知れない。しかしそれは、生徒のおかれている環境のせいである。かれらが青春時代にあることにはいまも昔も変りはない。私は親のもとをはなれて、見ず知らずの東京で学生生活をはじめた。今日でもそういう生徒はたくさんいるだろう。私にとって大学生の生活は、世間を知る第一歩であった。「豹と薔薇」は田舎の中学校が舞台になっている。この小説は、いまはなくなっている「若草」という雑誌に連載になった。当時の「若草」は、ういういしい文学情熱にあふれた、瀟洒な雑誌であった。「藍染めて」は、これもいまはなくなっている「新女苑」に一年間連載した。連載中は大学生の愛読をされた。読者はじぶんのことが書かれているように感じたのであろう。
青春は再び還らない。青春の思い出をこの一冊にまとめることが出来たのは、作者冥利につきるといってよいだろう。
昭和四一年春　文雄記

〔帯〕表〈多年文芸家協会理事長として文壇の最高位に在る著者が、過ぎし青春の日々を懐かしみつつ再現させた異色作。／集英社版　定価650円〉背〈丹羽文雄　集英社〉裏〈収録作品／雲よ汝《なれ》は　貧困が続く不条理な苦悩……学生生活に疲れ恋にも破れた少女の内部に湧いては消える微妙な心理を深部でとらえ、青春の哀歓を赤裸々に描き尽くした異色長編！「マドモアゼル」連載／豹と薔薇　下級生とのおさない愛情の倒錯に酔い、学校生活に反抗し幼なじみの美少女との恋に悩む……早熟な地方の中学生の多感な心情を叙情的に描いた名小品。「若草」連載／藍染めて　明朗な宮子と淑かな滋子との愛情の谷間に溺れてゆく土岐…。〝よき早稲田時代〟を送った著者が、翳り多い大学生活を、瑞々しい筆致で描いた自叙伝風青春小説。「新女苑」連載〉

1316　**朝顔**　昭和四一年六月二五日　河出書房新社
二三九頁　四二〇円　B6判　クロス装　上製　角背
函　帯　田村孝之介装幀　新字新仮名
囃子の夜（文芸　二巻一号　昭和三八年一月一日）／土地の風（文芸　三巻一号　昭和三九年一月一日）／朝顔（文芸　三巻八号　昭和三九年八月一日）／欲の果て（文芸　四巻一巻　昭和四〇年一月一日）／拗ねる（文芸　四巻七号　昭和四〇年七月

一日）／野犬（文芸　五巻二号　昭和四一年二月一日）
〔帯〕表〈巨匠の最新秀作集／女の哀しい欲望と宿命を描く円熟の会心作／河出書房版　￥420〉背〈最新秀作集　河出書房版〉裏〈旧主人の未亡人とのひそかな愛情を育てながら、誠実をつらぬく男の姿を感動的に描いた河上徹太郎氏絶讃の名品「朝顔」、ふきだまりの人生に生きる男女の虚飾なき愛を描く佳篇「拗ねる」他、ますます人間観察に円熟の境地を写す文壇の巨匠の最新秀作集／収録作品／囃子の夜／土地の風／朝顔／欲の果て／拗ねる／野犬〉

1317　**一路**　昭和四一年八月二〇日　講談社
六三六頁　一二〇〇円　Ａ５判　紙装　丸背
パラフィン　函　帯　田村孝之介装幀　中島伸和題簽
限定版　新字新仮名
一路（群像　一七巻一〇号～二一巻六号　昭和三七年一〇月一日～四一年六月一日　四五回）／あとがき
〔あとがき〕
群像に四十五回目を書き終えたとき、題名を「加那子」にかえると発表した。が、その後また気持が変って、題名をもとのままにした。
四十五ヵ月一回も休まなかったが、毎回約束の五〇枚を渡していたわけではなかった。二一二三枚の大長篇となった。四十五回中、一度だけ編集者に迷惑をかけなかったが、あとは迷惑のかけづめであった。編集者の根気が、私にこの長篇を書かせたといってもよい。
浄土真宗の末寺に生まれた私は、おのれを、「菩提樹」「青麦」と「一路」でほとんど書きつくした気持である。やはり「一路」はいちばん最後に書くべきものであった。が、これを書き上げてみると、これでおしまいにならず、さらに書かねばならないものがあるような気がしている。寺院を舞台にした小説は、いろいろと書いた。「有情」もそのひとつである。どれにも私らしいモデルが登場する。「一路」には私らしいモデルは出ない。それにもかかわらず、「一路」の加那子は私であると作者はいう。私らしい人物が登場するからといって、ただちに私であるとはいわれないのだ。
週刊誌や新聞小説の場合、ゲラをみることにしているが、月刊雑誌になると書きっぱなしである。締切間際に渡すので、ゲラを見ている余裕がなかった。悪い習慣になっていた。「一路」は雑誌の切り抜きで手を加えた。初校のときにも手を加えた。再校もみた。雑誌のときにくらべると、一五〇枚ほど省略した。当然二冊にも三冊にも分冊されるはずだったが、私の希望で一本におさめてもらった。高価な本になったことを、申訳ないと思う。だが、こういう本はそうむやみとひとに読まれるものではない。「一路」の世界に関心をもつひとだけに読んでもらえば本望である。
昭和四十一年六月
丹羽文雄
〔帯〕表〈生涯の主題を凝集させた著者の二千枚に及ぶ大作／一路　丹羽文雄〉背〈丹羽文雄　最新長編〉裏〈愛欲の中に潜む人間の業を追究、生の深淵を掘り下げ続けた丹羽文雄が、生涯の主題をこの一作に結集させ、苦悩救済の思想を華麗な筆に織りなした畢生の大作！　講談社刊　１２００円〉

1318　**一路**　昭和四一年八月二〇日　講談社
六三六頁　三二〇〇円　A5判　クロス装　上製　丸背　パラフィン　函　帯　田村孝之介装幀　中島伸和題簽　特装版　三〇〇部限定　署名入
〔帯〕表〈肉筆署名入り／限定本／上梓　三百部／丹羽文雄　一路〉背〈丹羽文雄　最新長編〉裏〈愛欲の中に潜む人間の業を追究、生の深淵を掘り下げ続けた丹羽文雄が、生涯の主題をこの一作に結集させ、苦悩救済の思想を華麗な筆に織りなした畢生の大作！　講談社刊　３２００円〉
＊　1317の特装版。

1319　**母の始末書**　昭和四一年八月三〇日　新潮社
二三四頁　四〇〇円　四六判　クロス装　上製　角背　函　帯　田村孝之介装幀　新字新仮名
舞台裏（別冊小説新潮　一八巻二号　昭和四一年四月一五日）／母の始末書（小説新潮　二〇巻七号　昭和四一年七月一日）／追憶（小説新潮　一九巻一一号　昭和四〇年一一月一日）／結婚という就職（別冊小説新潮　一七巻四号　昭和四〇年一〇月一五日）／茶の間（新潮　六三年五号　昭和四一年五月一日）／溝板（小説新潮　二〇巻一号　昭和四一年一月一日）／情死の内容（小説新潮　二〇巻二号　昭和四一年二月一日）／無軌道（別冊小説新潮　一八巻一号　昭和四一年一月一五日）
〔帯〕表〈丹羽文雄の最新傑作短編集／玉砕を報じられながら帰還した恒夫は、命を賭けて戦った米兵に肉体をひさぐ母が許せなかった。それを黙認した父も許せなかった。両親への不信と憎悪から彼は八年間も洞窟へ籠って世間との交渉を断った。父や妹が彼の居所をつきとめた時、偶然、家を出ていた母からも便りが寄せられた……。庶民の生活に投じられた波紋を描く表題作他七編を収録。〉背〈丹羽文雄　新潮社〉裏〈収録作品／舞台裏／母の始末書／追憶／結婚という就職／茶の間／溝板／情死の内容／無軌道／四〇〇円／新潮社版〉

1320　**有料道路**　昭和四二年三月一日　文芸春秋
四八四頁　八五〇円　A5判　クロス装　丸背　函　帯　田村孝之介装幀　新字新仮名
有料道路（週刊文春　七巻四四号〜八巻四六号　昭和四〇年一一月一日〜四一年一一月二一日　五五回）
〔帯〕表〈美貌の人妻に賭ける老練な実業家の妄執。男女間に展開される性の葛藤と愛憎の行方を追求した異色の長篇／週刊文春連載　NTV系テレビ放送中　￥850〉背〈丹羽文雄　文芸春秋刊〉裏〈作者のことば／道路というものは、元来だれもが自由に歩けるところである。それを金を出さねば通さないという。建設費をとり返さなければならないし、それによって儲けるためには通行人から金をとりたてねばならないのである。あたりまえのことだが、ちょっと考えるとおかしな気持になる。人間関係のなかにも有料道路がある。〉

1321　**春の門**　昭和四二年三月一〇日　東方社
二五四頁　三〇〇円　クロス装　上製　角背　カバー　新字旧仮名
＊　1159の新装版。

1322　**春の門**　昭和四二年三月一〇日　東方社
二五四頁　三〇〇円　クロス装　上製　角背　函
新字旧仮名
＊　1321の装幀違い。

1323　**貞操模様**　昭和四二年四月五日　新潮社
三五八頁　五二〇円　A5変型　紙装　角背　函　帯
田村孝之介装幀　二段組　新字新仮名
貞操模様（三友社　昭和四〇年五月二二日～四一年九月　四三五回）
見物人／姉妹／弥生の今日／忘却／会話／ホステスの日日／災難／ある日突如／春／春の嵐／薄氷／湖畔の宿／未解決／深夜
〔帯〕表〈丹羽文雄　長編小説／銀座の夜を中心に、鴨下家の三代にわたる女がさまざまに織りなす愛欲模様を通して、女の命ともいえる「貞操」を円熟の筆《ママ》に鮮やかに描いた評判作　¥520　新潮社版〉背〈長編小説　丹羽文雄　新潮社〉裏〈銀座のバー「魚紋」のマダムあぐりは母親の竜子が十八歳の時に生まれた。竜子は妻であることも、母であることも放棄し、ただ女として自由奔放に生きている。あぐりは父親の画家鴨下光晴の愛を受けてのびのびと育ったが、十七歳の時に妊娠し、恋人の大学生は自動車事故であっけなく死んだ。若い母親となったあぐりは夜の銀座に働きに出、間もなく炭鉱主有沢の世話を受け「魚紋」のマダムとなった。やがて有沢の炭鉱が閉山し、音信が絶えた。有沢が帰る日を信じながらも、あぐりは若い高川にひかれて行った。再起した有沢が姿を現わし、昔の生活が戻った翌日、あぐりと高川は結ばれた。二人の男の愛を同時に受ける生活が続いた。自分の気持に区切りをつけるために、彼女は娘の美子と姪が滞在している軽井沢の高川の別荘へ出かけた。深夜、別荘に到着した時、あぐりは自分の眼を疑った。ベランダで男に抱かれているのは美子であった……。〉

1324　**海の蝶**　昭和四二年四月五日　講談社
二六六頁　二九〇円　新書判　紙装　角背　カバー
田村孝之介装幀　新字新仮名　ロマン・ブックス
海の蝶（小説現代　一巻一号～二巻一号　昭和三八年二月一日～三九年一月一日　一二回）
〔カバー〕
柿本精器の社長夫人羊子は生来、その美貌に加え奔放な性格の女性だった。結婚前からすでに男関係があり、結婚後もやまなかった。夫の礼介はこれを知ると激怒し、以来妻に復讐するかのように隠れて放蕩する。十余年が過ぎた。が羊子の乱行はやまなかった。息子の章は《ママ》自然にうとんじられた。章にとって心の結びつきは家庭教師である二十二歳の青年だけになる。青年と秘かに愛し合っていた女中の喜久乃が、主人の欲望によって犯され、動顛し泣き喚く姿を少年の章は不安そうに眺めていた。……／　愛欲の中に潜む人間の業を捉えた力作長編。

1325　**一路**　昭和四二年五月一〇日　講談社
四九二頁　六八〇円　B6判　紙装　丸背　函　帯
パラフィン　田村孝之介装幀　二段組　新字新仮名
一路　改訂版（群像　一七巻一〇号～二一巻六号　昭和三七年

一〇月一日～四一年六月一日　四五回）／あとがき
〔あとがき〕
群像に四十五回目を書き終えたとき、「加那子」にかえると発表した。が、その後また気持が変って、題名をもとのままにした。
四十五ヵ月一回も休まなかったが、毎回約束の五〇枚を渡していたわけではなかった。二一二三枚の大長篇となった。四十五回中、一度だけ編集者に迷惑をかけなかったが、あとは迷惑のかけづめであった。編集者の根気が、私にこの長篇を書かせたといってもよい。
浄土真宗の末寺に生まれた私は、おのれを、「菩提樹」「青麦」と「一路」でほとんど書きつくした気持である。やはり「一路」はいちばん最後に書くべきものであった。が、これを書き上げてみると、これでおしまいにならず、さらに書かねばならないものがあるような気がしている。寺院を舞台にした小説は、いろいろ書いた。「有情」もそのひとつである。どれにも私らしいモデルが登場する。「一路」は私らしいモデルは出ない。それにもかかわらず、「一路」の加那子は私であると作者はいう。私らしい人物が登場するからといって、ただちに私であるとはいわれないのだ。
週刊誌や新聞小説の場合、ゲラを見ることにしているが、月刊雑誌になると書きっぱなしである。締切間際に渡すので、ゲラを見ている余裕がなかった。悪い習慣になっていた。「一路」は雑誌の切り抜きで手を加えた。初稿のときにも手を加えた。再校もみた。雑誌のときにくらべると、一五〇枚ほど省略した。当然二冊にも三冊にも分冊されるはずだったが、私の希望で一本におさめてもらった。高価な本になったことを、申訳ないと思う。だが、こういう本はそうむやみと人に読まれるものではない。「一路」の世界に関心をもつひとだけに読んでもらえば本望である。改版にあたり二、三改訂した。
昭和四十二年五月　丹羽文雄
〔帯〕表〈生涯の主題を凝集させ、読売文学賞受賞に輝く二千枚の大作　＊写真／一路　丹羽文雄〉背〈読売文学賞受賞〉裏〈愛欲の中に潜む人間の業を追究、生の深淵を掘り下げ続けた丹羽文雄が、生涯の主題をこの一作に結集させ、苦悩救済の思想を華麗な筆に織りなした畢生の大作！　講談社刊　680円〉
＊　1317の改訂新装版。

1326　**純情**　昭和四二年六月二〇日　東方社
二九二頁　三五〇円　B6判　紙装　カバー
吉田誠装幀　新字新仮名
純情（夕刊新大阪　昭和二三年七月一日～一二月一二日　一六一回）
＊　1268の改訂版。

1327　**人妻**　昭和四二年八月二五日　新潮社
二四四頁　四七〇円　B6判　クロス装　上製　角背
カバー　帯　橋本明治装幀　新字新仮名
昼顔（別冊小説新潮　一八巻四号　昭和四一年一〇月一五日）／人妻（別冊小説新潮　一八巻三号　昭和四一年七月一五日）／昔の路（小説新潮　二〇巻一〇号　昭和四一年一〇月一日）

／不信（小説新潮　二一巻五号　昭和四二年五月一日）／茶畑から（別冊小説新潮　一九巻二号　昭和四二年四月一五日）／友情（小説新潮　二一巻一号　昭和四二年一月一日）／水捌け（小説新潮　二一巻四号　昭和四二年四月一日）／あの晩の月（別冊小説新潮　一九巻一号　昭和四二年一月一五日）／薄倖（小説新潮　二一巻七号　昭和四二年七月一日）

〔帯〕表〈結婚八年にして初めて知った女の歓び………／大井の出現は、くめ子の心を妖しくゆさぶった。越えてはならぬ垣を越えたくめ子は、夫と一緒の炬燵の中でさえ大井とのひそかな楽しみを求めた。揺れ動く人妻の心の深奥を大胆な筆にくまなく描く表題作の他八編を収める。￥470　新潮社版〉背〈揺れ動く人妻の心を大胆な筆にくまなく描く　新潮社〉裏〈丹羽文雄著・新潮社版／欲望の河　580円／悔いなき煩悩（上下）上370円　下340円／献身　530円／有情　290円／再婚　370円／雪の中の声　390円／母の始末書　400円／貞操模様　520円〉

1328　**幸福への距離**　昭和四二年一〇月二五日　東方社
二五六頁　二五〇円　三五判（18㎝）　カバー
新文学全書　吉田誠装幀　新字新仮名
幸福への距離（群像　六巻一〇号　昭和二六年一〇月一日）
〔カバー〕
丹羽文雄／　作家の中には処女作以来、二、三十年経ってもその文体、作家的態度を変えないひともある。が、私はその反対のようである。私は昔から書くことによって発見する方であった。当然文体も態度も変って来る。例えば「幸福への距離」の如きは模索時代の一つであった。昔は邪魔になって捨てた宗教と現在取組んでいるのも大きな相違である。

1329　**母の晩年**　昭和四二年一一月二五日　東方社
二八六頁　三八〇円　四六判　クロス装　上製　角背
御正伸装幀　新字新仮名（促音拗音大字）
母の晩年（群像　一一巻一〇号　昭和三一年一〇月一日）／鮎（文芸春秋　一〇巻四号　昭和七年四月一日）／贅肉（中央公論　四九年八号　昭和九年七月一五日）／真珠（早稲田文学　二巻六号　昭和一〇年六月一日）／再会（改造　二二巻四号　昭和一五年三月一日）／菜の花時まで（日本評論　一一巻四号　昭和一一年四月一日）／母の日（群像　八巻一一号　昭和二八年一〇月一日）／うなづく（新潮　五四年一号　昭和三二年一月一日）／もとの顔（文学界　一一巻一号　昭和三二年一月一日）／十返肇「解説」
＊　カバー、函の有無は未確認。

1330　**恋文**　昭和四二年一二月二五日　東方社
二五二頁　三〇〇円　四六判　クロス装　上製　角背
カバー　御正伸装幀　新字新仮名（促音拗音大字）
＊　1253　恋文（昭和三五年四月二〇日　東方社）の新装版。
〔帯〕表〈丹羽文雄・長篇傑作／清新な香気ふかい恋愛巨篇！／東方社刊〉背〈長篇傑作〉

1331　**蛾**　昭和四三年二月四日　講談社
二一九頁　四九〇円　四六判　クロス装　上製　角背
田村孝之介装幀　新字新仮名

喋り口（オール読物　二一巻二号　昭和四一年二月一日）／靴直し（文芸春秋　四四巻二号　昭和四一年二月一日）／少年の日（オール読物　二一巻六号　昭和四一年六月一日）／静かな夜（オール読物　二一巻一一号　昭和四一年一一月一日）／畠の蛭（小説現代　五巻一号　昭和四二年一月一日）／蛾（群像　二二巻二号　昭和四二年二月一日）／楢の木（別冊文芸春秋　一〇〇号　昭和四二年六月五日）／般若（オール読物　二二巻八号　昭和四二年八月一日）／約束（週刊読売　臨時増刊号　昭和四二年七月）

〔帯〕表〈愛と憎しみに生きる人間の業を、市井の人たちの中に捉えた巨匠の最新作品集。／蛾　丹羽文雄〉背〈最新作品集〉裏〈収録作品／喋り口／靴直し／少年の日／静かな夜／畠の蛭／蛾／楢の木／般若／約束／講談社刊／四九〇円〉

1332　**かえらざる故郷**　昭和四三年二月二五日　報知新聞社
四八〇頁　四〇〇円　三五判　紙装　角背　カバー
竹谷富士雄装幀　二段組　新字新仮名

かえらざる故郷（報知新聞　昭和三九年二月二三日～四〇年七月一日）

淳子の真実／谷間／離婚一号／二女千枝／肇の憂鬱／晴子／暗示／洛西洛南／あせる心／肇の結婚／千枝の秘密／最後の結婚／元子の身辺／千枝の日／離婚二号／「別所」／閉店前後／いつまでも／動揺／私の彼／店のマッチ／血

1333　**晩秋**　昭和四三年三月一〇日　朝日新聞社
四三七頁　五三〇円　四六判　紙装　上製　丸背
カバー　帯　芹沢銈介装幀　小磯良平挿絵　二段組
新字新仮名

晩秋（週刊朝日　七二巻一号～七三巻八号　昭和四二年一月一日～昭和四三年二月二三日　六〇回）

隣は何をする人ぞ／落葉／ぬすみぎき／お惣菜の味／出世の謎／見染められて／妻という職業／女と母／式／ある日の会話／結婚について／復讐の意味／妻の日日／義父／不貞の匂い／女の執念／贈物／ある日の車中で／薬／不可抗力／白い雲／動揺／矛盾の果て／貞操の意味／母とお茶漬／快活／電話／帯子の設計／きもの／ホテルに出向く／肉体の倫理／水のない海／夏の大島／闖入者《ちんにゅうしゃ》／椿の花ののれん／姉妹／再婚の話／石段の途中で／わかれ／他人ということ／新生活／母の告白／続　母の告白／自己中心的に／仕事を持つ妻／日日是好日／邂逅／男と女の場合／朝明むつ子／良人の苦情《クレーム》／桑野の電話／いこじな女／バラの秘密／その夜／青山葬儀所／周囲の雑音／支笏湖《しこつこ》／湖畔の再会／暖炉の会話／火は燃えている

〔帯〕表〈染色芸術に生涯をかける美貌のヒロイン。数奇な運命にもてあそばれいくたびか結婚生活に破れながらひたすら“女の幸福”を追い求め、北海道支笏湖畔でついに真実の愛をさぐりあてるまでの波乱に富んだロマン。「週刊朝日」に連載、巨匠会心の話題作／朝日新聞社刊　530円〉背〈朝日新聞社刊〉裏〈女の幸福とは何か、としばしば婦人雑誌から質問をうける。そういう場合私は一切答えないことにしている。評論家風に答えるのはやさしいことかも知れないが、小説家である私は、その幸福を具体的に描かないかぎり、自分の答えにはならないか

らである。「晩秋」はひとりの女の幸福を追求する。—丹羽文雄〈〝作者のことば〟から〉〉

1334　**愛人**　昭和四三年四月一五日　東方社
三〇九頁　三八〇円　B6判　紙装　角背　カバー
吉田誠装幀　新字新仮名
＊1266　愛人(昭和三五年一〇月二五日　東方社)の改版。

1335　**海辺の告白**　昭和四三年一一月一六日　講談社
二九六頁　五八〇円　四六判　クロス装　上製　角背
カバー　帯　田村孝之介装幀　新字新仮名
宿敵(別冊小説新潮　一九巻三号　昭和四二年七月一五日)/焚火(小説新潮　二一巻一〇号　昭和四二年一〇月一日)/田舎道(別冊小説新潮　一九巻四号　昭和四二年一〇月一五日)/海辺の告白(小説新潮　二二巻一号　昭和四三年一月一日)/人生行路(小説現代　六巻一号　昭和四三年一月一日)/ひとりぼっち(群像　二三巻一号　昭和四三年一月一日)/赤い三日月(別冊小説新潮　二〇巻一号　昭和四三年一月一五日)/かね子と絹江(オール読物　二三巻二号　昭和四三年二月一日)/三人の妻(小説新潮　二二巻四号　昭和四三年四月一日)/花のない果実(小説現代　六巻六号　昭和四三年六月一日)/かれの女達(別冊小説新潮　二〇巻三号　昭和四三年七月一五日)/危険な遊び(小説新潮　二二巻八号　昭和四三年八月一日)
＊　巻末に収録作品目録。
〔帯〕表〈海辺の告白/丹羽文雄　講談社刊　580円/平凡な市井の人々の中に渦巻く激しい愛憎の種々相を美事に描く珠玉の短編集!〉背〈最新作品集〉裏〈収録作品/宿敵/焚火/田舎道/海辺の告白/人生行路/ひとりぼっち/赤い三日月/かね子と絹江/三人の妻/花のない果実/かれの女達/危険な遊び/講談社〉

1336　**貞操切符**　昭和四三年一二月二五日　東方社
三五二頁　三三〇円　B6判　紙装　上製　角背
カバー　玉井ヒロテル装幀　新字新仮名
＊1222　貞操切符(昭和三三年一一月一日　東方社)の新版。

1337　**婚外結婚**　昭和四四年二月二〇日　新潮社
三七六頁　六〇〇円　B6判　紙装　上製　丸背
カバー　帯　直道茂装幀　二段組　新字新仮名
婚外結婚(読売新聞　昭和四二年九月二四日~四三年一〇月一四日　三八四回)
ひとりだけの花嫁/弱気と卑怯/美しい居候/二つの家庭/抵抗/前後の出産/よけいな存在/波紋/ある離婚/二年間/軽率/新緑の候/夏/秘密/家々の悩み/荒療治/夢/秋の道
〔帯〕表〈離婚への恐怖から貞操を守ることは必ずしも道徳的とはいえない……/形だけは正常な家庭を持ちながら一方では誰にも求められなくともよい〝結婚生活〟を送る男女がふえている。こうした男女の生き方を捉え、一夫一婦の形式への疑問とともに新しい結婚のモラルを追求する話題の長編!　¥600

新潮社版〉背〈現代人の新しい愛のかたちを描く話題の長編新潮社〉裏〈丹羽文雄著・新潮社版／欲望の河　580円／悔いなき煩悩（上下）　上370円　下340円／献身　530円／雪の中の声　390円／母の始末書　400円／貞操模様　520円／人妻　470円〉

1338　**親鸞　第一巻**　昭和四四年五月二五日　新潮社　二七〇頁　六〇〇円　四六判　クロス装　上製　丸背　函　帯　羽石光志装幀装画（図版三）　二段組　新字新仮名

親鸞（サンケイ新聞　昭和四〇年九月一四日～四四年三月三一日　一二八二回）

今昔物語／末法の世／先駆者たち／源平闘争／大原問答／叡山に上る／動乱止む／疑惑／盛衰／山を下りる

〔帯〕表〈親（しんらん）鸞　第一巻〈全五巻〉／弾圧、非難と戦いながら人間として生き抜いた親鸞の苦難、苦悩の生涯を精魂こめて描く著者畢生の大作！／新潮社版／価600円　丹羽文雄〉背〈丹羽文雄　新潮社〉裏〈人心は乱れ、荒廃しきった平安末期、権力と結びついた宗教の腐敗、形式化は止まるところを知らなかった。比叡山に上り、出家した松若麿（親鸞）は比叡山の現実に疑問を持つ。相次ぐ戦乱、飢饉に苦しむ民衆を救う真の仏の道は南都北嶺の諸大寺にはなく、俗聖の中にあると考え始めた彼は、やがて深い苦悩を背負って山を下りて行く……。／浄土真宗の一寺に生れ、一時は僧籍にもあった著者が心を寄せ続けた人間親鸞を描く文字通りのライフワークである。〉

1339　**親鸞　第二巻**　昭和四四年六月二五日　新潮社　二八三頁　六〇〇円　四六判　クロス装　上製　丸背　函　帯　羽石光志装幀装画（図版三）　二段組　新字新仮名

親鸞（サンケイ新聞　昭和四〇年九月一四日～四四年三月三一日　一二八二回）

六角堂参籠／吉水入門／禅室の人びと／最初の法難／親鸞受難／越後

〔帯〕表〈親（しんらん）鸞　第二巻〈全五巻〉／法然のもとでめざましく成長する親鸞。人間として生き抜くため公然と妻帯する親鸞の決意と行動を描く！／新潮社版／価600円　丹羽文雄〉背〈丹羽文雄　新潮社〉裏〈比叡山を下りた親鸞は法然のもとに弟子入りする。承子と知合った彼は、深い苦悩と迷いの末に、「妻帯が己の念仏行に役立つなら妻帯すべし」という法然の言葉に力づけられて結ばれる。日ましに影響力を強める浄土宗に対し「念仏停止、法然と高弟の流罪」という弾圧が加えられ、〝肉食妻帯の破戒僧〟として親鸞も越後に流されることになる。その前夜、承子が死に、親鸞は傷心を抱いて越後へ旅立つ。浄土宗の存亡の危機のさ中にあって苦悩する親鸞。それは時代の黎明を告げる苦悩であった。／第一巻／好評発売中！　価六〇〇円〉

1340　**親鸞　第三巻**　昭和四四年七月二五日　新潮社　二六四頁　六〇〇円　四六判　クロス装　上製　丸背　函　帯　羽石光志装幀装画（図版三）　二段組　新字新仮名

親鸞（サンケイ新聞　昭和四〇年九月一四日～四四年三月三一日　一二八二回）
　運命の出会い／身辺雑事／明恵高弁／夫婦の契／平家物語／赦免／法然歿後／東国行／稲田／教化の杖／慈円の予言
〔帯〕表〈親（しんらん）鸞　第三巻〈全五巻〉／流刑地の越後で農民たちとともに生きる親鸞。赦免され布教のため東国へ旅立つまでの苦難の日々を描く！／新潮社版／価600円　丹羽文雄〉背〈丹羽文雄　新潮社〉裏〈親鸞は越後で旧知の筑前と結ばれる。彼は一人ならず二人までも女性を抱いたことを激しく自責する。深い雪に閉ざされた中で彼はしきりに考え、悩んだ。農民たちの虐げられている生活を身近にみるにつけ観念的な既成の仏教理論では救われないのを知った。生涯煩悩を断ち切れない絶対多数の人間はどうなるのか？　考えることすら知らなかった農民にとって「仏の前に人間はすべて平等である」とする親鸞の話は大きな衝撃を与えた。浄土宗は民衆から熱狂的な支持を受け、草木の風になびくようにひろまって行った……。／第一巻　第二巻　好評発売中！／価各六〇〇円〉

1341　**親鸞　第四巻**　昭和四四年八月二五日　新潮社
　二六四頁　六〇〇円　四六判　クロス装　上製　丸背
　函　帯　羽石光志装幀装画（図版三）　二段組
　新字新仮名
親鸞（サンケイ新聞　昭和四〇年九月一四日～四四年三月三一日　一二八二回）
　泉／道元／東国の信者／縁つきた地／帰京／京の日々／方便／宝治合戦／親鸞の門弟
〔帯〕表〈親（しんらん）鸞　第四巻〈全五巻〉／東国でついに悟りの道に到達した親鸞は東国一円の教化をも為し遂げるが弾圧から信者を守るため京へ帰る／新潮社版／価600円　丹羽文雄〉背〈丹羽文雄　新潮社〉裏〈親鸞を迎えた東国の浄土真宗は組織化され、大きな存在に育っていった。親鸞は師法然の思想と信仰を脱し、独自の境地を開きつつあったが、ある日突然、彼の前に悟りの道が開かれた。胸もはりさけるほどの歓喜にむせぶ親鸞！　彼はもはや迷うことはなかった……東国の浄土真宗の勢力を恐れた鎌倉幕府の弾圧が始まり、親鸞は自分が他の土地に移ることによって信者を守ろうと決意する。やがて彼は身の危険をも顧みず、念仏禁止の嵐の吹き荒ぶ京へ帰り、わが子善鸞と二十九年ぶりに再会する。／第一巻　第二巻　第三巻／好評発売中！　価各六〇〇円〉

1342　**親鸞　第五巻**　昭和四四年九月二五日　新潮社
　二三二頁　五五〇円　四六判　クロス装　上製　丸背
　函　帯　羽石光志装幀装画（図版三）　二段組
　新字新仮名
親鸞（サンケイ新聞　昭和四〇年九月一四日～四四年三月三一日　一二八二回）
　明暗／善鸞の悲劇／自然法爾／日蓮／晩年／恵信尼／あとがき／参考文献
〔あとがき〕
　昭和四十年九月十四日、サンケイ紙上に長篇の第一回を発表して以来、足かけ五年を要した。四十四年三月三十一日に終ったが、「親鸞」は文字どおり私のライフ・ワークとなった。千二百八十二回、原稿紙にして五千百二十六枚になる。およそ新聞小説の常識を破った小説であった。私の講演をきいた前サンケイ社長の水野成夫氏から、思い切って千回ぐらいに親鸞を書いてみないかという話があった。それがきっかけとなった。私はすでに何篇も新聞小説を手がけている。新聞小説にはおのずと型がある。一日約四枚の舞台であれば、作者のわがままは許されない。が、この長篇ははじめからわがままで始まった。私としてはなりふりかまわず親鸞という歴史的人物にむしゃぶりつく気持であった。現在の鹿内信隆氏にも最後までわがままを許してもらったことを深く感謝している。

　私は歴史家ではない。宗教学者でもない。人間性を追究することを仕事の場としている文学者にすぎない。この長篇で私は可能なかぎり親鸞の人間性を追求したつもりである。

信仰の上に立たなければ親鸞研究は意味をなさないといわれている。私は親鸞を教祖とする浄土真宗の専修寺高田派の末寺に生れた。一時は僧籍にあったこともある。しかし、たとえ私にどれだけの信仰があったにしても、それによって親鸞を主人公にして小説を書く気持になれなかったであろう。これを書くときには、信仰を出来るだけ押しのけたいと思った。生《なま》はんかな信仰は、小説を毒するだけだと判断した。

　今日多くのひとが、親鸞に興味をよせている。それは信仰とはちがう。が、信仰にはいっていく道程にあることにはまちがいがない。しかしそこから外れていく人も多いのである。今日のひとは、何かを求めている。ある統計によると、今日の日本の状態に日本人の七割が満足しているという。しかし、心の問題となると、答えは逆になる。何かを求めている。飢えている。私もそのひとりであった。

　かつて僧籍にあった私は、他のひとより親鸞に親しんできた。しかしいまの私にそれがいったいどれほど役に立つであろうか。この十年来、私は親鸞を知りたいと思いつづけて来た。僧籍にあったころの私は、毎年の報恩講では、本堂に上って親鸞の「伝絵」を参詣者の前で読みあげたものである。美辞麗句で綴られた「親鸞伝絵」は、むつかしい文字が多く使用されていて、意味がよくわからなかった。私にはお伽話のように、親鸞という人が別世界に住んでいた。奇蹟と伝説にとりかこまれた親鸞であった。私が親鸞を知る方法は、たまに本堂で説教師の法話をきくか、書物の上からであった。その親鸞を身近に感じるようになったのは、生母の問題からであった。そのときから親鸞の教えが私の現実となった。

　それまでの私は小説を書く上に親鸞はじゃまになると考えていた。私は生母の問題以来、親鸞に関係する書物で埋まるようになった。私の書庫は、親鸞をもっとよく知りたいと願うになった。他の書物は別の場所に移した。夜更《よふけ》まで私が読書していることがあれば、それは親鸞に関係した書物に向っているときであり、飢えた人のようであった。内外の文学書を読むことがほとんどなくなった。今日私はいくつかの文学賞の選考委員をつとめている。それは今日の文学から疎遠になるのをおそれるためであり、そういう束縛がなければ親鸞のものばかりを読むようになるからであった。今日の文学の息吹きも、また私には大切であった。

　文学者である私が親鸞を知るということは、読んで頭の中だけで考えているという方法は意味をなさない。一字一字原稿紙《ママ》の枡の中に書くことによって、自分をたしかめることであった。書くことであった。文字をとおして自分のものにすることであった。

ようやく私にも、書く心の用意が出来た。もっとも私は昭和三十年から三十四年にかけて「主婦の友」に「親鸞とその妻」を連載した。親鸞が越後に流罪になったところで、その小説は終っている。続篇は書かねばならないと思っていた。が、小説の上でも、親鸞の思想の中にふみ入るにも、それからの親鸞の生活に重点がかかっているだけに、困難をきわめることはわかっていた。「親鸞とその妻」と、「親鸞」とでは、多少重複するところがあるが、視野の点では前者に欠けているところを十分に補えたと思っている。

さて、「親鸞」を書くにあたって、奇蹟や伝説をどう扱うべきかと私は迷うようになった。さんざん迷ったあげく、奇蹟も伝説もすなおにうけ入れようと決心した。人間性の追究の上で、どう考えても不合理であると判断すれば、そのときは奇蹟も伝説も切りすてればよいという考えになった。

私は小説の上で、あくまで親鸞の人間性を追求することとした。信仰の上にたったひとの親鸞物には不思議なくらいに、親鸞の人間性がみとめられなかった。学問的にいくら親鸞が研究されたところで、人間性がにじみ出ているということにはならなかったからである。足かけ五年も親鸞にとりついてきた私には、やっと親鸞という人が納得出来るようになった。信仰的でなく、客観的に親鸞をとらえることが出来たと思っている。

学者は説明不十分な一片の親鸞の手紙に釘づけにされている。それは傍証を何よりも重大に考えるせいである。が、私は文学者である。小説という自由自在な武器のおかげで、親鸞や尋有や即生房や今御前を動かすことが出来た。人間性を追求するあまり、ときには私はあやまちを犯しているかも知れない。が、ある場合には小説という形式のために、真実をさぐりあてているかも知れないのである。ある学者のような滑稽きわまる牽強付会はやっていない。私の場合はあくまで人間性追究が中心となっている。

親鸞と妻恵信尼の人間性を追究することによって、私は有名な「親鸞夢記」を否定することになった。六角堂の参籠で、親鸞が救世観音の夢告をうけたが、女犯を許されたというのである。学者の中には、「親鸞夢記」は親鸞の真筆でないというひともある。私の否定は筆跡からでなく、親鸞夫婦の人間性を追究した上で、それを否定しないではいられなくなったからである。恵信尼は親鸞が観音菩薩の化身であるという夢をみたが、生涯そのことを親鸞に話さなかった。親鸞の死を知って、はじめて娘の覚信尼にその話を手紙に書いた。「夢記」を自らの手で書くような親鸞であれば、当然妻の夢をよろこんで聞いたであろう。妻も進んで報告したにちがいないのである。恵信尼の奥ゆかしい性格から生涯だまっていたのだと解釈するのは、ひいきのひき倒しである。

また、越後にかえった恵信尼が下人を冷酷に扱い、そのため下人の逃亡や病気や死を来たしたと解釈した学者があるが、これも恵信尼の人間性に対する誤解から生じたあやまりである。わずかに残された恵信尼の書簡をよく読めば、京都に送られるはずの下人に子供が出来たので、いきしぶっているのに対して、恵信尼は代りのものを探さねばならないと書いている。そこに恵信尼の人間性がにじみ出ている。奴隷として下人を冷酷に取り扱っていたのではない。

親鸞の宗教的実存による人間認識は、抽象的ではない。人間の業苦、絶対悪の抉出《けつしゅつ》は具体的であり、現実的である。親鸞の罪の意識、その絶望、その懺悔は、七百五十年後の今日の私たちの胸にも強烈にひびく。同時にあの讃歌は、絶望と懺悔にいりまじって、「運命」の交響曲のように力強く、しかもなまなましく私たちの胸の中に鳴りわたる。しかもそのことばは、いままで誰からも聞かされたことのない声で語られているのだ。

いまにして私は、親鸞を教祖とする浄土真宗の末寺に生れたことを、しみじみありがたいと思う。親鸞のようなひとにめぐり会えたことは、一介の文学者としても、人間としても、生涯のよろこびである。ここに辿りつくまでに私は、生家の寺をとび出し、宗教はじゃまだと思い上り、さんざん道草をくってきたが、「疑謗を縁とせよ」と、親鸞はとうの昔に私のような小ざかしさを見透していたのである。俗なことばでいえばぐうの音も出ないというのが実感である。

親鸞がひろく研究されるようになったのは僅か百年ほど前からである。恵信尼の手紙が発見されたのは、大正時代であった。これからさまざまなひとによって親鸞は書かれるに違いない。また書かれなければならないのだ。それほどのひとが、七百五十年前の日本の歴史の上に存在していたのである。親鸞を書きあげてから日が経つにつれて、親鸞というひとの大きさがあらためて感じられるようになった。私はその大きさの麓の一角にようやく辿りついたという気持である。

この小説を書くにあたって、いろいろのひとの書物を参考にした。巻末になったが、その名を明記することによって謝意を表したいと思う。

昭和四十四年八月　　丹羽文雄

＊参考文献は略した。

〔帯〕表〈親（しんらん）鸞　第五巻〈全五巻〉／東国へ下った善鸞の裏切りにより九十年の生涯の終りに最大の嘆きを与えられた親鸞の苦悩を描く完結編！／新潮社版／価550円　丹羽文雄〉背〈丹羽文雄　新潮社〉裏〈親鸞が去ったあとの東国の浄土真宗は収拾のつかない状態にあった。思いあまった親鸞は名代として善鸞を下向させたが、高弟たちの冷い仕打ちにより孤立した善鸞はついに父の教えを否定し、東国の念仏者を鎌倉幕府に告訴した。真相を知った親鸞は激怒し、善鸞を絶縁する。しかし、訴訟に敗れた哀れなわが子を思う煩悩は片時も消えることがなかった。やがて親鸞に奇跡もない、静かな終焉が訪れ、清貧の中に赤裸な人間として民衆とともに生き抜いた九十年の波瀾の生涯を閉じる。／第一巻　第二巻　第三巻　第四巻　第五巻　好評発売中！　価各六〇〇円〉

1343　**肉親賦**　昭和四四年一〇月二八日　新潮社
二四七頁　五五〇円　四六判　クロス装　上製　丸背
帯　香月泰男装幀　新字新仮名　丹羽文雄作品集
肉親賦（群像　二四巻一号　昭和四四年一月一日）／追憶（月刊ペン　創刊号　昭和四三年一一月一日）／寝椅子の上で（早稲田文学　一巻九号　昭和四四年一〇月一日）／妻の気持（別冊小説新潮　二〇巻四号　昭和四三年一〇月一五日）／無慚

（小説新潮　二二巻一一号　昭和四三年一一月一日）／蛙（小説現代　七巻一号　昭和四四年一月一日）／私の告白（小説新潮　二三巻一号　昭和四四年一月一日）／にわか雨（小説新潮　二三巻四号　昭和四四年四月一日）／恩愛（小説新潮　二三巻六号　昭和四四年六月一日）
〔帯〕表〈肉親賦　丹羽文雄／寺院という環境の中で、激しく懊悩する肉親者の業を、肉親ゆえに許せない哀しい宿命。愛憎にまみれた人間模様を描く。〉背〈丹羽文雄〉裏〈丹羽文雄作品集／肉親賦／収録作品／肉親賦／追憶／寝椅子の上で／妻の気持／無慚／蛙／私の告白／にわか雨／恩愛〉

1344　**運命**　昭和四五年二月三〇日　講談社
　四二一頁　七六〇円　四六判　クロス装　上製　丸背
　函　帯　セロファン　香月泰男装幀　二段組
　新字新仮名　0093-123736-2253（0）
運命（「女の運命」改題　報知新聞　昭和四三年九月二八日～四四年一〇月二七日　四〇〇回）／附記
　松の影／妹／茶の間／世間の目／青空／礼子の日日／事故／こころ／男友達／酷暑／秋／声をかける／新装／飽和状態／その時
〔附記〕
　この小説は昭和四十三年九月から昭和四十四年十月にかけて、報知新聞に連載したものである。「女の運命」という題名であったが、本にまとめるにあたって「運命」と改題した。
　昭和四十四年十月　　文雄記
〔帯〕表〈運命／丹羽文雄／愛と幸せ。その万古不易の命題を、変則的な現代の中に求める意欲満々の力作！／講談社刊／760円〉背〈丹羽文雄　最新長編　講談社〉裏〈自己を抹殺し、後座妻という数奇な運命を生きる姉と、我が子を捨ててまで激しく自我に生きる妹。その対照的な生の軌跡の中に展開する人間の真の姿を、大作「親鸞」をものした巨匠丹羽文雄が、鋭く描き出す長編。／0093-123736-2253（0）〉

1345　**無慚無愧**　昭和四五年四月二五日　文藝春秋
　二三六頁　九六〇円　四六判　クロス装　丸背　函
　帯　栃折久美子装幀　新字新仮名
無慚無愧（文学界　二四巻三号　昭和四五年三月一日）
〔帯〕表〈無慚無愧　丹羽文雄／祖母をモデルに業深き女の煩悩の生涯を描いて、丹羽文学の頂点を示す傑作長篇／文藝春秋版　960円〉背〈文藝春秋〉裏〈　一度はこの題材と対決しなければならなかった。宿命のようなものである。私小説的でもあり、客観小説でもある。形式は重大でない。嗜虐的ともいわれよう。露悪趣味ともいわれよう。おのれを俎上にのせることになった。私は文学を単なる芸とは考えていない。私の場合、小説家であることは呪わしい業であるが、悔いはない。／丹羽文雄〉

1346　**顔**　昭和四五年八月一日　日本ブック・クラブ
　四二五頁　七五〇円　A5判　紙装　上製　角背
　カバー　芹沢銈介装幀　二段組　新字新仮名
＊全日本ブッククラブ版（毎日新聞社発行、全日本ブック

クラブ頒価)。

顔(毎日新聞　昭和三四年一月一日〜三五年二月二三日　四一五回)/あとがき(毎日新聞社『顔』昭和三五年五月二〇日)

1347　**燕楽閣**　昭和四六年九月一八日　講談社
二四一頁　七六〇円　四六判　クロス装　上製　角背
カバー　帯　芹沢銈介装幀　新字新仮名
0093-125196-2253 (0)
舞台(小説新潮　二三巻一〇号　昭和四四年一〇月一日)/声(オール読物　二六巻八号　昭和四六年八月一日)/桐の木(小説新潮　二四巻一号　昭和四五年一月一日)/枯草の身(群像　二五巻一号　昭和四五年一月一日)/鼠と油虫(小説新潮　二四巻四号　昭和四五年四月一日)/二度の空港(小説新潮　二四巻一〇号　昭和四五年一〇月一日)/訪問(別冊小説新潮　二二巻四号　昭和四五年一〇月一五日)/古い写真から(別冊小説新潮　二三巻一号　昭和四六年一月一五日)/書かれざる小説(別冊小説新潮　二三巻二号　昭和四六年四月一五日)/燕楽閣(小説新潮　二五巻五号　昭和四六年五月一日)
〔帯〕表〈燕楽閣《えんらくかく》　丹羽文雄　講談社刊/¥760/燕楽閣に働く配膳婦たちの凄じい確執を通して、秘められたる人生の実態を描く異色短編。他に「枯草の身」等九編を収録。〉背〈丹羽文雄最新作品集　講談社〉裏〈収録作品/舞台/声/桐の木/枯《こ》草《そう》の身《み》/鼠と油虫/二度の空港/訪問/古い写真から/書かれざる小説/燕楽閣《えんらくかく》/0093-125196-2253 (0)〉

1348　**解氷**　昭和四六年一一月二五日　新潮社
三六六頁　七〇〇円　四六判　クロス装　丸背
カバー　帯　麻田鷹治装幀　二段組　新字新仮名
解氷(河北新報、京都新聞、新潟日報、高知新聞、山梨日日新聞ほか三友社　昭和四四年一〇月二三日〜四五年一〇月　三六〇回)
美貌の友/瀬戸家の人々/時代相/夏絵の過去/近くの山/家の中/昔の女/潮騒/月日/出発/親しさ/性について/ある最初/朱塗の机/行為と心/友達/泥の田/惰性/最後の挨拶/娘/事故
〔帯〕表〈巨匠が久々に贈る会心作/旧い時代の形式や倫理にこだわる母親と、その家庭から脱出して現代に生きようとする娘たち—その対立を中心にさまざまな人生を現代風俗のなかに鋭くとらえた長篇1200枚/新潮社版　価700円〉背〈丹羽文雄　新潮社〉裏〈　瀬戸雅行の家では、高校生の次女麻子の妊娠事件が契機となって、体面にこだわり形式に固執する妻の夏絵を捨てて雅行は京都に去り、麻子はアメリカに渡る。一方、長女の律子は蠟人形のような母の生き方を理想として育ってきたが、その性格の故に婚約を破棄された。/—新しい時代の波は、氷がとけるように瀬戸家を解体させ、そして律子もまた新聞記者梶要三によって、精神も、ついには肉体も解放されて行くが……〉

1349　**白い椅子**　昭和四七年五月一五日　講談社
三五七頁　九八〇円　A5判　クロス装　表紙紙貼
上製　丸背　函　帯　原弘装幀　林武装画　二段組
新字新仮名

白い椅子（日本経済新聞　昭和四五年八月一六日～四六年八月一五日　三六一回）
　女客／婦長の死／麻雀／未解決／茶室／邂逅／年末年始／花の売店／春／告白／ある時期／秋の異変／崩壊／翌年の秋／女ごころ
〔帯〕表〈求道の精神に燃えながら、愛欲の世界に溺れこむ若き僧・曜《よう》の苦悩を、華麗、荘重に描いた巨匠の最新長編／白い椅子　丹羽文雄〉背〈丹羽文雄　最新長編　講談社〉裏〈心泉寺の住職・曜《よう》は、結婚後まもなく妻をなくし、伴僧の妙実とともに寺を守り続けていた。そんなある日、学生のころ下宿で世話になった美貌の未亡人・矢那子と再会、いつしか関係をもつようになってしまった。愛欲と戦った親鸞の苦悩を思うにつけ、曜は情欲に溺れる己を強く責め、愛欲にのめりこむ人間の弱さを痛感するのだが…。／講談社　￥980　0093-125691-2253（0）〉

1350　**太陽蝶**　昭和四七年七月一五日　新潮社
　三五二頁　六五〇円　四六判　クロス装　上製　丸背
　カバー　帯　堀川公子装幀　新字新仮名
太陽蝶（家の光　四六巻一号～四七巻一二号　昭和四五年一月一日～四六年一二月一日　二四回）
　宿命／庫裡／結婚式／悶々の日々／当歳の写真／涙／二人の異父兄／続　二人の異父兄／人非人／おひとよし／何処へ／再婚／友の手紙／わが子に会う／帰路／偽電報／安住の地に非ず／別離／川魚料理／六年後／盆栽のもみじ／入籍問題／行方不明／未解決
〔帯〕表〈「この際何もいわずにあなたはこの寺から出ていっておくれ」と、浜女がいった。朝子は青ざめて、母の顔を見つめた。／生母の浜女と夫との不倫を知って旅役者に近づいた朝子は、こうして愛児を残して生家の寺を出たが―／新潮社版　価650円〉背〈作者の実母の愛欲と苦悩の半生　新潮社〉裏〈〈著者の言葉〉から―私の母は寺院の娘に生れながら幾たびか愛欲煩悩の淵に沈む生活を送ったが、この母の苦しみの中にこそ人間としての救いがあったといえよう。私は処女作以来、この母と私との関係を私の文学のテーマとして書き続けてきた。が、それらは母の生き方の断片であった。今後この「太陽蝶」で初めて、宿命的な業を負った母の半生を、正面から描いた。〉

1351　**有情**　昭和四七年一二月一日　ほるぷ出版
　五六五頁　七二〇〇〇円（セット価格）Ａ5判
　クロス装　上製　丸背　函　羽石光志装幀
　旧字旧仮名　名作自選日本現代文学館
有情（新潮　五九年一号　昭和三七年一月一日）／青麦（『青麦』昭和二八年一二月一八日　文芸春秋新社）／遮断機（新潮　四九年一一号　昭和二七年一一月一日）／私といふ作家（書下ろし）
〔私といふ作家〕
「有情」
　自分の作品の中から気に入つたものを選ぶとなると、私は困難を覚える。作の出来不出来にかかはらず、作者としては愛着を持つ作品があるので、客観的な選択が不可能となる。私は後輩の中村八朗君に、その選択を任せた。一週間後、中村君が選んで来たのが「有情」「青麦」「遮断機」であつた。私は満足であつた。

「有情」「青麦」は多分に自叙伝的な色彩の強いものであるが、「遮断機」は私の文学の上で重大な意義を持つ作品である。

「有情」は昭和三十七年、『新潮』に発表した。娘は結婚して主人と共にアメリカに渡り、息子もアメリカの田舎の大学にはいつてゐたが、ニューヨークで勤めるやうになつた。その息子がドイツ娘と結婚するといふ手紙を受け取つてから、わが家は嵐のやうな衝撃を受けた。詳細は小説に書いてゐるが、いまになつてみると、親といふ名の人間の愚かな、また悲痛な経験をしたものだと思ふ。最近は国際結婚が多くなつて、いちいち問題にもならなくなつてゐるが、どこの家庭でも、いまもつて国際結婚となると、当事者は別にして、やはり問題がくりかへされてゐるやうである。日本人は国際結婚に慣れてゐないからである。出来たのは仕方がないとは思ふが、私は今でも国際結婚を奨励する気持はすこしもない。私のところでは、結果においては、日本人の娘よりもよい娘であつたと喜んでゐるが、割り切れない気持のあることは、確かである。混血児の孫は、実に可愛いものである。孫や嫁には文句はない。ただ、国際結婚といふものに対して考へなければならない未解決なことが、いろいろとあるやうな気がする。

この小説を発表すると、知らない人から身上相談的な手紙を貰ふやうになつた。国際結婚でなく、親の希望とまつたく別な結婚をしようとする娘や息子に対する親の苦悶を、私に聞いてほしいといふものであつた。身上相談といつても、別に解答を求めてゐるのではない。ただ同病相憐むの同情から、ほかの人よりは判つてもらへると思ふからであらう。或る夫人とはその後もずうつと妻が交際してゐる。私は或る時に雑誌に、息子の結婚に対する私の気持を発表すると、編集者が勝手に、「息子に叛かれた父親の嘆き」といふショッキングな題名に換へたので、ひろく世間に知れ渡るやうになつた。小説「有情」は、三版まで売れたが、その後しばらく途絶えてゐた。が、その人の家庭の事情が私の家庭の事情に似て来ると、「有情」を読みたくなつて、本屋で探すといふことが繰返され、しかしどこにもその本がないので、著者のところへ問ひ合はせが来るやうになつた。あんまり例が多いので、新潮社に頼んで、増刷してもらつた。さういふ意味では、「有情」はいつまでも読者に関心を持たれる本となれさうである。たとへ解決はつかなくても、悩める母親や父親は、かつて丹羽文雄もおなじやうな問題で悩んだことがあるのだと、それを知ることによつて、気が慰められるのであらう。

今朝の食堂で、私ら夫婦は孫と食事をしてゐた。多聞といふのが長男で、あゆみといふのが長女である。共に成蹊の小学校に通ふやうになつてゐる。多聞の頭髪がひどい虎刈りになつてゐるのに気がついた。

「その髪はどうしたのだ」

「この子が、自分で髪を切つたのですよ」と、妻が答へた。

「目の上にさがつてくるから、うるさいから切つたんだよ」と、孫がいつた。が、それは、口実で、実は自分の髪が茶色なので、同級生のまつ黒な頭髪にコンプレックスを抱いてゐたからである。切れば黒い髪が生えると思つたのだ。

「おばあちやんは、わざわざ茶色に染めてるんですよ」

「ぢや、ぼくの髪を黒く染めて」

生まれつき茶色の髪であることに、幼い多聞がどれほど劣等感を抱いてゐることか。父や母がどこまでわが子の気持を理解してゐるだらうか。妹のあゆみも茶色の髪を、ひどく卑下してゐる。いとこに女の子が生れた。黒々とした髪をしてゐるのが、羨しくてならないのだ。大人が笑つてすませるやうなことではない。年頃になれば、わざわざ茶色に染めるのだといつたところで、孫とすれば、現在が黒い髪でありたいのだ。息子が国際結婚をすると知らせて来たとき、私はさういふことまで想像した。幼い神経にこたへたこの種の微妙な違和感は、生涯にわたつて、その人間に影響をあたへるにちがひないのである。

親の思惑を無視して、娘や息子が勝手な結婚をする。親のいひなりになつてゐるやうな子供であつても困るのだが、子供にはたれも手を加へることの出来ない運命を背負つてゐるのだといふことが、どの程度親に理解出来るものだらうか。その限度を知りたいものである。子供には子供の運命がある。その運命を勝手に生きるがよいと突つぱなすことは出来るが、さて、突つぱなしたまゝ、果して親といふものが安心してゐられるものだらうか。親とは、よくよく厄介なものであると、親自身がさう思つてゐるのだ。「有情」のやうな問題は、いたるところで、これからも飽きずに繰返されていくことであらう。

「青麦」

この中篇は、昭和二十八年、書下ろしで文芸春秋社から刊行した。一週間ばかり湯河原の中西温泉にこもつて、書き上げた。それまで私は、小説の中で父親と対決することが出来なかつた。そのくせ母親のことは処女作の時から書いてゐた。何故か、自分に納得のいく理由が見付からなかつた。強いていえば、自信がなかつたからである。昭和二十八年といへば、私は四十九歳になつてゐた。父親の中の男の性を感じるよりも、父親といふ観念に邪魔をされてゐたやうである。父親も自分とおなじ男ではないかといふやうに考へるやうになると、どうやら小説の中で父が描けさうになつた。複雑な家庭事情の中で育つた私なので、普通の子供が父親に対して感じる以上のものを感じてゐたせゐであつた。それがどうやら私の内部で、整理がつけられるやうになつた。

一気呵成に書き上げた。プロットとか発展とか、結末といふやうなことは考へずに、筆が走るがままに書き上げた。しかし出来上つてみると、自分としては父が十分に描けてゐないうらみが残つた。父に対して一定の距離を持つことは出来たが、父の中にはいりこんで、父の言ひ分を聞くといふところまでは私の心が成長してゐなかつたやうである。「無慚無愧」にも、父は登場する。自叙的な随筆の「仏にひかれて」の中にも父は登場するが、十分には書き上げてはゐないのだ。「太陽蝶」の中でも、父を十分に書いたとは思つてゐない。私のこれからの課題は、どこまで父と取組んで、完膚なきまでに描けるかといふことである。父を描くことは、母の場合とまたちがつて、私自身を描くことになるからである。

父は名古屋市の中村で、百姓の次男として生まれた。かなりの自作農であつたが、その頃の風習で、次男は勤人となるか、養子にいくくらゐの将来しか約束されてゐなかつた。近くに寺院があり、父は小さいころからよく寺の庫裡にあそびにいつてゐたといふ。私の寺とおなじ浄土真宗であつたのかもしれない。

父は僧侶となりたいと思ふやうになつた。たまたま私の家から養子の口がかかつた。父は夢の実現とばかりに、三重県四日市の崇顕寺に婿入りをした。が、相手の私の母はまだ子供だつたので、結婚式は四、五年延期された。当時の崇顕寺の内情は「無慚無愧《ママ》」にくはしく書いてゐるから、ここでは省略する。父は檀家の気に入られた。嫌々坊主になつたのとはちがひ、われから進んで坊主になつただけに、檀家に好感を持たれたのは当然であつた。父は寺院育ちにない処世術も心得てゐて、庫裡や奥書院を修理したり、山門を建てたりした。母が生家の崇顕寺をとび出すやうになつてから、父の生活が乱れはじめた。花柳界であそぶやうになつた。同じ四日市の寺の住職で、父と気の合ふお坊さんがゐた。二人して、よくあそんだものらしい。借金のかたに、父が人質になつたこともあると聞いてゐる。寺には、養母が来た。そして弟や妹が生れた。

私の寺は、田原藤太秀郷の末裔であり、崇顕寺が創立されてから私で十八代目にあたる。私にはひとりの姉があつたが、私が寺を継がなければ、寺の血統は断絶するのだつた。母が家出をしたのは、私の四歳の時であつた。弟や妹が生まれたが、私は庫裡の中で浮き上つた存在になつた。私には非行少年となる条件がそろつてゐた。檀家は私の境遇を憐んだ。しかし私は、非行少年とならなかつた。

何故あの当時私がぐれなかつたのか、ぐれるほどの勇気もなかつたのだらうか。しかし、ぐれるのは勇気は要らない。弱さから、流されればよいのである。私は、さうはならなかつた。それはいつたいどうした理由によるのだらうか。私は本堂の須弥檀上の厨子におさまつてゐる、まつ黒な如来の眸がこはかつた。仏教の何たるかをよく知らないまま、仏を畏敬してゐたやうである。お坊さんになることは嫌だつたが、そのため仏教まで否定したのではなかつた。罪の意識といふものに、私は早くから目ざめてゐたやうである。非行少年に走らなかつたのは、罪の意識のせゐとしか思へないのである。むろん当時の私には、罪の意識の何たるかはよく判らなかつた。ただそれをまるで肌の感覚のやうに感じる少年であつた。

小説を書きはじめるやうになつてから、自分の作品が、芸術至上主義にならなかつたのは、この罪の意識のせゐであると考へてゐる。芸術至上主義とは、人生や道徳の手段となるものでなく、それ自身が目的であるとしてその絶対的価値を主張する主義だが、私には人生や罪の意識を排除したものは書けなかつた。私といふ人間は、さういふふうに作られてゐた。罪の意識は、私の小説を支へる柱であつた。或いは、小説を書かせる原動力であるといつてもよいのである。

しかし、この罪の意識も、イデオロギーや、思想や、主義主張とおなじやうに、一つの観念の体系かも知れないのである。動物には、不安や恐怖はあつても、罪の意識はない。あるのは、人間だけである。浄土真宗の末寺の長男として生まれた私には、生まれた時から宗教人として宿命づけられてゐたのかも知れない。それに反抗して、私は崇顕寺を家出した。母が家出したとおなじやうに、私も生家を捨てた。しかし、持つて生まれた宿命から逃げ出したわけではなかつたのだ。寺をとび出せば、その瞬間から別な人間になれるとばかり私は考へてゐたやうである。若気のあさはかさであつた。

そのあげく、罪の意識をあれこれとこねまはし、それから離脱することが出来ず、小説を書けば書くほど、八幡の薮知らずに迷ひこむやうな結果になつた。進路が見出せなかつた。罪の意識といふ思想性が、小説家の私をさいなむのだつた。

　編集の中村八朗君が、「青麦」と同時に「遮断機」を選んだ理由が、私にはよくわかる。「遮断機」は、八幡の薮知らずに迷ひこんだ私にとつて、もつとも記念的な作品である。

「遮断機」

「遮断機」は、昭和二十七年、『新潮』に発表した。あるドイツ文学研究家が、新聞紙上で作者はつまらないことに精力を使つてゐると評した。私にとつては、一度はこの苦悩を通り抜けねばならないのだつた。亀井勝一郎が、作者は宗教の領域にふみこんでゐると評した。作者自身にはその自覚はないやうだが、これは明らかに宗教的世界であり、宗教以外に解決のつかないことである。作者は無救の世界ととり組んでゐるのだといつた。作者は浄土真宗の生家をとび出し、自分の文学と宗教が無縁なものになつたやうに考へてゐるが、それはあやまりで、すべてが親鸞によつて支配されてゐる。私は愕然となつた。膝をそろへて、座り直す気になつた。亀井のことばは、私自身に気のつかないところを鋭く突いた。

　明治時代の作家は晩年になつて、漸く宗教の門に辿りついたといはれてゐる。しかし、その門をくぐるころになると、言ひ合はせたやうに死亡した。昔の文学者は、早死であつた。五十歳まで生きたといふだけで、徳田秋聲や島崎藤村のお祝ひをしたくらひである。それにくらべると、今日の作家は二十年は永生きをしてゐる。私は明治の文学者の死んだ年齢をはるかに超えてゐる。宗教の門をくぐつたのは、当然のことかも知れない。文学者の数は圧倒的に多くなつてゐる。しかし、自分のまはりを見まはしてみると、宗教に関心を示してゐる作家は極めて少ない。これはいつたいどうしたことかと、不思議に思ふことがある。

　私はたまたま、宗教に縁のある家に生まれた。私が宗教と取組むのは、新しい世界にふみこむのでなく、昔の世界に還ることであつた。私は座り直した。亀井の批評が、私には絶対的なものとなつた。「青麦」は、「遮断機」を書いた翌年の作品である。私の作品は「遮断機」を境にして変貌した。その後の作品には、宗教的な色彩が次第に強まるやうになつた。

「蛇と鳩」「菩提樹」「親鸞とその妻」「親鸞」「無慚無愧」そして現在、「蓮如」の連載中である。

　先日、或る文学賞授与の祝賀会があつた。その席上、かつて「遮断機」に対して批評を下したドイツ文学者に初めて出会つた。

「いつかは大へんに失礼なことを申しました」

と、彼はいつた。十九年も前のことであつた。私は忘れてはゐなかつたが、かれがそのことを記憶してゐやうとは思ひがけなかつた。その後の私の仕事を見てゐたからであらう。私は胸のつかへが取れたやうな気がした。かれの挨拶が、うれしかつた。そしてその人の誠実さに心を打たれた。

　私の新聞小説は、新聞小説の技法としてタブーとされてゐる心理描写が多い。新聞小説は一日四枚弱の枚数である以上、テンポといふことが重大視される。が、私の新聞小説はその逆をいく。「飢える魂」「日日の背信」「顔」など、そのやり方である。罪の意識が、原動力となるからである、と私は考へてゐる。どうしても心理描写が多くなる。そのため私の作品は、映画や芝居にはやり難いとされてゐる。

　私はこれまで一度も映画やテレビに向くやうに小説を書いたことがなかつた。さういふ目的で小説を書いてゐる人もゐる。また無意識の内に、さういふふうに書いていく作家もゐる。戯曲の書くひとの小説は、大体がその調子である。私の小説は、筋の発展や、事件の起伏に気を使ふよりも、ひとつの心理を追求することによつて小説が進行し、成立するタイプの作家である。外国小説や、外国の評判になつた映画を下敷にして小説をつくり上げるといふ芸当は、およそ私には不可能である。さういふことの出来る作家を、器用なひとだと感心する。私は、泥くさくとも、自分のものでなければ書けない小説家である。作家の中には、自分の問題は棚に上げておいて、ひたすら読者のために書くと主張する者もゐる。私はどこまでも、自分のために小説を書いてゐる。おのれといふものの追求である。個に徹することが、全に通じるといつた願ひを持つだけである。

　幸ひ私は健康である。健康維持に気をつけてゐる。今後も私は書きつづけるだらう。筆を折つたとき、その時が死であるといふふうな小説家の生き方が念願である。一日一日が私にとつては、大切な舞台である。

　私とは、さういふ作家である。

1352　**一路**　昭和四八年三月二八日　講談社
　四九二頁　七二〇円　四六判紙装　上製　丸背
　カバー　帯　荻太郎装幀　新字新仮名
　0093-139496-2253 (0)

＊1317　一路（昭和四一年八月二〇日　講談社）の新装版。

〔帯〕表〈加那子という女／原作／日本テレビ系全国放映中／毎週火曜日午後9時30分より／愛欲の中に潜む人間の宿業と救いを、加那子の一生を通して描く傑作長篇小説　講談社刊／主演・真珠三千代　仲谷昇　加山雄三〉背〈加那子という女／話題のテレビ化〉裏〈悲しい女人の性ゆえか、愛欲に身をまかせ、夫を裏切り続けた加那子の背信の行為は、21年の歳月を経て、その罪業の恐ろしさを思い知らされる。愛欲の深淵に潜む、人間の宿業と救いを豊饒な筆に描いた、丹羽文学の長編傑作。0093-139496-2253 (0)　¥720／丹羽文雄　一路〈新装版〉〉

1353　**尼の像**　昭和四八年七月一五日　新潮社
　二二八頁　七〇〇円　四六判　紙装　上製　丸背
　カバー　帯　川島猛装幀　新字新仮名
　4-905640-30-X

熊狩り（新潮　六八年一二号　昭和四六年一〇月一日）／尼の像（群像　二六巻一〇号　昭和四六年一〇月一日）／お遍路（小説新潮　二六巻九号　昭和四七年九月一日）／郡上八幡（海　五巻一号　昭和四八年一月一日）／講演旅行（小説サンデー毎日　五巻二号　昭和四八年二月一日）／枯葉（別冊小説新潮　二五巻一号　昭和四八年一月一五日）／訪問客（別冊小説新潮　二五巻二号　昭和四八年四月一五日）／泥濘（小説新潮　二六巻二号　昭和四七年二月一日）／カナリヤ（小説新潮　二五巻一二号　昭和四六年一二月一日）／ひとごと（文学界　二七巻一号　昭和四八年一月一日）

〔帯〕表〈文学生活四十余年におよびながら、常に若い精神で時代を直視しつづける文壇の巨匠が、円熟の境地を示す短篇小説の真骨頂十篇を収録。／新潮社版　700円〉背〈近作から精選した、バラエティに富む短篇集　新潮社〉裏〈収録作品　熊狩り　尼の像　お遍路　郡上八幡　講演旅行　枯葉　訪問客　泥（ぬかるみ）濘　カナリヤ　ひとごと／太陽蝶　丹羽文雄　業深く生れた実母の奔放な半生を描く長篇　六五〇円／解氷　丹羽文雄　新しい人生にめざめて母に背いて生きる娘　七〇〇円〉

1354　**新版　親鸞　上**　昭和四八年九月三〇日　新潮社
三九八頁　一〇〇〇円　四六判　クロス装　上製
丸背　パラフィン　函　帯　丹羽文雄題簽
本扉「教行信証（東本願寺蔵）」　二段組　新字新仮名
親鸞（サンケイ新聞　昭和四〇年九月一四日～四四年三月三一日　一二八二回）
今昔物語／末法の世／先駆者たち／源平闘争／大原問答／叡山に上る／動乱止む／疑惑／盛衰／山を下りる／六角堂参籠／吉水入門
〔帯〕表〈貧しい公卿の家に生れ、叡山の僧となったが既成仏教に満足できず、下山して法然の門弟となり、社会、朝廷、他宗などのあらゆる非難、弾圧、妨害に耐えぬいて遂に浄土真宗を創始した親鸞の苦難と苦悩の生涯。／新潮社版　価１０００円〉背〈苦難の生涯を描く／丹羽文雄／畢生の大作　新潮社〉裏〈かつて刊行した五巻本「親鸞」にあきたりなくなった著者が、全面的な細かい訂正のほかに大幅な加筆と削除をほどこして改訂した「新版」―全三巻〈価１０００円〉

1355　**新版　親鸞　中**　昭和四八年九月三〇日　新潮社
四一〇頁　一〇〇〇円　四六判　クロス装　上製
丸背　パラフィン　函　帯　丹羽文雄題簽
本扉「教行信証（東本願寺蔵）」　二段組　新字新仮名
親鸞（サンケイ新聞　昭和四〇年九月一四日～四四年三月三一日　一二八二回）
禅室の人びと／最初の法難／親鸞受難／越後／運命の出会い／身辺雑事／明恵高弁／夫婦の契／平家物語／赦免／法然歿後／東国行／稲田／教化の杖／慈円の予言／泉／道元
〔帯〕表〈法然の門弟になった親鸞は、念仏宗弾圧のため乳呑児を京に残して越後に流された。流刑地で筑前（後の恵信尼）と結ばれた親鸞は、やがて関東におもむいて布教につとめるが―。弾圧の嵐の中に生きる親鸞。／新潮社版　価１０００円〉背〈その人間をえがく／丹羽文雄／畢生の大作　新潮社〉裏〈浄土真宗の創始者親鸞の苦言と苦悩にみちた生涯。既刊の五巻本「親鸞」に全面的にこまかい訂正と大幅な加筆と削除をほどこした改訂「新版」―全三巻〈価１０００円〉

1356　**新版　親鸞　下**　昭和四八年九月三〇日　新潮社
四〇五頁　一〇〇〇円　四六判　クロス装　上製
丸背　パラフィン　函　帯　丹羽文雄題簽
本扉「教行信証（東本願寺蔵）」　二段組　新字新仮名
親鸞（サンケイ新聞　昭和四〇年九月一四日～四四年三月三一日　一二八二回）
東国の信者／縁つきた地／帰京／京の日々／方便／宝治合戦／親鸞の門弟／明暗／善鸞の悲劇／自然法爾／日蓮／晩年／

恵信尼／あとがき／参考文献

〔あとがき〕

この「新版　親鸞」は、昭和四十四年に出版した五巻本「親鸞」を改訂したものである。なかんずく第四巻と第五巻に大幅な加筆と削除を行なったほか、全巻にわたりこまかい訂正を施した。すでに五巻本を読み終った読者、又は途中までの読者には申訳ないが、今後はこの「新版」を定本として、五巻本は絶版としたい。御諒承を乞う。

次の文章は、その五巻本の「あとがき」の一部であるが、この小説を書いたときの気持がよくわかってもらえると思うので、ここに再録した。

（略）

この小説を書くにあたって、いろいろのひとの書物を参考にし、資料としてつかわせていただいた。巻末になったが、その名を明記することによって謝意を表したい。

昭和四十八年四月　丹羽文雄

＊参考文献は省略。なお「あとがき」引用は初出と異同あり。

〔帯〕表〈親鸞は次第に師法然の思想と信仰を脱し、独自の悟りをひらいた。だが一見平易な彼の教義は誤解と弊害を生みやすかった。遂には長男善鸞の裏切に会い、親子の絆を絶たねばならなかった。苦悩と悲劇の生涯。／新潮社版　価1000円〉背〈その喜びと哀しみ／丹羽文雄／畢生の大作　新潮社〉裏〈「仏の前に人間は全て平等である」「人間は称名念仏によってのみ救われる」―画期的な仏教観を確立した親鸞の思想の軌跡と人間としての生き方を深く鋭く追求する、巨匠のライフワーク。既刊の五巻本を全面的に改訂した「新版」全三巻。〈価1000円〉〉

1357　**鮎**　昭和四八年一二月一〇日　成瀬書房
二一〇頁　一二〇〇〇円　A5判　クロス装　上製丸背　二重函（布製帙函　段ボール函）
中ノ島紀子装幀　新字旧仮名　三〇〇部限定　署名入

鮎（文芸春秋　一〇巻四号　昭和七年四月一日）／贅肉（中央公論　四九年八号　昭和九年七月一五日）／鬼子（新潮　三一年一号　昭和一〇年一月一日）／朗かなある最初（新正統派二巻六号　昭和四年六月一日）／作者のことば

＊「作者のことば」は原稿複製（仮名表記は原文のまま）。なお同装幀で一〇部限定版（私家版）がある。

〔作者のことば〕

あとがき

ここに収めた四篇の小説は、四十余年にわたる私の文学生活の中で、もっとも初期にあたる作品である。「鮎」が処女作とされてゐるが、いはゆる文芸雑誌に発表した最初といふ意味である。それよりすこし前に、同人雑誌に「朗らかなある最初」といふのを発表した。それを永井龍男君が、当時編集してゐた文芸春秋の創作欄の下段の余白全部を使つて褒めてくれた。自分の書くものがどのやうに読まれてゐるか、まったく見当のつかなかつた私にとって、実にうれしかった。私はそれ以来、永井君を大いに得《ママ》としてきた。来年の春、私の文学全集が出版されるが、その監修者のひとりに永井君になってもらった。「贅肉」は中央公論の新人号に載せられた。私と島木健作が並び、あとの二篇は懸賞に当選したものであった。私の作品と島木健作とは、全く対照的であった。

　処女作は、その作家のすべてを予測させるものであるといはれる。ここに収められた四篇をふりかへってみると、その言の適切なことがよくわかる。この作品の中に、その後の私のすべてがふくまれてゐるといつても過言ではないであらう。それにしても、初期の作品だけに、それを書いた私の目にも新鮮に感じられる。なるほど私の作品はその後巧緻にはなったものであらうが、文学に対する考え方は、今も昔もすこしも変つてゐない。四十余年の文学生活の中で、つとめて心がけてきたことがあるとすれば、それは自分の文学はあくまで人間的な、人間臭い文学に徹することであった。文学の世界にも流行といふことがある。が、私は文学にとっての流行は、一種のアクセサリイの意味しかないものといふ信念をもつてゐた。時代が変れば、新しいといはれる部分がまっさきに古くなっていくものである。人間的であることには、古くも新しくもないといひたいのである。

　四篇の中で、「鮎」と「贅肉」は、数多い私の作品の中でロマンチックな匂ひを持つものである。が、一般にいはれるロマンチックな小説とはすこし意味がちがふ。その私だけに通じるものかも知れない。それ以後、私はその種の作品を書かなくなった。その代り非情の作家といふレッテルをもらった。しかしそれも、年令とともに微妙に変化をきたしてゐる。人間の一生の如しである。

昭和四十八年盛夏　軽井沢にて

文雄記

1358　**鮎**　昭和四八年一二月一一日　成瀬書房
　二一〇頁　八五〇〇〇円　A5判　革装　魚拓貼
　上製　角背二重函（桐函　ボール函）　新字旧仮名
　三〇部限定　毛筆署名・落款入

＊　1357の三〇部限定特装版。なお同装幀で七部限定版（私家版）がある。

1359　**渇愛　上**　昭和四九年八月二五日　新潮社
　二六九頁　九〇〇円　四六判　紙装　丸背　二段組
　カバー　帯　井田照一装幀　新字新仮名

渇愛（「渇き」改題　東京新聞　昭和四七年一一月一三日～四九年一月二二日　四二〇回）

再会／婚外結婚／志紀子の日日／無明／新しい年／二回目の結婚／二人の友達／妻／男同士／謝罪

〔帯〕表〈女の幸福をつかむために―／女の自由を得るために―／世俗にさからって奔放に生きてゆく姉妹のように若く美しい母と娘。／現代における女の幸福とは何か?を追求する巨匠の意欲作。／「渇き」改題　価900円　新潮社版〉背〈丹羽文雄　巨匠の長篇意欲作　新潮社〉裏〈四十三歳になっても三十歳の若さと美貌を失わない高辻三重は、夫が蒸発して以来二十年の肉体の渇きを、ひそかに妻子ある歳下の情人吉見至との交渉で癒している。そのために美貌の娘志紀子は離婚に追いこまれた。しかし、また新しい男性が志紀子の前に現れた。〉

1360　**渇愛　下**　昭和四九年八月二五日　新潮社　二七〇頁　九〇〇円　四六判　紙装　丸背　二段組　カバー　帯　井田照一装幀　新字新仮名

渇愛（「渇き」改題　東京新聞　昭和四七年一一月一三日～四九年一月二二日　四二〇回）

蠢動／夏の終り／展示会前後／落選／善悪の境／慚愧ということ／松の内／その夜の出来事／再出発／強迫観念／酒の人／墓参と再婚／翌年／報告書／あとがき

〔あとがき〕

この作品は昭和四十七年十一月十三日より同四十九年一月十二日まで「渇き」という題名で、北海道新聞、東京新聞、中日新聞、西日本新聞に連載されたものである。書きはじめてから、同じ題名の単行本があることを知り、その作者を知っているだけに申訳なく思い、本にするときに改題することにした。仏教的なことばだが、おなじ意味である。

染色に関して、岡村吉右衛門、四本貴資著の「染めもの」と、「日本の工芸」の「染」を参考書としたことを誌して、感謝する。

文雄記

〔帯〕表〈女の幸福とは何か?―／妻、母親という名のもとに失われていた「自分」を取りもどそうと、幸福を求めて自分を見つめはじめていく現代の女性の意欲的な生き方を描く長篇力作。／「渇き」改題　価900円　新潮社版〉背〈丹羽文雄　巨匠の長篇意欲作　新潮社〉裏〈高辻三重の情人吉見至の妻は癌で死んだ。が三重はあらためて「妻の座」におさまることを拒絶する。一方、娘の志紀子の再婚の相手樋口信之は、三重への憎悪から高辻家の財産の処分を計って失敗し、離婚となった。その志紀子に三番目の男性が―〉

1361　**干潟**　昭和四九年一二月五日　新潮社　一九六頁　八五〇円　四六判　クロス装　上製　角背　函　帯　戸川ふみ子装幀　新字新仮名

干潟（毎日新聞　夕刊　昭和四九年一月四日～五月六日　一〇〇回）

一の章／二の章／三の章／四の章／五の章／六の章／七の章／八の章

〔帯〕表〈夫婦の倦怠期―そして性の営みがなくなったとき、人間はどうなるか？　その精神はいかに荒廃するか？／いまや円熟境に達した著者が、従来の創作技法から脱して新境地に意欲をしめした力作長篇小説。／毎日新聞連載、16作家書きおろしシリーズ／「現代日本の小説」第９作。／新潮社版　価850円〉背〈丹羽文雄　干（ひがた）潟　長篇意欲作　新潮社〉裏〈夫に満足できない佐分利庫子は十年前の恋人と再び交渉をもち、庫子の兄の山根啓之は十七年昔の情事の相手と会おうとする。そして明治生れの花岡夫婦は……。八人の登場人物がからみ合い織り出す人生模様の底にひそむ人間の危機を、冷徹な眼で見つめながらさりげなく描き出す。―これはすべての人間の明日の、いや今日の根本問題である。人生のモデルケースとしてここに描かれた三組の夫婦のどの道を、あなたは選ぶだろうか。〉

1362　**晩秋**　昭和四九年一二月三〇日　三笠書房

三七八頁　七九〇円　Ｂ６判　紙装　角背　カバー
帯　武井昇装幀　二段組　新字新仮名　名作長篇小説
0093-001077-8937

晩秋（週刊朝日　七二巻一号～七三巻八号　昭和四二年一月一日～昭和四三年二月二三日　六〇回）

〔帯〕表〈女の執念／丹羽文雄　0093-001077-8937　三笠書房刊　￥790／妻という職業に飽きたらず、義父との不倫の恋におぼれながらも、一方では染色芸術に命を燃やす女、帯子。傷つき、矛盾の果てに、真実の愛を探る女の執念を描く。〉背〈女の執念〉

＊　重版帯
表〈よみうりテレビ／日本テレビ系／全国ネット放映中／毎週木曜　ヨル　10時→10時55分／女の執念を描く愛の物語！／三笠書房刊　￥790〉

1363　**家庭の秘密**　昭和五〇年五月二〇日　三笠書房
三一〇頁　八五〇円　Ｂ６判　紙装　角背　カバー
帯　米笠昇装幀　二段組　新字新仮名　名作長篇小説
0093-001084-8937

家庭の秘密（都新聞　昭和一四年六月一三日～一五年二月一一日　二四二回）

〔帯〕表〈女の真実　男の野心／それぞれに孤独な人間の優しさと魔性がからみあう危険な日々に群がる男と女。青春の日の真実とは……ただ一度の過ちに傷つき、愛におののくものの姿をみごとに浮彫りにした巨匠の傑作長篇！／0093-001084-8937　三笠書房刊　￥850〉背〈傑作長篇　女の真実　男の野心　三笠書房〉裏〈三笠書房のテレビ化名作　増刷発売中！／晩秋　人妻に飽きたらず義父との不倫の恋に溺れ、一方では染色芸術に命を燃やす女、帯子。傷つき矛盾の果てに真実の愛を探る女の執念を描く。〉

1364　**運命**　昭和五〇年一二月五日　三笠書房
四一五頁　八九〇円　Ｂ６判　紙装　角背　カバー
帯　三井永一装幀　二段組　新字新仮名
名作長篇小説　0093-001094-8937

運命（「女の運命」改題　報知新聞　昭和四三年九月二八日～四四年一〇月二七日　三九〇回）

〔帯〕表〈女の愛と真実／はかなく受け身の愛に流されていく姉、はげしく生きながらも結婚に夢を託していく妹。それぞれに美しい姉妹の生き方を通して女性心理の複雑さを克明に描く丹羽文学の名篇！／三笠書房刊　0093-001094-8937　￥890〉背〈女の愛と真実　三笠書房〉裏〈丹羽文雄　巨匠の名作　三笠書房刊／晩秋　人妻ながら義父との不倫の恋に溺れ、一方では染色芸術に命を燃やす女、帯子。傷つき矛盾の果てに真実の愛を探る女の執念を描く。／家庭の秘密　それぞれに孤独な人間の優しさと魔性と—ただ一度のあやまちに傷つき、愛におののくものの姿をみごとに浮彫りにした傑作長篇。／鎮花祭〈近刊〉〉

1365　**鎮花祭**　昭和五一年二月一五日　三笠書房
三八〇頁　八九〇円　Ｂ６判　紙装　角背　カバー
帯　三井永一装幀　二段組　新字新仮名

名作長篇小説　0093-001097-8937
鎮花祭（週刊朝日　六四巻六号～六五巻一四号　昭和三四年二月八日～三五年三月二九日　六〇回）
〔帯〕表〈女の業《ごう》と性！／三笠書房刊　0093-001097-8937　￥890／女はただ流されていくだけなのか？　若く、薄幸なうつくしいひと―陽子。家庭の絆を失い、結婚生活に破れ……ただひとり、自立への夢と真実の自由を求めてさすらう女性像をとおして女の性と業に迫る巨匠・丹羽文雄の問題作！〉背〈女の業と性　三笠書房〉裏〈丹羽文雄　巨匠の名作　三笠書房刊／晩秋　人妻ながら義父との不倫の恋に溺れ、一方では染色芸術に命を燃やす女、帯子。傷つき矛盾の果てに真実の愛を探る女の執念を描く。／家庭の秘密　それぞれに孤独な人間の優しさと魔性と―ただ一度のあやまちに傷つき、愛におののくものの姿をみごとに浮彫りにした傑作長篇。／運命　はかなく受け身の愛に流されていく姉、激しく生きながらも結婚に夢を託していく妹―女性心理の複雑さ、愛と真実を克明に描く。〉

1366　**有料道路**　昭和五一年七月三一日　三笠書房
三二五頁　八九〇円　B6判　紙装　角背　カバー
帯　三井永一装幀　二段組　新字新仮名
名作長篇小説　0093-001108-8001
有料道路（週刊文春　七巻四四号～八巻四六号　昭和四〇年一一月一日～四一年一一月二一日　五五回）
〔帯〕表〈女の秘密と受難／三笠書房刊　0093-001108-8001　￥890／女の長く、哀しい、ひとすじの道―突然夫が姿を消した日を境に、冬子の運命はふかい奈落に沈んでいく……。男のたくらみに克ち、暗い波濤の彼方に人生の灯を求めつづける、女のひたむきな姿を描く巨匠の野心作！〉背〈女の秘密と受難　三笠書房〉裏〈丹羽文雄■長篇小説／晩秋　不倫の恋に溺れながら、染色芸術に命を燃やす人妻、帯子―傷つき矛盾の果てに真実の愛を探る女の執念を描く。／鎮花祭　家庭の絆を失い、結婚生活に破れ、ひとり自立への夢と真実の自由を求めてさすらう女性像―女の性と業に迫る。／家庭の秘密　孤独な人間の優しさと魔性と……ただ一度のあやまちに傷つき、愛におののくものの姿をみごとに浮彫りにした傑作。／運命　受け身の愛に流されていく姉、激しく生きながらも結婚に夢を託していく妹―女性心理の複雑さ、愛と真実を克明に描いた傑作。〉

1367　**この世の愁い**　昭和五二年二月二五日　三笠書房
三七五頁　八九〇円　B6判　紙装　角背　カバー
帯　三井永一装幀　二段組　新字新仮名
名作長篇小説　0093-001158-8001
この世の愁い（七社連合　神戸新聞、新愛知、北海タイムス、福岡日日新聞、河北新報、大阪時事新報、時事新報　昭和三五年八月～三六年八月　三五〇回）
〔帯〕表〈女の憂愁と宿命／自我にめざめ、真実の愛へ旅立とうと決意したとき訪れる人生の過酷な試練！　家族のために耐えた、犠牲の仮面の下でめぐりあう偽りのない自己。女の生きることの意味を鋭く問い、丹羽文学の芳醇な香りをしめす大作！／三笠書房刊　￥890〉背〈女の憂愁と宿命　三笠書房〉裏〈丹羽文雄　巨匠の名作　三笠書房刊／晩秋　不倫の恋に溺れ染色芸術に命を燃やす人妻、帯子。傷つき矛盾の果てに真実の愛を探る女の執念を描く。／鎮花祭　家族の絆を失い、結婚生活に破れ、ひとり自立への夢と真実の自由を求めてさすらう女性像―女の性と業に迫る。／家庭の秘密　孤独な人間の優しさと魔性と……ただ一度の過ちに傷つき、愛におののくものの姿をみごとに浮彫りにした傑作。／運命　受け身の愛に流されていく姉、激しく生きながらも結婚に夢を託していく妹―女性心理の複雑さを克明に描いた名篇。／有料道路　女の長く哀しいひとすじの道―男のたくらみに克ち、暗い波濤の彼方に人生の灯を求めつづける、女のひたむきな姿。〉

1368　**かえらざる故郷**　昭和五二年五月二〇日　三笠書房　四八〇頁　九八〇円　B6判　紙装　角背　カバー　帯　三井永一装幀　二段組　新字新仮名

名作長篇小説　0093-001132-8001

かえらざる故郷（報知新聞　昭和三九年二月二三日～四〇年七月一日　四〇〇回）

〔帯〕表〈愛の孤独、愛の虚しさ　三笠書房刊　0093-001132-8001　¥980／愛の一言に喜び、その一言からさすらいがはじまる……結婚という仮面のかげで、甘美な逢いびきに幸せをみつめる千枝。因循な世間に背を向け、妖艶な恋の炎に身をこがす母。自らの愛を真剣に生きとおす女のけなげさ、哀しみを流麗に描く丹羽文学の大作！〉背〈愛の孤独、愛の虚しさ　三笠書房〉裏〈丹羽文雄　巨匠の名作　三笠書房刊／晩秋　不倫の恋に溺れながら、染色芸術に命を燃やす人妻、帯子―傷つき矛盾の果てに真実の愛を探る女の執念を描く。／鎮花祭　家族の絆を失い、結婚生活に破れ、ひとり自立への夢と真実の自由を求めてさすらう女性像―女の性と業に迫る。／この世の愁い　自我にめざめ、真実の愛へ旅立とうと決意したとき訪れる人生の苛酷な試練……女の生きることの意味を鋭く問う。／家庭の秘密　孤独な人間の優しさと魔性と……ただ一度のあやまちに傷つき、愛におののくものの姿をみごとに浮彫りにした傑作。／運命　受け身の愛に流されていく姉、激しく生きながらも結婚に夢を託していく妹……女性心理の複雑さを克明に描いた名篇。／有料道路　女の長く、哀しい、ひとすじの道―男のたくらみに克ち、暗い波濤の彼方に人生の灯を求めつづける、女のひたむきな姿。〉

1369　**白い椅子**　昭和五二年九月二五日　三笠書房　三九九頁　九八〇円　B6判　紙装　角背　カバー　帯　小野忠重装幀　二段組　新字新仮名

名作長篇小説　0093-001143-8001

白い椅子（日本経済新聞　昭和四五年八月一六日～四六年八月一五日　三六一回）

〔帯〕表〈人間の愛と罪／三笠書房刊　0093-001143-8001／若い独身の聖職者、曜。その心に燃えさかる理想、彼をめぐる女たちの棲む無明の世界。真摯と享楽の交錯する日常を軸に、著者積年のテーマ・人間の苦悩、情愛の摩訶不思議さを執拗に描き、魂の救済に迫る労作。¥980〉背〈人間の愛と苦悩　三笠書房〉裏〈丹羽文雄　巨匠の名作　各冊増刷販売中＊三笠書房／晩秋　不倫の恋と染色芸術と……傷つき、矛盾の果てに真実の愛をさぐる女の執念。／鎮花祭　自立への夢と真実の自由を求めてさすらう女性像をとおして女の性と業に迫る。／この世の

愁い　自我にめざめ、真実の愛へ旅立とうと決意したとき訪れる人生の苛酷な試練。／家庭の秘密　ただ一度のあやまちに傷つき、愛におののくものの姿をみごとに浮彫りにする。／運命　受け身の愛、激しい愛、結婚託す夢……女性心理の複雑さを克明に描く。／有料道路　男のたくらみに克ち、暗い波濤の彼方に人生の灯を求め続けるひたむき女。／かえらざる故郷　愛の孤独、愛の虚しさ……自らの愛を真剣に生き通す女のけなげさと哀しみ。〉

1370　**魂の試される時　上**　昭和五三年一月二五日　新潮社
二五八頁　九五〇円　四六判　紙装　上製　丸背
カバー　帯　篠田桃紅装幀　二段組　新字新仮名
0093-316211-3162
魂の試される時（読売新聞　昭和五一年九月一三日～五二年一〇月二七日　四〇〇回）
川瀬家の人びと／萩／六年前／父と子／ひいらぎの花／運命／肉親をよそに／仕事部屋／白いネック／異変／闘／自嘲／春の出来事／個展の昂奮
〔帯〕表〈父の情人であった美貌の女流書道家に寄せる高校生の異常な愛―現代のさまざまな愛の形のあり方を描く力作長篇／新潮社版　価950円〉背〈丹羽文雄　新潮社〉裏〈16歳の高校生川瀬庸がひそかに慕いつづけている十歳年上の女流書道家土屋萩は、かつてプレイボーイの評判高い父川瀬林作が情事の相手にした女性だった。／そのことがわかった時、庸の愛慕の情は……そしてまた、萩の複雑な心理は……。／0093-316211-3162〉

＊重版では帯にドラマ写真を掲載。「フジテレビ系劇化全国一斉放映中!!（写真）」とある。

1371　**魂の試される時　下**　昭和五三年二月二五日　新潮社
二五二頁　九五〇円　四六判　紙装　上製　丸背
カバー　帯　篠田桃紅装幀　二段組　新字新仮名
0093-316212-3162
魂の試される時（読売新聞　昭和五一年九月一三日～五二年一〇月二七日　四〇〇回）
鍵／それから／父が知る／初々しい秘書／自然のながれ／半年間／素直な時間／告白／ついの章
〔帯〕表〈十歳も年下の青年と著名な女流書道家の秘密の別居結婚―異常に燃えた二人の異常な愛は永遠だろうか？……／新潮社版　価950円〉背〈丹羽文雄　新潮社〉裏〈過去に二人まで異性経験のある三十歳の土屋萩の肉体と心は、川瀬庸の異常な求愛を受容れた。そしてお互いに肉親にさえ秘密の別居結婚生活は平穏につづく。／やがて十年―平穏ゆえの倦怠と愛の隙間に若い女性秘書桜井久子が登場して……／0093-316212-3162〉

1372　**婚外結婚**　昭和五三年三月一〇日　三笠書房
三八三頁　九八〇円　B6判　紙装　角背　カバー
帯　田島宏行装幀　二段組　新字新仮名
名作長篇小説　0093-001149-8001
婚外結婚（読売新聞　昭和四二年九月二四日～四三年一〇月一四日　三八四回）
ひとりだけの花嫁／弱虫と卑怯／美しい居候／二つの家庭／

抵抗／前後の出産／よけいな存在／波紋／ある離婚／二年間／軽率／新緑の候／夏／秘密／家々の悩み／荒療治／夢／秋の道

〔帯〕表〈孤独な魂の荒野／数奇な運命をたどりつつ、ひたむきに生きる美しい桑子―過酷な愛の遍歴、絶望のはてに際会する〈人間の真実〉とは？　限りない慈愛の心と円熟の筆致で、女性と愛と自立の姿を鮮麗に描きつくす丹羽文学、力作長篇！／0093-001149-8001　三笠書房　￥980〉背〈女の遍歴と自立　三笠書房〉

1373　**欲望の河**　昭和五三年六月一〇日　三笠書房
四八三頁　九八〇円　B6判　紙装　角背　カバー
帯　秋山静装幀　二段組　新字新仮名　名作長篇小説
0093-001160-8001

欲望の河（産経新聞　昭和三六年四月一八日～三七年七月二〇日　四五五回）

〔帯〕表〈性と愛の深淵／流れにたゆたう笹舟のような恒子―移ろいやすい感情のひだに戸惑いを覚えながらも、心は涯《はて》遠き岸辺にひきよせられてゆく。不毛の倫理を真正面からとらえた巨匠の名篇！／三笠書房刊　0093-001160-8001　￥980〉背〈愛の代償　三笠書房〉裏〈丹羽文雄　巨匠の名作　各冊増刷販売中＊三笠書房／晩秋　不倫の恋と染色芸術と……傷つき、矛盾の果てに真実の愛をさぐる女の執念。／鎮花祭　自立への夢と真実の自由を求めてさすらう女性像を通して女の性と業に迫る。／この世の愁い　自我にめざめ、真実の愛へ旅立とうと決意したとき訪れる人生の過酷な試練。／家庭の秘密　ただ一度のあやまちに傷つき、愛におののくものの姿をみごとに浮彫りにする。／運命　受け身の愛、激しい愛、結婚託す夢……女性心理の複雑さを克明に描く。／有料道路　男のたくらみに克ち、暗い波濤の彼方に人生の灯を求め続けるひたむき女。／かえらざる故郷　愛の孤独、愛の虚しさ……自らの愛を真剣に生き通す女のけなげさと哀しみ。／白い椅子　若い独身の聖職者と彼をめぐる女たちの棲む無明の世界……魂の救済に迫る。／婚外結婚　数奇な運命をひたむきに生きる美しい桑子―過酷な愛の遍歴と人間の真実。〉

1374　**貞操模様**　昭和五三年八月一五日　三笠書房
三九五頁　九八〇円　B6判　紙装　角背　カバー
帯　松村定重装幀　二段組　新字新仮名
名作長篇小説　0093-001166-8001

貞操模様（河北新報ほか三友社　昭和四〇年五月～四一年九月　四三五回）

〔帯〕表〈めぐりくる愛の絆／秘められた放縦な覚醒《めざめ》におののくあぐり。夏の宵の軽井沢。めぐり逢いの予感は、またたく間に残酷なエピローグへと運命を駆立てる―女ゆえの葛藤を流麗に綴る愛の長篇。／0093-001166-8001　三笠書房刊　￥980〉背〈揺れうごく愛　三笠書房〉裏〈丹羽文雄　巨匠の名作　各冊増刷販売中＊三笠書房／晩秋　不倫の恋と染色芸術と……傷つき、矛盾の果てに真実の愛をさぐる女の執念。／鎮花祭　自立への夢と真実の自由を求めてさすらう女性像を通して女の性と業に迫る。／この世の愁い　自我にめざめ、真実の愛へ旅立とうと決意したとき訪れる人生の過酷な試練。／家庭の秘密　ただ一度のあやまちに傷つき、愛におののくものの姿を見事に浮彫りにする。／運命　受け身の愛、はげしい愛、結婚に託す夢……女性心理の複雑さを克明に描く。／有料道路　男のたくらみに克ち、暗い波濤の彼方に人生の灯を求め続けるひたむき女。／かえらざる故郷　愛の孤独、愛の虚しさ……自らの愛を真剣に生き通す女のけなげさと哀しみ。／白い椅子　若い独身の聖職者と彼をめぐる女たちの棲む無明の世界……魂の救済に迫る。／婚外結婚　数奇な運命をひたむきに生きる美しい桑子―過酷な愛の遍歴と人間の真実。〉

1375　**豹の女**　昭和五四年七月五日　三笠書房
二六三頁　八九〇円　B6判　紙装　角背　カバー
帯　三井永一装幀　二段組　新字新仮名
名作長篇小説　0093-001097-8937

豹の女（河出書房『豹の女』昭和一二年一〇月一九日）
〔帯〕表〈飛翔する女の性／女の自立を求めて出奔した久羅子。妻の座をすててまで望んだ、自由な恋と性の宴のはてに気づいた脆い女ごころを描いて男女に機微に触れる。丹羽文学が試みた新しい女性像。／三笠書房刊　0093-001097-8937　¥890〉背〈女の自立と妻の座　三笠書房〉裏〈丹羽文雄＊名作長篇小説＊各冊好評増刷販売中＊三笠書房刊／晩秋　傷つきながら真実の愛を探る女の執念。／鎮火祭　たしかな人生を求めてさすらう女の姿。／運命　女性心理の複雑なかげりを克明に描く。／家庭の秘密　愛におののくものの姿を浮彫りにする。／有料道路　暗い波濤の彼方に人生の灯を求める女。／この世の愁い女の生きることの意味を問うた問題作。／婚外結婚　最良の結婚形式と新しいモラルの追求。／白い椅子　若い僧の求道と愛欲の苦悩を描く名篇。／かえらざる故郷　女性の自立へのあこがれ、愛のかたち。／貞操模様　女の愛の五彩、心の渇きを描きつくす。／欲望の河　女三代の愛欲を円熟の筆にのせて描く。／惑星　数奇な運命で破滅に向かう女への復讐。〉

1376　**魚紋**　昭和五四年一二月五日　三笠書房
六一頁　八九〇円　B6判　紙装　角背　カバー
帯　三井永一装幀　二段組　新字新仮名
名作長篇小説　0093-001189-8001

魚紋（時事新報　夕刊　昭和二九年六月八日～一二月五日　一八〇回）
狼狽／姉の恋／おうめという女／屈辱の歴史／思い出の家／ギャング／病床の恋人／アサ子登場／主従／鮎の宿／舞台／部屋の主／由之の日日／エゴイスト／接近／三周忌／花さらさ／引導／妙な依頼／姉の解釈／京の秋／告白／無駄なこと／復讐的／目白の家／報告／衝撃／爆発する由之
〔帯〕表〈愛憎の陰謀／女は哀しい魚。不正な愛で織りなした紋様を我が身にまとい、うつせみを流れる―乗っとりという行為の裏にみた人間の拙い欲望と、愛憎のうず潮に浮き沈む女の行く方……。／0093-001189-8001　三笠書房刊　¥890〉背〈妻と女のあいだ　三笠書房〉

1377　**蕩児帰郷**　昭和五四年一二月一〇日　中央公論社
二一五頁　九八〇円　四六判　クロス装　上製　丸背
函　帯　芹沢銈介装幀　新字新仮名

0093-001340-4622
顔の小さな孫娘（原題「たらちね」　海　六巻八号　昭和四九年八月一日）／仏の樹（海　七巻五号　昭和五〇年五月一日）／贖罪（海　一〇巻三号　昭和五三年三月一日）／晒しもの（海　一〇巻三号　昭和五三年三月一日）／父子相伝（群像　三四巻一号　昭和五四年一月一日）／旅の前（原題「二日の旅」　海　一〇巻一一号　昭和五三年一一月一日・「続二日の旅」　海　一一巻四号　昭和五四年四月一日）／帰郷（海　一一巻七号　昭和五四年七月一日）／あとがき

〔あとがき〕

昭和四十九年八月号「海」に「たらちね」の第一作「顔の小さな孫娘」を発表したとき、父親の死んだ年齢に私が近付いているのに気がついて愕然とした。といえば大げさに聞えるだろうが、思いもよらない衝撃をうけた。父と向きあうことは予定していなかったが、向きあわねばならない羽目になつた。第二作目からは、父をはっきり意識するようになった。

毎回題名を変えて書いた。通し題名は「たらちね」であったが、たらちねとはふつう母親の意味であり、父をいうときはたらちおである。たらちおでは通りが悪く、しかし他に思いつく題名もなかったので、一応たらちねで通すことにした。最終篇の「帰郷」を書き終って、単行本にするときには改題の必要性をつよく感じるようになった。そして「蕩児帰郷」がこの連作小説にとって、これ以外に題名のないことを悟った。同じ題名で随筆を書いているが、私の気持は、小説としても「蕩児帰郷」ときめる以外に鎮まりようがなかった。

鎮まるといえば、この一冊におさめた七篇の連作は、私にとってはまさに鎮魂歌にひとしいものであった。

私にはひとりの姉があった。これまで、姉のことを小説に書くのはきわめてまれであった。はじめてその姉を登場させたが、その小説は姉の死を綴るものとなった。おなじはらから生まれた姉と私であったが、姉は死ぬまで父親想いであった。反対に私は、母の味方であった。いまの私の心境では、父と姉はひとしい距離にあるが、母はあまりに私に密着していたようである。そこに私の、約半世紀に近い小説家としての運命が決定されていた。「海」に連作として発表した中から六篇を選び、「群像」に発表した一篇を加えて「蕩児帰郷」にまとめたが、のこりの四篇には、夾雑物があるので、別の単行本に廻すことにした。この選択は、私の鎮魂歌として切実なものだけをとりあげた。今後も書きつづけるであろうが、二度とこの種のものを書くことはあるまいと思っている。

連作をはじめてから五年目で終った。父親の死んだ年齢に近付いているのを知って、翻然とした思いを味わったが、書き終えたときには、父の死んだ年齢に私は達していた。

昭和五十四年八月　軽井沢山荘にて

丹羽文雄

〔帯〕表〈ふれあえば互に血を流すにちがいない父と子の、極彩色の泥絵のような人生の修羅をみつめて、ひたすらに自らへの鎮魂の歌として綴る連作小説／中央公論社刊　0093-001340-4622　980円〉背〈鎮魂歌として綴る連作小説〉裏〈この一冊におさめた七篇の連作は、私にとってはまさに鎮魂歌にひとしいものであった。―私にはひとりの姉があった。はじめてその姉を登場させたが、その小説は姉の死を綴るものとなった。おなじはらから生まれた姉と私であったが、姉は死ぬまで父親想いであった。反対に私は、母の味方であった。いまの私の心境では、父と姉はひとしい距離にあるが、母はあまりに私に密着していたようである。そこに私の、約半世紀に近い小説家としての運命が決定されていた。—父親の死んだ年齢に近付いているのを知って、翻然とした思いを味わったが、書き終えたときには、父の死んだ年齢に私は達していた。（「あとがき」より）〉

1378　**惑星**　昭和五四年一二月一〇日　三笠書房
二四三頁　八九〇円　B６判　紙装　角背　カバー
帯　松村定育装幀　二段組　新字新仮名
名作長篇小説　0093-001173-8001

惑星（時事新報　昭和二五年三月一五日～九月一一日　一八〇回）

〔帯〕表〈絶望的な運命！／復讐の鬼と化し守銭奴となって女たちに爪をたてつづける兄と、美貌の妹。さながら一篇の絵巻を見るように、数奇な運命の糸はゆくりなくも女の心をふるわせた。異色の長篇。／0093-001173-8001　三笠書房刊　¥890〉背〈愛と憎しみの葛藤　三笠書房〉裏〈丹羽文雄＊傑作長篇小説　＊各冊増刷発売中＊三笠書房／晩秋　傷つきながら真実の愛を探る女の執念。／鎮火祭　たしかな人生を求めてさすらう女の姿。／運命　女性心理の複雑なかげりを克明に描く。／家庭の秘密　愛におののくものの姿を浮彫りにする。／有料道路　暗い波濤の彼方に人生の灯を求める女。／この世の愁い　女の生きることの意味を問うた意欲作。／婚外結婚　最良の結婚形式と新しいモラルの追求。／白い椅子　若い僧の求道と愛欲の苦悩を描く名篇。／かえらざる故郷　女性の自立へのあこがれ、愛のかたち。／欲望の河　女の愛の五彩、心の渇きを描きつくす。／貞操模様　女三代の愛欲を円熟の筆にのせて描く。／惑星　数奇な運命で破滅に向かう女への復讐。〉

1379　**山肌　上**　昭和五五年六月二〇日　新潮社
二二一頁　九五〇円　四六判　紙装　上製　丸背
カバー　帯　牛島憲之装幀　二段組　新字新仮名
0093-316213-3162

山肌（日本経済新聞　五三年一二月七日～五五年一月一四日　三九五回）

〔帯〕表〈交通事故にあった夫に代って生命保険の外務員になって一家を支える三沢苑子　その若さと美貌と優雅な生活の裏に……／新潮社版　定価950円〉背〈懸命に働きながら美しく優雅に生きる中年の女性　新潮社〉裏〈江藤淳／　この小説は、丹羽さん独特の中年男女の愛欲の世界を描いた小説ですが、生命保険業界の内幕を描いてもいて、生命保険という社会的に影響力の大きい業界の実体を読者に知らせるという機能を兼ねそなえている。／　身体がかあっとなるかと思うと、それが嘘のように今度はすうっとしてしまうという、中年女性の微妙な生理と心理の変調をいう「かあすう病」は、いわば丹羽さんの独壇場といったところでしょうが、これまでどんな新聞小説にも描かれたことがなかった。『山肌』は典型的な丹羽文学でありながら、同時に社会一般の関心に対して開かれた新聞小説の機能を満足させている。『山肌』は、菊池寛、久米正雄、小島政二郎というような人々が開拓した新聞小説の大道を、悠々と濶

歩している本格的な新聞小説といっていい。／0093-316213-3162〉

1380　山肌　下　昭和五五年六月二〇日　新潮社
二二六頁　九五〇円　四六判　紙装　上製　丸背
カバー　帯　牛島憲之装幀　二段組　新字新仮名
0093-316214-3162

山肌（日本経済新聞　五三年一二月七日～五五年一月一四日　三九五回）

〔帯〕表〈一家を支え、三人の子を育て上げたヴェテラン外務員三沢苑子　その優雅な中年女性の生活には二十余年にわたる異性との秘密があった……／新潮社版　定価950円〉背〈厳しい環境の中で優雅に生きる女性の生活の秘密　新潮社〉裏〈澤野久雄／　これは壮大な交響曲である。オーケストラの演奏者のように、登場人物の多い小説である。事件は、次々に起って来る。青年の自殺、ラブ・ホテルの出来事、婦人科の成形《ママ》手術、不貞　—それらの事件を追いながら、今日の日本の保険業界の裏面にメスが入れられる。／　私は、すでに七十代の半ばをすぎたこの作家の、好奇心の深さに驚かされた。たとえば保険というものについて、実に調査が行き届いている。その保険というものを正面にすえて、中年女（現代風にいえばキャリア・ウーマンである）の一つの生き方を展開してみせてくれたのだから、新聞小説として多くの読者を捉えたであろうことは、想像にかたくない。／　華麗なオーケストラを聞いたあとの快い疲労が、読後の私の中に尾をひいている。／0093-316214-3162〉

1381　山麓　昭和五五年七月二〇日　三笠書房
三二四頁　九八〇円　Ｂ６判　紙装　角背　カバー
帯　山田光造装幀　二段組　新字新仮名
名作長篇小説　0093-001206-8001

山麓（サンデー毎日　四〇巻一四号～四一巻一〇号　昭和三六年四月二日～昭和三七年三月一一日　五〇回）

〔帯〕表〈女の自立と野心／異常なまでの物欲をもつ母の言うままに嫁いだ姉ふたり。愛と自由を求めて〝家〟を捨てる加奈子。母との相克に苦しむ雅子……。四人姉妹それぞれの女の生きかたを、鮮麗な筆致で描く。／三笠書房刊　¥980〉背〈真の結婚、真の自立　三笠書房〉裏〈丹羽文雄■名作長篇小説　三笠書房刊／晩秋　傷つきつつ真実の愛を探る女の執念／鎮火祭　確かな人生を求めてさすらう女の姿／運命　克明に描く女性心理の複雑なかげり／家庭の秘密　孤独を胸に抱く男女の優しさと魔性／有料道路　暗い波濤の彼方に人生を求める女／この世の愁い　女の生きることの意味を問う意欲作／婚外結婚　新しい結婚のモラルを追求した名作／白い椅子　若い僧侶の求道と愛欲の苦悩を描く／かえらざる故郷　女の自立へのあこがれ、愛のかたち／欲望の河　女の愛の五彩、心の渇きを描く大作／貞操模様　円熟の筆にのせて描く女三代の愛欲／惑星　数奇な運命で破滅に向かう女への復讐／豹の女　自由な恋のはてに気づく女心の脆さ／魚紋　浮草のような女の愛を精彩に描く／山麓〈続刊〉　普遍の愛と女の幸福な生き方を問う／四季の演技〈続刊〉　流行作家をめぐる女たちの愛の四季／虹の約束〈続刊〉　虹のようにはかない男女の愛の約束〉

1382　**彼岸前**　昭和五五年九月二〇日　新潮社
二一八頁　一二〇〇円　四六判　クロス装　上製
角背　函　帯　三原節子装幀　新字新仮名
0093-316215-3162
中華料理店（新潮　七四年一号　昭和五二年一月一日）／雨戸のせい（新潮　七五年六号　昭和五三年六月一日）／彼岸前（群像　二九巻五号　昭和四九年五月一日）／山荘（群像　三一巻一〇号　昭和五一年一〇月一日）／病室にて（群像　三〇巻四号　昭和五〇年四月一日）／うとましい人（群像　三三巻一号　昭和五三年一月一日）／犬と金魚（新潮　七七年一号　昭和五五年一月一日）／虚実（すばる　一巻一号　昭和五四年五月一日）／ひとりごと（群像　三五巻四号　昭和五五年四月一日）
初出誌一覧
〔帯〕表〈五十余年の創作活動を続けながら今なお若々しい「文学の眼」とたくましい筆力を発揮する著者の近作から精選した九つの短編／新潮社版　定価1200円〉背〈精選短編集　新潮社〉裏〈＊収録作品＊中華料理店　雨戸のせい　彼岸前　山荘　病室にて　うとましい人　犬と金魚　虚実　ひとりごと　0093-316215-3162〉

1383　**四季の演技**　昭和五五年一二月二五日　三笠書房
三一九頁　九八〇円　B６判　紙装　角背　カバー
帯　坂口玲子装幀　二段組　新字新仮名
名作長篇小説　0093-001213-8001
四季の演技（東京新聞ほか新聞三社連合　昭和三一年一一月～三二年九月　三〇〇回）
〔帯〕表〈苦悩する女・自立する女／トップモデルの座とひきかえに家庭の幸福を捨てた妻。情熱のおもむくままに奔放な愛に身をまかす48歳の母。年の離れた夫との生活にあきたらず不倫の愛に走る妹。流行作家をとりまく女たちの愛の四季。／三笠書房刊　0093-001213-8001　￥980〉背〈女の業と性　三笠書房〉裏〈丹羽文雄　巨匠の名作　三笠書房刊／晩秋　人妻ながら義父との不倫の恋に溺れ、一方では染色芸術に命を燃やす女、帯子。傷つき矛盾の果てに真実の愛を探る女の執念を描く。／家庭の秘密　それぞれに孤独な人間の優しさと魔性と―ただ一度のあやまちに傷つき、愛におののくものの姿をみごとに浮彫りにした傑作長篇。／運命　はかなく受け身の愛に流されていく姉、激しく生きながらも結婚に夢を託していく妹―女性心理の複雑さ、愛と真実を克明に描く。〉

1384　**かえらざる故郷　上**　昭和五六年四月三〇日　三笠書房
二二九頁　九八〇円　四六判　紙装　上製　丸背
カバー　帯　相原求一郎装幀　二段組　新字新仮名
0093-001217-8001
かえらざる故郷（報知新聞　昭和三九年二月二三日～四〇年七月一日　四〇〇回）
淳子の真実／谷間／離婚一号／二女千枝／肇の憂鬱／晴子／暗示／洛西洛南／あせる心／肇の結婚
〔帯〕表〈美しい悪魔たち原作／10テレビ朝日系／毎週月曜日【夜】10:00～10:54／《月曜劇場》放送中！／古都に佇む料亭の美しすぎる女将と四人の娘。因襲的な世間と狂おしい愛欲のはざまに垣間見る真実の幸福。／三笠書房刊　￥980〉背〈10テレビ朝日系《月曜劇場》放送中！／美しい悪魔たち原作〉裏〈巨匠・丹羽文雄・円熟の名篇／愛の一言に喜び、その一言からさすらいがはじまる……生きる確かさを求めて、自らの愛に忠実にあろうとする姿のけなげさ、悲哀。人間の業を追求しつづける著者が解きあかす秘められた女性心理。／0093-001217-8001 丹羽文雄《かえらざる故郷・上》三笠書房刊　定価980円〉

＊　1368　かえらざる故郷（昭和五二年五月二〇日　三笠書房）の分冊新装版。ドラマ化による新装。

1385　**かえらざる故郷　下**　昭和五六年四月三〇日　三笠書房　二五四頁　九八〇円　四六判　紙装　上製　丸背　カバー　帯　相原求一郎　二段組　新字新仮名　0093-001218-8001

かえらざる故郷（報知新聞　昭和三九年二月二三日～四〇年七月一日　四〇〇回）

千枝の秘密／最後の結婚／元子の身辺／千枝の日／離婚二号／「別所」／閉店前後／いつまでも／動揺／私の彼／店のマッチ／血

〔帯〕表〈美しい悪魔たち原作／10テレビ朝日系／毎週月曜日【夜】10:00～10:54／《月曜劇場》放送中！／なぜひとときの幸福を求めてはいけないのか―愛の歓びを知ったときからはじまる自立への旅立ち。／三笠書房刊　￥980〉背〈10テレビ朝日系《月曜劇場》放送中！／美しい悪魔たち原作〉裏〈丹羽文雄■名作長篇小説　■三笠書房刊／晩秋　傷つきつつ真実の愛を探る女の執念／鎮火祭　確かな人生を求めてさすらう女の姿／運命　克明に描く女性心理の複雑なかげり／家庭の秘密　孤独を胸に抱く男女の優しさと魔性／有料道路　暗い波濤のかなたに人生を求める女／この世の愁い　女の生きることの意味を問う問題作／白い椅子　若い僧侶の求道と愛欲の苦悩を描く／婚外結婚　新しい結婚のモラルの追求した名作／かえらざる故郷　女性の自立へのあこがれ、愛のかたち／欲望の河　女の愛の五彩、心の渇きを描く大作／貞操模様　円熟の筆にのせて描く女三代の愛欲／惑星　数奇な運命で破滅を辿る女への復讐／豹の女　自由な恋のはてに気づく女心の脆さ／魚紋　浮き草のような女の愛を精彩に描く／山麓　普遍の愛と女の幸福な生き方を問う／四季の演技　流行作家をめぐる女たちの愛の四季／虹の約束〈続刊〉虹のようにはかない男女の愛の約束／0093-001218-8001　丹羽文雄《かえらざる故郷・下》三笠書房刊　定価980円〉

＊　1368　かえらざる故郷（昭和五二年五月二〇日　三笠書房）の分冊新装版。ドラマ化による新装。

1386　**虹の約束**　昭和五六年八月一五日　三笠書房　二七二頁　九八〇円　B6判　紙装　角背　カバー　帯　東郷幸江装幀　二段組　新字新仮名　名作長篇小説　0093-001221-8001

虹の約束（京都新聞、山陽新聞、新潟日報、河北新報ほか共同通信系新聞　昭和二六年一〇月～二七年五月　一九五回）

〔帯〕表〈〝私の肉体の中には、手におえない情熱の鬼が棲んでいる……〟／若い義母・保子と娘・田鶴子―自分に忠実に生きようとする女の、愛のやすらぎと冷酷を鮮明に描く。／0093-

001221-8001　三笠書房刊　定価980円〉背〈女の情熱―人生の明暗　三笠書房〉裏〈丹羽文雄■名作長篇小説　■三笠書房刊／晩秋　傷つきつつ真実の愛を探る女の執念／鎮火祭　確かな人生を求めてさすらう女の姿／運命　克明に描く女性心理の複雑なかげり／家庭の秘密　孤独を胸に抱く男女の優しさと魔性／有料道路　暗い波濤のかなたに人生を求める女／この世の愁い　女の生きることの意味を問う問題作／白い椅子　若い僧侶の求道と愛欲の苦悩を描く／婚外結婚　新しい結婚のモラルの追求した名作／かえらざる故郷　女性の自立へのあこがれ、愛のかたち／欲望の河　女の愛の五彩、心の渇きを描く大作／貞操模様　円熟の筆にのせて描く女三代の愛欲／惑星　数奇な運命で破滅を辿る女への復讐／豹の女　自由な恋のはてに気づく女心の脆さ／魚紋　浮き草のような女の愛を精彩に描く／山麓　普遍の愛と女の幸福な生き方を問う／四季の演技　流行作家をめぐる女たちの愛の四季／虹の約束　虹のようにはかない男女の愛の約束〉

1387　**四季の旋律　上**　昭和五六年一一月一五日　新潮社
　二三〇頁　一〇〇〇円　四六判　紙装　上製　丸背
　カバー　帯　牧進装幀　新字新仮名
　0193-316216-3162

四季の旋律〈東京タイムズほか　昭和五五年四月一二日～五六年二月一七日　三〇〇回〉

　朝の庭／三年目／瑠美の周辺／秘密／林の中／おんな星／日々の足音／ブチック「瀧」／再び

〔帯〕表〈四季の旋律（全2巻）／真に自立した愛とは？／現代を生きる女性の幸福とは？／新潮社　0193-316216-3162　定価1000円〉背〈女性の美しい生き方のために　新潮社〉裏〈村岡家の主人正継が働き盛りで突然死んだ。あとには妻の菊子と、洋子・瑠美・千代子の三人の姉妹、それに祖父が残された。娘たちは結婚適齢期、未亡人となった菊子もまだまだ若く美しい。それぞれに個性を持った彼女たちはどのように愛し、結婚を考え、職業を持つ人間として意欲的に生きていったか。〉

1388　**四季の旋律　下**　昭和五六年一一月一五日　新潮社
　二五六頁　一〇〇〇円　四六判　紙装　上製　丸背
　カバー　帯　牧進装幀　新字新仮名
　0193-316217-3162

四季の旋律〈東京タイムズほか　昭和五五年四月一二日～五六年二月一七日　三〇〇回〉

　激突／ためらい／明暗／世間の目／喜劇の素／五風十雨／大変なこと／動揺／人生とは

〔帯〕表〈四季の旋律（全2巻）／実りある女性の生き方とは？／偏見に縛られない自由な結婚とは？／新潮社　0193-316217-3162　定価1000円〉背〈女性の聡明な生き方のために　新潮社〉裏〈人それぞれに愛があり、結婚がある。生き方も異なる。だが現代を生きる女性にとって何よりも必要なのは、自由な個人としての自覚ではないだろうか。つねに若々しい精神で女性の生き方を描いてきた著者が、未亡人と三人の娘、それに彼女たちをとりまくさまざまな人々の姿を通して、女の幸福を問う。〉

1389　**樹海　上**　昭和五七年五月三〇日　新潮社
二七八頁　一一〇〇円　四六判　紙装　上製　丸背
カバー　帯　山田正亮装幀　新字新仮名
978-4-10-316218-6（4-10-316218-X）
樹海（読売新聞　五五年九月二五日～五六年一一月六日　四〇〇回）
立ち聞き／怒りと嘆き／姉の紹介／発見のはじめ／春秋荘／路上／みやげ話／私の日日／嫁と妻／あぶない淵
〔帯〕表〈私は家庭の調度品のひとつに過ぎないのか。女の私の大切な季節は空しく過ぎていく。生の実感がほしい。／海外駐在商社マンの妻の愛と苦悩／新潮社　0193-316218-3162　定価1100円〉背〈海外駐在商社マンの妻の愛と苦悩　新潮社〉裏〈商社マンの夫が単身でニューヨークに赴任して五年。空虚な思いを胸に、幼い子供たちと留守を守る妻の染子は、夫に外人の情人がいることを知った。自分の心に素直に生きたい—染子はエレクトーンを教え始めるが、生徒である青年が彼女に近づいて来た……。海外駐在エリート商社マンの妻の愛と苦悩を鮮麗に描く。〉

1390　**樹海　下**　昭和五七年五月三〇日　新潮社
二九二頁　一一〇〇円　四六判　紙装　上製　丸背
カバー　帯　山田正亮装幀　新字新仮名
0093-316219-3162
樹海（読売新聞　昭和五五年九月二五日～五六年一一月六日　四〇〇回）
あぶない淵（承前）／訪問客／夫の帰国／心のひと／中間報告／驚愕／ふきだまり／反響／春来る
〔帯〕表〈私はこれほどまでに夫を憎んでいたのか。女としての私の夢はみごとに破れた。自分の心に忠実に生きたい。／一人の女の新しい人生への旅立ち。／新潮社版　0093-316219-3162　定価1100円〉背〈生の実感がほしい／本当の愛がほしい／新潮社〉裏〈夫が突然帰国した。しかし染子は何の感動も覚えないどころか、夫に憎しみさえ感じていた。彼女はその夜、夫との同衾を拒否した。夫には妻の反逆の理由が分からなかった。自立した生活を求めて家を出た染子は、兄の友人に惹かれていく……。新しい人生を選びとっていく一人の女性の姿を感動的に描く。〉

1391　**蓮如　第一巻**　昭和五七年九月二〇日　中央公論社
二七六頁　一五〇〇円　四六判　クロス装　上製　丸背　パラフィン　函　帯　函ビニル　新字新仮名
羽石光志装幀・装画　図版五　0093-001571-4622
蓮如（中央公論　八六年一号～九六年七号　昭和四六年一月一日～五六年六月一日　一二一回）
蒙古襲来のころ／覚如の就学／内憂／一遍／大谷廟所／一遍聖絵／賊舟雨至／稚児争奪／霜月騒動／覚如受戒／唯円上洛／一遍の死／覚如の妻帯／天皇家の軋轢／覚如の東国行
〔帯〕表〈丹羽文雄　蓮如　第一巻（全八巻）／政変・争乱・飢餓の時代と、平安を求める庶民と共に生きた本願寺中興の祖蓮如の生涯を描く丹羽文学の最高峰／定価1500円／中央公論社　0093-001571-4622／装幀・装画　羽石光志〉背〈丹羽文雄　中央公論社〉裏〈大作の完成／川口松太郎／　蓮如は孤独だった。数人の妻を持ち、二十七人の子女をもうけ、八十五歳の長命を保ちながら孤独だった。／　蓮如の生涯を描いた丹羽文雄の孤独は、文芸作家に共通の宿命だ。蓮如の孤独と丹羽の孤独とがむすびついて、この大作を完成させた。孤独に徹した人間が仕事を成功させる、その教科書のような大作である。／出会いの楽しみ／大谷大学学長　廣瀬杲《たかし》／　私は、蓮如という名を耳にし、その生き様を思うと、ある種の不安に襲われる。ことに親鸞と対比されるとき、それは、重圧感とさえなってくる。だから私は、その正体を虚心に見究めたいと願う。それが見究められたとき、親鸞の教えの、活力に満ちた伝道者としての蓮如に出会えるのだと思っている。／　丹羽文雄氏の大著『蓮如』には、おそらく実在感のある蓮如像が深く刻み込まれているに違いない。私は、そうした蓮如に会いたい。〉

＊　附録「皇室両統略系図　北条氏略系図　足利将軍家略系図本願寺略系図」

1392　**蓮如　第二巻**　昭和五七年一〇月二〇日　中央公論社
二九九頁　一五〇〇円　四六判　クロス装　上製
丸背　パラフィン　函　帯　函ビニル　新字新仮名
羽石光志装幀・装画　図版五　0093-001572-4622

蓮如〈中央公論　八六年一号～九六年七号　昭和四六年一月一日～五六年六月一日　一二一回〉

三者による親鸞廟所共望／唯善逃亡／覚如の屈辱／父と子の確執／存覚義絶／正中の変／存覚の心境／主上御謀叛／元弘の変

＊　帯に「作者のことば」。附録「皇室両統略系図　北条氏略系図　足利将軍家略系図本願寺略系図」

〔帯〕表〈丹羽文雄　蓮如　第二巻（全八巻）／北條氏滅亡の血なまぐさい世を背景に、宗祖親鸞の教義を軸に組織化を夢みる覚如・存覚父子の確執は深まった／定価1500円／中央公論社　0093-001572-4622／装幀・装画　羽石光志〉背〈丹羽文雄　中央公論社〉裏〈作者のことば／丹羽文雄／　十年の歳月を要して、私は小説『蓮如』を八冊にまとめた。書いているあいだは夢中であったが、終ってみると、その歳月におどろいた。が、この世に生をうけた己の宿命に対して、漸く答えることが出来たような気持である。ライフワークである。親鸞を教祖とする浄土真宗の末寺の長男に生れた私は、学校を出ると生家の寺をとび出して、小説の世界にはいった。が、書くことによって思い知らされたのは、己の血の宿命であった。／　蓮如には矛盾もあり欠点もあった。親鸞には近よりにくいが、蓮如は人間的な親しみも感じさせる。中世日本の歴史を変えた一向一揆の原動力は、たったひとりの蓮如が生きていたからであった。／　小説を書き終った私は、蓮如の大きな足跡にいまさらに気圧されている。〉

1393　**蓮如　第三巻**　昭和五七年一一月二〇日　中央公論社
三二六頁　一五〇〇円　四六判　クロス装　上製
丸背　パラフィン　函　帯　函ビニル　新字新仮名
羽石光志装幀・装画　図版五　0093-001573-4622

蓮如〈中央公論　八六年一号～九六年七号　昭和四六年一月一日～五六年六月一日　一二一回〉

足利尊氏／『改邪鈔』／在覚の法華問答／十七年間の義絶／

覚如の置文／再度義絶／覚如死す／天下三分の情勢／尊氏の死後／応安の嗷訴

＊附録「皇室両統略系図　北条氏略系図　足利将軍家略系図本願寺略系図」

〔帯〕表〈丹羽文雄　蓮如　第三巻（全八巻）／南北両朝と足利将軍家の内紛は絶えない。存覚を義絶した覚如は妻の死後も許さず夢果たすことなく寂しく逝った／定価１５００円／中央公論社　0093-001573-4622／装幀・装画　羽石光志〉背〈丹羽文雄　中央公論社〉裏〈……著者は近代リアリズムの巨匠である。その巨匠が十年の歳月をかけ、心血をかたむけて、本願寺中興の祖である巨大な宗教者・蓮如に迫ろうとする。それは一個の、壮烈な戦いと言わなければなるまい。要求される膨大な資料や、文献への透徹した眼と、それらの資料や文献が必然に呼びかけてくる、フィクションとしての人間創造を、著者の近代リアリズムは、いかによく造型し得るか。しかし、そこで問われる究極の課題は、結局するところ、著者自身の宗教体験の在りようそのもの、ということになるだろう。この作品に対する私の期待も、結局、その一点に帰する。（「東京新聞」より）／森川達也〉

1394　**妻**　昭和五七年一一月二四日　講談社
一六七頁　一三〇〇円　四六判　クロス装　上製
丸背　函　パラフィン　帯　山岸義明装幀　二段組
新字新仮名　4-06-200186-1

春の蟬（海　一三巻一〇号　昭和五六年一〇月一日）／妻（群像　三七巻六号　昭和五七年六月一日）／沈黙（群像　三六巻一〇号　昭和五六年一〇月一日）／鳥の影（文芸春秋　六〇巻一号　昭和五七年一月一日）／わが家の風物詩（海　一四巻七号　昭和五七年七月一日）／悔いの色（新潮　七九年九号　昭和五七年九月一日）

〔帯〕表〈本格私小説の驚くべき非情と〝妻〟への溢るるばかりの愛情／講談社版・丹羽文雄・短篇集「妻」〉背〈私小説の傑作　講談社〉裏〈朝日新聞　文芸時評／河野多恵《ママ》子氏／このたびの「妻」は短篇であるにもかかわらず、若き日の出世作の「鮎」や有名な「厭がらせの年齢」そして「親鸞」や近作「蓮如」の二大長編を思い出させる。長年の人間探究と創作姿勢の結実による傑作で、作者の新しい頂点を見るおもいがした。〉

1395　**蓮如　第四巻**　昭和五七年一二月二〇日　中央公論社
二八四頁　一五〇〇円　四六判　クロス装　上製
丸背　パラフィン　函　帯　函ビニル　新字新仮名
羽石光志装幀・装画　図版五　0093-001574-4622

蓮如（中央公論　八六年一号～九六年七号　昭和四六年一月一日～五六年六月一日　一二一回）

存覚死す／衰頽の本願寺／綽如と瑞泉寺／義満と義堂周信／浄土宗と日蓮宗／南朝の終焉／日本国王／蓮如誕生の前後／六歳の蓮如／貧乏物語の疑問／情報者早瀬／存如の『御因縁』／十五歳の蓮如／『安心決定鈔』／一休のこと

＊附録「皇室両統略系図　北条氏略系図　足利将軍家略系図本願寺略系図」

〔帯〕表〈丹羽文雄　蓮如　第四巻（全八巻）／関東では高田専

修寺派が進出した。本願寺は小さな廟堂として人影もとだえがちだった。ここに蓮如は誕生した。／定価1500円／中央公論社　0093-001574-4622／装幀・装画　羽石光志〉背〈丹羽文雄　中央公論社〉裏〈『蓮如』（全八巻）／＊第一巻　蒙古襲来のころ　一遍　覚如受戒　唯円上洛　覚如妻帯　覚如の東国行他／＊第二巻　唯善逃亡　父と子の確執　存覚義絶　正中の変　存覚の心境　元弘の変　他／＊第三巻　在覚の法華問答　覚如の置文　再度義絶　覚如死す　尊氏の死後　他／＊第四巻　存覚死す　衰頽の本願寺　南朝の終焉　蓮如誕生の前後　六歳の蓮如　他／第五巻　嘉吉の乱　蓮如の結婚　秘事法門　生身御影　継職問題　親鸞二百回忌　他／第六巻　本願寺破却　応仁の乱　吉崎進出　蓮如の妻子　下問蓮宗　蓮如の苦悩　他／第七巻　最初の一向一揆　吉崎退去の真相　高田派のお家騒動　本願寺再興　他／第八巻　順如の死　譲状前後　蓮如語録　大阪御坊　蓮如の和歌　遷化前後　他／定価各1500円（＊印既刊）〉

＊　以下八巻まで帯裏面は同内容。

1396　**蓮如　第五巻**　昭和五八年一月二〇日　中央公論社

二九九頁　一五〇〇円　四六判　クロス装　上製丸背　パラフィン　函　帯　函ビニル　新字新仮名

羽石光志装幀・装画　0093-001575-4622

蓮如（中央公論　八六年一号～九六年七号　昭和四六年一月一日～五六年六月一日　一二一回）

叡山討伐／嘉吉の乱／蓮如の結婚／禁闕の変／秘事法門／生身御影／再び秘事法門／継職問題／事始め／真慧登場／親鸞二百回忌／『歎異抄』禁止

＊　附録「本願寺略系図　足利将軍家略系図　富樫氏略系図」

〔帯〕表〈丹羽文雄　蓮如　第五巻（全八巻）／父存如が没し、蓮如は門徒の期待のうちに八代目住持となる。大飢饉が生じ、京の町には難民と飢餓者が溢れた／定価1500円／中央公論社　0093-001575-4622／装幀・装画　羽石光志〉背〈丹羽文雄　中央公論社〉

1397　**蓮如　第六巻**　昭和五八年二月二〇日　中央公論社

三〇二頁　一五〇〇円　四六判　クロス装　上製丸背　パラフィン　函　帯　函ビニル　新字新仮名

羽石光志装幀・装画　0093-001576-4622

蓮如（中央公論　八六年一号～九六年七号　昭和四六年一月一日～五六年六月一日　一二一回）

本願寺破却／応仁の乱／堅田大責／吉崎進出／蓮如の妻子／和讃開板／見玉尼の死／継母の十三回忌／第三夫人／一向宗の呼称／「御文」と「聞書」／動揺する蓮如／下問蓮宗／蓮如の苦悩

＊　附録「本願寺略系図　足利将軍家略系図　富樫氏略系図」

〔帯〕表〈丹羽文雄　蓮如　第六巻（全八巻）／戦乱あいつぎ、京は焦土と化した。本願寺が叡山によって破却されると、蓮如は北陸吉崎に別院を建て布教した／定価1500円／中央公論社　0093-001576-4622／装幀・装画　羽石光志〉背〈丹羽文雄　中央公論社〉

1398　**蓮如　第七巻**　昭和五八年三月二〇日　中央公論社

二九八頁　一五〇〇円　クロス装　上製　丸背
パラフィン　函　帯　函ビニル　新字新仮名
羽石光志装幀・装画　0093-001577-4622
蓮如（中央公論　八六年一号～九六年七号　昭和四六年一月一日～五六年六月一日　一二一回）
最初の一向一揆／正念場／虚実の蓮崇／吉崎退去の真相／赤尾の道宗拾遺／ある日語る／高田派のお家騒動／三つの非難／三人目の妻の死／乱後の仏教会／本願寺再建／法住の死
＊　附録「本願寺略系図　足利将軍家略系図　富樫氏略系図」
〔帯〕表〈丹羽文雄　蓮如　第七巻（全八巻）／農民門徒らによる一向一揆は蓮如の努力もむなしく遂に起った。吉崎を退去した蓮如は山科に本願寺を再建する／定価１５００円／中央公論社　0093-001577-4622／装幀・装画　羽石光志〉背〈丹羽文雄　中央公論社〉

1399　**蓮如　第八巻**　昭和五八年四月二〇日　中央公論社
三二四頁　一五〇〇円　クロス装　上製　丸背
パラフィン　函　帯　函ビニル　新字新仮名
羽石光志装幀・装画　0093-001578-4622
蓮如（中央公論　八六年一号～九六年七号　昭和四六年一月一日～五六年六月一日　一二一回）
他宗の転入／順如の死／真盛の噂／加賀と山科／富樫政権の運命／譲状前後／蓮如語録／本願寺の財政／再び『歎異抄』／大阪御坊／蓮如の和歌／遷化前後／拾遺（一）／拾遺（二）／あとがき　主要参考文献（順不同）
＊　附録「本願寺略系図　足利将軍家略系図　富樫氏略系図」

〔あとがき〕

『蓮如』は、昭和四十六年一月から昭和五十六年六月まで、百二十一回にわたり、『中央公論』に連載したものである。十年の歳月を要した。文字どおり私のライフワークである。

本にするにあたって大幅に手入れし、校正に際しても、単に文字の訂正というだけでなく、ことに第一巻、第八巻では、ゲラを何ページも削ったり、何枚もの生原稿を挿入したりした。

『蓮如』の連載が終ってのち、「『蓮如』余話」と題して、私は十年間の思い出のつもりで一文を草した。いままた「あとがき」を書くにあたって、先の一文には抵触をせずに、別の文章でまとめることにした。

昭和五十七年十二月九日の夜、金沢市文化ホールで、私は千人ほどの聴衆に対して、蓮如の話をした。そのときの聴衆のひとりから後日、手紙が届いた。その人の手紙を書写することによって、私は「あとがき」に代えたいと思った。手紙の主にはすでに了解を得ている。

その手紙の内容は、私が十年もかかって、ついに到達の出来なかった心の世界に、その人は私の講演を聞いているうちに、ごく自然に辿りついたという現実的な話である。私の口からは絶対にいえないようなことばが、その人が代って、手紙に書いてくれていたのだと思われるほどであった。長篇『蓮如』が、ようやく報われたのだという思いである。

その手紙には、私に対する過度な賞讃があり、それをそのまま書写するには忸怩たるものがある。しかしその部分を消して写すのでは、却って手紙の主の心を傷つけることになると思い直して、あえて私個人の感情は棚に上げて、そのまま書写することにした。相当の年齢の女性であり、娘さんもすでに結婚をしている。手紙は四枚の便箋に書かれていた。

「丹羽文雄先生

大変不躾なお手紙を書きますことをお許し願いとうございます。どうしても書かずには居られなかったのでございます。私は若い頃から本を読みまして、感動して涙が溢れてきたことは何遍もございましたが、有難くて涙が溢れてきたのは、先生の『親鸞』を読ませて頂いたのが初めてでございました。

真宗王国と言われる北国に生まれました私は、一日が合掌で始まり、合掌で終る慣わしの中で育てられてきたのでございますが、大きくなるにつれて、仏教に対して割り切れない思いが、心底からよろこべない疑問が、払い切れないまま老境に入りまして、毎日が不安で、心定まらぬ日々でございました。

仏教に関するいい本を読みたいと常々申しておりました私に、嫁いでいる娘が、先生の『親鸞』を持ってきてくれたのでございます。

読み終った私は、此の本を読ませて頂く為に今日迄生かせて頂いたのだと思いました。大きな感動が胸の中に湧きあがりました。

心を伝えるということは、大変むつかしいことと思います。先生にあって始めて成し得られたことだと思いました。無学の私にも親鸞の教えが正しくはっきりと汲みとることが出来ました。

それは、先生がもはや親鸞その人だとも思いました。

本当に、成程、そうであったのかと、しっかりと心の中に微動だにせぬ確かさで受け止められた思いでございました。

お与え下さいました先生に一言お礼申し上げたいと其の時以来思いながら、学のない私は、なかなか出しそびれていたのでございます。ところが先頃、先生が金沢で蓮如の講演をなさると新聞に出ておりまして、『先生に御礼を申し上げないうちに、先生がおでかけ下さるとは本当に申し訳がないね』と、娘に申していたのでございます。

『蓮如』は第一巻発売初日に婿が買ってきて、読みますと、すぐ私に廻してくれております。第三巻もそろそろ手許に届く頃かと思っております。会社に勤めております婿が整理券を申し込んでくれまして、三人で講演会に出かけて参りました。お年とも思えませぬお若さで、お元気なお姿に接しまして、何よりうれしゅうございました。

私は以前、蓮如の本を読みまして、以来、蓮如にはどうしても好感が持てませんでした。

私は六人兄姉の末でございます。父は私の五歳の春に亡くなり、当時五十二歳でした。大きくなって私は母や姉からよく父の話を聞かされました。其のひとつに、『わしが五十歳で此の子がやっと三つになるか！　そんなことを思うと後から生まれて来た子供とは親と一緒に暮す時が短くて、可哀想だなあ』と申しまして、二つ上の姉と私を、上の兄姉がひがむくらい、愛しがったそうでございます。

七十歳を過ぎての子供を、蓮如はどんな思いで眺めていたのでございましょう。蓮如は継母にいじめられたと人に話したと聞きますが、自分の子供も又次々と継母に育てさせることに、抵抗がなかったのでしょうか。老境に入っての再婚の相手に、なぜ若い女性を選んだりしたのでしょうか。子供を持つ女の私には考えられない驚きであり、仏教不信にもつながったのでございます。

ところが先日、先生のお姿を拝見しておりまして、私はとても大切なことに気がついたのでございます。

衰退を極めていた浄土真宗と本願寺を隆盛させた蓮如の功績があればこそ、私は此の教えの中に育って来られたのでございます。それ故に先生があり、先生の『親鸞』と巡り会うことも出来たのでございます。それを思えば、蓮如の私生活の何程のことがあろうかと思えて来たのでございます。

先生のお書き下さった『蓮如』を最後迄読みあげるまで、生きていたいものだと思っております。

先生、本当にありがとうございます。

心の万分の一もお伝え出来ぬのが残念でございますが、何卒、私のよろこびと感謝の気持を申し上げる失礼をお許し下さいませ。

そしてどうぞ、いつまでも御壮健でお書き下さいますように、心からお祈り申しております」

手紙はそれで終っていた。私は小説の中で、従来、蓮如が批判されてきた三つの問題の内、一向一揆の煽動者であったという誤解と、他宗派を本願寺が巧みに吸収したという誤解に対しては、事実をあげて反論し、十分に納得してもらえたと信じているが、五回の結婚と二十七人の子女の事実に対しては、それについて何ら新しい解釈を加えることが出来なかった。それをたまたま私の講演を聞きにきた一人の老婦人が、私の話を聞いている内に、「私はとても大切なことに気がついたのでございます」と手紙の中にあるように、蓮如の私生活に対して、ごく自然に、観念のまなこをそらすことが出来たのである。それは小説家の私が、小説の上でも、また聴衆に向っても、決して強いることの出来ない性質のたちのものであった。

この作品執筆にあたり、多くの著作にお世話になった。感謝の意を表するとともに、次ページ以下にまとめて記させていただいた。

なお、作品中に引用した原典は、原文が片かなの場合でも、そのほとんどを平がなに直した。読みやすさを考慮したからであったが、その意味から、引用文では校訂上のことはあえて触れず、作者の判断により補ったり改めたりし、送りがなを適宜付したりした。

最後に、十年にわたり挿画を描きつづけ、出版にあたって装幀をして下された羽石光志画伯に心からお礼を申し上げたく思う。

昭和五十八年三月二十一日

文雄記

〔帯〕表〈丹羽文雄　蓮如　第八巻　全巻完結／本願寺住持を実如に譲って、大阪御坊に隠居した蓮如は、明応八年三月、八十五年の波瀾の生涯を山科に閉じた／定価1500円／中央公論社　0093-001578-4622／装幀・装画　羽石光志〉背〈丹羽文雄　中央公論社〉

1400　**鮎**　昭和五八年一二月二〇日　未来工房
八四頁　六〇〇〇円　豆本　焼杉板表紙　背革装
象嵌（純銀）　函　限定二六〇部　毛筆署名　捺印入

新字新仮名
鮎〈文芸春秋　一〇巻四号　昭和七年四月一日〉

1401　**人間・舟橋聖一**　昭和六二年四月二五日　新潮社
一七五頁　一〇〇〇円　四六判　紙装　上製　角背
カバー帯　棟方志功装幀　新字新仮名
10-316220-1 C0093
人間・舟橋聖一（「小説・舟橋聖一」改題　新潮　八一年一二号〜八三年一二号　昭和五九年一二月一日〜六一年一二月一日
七回）
一　彼女の告白　新潮　八一年一二号　昭和五九年一二月一日
二　憎めない男　新潮　八二年四号　昭和六〇年四月一日
三　面目躍如　新潮　八二年八号　昭和六〇年八月一日
四　傑作の由来　新潮　八二年一一号　昭和六〇年一一月一日
五　同居の弁　新潮　八三年四号　昭和六一年二月一日
六　「心を鬼にして」　新潮　八二年八号　昭和六一年八月一日
七　レクイエム　新潮　八三年一二号　昭和六一年一二月一日
〔帯〕表〈金と力と女―男の欲望を心の赴くままに追い求めた耽美派作家の、むきだしの人間像を、終生のライバルが鎮魂をこめて描き出す。新潮社版■定価1000円〉背〈文士が描く文士の裸形　新潮社〉裏〈篠田一士氏評／…ここには舟橋聖一と名付けられた人物の一代記の体裁をとっているものの、それが実像にどこまで迫っているかなどは、まったく問題にならず、ひとりの稚気満々の人物が、周囲もかえりみず、営々辛苦、自分の思いのままに小世界をつくりおおせた不思議さを、それとは見せぬ力業で、ぐいぐいとえがいてゆく、作者の小説造型力のすごさには、いまさらながら脱帽するばかりだ。／（「毎日新聞」文芸時評より）〉

1402　**絆**　平成二年一月二五日　學藝書林
二八〇頁　一五五〇円　四六判　紙装　上製　丸背
カバー　帯　宮下佳子装幀　新字新仮名
4-905640-63-6
九年目の土（新潮　三八年一号　昭和一六年一月一日／知性　四巻二号　昭和一六年二月一日）／再会（改造　二二巻四号　昭和一五年三月一日）／贖罪（海　八巻一号　昭和五一年一月一日）／母の日本髪（群像　四〇巻一号　昭和六〇年一月一日）／彼岸花（群像　四一巻一号　昭和六一年一月一日）／妻（群像　三七巻六号　昭和五七年六月一日）／娘（群像　一三巻一号　昭和三三年一月一日）／巴里の孫（文芸春秋　五五巻一号　昭和五二年一月一日）
〔帯〕表〈父、母、姉、妻、娘、孫……／非情の作家の冷徹なまなざしが、みずからの血の絆を描破する八つの短篇。／学芸書林　定価1550円（本体1505円）〉背〈家族の肖像　学芸書林〉裏〈収録作品〉九年目の土／再会／贖罪／母の日本髪／彼岸花／妻／娘／巴里の孫／ISBN4-905640-63-6　C0093　P1550E〉

1403　**顔　上**　平成一五年七月四日　新潮社
四四二頁　四六二〇円　四六判　紙装　角背
新字新仮名　新潮オンデマンドブックス
978-4-10-865284-2

顔（毎日新聞　昭和三四年一月一日〜三五年二月二三日　四一五回）
＊　なお「新潮オンデマンドブックス」は注文生産で店頭販売なし。

1404　**顔　下**　平成一五年七月四日　新潮社
四四三頁　四六二〇円　四六判　紙装　角背
新字新仮名　新潮オンデマンドブックス
978-4-10-865285-9
顔（毎日新聞　昭和三四年一月一日〜三五年二月二三日　四一五回）／あとがき

1405　**母、そしてふるさと　丹羽文雄作品集**
平成一八年四月二三日　四日市市立博物館
一六九頁　一二〇〇円　四六判　紙装　角背　カバー
写真一葉（昭和一〇年）
再会（改造　二二巻四号　昭和一五年三月一日）／九年目の土（新潮　三八年一号　昭和一六年一月一日／知性　四巻二号　昭和一六年二月一日）／父の記憶（社会　二巻一〇号　昭和二二年一二月一日）／亡き母への感謝（婦人公論　四一巻一二号　昭和三一年一二月一日）／肉親賦（群像　二四巻一号　昭和四四年一月一日）／秦昌弘「丹羽文雄略年譜」162-169頁

1406　**丹羽文雄作品選**
平成一九年三月九日　四日市市民文化部市民文化課
八一頁　非売品　Ａ５版　紙装　角背
鮎（文芸春秋　一〇巻四号　昭和七年四月一日）／厭がらせの年齢（改造　二八巻二号　昭和二二年二月一日）／作品を鑑賞するにあたって／丹羽文雄略年譜　74-81頁／ようこそ丹羽文雄記念室へ
＊　一五〇〇部発行。四日市市「丹羽文雄記念室」関連事業として刊行。四日市市内の学校に無料配布された。

ii　文庫

2001　**菜の花時まで**　昭和一六年二月一五日　春陽堂
三〇二頁　六〇銭　15㎝　紙装　角背
春陽堂文庫三九　大衆文学篇
海の色（文芸　五巻六号　昭和一二年一一月一日）／女ひとりの道（週刊朝日　三一巻一号　昭和一二年一月一日）／狂った花（文芸春秋　一五巻四号　昭和一二年四月一日）／椿の記憶（世紀　一巻三号　昭和一〇年四月一日）／移って来た街（早稲田文学　二巻一一号、三巻一号　昭和一〇年一〇月一日、一一年一月一日）／妻の死と踊子（中央公論　五〇年一〇号　昭和一〇年一〇月一日）／菜の花時まで（日本評論　一一巻四号　昭和一一年四月一日）／復讐者（週刊朝日　三一巻二七号　昭和一二年六月一日　「嫉かれ上手」改題）／鬼子（新潮　三三年一号　昭和一〇年一月一日）／霜の声（中央公論　五二年一号　昭和一二年一月一日）

2002　**厭がらせの年齢**　昭和二三年七月五日　新潮社

三五六頁　八五円　16cm　紙装　角背　草17＝A
贅肉（中央公論　四九年八号　昭和九年七月一五日）／人生案内（改造　二一巻二号　昭和一四年二月一日）／南国抄（日本評論　一四巻四号　昭和一四年四月一日）／厭がらせの年齢（改造　二八巻二号　昭和二二年二月一日）／愛欲（芸術　一号　昭和二一年七月一〇日）

＊古谷綱武「解説」。重版ではカバー（三岸節子カバー装画）。なおCD-ROM版「新潮文庫の絶版100冊」（平成一二年五月一二日）として覆刻されている。

〔重版カバー〕
老いぼれて飽くことを知らぬ貪食家になっているうえに盗癖があり、不潔な86歳の祖母の引取り先をめぐる孫の姉妹の困惑と争いを描く『厭がらせの年齢』。生母をモデルにした一連の作品の中の代表的なものとされる『贅肉』。社会小説の方向をたどり始めてからの代表的作品『人生案内』と『南国抄』。戦時の疎開生活中、農村を取材した異色作『愛欲』。著者自選による5編を収める短編集。

2003　**贅肉**　昭和二五年二月二五日　春陽堂
二〇五頁　七五円　15cm　紙装　角背
春陽堂文庫六一
椿の記憶（世紀　二巻三号　昭和一〇年四月一日）／秋（街大正一五年一〇月一日）／鬼子（新潮　三三年一号　昭和一〇年一月一日）／鮎（文芸春秋　一〇巻四号　昭和七年四月一日）／真珠（早稲田文学　二巻六号　昭和一〇年六月一日）／贅肉（中央公論　四九年八号　昭和九年七月一五日）／再会（改造　二二巻四号　昭和一五年三月一日）

＊古谷綱武「解説」

2004　**哭壁**　昭和二六年四月五日　新潮社
三九五頁　一二〇円　16cm　紙装　角背　草17＝B
哭壁（群像　二巻一〇号～三巻一二号　昭和二二年一〇月一日～二三年一二月一日　一四回）

＊富永次郎「解説」

2005　**遮断機**　昭和三〇年三月一〇日　角川書店
二〇四頁　七〇円　15cm　紙装　角背　帯
遮断機他一篇　角川文庫一〇六〇（重版　98-5）
遮断機（新潮　四九年一一号　昭和二七年一一月一日）／襤褸の匂い（別冊文芸春秋　四一号　昭和二九年八月二八日）

＊亀井勝一郎「解説」

2006　**愛欲の位置**　昭和三〇年六月五日　角川書店
二二〇頁　七〇円　15cm　紙装　角背　帯
愛欲の位置他六篇（重版　98-2）
横顔（新潮　二九年九号　昭和七年九月一日）／海面（世紀　一巻一号　昭和九年四月一日）／甲羅類（早稲田文学　一巻二号　昭和九年七月一日）／嘘多い女（日本評論　一一巻一〇号　昭和一一年一〇月一日）／古い恐怖（日本評論　一〇巻一一号　昭和一〇年一一月一日）／蜀葵の花（新潮　三三年一号　昭和一一年一月一日）／愛欲の位置（改造　一九巻六号　昭和一二年六月一日）

＊　十返肇「解説」

2007　**恋文**　昭和三〇年八月五日　角川書店
二〇四頁　七〇円　15cm　紙装　角背　帯
角川文庫一〇七二（重版　98-4）
恋文（朝日新聞夕刊　昭和二八年二月一日〜四月三〇日　八九回）
＊　十返肇「解説」

2008　**爬虫類**　昭和三〇年一一月五日　新潮社
三〇四頁　一〇〇円　16cm　紙装　角背　帯
草17＝C
爬虫類（文芸春秋　二八巻一〜七号　昭和二五年一月一日〜六月一日　六回、文学界　四巻八号〜五巻二号　昭和二五年八月一日〜二六年二月一日　五回）
＊　十返肇「解説」

2009　**青麦**　昭和三一年九月五日　新潮社
二一五頁　七〇円　16cm　紙装　角背　帯
草17＝D（重版では草17＝4）
青麦（『青麦』　昭和二八年一二月一八日　文芸春秋新社）
＊　十返肇「解説」
昭和四五年九月二〇日一五刷改版。
重版ではカバー（赤坂三好カバー装画）。　4-10-101704-2
〔重版カバー〕
一寺を巧みに経営しながら遊蕩の限りを尽し、人間の迷いを究極まで経験した野心家の如哉は、半面、現世的には無力ながら絶えず自分を見つめている〈或る明晰な目〉を意識して、一心に念仏を唱える僧侶でもあった。僧侶として七十歳の生涯を生き、ひとに仏の道を伝え、親鸞の教義によって救われることを説いてきた父は果して救われたのか。著者の実父をモデルにした問題長編。

2010　**鮎**　昭和三一年九月二〇日　角川書店
二一五頁　七〇円　15cm　紙装　角背　帯
表紙には「鮎　他六篇」とある。
角川文庫一三四二（重版　98-1）
椿の記憶（世紀　二巻三号　昭和一〇年四月一日）／秋（街　大正一五年一〇月一日）／鮎（文芸春秋　一〇巻四号　昭和七年四月一日）／贅肉（中央公論　四九年八号　昭和九年七月一五日）／菜の花時まで（日本評論　一一巻四号　昭和一一年四月一日）／真珠（早稲田文学　二巻六号　昭和一〇年六月一日）／再会（改造　二二巻四号　昭和一五年三月一日）
＊　十返肇「解説」

2011　**庖丁**　昭和三一年一〇月三〇日　角川書店
三〇二頁　一〇〇円　15cm　紙装　角背　帯
角川文庫一四八八（重版　98-7）
庖丁（サンデー毎日　三三巻七〜三二号　昭和二九年二月七日〜七月一一日　二三回）
＊　十返肇「解説」

2012　**菩提樹　上**　昭和三二年九月五日　新潮社
三四三頁　一一〇円　16cm　紙装　角背　帯
草17＝E
菩提樹（週刊読売　一四巻三号〜一五巻四号　昭和三〇年一月一六日〜三一年一月二二日　五四回）
＊十返肇「解説」

2013　**菩提樹　下**　昭和三二年九月一〇日　新潮社
三四四頁　一一〇円　16cm　紙装　角背　帯
草17＝F
菩提樹（週刊読売　一四巻三号〜一五巻四号　昭和三〇年一月一六日〜三一年一月二二日　五四回）
＊十返肇「解説」

2014　**蛇と鳩**　昭和三二年一一月二〇日　角川書店
三八八頁　一四〇円　15cm　紙装　角背　帯
角川文庫一六三二（重版　98-3）
蛇と鳩（週刊朝日　五七巻一七〜五〇号　昭和二七年四月二七日〜一二月一四日　三四回）
＊十返肇「解説」

2015　**日日の背信**　昭和三三年二月一五日　新潮社
四九二頁　一三〇円　16cm　紙装　角背　カバー
帯　草17＝G
日日の背信（毎日新聞　昭和三一年五月一四日〜三二年三月一二日　三〇一回）
＊十返肇「解説」。重版ではカバー（岸田宗三郎カバー装画）。草17＝7（4-10-101707-7）
〔重版カバー〕
長く病床にある妻を愛し続ける土居広之は、偶然知った屋代幾子を愛するようになり、妻に対する〝日日の背信〟が始まった。やがて妻が彼の愛を信じて死に、幾子と結婚出来る身になると土居は彼女を愛しながらも別れ話を持ち出す。妻は死んで永遠に土居の胸の中で生きはじめたのであった。男女の心理の断層を描き、愛欲の裏側にひそむ真実とエゴイズムの混淆を鋭く凝視した問題作。

2016　**青麦**　昭和三三年二月二〇日　角川書店
一八八頁　七〇円　15cm　紙装　角背　帯
角川文庫一六二三（重版　98-6）
青麦（『青麦』　昭和二八年一二月一八日　文芸春秋新社）
＊亀井勝一郎「解説」

2017　**蛇と鳩**　昭和三五年九月一五日　新潮社
四〇四頁　一二〇円　16cm　紙装　角背　カバー
帯　草17＝H
蛇と鳩（週刊朝日　五七巻一七〜五〇号　昭和二七年四月二七日〜一二月一四日　三四回）
＊亀井勝一郎「解説」。重版ではカバー（松井叔生カバー装画）。0193-101708-3162

2018　**魚紋**　昭和三六年三月五日　角川書店
三九八頁　一三〇円　15cm　紙装　角背　帯

角川文庫二〇二九

魚紋（時事新報　夕刊　昭和二九年六月八日〜一二月五日　一八〇回）

＊　十返肇「解説」

2019　**飢える魂**　昭和三六年八月二五日　新潮社
七〇五頁　一八〇円　16cm　紙装　角背　カバー
草17＝H

飢える魂（日本経済新聞　昭和三〇年四月二二日〜三一年三月九日　三三〇回）

＊　十返肇「解説」。重版ではカバー（都竹伸政カバー装画）。
草17＝9（に-1-9　4-10-101709-3）

〔重版カバー〕
人間は魂の飢えによってその存在を教えられる。だが魂の飢えは愛欲によって満たされるものだろうか─旅館を経営し、二人の子を持つ未亡人小河内まゆみ、年長の夫の美しい奴隷でしかない芝令子。この二人の主人公の恋愛を通して人間の本質と幸福を追求した問題作。新聞連載当時、最も危険とされる心理描写を多用し、この成功がのちに『日日の背信』『顔』など多数の秀作を生んだ。

2020　**禁猟区**　昭和三七年六月二〇日　新潮社
七五二頁　二二〇円　16cm　紙装　角背
草17＝J（重版　0193-101710-3162）

禁猟区（日本経済新聞　昭和三二年八月一四日〜三三年一〇月五日　四一四回）

＊　十返肇「解説」。重版ではカバー（三岸黄太郎カバー装画）。

〔重版カバー〕
見はてぬ夢を追い続け、最後には夢破れて自殺する美貌の女性空閑虹子。玉撞き屋に勤めていた虹子は製薬会社の社長の女になるが、薬王寺、徳久、拝藤らの男性遍歴の中で、結婚し、別れ、火遊びをし、ほとんど狂乱状態となって破滅する。結婚という平凡な対象に憧れ続け、自分には結婚生活を行うことが出来ないということがついに判らなかった女の転落の相をえぐって精彩を放つ評判作。

2021　**顔**　昭和三八年七月三〇日　新潮社
七九三頁　二二〇円　16cm　紙装　角背　カバー
加藤栄三カバー装画
草17＝K（重版　0193-101711-3162）

顔（毎日新聞　昭和三四年一月一日〜三五年二月二三日　四一五回）

＊　十返肇「解説」。なおCD-ROM版「新潮文庫の絶版100冊」として覆刻されている。

〔重版カバー〕
著名な仏教学者田能村清州を父に持つ耕は、養母の看病に来た親類の娘衿子にひそかな愛情を抱き、衿子も同じであると信じていた。彼が社命によって渡米し、帰国した時、衿子は父の四番目の妻になっていた。耕は愛情のない結婚をし、父清州の死によって衿子と結ばれるが、激しい罪の意識にさいなまれるのだった……。宗教的主題をひそめ、心理描写冴《ママ》える重厚な作品である。

2022 **運河** 昭和三九年三月五日 新潮社
七七二頁 二二〇円 16㎝ 紙装 角背 カバー
木村孝カバー装画
草17＝L 0193-101712-3162

運河（サンデー毎日 三六巻二〇号〜三七巻三三号 昭和三二年五月一九日〜三三年八月一七日 六六回）

＊ 十返千鶴子「解説」。

〔重版カバー〕
画家伊丹均の父親信泰は、裕福な旅館主としてその生涯をしたい放題に生きた古い型の男だった。信泰とは対照的に、聡明で積極的に生きる女たち、デザイナーで実業家でもある均の妻紀子、年下の修道僧との子を処分して還俗する義妹秀子らを、均を中心に描く長編。信泰の生き方を天然の河に例えれば、女たちのそれは彼女たちの意志によって造られた運河であるといえよう。

2023 **美しき嘘** 昭和四一年七月三〇日 新潮社
七一四頁 二四〇円 16㎝ 紙装 角背 カバー
竹谷富士雄カバー装画 草17＝3 4-10-101703-4

美しき嘘（週刊読売 一八巻四七号〜二〇巻九号 昭和三四年一一月一日〜三六年二月二六日 六九回）

＊ 浅見淵「解説」

〔重版カバー〕
裕福な中年医師の夫、晴久に隠れて次々と秘かな情事を愉しむ奔放な女、徳子。やがて彼女は、高校生の義弟、要を誘惑し、要の胤《たね》を宿したまま車を運転中に事故死か自殺かわからぬ形で死んでしまう。神のように善良な晴久は、自分の子供であったと信じて疑わず、要はついに打明けることができない……。現代女性の一典型と情痴の世界の極まりない深さを円熟の筆に描く力作長編。

2024 **告白** 昭和四二年二月二八日 角川書店
二〇八頁 一〇〇円 15㎝ 紙装 角背 帯
角川文庫二四一七（重版 98-10）

告白〔盛粧（別冊文芸春秋 七号 昭和二三年七月一日）／発禁（世界文化 三巻七号 昭和二三年七月一日）／マロニエの並木（改造文芸 二号 昭和二三年七月二五日）／挿話（文学会議 五号 昭和二三年一〇月二五日）／喜憂（文学界 二巻九号 昭和二三年九月一日）／めぐりあひ（日本小説 二巻八号 昭和二三年九月一日）／四十五才の紋多（風雪 二巻九号 昭和二三年九月一日）／雨の多い時（社会 三巻九号 昭和二三年九月一日）〕

＊ 十返肇「解説」。重版ではカバー。

2025 **命なりけり** 昭和四三年六月三〇日 新潮社
六三九頁 二三〇円 16㎝ 紙装 角背 カバー
三岸黄太カバー装画 草17＝E 4-10-101706-9

命なりけり（朝日新聞 昭和三八年一一月二九日〜三九年一二月八日 三七三回）

＊ 日沼倫太郎「解説」

〔重版カバー〕
青年社長九鬼への想いを秘めて嫁いだ鈴鹿、出世主義に徹した夫鳥居。この三人を中心に女の哀しみと苦悩、男の欲望、厳しい社会の現実をめぐる人間心理の深層をえぐる長編。煩悩のとりことなって苦しんだあげく至福を手に入れる男女を描いて、表面は市井の出来事に取材した風俗小説と見せかけながら、人間煩悩の浄化の過程を比喩的に描いた宗教小説ともいえる作品である。

2026　**哭壁**　昭和四四年五月三〇日　新潮社
四〇五頁　一六〇円　16㎝　紙装　角背　カバー
三井永一カバー装画　草17Ｂ
哭壁（群像　二巻一〇号～三巻一二号　昭和二二年一〇月一日～二三年一二月一日　一四回）
＊　瀬沼茂樹「解説」。2004の改訂版。
〔カバー〕
多感な青年期を軍隊ですごし、戦後の混乱した世相の中に投げ出された男たちがいかに生きたか。独身青年南条良平は都会の物質生活に破れ、妻子ある男管達治は田舎での精神生活に心の平和を得る。――著者は、戦後社会における二典型ともいえる二人の対照的な生き方を注意深く観察し、追究するが、本著は著者流の「唯物論と実存主義の対決」であり、多くの問題をなげた長編である。

2027　**菩提樹**　昭和四五年九月三〇日　新潮社
六〇八頁　二四〇円　16㎝　紙装　角背　カバー
高木雅章カバー装画
草17＝Ｅ　（0193-101705-3162）
菩提樹（週刊読売　一四巻三号～一五巻四号　昭和三〇年一月一六日～三一年一月二二日　五四回）
菜の花の道／燈明／若い祖母／館要助／運命の出会い／無心／煩悩／朝子の謎／触発／乙女椿／身の上相談／睦日家／二階／過去／ひとの身に非ず／目は目で見えぬ／暗渠／衆団行事／告白／真鍮みがき／御伝鈔／新しい苦悩／手管／祭日の舞手／祭日三日間／嘘／餅搗きの夜／新しい年／禁断の木の実／その前後／花／別れ話／蓮子／覆水／運命の日／焔の言葉
＊　十返肇「解説」
〔カバー〕
封建色濃い小都市の名刹を守る美貌の僧侶月堂宗珠は、妻の母親と不倫な関係を持ち、妻は役者狂いの末に寺を出てしまう。関係を清算しようとする宗珠は、そのつど彼女の圧倒的な態度と肉の誘惑に負けるが、檀家の一女性の純潔に魅せられて、新生への決意を得る。不倫の肉欲と愛情に苦悶する仏教徒の人間的懊悩の中に、人間性に対する戦いを生きた親鸞の悲願を追究した大作。

2028　**一路**　昭和四六年七月一日　講談社
八三五　四六〇円　15㎝　紙装　角背　カバー
Ａ16　0193-310166-2253（1）
亀倉雄策装幀（重版では関野準一郎カバー装画）
一路（群像　一七巻一〇号～二一巻六号　昭和三七年一〇月一

日～昭和四一年六月一日　四五回）

＊瀬沼茂樹「解説」／年譜（～Ｓ46）。なお年譜は一五刷ではＳ52（１９７７・11）まで、一八刷ではＳ56（１９８１・８）まで追加されている。

〔カバー〕

人間の業とは、かくも深く重いものなのか？愛欲に身を任せ、夫を裏切りつづけた加那子の背信の行為は、21年の歳月を経て、過ちのすえ生み落とした娘は、次男聡との〈近親相姦〉の責めを負ってみずからの命を断つ……愛欲の深淵にひそむ、人間の宿業と救いを豊饒な筆に描く……丹羽文学の真髄を示す長編傑作。

2029　**献身**　昭和四六年九月三〇日　新潮社

六九一頁　二八〇円　16㎝　紙装　角背　カバー
関野準一郎カバー装画　草17＝Ｍ

献身（読売新聞　昭和三五年四月二六日～三六年五月一四日　三八〇回）

＊松本鶴雄「解説」（重版では「に－１－13」　4-10-101713-1）

〔初版　帯〕表〈一人の男につかえて、献身的に生きようとしながらも、はじめて知った愛に心をひきさかれる女の哀しみと苦しさを描いて感動をよぶ……／新潮文庫・新刊　〔草〕17Ｍ　280円〉背〈哀しいまでに美しい女の生き方〔新刊〕〉裏〈二十歳を越えたばかりの瀬川朝子は、一条英信の子供をみごもった後で彼の正体を知った。一条は、妻子の他に年上の女まで持つ冷酷なエゴイストだった。だが朝子は日蔭妻の位置から身を退こうとしなかった。それは彼女のすなおさでもあり、女の意地でもあった。やがて、朝子は一条が起した事件で彼の友人でもある検事柏木啓と知り合い、彼の誠意と愛情に魅かれてゆくのだった……〉

〔重版カバー〕

妻子の他に年上の女まで持つ冷酷なエゴイスト一条英信の日蔭妻として生きる朝子は、彼の子を身ごもった後で正体を知った。だが彼女は身を退かなかった。それは意地だけではなく、彼女のすなおさでもあった。一条が起した事件で朝子は彼の友人柏木を知り、誠意と愛情に魅かれる。一人の男に仕えて献身的に生きようとしつつも初めて知った愛に心をひきさかれる女の哀しさを描く長編。

2030　**悔いなき煩悩**　昭和五二年五月三〇日　集英社

七六三頁　四八〇円　16㎝　紙装　角背　カバー
佐藤晃カバー装画　5－A　0193-750008-3041

悔いなき煩悩（日本経済新聞　昭和三七年六月一九日～三八年九月五日　四四一回）

＊八木毅「解説」

〔カバー〕

裏ぎられ、傷つき、不実な男をうらみながらも、また新しい男に心魅かれ、すべてを捧げる女心の哀しさ。美貌のセールスマン駒子は、仕事の世界で成功しながら、愛にやぶれ充《みた》されぬ心を新しい男に注ぎこむ。女の人生と煩悩を描いて〝女の性〟を円熟の筆でうきぼりにする、現代風俗絵巻。　解説・八木毅

〔帯〕表〈がんばれ、青春。／一冊の本に、時のたつのを忘れた。長く楽しかったきょうの一冊。あしたもがんばれ、ぼくの青春。集英社文庫〉

2031 **鮎 自選短篇集Ⅰ** 昭和五三年一月三〇日 集英社
三三〇頁 二六〇円 16cm 紙装 角背 カバー
東山魁夷カバー装画 5-B 0193-750092-3041
秋（街 大正一五年一〇月一日）／鮎（文芸春秋 一〇巻四号 昭和七年四月一日）／鶴（三田文学 八巻三号 昭和八年三月一日）／象形文字（改造 一六巻四号 昭和九年四月一日）／贅肉（中央公論 四九年八号 昭和九年七月一五日）／三日坊主（行動 二巻九号 昭和九年九月一日）／自分の鶏（改造 一七巻六号 昭和一〇年六月一日）／煩悩具足（文芸春秋 一三巻八号 昭和一〇年八月一日）／菜の花時まで（日本評論 一一巻四号 昭和一一年四月一日）／女人禁制（中央公論 五一年六号 昭和一一年六月一日）
＊ 八木毅「解説」
〔カバー〕
「海棠と夕顔に雨がふっていた。俥屋が母の和緒の手紙をもってきたので、津田は朝からの苛立つしょざいなさを吹きとばす気で家を出た」文学を志し、家を捨てて上京した丹羽文雄の出世作「鮎」、処女作「秋」、生母ものを決定づけ、愛欲の世界を非情に描いた「贅肉」など、丹羽文学の初期をかざる傑作10篇—丹羽文雄自選短篇集Ⅰ— 解説・八木 毅

2032 **白い椅子** 昭和五三年四月一五日 講談社
七四一頁 五六〇円 15cm 紙装 角背 カバー
篠田桃紅カバー装画 A466 0193-314666-2253 (0)
白い椅子（日本経済新聞 昭和四五年八月一六日〜四六年八月一五日 三六一回）
＊ 八木毅「解説年譜」（〜S53・4）
〔カバー〕
誠実な院主として、檀家に好感を持たれている曜《よう》は、二人の年上の未亡人と関係を続ける一方、拒絶された年下の未亡人に対する思いを断ち切れずにいる。そんなとき、曜は親鸞のいう〝宿業〟を考える。愛欲と闘った親鸞の苦悩があるか。親鸞の教える生き方をしているか。情欲に溺れる己の非力を痛感し、それを超えようとする青年僧の煩悶を描く長篇大作。

2033 **再会 自選短篇集Ⅱ** 昭和五三年五月三〇日 集英社
三九五頁 三〇〇円 16cm 紙装 角背 カバー
東山魁夷カバー装画 5-C 0193-750125-3041
小鳩（オール読物 六巻九号 昭和一一年九月一日）／霜の声（中央公論 五二年一号 昭和一二年一月一日）／愛欲の位置（改造 一九巻六号 昭和一二年六月一日）／町内の風紀（中央公論 五二年一二号 昭和一二年一一月一日）／妻の作品（改造 二〇巻三号 昭和一三年三月一日）／人生案内（改造 二一巻二号 昭和一四年二月一日）／南国抄（日本評論 一四巻四号 昭和一四年四月一日）／隣人（中央公論 五四年九号 昭和一四年九月一日号）／太宗寺附近（文芸 七巻一二号 昭和一四年一二月一日号）／再会（改造 二二巻四号 昭和一五年三月一日）

＊八木毅「解説」
〔カバー〕
四歳で生別した母と父との再会をヴィヴィッドに描いた表題作のほか、愛欲の諸相を徹底して追求する気鋭の作家として文壇に地歩を固めた頃の著者の自選短篇集Ⅱ。／小鳩　霜の声　愛欲の位置　町内の風紀　妻の作品　人生案内　南国抄　隣人　太宗寺付近　再会　解説・八木毅

2034　**書翰の人　自選短篇集Ⅲ**
昭和五三年九月三〇日　集英社
四四三頁　三六〇円　16㎝　紙装　角背　カバー
東山魁夷カバー装画　5-D　0193-750162-3041
浅草寺附近（改造　二二巻一八号　昭和一五年一〇月一日）／九年目の土（新潮　三八年一号　昭和一六年一月一日／知性　四巻二号　昭和一六年二月一日）／書翰の人（文芸　九巻二号　昭和一六年二月一日）／怒濤（改造　二三巻一一号　昭和一六年六月一日）／勤王届出（大観堂『勤王届出』昭和一七年三月二〇日「実歴史」改題　知性　四巻一一～一二号　昭和一六年一一月一日～一二月一日　二回）／海戦（中央公論　五七年一一号　昭和一七年一一月一日）
＊八木毅「解説」
〔カバー〕
愛欲のはてに破局をむかえた男と女のエゴイズムを衝いて、愛憎の綾をえがく表題作のほか、海軍報道班員として、ソロモン海戦に従軍し、飛びかう砲煙弾雨のなかで、壮烈な軍艦の戦闘を凝視し、比類ない記録文学とした「海戦」など、著者が、戦中に築いた文学世界を示す、自選短篇集。　解説・八木毅

2035　**有情**　昭和五四年八月二五日　集英社
二九五頁　二六〇円　16㎝　紙装　角背　カバー
佐藤晃カバー装画　5-E　193-750248-3041
有情（新潮　五九年一号　昭和三七年一月一日）／無慚無愧（文学界　一四巻三号　昭和四五年三月一日）
＊八木毅「解説」
〔カバー〕
アメリカ留学中の息子から、ドイツの女性と婚約したと知らされて激怒する父、ひたすら嘆き悲しむ母親。国際結婚を機にふきだした父と子の相克。息子の婚約事件から、自らの青年期へ思いをめぐらし、父親としての心理の機微を抉った傑作「有情」。祖母への想いをとおして、生母ものの集大成となった「無慚無愧」を併せた。　解説・八木毅

2036　**魔身**　昭和五五年三月一〇日　中央公論社
二六一頁　三二〇円　16㎝　紙装　角背　カバー
藤松博カバー装画　A42-2　1193-610321-4622
魔身（婦人公論　五〇巻一～一二号　昭和四〇年一月一日～一二月一日　一二回）
＊八木毅「解説」
〔カバー〕
祖母との秘事を重ねてきた女婿の父は、檀家の女とも通じて寺を去り、母も家出した。—著者自身ともいうべき少年の清澄な眼がみすえた、庫裡を彩る大人たちの陰湿な人間模様を鮮かに

うつす長篇小説。

2037　**厭がらせの年齢　自選短篇集Ⅳ**

昭和五五年一〇月二五日　集英社

三七二頁　四〇〇円　16cm　紙装　角背　カバー

東山魁夷カバー装画　5-F　0193-750356-3041

夢想家（新文芸　一巻三号　昭和二一年六月一〇日）／鬼子母神界隈（新生　二巻一〇号　昭和二一年一〇月一日）／世帯合壁（文明　一巻八号　昭和二一年一〇月一日）／厭がらせの年齢（改造　二八巻二号　昭和二二年二月一日）／理想の良人（人間二巻二号　昭和二二年二月一日）／天童（新潮　四五年五号　昭和二三年五月一日）／守礼の門（文芸春秋　二六巻二号　昭和二三年二月一日）／洗濯屋（早稲田文学　一五巻三号　昭和二三年七月一日）／盛粧（別冊文芸春秋　七号　昭和二三年七月）

＊　八木毅「解説」

〔カバー〕

敗戦直後、住居も食糧も衣類も欠乏した時、正常な知覚や判断をなくした老女が本能のままに生きる様子を、老女をとりまく家族のエゴイズムをリアルに描きながら剔出した表題作をはじめ、〝マダムもの〟の頂点を示す「理想の良人」など、昭和20年代前半の丹羽文学の成熟した傑作を網羅する自選作品集第4巻。／解説・八木　毅

〔帯〕表〈今月の最新刊／焦土と化し、悲惨な日常にいち早く文芸復興した戦後20年代の著者自選の傑作珠玉集。／集英社文庫　0193-750356-3041　定価400円〉

2038　**好色の戒め　自選短篇集Ⅴ**

昭和五六年四月二五日　集英社

三八九頁　四〇〇円　16cm　紙装　角背　カバー

東山魁夷カバー装画　5-E　0193-750406-3041

砂地（文学界　四巻四号　昭和二五年四月一日）／好色の戒め（群像　五巻九号　昭和二五年九月一日）／こほろぎ（中央公論文芸特集　四号　昭和二五年九月二〇日）／爛れた月（中央公論　六六年四号　昭和二六年四月一日）／歪曲と差恥（新潮　四八年八号　昭和二六年七月一日）／劇場の廊下にて（別冊文芸春秋　二二号　昭和二六年七月三日）／媒体（世界　七六号　昭和二七年四月一日）／藤代大佐（文学界　七巻七号　昭和二八年六月一日）／柔媚の人（新潮　五一年四号　昭和二九年四月一日）

＊　八木毅「解説」

〔カバー〕

初老の男に長い年月をかけて特別な感覚をもつ女に育てられたひめ子は、三業地から出ても自分の肉体にむらがる男たちに自らを誇っていたが、やがて精神的不毛に陥ってゆく。とぎすまされた官能と好色生活のもたらす破綻を描く表題作他、愛欲とエゴイズムにくまどられた人間模様を、生きた風俗の中に活写する円熟の傑作、自選集。解説・八木　毅

2039　**母の晩年　自選短篇集Ⅵ**

昭和五六年九月二五日　集英社

三四三頁　三六〇円　16cm　紙装　角背　カバー

東山魁夷カバー装画　5-H　0193-750448-3041

崖下（新潮　五二年七号　昭和三〇年七月一日）母の晩年（群像　一一巻一〇号　昭和三一年一〇月一日）／うなづく（新潮　五四年一号　昭和三二年一月一日）／もとの顔（文学界　一一巻一号　昭和三二年一月一日）／お吟（新潮　五四年五号　昭和三二年五月一日）／水溜り（群像　一五巻八号　昭和三五年八月一日）／ある青年の死（世界　二二七号　昭和三九年一月一日）／蛾（群像　二二巻二号　昭和四二年二月一日）／肉親賦（群像　二四巻一号　昭和四四年一月一日）／尼の像（群像　二六巻一〇号　昭和四六年一〇月一日）／熊狩り（新潮　六八年一二号　昭和四六年一〇月一日）／郡上八幡（海　五巻一号　昭和四八年一月一日）

＊　八木毅「解説」

〔カバー〕

「鮎」「厭がらせの年齢」と奔放で気儘に暮らしてきた紋多の生母は、晩年をむかえて、四季しのぎよく、新鮮な食物に恵まれた土地に孤り住む。―愛欲に沈潜し肉親の愛憎を描いて、人間の業苦の世界を抉り、その中に救いを見出した生母ものの完結を示す「母の晩年」「うなづく」「もとの顔」や、丹羽文学のひとつの到達をあつめた珠玉集。解説・八木　毅

2040　**親鸞（一）叡山の巻**　昭和五六年九月二五日　新潮社

四一三頁　四〇〇円　16㎝　紙装　角背　カバー

羽石光志カバー装画　草17＝14＝N　4-10-101714-X

親鸞（サンケイ新聞　昭和四〇年九月一四日～四四年三月三一日　一二八二回）

〔カバー〕

弾圧、非難と闘いながら、浄土真宗を創始し、あくまでも人間として生き抜いた親鸞の苦難の生涯を描く大作―人心は乱れ、荒廃しきった平安末期、権力と結びついた宗教の腐敗、形式化は止まるところを知らなかった。比叡山に上り、出家した松若麿（親鸞）は、やがて民衆を救う真の仏の道は南部北嶺の諸大寺にはなく、俗聖の中にこそあると考え、苦悩の末、山を下りる決意を固める。

〔帯〕表〈今月の新刊／弾圧、非難と闘いながら、浄土真宗を創始した親鸞の苦難、苦悩の人生を描き上げた大作。〉

2041　**親鸞（二）法難の巻**　昭和五六年九月二五日　新潮社

五三四頁　四八〇円　16㎝　紙装　角背　カバー

羽石光志カバー装画　草17＝15＝O　4-10-101715-8

親鸞（サンケイ新聞　昭和四〇年九月一四日～四四年三月三一日　一二八二回）

〔カバー〕

比叡山を下りた親鸞は法然のもとに弟子入りする。承子と知合った彼は、考えた末、人間として生きるために公然と妻帯する。やがて、日ましに影響を強める浄土宗に対し「念仏停止、法然と高弟の流罪」という弾圧が加えられ、親鸞も〝肉食妻帯の破戒僧〟として越後に流されることになる。その前夜、産後の衰弱に心労が重なって妻の承子が他界し、親鸞は傷心を抱いて越後に旅立つ。

〔帯〕表〈今月の新刊／叡山を下り法然に弟子入りした親鸞は、深い苦悩の末、人間として生きるために妻帯する。〉

2042　**親鸞（三）　越後・東国の巻**
昭和五六年一〇月二五日　新潮社
五五〇頁　五二〇円　16㎝　紙装　角背　カバー
羽石光志カバー装画　草17＝16＝P　4-10-101716-6
親鸞（サンケイ新聞　昭和四〇年九月一四日～四四年三月三一日　一二八二回）
〔カバー〕
越後へ流された親鸞は、旧知の筑前と再会し、結ばれる。深い雪に閉ざされた中で、彼は虐げられている農民を救う仏の道について考え悩む。「仏の前に人間は全て平等である」とする親鸞の話は、民衆に大きな衝撃を与え、熱狂的な支持をうける。やがて、赦免され教えをひろめるため東国へ旅立った親鸞は、師法然の思想と信仰を脱し、独自の境地を開きつつあった……。
〔帯〕表〈今月の新刊／赦免され流刑地越後から東国へ旅立った親鸞は師法然の教えを脱し独自の境地に到達する。〉

2043　**親鸞（四）　善鸞の巻**　昭和五六年一〇月二五日　新潮社
五〇一頁　四八〇円　16㎝　紙装　角背　カバー
羽石光志カバー装画　草17＝17＝Q
4-10-101717-4
親鸞（サンケイ新聞　昭和四〇年九月一四日～四四年三月三一日　一二八二回）
＊　大河内昭爾「解説」／参考書一覧
〔カバー〕
東国の浄土真宗に対する鎌倉幕府の弾圧から信者を守ろうと自ら京に戻った親鸞は、名代として子の善鸞を東国へ下向させる。が、高弟たちの冷たい仕打ちにより孤立した善鸞は、父の教えを否定し、東国の念仏者を鎌倉幕府に告訴した。親鸞は激怒し、善鸞を絶縁する。やがて親鸞に奇蹟もない静かな終焉が訪れる……。民衆とともに生き抜いた九十年の生涯を精魂こめて描いた力作。
〔帯〕表〈今月の新刊／浄土真宗で東国一円を教化した親鸞はわが子善鸞の裏切りによる生涯最大の打撃を受ける。〉

2044　**干（ひがた）潟**　昭和五七年七月二五日　集英社
二一一頁　二四〇〇円　16㎝　紙装　角背　カバー
後藤市三カバー装画　5-I　0193-750528-3041
干潟（毎日新聞　夕刊　昭和四九年一月四日～五月六日　一〇〇回）
＊　山田智彦「解説」
〔カバー〕
夫との生活に満足できない庫子《くらこ》は、10年前の恋人に偶然再会して交渉をもつ。庫子の兄山根は、日常ことごとく出しゃばる妻に辟易して十七年前の情事の相手と会おうとする。性と生活の倦怠からくる夫婦の危機と、精神の荒廃してゆく人生模様を冷徹にみつめ、二組の夫婦をモデルに、うるおいを欠き干からびてゆこうとする現代の家庭を鋭く描き出す。／解説・山田智彦

2045　**解氷の音**　昭和五八年四月二五日　集英社
六三七頁　五八〇円　16㎝　紙装　角背　カバー
後藤市三カバー装画　5-J　4-08-750613-4

解氷の音（「解氷」改題　河北新報、京都新聞、新潟日報、高知新聞、山梨日日新聞など三友社　昭和四四年一〇月～四五年一〇月　三六〇回）

＊八木毅「解説」

〔カバー〕

瀬戸家は、次女の麻子が暴行され妊娠する事件で、一挙にカタストロフを迎えた。名誉と体面ばかり考える母夏絵と長女律子。婿養子で陶芸に逃避する雅行。傷身を抱いて渡米する麻子。各自が誤ちに満ちて勝手に生きはじめ家庭は崩れ去った。現代の家族の不確かな絆、エゴイズムと愛欲に翻弄される人びとを描き、〝魂の試される時〟を現出する長編。／解説・八木　毅

〔帯〕表〈今月の新刊　創刊フェア／愛欲と世間体の衝突。家庭の崩壊に現代人のエゴを追求する／集英社文庫　定価580円〉

2046　**蕩児帰郷**　昭和五八年八月一〇日　中央公論社

二二四頁　三二〇円　16㎝　紙装　角背　カバー

芹沢銈介カバー装画　A42-3　1193-610461-4622

顔の小さな孫娘（原題「たらちね」　海　六巻八号　昭和四九年八月一日）／仏の樹（海　七巻五号　昭和五〇年五月一日）／贖罪（海　一〇巻三号　昭和五三年三月一日）／晒しもの（海　一〇巻三号　昭和五三年三月一日）／父子相伝（群像　三四巻一号　昭和五四年一月一日）／旅の前（原題「二日の旅」　海　一〇巻一一号　昭和五三年一一月一日・「続二日の旅」　海　一一巻四号　昭和五四年四月一日）／帰郷（海　一一巻七号　昭和五四年七月一日）／あとがき

＊磯田光一「解説」

〔カバー〕

蕩児にもひとしい男の望郷の心に、己れの罪業に苦悩しもの言わず死んでいった父がいた―ふれあえば互いに血を流すにちがいない父と子の、極彩色の泥絵のような人生の修羅をみつめて、ひたすらに自らへの鎮魂の歌として綴る連作。

〔帯〕表〈蕩児帰郷　丹羽文雄／人生の修羅をみつめて、自らへの鎮魂の歌として綴る連作七篇／中公文庫／1193-610461-4622　定価320円〉裏〈―私にはひとりの姉があった。おなじはらから生まれた姉と私であったが、姉は死ぬまで父親思いであった。反対に私は、母の味方であった。いまの私の心境では、父と姉はひとしい距離にあるが、母はあまりに私に密着しているようである。そこに私の、約半世紀に近い小説家としての運命が決定されていた。―父親の死んだ年齢に近付いているのを知って、翻然とした思いを味わったが、書き終えたときには、父の死んだ年齢に私は達していた。（「あとがき」より）〉

2047　**魂の試される時　上**　昭和五八年八月二五日　新潮社

四四七頁　四四〇円　16㎝　紙装　角背　カバー

鹿見喜陌カバー装画　草17-18-R　4-10-101718-2

魂の試される時（読売新聞　昭和五一年九月一三日～五二年一〇月二七日　四〇〇回）

〔カバー〕

16歳の高校生・川瀬庸がひそかに慕いつづける年上の女流書道家・土屋萩。彼女には、庸の父でプレイ・ボーイの川瀬林作の情事の相手をした過去があった。愛する女性の秘密を知っても庸の恋心は動かされなかった。二人が初めて言葉を交わした時、

庸は思わず友人の名をかたったが、交際が深まるにつれ、真実を告白せずにはいられなくなった。真相を聞いた萩の心は大きく揺れた……。
〔帯〕表〈今月の新刊　16歳の高校生、川瀬庸がひそかに慕う年上の女流書道家・土屋萩は、父の愛人だった……。〉

2048　**魂の試される時　下**　昭和五八年八月二五日　新潮社
四四五頁　四四〇円　16㎝　紙装　角背　カバー
鹿見喜陌カバー装画　草17-19-S　4-10-101719-0
魂の試される時（読売新聞　昭和五一年九月一三日～五二年一〇月二七日　四〇〇回）
＊　中村八朗「解説」
〔カバー〕
美貌の女流書道家・土屋萩と十歳年下の青年・川瀬庸。萩が庸の父・林作の愛人だったという苦難を乗り越えて、二人の愛は実った。二人は、互いの肉親にも打ち明けず、別居したまま結婚生活に入った。出会いから十年、平穏な時が流れ、それはやがて倦怠に変っていく。萩と庸の愛に再び大きな試練が訪れたのだ……。愛は永遠に持続するか否かを問いかける力作長編。
〔帯〕表〈今月の新刊　苦難を乗り越えて結ばれた萩と庸。が、愛は永遠に持続するか否か、を問いかける力作。〉

2049　**山肌　上**　昭和五九年六月二五日　新潮社
三八〇頁　四〇〇円　16㎝　紙装　角背　カバー
脇田和カバー装画　草17＝20　4-10-101720-4
山肌（日本経済新聞　昭和五三年一二月七日～五五年一月一四日　三九五回）
〔カバー〕
結婚で生命保険会社を退社し、二男一女を出産、家事と育児に夢中で十余年を過してきた三沢苑子。彼女は、交通事故にあった夫の代わりに、一家を支えるため、もと勤めていた保険会社の外務員となる。事故で男性機能を失った夫と暮す彼女は、娘時代の彼女に好意をもっていた立野雄作と再会し、密会を重ねる……。主婦業と仕事の両立への戸惑いや、夫と恋人の間で揺れる苑子の心の葛藤。
〔帯〕表〈今月の新刊／交通事故にあった夫の代わりに、一保険会社の外務員となり三人の子を育て上げた三沢苑子の生き方。〉

2050　**山肌　下**　昭和五九年六月二五日新潮社
三九二頁　四〇〇円　16㎝　紙装　角背　カバー
脇田和カバー装画　草17＝21　4-10-101721-2
山肌（日本経済新聞　昭和五三年一二月七日～五五年一月一四日　三九五回）
＊　中村八朗「解説」
〔カバー〕
モナ・リザの微笑を思わせるアルカイック・スマイルの表情から〈アルカ〉の渾名をもつ、有能なキャリア・ウーマン三沢苑子。家庭では、良き妻、母として三人の子供を育て上げ、外では、職業婦人として懸命に働く彼女。その溢れるばかりの魅力の陰には、誰にも知られずに育まれた二十年に及ぶ立野雄作との愛があった。働く女性の悩み、中年期の性など、新しい女性の生き方を捉えた長編。

〔帯〕表〈今月の新刊／妻であり母である女性が、外で働く時に抱える悩み、中年女性の性など新しい女の生き方。〉

2051　**蓮如（一）覚信尼の巻**
昭和六〇年九月一〇日　中央公論社
二七八頁　三八〇円　16cm　紙装　角背　カバー
羽石光志カバー装画・挿絵　A42-4
蓮如〈中央公論　八六年一号～九六年七号　昭和四六年一月一日～五六年六月一日　一二一回〉
＊附録「皇室両統略系図　北条氏略系図　足利将軍家略系図本願寺略系図」
〔カバー〕
政変・争乱・飢餓に揺れる室町の世に、平安を求める庶民と共に生き、本願寺教団繁栄の礎を築いた中興の祖蓮如の生涯とその時代を描く丹羽文学の代表的歴史大作。蒙古襲来のころ誕生した新仏教親鸞の教義は、娘覚信尼、その孫の覚如にうけつがれていった。／（全八巻）
〔帯〕表〈今月の新刊／政変・飢餓を背景に、本願寺中興の祖蓮如の生涯とその時代を描く大作／中公文庫　定価380円〉

2052　**蓮如（二）覚如と存覚の巻**
昭和六〇年九月一〇日　中央公論社
三〇一頁　四〇〇円　16cm　紙装　角背　カバー
羽石光志カバー装画・挿絵　A42-5　4-12-201258-9
蓮如〈中央公論　八六年一号～九六年七号　昭和四六年一月一日～五六年六月一日　一二一回〉
＊附録「皇室両統略系図　北条氏略系図　足利将軍家略系図本願寺略系図」
〔カバー〕
北條氏滅亡の血なまぐさい時代を背景に、宗祖親鸞の教義を軸として組織化を夢みる覚如・存覚父子の間に、次第に確執が深まり、ついに、存覚義絶にまでその傷口はひろがっていった。大谷廟はその嵐の中で細々と守られていた。／（全八巻）
〔帯〕表〈今月の新刊／宗祖親鸞の教義を軸に組織化を夢みる覚如・存覚親子の確執は深まった／中公文庫　定価400円〉

2053　**蓮如（三）本願寺衰退の巻**
昭和六〇年九月一〇日　中央公論社
三二八頁　四四〇円　16cm　紙装　角背　カバー
羽石光志カバー装画・挿絵　A42-6　4-12-201267-8
蓮如〈中央公論　八六巻一号～九六巻七号　昭和四六年一月一日～五六年六月一日　一二一回〉
＊附録「皇室両統略系図　北条氏略系図　足利将軍家略系図本願寺略系図」
〔カバー〕
南北両朝と足利将軍家の内紛は絶えなかった。宗祖親鸞の曽孫覚如は子の存覚を義絶していたが、妻の死後も許すことなく、組織化の夢を果たすことなく寂しく逝った。／（全八巻）
〔帯〕表〈今月の新刊／存覚を義絶した覚如。妻の死後も許さず、夢果すことなく寂しく逝った／中公文庫　定価440円〉

2054　**蓮如（四）蓮如誕生の巻**
昭和六〇年一〇月一〇日　中央公論社
二八六頁　四〇〇円　16㎝　紙装　角背　カバー
羽石光志カバー装画・挿絵　Ａ42-7　4-12-201268-6
蓮如（中央公論　八六年一号〜九六年七号　昭和四六年一月一日〜五六年六月一日　一二一回）
＊附録「皇室両統略系図　北条氏略系図　足利将軍家略系図本願寺略系図」
〔カバー〕
関東では親鸞の高弟らによる高田専修寺派が進出した。人影もとだえがちの小さな大谷廟所は、これら関東の門徒に支えられていた。ここに八世蓮如は誕生した。／（全八巻）
〔帯〕表〈今月の新刊／戦乱の世に人影もとだえがちだった大谷廟所―ここに蓮如は誕生した／中公文庫　定価400円〉

2055　**蓮如（五）蓮如妻帯の巻**
昭和六〇年一一月一〇日　中央公論社
三〇一頁　四〇〇円　16㎝　紙装　角背　カバー
羽石光志カバー装画・挿絵　Ａ42-8　4-12-201277-5
蓮如（中央公論　八六年一号〜九六年七号　昭和四六年一月一日〜五六年六月一日　一二一回）
＊附録「本願寺略系図　足利将軍家略系図　富樫氏略系図」
〔カバー〕
父存如が没し、妻帯した蓮如は門徒の期待を背負って八代目住持となった。大飢饉が生じ、京の町には難民と飢餓者が溢れた。こうした中で親鸞二百回忌が挙行された。／（全八巻）
〔帯〕表〈今月の新刊／大飢饉の京で妻帯した蓮如は門徒らの期待のうちに八代目住持となった／中公文庫　定価400円〉

2056　**蓮如（六）最初の一向一揆の巻**
昭和六〇年一一月一〇日　中央公論社
三〇四頁　四〇〇円　16㎝　紙装　角背　カバー
羽石光志カバー装画・挿絵　Ａ42-9　4-12-201278-3
蓮如（中央公論　八六年一号〜九六年七号　昭和四六年一月一日〜五六年六月一日　一二一回）
＊附録「本願寺略系図　足利将軍家略系図　富樫氏略系図」
〔カバー〕
戦乱あいつぎ、京は焦土と化した。隆盛期をむかえた本願寺が、叡山によって破却されると蓮如は北陸吉崎に別院を建てた。やがて一向一揆の嵐が吹きすさぶことになる。／（全八巻）
〔帯〕表〈今月の新刊／本願寺が叡山により破却されると蓮如は北陸吉崎に別院を建て布教した／中公文庫　定価400円〉

2057　**蓮如（七）山科御坊の巻**
昭和六〇年一二月一〇日　中央公論社
三〇〇頁　四〇〇円　16㎝　紙装　角背　カバー
羽石光志カバー装画・挿絵　Ａ42-10　4-12-201279-1
蓮如（中央公論　八六年一号〜九六年七号　昭和四六年一月一日〜五六年六月一日　一二一回）
＊附録「本願寺略系図　足利将軍家略系図　富樫氏略系図」
〔カバー〕
北陸の農民門徒らによる一向一揆は、蓮如の説得、制止の努力

もむなしく遂に起った。一揆鎮静を願い、やむなく吉崎を退去した蓮如は、山科に本願寺を再建した。／（全八巻）
〔帯〕表〈今月の新刊／農民門徒らによる一向一揆は遂に起った。蓮如は吉崎から山科に本願寺へ退いた／中公文庫　定価400円〉

2058　**蓮如（八）蓮如遷化の巻**　昭和六〇年一二月一〇日　中央公論社
三三七頁　四四〇円　16㎝　紙装　角背　カバー
羽石光志カバー装画・挿絵　Ａ42-11　4-12-201280-5
蓮如（中央公論　八六年一号～九六年七号　昭和四六年一月一日～五六年六月一日　一二一回）／あとがき
＊　磯田光一「解説」附録「本願寺略系図　足利将軍家略系図　富樫氏略系図」
〔カバー〕
本願寺住持職を五男実如に譲って、大阪御坊に隠居した蓮如は、明応八年三月、親鸞思想の伝道者であり浄土真宗忠興の祖としての八十五年の波瀾の生涯を山科に閉じた。／（全八巻）
〔帯〕表〈今月の新刊／本願寺住持職を護った蓮如は山科の地でその生涯を閉じた／中公文庫　定価440円〉

2059　**四季の旋律**　昭和六一年五月二五日　新潮社
五六六頁　五六〇円　16㎝　紙装　角背　カバー
中野弘彦カバー装画　に-1-22　4-10-101722-0
四季の旋律（東京タイムズほか　昭和五五年四月一二日～五六年二月一七日　三〇〇回）
＊　林真理子「解説」
〔カバー〕
村岡正継が働き盛りで急死した。あとには妻の菊子と年頃の三人の娘、そして老父草之助が残された。草之助に家事一切を任せ、母娘は外に勤めに出る。見合に失敗し、仕事に打込む長女、奔放にみえながら確りした考えを持つ次女、姉たちを見ながら自分の道を進む三女……。結婚、仕事、恋愛と様々に悩み、惑いながらも彼女たちが見つけだした、自立した女性の魅力的な生き方とは。
〔帯〕表〈今月の新刊／美しい未亡人と三人の娘がみつけた自立した女性の魅力的な生き方とは―。〉

2060　**樹海　上**　昭和六三年二月二五日　新潮社
三四一頁　四〇〇円　16㎝　紙装　角背　カバー
岡田謙三カバー装画　草17＝23　978-4-10-101723-5
樹海（読売新聞　昭和五五年九月二五日～五六年一一月六日　四〇〇回）
〔カバー〕
商社マンの夫が単身でニューヨークに赴任して5年、空虚な思いを胸に、幼い子供たちと留守を守る染子は、夫にアメリカ人の情人がいることを知った。〝私は彼にとって、家庭の調度品のひとつに過ぎないのか。自分の心に素直に生きたい〟染子はエレクトーンを教え始めるが、生徒である青年が彼女に近づいて来た……。海外駐在エリート商社マンの妻の愛と苦悩を鮮麗に描く。
〔帯〕表〈今月の新刊／〝私は家庭の調度品のひとつに過ぎな

いのか〃エリート商社マンの妻の愛と苦悩を描く。〉

2061 **樹海 下** 昭和六三年六月二五日 新潮社
三六八頁 四〇〇円 16㎝ 紙装 角背 カバー
岡田謙三カバー装画 草17＝24 978-4-10-316219-3
(4-10-316219-8)
樹海(読売新聞 昭和五五年九月二五日～五六年一一月六日 四〇〇回)
＊ 河野多恵子「解説」
〔カバー〕
夫が突然帰国した。しかし染子は何の感動も覚えないどころか、夫に憎しみさえ感じていた。女の大切な季節がただ空しく過ぎていく。〃私の愛は見事に破れた。〃彼女はその夜、夫の求めを手厳しくはねつけた。夫には妻の反逆の理由がどうしてもわからなかった。やがて、自立した生活を求めて家を出た染子は兄の友人に惹かれていく……。新しい人生を選びとっていく女性の姿を描く。
〔帯〕表〈今月の新刊/〃私の愛は見事に破れた。自分の心に素直に生きたい〃一人の女の新しい人生への旅立ち。〉

2062 **蓮如 (一) 覚信尼の巻**
平成九年一二月一八日 中央公論社
三四五頁 七八〇円 16㎝ 紙装 角背 カバー
羽石光志カバー装画・挿絵 に-10-12
4-12-203009-9
＊ 2051の改版。
〔帯〕表〈本願寺中興の祖八世蓮如の生涯とその時代を描く丹羽文学の代表的歴史大作/蓮如聖人五百回御遠忌 全8巻/今月の新刊/創刊25周年 中公文庫〉

2063 **蓮如 (二) 覚如と存覚の巻**
平成一〇年一月一八日 中央公論社
三七四頁 七八〇円 16㎝ 紙装 角背 カバー
羽石光志カバー装画・挿絵 に-10-13
4-12-203033-1
＊ 2052の改版。
〔帯〕表〈宗祖親鸞の教義を軸に組織化を目指す覚如・存覚親子に絶縁の時が…〉(以下八巻まで2062と同文のため省略。)

2064 **蓮如 (三) 本願寺衰退の巻**
平成一〇年二月一八日 中央公論社
四一〇頁 七八〇円 16㎝ 紙装 角背 カバー
羽石光志カバー装画・挿絵 に-10-14
4-12-203100-1
＊ 2053の改版。
〔帯〕表〈存覚の義絶を許さなかった覚如だが教団組織化の夢も空しく死を迎える〉

2065 **蓮如 (四) 蓮如誕生の巻**
平成一〇年三月一八日 中央公論社
三五五頁 七八〇円 16㎝ 紙装 角背 カバー
羽石光志カバー装画・挿絵 に-10-15

4-12-203100-1
＊　2054の改版。
〔帯〕表〈戦乱の世、人影も途絶えがちの大谷廟所に八世蓮如は誕生した〉

2066　**蓮如（五）蓮如妻帯の巻**
平成一〇年四月一八日　中央公論社
三七五頁　七八〇円　16㎝　紙装　角背　カバー
羽石光志カバー装画・挿絵　に-10-16
4-12-203123-0
＊　2055の改版。
〔帯〕表〈親鸞二百回忌を前に、妻帯した蓮如は八代目住持となる〉

2067　**蓮如（六）最初の一向一揆の巻**
平成一〇年五月一八日　中央公論社
三七九頁　七八〇円　16㎝　紙装　角背　カバー
羽石光志カバー装画・挿絵　に-10-17
4-12-203149-4
＊　2056の改版。
〔帯〕表〈叡山により本願寺を破却された蓮如は北陸吉崎の別院で布教を再開する〉

2068　**蓮如（七）山科御坊の巻**
平成一〇年六月一八日　中央公論社
三七五頁　七八〇円　16㎝　紙装　角背　カバー
羽石光志カバー装画・挿絵　に-10-18
4-12-203174-5
＊　2057の改版。
〔帯〕表〈一向一揆の鎮静を願いながらも吉崎を退いた蓮如は山科に本願寺を再興する〉

2069　**蓮如（八）蓮如遷化の巻**
平成一〇年七月一八日　中央公論社
四一九頁　八八〇円　16㎝　紙装　角背　カバー
羽石光志カバー装画・挿絵　に-10-19
4-12-203199-0
＊　2058の改版。
〔帯〕表〈本願寺住持職を護った蓮如は山科の地でその生涯を閉じた〉

2070　**海戦（伏字復元版）**
平成一二年八月二五日　中央公論社
二一五頁　五八〇円　16㎝　紙装　角背　カバー
菊地信義カバー装幀　に-10-20　4-12-203698-4
海戦（中央公論　五七年一一号　昭和一七年一一月一日）／ラバウルの生態（日本女性　二巻一〇号　昭和一七年一〇月一日）／三つの並木道（新女苑　六巻一一号　昭和一七年一一月一日）／海戦の思い出（毎日新聞社『戦争文学全集２　昭和戦中・戦後篇』月報２　昭和四七年二月一八日）
＊　「中央公論」掲載の初出本文の伏字復元版。保阪正康「解説」

〔カバー〕
昭和十七年八月八日の深夜、第八艦隊はソロモン海戦でアメリカ海軍と交戦、多大な戦果をあげる。三十九歳の著者は旗艦「鳥海」に乗りこみ、この海戦に報道班員として従軍、表題作を成した。兵士たちの日常、実際の戦闘、そして戦傷者の姿を描破しながら、戦争の本質を表現した力作。解説・保阪正康
〔帯〕表〈戦時下の戦争文学／旗艦「鳥海」上の報道員が描く第一次ソロモン海戦／解説＝保阪正康／中公文庫　今月の新刊／定価　本体552円（税別）〉

2071　**鮎・母の日・妻　丹羽文雄短篇集**
平成一八年一月一〇日　講談社
二九六頁　一四七〇円　16㎝　紙装　角背　カバー
菊地信義装幀　にB-10　4-06-198430-6
秋（街　大正一五年一〇月一日）／鮎（文芸春秋　一〇巻四号　昭和七年四月一日）／贅肉（中央公論　四九年八号　昭和九年七月一五日）／菜の花時まで（日本評論　一一巻四号　昭和一一年四月一日）／母の日（群像　八巻一一号　昭和二八年一〇月一日）／母の晩年（群像　一一巻一〇号　昭和三一年一〇月一日）／うなづく（新潮　五四年一号　昭和三二年一月一日）／もとの顔（文学界　一一巻一号　昭和三二年一月一日）／妻（群像　三七巻六号　昭和五七年六月一日）／悔いの色（新潮　七九年九号　昭和五七年九月一日）
＊中島国彦　丹羽文雄の出発／中島国彦編　丹羽文雄年譜／中島国彦　著書目録
〔カバー〕
丹羽文雄（1904・11・22～2005・4・20）小説家。三重県生まれ。浄土真宗崇顕寺の長男。幼くして生母と離別。１９２６年、早稲田大学文学部国文学科入学。同人誌「街」に処女作「秋」発表。32年、「文芸春秋」掲載の「鮎」が文壇出世作となり以降旺盛な筆力で流行作家となる。47年、「厭がらせの年齢」は流行語ともなった。芥川賞選考委員、日本文芸家協会会長、文化勲章受賞。後進育成のための雑誌「文学者」終刊にあたり菊池寛賞受賞。著書に『蛇と鳩』『蓮如』（共に野間文芸賞）、『親鸞』、『日々の背信』、『一路』（読売文学賞）など多数。／幼くして生母と離別、母への思慕と追憶は作家丹羽文雄の原点ともなった。処女作「秋」から出世作「鮎」、後年の「妻」に至る丹羽文学の核となる作品群、時に肉親の熱いまなざしで、時に非情な冷徹さで眺める作家の〈眼〉は、人間の煩悩を鮮烈に浮かび上がらせる。執拗に描かれる生母への愛憎、老残の母の醜悪感……。「贅肉」「母の日」「うなずく」「悔いの色」ほか十篇。
〔帯〕表〈思慕と愛憎と非情な〈眼〉〉背〈丹羽文学の原点を凝縮〉裏〈中島国彦／もっと丹羽文雄の創作の根源、感性の原点を示す作品を、いつでも読めるようにしたい―そうした思いを、多くの丹羽文学愛好者が持ったのではなかろうか。丹羽文雄は移り行く時代の風俗を巧みに描きながら、一方で自己の周辺の家族にかかわる体験にこだわった作家でもあった。とりわけ、生母こうが、文雄四歳の時に家を出てしまった出来事は、その後の丹羽文雄の心情を規定することとなった。／「解説」より〉

Ⅱ　随筆

i　単行本

3001　**随筆集　新居**　昭和一一年九月一八日　信正社　二六七頁　一円七〇銭　四六判　紙装　上製　背クロス　丸背　函　旧字旧仮名

序／わが生活報告（新潮　三三年八号　昭和一〇年八月一日）／文学放談（原題「緑陰放談―文学における純粋性と通俗性」　早稲田文学　三巻八号　昭和一一年八月一日）／映画感興（新潮　三三年四号　昭和一一年四月一日）／モデル供養（ホームライン　昭和一一年五月）／旅の記憶（文学生活　一巻三号　昭和一一年八月一日）／同人雑誌因果（文芸通信　四巻四号　昭和一一年四月一日）／自力本願（新潮　三三年九号　昭和一一年九月一日）／ある澱（原題「ある澱―季節の晴曇」　読売新聞夕刊　昭和一一年五月三一日）／観念的な女性（国民新聞　昭和一〇年九月二五日）／自分の文章（月刊文章講座　昭和一〇年五月一日）／作品以前の弁（原題「忿懣と取組む」　中央公論　五一年六号　昭和一一年六月一日）／三面記事（あらくれ三巻一二号　昭和一〇年一二月一日）／門外漢の言葉（短歌研究　五巻七号　昭和一一年七月一日）／古谷式地獄（文学生活　一巻四号　昭和一一年九月一日）／多摩川原（原題「多摩川原―日活多摩川撮影場を覗く」　日本映画　一巻二号　昭和一一年五月一日）／感興（早稲田文学　三巻四号　昭和一一年四月一日）／銀座姿態（東陽　一巻二号　昭和一一年五月）／わが初恋（文芸汎論　六巻九号　昭和一一年九月一日）／緑陰偶語（原題「深緑期の感想」　日本新聞連盟　昭和一一年六月）／吉屋信子氏邸拝見（原題「吉屋信子さんを訪ねて」　文芸　四巻七号　昭和一一年七月一日）／拾った女の姿（中外商業新聞　昭和一〇年一二月一三日）／自然描写に就いて（遠つびと　二巻四号　昭和一一年五月一日）／一月二十一日のこと（世紀　二巻二号　昭和一〇年三月一日）／尾崎一雄のこと（原題「尾崎一雄を語る」　文芸首都　三巻五号　昭和一〇年五月一日）／原作と監督（日本映画　一巻六号　昭和一一年九月一日）／作家は如何に処世すべきかと問われて（原題「答へ二つ」　文芸通信　四巻七号　昭和一一年七月一日）／私儀（文芸通信　三巻一一号　昭和一〇年一一月一日）／新居（文学生活　創刊号　昭和一一年六月一日）／日本語版について（キネマ旬報　五五七号　昭和一〇年一一月一日）／秋の油壺行（北海道帝国大学新聞　昭和一〇年一〇月一五日）／鈴木信太郎画伯に就いて（読書感興　二号　昭和一一年四月二一日　文体社「鈴木信太郎氏油絵頒布会」　広告文）／エロテイシズムの方向（文芸　三巻一号　昭和一〇年一月一日）／日記（原題「作者の日記」　文芸首都　二巻九号　昭和九年九月一日）／松の内（木靴　二巻二号　昭和一一年二月一日）／作家と俳句（俳句研究　三巻六号　昭和一一年六月一日）／アビラ村の神様（思想国防　一巻三号　昭和一〇年一二月一日）／鷗外と歴史物（文芸通信　四巻二号　昭和一一年二月一日）／新聞映画批評の是非

（映画之友　一四巻七号　昭和一一年六月一五日）／恋愛読本（原題「恋人の利用法―新恋愛読本」　行動　三巻五号　昭和一〇年五月一日）／小説論（厚生閣『新文芸思潮と国語教育』昭和一一年九月二〇日）

〔序〕

随筆といふものは、その人間の生活態度から世俗的なあぶら気を抜いてしまつて初めて書けるものである。あぶら気が多くては、とてもさらりとした筆触や感興は望めない。さう思つてゐる。

その意味で、「新居」を出すに当つて幾度も躊躇した。現在の自分はこの現実に向つて一番貪婪になつてゐる季節である。こゝに集めた四十篇の中には馬車馬のやうな自分、変に肩をいからしてゐる自分、眼を大きくしてゐる自分、すべてが体臭の強いものばかりで、一篇として、さらりとした感興でものを言つてゐるのはない。凡そ随筆の定義にもとるものである。しかし「新居」の時代は自分にとつて忘れられない時代である。何かの方法で紀念《ママ》してをきたい気持も強いのだ。随筆集でなく、寧ろ感想集である。そして小説に較べて、遥かに私儀に類するものである。然し、さうと腹を据ゑてしまへば、この年齢でこの経歴で随筆本に形取つた「新居」も、何かの役に立つてくれるであらうと思つてゐる。

昭和十一年九月　　作者

3002　**迎春**　昭和一二年四月二〇日　双雅房
一七一頁　一円二〇銭　四六判　紙装　上製　角背
函　旧字旧仮名　丹羽文雄随筆集

幼友達（原題「自叙伝」　早稲田文学　四巻一号　昭和一二年一月一日）／獅子舞と芝居（原題「自叙伝二　獅子舞と芝居」　早稲田文学　四巻二号　昭和一二年二月一日）／父の墜落（原題「自叙伝三　父の墜落」　早稲田文学　四巻三号　昭和一二年三月一日）／古里の記憶（明日香　一巻八号　昭和一一年一二月一日）／書物のこと（原題「思ひ出の書物」　読書感興　二巻一冊　昭和一二年一月一五日）／過去の姿（文芸通信　四巻一一号　昭和一一年一一月一日）／年の瀬（アサヒグラフ　昭和一一年一二月二三日）／迎春（四社連盟紙　昭和一二年一月）／装幀（文芸首都　五巻一号　昭和一二年一月一日）／女友達（原題「僕の女友達―女友達を語る」　婦人画報　三八四号　昭和一一年三月一日）／耳掃除（博浪沙通信　一巻一号　昭和一一年一〇月一五日）／女の習俗（都新聞　昭和一二年一月一九日）／先妻先夫（東京日日新聞　昭和一二年二月一三～一五日）／新女性気質（日本評論　一一巻一二号　昭和一一年一二月一日）／恋愛の享楽（新潮　三三年一〇号　昭和一一年一〇月一日）／恋愛時評（奥の奥　一巻一〇号　昭和一一年九月）／今様父帰る（新潮　三三年一一号　昭和一一年一一月一日）／他山の石（作品　八巻一号　昭和一二年一月一日）／北斎のこと（文学生活　一巻五号　昭和一一年一〇月一日）／馬か牛か（原題「大衆雑誌に書く気持」　報知新聞　昭和一二年二月一七日）／二人の先輩（新潮　三四年三号　昭和一二年三月一日）／作家随想（朝日新聞　昭和一二年二月四日）／無限抱擁讃（原題「『無限抱擁』の記憶」　文芸　四巻一〇号　昭和一一年一〇月一日）／自分の短篇（新潮　三三年一一号　昭和一一

年一一月一日）／大衆読物に就いて（原題「文芸時評」　新潮三四年二号　昭和一二年二月一日）／後記

〔後記〕

さきの随筆集『新居』以後の随筆、感想類をひと纏めにして、双雅房主人に渡した。その中から取捨選択されて出来上つたのが『迎春』である。だからこの一冊は双雅房の責任編輯であると言つてもよい。創作の場合はともかくも、随筆類となると、身贔屓から自分ひとりが面白くて他人には少しも面白くない作品をえてして選択しやすいものである。今度はさやうな思ひ上りのないやうに、すべてを双雅房主人に任せた。多年随筆物を手がけてゐる双雅房の見識に、自分は安心して作品の選択を許すことが出来た。

自分の作品の中から遠慮なしに双雅房主人の鑑賞でこれとこれといふ風に色別されることは、なかなか心愉しい方法である。諸賢も双雅房の見識を微笑して受取つてくれることと思ふ。

昭和十二年四月　　文雄

＊　巻末に「丹羽文雄著書目録」、「目次」を付す。

3003　**迎春**　昭和一二年六月二七日　双雅房

一七〇頁　二円五〇銭　四六判　クロス装　上製

角背　函　二〇部限定版　署名入　旧字旧仮名

丹羽文雄随筆集

＊　3002の限定版。

3004　**一夜の姑娘**　昭和一四年五月二〇日　金星堂

二六三頁　一円二〇銭　四六判　紙装　角背　カバー

新選随筆感想叢書一　一木弴装幀

一夜の姑娘（大陸　二巻五号　昭和一四年五月一日）／入道雲（原題「入道雲―ペン部隊手記」　都新聞　昭和一三年一〇月二二日）／杭州と蘇州（原題「杭州と蘇州―漢口攻略従軍記」　婦人公論　二三巻一一号　昭和一三年一一月一日）／蕪湖の一時間（都新聞　昭和一三年九月二九日）／上海の風（文芸　六巻一二号　昭和一三年一二月一日）／初の砲弾の洗礼（原題「初の砲弾の洗礼―溯江船中にて」　読売新聞　夕刊　昭和一三年一〇月八日）／上海の花火（読売新聞　夕刊　昭和一三年一〇月二八日）／九江点描（五社連盟紙　昭和一三年一〇月一日）／変化する街（原題「変化する街―揚子江のほとりにて」　新女苑　二巻一二号　昭和一三年一二月一日）／戦場覚書（改造　二〇巻一二号　昭和一三年一二月一日）

＊　「新選随筆感想叢書」の第一冊として刊行。『一夜の姑娘』以下、高見順『爪髪集』（昭和一四年一二月二〇日）までの九冊が刊行されている。紅野敏郎「叢書・文学全集・合著集総覧」（昭和五三年三月一五日　講談社『日本近代文学大事典6』）に総目録がある。

3005　**秋冷抄**　昭和一五年九月二〇日　砂子屋書房

二四九頁　二円二〇銭　四六判　クロス装　上製

丸背　函（本文和紙　和紙貼函）　山崎剛平装幀

二〇〇〇部　9ポ　40字×13行　旧字旧仮名

肉親賦（わが母の記（婦人公論　二四巻七号　昭和一四年七月一日）／仏像と祖母（現代　二〇巻四号　昭和一四年四月一

日）／芝居恐怖症（新国劇　昭和一二年一〇月）〕／**自然と人**〔伊豆の海　上（東京日日新聞　昭和一五年一月）／伊豆の海　下（東京日日新聞　昭和一五年一月）／雷（エス・エス　四巻九号　昭和一四年九月一日）／水見舞―T・Iへ（若草　一四巻一〇号　昭和一三年一〇月一日）／菓子漫筆（スヰート　一四巻五号　昭和一四年一一月）／鼻（読売新聞　昭和一五年四月二六～二七日）／旅と季節（初出未確認）／那須（ホームライン　昭和一二年七月）／狐の女（若草　一三巻一一号　昭和一二年一一月一日）／うらめしやの手紙（モダンライフ　昭和一三年四月）／芒（アサヒカメラ　昭和一四年一〇月）〕／**面上の唾**〔面上の唾（文学者　一巻一～七号　昭和一四年一月一日～七月一日　四回）／わが毒舌（文芸　七巻七号　昭和一四年七月一日）／面上の唾（文芸　七巻一一号　昭和一四年一一月一日）／私の頁（文芸　七巻九号　昭和一四年九月一日）／わが毒舌（文芸　七巻八号　昭和一四年八月一日）／感想断片（文芸情報　六巻七号　昭和一五年四月五日）／支那文学に就いて（朝日新聞　昭和一四年六月二五日）／スタイリスト（スタイル　四巻一〇号　昭和一四年一〇月一日）／抗日日本人（朝日新聞　昭和一四年六月六日）〕／**女性点々**〔婦人雑誌批判（ホーム・ライフ　六巻七号　昭和一五年七月一日）／女芸の是非（新女苑　三巻八号　昭和一四年八月一日）／女の着物（日本読書新聞　一一三号　昭和一五年三月一五日）／嫁ぐ人に（婦女界　昭和一四年一〇月）／初夏の娘（映画朝日　一六巻六号　昭和一四年六月一日）／若き娘たち（大洋　二巻二号　昭和一五年二月一日）／モデル供養（現代　二〇巻一一号　昭和一四年一一月一日）／料理と化粧と着物（婦女界　五九巻一号　昭和一四年五月一日）／化粧（婦女界　五九巻一号　昭和一四年五月一日）／きもの（婦女界　五九巻一号　昭和一四年五月一日）／或る感想（初出未確認）〕／**文学と私**〔女流作家論（新潮　三六年五号　昭和一四年六月一日）／小説の正体（文芸　七巻六号　昭和一四年六月一日）／丹羽文雄論（新風　創刊号　昭和一五年六月一日）／両親のこと（新風　創刊号　昭和一五年六月一日）／批評について（新風　創刊号　昭和一五年六月一日）／人間修業と文学修業（新風　創刊号　昭和一五年六月一日）／近頃の私（新風　創刊号　昭和一五年六月一日）〕／**大陸の思い出**〔大陸の思い出、光華門上（原題「南京の思ひ出」　大陸　三巻五号　昭和一五年五月一日）／鶏鳴寺（大陸　三巻五号　昭和一五年五月一日）／惲南田（大陸　三巻五号　昭和一五年五月一日）／従軍の思い出―爆撃（大陸新報　昭和一五年一月一〇日）／揚子江（大陸新報　昭和一五年一月一日）／城壁（原題「南京城壁」　大陸新報　昭和一五年一月一日）／上海（大陸新報　昭和一五年一月一一日）／虹口（原題「複雑な印象―漢口戦従軍の思ひ出」　朝日新聞　昭和一四年一〇月二九日）／アルバムから（三田文学　一四巻八号　昭和一四年八月一日）／回顧（博浪沙　四巻一〇号　昭和一四年一〇月五日）／戦地の夜（専売　昭和一四年八月）〕

＊紅野敏郎「叢書・文学全集・合著集総覧」（昭和五三年三月一五日　講談社『日本近代文学大事典6』）では、「随筆集」として叢書扱いになっている。窪田空穂『忘れぬ中に』（昭和一三年五月五日）以下全一六冊が刊行されている。

3006 **小説修業** 昭和一六年五月三〇日 明石書房
一五三頁 一円五〇銭 四六判 クロス装 上製
角背 函 三〇〇部 旧字旧仮名

小感録〔過去の随筆の抜粋〕／近頃の感想〔その一（初出未確認）／その二（原題「近作について」知性三巻一〇号 昭和一五年一〇月一日）／その三（文芸情報 七巻一八号 昭和一六年九月二〇日）〕／牧屋善三「附記」

3007 **上海の花火** 昭和一八年一月二〇日 金星堂
二六三頁 一円二〇銭 四六判 紙装（フランス装）
角背 カバー 新選随筆感想叢書一 一木弴装幀
旧字旧仮名

一夜の姑娘／入道雲／杭州と蘇州／蕪湖の一時間／上海の風／初の砲弾の洗礼／上海の花火／九江点描／変化する街／戦場覚書

＊「一夜の姑娘」の再版改題。

3008 **わが母の記** 昭和二二年七月二五日 地平社
一二一頁 一二円 四六半截 紙装 角背
旧字旧仮名 手帖文庫Ⅱ-14

わが母の記（婦人公論 二四巻七号 昭和一四年七月一日）／旧友（新生活 昭和二一年二月）／猫（駒草 一四巻五号 昭和二一年五月一日）／仏像と祖母（現代 二〇巻四号 昭和一四年四月一日）／伊豆の海（東京日日新聞 昭和一五年一月）／鼻（読売新聞 昭和一五年四月二六～二七日）／嫁ぐ人に（婦女界 昭和一四年一〇月）／初夏の娘（映画朝日 一六巻六号 昭和一四年六月一日）／若き娘たち（大洋 二巻二号 昭和一五年二月一日）／モデル供養（現代 二〇巻一一号 昭和一四年一一月一日）／或る感想（初出未確認）／小説の正体（文芸 七巻六号 昭和一四年六月一日）／岡本かの子らのこと（新風 創刊号 昭和一五年六月一日）／両親のこと（新風 創刊号 昭和一五年六月一日）／批評について（新風 創刊号 昭和一五年六月一日）／人間修行《ママ》と小説修業（新風 創刊号 昭和一五年六月一日）

3009 **私は小説家である** 昭和二二年一一月五日 銀座出版社
二一三頁 七〇円 B6判 紙装 角背 旧字旧仮名

まえがき／流行の倫理（新潮 四四年四号 昭和二二年四月一日）／非常ということ（群像 二巻六号 昭和二二年六月一日）／西窪日記（風雪 昭和二二年四月三〇日～八月一日）／私は小説家である（改造 二八巻九号 昭和二二年九月一日）／縮図について（世界文化 二巻一号 昭和二二年四月一日）／農村の生態（生活と文化 一巻四号 昭和二一年五月一日）／過去の姿〔幼友達（原題「自叙伝」 早稲田文学 四巻一号 昭和一二年一月一日）／獅子舞と芝居（原題「自叙伝二 獅子舞と芝居」 早稲田文学 四巻二号 昭和一二年二月一日）／父の墜落（原題「自叙伝三 父の墜落」 早稲田文学 四巻三号 昭和一二年三月一日）／古里の記憶（明日香 一巻八号 昭和一一年一二月一日）／書物のこと（原題「思ひ出の書物」 読書感興 二巻一冊 昭和一二年一月一五日）／過去の姿（文芸通信 四巻一一号 昭和一一年一一月一日）／年の瀬（アサヒグラフ 昭和一一年一二月二三日）／迎春（四社連盟紙 昭和

一二年一月）〕／小説ノート〔『秋冷抄』の「小感録」改題〕

〔まえがき〕

かつて友達の牧屋善三が私の感想随筆を集めて一本に収めたことがあった。編輯の目的は、「ただ退屈といふほかに表現のできないやうな、文字通り退屈な時がある。ぼんやり机に向つてゐるだけで、ものを書く気も起らず、さうかと言つて小説をよむ気も起らない。そんな時ちょつと手にとつて何気なく読めるやうな書物がほしい。序論も本論もないぽんと投げ出されたやうな言葉がほしい」といふのであつた。この一冊をまとめるに当つて、私ははからずも牧屋善三君と同じ気持になつた。つまりこれは私の文学、小説に関する一貫したものを読み取つて下さいと差し出すようなものではなく、どこを開いてもいい、どこから読んでもらつてもいいやうに編輯したいと思つた。だから五年十年と間の置かれた文章が隣合つたり、珍しく正面を切るかと思へば、次の章では山や海を書いてゐたり、文芸批評のあとには月々雑記があつたり、小説が現れたりするやうな組方をあへてしたのである。勿論そのどこにも私はゐる筈である。編輯者から註文で書く場合は、小説が主で、その間に風俗時評やら文芸時評やら映画感想やら、実にまちまちな註文をうけるのである《ママ》　そして一つ一つを片付けていくのである。それを時間的に並べてみれば、この本のやうに実に一貫性のないものになる。しかしそれではあんまり、ばらばらなので、多少の見出をつけて上梓する次第である。

一九四七・九　　文雄

3010　**小説作法**　昭和二九年三月三一日　文藝春秋新社
二二八頁　二三〇円　紙装　上製　角背　パラフィン
函　帯　旧字旧仮名

小説作法〔第一章　小説覚書／第二章　テーマに就いて／第三章　プロット（構成）に就いて／第四章　人物描写／第五章　環境に就いて／第六章　描写と説明／第七章　小説の形式／第八章　リアリテイに就いて／第九章　文章に就いて／第一〇章　時間の処理／第一一章　題名のつけ方に就いて／第一二章　あとがきの意義／第一三章　小説の書出しと結びに就いて／第一四章　小説片手落論／第一五章　初心者の心得／第一六章　結論〕／参考作品〔女靴（小説新潮　六巻一号　昭和二七年一月一日）／媒体（世界　七六号　昭和二七年四月一日）〕／あとがき

＊　文学界　六巻四号〜七巻一二号　昭和二七年四月一日〜二八年一二月一日　六回

「あとがき」は「作家の告白」（東京新聞夕刊　昭和二九年二月五〜七日　三回）の引用。

〔あとがき〕

友達といふものは実にありがたいものである。「蛇と鳩」の授賞式のとき、私はあいさつをしたが、その時のことばをとりあげて、丹羽はいまから宗教にはまりこんではいけないと忠告をしてくれた。友達は私といふものをよく知つてゐるので、さうはいふものの丹羽はその内にその土台をゆすぶるやうなことをするだらうと書いてゐた。

新年の文芸感想として、私はあるところに、自分の小説の運命を浄土真宗に見出したと書いた。すると、ある後輩が、また揚足をとられるやうなことを書いたと笑つた。

私のあいさつ、私の年頭の感想は、ことば足らずの曖昧さと、隙を多くさらけだしてゐたやうである。が、本人は、あれで十分だと考へてゐた。いづれ足りないところは書くのだからといふ気もちがあつた。

「青麦」に対して、ある評者が、作者があまりに早く菩提心をあらはしたといつた。友達は、いまから宗教にとらはれては困ると言つた。そのどちらも、誤解であつた。「青麦」ではいかに菩提心を持たないかといふところに、作者の苦心があつた。いまから宗教にとらはれるのではなく、人間の実存を追求するために、宗教といふ武器を私は借りただけにすぎない。宗教といへば、すぐ悟りとか、菩提心を連想する人が多いが、私はまるで反対に解釈してゐる。

たとへて言へば、腹が痛い。下痢のやうでもあり、虫がゐるやうでもあり、消化不良のやうでもあり、ねても起きても、腹がねちねちと痛むといふ場合がある。何といふことなしに腹痛を感じてゐたのが、これまでの私の小説であつた。痛みは虫様突起炎であるとはつきり病源が発見されたならば、苦痛に対する考へ方、苦しみにたへる精神、生理的感覚の上には、はつきりと別の形がとれるやうになる。はつきりはするが、苦痛は更に一段と恐ろしいものとなる。苦痛を感じるといふ点では、同じことである。つまり私が浄土真宗に自分の小説の運命を見出したといふのは、われいかに生くべきかといふ、苦しむ自分に一つの方向を見出したといふだけの意味である。人生の途方にくれる私は、依然と迷ひつづけることは必至だ。

菩提心をおこすどころか、そんなものからますます遠ざかつていくだけであり、宗教にとらはれては困るといふ友達の心配からは、あべこべの人間になつていくだけのことである。

「遮断機」は私といふ人間が苦しむといふことに、やうやく道らしい道を発見したやうな、しかしそれも自分のひとり合点であるかも知れないのだが、やつとあることの端緒にたどりついたやうな思想であつた。「青麦」はそれをいくらか端的に表現できたと思つた。

思想といふことを、ひとびとはどう解釈してゐるのだらうか。思想とは知識作用の一形式であり、広義には直観をのぞき、純粋なる情意作用を除ける一切の作用を包含するといはれてゐる。科学者の思想ならともかく、人間が相手の私の思想がそれでは、三文の価値もない。広義も狭義もない。ミソもクソもいつしよくたであり、科学者が仮定をたてて、推理し、理論化して、ある真理に到達するといつたものとは、まつたく別のことである。

浄土真宗は親鸞の思想の結実である。結実は今日詳細な講釈本がたくさん出版されてゐる。要領よく親鸞の思想のあとを知ることができる。しかしたとへ、浄土真宗の経典をいくら熱心によみ、暗記をしてしまつたところで、そのことはその人の思想にはならないのである。これほどわかりきつたことが、往々にして誤解をまねく。

思想といふ日本語の使ひ方が至極曖昧なせゐであらう。先日もある人が、自由といふ意味を、英国では、フリーダムとリバティの二つに解釈してゐると書いてゐるのを読んで、なるほど、便利なものだと思つた。日本語で思想といへば、左翼の思想のやうに、また哲学、宗教といつたちやんとした形にまとまつたものだけを、思想と考へられやすい。これはをかしな習慣である。浄土真宗は親鸞の思想の結実だが、結実するまでのながい年月の苦悩もまた立派な思想ではないか。結果だけが思想ではないのだ。

野澤竹朝が第一石をおくのに一時間を費やして、その碁を中止したといふ結局「思想がまとまらないから」と、謀略的にも村松梢風氏の小説を読んで、おもしろいと思つた。たしかにそれも思想であらう。私が浄土真宗に小説の運命を見出したといつたところで、親鸞の思想の結実をそつくりそのまま頂戴したのでは、思想にもならなければ、私の苦しみにもならないわけだ。

私は簡単に菩提心をおこさないところに、自分自身に対してのぞみを持つてゐるといへば、奇矯にきこえるだらうか。私が小説を書きつづけることは、結果からいへば、いかに生くべきかと人生に迷ふ、その迷ひ方を深めるためだけのやうなものである。私は迷ひを深めるため、さらに武器をもちたいために、浄土真宗を発見した。

「青麦」の批評の中で、母のことは度々書いてゐるが、いままで父親のことが書けなかつたのは、もう一つの腹が作者にできなかつたせゐだといつてゐたのは、当つてゐる。私は浄土真宗に気がついて、母を書く場合よりはいくらか腹らしいものが出来たやうな気がした。私の口からいふのでは、をかしいのだが、私の迷ひには拍車がかかつた。

小説を書く上に、どうして宗教が邪魔になるだらうか。宗教をつくりだしたことは原子爆弾をつくり出したよりはるかに人間の立派な仕事である。

モーリヤックは、神の恩寵が信じられるといつた。「ペスト」の中では、カミュは、子供がペストで死んでいくところで、神の恩寵に疑ひをもたせてゐる。が、それは神に対する信仰が足りないからだと、うまいロジックで納得させてゐる。かうしたロジックは、目下新興宗教がさかんに使用してゐる。モーリヤックの恩寵の解釈は、キリストが相手だから、さう考へられるのだらうが、私にはたうてい恩寵など考へられない。そんなものは当てにできないし、口に出したくもない。私が若しもそれをあてにするやうになれば、宗教に小説家の私が足をとられることになり、そのために小説家失格となる。

「青麦」を愛欲小説だといつたひとがある。思想小説といひ、宗教小説といつた人もある。読む人の解釈でどうにもなるものだ。なまぐさい宗教小説といふ人があらうと、その批評はまちがつてはゐない。私は小説のジャンルをあたまにおいてあれを書いたのではなかつた。

後輩の作家が、観念を扱ふことはよくよくむづかしいと「青麦」の読後感をもらした。私は「遮断機」でその危険を知つたので、できるだけ心理描写は避け、行動に重きをおいた。私の主観もやむを得ない場合以外は、できるだけ避けることにした。

私は近頃小説の技巧として、心理描写をそれほど強力なものだとは思はないやうになつた。近代小説の特色の一つだらうが、いきすぎは困るのだ。無視するのではないが、それだけによりかかることの愚を知つた。意識の流れとか、独白の形式も、絶対的な技術ではない。さういひながらも、私は度々その手法を使つてゐるが。

サルトルがあれほど「自由への道」で小説のあらゆる手法を駆使しながら、近頃さかんに劇を書くことは、興味のあることである。詩人が、詩ばかり書いてゐるのでは不満となり、散文作家に転向するといふ例をしばしば見うけるが、あれに似たものを、私はサルトルの劇に感じてゐる。

従来の私は、行為を描写することに熱心であつた。戦後の私は、さうしたリアリズムでは満足ができなくなつて、はみ出すリアリズム、作者は作品の前面に顔を出さねばならないと、実験小説を云々しはじめた。作者の主観を強調することに、重きをおくやうになつた。

これからも私は、この方法で小説を書いていくつもりである。ところが「青麦」のやうな小説になると、作者の主観がとび出しやすくなる。勢ひ心理描写、意識のながれ、独白と形式にたよりたくなつてしまふのである。「ユリシイズ」は私には晦渋である。プルーストになると、私はいらいらしてしまふ。小さいときから肉食に慣れた人種には、あのねちねちした、晦渋さもまたおもしろからうが、私の体質には合はないのだ。「青麦」は題材からいつても、出来ばえがあんまりスカッとしてゐると言はれた。ねちねちと、さらにふかくつつこんで書けば、あれの三倍も四倍にも書けるものであつたらう。私はねちねちとした、心理描写、意識の流れ、独白の形式でなければ書けないところを、行為の描写で代へることができないかと考へた。

会話と行為だけに占められてゐる劇的な要素が、小説の上で操作できないものかと考へた。と言つて従来のリアリズムにもどるといふ意味ではなかつた。

私の思想を、心理描写や、意識のながれや、独白の手法でうつたへたならば、浄土真宗の思想の結実を、つい便利なあまり多く借りるといふ失敗をしさうな気がしてゐた。つじつまを合はせ、自分を納得させるには出来上つてゐる立派なものを借りるほど都合のよいことはないからだ。借りてゐる間に、いかにも自分で苦しんだあげく発見したやうな錯覚をしさうな気がした。観念を扱ふことの危険は、小説家は十分に思ひしらされてゐるはずである。たとへ失敗しやうと、私は具体的に、つまり行為と会話の上にそれをやつてみたかつた。

これは小説技術の上では、むづかしいやり方とされてゐる。「私」ではじめる小説は、書きやすい。といふよりもボロがかくれやすい。その代り客観描写となると、ひとりの人間を表現するにも、苦労する。つまりボロがあらはれやすいからである。小説の上手下手が、一ト目でわかつてしまふ。「私」が私小説の私でなくとも、いはゆる一人称小説は書きやすいが、多元描写はやりにくいといふことにもなる。

「青麦」の鈴鹿と如哉によつて私は自分の思想を具体的に描写したつもりである。心理描写や意識のながれや、独白をできるだけ避けた。それがあの小説を書くときの思想であつた、成功不成功をいつてゐるのではない。そして私の人生観は、思想は、鈴鹿と如哉のいつやむとも知れない、なまぐさい行為のつみかさね、くりかへしの中にあらはしたつもりであつた。いかに生くべきかと、つみかさね、くりかへして悩むそのものの中にだけ、私の思想が息づいてゐるのだ。私の思想を立派だと思つてゐるのではないことは、むろんである。私の思想は、結実をしてゐないのだ。まちがはないでほしい。

いはば、結実にいたるまでの苦しみ、そのこと自体をいつてゐるのである。菩提心をもつたり、悟りをひらくといふことになれば、私の思想は息を絶えたことになる。

思想といふものを、出来上つた結果とばかり考へてゐる人があれば、とんでもない誤解である。親鸞の「自然法爾」の意味はわかるが、私はまだそこまで思想してゐない。つまり苦しんでゐないのだ。私にはまだまだ自分をたのむ心があり、煩悩といつたところで、その底は浅いのだ。迷ひ方が足りない。苦しみが足りない。私は「青麦」のやうな小説を、いくつも書かなければならないのである。

これは「作者の告白」として新聞に発表したものであるが、私の現在の心境を知つてもらふために「あとがき」に代へることにした。

昭和二十九年三月　　文雄記

〔帯〕表〈これは新しい文章読本である／巨匠丹羽文雄の芸談としても面白く、ひろく文学鑑賞の手引きとしても、一般社会人の文章上達法にも役立つ好読物近来の名著といへよう。／文藝春秋新社／小説の書き方、小説の読み方の秘密は、悉くこの一冊の中にある。〉背〈文藝春秋新社〉裏〈　よくよくひとには見せられない覚書を勇気をふるつて示す気持になつたのも、実は、家内が俳句をつくりたいと言ひ出したことからである。私はさつそく書庫から秋櫻子の俳句作法といふ本を、妻にあたへた。家内は熱心によんでゐたが、「この本はむつかしすぎる。俳句をいくらかつくつてゐた人が、参考としてよむにはふさはしいけれど、私のやうなずぶの素人には、もつと初歩的な本がよい。」と言つた。それで私は思ひ出したが、たしかに小説作法に関した本は、何冊か出てゐたのだ。／　私は、それとはちがふ小説作法を書きたい。そのためには死恥も生恥もさらさなければならない始末になつた。／―丹羽文雄／定価二三〇円／地方売価二四〇円〉

3011　**小説作法　実践篇**

昭和三〇年一〇月一五日　文藝春秋新社

二一八頁　二二〇円　紙装　上製　角背　パラフィン　函　帯　旧字旧仮名

小説作法　実践篇〔第一章「作法」以前の作法／第二章　モデルケース／第三章　回答一束〕

＊　文学界　八巻一一号～九巻六号　昭和二九年一一月一日～昭和三〇年六月一日　六回

〔帯〕表〈文章・小説が巧くなるには?／この疑問にこたへて、ベストセラーになつた前著に引続き素人の文章を例にひきつつ更に細部に筆をすすめた実践篇／文化人必読の名著！／文藝春秋新社／巨匠丹羽文雄の芸談としても更に滋味を加へ興味津々たるものがある。〉背〈文藝春秋新社〉裏〈著者はこの本を書くに際してその動機を次のように述べている。／○　先に私は、「小説作法」を書いた。自分の経験を正直にさらけ出したつもりであつたが、さらけ出すといつたところで、自づと限界があつた。さらけ出すことの可能なかぎりをさらけ出したのであり、私がどうもがいてみたところで、結局さらけ出せない部分もあつた。すると、一部の人々から、「小説作法」は多少とも文学の何たるかを理解してゐる人には面白いが、そこまで理解のない、まつたくの素人にはすこしむつかしいのではないかと言はれた。「小説作法」以前の小説作法といふものもあつてよいの

ではないかといふ意味であつた。／―丹羽文雄／定価二三〇円〉

3012　**私の人間修業**　昭和三〇年一〇月三一日　人文書院
二〇九頁　二五〇円　四六判　クロス装　背紙装
上製　丸背　カバー　新字旧仮名

黒い壺（文芸　一二巻三号　昭和三〇年三月一日）／私の好敵手（原題「私の好敵手―林芙美子と武田麟太郎と」　文学界　九巻九号　昭和三〇年九月一日）／弘法大師の末裔（別冊文芸春秋　四〇号　昭和二九年四月二八日）／伊勢路を往く（原題「懐郷の伊勢路を往く―三重風土記」　小説新潮　九巻四号　昭和三〇年三月一日）／私の青春自叙伝（原題「文学的青春伝」　群像　六巻一号　昭和二六年一月一日）／新潟美人の一夕話（文芸春秋　三二巻五号　昭和二八年四月一日）／私の場合は（新潮　五二年六号　昭和三〇年六月一日）／宗教と文学について（在家仏教　一巻一号　昭和二九年四月一日）／私と仏教（原題「私の場合は―作家と人生観」　新潮　五二年六号　昭和三〇年六月一日）／私の人間修業（昭和三〇年六月三日　京都先斗町歌舞練場でのＮＨＫ文化講座の講演録）／わが母の記（婦人公論　二四巻七号　昭和一四年七月一日）／あとがき

〔あとがき〕

戦後に著書《ママ》した随筆、感想文を一冊にまとめてみたが、すこし足りないので、「わが母の記」を加へた。これは戦前のものである。これをいま読みかへしてみると、とても「厭がらせの年令」など書けるはずはないと思はれる。私も変つたが、私の母もずゐぶん変つたのだと思ふ。私は一生小説の上で母をモデルに書いていくやうである。書きつくせない存在である。「青麦」のあとがきにも、私はすばらしい両親をもつて仕合はせだと書いたが、皮肉ではない。本質的に小説家である私を動かしてゐるものが、母であり、父である。その意味で、私は両親に感謝してゐる。

この一冊には文学と宗教に関したものが多い。これからの私の文学の動向を示してゐるものである。しかし勿論宗教といつたところで、アウトラインにすぎない。大ざつぱに外側を撫でてゐるにすぎない。モーリヤックはカソリック作家だが、小説の上にはカソリックの匂ひはすこしも出してゐない。グレアム・グリーンも同じくカソリックの作家だが、これはまた大いにカソリックを宣伝してゐるやうである。宣伝をするからグリーンのものは、今後十年も経てば消えてしまふだらうと評した人がゐたが、私の場合はどうやらグリーンの類にあるらしい。それでもよいと思つてゐる。もつともモーリヤックには、「イエスの生涯」といふまとまつたものを書いてゐるが、私のねがひは、日本の文学の中でどこまで宗教を文学にとり入れていけるかといふことの一つのテストになればよいと考へてゐる。果してどこまで宗教を自分のものに出来るか。この一冊には、さうした私のねがひの前触れのやうなものが多い。前触れだけで倒れまいと、自分を戒しめてゐる。

一九五五年秋　軽井沢三笠にて　丹羽文雄

3013　**小説作法（全）**　昭和三三年九月二〇日　文藝春秋新社
三六六頁　三〇〇円　紙装　上製　角背　函　二段組
旧字新仮名（促音拗音大字）

正篇（文学界　六巻四号〜七巻一二号　昭和二七年四月一日〜二八年一二月一日　六回）〔第一章　小説覚書／第二章　テーマに就いて／第三章　プロット（構成）に就いて／第四章　人物描写／第五章　環境に就いて／第六章　描写と説明／第七章　小説の形式／第八章　リアリテイに就いて／第九章　文章に就いて／第一〇章　時間の処理／第一一章　題名のつけ方に就いて／第一二章　あとがきの意義／第一三章　小説の書出しと結びに就いて／第一四章　小説片手落論／第一五章　初心者の心得／第一六章　結論〕／参考作品〔女靴（小説新潮　六巻一号　昭和二七年一月一日）／媒体（世界　七六号　昭和二七年四月一日）〕／**実践篇**（文学界　八巻一一号〜九巻六号　昭和二九年一一月一日〜昭和三〇年六月一日　六回）〔第一章「作法」以前の作法／第二章　モデルケース／第三章　回答一一束〕／あとがき

〔あとがき〕

　小説作法と続の実践篇を一本にまとめることにした。私としてはむしろ続の方が読んでもらいたいのである。小説作法の本はたくさん出ているが、私のは小説の鑑賞とか、講座というものではない。文字どおり作法である。作り方である。いまもなお、初めてこの本を読んだ人から手紙をもらつている。初歩の人には、何かを与えるからである。

　いうまでもなくこの本は、丹羽文雄という一人の小説家の小説の作り方の秘密をさらけ出したものである。この本を読んだからと言つて、ただちに傑作が書けるものではない。が、小説を書こうという人に、一つの勇気を与えることはまちがいがないだろう。漠然と迷つていたことに、一つの方法を与えることにはなるだろう。私の本に反撥をするのもよい。それもまた一つのきつかけが与えられたことにはなるのだから。

　こういう本を書いたということは、そもそも私という人間の生活をさらけだしたことになつたようである。秘密はあまり喋りたがらないのが人情だが、それを敢えて私はやつた。私の書く小説の底を見られたということにもなつたようであるが、こういう風に手をとつて小説を作る方法を伝える本も一冊ぐらいはあつてもよいのではないかと思つたからである。講座風のもの、教養風のもの、鑑賞風のものはたくさんある中に、実際に役立つ小説作法がないというのが、おかしいと思つた。今日までのたくさんの読者には、必ず何かの役に立つていたと私は確信している。これは決して己惚れではない。誇張でもない。自分の小説をよめ、必ずためになるとすすめることは私に出来ないが、この本だけはちがう。と言うのも、私が歩いてきた紆余曲折の道をその人がもう一度歩かないだけでも、この本の意義はあるだろう。自画自讃にも解されそうだが、私はもつと謙虚な気持でこのあとがきを書いた。

文雄記

3014　**現代人の日本史　第三巻　天平の開花**

昭和三四年三月三一日　河出書房新社

三一八頁　二九〇円　クロス装　上製　丸背　函　帯

棟方志功装幀　森村宜永挿絵　新字新仮名

耳我の嶺／女帝と『万葉』の時代／平城遷都／奈良時代の民衆／遣唐使と外来文化／天平開花への道／謎の僧行基／藤原広継の乱／天平の世／大仏開眼／紫微中台／宝字元年の変／恵美押

勝／道鏡登場／押勝の反乱／大臣禅師の世／宇佐八幡宮／宮廷の猟人たち／奈良朝の終焉／蝦夷の逆襲／奈良時代の文化／あとがき／北山茂夫「『天平の開花』に寄せて」315－318頁

〔あとがき〕

歴史をつづるとは、実にむずかしいものであると、この仕事を終ってつくづくそう思った。

天武天皇から光仁天皇までの、広い意味での奈良時代の、中心となるべき歴史書は、『日本書紀』の後半と『続《しょく》日本紀』である。その原文は、すべて漢文である。どうにでも解釈のできる個所が多い。ほんとうにその人間に反逆心があったのか、単に疑われる程度だったのか、その判断に迷うような事柄が実に多いのである。

重要な人物、たとえば僧玄昉が突然、中央から九州へ左遷される理由についても、その原因となる事件については何も記述されていない。

それを読むひとが前後の事情から推測して、こうではなかったのかと推定を下すことになるのだが、一つの問題についても、まるでちがった結論の出るのもやむを得ないのである。そこに歴史の面白さがあり、難かしさもあるということになる。

歴史家の解釈の相違には、素人の私はさんざん迷わされた。東大寺の造営に協力した主な氏族も、川崎庸之氏の説では橘諸兄であり、北山茂夫氏では藤原氏になっている。

行基という興味のある人物は歴史的人物というよりは、小説的な人間である。中年までは貧しい民衆の指導者として官の圧迫を受けていながら、東大寺の造営が始まると、積極的に協力し、その功労によって大僧正にまで栄進している。この謎の僧の背後にはかならず有力な氏族がついていたはずである。しかし、それがはっきりとわからない。私は自分の小説家的な判断のもとに、橘氏や藤原仲麻呂の当時の動きからみて、行基を藤原氏に結びつけた。東大寺造営の中心勢力として藤原氏を選んだ。歴史家にしても解釈が違うのであるから、小説家のこの独断はゆるされてもよいだろう。

歴史家にとって興味のある問題も、小説家には興味のないことである。小説家が面白いと思って取組む事件でも、歴史家にはその気持がわからない場合もあるだろう。しかし独断に走るおそれを避けるために、文献や参考書や、歴史上の問題や解釈で、いろいろ教示していただいた北山茂夫・松本新八郎・松島栄一の諸氏にここでお礼を申し上げておきたい。私としては、なるべく史実に従い、それでいて私の歴史を書いたつもりである。『日本霊異記』や『扶桑略記』や、俗説を集めた『水鏡』など参考にしたが、あまりに荒唐無稽な部分は取上げないことにした。

弓削道鏡に対しては、私は人間味のある書き方をした。

それにしても、この時代を書くのに何よりのよりどころとなったのは、『万葉集』であった。『万葉集』が厳存していることは、百万の味方の思いであった。

『万葉集』はロマンチックだけの歌集ではない。美しいものもあり、哀傷にみちたものもある。が、その当時の人がどのように考えて、生きていたか、それをはっきりと物語ってくれている。大津皇子、長屋王の事件が、いずれも反対派の有力者を取除くために捏造された残忍な謀略事件であったことは、『万葉集』の歌が雄弁に物語っている。

この時代を通じて最大の事件であった東大寺建造が、農民たちばかりでなく、貴族の間でも不評であったことを、『万葉集』が裏付けしているのも面白い。この空前の大事業への讃歌がほとんどなく、わずかに陸奥から黄金を出土したときの大伴家持の歌があるばかりである。

日本の歴史を通じて、この時代ほど天皇家の権威の強かった時代はないようである。天皇が自分の思うままに政治を行ったのは、奈良時代だけである。その権威が、数百万の貧しい農民たちをかりたてて、大仏をつくらせ、東大寺をはじめ、奈良の寺々や、諸国国分寺の造営という空前の大事業を遂行させたのである。今日では考えられない暴挙である。

これに匹敵する土木大事業は、戦国時代の巨大な城郭《じょうかく》の建造であろうが、時代も進み、人口や技術、物資なども、奈良時代とは比較にならないほどに進歩もしていて、豊富であった。

天皇の権威をめぐってさまざまな事件があったが、成功した反乱は一度もなかったというのも面白い。正面から堂々と兵を挙げて戦ったのは藤原広継《ママ》だけである。橘奈良麻呂には、その意志は十分にあったが、戦闘準備が出来ていなかった。称徳天皇から兵馬の徴集権さえ委されていた藤原仲麻呂でさえ、先手を打たれて、準備不十分のために敗れている。天皇の権威が宗教的な権威にまで昇華されていた時代である。

壮麗を極めた平城京の遺跡は、今は空しく当時の条里や排水《はいすい》溝《こう》に名残をとどめて、いちめんに緑の草に蔽われている。旅人が訪ねる今日の奈良は、この時代の郊外である。昔の面影はわずかに唐招提寺《とうしょうだいじ》、薬師寺《やくしじ》などに残されているばかりである。

貴族たちの宴遊場であった春日野、行基が万を越える民衆を集めた春日野は、今も民衆の憩《いこ》いの場になっている。往時を偲び、奈良にあそぶことはまことに興味が深い。

筆を擱くにあたり私の感想を要約すれば、奈良朝時代の人々も今日の人間も、人間というものには大して変りはないものだという甚だ平凡な感慨である。

昭和三十四年三月　　文雄記

〔帯〕表〈丹羽文学がえがく時代の明暗／天平の開花／謎の僧行基、女帝の寵をめぐる恵美押勝と道鏡、神託をうかがう清麻呂、咲く花の匂うがごとき宗教と文化のかげに貧苦にあえぐ民衆。鎮護国家の象徴大仏は何を語るか。／¥290　河出書房新社〉背〈丹羽文雄著　河出書房新社〉

＊　書き下ろし。全一八巻三回配本。

＊　月報3

中村真一郎　万葉と家持／宮川寅雄　奈良の古美術の江戸時代／麻生磯次　日本最古の聖魂／無記名　第三巻参考文献・年表

3015　**人生作法**　昭和三五年七月二〇日　雪華社

三四八頁　三八〇円　四六判　クロス装　上製　角背　セロファン　函　帯　新字旧仮名

武蔵野日日〔文学者　一巻一号　昭和三三年四月一〇日／文学者　一巻二号　昭和三三年五月一〇日／文学者　一巻五号　昭和三三年八月一〇日／文学者　一巻六号　昭和三三年九月一〇日／文学者　一巻七号　昭和三三年一〇月一〇日／文学者　一巻八号　昭和三三年一一月一〇日／文学者　二巻一号　昭和三

三年一二月一〇日／文学者　二巻二号　昭和三四年一月一〇日／文学者　三巻三号　昭和三五年二月一〇日／文学者　三巻五号　昭和三五年四月一〇日／文学者　三巻六号　昭和三五年五月一〇日／文学者　四巻一号　昭和三五年一二月一〇日」／私の欄（早稲田文学　二〇巻一〜八号　昭和三四年一月一日〜八月一日。八回）／**文学について**〔お人好し（原題「お人好し―創作断層」　新潮　五〇年七号　昭和二八年七月一日）／文学感想（朝日新聞　昭和二九年一月二七日）／小説の真実（朝日新聞　昭和二九年一一月一三〜一四日）／文学は完璧ではない（文学界　一〇巻八号　昭和三一年八月一日）／批評家への私見（原題「小説をわかっていない人が多い―文芸批評のあり方」　毎日新聞　昭和三二年二月一五日）／小説家の生き方（原題「祈りのための手段―私はこうして作家になった」　文芸　一三巻七号　昭和三一年五月一日）／小説家の感動する小説（群像　一五巻四号　昭和三五年四月一日）〕／**さまざまの記**〔わが恋愛論（文芸春秋　三三巻一号　昭和三〇年一月一日〜六月一日　六回）／竹煮草（原題「竹煮草―銷夏報告」　新潮　五三年一〇号　昭和三一年一〇月一日）／年末書簡（朝日新聞　昭和三〇年一二月三一日）／身辺さまざまの記（朝日新聞　昭和三三年一月五日）／ゴルフ随筆（原題「ゴルフ随筆―楽しむ文学者」　新潮　五三年七号　昭和三一年七月一日）／親鸞のこと（原題「親鸞のこと―それが人間だ、悪人だ」　朝日新聞　昭和三三年四月五日）／沖縄のこと（原題「沖縄のこと―いまも悲しさただよう」　朝日新聞　昭和三五年三月八日）／戦争映画について（新潮　五七年四号　昭和三五年四月一日）／火野のこと（文学者　三巻四号　昭和三五年三月一〇日）／文壇交友録（群像　一一巻七号　昭和三一年七月一日）〕／あとがき

〔あとがき〕

大分昔のことで、その人がだれ《ママ》であつたかも忘れてゐるが、永らく外国でくらしてゐた、外務省関係のひとであったことだけは覚えてゐる。そのひとが、あまり有名でない文学者の感想や随筆をよむことが好きで、さうした本を日本からとりよせてゐるといふことをきいた。そのことだけが不思議と記憶にのこつてゐる。その人間を知るには、文学作品よりも感想や随筆の方が面白くてよくわかるといふのも理屈である。見ず知らぬ《ママ》の一人の文学者の人間性に興味をもつことである。

私は三十年近くにわたつて、原稿用紙を七万枚近くも消費してゐる。そのほとんどが小説である。私といふ人間は、どの小説にもあらはれてゐる。しかし、文学作品から私といふものを取り出してもらふのは、厄介なことである。私といふ人間が簡単にとらへられるのは、感想や随筆においてである。そこには私といふものが、生まに露出されてゐる。小説といふものも結局は作品をとほしてその作者の人間を知ることである。私は先ごろ「顔」といふ長篇で、複雑な人間の心理を描いた。興味のあることは、その複雑な心理にあるのではなくて、それを作者の私がどう解釈し、信じてゐるかといふことを知ることにある。

「人生作法」とは大代な題名だが、私といふひとりの人間がどうものを考へ、生きてゐるのだといふことを端的にあらはしたものにすぎない。小説に表現できないものを、随筆や感想の形をかりてあらはしてゐる。私は永年のくせで、小説はともかく、随筆や感想となると、切りとつて蔵つておくといふことをしないのだ。それを克明にさがしだし、写しとつてくれたのが

岩本常雄君である。それが、かなりの量になつた。取捨選択をして、一本にまとめることにしたが、終戦以来この種の本は三冊目である。私の小説よりもかうしたものを好んでくれる読者もあることも知つてゐる。

一九六〇年夏

丹羽文雄

〔帯〕表〈丹羽文学の深奥を示す珠玉随筆集／なまの人間へのこよなき愛惜の故に、その内にひそむ醜悪なもの、汚れたものを執拗に追及することこそ、作家に与えられた至上の宿業として、自らにもきびしく課してきた「小説作法」の著者が、七万枚に及ぶ尨大な創作の過程で、折にふれ事にあたって座右に書き止めた随想集。徒々の断片のなかにも、常に襟を正して人生に向い合っている人の、深い人生観照の底で磨かれた重量感あふれる思索のあとをうかがうことが出来る。〉背〈丹羽文学の深奥を示す珠玉随筆集〉裏〈箴言三つ／私にはひとに教訓などあたへられない。ことに小説の上では、そんなことはたうてい出来ない。私に出来ることは、私は今日までこれだけ生きてきましたといふだけのことである。／私は己のエゴイズム、虚偽、不安とつのつき合はせてゐるだけで、精いっぱいである。私は小説を書くことによって、自分の心の中に巣喰ってゐる悪の要素と闘ってゐるつもりである。／理性が人類を救ふことが出来るのは、極く一部である。救はれて来たとはいへないだらう。しかもそれだけの理性にも、人間はすがりつかざるを得ない。（本書より）／定価　三八〇円〉

＊箱表は丹羽文雄蔵の仏頭写真。著者近影。見返し表「私の欄」（一七枚目）原稿複製／見返し裏「私の欄」（一八枚目）原稿複製

3016　**丹羽文雄・人生と文学に関する211章**

昭和四四年一〇月三〇日　東京出版センター
一七一頁　二五〇円　新書判　紙装　角背　ビニル
新字新仮名　Center books

一　文学的断章／二　人生的断章／三　小説相談（「小説作法」）

＊小泉譲編。アフォリズム（名言集）。なお「一　文学的断章」、「二　人生的断章」の大部分は、雑誌「高校文芸」連載の「丹羽文雄文学語録」（昭和四二年五月一日～四三年五月一日）・「丹羽文雄人生語録」（昭和四三年六月一日～終了未確認）をもとにしている。

3017　**古里の寺**　昭和四六年四月二八日　講談社
二九九頁　八八〇円　四六判　クロス装　丸背　函
帯　芹沢銈介装幀　新字新仮名　0095-124407-2253-0

古里の寺〔われらの感覚（東京新聞　夕刊　昭和三五年六月二七日）／宗教感覚と観光（東京新聞　夕刊　昭和三五年六月二八日）／ある日思ふ（新潮　五九年五号　昭和三七年五月一日）／伊勢路（週刊現代　五巻二号　昭和三八年一月一三日）／しあわせの鐘（毎日新聞　昭和三六年一月三日）／洛西洛南（原題「新日本名所案内⑧洛西　洛南」週刊朝日　六九巻二六号　昭和三九年六月一九日）／わたしと寺と文学と（産経新聞　昭和四〇年一月三日）／古里の寺（大法輪　三六巻四号　昭和四四年四月一日）／アラシを避けて（未確認　朝日新聞ＰＲ版　昭和四四年六月二七日）／私の「親鸞」（東京新聞　昭和四

四年七月五日）／人生の言葉（原題「人生のことば―もしこの書を見聞せんものは信順を因として」　読売新聞　昭和四五年一月一一日）／「親鸞」を終えて（朝日新聞夕刊　昭和四四年一一月二二日））／**親娘孫**（子供の手紙（風報　八巻一号　昭和三六年一月一日）／師走のわが家（読売新聞　昭和三六年一二月一七日）／正月のわが家（沖縄タイムス　昭和三七年一月一日）／息子への手紙（原題「息子に背かれた私の苦しみ」　婦人公論　四七巻三号　昭和三七年三月一日）／息子の結婚（婦人倶楽部　四三巻三号　昭和三七年三月一日）／親のかなしみ（婦人倶楽部　四三巻四号　昭和三七年四月一日）／祖父となる記（主婦の友　四六巻八号　昭和三七年八月一日）／親娘孫（若い女性　昭和三八年一月一日）／孫のこと（原題「孫のこと―話の広場」　婦人生活　一九巻二号　昭和四〇年二月一日）／わが家の正月（読売新聞　昭和四四年一月九日）／孫たちの性格（主婦と生活　二一巻一号　昭和四一年一月一日）／交通地獄と子供（主婦と生活　二一巻二号　昭和四一年二月一日）／文学と生活（主婦と生活　二一巻三号　昭和四一年三月一日）／孫と私（ミセス　一〇二号　昭和四四年六月七日））／**富有柿**（犬（風報　七巻七号　昭和三五年七月一日）／軽井沢残風物（未確認）／軽井沢の栗鼠（風報　九巻一〇号　昭和三七年一〇月一日）／物を大切にするなの意見（新潮　六一年八号　昭和三九年八月一日）／軽井沢の鳥獣（産経新聞　昭和三九年八月一〇日）／還暦を迎えて（東京新聞　昭和三九年一一月二二日）／新春随想（自由民主　一八六号　昭和四二年一月五日）／宇奈月と旅（未確認　自由民主　昭和四二年一一月一五日）／富有柿（評論新聞　昭和四四年一月四日）／紅梅の鉢（未確認　築地通信　昭和四五年二月）／好味抄（初出未確認）／ある日の感想（未確認　むさしの買物かご　昭和四四年一二月）／小鳥（更生保護　昭和四四年一〇月）／残照が苔の上に（オール読物　二三巻一〇号　昭和四五年一〇月一日）／古きを温める（季刊遷宮　一号　昭和四五年四月））／**白球無心且有心**（ゴルフ版「丹羽部屋」の弁（文芸春秋　四一巻一号　昭和三八年一月一日）／新しいクラブ（未確認　ゴルフダイジェスト　昭和四二年六月）／私のゴルフ手帖（原題「ゴルフ談義」　朝日新聞　昭和四五年四月二四日～五月八日）／お世話になっています（読売新聞　昭和四三年一〇月二五日）／ゴルフ雑感（新風　九三号　昭和四四年六月三〇日）／ゴルフ場その他（フロンティア　八号　昭和四四年三月一日）／蚊帳の中で（未確認　ゴルフダイジェスト　昭和四四年一一月）／白球無心且有心（現代　三巻五号　昭和四四年五月一日））／**山椒の匂い**（谷崎さんのこと（日本現代文学全集43　昭和三五年一〇月五日）／葦平忌（東京新聞　夕刊　昭和三六年一月三一日）／森田素夫君（文学者　六巻三号　昭和三七年二月一〇日）／佐々木茂策さんのこと（毎日新聞　夕刊　昭和四一年一二月二日）／田村泰次郎君（日本現代文学全集94　昭和四三年一月一九日）／広津さんのこと（群像　二三巻一二号　昭和四三年一二月一日）／中山義秀の形見（群像　二四巻一〇号　昭和四四年一〇月一日）／尾崎一雄のこと（現代日本文学大系68　昭和四四年一二月二〇日）／鈴木真砂女（鈴木真砂女『夏帯』　昭和四三年一二月一五日）／美しいたより（群像　二三巻一二号　昭和四三年一二月一日）／癖その他（読売新聞　夕刊　昭和四一年六月二〇日）／六十歳の思春期（評論新聞　昭和四三年二月八日）／友

だち（原題「友達―酒中日記」 小説現代 七巻三号 昭和四四年三月一日）／同窓会（未確認 朝日新聞PR版 昭和四四年七月）／山椒の匂い（未確認 朝日新聞PR版 昭和四四年六月）〕／**武蔵野日日**〔葦平の文学碑（原題「武蔵野日日18」 文学者 三巻一〇号 昭和三五年九月一〇日）／茶のみ話上（朝日新聞 昭和三六年一月二五日）／茶のみ話下（朝日新聞 昭和三六年一月二六日）／聞くこと（読売新聞 夕刊 昭和三六年三月二二日）／武蔵野日日（原題「武蔵野日日19」 文学者 五巻三号 昭和三六年三月一〇日）／さらけ出した私（原題「わが小説36―『有情』」 朝日新聞 夕刊 昭和三六年一二月二〇日）／私の文学（風報 九巻一号 昭和三七年一月一日）／講演というもの（未確認 立正佼成会誌 昭和四二年一一月）／「有情」余話（毎日新聞 昭和三七年二月三日）／一冊の本（原題「一冊の本146―親鸞の宗教書」 朝日新聞 昭和三八年一二月一五日）／昭和十年代の作家（群像 二〇巻三号 昭和四〇年三月一日）／文学者の墓（朝日新聞 夕刊 昭和四〇年七月七日）／群像この二十年（原題「この二十年―忘れえぬこと」 群像 二一巻一〇号 昭和四一年一〇月一日）／恋文横丁（原題「舞台再訪私の小説から―恋文」 朝日新聞 昭和四二年三月三〇日）／応募作品（東京新聞 昭和四三年一月三日）／私の近況（新刊ニュース 一一九号 昭和四二年四月一日）／日向ぼっこ（中央公論 八三年一号 昭和四三年一月一日）／春日遅々（文学界 二二巻六号 昭和四三年六月一日）／講演について（群像 二三巻一〇号 昭和四三年一〇月一日）／書（潮 一〇六号 昭和四四年二月一日）／五月の風（文学界 二三巻五号 昭和四四年五月一日）／出版記念会（未確認 仏教タイムス 昭和四五年一月一日）〕

〔帯〕表〈随筆集・古里の寺／文学と宗教・文学と日常性の織りなす綾のなかで、人生を真摯に見つめる丹羽文雄の滋味溢れる待望の随筆集／講談社刊 880円〉背〈丹羽文雄 随筆集〉裏〈古里の寺／ 四日市の浜田町に仏法山崇顕寺がある。浄土真宗系の専修寺高田派に属する末寺である。その寺が私の生れたところである。私は十七代目の崇顕寺の住職となる運命にあった。八歳のとき得度式をうけたが、僧の生活がいやで、家をとび出した。丹羽家の廃嫡処分をうけたのと同時に、僧籍もとりあげられた。そして今日に及んだ。（中略）／ 私のころは、庫裡のうしろから伊勢湾までの視野いっぱいに菜の花が咲いていた。西には鈴鹿山脈が紫色にかすんでいた。関西線の汽車がながながと黒い煙をひいて、ゆっくり走っていた。駘蕩《たいとう》たる眺望であった。（中略）／ 戦争で焼けた崇顕寺は復興した。四日市で焼けた寺の中ではいちばん早く立て直されたようである。（中略）／ 四日市市内には再建が出来ずにそのまま消滅していくような寺も何軒かあるときいた。もし私が崇顕寺の十七代目の住職をつとめていたならば、再建は出来なかったろう。寺のためには私の家出はよかったようである。皮肉なことである。／（本文より抜萃）〉

3018 **新人生論** 昭和四六年六月一五日 秋元書房
二六五頁 五五〇円 B6判 紙装 上製 丸背
カバー 帯 千修装幀 新字新仮名 0093-3218-0029
愛について／人間について／宗教について／文学について／先生の人と作品―師弟問答（中村八朗）

＊中村八朗編。アフォリズム（名言集）。
〔帯〕表〈愛について、文学について、宗教について、唯一真実の道に求めて綴った人生探求の書！〉背〈●人生探求の書／丹羽文雄／秋元書房〉裏〈　性を度外視した恋愛は、いずれ悪徳になってしまう。／＊　人間のすることはまちがいだらけである。が、妥協したり、ごまかしたりしなければ、そのまちがいは自然とただされていくのだ……まちがいの道そのものが真実の道となる。（本文より）／定価五五〇円／0093-3218-0029〉

3019　**仏にひかれて―わが心の形成史**
昭和四六年一二月一五日　読売新聞社
二三五頁　七〇〇円　四六判　クロス装　丸背
函　帯　芹沢銈介装幀・カット　丹羽文雄題字
新字新仮名　0095-700890-8715

仏にひかれて（読売新聞　昭和四五年六月七日～四六年八月八日　六〇回）
　わが幼少時代／崇顕寺を出て還俗に／父と祖母の秘事／終戦後の私／崇顕寺の歴史／母のありのままが私の創作に
〔帯〕表〈丹羽君のこの自伝的な随筆は、新聞に連載されている時、興味深く読んだものである。丹羽君の、特に面白く決して書こうとしない正直な人間描写には、疲れを知らないまことに執拗なものがあるのだが、その源泉というべきものは、深いものがあることを知った。／小林秀雄／読売新聞社刊　0095-700890-8715　定価700円〉背〈―わが心の形成史―　丹羽文雄　読売新聞社〉裏〈自らあかす丹羽文学の源泉／本書の内容／わが幼少時代＊崇顕寺を出て還俗に＊父と祖母の秘事＊終戦後の私＊崇顕寺の歴史＊母のありのままが私の創作に〉
＊第一〇刷（昭和五七年七月一五日発行）で加筆訂正。

3020　**親鸞紀行**　昭和四七年一一月一〇日　平凡社
二〇五頁　七五〇円　四六判　紙装　上製　角背
カバー　帯　ビニル　柳沢信・井上博道口絵写真
井上博道・坂本真典本文・ガイド写真　新字新仮名
歴史と文学の旅三　0326-438030-7600

まえがき／親鸞の再発見〔出生から叡山時代／六角堂／吉水時代／越後と関東／私の理解／晩年〕／コースガイド　親鸞の道を行く〔京都／北陸／越後／関東〕／あとがき
〔まえがき〕
　これは小説ではない。親鸞に関するノートであり、親鸞という人と、その独自な教養を、年代順に追う覚え書である。出来るだけ仏教用語を避けたいと思っているが、たとえば回心《えしん》という親鸞にとって大切な仏教用語を、普通一般の回心《かいしん》（改心）と訳しては、意味を成さないからである。親鸞を追いながら、私自身の体験を織りまぜていく。私を描くことは、八百年昔の親鸞を今日の人として扱うことになる。親鸞は八百年の歴史をつき抜けた人であり、現在の人であり、また新しい追慕と思考の始まる明日への人である。
〔あとがき〕
　この本のあとがきを書くことは、あとがきのまたあとがきを書くようなものである。それというのが、この本はそもそも先に出版した小説「親鸞」五巻のあとがきの性質を持つからである。小説「親鸞」に書けなかったようなことや、書きもらしたことを書いている。屋上屋の感がなくもない。しかしこの本一冊でも大体は親鸞が判ってもらえると思う。くわしいことは小説「親鸞」を読んでほしい。

この本の中には、私自身のことも書いている。母親のことを書いている。読者というものは、時にはびっくりするような意見を吐くものである。或る人は、私が自分の母親をモデルに小説を書くことを非難して、母親の奔放な生涯を売物にして、それによって原稿料を得て、小説家の仲間入りしたことを非難した。私は講演を頼まれると、よく母のことを話題にする。壇上から自分の母のことをあからさまに語り、時には顰蹙を買うほどである。が、それは私の母がだれよりも親鸞の説く「悪人正機」の悪人の条件をそなえていたからである。母はだれよりも確実に救われているという確信が私にある。それが大きな安心感である。私は「悪人正機」の説によって救われた。私の小説家としての一生は、一人の女を書くことにつきるようである。その女は母親である。この母親によって私は親鸞とつよく結ばれることになった。

昭和四十七年秋　　　　丹羽文雄

〔帯〕表〈シリーズ　歴史と文学の旅／京都日野の里に誕生、比叡山、洛中での修行時代、越後直江津への流罪、関東各地での布教、そして帰洛……その変転極まりない激情の生涯の足跡をいま再現する旅の記録……／コースガイド　内容の一部／史蹟、文学散歩の詳細な地図／便利な旅程案内／名所、みやげもの、年中行事案内／旅館、各地案内所一覧など〉背〈丹羽文雄　平凡社〉

＊　裏はシリーズ「歴史と文学の旅」の広告。

3021　**人生有情―告白・わが半生の記**

昭和四八年一一月三〇日　いんなあとりっぷ社
二四〇頁　八五〇円　四六判　紙装　上製　丸背
カバー　帯　杉村恒装幀　都竹伸正挿絵　新字新仮名
カバー写真「俑」（丹羽蔵）

第一部〔（女性手帳　丹羽文雄―人間・文学・宗教　昭和四八年四月二三～二七日　NHK）哀しき母の流転／「非情の作家」といわれて／悟りは悩みからはじまる／親鸞父子の義絶と私／自然にまかせて生きる世界〕／第二部〔父と祖母の秘事／親鸞の眼／青麦（抄）〔青麦（抄）／あとがき〕／有情（抄）〔有情（抄）／あとがきに代えて〕／大河内昭爾「解説」232-240頁

〔帯〕表〈秘められた魂の告白！／父母と息子と親鸞の間で苦悩する著者が、最後にたどりついた自然法爾の世界で、はじめて悟りの境地に到達する、厳しくも激しい魂の流転を赤裸々に告白した感動の書！／いんなあとりっぷ　850円〉背〈丹羽文雄〉裏〈煩悩の淵より／親鸞的世界を自覚した丹羽氏が、煩悩を肯定するのは当然としても、煩悩の諸相が小説の変化ある題材としての意味しかもたなかったとしたら、人々は丹羽文雄にこれ以上何も求めはしない。煩悩の諸相の奥深くへ丹羽氏の心が垂直に錘をおろして、そこからすくい出されてくる世界が丹羽氏の小説の舞台としてひらけつつあるところを、人々はようやく感じはじめているのである。そういう人々へこの本は親しみ深く、多くのことを語りかけてくれるであろう。（大河内昭

爾)〉

3022 **小説家の中の宗教—丹羽文雄宗教語録**
昭和五〇年一〇月二五日　桜楓社
三四六頁　一五〇〇円　四六変形判(189㎜×150㎜)
クロス装　上製　丸背　函　栗津潔装幀　新字新仮名
978-4-273-00377-7(4-273-00377-5)
随筆抄(小感録/私の場合は/宗教と文学について/私と仏教/私の人間修業/親鸞の眼/武蔵野日々/親鸞のこと/私の『親鸞』/『親鸞』あとがき)/小説抄(青麦/菩提樹/有情/一路/無慚無愧)/菩提樹(テレビ台本　昭和四二年四月一一日　NETテレビ)
＊ 大河内昭爾編。大河内昭爾「一路覚書—解説にかえて」316-343頁/「あとがき」344-346頁

3023 **ゴルフ・丹羽式上達法—51歳から始めてシングルになる**
昭和五一年七月三一日　講談社
二四三頁　七二〇円　B6判　紙装　角背　カバー
帯　川馬勝装幀　写真一四頁　新字新仮名
0075-127963-2253(0)
まえがき/グリーンの上で(原題「人間グリーン　丹羽文雄」夕刊フジ　昭和四九年一〇月一六日～一二月二二日　五〇回)/私の苦闘篇(書き下ろし)
〔まえがき〕
この本は二十一年間、私がすこしでもゴルフに上《ママ》達したいと念願して、さんざん苦しんできたことの告白の書である。市場にはゴルフの教科書が氾濫しているが、私のものはそれとはまったく別のものである。教科書が玄関からはいっていくものとすれば、私の書は裏口からはいっていくようなものである。
一九五五年、五十一歳のとき私ははじめてクラブを握った。六年目にシングルとなり、六十代でハンディを一つ上げた。今年で七十一歳になる。先日松山の奥道後ゴルフ・クラブに出かけて、はじめてのコースで、アウトを四十で上ってきた。われまだ老いずと、大いに自信を深めている次第である。ゴルフを始めたときから、ゴルフ日記をつけていた。奥道後ゴルフ・クラブでやったのは、二二四五回目であった。それだけゴルフをしていながら、進歩がおそいのも確かである。
然し遅々としながら、いまでもすこしずつ進歩をしているつもりである。この書に書かれているものは、アマチュアなら、だれにもおぼえのあることばかりである。君もそうなのか、私もじつはそうなのだと、読みすすむにつれて、読者は共感をしてくれると信じている。私は自分のゴルフのために書いたが、アマ全般の人びとのためにも書いていることになる。私が悟ったと思ったことは、必ずアマの悟りになると思っている。そして私はすこしずつ上手になった。読者も必ずやハンディを上げるに違いない。アマにはアマ同志でなければ、通じ合えない部分が多いのである。
一九七六年五月
〔帯〕表〈アマチュアがプロの真似をしてもなかなか上達しないものである。本書は、ゴルフを始めてもう一つの進歩を願う人たち、壁にぶつかった人たちへの格好のガイド・ブックである。アマにはアマ同士で通じ合うところがあるからだ。〉背

〈必ずハンディが上るアマチュア・ゴルフ　潮出版社〉裏〈「この本は二十一年間、私がすこしでもゴルフに上達したいと念願して、さんざん苦しんできたことの告白の書である。市場にはゴルフの教科書が氾濫しているが、私のものはそれとはまったく別のものである。」著者まえがきより／0075-127963-2253 (0) ¥720 講談社〉

3024 **創作の秘密**　昭和五一年一一月三〇日　講談社
二四〇頁　一二〇〇円　B6判　クロス装　上製
丸背　函　帯　新字新仮名　0095-128263-2253

創作ノート（『丹羽文雄文学全集1』昭和四九年四月八日）／新聞小説について（『丹羽文雄文学全集10』昭和四九年六月八日）／私の読者（『丹羽文雄文学全集17』昭和四九年七月八日）／作家たち（『丹羽文雄文学全集8』昭和四九年八月八日）／文章管見（『丹羽文雄文学全集3』昭和四九年九月八日）／小説家についての二、三の考察（『丹羽文雄文学全集12』昭和四九年一〇月八日）／筋のある小説ない小説（『丹羽文雄文学全集5』昭和四九年一一月八日）／散文精神について（『丹羽文雄文学全集18』昭和四九年一二月八日）／続・散文精神について（『丹羽文雄文学全集6』昭和五〇年一月八日）／一九七四年十一月の私（『丹羽文雄文学全集23』昭和五〇年二月八日）／早稲田文学の終刊号（『丹羽文雄文学全集16』昭和五〇年三月八日）／老人文学（『丹羽文雄文学全集4』昭和五〇年四月二〇日）／文化使節団に思うこと（『丹羽文雄文学全集13』昭和五〇年五月八日）／講演について（『丹羽文雄文学全集24』昭和五〇年六月八日）／小説を書く意味（全作家　創刊号　昭和五一年六月二五日）／平林賞候補作品（『丹羽文雄文学全集15』昭和五〇年七月八日）／郁達夫伝（『丹羽文雄文学全集25』昭和五〇年八月八日）／文壇に出た頃（『丹羽文雄文学全集22』昭和五〇年九月八日）／続・文壇に出た頃（『丹羽文雄文学全集7』昭和五〇年一〇月八日）／作者の持味（『丹羽文雄文学全集9』昭和五〇年一一月八日）／読者の手紙（『丹羽文雄文学全集11』昭和五〇年一二月八日）／自叙伝についての考察（『丹羽文雄文学全集2』昭和五一年一月八日）／話術（『丹羽文雄文学全集19』昭和五一年二月八日）／作家の生命（『丹羽文雄文学全集14』昭和五一年三月八日）／身辺雑記（『丹羽文雄文学全集20』昭和五一年四月八日）／破滅型（『丹羽文雄文学全集21』昭和五一年五月八日）／実作メモ（『丹羽文雄文学全集26』昭和五一年六月八日）／水島治男のこと（『丹羽文雄文学全集28』昭和五一年八月八日）

〔帯〕表〈野間文芸賞をはじめとする各種の文学賞の選考委員を務める著者が、ときの話題作にふれて選評とは一味ちがった批評を行い、また小説がいかにして出来るのかの手のうちを卒直に明かす実作者としての永年の蓄積をもってする展開は他の文芸評論にはない自由な面白さがある。／丹羽文雄■創作の秘密　1200円〉背〈丹羽文雄〉裏〈丹羽文雄文学全集（全28巻）巻末の「創作ノート」がここに集成なる／■内容の一部　創作ノート　新聞小説について　私の読者　作家たち　文章管見　筋のある小説ない小説　散文精神について　老人文学　講演について　小説を書く意味　平林賞候補作品　郁達夫伝　文壇に出た頃　作者の持味　自叙伝についての考察　作家の生命　破滅型　実作メモ／0095-128263-2253（0）〉

＊函は自筆原稿。なお「ある顚末」（『丹羽文雄文学全集27』昭和五一年七月八日）のみ未収録。

3025 **ゴルフ談義**　昭和五二年四月二日　講談社
二二四頁　六九〇円　B6判　紙装　角背　カバー
帯　風間完装幀　鈴木義司イラスト　新字新仮名
0095-480057-2253（0）

ゴルフ談義（日刊ゲンダイ　昭和五一年一月七日～五月一三日　五〇回）

PART①苦渋にみちたゴルファーズ・ダイアリー／PART②膨大な技術指南情報の洪水の中で／PART③アマチュアの迷いと錯覚と／PART④ゴルフと小説に淫した人生また愉し

〔帯〕表〈地球削りの日々／オールドエイジの文豪がゴルフの虫となりシングルになった秘訣！〉背〈わが悪戦記　講談社〉裏〈PART①苦渋にみちたゴルファーズ・ダイアリー／PART②膨大な技術指南情報の洪水の中で／PART③アマチュアの迷いと錯覚と／PART④ゴルフと小説に淫した人生また愉し／0095-480057-2253（0）　定価690円　講談社〉

3026 **親鸞の眼**　昭和五二年一〇月一〇日　ゆまにて出版
二三七頁　一〇〇〇円　B6判　紙装　上製　角背
カバー　帯　北山丈夫装幀　新字新仮名
0095-000149-8638

哀しき母の流転（いんなあとりっぷ社『人生有情―告白・わが半生の記』　昭和四八年一一月三〇日）／「非情の作家」といわれて（いんなあとりっぷ社『人生有情―告白・わが半生の記』　昭和四八年一一月三〇日）／悟りは悩みからはじまる（いんなあとりっぷ社『人生有情―告白・わが半生の記』　昭和四八年一一月三〇日）／親鸞父子の義絶と私（いんなあとりっぷ社『人生有情―告白・わが半生の記』　昭和四八年一一月三〇日）／自然にまかせて生きる世界（いんなあとりっぷ社『人生有情―告白・わが半生の記』　昭和四八年一一月三〇日）／親鸞の眼（布教研究所『人生と仏教シリーズ5』　昭和三五年三月一五日）／伊勢路（週刊現代　五巻二号　昭和三八年一月一三日）／洛西洛南しあわせの鐘（毎日新聞　昭和三六年一月三日）／洛西洛南（原題「新日本名所案内⑧洛西　洛南」　週刊朝日　六九巻二六号　昭和三九年六月一九日）／わたしと寺と文学と（サンケイ新聞　昭和四〇年一月三日）／古里の寺（大法輪　三六巻四号　昭和四四年四月一日）／アラシを避けて（未確認　朝日新聞PR版　昭和四四年六月二七日）／私の「親鸞」（東京新聞　昭和四四年七月五日）／人生の言葉（原題「人生のことば―もしこの書を見聞せんものは信順を因として」　読売新聞　昭和四五年一月一一日）／私の場合は（原題「私の場合は―作家と人生観」　新潮　五二年六号　昭和三〇年六月一日）／宗教と文学について（在家仏教　一巻一号　昭和二九年四月一日）／私と仏教（原題「私の場合は―作家と人生観」　新潮　五二年六号　昭和三〇年六月一日）／私の人間修行《ママ》（『私の人間修業』　昭和三〇年一〇月三一日　人文書院）／破滅型（『丹羽文雄文学全集21』　昭和五一年五月八日）／親鸞のこと（原題「親鸞のこと―それが人間だ、悪人だ」　朝日新聞　昭和三三年四月五日）／『親鸞』あとがき（新潮社『親鸞　第五巻』　昭和四四年九月二

五日）
〔帯〕表〈宗教と文学／内面の醜悪を凝視し、煩悩具足の人として生きた「人間」親鸞。その足跡をたずねゆき人間の苦悩を見守る著者の眼差しは鋭い。〉背〈随筆・人の姿　ゆまにて〉裏〈親鸞の眼／■目次／哀しき母の流転／「非情の作家」といわれて／悟りは悩みからはじまる／親鸞父子の義絶と私／自然にまかせて生きる世界／親鸞の眼／伊勢路／しあわせの鐘／洛西洛南／わたしと寺と文学と／古里の寺／アラシを避けて／私の「親鸞」／人生の言葉／私の場合は／宗教と文学について／私と仏教／私の人間修行《ママ》／破滅型／親鸞のこと／『親鸞』あとがき／0095-000149-8638　定価1000円　ゆまにて出版〉

3027　**私の年々歳々**　昭和五四年六月四日　サンケイ出版
二二二頁　一一〇〇円　B6判　紙装　上製　丸背
カバー　帯　芹沢銈介装幀　新字新仮名
0095-791630-2756
巴里の孫（文芸春秋　五五巻一号　昭和五二年一月一日）／私の体験（原題「わたしの体験」　家の光　五四巻一～一二号　昭和五三年一月一日～一二月一日）／巴里からの一人旅（未確認　ウーマン　昭和五三年一月）／読書の年齢（海　六巻三号　昭和四九年三月一日）／広津和郎さんの「青銅」（原題「「青銅」に寄せて―解説」『廣津和郎全集4』月報　昭和四八年一〇月二〇日）／弔辞拾遺―舟橋聖一（文学界　三〇巻三号　昭和五一年三月一日）／火野葦平（未確認　火野葦平を思う―私のおせっかいな不安が適中したそれが悲しい　東京新聞夕刊　昭和四七年三月三日）／浅見淵（原題「浅見淵と私」　群像　二八巻六号　昭和四八年六月一日）／中山義秀（原題「中山義秀の思い出」『中山義秀全集7』附録7　昭和四七年二月一〇日）／「文学者」の終り（原題「同人雑誌「文学者」の終り」　歴史と人物　四巻五号　昭和四九年五月一日）／私の文学（サンケイ新聞　昭和四六年二月四日）／父と勲章（原題「父と勲章のこと」　東京新聞　夕刊　昭和五二年一一月二日）／生涯と文学（原題「生涯と文学―母を追いつづけて」　サンケイ新聞夕刊　昭和五二年一〇月三一日）／蕩児帰郷（読売新聞　昭和五四年一月一日）／私の年々歳々（サンケイ新聞夕刊　昭和五四年一月四日～二月五日　一五回）
〔帯〕表〈文壇の巨匠、珠玉の随筆集／透徹した文学者の目に映じた身辺の移ろい…肉親を、友を、時世を語って滋味あふれる、丹羽文雄久々の随筆集。〉背〈文壇の巨匠　久々の随筆集〉裏〈　妻の私に対する唯一の不満は、外食につれ出さないということである。夫婦で出かけるのは、ひとの結婚式か、特別の場合に限られている。よその家庭では、主人が習慣的に細君を外食に誘い出す。それを妻は羨しがっている。しかしそれは、妻の心得ちがいである。私は半世紀近く妻の手料理の味に馴らされてしまった。いろんな会合があり、そのたびにさまざまな料理に接するが、料亭の料理という印象以外にとくに感じたことはない。私は骨のずいまで妻の手料理の味にとりこになっている。（妻の手料理　より）／サンケイ出版　丹羽文雄
私の年々歳々　0095-791630-2756　1100円〉

3028　**私の小説作法**　昭和五九年三月五日　潮出版社
二二九頁　一二四〇円　B6判　紙装　上製　丸背

カバー　帯　中島かほる装幀　新字新仮名
小説作法〔第一章　小説覚書／第二章　テーマに就いて／第三章　プロット（構成）に就いて／第四章　人物描写／第五章　環境に就いて／第六章　描写と説明／第七章　小説の形式／第八章　リアリテイに就いて／第九章　文章に就いて／第一〇章　時間の処理／第一一章　題名のつけ方に就いて／第一二章　あとがきの意義／第一三章　小説の書出しと結びに就いて／第一四章　小説片手落論／第一五章　初心者の心得／第一六章　結論〕／あとがき

＊「小説作法」改題（文学界　六巻四号〜七巻一二号　昭和二七年四月一日〜二八年一二月一日　六回）。
付録「『私の小説作法』と現代の地平」（別冊潮　二号　昭和五八年八月一日　河野多恵子との対談）一二頁

〔あとがき〕

「私の小説作法」は、河野多恵子《ママ》さんの説によると、四十七歳のときの作ということであった。そのときの題名は、ただ「小説作法」だけであったように記憶している。『文学界』に発表したが、その号に限り『文学界』が増刷したということであった。それほど圧倒的な多くの読者に読まれた。その後何人もの作家が、小説作法を書いているが、私の場合のような反響はなかった。その後二冊の小説作法が一冊にまとめられたりして、角川文庫に文庫本としておさまるようになった。今回潮出版社の能登谷君の熱意によって、角川書店の了解を得て、「私の小説作法」として世間に出ることになった。

そのためそのあとがきを書こうと思っていた日、一通の手紙が舞いこんだ。手紙の主は中年の女性で、長年おのれの境遇を小説に書きたいと思いながら、その勇気が出ず、今日に至ったというのである。最近『文学界』が五十周年の記年《ママ》号を出した。その中に私は「祖母の乳」という短篇を発表した。手紙の主は、それを読んで、私に手紙を出す勇気をつかんだようであった。

その手紙の主は、私の例ほどではないが、かなり波乱にとんだ人生を送ってきたひとのようであった。それを書きたいと、少女期から願っていたという。しかし、こんな恥しいことは絶対に書けないと躊躇しながらも、どうしても書きたい思いをおさえることが出来なかった。

「祖母の乳」は、幼い私が祖母の乳房を生母の乳房と思いちがいをしていたことが題材であった。母は私の四歳のときに家出していた。手紙の主は、私が「祖母の乳」を書く勇気をどこから得たのか、その秘密を知りたいといった。世俗的な恥という観念にとりつかれている人間には、小説を書く資格がないのかと質問をしてきた。手紙の主は、恥も外聞もかなぐり捨てて書く勇気が、どうして沸いてくるのか、それが知りたいのだった。小説の作法などをいろいろと読んでいるが、いずれも根本的なことは書いていないという。

「切手を同封させていただこうと思いますが、やめさせていただきました」

手紙には、そういう文句があった。自分の手紙が無駄になることの予防線であろう。

私は「私の小説作法」が潮出版社から二か月あとに出版されると手紙に書いた。この女性に私が答えることばは、ことごとく「私の小説作法」の中に書きこまれている。三日がかりでゲラ直しが終ったところであった。私が手紙の主に答えるべきことが、ことごとく「私の小説作法」の中に書きこまれていることが、偶然とはいえ、皮肉なほどであった。私はあとがきに、何を書こうかと迷っていたところであった。まるであとがきに、もっともふさわしい条件を、未知の女性があたえてくれた。

「お忙しい先生に、御返事がいただけるとは、なかなか考えにくいのですが、もしいただけたら、本当に幸甚に存じます」

この手紙の文章をみただけで、私はこの人は書けると思った。『文学界』にはじめて発表したとき、重版のさわぎがあったほどであるが、読者の希望は三十二年前とすこしも変っていないという気がする。地方の女性の手紙によって、私はその自信を深めた。

一日も早く「私の小説作法」が、かの女に届くのを期待する。そして私の本が決して彼女の期待を裏切らないことを信じている。

昭和五十九年一月　丹羽文雄

〔帯〕表〈＊半世紀以上も第一線の小説家である作者が自分の体験を通して綴る具体的な小説の書き方＊／定価一、二四〇円（本体一、二〇四円）〉背〈創造の根源　潮出版社〉裏〈この書の目的は、これから小説を書こうとする人々の参考である。また訳わからずに情熱をうごかされて小説を書きつつある人に、君は小説をどう考えているかと、小説に対するはっきりとした考えをもってもらうために書いた。（本文より）／ISBN4-267-00739-X C0095 ¥1240E〉

3029　ひと我を非情の作家と呼ぶ　親鸞への道

昭和五九年一一月三〇日　光文社
二七七頁　一四〇〇円　四六判　クロス装　ビニル
函　カバー　帯　菊地信義装幀　新字新仮名
4-334-92109-4

ひと我を非情の作家と呼ぶ（宝石　一一巻八号～一二巻一〇号　昭和五八年八月一日～五九年一〇月一日　一五回）

少年のころ／処女作『鮎』／『鮎』の反響／郡上八幡／東京の女／続郡上八幡／未知の手紙／東京の第一歩／縁日の夜／記憶をたどりて／謎の手帖／コキューにされた男／人間であることの限界／深夜の女客／武田麟太郎のこと／非情の理由／自我の発見／新居／異母妹の告白／父の心の謎を読む／父の死／『菩提樹』／私の信仰／あとがき

〔あとがき〕

いつかは書かねばならないことであった。この一冊は私にとって、唯一の告白の書となった。処女作『鮎』以来、今日まで十三万枚余も原稿用紙を書きつぶしてきたが、この一冊に書いたような告白は、一度も小説にしていなかった。書けなかったというのも、そのモデルが生存していたこともあったが、私自身に筆にする勇気が足りなかったせいもある。

大袈裟にひびくだろうが、私は男女のまじわりに地獄を見てきた。私の人間性が幾度ためされたか知れなかった。が、辛うじて最後の線を保つことが出来た。私は浄土真宗の末寺の長男として生まれた。小学生のころから、説教師の法話を聞くことが好きであった。老人ばかりの聴聞者に向かって、噛んでふくめるように語る説教師から、私は親鸞の教えを聞かされた。小学校の二、三年生の生徒に、親鸞の煩悩とか、罪の意識とか、悪人成仏が説かれても、十分理解できたとは思われない。しかし、私はたしかに何かを聞いた。

　私が比較的波乱の多かった人生をきりぬけて来られたのも、私の自我の発見が、幼稚ながらも、本堂の太い柱のかげで行なわれていたのだと思うほかはないのである。坊主が嫌いで、寺をとび出した私であったが、皮肉なことに、説教師のひとつひとつを身をもって経験するような結果となった。

　私は先に『親鸞』を書き、つづいて『蓮如』を書いた。さらにまた一向一揆と呼ばれた門徒について第三の長編を書こうと計画している。それを書く私を支えてくれるのが、『ひと我を非情の作家と呼ぶ』である。

　一九八四年夏　　軽井沢山荘にて　丹羽文雄

〔帯〕表〈文化勲章者である文壇の大御所が、なぜこんなにまで己《おのれ》の恥をさらけ出すのか。文学者の業なのか―。／煩悩《ぼんのう》の果てに達した丹羽文学の極点　光文社　定価＝1400円〉背〈丹羽文雄　光文社　21〉裏〈旅役者と出奔した母親への愛と憎しみ／生家でくりかえされた愛欲地獄／コキューにされた結婚からの脱出／愛欲作家と蔑《さげす》まされた文壇の冷たい目／母の死に導かれた〝親鸞への道〟／ISBN4-334-92109-4 C0095 ¥1400E〉

3030　**わが母、わが友、わが人生**
　昭和六〇年七月五日　角川書店
　二五〇頁　一六〇〇円　四六判　クロス装　丸背
　函　帯　岡村元夫装幀　新字新仮名　4-04-883179-8

わが母の生涯（週刊朝日　八九巻二一号　昭和五九年五月一八日）／谷崎潤一郎さんとの出会い（月刊カドカワ　二巻五号　昭和五九年五月一日）／白鳥の記憶（月刊カドカワ　二巻三号　昭和五九年三月一日）／広津さんとの交遊（月刊カドカワ　一巻四号　昭和五八年八月一日）／尾崎一雄の友情（月刊カドカワ　一巻二号　昭和五八年六月一日）／一匹狼（月刊カドカワ　一巻三号　昭和五八年七月一日）／今日出海を口説いた話（新潮　八一年一〇号　昭和五九年一〇月一日）／高橋誠一郎さんと浮世絵（学鐙　昭和五七年三月）／軽井沢と文壇（月刊カドカワ　二巻一二号　昭和五九年一二月一日）／文士劇の中止（月刊カドカワ　二巻一号　昭和五九年一月一日）／古いアルバムから（月刊カドカワ　二巻二号　昭和五九年二月一日）／三文文士（月刊カドカワ　一巻八号　昭和五八年一二月一日）／文学賞のこと（原題「文壇夜話」　月刊カドカワ　一巻一号　昭和五八年五月一日）／文壇人のゴルフの由来（月刊カドカワ　一巻五号　昭和五八年九月一日）／丹羽ゴルフ学校の歴史（月刊カドカワ　一巻六号　昭和五八年一〇月一日）／よく書きよく遊び（月刊カドカワ　一巻七号　昭和五八年一一月一日）／小林秀雄とゴルフ（新潮　八〇年五号　昭和五八年四月五日）／中野好夫君とゴルフ（筑摩書房『中野好夫集9』月報6　昭和五八年七月二五日）／雪とゴルフ（月刊カドカワ　二巻六号　昭和五九年六月一日）／私の健康（月刊カドカワ　二巻八号　昭和五九年七月一日）／庭が消える（月刊カドカワ　三巻二号　昭和六〇年二月一日）／あとがき

〔あとがき〕
　この本に集めた随筆は、発表の場所がまちまちであるために内容に重複したものがあることを先ずお詫びしたい。「わが母の生涯」は、中村汀女先生の年中行事の一つである「風花」の総会において、私が話したことを文章にまとめたものであった。総会には約七百名の「風花」の同人が集まっていた。「週刊朝日」から発表を求められて、同誌に発表したものである。私の文学は、この母があったからこそ生まれたものであるだけに、一度はどこかでまとめて発表したいと思っていたものである。

文壇のことや、ゴルフのこと、ひとのことなど、私の周辺には書きたいことがいろいろとある。これからも折をみて、是非書きのこしたいと思っている。本の標題に関しては、内容がまちまちであるだけに、編集部の方でいろいろと案をねったらしいが、私は一切を編集部に任せていた。が、私の原稿には、記憶のまちがいや、他のミスもいろいろとあったのを、丹羽ゴルフ学校の生徒の大久保房男君に直してもらった。校正などは、私の秘書の役目をひきうけてくれている清水邦行君にお願いした。両君にお礼をのべる次第である。

ゴルフのことも、この中にはいろいろと書いているが、最近の私は自信喪失で、昔日のおもかげは全くなくなっていた。ゴルフをはじめて三十年になるが、八十一歳ともなれば、年齢にはおとなしく従うよりほかはなくなった。ところが、この本の校正が終ったころ、私に奇跡がおこったのである。ゴルファーの夢の中の夢であるエイジ・シュートをこの私が実現したのである。私は〝時の人〟あつかいをされるようになった。

もしこの事実を私がこの本のどこかで触れておかなかったならば、大うそつきになる。大きな手落ちともなる。「あとがき」の追加など珍しいことであるが、敢て追加させていただいた。

昭和六十年初夏　　文雄

〔帯〕表〈非情の作家が、愛憎をこえて、母を語り、友を思う—。／地獄をみた母のこと。谷崎潤一郎、尾崎一雄、廣津和郎、小林秀雄他文壇デビュー以来邂逅した人々との交流。丹羽学校の顚末。丹羽文学の軌跡をたどる最新エッセー。／角川書店　定価1600円　ISBN4-04-883179-8　C0095　¥1600E〉背〈最新エッセー〉裏〈傘寿記念出版　好評発売中／丹羽文雄の短編30選／作家活動60年。煩悩具足の人間の生を見つめ続けた珠玉の作品群より、その文学の源泉と呼べる30篇を精選、年代順に収録した決定版代表選集。／収録作品／朗かなある最初／鮎／愛欲の位置／厭がらせの年齢／幽鬼／母の日／中華料理店／妻／他22篇〉

3031　**エイジ・シュート達成**　昭和六一年四月五日　潮出版社
二二二頁　九五〇円　四六判　紙装　角背　カバー　帯　村上豊装幀（山本功イラスト）　新字新仮名
978-4-267-01075-0

エイジ・シュート達成（「ゴルフ談義」改題　潮　昭和五九年一〇月一日〜六〇年九月一日　一一回）

〔帯〕表〈ゴルファーの夢といわれるエイジ・シュートを達成した著者の日々と上達の秘訣を告白／ゴルフの醍醐味／ISBN4-267-01075-7　C0095　¥950E　定価950円〉背〈丹羽文雄

潮出版社〉裏〈〈本書の内容〉〉／涙ぐましい努力／臍で打つということ／私の学び方／縦振りの心得／球は二度打て／球は上から叩きつける／アマはアマらしく振舞う／左腕の急所／苦行僧の如きプロ／エイジ・シュート達成記〈1〉／エイジ・シュート達成記〈2〉〉

3032　**をりふしの風景**　昭和六三年八月二〇日　學藝書林　三〇五頁　一五〇〇円　四六判　紙装　上製　丸背　カバー　帯　ささめやゆき装幀　新字新仮名

4-905640-30-X

懐旧の伊勢路を往く（小説新潮　九巻四号　昭和三〇年三月一日）／ふるさと随想（日本経済新聞中部版　昭和五六年四月二日～二三日　一〇回）／わたしの体験（家の光　五四巻一～一二号　昭和五三年一月一日～一二月一日）／作家の年齢（文化庁月報　一一四号　昭和五三年三月二五日）／作家と健康（原題「作家と健康―普通の人なみにゴルフを好む」　朝日新聞夕刊　昭和五四年八月二五日）／小説の距離感（原題「小説の距離感―創作の現場」　本　昭和五四年一〇月一日）／書斎から（東京新聞　夕刊　昭和五七年六月二二日）／仕事机（別冊潮一号　昭和五七年八月二日）／六月の花（新生　昭和五八年六月一日）／当時の情（群像　三五巻一号　昭和五五年一月一日）／右手可憐（小説新潮　三五巻一二号　昭和五六年一二月一日）／『樹海』を終えて（読売新聞　夕刊　昭和五六年一一月九日）／『厭がらせの年齢』考（サンケイ新聞　夕刊　昭和五七年九月一三日）／熟年考（中央公論　九七年一四号　昭和五七年一二月二五日）／お雑煮（神戸新聞　昭和五八年一月一日）／わが家の正月（未確認　ウーマン　八巻一号　昭和五三年一月一日）／喜寿の春（サンケイ新聞　夕刊　昭和五六年一月六日）／私の金婚式（読売新聞　夕刊　昭和五八年一月八日）／力を抜く（現代　一二巻五号　昭和五三年五月一日）／私の肉体（波　一四巻二号　昭和五五年二月一日）／クラブ道楽（未確認　こがねい　昭和五七年）／遠い銀座（銀座百点　三三四号　昭和五七年九月一日）／私の草木（婦人生活　三二巻五号　昭和五三年五月一日）／私と和菓子（交通公社『日本の名菓・和菓子』　昭和六〇年二月一日）／わが家の漬物（原題「わが家の漬けもの―たくあんのべっこう煮」　講談社『ふるさとの漬けもの』　昭和六一年三月二五日）／日記から（朝日新聞夕刊　昭和五八年一月五日）／文学者とテレビのモデル（別冊文芸春秋　一六二号　昭和五八年一月一日）／テレビの誘惑（日本経済新聞　昭和五八年九月一八日）／志賀さんの思い出（岩波書店『志賀直哉全集2』月報3　昭和四八年七月一八日）／辰野先生とゴルフ（『辰野隆随想全集5』月報　昭和五八年九月一五日）／ゴルフ仲間の小林秀雄（国文学　二五巻二号　昭和五五年二月二〇日）／小林秀雄君の思い出（文学界　三七巻五号　昭和五八年五月一日）／吉川英治をいたむ（毎日新聞　夕刊　昭和三七年九月七日）／弔辞拾遺（原題「弔辞拾遺―舟橋聖一」　文学界　三〇巻三号　昭和五一年三月一日）／野間さんのこと（講談社『追悼野間省一』　昭和六〇年八月一〇日）／野間惟道さんのこと（講談社『追悼野間惟道』　昭和六三年五月三〇日）／尾崎のこと（原題「尾崎一雄のこと―尾崎一雄を偲ぶ」　連峰　五九号　昭和五八年五月一日）／尾崎一雄のいろろ（新潮　八〇年七号　昭和五八年六月一日）／尾崎一雄の百

日祭（文学界　三七巻六号　昭和五八年六月一日）／親鸞の迷惑（初出未確認）／わが親鸞、わが蓮如（京都新聞夕刊　昭和五七年一二月二日）／人間蓮如（南御堂　昭和五八年九月一日〜一〇月一日）／大悲（武蔵野市「市民社教だより」　昭和六二年六月八日）／あとがき

〔あとがき〕

若いとき、私は〝小説を書く機械〟と笑われたことがある。自分でもよく憶えていないほど小説を書いてきた。確かに出版された小説集の冊数も少なくない。

が、随想集となると、この歳になってもその数は、意外と少ない。この本には、そういう私のそのときどきの思いをこめたものを集めてみた。いわば、私の雑記帳である。

学芸書林の編集部が「落穂拾い」といってくれるのは嬉しいが、果たしてどれほど実が入っていたか心もとないところもある。そのため、雑誌や新聞に発表した年月がかなり古いものもある。

しかし、私としては、どの文章も過ごしてきた日々の心境を正直に書いたものばかりで、それだけに愛着も深い。

丹羽　文雄

〔帯〕表〈〝丹羽文学〟の原点を集大成／文壇の大御所が、過ぎ行く時の流れの中で、そのをりふしの心象風景をあるがままに温かく見つめた珠玉の随想集。〉背〈丹羽文学の原風景をみる学芸書林〉裏〈　私小説の書けないような小説家は一人前の小説家ではないといいたい。何となれば、小説家の恥部をさらけ出すように約束され、そのように生まれついている人間であると私は信じている（本書より）／学芸書林／ISBN4-905640-30-X C0095 ¥1500E　定価１５００円〉

3033　**新装版　ゴルフ上達法**　平成五年七月五日　潮出版社
一九七頁　一二〇〇円　B6判　紙装　上製　丸背
カバー　帯　矢吹申彦装幀　新字新仮名
4-267-01336-5

＊　4005の新装版。澤野久雄「解説」。

〔帯〕表〈上達の秘訣を披露／50歳からゴルフを始めた著者が悪戦苦闘のあげ句、シングルプレイヤーとなるまでの記録と技術の壁を乗り越える練習法。／定価１２００円（本体１１６５円）〉背〈丹羽文雄　潮出版社〉裏〈　私のあやまりに同感の人も多いことであろう。ゴルフの本というものは、すべてが教える教えられるように構成されている。が、私のこの本はちがう。いかにあやまりを犯しているかということを、具体的に書いたものである。ときには、そのあやまりに私が気がついていないこともあるかも知れない。（本文より）〉

3034　**新装版　ゴルフ談義**　平成五年七月五日　潮出版社
二六九頁　一二〇〇円　B6判　紙装　上製　丸背
カバー　帯　矢吹申彦装幀　新字新仮名
4-267-01335-7

＊　4004の新装版。古山高麗雄「解説」。

〔帯〕表〈待望のゴルフの名著復活／ゴルフ歴30余年の作家が語る実感ゴルファーズ・ダイアリー。ゴルフ仲間との交遊、自己鍛錬のウルトラCをここに明かす。／定価１２００円（本体１１６５円）〉背〈丹羽文雄　潮出版社〉裏〈　ゴルフを始め、

二千五百五十回もやって、それでやっと曙光を見出したよろこびは、何物にも代えがたいものである。単にゴルフをある程度制したということよりも、自分との闘いに勝つことが出来たのである。私の性格は、いったんやりはじめると、いいかげんでは満足出来ないのである。「小説の虫」といわれている。「ゴルフの虫」といわれている。　〈本文より〉

ii　文庫

4001　**小説作法**　昭和四〇年四月一〇日　角川書店
四六八頁　一九〇円　15㎝　紙装　角背　帯
暁美術印刷　九八―九　0195-109809-0946 (3)

小説作法（文学界　六巻四号〜七巻一二号　昭和二七年四月一日〜二八年一二月一日　六回）／女靴（小説新潮　六巻一号　昭和二七年一月一日）／媒体（世界　七六号　昭和二七年四月一日）／小説作法実践篇（文学界　八巻一一号〜九巻六号　昭和二九年一一月一日〜昭和三〇年六月一日　六回）／あとがき

＊　3013「小説作法（全）」改題。重版ではカバー。

〔カバー〕

小説を書きたいと思いながら、その方法が分らずに悩む人は多い。／　本書は、そうした初心者のために、文壇の巨匠が、豊かな創作経験をもとに実作に必要な技術のすべてを、懇切に指導する名著。／　テーマをいかにつかむか？構成をどうするか？描写に何が大切か？書き出しと結びは？など、具体的な問題点に触れて、適切な示唆と助言を与えつつ、自らの小説観をも披瀝する。

〔重版帯〕表〈テーマをいかにつかむか？　構成をどうするか？　描写に何が大切か？　書き出しと結びは？　―　文壇の巨匠が豊かな創作経験をもとに小説を書くに必要な実技のすべてを、懇切に指導する名著。　角川文庫　緑99-9〉裏〈小説作法の本はたくさん出ているが、私のは小説の鑑賞とか、講座というものではない。文字どおり作法である。作り方である。いまもなお、初めてこの本を読んだ人から手紙をもらっている。初歩の人には、何かを与えるからである。／この本を読んだからと云って、ただちに傑作が書けるものではない。が、小説を書こうという人に、一つの勇気を与えることはまちがいがないだろう。／「あとがき」より〉

4002　**人生作法**　昭和四七年一二月三〇日　角川書店
三〇八頁　二二〇円　15㎝　紙装　角背　カバー
三村淳カバー　角川文庫二九八七
0193-109811-0946 (0)

武蔵野日日／私の欄／文学について（お人好し／文学感想／小説の真実／文学は完璧ではない／批評家への私見／小説家の生き方／小説家の感動する小説）／さまざまの記（わが恋愛論／竹煮草／年末書簡／身辺さまざまの記／ゴルフ随筆／親鸞のこと／沖縄のこと／戦争映画について）／あとがき

＊　3015の文庫版。「火野のこと」「文壇交友録」は未収録。

〔あとがき〕

初版の随筆「人生作法」は高価な本だったので、あまり多くの人に読んでもらえなかったのが残念であった。今度角川書店の文庫にはいるというので、希望がかなえられることになった。小説を多く書くかたわら随筆も書いて来たが、初期のころにはつづけざまに随筆を単行本にしていた。が、ぱったりその種の本を出さなくなった。べつにこれといった理由もなかったのだが、小説を書くことに追われていたせいかも知れない。「人生作法」はひさしぶりに出した随筆集であった。私の随筆集の中では、いちばん実があるのではないかという気がしている。このごろは随筆風な小説を書くことに興味をもっているので、随筆集としては原稿がたまらなくなるのかも知れない。小説と随筆の区別がなくなるのか、年齢のせいであろうか。そうかと思っているので、その反動のように小説的なあまり小説的な小説がむしょうに書きたくなる時がある。先のことはわれながら判らない。

昭和四十七年十一月二十四日記　著者

〔カバー〕
人生作法／作家生活四十年の著者がひさびさに出した名随筆集！　さりげなく淡々と綴った日記風な文章の中に著者の意外な素顔と人間に対する鋭い洞察及び人生観がうかがえる。特に作家との交流やゴルフ等の項は、文壇裏話史ともいえ、文学を志す人々にとっては大変興味深いものであろう。好評「小説作法」の姉妹篇。

4003　**仏にひかれて**　昭和四九年一一月一〇日　中央公論社
一六四頁　二〇〇円　16㎝　紙装　角背　カバー
伊藤明カバー　1195-610076-4622
＊　3019の文庫版。大河内昭爾「解説」。

〔カバー〕
浄土真宗の末寺に長男として生まれながら、文学へと走った著者のなまなましい告白に満ちた心の形成史―。／　父と祖母の秘事、生母の家出、その生母のたどった数奇な運命―幼時より人間愛欲の相克を見つめつづけ、ようやく親鸞の〈悪人正機〉へと辿りつく丹羽文学の核心が凝縮された異色自伝。

4004　**ゴルフ談義**　昭和五八年一一月一〇日　潮出版社
二四二頁　三五〇円　15㎝　紙装　角背　カバー
0195-003205-0516
＊　3025の文庫版。古山高麗雄「解説」。

〔カバー〕
表〈ゴルフ歴三十年の作家が語る実感ゴルファーズ・ダイアリー。自己鍛錬のウルトラCをここに明かす。〉裏〈（丹羽）先生は、生徒がスランプに陥ると、適切なアドバイスをしてくれるが、先生の天才教育法は絶妙である。生徒は登校すると存分に個性を楽しみながら天才教育を受け上達する。生徒もそれぞれだが、丹羽校長は技術向上にさほど熱心でない生徒も、中途半端な生徒も、その生徒なりに多くを語らず指導する。―作家・古山高麗雄〈解説より〉〉
〔帯〕表〈ゴルフがうまくなる！／ゴルフ歴30余年　作家が語る自己鍛錬のウルトラC／潮文庫　定価350円／今月の新刊〉

4005　**ゴルフ上達法**　昭和六〇年一〇月一〇日　潮出版社
一八七頁　三二〇円　15㎝　紙装　角背　カバー
矢吹申彦カバー　4-267-01047-1

まえがき／私の苦闘篇／グリーンの上で

＊ 3023『ゴルフ・丹羽式上達法―51歳から始めてシングルになる』改題。澤野久雄「解説」

〔カバー〕
表〈丹羽文雄／ゴルフ上達法／エイジシュートを達成した作家が、それまでの苦闘の日々を告白し、上達の秘訣を披露。〉裏〈新著『ゴルフ上達法』を読了して、著者がゴルフに関してどれほど深く考え、どんなによく本を読み、更にはいかに熱心にプロの競技を見、そしていかばかり自から試みているかが分かった。読者としても、丹羽学校の生徒としても、全く閉口頓首である。―作家・澤野久雄（解説より）〉
〔帯〕表〈今月の新刊／念願のエイジ・シュート!!／だれでも巧くなる上達の秘訣と苦闘の日々の工夫／潮文庫　定価320円〉

4006 **ひと我を非情の作家と呼ぶ**
昭和六三年六月二〇日　光文社
二五六頁　三八〇円　16cm　紙装　角背　カバー
菊地信義カバー装幀
に9-1　4-334-70763-7

ひと我を非情の作家と呼ぶ／あとがき

＊ 3029の文庫版。澤野久雄「解説」。「あとがき」には日付、「軽井沢山荘にて」なし。

〔カバー〕
いつかは書かねばならないことであった。この一冊は私にとって、唯一の告白の書となった。処女作『鮎《あゆ》』以来、今日まで十三万枚余も原稿用紙を書きつぶしてきたが、この一冊に書いたような告白は、一度も小説にしていなかった。書けなかったというのも、そのモデルが生存していたこともあったが、私自身に筆にする勇気が足りなかったせいもある。〈あとがき〉より／（略歴）１９０４年三重県生まれ。小説家。早大国文科卒。芸術院会員。著書に『贅肉《ぜいにく》』、『厭《いや》がらせの年齢』など
〔帯〕表〈「私は男女のまじわりに地獄を見てきた」／文壇の大御所唯一の告白の書。／光文社文庫　最新刊〉

Ⅲ　個人全集・選集

i　丹羽文雄選集

全七巻別冊一（古谷の研究書『丹羽文雄』が予定されていたが、未刊行）
昭和一四年四月二〇日〜一〇月二〇日　竹村書房
四六判　紙装　上製　丸背　函　旧字旧仮名

5001　**丹羽文雄選集　第一巻　似た女**
昭和一四年四月二〇日　竹村書房
三一四頁　一円八〇銭
選集に寄せて／椿の記憶（世紀　二巻三号　昭和一〇年四月一日）／温泉神（週刊朝日　二八巻一号　昭和一〇年七月七日）／菜の花時まで（日本評論　一一巻四号　昭和一一年四月一日）／袴（文学界　二巻八号　昭和一〇年九月一日）／鬼子（新潮　三二年一号　昭和一〇年一月一日）／鮎（文芸春秋　一〇巻四号　昭和七年四月一日）／真珠（早稲田文学　二巻六号　昭和一〇年六月一日）／移つて来た街（早稲田文学　二巻一一号・三巻一号　昭和一〇年一〇月一日・一一年一月一日）／似た女（スタア　昭和一二年五月）／秋（街　大正一五年一〇月一日）

＊第一巻作品年譜　286頁／古谷綱武「解説」287-307頁／古谷綱武「著書総目録」308-309頁／古谷綱武「著書収録作品一覧」310-314頁
＊月報一
鎌原正巳　作者と編者の友情／古谷綱武　解説について／無記名　書房だより

〔選集に寄せて〕

私が腰を据ゑて小説と取り組んだのは、今から四年程前のことである。それまでにも書いてはゐたが、今よりももつとあやふやな気持であつた。現在でも、私には文学の正体がしつかりと摑《ママ》へられないでゐる。原稿紙にして一万一千余枚を書き潰してゐながら、この結果であり、忸怩たるものがある。短時日に十九冊の単行本を出してゐるといふ事実も、慰めになるどころか、却つて私のおろかさを吹聴してゐるやうに苦痛である。

文学とは、ただ象徴の道以外には何ものでもないといふことはよく判つてゐながら、はつきりと腹も極らず迷つてゐる。私にとつては、人生の不可解と同様に、文学もまた正体の摑めない怕いものである。私はいつでも自信なしで書いてゐる。選集を出すなど、もつての他である。

竹村書房が私の選集を出すといふ話は、一二年前から繰返されてゐた。もとより選集といふ柄でもなく、時期でもないとその度に私は拒んできた。これは謙遜からではない。恐怖からであつた。若しも私に古谷綱武といふ友達がゐなかつたならば、私の拒絶はいつまでもつづいたかも知れないのである。

古谷綱武のことは、今ここで喋々する必要はないであらう。私はただ彼の友情のおかげで励まされ、叩かれ、利口になつていくのである。それには彼が小説家でなく、評論家であることが、私には大変都合がよい。今までにも、どれほど古谷綱武を利用してきたか判らないのだ。

その古谷綱武が私の作品の選をやり、勝手に幾冊かをまとめ上げるといふのである。作品は一度作者の手を離れてしまへば、最早私のものではなくなつてしまふ。爼上に横たはり、聽てその身に加へられる庖刀を待つだけの運命にある。作者の愚痴はもう届かない。ままよと投げ出した私の全作品は、そのため却つて太々しく、ふんぞり返つたやうにも見えるのである。しかし、それなら私もまた思ひ切つて自分の作品に冷淡になれるのだ。

私はすべてを古谷綱武に任せた。誰よりもよく私の文学を知つてゐる古谷には、またそれだけ自分も全作品を任せ易いのかも知れないのだが、或は私の文学を一番知つてゐてくれるやうに思ふ古谷の友情に、何か思ひちがひをしてゐるのかも判らないのだ。しかし、さやうな思ひちがひは、結局私一人の感情にすぎない。それだけ古谷綱武は仮借なく私の作品をずたずたに斬りさいなんでくれることになるのだ。また瞑すべきであらう。

若しも古谷の手によつて幾冊かの選集がまとめられたとしたならば、私にとつては大きな僥倖である。古谷綱武の篩にかけられて、たとへ一冊分しか及第をしなかつたとしても、私は文句が言へないのである。私ははらはらして古谷の採点ぶりを見守つてゐる。公平な採点はもとより望ましいことである。しかし、採点をされる身としてはたとへやうもない心配なことでもある。

5002　**丹羽文雄選集　第二巻　妻の作品**

昭和一四年五月二〇日　竹村書房

三二二頁　一円八〇銭

象形文字（改造　一六巻四号　昭和九年四月一日）／霜の声（中央公論　五二年一号　昭和一二年一月一日）／日記（文芸　五巻一号　昭和一二年一月一日）／秘密（アサヒグラフ　二八巻八号　昭和一二年二月一七日「五官の秘密」改題）／女ひとりの道（週刊朝日　三一巻一号　昭和一二年一月一日）／狂った花（文芸春秋　一五巻四号　昭和一二年四月一日）／海の色（文芸　五巻六号　昭和一二年一一月一日）／妻の作品（改造　二〇巻三号　昭和一三年三月一日）

＊　第二巻作品年譜　303頁／古谷綱武「解説」304-316頁／古谷綱武「文学的略歴」317-322頁

＊　月報二　未確認

5003　**丹羽文雄選集　第三巻　薔薇**

昭和一四年六月二〇日　竹村書房

三四八頁　一円八〇銭

三日坊主（行動　二巻九号　昭和九年九月一日）／雪（エコー三二八号　昭和九年一一月一日）／対世間（新潮　三六年六号　昭和一〇年六月一日）／山ノ手線（行動　三巻八号　昭和一〇年八月一日）／妻の死と踊子（中央公論　五〇年一〇号　昭和一〇年一〇月一日）／秋花（改造　一八巻一二号　昭和一一年一二月一日）／復讐者（週刊朝日　三一巻二七号　昭和一二年六月一日「嫉かれ上手」改題）／女の侮蔑（日本評論　一二巻七号　昭和一二年七月一日）／幼い薔薇（サンデー毎日

一六巻三三号　昭和一二年七月一日）

＊第三巻作品年譜　312頁／古谷綱武「解説」313-330頁／古谷綱武「執筆総年譜」331-348頁

＊月報三　未確認

5004 **丹羽文雄選集　第四巻　煩悩具足**

昭和一四年七月二〇日　竹村書房

三二六頁　一円八〇銭

自分の鶏（改造　一七巻六号　昭和一〇年六月一日）／煩悩具足（文芸春秋　一三巻八号　昭和一〇年八月一日）／この絆（改造　一八巻二号　昭和一一年二月一日）／女人禁制（中央公論　五一年六号　昭和一一年六月一日）／町内の風紀（中央公論　五二年一二号　昭和一二年一二月一日）

＊第四巻作品年譜　288頁／古谷綱武「解説」290-296頁／古谷綱武「加盟同人雑誌一覧」297-326頁

＊月報四　未確認

浅見淵「丹羽文雄のこと」

5005 **丹羽文雄選集　第五巻　海面**

昭和一四年八月二〇日　竹村書房

二六四頁　一円八〇銭

横顔（新潮　二九年九号　昭和七年九月一日）／嘘多い女（日本評論　一一巻一〇号　昭和一一年一〇月一日）／甲羅類（早稲田文学　一巻二号　昭和九年七月一日）／海面（世紀　一巻一号　昭和九年四月一日）／蜀葵の花（新潮　三三年一号　昭和一一年一月一日）／別離（新潮　三四年一号　昭和一二年一月一日「写真」改題）／愛欲の位置（改造　一九巻六号　昭和一二年六月一日）

＊第五巻作品年譜　251頁／古谷綱武「解説」252-260頁／古谷綱武「作品年譜」261-264頁

なお「作品年譜」は単行本収録作品を採録。

＊月報五

尾崎一雄　古谷君の熱心さ／読者だより〔猪野静枝（宇都宮）／立花長造（淀橋）／山中重雄（熊本）／谷口武夫（大阪）／新田淳（台北）／菊地又平（東京）〕／無記名　書房だより

5006 **丹羽文雄選集　第六巻　藍染めて**

昭和一四年九月二〇日　竹村書房

二九五頁　一円八〇銭

藍染めて（新女苑　一巻一〜七号　昭和一二年一月一日〜七月一日　七回）／若い季節（朝日新聞　夕刊　昭和一一年六月三〇日〜八月六日）

＊第六巻作品年譜　272頁／古谷綱武「解説」273-283頁／古谷綱武「丹羽文雄対照年譜」284-295頁

なお「丹羽文雄対照年譜」は誕生からの年譜と一般（文学史）との対照年譜。

＊月報六

岡部千葉男　丹羽さんの横顔／読者だより〔関準（四街道）／高橋勝己（川口市）／岡本馨（山口県）／佐藤智（東京市）／宇野正盛（芝）〕／無記名　書房だより

＊なお昭和一六年一〇月一〇日に発禁処分となる。

5007　**丹羽文雄選集　第七巻　私の記憶**

昭和一四年一〇月二〇日　竹村書房
二四九頁　一円八〇銭

幼友達（ホームライン　昭和一一年一一月）／獅子舞と芝居（早稲田文学　四巻二号　昭和一二年二月一日）／古里の記憶（明日香　一巻八号　昭和一一年一二月一日）／年の瀬（アサヒグラフ　昭和一一年一二月二三日）／父の墜落（早稲田文学　四巻三号　昭和一二年三月一日）／書物のこと（読書感興　二巻一冊　昭和一二年一月一五日）／過去の姿（文芸通信　四巻一一号　昭和一一年一一月一日）／秋の油壺行（北海道帝国大学新聞　昭和一〇年一〇月一五日）／新居（文学生活　創刊号　昭和一一年六月一日）／私儀（文芸通信　三巻一一号　昭和一〇年一一月一日）／松の内（木靴　二巻二号　昭和一一年二月一日）／文園日記（新潮　三四年一〇号　昭和一二年一〇月一日）／母の上京（中央公論　五三年一号　昭和一三年一月一日）／子供（都新聞　昭和一三年四月二九日「三題」改題）／弟への書簡（早稲田文学　四巻六号　昭和一二年六月一日「書簡」改題）／三面記事（あらくれ　三巻一二号　昭和一〇年一二月一日）／今様父帰る（新潮　三三年一一号　昭和一一年一一月一日）／アビラ村の神様（思想国防　一巻三号　昭和一〇年一二月一日）／銀座姿態（東陽　一巻二号　昭和一一年五月）／女友達（婦人画報　三八四号　昭和一一年三月一日）／迎春（四社連盟紙　昭和一二年一月）／女の習俗（都新聞　昭和一二年一月一九日）／女人断層（中央公論　五三年七号　昭和一三年七月一日）／私の文学論〔小説と人生（「文学放談」抜粋）／通俗性の尊重（「文学放談」抜粋　早稲田文学　三巻八号　昭和一一年八月一日「緑陰放談―文学における純粋性と通俗性」改題）／僕の文章（「自分の文章」抜粋　月刊文章講座　昭和一〇年五月一日）／現代文学に要求するもの（「自力本願」抜粋　新潮　三三年九号　昭和一一年九月一日）／自力本願で行け（「自力本願」抜粋）／僕の同人雑誌時代（「同人雑誌因果」抜粋　文芸通信　四巻四号　昭和一一年四月一日）／書く態度（「作品以前の弁」抜粋　中央公論　五一年六号　昭和一一年六月一日）／現代の困難（「緑陰偶語」抜粋　日本新聞連盟　昭和一一年六月「深緑期の感想」改題）／小説の本質（「緑陰偶語」抜粋）／自然描写について（抜粋　遠つびと　二巻四号　昭和一一年五月一日）／良心的であれ（「エロティシズムの方向」抜粋　文芸　三巻一号　昭和一〇年一月一日）／小説の独自性（「小説論」抜粋　厚生閣『新文芸思潮と国語教育』昭和一一年九月二〇日）／作家と読者（「小説論」抜粋）／新しい手段（「小説論」抜粋）／小説の権威（「小説論」抜粋）／最上の望み（「小説論」抜粋）〕／モデル供養（原題「モデル供養―名家随想」現代　二〇巻一一号　昭和一四年一一月一日）／装幀（文芸首都　五巻一号　昭和一二年一月一日）／自著序文集〔「鮎」の後記（＊鮎普及版）／「自分の鶏」の後記／「閨秀作家」の序／「若い季節」の作者の言葉／「新居」の序／「小鳩」の序／「迎春」／「女人彩色」の後記／「愛欲の位置」の序／「この絆」の余語／「女人禁制」の後記／「豹の女」の序／「生きてゆく女達」の述懐〕

＊　古谷綱武「解説」227-228頁／古谷綱武「編者のノート」229-249頁

＊　月報七

永島一朗　丹羽文雄氏との交遊／読者だより〔菊地又平（豊島区）／山下良一（横須賀市）／曾我部極（愛媛県）／山下正太郎（岡山市）／岡本馨（山口県）／高木光雄（哈爾濱）〕／無記名　書房だより

＊　なお第二巻以降の巻末広告に、別巻の古谷綱武の研究書『丹羽文雄』（未刊行）が紹介されている。広告に詳細な目次があるので以下に記す。
〔内容〕人間として／作家として／現代文学における彼の意義と位置／将来への希望／主要作品論／彼の小説の方法／附　選集構成の基礎／詳細年譜

ii　丹羽文雄選集

全七巻四巻以後中絶。
昭和二三年七月二五日〜昭和二四年一二月二〇日
改造社　Ａ5判　クロス装　上製　丸背　函
旧字旧仮名　題簽丹羽文雄　丹羽文雄自選　限定版
署名入

5008　**丹羽文雄選集　第一巻**
昭和二三年七月二五日　改造社　三二一頁　四三〇円
写真一葉（昭和21年撮影　谷勇吉）
鮎（文芸春秋　一〇巻四号　昭和七年四月一日）／鶴（三田文学　八巻三号　昭和八年三月一日）／象形文字（改造　一六巻四号　昭和九年四月一日）／海面（世紀　一巻一号　昭和九年四月一日）／贅肉（中央公論　四九年八号　昭和九年七月一五日）／二日坊主（行動　二巻九号　昭和九年九月一日）／鬼子（新潮　三二年一号　昭和一〇年一月一日）／自分の鶏（改造　一七巻六号　昭和一〇年六月一日）／あとがき
＊　附録「丹羽文雄選集　月報一」
丹羽文雄　私の選集に就いて／古谷綱武　「丹羽選集」の編者として
〔あとがき〕
「鮎」は私の処女作といふことになつてゐる。前々から書いてゐないではなかつたが、商売雑誌に出したのが、これが最初であつた。三重県四日市の崇顕寺の奥座敷で、これを書いた。文芸春秋社の永井龍男君にすすめられて田舎から送つた。永井君は同人雑誌の私の小説を文芸春秋で褒めてくれたことがある。永井君の文章がどんなに自分を励ましてくれたか判らない。この時の感動が忘れられなくて、後日知らない人の作品でも、感動をうけると、私は手紙を出すことにした。これは母親ものである。「贅肉」とモデルは同じだが、見方がまるで違ふ。母親物でも一作ごとに変つてゐる。段々とふかく解釈していくからであらうが、現実の中にふかく入るのでなく、虚構の世界でふかくはいるのである。以後の小説は、これが先鞭をつけた。処女作が決定するといふことは、私の場合、ほんたうだ。原稿料をもらつた最初のものであるが、家出した私といきちがひに田舎に送金されたので、手にはいらなかつた。いまよみ直してみると、田舎の寺を家出した当時のことが、いろいろと思ひ出される。父も亡くなつた。なつかしい崇顕寺もあとかたなく焼失した。この小説は同人雑誌「文芸城」に「或る生活の人々」として、昭和二年に書いたものを、七年に改作した。その頃は原稿紙がまつ黒になるまで直したものだ。それを清書した。そしてまた直した。一字一句に凝つた。そのためぎくしやくとして、声に出してよんでみると、まるで駄目だ。しかしその頃の推敲の努力がよかつたのではないかと思つてゐる。

「鶴」は「三田文学」に発表して、杉山平助の豆戦艦をびつくりさせた。淫売婦を描いたが、モデルがあるわけではない。現在なら肉体の文学といはれるだらうが、肉体を追求するやり方は、この時から私の一つの特色になつてしまつたやうである。可憐な淫売婦が登場するが、この人物の扱ひ方は、後日、「夢想家」や「理想の良人」、「人間図」の主人公に通じてゐる。これも虚構のおかげであらう。古谷綱武君が、私といふ作家はよくよく愛欲の門を通して、人生を思索した型だと言つたが、さういふものが書きたかつたし、それ以外の書き方を知らなかつたといつてよい。もつとちがつた世界が書けたならば、私の現在はもつと別なものになつてゐたらう。私小説の作家が多く身辺のことを書くやうに、私は愛欲を材料とした。「鮎」を発表してから、暫く駄目になつてゐた。書くものがことごとく失敗だつた。意欲だけは十分あつたが、「鮎」の出来は、まぐれ当りに似てゐた。「鶴」になつて、やつと立ち直れたやうな気がした。

「象形文字」は「改造」に発表した最初のものである。「改造」の懸賞小説募集に、田舎から応募したことがあるが、その小説が、「鶴」であつた。選外佳作のトツプに発表された。たしかその時の当選は戯曲だつたと覚えてゐる。「鶴」の内容があまり露骨だつたので、「改造」の編輯者が私の名を記憶してゐた。廣津和郎さんの紹介状をもつて、新橋の改造社にいくと、そのことを言はれた。この小説は、山田順子さんをモデルにつかつた。みんなモデルがある。いまの私には、とても書けない小説である。一字一句緊張して書いてゐる。この神経には耐へがたいが、その頃は、これでなければ安心が出来なかつた。私は自分の青春をかういふところに感じる。いまの若い時代の作家が書いてゐるのをよむと、自分の昔を思ひ出す。この頃の文体はいま、きれいに喪失してゐる。三十には三十代の特色があり、四十代には四十代でなくてはならない文体をもつ。終始一貫した文体をもてない私は今後どう変つていくか判らない。そのことがよいか悪いか、私には判らない。

「海面」は「象形文字」と同じ月に、同人雑誌「世紀」に発表した。昭和九年四月である。この時の同人は、浅沼喜実、浅見淵、青柳瑞穂、飯島正、緒方隆士、尾崎一雄、小田嶽夫、川崎長太郎、北川冬彦、藤原伸二郎、古木鉄太郎、竹内道之助、田畑修一郎、外村繁、中谷孝雄、永瀬平一、私、丸山薫、三好達治、淀野隆三といふ顔ぶれであつた。この中の人々はその後、それぞれに仕事をしてゐる。この小説の材料は、私の生命取りのやうなものであつた。浅見淵君が、丹羽もやつとこれで歯ぎしりをするやうになつたと批評を下したが、私の特色を決定したと同時に、誤解されることも決定的になつた。この影響は現在もなほ尾を引いてゐる。しかしよい勉強になつた。誤解などと言へた義理ではないかも知れない。悪夢のやうな生活の連続であつた。自分といふ人間が洗ひざらひとなり、はふり出されてゐる。情痴の作家、愛欲の作家といふありがたくもない名を頂戴することになつたが、この小説の中のやうな生活をしてゐる本人にとつては、情痴にわたらうと、愛欲一点ばりにならうと、それ以外に生活のしようがなかつた。もみくちやにされた。しかし、私に文学をやるといふ一念がなかつたならば、とうに自分は滅んでゐたことを思ふ。文学《ママ》するといふことが、最後のたのみの綱であつた。自分といふものを客観的に見ることが出来たために、滅びないで済んだ。それだけに私の立場は、煮え切らないものだつた。私は口惜しまぎれに、何度悪人にならうと志を立てたか知れなかつた。駄目だつた。文学を志してゐる人間は、所詮悪人になりきれないのではないか。悪人にはなれなかつたが、それと同等の掣肘を、他の部分にもうけてゐるのではないだらうか。このことはもつとよく考へなければならない。

「贅肉」は「中央公論」の新人号で、島木健作君の「盲目」と一しよに出た。以後は島木君といつも対照的に扱はれた。私の三十一歳の時である。母親物の一つであるが、後年「厭がらせの年齢」を書かずにはゐられなかつた私にとつては、かういふ小説が書けたといふことは、仕合はせだつたといふ気がする。現実に束縛されることなしに、虚構の世界で思ふ存分翼をのばすことが出来たからだ。正宗白鳥さんが、これを評して、作者に牙がないと言つた。「厭がらせの年齢」に牙があつて、これにはないといふ意味だが、白鳥さんの批評はよく判る。牙はなくても水母のやうな触手はあらうと作者は考へてゐる。触手も牙も、結局は私にとつて年齢の段階といふことになる。水母の触手を動かしてゐられた時代が、なつかしい。牙がないといふ批評を、私自身がとうに忘れてゐるのに、辛抱づよく記憶してゐて、私を批評するとなると、それを使ふ小説家がゐた。その都度私は白鳥さんを思ひ出した。この時の新人号は、全部懸賞募集といふことになつてゐたが、私と島木君はさうでなく、そのため原稿料も安かつた。六十七枚で、二百一円もらつた。その頃は税引といふこともなく、一枚三円である。武田麟太郎君と国技館に向かふ自動車の中で、早く一枚五円になればよいとしみじみと語り合つたのは、それから間もなくであつた。

「三日坊主」は「行動」に発表した。紀伊国屋の田辺茂一君のやつてゐた雑誌である。すでにこの頃、田村泰次郎君、井上友一郎君は活躍してゐた。昭和九年である。井上、田村両君は戦後に有名になつた作家でなく、早くから名をなしてゐた。「行動」は普通の商売雑誌ではないので、一枚一円であつた。この小説は、私自身が好きなものである。作者が選をすると、かういふ好き嫌ひがあるから、公平な選が出来ないものだが、私といふものを知つて貰ふためには、また興味があらうと思ふ。たしか古谷綱武君が選をした私の七巻ものの選集にも、これは落ちてゐたと思ふ。

「鬼子」は「新潮」に発表した。この頃の私は、締切の期日を厳守した。枚数と期日を正確にまもるので、編輯者によろこばれた。そして依頼されると、何でも書いた。このことは、武田麟太郎君から忠告されてゐたからだ。文壇《ママ》に出はじめには、期日と枚数を厳守して、何でも書くやうに心がけることと彼は教へてくれた。忠実に私は守つた。さう教へてくれた武田君は、さうでない方面であまりに有名であつたのだから、をかしい。しかし、武田君の忠告はありがたかつた。現在では、期日も枚数もほとんど守つたためしがない。横着になつたのだらう。書けないといふこともあるが、武田君の教へを守つた私を、編輯者の仲間で表彰してやらうではないかといふ冗談まで出た。武田君とは深い交際はなかつたが、いろいろな点で影響をうけてゐる。世間では作風の対照から、敵手として島木健作君をもち出すが、島木君とは思想も、ゆき方もまるで違ふので、敵手といふ意識は少しもなかつた。武田君が怖しかつた。武田君の小説は、ぢかに怖しさを感じさせるといふものでなく、碁の上手な人にひねられるやうな圧迫感をうけた。じわじわと囲まれて、気が付いた時には、自分の石が死んでゐたといふ感じである。そのくせ私の小説は、少しも武田君の影響をうけてゐないのだ。幽明境を異にした現在、かうしたことを書く自分は感慨無量である。

「自分の鶏」は、三十二歳の時であり、大いに書きまくつた年の一つである。この年、今までの泥田のやうな生活を清算した。この年に第一回目の芥川賞が決定した。初めは私も貰へさうなので、当てにしてゐたが、「改造」や「中央公論」に発表した作家にはやらないといふので、がつかりした。石川達三君が文壇に出た。横光利一さんが純粋小説論をとなへた年だが、その説が私にはよく判らなかつた。それから何年か経つて、言ひ方はちがふが、横光さんのねがつた小説を私も要求するやうになつた。私といふ作家は、よくよく書いてゐて発見したり、覚えたりする型である。この小説は全然モデルなしだが、純粋小説論を我田引水しようとすれば、出来ないこともなかつたのに、私には自分のものながら、まだよく判らなかつた。夢中で書いてゐた。何しろやつと処女単行本が出た年である。五百部限定だつた。売れるかどうか、本屋には自信がなかつた。私に自信のあらう筈がない。私の校正も拙かつたが、石塚友二君が校正をしてくれた。一頁に二つぐらゐの誤植のある本になつた。

5009　**丹羽文雄選集　第二巻**

昭和二三年一一月一〇日　改造社
三五四頁　四九〇円
写真一葉（昭和22年撮影　磯部達雄）

山ノ手線（行動　三巻八号　昭和一〇年八月一日）／煩悩具足（文芸春秋　一三巻八号　昭和一〇年八月一日）／袴（文学界　二巻八号　昭和一〇年九月一日）／この絆（改造　一八巻二号　昭和一一年二月一日）／菜の花時まで（日本評論　一一巻四号　昭和一一年四月一日）／女人禁制（中央公論　五一年六号　昭和一一年六月一日）／日記（文芸　五巻一号　昭和一二年一月一日）／霜の声（中央公論　五二年一号　昭和一二年一月一日）／狂った花（文芸春秋　一五巻四号　昭和一二年四月一日）／あとがき

＊　附録「丹羽文雄選集　月報二」
田村泰次郎　丹羽文雄と郷土／廣津和郎　一つの転換期

〔あとがき〕
「山の手線」昭和十年三月「行動」に発表。これには部分的に牧屋善三君がモデルになつてゐる。老婆があくたいを並べるところや、その描き方が、類型的になつたのではないかと心配した。私の思ひすごしであるところが判つた。それまでの私は、ことさら類型的になるまいと気をつかつたために、類型的といふことを強調して考へてゐた。具体性をつかむには、さうさう神経質に類型的をおそれてはいけない、もつと大胆になるべきだと思つた。後年「厭がらせの年齢」や「幸福」で老婆を摑んだが、そのつかみ方が、この小説の時からはじまつてゐるやうだ。

「煩悩具足」は昭和十年三月号の「文芸春秋」に発表する。煩悩と題するつもりであつたが、歎異抄の中に、煩悩具足の凡夫とおほせられたる云々とあるのを思ひ出して、具足をつけ足した。主人公が僧侶であるから、その方がよいと思つた。作家としての私の位置を決定した記念の作品でもある。以後私はさまざまに変貌をしてゐるが、作品の基調を流れるものは、やはり一つである。この小説などもつとも私らしいものだ。「改造」を編輯してゐた水島治男君が志賀直哉さんを訪問した折、この小説の話が出たといふことであつた。志賀さんが褒めてゐたと伝へ聞き、うれしかつた。誰に褒められるよりもうれしかつた。何となれば、私が小説を書くやうになつたのは、志賀文学を勉強したからである。志賀文学は私に小説を書く道を教へてくれた。私は決して志賀文学のとほりを歩いてゐるのではない。また歩けるものではない。私には私の道がある。しかし志賀文学は私の生涯を通じて、前方に聳える富士山であることは確である。

「袴」は昭和十年九月号の「文学界」に発表。「文学界」をほとんどひとりで推進させてゐた林房雄君が獄に下つたので、小林秀雄君が意地にも雑誌を継続させてみせると努力してゐた当時である。小林君から手紙を貰ひ、書いた。虚構の小説である。青野季吉さんが、これほど大きな問題をずばりと片付けてゐるのは印象的だといふ風な批評をした。モウパッサン好みでないかと思ふ。実際にはかうしたことは起らないかも知れないが、もしかりに起つたとしたならば、私は若い主人公のやり方に賛成である。理性の強さといふより、聡明にふるまつた主人公のやり方は、或る意味で当時の私の理想であつた。

「この絆」は昭和十一年二月号の「改造」に発表する。このモデルは戦争中に死んだ。小説を書く人で、二冊の単行本まである。私の小説には度々モデルになつた。この小説の当時、私はモデルと交際をしてゐた。渦中に在る時には、冷静に客観視出来ないものだが、或る程度私の如意棒である非情をふりまはしてゐるつもりである。こんな風に描かれては、モデルも不満だつたらうと思ふ。後年、「中年」といふ書下しに再びモデルに使ひ、その本は情報局から発禁をくらつたが、あまりつつ放して書いたために、モデルは泣いて口惜しがつた。片方の手で抱き、片方の手に刀をもつた風なやり方に、モデルはがまんが出来なかつたのだらう。そのことがあつてから、私たちは疎遠になつた。二度の盲腸炎で、死んだ。死んだといふことを永い間知らなかつたが、大阪に来て、織田作之助君から聞いて驚いた。死ぬ直前は、織田君らと交際があつたやうだ。「陶画夫人」といふ長篇が私にあるが、それも同じモデルである。

「菜の花時まで」昭和十一年四月号の「日本評論」に発表する。私小説である。私の私小説は、「私」といふのでは登場しない。一応は客観小説的である。その方が私には自分を描きやすいし、小説の造型といふことを考へないからである。出来事はすべて事実である。文壇では私が私小説の頑固な反対者のやうにあつかはれてゐるが、とんでもない誤解である。日本文学の一つの宿命的性格である私小説精神といふものを、私も強烈にうけついでゐる。私が私小説を非難するのは、「私」が主人公になるために、つい造型性を失つてしまふからだ。失はせしめるやうな安直なおとしあながあるから、それを非難するにすぎない。この小説は私が東京生活で二進も三進もいかなくなつて故郷にかへり、故郷にもゐづらく、菜の花の咲いてゐる四月九日に家出をするまでのことを書いたものである。

「女人禁制」は昭和十一年の六月号の「中央公論」に発表。東中野の或る寺の入口の知人宅に食客となつてゐた間に得た材料である。これを書いたのは、中野の文園町にゐたころだ。私自身が坊主の出なので、坊主の生活は誰よりもよく知つてゐる。八十一枚のこの小説も、短時日に書きあげたが、材料は前々から頭にあつて、十分にこなれてゐたので、ペンをとると一気呵成に出来上つた。この小説は「贅肉」と共通した筆法をとつた。一方に「煩悩具足」のやうな文章を書くかと思へば、この種の文章も使用した。後年、段々と「煩悩具足」的になつてきたが、これは多分に外国小説の影響がある。私自身にそれがよく判る。この材料もどぎつい、あぶらつこいものである。かうしたものだけに書きたい欲望をゆすぶられるわけではないが、度々この種のものを手がけてしまつたので、丹羽好みの材料などと言はれるやうになつた。さうした批評に対しても、私は無意識にも反抗するやうになつた。後に、さまざまな材料を手がけるやうになつたのも、半ば意識的であつた。限定されてしまふことが、私は極度にいやであつた。

「日紀《ママ》」は昭和十二年の新年号の「文芸」に発表する。瀧井孝作さんから好評をうけたが、題名がをかしいと言はれた。実際、いい加減な題名である。題名は小説の価値を半ば決定するといふひともあるが、その考へ方に私は反対である。題名なんて単なる符牒ではないかと、あらつぽく考へたい心が私にある。乱暴な話である。そこまであらつぽく考へる必要はないが、重く見るといふのも変である。この小説は、やはり中野の文園町の家で書いた。中央線に近く、戦災にも焼けなかつた。同じ形の家が、二軒建つてゐた。そのことからこの小説がはじまつてゐる。

「霜の声」昭和十二年新年号の「中央公論」に発表。四十七枚を三日間で書いた。十二月十一日に中央公論社の畑中繁雄君と松下英麿君がそろつて、中野文園の私の家にやつて来た。新年号の小説に一つ穴が開いたといふのだ。締切までにあと三日しかない。その間に書く作家は、君を措いて他にないといふので、やつて来たといふ。かういふ頼み方は失礼だ、次はゆつくり日数をあづけて書いて貰ふから、今度だけはたすけてくれといはれて、私は引きうけた。幸ひ、材料があつたからだ。その日から私は書き出した。締切に間に合はせた。かうしたことは日本文壇の特殊性だと思ふ。締切を定めて、その日までに書きあげる才能が要求されるわけである。おそらく世界のどこにもない現象であらう。日本文学が月刊文壇に左右されてゐる限りは、この現象はつづくであらう。この現象に耐へる作家が出てくるわけだ。どうやら私は、この日本の特殊現象にふさはしい人間のやうだ。自分でわざわざ特殊現象にあてはめる傾向にある。つまり締切日にぎりぎりにならないと、ペンをもたない。困つた習慣である。うろたへて、徹夜をしてしまふ。しかしさうしたことは小説の鑑賞される場合に、何ら条件とならない。作者がいけないだけである。締切日までに百日あらうと、三十日あらうと、毎日機械的に少しづつ書いていくことが私には出来ない。大抵締切までに一ヶ月以上の時日があるが、締切のその日まで頭の中で創つたり、消したり、さんざんに無駄書をしてゐる。そしてペンをとれば、いつも一気呵成に書き上げる私である。一日で五十何枚書き、三日で百枚書いたと伊豆山日記に書いたから、私は人々に呆れられたが、それまでに何ヶ月か考へてゐることは、人々は考慮しない。大変迷惑な話である。

「狂つた花」は昭和十二年三月号の「文芸春秋」に発表した。兜町に出入する中年女を描いたものだが、株のことをもつといま少しくはしくしらべて書いておけばよかつたと思つてゐる。長篇の一節のやうだといつた人がいたが、これはこれだけで私らしい小説である。丹羽好みの人間といふ意味であるが、ことさらかうした人間ばかりに好みがあるわけではない。ひとはどう感じるか知らないが、この女の烈しい生き方に私は共鳴を感じる。そのくせ私には、とても出来ないことを、この女主人公はやつてのける。小説とは或る意味で、作者と相互組合的作用をもつもののやうである。作品からうけた印象で作家を割り切つては、とんでもないことになる。時には反対の場合がある。反対の場合の方が多いのではないかと思はれる。

第一巻の写真は、谷勇吉氏の撮影であつた。そのことを書き落したので、つけ加へたい。第二巻の写真は、磯部達雄氏である。

5010　**丹羽文雄選集　第三巻**

昭和二四年二月二五日　改造社　三六九頁　五五〇円

写真一葉（昭和23年撮影）

愛欲の位置（改造　一九巻六号　昭和一二年六月一日）／女の侮蔑（日本評論　一二巻七号　昭和一二年七月一日）／妻の作品（改造　二〇巻三号　昭和一三年三月一日）／人生案内（改造　二一巻二号　昭和一四年二月一日）／南国抄（日本評論　一四巻四号　昭和一四年四月一日）／継子と顕良（文芸春秋　一七巻一一号　昭和一四年六月一日）／隣人（中央公論　五四年九号　昭和一四年九月一日）／あとがき

＊　附録「丹羽文雄選集　月報三」

井上友一郎　丹羽さんと贅肉／火野葦平　盲腸見舞

〔あとがき〕

「愛欲の位置」昭和十二年六月「改造」に発表する。批評家がこの題材ものを称してマダム物と言つた。マダム物は何篇か書いてゐる。宇野浩二氏は、あまり同じものを書くと言はれたくらゐだが、私としては気のすむまでこの材料にくらひついてゐたかつた。いまだに書き足りたとは思はないが、この小説はさうした気持の強い中で書きあげたものだが、事件があまり生ま生ましすぎて、十分客観化されてゐない。が、それだけに生ま生ましさがむき出しになつてゐる。作者としては不消化な作品だが、とくに選集に入れたかつた。愛欲の作家とありがたくもない名前を頂戴したのも、かうしたものを次から次に書いてゐたからだ。本人としてはそれどころでなかつた。

「女の侮蔑」昭和十二年七月「日本評論」に発表する。モデルは大阪の人で、常識を外れた愛欲に苦しめられてゐた。第三者は、この女主人が一時動き出した方向にしか助言を与へることが出来ないが、事実は、助言は何の役にも立たないのである。泥田に足を没した愛欲の苦悩の姿である。世間体も意地もすててしまつた人間愛欲のおそろしさには、人間は永劫に救はれないものであることを感じさせる。しかし、この男のやうな衝動は、私の中にもある。私はこの男のやうには動けないだけだ。和木清三郎氏が、これをよんだ直後の感想を、

「気持が悪くなつた。こんなに気もちの悪い小説ははじめてだ。」

と言つた。が、和木氏もこの小説が人間性に触れてゐる点は認めてゐた。

「妻の作品」昭和十三年三月「改造」に発表する。これについては別に書くこともない。当時は古谷綱武君がよくあそびに来てゐた。古谷君と話をしてゐる間に、いつとなく頭の中にまとまり上つた小説だつた。

「人生案内」昭和十四年二月「改造」に発表する。これを書きに、日本橋の八洲ホテルにとまつた。片岡鐵兵氏がよくこのホテルを利用してゐたので、氏の紹介で泊つた。締切日に追はれ、半分を先に渡した。こんな経験は私にははじめてである。あとにもさきにも、これが一度きりである。この小説のモデルは、現在も宇和島に居住してゐるやうだ。大阪の写真器《ママ》商を背景に描いたが、地名が一二ヶ所ちがつてゐると、指摘された。が、私は訂正しなかつた。大したことではないからだ。それよりもこの中に使つた「うきことのなほこの上につもれかし」の教訓的な和歌を、さういふ歌はえてして皇族の歌に多いので、昭憲皇太后の歌だと思ひこんでしまつた。それが大変なことになつた。誰かが警視庁に、冒瀆もはなはだしいと投書した。そろそろこの頃から天皇神聖論が幅をきかしはじめてゐた。私は警視庁から呼出をうけた。気味の悪い思ひで、いつた。丹羽が何か不敬なことを書いたさうだと、文壇では噂をしてゐた。刑事がこの歌の作者がちがつてゐる、熊澤蕃山の作だと言つた。

「ああ、さうでしたね。うつかりして、間違ひました」

それで、話はついた。かへりがけに、

「書くときにはよほど注意して下さい。皇室に関したことは、書かない方が安全です」

と教へてくれた。私も、天皇制の被害者の一人と数へられさうだと、今でこそ笑つてすませるが、当時は恐縮した。

この小説は、よきにつけ悪しきにつけ、もつとも私の特色を生かしてゐる。この創作の方法論を、今もなほ固く私は信じてゐる。

「南国抄」昭和十四年四月「日本評論」に発表する。百十二枚である。四国宇和島に近い、四国遍路の一つの町である。古谷綱武君の故郷であつた。古谷君からしよつ中田舎の話をきかされてゐたが、誘はれて、二人は四国に渡つた。のんきな時代で、二人は着流しで旅に出た。別府の観光会から呼ばれて、かへりは別府に渡つた。この小説を書いたため、古谷君はひどい目に遭つた。告訴するとまで事件が発展した。古い町の出来事を書いたため、町では大変な騒ぎになつたらしい。古谷君は急遽故郷にかへり、百方陳弁これつとめた。金おくれと電報がきたので、私は電報為替で送つた。町の主だつた人を一夕招待して、古谷君は平あやまりにあやまつたさうである。古谷綱武が話をしなかつたならば、丹羽文雄はこんな小説を書く筈はないといふので、いぢめられたのである。私の小説の中で、一番モデル問題をおこしたものだ。古谷君とは終戦後一度も逢つてゐないが、私の作品の中には終生古谷君は影となつて登場するわけである。

「継子と顕良」昭和十四年十月《ママ》「文芸春秋」に発表する。この頃漸く幅を利かしはじめてゐたいはゆる大陸ごろを描いた。日本軍部の大陸政策に対する私としての一つの批判となつた。風俗的な意味である。その批判にもつとはつきりした理論がほしいと、武田麟太郎が朝日の文芸時評へ書いてゐたが、私の柄ではない。私としても批判といふはつきりした考へからこれを書いたものではない。結果がさうなつた。先日も大井廣介君がラヂオで、私の作品を云々してゐる時、この小説をあげてゐた。大陸ごろも、一つの歴史的存在だ。作者に批判しようといふはつきりした意識もなく、結果が自づと一つの批判になつてゐるといふことは、往々にある。私はかへつてその方がよいと思ふ。一つの批判のもとに書いてゐるのでは、註釈になる。説明になる。生きた現実をつかむのに、窮屈を覚える。これは私の採らない方法である。勿論人物の解釈、筋の発展、出来事に対する角度には、自づと作者の批判が加はつてのことであるが、私が避けたいのは、いはゆる批判らしい批判が生のままに露出することだ。私の作品に対して、思想がないとか、批判がないなどときまり文句のやうにいふ批評家がいたが、作者は百も承知である。私はさういふ批評家の気に入るやうな思想を露出して、短命に終りたくなかつた。私自身も永生きしたいが、作品の生命も永かれとねがつた。実《まこと》作者の立場を理解した批判は、暁天のやうに少ないやうだ。

「隣人」昭和十四年九月「中央公論」に発表する。これには思想があるのださうで、左翼の評論家もこれを大いに認めてゐた。私はただ、哀れな男を描いたにすぎない。哀れに描くために、永年役所で下積になつてゐた苦悩を描いた。それを描くためには、左翼の批評家の気に入るやうな思想も随所に現れてゐる。私は、宮仕へが嫌だ。私をさして、描写の特権階級といつた人がゐる。面白い批評である。私は描写の巧緻をねらはない。その意味で、名人芸には反撥をもつてゐる。描写すること自体に、五分の恐怖と自覚をもつてゐる。と言つて現在の描写の方法を信頼してゐるわけではない。今後どう変つていくか判らないが、描写することが生命であることには間違ひはない。その意味で特権階級と呼ばれるのなら、いつかうに差支はない。

5011　**丹羽文雄選集　第四巻**
昭和二四年一二月二〇日　改造社
三六五頁　六五〇円　写真一葉（昭和13年撮影）
太宗寺附近（文芸　七巻一二号　昭和一四年一二月一日）／再会（改造　二二巻四号　昭和一五年三月一日）／或る女の半生（中央公論　五五年八号　昭和一五年八月一日）／浅草寺附近（改造　二二巻一八号　昭和一五年一〇月一日）／九年目の土（新潮　三八年一号　昭和一六年一月一日／知性　四巻二号　昭和一六年二月一日）／書翰の人（文芸　九巻二号　昭和一六年二月一日）／あとがき
＊附録「丹羽文雄選集　月報四」
尾崎一雄　昔話／田宮虎彦　丹羽さんのこと
〔あとがき〕
「太宗寺附近」は昭和十四年十二月号の「文芸」に発表した。新宿の太宗寺が背景なので、スケッチをしにあのあたりをぐるぐると歩いた。鈴懸の街路樹の影に交番があつた。雨ざらしの六地蔵があつた。西洋風の共同便所、映画館、本堂など、をかしな配置であつた。この小説はスケッチをとりに歩いたために半分出来上つたやうなものである。歩かなかつたならば、こんな雰囲気は出せなかつたと思ふ。私の小説の特色が強く出てゐる。検閲にひつかかつた。襖越しに悩まされずに今夜から眠ることが出来ると書いたところ、エロだと言はれた。今日の状態から考へると、嘘みたいな検閲であつた。もつとも私は或る情報官から、一度はやつてやるぞと睨まれてゐた。最近の石坂洋次郎君の発禁解消問題を思ふと、夢のやうである。注意だけをうけて、発禁の憂目はみないですんだが、以後固くなつてしまつたのは事実である。
「再会」は昭和十五年三月号の「改造」に発表した。自分といふ形で出してゐるが、大部分私小説である。二十年目に私の父と母が再会したのが事実談であり、この事件は報知新聞の社会欄に出されて恥しい思ひをした。後日「厭がらせの年齢」を書かずにはゐられなかつた私だが、この当時はまだそれほどにも感じてゐなかつた。しかし十分その材料は私の周囲に準備されてゐた。室生さんに朝日紙上で好意ある批評をされたことを記憶してゐる。また或る人は、これまでの私は自分といふものを見せなかつたが、これには思はず正体を見せたところがあり、その点が興味があると批評をされた。
「或る女の半生」昭和十五年八月号の「中央公論」に出した。これは冒険をした小説であつた。小説に必要なデテールを抹殺した。それでも小説として成立するといふことを試してみたかつた。これにはモデルがある。モデルに対しては、亡夫の墓を建てるといふ知らせに接して、稿料の半分を送つた。デテールを抹殺した小説形式が、問題になつた。私は小説を書きはじめる時、頭の中で考へてから筆を下すといふのでなく、書いていく内にいろいろな形になつてしまふのだ。これは書きはじめると、デテールが面倒くさくなり、抹殺してやれといふ気になつた。自信があつたわけではないが、出来上ると、そんなに不安でもなくなつた。こんな形もあるのだと思つた。しかしこの冒険はあくまでも短篇的であるといふ気がした。以前の小説は今よみ直してみると、やはり以前といふ感じがするが、この小説だけはそんな感じがあまりしない。デテールの少ないせゐであらうか。すると小説が古くなつていく部分は、思想にあるのでなく、何でもないデテールの面がまつ先に古くなるのではないのだらうかといふことが考へられる。

「浅草寺附近」は昭和十五年十月号の「改造」に発表したが、この頃からそろそろ風当りが強くなり出した。日華事変なるものが、段々と思はしくいかなくなりはじめたからだ。私は筆をとるのに窮屈な思ひを味つた。「太宗寺附近」の例もあるので、慎重を期した。すると或る批評家が、この時代に作家も同じやうに敏感になつてゐると指摘した。今日では、この言葉は皮肉なからかひになるが、当時は、批評家自身も敏感になつてゐることを説明しようとして、さう書いたものである。小説家は弱いものだ。ことに日本のやうな状態では、作家は抗議する力をもたない。作家は政府から何ら保護をうけてゐなかつた。利用するだけは利用され、作家の基本的人権など少しも認められてはゐなかつた。私はまるで手品師のやうに、検閲の網にひつかからない範囲で、己を生かすにはどうしたらよいかと苦心した。迎合するなど、本質的に私には出来なかつた。迎合の是非を考へてから、反対をするといふよりも、最初から迎合が出来ないのだ。このことは段々と私が小説を書かなくなつたことで証明出来る。せいぜい昭和十五年までが華で、翌年からは二作か三作しか書いてゐない。文化人の基本的人権がみとめられてゐる今日の時代は、まことにありがたいものである。ありがたいと思ふほど、私たちはゆがめられてゐたことになる。

「九年目の土」は昭和十六年一月号の「新潮」に二十六枚といふ形で発表し、同じ年の六月《ママ》に「知性」にのこりの二十二枚を出した。九年目に私は、生れた崇顕寺の國《ママ》をまたぐことが出来た。それまで私は勘当状態にあつた。坊主であつた私は家出したので、直ちに廃嫡となつた。僧籍はとりあげられた。九年目にゆるされて、わが家にはいつた私は感慨無量であつた。それを書いた。この生れた寺も戦災でみごとに焼けてしまつた。私の目には、九年目に楓の一畳大の机に向かひ、父と養母、弟妹と顔を会はせた時のことが浮かび上る。私は本堂にいつて、弥陀の顔をしみじみと拝した。この小説の中で、具体的描写以外に作者がお喋りをはじめてゐる。今までになかつた形である。それを烱眼にも発見して、丹羽文雄は変ると予言したのが、横光利一氏である。私自身にも気がつかなかつたことである。今日の私の小説にはお喋りが多い。ことに「哭壁」なる長篇は全篇私の言葉が横溢してゐるので、よみづらいものになつてゐるが、かうなる最初の小説がこの小説だつた。その点だけでも横光利一氏は忘れられない。

「書翰の人」は昭和十六年二月号の「文芸」に発表する。これはモデル小説である。或る先輩の恋愛事件にまきこまれ、別れ上手と妙な噂を立てられてゐた私が、女と別れる場面に引き出された。女には憎まれた。先輩からも誤解された。先輩の友人はみんな手を引いてしまつた事件に、後輩の私がのり出した。先輩の奥さんに依頼されたことにもよるが、貧乏籤を引くことの馬鹿馬鹿しさも考へなかつた。さうしてあげなければ気の毒だと思つたからだ。私の生き方には、往々にしてこの種のおせつかいなところがあるやうだ。さういふ性質だから、仕方がない。たとへば現在の私は、後輩の小説をよくよむ。よめば何か一ト言いふ。生原稿もよむ。これは昔私が無名作家時代に或る人に一流雑誌でほめられたよろこびが忘れられず、そのよろこびを若い人に伝へたいといふ考へにすぎない。努力がいる。しかし努力することが私自身に満足なのだ。私のおめでたさは、すでに「書翰の人」に十分に現れてゐる。それについて、私は少しも後悔してゐない。今後も後悔しないであらう。

iii　丹羽文雄文庫

全一〇〇巻既刊二五
昭和二八年一一月一日〜昭和三〇年一二月一五日
東方社　B6判　紙装　角背　帯　須田壽装幀
新字旧仮名

＊　四巻以後各巻に十返肇「解説」。
新作五〇巻旧作五〇巻の全一〇〇巻として企画されるが、二五巻で中絶した。最終巻となった二五巻には文庫完結に関する記載は見られないが、角川書店版『丹羽文雄作品集』の完結直前に出版された『其日の行為』（昭和三二年四月二五日　東方社1205）巻末広告に、「丹羽文雄文庫は全25巻で都合により終了」とあり、『丹羽文雄作品集』出版によって文庫が中止されたと考えられる。
なお丹羽の自筆メモ（四日市市立図書館蔵）には三〇巻までの収録作品の記載がある。
二六巻「愛欲」（愛欲　山里　籠眼　逆縁　山村の静　霜境）
二七巻「水汲み」（水汲み　日記　植物　禁猟区　船方　風引　袴　開かぬ門　髭　葉桜　真珠　瓢簞を撫でる　海の色）
二八巻「こほろぎ」（こほろぎ　岐路　漁村日日　自分の巣　S子）
二九巻「罪戻」（罪戻　女の階段　或る女の半生　吹雪　移つて来た街　九年目の土）
三〇巻「再会」（再会　感性の秋　架空研究会　荊棘萌え初め　劇場の廊下にて　雨　風俗）
また帯の刊行予定には「青葉の虫」（二五巻収録）「劇場の廊下にて」「柔媚の人」「恋文」「女靴」「告白」「世間しらず」がある。刊行予定は変更が多いため、すべて掲載した。

5012　**丹羽文雄文庫　1　理想の良人**
昭和二八年一一月一日　東方社
三二一頁　二四〇円
理想の良人（人間　二巻二号　昭和二二年二月一日）／錯覚（風雪　一巻一号　昭和二二年一月一五日）／魚と女房達（人間別冊一集　昭和二二年一二月一日）／女商（新人　二六巻七号　昭和二一年一〇月一日）／型置更紗（小説と読物　二巻九号　昭和二二年一〇月一日）／夢想家（新文芸　一巻三号　昭和二一年六月一〇日）
〔帯〕表〈丹羽文雄文庫／内容／理想の良人／錯覚／魚と女房達／女商／型置更紗／夢想家／全100巻刊行　東方社版〉背〈丹

羽文雄文庫1〉裏〈丹羽文雄文庫／理想の良人　10月／鬼子母神界隈　11月／貞操切符　12月／藍染めて　1月／（毎月1回配本）／定価240円／地方定価245円〉

5013　丹羽文雄文庫　2　鬼子母神界隈

昭和二八年一二月一五日　東方社
三〇〇頁　二三〇円

鬼子母神界隈（新生　二巻一〇号　昭和二一年一〇月一日）／幸福（改造　二九巻一号　昭和二三年一月一日）／憎悪（評論　二号　昭和二一年三月一日）／六軒（新潮　四四年二号　昭和二二年二月一日）／父の記憶（社会　二巻一〇号　昭和二二年一二月一日）／人間図（原題「人間模様」　日本小説　創刊号　昭和二二年五月一日）／人と獣の間（新人　二五巻一二号　昭和二一年三月一日）／雑草（文芸　四巻五号　昭和二二年六月一日）

〔帯〕表〈丹羽文雄文庫／内容／鬼子母神界隈／幸福／憎悪／六軒／父の記憶／人間図／人と獣の間／雑草／全100巻刊行　東方社版〉背〈丹羽文雄文庫2〉裏〈丹羽文雄文庫／1　理想の良人　10月／2　鬼子母神界隈　11月／3　貞操切符　12月／4　藍染めて　1月／（毎月1回配本）／定価230円／地方定価235円〉

5014　丹羽文雄文庫　3　貞操切符

昭和二九年一月一五日　東方社
三五二頁　二四〇円

貞操切符（主婦と生活　七巻六号～八巻一二号　昭和二七年六月一日～昭和二八年一一月一日　一八回）

〔帯〕表〈丹羽文雄文庫　新作長篇／女性のみに持たされる貞操切符とは？　女の生態、男の横暴と弱点を鋭く追求した絢爛たる問題作／全100巻刊行　東方社版〉背〈丹羽文雄文庫3〉裏〈丹羽文雄文庫／1　理想の良人　10月／2　鬼子母神界隈　11月／3　貞操切符　12月／4　藍染めて　1月／5　勤王届出　2月／6　女の侮蔑　3月／7　海戦　4月／8　人生案内　5月／9　煩悩具足　6月／毎月1回配本　全国の書店にあります。五巻以降は予定でありますので新作が挿入される場合は配本順が変更されます。／定価240円／地方定価245円〉

5015　丹羽文雄文庫　4　藍染めて

昭和二九年二月一〇日　東方社
三一六頁　二四〇円

藍染めて（新女苑　一巻一～七号　昭和一二年一月一日～七月一日　七回）／世帯合壁（文明　一巻八号　昭和二一年一〇月一日）／芸術家（文学界　一巻一～二号　昭和二二年六月二〇日～七月二五日　二回）／晋州（小説公園　一巻八号　昭和二五年一一月一日）／小鳩（オール読物　六巻九号　昭和一一年九月一日）

＊十返肇「解説」（一～三巻の作品解説を含む）295-316頁

〔帯〕未確認

5016　丹羽文雄文庫　5　勤王届出

昭和二九年三月一〇日　東方社
三一二頁　二四〇円

勤王届出（大観堂『勤王届出』昭和一七年三月二〇日「実歴史」改題　知性　四巻一一～一二号　昭和一六年一一月一日～一二月一日　二回）／浅草寺附近（改造　二二巻一八号　昭和一五年一〇月一日）／鶴（三田文学　八巻三号　昭和八年三月一日）／象形文字（改造　一六巻四号　昭和九年四月一日）／板塀（新潮　五〇年六号　昭和二八年六月一日）／十返肇「解説」307-312頁

〔帯〕表〈丹羽文雄文庫　新作長篇／内容／勤王届出／浅草寺附近／鶴／象形文字／板塀／解説／十返肇／全100巻刊行　東方社版〉背〈丹羽文雄文庫5〉裏〈丹羽文雄文庫／1　理想の良人　10月／2　鬼子母神界隈　11月／3　貞操切符　12月／4　藍染めて　1月／5　勤王届出　2月／6　女の侮蔑　3月／7　海戦　4月／8　人生案内　5月／9　煩悩具足　6月／毎月1回配本　全国の書店にあります。六巻以降は予定でありますので新作が挿入される場合は配本順が変更されます。／定価240円／地方定価245円〉

5017　**丹羽文雄文庫　6　女の侮蔑**

昭和二九年四月二〇日　東方社

三三四頁　二四〇円

怒濤（改造　二三巻一一号　昭和一六年六月一日）／三日坊主（行動　二巻九号　昭和九年九月一日）／守礼の門（文芸春秋　二六巻二号　昭和二三年二月一日）／女の侮蔑（日本評論　一二巻七号　昭和一二年七月一日）／隣人（中央公論　五四年九号　昭和一四年九月一日）／南国抄（日本評論　一四巻四号　昭和一四年四月一日）／十返肇「解説」329-334頁

〔帯〕表〈丹羽文雄文庫　新作長篇／内容／怒濤／三日坊主／守礼の門／女の侮蔑／隣人／南国抄／解説／十返肇／全100巻刊行　東方社版／定価240円／地方定価245円〉背〈丹羽文雄文庫6〉裏〈毎月1回配本　丹羽文雄文庫　全百巻刊行　旧作50巻新作50巻／1　理想の良人　二四〇／2　鬼子母神界隈　二三〇／3　貞操切符　二四〇／4　藍染めて　二四〇／5　勤王届出　二四〇／6　女の侮蔑　二四〇／7　海戦　四月／8　人生案内　五月／9　煩悩具足　六月／10　東京いそっぷ噺　七月／11　こほろぎ　八月／12　純情　九月／13　劇場の廊下　十月／14　柔媚の人　十一月／15　青葉の虫　十二月／16　東京の女性　一月／17　告白　二月／18　天の樹　三月／19　愛人　四月／20　女靴　五月／21　恋文　六月／22　世間知らず　七月／23　女の階段　八月〉

5018　**丹羽文雄文庫　7　海戦**

昭和二九年五月二〇日　東方社

三三一頁　二六〇円

海戦（中央公論　五七年一一号　昭和一七年一一月一日）／雨跡（サンデー毎日　二九巻一二～二七号　昭和二五年三月一九日～七月二日　一六回）／十返肇「解説」327-331頁

〔帯〕表〈丹羽文雄文庫　長篇／内容／海戦／雨跡／解説／十返肇／全100巻刊行　東方社版／定価260円／地方定価265円〉背〈丹羽文雄文庫7〉裏〈毎月1回配本　丹羽文雄文庫　全百巻刊行　旧作50巻新作50巻／1　理想の良人　二四〇／2　鬼子母神界隈　二三〇／3　貞操切符　二四〇／4　藍染めて　二四〇／5　勤王届出　二四〇／6　女の侮蔑　二四〇／7　海

戦　四月／8　人生案内　五月／9　煩悩具足　六月／10　東京いそっぷ噺　七月／11　こほろぎ　八月／12　純情　九月／13　劇場の廊下にて　十月／14　柔媚の人　十一月／15　青葉の虫　十二月／16　東京の女性　一月／17　告白　二月／18　天の樹　三月／19　愛人　四月／20　女靴　五月／21　恋文　六月／22　世間知らず　七月／23　女の階段　八月〉

5019　**丹羽文雄文庫　8　女は恐い**
昭和二九年六月一〇日　東方社
三二二頁　二六〇円

女は恐い（文芸春秋　三二巻六号　昭和二九年四月一日）／暗礁（小説新潮　八巻八号　昭和二九年六月一日）／水蓮（別冊小説新潮　八巻六号　昭和二九年四月一五日）／首相官邸（オール読物　八巻一二号　昭和二八年一二月一日）／三枝の表情（改造　三四巻一一号　昭和二八年九月一日）／母の日（群像　八巻一一号　昭和二八年一〇月一日）／十返肇「解説」317-322頁

〔帯〕表〈丹羽文雄文庫　新作篇／内容／女は恐い／暗礁／水蓮／首相官邸／三枝の表情／母の日／解説／十返肇／全100巻刊行　東方社版／定価260円／地方定価265円〉背〈丹羽文雄文庫　8〉裏〈毎月1回配本　丹羽文雄文庫　全百巻刊行　旧作50巻　新作50巻／1　理想の良人　二四〇／2　鬼子母神界隈　二三〇／3　貞操切符　二四〇／4　藍染めて　二四〇／5　勤王届出　二四〇／6　女の侮蔑　二四〇／7　海戦　四月／8　人生案内　五月／9　煩悩具足　六月／10　東京いそっぷ噺　七月／11　こほろぎ　八月／12　純情　九月／13　劇場の廊下にて　十月／14　柔媚の人　十一月／15　青葉の虫　十二月／16　東京の女性　一月／17　告白　二月／18　天の樹　三月／19　愛人　四月／20　女靴　五月／21　恋文　六月／22　世間知らず　七月／23　女の階段　八月〉

5020　**丹羽文雄文庫　9　人生案内**
昭和二九年七月一〇日　東方社
三四〇頁　二六〇円

書翰の人（文芸　九巻二号　昭和一六年二月一日）／甲羅類（早稲田文学　一巻二号　昭和九年七月一日）／贅肉（中央公論　四九年八号　昭和九年七月一五日）／人生案内（改造　二一巻二号　昭和一四年二月一日）／愛欲の位置（改造　一九巻六号　昭和一二年六月一日）／この絆（改造　一八巻二号　昭和一一年二月一日）／霜の声（中央公論　五二年一号　昭和一二年一月一日）／十返肇「解説」335-340頁

〔帯〕表〈丹羽文雄文庫／内容／書翰の人／甲羅類／贅肉／人生案内／愛欲の位置／この絆／霜の声／解説／十返肇／全100巻刊行　東方社版／定価260円／地方定価265円〉背〈丹羽文雄文庫　9〉裏〈毎月1回配本　丹羽文雄文庫　全百巻刊行　旧作50巻　新作50巻／1　理想の良人　二四〇／2　鬼子母神界隈　二三〇／3　貞操切符　二四〇／4　藍染めて　二四〇／5　勤王届出　二四〇／6　女の侮蔑　二四〇／7　海戦　四月／8　人生案内　五月／9　煩悩具足　六月／10　東京いそっぷ噺　七月／11　こほろぎ　八月／12　純情　九月／13　劇場の廊下にて　十月／14　柔媚の人　十一月／15　青葉の虫　十二月／16　東京の女性　一月／17　告白　二月／18　天の樹　三月／19　愛人　四月／20　女靴　五月／21　恋文　六月／22　世間

知らず　七月／23　女の階段　八月〉

5021　**丹羽文雄文庫　10　煩悩具足**

昭和二九年八月一〇日　東方社

二五九頁　二四〇円

煩悩具足（文芸春秋　一三巻八号　昭和一〇年八月一日）／隣の人（原題「隣人」　改造　三三巻一二号　昭和二七年九月一日）／鮎（文芸春秋　一〇巻四号　昭和七年四月一日）／たらちね（文芸　八巻一号　昭和二六年一月一日）／故郷の山河（小説公園　二巻二号　昭和二六年二月一日）／山ノ手線（行動　三巻八号　昭和一〇年八月一日）／太宗寺附近（文芸　七巻一二号　昭和一四年一二月一日）／十返肇「解説」254-259頁

〔帯〕表〈丹羽文雄文庫／内容／煩悩具足／隣の人／鮎／たらちね／故郷の山河／山ノ手線／太宗寺附近／解説／十返肇／全100巻刊行　東方社版／定価240円／地方定価245円〉背〈丹羽文雄文庫10〉裏〈毎月1回配本　丹羽文雄文庫　全百巻刊行　旧作50巻新作50巻／1　理想の良人　二四〇／2　鬼子母神界隈　二三〇／3　貞操切符　二四〇／4　藍染めて　二四〇／5　勤王届出　二四〇／6　女の侮蔑　二四〇／7　海戦　二六〇／8　女は恐い　二六〇／9　人生案内　二六〇／10　煩悩具足　二四〇／11　東京いそっぷ噺　八月／12　愛人　九月／13　東京の女性　十月／14　天の樹　十一月／15　こほろぎ　十二月／16　純情　一月／17　劇場の廊下にて　二月／18　青葉の虫　三月／19　告白　四月／20　女靴　五月／21　恋文　六月／22　世間知らず　七月／23　女の階段　八月〉

5022　**丹羽文雄文庫　11　東京いそっぷ噺**

昭和二九年九月一〇日　東方社

三三六頁　二六〇円

東京いそっぷ噺（中央公論　六九年二号　昭和二九年二月一日）／鷹の目（小説公園　四巻一一号　昭和二八年一一月一日）／悪の宿（小説新潮　七巻一三号　昭和二八年一〇月一日）／波の蝶（小説新潮　八巻一号　昭和二九年一月一日）／欲の果て（別冊文芸春秋　三六号　昭和二八年一〇月二八日）／十返肇「解説」331-336頁

〔帯〕表〈丹羽文雄文庫　新作篇／内容／東京いそっぷ噺／鷹の目／悪の宿／波の蝶／欲の果て／解説／十返肇／全100巻刊行　東方社版／定価260円／地方定価265円〉背〈丹羽文雄文庫11〉裏〈毎月1回配本　丹羽文雄文庫　全百巻刊行　旧作50巻新作50巻／1　理想の良人　二四〇／2　鬼子母神界隈　二三〇／3　貞操切符　二四〇／4　藍染めて　二四〇／5　勤王届出　二四〇／6　女の侮蔑　二四〇／7　海戦　二六〇／8　女は恐い　二六〇／9　人生案内　二六〇／10　煩悩具足　二四〇／11　東京いそっぷ噺　八月／12　愛人　九月／13　東京の女性　十月／14　天の樹　十一月／15　こほろぎ　十二月／16　純情　一月／17　劇場の廊下にて　二月／18　青葉の虫　三月／19　告白　四月／20　女靴　五月／21　恋文　六月／22　世間知らず　七月／23　女の階段　八月〉

5023　**丹羽文雄文庫　12　純情**

昭和二九年一〇月一〇日　東方社

二九八頁　二六〇円

純情（夕刊新大阪　昭和二三年七月一日～一二月一二日　一六一回）／十返肇「解説」293-298頁
〔帯〕表〈丹羽文雄文庫　名作長篇（解説・十返肇）／女たらし！／女の顔の一つ一つが器用に思い出せない。どうでもよくなる。悔いはない。どの女にも誠実をつくした。策略もなく翻弄もしなかつた。／暴力と金銭に青春を押潰されてきた女との最後の恋の行手にあるのは死のみなのか？／全100巻刊行　東方社版／定価260円／地方定価265円〉背〈丹羽文雄文庫12〉裏〈毎月1回配本　丹羽文雄文庫　全百巻刊行　旧作50巻新作50巻／1　理想の良人　二四〇／2　鬼子母神界隈　二三〇／3　貞操切符　二四〇／4　藍染めて　二四〇／5　勤王届出　二四〇／6　女の侮蔑　二四〇／7　海戦　二六〇／8　女は恐い　二六〇／9　人生案内　二六〇／10　煩悩具足　二四〇／11　東京いそっぷ噺　二六〇／12　純情　二六〇　九月／13　愛人　十月／14　東京の女性　十一月／15　天の樹　十二月／16　こほろぎ　一月／17　劇場の廊下　二月／18　青葉の虫　三月／19　告白　四月／20　女靴　五月／21　恋文　六月／22　世間知らず　七月／23　女の階段　八月〉

5024　**丹羽文雄文庫　13　愛人**
昭和二九年一一月一〇日　東方社
三一五頁　二六〇円
愛人（大阪日日新聞、四国新聞ほか朝日系地方新聞　昭和二四年四月～一〇月　一五〇回）／十返肇「解説」310-315頁
〔帯〕表〈丹羽文雄文庫　名作長篇／（解説・十返肇）／結婚と職業が両立し得ないことを女は知つている。町子もまた恋愛を在来の結婚の形式にもつてゆこうとはしなかつた。しかし愛の対象を得て、肉体の変化と共に精神も苦しめながら、理想の恋愛像の崩壊に何の不満も感じなくなるのは？／女性の生理の秘密の悲劇ではなかろうか？／全100巻刊行　東方社版／定価260円／地方定価265円〉背〈丹羽文雄文庫13〉裏〈毎月1回配本　丹羽文雄文庫　全百巻刊行　旧作50巻新作50巻／1　理想の良人　二四〇／2　鬼子母神界隈　二三〇／3　貞操切符　二四〇／4　藍染めて　二四〇／5　勤王届出　二四〇／6　女の侮蔑　二四〇／7　海戦　二六〇／8　女は恐い　二六〇／9　人生案内　二六〇／10　煩悩具足　二四〇／11　東京いそっぷ噺　二六〇／12　純情　二六〇　九月／13　愛人　二六〇／14　東京の女性　十一月／15　天の樹　十二月／16　こほろぎ　一月／17　劇場の廊下　二月／18　青葉の虫　三月／19　告白　四月／20　女靴　五月／21　恋文　六月／22　世間知らず　七月／23　女の階段　八月〉

5025　**丹羽文雄文庫　14　東京の女性**
昭和二九年一二月二〇日　東方社
三二二頁　二六〇円
東京の女性（報知新聞　昭和一四年一月二二日～六月一六日　一四五回）／十返肇「解説」318-322頁
〔帯〕表〈丹羽文雄文庫　名作長篇（解説・十返肇）／少女時代の潔癖をもちつづける女性が、セールスマンの荒々しい勝負の世界で、どう生きるのか？／喰うか、喰われるかの世界を男性にひとしい位置にまで進むには、自分でも潤いを失つてゆくと自覚しつつ、恋に自己のすべてを賭けることも出来ず、愛人

をも失つて行く。／「東京の女性」節子の悲劇は職業と討死する覚悟の女性の悲劇である！／全100巻刊行　東方社版／定価260円／地方定価265円〉背〈丹羽文雄文庫14〉裏〈毎月1回配本　丹羽文雄文庫　全百巻刊行　旧作50巻新作50巻／1　理想の良人　二四〇／2　鬼子母神界隈　二三〇／3　貞操切符　二四〇／4　藍染めて　二四〇／5　勤王届出　二四〇／6　女の侮蔑　二四〇／7　海戦　二六〇／8　女は恐い　二六〇／9　人生案内　二六〇／10　煩悩具足　二四〇／11　東京いそっぷ噺　二六〇／12　純情　二六〇　九月／13　愛人　二六〇／14　東京の女性　二六〇／15　天の樹　十二月／16　こほろぎ　一月／17　劇場の廊下にて　二月／18　青葉の虫　三月／19　告白　四月／20　女靴　五月／21　恋文　六月／22　世間知らず　七月／23　女の階段　八月〉

5026　**丹羽文雄文庫　15　天の樹**

昭和三〇年一月二五日　東方社
三二七頁　二六〇円

天の樹（東京新聞　夕刊　昭和二六年二月二二日～八月一五日　一七五回）／十返肇「解説」322-327頁

〔帯〕表〈丹羽文雄文庫　名作長篇（解説・十返肇）／愛情や誠実は無償の行為であると覚悟はしていても、現実に報われぬ場合はやはり悲しい。／愚かともみえる善良な田茂井。しかし我々の心の中には田茂井が一人ずつ棲んでいるのではなかろうか？／そしてそれは、現代人の虚無で混乱した現実から抜け出す、一つの救いではないのか。／全100巻刊行　東方社版／定価260円／地方定価265円〉背〈丹羽文雄文庫15〉裏〈毎月1回配本　丹羽文雄文庫　全百巻刊行　旧作50巻新作50巻／1　理想の良人　二四〇／2　鬼子母神界隈　二三〇／3　貞操切符　二四〇／4　藍染めて　二四〇／5　勤王届出　二四〇／6　女の侮蔑　二四〇／7　海戦　二六〇／8　女は恐い　二六〇／9　人生案内　二六〇／10　煩悩具足　二四〇／11　東京いそっぷ噺　二六〇／12　純情　二六〇　九月／13　愛人　二六〇／14　東京の女性　二六〇／15　天の樹　二六〇／16　野の女　一月／17　当世胸算用　二月／18　こほろぎ　三月／19　劇場の廊下にて　四月／20　青葉の虫　五月／21　告白　六月／22　女靴　七月／23　恋文　八月／24　世間知らず　九月／25　女の階段　十月〉

5027　**丹羽文雄文庫　16　野の女**

昭和三〇年二月二五日　東方社
二六七頁　二六〇円

野の女（週刊朝日別冊　二号　昭和二九年六月一〇日）／気紛れの線（世界　一〇九号　昭和三〇年一月一日）どぶ漬（群像　一〇巻一号　昭和三〇年一月一日）／七の子をなすとも（週刊朝日別冊　六号　昭和二九年一二月一〇日）／襤褸の匂い（別冊文芸春秋　四一号　昭和二九年八月二八日）／青麦（第二部）（文学界　八巻一〇号　昭和二九年一〇月一日）／路地（文芸春秋　二九巻四号　昭和二六年三月一日）／十返肇「解説」262-267頁

〔帯〕表〈丹羽文雄文庫　新作篇／内容／野の女／気紛れの線／どぶ漬／七の子をなすとも／襤褸の匂い／青麦拾遺／路地／解説／十返肇／全100巻刊行　東方社版／定価260円／地方定価265

円〉背〈丹羽文雄文庫16〉裏〈毎月1回配本　丹羽文雄文庫全百巻刊行　旧作50巻新作50巻／1　理想の良人　二四〇／2　鬼子母神界隈　二三〇／3　貞操切符　二四〇／4　藍染めて　二四〇／5　勤王届出　二四〇／6　女の侮蔑　二四〇／7　海戦　二六〇／8　女は恐い　二六〇／9　人生案内　二六〇／10　煩悩具足　二四〇／11　東京いそっぷ噺　二六〇／12　純情　二六〇　九月／13　愛人　二六〇／14　東京の女性　二六〇／15　天の樹　二六〇／16　野の女　二六〇／17　こほろぎ　近刊／18　劇場の廊下にて　〃／19　青葉の虫　〃／20　告白　〃／21　女靴　〃／22　恋文　〃／23　世間知らず　〃／24　女の階段　〃〉

5028　**丹羽文雄文庫　17　魚紋**
昭和三〇年三月二五日　東方社
三五七頁　二八〇円

魚紋（時事新報　夕刊　昭和二九年六月八日～一二月五日　一八〇回）／十返肇「解説」353-357頁
〔帯〕表〈丹羽文雄文庫　新作長篇（解説・十返肇）／父祖の代から封建的主従関係を強いられた男がながい間の奴隷的境遇から自己の内部に発生した劣弱意識に耐えきれず主人一柳を没落の淵に叩きのめし一柳の死後はその妻妾を自分のものすることによつて復讐しようとする過程を中心に彼の長男長女の恋をからませ、主人の娘、行動的な現代女性アサ子をはいし新旧世代の感情と相剋を描く長篇傑作！／全100巻刊行　東方社版／定価280円／地方定価285円〉背〈丹羽文雄文庫17〉裏〈毎月1回配本　丹羽文雄文庫　全百巻刊行　旧作50巻新作50巻／1　理想の良人　二四〇／2　鬼子母神界隈　二三〇／3　貞操切符　二四〇／4　藍染めて　二四〇／5　勤王届出　二四〇／6　女の侮蔑　二四〇／7　海戦　二六〇／8　女は恐い　二六〇／9　人生案内　二六〇／10　煩悩具足　二四〇／11　東京いそっぷ噺　二六〇／12　純情　二六〇　九月／13　愛人　二六〇／14　東京の女性　二六〇月／15　天の樹　二六〇／16　野の女　二六〇／17　魚紋　二八〇／18　こほろぎ　近刊／19　劇場の廊下にて　〃／20　青葉の虫　〃／21　告白　〃／22　女靴　〃／23　恋文　〃／24　世間知らず　〃／25　女の階段　〃〉

5029　**丹羽文雄文庫　18　舞台界隈**
昭和三〇年四月二五日　東方社
二九五頁　二六〇円

舞台界隈（群像　九巻一〇号　昭和二九年九月一日）／未亡人（小説新潮　七巻八号　昭和二八年八月一日）／懺悔（別冊小説新潮　八巻一〇号　昭和二九年七月一五日）／薄色の封筒（別冊文芸春秋　四〇号　昭和二九年七月三日）／異国（小説新潮　昭和二九年六月一日）／煩悩腹痛記（オール読物　九巻九号　昭和三〇年二月一日）／息子（文芸　一一巻六号　昭和二九年九月一日）／市井事（別冊文芸春秋　三四号　昭和二八年六月二八日）／十返肇「解説」290-295頁
〔帯〕表〈丹羽文雄文庫　新作篇／内容／舞台界隈／未亡人／懺悔／薄色の封筒／異国／息子／煩悩腹痛記／市井事／解説／十返肇／全100巻刊行　東方社版／定価260円／地方定価265円〉背〈丹羽文雄文庫18〉裏〈毎月1回配本　丹羽文雄文庫　全百巻

刊行　旧作50巻新作50巻／1　理想の良人　二四〇／2　鬼子母神界隈　二三〇／3　貞操切符　二四〇／4　藍染めて　二四〇／5　勤王届出　二四〇／6　女の侮蔑　二四〇／7　海戦　二六〇／8　女は恐い　二六〇／9　人生案内　二六〇／10　煩悩具足　二四〇／11　東京いそっぷ噺　二六〇／12　純情　二六〇　九月／13　愛人　二六〇／14　東京の女性　二六〇／15　天の樹　二六〇／16　野の女　二六〇／17　魚紋　二八〇／18　舞台界隈　二六〇／19　こほろぎ　近刊／20　劇場の廊下にて　〃／21　青葉の虫　〃／22　告白　〃／23　女靴　〃／24　世間知らず　〃／25　女の階段　〃〉

5030　**丹羽文雄文庫　19　当世胸算用**

昭和三〇年五月二五日　東方社

二八七頁　二六〇円

当世胸算用（中央公論　六四年九～一二号　昭和二四年九月一日～一二月一日　四回）／東京どろんこオペラ（小説新潮　四巻四号　昭和二五年四月一日）／秋（街　大正一五年一〇月一日）／十返肇「解説」282-287頁

〔帯〕表〈丹羽文雄文庫　名作長篇　（解説・十返肇）／百四十軒、あらゆる商売が寄り集つている。／商売は儲けた方が勝ち、情容赦はないんだ、どの店主もそう思つてはいる、弱肉強食。見捨てられ希望を失つていく人もある。客もさまざま、あらゆる階級の人々がそれぞれの人生を生きている。今日を生きている、明日を知れない人生を。人間が幸福のために生まれてきたものであることは、確かに全自然が教えている、と言つたのは誰か。／全100巻刊行　東方社版／定価260円／地方定価265円〉背〈丹羽文雄文庫19〉裏〈毎月1回配本　丹羽文雄文庫　全百巻刊行　旧作50巻新作50巻／1　理想の良人　二四〇／2　鬼子母神界隈　二三〇／3　貞操切符　二四〇／4　藍染めて　二四〇／5　勤王届出　二四〇／6　女の侮蔑　二四〇／7　海戦　二六〇／8　女は恐い　二六〇／9　人生案内　二六〇／10　煩悩具足　二四〇／11　東京いそっぷ噺　二六〇／12　純情　二六〇　九月／13　愛人　二六〇／14　東京の女性　二六〇／15　天の樹　二六〇／16　野の女　二六〇／17　魚紋　二八〇／18　舞台界隈　二六〇／19　こほろぎ　近刊／20　劇場の廊下にて　〃／21　青葉の虫　〃／22　告白　〃／23　女靴　〃／24　世間知らず　〃／25　女の階段　〃〉

5031　**丹羽文雄文庫　20　毎年の柿**

昭和三〇年七月一〇日　東方社

二七八頁　二六〇円

毎年の柿（小説新潮　八巻一六号　昭和二九年一二月一日）／虫（小説新潮　八巻一三号　昭和二九年一〇月一日）／街の草（新潮　五二年一号　昭和三〇年一月一日）／隣家（小説新潮　八巻九号　昭和二九年七月一日）／目撃者（別冊文芸春秋　四二号　昭和二九年一〇月二八日）／彫物師（小説新潮　八巻三号　昭和二九年二月一日）／生理（別冊小説新潮　九巻二号　昭和三〇年一月一五日）／邂逅（サンデー毎日　中秋特別号　昭和二九年一〇月）／十返肇「解説」273-278頁

〔帯〕表〈丹羽文雄文庫　新作篇／内容／毎年の柿／虫／街の草／隣家／目撃者／彫物師／生理／邂逅／解説／十返肇／全100巻刊行　東方社版／定価260円／地方定価265円〉背〈丹羽文雄文

庫20〉裏〈毎月1回配本　丹羽文雄文庫　全百巻刊行　旧作50巻新作50巻／1　理想の良人　二四〇／2　鬼子母神界隈　二三〇／3　貞操切符　二四〇／4　藍染めて　二四〇／5　勤王届出　二四〇／6　女の侮蔑　二四〇／7　海戦　二六〇／8　女は恐い　二六〇／9　人生案内　二六〇／10　煩悩具足　二四〇／11　東京いそっぷ噺　二六〇／12　純情　二六〇　九月／13　愛人　二六〇／14　東京の女性　二六〇／15　天の樹　二六〇／16　野の女　二六〇／17　魚紋　二八〇／18　舞台界隈　二六〇／19　当世胸算用　二六〇／20　毎年の柿　二六〇／21　幸福への距離　近刊／22　劇場の廊下にて　〃／23　青葉の虫　〃／24　告白　〃／25　女靴　〃／26　世間知らず　〃／27　女の階段　〃〉

5032　**丹羽文雄文庫　21　幸福への距離**
昭和三〇年八月二〇日　東方社
二九七頁　二六〇円

幸福への距離（群像　六巻一〇号　昭和二六年一〇月一日）／街灯（別冊文芸春秋　一九～二〇号　昭和二五年一二月二五日～昭和二六年三月五日　二回）／媒体（世界　七六号　昭和二七年四月一日）／十返肇「解説」293-297頁
〔帯〕表〈丹羽文雄文庫　名作長篇／（解説・十返肇）／或日いきなりお前は俺の子ではないと父に暴露された十五歳の少年の混乱。母自身もさだかではないと言う。／十五歳の少年にとつて今や母は想もおよばない別個の人物に化した。／それに応じて我子を異る視点から見なければならなくなつた母、母と子の心理のかつ藤を緻密に描く異色ある長篇。／全100巻刊行　東方社版／定価260円／地方定価265円〉背〈丹羽文雄文庫21〉裏〈毎月1回配本　丹羽文雄文庫　全百巻刊行　旧作50巻新作50巻／1　理想の良人　二四〇／2　鬼子母神界隈　二三〇／3　貞操切符　二四〇／4　藍染めて　二四〇／5　勤王届出　二四〇／6　女の侮蔑　二四〇／7　海戦　二六〇／8　女は恐い　二六〇／9　人生案内　二六〇／10　煩悩具足　二四〇／11　東京いそっぷ噺　二六〇／12　純情　二六〇　九月／13　愛人　二六〇／14　東京の女性　二六〇／15　天の樹　二六〇／16　野の女　二六〇／17　魚紋　二八〇／18　舞台界隈　二六〇／19　当世胸算用　二六〇／20　毎年の柿　二六〇／21　幸福への距離　二六〇／22　好色の戒め　近刊／23　女人禁制　〃／24　豹と薔薇　〃／25　女靴　〃／26　世間知らず　〃／27　女の階段　〃〉

5033　**丹羽文雄文庫　22　好色の戒め**
昭和三〇年九月二〇日　東方社
二九五頁　二六〇円

好色の戒め（群像　五巻九号　昭和二五年九月一日）／人情検算器（別冊文芸春秋　二八号　昭和二七年六月二五日）／天童（新潮　四五年五号　昭和二三年五月一日）／姉おとうと（生活社『姉おとうと』　昭和二一年五月一五日）／かまきりの雌雄（鏡　一巻一～二号　昭和二三年七月三〇日～一〇月一日　二回）／壁の草（世界　六五号　昭和二六年五月一日）／爛れた月（中央公論　六六年四号　昭和二六年四月一日）／十返肇「解説」291-295頁
〔帯〕表〈丹羽文雄文庫／内容／好色の戒め／人情検算器／天

童／姉おとうと／かまきりの雌雄／壁の草／爛れた月／解説／十返肇／全100巻刊行　東方社版／定価260円／地方定価265円〉背〈丹羽文雄文庫22〉裏〈毎月1回配本　丹羽文雄文庫　全百巻刊行　旧作50巻新作50巻／1　理想の良人　二四〇／2　鬼子母神界隈　二三〇／3　貞操切符　二四〇／4　藍染めて　二四〇／5　勤王届出　二四〇／6　女の侮蔑　二四〇／7　海戦　二六〇／8　女は恐い　二六〇／9　人生案内　二六〇／10　煩悩具足　二四〇／11　東京いそっぷ噺　二六〇／12　純情　二六〇　九月／13　愛人　二六〇／14　東京の女性　二六〇／15　天の樹　二六〇／16　野の女　二六〇／17　魚紋　二八〇／18　舞台界隈　二六〇／19　当世胸算用　二六〇／20　毎年の柿　二六〇／21　幸福への距離　二六〇／22　好色の戒め　二六〇／23　女人禁制　近刊／24　豹と薔薇　〃／25　女靴　〃／26　世間知らず　〃／27　女の階段　〃〉

5034　**丹羽文雄文庫　23　豹と薔薇**
昭和三〇年一〇月一五日　東方社
二六四頁　二六〇円

豹と薔薇（若草　一三巻一～六号　昭和一二年一月一日～六月一日　六回）／対世間（新潮　三六年六号　昭和一〇年六月一日）／男爵（読売評論　二巻一一号　昭和二五年一一月一日）／妻の作品（改造　二〇巻三号　昭和一三年三月一日）／秋花（改造　一八巻一二号　昭和一一年一二月一日）／雪（エコー　三二八号　昭和九年一一月一日）／青い街（文芸春秋　三一巻一号　昭和二八年一月一日）／十返肇「解説」260-264頁
〔帯〕表〈丹羽文雄文庫／内容／豹と薔薇／対世間／男爵／妻の作品／秋花／雪／青い街／解説／十返肇／全100巻刊行　東方社版／定価260円／地方定価265円〉背〈丹羽文雄文庫23〉裏〈毎月1回配本　丹羽文雄文庫　全百巻刊行　旧作50巻新作50巻／1　理想の良人　二四〇／2　鬼子母神界隈　二三〇／3　貞操切符　二四〇／4　藍染めて　二四〇／5　勤王届出　二四〇／6　女の侮蔑　二四〇／7　海戦　二六〇／8　女は恐い　二六〇／9　人生案内　二六〇／10　煩悩具足　二四〇／11　東京いそっぷ噺　二六〇／12　純情　二六〇　九月／13　愛人　二六〇／14　東京の女性　二六〇／15　天の樹　二六〇／16　野の女　二六〇／17　魚紋　二八〇／18　舞台界隈　二六〇／19　当世胸算用　二六〇／20　毎年の柿　二六〇／21　幸福への距離　二六〇／22　好色の戒め　二六〇／23　女人禁制　二六〇／24　豹と薔薇　近刊／25　女靴　〃／26　世間知らず　〃／27　女の階段　〃〉

5035　**丹羽文雄文庫　24　女人禁制**
昭和三〇年一〇月二五日　東方社
二七七頁　二六〇円

海面（世紀　一巻一号　昭和九年四月一日）／歪曲と差恥（新潮　四八年八号　昭和二六年七月一日）／菜の花時まで（日本評論　一一巻四号　昭和一一年四月一日）／女人禁制（中央公論　五一年六号　昭和一一年六月一日）／狂った花（文芸春秋　一五巻四号　昭和一二年四月一日）／継子と顚良（文芸春秋　一七巻一一号　昭和一四年六月一日）／十返肇「解説」272-277頁
〔帯〕表〈丹羽文雄文庫／内容／海面／歪曲と羞恥／菜の花時まで／女人禁制／狂った花／継子と顚良／解説／十返肇／全100

巻刊行　東方社版／定価260円／地方定価265円〉背〈丹羽文雄文庫24〉裏〈毎月1回配本　丹羽文雄文庫　全百巻刊行　旧作50巻新作50巻／1　理想の良人　二四〇／2　鬼子母神界隈　二三〇／3　貞操切符　二四〇／4　藍染めて　二四〇／5　勤王届出　二四〇／6　女の侮蔑　二四〇／7　海戦　二六〇／8　女は恐い　二六〇／9　人生案内　二六〇／10　煩悩具足　二四〇／11　東京いそっぷ噺　二六〇／12　純情　二六〇　九月／13　愛人　二六〇／14　東京の女性　二六〇／15　天の樹　二六〇／16　野の女　二六〇／17　魚紋　二八〇／18　舞台界隈　二六〇／19　当世胸算用　二六〇／20　毎年の柿　二六〇／21　幸福への距離　二六〇／22　好色の戒め　二六〇／23　豹と薔薇　二六〇／24　女人禁制　二六〇／25　女靴　近刊／26　世間知らず　〃／27　女の階段　〃〉

5036　**丹羽文雄文庫　25　洗濯屋**

昭和三〇年一二月一五日　東方社

二九三頁　二六〇円

砂地〈文学界　四巻四号　昭和二五年四月一日〉／妻の死と踊子〈中央公論　五〇年一〇号　昭和一〇年一〇月一日〉／青葉の虫〈小説新潮　六巻九号　昭和二七年七月一日〉／温泉神〈週刊朝日　二八巻一号　昭和一〇年七月七日〉／ふたりの私〈文芸　九巻一一号　昭和二七年一一月一日〉／那須の狐〈小説朝日　二巻一〇号　昭和二七年九月一日〉／幽鬼〈別冊小説新潮　六巻一二号　昭和二七年九月一五日〉／洗濯屋〈早稲田文学　一五巻三号　昭和二三年七月一日〉／烏鷺〈新小説　五巻四号　昭和二五年四月一日〉／柿の帯〈文学界　三巻五号　昭和二四年五月一日〉／芽〈三田文学　一〇巻一〇号　昭和一〇年一〇月一日〉／花さまざま〈小説新潮　六巻一〇号　昭和二七年八月一日〉／兎唇男の死〈別冊文芸春秋　三五号　昭和二八年八月二八日〉／未亡人〈社会　二巻四号　昭和二二年五月一日〉／結婚式〈小説新潮　五巻六号　昭和二六年五月一日〉／十返肇「解説」288-293頁

〔帯〕表〈丹羽文雄文庫／内容／砂地／妻の死と踊子／青葉の虫／温泉神／ふたりの私／那須野の狐／幽鬼／洗濯屋／烏鷺／柿の帯／芽／花さまざま／兎唇男の死／未亡人／結婚式／解説／十返肇／全100巻刊行　東方社版／定価260円／地方定価265円〉背〈丹羽文雄文庫24〉裏〈毎月1回配本　丹羽文雄文庫　全百巻刊行　旧作50巻新作50巻／1　理想の良人　二四〇／2　鬼子母神界隈　二三〇／3　貞操切符　二四〇／4　藍染めて　二四〇／5　勤王届出　二四〇／6　女の侮蔑　二四〇／7　海戦　二六〇／8　女は恐い　二六〇／9　人生案内　二六〇／10　煩悩具足　二四〇／11　東京いそっぷ噺　二六〇／12　純情　二六〇　九月／13　愛人　二六〇／14　東京の女性　二六〇／15　天の樹　二六〇／16　野の女　二六〇／17　魚紋　二八〇／18　舞台界隈　二六〇／19　当世胸算用　二六〇／20　毎年の柿　二六〇／21　幸福への距離　二六〇／22　好色の戒め　二六〇／23　豹と薔薇　二六〇／24　女人禁制　二六〇／25　洗濯屋　二六〇〉

iv　丹羽文雄作品集

全八巻別巻一　角川書店
昭和三一年一二月二〇日〜昭和三三年八月一五日
四六判　紙装　角背　セロファン　函　二段組
林武装幀　旧字新仮名（促音拗音大字）

＊刊行開始当初全八巻予定であったが、後に別巻が増補された。これは刊行開始時未完結の「日日の背信」と「庖丁」を八巻に収録する予定が、「日日の背信」の連載長期化により、一冊に収録できないことに伴う措置であった。

5037　**丹羽文雄作品集　第六巻　菩提樹**
昭和三一年一二月二〇日　角川書店
三九四頁　二五〇円　写真一葉（三鷹の自宅にて　昭和二七年八月　田村茂撮影）
菩提樹（週刊読売　一四巻三号〜一五巻四号　昭和三〇年一月一六日〜昭和三一年一月二二日　五四回）／十返肇「解説」385-394頁

＊月報一
尾崎一雄　誤植／田宮虎彦　丹羽さんのこと／丹羽文雄「菩提樹」に就いて／無記名「菩提樹」評（週刊朝日）／無記名　編集室

5038　**丹羽文雄作品集　第五巻　青麦・蛇と鳩**
昭和三二年一月一五日　角川書店
四六〇頁　二九〇円
写真一葉（三鷹の自宅にて　昭和三〇年）
蛇と鳩（週刊朝日　五七巻一七〜五〇号　昭和二七年四月二七日〜一二月一四日　三四回）／遮断機（新潮　四九年一一号　昭和二七年一一月一日）／青麦（『青麦』　昭和二八年一二月一八日　文芸春秋新社）／十返肇「解説」453-460頁

＊月報二
井上友一郎　丹羽さんと私／浅見淵　回想の丹羽文雄／丹羽文雄　思い出／無記名　編集室

5039　**丹羽文雄作品集　第七巻　飢える魂**
昭和三二年二月一五日　角川書店
四三一頁　二五〇円
写真一葉（三鷹の自宅にて　昭和三〇年秋）
飢える魂（日本経済新聞　昭和三〇年四月二二日〜三一年三月九日　三二〇回）／十返肇「解説」425-431頁

＊月報三
宇野浩二　妙な思ひ出／円地文子　丹羽さんと宗教／丹羽文雄「飢える魂」の思い出／無記名　編集室

5040　**丹羽文雄作品集　第二巻　厭がらせの年齢他**
昭和三二年三月一五日　角川書店
四七〇頁　二九〇円
写真一葉（三鷹の自宅にて　昭和二四年一月）
鬼子母神界隈（新生　二巻一〇号　昭和二一年一〇月一日）／厭がらせの年齢（改造　二八巻二号　昭和二二年二月一日）／

理想の良人（人間　二巻二号　昭和二二年二月一日）／守礼の門（文芸春秋　二六巻二号　昭和二三年二月一日）／洗濯屋（早稲田文学　一五巻三号　昭和二三年七月一日）／盛粧（別冊文芸春秋　七号　昭和二三年七月）／当世胸算用（中央公論　六四年九～一二号　昭和二四年九月一日～一二月一日　四回）／こほろぎ（中央公論文芸特集　四号　昭和二五年九月二〇日）／好色の戒め（群像　五巻九号　昭和二五年九月一日）／劇場の廊下にて（別冊文芸春秋　二二号　昭和二六年七月三日）／爛れた月（中央公論　六六年四号　昭和二六年四月一日）／母の日（群像　八巻一一号　昭和二八年一〇月一日）／柔媚の人（新潮　五一年四号　昭和二九年四月一日）／崖下（新潮　五二年七号　昭和三〇年七月一日）／業苦（新潮　五二年一〇号　昭和三〇年一〇月一日）／十返肇「解説」461-470頁

＊月報四

井上靖　旅の丹羽文雄／古谷綱武　最初の選集／丹羽文雄　戦後短篇の思い出／亀井勝一郎　丹羽文雄（抄）／無記名　編集室

5041 **丹羽文雄作品集　第三巻　哭壁・海戦**

昭和三二年四月一五日　角川書店

三七四頁　二八〇円

写真一葉（三鷹の自宅にて　昭和二六年六月）

哭壁（群像　二巻一〇号～三巻一二号　昭和二二年一〇月一日～昭和二三年一二月一日　一四回）／海戦（中央公論　五七年一一号　昭和一七年一一月一日）／十返肇「解説」367-374頁

＊月報五

青野季吉　丹羽文雄のこと／小田切秀雄　戦争中の丹羽文雄／丹羽文雄　哭壁と海戦のこと／無記名　編集室

5042 **丹羽文雄作品集　第四巻　爬虫類・かしまの情**

昭和三二年五月一五日　角川書店

四四二頁　二五〇円

写真一葉（三鷹の自宅にて　昭和三一年）

爬虫類（文芸春秋　二八巻一～七号　昭和二五年一月一日～六月一日　六回・文学界　四巻八号～五巻二号　昭和二五年八月一日～昭和二六年二月一日　五回）／かしまの情（第一章　かしま払底（原題「貸間払底」　人間　四巻三号　昭和二四年三月一日）／第二章　部屋（小説界　二巻一号　昭和二四年二月一日）／第三章　十夜婆々（文芸春秋　二六巻一二号　昭和二三年一二月一日）／第四章　弱肉（原題「弱肉―続・十夜婆々」　文芸　六巻一号　昭和二四年一月一日）／第五章　歌を忘れる（新文学　六巻三・四～七号　昭和二四年三月一日～昭和二四年六月一日　四回）／第六章　金雀児（風雪　三巻二号　昭和二四年二月一日）／第七章　うちの猫（別冊文芸春秋　一一号　昭和二四年五月二〇日））／幸福への距離（群像　六巻一〇号　昭和二六年一〇月一日）／十返肇「解説」434-442頁

＊月報六

高見順　ひとつの試論／火野葦平　丹羽文雄の若さ／丹羽文雄　一言／無記名　編集室

5043 **丹羽文雄作品集　第一巻　鮎・愛欲の位置**

昭和三二年六月一五日　角川書店

三八六頁　二九〇円
写真一葉（若き日の著者　昭和二年　二三歳）
秋（街　大正一五年一〇月一日）／鮎（文芸春秋　一〇巻四号　昭和七年四月一日）／鶴（三田文学　八巻三号　昭和八年三月一日）／象形文字（改造　一六巻四号　昭和九年四月一日）／海面（世紀　一巻一号　昭和九年四月一日）／甲羅類（早稲田文学　一巻二号　昭和九年七月一日）／贅肉（中央公論　四九年八号　昭和九年七月一五日）／自分の鶏（改造　一七巻六号　昭和一〇年六月一日）／煩悩具足（文芸春秋　一三巻八号　昭和一〇年八月一日）／菜の花時まで（日本評論　一一巻四号　昭和一一年四月一日）／愛欲の位置（改造　一九巻六号　昭和一二年六月一日）／人生案内（改造　二一巻二号　昭和一四年二月一日）／南国抄（日本評論　一四巻四号　昭和一四年四月一日）／再会（改造　二二巻四号　昭和一五年三月一日号）／書翰の人（文芸　九巻二号　昭和一六年二月一日）／十返肇「解説」377-386頁

＊　月報七
永井龍男　ある最初／田村泰次郎　丹羽文雄の風土／丹羽文雄　思い出／無記名　編集室

5044　**丹羽文雄作品集　第八巻　日日の背信**
昭和三二年七月一五日　角川書店
三一二頁　二六〇円　写真一葉（三鷹の自宅にて）
日日の背信（毎日新聞　昭和三一年五月一四日〜三二年三月一二日　三〇一回）／十返肇「解説」307-312頁

＊　月報八
中村八朗　丹羽先生のこと／本多顕彰「日々の背信」のテーマ／丹羽文雄「日々の背信」を終って／無記名　編集室

5045　**丹羽文雄作品集　別巻　庖丁・恋文**
昭和三二年八月一五日　角川書店
三八五頁　三二〇円
写真一葉（三鷹の自宅にて　昭和三二年）
庖丁（サンデー毎日　三三巻七〜三二号　昭和二九年二月七日〜七月一一日　二三回）／恋文（朝日新聞夕刊　昭和二八年二月一日〜四月三〇日　八九回）／藍染めて（新女苑　一巻一〜七号　昭和一二年一月一日〜七月一日　七回）

＊　十返肇「解説」363-368頁／編集部「年譜」369-385頁

＊　月報九
源氏鶏太　丹羽さんと私／浦松佐美太郎　書くことは考えることと／丹羽文雄　三作に就いて／編集部　丹羽文雄随筆・評論年表／無記名　編集室

v　**丹羽文雄作品集　特装版**
全八巻別巻一　角川書店　各四五〇円
昭和三一年一二月二〇日〜昭和三二年八月一五日
四六判　クロス装　上製　角背　セロファン　函
二段組　林武装幀　旧字新仮名（促音拗音大字）

5046 **丹羽文雄作品集　第六巻　菩提樹**
昭和三一年一二月二〇日　角川書店
三九四頁　四五〇円
＊5037の特装版。署名入。

5047 **丹羽文雄作品集　第五巻　青麦・蛇と鳩**
昭和三二年一月一五日
角川書店　四一二頁　四五〇円
＊5038の特装版。

5048 **丹羽文雄作品集　第七巻　飢える魂**
昭和三二年二月一五日　角川書店
四三一頁　四五〇円
＊5039の特装版。

5049 **丹羽文雄作品集　第二巻　厭がらせの年齢他**
昭和三二年三月一五日　角川書店
四七〇頁　四五〇円
＊5040の特装版。

5050 **丹羽文雄作品集　第三巻　哭壁・海戦**
昭和三二年四月一五日　角川書店
三七四頁　四五〇円
＊5041の特装版。

5051 **丹羽文雄作品集　第四巻　爬虫類・かしまの情**
昭和三二年五月一五日　角川書店
四六〇頁　四五〇円
＊5042の特装版。

5052 **丹羽文雄作品集　第一巻　鮎・愛欲の位置**
昭和三二年六月一五日　角川書店
三八六頁　四五〇円
＊5043の特装版。

5053 **丹羽文雄作品集　第八巻　日日の背信**
昭和三二年七月一五日　角川書店
三一二頁　四五〇円
＊5044の特装版。

5054 **丹羽文雄作品集　別巻　庖丁・恋文**
昭和三二年八月一五日　角川書店
三八五頁　四五〇円
＊5045の特装版。

vi　丹羽文雄自選集

全一巻　集英社
昭和四二年一〇月一五日　集英社
一〇〇〇部限定　署名入　A５判　革装　丸背
パラフィン　二重函　伊藤憲治装幀　二段組

新字新仮名

5055　**丹羽文雄自選集**　昭和四二年一〇月一五日　集英社
三九七頁　二八〇〇円

鮎（文芸春秋　一〇巻四号　昭和七年四月一日）／贅肉（中央公論　四九年八号　昭和九年七月一五日）／煩悩具足（文芸春秋　一三巻八号　昭和一〇年八月一日）／菜の花時まで（日本評論　一一巻四号　昭和一一年四月一日）／南国抄（日本評論　一四巻四号　昭和一四年四月一日）／隣人（中央公論　五四年九号　昭和一四年九月一日）／再会（改造　二二巻四号　昭和一五年三月一日）／怒濤（改造　二三巻一一号　昭和一六年六月一日）／夢想家（新文芸　一巻三号　昭和二一年六月一〇日）／厭がらせの年齢（改造　二八巻二号　昭和二二年二月一日）／天童（新潮　四五年五号　昭和二三年五月一日）／洗濯屋（早稲田文学　一五巻三号　昭和二三年七月一日）／盛粧（別冊文芸春秋　七号　昭和二三年七月）／砂地（文学界　四巻四号　昭和五年四月一日）／こほろぎ（中央公論文芸特集　四号　昭和二五年九月二〇日）／爛れた月（中央公論　六六年四号　昭和二六年四月一日）／劇場の廊下にて（別冊文芸春秋　二二号　昭和二六年七月三日）／柔媚の人（新潮　五一年四号　昭和二九年四月一日）／崖下（新潮　五二年七号　昭和三〇年七月一日）／もとの顔（文学界　一一巻一号　昭和三二年一月一日）／うなづく（新潮　五四年一号　昭和三二年一月一日）／お吟（新潮　五四年五号　昭和三二年五月一日）／水溜り（群像　一五巻八号　昭和三五年八月一日）／ある青年の死（世界　二一七号　昭和三九年一月一日）／蛾（群像　二二巻二号　昭和四二年二月一日）／後記／浅見淵「解説」390-397頁

＊月報　石川利光　丹羽先生のこと／河野多恵子　爽やかなお祖父さまぶり

〔後記〕

かねてから気にいった短篇を一冊にまとめたい考えをもっていた。ある友人もそれを勧めた。そういう希望を申出たならば或いは応じてくれた出版社もあつたろうが、あらたまって希望を持ち出す気持になれなかった。集英社の自選集の話があったとき、作者の思いどおりの本にするという計画をきいて、短篇の自選集を決意した。

三十余年にわたり、どれだけの数の短篇を書いて来たか、調べたこともないが、おそらく四百篇ぐらいになるのではないか。その中からここに収録した作品を選び出した。他に五、六篇入れたいのがあったが、紙数の関係で割愛しなければならなかった。

作品の出来はすべてが作者の計画どおりにいくものではない。出来上った作品にはもはや作者は関与出来ない。作品その自体が、ひとつの運命を持つ。せめて作者は自分の気にいっているということだけで満足して、独立した子供を見送るのである。

昭和四十二年七月　丹羽文雄

vii　丹羽文雄文学全集

全二八巻　講談社
昭和四九年四月八日〜昭和五一年八月八日
A５判　クロス装　丸背　パラフィン　函　帯
辻村益朗装幀　二段組　写真一葉　新字新仮名
＊監修委員（臼井吉見　尾崎一雄　小林秀雄　永井龍男）
編集委員（石川利光　小泉譲　中村八朗　野村尚吾）

5056　**丹羽文雄文学全集　第一巻　菩提樹・再会**
昭和四九年四月八日　講談社
四九二頁　二三〇〇円　0393-281016-2253（0）
写真一葉（一九七三年・一〇月　野上透撮影）
菩提樹（週刊読売　一四巻三号〜一五巻四号　昭和三〇年一月一六日〜三一年一月二二日　五四回）／再会（改造　二二巻四号　昭和一五年三月一日）／父の記憶（社会　二巻一〇号　昭和二二年一二月一日）／創作ノート
＊月報一
尾崎一雄　崇顕寺／梶野豊三　「菩提樹」のころ／丹羽房雄　崇顕寺と兄、文雄／小泉譲　評伝　丹羽文雄（一）
〔帯〕表〈著者四十年間の文学業績をここに初めて収録／丹羽文雄文学全集　第1回配本第1巻／菩提樹　再会　父の記憶／寺を舞台に繰りひろげられる義母との不倫な関係に、あやまちを犯さずには生きられない人間の道をみる……丹羽作品の出発点を明かす傑作「菩提樹」。／定価２３００円〉背〈丹羽文雄文学全集　第一巻　講談社〉裏〈第一巻　菩提樹・再会／第二巻　鮎・太陽蝶／第三巻　厭がらせの年齢・有情／第四巻　藍染めて・青春の書／第五巻　顔／第六巻　美しき嘘／第七巻　命なりけり／第八巻　包丁《ママ》・恋文・雨跡／第九巻　柔媚の人・晩秋／第十巻　飢える魂／第十一巻　運河／第十二巻　禁猟区／第十三巻　献身／第十四巻　一路／第十五巻　女人禁制・哭壁／第十六巻　書翰の人・爬虫類／第十七巻　日日の背信　々《ママ》／第十八巻　告白・落鮎／第十九巻　怒濤・かしまの情／第二十巻　闘魚　女靴／第二十一巻　南国抄・当世胸算用／第二十二巻　遮断機・理想の良人／第二十三巻　薔薇合戦／第二十四巻　蛇と鳩・守礼の門／第二十五巻　海戦・還らぬ中隊／第二十六巻　親鸞Ⅰ／第二十七巻　親鸞Ⅱ／第二十八巻　親鸞Ⅲ〉
＊二八巻まで帯裏面同文。

5057　**丹羽文雄文学全集　第一〇巻　飢える魂**
昭和四九年六月八日　講談社
四二八頁　二三〇〇円
写真一葉（一九五五年頃、自宅の庭にて）
飢える魂（日本経済新聞　昭和三〇年四月一二日〜三一年三月九日　三二〇回）／新聞小説について―創作ノート
＊月報二
瀬沼茂樹　葉書一枚―古い記憶から／古谷綱武　その選集の編者の思い出／三輪勇四郎　追憶／小泉譲　評伝　丹羽文雄（二）
〔帯〕表〈著者四十年間の文学業績をここに初めて収録／丹羽

文雄文学全集　第2回配本第10巻／飢える魂／中年にいたってふと知りあった男性を通して自分たちの結婚生活の枠から踏みだす女性たち ― ここから彼女たちの自覚的生活、真実を追求する人生がはじまる。／定価２３００円〉背〈丹羽文雄文学全集　第十巻　講談社〉

5058　**丹羽文雄文学全集　第一七巻　日日の背信**
昭和四九年七月八日　講談社
三九七頁　二三〇〇円
写真一葉（一九四八年、十返肇の結婚式の丹羽夫妻）
日日の背信（毎日新聞　昭和三一年五月一四日～三二年三月一二日　三〇一回）／架橋（群像　一四巻一一号　昭和三四年一一月一日）／彷徨（群像　一〇巻一二号　昭和三〇年一二月一日）／私の読者―創作ノート
＊　月報三
石坂洋次郎　丹羽学校／河野多恵子《ママ》　三大幸運の一つ／杉村信造　文雄さんと私／小泉譲　評伝　丹羽文雄（三）
〔帯〕表〈著者四十年間の文学業績をここに初めて収録／丹羽文雄文学全集　第3回配本第17巻／日日の背信／病床にある妻をもつ主人公が、他人の妾である女を愛する。結局は、妻をも愛人をも裏切る男のエゴイズム・背信をえがく表題作ほか「架橋」「彷徨」を収録。／定価２３００円〉背〈丹羽文雄文学全集　第十七巻　講談社〉

5059　**丹羽文雄文学全集　第八巻　包丁《ママ》・恋文・雨跡**
昭和四九年八月八日　講談社
四一六頁　二三〇〇円
写真一葉（一九三五年頃）
庖丁（サンデー毎日　三三巻七～三二号　昭和二九年二月七日～七月一一日　二三回）／恋文（朝日新聞夕刊　昭和二八年二月一日～四月三〇日　八九回）／雨跡（サンデー毎日　二九巻一二～二七号　昭和二五年三月一九日～七月二日　一六回）／作家たち―創作ノート
＊　月報四
新庄嘉章　文隆館時代／川口ひろ　戦前のこと／東見敬　文雄さんの思い出／小泉譲　評伝　丹羽文雄（四）
〔帯〕表〈著者四十年間の文学業績をここに初めて収録／丹羽文雄文学全集　第4回配本第8巻／包丁《ママ》　恋文　雨跡／料理職人である板前の世界を戦前・戦後を通して描いた人情味あふるる作品「包丁《ママ》」。渋谷の恋文横丁で有名な「恋文」ほか「雨跡」及び書き下ろしの「創作ノート」を収録。／定価２３００円〉背〈丹羽文雄文学全集　第八巻　講談社〉

5060　**丹羽文雄文学全集　第三巻　厭がらせの年齢・有情**
昭和四九年九月八日　講談社
四〇八頁　二三〇〇円
写真一葉（一九二四年、牛込高田町の下宿にて）
有情（新潮　五九年一号　昭和三七年一月一日）／厭がらせの年齢（改造　二八巻二号　昭和二二年二月一日）／幸福（改造　二九巻一号　昭和二三年一月一日）／母の日（群像　八巻一一号　昭和二八年一〇月一日）／母の晩年（群像　一一巻一〇号　昭和三一年一〇月一日）／うなづく（新潮　五四年一号

昭和三二年一月一日）／もとの顔（文学界　一一巻一号　昭和三二年一月一日）／九年目の土（新潮　三八年一号　昭和一六年一月一日／知性　四巻二号　昭和一六年二月一日）／型置更紗（小説と読物　二巻九号　昭和二二年一〇月一日）／肉親賦（群像　二四巻一号　昭和四四年一月一日）／寝椅子の上で（早稲田文学　一巻九号　昭和四四年一〇月一日）／娘（群像　一三巻一号　昭和三三年一月一日）／熊狩り（新潮　六八年一二号　昭和四六年一〇月一日）／青麦（『青麦』　昭和二八年一二月一八日　文芸春秋新社）／文章管見―創作ノート

＊月報五

川崎長太郎　丹羽君のこと／森竜吉「倶会一処」／岡本時金　中学時代の丹羽文雄氏／小泉譲　評伝　丹羽文雄（五）

〔帯〕表〈精選・集大成した三万枚の画期的大全集／丹羽文雄文学全集　第5回配本第3巻／厭がらせの年齢　有情／敗戦直後に今日の老人問題を予見的にとりこんだ「厭がらせの年齢」徹底したリアリズムで母を描き切る「母の晩年」「母の日」など傑作13篇、及び「創作ノート」を収録。／定価２３００円〉背〈丹羽文雄文学全集　第三巻　講談社〉

5061　**丹羽文雄文学全集　第一二巻　禁猟区**

昭和四九年一〇月八日　講談社

四六〇頁　二三〇〇円

写真一葉（一九三八年、桂子〔長女〕、直樹〔長男〕と）

禁猟区（日本経済新聞　昭和三二年八月一四日～三三年一〇月五日　四一四回）／小説家についての二、三の考察―創作ノート

＊月報六

中谷孝雄　思い出すことなど／津村節子　四半世紀の無償の行為／相馬利雄　丹羽先生のこと／小泉譲　評伝　丹羽文雄（六）

〔帯〕表〈精選・集大成した三万枚の画期的大全集／丹羽文雄文学全集　第6回配本第12巻／禁猟区／閑虹子は、撞球場のゲーム取りから製薬会社の社長に拾われて情人になる。次いででであった平凡な結婚をする。しかし、家庭の女になりきれないことの悲劇が……。／定価２３００円〉背〈丹羽文雄文学全集　第十二巻　講談社〉

5062　**丹羽文雄文学全集　第五巻　顔**

昭和四九年一一月八日　講談社

五一一頁　二三〇〇円

写真一葉（一九二六年、早大文学部国文科入学時）

顔（毎日新聞　昭和三四年一月一日～三五年二月二三日　四一五回）／筋のある小説ない小説―創作ノート

＊月報七

寺崎浩　観察家／今里広記　文学と人間と／鈴木真砂女　秋の暖炉／小泉譲　評伝　丹羽文雄（七）

〔帯〕表〈精選・集大成した三万枚の画期的大全集／丹羽文雄文学全集　第7回配本第5巻／顔／自由奔放に生きる父・田野村清洲に恋人衿子を奪われた耕の、悩みながらも断念することのできない衿子との関係を1、533枚の本格長篇に描く力作、第2回毎日芸術賞受賞／定価２３００円〉背〈丹羽文雄文学全

集　第五巻　講談社〉

5063　**丹羽文雄文学全集　第一八巻　告白・落鮎**
昭和四九年一二月八日　講談社
三八六頁　二三〇〇円　写真一葉（一九四八年、母こうと　武蔵野市西窪の家にて）
告白（盛粧（別冊文芸春秋　七号　昭和二三年七月一日）／発禁（世界文化　三巻七号　昭和二三年七月一日）／マロニエの並木（改造文芸　二号　昭和二三年七月二五日）／挿話（文学会議　五号　昭和二三年一〇月二五日）／喜憂（文学界　二巻九号　昭和二三年九月一日）／めぐりあひ（日本小説　二巻八号　昭和二三年九月一日）／四十五才の紋多（風雪　二巻九号　昭和二三年九月一日）／雨の多い時（社会　三巻九号　昭和二三年九月一日））／落鮎（婦人公論　三二巻一一号～三三巻六号　昭和二三年一一月一日～二四年六月一日　八回）／鬼子（新潮　三三年一号　昭和一〇年一月一日）／自分の鶏（改造　一七巻六号　昭和一〇年六月一日）／妻の作品（改造　二〇巻三号　昭和一三年三月一日）／海の声（新潮　五三年四号　昭和三一年四月一日）／着ぼくろ（新潮　五四年九号　昭和三二年九月一日）／散文精神について―創作ノート
＊　月報八
井上友一郎　堂々たる丹羽さん／芝木好子　丹羽先生の文学／小泉譲　評伝　丹羽文雄（八）
〔帯〕表〈精選・集大成した三万枚の画期的大全集／丹羽文雄文学全集　第8回配本第18巻／告白　落鮎／女関係を告白する形をとりながら、戦時中発禁処分をうけた著者の周辺、戦後の占領軍による追放をどうにか免れた事情などを描く文学史的にも貴重な「告白」ほか収録。／定価2300円〉背〈丹羽文雄文学全集　第十八巻　講談社〉

5064　**丹羽文雄文学全集　第六巻　美しき嘘**
昭和五〇年一月八日　講談社
四〇六頁　二三〇〇円　写真一葉（一九三五年、妻綾子と　新婚旅行、伊豆修善寺にて）
美しき嘘（週刊読売　一八巻四七号～二〇巻九号　昭和三四年一一月一日～三六年二月二六日　六九回）／続・散文精神について―創作ノート
＊　月報九
水上勉　丹羽さんの寛容／辻井喬　丹羽先生のこと／小泉譲　評伝　丹羽文雄（九）
〔帯〕表〈愛情の諸相を徹底して追求する人間の文学／丹羽文雄文学全集　第9回配本第6巻／美しき嘘／美人の三姉妹のそれぞれの生き方を描いて、優れて一つの人生を想起させる大長編「美しき嘘」及び今回は〝散文精神〟について論じる毎巻評判の「創作ノート」を収録。／定価2300円〉背〈丹羽文雄文学全集　第六巻　講談社〉

5065　**丹羽文雄文学全集　第二三巻　薔薇合戦**
昭和五〇年二月八日　講談社
三三三頁　二三〇〇円　写真一葉（一九五八年）
薔薇合戦（都新聞　昭和一二年五月三〇日～一二月三一日　二一六回）／一九七四年十一月の私―創作ノート

＊月報一〇
源氏鶏太　丹羽さんと私／小田切秀雄　戦争下の検閲と丹羽文雄／小泉譲　評伝　丹羽文雄（十）
〔帯〕表〈愛情の諸相を徹底して追求する人間の文学／丹羽文雄文学全集　第10回配本第23巻／薔薇合戦／化粧品会社という事業を舞台に、性格の異なる三人姉妹の愛欲図を刻明に描いて、モラルの在り方をめぐって話題になった作品。創作ノート＝1974年11月の私。／定価2300円〉背〈丹羽文雄文学全集　第二十三巻　講談社〉

5066　**丹羽文雄文学全集　第一六巻　書翰の人・爬虫類**
昭和五〇年三月八日　講談社
三九一頁　二三〇〇円　写真一葉（一九四九年頃）
爬虫類（文芸春秋　二八巻一～七号　昭和二五年一月一日～六月一日　六回・文学界　四巻八号～五巻二号　昭和二五年八月一日～二六年二月一日　五回）／書翰の人（文芸　九巻二号　昭和一六年二月一日）／海面（世紀　一巻一号　昭和九年四月一日）／象形文字（改造　一六巻四号　昭和九年四月一日）／甲羅類（早稲田文学　一巻二号　昭和九年七月一日）／嘘多い女（日本評論　一二巻一〇号　昭和一二年一〇月一日）／愛欲の位置（改造　一九巻六号　昭和一二年六月一日）／悔いなき愉悦（群像　一二巻六号　昭和三二年六月一日／早稲田文学の終刊号―創作ノート
＊月報一一
近藤啓太郎　三十五年前の一光景／大久保房男　丹羽文雄論の勧め／小泉譲　評伝　丹羽文雄（十一）
〔帯〕表〈愛情の諸相を徹底して追求する人間の文学／丹羽文雄文学全集　第11回配本第16巻／書翰の人　爬虫類／名護蔵太は金と肉体面だけで女と関係をもち次々と妾にする、その数12人。妻真千子はその妾を順次訪ねて、様々な人生ドラマを発見する―「爬虫類」ほか七篇を収録。／定価2300円〉背〈丹羽文雄文学全集　第一巻　講談社〉

5067　**丹羽文雄文学全集　第四巻　藍染めて・青春の書**
昭和五〇年四月八日　講談社
三八三頁　二三〇〇円
写真一葉（一九二四年夏、下宿にて）
藍染めて（新女苑　一巻一～七号　昭和一二年一月一日～七月一日　七回）／青春の書（新女苑　二巻一～一二号　昭和一三年一月一日～一二月一日　一二回）／朗かなある最初（新正統派　二巻六号　昭和四年六月一日）／菜の花時まで（日本評論　一一巻四号　昭和一一年四月一日）／若い季節（朝日新聞夕刊　昭和一一年六月三〇日～八月六日　三二回）／小鳩（オール読物　六巻九号　昭和一一年九月一日）／豹と薔薇（若草一三巻一～六号　昭和一二年一月一日～六月一日　六回）／故郷の山河（小説公園　二巻二号　昭和二六年二月一日）／菜の花（群像　八巻七号　昭和二八年六月一五日）／老人文学―創作ノート
＊月報一二
牧屋善三　丹羽さんと私／伊藤桂一　丹羽先生のこと／小泉譲　評伝　丹羽文雄（十二）
〔帯〕表〈愛情の諸相を徹底して追求する人間の文学／丹羽文

雄文学全集 第12回配本第4巻／藍染めて 青春の書／「藍染めて」は「逢い初めて」にも通じ、早稲田に入学しての下宿生活や女友達のことなど描く。様々な青春を扱うその他八篇。ますます好評の創作ノートは「老人文学」／定価2300円〉背〈丹羽文雄文学全集 第四巻 講談社〉

5068 **丹羽文雄文学全集 第一三巻 献身**

昭和五〇年五月八日 講談社

四四三頁 二三〇〇円

写真一葉（一九三八年頃）

献身（読売新聞 昭和三五年四月二六日～三六年五月一四日 三八〇回）／文化使節団に思うこと―創作ノート

＊月報一三

立原正秋 無事の人／富島健夫 入門記／小泉譲 評伝 丹羽文雄（十三）

〔帯〕表〈醜い男女のエゴを通して初めて至高をみる／丹羽文雄文学全集 第13回配本第13巻／献身／俊腕な実業家一条英信は、本妻の他に次々と女をつくる。その一条に青春を捧げる朝子、朝子に好意を抱いて一条を追究する検事の柏木 ― 人間模様の不思議を描く。／定価2300円〉背〈丹羽文雄文学全集 第一巻 講談社〉

5069 **丹羽文雄文学全集 第二四巻 蛇と鳩・守礼の門**

昭和五〇年六月八日 講談社

四二二頁 二三〇〇円

写真一葉（一九四〇年、箱根塔の沢にて）

蛇と鳩（週刊朝日 五七巻一七～五〇号 昭和二七年四月二七日～一二月一四日 三四回）／守礼の門（文芸春秋 二六巻二号 昭和二三年二月一日）／乳人日記（世界 四七号 昭和二四年一一月一日）／罪戻（世界 五六号 昭和二五年八月一日）／紫雲現世会（別冊文芸春秋 三一号 昭和二七年一二月二五日）／蛾（群像 二二巻二号 昭和四二年二月一日）／声（オール読物 二六巻八号 昭和四六年八月一日）／尼の像（群像 二六巻一〇号 昭和四六年一〇月一日）／講演について―創作ノート

＊月報一四

小田嶽夫 雑談・丹羽文雄氏／松本鶴雄 ある感想／小泉譲 評伝 丹羽文雄（十四）

〔帯〕表〈醜い男女のエゴを通して初めて至高をみる／丹羽文雄文学全集 第14回配本第24巻／新興宗教教団を金もうけの道具として育てる事業家の成功と退廃を戦後の混乱期に見事に描く名作「蛇と鳩」（昭和28年度野間賞受賞）ほか「守礼の門」等七篇を収録／定価2300円〉背〈丹羽文雄文学全集 第二十四巻 講談社〉

5070 **丹羽文雄文学全集 第一五巻 女人禁制・哭壁**

昭和五〇年七月八日 講談社

四一二頁 二三〇〇円 写真一葉（一九四三年、海軍報道班員としてラバウル近郊ココボの教会堂にて）

女人禁制（中央公論 五一年六号 昭和一一年六月一日）／哭壁（群像 二巻一〇号～三巻一二号 昭和二二年一〇月一日～二三年一二月一日 一四回）／煩悩具足（文芸春秋 一三巻八

号　昭和一〇年八月一日）／天衣無縫（群像　一三巻一〇～一二号　昭和三三年一〇月一日～三三年一二月一日　三回）／平林賞候補作品―創作ノート
＊月報一五
澤野久雄　与えられたショック／窪田稲雄　「哭壁」とその時代／小泉譲　評伝　丹羽文雄（十五）
〔帯〕表〈醜い男女のエゴを通して初めて至高をみる／丹羽文雄文学全集　第15回配本第15巻／女人禁制　哭壁／特攻隊生き残りの二人の男、南條良平、管達治を主人公に終戦後の混乱期に生きる対蹠的な人生を描く長篇「哭壁」、他に「女人禁制」「煩悩具足」「天衣無縫」を収録。／定価２３００円〉背〈丹羽文雄文学全集　第十五巻　講談社〉

5071 **丹羽文雄文学全集　第二五巻　海戦・還らぬ中隊**
昭和五〇年八月八日　講談社
四一二頁　二三〇〇円
写真一葉（一九四二年海軍報道班員として）
海戦（中央公論　五七年一一号　昭和一七年一一月一日）／立松懐之の行為（群像　二八巻五号　昭和四八年五月一日）／還らぬ中隊（中央公論　五三年一二号～五四巻一号　昭和一三年一二月一日～一四年一月一日　二回）／報道班員の手記（改造　二四巻一一号　昭和一七年一一月一日）／勤王届出（大観堂『勤王届出』昭和一七年三月二〇日　「実歴史」改題　知性　四巻一一～一二号　昭和一六年一一月一日～一二月一日　二回）／郁達夫伝―創作ノート
＊月報一六
耕治人　丹羽氏と平林さん／武田友寿　作家と宗教／小泉譲　評伝　丹羽文雄（十六）
〔帯〕表〈醜い男女のエゴを通して初めて至高をみる／丹羽文雄文学全集　第16回配本第25巻／海戦　還らぬ中隊／戦争小説が多いなかで、従軍体験の事実だけをありのままに描いたものは少い。本巻は作者がそのために負傷したツラギ沖海戦の「海戦」等三篇に歴史小説の二篇を収録／定価２３００円〉背〈丹羽文雄文学全集　第二十五巻　講談社〉

5072 **丹羽文雄文学全集　第二二巻　遮断機・理想の良人**
昭和五〇年九月八日　講談社
三八八頁　二三〇〇円
写真一葉（妻と、一九六二年自宅の庭にて）
遮断機（新潮　四九年一一号　昭和二七年一一月一日）／理想の良人（人間　二巻二号　昭和二二年二月一日）／爛れた月（中央公論　六六年四号　昭和二六年四月一日）／壁の草（世界　六五号　昭和二六年五月一日）／歪曲と差恥（新潮　四八年八号　昭和二六年七月一日）／劇場の廊下にて（別冊文芸春秋　二二号　昭和二六年七月三日）／幸福への距離（群像　六巻一〇号　昭和二六年一〇月一日）／媒体（世界　七六号　昭和二七年四月一日）／お吟（新潮　五四年五号　昭和三二年五月一日）／文壇に出た頃―創作ノート
＊月報一七
福田清人　丹羽さんの代役／佐木隆三　『恋文』再読／小泉譲　評伝　丹羽文雄（十七）
〔帯〕表〈醜い男女のエゴを通して初めて至高をみる／丹羽文

雄文学全集　第17回配本第22巻／遮断機　理想の良人／同年齢の兄弟のそれも一方は妾腹の子という人間関係に、徹底して人間のエゴイズムとどうにもならぬ悲しみをみる戦後名作の誉れ高き「遮断機」ほか八篇を収録。／定価2300円〉背〈丹羽文雄文学全集　第二十二巻　講談社〉

5073　**丹羽文雄文学全集　第七巻　命なりけり**
昭和五〇年一〇月八日　講談社
四一二頁　二三〇〇円　写真一葉（一九二五年）
命なりけり（朝日新聞　昭和三八年一一月二九日～三九年一二月八日　三七三回）／続　文壇に出た頃―創作ノート
＊　月報一八
和田芳恵　丹羽さんのあれこれ／重松明久　歴史小説と親鸞／小泉譲　評伝　丹羽文雄（十八）
〔帯〕表〈迷い多き人生に、行手を照らす導きの文学／丹羽文雄文学全集　第18回配本第7巻／命なりけり／長谷部鈴鹿は、九鬼信晴に想いを寄せていたが強引な鳥居正直と結婚する。九鬼は事業に失敗し、鈴鹿も九鬼との再出発を期して家を出る。九女の生き方を考える長編。／定価2300円〉背〈丹羽文雄文学全集　第七巻　講談社〉

5074　**丹羽文雄文学全集　第九巻　柔媚の人・晩秋**
昭和五〇年一一月八日　講談社
三九五頁　二三〇〇円
写真一葉（一九三四年頃、新人として文壇登場の時）
柔媚の人（新潮　五一年四号　昭和二九年四月一日）／晩秋（週刊朝日　七二巻一号～七三巻八号　昭和四二年一月一日～四三年二月二三日　六〇回）／作者の持味―創作ノート
＊　月報一九
田宮虎彦　丹羽さんのこと／大河内昭爾　講演旅行の記／小泉譲　評伝　丹羽文雄（十九）
〔帯〕表〈迷い多き人生に、行手を照らす導きの文学／丹羽文雄文学全集　第19回配本第9巻／柔媚の人　晩秋／秋元帯子は政略結婚をするが、義父に薬入りの酒を飲まされて犯される。いつのまにか義父を慕うようになった帯子は染色の道に生きて往く―1，000枚余の長篇「晩秋」。／定価2300円〉背〈丹羽文雄文学全集　第九巻　講談社〉

5075　**丹羽文雄文学全集　第一一巻　運河**
昭和五〇年一二月八日　講談社
四七八頁　二三〇〇円　写真一葉（一九三九年頃、下落合時代、文雄、綾子夫人、桂子、直樹）
運河（サンデー毎日　三六巻二〇号～三七巻三三号　昭和三二年五月一九日～三三年八月一七日　六六回）／読者の手紙―創作ノート
＊　月報二〇
吉村昭　強靭な知性／上田三四二　女人生母／小泉譲　評伝　丹羽文雄（二十）
〔帯〕表〈迷い多き人生に、行手を照らす導きの文学／丹羽文雄文学全集　第20回配本第11巻／運河／画才のない夫と、ファッション・デザイナーとして一流で事業も拡大して行く妻、夫婦の間の微妙な心理のゆれ動きを見事に描く。男女小説の一典

型たる名作長編。／定価２３００円〉背〈丹羽文雄文学全集第十一巻　講談社〉

5076　**丹羽文雄文学全集　第二巻　鮎・太陽蝶**

昭和五一年一月八日　講談社

三九九頁　二三〇〇円

写真一葉（一九五二年、母こうと）

鮎（文芸春秋　一〇巻四号　昭和七年四月一日）／太陽蝶（家の光　四六巻一号～四七年一二号　昭和四五年一月一日～四六年一二月一日　二四回）／秋（街　大正一五年一〇月一日）／贅肉（中央公論　四九年八号　昭和九年七月一五日）／無慚無愧（文学界　二四巻三号　昭和四五年三月一日）／自叙伝についての考察―創作ノート

＊　月報二一

浦松佐美太郎　丹羽文雄の新しい境地／佐伯彰一　批評家・丹羽文雄／小泉譲　評伝　丹羽文雄（二十一）

〔帯〕表〈私小説の枠をふみ出して再構築する新文学／丹羽文雄文学全集　第21回配本第2巻／鮎　太陽蝶／同人雑誌「街」に発表した処女作「秋」、「菩提樹」と対をなし、家出した母を中心に描いた大作「太陽蝶」。名作短篇の「鮎」。また「贅肉」「無慚無愧」など自伝的小説を収録する。／定価２３００円〉背〈丹羽文雄文学全集　第二巻　講談社〉

5077　**丹羽文雄文学全集　第一九巻　怒濤・かしまの情**

昭和五一年二月八日　講談社

四二五頁　二三〇〇円　写真一葉（一九四八年、武蔵野市西窪の家にて、左より妻綾子、長女桂子、文雄、長男直樹）

怒濤（改造　二三巻一一号　昭和一六年六月一日）／かしまの情〔第一章　かしま払底（原題「貸間払底」　人間　四巻三号　昭和二四年三月一日）／第二章　部屋（小説界　二巻一号　昭和二四年二月一日）／第三章　十夜婆々（文芸春秋　二六巻一二号　昭和二三年一二月一日）／第四章　弱肉（原題「弱肉―続・十夜婆々」　文芸　六巻一号　昭和二四年一月一日）／第五章　歌を忘れる（新文学　六巻三・四～七号　昭和二四年三月一日～六月一日　四回）／第六章　金雀児（風雪　三巻二号　昭和二四年二月一日）／第七章　うちの猫（別冊文芸春秋　一一号　昭和二四年五月二〇日）〕／継子と顕良（文芸春秋　一七巻一一号　昭和一四年六月一日）／憎悪（評論二号　昭和二一年三月一日）／人間図（原題「人間模様」　日本小説創刊号　昭和二二年五月一日）／こほろぎ（中央公論文芸特集　四号　昭和二五年九月二〇日）／欲の果て（別冊文芸春秋　三六号　昭和二八年一〇月二八日）／襤褸の匂い（別冊文芸春秋　四一号　昭和二九年八月二八日）／気紛れの線（世界　一〇九号　昭和三〇年一月一日）／さまざまの嘘（新潮　五三年一一号　昭和三一年一一月一日）／話術―創作ノート

＊　月報二二

青山光二　思い出すまま／村松定孝　印象そのおりおり／小泉譲　評伝　丹羽文雄（二十二）

〔帯〕表〈私小説の枠をふみ出して再構築する新文学／丹羽文雄文学全集　第22回配本第19巻／怒濤　かしまの情／敗戦後の住宅困窮時代を舞台に、貸間を転々とする女主人公の眼を通して庶民の生活を如実に描く長篇「かしまの情」ほか九篇を収録、及び毎回好評の創作ノート。／定価２３００円〉背〈丹羽文雄文学全集　第十九巻　講談社〉

5078　**丹羽文雄文学全集　第一四巻　一路**
昭和五一年三月八日　講談社
五〇八頁　二三〇〇円
写真一葉（一九五一年）
一路（群像　一七巻一〇号～二一巻六号　昭和三七年一〇月一日～四一年六月一日　四五回）／作品の生命―創作ノート
＊　月報二三
井上靖「海戦」讃／松原新一　人間の事実をめぐって／小泉譲　評伝　丹羽文雄（二十三）
〔帯〕表〈私小説の枠をふみ出して再構築する新文学／丹羽文雄文学全集　第23回配本第14巻／一路／加那子は校長の娘に生れて、料亭の女中頭となり、寺に嫁いで院代の悠良と罪を犯す。順調な人生も遂には地獄と化す人間の道。読売文学賞受賞＝丹羽文学の代表作。／定価２３００円〉背〈丹羽文雄文学全集　第十四巻　講談社〉

5079　**丹羽文雄文学全集　第二〇巻　闘魚・女靴**
昭和五一年四月八日　講談社
三九六頁　二三〇〇円　写真一葉（一九六二年、羽田空港にて、長男直樹の妻ベアテ・フィッシャーと）
闘魚（朝日新聞　昭和一五年七月一三日～一二月五日　一四五回）／女靴（小説新潮　六巻一号　昭和二七年一月一日）／愛欲（芸術　昭和二一年七月一〇日）／女商（新人　二六巻七号　昭和二一年一〇月一日）／砂地（文学界　四巻四号　昭和二五年四月一日）／藤代大佐（文学界　七巻七号　昭和二八年六月一日）／ある青年の死（世界　二一七号　昭和三九年一月一日）／養豚場（別冊小説新潮　一七巻三号　昭和四〇年七月一五日）／身辺雑記―創作ノート
＊　月報二四
後藤明生　散文家の目／中村脩吉　丹羽文雄と女性／八木毅「闘魚」のころ／小泉譲　評伝　丹羽文雄（二十四）
〔帯〕表〈私小説の枠をふみ出して再構築する新文学／丹羽文雄文学全集　第24回配本第20巻／闘魚　女靴／男女の関係を結婚という契約関係で見るときの、誰しもが持つ愛情と併存するエゴイズムを徹底的にあばきだす名篇「闘魚」、ほかに「女靴」など七篇を収録する。／定価２３００円〉背〈丹羽文雄文学全集　第二十巻　講談社〉

5080　**丹羽文雄文学全集　第二一巻　南国抄・当世胸算用**
昭和五一年五月八日　講談社
四〇一頁　二三〇〇円
写真一葉（一九七一年、孫の本田千秋と）
南国抄（日本評論　一四巻四号　昭和一四年四月一日）／当世胸算用（中央公論　六四年九～一二号　昭和二四年九月一日～一二月一日　四回）／移つて来た街（早稲田文学　二巻一一号、三巻一号　昭和一〇年一〇月一日、一一年一月一日）／霜の声（中央公論　五二年一号　昭和一二年一月一日）／町内の風紀（中央公論　五二年一二号　昭和一二年一二月一日）／人生案内

〔改造　二一巻二号　昭和一四年二月一日〕／隣人〔中央公論　五四年九号　昭和一四年九月一日〕／太宗寺附近〔文芸　七巻一二号　昭和一四年一二月一日号〕／浅草寺附近〔改造　二二巻一八号　昭和一五年一〇月一日〕／鬼子母神界隈〔新生　二巻一〇号　昭和二一年一〇月一日〕／世帯合壁〔文明　一巻八号　昭和二一年一〇月一日〕／洗濯屋〔早稲田文学　一五巻三号　昭和二三年七月一日〕／崖下〔新潮　五二年七号　昭和三〇年七月一日〕／破滅型―創作ノート

＊月報二五

森茉莉　贋ものでない可能性／福島保夫　戦時下のころ／小泉譲　評伝　丹羽文雄（二十五）

〔帯〕表〈人間的であることが宗教的でもある作品群／丹羽文雄文学全集　第25回配本第21巻／南国抄　当世胸算用／一般庶民の生活をヴィヴィッドに描いて群を抜く秀作集。登場するのは、困窮の極にある母子であったり、欲望そのままに生きる男達で、みな我らの親しい隣人である。／定価２３００円〉背〈丹羽文雄文学全集　第二十一巻　講談社〉

5081　**丹羽文雄文学全集　第二六巻　親鸞Ⅰ**

昭和五一年六月八日　講談社

四七二頁　二三〇〇円　写真一葉（一九七三年）

親鸞（サンケイ新聞　昭和四〇年九月一四日～四四年三月三一日　一二八二回）／実作メモ―創作ノート

＊月報二六

八木義徳　一冊の本から／竹西寛子　丹羽さんの選評／小泉譲　評伝　丹羽文雄（二十六）

〔帯〕表〈人間的であることが宗教的でもある作品群／丹羽文雄文学全集　第26回配本第26巻／親鸞Ⅰ／時代は源平の争乱から、鎌倉武士の世へと移る。松若麿（親鸞）は叡山に入るも、下山して結婚し法然のもとに行く。体制化した仏教とはことなる専修念仏である。／定価２３００円〉背〈丹羽文雄文学全集　第二十六巻　講談社〉

5082　**丹羽文雄文学全集　第二七巻　親鸞Ⅱ**

昭和五一年七月八日　講談社

四六九頁　二三〇〇円　写真一葉（一九七六年）

親鸞（サンケイ新聞　昭和四〇年九月一四日～四四年三月三一日　一二八二回）／ある顛末―創作ノート

＊月報二七

新田次郎　不動の姿／尾崎秀樹　思い出のなかの「勤王届出」／小泉譲　評伝　丹羽文雄（二十七）

〔ある顛末―創作ノート〕

協会の山本健吉理事長から電話がかかり、

「理事に当選したから、受けてくれますか」

私は一瞬とまどった。私が協会の役職から退いたのは、三年前であった。著作権の無断引用という嫌疑をかけられたことに対する責任から役職を辞退したのである。その一年あとに、理事の選挙が行われた。そのときは私に投票してくれた票がすくなかったので、当選にはならなかった。当然のことである。が、それから三年が経った。今度は意外なほど私に票が集まったというのである。無断引用の事件は、そのまま尾をひいていた。しかし、その事件は、去年（一九七五年）一一月の中央公論の七十周年記念号にのせた私の「閑話休題」（蓮如随筆）によって、私の希望することの出来る最高の形で解決していたのである。私は明らかに重松明久博士の「覚如」から、「蓮如」に引用をした部分がある。が、無断引用ではなく、「蓮如」を始めてから七回目に、小説の終りのところに断書きを発表していた。小説が完結したあとに出所明示するから、そのときまで待ってほしいという意味の断書きであった。私はかつて長篇「親鸞」の場合にも、その方法で出所明示を行ってきた。途中では一回も行わなかった。重松明久博士は、その事実を知らなかったのだ。蓮如随筆を読んで、断書きのあったことを初めて知って、私に封書の手紙をくれた。その中に、

「私の不明によって、あなたにとんでもない迷惑をかけたことを、あらためてお詫びします」

という一節があった。

それによって、三年間の私の憂鬱はきれいに晴れた。私が無断引用をしていたのではないことを、重松博士が知ってくれたのである。私は心の重荷が下りて、ほっとした。が、世間はこのことを知らなかった。私も黙っていた。二、三人の人には話したが、ことさら身の潔白を、新聞や雑誌に発表する気持にはならなかった。

私は改めて、重松明久博士の人柄に感動した。大抵の人間なら、たとえ私の随筆をよみ、断書きの事実を知ったところで、沈黙しているのが一般である。進んでおのれの不明を暴露するようなことはしないものである。それを博士が行った。私と博士とのあいだがもつれたのは、博士を利用して、私から金を引き出そうとたくらんだ一味のしわざであった。

三年が経過して、私は青天白日の心境になった。そのときに山本理事長からの電話であった。いずれ私は小説蓮如が終ったならば、この事件を記録風に小説にまとめようと考えていたが、それは何年か先のことになる。山本理事長の電話をうけて、とっさに私は心をきめた。私は電話口で、例の事件がきれいに解決したことを話した。

「それでは理事会でその人の手紙を読んで下さい」

と、いう返事であった。

協会の総会がストで延期された。私は総会に出て、この事件の報告をした方がよいと思った。私に投票してくれた会員に対する礼儀でもあり、同時に総会に出席する各社の記者にも報告することになるからであった。

四月三十日、東京会館で行われた総会に出席した私は、源氏鶏太理事の報告のあとに立った。そのときは、三十枚ほどの葉書と、一通の封書をもっていた。葉書は事件以後、毎月私の「覚如」を読んだ重松博士の読後感と近況報告をかねた通信であった。私たちは親しくなっていた。

三年前、事件解決のために私は重松博士に会いに福井に出かけた。それまで私は、相手側が冷静になってくれるのを期待していたのである。が、重松博士の身辺は、東京で私が想像していたのとはまるでちがって、博士宅が闘争本部のようになっていて、毎日二、三人のものがつめかけていて、博士夫妻は、

「まるで私たち夫婦は、洗濯機械にほうりこまれたような具合でした」

と、後日私に話をしたが、博士夫妻は発言権まで取り上げられていたのである。その事情を知った私が、ある日とりまきに

知られないようにして福井に出向いた。が、博士の宅まで来ると、すでに私の来たことが知れていて、とりまきの首謀者らしいのが待ちかまえていた。が、私はかれを無視して、博士夫妻を、芦原温泉の旅館に招待した。

「こんな事件になろうとは夢にも思わなかったのです。事件を任せた人間のことを、よく知らなかったために、こんな結果になりました」

と、博士夫妻は私に詫びた。しかし、このときはまだ私が、断書きを書いていたことを博士は知らなかった。私も口に出さなかった。新聞に書きたてられた当時、断書きのことを持ち出せばよかったのにという人もいたが、当時は相手側がひどく感情的になっているので、これ以上刺戟をあたえることは躊躇されたからである。

そのとき、小説の終りに毎号出所明示をするということで話は一応解決した。

あとで聞いた話だが、

「君はお金がほしいのか」

と、博士がとりまきの首謀者に訊いた。

「ほしいです」

と、答えた。そのため博士は、なにがしの金を出して、この事件から手をひくようにしたというのである。最初相手側が私に要求した金額は、七千万円であった。どこからそのような計算が出来たのか、笑い話にすぎなかったが、丹羽文雄の原稿料は原稿用紙の一マスが七十五円という相場だったそうである。つまり私の原稿料は四百字づめ一枚で三万円という計算であった。私は残念ながらいまだかつてそれほど高い稿料をもらったことはない。

私は協会の総会で、以上のような説明を行った。重松博士の手紙を読み上げた。

「他人の親書を無断で公開することは、明らかに著作権の侵害となる。しかし、安心して下さい。このことについて、すでに重松博士から電話で許可をうけているから」

私はそういった。

総会に集まった会員たちは、はじめて私の無断引用の疑いのはれたことをみとめてくれた。あとで中村光夫理事が、

「著作権の事件がこのような形で解決したのは、例がないのではないか」

といった。

加害者に仕立てられた私が、いつの間にか被害者となっていたのである。そういえば、事件発生以来私は被害者であったわけだ。

「世間は、油断がなりませんよ。文壇でも相当名の知れているあなたの同業者が、この際徹底的にやっつけてくれと激励の手紙をくれました」

と、重松博士がいった。が、博士はその人の名を口に出さなかった。

私はあらためて世間というものを感じた。同業者といえば、おそらく文芸家であろう。そういう人間が私をおとし入れようと、博士をけしかけたのである。私の神経では考えられないことであった。もっともこの私にしても、完全な人間ではない。欠点も多い人間である。が、同業者の災難をよいことにして、さらにつき落とそうとはかったり、かげでこそこそと動きまわ

るようなことは、私には絶対に出来ないことである。自分がそうであるために、同業者がそうした動きをするなど考えることも出来ないのである。事実を教えられて、私はショックをうけた。

それにしても著作権問題は厄介なことである。

私は責任をとって協会の役職を辞任したとき、いずれ著作権問題はいろいろな形で今後もおこりうることだから、協会の著作権委員会では、その対応策を十分に考えてほしいと希望した。が、この三年間、協会は私の希望をうけ入れてくれなかった。

「そんなものが出来ると、却って仕事が束縛される」

という反対意見もあったときいた。しかし現実に、その後二、三の著作権問題がおこった。

これまでの著作権問題の経過をみると、徹頭徹尾加害者が沈黙を守るというやり方があった。そのことでマスコミなどにどう書かれようと、一言の弁明もしないで沈黙で押しとおした作家がいた。かげで金銭的に解決されたのではないかと噂になった。また中にはいる人があって、解決のついたという例もあった。裁判で何年間も争いつづけられているという例もあった。また相手側の著作権に対する認識不足を根気強く説きつづけて、形の上だけは相手を屈服させたという方法で解決にもっていった例もあった。また強力な組織を背景にして、強気に著作権者を圧迫している例もあった。目下裁判中のものもある。金銭で解決がつけられたにしても、割り切れない気持は双方の胸の底に残るはずである。それというのも、著作権の、たとえば引用という一事をとりあげてみても、明瞭な法律の指示がないからである。

私たちが歴史小説を書く場合、歴史学者の本を参考にするのはやむをえないことである。私は「蓮如」を書きはじめたとき、十人近い著者に、著書を使用させてもらう許可を求めた。一人だけそれに対して返事があったが、あとは返事がなかった。返事をくれた歴史学者は、「いったん発表した以上は、第三者がそれをどう使おうと、その人の自由である。不明な点があれば、いつでも手紙を下さい」と、親切にいってくれた。

著作権法の第三十三条に、

「公表された著作物は、引用して利用することが出来る」

と書かれている。

「この場合において、その引用は、公正な慣行に合致するものであり、かつ、報道、批評、研究等その他の引用の目的上正当な範囲内でおこなわれるものでなければならない」

引用するには、当然自分の著作物がなければならないのである。引用部分の方が自分の著作部分よりおもな内容になっていたり、正統な範囲をこえてはならないのである。

私が無断引用の疑いをかけられた部分は、「慕情絵」と「最須敬重絵詞」の中からの引用であった。重松博士が、この古文書の中から同じように引用していた。そして引用部分がおなじ結果になった。おそらく騒ぎをおこした博士のとりまきの首謀者は、古文書のありかも知らずに、私が博士の引用部分をそっくり引用したと思いこんだようであった。ましてその首謀者は、その号より六、七号前の「蓮如」の七回目に断書きをしているなど、夢にも思わなかったであろう。前にさかのぼって調べようともしなかったのであろう。そのことは当の博士にしても、私の蓮如随筆によって初めて知ったのだった。

引用する場合は、必ず著作権者名、題名を明らかにする出所明示の責任がある。ところが、何字以内という引用の規定はないのである。何行とか何ページということもきめることは困難である。その点、法律は、「正当な範囲内」と漠然といっている。この正当な範囲内の解釈は、社会通念や慣行に従ってと規定しているにすぎないのである。

歴史学者が他の歴史学者のものから引用する場合がある。小説家が歴史学者のものから引用する場合がある。当然両者は引用の扱い方がちがっている。それは小説というものの社会通念と、小説という長い慣行によって自然とちがってくるものである。編集者は小説の中に出所明示をされることを極度に嫌う。小説の終ったあとに出所明示されることまでも嫌うものである。それは社会通念と長い慣行の結果である。編集者が嫌うのは、また明かに読者が嫌うからであった。

私が三年前に協会を退くとき、あとに期待したことは、この小説というものに対する社会通念としての慣行によって、この際協会に明確な一線を打ち出してもらいたいということであった。が、実行はされなかった。

私たち小説家は、引用する場合に、歴史学者のように厳重な規定は守れない。書くものの性質上、学者のように行えないのである。編集者が嫌い、読者が嫌うということも、そうしたことの原因になっている。厳密な出所明示といわれたら、おそらく小説家はこれまでだれも正確には守ってはいなかったであろう。厳密な引用といえば、引用部分をカッコでかこみ、その後にだれのどの著作物であるかを表示するのである。カッコの引用のとき、句読点のあやまりも許されない。仮名遣いもそっくりそのまま使わねばならないものである。そのようなことは、小説家には苦痛である。引用しながら、句読点を変えたり、作者独自の表現に書きかえたりするものである。しかしそれでは、もはや引用とはいえないのである。ある点、小説家が歴史学者のものを引用する場合、カッコもなく、句読点もちがい、参考のために利用している場合がほとんどである。参考と引用を混同して使っているのが実情である。たとえば私の無断引用の疑いも、厳密な意味からいえば、それは引用の体をなしていないものであった。引用の形に似ているが、むしろ参考程度のものであった。

昭和四十九年二月発行の「著作権法ハンドブック」によると、「全文章の巻頭や巻末に、この文章には何々の著作物から引用した部分があるというような表示をしても、引用された著作物がそれによって特定されませんから、出所の明示したものとは認められません」

とある。

が、これはたとえば歴史学者の場合にあてはまるが、小説の場合は困難なことである。私は事件以来、小説の終りのところで参考書の出所明示を行ってきた。それにさらに教えられたことを感謝すると書き添えている。引用はするが厳密な形式の引用の規定を守っていないかぎり、それは引用でなく参考である。重松博士が私の断書きを知って詫びの手紙をくれたのは、小説というものの社会通念を考え、それの長い慣行をみとめたからの処置であったと考える。もしも博士が歴史学者なみの厳格な引用を要求されたならば、事件はいまなお尾を引いていたことであろう。

こういうことを考えると、出所明示をどのようにすればよいかという問題でも、改めて協会で考えなおさねばならないのだ。

　私は先日、新しい協会の理事会に出席した。三年が経つと、顔ぶれも大分変わっている。が、私の経験した災難を他の会員が経験しないようするためには、私の災難を生かさねばならないのだ。

「出所明示は、社会通念や慣行に従って行う」

　法律上はそれでよいのだが、すくなくとも協会の会員は、社会通念や慣行ということに、是非とも明瞭な一線を打ち出してもらいたいものである。

〔帯〕表〈人間的であることが宗教的でもある作品群／丹羽文雄文学全集　第27回配本第27巻／親鸞Ⅱ／後鳥羽上皇の専修念仏への弾圧によって親鸞は越後に流され、その地で布教する。筑前と再婚し東国の稲田に移るが、風雲急な京都に戻って息子の善鸞と再会する。／定価２３００円〉背〈丹羽文雄文学全集　第一巻　講談社〉

5083　**丹羽文雄文学全集　第二八巻　親鸞Ⅲ**

　昭和五一年八月八日　講談社

　五三七頁　二三〇〇円　写真一葉（一九七六年）

親鸞Ⅲ〔親鸞（サンケイ新聞　昭和四〇年九月一四日～四四年三月三一日　一二八二回）／あとがき（新潮社『親鸞　第五巻』昭和四四年九月二五日）〕／親鸞紀行（平凡社『親鸞紀行』　昭和四七年一一月一〇日）／仏にひかれて―わが心の形成史（読売新聞　昭和四五年六月七日～四六年八月八日　六〇回）／水島治男のこと―創作ノート／小泉譲「年譜・著作目録」421―537頁

＊　月報二八

石川利光　二次、三次の全集を／中村八朗　断片／小泉譲　評伝　丹羽文雄（二十八）

〔帯〕表〈人間的であることが宗教的でもある作品群／丹羽文雄文学全集　第28回配本第28巻／親鸞Ⅲ／親鸞の去ったあとの東国に、息子の善鸞を名代として送るが、善鸞は己れのエゴイズムから父の教えに叛くことになる。親鸞の晩年を描く傑作。巻末に書誌目録を収録。／定価２３００円〉背〈丹羽文雄文学全集　第二十八巻　講談社〉

viii　丹羽文雄文学全集　限定版

　全二八巻　講談社　各一〇〇〇〇円

　昭和四九年四月二〇日～昭和五一年八月二〇日

　A５判　革装　丸背　パラフィン　二重函　二段組

　辻村益朗装幀　旧字旧仮名

5084　**丹羽文雄文学全集　第一巻　菩提樹・再会**

　昭和四九年四月二〇日　講談社

　四九二頁　一〇〇〇〇円　署名入

＊　5056の限定版。署名入。

5085　**丹羽文雄文学全集　第一〇巻　飢える魂**

　昭和四九年六月二〇日　講談社

四二八頁　一〇〇〇〇円
＊　5057の限定版。

5086　**丹羽文雄文学全集　第一七巻　日日の背信**
昭和四九年七月二〇日　講談社
三九七頁　一〇〇〇〇円
＊　5058の限定版。

5087　**丹羽文雄文学全集　第八巻　包丁《ママ》・恋文・雨跡**
昭和四九年八月二〇日　講談社
四一六頁　一〇〇〇〇円
＊　5059の限定版。

5088　**丹羽文雄文学全集　第三巻　厭がらせの年齢・有情**
昭和四九年九月二〇日　講談社
四〇八頁　一〇〇〇〇円
＊　5060の限定版。

5089　**丹羽文雄文学全集　第一二巻　禁猟区**
昭和四九年一〇月二〇日　講談社
四六〇頁　一〇〇〇〇円
＊　5061の限定版。

5090　**丹羽文雄文学全集　第五巻　顔**
昭和四九年一一月二〇日　講談社
五一一頁　一〇〇〇〇円
＊　5062の限定版。

5091　**丹羽文雄文学全集　第一八巻　告白・落鮎**
昭和四九年一二月二〇日　講談社
三八六頁　一〇〇〇〇円
＊　5063の限定版。

5092　**丹羽文雄文学全集　第六巻　美しき嘘**
昭和五〇年一月二〇日　講談社
四〇六頁　一〇〇〇〇円
＊　5064の限定版。

5093　**丹羽文雄文学全集　第二三巻　薔薇合戦**
昭和五〇年二月二〇日　講談社
三三三頁　一〇〇〇〇円
＊　5065の限定版。

5094　**丹羽文雄文学全集　第一六巻　書翰の人・爬虫類**
昭和五〇年三月二〇日　講談社
三九一頁　一〇〇〇〇円
＊　5066の限定版。

5095　**丹羽文雄文学全集　第四巻　藍染めて・青春の書**
昭和五〇年四月二〇日　講談社
三八三頁　一〇〇〇〇円
＊　5067の限定版。

5096 **丹羽文雄文学全集　第一三巻　献身**
昭和五〇年五月二〇日　講談社
四四三頁　一〇〇〇〇円
＊5068の限定版。

5097 **丹羽文雄文学全集　第二四巻　蛇と鳩・守礼の門**
昭和五〇年六月二〇日　講談社
四二二頁　一〇〇〇〇円
＊5069の限定版。

5098 **丹羽文雄文学全集　第一五巻　女人禁制・哭壁**
昭和五〇年七月二〇日　講談社
四一二頁　一〇〇〇〇円
＊5070の限定版。

5099 **丹羽文雄文学全集　第二五巻　海戦・還らぬ中隊**
昭和五〇年八月二〇日　講談社
四一二頁　一〇〇〇〇円
＊5071の限定版。

5100 **丹羽文雄文学全集　第二二巻　遮断機・理想の良人**
昭和五〇年九月二〇日　講談社
三八八頁　一〇〇〇〇円
＊5072の限定版。

5101 **丹羽文雄文学全集　第七巻　命なりけり**
昭和五〇年一〇月二〇日　講談社
四一二頁　一〇〇〇〇円
＊5073の限定版。

5102 **丹羽文雄文学全集　第九巻　柔媚の人・晩秋**
昭和五〇年一一月二〇日　講談社
三九五頁　一〇〇〇〇円
＊5074の限定版。

5103 **丹羽文雄文学全集　第一一巻　運河**
昭和五〇年一二月二〇日　講談社
四七八頁　一〇〇〇〇円
＊5075の限定版。

5104 **丹羽文雄文学全集　第二巻　鮎・太陽蝶**
昭和五一年一月二〇日　講談社
三九九頁　一〇〇〇〇円
＊5076の限定版。

5105 **丹羽文雄文学全集　第一九巻　怒濤・かしまの情**
昭和五一年二月二〇日　講談社
四二五頁　一〇〇〇〇円
＊5077の限定版。

5106 **丹羽文雄文学全集　第一四巻　一路**
昭和五一年三月二〇日　講談社

五〇八頁　一〇〇〇〇円

＊ 5078の限定版。

5107 **丹羽文雄文学全集　第二〇巻　闘魚・女靴**

昭和五一年四月二〇日　講談社

三九六頁　一〇〇〇〇円

＊ 5079の限定版。

5108 **丹羽文雄文学全集　第二一巻　南国抄・当世胸算用**

昭和五一年五月二〇日　講談社

四〇一頁　一〇〇〇〇円

＊ 5080の限定版。

5109 **丹羽文雄文学全集　第二六巻　親鸞Ⅰ**

昭和五一年六月二〇日　講談社

四七二頁　一〇〇〇〇円

＊ 5081の限定版。

5110 **丹羽文雄文学全集　第二七巻　親鸞Ⅱ**

昭和五一年七月二〇日　講談社

四六九頁　一〇〇〇〇円

＊ 5082の限定版。

5111 **丹羽文雄文学全集　第二八巻　親鸞Ⅲ**

昭和五一年八月二〇日　講談社

五三七頁　一〇〇〇〇円

＊ 5083の限定版。

ix 丹羽文雄の短篇30選

全一巻　角川書店

5112 **丹羽文雄の短篇30選**

昭和五九年一一月二二日　角川書店

七九二頁　四六〇〇円　A5判　革装　丸背

パラフィン　函　帯　岡村元夫装幀　二段組

新字新仮名　04-872396-0

朗かなある最初（新正統派　二巻六号　昭和四年六月一日）／お膳を蹴飛ばした話（新正統派　二巻一号　昭和四年一月一日）／鮎（文芸春秋　一〇巻四号　昭和七年四月一日）／鶴（三田文学　八巻三号　昭和八年三月一日）／贅肉（中央公論　四九年八号　昭和九年七月一五日）／椿の記憶（世紀　二巻三号　昭和一〇年四月一）／山ノ手線（行動　三巻八号　昭和一〇年八月一日）／古い恐怖（日本評論　一〇巻一一号　昭和一〇年一一月一日）／菜の花時まで（日本評論　一一巻四号　昭和一一年四月一日）／愛欲の位置（改造　一九巻六号　昭和一二年六月一日）／隣人（中央公論　五四年九号　昭和一四年九月一日）／再会（改造　二二巻四号　昭和一五年三月一日）／厭がらせの年齢（改造　二八巻二号　昭和二二年二月一日）／理想の良人（人間　二巻二号　昭和二二年二月一日）／父の記憶（社会　二巻一〇号　昭和二二年一二月一日）／かしま払底（原

題「貸間払底」人間　四巻三号　昭和二四年三月一日）／幽鬼（別冊小説新潮　六巻一二号　昭和二七年九月一五日）／母の日（群像　八巻一一号　昭和二八年一〇月一日）／崖下（新潮　五二年七号　昭和三〇年七月一日）／吹き溜り（文芸　一二巻一一号　昭和三〇年九月一日）／もとの顔（文学界　一一巻一号　昭和三二年一月一日）／雪（新潮　五八年一号　昭和三六年一月一日）／朝顔（文芸　三巻八号　昭和三九年八月一日）／茶の間（新潮　六三年五号　昭和四一年五月一日）／蛾（群像　二二巻二号　昭和四二年二月一日）／父の記憶（社会　二巻一〇号　昭和二二年一二月一日）／贖罪（海　一〇巻三号　昭和五三年三月一日）／中華料理店（新潮　七四年一号　昭和五二年一月一日）／父子相伝（群像　三四巻一号　昭和五四年一月一日）／妻（群像　三七巻六号　昭和五七年六月一日）

＊河野多恵子編。丹羽文雄アルバム／河野多恵子「編集を終えて」769頁／清水邦行「略年譜・主要作品一覧」773-792頁

〔帯〕表〈著者傘寿記念出版／作家活動60年、煩悩具足の人間の生を見つめ続けた珠玉作品群より、その文学の源泉と呼べる30篇を精選、年代順に収録した決定版短編選集〉背〈珠玉代表作品を年代順に収録／編集・河野多恵子〉裏〈丹羽文学への驚嘆／　丹羽文雄先生は八十歳の今日まで、質・量ともに驚異的な創作力を示し続けてこられた。このたび、短篇小説のみによる三十篇のお作を絞りに絞って選り抜かせていただきながら、つくづく驚嘆したことがある。（中略）丹羽先生のどの時期のお作を取ってみても、その時期らしい若さとその時期らしからぬ充実がある。或いは、その時期らしい充実とその時期らしからぬ若さがある。まことに、異例と申すほかはない。／（「編集を終えて」より）／河野多恵子〉

x　他作家の個人全集・選集

5501　**定本坂口安吾全集12**　昭和四六年九月一〇日　冬樹社
四九三頁　三〇〇〇円　A5判　クロス装　上製
丸背　函　二段組　新字新仮名

新しいモラルをいかにすべきか？（都新聞　昭和一一年五月一七日～二二日　六回　青野季吉・伊藤整・坂口安吾・島木健作・高見順・保田與重郎・丹羽文雄・中村地平）23-45頁／丹羽文雄は何を考えているか（現代文学　五巻六号　昭和一七年五月二八日　丹羽文雄・杉山英樹・平野謙・井上友一郎・佐々木甚一・野口冨士男・赤木俊・高木卓・坂口安吾・大井広介・宮内寒弥）69-74頁／小説に就て（文学界　一巻一号　昭和二二年六月二〇日　丹羽文雄・林房雄・石川達三・坂口安吾・舟橋聖一）178-194頁／情死論（文学界　二巻一〇号　昭和二三年一〇月一日　石川達三・井上友一郎・林房雄・丹羽文雄・坂口安吾・舟橋聖一）266-282頁

5502　**浅見淵著作集1**　昭和四九年八月三〇日　河出書房新社
二八八頁　二三〇〇円　B6判　クロス装　上製
丸背　函　二段組　新字新仮名　0095-037497-0961

浅見淵『現代作家研究』帯文（浅見淵『現代作家研究』昭和一一年九月二五日　河出書房新社）

＊解題に全文が引用されている。

5503　**三島由紀夫全集35**
昭和五一年四月三〇日　新潮社
六八九頁　二五〇〇円　四六版　紙装　皮背　上製
丸背　函　旧字旧仮名
編集のことば（河出書房新社「現代の文学」挨拶状　昭和三八年一月）633-634頁
＊川端康成、丹羽文雄、円地文子、井上靖、松本清張、三島由紀夫による共同執筆。

5504　**島木健作全集15**　昭和五六年九月二〇日　国書刊行会
五一九頁　三八〇〇円　A5版　クロス装　上製
丸背　函　二段組　旧字旧仮名
文芸放談（原題「放談会」　文芸　四巻三号　昭和一一年三月一日　島木健作との対談）261-290頁

5505　**横光利一全集月報集成**
昭和六三年一二月三〇日　河出書房新社
四三三頁　五一五〇円　B6判　クロス装　上製
丸背　函　旧字旧仮名
結果（改造社版横光利一全集内容見本）385頁
＊定本横光利一全集別巻。月報、内容見本の復刻版。

5506　**保田與重郎全集　別巻2**　平成元年五月一五日　講談社
五一七頁　四九四〇円　B6判　紙装　背皮　上製
丸背　函　二段組　旧字旧仮名　ISBN4-06-192542-3
現代作家批判座談会（世紀　一巻六号　昭和九年九月一日　青柳瑞穂・尾崎一雄・小田嶽夫・北川冬彦・藏原伸二郎・古木鐵太郎・神保光太郎・外村繁・中谷孝雄・丹羽文雄・山岸外史・保田與重郎・淀野隆三）／新文学のために（行動　三巻八号　昭和一〇年八月一日　島木健作・矢崎弾・徳田一穂・井上友一郎・田村泰次郎・保田與重郎・荒木巍・丹羽文雄・新田潤・庄野誠一・十返一《ママ》・田邊茂一・豊田三郎）／新しいモラールをいかにすべきか（都新聞　昭和一一年五月一七日～二二日　六回
青野季吉・伊藤整・坂口安吾・島木健作・高見順・保田與重郎・丹羽文雄・中村地平）／文学者の生活をいかにすべきか（都新聞　昭和一一年五月二三日～二七日　五回　青野季吉・伊藤整・坂口安吾・島木健作・高見順・保田與重郎・丹羽文雄・中村地平）／文芸ジャーナリズムをいかにすべきか（都新聞　昭和一一年五月二八日～六月一日　五回　青野季吉・伊藤整・坂口安吾・島木健作・高見順・保田與重郎・丹羽文雄・中村地平）15-101頁

5507　**坂口安吾全集17**　平成一一年九月二〇日　筑摩書房
五六〇頁　八一九〇円　A5版　クロス装　上製
丸背　函　二段組　新字旧仮名　4-480-71047-7
新しいモラールをいかにすべきか？（都新聞　昭和一一年五月一七日～二二日　六回　青野季吉・伊藤整・坂口安吾・島木健作・高見順・保田与《ママ》重郎・丹羽文雄・中村地平）／文学者の生活をいかにすべきか？（都新聞　昭和一一年五月二三日～二七日　五回　青野季吉・伊藤整・坂口安吾・島木健作・高見順・

保田与重郎《ママ》・丹羽文雄・中村地平）／文芸ジャーナリズムをいかにすべきか？（都新聞　昭和一一年五月二八日〜六月一日　五回　青野季吉・伊藤整・坂口安吾・島木健作・高見順・保田与《ママ》重郎・丹羽文雄・中村地平）19-43頁／丹羽文雄は何を考えているか（現代文学　五巻六号　昭和一七年五月二八日　丹羽文雄・杉山英樹・平野謙・井上友一郎・佐々木甚一・野口冨士男・赤木俊・高木卓・坂口安吾・大井広介・宮内寒弥）68-73頁／小説に就て（文学界　一巻一号　昭和二一年六月二〇日　丹羽文雄・林房雄・石川達三・坂口安吾・舟橋聖一）215-232頁／情死論（文学界　二巻一〇号　昭和二三年一〇月一日　石川達三・井上友一郎・林房雄・丹羽文雄・坂口安吾・舟橋聖一）298-315頁

5508　**鈴木真砂女全句集**　平成一三年三月三〇日　角川書店
四二二頁　三七八〇円　B6判　紙装　上製　丸背
カバー　新字旧仮名　4-04-884136-X
鈴木真砂女（鈴木真砂女『夏帯』昭和四三年一二月一五日　月報）153-156頁

5509　**徳田秋聲全集25**
平成一三年一一月一八日　八木書店
五八一頁　一〇二九〇円　A5判　クロス装　上製
丸背　函　二段組　旧字旧仮名　4-8406-9725-6
満人作家と語る（文学者　二巻四号　昭和一五年四月一日　古丁・外文・山田清三郎・徳田秋聲・尾崎士郎・高見順・窪川鶴次郎・中村武羅夫・榊山潤・丹羽文雄・田辺茂一・岡田三郎）525-539頁

5510　**島木健作全集15**
平成一五年一二月二五日　国書刊行会
五一九頁　五二五〇円　A5判　クロス装　上製
丸背　カバー　二段組　新装版　旧字旧仮名
4-336-04599-2
＊　5504の復刻版

5511　**決定版三島由紀夫全集36**
平成一五年一一月三〇日　新潮社
七二一頁　六〇九〇円　四六版　クロス装　丸背
上製　函　旧字旧仮名　978-4-10-642576-9
編集のことば（河出書房新社「現代の文学」挨拶状　昭和三八年一月）503頁
＊　川端康成、丹羽文雄、円地文子、井上靖、松本清張、三島由紀夫による共同執筆。

Ⅳ　文学全集

ⅰ　文学全集（個人作品集　共著）

6001　**新日本文学全集　18　丹羽文雄集**

昭和一五年一二月二〇日　改造社
四六五頁　一円五〇銭　四六判　紙装　上製　丸背
カバー　佐野繁次郎装幀　二段組　旧字旧仮名

東京の女性（報知新聞　昭和一四年一月二二日～六月一六日　一四五回）／女人禁制（中央公論　五一年六号　昭和一一年六月一日）／山ノ手線（行動　三巻八号　昭和一〇年八月一日）／贅肉（中央公論　四九年八号　昭和九年七月一五日）／自分の鶏（改造　一七巻六号　昭和一〇年六月一日）／三日坊主（行動　二巻九号　昭和九年九月一日）／妻の作品（改造　二〇巻三号　昭和一三年三月一日）／町内の風紀（中央公論　五二年一二号　昭和一二年一二月一日）／継子と顕良（文芸春秋　一七巻一一号　昭和一四年六月一日）／掲載作品について／略歴

＊全二六巻第八回配本。
＊付録月報　新日本文学全集月報第八号
本多顕彰「林さんの芸術」／刊行者より

〔掲載作品について〕
「東京の女性」は報知新聞に連載をした。報知新聞の新しい企画として、私と戸川貞雄氏、武田麟太郎氏、片岡鐵兵氏の四人が契約して、約九十回どまりの連載小説を続けて書くといふ約束であつた。その最初に私が当つた。その前年私は漢口攻略戦に従軍して、帰国後間もなかつた。「東京の女性」は自動車のセールスマンを主人公にして描いた。自動車のことをしらべなければならないので、自動車新聞を購読したり、日産に勤めてゐる人からいろ々《ママ》自動車会社の内幕を聞いたり参考書を集めた。今これを読むと、隔世の感じである。が、三年前は今ほどガソリンの統制がきびしくなくて、以前のやうにどしどし外国車がはいつて来ないにしろ、自家用車はさかんに走りまはつてゐて、いまだセールスマンも態勢を一変してしまつたことであらう。若しかしたら、そんなものは消えてゐるかも知れない。然し日本自動車界の歴史的な一時代を描いておいたといふだけで、「東京の女性」は小説の巧拙以外に、立派に残る理由があらうと考へてゐる。東宝映画会社がこれを映画にしたが、刻々に変る社会情勢のため、たとへばガソリンの使用も制限されたりして、いい気なドライブも出来ず、大分窮屈な映画になつた。映画会社とすれば、女主人公を動かして観衆になじみやすい世界を開展《ママ》させたかつたのであらうが、そのため私の小説の意図は平凡な恋愛映画に代へられた。その映画のシナリオを三回見て、たうとう《ママ》私が投げ出してしまつたといふエピソードもある。ところ《ママ》が小説の回数だが、初めの約束の九十回が来ても、なかなか小説の終結にならなかつた。当時の編輯者の片岡貢氏が重役に褒められたとか、比較的評判も良かつたので、いつそいつもの連載小説のやうに百四五十回まで書いてほしいといふことになつた。百四十回で終つた。九十回の企画は先づ最初からお流れとなり続く戸川氏、武田氏も百回の余を悠々と突破した。現在は最後の片岡鐵兵氏が書いてゐる。新聞小説としては、比較的成功したものと思つてゐる。

「妻の作品」は谷川徹三氏の家庭をモデルにしたといふので、大分迷惑をした。が谷川氏にも随分迷惑をかけたことを、改めてここでお詫びしたい。ところがその小説が発表になつた月、恰度谷川徹三氏が朝日新聞で文芸時評をうけもつた。どうなることかと私もはらはらしてゐたが、谷川氏は巧みに「妻の作品」を避けて、その月の月評を終つた。谷川氏の家庭を或る人からいろいろと聞いてゐたので、これを書く時に参考にはしたが、谷川氏そのものを描いたわけではなかつた。この小説を発表後、或る友人の宅で谷川氏の奥さんにお目にかかる折があつて、私は穴でもあればはいりたい思ひをした。この小説はさういふ意味でなく、私には自分の創作上に一転機を来たした思ひ出の作品である。この一作を境にして、私はそれまでのやうな小説を書かなくなり、作家として一つの脱皮をした。

「町内の風紀」は「妻の作品」につづいて、私の変へてきた途中の作品である。材料の扱ひ方や描き方が、大分昔のとちがつてゐたので、月評家も面くらつた風であつた。これを書く時に、ゴオゴリの「ネフスキイ通り」を参考にしたが、「ネフスキイ通り」のやうにあぶらつこく小説的にすることを極力さけて、呆気ないくらゐ小さい世界に目をうつる形のままにとどめることにした。私にとつては一つの試作である。いつか折があつたなら、やはりこの調子の構成で、今度はもう少し各家庭にくひこんで、深く描いてみたいと考へてゐる。各家庭をしらべあげた材料が、二年の余も抽出のおくにしまひ放しになつてゐる。

この小説をよんだ武田麟太郎氏が、かういふ世界は自分の縄張りであると笑つたといふことを伝へ聞いた。これまで武田氏の世界とされてゐた世界へ、私が無断で店を出したといふ結果になつた。

「女人禁制」は中野区上高田にゐたころ、書いた。当時は輕部清子氏の住居に私は居候をしてゐた。輕部氏はよそで私のことを、「うちのイソ的」と呼んでゐた。もつとも輕部氏の宅には、つぎからつぎに居候がつづいて、ほとんど居候のゐないといふことがなかつた。「うちのイソ的」は私の呼称に限つてゐなかつたやうである。この小説は女人禁制であるべき寺院に、女性が登場して、さまざまな出来事を起す筋書である。恰度隣が寺院であつた。鐘楼が私の部屋のすぐそばにあつた。自然この寺の配置をモデルに借りて描いたが、まるでその寺の内幕生活をあばき立てたやうな結果になつて恐縮した。後年、ここの住職を輕部氏に紹介されたが、住職はすでに私の「女人禁制」をよんでゐるといふことであつた。ここでも私ははらはらした。が、この小説は数多い自作の中でも、気に入つてゐる作品である。私の気持も十分出てゐると思つてゐる。私は現在淀橋区下落合二の六一七番地の、墓場のとなりに住まつてゐる。この土地の地主の墓といふことであるが相当古い墓石である。ある時、「文芸」の編輯子から求められて、「墓のある風景」といふ短文を綴つた。以下がそれである。

『私自身がそもそも坊主出なので、墓に無神経になつてゐるといふのではないが、普通《ママ》な人よりは度々墓を見かけてゐて、慣れてゐるのは確かである。が、夜ふけにかへつてくる時、路次の前方に樹立にかこまれて、墓石が幽気をたたへて静まりかへつてゐるのを見かけるのは、あまりいい気持のものではない。ことに卒塔婆の新しいのが立つてゐるやうな時は、人肌が感じられて、気味が悪い。

土地の地主の墓ださうであるが、かなり古い墓もある。以前借家をさがしてゐた頃、今の家を出ていく訳なので、次のかりてが見にきたことがあつた。が墓があるといふので、家の中をろくに見ないで帰つていつた。

今どき人家の中に墓のあるのは、をかしいことである。その内にはどこかへ移転することだらう。しかし墓をかこむ一画は、いつもほつたらかされてゐるが、味のある風景である。近所の子供もはいらない。

彼岸になると、線香の濃い烟が二階の私の室に流れこんでくる。線香の匂ひは、私にさまざまな記憶を呼びかへすのである。それは甘ずつぱいやうな切ない記憶である。

上高田にゐたころ、やはり隣りが寺であつた。人家にはさまれてゐるよりか、私はやはり寺か墓に隣合つてゐる方が、気持が落着く。わざわざ寺院のはなれを借りる人もあるではないか。

但し、うちの近所にはケイ子と呼ぶ子供が三人もゐるので、子供同士、

「お墓の桂子ちゃん」

と私の娘を区別して呼ぶのには、苦笑する。』

私の母は、家つきの女なので、墓といふものには慣れてゐる。いや却つて墓のある方が落着くらしい。以前短い間であつたが、浅草の住吉町にゐたころ、裏が寺の境内であつた。よくよく私には寺がついてまはるらしい。気味が悪いだらうと同情してくれるものもあるが、私はその度に苦笑する。ところが最近妻が誰かから、「水商売には墓が縁起がいいんですつて」と聞いてきた。小説家も一種の水商売にはちがひない。

「三日坊主」をどうしてあんな初期に書いたのか、私は今でも不思議に思つてゐる。今の私なら別に不思議はないのだが、よくもまあ、あれほど突つぱなして書けたものだと、をかしい。大人ぶる癖が出てゐるのも、をかしい。今どき流行の伝記的物語的小説である。この作品に出てくる人間は、すべて私の身辺の人だが、その後それらの人々の性格や生活をくはしく知るにつれて、知つてゐたなら、ああは書けなかつたらうと思はれるところが多い。恰度見知らぬ土地を描かうとする場合、作家には二タ通りのいき方がある。一つは、その土地に何年か住みついて、じつくり眺めて書くといふやり方と、単なる旅行者として通りすがりに見て書くといふ方法がある。私はそのどちらにも長所があれば、欠点もあると考へる。「三日坊主」は後者の単なる旅行者の目が偶然よいところだけを拾つたといふ、そのやり方の長所がまぐれ当りに当つた作品だと思つてゐる。私の好きな作品の一つである。

「贅肉」は中央公論の新人号に島木健作氏の「盲目」と並んで掲載された。懸賞当選作といふ名目であつたが、その実さうではなかつた。そのため、私も島木氏も懸賞ほどのまとまつた大金は貰へなかつた。中央公論に初めて登場した作品である。今書いてゐるものとは、別人のやうな作品である。私の「母もの」の作品だが、「贅肉」を書くまでに、私は母親小説を書きながら、三度心境の変化を味つた。最初は「秋」である。その時の私は、母を冷淡に眺めることにした。と云ふより、母といふ存在には恐れをなして、遠慮してゐる形であつた。次のが

「鮎」である。これには母もまた女なりと解釈して、母の生活にはいりこんでいく小説であるが、しんからはいりこんでいくのではなく、母に同情しながら同情に徹し切れない形の小説であつた。三度目が「贅肉」である。ここではむしろ母をかばう立場になり、いたはり、かしづく形になつた。そのため正宗白鳥氏は、日向で猫がじやれてゐるやうな感じだと評を下した。当つてゐると私は思つた。しかしそれはその当時の母といふものに対する私の愛情であつた。愛情のために、作家としての公平な目がくもらされてゐたのも確である。後年私は「再会」といふ「母もの」を書いたが、そこに辿りつくまでには、「贅肉」の時代も私には是非必要であつたのだと考へてゐる。この一作では母の贅肉を描くつもりで、私自身の贅肉を描いてゐたやうな、へんな気持を覚える。この感じは年々深まる一方である。

「自分の鶏」のやうな作品は、二度と私には書けないだらうと思ふ。作品の密度は、「贅肉」と同じものである。全然架空の物語であるが、これを書く時に法律が少し判らなければならないといふので、法律全集を何十円かで買つた。が、私の必要とするのは素人に理解の程度でよかつた。参考書は専門家の参考書なので、少しも私のためにならなかつた。弁護士の書斎に並べておくにふさはしい書物であり、今は絶版になつてゐて、ひつぱり凧だと聞き、私がもつてゐては三文の値打にもならないからと、すぐに古本屋に売り渡した。これを書く時、またバルザックの「ウーゼニイ・ダランデ」を読みなほした。あの吝嗇家が金銭を勘定する描写など、かなはないと私は悲鳴をあげた。自分が小説を書いてゐるので、さうした似通つた描写になると、バルザックの偉大さが二倍に痛感されるわけである。バルザックのあの重厚な圧力は、一つにあの肉体から来てゐるにちがひないのである。腺病質な青白い作家には、たうてい真似られない。或る意味で、作品はその作者の肉体が決定するとも考へられるのである。かういふ例は、私たちの周囲に沢山ある。潤一郎氏の作品は、決して鶴の如き芥川龍之介には書けないものである。かういふことは、評論の世界でも言へさうである。肥つた評論家が案外緻密な評論を書いてゐる場合もあるが、またさういふ例も多いものだが、その場合の緻密さはとぎすまされた神経の鋭さから生じるものではなく、その人のもつ肉体の温さから生れるもののやうに考へられる。血液の循環が、痩せた人とはまた違ふのだ。私は現在二十一貫ある。「贅肉」や「自分の鶏」の密度の工合は、或は一番私の肉体にふさはしいのかも知れない。「贅肉」で自分の贅肉を感じるといふのも、この意味である。いつかまた、私はこの時代の密度にかへつていくのかも知れない。

「継子と顕良」も私の変りつつある途中の作品である。以前の作風とは別人のやうに、粗つぽくがむしやらであるが、当時の私の気持は出せたつもりである。作品としてはあくまで荒削りで、未成《ママ》品であるが、それだけに丁寧に最後のみがきをかけたやうな作品とはまたちがつた力をもつてゐると信じる。作者としては愛着をもつ作品である。そしてこの作品で興味ふかいことは、平常あまり小説をよまない人が、たまに小説をよんで、面白いと言つてくれたのがこの小説であつたことを思ひ合わせると、作家としてまた考へなほさなければならないことがある。

「山の手線」は友人をモデルに描いた。友人の経験の中から、私好みに裁断して書いたものだが、私の特色を端的に現してゐるものである。

6002　三代名作全集　丹羽文雄集

昭和一八年二月一五日　河出書房
四〇三頁　二円五〇銭　四六判　紙装　丸背　函
二段組　猪子斗示夫装幀　旧字旧仮名

還らぬ中隊（中央公論　五三年一二号～五四年一号　昭和一三年一二月一日～一四年一月一日　二回）／尊顔（オール読物　一〇巻一二号　昭和一五年一二月一日）／日記（文芸　五巻一号　昭和一二年一月一日）／老愁（モダン日本　一二巻八号　昭和一六年八月一日）／隣人（中央公論　五四年九号　昭和一四年九月一日）／戦陣訓の歌（放送　一巻一号　昭和一六年一〇月一日）／開かぬ門（日の出　九巻一一号　昭和一五年一一月一日）／浅草寺附近（改造　二二巻一八号　昭和一五年一〇月一日）／あとがき

＊　全二三巻第二〇回配本。

＊　月報二〇号
山本健吉　鏡花断想／無記名　丹羽文雄に就て／編輯室から／第二一回配本予告

〔あとがき〕

ここに集めた八篇は、漢口攻略戦に従軍後の作品であつて、これまでの私の作風とすこしづつかはつてきてゐる。従軍といふものが、精神の上にどういふ影響をあたへるか、このことは十年後二十年後につなて《ママ》、自作の上にいつそう明らかにならうと考へてゐる。

「還らぬ中隊」―漢口攻略戦に従軍した産物である。私は上海から昭和十三年十一月二日にかへつてきたが、小説に書くにはゆつくり材料を整理してからと考へてゐた。が、中央公論の島中さんにほとんどどやしつけられるやうにして、前篇を十一月の十一日から二日で五十四枚書いた。しかし、前篇のすべり出しは、自分にも気にいつた。私は戦記ものを書くにあたつて、あらゆる戦争物をよんだ。一番気持にぴつたりときたのが、クライスラーの「塹壕の四週間」である。クライスラーのもつ静謐な感じが、何よりもうれしかつた。うれしかつたと形容するのも、いろいろの戦争物を読みながら暗にさがしもとめてゐた境地が、偶然に見つかつたやうに思つたからである。私はどうしたら戦地における昂奮状態をおさへて、何気ない心境で小説が書けるか、といふことを先決問題とした。戦地にゐるときには、たれもかれも一種の昂奮状態におちる《ママ》。本人はこの状態を常態と感じてしまふ。いや、それ以外の心の持ち方がゆるされないのである。この昂奮はいつたん内地に足をつけると、とたんに、心の位置がいまさらに判るのである。このことは、現在では戦地も銃後もない。銃後は第二の戦場であるのといふあの心得の問題とは別個である。私は戦地の昂奮状態で筆をとつたことは、きはめて危険だと思つた。戦地の昂奮をしつかり捉へるには、作者は戦地の昂奮状態のまま呼吸をしてゐてはならない。作者は一応戦地の昂奮からはなれて、ずぶの素人の思索や感受性を取りもどさなければならないと思つた。それには先づ静かなものがほしい。クライスラーは私にこの願ひをかなへてくれた。続篇を三百十八枚書き、翌年の中央公論の新年号に載せた。距離をつけた、昂奮をしない、静かな調子は、或る程度出せたと思つてゐる。

「尊顔」は註にもあるとほり陸麗京の「老父雲游始末」からヒントを得たものであるが、歴史ものの手はじめにものした短いものである。これを書いてから「暁闇」を書き、「現代史」と「勤皇届出」を書いた。

「日記」は古い作品である。かういふ世界を描くことによるよろこびを感じてゐた時代の作品としてこころにのこつてゐる。題名がをかしいと瀧井孝作氏に言はれたのも覚えてゐる。

「老愁」は「新太陽」（当時「モダン日本」）に発表したものであるが、「新太陽」の編輯者がこれから自然とこの雑誌も純文学ものにすすみたい希望があるのだと言つてゐたので、いつもの「新太陽」には似合はない地味なものを承知で出した。が、それが活字になつたときほかの作品が依然として大衆読物であつたので、私のがぽつんと毛色がちがつてゐて妙なものであつた。これには実在のモデルがある。

「隣人」を書いて、私はあることに自信をもつやうになつた。楽屋話になるが、或る大きな材料を考へてゐた時なので、その一部をためしに書いた。私の小説には、いつも女性が登場するが、そんなものは一人も登場しない小説、わざとさうしたものを狙つてゐるわけではないが、いろんな人間を描きたい気持のあらはれであつた。

「戦陣訓の歌」は軍事保護院から招かれて小石川の盲唖学校を見学したときにまとまつた一篇である。自分でも好きな小説である。ラジオ向きに書いたが、放送にはならなかつた。

「開かぬ門」を出すと二人のひとからモデルに心当りがあるから、老婦人の住所を教へてほしいと手紙がきた。架空の物語なので返答のしやうがなかつた。この小説は不開的門と題して大陸の或る雑誌に作者に無断で翻訳されてゐた。しかも表紙の目次に作者が横光利一となつてゐた。本文には私の名前が出てゐたが、ずゐぶんそそつかしい編輯者もゐるものだと呆れた。

「浅草寺附近」は昭和十五年十月に改造に載せた。この前に「太宗寺附近」といふのを書いた。友人が、××寺附近ものを書いていけば、おちつく先は君の生れた崇顕寺附近となるのではないかと笑つた。大して思ひ出もない作品だが、時代の空気に作家はひと一倍敏感であることの証明になる一篇だ。この小説はかういふ生活をする人間として精いつぱいのまつたうな生き方を現してゐる。現在ではこのモデルも隣組の一員として働いてゐることと思ふ。（昭和十七年十二月二日）

6003　**現代恋愛小説全集8　東京の女性**

昭和二四年六月一日　北光書房

三二二頁　二〇〇円　B6判　紙装　上製　丸背

カバー　旧字旧仮名

東京の女性（報知新聞　昭和一四年一月二二日〜六月一六日　一四五回）

6004　**現代長篇小説全集6　哭壁・人間模様**

昭和二四年一二月五日　春陽堂

四四五頁　一三〇円　B6判　紙装　上製　丸背　函

恩地孝四郎装幀　二段組　旧字旧仮名

哭壁（群像　二巻一〇号〜三巻一二号　昭和二二年一〇月一日〜二三年一二月一日　一四回）／人間模様（毎日新聞　昭和二

二年一一月二五日～二三年四月一四日　一四〇回）
＊全一七巻第四回配本。

6005　**現代日本小説大系49　昭和十年代　第4**
昭和二五年一月二〇日　河出書房
三二四頁　一八〇円　Ｂ6判　紙装　皮背　上製
丸背　函　二段組　旧字旧仮名
日本近代文学研究会編
鮎（文芸春秋　一〇巻四号　昭和七年四月一日）／贅肉（中央公論　四九年八号　昭和九年七月一五日）／煩悩具足（文芸春秋　一三巻八号　昭和一〇年八月一日）／継子と顕良（文芸春秋　一七巻一一号　昭和一四年六月一日）83-308頁
青野季吉「解説」317-319頁
＊全六〇巻序巻一別巻三補巻一。第一三回配本。

6006　**長篇小説名作集11　家庭の秘密　陶画夫人**
昭和二五年四月二五日　大日本雄弁会講談社
四一二頁　一〇〇円　Ｂ6判　紙装　上製　丸背
カバー　恩地孝四郎装幀　二段組　旧字旧仮名
家庭の秘密　愛欲篇（都新聞　昭和一四年六月一三日～一五年二月一一日　二四二回）／家庭の秘密　運命篇（都新聞　昭和一四年六月一三日～一五年二月一一日　二四二回）／陶画夫人（サンデー毎日　二五巻二～一五号　昭和二一年一月五日～四月七日　一三回）
＊石坂洋次郎、江戸川乱歩、大佛次郎、丹羽文雄、廣津和郎、吉屋信子編集。全二一巻第五回配本。

6007　**現代日本小説大系51　昭和十年代　第4**
昭和二六年二月二八日　河出書房
三三六頁　一八〇円　Ｂ6判　紙装　皮背　上製
丸背　函　旧字旧仮名
＊6005の巻立違い。

6008　**現代日本小説大系59　昭和十年代　第14**
昭和二七年四月一五日　河出書房
三二六頁　二三〇円　Ｂ6判　紙装　皮背　上製
丸背　函　旧字旧仮名
海戦（中央公論　五七年一一号　昭和一七年一一月一日）3-80頁／中野重治「解説」315-326頁
＊全六〇巻序巻一別巻三補巻一。第五〇回配本。
＊月報50
板垣直子「戦争文学の経緯」／板垣直子「戦争文学の推移」

6009　**現代長篇名作全集8**
昭和二八年九月一〇日　講談社
四八七頁　二六〇円　四六判　紙装　皮背　上製
丸背　函　二段組　旧字旧仮名
朱乙家の人々（婦人倶楽部　三二巻一号～三四巻五号　昭和二六年一月一日～二八年四月一日　二九回）／愛人（大阪日日新聞、四国新聞ほか朝日系地方新聞　昭和二四年四月～一〇月　一五〇回）
＊全一七巻第二回配本。

6010 **長篇小説全集11 丹羽文雄篇**
昭和二八年一〇月三一日 新潮社
四〇二頁 二〇〇円 四六判 紙装 皮背 上製
丸背 二段組 函 旧字新仮名
女の四季（原題「かしまの情」〈第一章 かしま払底（原題「貸間払底」 人間 四巻三号 昭和二四年三月一日）／第二章 部屋（小説界 二巻一号 昭和二四年二月一日）／第三章 十夜婆々（文芸春秋 二六巻一二号 昭和二三年一二月一日）／第四章 弱肉（原題「弱肉─続・十夜婆々」 文芸 六巻一号 昭和二四年一月一日）／第五章 歌を忘れる（新文学 六巻三・四～七号 昭和二四年三月一日～昭和二四年六月一日 四回）／第六章 金雀児（風雪 三巻二号 昭和二四年二月一日）／第七章 うちの猫（別冊文芸春秋 一一号 昭和二四年五月二〇日）〉）／虹の約束（京都新聞、山陽新聞、新潟日報、河北新報ほか共同通信系新聞 昭和二六年一〇月～二七年五月 一九五回）／当世胸算用（中央公論 六四年九～一二号 昭和二四年九月一日～一二月一日 四回）
＊ 全一九巻第九回配本。

6011 **昭和文学全集46 丹羽文雄・火野葦平集**
昭和二九年一〇月一五日 角川書店
四〇〇頁 二八〇円 A5判 クロス装 上製
丸背 函 パラフィン 三段組 旧字旧仮名
写真一葉（自宅にて 昭和二六年六月撮影） 筆跡
蛇と鳩（週刊朝日 五七巻一七～五〇号 昭和二七年四月二七日～一二月一四日 三四回）／贅肉（中央公論 四九年八号 昭和九年七月一五日）／鮎（文芸春秋 一〇巻四号 昭和七年四月一日）／浦松佐美太郎「解説」189-191頁／無記名「年譜」192-194頁
＊ 全五八巻別巻一。第四六回配本。
＊ 月報四六
青野季吉「丹羽文雄」／石川利光「丹羽先生の一断片」／新庄嘉栄「早高時代の丹羽文雄」／無記名「主要研究書目・参考文献」
〔帯〕表〈第四十六回配本／文学の座標／「鮎」の作者は文学のゆゑに家を捨てた。「糞尿譚」の詩人は大陸の戦線に芥川賞作家として生れた。戦争の魔神さへ遂に二人の詩友から文学の志を奪ふを得ず、大戦のさ中に文学を見定めた二人は、戦後多作を以つて聞えたが、一作ごとに文学の座標を築いて来た。／角川書店版 頒価二八〇円 地方頒価二九〇円〉

6012 **現代日本文学全集47 丹羽文雄・舟橋聖一集**
昭和二九年一一月二〇日 筑摩書房
四三一頁 三五〇円 菊判 クロス装 上製 丸背
函 パラフィン 恩地孝四郎装幀 三段組
旧字旧仮名 写真一葉（昭和二八年頃） 筆跡
鮎（文芸春秋 一〇巻四号 昭和七年四月一日）／贅肉（中央公論 四九年八号 昭和九年七月一五日）／愛欲の位置（改造 一九巻六号 昭和一二年六月一日）／厭がらせの年齢（改造 二八巻二号 昭和二二年二月一日）／爬虫類（文芸春秋 二八巻一～七号 昭和二五年一月一日～六月一日 六回・文学界 四巻八号～五巻二号 昭和二五年八月一日～二六年二月一日

五回）／遮断機（新潮　四九年一一号　昭和二七年一一月一日）／柔媚の人（新潮　五一年四号　昭和二九年四月一日）／月に一篇（「小説作法」より）／章について（「小説作法」より）

＊　全九七巻別巻二。第二一回配本。亀井勝一郎「丹羽文雄」405-413頁／浦松佐美太郎「解説」418-421頁／無記名「丹羽文雄年譜」423-427頁

＊　月報二一

廣津和郎「稀なる長距離作家／尾崎一雄「丹羽文雄に関する昔話」／十返肇「残酷な運命」／吉田精一「研究書目・参考文献」

6013　**現代日本小説大系51　昭和十年代　第4**

昭和三一年一一月二八日　河出書房

三三六頁　二三〇円　Ｂ６判　クロス装　上製　丸背

函　パラフィン　原弘装幀　二段組　旧字旧仮名

＊　6007の異装版。

6014　**現代文学　四　丹羽文雄**

昭和三二年一月三〇日　藝文書院

四三四頁　三五〇円　Ｂ６判　クロス装　上製　丸背

函　帯　二段組　旧字旧仮名　写真一葉　筆跡

鮎（文芸春秋　一〇巻四号　昭和七年四月一日）／象形文字（改造　一六巻四号　昭和九年四月一日）／甲羅類（早稲田文学　一巻二号　昭和九年七月一日）／厭がらせの年齢（改造二八巻二号　昭和二二年二月一日）／遮断機（新潮　四九年一一号　昭和二七年一一月一日）／柔媚の人（新潮　五一年四号　昭和二九年四月一日）／崖下（新潮　五二年七号　昭和三〇年七月一日）　さまざまの嘘（新潮　五三年一一号　昭和三一年一一月一日）／無記名「年譜」407-412頁／村松定孝「丹羽文雄論」413-433頁

＊　月報「芸文」四

寺崎浩「丹羽文雄のこと」／丹羽文雄「小泉君のこと」／中村八朗「小泉譲君の青春」／群仁次郎「小泉譲論」

（なお寺崎以外は小泉譲『八月の砂』の広告）

6015　**新編現代日本文学全集6　丹羽文雄集**

昭和三二年一〇月一日　東方社

四六六頁　二八〇円　Ｂ６判　クロス装　上製　丸背

函　セロファン　新字新仮名（促音拗音大字）

写真一葉　筆跡

落鮎（婦人公論　三二巻一一号～三三巻六号　昭和二三年一一月一日～二四年六月一日　八回）／愛人（大阪日日新聞、四国新聞ほか朝日系地方新聞　昭和二四年四月～一〇月　一五〇回）

＊　全五〇巻一三回配本。

6016　**現代国民文学全集10　丹羽文雄集**

昭和三二年一〇月一五日　角川書店

四五四頁　三二〇円　Ａ５判　クロス装　上製　丸背

函　三段組　新字新仮名　筆跡

写真一葉（昭和三二年夏軽井沢にて　樋口進撮影）

菩提樹（週刊読売　一四巻三号～一五巻四号　昭和三〇年一月一六日～三一年一月二二日　五四回）／日日の背信（毎日新聞

昭和三一年五月一四日～三二年三月一二日　三〇一回）

＊ 全三六巻第一〇回配本（第二次二回配本）。十返肇「解説」446-448頁／無記名「年譜」449-454頁

＊ 月報一〇

新田次郎　先生の眼／近藤啓太郎　横顔／峰雪栄　先生の断面／瓜生卓三　丹羽先生のお洒落について／小泉譲　丹羽先生のこと／編集室より

〔帯〕表〈第十回配本／「転換期の丹羽文学」／愛欲の世界に徹した風俗作家と見られて来た著者は「菩提樹」で、大きな飛躍をとげた。孤独な魂が救いを求める程、却って苦悩を深めて行く人間像の追求であった。この倫理の追求は、問題作「日日の背信」によって、丹羽文学の更に大きな転換期を迎えた。／角川書店版　頒価三二〇円　地方頒価三三〇円〉

6017 **日本国民文学全集31　昭和名作集5**

昭和三二年一二月一五日　河出書房新社
三五三頁　三四〇円　A5判　クロス装　上製　丸背
函　原弘装幀　三段組　新字新仮名　写真一葉　筆跡

鮎（文芸春秋　一〇巻四号　昭和七年四月一日）／贅肉（中央公論　四九年八号　昭和九年七月一五日）／煩悩具足（文芸春秋　一三巻八号　昭和一〇年八月一日）

＊ 全三五巻第二四回配本。

＊ 月報二四

村松剛「自意識のうた」／吉田精一・三好行雄「主要研究書目年表」

6018 **現代日本文学全集76　丹羽文雄・舟橋聖一集**

昭和三三年四月五日　筑摩書房
四三〇頁　三五〇円　菊判　クロス装　上製　丸背
函　パラフィン　恩地孝四郎装幀　三段組
旧字旧仮名　写真一葉（昭和二八年頃）　筆跡

鮎（文芸春秋　一〇巻四号　昭和七年四月一日）／贅肉（中央公論　四九年八号　昭和九年七月一五日）／愛欲の位置（改造　一九巻六号　昭和一二年六月一日）／厭がらせの年齢（改造　二八巻二号　昭和二二年二月一日）／爬虫類（文芸春秋　二八巻一～七号　昭和二五年一月一日～六月一日　六回・文学界　四巻八号～五巻二号　昭和二五年八月一日～二六年二月一日　五回）／遮断機（新潮　四九年一一号　昭和二七年一一月一日）／柔媚の人（新潮　五一年四号　昭和二九年四月一日）

＊ 全九七巻別巻二。6012の巻立違い。

6019 **現代長編小説全集7　丹羽文雄集**

昭和三三年一一月二〇日　講談社
四三九頁　二〇〇円　B6判　クロス装　上製　丸背
函　カバー　齋藤清装幀　二段組　旧字旧仮名

菩提樹（週刊読売　一四巻三号～一五巻四号　昭和三〇年一月一六日～三一年一月二二日　五四回）／悔いなき愉悦（群像　一二巻六号　昭和三二年六月一日）／お吟（新潮　五四年五号　昭和三三年五月一日）／藤代大佐（文学界　七巻七号　昭和二八年六月一日）

＊ 全五二巻第二回配本。

6020　新選現代日本文学全集13　丹羽文雄集
昭和三四年二月一五日　筑摩書房
四三九頁　三五〇円　菊判　クロス装　上製　丸背
函　函カバー　恩地孝四郎・恩地邦郎装幀　三段組
新字新仮名（促音拗音大字）　写真二葉（昭和三一年／昭和三二年　静岡県一碧湖畔にて　樋口進撮影）
幸福への距離（群像　六巻一〇号　昭和二六年一〇月一日）／蛇と鳩（週刊朝日　五七巻一七～五〇号　昭和二七年四月二七日～一二月一四日　三四回）／庖丁（サンデー毎日　三三巻七号～三二号　昭和二九年二月七日～七月一一日　二三回）／こほろぎ（中央公論文芸特集　四号　昭和二五年九月二〇日）／彷徨（群像　一〇巻一二号　昭和三〇年一二月一日）
＊　全三八巻第六回配本。浦松佐美太郎「丹羽文雄と合理主義精神」430-434頁／浅見淵「解説」435-439頁／無記名「著者略歴」439頁
＊　付録六
井上友一郎「丹羽さんのこと」／和田芳恵「丹羽文学の女性像」／田宮虎彦「丹羽さんの周囲」／村松定孝「丹羽文学私感」
〔カバー〕
表〈丹羽文雄集／つねに新たな姿勢で人と社会を書き愛欲の生態を鋭く追求する著者の、野間賞受賞作をはじめ力作六篇収録／新選現代日本文学全集　第6回配本／¥350　筑摩書房／（写真）／幸福への距離／蛇と鳩／庖丁／こおろぎ／彷徨／作家論　浦松佐美太郎／解説　浅見淵〉背〈丹羽文雄集　新選現代日本文学全集13〉

6021　日本文学全集43　丹羽文雄集
昭和三五年三月二〇日　新潮社
五六〇頁　二六〇円　B6変型判（176mm×118mm）
紙装　角背　函　カバー　ビニル　二段組
新字新仮名　写真一葉（昭和三〇年　伊勢にて）
鮎（文芸春秋　一〇巻四号　昭和七年四月一日）／贅肉（中央公論　四九年八号　昭和九年七月一五日）／厭がらせの年齢（改造　二八巻二号　昭和二三年二月一日）／遮断機（新潮　四九年一一号　昭和二七年一一月一日）／日日の背信（毎日新聞　昭和三一年五月一四日～三二年三月一二日　三〇一回）
＊　全七二巻第一三回配本。吉田精一「注解」537-538頁／無記名「年譜」539-549頁／亀井勝一郎「解説」551-560頁
＊　付録一三
田宮虎彦「京都で」／石川利光「丹羽先生のこと―無類の文学愛好家」

6022　愛蔵版　現代日本文学全集76　丹羽文雄・舟橋聖一集
昭和三六年一一月三日　筑摩書房
四三一頁　頒価不明　A5判　クロス装　上製　丸背
函　恩地孝四郎装幀　三段組
＊　6018の愛蔵版。全九七巻別巻三（セット販売）。

6023　長編小説全集9　丹羽文雄集
昭和三六年一一月二一日　講談社
三七〇頁　二八〇円　B6判　クロス装　丸背
セロファン　函　二段組　旧字新仮名

著者紹介／鎮花祭（週刊朝日　六四巻六号～六五巻一四号　昭和三四年二月八日～三五年三月二九日　六〇回）

＊　全三六巻第九回配本。

6024　**日本現代文学全集87　丹羽文雄・火野葦平集**

昭和三七年四月一九日　講談社

四七八頁　四五〇円　Ａ５判　クロス装　皮背　上製

丸背　函　二段組　旧字旧仮名　写真四頁　筆跡

鮎（文芸春秋　一〇巻四号　昭和七年四月一日）／厭がらせの年齢（改造　二八巻二号　昭和二二年二月一日）／爬虫類（文芸春秋　二八巻一～七号　昭和二五年一月一日～六月一日　六回・文学界　四巻八号～五巻二号　昭和二五年八月一日～二六年二月一日　五回）／遮断機（新潮　四九年一一号　昭和二七年一一月一日）／崖下（新潮　五二年七号　昭和三〇年七月一日）／うなづく（新潮　五四年一号　昭和三二年一月一日）／もとの顔（文学界　一一巻一号　昭和三二年一月一日）／お吟（新潮　五四年五号　昭和三二年五月一日）

＊　全一〇八巻別巻二。亀井勝一郎「丹羽文雄集　作品解説」450-453頁／浅見淵「丹羽文雄入門」456-459頁／久保田芳太郎・中村完「丹羽文雄年譜」463-469頁／久保田芳太郎・中村完「丹羽文雄参考文献」477頁

＊　月報

伊藤桂一「伊勢びとのあたたかさ—丹羽先生の人と文学」／新庄嘉幸「丹羽文雄の太っ腹」

6025　**昭和文学全集14　丹羽文雄集**

昭和三七年六月五日　角川書店

四四八頁　三九〇円　Ａ５変型判（192mm×136mm）

クロス装　上製　丸背　函　二段組

原弘・永井一正装幀　旧字旧仮名

ルノアール「ムラン・ド・ギャレット」（部分）函絵

顔（毎日新聞　昭和三四年一月一日～三五年二月二三日　四一五回）／あとがき（毎日新聞社『顔』　昭和三五年五月二〇日）

＊　全二〇巻第一三回配本。サファイアセット（全二〇巻）では函カバー付き。筆跡、写真。十返肇「解説」434-439頁／久保田芳太郎・中村完「年譜」440-448頁

＊　丹羽文雄アルバム（一六頁別綴）

瀬戸内晴美「怖い人」／冨島健夫「師の一言」／市川為雄「丹羽氏の上州旅行」／林青梧「丹羽先生と私」／丹羽文雄「写真解説」

6026　**現代の文学14　丹羽文雄集**

昭和三八年一〇月五日　河出書房新社

五八八頁　三九〇円　Ｂ６変型判（175mm×116mm）

クロス装　上製　丸背　函　ビニル　二段組

伊勢正義装画　新字新仮名　筆跡

写真一葉（八月　自宅中庭にて　三木厚撮影）

欲望の河（サンケイ新聞　昭和三六年四月一八日～三七年七月二〇日　四五五回）／こほろぎ（中央公論文芸特集　四号　昭和二五年九月二〇日）／崖下（新潮　五二年七号　昭和三〇年七月一日）

＊　無記名「年譜」575-580頁／中谷博「解説」581-588頁

＊　月報6
尾崎一雄「昔ばなし」／河野多恵子《ママ》「偉大さの一端」
〔帯〕表〈永遠の流行作家丹羽文雄の最新傑作／愛の渇きと欲望の断面をえぐる！／著者カラー写真・挿画（伊勢正義）入／河出書房　定価390円〉背〈最新傑作長篇／欲望の河（全）／こおろぎ／崖下／現代の文学第6回　河出書房〉
＊　テレビドラマ「欲望の河」（昭和三八年四月五日～七月五日　TBS）のスチール写真を掲載。

6027　**現代文学大系46　丹羽文雄集**
昭和三九年九月一〇日　筑摩書房
五〇二頁　四三〇円　四六判　クロス装　上製　丸背
函　函カバー　パラフィン　真鍋博装幀　二段組
写真一葉（昭和三九年七月　東京武蔵野の自宅にて）
新字新仮名　筆跡
菩提樹（週刊読売　一四巻三号～一五巻四号　昭和三〇年一月一六日～三一年一月二二日　五四回）／厭がらせの年齢（改造二八巻二号　昭和二二年二月一日）／こほろぎ（中央公論文芸特集　四号　昭和二五年九月二〇日）／柔媚の人（新潮　五一年四号　昭和二九年四月一日）／小説作法（抄）〔小説覚書／文章に就いて／初心者の心得〕
＊　全六九巻第一五回配本。小泉譲「年譜」478-485頁／亀井勝一郎「人と文学」486-502頁
＊　月報一五
永井龍男「ある最初」／井上友一郎「丹羽理事長」／水上勉「大きな掌」／村松定孝「私の名作鑑賞―「柔媚の人」の昌と万里子」／無記名「参考文献」

6028　**昭和戦争文学全集5　海ゆかば**
昭和三九年一二月三〇日　集英社
四九四頁　三九〇円　B6変型判（175mm×111mm）
クロス装　角背　函　二段組　新字新仮名
昭和戦争文学全集編集委員会編　アンソロジー
海戦（中央公論　五七年一一号　昭和一七年一一月一日）
＊　全一五巻別巻一。第五回配本。

6029　**戦争の文学1**
昭和四〇年七月二五日　東都書房
四四四頁　四五〇円　B6変型判（174mm×120mm）
紙装　丸背　函　森下年昭装幀　中島靖侃装画
二段組　新字新仮名
作者のことば／海戦（中央公論　五七巻一一号　昭和一七年一一月一日）91-185頁
＊　全八巻第三回配本。

6030　**日本の文学55　丹羽文雄集**
昭和四〇年一二月五日　中央公論社
五四九頁　三九〇円　小B6判（172mm×117mm）
クロス装　上製　丸背　ビニル　函　函ビニルカバー
二段組　新字新仮名　竹谷富士雄挿画
写真一葉（近影　昭和三九年七月　田沼武雄撮影）
顔（毎日新聞　昭和三四年一月一日～三五年二月二三日　四一

五回）

＊　全八〇巻第二三回配本。村松定孝「注解」522-526頁／浅見淵「解説」528-538頁／小泉譲「年譜」539-549頁

＊　付録23

丹羽文雄・浅見淵「丹羽文学の周辺」／谷崎潤一郎「丹羽文雄氏の『顔』をほめる」／川端康成「こまやかに味わい深い労作」／平野謙「『顔』における小説家魂」／無記名「現代小説の流れ23　風俗小説について」

〔帯〕表〈中央公論社創業80周年記念出版　日本の文学　全80巻／挿絵入豪華版　55　丹羽文雄／収録作品／顔（全）／解説浅見淵／「顔」挿画　竹谷富士雄画〉背〈日本の文学55／丹羽文雄／中央公論社〉裏〈編集委員　谷崎潤一郎　川端康成　伊藤整　高見順　大岡昇平　三島由紀夫　D・キーン／愛欲にまみれた男女の生態を凝視し、その心理の微妙な葛藤をえがいて、つねに精神と肉体の矛盾に悩む現代人の罪を追求する著者の代表作「顔」の全篇を収載。谷崎潤一郎に絶讃され、毎日芸術賞に輝く、丹羽文学の頂点を示す傑作である。／挿画　竹谷富士雄　20枚入〉

6031　**現代文学14　悔いなき煩悩**

昭和四一年四月二五日　東都書房

四三八頁　三八〇円　四六判　クロス装　上製　丸背　函　セロファン　真鍋博装幀　二段組　新字新仮名

悔いなき煩悩（日本経済新聞　昭和三七年六月一九日～三八年九月五日　四四一回）

＊　創業一〇周年記念出版。全三〇巻第六回配本。著者紹介。

6032　**豪華版日本文学全集21　丹羽文雄集**

昭和四一年一一月三日　河出書房新社

四三四頁　四八〇円　四六判　クロス装　上製　丸背　ビニル　函　函ビニルカバー　亀倉雄策装幀　竹谷富士雄挿絵　二段組　新字新仮名　筆跡写真一葉（著者近影　三木淳撮影）　0393-330321-0961

命なりけり（朝日新聞　昭和三八年一一月二九日～三九年一二月八日　三七三回）／雪（新潮　五八年一号　昭和三六年一月一日）／浜娘（文芸春秋　四二巻二号　昭和三九年二月一日）

＊　第一集全二九巻第一八回配本。瀬沼茂樹「注釈」414-416頁／無記名「年譜」417-422頁／日沼倫太郎「解説」423-434頁

＊　しおり（18）丹羽文雄のことば―愛と人生と救い（小説からの抜粋）

〔帯〕表〈愛の追求／生の凝視／豪華版日本文学全集〔第1集〕第21巻／定価四八〇円〉背〈豪華版日本文学全集〔第1集〕命なりけり　雪　浜娘　河出書房新社〉裏〈豪華版・日本文学全集・第1集・第21巻／丹羽文雄集　解説日沼倫太郎／人間とは何か、生命とは何か―男女の愛欲の世界を通して常に人間の正体を追求しつづける丹羽文学の主題を、美しい女主人公の変貌するイメージを克明にとらえることによってたくみに描いた話題の長篇「命なりけり」を一挙掲載し、他に珠玉の短編二編を収めた〉

6033　**日本文学全集63　丹羽文雄集**

昭和四二年一月一二日　集英社
四四〇頁　二九〇円　小四六判（174㎜×112㎜）
クロス装　上製　丸背　ビニル　函　伊藤憲治装幀
二段組　新字新仮名　写真一葉（一九六六年）

蛇と鳩（週刊朝日　五七巻一七～五〇号　昭和二七年四月二七日～一二月一四日　三四回）／天衣無縫（群像　一三巻一〇～一二号　昭和三三年一〇月一日～一二月一日　三回）／水溜り（群像　一五巻八号　昭和三五年八月一日）／汽笛（新潮　六一年九号　昭和三九年九月一日）

＊全八八巻第八回配本。伊藤整、井上靖、中野好夫、丹羽文雄、平野謙編集。小田切進「注解」398－404頁／竹西寛子「作家と作品　丹羽文雄」405－433頁／小田切進「年表」434－440頁

〔帯〕表〈丹羽文雄集　解説＝竹西寛子／蛇と鳩／天衣無縫／水溜り／汽笛／集英社版　第8回配本　創業40周年謝恩特価290円〉背〈蛇と鳩／水溜り／天衣無縫／汽笛／290円〉裏〈もっとも正統な編集　若い人のための決定版／集英社版／日本文学全集／全88巻／第8回配本／編集委員　伊藤整／井上靖／中野好夫／丹羽文雄／平野謙（五十音順）／63丹羽文雄集　社会風俗と愛欲の諸相を描き、精神と肉体の相克に悩む現代人の罪の意識を追求する著者は、旺盛な創作活動で広く知られています。本集では、「蛇と鳩」のほか、円熟の境地を示す近作三編を収録しました。〉

6034　**日本文学全集30　丹羽文雄集**
昭和四二年八月一五日　新潮社
五六二頁　セット価格二六〇〇〇円
Ｂ6変型判（176㎜×118㎜）クロス装　上製　丸背
函　カバー　二段組　新字新仮名　写真一葉

鮎（文芸春秋　一〇巻四号　昭和七年四月一日）／贅肉（中央公論　四九年八号　昭和九年七月一五日）／厭がらせの年齢（改造　二八巻二号　昭和二二年二月一日）／遮断機（新潮　四九年一一号　昭和二七年一一月一日）／日日の背信（毎日新聞　昭和三一年五月一四日～三二年三月一二日　三〇一回）

＊全五〇巻（セット販売）。吉田精一「注解」537－538頁／無記名「年譜」539－551頁／亀井勝一郎「解説」553－562頁

6035　**日本文学全集30　丹羽文雄集**
昭和四二年九月一五日　新潮社
五六二頁　二六〇円　Ｂ6変型判（176㎜×118㎜）
クロス装　上製　丸背　函　カバー　二段組
新字新仮名　写真一葉

＊6034と同内容。全五〇巻。

6036　**定本限定版現代日本文学全集76　丹羽文雄・舟橋聖一集**
昭和四二年一一月二〇日　筑摩書房
四三一頁　セット価格八〇〇〇〇円
菊判　クロス装　上製　丸背　函　恩地孝四郎装幀
三段組

＊6018の限定版。全九七巻別巻三（セット販売）。

6037　**日本文学全集19　丹羽文雄集**

昭和四三年二月一〇日　河出書房新社
四三四頁　頒価不明　四六判　クロス継ぎ装　上製
丸背　函　二段組　写真一葉（著者近影　三木淳撮影）
筆跡

＊　6032の巻別立。全二五巻。

6038　**現代日本文学館37　丹羽文雄集**
昭和四三年九月一日　文藝春秋
四五四頁　四八〇円　四六判　クロス装　上製　丸背
ビニル　函　函ビニルカバー　杉山寧装幀　二段組
新字新仮名
写真一葉（自宅の庭にて　昭和四三年　六四歳）
菩提樹（週刊読売　一四巻三号〜一五巻四号　昭和三〇年一月一六日〜三一年一月二二日　五四回）／鮎（文芸春秋　一〇巻四号　昭和七年四月一日）／盛粧（別冊文芸春秋　七号　昭和二三年七月一日）／水溜り（群像　一五巻八号　昭和三五年八月一日）

＊　全四三巻第三一回配本。杉森久英「丹羽文雄伝」3-16頁／瀬沼茂樹「注解」431-440頁／杉森久英「解説」441-445頁／瀬沼茂樹「丹羽文雄年譜」446-454頁

＊　丹羽文雄附録
無記名　丹羽文雄スケッチ／編集部だより／村松定孝　日本文学史の側面―海外での「菩提樹」論
〔帯〕表〈文藝春秋版／第31回配本／愛欲の奥に救われ難き人間の生命を見つめる丹羽文学／収録作品＝菩提樹／鮎／盛粧／水溜り／丹羽文雄伝＝杉森久英〉

6039　**カラー版日本文学全集27　丹羽文雄**
昭和四三年一二月二〇日　河出書房新社
三七八頁　七五〇円　菊判　クロス装　上製　丸背
ビニル　函　函ビニルカバー　亀倉雄策装幀
竹谷富士雄挿絵　二段組　新字新仮名
写真一葉（榎本良介撮影）
顔（毎日新聞　昭和三四年一月一日〜三五年二月二三日　四一五回）

＊　明治一〇〇年記念出版。全三九巻別巻二。第二二回配本。保昌正夫「注釈」348-357頁／瀬沼茂樹編「年譜」358-363頁／無記名「本文カラー挿画・説明」364頁／荒正人「解説」365-378頁

＊　しおり二二
本多顕彰　丹羽文雄と親鸞／三宅章太郎　次回配本／竹谷富士雄　さしえについて
〔帯〕表〈愛欲と理性の間で苦悩する男女の心理の深奥／解説荒正人／竹谷富士雄　新作カラー挿絵入り／画壇の巨匠を総動員・文学と美術の饗宴／カラー版日本文学全集／明治100年記念出版／河出書房版　定価750円〉背〈顔〈全〉竹谷富士雄　新作カラー挿絵入り　カラー版日本文学全集　河出書房〉

6040　**豪華版　日本現代文学全集33　丹羽文雄・井上靖集**
昭和四四年一月三〇日　講談社
五五七頁　一三五〇円　A5判　クロス装　上製
丸背　函　原弘装幀　二段組
旧字新仮名（促音拗音大字）　写真四頁　筆跡

鮎（文芸春秋 一〇巻四号 昭和七年四月一日）／厭がらせの年齢（改造 二八巻二号 昭和二二年二月一日）／爬虫類（文芸春秋 二八巻一～七号 昭和二五年一月一日～六月一日 六回・文学界 四巻八号～五巻二号 昭和二五年八月一日～二六年二月一日 五回）／遮断機（新潮 四九年一一号 昭和二七年一一月一日）／崖下（新潮 五二年七号 昭和三〇年七月一日）／うなづく（新潮 五四年一号 昭和三二年一月一日）／もとの顔（文学界 一一巻一号 昭和三二年一月一日）／お吟（新潮 五四年五号 昭和三二年五月一日）

＊全三八巻（セット販売）。亀井勝一郎「丹羽文雄集 作品解説」529-532頁／浅見淵「丹羽文雄入門」536-539頁／久保田芳太郎・中村完「丹羽文雄年譜」544-550頁／久保田芳太郎・中村完「丹羽文雄参考文献」556頁

6041 **日本短篇文学全集42 丹羽文雄・今東光・井上友一郎・田村泰次郎集**

昭和四四年二月五日 筑摩書房
二八〇頁 三六〇円 小B6判（182mm×114mm）
クロス装 丸背 函 カバー 栃折久美子装幀
二段組 新字新仮名 写真一葉（樋口進撮影）

鮎（文芸春秋 一〇巻四号 昭和七年四月一日）／こほろぎ（中央公論文芸特集 四号 昭和二五年九月二〇日）／水溜り（群像 一五巻八号 昭和三五年八月一日）3-70頁

＊全四八巻第二二回配本。著者紹介。

＊しおり
作者の言葉22 丹羽文雄「小説作法」より

6042 **現代長編文学全集16 丹羽文雄集**

昭和四四年二月六日 講談社
三九六頁 四九〇円 B6変型判（182mm×132mm）
クロス装 上製 丸背 ビニルカバー 函 原弘装幀
竹谷富士雄口絵 二段組 新字新仮名 写真一葉

飢える魂（日本経済新聞 昭和三〇年四月二二日～三一年三月九日 三三〇回）

＊全五三巻第七回配本。無記名「丹羽文雄略年譜」395-396頁

6043 **日本文学全集22 丹羽文雄集**

昭和四四年一〇月三〇日 新潮社
五六二頁 二四〇円 B6変型判（176mm×118mm）
クロス装 丸背 函 カバー 二段組 新字新仮名
写真一葉

鮎（文芸春秋 一〇巻四号 昭和七年四月一日）／贅肉（中央公論 四九年八号 昭和九年七月一五日）／厭がらせの年齢（改造 二八巻二号 昭和二二年二月一日）／遮断機（新潮 四九年一一号 昭和二七年一一月一日）／日日の背信（毎日新聞 昭和三一年五月一四日～三二年三月一二日 三〇一回）

＊全四〇巻（セット二二〇〇〇円 分割二四〇〇〇円）。吉田精一「注解」537-538頁／無記名「年譜」539-551頁／亀井勝一郎「解説」553-562頁

＊6034と同内容。

6044 **グリーン版日本文学全集32 丹羽文雄**

昭和四五年二月二〇日　河出書房新社
四四〇頁　四三〇円　小四六判（175㎜×113㎜）
クロス装　上製　丸背　ビニル　函　函ビニルカバー
原弘装幀　二段組　新字新仮名
写真一葉（近影　三木淳撮影）

恋文（朝日新聞夕刊　昭和二八年二月一日～四月三〇日　八九回）／青麦（『青麦』　昭和二八年一二月一八日　文芸春秋新社）／庖丁（サンデー毎日　三三巻七号～三二号　昭和二九年二月七日～七月一一日　二三回）

＊全五〇巻別巻二。第三四回配本。無記名「丹羽文雄年譜」415-425頁／浅見淵「文学入門」427-434頁／中村八朗「作家の横顔」435-440頁

＊月報

水上勉「鈴鹿連峯」／後藤明生「初対面の錯覚」

〔帯〕表〈煩悩の闇に生きる男女の愛欲と怨念と祈り／恋文　青麦　庖丁／グリーン版日本文学全集／河出書房　定価430円〉背〈グリーン版日本文学全集　恋文　青麦　庖丁／定価430円／河出書房〉裏〈煩悩の闇を彷徨し呻吟する宿命の人間にとって救いとは何か。無常の世に生きる男女の心理の襞を克明に照らし出し、永遠不滅の命題を極彩色の人間模様に織りあげる。―丹羽文学の原形質とも称される自伝的作品『青麦』　板前の芸と心情を描く『庖丁』、敗戦直後の混乱を生きた男女の愛のかたち『恋文』を収録。／定価430円　0393-332132-0961〉

6045　**現代日本の文学27　丹羽文雄集**

昭和四五年六月一日　学習研究社
四八〇頁　六八〇円　四六判　クロス装　上製　丸背
函　函カバー　大川泰央装幀　生井公男写真　二段組
新字新仮名　0393-164-627-1002

藍染めて（新女苑　一巻一～七号　昭和一二年一月一日～七月一日　七回）／鮎（文芸春秋　一〇巻四号　昭和七年四月一日）／贅肉（中央公論　四九年八号　昭和九年七月一五日）／菜の花時まで（日本評論　一一巻四号　昭和一一年四月一日）／再会（改造　二二巻四号　昭和一五年三月一日）／厭がらせの年齢（改造　二八巻二号　昭和二二年二月一日）／青麦（『青麦』　昭和二八年一二月一八日　文芸春秋新社）／母の日（群像　八巻一一号　昭和二八年一〇月一日）／うなづく（新潮　五四年一号　昭和三三年一月一日）／もとの顔（文学界　一一巻一号　昭和三二年一月一日）／有情（新潮　五九年一号　昭和三七年一月一日）

＊函カバー写真　京都浄瑠璃寺・水蓮の池水（作品「顔」より）／鈴鹿の山々（故郷の四日市、保々地区より）

＊全五〇巻第九回配本。渋川驍「丹羽文雄文学紀行　四日市・早稲田・鴨川への旅」1-48頁／紅野敏郎・柳正吉「注解」438-444頁／編集部「年譜」445-448頁／野村尚吾「評伝的解説」449-480頁

＊月報17

浅見淵・丹羽文雄・新庄嘉章「青春を語る　早稲田の青春」／紅野敏郎「丹羽文雄主要参考文献一覧」／涌田佑「丹羽文雄旅行ガイド　四日市文学散歩」／深川英雄「読者通信　描写＝一つの感想」

6046　**日本文学全集46　丹羽文雄集**
昭和四五年一一月一日　筑摩書房
四九七頁　セット価格一〇八〇〇円　Ｂ６判
クロス装　上製　丸背　函　二段組
＊　全七〇巻（セット販売）。6027現代文学大系46　丹羽文雄集（昭和三九年九月一〇日　筑摩書房）と同内容。

6047　**日本文学全集70　月報合本**
昭和四五年一一月一日　筑摩書房
五五二頁　セット価格一〇八〇〇円　Ｂ６判
クロス装　上製　丸背　函　二段組
円地文子さんと講演旅行（昭和四〇年九月　月報29）316-317頁／田宮さんのこと（昭和四二年五月　月報53）403-404頁
＊　全七〇巻（セット販売）。

6048　**現代日本文学大系72　丹羽文雄・岡本かの子集**
昭和四六年一月一四日　筑摩書房
四三八頁　七二〇円　菊判　クロス装　上製　丸背
函　二段組　新字新仮名　筆跡
写真一葉（昭和四五年一一月　金井塚一男撮影）
告白（盛粧（別冊文芸春秋　七号　昭和二三年七月一日）／発禁（世界文化　三巻七号　昭和二三年七月一日）／マロニエの並木（改造文芸　二号　昭和二三年七月二五日）／挿話（文学会議　五号　昭和二三年一〇月二五日）／喜憂（文学界　二巻九号　昭和二三年九月一日）／めぐりあひ（日本小説　二巻八号　昭和二三年九月一日）／四十五才の紋多（風雪　二巻九号　昭和二三年九月一日）／雨の多い時（社会　三巻九号　昭和二三年九月一日）」／青麦（『青麦』　昭和二八年一二月一八日　文芸春秋新社）／鮎（文芸春秋　一〇巻四号　昭和七年四月一日）／厭がらせの年齢（改造　二八巻二号　昭和二二年二月一日）
＊　全九七巻別巻一。第四三回配本。中島健蔵「丹羽文雄」399-401頁／浅見淵「丹羽文雄論」402-404頁／浅見淵「丹羽文雄会見記」404-406頁／浅見淵「回想の丹羽文雄」407-409頁／久保田芳太郎・中村完「丹羽文雄年譜」427-431頁／久保田芳太郎・中村完「著作目録」436-437頁
＊　月報四三
小田切進「丹羽文雄・岡本かの子研究案内」／河野多恵子「救いと励まし」／十返千鶴子「原稿の入った封筒」

6049　**新潮日本文学28　丹羽文雄集**
昭和四六年三月一二日　新潮社
五六七頁　八〇〇円　四六判　クロス装　上製　丸背
函　カバー　函ビニルカバー　二段組　新字新仮名
写真一葉（昭和四六年）
一路（群像　一七巻一〇号～二一巻六号　昭和三七年一〇月一日～四一年六月一日　四五回）／鮎（文芸春秋　一〇巻四号　昭和七年四月一日）／菜の花時まで（日本評論　一一巻四号　昭和一一年四月一日）／厭がらせの年齢（改造　二八巻二号　昭和二二年二月一日）／蛾（群像　二二巻二号　昭和四二年二月一日）
＊　全六四巻第三一回配本。瀬沼茂樹「解説」544-556頁／無

記名「年譜」557-567頁
＊　月報三一
丹羽文雄「中学生時代の作文―わが文学の揺籃期」／吉村昭「丹羽文雄氏の貌」
〔帯〕表〈新潮日本文学28　丹羽文雄集／＊一路／＊鮎／菜の花時まで／＊厭がらせの年齢／蛾／現世の女身の哀しみと微妙な心理の陰翳を愛欲と罪業の意識の世界に刻み昭和文学に多くの稔りを結実させた丹羽文学―人間煩悩を宗門への反逆と回帰のうちに描く近作長編「一路」と代表的短編を精選収録！　定価800円〉背〈明治、大正、昭和三代の名作を精選／新潮日本文学28／読者の要望に応える最良の全集〉

6050　**日本文学全集22　丹羽文雄集**
昭和四六年七月二〇日　新潮社
五六二頁　三四〇円　Ｂ６変型判（176㎜×110㎜）
クロス装　上製　丸背　函　カバー　二段組
新字新仮名　写真一葉
＊　全四五巻（セット三一七五〇円　分割三四〇〇〇円）。6043と同内容。

6051　**戦争文学全集2　昭和戦中・戦後篇**
昭和四七年二月一八日　毎日新聞社
四三一頁　九五〇円　四六判　紙装　上製　丸背　函
山内暲装幀　二段組　新字新仮名（促音拗音大字）
海戦（中央公論　五七年一一号　昭和一七年一一月一日）323-408頁

＊　全六巻別巻一。第四回配本。
＊　月報4
丹羽文雄「海戦の思ひ出」／吉村昭「焼跡の徴兵検査」／巌谷大四「その時・その人（四）」

6052　**日本文学全集　豪華版　63　丹羽文雄集**
昭和四七年七月八日　集英社
四四八頁　五九〇円　四六判　クロス装　上製　丸背
ビニル　函　函ビニルカバー　後藤市三装幀　二段組
新字新仮名　写真一葉（一九七二年）　筆跡
0395-157063-3041
＊　6033の新装版。全八八巻第九回配本。一九七四年版は二〇〇〇円、一九七六年版・一九八一年版では一三五〇円。
＊　小田切進「注解」398-407頁／竹西寛子「作家と作品　丹羽文雄」409-437頁／小田切進「年表」438-448頁
〔帯〕表〈人間性の源をたどる　文学の森／人間の愛欲や魂の飢えを透徹した傑作集！／第9回配本　丹羽文雄集　解説＝竹西寛子／蛇と鳩　天衣無縫　水溜り　汽笛／集英社　日本文学全集　豪華版　全88巻／〈編集委員〉伊藤整・井上靖・中野好夫・丹羽文雄・平野謙　定価590円〉

6053　**現代日本文学全集増補決定版76　丹羽文雄・舟橋聖一集**
昭和四八年四月一日　筑摩書房
四三一頁　セット価格一八〇〇〇円
菊判　クロス装　上製　丸背　函　恩地孝四郎装幀
三段組

＊6018の増補決定版。全一四三巻（九七巻別巻三補巻四三）セット販売。

6054 **現代日本文学全集増補決定版補巻13 丹羽文雄集**
昭和四八年四月一日 筑摩書房
四三九頁 セット価格一八〇〇〇円
菊判 紙装 上製 丸背 函 恩地孝四郎装幀
三段組
＊6020の増補決定版。全一四三巻（九七巻別巻三補巻四三）セット販売。

6055 **アイボリーバックス 日本の文学55 丹羽文雄集**
昭和四八年一一月一〇日 中央公論社
五五一頁 四八〇円 三五判（174㎜×120㎜）
紙装 角背 二段組 ビニル
顔（毎日新聞 昭和三四年一月一日〜三五年二月二三日 四一五回）
＊6030の軽装版。全五〇巻第一八回配本。小泉譲「年譜」は増補。
〔帯〕表〈アイボリーバックス 日本の文学／第18回配本 丹羽文雄／〈収録作品〉／顔（全）／中央公論社〉背〈IVORY BACKS／顔（全）／中央公論社〉裏〈愛欲にまみれた男女の生態を凝視した心理の微妙な葛藤を描いては第一人者の著者が精神と肉体の矛盾に悩む現代人の罪の意識を鋭く追求する〉

6056 **昭和国民文学全集21 丹羽文雄集**
昭和四九年四月二五日 筑摩書房
四六〇頁 一三〇〇円 B6判 クロス装 上製
丸背 函 村上芳正装幀 二段組 新字新仮名
写真一葉（昭和四五年一一月 金井塚一男撮影）
筆跡
庖丁（サンデー毎日 三三巻七号〜三二号 昭和二九年二月七日〜七月一一日 二三回）／蛇と鳩（週刊朝日 五七巻一七〜五〇号 昭和二七年四月二七日〜一二月一四日 三四回）／藍染めて（新女苑 一巻一〜七号 昭和一二年一月一日〜七月一日 七回）
＊全三〇巻第一八回配本。久保田芳太郎・中村完「年譜」451-454頁／野村尚吾「解説」455-460頁
＊付録18
村上元三「わたしの大衆文学メモ（一）」／尾崎秀樹「大衆文学逸史18」

6057 **現代日本文学12 丹羽文雄集**
昭和四九年九月一日 筑摩書房
四三九頁 セット価格七七〇〇〇円 A5判
クロス装 上製 丸背 函 庫田叕装幀 三段組
新字新仮名 写真一葉（昭和三一年 樋口進撮影）
＊6020と同内容。全三五巻（セット販売）。浦松佐美太郎「丹羽文雄と合理主義精神」430-434頁／浅見淵「解説」435-439頁／無記名「著者略歴」439頁

6058 **愛蔵版 筑摩現代文学大系48 丹羽文雄集**

昭和五二年七月一五日　筑摩書房
五〇五頁　一六〇〇円　Ｂ６判　クロス装　上製
丸背　函　函カバー　二段組　新字新仮名　筆跡
写真一葉（昭和四五年　自宅にて）
＊6027の巻立違い。全九七巻第五三回配本。なお無記名「年譜」、月報「文献目録」は改訂増補されている。

6059　**昭和国民文学全集26　丹羽文雄集**
昭和五四年三月二五日　筑摩書房
四六〇頁　一四〇〇円　Ｂ６判紙装　上製　丸背　函
村上豊装幀　二段組　新字新仮名
写真一葉（昭和四五年一一月　金井塚一男撮影）
筆跡　0393-10926-4604
＊6056の増補新版。全三五巻第三〇回配本。久保田芳太郎・中村完「年譜」451-454頁／野村尚吾「解説」455-460頁
〔函〕
ここには作者の社会小説二篇を収めた。作者自身「風変りな社会小説ができ上った」と述べているように『庖丁』は板前人の社会の特殊性と戦後の豹変ぶりを、克明な調査の上に立ってリアルに描いている。『蛇と鳩』は戦後の新興宗教、とくに邪教の実態と、その組織内にうごめく人間の実相を徹底して描いた力作。他に短篇『藍染めて』を収めた。

6060　**新潮現代文学10　魂の試される時**
昭和五五年二月一五日　新潮社
四四五頁　一二〇〇円　四六判　クロス装　上製
丸背　函　木村忠太挿絵　二段組　新字新仮名
写真一葉（昭和五四年）
魂の試される時（読売新聞　昭和五一年九月一三日～五二年一〇月二七日　四〇〇回）／八木毅「解説」436-440頁／編集部「年譜」441-445頁
＊全八〇巻第三七回配本。
〔帯〕表〈新潮現代文学／罪の意識を背景に、愛欲と人倫を追究した現代文学の巨峰。丹羽文学の近作長編を収録。／〈新潮現代文学10〉第37回配本　価１２００円〉

6061　**増補改訂版日本現代文学全集87　丹羽文雄・火野葦平集**
昭和五五年五月二六日　講談社
四八二頁　二七〇〇円　Ａ５判　クロス装　上製
丸背　函　二段組
＊6024の増補改訂版。全一〇八巻別冊二（セット販売　二九七〇〇〇円）。

6062　**増補改訂版日本現代文学全集　月報　上**
昭和五五年五月二六日　講談社
四四二頁　Ａ５判　クロス装　上製　丸背　函
二段組
谷崎さんのこと（日本現代文学全集月報1　昭和三五年一〇月）337-338頁
＊月報合本。奥付なし。全一〇八巻別冊二（セット販売）。

6063　**増補改訂版日本現代文学全集　月報　下**

昭和五五年五月二六日　講談社
四二一頁（443-864頁）A5判　クロス装　上製　丸背
函　二段組
田村泰次郎君（日本現代文学全集月報85　昭和四三年一月）
751-752頁
＊月報合本。奥付なし。全一〇八巻別冊二（セット販売）

6064　**昭和文学全集11尾崎一雄・石川達三・丹波文雄・伊藤整**
昭和六三年三月一日　小学館
一一〇一頁　四〇〇〇円　菊判　クロス装　上製
丸背　ビニル　函　菊地信義装幀　三段組
新字新仮名　978-4-09-568011-8
鮎（文芸春秋　一〇巻四号　昭和七年四月一日）／贅肉（中央公論　四九年八号　昭和九年七月一五日）／海戦（中央公論　五七年一一号　昭和一七年一一月一日）／厭がらせの年齢（改造　二八巻二号　昭和二二年二月一日）／青麦（『青麦』昭和二八年一二月一八日　文藝春秋新社）／熊狩り（新潮　六八年一二号　昭和四六年一〇月一日）／中華料理店（新潮　七四年一号　昭和五二年一月一日）／父子相伝（群像　三四巻一号　昭和五四年一月一日）／旅の前（原題「二日の旅」海　一〇巻一一号　昭和五三年一一月一日・原題「続二日の旅」海　一一巻四号　昭和五四年四月一日）／帰郷（海　一一巻七号　昭和五四年七月一日）／妻（群像　三七巻六号　昭和五七年六月一日）／わが母の生涯（週刊朝日　八九巻二一号　昭和五九年五月一八日）265-519頁
＊全三五巻別巻一。第一五回配本。河野多恵子「丹羽文雄・人と作品」1056-1062頁／清水邦行「丹羽文雄年譜」1082-1087頁
＊月報一五　森常治「学者を育てる—丹羽先生の知られざる側面」
〔帯〕表〈知性に人生にあるいは宗教に文学の領域を顕著に拡大した多力者／各巻4000枚以上を収録／作家、評論家、研究者による充実した解説、年譜／第15回配本　第11巻　定価4000円／昭和文学の集大成　小学館〉

6065　**現代日本文学大系72　丹羽文雄・岡本かの子集**
平成二二年一月三一日　筑摩書房
四四二頁　六三〇〇円
菊判　クロス装　上製　丸背　978-4-480-10072-6
＊6048の新版。全九七巻（セット定価六一一一〇〇円）。

ii　文学全集（合集　叢書など）

6501　**文壇出世作全集**
昭和一〇年一〇月三日　中央公論社
五八三頁　三円五〇銭　B5判　紙装　皮背　上製
丸背　天金　函　津田青楓装幀　三段組　旧字旧仮名
中央公論社五十周年記念出版
鮎（文芸春秋　一〇巻四号　昭和七年四月一日）／附記（書き下ろし）561-566頁

6502　**シナリオ文学全集5　文壇人オリジナル・シナリオ集**
昭和一一年一二月五日　河出書房
三三五頁　一円五〇銭　四六判　クロス装　上製
丸背　函　カバー　旧字旧仮名
無題（作者の言葉）50頁／職業と姫君（書き下ろし）51-96頁

6503　**岩波講座　文学の創造と鑑賞4　文学と創造2**
昭和三〇年二月二五日　岩波書店
三〇四頁　二五〇円　A5判　紙装　角背　函
二段組　旧字旧仮名
私の創作体験（書き下ろし）261-267頁

6504　**芥川賞作品集1**　昭和三一年二月二五日　修道社
三九五頁　三七〇円　四六判　クロス装　上製　丸背
函　二段組　旧字旧仮名
芥川賞選評（21～26回）

6505　**芥川賞作品集2**　昭和三一年一一月三〇日　修道社
三一八頁　三五〇円　四六判　クロス装　上製　丸背
函　二段組　旧字旧仮名
芥川賞選評（27～38回）

6506　**現代教養講座5　宗教を求める心**
昭和三二年四月一〇日　角川書店
三〇四頁　二〇〇円　B5判　クロス装　角背
パラフィン　函　高橋忠弥装幀　旧字旧仮名
宗教と文学について（在家仏教　一巻一号　昭和二九年四月一日）253-264頁

6507　**鑑賞と研究　現代日本文学講座7　小説7**
昭和三七年二月二〇日　三省堂
三七九頁　五二〇円　A5判　クロス装　上製　丸背
函　旧字旧仮名
鮎（文芸春秋　一〇巻四号　昭和七年四月一日）121-128頁／祈りのための手段―私はこうして作家になった（文芸　一三巻七号　昭和三一年五月一日）313-315頁
＊「鮎」は二・三章のみ収録。

6508　**世界短篇文学全集17　日本文学　昭和**
昭和三七年一二月二〇日　集英社
四三〇頁　三九〇円　四六判　クロス装　上製　丸背
函　二段組　新字新仮名
鮎（文芸春秋　一〇巻四号　昭和七年四月一日）29-39頁

6509　**鑑賞と研究　現代日本文学講座10　評論・随筆3**
昭和三八年四月一日　三省堂
四二五頁　二五〇円　A5判　クロス装　上製　丸背
函　二段組　旧字旧仮名
批評家と作家の溝（文学界　三巻一二号　昭和二四年一二月一日　丹羽文雄・井上友一郎・中村光夫・今日出海・福田恆存・河盛好蔵）388-391頁

6510 **芥川賞作品全集4** 昭和三八年八月一日 現代芸術社
三〇〇頁 五八〇円 A5判 クロス装 上製 丸背
函 二段組 新字新仮名
芥川賞選評（28～38回）

6511 **芥川賞作品全集3**
昭和三八年一〇月一五日 現代芸術社
三〇六頁 五八〇円 A5判 クロス装 上製 丸背
函 二段組 新字新仮名
芥川賞選評（21～27回）

6512 **人物日本の歴史6 鎌倉の群英**
昭和五〇年七月三一日 小学館
三二〇頁 八〇〇円 A5判 クロス装 上製 丸背
函 カバー 新字新仮名
親鸞（書き下ろし）191-225頁

6513 **人物日本の歴史12 元禄の時代**
昭和五〇年一一月二〇日 小学館
二六五頁 一二五〇円 A5判 クロス装 上製
丸背 函 カバー 新字新仮名
井原西鶴（書き下ろし）71-109頁

6514 **現代日本紀行文学全集 補巻3**
昭和五一年八月一日 ほるぷ出版
三七四頁 頒価不明 四六判 クロス装 上製 丸背
函 二段組 新字新仮名
洛西洛南（原題「新日本名所案内⑧洛西 洛南」週刊朝日
六九巻二六号 昭和三九年六月一九日）27-32頁
＊ 全一二巻セット販売（二八〇〇〇円）。重版（昭和五八
年発行）では異装（紙装 角背 函）。

6515 **戦乱日本の歴史8** 昭和五二年七月一日 小学館
二六五頁 九八〇円 四六判 紙装 上製 丸背 函
新字新仮名
本願寺合戦（丹羽文雄・森龍吉）7-102頁

6516 **鑑賞日本古典文学20 仏教文学**
昭和五二年七月三〇日 角川書店
四一〇頁 一八〇〇円 四六判 クロス装 上製
丸背 函 二段組 新字新仮名
親鸞と蓮如の小説化（書き下ろし）381-385頁

6517 **昭和批評大系5 昭和40年代**
昭和五三年三月一〇日 番町書房
七七七頁 四二〇〇円 A5判 クロス装 上製
丸背 函 二段組 新字新仮名
終止符の感慨（文学者 一二五六号 昭和四九年四月一〇日）
580-581頁

6518 **探訪日本の城3 東海道**
昭和五三年四月二五日 小学館

一九九頁　一八〇〇円　B5判　紙装　上製　丸背
函　カバー　二段組　新字新仮名
鵜の森城（書き下ろし）59-74頁

6519　**図説人物日本の女性4　中世の苦悩と情熱**
昭和五四年一二月一日　小学館
一八〇〇円　B5判　紙装　上製　丸背　新字新仮名
恵信尼（書き下ろし）29-46頁

6520　**北海道文学全集12**
昭和五五年一二月一〇日　立風書房
三八八頁　三五〇〇円　A5判　クロス装　上製
丸背　函　二段組　新字新仮名
暁闇（中央公論　五六年八号　昭和一六年八月一日）229-261頁

6521　**芥川賞全集4**　昭和五七年五月二五日　文藝春秋
五二二頁　一八〇〇円　四六判　クロス装　上製
丸背　函　二段組　新字新仮名
芥川賞選評（21〜27回）

6522　**芥川賞全集5**　昭和五七年六月二五日　文藝春秋
六三二頁　二〇〇〇円　四六判　クロス装　上製
丸背　函　新字新仮名
芥川賞選評（28〜45回）

6523　**芥川賞全集6**　昭和五七年七月二五日　文藝春秋
五三九頁　一八〇〇円　四六判　クロス装　上製
丸背　函　二段組　新字新仮名
芥川賞選評（46〜50回）

6524　**芥川賞全集7**　昭和五七年八月二五日　文藝春秋
四六四頁　一八〇〇円　四六判　クロス装　上製
丸背　函　二段組　新字新仮名
芥川賞選評（51〜58回）

6525　**芥川賞全集8**　昭和五七年九月二五日　文藝春秋
六一八頁　二〇〇〇円　四六判　クロス装　上製
丸背　函　二段組　新字新仮名
芥川賞選評（59〜65回）

6526　**芥川賞全集9**　昭和五七年一〇月二五日　文藝春秋
四〇二頁　一八〇〇円　四六判　クロス装　上製
丸背　函　二段組　新字新仮名
芥川賞選評（66〜68回）

6527　**芥川賞全集10**　昭和五七年一一月二五日　文藝春秋
五〇七頁　一八〇〇円　B6判　クロス装　上製
丸背　函　二段組　新字新仮名
芥川賞選評（69〜74回）

6528　**芥川賞全集11**　昭和五七年一二月二五日　文藝春秋
四一四頁　一八〇〇円　四六判　クロス装　上製

丸背　函　二段組　新字新仮名
芥川賞選評（75〜78回）

6529　**芥川賞全集12**　昭和五八年一月二五日　文藝春秋
四五六頁　一八〇〇円　四六判　クロス装　上製
丸背　函　二段組　新字新仮名
芥川賞選評（79〜87回）

6530　**芥川賞全集13**　昭和五八年二月二五日　文藝春秋
三四七頁　二〇〇〇円　四六判　クロス装　上製
丸背　函　二段組　新字新仮名
芥川賞選評（88〜93回）

6531　**日本随筆紀行12　東海に朝日が昇る**
昭和六二年八月一〇日　作品社
二三〇頁　一二〇〇円　B6判　紙装　角背　カバー
新字新仮名　4-87893-412-3
伊勢路（週刊現代　五巻二号　昭和三八年一月一三日）168-175頁
＊　全二四巻第一五回配本。

6532　**栃木県近代文学全集6**
平成二年一月八日　下野新聞社
五六二頁　五〇〇〇円　A5判　紙装　背クロス
上製　丸背　函　二段組　新字新仮名
逆縁（新風　一巻二号　昭和二一年二月一日）293-307頁

6533　**完本・太平洋戦争　上**　平成三年一二月一日　文藝春秋
五一六頁　二二〇〇円　A5判　クロス装　上製
丸背　カバー　新字新仮名　4-16-345920-0
海戦（中央公論　五七年一一号　昭和一七年一一月一日）237-259頁
＊　本文は6028『昭和戦争文学全集』より抜粋。

6534　**太宰治論集　同時代篇3**
平成四年一〇月二三日　ゆまに書房
三九八頁　八〇〇〇円　A5判　クロス装　上製
丸背　函　新字新仮名　4-89668-601-2
狂い咲きの花（河北新報　昭和二三年六月二一日）140頁／死を惜しむ（文化新聞　一一四号　昭和二三年六月二三日）156-157頁

6535　**太宰治論集　同時代篇5**
平成四年一〇月二三日　ゆまに書房
四二一頁　八〇〇〇円　A5判　クロス装　上製
丸背　函　新字新仮名　4-89668-603-9
狂い咲きの花（月刊東奥　一〇巻五号　昭和二三年八月一日）198-199頁

6536　**太宰治論集　同時代篇6**
平成五年二月二五日　ゆまに書房
三七八頁　八〇〇〇円　A5判　クロス装　上製
丸背　函　新字新仮名　4-89668-604-7

太宰治と私（暖流　三号　昭和二三年九月一日）189-192頁

6537　**太宰治論集　同時代篇7**
平成五年二月二五日　ゆまに書房
四六八頁　八〇〇〇円　A5判　クロス装　上製
丸背　函　新字新仮名　4-89668-605-5
情死論（抄）（文学界　二巻一〇号　昭和二三年一〇月一日　石川達三・井上友一郎・林房雄・丹羽文雄・坂口安吾・舟橋聖一）250-259頁

6538　**太宰治論集　同時代篇9**
平成五年二月二五日　ゆまに書房
四六〇頁　八〇〇〇円　A5判　クロス装　上製
丸背　函　新字新仮名　4-89668-607-1
小説論　対談（抄）（新小説　四巻四号　昭和二四年四月一日　丹羽文雄・伊藤整）235-237頁

6539　**太宰治論集　作家論篇1**
平成六年三月二二日　ゆまに書房
三八九頁　八〇〇〇円　A5判　クロス装　上製
丸背　函　新字新仮名　4-89668-770-1
鼎談太宰治（文芸　一〇巻一二号　昭和二八年一二月一日　丹羽文雄・亀井勝一郎・中村光夫）207-234頁

6540　**ふるさと文学館14　東京1**
平成六年四月一五日　ぎょうせい
六六九頁　六〇〇〇円　A5判　クロス装　上製
丸背　二段組　函　新字新仮名　4-324-03781-7
浅草寺附近（改造　二二巻一八号　昭和一五年一〇月一日）416-442頁

6541　**ふるさと文学館13　千葉**
平成六年一一月一五日　ぎょうせい
六五五頁　六〇〇〇円　A5判　クロス装　上製
丸背　二段組　函　新字新仮名　4-324-03780-9
母の晩年（群像　一一巻一〇号　昭和三一年一〇月一日）423-430頁

6542　**ふるさと文学館25　岐阜**
平成七年一月一五日　ぎょうせい
六五一頁　六〇〇〇円　A5判　クロス装　上製
丸背　二段組　函　新字新仮名　4-324-03792-2
鮎（文芸春秋　一〇巻四号　昭和七年四月一日）20-30頁

6543　**ふるさと文学館28　三重**
平成七年六月一五日　ぎょうせい
六八三頁　六〇〇〇円　A5判　クロス装　上製
丸背　二段組　函　新字新仮名　4-324-03795-7
ある喪失（若草　一一巻八号　昭和一〇年八月一日）／わが母の記（婦人公論　二四巻七号　昭和一四年七月一日）11-51頁

6544　**ふるさと文学館15　東京2**

平成七年七月一五日　ぎょうせい
七三二頁　六〇〇〇円　A5判　クロス装　上製
丸背　二段組　函　新字新仮名　4-324-03782-5
鬼子母神界隈（新生　二巻一〇号　昭和二一年一〇月一日）
153-179頁

6545　**岐阜県文学全集2　第1期小説編　飛驒編**
平成七年七月二一日　郷土出版社
三七八頁　セット価格九六〇〇円　B6判　クロス装
上製　丸背　函　新字新仮名　4-87664-091-2
贅肉（中央公論　四九年八号　昭和九年七月一五日）

6546　**近代作家追悼文集成32　菊池寛　太宰治**
平成九年一月二四日　ゆまに書房
二八七頁　八二四〇円　A5判　クロス装　上製
丸背　函　4-89714-105-2
狂い咲きの花（月刊東奥　一〇巻五号　昭和二三年八月一日）203
頁／太宰治と私（暖流　三号　昭和二三年九月一日）236-237頁

6547　**日本統治期台湾文学日本人作家作品集　別巻**
平成一〇年七月二〇日　緑蔭書房
六二六頁　九六六五円　A5判　クロス装　上製　丸背
4-89774-020-7（set）
台湾の息吹（台湾公論　九巻一～九号　昭和一九年一月一日～
九月一日　七回）491-548頁

6548　**近代作家追悼文集成39　佐佐木信綱　三好達治　佐藤春夫**
平成一一年二月二五日　ゆまに書房
三五七頁　八四〇〇円　A5判　クロス装　上製
丸背　函　4-89714-642-9
弔辞―佐藤春夫（文芸　三巻七号　昭和三九年七月一日）278-289
頁

6549　**近代作家追悼文集成40　江戸川乱歩　谷崎潤一郎　高見順**
平成一一年二月二五日　ゆまに書房
三四八頁　八四〇〇円　A5判　クロス装　上製
丸背　函　4-89714-643-7
谷崎潤一郎氏を悼む（原題「谷崎潤一郎氏を悼む―心の柱奪わ
れた思い」　朝日新聞　夕刊　昭和四〇年七月三〇日）81頁／
母の日記と仏教と（読売新聞　夕刊　昭和四〇年八月二〇日）
269-270頁

6550　**近代作家追悼文集成43　高橋和巳　志賀直哉　川端康成**
平成一一年二月二五日　ゆまに書房
二五三頁　八四〇〇円　A5判　クロス装　上製
丸背　函　4-89714-646-1
川端さん（新潮　六〇年九号　昭和四七年六月一日）205-206頁

6551　**コレクション・モダン都市文化17　資生堂**
平成一八年五月二五日　ゆまに書房
九二三頁　一八九〇〇円　A5判　クロス装　上製
丸背　カバー　和田博文編　4-8433-1545-1

星かげ（花椿　二巻四号　昭和一三年四月一日）722-723頁

6552　**戦後占領期短篇小説コレクション２　１９４７年**
平成一九年六月三〇日　藤原書店
二八七頁　二六二五円　四六変型判（186㎜×128㎜）
紙装　上製　丸背　カバー　新字新仮名
978-4-89434-573-7（4-89434-573-0）

厭がらせの年齢（改造　二八巻二号　昭和二二年二月一日）41-83頁

＊紅野謙介・川崎賢子・寺田博編集。

6553　**文藝時評大系　昭和篇Ⅰ　第九巻　昭和九年　下**
平成一九年一〇月二五日　ゆまに書房
五五一頁　二一〇〇〇円　Ａ５判　クロス装　上製
丸背　カバー　978-4-8433-1717-4

文芸時評（文芸首都　二巻一〇号　昭和九年一〇月一日）319-329頁

＊『文藝時評大系　昭和篇Ⅰ』全一七巻別巻一（平成一九年一〇月二五日　ゆまに書房）。初出を復刻掲載。

6554　**文藝時評大系　昭和篇Ⅰ　第一〇巻　昭和十年　上**
平成一九年一〇月二五日　ゆまに書房
五四〇頁　二一〇〇〇円　Ａ５判　クロス装　上製
丸背　カバー　978-4-8433-1718-1

分担時評（読売新聞　昭和一〇年七月五・七日　二回）538-540頁

6555　**文藝時評大系　昭和篇Ⅰ　第一一巻　昭和十年　下**
平成一九年一〇月二五日　ゆまに書房
四九六頁　二一〇〇〇円　Ａ５判　クロス装　上製
丸背　カバー　978-4-8433-1719-8

文芸時評（報知新聞　昭和一〇年一一月二三～二九日　七回）405-411頁

6556　**文藝時評大系　昭和篇Ⅰ　第一三巻　昭和十一年　下**
平成一九年一〇月二五日　ゆまに書房
五五五頁　二一〇〇〇円　Ａ５判　クロス装　上製
丸背　カバー　978-4-8433-1721-1

文芸時評（報知新聞　昭和一一年八月二五～三〇日　六回）179-186頁

6557　**文藝時評大系　昭和篇Ⅰ　第一四巻　昭和十四年**
平成一九年一〇月二五日　ゆまに書房
五八六頁　二一〇〇〇円　Ａ５判　クロス装　上製
丸背　カバー　978-4-8433-1722-8

文芸時評（新潮　三四年二号　昭和一二年二月一日）47-54頁
／文芸時評（報知新聞　昭和一二年九月三〇日～一〇月七日　五回）472-477頁

6558　**文藝時評大系　昭和篇Ⅰ　第一五巻　昭和十三年**
平成一九年一〇月二五日　ゆまに書房
五七一頁　二一〇〇〇円　Ａ５判　クロス装　上製
丸背　カバー　978-4-8433-1723-5

文芸時評（読売新聞　夕刊　昭和一三年一月二八日〜二月三日　四回）42-45頁

6559　**文藝時評大系　昭和篇Ⅰ　第一七巻　昭和一五年**
平成一九年一〇月二五日　ゆまに書房
五三九頁　二一〇〇〇円　A5判　クロス装　上製　丸背　カバー　978-4-8433-1725-9
文芸時評（都新聞　昭和一五年六月二九日〜七月三日　五回）308-314頁

6560　**文藝時評大系　昭和篇Ⅰ　第一八巻　昭和十六年―十七年**
平成一九年一〇月二五日　ゆまに書房
六九九頁　二一〇〇〇円　A5判　クロス装　上製　丸背　カバー　978-4-8433-1726-6
文芸時評（都新聞　昭和一七年三月一一〜一四日　四回）432-437頁

6561　**文藝時評大系　昭和篇Ⅱ　第二巻　昭和二十二年**
平成二〇年一〇月二五日　ゆまに書房
四五六頁　二一〇〇〇円　A5判　クロス装　上製　丸背　カバー　978-4-8433-1729-7
創作短評（人間　二巻二号　昭和二二年二月一日）58-59頁／文芸時評（東京新聞　夕刊　昭和二二年三月二〇〜二二日　三回）99-102頁
＊『文藝時評大系　昭和篇Ⅱ』全一三巻別巻一（平成二〇年一〇月二五日　ゆまに書房）。初出を復刻掲載。

6562　**文藝時評大系　昭和篇Ⅱ　第三巻　昭和二十三年**
平成二〇年一〇月二五日　ゆまに書房
五三六頁　二一〇〇〇円　A5判　クロス装　上製　丸背　カバー　978-4-8433-1730-3
文芸時評（文学界　昭和二三年一月一日）10-13頁／文芸時評（東京新聞　昭和二三年一二月二三〜二五日　三回）531-534頁

6563　**文藝時評大系　昭和篇Ⅱ　第四巻　昭和二十四年**
平成二〇年一〇月二五日　ゆまに書房
三五八頁　二一〇〇〇円　A5判　クロス装　上製　丸背　カバー　978-4-8433-1731-0
文芸時評（夕刊新大阪　昭和二四年一月三一日〜二月三日　三回）22-25頁／文芸時評（夕刊東京日日新聞　昭和二四年二月二〇〜二一日　二回）51-53頁／作品月評（文学界　三巻四号　昭和二四年六月一日）169頁

6564　**文藝時評大系　昭和篇Ⅱ　第五巻　昭和二十五年**
平成二〇年一〇月二五日　ゆまに書房
五八〇頁　二一〇〇〇円　A5判　クロス装　上製　丸背　カバー　978-4-8433-1732-7
創作批評（風雪　四巻一号　昭和二五年一月一日）30-37頁

6565　**文藝時評大系　昭和篇Ⅱ　第一二巻　昭和三十二年**
平成二〇年一〇月二五日　ゆまに書房
六〇二頁　二一〇〇〇円　A5判　クロス装　上製　丸背　カバー　978-4-8433-1739-6

創作合評（群像　一二巻一号　昭和三二年一月一日）7-21頁

Ⅴ　作品集

ⅰ　単行本

7001　**日本現代文章講座　2　方法篇**
昭和九年一〇月一三日　厚生閣
四〇八頁　一円五〇銭　菊判　クロス装　上製　丸背
函　旧字旧仮名
自然発生的な文章の形式と方法（書き下ろし）220-231頁

7002　**文芸年鑑　一九三六年版**
昭和一一年三月二五日　第一書房
三二七頁　菊判　クロス装　丸背　上製　函
川上澄生装幀　四段組　旧字旧仮名
創作月評　七月（原題「分担時評」　読売新聞　昭和一〇年七月五・七日）72-74頁
＊昭和五四年九月一日、文泉堂出版より復刻版が刊行されている。

7003　**日本小説代表作全集1　昭和十三年前半期**
昭和一三年一〇月三一日　小山書店
五六九頁　二円　Ｂ６判　紙装　上製　丸背　函

旧字旧仮名

妻の作品（改造　二〇巻三号　昭和一三年三月一日）329-357頁

7004　**わが小説修業**　昭和一四年一〇月一八日　厚生閣
三〇〇頁　一円五〇銭　B6判　紙装　背クロス
上製　角背　帯　旧字旧仮名

「薔薇合戦」のノート（原題「創作手帖—薔薇合戦のノート」月刊文章　三巻一一号　昭和一二年一〇月一日）38-42頁

7005　**日本小説代表作全集3　昭和十四年前半期**
昭和一四年一一月一五日　小山書店
五一二頁　二円　B6判　紙装　上製　丸背　函
旧字旧仮名

継子と顕良（文芸春秋　一七巻一一号　昭和一四年六月一日）

7006　**短篇四十人集**　昭和一五年三月一八日　厚生閣
四〇四頁　一円九〇銭　B6判　紙装　帯
旧字旧仮名

拾つた手袋（月刊文章　四巻二号　昭和一三年二月一日）207-215頁

＊月刊文章編集部編。紅野敏郎「叢書・文学全集・合著集総覧」（昭和五三年三月一五日　講談社『日本近代文学大事典6』）に目次が記載されている。

7007　**甘味　お菓子随筆**　昭和一六年二月二六日　双雅房
二八〇頁　二円　函　旧字旧仮名

菓子漫筆（スキート　一四巻五号　昭和一四年一一月一五日）240-242頁

＊内田誠編。明治製菓PR雑誌「スキート」掲載文を集めたもの。

7008　**日本小説代表作全集7　昭和十六年前半期**
昭和一六年一二月二〇日　小山書店
五一〇頁　二円五〇銭　B6判　紙装　上製　丸背
函　旧字旧仮名

怒濤（改造　二三巻一一号　昭和一六年六月一日）251-299頁

7009　**軍人援護文芸作品集　第一輯**
昭和一七年三月三〇日　軍事保護院
五三五頁　A5判　紙装　上製　丸背　小山眞吉装幀
旧字旧仮名

碧い空（日の出　一〇巻一〇号　昭和一六年一〇月一日）383-416頁／戦陣訓の歌（放送　一巻一号　昭和一六年一〇月一日）418-438頁

＊紅野敏郎「叢書・文学全集・合著集総覧」（昭和五三年三月一五日　講談社『日本近代文学大事典6』）に総目録がある。

7010　**新作品　伊藤・丹羽・日比野集**
昭和一七年一〇月二〇日　有光社
二九二頁　一円八〇銭　B6判　クロス装　丸背
カバー　栗木幸次郎装幀　旧字旧仮名

媒酌人（書き下ろし）125-176頁

7011　**第二の戦場**　昭和一七年一二月一五日　軍事保護院
三二六頁　一円四〇銭　B6判　紙装　角背
一〇〇〇部　旧字旧仮名
碧い空（日の出　一〇巻一〇号　昭和一六年一〇月一日）247-281頁

7012　**朗読文学選　現代篇　大正・昭和**
昭和一八年五月一五日　大政翼賛会宣伝部
八六頁　二五銭　B6判　紙装　旧字旧仮名
ソロモン海戦に従ひて　68-74頁
＊榊原豪「解説」74-75頁

7013　**増産必勝魂**　昭和一八年九月五日　文松堂書店
三一六頁　二円三四銭（定価二円二〇銭　特別行為税相当額　一四銭）　B6判　旧字旧仮名
発行承認番号イ一五〇四四六号　初版一〇〇〇〇部
日本文学報国会編
川南造船所（原題「増産必勝魂15―川南造船所を訪ねて」　読売新聞　昭和一八年三月二日）117-124頁

7014　**十年**　昭和一八年九月二五日　二見書房
三二六頁　二円五八銭　B6判　紙装　角背　カバー
旧字旧仮名　早稲田文学社編
台湾日記（書き下ろし）119-136頁

7015　**新進小説選集　昭和一八年度版**
昭和一九年二月一日　南方書院
二〇九頁　二円　四六判　角背　紙装　上製
旧字旧仮名
〔収録〕序　丹羽文雄
或る仲間　稲葉眞吾／冬至　山川壽雄／潮流の唄　西辰夫／父の記　青木實一／ドルの話　池田みち子／新世界にて　河原美雄／赤酒軒　竹内重夫／戦場の茶会　萩原俊三／藤田東湖　末菅数夫／作家略歴

7016　**日本小説代表作全集12　昭和十八年後半期**
昭和一九年一一月一五日　小山書店
三三六頁　三円四〇銭　B6判　紙装　背クロス
上製　丸背　カバー　函　旧字旧仮名
春の山かぜ（改造　二五巻一一号　昭和一八年一一月一日）176-205頁

7017　**小説ポケットブック1　恋愛小説集**
昭和二二年七月五日　かすが書房
一八四頁　四〇円　B6判　紙装　角背
松田文雄装幀　旧字旧仮名　林房雄編
吹雪（週刊新日本　特別号　昭和二一年六月一日）105-137頁

7018　**新進小説選集　一九四七年度版**
昭和二二年一二月一日　東方社
三二二頁　七〇円　四六判　紙装　角背　旧字旧仮名

読後感　3-5頁
＊丹羽文雄、青野季吉監修。

7019　**現代小説　第一輯**　昭和二二年一二月二〇日　大元社
二九六頁　八五円　Ｂ６判　紙装　角背　旧字旧仮名
植物（女性　二巻四号　昭和二二年三月二〇日）1-21頁
＊日本文芸家協会編。木々高太郎「あとがき」293-295頁

7020　**現代小説選**　昭和二二年一二月二五日　家の光協会
二一九頁　四五円　Ｂ６判　紙装　角背　旧字旧仮名
家の光文庫
雑草（文芸　四巻五号　昭和二二年六月一日）60-88頁

7021　**現代作家選集　上**　昭和二三年一月一〇日　桃李書院
三一二頁　八〇円　Ｂ６判　紙装　角背
谷口吉郎装幀　旧字旧仮名
自分の鶏（改造　一七巻六号　昭和一〇年六月一日）153-197頁

7022　**創作代表選集　第一巻　昭和二十二年度版**
昭和二三年七月三〇日　講談社
三三二頁　一三〇円　Ｂ６判　紙装　丸背　カバー
旧字旧仮名
厭がらせの年齢（改造　二八巻二号　昭和二二年二月一日）1-42頁

7023　**日本小説代表作全集16　昭和二十二年前半期**
昭和二三年八月一〇日　小山書店
三三六頁　二〇〇円　Ｂ６判　紙装　上製　丸背
カバー　函　旧字旧仮名
厭がらせの年齢（改造　二八巻二号　昭和二二年二月一日）1-36頁

7024　**現代の芸術　１９４８年度**
昭和二三年八月二〇日　大地書房
三〇四頁　一四〇円　Ｂ６判　紙装　背クロス　上製
角背　林武表紙　藪内正直文字デザイン　旧字旧仮名
時代への関心（読売新聞　昭和二二年四月一四日）49-50頁
＊読売新聞社文化部編。

7025　**日本小説代表作全集17　昭和二十二年後半期**
昭和二三年一一月一五日　小山書店
三八八頁　三八〇円　Ｂ６判　紙装　上製　丸背
函　旧字旧仮名
父の記憶（社会　二巻一〇号　昭和二二年一二月一日）131-146頁

7026　**創作代表選集　第二巻　昭和二十三年度版**
昭和二四年三月三一日　講談社
四三六頁　二三〇円　Ｂ６判　紙装　丸背　カバー
旧字旧仮名
守礼の門（文芸春秋　二六巻二号　昭和二三年二月一日）1-48頁

7027 **文芸評論代表選集　第一輯（S20・9〜S23・12）**
昭和二四年五月一日　丹頂書房
三五九頁　二五〇円　Ａ５判　紙装　丸背　カバー
旧字旧仮名
私は小説家である（改造　二八巻九号　昭和二二年九月一日）320-335頁

7028 **小説年鑑1**　昭和二四年五月三〇日　八雲書店
二〇八頁　一〇〇円　四六判　紙装　角背　帯
旧字旧仮名
十夜婆々（文芸春秋　二六巻一二号　昭和二三年一二月一日）133-154頁
＊平野謙「解説」195-201頁
7029 **戦後文芸代表作品集　創作篇2**
昭和二四年六月一日　黄蜂社
一二七頁　九五円　Ａ５判　紙装　旧字旧仮名
盛粧（別冊文芸春秋　七号　昭和二三年七月一日）44-60頁
7030 **創作代表選集　第三巻　昭和二十四年前期**
昭和二四年八月二〇日　講談社
四八二頁　二〇〇円　Ｂ６判　紙装　上製　丸背
カバー　旧字旧仮名
十夜婆々（文芸春秋　二六巻一二号　昭和二三年一二月一日）19-46頁

7031 **日本小説傑作集**　昭和二四年九月一日　日本小説社
一〇四頁　八〇円　Ａ５判　旧字旧仮名
めぐりあひ（日本小説　二巻八号　昭和二三年九月一日）8-23頁

7032 **新日本代表作選集1　小説篇**
昭和二四年一一月二五日　実業之日本社
三三六頁　二三〇円　Ｂ６判　旧字旧仮名
厭がらせの年齢（改造　二八巻二号　昭和二二年二月一日）279-316頁
＊本多秋五「解説」317-336頁

7033 **現代日本文学選集7**　昭和二五年三月三一日　細川書店
三三三頁　三五〇円　Ｂ６変型判（182㎜×140㎜）
紙装　上製　丸背　旧字旧仮名
著者のことば（書き下ろし）50頁／鮎（文芸春秋　一〇巻四号　昭和七年四月一日）52-74頁
＊中島健蔵「後記」332-333頁

7034 **現代小説代表選集6**　昭和二五年五月一日　光文社
五〇四頁　二〇〇円　Ｂ６判　紙装　カバー
若山為三装幀　旧字旧仮名
東京の薔薇（小説公園　一巻一号　昭和二五年一月一日）357-402頁

7035 **文芸評論代表選集　昭和25年度版**

昭和二五年九月二五日　中央公論社
二七六頁　二八〇円　Ｂ６判　紙装　丸背　二段組
旧字旧仮名
不遜な清掃人夫（東京新聞　夕刊　昭和二四年一〇月九日）97－99頁

7036　**創作代表選集　第六巻　昭和二十五年前期**
昭和二五年一〇月一〇日　講談社
五七六頁　二四〇円　Ｂ６判　紙装　上製　丸背
カバー　旧字旧仮名
砂地（文学界　四巻四号　昭和二五年四月一日）545－553頁／あとがき　563－564頁
＊伊藤整、亀井勝一郎、小林秀雄、河盛好蔵、佐多稲子、丹羽文雄編集委員。

7037　**現代小説代表選集7**　昭和二五年一一月一日　光文社
四二六頁　二〇〇円　Ｂ６判　紙装　カバー
若山為三装幀　旧字旧仮名
東京どろんこオペラ（小説新潮　四巻四号　昭和二五年四月一日）337－392頁

7038　**日本小説代表作全集23　昭和二十五年後半期**
昭和二六年三月二五日　小山書店
三七六頁　二五〇円　Ｂ６判　紙装　上製　丸背
旧字旧仮名
こほろぎ（中央公論文芸特集　四号　昭和二五年九月二〇日）175－198頁

7039　**創作代表選集　第七巻　昭和二十五年後期**
昭和二六年四月三〇日　講談社
五七四頁　二八〇円　Ｂ６判　紙装　上製　丸背
カバー　旧字旧仮名
こほろぎ（中央公論文芸特集　四号　昭和二五年九月二〇日）85－110頁

7040　**時代の花束　早稲田作家集　昭和26年度版**
昭和二六年七月一日　東方社
三二四頁　二二〇円　Ｂ６判　紙装　上製　丸背
旧字旧仮名　青野季吉、丹羽文雄、浅見淵監修
洗濯屋（早稲田文学　一五巻三号　昭和二三年七月一日）91－100頁

7041　**創作代表選集　第八巻　昭和二十六年前期**
昭和二六年九月一五日　講談社
六〇三頁　三五〇円　Ｂ６判　紙装　上製　丸背
カバー　旧字旧仮名
爛れた月（中央公論　六六年四号　昭和二六年四月一日）539－566頁

7042　**創作代表選集　第九巻　昭和二十六年後期**
昭和二七年四月三〇日　講談社
四四二頁　二八〇円　Ｂ６判　紙装　上製　丸背

カバー　旧字旧仮名
幸福への距離（群像　六巻一〇号　昭和二六年一〇月一日）283-397頁

7043　**現代作家処女作集　早稲田作家篇1**
昭和二八年八月一日　潮書房
二六二頁　二五〇円　B6判　紙装　上製　丸背
カバー　二段組　旧字旧仮名
鮎（文芸春秋　一〇巻四号　昭和七年四月一日）162-172頁／「鮎」に就いて（書き下ろし）255頁

7044　**創作代表選集12　昭和二十八年前期**
昭和二八年一二月二五日　講談社
三九二頁　三七〇円　B6判　紙装　上製　丸背
カバー　セロファン　二段組　旧字旧仮名
藤代大佐（文学界　七巻七号　昭和二八年六月一日）38-68頁

7045　**うなぎ**　昭和二九年一月一五日　全国淡水組合連合会
二九三頁　二五〇円　B6判　紙装　上製　丸背
旧字旧仮名
無題（書き下ろし）235-236頁
＊　鰻に関するアンケート。

7046　**創作代表選集13　昭和二十八年後期**
昭和二九年五月五日　講談社
三八〇頁　三五〇円　B6判　紙装　上製　丸背
カバー　セロファン　二段組　旧字旧仮名
母の日（群像　八巻一一号　昭和二八年一〇月一日）360-364頁
＊　十返肇「まえがき」1-3頁／井上靖「あとがき」379-380頁

7047　**東京通信**　昭和二九年五月三〇日　黄土社
三四五頁　二八〇円　B6判　紙装　上製　丸背
カバー　旧字旧仮名
渋谷駅前の一週間（中央公論　六七年四号　昭和二七年四月一日）329-345頁

7048　**文学と人生**　昭和二九年七月一日　大谷出版社
一〇一頁　一〇〇円　B6判　紙装　上製　丸背
新字新仮名（促音拗音大字）
私の人生観　67-98頁
＊　昭和二八年一一月二日に行われた相愛学園創立六五周年記念講演会の講演録。

7049　**人生読本4**　昭和二九年八月三〇日　春陽堂書店
二五九頁　二六〇円　B6判　紙装　カバー
新字新仮名
宗教と文学　113-125頁

7050　**文章講座4　創作方法1**
昭和二九年九月三〇日　河出書房
三三一頁　二八〇円　B6判　上製　丸背　函

特装版　新字新仮名
新聞小説作法（書き下ろし）124-139頁

7051　**文章講座４　創作方法１**
昭和二九年九月三〇日　河出書房
三三一頁　二〇〇円　Ｂ６判　新字新仮名
＊　7050の普及版。

7052　**創作代表選集14　昭和二十九年前期**
昭和二九年一〇月一五日　講談社
三九〇頁　三五〇円　Ｂ６判　紙装　上製　丸背
カバー　セロファン　二段組　旧字新仮名
柔眉の人（新潮　五一年四号　昭和二九年四月一日）12-48頁

7053　**ヘミングウェイ研究**　昭和二九年一〇月三〇日　英宝社
二六五頁　二八〇円　Ｂ６判　クロス装　上製　丸背
函　新字新仮名　現代英米作家研究叢書
「誰がために鐘は鳴る」（書き下ろし）185-193頁

7054　**戦後十年名作選集４**　昭和三〇年五月一日　光文社
二四七頁　一三〇円　新書判　紙装　角背　二段組
カバー　新字新仮名　カッパ・ブックス
厭がらせの年齢（改造　二八巻二号　昭和二二年二月一日）
75-124頁
＊　臼井吉見編。

7055　**現代仏教講座４　文学・芸術篇**
昭和三〇年六月一五日　角川書店
二九三頁　二八〇円　Ａ５判　紙装　角背　函
旧字旧仮名
私と仏教（書き下ろし）251-256頁

7056　**新文学入門２**　昭和三〇年七月三〇日　人文書院
三七六頁　二八〇円　四六判　クロス装　上製
丸背　新字新仮名
テーマと構成　197-256頁
＊　「小説作法」の抜粋。

7057　**現代の作家**　昭和三〇年九月二〇日　岩波書店
三一〇頁　一三〇円　新書判　紙装　角背
新字新仮名　中野好夫編　岩波新書青版216
丹羽文雄（文学　二〇巻一一号　昭和二七年一一月一日）
158-173頁

7058　**創作代表選集16　昭和三十年前期**
昭和三〇年九月二五日　講談社
三八〇頁　三五〇円　Ｂ６判　紙装　上製　丸背
カバー　セロファン　二段組
旧字新仮名（促音拗音大字）
街の草（新潮　五二年一号　昭和三〇年一月一日）362-380頁

7059　**現代女性講座２　恋愛と結婚**

昭和三〇年一〇月三〇日　角川書店
二七二頁　二〇〇円　Ｂ６判　紙装　上製　丸背　函
旧字新仮名（促音拗音大字）
浮気について―二つの思春期（書き下ろし）183-194頁

7060　**たべもの随筆**　昭和三一年二月二九日　三笠書房
一〇〇円　新書判　紙装　角背　カバー　新字新仮名
舌の幸（あまカラ　四五号　昭和三〇年五月一日）19-22頁

7061　**明治図書講座国語教育7**
昭和三一年四月一日　明治図書
三一四頁　三九〇円　菊判　クロス装　上製　丸背
函　新字新仮名
文学について（書き下ろし）7-28頁

7062　**創作代表選集17　昭和三十年後期**
昭和三一年五月五日　講談社
三四七頁　三八〇円　Ｂ６判　紙装　上製　丸背
カバー　セロファン　二段組
旧字新仮名（促音拗音大字）
崖下（新潮　五二年七号　昭和三〇年七月一日）8-24頁

7063　**戦後文芸評論選3**
昭和三一年一一月一三日　青木書店
二一三頁　一三〇円　Ｂ６判　紙装　上製　丸背
カバー　新字新仮名
人間修業と文学修業　97-105頁

7064　**創作代表選集19　昭和三十一年後期**
昭和三二年四月二〇日　講談社
三三五頁　三七〇円　Ｂ６判　紙装　上製　丸背
カバー　セロファン　二段組
旧字新仮名（促音拗音大字）
母の晩年（群像　一一巻一〇号　昭和三一年一〇月一日）166-173頁

7065　**続発禁作品集**　昭和三二年七月一五日　北辰堂
二四八頁　二六〇円　Ｂ６判　紙装　上製　丸背
カバー　ビニル　二段組　磯野正明装幀　新字新仮名
中年（河出書房『中年』昭和一六年七月三〇日）64-74頁
＊　前半部のみ収録。

7066　**おふくろの味**　昭和三二年八月一日　春陽堂
二二九頁　二四〇円　Ｂ６判　紙装　角背
カバー　二段組　新字新仮名
わが母（書き下ろし）73-110頁

7067　**創作代表選集22　昭和三十三年前期**
昭和三三年九月五日　講談社
四〇六頁　三八〇円　Ｂ６判　紙装　上製　丸背
カバー　二段組　旧字新仮名（促音拗音大字）
金木犀と彼岸花（新潮　五五年一号　昭和三三年一月一日）
75-92頁

7068 **しんらん** 昭和三三年一〇月二五日 普通社
一三五頁 一三〇円 Ｂ６判 紙装 角背 函
新字新仮名
金木犀の思い出 17-44頁
＊ 講演録。

7069 **ヘミングウェイ研究 増訂版**
昭和三四年一一月一五日 英宝社
二八四頁 頒価不明 Ｂ６判 紙装 角背 函
新字新仮名 現代英米作家研究叢書
「誰がために鐘は鳴る」185-193頁
＊ 7053の増訂版。昭和四〇年六月一〇日発行では五五〇円。

7070 **人生と仏教シリーズ５ 近代文学と親鸞**
昭和三五年三月一五日 布教研究所
一二六頁 一〇〇円 Ｂ６判 新字新仮名
親鸞の眼（書き下ろし）81-112頁

7071 **結婚論 愛と性と契り**
昭和三七年七月一日 婦人画報社
三〇三頁 二五〇円 新書判 紙装 角背 カバー
新字新仮名
結婚観（書き下ろし）1-8頁

7072 **わが小説** 昭和三七年七月一五日 雪華社
二八四頁 四五〇円 四六判 紙装 角背 函
二段組 新字新仮名
有情（朝日新聞 夕刊 昭和三六年一二月二〇日）198-199頁

7073 **生活の随筆 肉親**
昭和三七年一〇月二〇日 筑摩書房
三七八頁 三九〇円 小Ｂ６判（172㎜×116㎜）
クロス装 上製 丸背 函 柳原良平装幀 二段組
新字新仮名
わが母 97-120頁
＊ 7066『おふくろの味』より転載。

7074 **一冊の本２** 昭和四〇年四月一日 雪華社
二三二頁 四五〇円 Ｂ６判 紙装 角背 函
二段組 新字新仮名 朝日新聞社学芸部編
親鸞の宗教書（朝日新聞 昭和三八年一二月一五日）13-15頁

7075 **おふくろ** 昭和四〇年七月一五日 秋田書房
二〇二頁 二六〇円 新書判 紙装 角背 カバー
二段組 新字新仮名 サンデー新書
作品の原動力 132-137頁
＊ 丹羽文雄監修。ラジオ放送「母を語る」（昭和三八年一月四日 ＴＢＳラジオ）の抄録。

7076 **新日本名所案内 上**
昭和四一年一月三〇日 朝日新聞社
三〇四頁 四五〇円 Ｂ６判 紙装 角背 カバー

二段組　新字新仮名
洛西、洛南（原題「新日本名所案内⑧洛西　洛南」週刊朝日六九巻二六号　昭和三九年六月一九日）61-67頁

7077　**私の小説作法**　昭和四一年六月二〇日　雪華社
二五三頁　三〇〇円　新書判　紙装　角背　上製
カバー　山崎晨装幀　新字新仮名
毎日新聞社学芸部編
長・短編でちがう（毎日新聞　昭和四〇年一月一九日）130-132頁

7078　**現代作家自作朗読集**
昭和四一年一一月二五日　朝日ソノラマ
一六六頁（本文一二二頁）　二〇〇〇円
A5変型判（210mm×200mm）　紙装　角背　上製　函
新字新仮名
自声の録音（書き下ろし）125頁／菩提樹より（163　ソノシート）／命なりけりより（164　ソノシート）
＊　ソノシート二八枚を附す。

7079　**一冊の本　全**　昭和四二年九月二三日　雪華社
六一五頁　一二〇〇円　四六判　クロス装　上製
丸背　函　新字新仮名　朝日新聞社学芸部
一冊の本146―親鸞の宗教書（朝日新聞　昭和三八年一二月一五日）44-46頁

7080　**追想　亀井勝一郎**
昭和四二年一一月一四日　亀井書彦
二五九頁　非売品　四六判　クロス装　上製　丸背
函　新字新仮名
亀井勝一郎君のこと（書き下ろし）134-135頁

7081　**文学選集33**　昭和四三年五月二五日　講談社
四一五頁　一二〇〇円　A5判　紙装　背クロス
上製　丸背　函　安井泰装幀　二段組　新字新仮名
目録五
蛾（群像　二二巻二号　昭和四二年二月一日）73-88頁

7082　**十返肇　その一九六三年八月**
昭和四四年八月二八日　十返千鶴子
二三六頁　非売品　四六判　函　新字新仮名
片手もがれた虚脱感（朝日新聞　昭和三八年八月二九日）168-170頁

7083　**日本の短編　下**
昭和四四年一二月三〇日　毎日新聞社
四〇九頁　一〇〇〇円　B6判　クロス装　上製
丸背　カバー　ビニルカバー　函　栃折久美子装幀
二段組　新字新仮名
厭がらせの年齢（改造　二八巻二号　昭和二二年二月一日）41-70頁

7084 **私にとって幸福とは**
昭和四六年二月一五日 祥伝社
三八〇円 新書判 紙装 角背 カバー 新字新仮名
祥伝社ノン・ブック
幸福というもの（女性セブン 八巻四五号 昭和四五年一二月
一二日）232-236頁

7085 **舞台再訪—私の小説から**
昭和四六年七月一五日 三笠書房
二三〇頁 二〇〇〇円 A5判 クロス装 上製
丸背 函 帯 新字新仮名 限定三〇〇〇部
恋文（朝日新聞 昭和四二年三月三〇日）53-55頁／あらすじ

7086 **牡丹の花—獅子文六追悼録**
昭和四六年一二月一三日 獅子文六追悼録刊行会
三一五頁 非売品 四六判 上製 函 新字新仮名
思い出（書き下ろし）24-26頁

7087 **現代の小説 1971年度後期代表作**
昭和四七年四月三〇日 三一書房
三二八頁 一二〇〇円 四六判 紙装 上製 丸背
函 二段組 新字新仮名
「声」について—作者のことば（書き下ろし）／声（オール読物
二六巻八号 昭和四六年八月一日）229-235頁

7088 **文学選集37** 昭和四七年五月一二日 講談社
四七五頁 一八〇〇円 A5判 紙装 背クロス
上製 函 安井泰装幀 二段組 新字新仮名
尼の像（群像 二六巻一〇号 昭和四六年一〇月一日）365-376
頁

7089 **戦後文学論争 上**
昭和四七年一〇月三一日 番町書房
六〇八頁 一六〇〇円 A5判 クロス装 上製
丸背 函 二段組 新字新仮名
私は小説家である（改造 二八巻九号 昭和二二年九月一日）
485-493頁／小説鼎談（風雪 三巻七号 昭和二四年八月一日
丹羽文雄・林芙美子・井上友一郎）494-506頁／小説家と批評家
の摩擦 512-514頁／批評家と作家の溝（文学界 三巻一二号
昭和二四年一二月一日 丹羽文雄・井上友一郎・中村光夫・今
日出海・福田恆存・河盛好蔵）517-529頁

7090 **歎異抄 現代を生きるこころ**
昭和四八年二月一五日 朝日新聞社
三〇六頁 五〇〇〇円 四六変型判（188㎜×205㎜）
クロス装 上製 角背 函 新字新仮名
ソノシート附録 真宗教団連合編 0015-254107-0042
わが血肉に入る（書き下ろし）258-260頁
＊ 親鸞聖人生誕八百年・立教開宗七百五十年記念出版。

7091 **平林たい子追悼文集**
昭和四八年七月二八日 平林たい子記念文学会

四八〇頁　非売品　三五判　紙装　上製　角背
カバー　新字新仮名
日を経て味わいをます「秘密」（書き下ろし）303－304頁
＊　丹羽文雄発行。

7092　**現代作家掌編小説集　上**
昭和四九年八月八日　朝日ソノラマ
三五九頁　一二〇〇円　四六判　新字新仮名
遺稿（週刊朝日　七八巻一七号　昭和四八年四月二〇日）173－182頁

7093　**現代の小説　１９７４年度前期代表作**
昭和四九年九月三〇日　三一書房
三五〇頁　一三〇〇円　四六判　紙装　上製　丸背
函　カバー　二段組　新字新仮名
作者のことば―老いの鶯（書き下ろし）／老いの鶯（小説新潮二八巻一号　昭和四九年一月一日）275－287頁

7094　**私の小説作法**　昭和五〇年二月二五日　雪華社
二五三頁　九八〇円　Ｂ５判　紙装　角背　上製
カバー　山崎晨装幀　新字新仮名
長・短編でちがう（毎日新聞　昭和四〇年一月一九日）130－132頁
＊　7077の新版。毎日新聞社学芸部編。

7095　**現代の小説　１９７４年度後期代表作**
昭和五〇年四月三〇日　三一書房
三六三頁　一六〇〇円　四六判　紙装　上製　丸背
カバー　二段組　新字新仮名
漣（別冊小説新潮　二六巻三号　昭和四九年七月一五日）265－277頁

7096　**現代の小説　１９７５年度前期代表作**
昭和五〇年九月三〇日　三一書房
三五一頁　一四〇〇円　四六判　紙装　上製　丸背
カバー　二段組　新字新仮名
青い椅子の女（週刊小説　四巻一号　昭和五〇年一月一〇日）281－289頁

7097　**改編・人生と仏教シリーズ７―近代文学と親鸞**
昭和五〇年一一月一〇日　百華苑
一二六頁　一八〇円　新書判　紙装　角背
新字新仮名
＊　7070の新版。

7098　**ドキュメント昭和世相史　戦後篇**
昭和五一年一月一六日　平凡社
三二二頁　一〇〇〇円　四六判　紙装　上製　丸背
カバー　新字新仮名
渋谷駅前（原題「渋谷駅前の一週間」中央公論　六七年四号昭和二七年四月一日）255－263頁

7099　**わが小説**　昭和五一年一月二五日　雪華社
四三〇頁　一八〇〇円　B6判　紙装　上製　丸背
カバー　二段組　新字新仮名
有情（朝日新聞　夕刊　昭和三六年一二月二〇日）301-303頁
＊　7072の新版。

7100　**現代小説 '77**
昭和五三年六月三〇日　角川書店
四一四頁　一五〇〇円　B6判　紙装　上製　丸背
カバー　二段組　新字新仮名
心残りの記（小説サンデー毎日　九巻四号　昭和五二年四月一日）／作者のことば　295-308頁

7101　**人生読本　文章　書く技術・読む楽しみ**
昭和五三年八月二八日　河出書房新社
二四九頁　六八〇円　A5判　紙装　角背
新字新仮名
小説の書出しと結びについて（「小説作法」より抜粋）120-125頁

7102　**わが体験　止まった走馬灯**
昭和五三年九月一〇日　潮出版社
三〇七頁　九八〇円　四六判　紙装　上製　丸背
カバー　新字新仮名
古い思い出（潮　一三九号　昭和四六年五月一日）120-123頁

7103　**真珠の小箱5**　昭和五五年三月三一日　角川書店
二四三頁　九五〇円　B5判　紙装　角背　カバー
新字新仮名
ふるさとの鈴鹿　61-84頁
＊　NETテレビ「真珠の小箱　ふるさとの鈴鹿」として昭和四四年五月三〇日に放送されたものを活字化。

7104　**東京余情　文人が愛した町々**
昭和五七年三月一日　有楽出版社
二九七頁　一五〇〇円　B6判　紙装　上製　角背
カバー　永井保装画　サン・プランニング装幀
新字新仮名
解説―武田麟太郎『銀座八丁』（新潮文庫『銀座八丁』昭和二四年一月二五日）42-46頁

7105　**文学1982**　昭和五七年四月一六日　講談社
三一九頁　一九〇〇円　四六判　紙装　上製　丸背
カバー　二段組　新字新仮名
春の蟬（海　一三巻一〇号　昭和五六年一〇月一日）250-266頁

7106　**空海　思想読本**　昭和五七年六月三〇日　法蔵館
二一六頁　一二〇〇円　A5判　紙装　角背
新字新仮名　4-8318-2002-4
弘法大師の末裔（原題「弘法大師の末裔―高野山の苦悩」別冊文芸春秋　四〇号　昭和二九年四月二八日）141-148頁

7107　**若い女性のための仏教5　美と信仰―カルチュアとして**

の仏教　昭和五七年一〇月二〇日　佼成出版社
一五六頁　八〇〇円　B6判　紙装　角背　函
新字新仮名
私と親鸞（書き下ろし）7-21頁

7108　**弔辞大全　レクイエム57**
昭和五七年一二月一〇日　青銅社
二三四頁　一三〇〇円　四六判　紙装　上製　角背
カバー　渡辺英行・磯村ひかり装幀　新字新仮名
川端さんの死に就いて（群像　二七巻六号　昭和四七年六月一日）195-199頁／舟橋聖一弔辞拾遺（文学界　三〇巻三号　昭和五一年三月一日）209-215頁

7109　**贈ることば　心にひびく201の名言**
昭和五八年三月三〇日　PHP研究所
二一三頁　八八〇円　B6判　紙装　角背　カバー
新字新仮名
楽天知命故不憂（PHP　三一四号　昭和四九年七月一日）155頁

7110　**文学1983**　昭和五八年四月一八日　講談社
三一七頁　一九〇〇円　四六判　紙装　上製　丸背
カバー　二段組　新字新仮名
妻（群像　三七巻六号　昭和五七年六月一日）147-157頁

7111　**探訪日本の城3　東海道**　昭和五八年四月　小学館
一九九頁　一八〇〇円　B5判　紙装　上製　角背
函　カバー　新字新仮名　日本アートセンター編
鵜の森城　59-74頁
＊　6518の改版。

7112　**弔辞大全Ⅱ　レクイエム51**
昭和五八年一一月一五日　青銅社
二三七頁　一三〇〇円　四六判　紙装　角背　カバー
新字新仮名
吉川英治氏をいたむ（毎日新聞　夕刊　昭和三七年九月七日）140-146頁

7113　**尾崎一雄　人とその文学**
昭和五九年三月三一日　永田書房
五一七頁　四〇〇〇円　四六判　函　新字新仮名
尾崎一雄のいろいろ（新潮　八〇年七号　昭和五八年六月一日）／尾崎一雄の友情（月刊カドカワ　一巻二号　昭和五八年六月一日）／尾崎のこと（原題「尾崎一雄のこと―尾崎一雄を偲ぶ」　連峰　五九号　昭和五八年五月一日）25-41頁

7114　**河出人物読本　親鸞**
昭和六〇年一月三〇日　河出書房新社
二五七頁　一〇〇〇円　A5判　紙装　角背
新字新仮名
私の理解（平凡社『親鸞紀行』　昭和四七年一一月一〇日）150-161頁

7115　**追悼野間省一**　昭和六〇年八月一〇日　講談社
　五一一頁　非売品　菊版　紙装　上製　角背
　鉄プレート象嵌　函　新字新仮名
野間さんのこと（書き下ろし）52-54頁

7116　**名士の食卓**　昭和六一年三月一九日　彩古書房
　二六五頁　一二〇〇円　B5判　紙装　上製　角背
　カバー　平林琳人装画　新字新仮名　4-915612-17-1
ばんめし（食食食　七号　昭和五一年六月一〇日）140-142頁
＊大河内昭爾編。

7117　**ふるさとの漬けもの　産地直送で味わう全国名産550選**
　昭和六一年三月二五日　講談社
　一六八頁　二五〇〇円　愛蔵版　A4判　紙装
　角背　新字新仮名　4-06-202299-0
巻頭随筆　わが家の漬けもの―たくあんのべっこう煮（書き下ろし）2-3頁

7118　**蓮如と大阪**　昭和六一年四月二四日　朝日新聞社
　一四四頁　菊判　紙装　角背　新字新仮名
蓮如と妻子（原題「人間蓮如13」　南御堂　二五四号　昭和五八年九月一日）17-19頁
＊「大阪の町と蓮如上人」展カタログ。

7119　**蓮如に出会う**　昭和六一年五月二九日　旺文社
　三三三頁　一八〇〇円　A5判　紙装　上製　丸背
　カバー　新字新仮名　4-01-071408-5
蓮如の生き方（書き下ろし）7-48頁

7120　**蓮如**　昭和六一年五月二九日　難波別院
　二七二頁　四六判　クロス装　上製　角背
　新字新仮名　南御堂新聞編
蓮如と妻子（原題「人間蓮如13」南御堂　二五四号　昭和五八年九月一日）88-94頁／私生活に両極端の見方（原題「人間蓮如14」南御堂　二五五号　昭和五八年一〇月一日）95-101頁

7121　**あのときあの言葉**
　昭和六一年六月二日　日本経済新聞社
　二一六頁　一二〇〇円　四六判　紙装　上製　丸背
　カバー　新字新仮名　日本経済新聞社編
　4-532-09397-X
悪人の意味（日本経済新聞　昭和五九年四月一八日）67-68頁

7122　**シーク&ファインド　村上春樹**
　昭和六一年七月一五日　青銅社
　二五三頁　一三〇〇円　B6判　紙装　上製　角背
　カバー　新字新仮名
谷崎潤一郎賞選評　今年の感想（中央公論　一〇〇年一一号　昭和六〇年一一月一日）224頁

7123　**母の加護　'86年度版ベスト・エッセイ集**
　昭和六一年七月三〇日　文藝春秋

三二四頁　一二〇〇円　四六判　紙装　上製
丸背　カバー　新字新仮名
母の加護（日本経済新聞　昭和六〇年八月一八日）100-104頁

7124　**追悼野間惟道**　昭和六三年五月三〇日　講談社
三四七頁　非売品　菊判　コルク装　上製　函
小川繁雄装幀　新字新仮名
惟道さんのこと（書き下ろし）2-3頁

7125　**酒中日記**　昭和六三年八月二〇日　講談社
三一二頁　一三〇〇円　Ｂ6判　紙装　上製　角背
カバー　新字新仮名
友だち（原題「友達―酒中日記」小説現代　七巻三号　昭和四四年三月一日）94-98頁

7126　**私を変えた一言　心をささえ転機を拓いたわが座右銘**
昭和六三年一一月一日　大和出版
二五四頁　一二〇〇円　Ｂ6判　角背　カバー
新字新仮名
大悲―心にやさしさを　242-245頁

7127　**日本の短篇　下**　平成元年三月二五日　文藝春秋
六一二頁　二八〇〇円　四六判　クロス装　上製
丸背　カバー　安野光雅装幀　新字新仮名
4-16-363440-1
厭がらせの年齢（改造　二八巻二号　昭和二二年二月一日）317-356頁

7128　**昭和の短篇小説**　平成元年四月二〇日　菁柿社
三三四頁　一六〇〇円　Ｂ6判　紙装　上製　丸背
新字新仮名　星雲社発売　4-7952-7929-2
鮎（文芸春秋　一〇巻四号　昭和七年四月一日）167-188頁

7129　**友を偲ぶ**　平成三年九月三〇日　光文社
三〇六頁　八九〇円　新書判　紙装　上製　丸背
カバー　新字新仮名　4-334-05188-X
弔辞拾遺―舟橋聖一（文学界　三〇巻三号　昭和五一年三月一日）288-297頁
＊　遠藤周作編。

7130　**わが体験　人生こぼれ話**　平成六年九月二五日　潮出版社
三〇七頁　一五〇〇円　四六判　紙装　上製　丸背
カバー　海保透装幀　新字新仮名　新装版
4-267-01360-8
古い思い出（潮　一三九号　昭和四六年五月一日）135-139頁
＊　7102『わが体験　止まった走馬灯』の新装版。

7131　**心に残る季節の語らい**　平成七年七月一日　世界文化社
一九七頁　二五〇〇円　Ａ5判　クロス装　上製
丸背　カバー　新字新仮名
ことば―七月（家庭画報　一巻五号　昭和三三年七月二〇日）13頁

7132 **『大法輪』まんだら　秀作選第2集**
平成八年三月八日　大法輪閣
二六二頁　一六〇〇円　Ａ５判　紙装　上製　丸背
カバー　新字新仮名　4-8046-1123-1
釈迦の教えを届けてくれた人（大法輪　二八巻四号　昭和三六年四月一日）238-243頁

7133 **本の置き場所　作家のエッセイ1**
平成九年一二月一〇日　小学館
二二一頁　一八九〇円　四六判　紙装　上製　丸背
カバー　菊地信義装幀　新字新仮名　4-09-840052-9
歴史の書と文学（日本近代文学館　三号　昭和四六年九月一五日）10-12頁

7134 **論集　高田教学**
平成九年一二月二〇日　真宗高田派宗務院
非売品　Ａ５判　クロス装　上製　丸背　函
新字新仮名
菜の花（群像　八巻七号　昭和二八年六月一五日）333-354頁

7135 **和田芳恵展　作家・研究者・編集者として**
平成一一年一〇月二三日　古河文学館
一一一頁　Ａ５判　紙装　角背　新字新仮名
葬儀委員長挨拶　86-87頁
＊「和田芳恵展」（平成一一年一〇月二三日〜一一月二三日　古河文学館）パンフレット

7136 **「ひと我を非情の作家と呼ぶ」　文豪丹羽文雄　その人と文学**
平成一三年二月二二日　四日市市立博物館
Ａ４判　五六頁　六〇〇円　紙装　角背　新字新仮名
四日市市立博物館編
四日市市立博物館・四日市市立図書館・四日市市教育委員会文化課　開催にあたって／ひと我を非情の作家と呼ぶ（抜粋）／父と母、そして生い立ち〔作品で綴る軌跡一　母について／作品で綴る軌跡二　小学生の頃／作品で綴る軌跡三　富田中学での作文の時間／作品で綴る軌跡四　早稲田に入学〕／『鮎』でデビュー、文壇へ。〔作品で綴る軌跡五　「鮎」で上京／作品鑑賞一　「鮎」／作品鑑賞二　「海戦」／作品で綴る軌跡六　発禁処分を受ける〕／戦後、次々と話題作を発表。〔作品鑑賞三　「鬼子母神界隈」／作品鑑賞四　「厭がらせの年齢」／作品鑑賞五　「幸福への距離」／作品鑑賞六　「遮断機」〕／丹羽文学の完成、『親鸞』『蓮如』。〔作品鑑賞七　「青麦」／作品鑑賞八　「菩提樹」／作品鑑賞九　「親鸞」／作品鑑賞十　「蓮如」〕／ゴルフと「文学者」、多くの仲間たち。〔作品で綴る軌跡七　「文学者」について／作品で綴る軌跡八　文芸美術国民健康保険組合の結成／作品で綴る軌跡九　文学者の墓の建立／作品で綴る軌跡十　ゴルフの虫　エイジ・シュート達成〕／愛憎の美術品。／特別公開「うたがひ」〔丹羽文雄　うたがひ／秦昌弘　翻刻に際して〕／特別公開「對《ママ》人間」〔丹羽文雄　對《ママ》人間／秦昌弘　解説〕／丹羽文雄年表

7137 **中山義秀の映像**

平成一二年一〇月二一日　中山義秀顕彰会
三六六頁　B6判　紙装　角背　カバー　新字新仮名
中山義秀の思い出（新潮社『中山義秀全集7』附録7　昭和四七年二月一〇日）48-52頁

7138 **「北の話」選集**　平成一二年一二月四日　北海道新聞社
三三三頁　二一〇〇円　A5判　紙装　上製　丸背
カバー　新字新仮名　4-89453-124-0
北海道の旅（北の話　六五号　昭和五〇年二月一日）215-221頁

7139 **遠藤周作「沈黙」作品論集**
平成一四年六月一五日　クレス出版
三六四頁　五〇四〇円　A5判　クロス装　上製
丸背　カバー　新字新仮名　4-87733-151-4
近代文学作品論集成
感想（谷崎潤一郎賞選評―感想　中央公論　八一年一一号　昭和四一年一一月一日）60-61頁

7140 **肌**　平成二三年一月一三日　ポプラ社
一八一頁　七八八円　四六変型判　紙装　角背
カバー　帯　緒方修一装幀・題字　安井寿磨子装画
新字新仮名　百年文庫60　978-4591121 48
交叉点（別冊小説新潮　一五巻一号　昭和三六年一月一五日）6-81頁

ii　文庫

7501 **文学　その創作と鑑賞**
昭和三一年五月二五日　社会思想研究会出版部
二二〇頁　一〇〇円　文庫判　紙装　角背　カバー
現代教養文庫136
初心者の心得（「小説作法」より）7-24頁
＊改訂版（昭和三七年七月三〇日発行）では二五二頁、一三〇円。

7502 **日本の短編小説　昭和　中**
昭和四八年八月二〇日　潮出版社
五一六頁　四五〇円　文庫判　紙装　角背　カバー
潮文庫
厭がらせの年齢（改造　二八巻二号　昭和二二年二月一日）137-179頁

7503 **水に映る雲　現代小説ベスト10　１９７４年版**
昭和五二年九月三〇日　角川書店
三九四頁　三八〇円　文庫判　紙装　角背　カバー
作者のことば／老いの鶯（小説新潮　二八巻一号　昭和四九年一月一日）131-151頁

7504 **教養小説名作選**　昭和五四年四月二五日　集英社
四一六頁　三六〇円　文庫判　紙装　角背　カバー

集英社文庫　日本ペンクラブ編　高橋健二選
鮎（文芸春秋　一〇巻四号　昭和七年四月一日）233-250頁

7505　**現代短編名作選1　1945-1948**
昭和五四年一一月一五日　講談社
四二三頁　四八〇円　文庫判　紙装　角背　カバー
講談社文庫　日本文芸家協会編
厭がらせの年齢（改造　二八巻二号　昭和二二年二月一日）114-159頁

7506　**花柳小説名作選**　昭和五五年三月二五日　集英社
四二九頁　四〇〇円　文庫判　紙装　角背　カバー
集英社文庫　日本ペンクラブ編　丸谷才一選
0093-751007-3041
海面（世紀　一巻一号　昭和九年四月一日）312-346頁

7507　**巻頭随筆3**　昭和五七年四月一〇日　文藝春秋
三二四頁　三八〇円　文庫判　紙装　角背　カバー
文春文庫
人間性について（文芸春秋　五七巻五号　昭和五四年五月一日）71-73頁

7508　**友よ、さらば　弔辞大全Ⅰ**
昭和六一年一一月二五日　新潮社
二四一頁　三二〇円　文庫判　紙装　角背　カバー
新潮文庫
川端康成—川端さんの死に就いて（群像　二七巻六号　昭和四七年六月一日）202-207頁／舟橋聖一—弔辞拾遺（文学界　三〇巻三号　昭和五一年三月一日）216-222頁
＊　7108『弔辞大全　レクイエム57』の改題文庫版。

7509　**神とともに行け　弔辞大全Ⅱ**
昭和六一年一二月二〇日　新潮社
二四四頁　三二〇円　文庫判　紙装　角背　カバー
新潮文庫
＊　7112『弔辞大全Ⅱ　レクイエム51』の改題文庫版。
吉川英治—吉川英治氏をいたむ（毎日新聞　夕刊　昭和三七年九月七日）148-151頁

7510　**母の加護　'86年度版ベスト・エッセイ集**
平成元年七月一〇日　文藝春秋
三二九頁　四二〇円　文庫判　紙装　角背　カバー
文春文庫
母の加護（日本経済新聞　昭和六〇年八月一八日）102-106頁
＊　7123の文庫版。

7511　**別れのとき　アンソロジー人間の情景7**
平成五年三月一〇日　文藝春秋
三六六頁　四五〇円　文庫判　紙装　角背　カバー
文春文庫　4-16-721736-8
川端さんの死に就いて　341-345頁

7512 **完本・太平洋戦争2** 平成五年一二月一〇日 文藝春秋
四一四頁 六〇〇円 文庫判 紙装 角背 カバー
文春文庫
海戦—第一次ソロモン海戦（海戦 中央公論 五七巻一一号
昭和一七年一一月一日）11-38頁

7513 **友を偲ぶ** 平成一六年一二月八日 光文社
二九〇頁 六五〇円 文庫判 角背 カバー
知恵の森文庫 4-33-478328-7
弔辞拾遺—舟橋聖一（文学界 三〇巻三号 昭和五一年三月一日）261-268頁
＊ 7129の文庫版。

Ⅵ 対談集

8001 **問答有用 夢声対談集 Ⅳ**
昭和二八年一二月二〇日 朝日新聞社
三二八頁 二六〇円 B5判 紙装 丸背 カバー
二段組 橋本正雄速記
丹羽文雄（原題「問答有用127—丹羽文雄」 週刊朝日 五八巻三五号 昭和二八年八月二三日 徳川夢声との対談）268-277頁

8002 **小説の秘密 創作対談**
昭和三一年一一月五日 中央公論社
二〇四頁 一二〇円 新書判 紙装 角背 カバー
対象と方法と密度（新日本文学 一一巻六号 昭和三一年六月一日 小田切秀雄との対談）135-170頁

8003 **対談現代文壇史** 昭和三二年七月二五日 中央公論社
三一九頁 三五〇円 四六判 クロス装 角背
カバー 二段組
昭和十年代の作家（原題「僕らの世代—現代文学史10」 文芸一三巻三号 昭和三一年三月一日 高見順との対談）225-237頁

8004 **文壇よもやま話 上** 昭和三六年四月一五日 青蛙社

二六七頁　三八〇円　四六判　クロス装　上製　角背
函　鷹山卓一装幀
丹羽文雄の巻　225-237頁
＊丹羽文雄、池島信平、嶋中鵬二。昭和三五年四月二日、ＮＨＫラジオ第二放送で「文壇よもやま話―丹羽文雄さんを囲んで」として放送された番組を収録。

8005　**志賀直哉対話集**　昭和四四年二月二八日　大和書房
四九七頁　八五〇円　四六判　クロス装　上製　丸背
カバー
よもやま話（原題「志賀さんを囲んで」文芸　一二巻一七号　昭和三〇年一二月五日　丹羽文雄・小林秀雄・志賀直哉・川端康成）313-332頁

8006　**群像創作合評１　自昭和22年4月　至昭和24年12月**
昭和四五年四月二四日　講談社
五二二頁　二〇〇〇円　四六変型判（182㎜×125㎜）
クロス装　上製　丸背　函　二段組
創作合評　23〜25（群像　四巻四〜六号　昭和二四年四月一日〜六月一日　花田清輝・丹羽文雄・豊島與志雄）

8007　**群像創作合評２　自昭和25年1月　至昭和26年12月**
昭和四五年七月一三日　講談社
五二九頁　二〇〇〇円　四六変型判（182㎜×125㎜）
クロス装　上製　丸背　函　二段組
創作合評　47〜49（群像　六巻四〜六号　昭和二六年四月一日〜六月一日　丹羽文雄・高見順・阿部知二）

8008　**群像創作合評４　自昭和29年1月　至昭和30年12月**
昭和四五年一一月二〇日　講談社
五六七頁　二二〇〇円　四六変型判（182㎜×125㎜）
クロス装　上製　丸背　函　二段組
創作合評92〜94（群像　一〇巻四〜六号　昭和三〇年一月一日〜三月一日　丹羽文雄・本多顕彰・小田切秀雄）

8009　**群像創作合評５　自昭和31年1月　至昭和32年12月**
昭和四六年一月一六日　講談社
四九二頁　二二〇〇円　四六変型判（182㎜×125㎜）
クロス装　上製　丸背　函　二段組
創作合評116〜118（群像　一二巻一〜三号　昭和三二年一月一日〜三月一日　阿部知二・丹羽文雄・高見順）

8010　**対談日本の文学**　昭和四六年九月一四日　中央公論社
六一四頁　九八〇円　四六判　紙装　上製　丸背
カバー　ビニル　二段組
丹羽文学について（中央公論社『日本の文学　五五　丹羽文雄集』付録二三　昭和四〇年一二月五日）397-403頁

8011　**日本史探訪　第五集**　昭和四七年九月一〇日　角川書店
二五三頁　一三〇〇円　Ａ５判　クロス装　上製
丸背　函　カバー
親鸞　213-250頁

＊板谷駿一、武田一郎構成。昭和四六年一二月一五日、NHK総合テレビで放映された「日本史探訪　親鸞」（午後一〇時～一〇時四〇分）を活字化したもの。

8012　**作家の素顔**　昭和四七年一〇月一五日　駸々堂出版
三四一頁　八〇〇円　四六判　紙装　上製　丸背
カバー
丹羽文雄（小説現代　三巻四号　昭和四〇年四月一日　河盛好蔵との対談）48-61頁

8013　**歴史のヒロインたち**　昭和五〇年九月二五日　光風社
三二八頁　九〇〇円　四六判　紙装　上製　角背
カバー
恵信尼（サンケイ新聞　昭和四八年一〇月一三日）188-196頁

8014　**対談現代文壇史**　昭和五一年六月二〇日　筑摩書房
三二七頁　一三〇〇円　四六判　紙装　角背　カバー
ビニル　二段組　筑摩叢書231
昭和十年代の作家（文芸　一三巻三号　昭和三一年三月一日）230-242頁
＊8003の新版。

8015　**たったそれだけの人生　深沢七郎対談**
昭和五三年六月二五日　集英社
二三七頁　一二〇〇円　四六判　紙装　角背　カバー
内なる仏（すばる　二七号　昭和五二年二月五日）97-129頁

8016　**生きるということ　瀬戸内晴美対談集**
昭和五三年一一月一〇日　皎星社
二八三頁　一三〇〇円　四六判　紙装　上製　丸背
二段組　カバー
比叡をおりて（原題「私が一瞬み仏と一体になったとき」週刊読売　三三巻三〇号　昭和四九年七月一三日）37-47頁

8017　**丹羽家のおもてなし家庭料理　娘に伝える手作りの味**
昭和五三年一二月二〇日　講談社
一五〇頁　AB判　一八〇〇円　紙装　角背
日下弘装幀　佐伯義勝・三浦賢造撮影
津久井昭・赤川治夫写真　宮脇綾子表紙・扉貼り絵
ウーマン編集部編
中村汀女　丹羽家の卓／丹羽文雄　妻の料理／丹羽綾子　私のお正月料理／丹羽綾子　私のおそうざい12ヶ月／私のおもてなし料理〔鶏のから揚げと春雨のスープ（丹羽文雄　丹羽綾子　瀬戸内晴美）／うどん鍋といかの納豆あえ（丹羽文雄　丹羽綾子　吉村昭）／沖縄風豚肉の角煮とつくね揚げ（丹羽文雄　丹羽綾子　河野多恵子）／すきやき風牛肉の酒煮（丹羽文雄　丹羽綾子　近藤啓太郎）／ちらしずしとほうずき揚げ（丹羽文雄　丹羽綾子　津村節子）／ビーフストロガノフと山ゆりの花の煎り煮（丹羽文雄　丹羽綾子　十返千鶴子）／鶏肉の酒蒸しとひろうす（丹羽文雄　丹羽綾子　新田次郎）／ミートローフと冷たいスープ（丹羽文雄　丹羽綾子　芝木好子）／揚げシューマイと夏野菜のいため煮（丹羽文雄　丹羽綾子　服部良一　服部万里子）／鶏肉のごま揚げとみょうがのつくね椀（丹羽文雄

丹羽綾子　水上勉）／おでんとごま豆腐（丹羽文雄　丹羽綾子　中村汀女）／酢豚と中華風サラダ（丹羽文雄　丹羽綾子　澤野久雄　澤野秀）〕

＊「丹羽家のおもてなし料理」ウーマン　七巻一号～一二号　一二回　昭和五二年一月一日～一二月一日

8018　**丹羽家のおもてなし家庭料理　娘に伝える手作りの味**
昭和五四年四月二〇日　講談社
一五〇頁　AB判　二九四〇円　クロス装　上製
角背　布製帙函　日下弘装幀　丹羽文雄題字
佐伯義勝・三浦賢造撮影　津久井昭・赤川治夫写真
宮脇綾子表紙・扉貼り絵　ウーマン編集部編

＊8017の愛蔵版。

8019　**Dr.松木康夫が迫る各界トップのマル秘健康術**
昭和五六年四月七日　主婦の友社
二五五頁　六八〇円　新書判　紙装　角背　カバー
丹羽文雄　ゴルフ1ラウンド1万歩、道なら歩けない距離を歩く　9-22頁

8020　**尾崎一雄対話集**　昭和五六年六月一〇日　永田書房
三一五頁　一五〇〇円　四六判　紙装　上製　丸背
カバー
小説家（群像　一五巻六号　昭和三五年六月一日　丹羽文雄・尾崎一雄・高見順）7-42頁

8021　**歴史のヒロインたち**　昭和五七年八月二五日　旺文社
二六八頁　三六〇円　文庫判　紙装　角背
石井竜也カバー　旺文社文庫
恵信尼　131-141頁

＊8013の文庫版。

8022　**生きるということ**　昭和五八年二月二五日　集英社
三六八頁　四〇〇円　文庫判　紙装　角背　カバー
集英社文庫
比叡をおりて　45-59頁

＊8016の文庫版。

8023　**日本史探訪　7　武士政権の誕生**
昭和五九年八月二五日　角川書店
二九五頁　四二〇円　文庫判　紙装　角背　カバー
角川文庫
親鸞　161-207頁

＊板谷駿一、武田一郎構成。8011の新編集文庫版。

8024　**歴史のヒロインたち**　平成二年九月一〇日　文藝春秋
二六九頁　三八〇円　文庫判　紙装　角背　カバー
文春文庫
恵信尼　133-143頁

＊8013の文庫版。

8025　**中村元対談集4　ことばと思考と文化**

平成四年三月二五日　東京書籍
二五四頁　一八〇〇円　四六判　紙装　上製　丸背
カバー
通い合う文化（「国立劇場歌舞伎公演プログラム」昭和五一年一月）69-81頁

8026 **徳川夢声の世界　対談『問答有用』文学者篇1**
平成六年八月一五日　深夜叢書社
二六六頁　二五〇〇円　A5判　紙装　角背
丹羽文雄（「問答有用127―丹羽文雄」週刊朝日　五八巻三五号　昭和二八年八月二三日　徳川夢声との対談）102-111頁

8027 **文壇よもやま話　上**
平成二二年一〇月二五日　中央公論新社
四七二頁　一二〇〇円　文庫判　紙装　角背
中央公論新社デザイン室カバー　中公文庫
丹羽文雄の巻　421-463頁
＊ 8004の文庫版。

Ⅶ　現代語訳ほか

8501 **日本国民文学全集12　西鶴名作集**
昭和三〇年一二月二〇日　河出書房
三八〇頁　三四〇円　菊判　クロス装　上製　丸背
函　三段組
好色一代女（現代語訳）121-166頁／私の方法について（随筆）367-368頁

8502 **世界名作全集40　西鶴名作集　近松名作集**
昭和三四年六月一〇日　平凡社
六八四頁　二六〇円　A6判　クロス装
上製　丸背　函　原弘装幀　二段組
好色一代男　好色五人女　武家義理物語　世間胸算用（現代語訳）3-432頁

8503 **古典日本文学全集22　井原西鶴集　上**
昭和三四年一一月五日　筑摩書房
四〇九頁　四九〇円　A5判　クロス装　上製　丸背
函　二段組
西鶴雑感（随筆）405-409頁

8504 **日本文学全集9　西鶴名作集**

昭和三六年二月一〇日　河出書房新社
四四五頁　二九〇円　Ｂ６判　クロス装　上製　丸背
函　原弘装幀　二段組
好色一代女（現代語訳）179-247頁

8505　**文芸読本　西鶴**
昭和三七年一二月二五日　河出書房新社
三四二頁　二八〇円　Ｂ６判　紙装　角背
ビニルカバー　二段組　河出ペーパーバックス21
好色一代女（現代語訳）72-137頁／西鶴雑感（随筆）293-297頁

8506　**国民の文学13　西鶴名作集**
昭和三八年一二月二〇日　河出書房新社
四四五頁　三九〇円　四六判　クロス装　上製　丸背
二段組
好色一代女（現代語訳）179-247頁

8507　**古典日本文学全集22　井原西鶴集　上**
昭和四〇年七月二五日　筑摩書房
三九九頁　頒価不明　Ａ５判　クロス装　上製　丸背
函　二段組
＊8503の普及版。

8508　**日本文学全集5　西鶴名作集**
昭和四一年七月三日　河出書房新社
四一〇頁　四八〇円　四六判　クロス装　上製　丸背
函　ビニルカバー　二段組
好色一代女（現代語訳）164-227頁

8509　**日本文学全集5　西鶴名作集**
昭和四三年二月一〇日　河出書房新社
四一〇頁　頒価不明　四六判　クロス装　上製　丸背
函　ビニルカバー　二段組
好色一代女（現代語訳）164-227頁
＊8508の新版。全二五巻セット販売。

8510　**カラー版日本文学全集6　西鶴　近松　芭蕉**
昭和四三年一一月三〇日　河出書房新社
三八二頁　七五〇円　菊判　クロス装　上製　丸背
函
好色一代女（現代語訳）117-160頁

8511　**カラー版　現代語訳日本の古典17　井原西鶴**
昭和四六年一〇月一五日　河出書房新社
三四四頁　一二〇〇円　菊判　クロス装　上製　丸背
ビニルカバー　函　函ビニル
好色一代女（現代語訳）141-188頁
＊付録「月報９」に「私の方法について」（随筆）を収録。

8512　**現代語訳親鸞全集2　末燈抄**
昭和四九年一一月一〇日　講談社
四〇三頁　一七〇〇円　Ｂ６判　クロス装　上製

丸背　函

好色一代女（現代語訳）151-321頁

自然法爾（現代語訳）36-37頁

8513　**日本古典文庫16　西鶴名作集**
昭和五一年八月一三日　河出書房新社
四〇一頁　九八〇円　B６判　紙装　角背　函
カバー　二段組
好色一代女（現代語訳）177-245頁

8514　**日本の古典17　井原西鶴**
昭和五四年五月一〇日　河出書房新社
三四四頁　頒価不明　A５判　クロス装　上製　丸背
函　二段組
＊　8511の改装版。

8515　**新装版　日本古典文庫16　西鶴名作集**
昭和六三年五月一〇日　河出書房新社
四〇一頁　一八〇〇円　B６判　紙装　角背　カバー
カバー絵中村貞以「扇屋おさん」　二段組
4-309-71316-5
好色一代女（現代語訳）177-245頁
＊　8513の新装版。

8516　**好色五人女**　平成一九年三月二〇日　河出書房新社
四五五頁　八七二円　文庫判　紙装　角背　カバー
978-4-309-40840-8

Ⅷ 編著、監修本

9001 **新進小説選集 昭和一八年度版**
昭和一九年二月一日 南方書院
二〇九頁 二円 四六判 角背 紙装 上製
〔収録〕丹羽文雄 序
或る仲間 稲葉眞吾／冬至 山川壽雄／潮流の唄 西辰夫／父の記 青木實一／ドルの話 池田みち子／新世界にて 河原美雄／赤酒軒 竹内重夫／戦場の茶会 萩原俊三／藤田東湖 末菅数夫／作家略歴

9002 **新進小説選集 一九四七年度版**
昭和二二年一二月一日 東方社
三二二頁 七〇円 四六判 紙装 角背
＊ 丹羽文雄、青野季吉監修。丹羽文雄「読後感」を収録。

9003 **長篇小説名作全集**
昭和二五年一月二五日～一一月一〇日
大日本雄弁会講談社
B6判 紙装 上製 丸背 カバー 恩地孝四郎装幀
二段組 全二一巻 日本文芸家協会編
＊ 石坂洋次郎、江戸川乱歩、大佛次郎、丹羽文雄、廣津和郎、吉屋信子編集。

9004 **創作代表選集 第六巻 昭和二十五年前期**
昭和二五年一〇月一〇日 講談社
五七六頁 二四〇円 B6判 紙装 上製 丸背
カバー
＊ 伊藤整、亀井勝一郎、小林秀雄、河盛好蔵、佐多稲子、丹羽文雄編集委員。「砂地」「あとがき」を収録。

9005 **時代の花束 早稲田作家集 昭和26年度版**
昭和二六年七月一日 東方社
三二四頁 二二〇円 B6判 紙装 上製 丸背
＊ 青野季吉、丹羽文雄、浅見淵監修。「洗濯屋」を収録。

9006 **結婚論 愛と性と契り**
昭和三七年七月一日 婦人画報社
三〇三頁 二五〇円 新書判 紙装 角背 カバー
＊ 丹羽文雄監修。
結婚観（書き下ろし） 1-8頁

9007 **カラー版 現代の文学**
昭和三八年九月五日～四一年一一月八日
河出書房新社
全四〇巻
＊ 川端康成、丹羽文雄、円地文子、井上靖、松本清張、三島由紀夫編集。

9008 **文学選集29 昭和39年版**

昭和三九年七月二五日　講談社
八五〇円　A5判　紙装　背クロス　上製　丸背
函　有井泰装幀　二段組
＊浅見淵、遠藤周作、小田切秀雄、大岡昇平、河上徹太郎、丹羽文雄編纂委員。

9009 **文学選集30　昭和40年版**
昭和四〇年五月一〇日　講談社
九五〇円　A5判　紙装　背クロス　上製　丸背
函　有井泰装幀　二段組
＊井上友一郎、奥野健男、北原武夫、佐々木甚一、丹羽文雄、林房雄、平林たい子編纂委員。

9010 **おふくろ**　昭和四〇年七月一五日　秋田書房
二〇二頁　二六〇円　新書判　紙装　角背　カバー
二段組　サンデー新書
＊丹羽文雄監修。「作品の原動力」を収録。

9011 **尾崎士郎全集**
昭和四〇年一〇月三〇日～四一年一二月二五日
講談社　クロス装　上製　丸背　函　二段組
全一二巻
＊尾崎一雄、川端康成、榊山潤、坪田譲治、丹羽文雄、広津和郎、水野成夫監修。

9012 **文学選集31　昭和41年版**
昭和四一年四月一日　講談社
九五〇円　A5判　紙装　背クロス　上製　丸背
有井泰装幀　函　二段組
＊江藤淳、久保田正文、進藤純孝、丹羽文雄、本多秋五、安岡章太郎編纂委員。

9013 **日本文学全集**
昭和四一年六月一〇日～四五年一月二五日　集英社
B6判　クロス装　上製　丸背　ビニル
函　伊藤憲治装幀　二段組　全八八巻
＊伊藤整、井上靖、中野好夫、丹羽文雄、平野謙編集。

9014 **文学選集32　昭和42年版**
昭和四二年五月一〇日　講談社
九五〇円　A5判　紙装　背クロス　上製　丸背
函　有井泰装幀　二段組
＊大江健三郎、中村真一郎、中村光夫、丹羽文雄、本多秋五、三浦朱門編纂委員。

9015 **文学選集33**　昭和四三年五月二五日　講談社
一二〇〇円　A5判　紙装　背クロス　上製　丸背
函　安井泰装幀　二段組
＊円地文子、奥野健男、丹羽文雄、平野謙、山本健吉、吉行淳之介編纂委員。

9016 **十返肇著作集**

昭和四四年四月二八日　講談社
Ａ５判　クロス装　上製　丸背　函　二段組
上下二巻
＊　丹羽文雄、伊藤整、野口冨士男編集。

9017　**小島政二郎全集**
昭和四四年四月三〇日　鶴書房
Ａ５判　クロス装　上製　丸背　函　全一二巻既刊巻九
＊　江藤淳、石坂洋次郎、丹羽文雄、奥野信太郎、佐多稲子、高橋義孝、瀧井孝作編集。なお平成一四年二月に復刻版（既刊分全九巻　補巻三を増補）が日本図書センターから出版されている。

9018　**亀井勝一郎全集**
昭和四六年四月二〇日〜五〇年二月二八日　講談社
Ａ５判　クロス装　上製　丸背　函　二段組
全二一巻補巻三
＊　河上徹太郎、中村光夫、丹羽文雄、山本健吉監修。

9019　**豪華版日本文学全集**
昭和四六年一〇月一九日〜五〇年六月七日　集英社
Ｂ６判　クロス装　上製　丸背　ビニル　函
伊藤憲治装幀　二段組　全八八巻
＊　伊藤整、井上靖、中野好夫、丹羽文雄、平野謙編集。9013の豪華版。

9020　**廣津和郎全集**
昭和四八年一〇月二〇日〜四九年一一月二〇日
中央公論社　Ａ５判　クロス装　上製　丸背　函
二段組　全一三巻
＊　志賀直哉、谷崎精二、丹羽文雄、平野謙、渋川驍編集。

9021　**浅見淵著作集**
昭和四九年八月三〇日〜一一月一〇日　河出書房新社
Ｂ６判　クロス装　上製　丸背　函　二段組　全三巻
＊　瀧井孝作、丹羽文雄、尾崎一雄、保昌正夫編集。

9022　**平林たい子全集**
昭和五一年九月二五日〜五四年九月二五日　潮出版社
Ｂ６判　クロス装　上製　丸背　函　全一二巻
＊　円地文子、今日出海、佐伯彰一、丹羽文雄、平野謙、山本健吉、和田芳恵編集。なお五巻（昭和五二年七月二五日）の「解説」（477-485頁）を担当。

9023　**田畑修一郎全集**
昭和五五年八月七日〜一〇月一五日　冬夏書房
Ｂ６判　クロス装　上製　丸背　函　中尾彰装幀
二段組　全三巻
＊　丹羽文雄、尾崎一雄、山室静、紅野敏郎、田畑志摩夫監修。

9024　**尾崎一雄全集**

昭和五七年二月二〇日〜昭和六一年一月三〇日
筑摩書房　A５判　クロス装　上製　丸背　函
全一五巻
＊尾崎一雄、川端康成、榊山潤、坪田譲治、丹羽文雄、廣津和郎、水野成夫監修。

9025　**廣津和郎全集　新装普及版**
昭和六三年六月二〇日〜平成元年六月二〇日
中央公論社　B６判　紙装　上製　丸背　カバー
二段組
＊9020の新装普及版。

Ⅸ　その他

i　筆跡

9101　**蘭梦抄**
昭和二二年三月一〇日　昭森社
三六頁　五〇〇部限定　非売品　B６判
紙装　針金綴
無題（一枕新愁）
＊筆跡を活字化したもの。なお『蘭梦抄』は「酒肆ばあ・らんぼお」で配布された。

9102　**文士の筆跡２　特装版　作家篇２**
昭和四三年二月二九日　二玄社
一九二頁　一九〇〇円　A４判　クロス装
ビニルカバー　上製　角背　二重函
＊瀬沼茂樹編。木俣修、瀬沼茂樹、楠本憲吉、松井如流編集委員。

9103　**文士の筆跡２　作家篇２**
昭和四三年四月三日　二玄社
一九二頁　一九〇〇円　B５判　クロス装　上製

角背　函
＊　9102の普及版。

9104　**文士の筆跡2　新装版　作家篇2**
昭和六一年五月三日　二玄社
一九二頁　三〇〇〇円　A4判　クロス装　上製
角背　函
＊　9102の新装版。

9105　**近代作家自筆原稿集**　平成一三年二月五日　東京堂書店
二一〇頁　八〇〇〇円　B5判　紙装　上製　角背
カバー
母の晩年（原稿）138-139頁

ii　書簡ほか

9201　**尾崎一雄『続　あの日・この日』**
昭和五七年九月二〇日　講談社
＊　群像　昭和五三年一月～五五年七月。のち『尾崎一雄全集第一五巻』（昭和六一年一月三〇日　筑摩書房）に収録。
尾崎一雄宛書簡（昭和二〇年四月四日／昭和二〇年九月一五日／昭和二一年二月二日）

9202　**福島保夫『柘榴の木の下で―私の中の丹羽文雄』**
昭和六〇年一一月一五日　栄光出版社
＊　福島保夫宛書簡二八通を収録。
福島保夫宛書簡
昭和一八年一〇月二九日／昭和一八年一一月一五日／昭和一九年七月一二日／昭和一九年一二月一〇日／昭和二〇年一月（日不明）／昭和二〇年二月九日／昭和二〇年四月一九日／昭和二〇年五月一〇日／昭和二〇年七月一八日／昭和二〇年八月九日／昭和二〇年一一月一九日／昭和二〇年一一月二三日／昭和二〇年一一月二八日／昭和二〇年一二月二日／昭和二〇年一二月七日／昭和二一年二月五日／昭和二一年二月一二日／昭和二一年四月一三日／昭和二一年五月一九日／昭和二一年一二月四日／昭和二一年一〇月二二日／昭和二三年九月二〇日／昭和二四年八月四日／昭和二五年三月九日／昭和三八年五月一一日／昭和二五年三月九日／昭和二八年三月三日／昭和二九年一月二一日

9203　**本田桂子『父・丹羽文雄介護の日々』**
平成九年六月七日　中央公論社
ふるさとは菜の花もあり父の顔／文学者の墓

9204　**東京都近代文学博物館編『丹羽文雄と「文学者」』**
平成一一年九月九日　東京都近代文学博物館
終止符の感慨

9205　**清水邦行『私家版　丹羽家での断章（その一）―思いつくまま』**
平成一二年三月九日　清水邦行（印刷　共友印刷）

二〇部限定　私家版　非売品

＊　清水邦行宛書簡四四通を収録。

清水邦行宛書簡

昭和一八年三月（日不明）／昭和一八年／昭和一八年／昭和一八年（以上三通、日不明）／昭和一八年一二月一〇日／昭和一九年五月一一日／昭和一九年八月二七日／昭和一九年四月六日／昭和二一年一月二一日／昭和二一年二月一二日／（年不明）一〇月二日／（年不明）二月一〇日／（年不明）七月一八日／（年不明）七月二八日／（年不明）八月一一日／昭和二一年二月三日／昭和二一年二月二七日／昭和二一年三月二二日／昭和二一年六月／昭和二一年九月六日／昭和二一年四月二五日／昭和二一年五月一九日／昭和二一年（月日不明）／昭和二一年（月不明）一日／昭和二一年（月不明）一七日／昭和二一年一〇月一九日／昭和二二年三月二九日／昭和二五年二月一四日／昭和三〇年二月一〇日／昭和三八年一〇月二六日／昭和二四年八月四日／（年月不明）一五日／昭和六二年八月／昭和六〇年七月三一日／昭和三二年八月二〇日／昭和六三年八月二日／昭和六二年（月日不明）／昭和三一年一〇月二三日／昭和五二年一一月／昭和五五年一〇月／昭和五六年一〇月／昭和五六年一二月／昭和五六年一二月／昭和六〇年五月（以上六通、日不明）

9206　**本田桂子『娘から父・丹羽文雄へ贈る　朗らか介護日記』**

平成一三年一一月一〇日　朝日新聞社

＊　最後の原稿を引用。

9207　**文学者の手紙6　高見順―秋子との便り・知友との便り**

平成一六年二月二三日　博文館新社

日本近代文学館資料叢書　第Ⅱ期

高見順宛書簡（昭和二〇年九月二五日）195頁

9208　**清水邦行『私家版　丹羽家での断章　その二（結）―思いつくまま』**

平成一八年四月二四日　清水邦行

二〇部限定私家版　非売品

文化勲章礼状／「丹羽文雄君お祝いの会」礼状／大悲／浜田小学校校歌／名誉市民挨拶／最後の原稿を収録。

9209　**文学者の手紙4　昭和の文学者たち　片岡鉄兵・深尾須磨子・伊藤整・野間宏**

平成一九年五月三〇日　博文館新社

日本近代文学館資料叢書　第Ⅱ期

高見順宛葉書（昭和一二年一月九日）174頁

＊　伊藤整の瀬沼茂樹宛書簡（昭和一二年一月二四日付）に同封された葉書として掲載。

iii　未確認（全集記載）

9301　**唇の門**　昭和一一年一一月　新生活社

唇の門（オール読物　九巻五号　昭和一四年五月一日）

＊　『丹羽文雄文学全集』に記載があるが、竹村書房『丹羽文

雄選集』の著書目録になし。また「唇の門」の初出は昭和十四年のため、昭和十一年の出版は不可能である。出版年の誤りか、書名の誤りでないかと推測される。

9302　**春の門**　昭和一五年八月　新潮社

四六判

春の門（書き下ろし　三〇四枚）

＊自筆メモには「春の門　15-6-4-9　304枚／新潮社」とある。

『丹羽文雄文学全集』に記載があるが、『新潮社一〇〇年図書総目録』（平成八年一〇月一〇日　新潮社）、図書総目録に記載なし。『新日本文学全集18丹羽文雄集』（昭和一五年一二月二〇日　改造社）の「略歴」には、「昭和一五年一二月」に出版とあり、「略歴」執筆の時点では出版されていないことがうかがえる。

念のため新潮社に問い合わせたが、やはり出版の確認はとれなかった。印税を受けた記録が自筆メモにないため、企画のみで出版されなかった可能性が高い。

なお『闘魚』（昭和一六年二月一〇日　新潮社）巻末に、以下の広告がある。

「春の門／春の門、即ち青春男女が一度はくゞらねばならぬ窄き門を描き、正しき恋愛と結婚の倫理を指し示した。／近刊」

9303　**人と獣との間**　昭和二二年一〇月　鎌倉書房

B6判

人と獣の間（新人　二五巻一二号　昭和二一年三月一日）／後れ風（サロン　二巻九号　昭和二二年一〇月一日）／清流（モダン日本　一八巻四号　昭和二二年四月一日）／山里（暁鐘　一巻三号　昭和二一年九月一〇日）／霜境（婦人文庫　一巻六号　昭和二一年一〇月一日）／簞笥（新風　一巻二号　昭和二〇年一二月二五日）／山村の静（新女苑　一〇巻二号　昭和二一年二月一日）

＊『丹羽文雄文学全集』に記載があるが、未見。丹羽文雄記念室にも未所蔵。

9304　**真珠**　昭和二三年八月　婦人春秋社

鮎（文芸春秋　一〇巻四号　昭和七年四月一日）／或る最初（三田文学　一〇巻一号　昭和一〇年一月一日）／椿の記憶（世紀　二巻三号　昭和一〇年四月一）／横顔（新潮　二九巻九号　昭和七年九月一日）／岐路（中央公論　五〇年三号　昭和一〇年三月一日）／真珠（早稲田文学　二巻六号　昭和一〇年六月一日）／対世間（新潮　三二巻六号　昭和一〇年六月一日）

＊『丹羽文雄文学全集』に記載があるが、未見。丹羽文雄記念室にも未所蔵。収録作品は自筆メモによる。

9305　**丹羽文雄自選集**

昭和二二年九月一五日　オリオン書房

鮎／象形文字／煩悩具足／太宗寺附近／憎悪／妻の作品

＊『丹羽文雄文学全集』では刊行年月日、出版社のみ記載。収録作品は自筆メモによる。

収録作品が『象形文字』（昭和二三年六月三〇日　オリ

オン社　1111）と一致している。従って『象形文字』をさすと思われる。

X　翻訳書

i　単行本

9501　**海戦**　中国語
昭和一八年七月一〇日　上海大陸新報
84頁　四六判　紙装　角背　呉志清訳
＊　小泉譲「記『海戰』及其作者丹羽文雄」／呉志清「訳者序」

9502　**日本은敗했다**（日本敗れたり）　ハングル語
一九五〇年　三千里社　崔洛鐘訳

9503　***Les couteaux du cuisinier***（庖丁）　フランス語
一九六〇年　Paris : Del Duca, 316頁　20cm
紙装　角背　BA11154892
traduit du japonais par Tsuruyo Kohno et Henriette Valot.

9504　**愛人**　ハングル語
一九六一年　理智社　335頁　方虎振訳

9505 **戀人**（愛人）　ハングル語
一九六一年　誠和文化社　335頁　良乙平訳

9506 ***Hateful Age***（厭がらせの年齢）　英語
一九六五年　UNSPECIFIED VENDOR（Paperback）

9507 ***Harp of Burma***（菩提樹）　英語
一九六六年　Charles E. Tuttle Co.
132頁　22cm　紙装　角背
Rutland, Vt. Michio Takeyama ; translated from the Japanese by Howard Hibbett.

9508 ***The Buddha tree***（菩提樹）　英語
一九六六年　London : Peter Owen
380頁　22cm　紙装　角背　BA45919527
translated by Kenneth Strong.

9509 ***The Buddha tree***（菩提樹）　英語
一九六六年　Rutland, Vt. ; Tokyo : C.E. Tuttle,
380頁　540円（1.50$）19cm　BA01256422.
translated by Kenneth Strong.

9510 ***The Buddha tree***（菩提樹）　英語
一九六六年　London : Peter Owen
380頁　22cm
translated by Kenneth Strong.

9511 ***The Buddha tree***（菩提樹）　英語
一九六八年　Rutland, Vt. ; Tokyo : C.E. Tuttle
380頁　19cm
translated by Kenneth Strong.

9512 **秘密어門**（秘密の門）　ハングル語
一九七四年　弘益出版社　323頁　李文賢訳

9513 **두 알굴아　女家長（上下）**　ハングル語
一九八一年　太極出版社　張炅龍訳

9514 **王辻家三姐妹**（美しき嘘）　中国語
一九八九年一〇月　北方文芸社
579頁　３・９０元
南敬銘・曹伯生・卞安佩訳

9515 صديق نظير, ترجمه ; نيوا او مى فو / اعتراف
（菩提樹）　ウルドゥ語
一九九八年　لاہور : مشعل,　577頁　22cm
ول نا جاپانى منتخب كا يونيسكو
ى<I'tirāf>. --（BA72609715）

9516 ***The Buddha tree***（菩提樹）　英語
二〇〇〇年一〇月　Boston, Mass. Tokyo: Tuttle Pub.
380頁　21cm　14.95$　紙装　角背
translated,with an introduction,by Kenneth Strong.

(BA5161 5017)　Lauta Shaw
ISBN-10: 0804832544 ISBN-13: 978-0804832540

9517　*L'âge des méchancetés*（厭がらせの年齢）
フランス語
二〇〇六年九月二八日　Gallimard
2€　101頁　ペーパーバック（11cm×18cm）
ISBN 2070339890
traduit du japonais par Jean Cholley

ii　作品集

9518　**現代日本小説選集**　中国語
一九四三年（昭和一八年）八月　太平書局
不開的門（開かぬ門）章克標訳

9519　*Various kinds of bugs,and other stories from present-day Japan*　英語
一九五八年　Kenkyusha　189頁
translated by William L.Clark Product Description
ASIN: B001F2Q39O
The hateful years（厭がらせの年齢）97-175頁

9520　*Irys; opowiadania japońskie*　ポーランド語
一九六〇年　紙装　角背
Warszawa,Państwowy Instytut Wydawniczy
Brzemię starości（厭がらせの年齢）52-92頁
Przel. Anna Gostyńska

9521　**日本傑作短篇選集1**　ハングル語
一九六〇年　文興社
暗夜行（原題不明）

9522　**японск ая новелла**　ロシア語
一九六一年年四月
Москва.　Йзд. Иност. Дйт
СТДужана йз Столовай（女給）160-174頁
перевод. Я. Беревод. Й з. Рахйма

9523　*Modern Japanese stories*　英語
一九六一年　London: Spottiswoodee
The hateful age（厭がらせの年齢）321-348頁
translated by Ivan Morris

9524　*Iaponskaia novella*　ロシア語
一九六一年　Ia. Berlin i Z.Rakhim
Sluzhanka iz stolovoi（女給）160-174頁

9525　*Shoji*　マレー語
一九六一年　Kuala Lumpur, Oxford Univ.Press
Umor yang di-bĕnchi（厭がらせの年齢）43-87頁

Dĕngan kata pĕngantar oleh　James Kirkup

9526　***Modern Japanese Stories: An Anthology*（*Tuttle Classics of Japanese Literature*）**　英語
一九六二年 Tokyo: Tuttle Publishing
The Hateful Age（厭がらせの年齢）　320-348頁
translated by Ivan Morris

9527　**現代日本文学英訳選集11**　英語
一九六五（昭和四〇）年一二月一〇日　原書房
245頁　350円　三五判
厭がらせの年令（アイヴァン・モリス訳）　7-101頁／羞恥（E・G・サイデンステッカー訳）　103-137頁／贅肉（リチャード・フォスター訳）　139-245頁

9528　***Nippon　Moderne Erzahlungen ans Japan***
ドイツ語
一九六五年　Diogenes Vorlg
紙装　上製　丸背
Das vorhasste Alter（厭がらせの年齢）Monique Humbert

9529　***Narratori giapponesi moderni***　イタリア語
一九六五年　Milano, Bompiani
L'eta odiosa（厭がらせの年齢）　435-466頁
Tr. di Atsuko Ricca Suga

9530　**日本代表作家百人集3**　ハングル語
一九六六年　希望出版社
追憶　282-298頁　金洙暎訳

9531　***The ice palace***　英語
一九六六年　London : Peter Owen
176頁　translated by Elizabeth Rokkan. 19cm

9532　**日本短篇文学全集4**　ハングル語
一九六九年　新太陽社
追憶　42-58頁　金洙暎訳

9533　**伊豆的舞娘**　中国語
一九六九年　明山書局
無花的果實（花のない果実）　153-176頁／三主婦（三人の妻）　177-196頁　朱佩蘭訳

9534　***Das verhaßte Alter***　ドイツ語
一九八一年　Berlin : Volk und Welt
195頁　19cm
Das vorhasste Alter（厭がらせの年齢）
übersetzt von Monique Humbert　Volk und Welt Spektrum

9535　***Japan Literature Today, 7***　英語
昭和五七年（一九八二年）七月
Atonement（贖罪）6-17頁

9536 ***Omrazna vezrast***（秋の風景 日本短篇十八集）
ブルガリア語
一九八三年 Sofiia 1v. 紙装 角背
厭がらせの年齢 23-168頁 Dora Barova訳

9537 ***Essenen peizazh; decet iaponski reskazvachi***
ブルガリア語
一九八五年 ナロドナ クルトゥラ社
厭がらせの年齢 Dora Barova訳

9538 ***Anthologie de nouvelles Japonaises contemporaines, Tomo II*** フランス語
一九八九年二月 Gallimard 紙装 角背
L'age des mechancetes（厭がらせの年齢）333-378頁
Jean Cholley訳

9539 **รักด้วยเลือด: รวมเรื่องสั้นคัดสรรชั้นเอกจากนักเขียน"แถวหน้า"แห่งญี่ปุ่น**
[Rak dūai lư̄at : rūam rư̄ang san khatsan chin'ēk čhāk nakkhīan "thǣo nā" hǣng Yīpun]
（愛の渇き 日本の前衛作家による短編集） タイ語
[et al.] **อมราวดี แปล**（アマラーオディー訳）
一九九四年 **[กรุงเทพฯ]** : **คำหอม** 154頁 18cm
วัยไร้รัก（Wai rai rak 厭がらせの年齢）/**ฟูมิโอะ นิวะ**（丹羽文雄）

9540 ***L'iris fou*** フランス語
一九九七年 Paris, Stock 150頁 18cm
suivi de Odieuse vieillesse
Odieuse vieillesse（厭がらせの年齢）
traduites du japonais par I.I.
Morris en collaboration avec M. Rosenblum et M. Beerb

9541 **日本近代文学短篇選第3集** タイ語
発行年不明 Bangkok, Chulalongkom Univercity
厭がらせの年齢

iii 雑誌掲載

9542 **Yamato v.1,no.6** 一九四一年
Il progetto della moglie 178-181頁

9543 **Japan Quarterly .2,no.1** 一九五五年
A touch of shyness（羞恥）76-85頁
translated by E.G.Seidensticker（英語）

9544 **Japan Quarterly v.3,no.1** 一九五六年
The hateful age（厭がらせの年齢）54-78頁
translated by Ivan Morris（英語）

9545 **Jiji Eigo Kenkyu v.13, no.4-11** 一九五八年

The hateful years（厭がらせの年齢）
translated by William L.Clark（英語）

9546 **Jiji Eigo Kenkyu　v.14, no.2**　一九五九年
The hateful years（厭がらせの年齢）
translated by William L.Clark（英語）

二　伝記年譜

一九〇四　明治三七年

一一月二二日、三重県四日市北浜田町１２９３（現四日市市浜田町）に、真宗高田派仏法山崇顕寺一七代住職の父教開（本名　鍬次郎　33歳）、母こう（本名　ふさへ　24歳）の長男として誕生。4歳上の姉幸子、祖母すま（53歳）、叔父弁海がいた。父教開は名古屋中村在の則武村の富農、瀧川家の次男として生まれる。明治二五（一八九二）年、21歳の時丹羽家の養子となる。

崇顕寺は文亀二（一五〇二）年創建とされるが諸説あり、創建者不明。創建当初は天台宗であったが、のち浄土真宗に改宗されたという。丹羽家の祖先は戦国時代の武将丹羽弥八郎時定と伝えられる。時貞は浜田城（鵜の森城）城主田原元網の同族で、天正一二（一五八四）年の浜田城陥落のさい菩提を弔うため剃髪したという。

私の先祖は室町時代、武士であったが、落城と同時に剃髪して、一族の菩提を弔うことになった。その人の名を丹羽弥八郎時貞というと父から聞かされた。（略）西信と法名をもった丹羽弥八郎時貞《ママ》が、剃髪したそのときから浄土真宗の高田派であったと想像するのが、もっとも妥当なようである。（「鵜の森城」）

一九〇八　明治四一年　四歳

母こう、家出。

生母は姉と私を寺にのこして、寺をとび出した不心得ものであった。しかも、歌舞伎役者のあとを追って家出したのである。（「肉親賦」）

一九一一　明治四四年　七歳

四月、第二尋常小学校（四日市浜田町）に入学。専修《せんじゅ》寺で法主常磐井堯熈師より得度式をあげ、権中僧都となる。得度名は「開寿院文雄」。

八歳のときであった。頭をつるつるに剃って、青い法衣を着せられた。専修寺高田本山の本堂の余間で、八つの私は法主の前にはいつくばった。そばの僧に教えられて、法主が唱える経文を復唱した。

八歳にして得度を受け、崇顕寺の十八世の法灯を継ぐはずの僧籍にはいった。白衣白足袋で、長い墨染めの法衣に肩あげや、腰あげをしてもらい、長い袂を半分に縮めてもらって、檀家の月まいりに通った。私の三部経には仮名がついていた。仮名をよみまちがえまいと緊張した。（「仏にひかれて」）

一九一二　明治四五年　八歳

父教開、田中はまと再婚。

継母はよく出来たひとであった。初婚で男の子をひとり生み、良人に死別して、実家にもどっていたところを、崇顕寺が後妻として迎えた。四日市から軽便鉄道で約一時間ぐりの、室山の醸造業が実家であった。私は新しい母になついた。（「仏にひかれて」）

檀家の相談により祖母が同じ町内に隠居。

私が小学校の二年生になったとき、檀家会議が行われた。その結果、同じ町内に祖母が隠居することになった。檀徒の世話方は改めて私にいった。

「おばあさんは、これからお寺への出入りを一切とめられるのだから、坊ちゃんも隠居所に出入りしてはなりませんぞ」

しかし、私は小学校からかえって来て、隠居所にいくことが唯一の愉しみだったので、年寄りの世話方のいうことをきかなかった。祖母はおやつを用意していて、私が来るのを待ちかねていた。(「ひと我を非情の作家と呼ぶ」)

祖母の隠居所で母と再会する。

四年目に再会したとき母が私を抱きしめて泣いた。一般の家庭にはめったに起こらない事件である。舞台かスクリーンの中にだけあるような事件だが、一般の家庭にもたまには起こりうるということが私には象徴的であった。白が純潔の象徴であるように、その愁嘆場が私の生涯を象徴しているように思われてならない。(「仏にひかれて」)

一九一三　　大正二年　　九歳

教開、はまとの間に房雄が生まれる。

継母が弟を身ごもると、土地の習慣で実家にかえって身二つになるのだった。私は週に一回、室山の継母のところへ遊びに出かけた。私はみんなに歓迎された。(「仏にひかれて」)

一九一七　　大正六年　　一三歳

三月、小学校卒業。

四月、三重県立富田中学校（現四日市高等学校）に不合格。四日市市立第四尋常高等小学校高等科に入学。同級生の森健之助、先輩の笠井寛からトルストイなどを教えられる。

中学校にはいるとき、私は落第した。入学試験の予習などはほとんどしていなかったからである。文字は苦手であった。お経の強制的朗読が、私から文字を追いやっていた。その私に文字の興味を教えたのは、教科書ではなく、立川文庫であった。

中学校の入試にしくじった私は、四日市の尋常高等小学校に通うことになった。市には五つか六つ小学校があったが、高等小学のあるのは町の中の第四小学校だけであった。中学校や商業学校の入試にしくじった生徒だけで一組が編成されていた。(「仏にひかれて」)

六月、姉が結婚のため渡米（翌年入籍）。のちロサンゼルスで一男一女をもうける。

姉がアメリカに渡ることについて、寺では檀徒会議が開かれた。世話方の会議もくりかえされた。そのころよくあった写真結婚である。(略)姉は覚悟をきめていた。姉の覚悟には、生母の家出が決定的に作用した。生母は姉と私を寺にのこして、寺をとび出した不心得ものであった。しかも、歌舞伎役者のあとを追って家出したのである。結婚が決定した。十八歳ぐらいで単身アメリカに渡るというのは、よくよくの覚悟だったにちがいない。いまの年齢の数え方にすれば、十七歳である。あるいは父が姉に因果をふくめたのではないかと思う。(「肉親賦」)

一二月、「浜田同窓会誌」5号に、初めての掲載作品となる随筆「不勉強なる友人に与ふる文」発表。

一九一八　大正七年　一四歳
四月、三重県立富田中学校に入学（校長は田村泰次郎の父田村左衛士）。中村脩吉らを知る。在学中は柔道、水泳などのスポーツにはげんだ。また夏目漱石、芥川龍之介、佐々木茂策などを好んで読んだ。
　四日市から富田まで、汽車で通った。一年生の一学期間は、和服に靴という形で通学した。四日市の洋服屋は短時日の内に大勢の新入生の洋服はつくれなかった。黒地の、染料がつよくにおう、木綿の服であった。それに軍隊のようにゲートルを巻いた。はじめて木綿の制服をきたときには、自分の中身が一変したような感動をおぼえた。何しろそのときはじめて洋服を着た。（「仏にひかれて」）

一九一八　大正八年　一五歳
家庭での疎外感を覚えはじめる。
　中学生のころから私は家族から浮きあがった存在になった。それはそう仕向けられたものではなく、私がそう動いていったのだ。食事どきにも、私がひとり先にすませる習慣になった。（「仏にひかれて」）

一九二一　大正一〇年　一七歳
岐阜の生母を訪ねる。
　中学四年のとき、岐阜へ来いと母に招かれた。母は駅に迎えにきていた。市内電車にのった。妙にうす暗い二階家であった。母は稲葉神社や公園に案内した。昆虫を蒐集した洋館があった。昆虫を入れたガラスの文鎮を買ってもらった。長良川も見た。家にかえるとからだの弱そうな、口かずのすくない男のひとがいる。母の態度から、結婚しているのだとわかった。母は何も説明しなかった。私も訊かなかった。大人の世界のことはある程度わかる私になっていたが、母に訊いては悪いような気がした。私には、母の生活が妙にもろいように感じられた。（「仏にひかれて」）

一九二二　大正一一年　一八歳
この頃、漢文担当の近藤杢に作文の才能を高く評価され、文学に深い関心を示す。富田中学校友会「会誌」に随筆「心の歩み」発表。
一一月、原稿用紙16枚の習作「うたがひ」を執筆。
　私は作文の時間が好きであった。ほかの生徒が時間をもてあましているのに、私には時間が足らず、休みの時間まで綴方をつづけていた。いつも私だけがおくれて、でき上った作文を教員室まで届けた。先生はいちいちていねいに批評をしてくれた。そのことが今日小説家としての私を育ててくれたと思っている。その意味でも先生は私にとって生涯の恩人である。（「近藤杢先生」）

一九二三　大正一二年　一九歳
二月、祖母すま死去（1日）。
三月、三重県立富田中学校卒業。
四月、早稲田大学第一高等学院に入学。進学のため上京し、牛込区榎町（現新宿区榎）日下家に下宿。
九月、関東大震災が起こる（2日）。四日市帰省中のため被害を免れる。初恋の女性と交際にいたる。（「初恋の記」）

一一月、榎町の学生下宿栄進館に移る。このころ、新庄嘉章、野崎韶夫を知る。

一九二四　大正一三年　二〇歳

この年、高田町砂利場（現豊島区）の学生下宿文隆館に移る。

一年後れで入学した富田中学校同級中村脩吉らがいた。

　同級生に新庄嘉章、中村脩吉がいた。この二人が文学論をやっていることばも私は何も知らなかった。二人は文壇の事情に通じていた。私は文学雑誌も読まなかった。古本屋に行って、手あたり次第に買ってきた。濫読であった。その中では芥川龍之介と佐佐木茂策が好きになった。（「中学時代の作文」）

一九二五　大正一四年　二一歳

五月、鬼子母神の縁日で片岡トミ（全集では片桐とみ子）と出会い、交際を始める。トミは明治三九年生まれ、帝国女子専門学校（現相模女子大学）附属女学校卒。のち西銀座にバー「メイゾン・トミー」を経営し、丹羽の「マダムもの」、武田麟太郎「銀座八丁」のモデルとされる。

一九二六　大正一五年　二二歳

三月、第一高等学院卒業。仏文科をめざすも、新庄嘉章の語学力に及ばないと感じ、国文科を選ぶ。

四月、早稲田大学文学部国文科に入学。同期生に火野葦平、寺崎浩、田畑修一郎らがいた。火野、田畑、寺崎らは同人誌「街」を創刊し、刺激を受ける。

五月、中村脩吉と撞球場豊川亭に常連であった尾崎一雄を訪ね、知遇を得る。尾崎の紹介で「街」同人となる。

　―今度国文学科に入った丹羽文雄といふ者である。小説を書いていきたいのだが、判らぬので教へて貰ひたい―こんな意味のことを、関西弁交りのやはらかい口調で言ふ。大きな身体の、美しい青年からいきなりこんなことを言はれて私は面くらつた。

「君が小説を？」多分私は目をぱちくやつただらう。

「そんな良い身体をして小説なんて……何だか勿体ない気がするなァ」と笑ひ出した。丹羽も中村も笑つた。中村脩吉も、丹羽と私の中間ぐらゐの身体つきをしてゐた。

「柔道でもやつたの？」

「武徳会の二段ですわ」

「さうだらうな」

「学院に入つてからはやらんのやけど……」

「へえ！中学で二段！」

　ものやはらかで、その癖強さうなこの若者が、ひどく頼もしく見えた。しかし小説の方は……と首をひねる気持があつた。ほんとにやる気なのだらうか、やる気だつたとしても、小説家的神経がそれにともなふだらうか―このときの丹羽文雄は、こつちにそんな疑念を抱かせるほど健康的であつた。

（尾崎一雄「あの日この日」『尾崎一雄全集一三巻』昭和五九年一〇月三〇日　筑摩書房）

一〇月、処女作「秋」を「街」に発表。

「秋」は、思ひがけず好評を得た。岡田三郎、里村欣三に褒められたといふことをひとづてに聞いた。が、どこがよいのか、私には判らなかつた。私は志賀直哉を真似しただけである。（「私の青春自叙伝」）

一九二七　昭和二年　二三歳

一月、「敦子」（国文学）、「捨てられた女」（早稲田大学新聞）発表。「文芸城」同人となる。

九月、「鮎」の原型である「或る生活の人々」（文芸城）発表。

この年、小石川雑司ヶ谷（現文京区目白台1丁目）の目白館に移る。


　そのころ私は東京の大学に通っておりました。母は岐阜に暮らしておりました。私は帰省、上京の折には必ず母を訪ねたものです。四日市から名古屋に出て、そこで汽車に乗り換え、岐阜へ来て、母のところで一晩泊まって、翌日東京へ行くという生活を繰り返しました。母は私が訪ねてくるのを唯一の喜びに生きている女になっておりました。（「わが母の生涯」）

一九二八　昭和三年　二四歳

一月、「街」を脱退し、「新正統派」同人となる。同人には尾崎一雄、井上幸次郎、浅見淵ら26人。「その前後」（創刊号）、「春」（5号）、「秋・蜜柑・鏡」（6号）発表。

三月、片岡トミと同棲。文隆館に移る。

一九二九　昭和四年　二五歳

一月、「悪い奴」（新正統派）発表。

三月、早稲田大学文学部国文学科を卒業。卒業論文は「伊勢物語」であった。「いろは」（新正統派）発表。単身帰郷。片岡トミを呼び寄せ、崇顕寺で結婚式を挙げる（戸籍上入籍はせず）。数日滞在ののち夫婦で岐阜の母を訪ね、そのまま上京。目白館に移る。

六月、「朗らかな、ある最初」（新正統派）発表。川端康成、永井龍男らの評価を得る。特に永井龍男からは「文芸春秋」誌上で匿名ながら激賞された。

一〇月、「お膳を蹴りあげた話」（新正統派）発表。

一一月、生活のめどが立たず、妻を残し帰郷。僧職に就くが、反抗のため有髪のまま檀家回りをする。


　私はそれまでの交渉のあつた異性から逃げ出すために、故郷の四日市にかへつてゐた。そのひととの生活にたへきれなくなつたからだ。お金にも窮した。すでに大学を卒業してゐて、就職は出来ず、父親に無心をしても送金してもらへず、旗をまいて帰郷した。坊主があれほど嫌ひだつたのに、父のいいつけで、袈裟をつけ、お経を風呂敷につつんで、檀家を歩いた。私は小説を書いてゐた。小説を話し合ふ友は一人もいなかつた。坊主としての生活は、落第である。およそ不勉強な坊主であつた。（「私の青春自叙伝」）

一九三〇　昭和五年　二六歳

五月、300枚の原稿（「豹の女」の原型）を持参し、奈良市高畑に滞在していた尾崎一雄を訪ねる。尾崎に伴われ、奈良市北高畑の志賀直哉を訪問する。

六月、川端康成が「文芸時評」で丹羽を高く評価。

九月、「新正統派」廃刊。継続誌「正統文学」に参加、創刊号に「壽々」発表。

一一月、「河」（正統文学）発表。

一九三一　昭和六年　二七歳

昭和四年、五年、六年と、私は田舎で満たされない月日を送つた。が、異性との交渉がなかつたわけではない。夜はおそくまで、友達のところで麻雀をしたり、話しこんだり、碁を打つてゐた。満たされないなどといつては、口がまがるかも知れない。（「私の青春自叙伝」）


一月、「正統文学」廃刊。継続誌「文学党員」に参加。創刊号に「南颸」発表。

四月、「嬌児」（文学党員）発表。

五月、「脚」（文学党員）発表。

八月一五日、義母はま、心臓麻痺により死去。享年48歳。

一九三二　昭和七年　二八歳

四月、永井龍男の推薦で「鮎」を「文芸春秋」に発表。「朝日新聞」紙上で杉山平助から激賞される。尾崎一雄から記事の切り抜きを郵送され、文壇登場の自信を得る。

九日、書き溜めた原稿をもって家出する。


彼は漫然と海山道へ行くやうな顔つきで家を出た。裏門に沿ひ槙垣の路地を歩いてゐると、妹とその上の弟が植木棚で何かしてあそんでゐるのが目についた。棚の上には痩せた菜の花が三本、人に気づかれないで咲いてゐた。彼の気持は兄弟を見届けてからいくらか波立つのであつたが、もはや自分を弁護する気にはなれなかつた。父親の最後の顔を見ないで家出をする方が、却って不肖の子の受ける筈がのべつまくなしに降る感じで、今は叩かれて崩れたままの姿勢が一番よく自分に似合ふやうに思はれ、それがへんに肉体的に快く感じられた。捨鉢とも違つてゐた。人々の許をうけた行為ほどにも彼は爽やかな気持になつた。（「菜の花時まで」）


上京し、小石川区小日向台町（現文京区小日向2〜3丁目・音羽1丁目）の片岡トミの家に身を寄せる。トミは銀座でカフェの女給となっていた。その後、小石川区雑司ヶ谷7番地（現文京区目白台2丁目）の目白館に移る。

七月、「柘榴」（婦人サロン）発表。

九月、トミをモデルとした「横顔」（新潮）発表。「マダムもの」のさきがけであった。

一一月、「剪花」（三田文学）、随筆「作者の心得」（読売新聞11日）発表。

一九三三　昭和八年　二九歳

一月、「未練」（文芸首都）発表。

二月、「唄」（文芸首都）、「抱負な体験」（読売新聞　8日）発表。

三月、浅見淵、尾崎一雄らと「小説」を創刊。「童女二題」（小説創刊号）、「鶴」（三田文学）発表。

六月、「丘」（小説）、「鼬」（文芸首都）発表。

九月、「追ひつめられた彼」（小説）発表。

この年、京橋区（現中央区）新富町相馬ビルアパート2号館3階に転居。この頃、同ビルで太田綾子と知り合う。銀座のマダムとなったトミとの間に、次第に軋轢が生じる。

　上京はしたものの、女との生活は不安であつた。しつかりした生活方法が立たなかつた。三度のごはんは喉を通るとはいへ、女に依存してゐるのが段々辛くなつて来た。

（「世に出るまで」）

一九三四　昭和九年　三〇歳

二月、トミが麹町三年町2（現千代田区霞ヶ関3丁目）に移るが、もとの新富町相馬ビルアパートを仕事場とする。谷崎精二の紹介で廣津和郎を識る。

四月、「世紀」同人となる。同人には浅見淵、尾崎一雄、小田嶽夫、田畑修一郎ら。「海面」（世紀）、「象形文字」（改造）発表。

五月、「小説家の批評」（文芸通信）発表。

六月、「常識」「創作時評」（世紀）発表。

七月、「贅肉」が第2回中央公論原稿募集当選作として、島木健作「盲目」・中川辰臣「生甲斐の問題」・石川鈴子「無風帯」とともに掲載。新しいエロティシズムを描く新進作家として注目される。「麹町三年町」（世紀）、「静江と操の間」（文芸首都）、「甲羅類」（早稲田文学）、「自然」（行動）、「夏と畳」（レッツェンゾ）、「石採祭の夜」（時事新報　16日）発表。

八月、「婚期」（世紀）、「虚偽について」（文芸通信）発表。

九月、「三日坊主」（行動）、「美貌」（若草）、「変貌」（早稲田文学）、随筆「我が文学の立場」（あらくれ）、「作者の日記」（文芸首都）、「日かげの花雑感」（麵麴）、「廣津さんに」（早稲田文学）発表。

一〇月、「口舌」（作品）、「伊豆の記憶」（世紀）、「文芸時評」（文芸首都）、「自然発生的な文章の形式と方法」（厚生閣『日本現代文章講座　方法篇2』）、「作品と生活」（国民新聞）発表。

一一月、「雪」（エコー）、「一つの信念」（文芸通信）、「作家の文章」（随筆雑誌文体）発表。

一二月、相馬ビルアパートより麹町三年町2（現千代田区霞ヶ関3丁目）に転居、のちに再び京橋区（現中央区）新富町3の相馬ビルアパートに移る。「百日紅」（文芸）、「この一年」「古谷綱武に与える」（世紀）発表。

一九三五　昭和一〇年　三一歳

一月、処女作品集『鮎』を文体社より出版（10日）。銀座「はせ川」で『鮎』出版記念会を開く（21日）。出席者は尾崎一雄、永井龍男、浅見淵、新庄嘉章、寺崎浩、丸岡明、庄野誠一、武田麟太郎ら。席上尾崎一雄の長男の誕生を知り、「鮎雄」と命名する。「貉」（経済往来）、「鬼子」（新潮）、「ある最初」（三田文学）、「おかめはちもく」（早稲田文学）、「エロテイシズムの方向」（文芸）発表。

二月、「青春」（文芸汎論）、「嫉妬」（大和）、「叩かれた太鼓」（経済往来）、「春さきの感想」（文芸首都）、「或る日と論語」（文芸通信）、「花嫁」（大阪朝日新聞）発表。

三月、「春さきの感想」（報知新聞　22～25日）、「岐路」（中央公論）、「一月二十一日のこと」（世紀）、「芸に就いての感想」（早稲田文学）発表。

四月、「椿の記憶」（世紀）、「朝」（蠟人形）、「紅子」（若草）、「犀星贔屓」（世紀）、「林芙美子氏に答へる」（文芸通信）発表。

五月、「二、三のこと」（あらくれ）、「自分の文章」（月刊文章講座）、「恋人の利用法」（行動）、「短篇について」（婦人文芸）、「尾崎一雄を語る」（文芸首都）、「敢て戯作者に」（読売新聞）発表。

六月、「自分の鶏」（改造）、「対世間」（新潮）、「真珠」（早稲田文学）、「わが住む界隈」（都新聞）、「銀座で拾ふ」（早稲田大学新聞）発表。

七月、笹本寅の紹介で「週刊朝日」に「温泉神」を執筆。その原稿料100円を持ち、箱根底倉温泉の仙石屋旅館に半月滞在。

　箱根底倉温泉の仙石屋に私は、半月近く身をかくしていた。相手が血まなこになってさがすわけでもなかったが、私自身地下にもぐった気になり、彼女との関係をそのことによって始末をつけたかった。（略）蛇骨河のひびきが耳についてはなれなかった。夕方になると濛々たる湯気が谷底から湧き上がった。川の中に温泉が出ているところがあった。百円札では小さい買物も出来ないので、帳場でくずしてもらった。（「世に出るまで」）

「達者な役者」（作品）発表。

八月「煩悩具足」（文芸春秋）発表。志賀直哉らから賞賛される。「山ノ手線」（行動）、「ある喪失」（若草）、「わが生活報告」（新潮）、「好敵手」（文芸通信）、「島木健作氏へ」（若草）、「観念的な女性」（国民新聞　25・27日）発表。

九月、「袴」（文学界）、「古典精神の把握」（帝国大学新聞　16日）発表。『自分の鶏』（双雅房）刊行。

一〇月、「木靴」創刊（「世紀」同人に伊藤整、上林暁らが加わる）、同人となる。「遺書」（月刊文章講座）、「青春の主題」（週刊朝日）、「妻の死と踊子」（中央公論）、「芽」（三田文学）、「軽い葉」（若草）、「移つて来た街」（早稲田文学　～11年1月）、「白夜感想」（スタア）、「書斎時間」（帝国大学新聞　28日）発表。

一一月、中野区上高田に移る。「古い恐怖」（日本評論）、「環の外」（文芸）、「無礼な愛情」（ホーム・ライフ）、「日本語版について」（キネマ旬報）、「晩秋初冬記」（都新聞　10～12日）、「文芸時評」（報知新聞　23～29日）発表。

一二月、「拾った女の姿」（中外商業新聞　13～15日）、「文芸時評」（都新聞　29日）発表。

この年、片岡トミと別れるため、廣津和郎に調停を依頼するが、断られる。中野区上高田町の軽部清子（洋画配給会社三映社の宣伝部長）宅に約半年身を寄せる。軽部清子の取り成しで片岡トミと別れる。

　ＫＫ女史は二人の間に立つて、和解でなく破壊の斡旋をやつてくれた。すべてをＫＫ女史に一任した私であつたが、不安であつた。しかしその当時はＫＫ女史をのぞいては誰もゐなかつた。女史は恰度いい風に、私に対してもその女に対しても公平な距離からな人であつたからだ。（「恩を感じた話」）

浅草区永住町（現台東区東上野）に太田綾子と新世帯を持つ。

一九三六　昭和一一年　三二歳

有力作家として執筆量が増加。同時に大衆雑誌への執筆が増える。女性の官能的表現ばかり描く「情痴作家」、「女形作家」と揶揄される。

一月、太田綾子と結婚。水島治男（「改造」編集長）、北村秀夫（「若草」編集長）が保証人となる。「蜀葵の花」（新潮）、「一色淑女」（文芸雑誌　～4月）、「混同の秘密」（文芸春秋）、「逃げる記」（若草）、「創作選評」（文芸雑誌　～5月）、「雀太郎」（大阪朝日新聞　5日）発表。

二月、「この絆」（改造）、「充血した眼」（日本評論）、「鷗外と歴史物」（文芸通信）発表。『この絆』（改造社）刊行。

三月、長女桂子誕生（3日）。『閨秀作家』（竹村書房）刊行。「朧夜」（婦人公論）、「僕の女友達」（婦人画報）、「放談会」（文芸　島木健作との対談）、「閨秀作家」（サンデー毎日）、「友情」（新評論）発表。

四月、中野文園町40番（現中野6丁目）に新居を構える。「菜の花時まで」（日本評論）、「荊棘萌え初め」（文芸）、「同人雑誌因果」（文芸通信）、「枯尾花」（三田文学）、「感興」（早稲田文学）、「小説の位置について」（報知新聞　7～10日）、「女達の家」（明朗）発表。

五月、初めての新聞小説「一茎一花」を「福岡日日新聞」夕刊に連載（30日～6月1日）。「波の一つに」（月刊文章）、「辛い夢若い夢」（週刊朝日）、「文鳥と鼠と」（新潮）、「摑む藁」（文芸通信）、「春光の下で」（蠟人形）、「恋に似通ふ」（若草）、「小説の基調」（国民新聞　10～22日）発表。

六月、「文学生活」同人となる。「朝日新聞」夕刊に「若い季節」を連載（30日～8月6日）。

「若い季節」は三十一回で終ったが、その間にベルリンのオリンピックがあって、連載小説はどうでもよい扱いをうけ、一面から二面に移されたり、途中で休みにされたりして、さんざんな扱いであったのを記憶している。（「若い季節」　昭和三三年　週刊朝日）

「女人禁制」（中央公論）、「忿懣と取組む」（中央公論）、「新居」（文学生活）発表。

七月、「吉屋信子さんを訪ねて」（文芸）発表。

八月、「逢へば懐し」（週刊朝日　銷夏読物号）、「創作苦心談」（月刊文章）、「旅の記憶」（文学生活）、「緑陰放談」（早稲田文学）、「文芸時評」（報知新聞　25～30日）発表。

九月、『若い季節』（竹村書房）、随筆集『新居』（信正社）刊行。「小鳩」（オール読物）、「殴られた姫君」（モダン日本）、「自力本願」（新潮）、「原作と監督」（日本映画）、「古谷式地獄」（文学生活）、「わが初恋」（文芸汎論）、「小説論」（厚生閣『新文芸思潮と国語教育』）発表。

一〇月、『女人禁制』（双雅房）刊行。「路地」（月刊文章）、「嘘多い女」（日本評論）、「結婚前後」（婦人画報）、「湯の娘」（若草）、「横切った女」（日曜報知　20日）、「描写論」（教育・国語教育　～12月）発表。

一一月、国学院で講演（14日）。「逃げる花嫁」（現代）、「強い青春」（日本映画）、「中篇小説の書き方」（月刊文章）、「今様父帰る」（新潮）、「近頃呆れたこと」（東宝）発表。

一二月、シナリオ「職業と姫君」を河出書房『シナリオ文学全集5』に書き下ろす。『小鳩』（信正社）刊行。「秋花」（改造）、「古里の記憶」（明日香）、「新女性気質」（日本評論）、「年の瀬」（アサヒグラフ　23日）発表。

一九三七　昭和一二年　　三三歳

一月、「藍染めて」（新女苑　～7月）、「豹と薔薇」（若草　～6月）、「自叙伝」（早稲田文学　～3月）連載。「モゥパッサンの女」（３３３）、「智子の場合」（映画之友）、「馬酔木」（オール読物）、「朝顔の女」（サンデー毎日新春特別号）、「女ひとりの道」（週刊朝日　1日）、「写真」（新潮）、「霜の声」（中央公論）、「日記」（文芸）、「紙函」（雄弁）、「女の習俗」（都新聞　19～21日）発表。

二月、「青春強力」（週刊朝日　7日～4月11日）連載。「慍る」（月刊文章）、「春の気配」（現代）、「文芸時評」（新潮）、「僕の窓」（文芸懇話会）、「作家随想」（朝日新聞　4～6日）、「五官の秘密」（アサヒグラフ　17日）、「大衆雑誌に書く気持」（報知新聞　17～18日）発表。

三月、「文芸首都」主催文化講演会で「アンドレ・ジイドについて」と題し講演（大阪、神戸、京都）。「二人の先輩」（新潮）、「文芸時評」（文芸通信）発表。

四月、『女人彩色』（河出書房）、随筆集『迎春』（双雅房）刊行。尾崎一雄『暢気眼鏡』出版記念会に参加（24日）。「八月の日の誓」（サンデー毎日一五周年記念特別号）、「狂った花」（文芸春秋）発表。

五月、「薔薇合戦」（都新聞　30日～12月31日）連載。「女の姿と僕」（改造）、「女の嚢」（日本評論）、「不思議な顔の女」（「三田文学）、「甲子園夜話」（オール読物）、「春返る夜」（講談倶楽部臨時増刊）、「似た女」（スタア）発表。

六月、長男直樹誕生（7日）。「愛欲の位置」（改造）、「嫉かれ上手」（週刊朝日夏季特別号）、「書簡」（早稲田文学）、「自作案内書」（文芸）発表。『愛欲の位置』（竹村書房）刊行。

七月、「幼い薔薇」（サンデー毎日夏季特別号）、「女の侮蔑」（日本評論）、「夏場所を見て」（相撲）、「春くれなゐ」（婦人倶楽部夏期増刊号）、「青い花」（生活と趣味）、「那須」（ホーム・ライフ）発表。

八月、『幼い薔薇』（版画荘）刊行。「虹の行方」（現代）、「偽すみれ」（新女苑）、「貞操洗礼」（富士）発表。

九月、「夏の日記」（文芸首都）、「時代と文学者」（読売新聞夕刊　8・10日）、「瓜や茄子」（サンデー毎日秋季特別号）、「文芸時評」（報知新聞　30日～10月7日）発表。

一〇月、初の書き下ろし長編『豹の女』（河出書房）刊行。「薔薇合戦のノート」（月刊文章）、「私を語る」（新女苑　林芙美子との対談）、「文園日記」（新潮）、「或る日」（早稲田文学）、「女優点描」（サンデー毎日秋の映画号）発表。

一一月、『薔薇合戦　上』（竹村書房）刊行。「人でなしの女」（オール読物）、「町内の風紀」（中央公論）、「海の色」（文芸）、「跳ぶ女」（モダン日本）、「狐の女」（若草）発表

一二月、『海の色』（竹村書房）刊行。「都会の音色」（日の出）、「文章作法」（月刊文章）発表。

一九三八　昭和一三年　　三四歳

一月、『薔薇合戦　下』（竹村書房）刊行。「青春の書」（新女苑　～12月）、「漂ふ花」（映画之友　～2月）連載。「聡明」

（オール読物）、「娘離れ」（サンデー毎日新春特別号）、「困った愛情」（週刊朝日　1日）、「殴られた人情」（日本評論）、「白き梅」（婦人倶楽部）、「幼い鬼」（婦人公論）、「危い手前」（雄弁）、「或日喋る」（若草）、「母の上京」（中央公論）、「文芸時評」（読売新聞夕刊　28日～2月3日）発表。

二月、「拾った手袋」（月刊文章）、「『豹の女』思ひ出」（三十日）発表。

三月、淀橋区（現新宿区）下落合617番地に転居。岐阜にいた母を呼びよせる。「妻の作品」（改造）、「善き人達」（キング）、「隣りの恋人」（婦人倶楽部春の増刊号）、「恩を感じた話」（読売新聞夕刊　24日）発表。

四月、浅見淵、山崎剛平らと尾崎一雄『暢気眼鏡』出版記念会を開く（24日、高野フルーツ・パーラー）。「花戦」（週刊朝日　3日～6月26日）、「灯影」（若草　～7月）連載。「星かげ」（花椿）、「晴天航路」（日の出）、「雛形」（モダン日本）、「『東洋平和の道』を覗く記」（新女苑）、「映画あれこれ」（文芸）、「三題」（都新聞　28～30日）発表。

五月、「新生」（台湾日日新聞ほか新聞四社連合　～10月）連載。「深山桜」（オール読物）、「誤解」（現代）、「春の客人」（ホーム・ライフ）発表。

六月、「自分がした事」（日本評論）、「青草」（令女界）、「舞踏会の手帖・物語」（映画之友）、「睡眠」（新青年）、「尾崎一雄氏への手紙」（新潮）、「歌劇の国際劇場」（大陸）、「女優」（サンデー毎日夏季特別号）、「虹となる女」（オール読物）、「香気ある頁」（婦人倶楽部夏の増刊号）発表。

七月、「遠い悲話」（雄弁）、「女人断層」（中央公論）、「火野葦平の会」（早稲田文学）、「紅蘭」（講談倶楽部夏の増刊）発表。

八月、「女の領域」（現代　～12月）、「夜開く花々」（婦女界　～11月）連載。「女傘」（大陸）、「大衆文学と純文学の問題」（都新聞　19～21日）発表。

九月、内閣情報部の命令により漢口作戦に従軍作家として派遣され、現地を視察。『生きてゆく女達』（春陽堂）、『跳ぶ女』（赤塚書房）、『花戦』（竹村書房）刊行。「遁げて行く妻」（サンデー毎日特別号）、「日本映画女優論」（映画之友）、「時代説明者」（新潮）、「従軍の言葉」（読売新聞夕刊　10日）発表。

一〇月、「湯の町」（日の出）、「水見舞」（若草）、「散文精神の桧舞台」（セルパン）、「初の砲弾の洗礼」（読売新聞夕刊　8・9日）、「入道雲」（都新聞　22・23日）、「上海の花火」（読売新聞夕刊　28・30日）発表。

一一月、「柴犬」（オール読物）、「別府航路」（週刊朝日　1日）、「更生譜」（雄弁）、「杭州と蘇州」（婦人公論）、「上海だより」（東宝映画下旬号）発表。

一二月、「還らぬ中隊」（中央公論　～14年1月）、「戦場覚書」（改造）、「変化する街」（新女苑）、「上海の風」（文芸）発表。

一九三九　昭和一四年　三五歳

一月、「文学者」創刊に参加（同人は伊藤整、尾崎一雄、田辺茂一、福田清人、徳永直、岡田三郎、室生犀星ら）。「東京の女性」（報知新聞　22日～6月16日）、「職業もつ女」（サンデー毎日　1日～3月26日）、「青苔」（婦人公論　～6月）、「何日君再来」（モダン日本　～6月）連載。「浅草三筋町」（オール読物）、「上海東京」（週刊朝日　15日）、随筆「面上の唖」（文学者　～3月）発表。

二月、「人生案内」（改造）、「上海の女」（日の出）、「出発」（映画朝日）、「手紙返えすべきか」（新女苑）、「博多人形」（若草）発表。

三月、『還らぬ中隊』（中央公論社）刊行。「椿の花」（サンデー毎日春季特別号）、「私の創作ノート」（帝国大学新聞　31日）発表。

四月、竹村書房より古谷綱武編集で『丹羽文雄選集』全7巻が刊行される（～10月）。父教開上京。30年ぶりに父母が再会する（23日）。ラジオ「還らぬ中隊」放送（13日　東京第二放送）。「南国抄」（日本評論）、「都会の文学とは」（会館芸術）、「仏像と祖母」（現代）、「僕の選集に寄せて」（文学者）、「伊豆山の蟻」（サンデー毎日創刊一千号記念特別号）発表。

五月、随筆集『一夜の姑娘』（金星堂）刊行。「唇の門」（オール読物）、「七色の朝」（週刊朝日春の大衆読物号）、「一夜の姑娘」（大陸）、「戦ひの庭」（雄弁）、「水や空」（アサヒグラフ　3日）、「女流作家論」（新潮）、「料理と化粧と着物と」（婦女界）発表。

六月、『東京の女性』（改造社）刊行。「金瓶梅」をもとにした「西門家の人々」（大陸　～12月）連載開始。「家庭の秘密」（都新聞　13日～15年2月11日）、「けしの花咲く家」（東宝映画　上旬　～8月）連載。「夕空」（新青年増刊）、「継子と顕良」（文芸春秋）、「初夏の娘」（映画朝日）、「小説の正体」（文芸）、「抗日日本人」（朝日新聞　6日）、「小説の疑問」（都新聞　6～8日）、「国策文学検討座談会」（読売新聞　13～22日）、「女優の家」（週刊朝日別冊）発表。

七月、『七色の朝』（実業之日本社）刊行。「脚色者の位置」（映画之友）、「わが母の記」（婦人公論）、「わが毒舌」（文芸　～11月）、「青葉の秘密」（週刊朝日特別号）発表。

八月、『南国抄』（新潮社）刊行。「第二の結婚」（日の出）、「女芸の是非」（新女苑）、「梅雨時」（東宝）発表。

九月、「生命の灯」（現代）、「弥生」（新女苑）、「隣人」（中央公論）、「再び脚色者について」（映画之友）、「雷」（エス・エス）、「私の頁」（文芸）、「挿話」（サンデー毎日秋季特別号）発表。

一〇月、東宝映画「東京の女」封切（31日、伏水修監督、松崎与志人脚本、原節子ほか出演）。「生ける手帖」（アサヒグラフ　4日～11月8日）連載。「街の唄」（オール読物）、「おもかげ」（日の出）、「謎の女」（婦人倶楽部）、「感情」（若草）、「秋冷抄」（報知新聞　22～24日）発表。

一一月、「夢を作る人」（歌劇　～15年3月）連載。「女性相談」（大洋）、「モデル供養」（現代）発表。

一二月、度重なる検閲のため、「西門家の人々」連載中止。「青草」（オール読物）、「運命の岐路」（キング）、「太宗寺附近」（文芸）、「中堅作家論」（改造）発表。

一九四〇　昭和一五年　三六歳

一月、「二つの都」（大陸新報　1日～6月21日）、「愛」（婦人朝日～3月）、「昔男ありて」（会館芸術　～5月）連載。「藍空」（現代）、「隣同士」（サンデー毎日春季特別号）、「春の気配」（主婦之友）、「妻と私と絹子」（モダン日本）、「衝動」（東宝映画　1日）、「石川達三の強味」（現代）、「私の公開状」(週刊朝日　1日)、「従軍の思い出」(大陸新報　9～11日)発表。

二月、「君への贈物」(日の出)、「文壇に出るまで」(月刊文章)、「閨秀文壇五人女」(現代)、「女の随筆」(大洋)、「夜更」(文学者)発表。

三月、新興キネマ映画「家庭の秘密」前・後篇が公開(田中重雄監督、陶山密脚本、真山くみ子ほか出演)。『家庭の秘密』(新潮社)刊行。「女心」(オール読物)、「再会」(改造)、「女流作家論」(東京日日新聞　10～15日)、「女の着物」(日本読書新聞　15日)発表。

四月、『太宗寺附近』(新潮社)刊行。「母の青春」(エス・エス　～9月)、「失踪」(オール読物)、「罪と愛情」(現代)、「跳ぶ結婚」(日の出)、「感想断片」(文芸情報)、「鼻」(読売新聞　26・27日)発表。

五月、「巷の早春」(新潮)、「南京の思い出」(大陸)、「新進作家論」(都新聞　13～19日)発表。

六月、「風俗」(日本評論)、「旅館の娘」(日の出)、「南の国の嘆き」(サンデー毎日夏季特別号)、「紅蛍」(週刊朝日夏季特別号)、「門外漢」(映画之友)、「丹羽文雄論」(新風)、「文芸時評」(都新聞　29日～7月3日)発表。『風俗』(三笠書房)刊行。

七月、『紅蛍』(時代社)刊行。「切火」(オール読物)、「闘魚」(朝日新聞　～12月)、「婦人雑誌批判」(ホーム・ライフ)発表。

八月、「ある女の半生」(中央公論)、「役者の宿」(モダン日本)発表。『或る女の半生』(河出書房)、『青春の書』(今日の問題社)刊行。

九月、『随筆　秋冷抄』(砂子屋書房)刊行。「娘の家」(主婦之友)、「墓のある風景」(文芸)、「著書四十一冊―自著に題す」(三田文学)発表。

一〇月、『二つの都』(高山書院)、『母の青春』(明石書房)刊行。「浅草寺附近」(改造)、「近作について」(知性)、「近頃の感想」(文芸)、「小説の行方」(都新聞　8～10日)発表。

一一月、「開かぬ門」(日の出)、「働くものは美し」(婦人朝日)、「続面上の唾」(文学者　～12月)、「学生の頃」(早稲田文学)発表。

一二月、『新日本文学全集18丹羽文雄集』(改造社)刊行、「掲載作品について」「略歴」を書き下ろす。「尊顔」(オール読物)、「素人爆撃行」(航空朝日)、「時代の心」(新潮)、「自作について」(日本映画)発表。

一九四一　昭和一六年　三七歳

一月、『浅草寺附近』(青木書店)刊行。「流れる四季」(主婦之友　～17年3月)、「三人姉妹」(福岡日日新聞ほか新聞四社連合　～8月)、「新しい声」(日の出　～8月)連載。「春の籤」(サンデー毎日春季特別号)、「九年目の土」(新潮)、「芝居と私の母」(東宝)発表。

二月、『闘魚』(新潮社)、『菜の花時まで』(春陽堂文庫)刊行。「九年目の土」(知性)、「本となる日」(日本評論)、「書翰の人」(文芸)、「若き女性の不安に答へて」(婦人朝日)発表。

三月、「あにおとうと」(陣中倶楽部特別号)、「妻の設計」(モダン日本)、「投書の話」(現代文学)、「都会の性格」(週刊朝日　23日）発表。

四月、「あねいもうと」（戦線文庫）、「新聞小説考」（日本の風俗）、「関西行日誌」（不動産時報）、「文学形式の確立」（日本学芸新聞　25日）、「柳屋敷」（新若人）発表。

五月、随筆集『小説修業』（明石書房）刊行。「眼のない魚」（婦人朝日）、「花の鈴」（日本女性）、「若い女性の倫理」（改造時局版）発表。

六月、春陽堂より『丹羽文雄選集』（全3巻　対世間、職業もつ女、人生案内）刊行。「友の妻」（オール読物）、「怒濤」（改造）、「眉匠」（週刊朝日特別号）発表。『怒濤』（改造社）刊行。

七月、「藍染めて」を改題した『逢初めて』（有光堂）刊行。書き下ろし長編『中年』を河出書房「新文学叢書」として刊行するが、発禁処分となる。東宝映画「闘魚」公開（島津保次郎監督、山形雄策脚本、高田稔、志村アヤ子ほか出演）。「青蟬」（婦人日本　～12月）発表。

八月、『丹羽文雄選集　逢初めて』（竹村書房）が発禁処分となる。検閲強化により「新しい声」連載中断。「暁闇」（中央公論）、「老愁」（モダン日本）発表。

九月、「この響き」（報知新聞　11日～17年3月22日）連載。

一〇月、「朝夕のことば」（講談倶楽部　～17年4月）連載。「碧い空」（日の出）、「戦陣訓の歌」（放送）、「旅の雑感」（日本の風俗）、「執筆休止」（都新聞　11日）発表。

一一月、「実歴史」（知性　～12月）、「偶感」（映画之友）、「妻を語る」（女性生活）、「向日葵」（婦人公論）発表。

一二月、母性愛感激小説懸賞（主婦之友）の選考委員を務める。

「一日の凪」（戦線文庫）発表。

一九四二　昭和一七年　三八歳

一月、「山岸美保子ほか」（東宝）、「覚書」（現代文学）発表。

二月、「執筆開始」（文芸）発表。

三月、書きおろし長編『勤王届出』（大観堂）刊行、装幀は近藤啓太郎。『流れる四季』（春陽堂）、『軍人援護文芸作品集第1輯』（軍事保護院　「碧い空」「戦陣訓の歌」収録）刊行。「歴史と小説家」（新文化）、「文芸時評」（報知新聞　11～14日）発表。

四月、『碧い空』（宝文館）刊行。森恪をモデルとした「現代史」（改造　～10月）連載。

五月、座談「丹羽文雄は何を考へてゐるか」（現代文学）発表。

六月、「戦場の作家」（都新聞　5日）発表。

七月、海軍報道班員としてラバウルに赴く。「日々断片」（文芸）発表。

八月、第八艦隊旗艦「鳥海」に乗船し、ソロモン群島ツラギ夜戦に参加（8日）。全身30箇所以上の負傷を受け帰国。

九月、「ソロモン海戦」（読売新聞　1日）、「ソロモン海戦に従いて」（週刊朝日　13日）等、ソロモン海戦での従軍記を多く執筆する。帝国生命講演（8日）、主婦之友社講演（15日）。『青蟬』（三杏書院）刊行。

一〇月、伊豆山に滞在。「報道班員の手記」「海戦」を執筆。日比谷での講演（8日）、週刊婦人朝日講演（北海道、静岡）。『この響き』（実業之日本社）刊行。「ラバウルの生態」（日本女性）、「ソロモン海戦従軍記」（日の出）、「艦内生活の断

片」（婦人公論）、「機関長のこと」（文芸）、「媒酌人」（『新作品　伊藤・丹羽・日比野集』有光社）発表。

一一月、ソロモン海戦を小説化した「海戦」（中央公論）発表、話題となる。


　海戦の凄惨な現場に立会いながら、私はやはり文学者だつた。文学者である一線は喪わなかつた。夜戦がはじまる前、それが終つた後の人々の動きに、私の興味のほとんどが奪われている。基地にひきあげていく途中の、戦死者をだした各班の動きが、私の心をふかくとらえた。（「『哭壁』『海戦』のこと」）


「報道班員の手記」（改造）、「大いなる捷報」（時局雑誌）、「三つの並木道」（新女苑）、「大海戦の前後」（婦人日本）発表、「虹の家族」（週刊婦人朝日　4日〜19年2月24日）連載。

一二月、『海戦』（中央公論社）刊行、ベストセラーとなる。ラジオ「ソロモン海戦に従いて」放送（4日）。海軍協会の講演旅行で各地をまわる。中京地方、安田講堂で講演。

一九四三　昭和一八年　三九歳

一月、千葉、日立ほか講演で各地を回る。『上海の花火』（金星堂）刊行。「夕陽ヶ乙女」（少女の友　〜4月）、「月愛三昧」（婦人日本　〜6月）発表。

二月、『三代名作全集　丹羽文雄集』（河出書房）刊行、「あとがき」を付す。講演（大日本婦人、日活主催）。「貝子」（オール讀物）、「みぞれ宵」（日の出）発表。

三月、日本文学報国会より、南方文化研究会海軍委員に選ばれる。「梵鐘」（新太陽）、「増産必勝魂15」（読売新聞　2日）、「従軍中の感想」（海之日本）発表。

四月、「海戦」により第2回中央公論社文芸賞を受賞。京都、大阪、岐阜などで講演。子供向けの『少国民版　ソロモン海戦』（室戸書房）刊行。『報道班員の手記』（改造社）刊行するも、後に発禁。文学座「勤皇届出」初演（国民劇場　1〜18日　森本薫脚色、岩田豊雄演出）。「台湾の戦時色」（週刊朝日　18日）、「水焔」（毎日新聞　19日〜8月28日）発表。東京、京都、大阪、岐阜などで講演。

五月、名古屋、神奈川、広島などで講演。

六月、「婦人日本」廃刊のため「月愛三昧」連載終了。東京女子大ほか各地で講演。「あやまち」（俳句研究）、「『海戦』のことども」（早稲田大学新聞　23日）発表。

七月、『みぞれ宵』（改造社）、中国語訳『海戦』（上海大陸新報　呉志清訳）刊行。白百合女子大などで講演。「その夜」（大洋）、「淡水の記憶」（台湾公論）、「それから」（文芸）発表。

八月、「娑婆人」（新女苑）、「呉の宿」（日の出）発表。亀有日立製作所などで講演。

九月、「海戦余滴」（新太陽）、「晴一天」（婦人倶楽部　〜11月）、「混血児」（文芸）、「K飛行長」（あきつ）、「海軍精神の探求」（黒潮）、「絶版に就て」（文学報国）、「台湾日記」（二見書房『十年』早稲田文学社編）発表。大阪、尼崎などで講演。

一〇月、満州版『ソロモン海戦』（国民画報社）刊行。「生活と花」（中日新聞・台湾日報ほか　135回）連載。「靖国のことば」（日の出）、「わが文学の故郷」（早稲田文学）、「自戒」（くろがね）発表。大阪などで講演。

一一月、「晴一天」執筆禁止。日本文学報国会編集『大東亜文

学代表選集』が企画（「海戦」収録予定）されたが、戦況悪化により未刊行に終わる。「春の山かぜ」（改造）、「基地の花」（文芸読物）発表。桐生、戸塚などで講演。

一二月、「知られざる頁」（大洋）、「井上立士君を憶う」（現代文学）発表。桐生、戸塚などで講演。

一九四四　昭和一九年　四〇歳

一月、『現代史第一篇―運命の配役』（改造社）刊行。「台湾の息吹」（台湾公論　～7月）、「朝夕」（神戸新聞ほか日本文芸通信　～2月）、「今年菊」（読売新聞夕刊　～3月5日）連載。「今日」（新潮）、「海と空の死闘」（週刊毎日　2日）発表。

二月、海軍局主催講演で各地を回る（24日～3月3日。大阪ほか9箇所）。「私の国民文学」（文学界）発表。

三月、強制疎開指定区域とされ、自宅を失う。『水焔』（新潮社）刊行。読売新聞夕刊廃止により「今年菊」連載中止。名村ドッグなどで講演。

四月、「いま一機」（日の出）発表。新潟で講演。

五月、朝鮮行（27日～7月7日）。釜山など各地を講演で回る。「東北二十三度」（文芸春秋）発表。

七月、「甘酒」（日の出）、「女子挺身隊」（戦線文庫）発表。

八月、「或る夜の兄妹」（読売新聞　2日）。大崎、亀戸で講演。

九月、静岡、北海道で講演。

一〇月、日本文学報国会奉仕劇「五本の指」に出演（13日　日比谷公会堂）。『春の山かぜ』（春陽堂）刊行。

一二月、栃木県那須郡烏山町（現那須烏山市）2の455大崎方に疎開（31日）。東海大地震により崇顕寺半壊。「海軍の驚異」（新潮）、「道草」（大陸）発表。

一九四五　昭和二〇年　四一歳

一月、父教開死去（19日）。公務旅行以外禁止政策のため帰省許可が下りず、葬儀に不参加。「十八歳の日記」（新潮）発表。

二月、ようやく許可を得て帰省。「箪笥」（新風）発表。

三月、「自粛と色彩」（東京新聞　1日）発表。

五月、海軍省より報道班員として四国の基地に派遣を命ぜられるが、派遣直前に目的地変更。九州特攻隊基地鹿屋に派遣される。任地で急性結膜炎に罹り、ほとんど仕事をせずに過ごす。

六月、空襲により崇顕寺炎上。

七月、鹿屋より斎藤信也（朝日新聞記者）とともに無許可のまま帰郷。報道部から特攻隊の小説依頼を受けるが断る。栃木県芳賀郡市貝村字竹内（現市貝町竹内）に再疎開（18日）。

八月、疎開後初めて尾崎一雄を訪ねる（8日）。

一〇月、終戦後はじめて上京（15日）。河上徹太郎、石川達三との座談会に出席。

一一月、戦後最初の小説となる「旧友」（新生活）発表。

一二月、アメリカから進駐した甥が疎開先を訪ねる。「小い花」（日の出）、「書きたいもの」（東京新聞　6日）発表。

一九四六　昭和二一年　四二歳

一月、基地での兵士の実像を描いた「篠竹」（新生）、「魚心荘」（潮流）発表。海軍賛美からの変節と批判を受けた。一方で、武田麟太郎は「篠竹」を読み、作家として丹羽に追い越されたと感じた（大谷晃一『評伝　武田麟太郎』）という。「力の信者」（時局情報）発表、「陶画夫人」（サンデー毎日　5日～4月7日）連載。『春の門』（新生活社）刊行。

二月、「山村の静」（新女苑）、「逆縁」（新風）、「雨」（世界文化）、「巻紙と暗殺」（文明）、「政治の雰囲気」（新小説）発表。

三月、「現代史」の続編「対人間」を「思潮」に執筆するも、GHQにより出版差止めとなり未掲載。「脱兎」（オール読物）、「海辺の出逢い」（キング）、「人と獣の間」（新人）、「憎悪」（評論）発表。

四月、『豹と薔薇』（白鷗社）刊行。「林の中の家」（女性）、「籠眼」（婦人画報）、「簞笥」（ホープ）発表。

五月、疎開先より上京。東京都北多摩郡武蔵野町西窪274（現武蔵野市西久保）に移転。『現代史』（「改造」連載分を大幅改訂し、「政治の雰囲気」「力の信者」「巻紙と暗殺」を加えたもの）を創生社より刊行。『眉匠』（オール・ロマンス社）、『姉おとうと』（生活社）、『三姉妹』（春陽堂）刊行。「八月十五日」（暁鐘）、「猫」（駒草）、「農村の生態」（生活と文化）発表。

六月、「吹雪」（週刊新日本特別号）、「微風」（新婦人）、「夢想家」（新文芸）発表。

七月、「愛欲」（芸術）、「末路」（週刊朝日別冊）、「計算の男」（西日本）発表。『愛欲』（東八雲書店）、『女形作家』（白都書房）、『芽』（和田堀書店）刊行。

八月、東海地方で講演（～28日）。『陶画夫人』（六興出版部）、『学生時代』（碧空社　「藍染めて」改題）刊行。「再婚」（サロン）、「舞踏会の手帖」（オール女性）発表。

九月、『椿の記憶』（コバルト社）、『東京の女性』（三島書房）、『憎悪』（大野書店）、『柔い眉』（太白書房）、『昔男ありて』（豊島岡書店）刊行。以後単行本刊行が相次ぐ。「黒猫」（少女倶楽部）、「山里」（暁鐘）発表。

一〇月、小谷良徳と山陰方面を講演旅行。『或る女の半生』（日東出版社）、『女ひとりの道』（日本書林）、『女優』（生活文化社）、『豹の女』（葛城書店）刊行。「過去」（紺青　～22年3月）、「再婚」（サロン）、「機関車」（小説と読物）、「女商」（新人）、「鬼子母神界隈」（新生）、「青柿」（新風）、「霜境」（婦人文庫）、「世帯合壁」（文明）発表。

一一月、『再会』（昭森社）、『書翰の人』（鎌倉文庫）刊行。「断橋」（小説）、「西窪随筆」（文学生活）発表。以後各誌に同題で随筆を執筆。

一二月、「鼻唄」（婦人と政治）、「孤独」（サンデー毎日）発表。

一九四七　昭和二二年　四三歳

一月、『女の侮蔑』（三昧書林）、『贅肉』（実業之日本社）刊行。「復讐」（女性　～8月）、「無法人」（旅と読物）、「群女」（婦人画報　～3月）、「錯覚」（風雪）発表。

二月、『二つの都』（新月書房）、『鬪魚』（コバルト社）刊行。「厭がらせの年齢」（改造）、「六軒」（新潮）、「理想の良人」（人間）、「三平通り案内」（光）、「羞恥」（婦人の国）、「『篠竹』の作者から」（風雪）発表。

三月、『再婚』（日東出版社）刊行、「あとがき」を付す。九州で講演（25日）。「植物」（女性増刊号）、「文芸時評」（東京新聞　20~23日）発表。

四月、「十九歳」（新女苑）、「緑の起伏」（新風　~8月）、「清流」（モダン日本）、「流行の倫理」（新潮）、「西窪日記」（風雪　~8月）、「狛のいる家」（サンデー毎日　6日）、「小説に於ける造型」（文学会議）発表。

五月、『愛欲』（朝明書院）、『理想の良人』（風雪社）、『白い南風　前篇』（八雲書店）刊行、それぞれに「あとがき」を付す。『流れる四季』（鷺の宮書房）刊行。「未亡人」（社会）、「水禽」（主婦と生活）、「バラの時代」（小説と読物）、「誰がために柳は緑なる」（女性改造）、「流行の消息」（トップライト　~10月）、「人間模様」（日本小説）、「玄関にて」（文壇）、「坂口安吾と石川淳」（夕刊新大阪　29・30日）発表。

六月、『第二の結婚』（東方社）刊行。『女商』（斎藤書店）、『逢初めて』（三島書房）、「あとがき」を付し刊行。「芸術家」（文学界　~7月）、「巷の胃袋」（月刊にいがた　~10月）連載。「多雨荘の姉妹」（サンライズ）、「雑草」（文芸）、「非情ということ」（群像）、「他山の石」（宝石）発表。

七月、『わが母の記』（地平社　手帖文庫）刊行。『若い季節』（世界社）、『鬼子母神界隈』（風雪社）、「あとがき」を付し刊行。講演（20日　国学院大学、25日　横浜）。「踊子の素性」（主婦と生活　~12月）、「聖橋」（旅と読物）、「現代の女の考え方」（女性ライフ）、「感想二三」（新映画）、「世話情浮名横櫛」（読物と漫画）、「実作家の評論」（東京新聞　19日）、「厭な根性」（共同通信）発表。

八月、『花戦』（蒼雲書房）、『柔い眉』（川崎書店　「職業もつ女」改題）、『群女』（新太陽社）刊行。「天才女」（オアシス）、「西窪日記」（新文学）発表。

九月、『嘘多い女』（新文芸社）、『似た女』（尾崎書房　「後記」を付す）刊行。「私は小説家である」（改造）、「断片」（文壇）、「私の小説」（第一新聞　3日）発表。

一〇月、『十字路』（日東出版社）、『南国抄』（新潮社）、『人と獣との間』（鎌倉書房）刊行。「秋風」（ＭＥＮ）、「哭壁」（群像　~23年12月）、「後れ風」（サロン）、「型置更紗」（小説と読物）、「旅」（東京）、「川の相」（文明）、「蕩児」（別冊文芸春秋）、「都会の片隅」（モダン日本）、「空しい人々」（読物時事）発表。

一一月、随筆集『私は小説家である』（銀座出版社　「まえがき」を付す）刊行。「流転」（ホープ　~23年1月）、「人間模様」（毎日新聞　25日~23年4月14日）連載。「女性管見」（新女性）、「未成年」（青年文化）、「だんすに就いて」（婦人）、「最初の頁―現代史抄」（大和）発表。

一二月、『未亡人』（九州書院）刊行。「下情」（オール読物）、「父の記憶」（社会）、「魚と女房達」（人間別冊）、「武蔵野の虹」（サンデー毎日別冊）、座談「本格小説論」（文学会議
発表。

一九四八　昭和二三年　四四歳

一月、『バラの時代』（和敬書店）、『薔薇合戦　上』（講談社）刊行。「好色の型」（婦人読書クラブ）、「踊子」（朝日評論）、「幸福」（改造）、「夕空」（花形）、「或る女の独白」（風雪）、「不憫」（読物時事）、「小説に就ての考察」（現代人）、「私の雑記帖」（故郷）、「小説の面白さに就いて」（新風）、「処女作

の頃」（光）、「文芸時評」（文学界）発表。

二月、「守礼の門」（文芸春秋）、「伊豆山日記」（現代人）、「モデル考」（モダン日本）、「雑誌文化」（時事新報　26・27日）発表。

三月、『魚と女房達』（かに書房）、『守礼の門』（文芸春秋新社「あとがき」を付す）、『蕩児』（全国書房）刊行。文学者の第二次仮指定61名発表、火野葦平らとともに第二次追放該当者（公職追放の仮指定）とされる。「楽屋」（文芸読物）、「アルチザン」（現代人）、「私の小説は」（文芸大学）、「文学ノート」（読書）発表。

四月、早稲田系の作家を中心に「十五日会」結成。有楽町の喫茶店「レンガ」での第一回会合に参加（15日）。他に石川達三、寺崎浩、井上友一郎、田村泰次郎、井伏鱒二、石川利光ら。『春の門』（東方社）、『人間図』（改造社「あとがき」を付す）刊行。「父」（光）、「創作ノート―新聞小説によせて」（書評）、「身辺雑報」（丹頂）、「創作ノート」（風雪）、「望楼」（竜）、対談「アルチザンの文学」（文学季刊）発表。

五月、文学者の第二次追放該当者（公職追放の仮指定）を解除される（15日）。『白い南風　後篇』（八雲書店）、『薔薇合戦　下』（講談社）刊行。「天童」（新潮）、「世相談議」（近代）、「文学に関連して」（故郷）、「作家の姿勢」（風雪）、「血を見たデーモン」（婦人公論）発表。

六月、太宰治死去、各誌に追悼文を執筆。『人間模様』（講談社）、『象形文字』（オリオン社）刊行。「私版金瓶梅」（小説界　～9月）、「天と地の子」（生活文化～8月）連載。「批評と作品」（女性クラブ）、「狂い咲きの花」（河北新報　21日）、「第二の新人層」（竜）、「死を惜しむ」（文化新聞　23日）発表。

七月、改造社より『丹羽文雄選集』刊行開始（全7巻4巻以後中絶。各巻に「あとがき」を付す）。『厭がらせの年齢』（新潮社）、『誰がために柳は緑なる』（文学界社）刊行。発禁、追放問題を描いた連作「発禁」（世界文化）、「盛粧」（別冊文芸春秋）、「マロニエの並木」（改造文芸）発表、のち『告白』として刊行される。「純情」（夕刊新大阪　～12月）、「かまきりの雌雄」（鏡　～9月）、「愛欲解脱」（小説世界　～12月）連載。「洗濯屋」（早稲田文学）、「書斎の暗曇」（風雪）、「新聞小説について」（文学界）、「西窪咄」（竜）、「縁談」（苦楽臨時増刊）発表。

八月、盲腸手術のため済生会病院に入院。「雨の多い時」（社会）、「第二の新人群」（第一新聞　3・4日）、「文学通信」（第一新聞　29日）発表。

九月、「めぐりあひ」（日本小説）、「四十五才の紋多」（風雪）、「喜憂」（文学界）、「家庭の作家」（女性ライフ）、「太宰治と私」（暖流）、「西窪随筆」（文芸首都）発表。

一〇月、世界文化社より十五日会の機関誌「文学者」が創刊。月一度の十五日会で合評会を行う。『女達の家』（鏡書房）、『幸福』（世界文学社）刊行。「挿話」（文学会議）、「死と貞操」（青春）、「秋の随筆」（月刊読売）、「遺産に就いて」（文学行動）、座談「情死論」（文学界）発表。

一一月、『家庭の秘密』全2巻（蜂書房）刊行。「落鮎」（婦人公論　～24年6月）、「隣の声」（文芸読物）、「感性の秋」（苦楽臨時増刊）、「『家』に就いて」（新潮）、「志賀さんと私」

（早稲田大学新聞　15日）発表。

一二月、『哭壁　上』（講談社　「後記」を付す）刊行。「十夜婆々」（文芸春秋）、「洋裁店」（サンデー毎日特別号）、「誤植」（文学界）、「西窪日記」（丹頂）、「虫垂炎」（かまくら）、「文芸時評」（東京新聞　23〜25日）発表。

一九四九　昭和二四年　四五歳

一月、「路は続いている」（中部日本新聞　1日〜5月16日）、「新家族」（婦人倶楽部　〜12月）、「人形以後」（ホープ　〜4月）連載。「静かな朝」（名作読物）、「近代令色」（オール読物）、「愛される女性愛されない女性」（女性改造）、「日記抄」（新小説）、「チエホフその他」（風雪）、「弱肉」（文芸）、「文反故」（文芸首都）、「杉村春子様」（読売ウイークリー）、「解説」（武田麟太郎『銀座八丁』新潮文庫）、「バスの知らせ」（アサヒグラフ　29日）、「文学と社会意識」（読売新聞　31日）、「文芸時評」（夕刊新大阪　31日〜2月1日）、座談「『哭壁』をめぐる」（文学者　〜2月）発表。

二月、「部屋」（小説界）、「妻の席」（小説新潮）、「金雀児」（風雪）、座談「文学と倫理」（新小説）、座談「小説と読者」（文芸往来）発表。

三月、芥川賞選考委員となる。以後長年にわたって選考委員をつとめた（〜昭和60年3月）。「父の晩年」（小説と読物）、「歌を忘れる」（新文学　〜6月）、「母の詩集」（キング春の増刊号）、「はたはたの味」（新文庫）、「貸間払底」（人間）、「ヘミングウェイ断片」（風雪）、「自嘲」（建設）、「民衆への奉仕」（報知新聞　14日）発表。『哭壁　下』（講談社）、『告白』（六興出版　「後記」を付す）、『かまきりの雌雄』（全国書房）刊行。

四月、出版社倒産により雑誌「文学者」休刊。継続誌として「早稲田文学」が引き継ぐも数号で休刊。「怒りの街」（東京新聞ほか　6日〜9月20日）、「愛人」（朝日系地方新聞　〜10月）、「生活の中の詩」（共同通信　〜12月）連載。「暴夜物語」（週刊朝日別冊）、「瀬戸内海」（風雪別輯）、「博多人形」（家庭生活）、「老いらくの恋」（別冊小説新潮）、「嫉妬」（小説ファン）、「夫婦の味」（サロン）、「シンデレラの靴」（新小説）、「文学上の疑問」（新日本文学）、「文芸放談」（文芸往来）、「文学者と政治」（社会）、対談「小説論」（新小説）、座談「創作合評」（群像　〜6月）発表。

五月、「或る市井人の結婚」（新潮　〜6月）、「柿の帯」（文学界）、「一本の箸」（早稲田文学復刊号）、「一つの夢」（歴史小説）、「街の物音」（別冊読物時事）、「うちの猫」（別冊文芸春秋）、「西窪随筆」（早稲田大学新聞　21日）、「座談会同人雑誌の頃を語る」（文芸公論）発表。『純情』（講談社）刊行。

六月、新東宝映画「人間模様」公開（14日、市川崑監督）。「七十五日物語」（主婦之友　〜25年12月）、「序章　改稿現代史」（歴史小説　〜12月）連載。「切火の女」（近代ロマン）、「湯の町の小鳩」（小説ファン）、「作品月評」（文学界）、「記録と虚構」（朝日新聞　5日）発表。『町内の風紀』（明星出版社　「あとがき」を付す）刊行。

七月、「モナリザの末裔」（ホープ　〜9月）、「逃げた魚の心」（小説世界）、「西窪日記」（早稲田文学）、「『芥川賞』と新人作家」（読売新聞　4日）、「私の机」（毎日新聞　28日）発表。

『暴夜物語』（東方社）、『落鮎』（中央公論社）、『路は続いて居る』（六興出版）刊行。

八月、終戦にいたる昭和天皇の周辺を描いた「日本敗れたり」（サロン　～10月）を連載、話題を呼ぶ。「有天無天」（思索）、「一時機」（世界評論）、「小説鼎談」（風雪）、「引揚者の顔」（朝日新聞大阪版　14日）、「記録小説」（毎日新聞　19日）発表。

九月、「文芸往来」で「作家解剖室」として特集が組まれる（「私と紋多」、「私の言ひ分」執筆）。中村光夫との間に、批評家と小説家の論争が起こる。のち「風俗小説」論争へと発展する。戦後風俗を描いた「当世胸算用」（中央公論　～12月）連載。「音又　苦味」（群像）、「清水幾太郎」（展望）、「林房雄」「平林」たい子」（風雪）、「私の書きたい女性」（ロマンス）、「西窪随筆」（早稲田文学）、「西窪日記」（日本文庫）、「哭壁のモデル」（週刊朝日別冊）、座談「文芸放談」（早稲田文学）、「座談会　記録文学について」（週刊朝日）発表。

一〇月、『日本敗れたり』（銀座出版社）刊行。「蛇の殻」（読売評論）、「もとの蛙」（別冊小説新潮）、「紋多の大学生」（サンデー毎日特別号）、「不遜な清掃人夫―作家と批評家の溝」（東京新聞夕刊　9・10日）発表。

一一月、西多摩郡武蔵野町西窪1丁目311（現西久保1の13の3）に移転。「愛の塩」（神戸新聞ほか博報堂地方新聞　～25年）連載。「女客」（オール読物）、「飛ぶ結婚」（小説山脈）、「乳人日記」（世界）発表。『怒りの街』（八雲書店）、『かしまの情』（新潮社「後記」を付す）刊行。

一二月、『丹羽文雄選集4』（改造社）刊行するも以後中絶。『開かぬ門』（不動書房）、『愛人』（文芸春秋新社）刊行（それぞれ「あとがき」を付す）。「東京貴族」（週刊朝日新年増刊）、座談「批評家と作家の溝」（文学界）発表。

一九五〇　昭和二五年　四六歳

一月、NHKラジオ第一放送「朝の訪問」に出演（25日）。『現代日本小説大系49』（河出書房）刊行。「東京の薔薇」（小説公園）、「女の復讐」（婦人倶楽部）、「爬虫類」（文芸春秋　～6月）、「ある時の風雪」（真相特集版　15日）、対談「創作批評　第1回」（風雪）、「解説」（尾崎一雄『暢気眼鏡』新潮社）、「昭和二十五年度の私のプラン」（小説新潮）、「或る曇り日に」（文学行動）発表。

二月、NHK第一放送でラジオドラマ「かしまの情」放送（13～25日）。『贅肉』（春陽堂）刊行。「思ひ出」（三田文学）発表。

三月、「惑星」（時事新報　15日～9月11日）、「雨跡」（サンデー毎日　19日～7月2日）連載。「春の地色」（ロマンス）、「襟巻」（別冊文芸春秋）、「生物として」（黄金部落）、「妻の武器？」（朝日新聞　2日）発表。『新家族』（講談社）刊行。

四月、東宝映画「女の四季」公開（27日、豊田四郎演出、八住利雄脚色。原作「貸間の情」）。「石坂洋次郎・丹羽文雄・石川達三連載鼎談　女の教室」（婦人倶楽部　～8月）連載。「東京どろんこオペラ」（小説新潮）、「鳥鷺―紋多の手帖」（新小説）、「砂地」（文学界）、「落穂拾い」（中央公論文芸特集）発表。『当世胸算用』（中央公論社）刊行。

五月、東宝映画「怒りの街」公開（14日、成瀬巳喜男監督）。「贈物」（オール読物）、「黒犬」（小説公園）、「水汲み」（別冊文芸春秋）発表。『東京どろんこオペラ』（六興出版）刊行。

六月、「袷時」（新潮）発表。

七月、丹羽の経済援助により同人雑誌「文学者」復刊。河野多恵子、斯波四郎、瀬戸内晴美、新田次郎、吉村昭、津村節子らを輩出し、文壇の登竜門の雑誌となった。「船方」（文芸）、座談「オールサロン」（オール読物）、「チャタレー裁判」（日本読書新聞　5日）、「潤一郎断片」（文学会議）発表。

八月、実験小説「爬虫類」（文学界　～26年2月）連載。「罪戻」（世界）、座談「文壇」（新潮）発表。『雨跡』（河出書房）刊行。

九月、「暁荘物語」（家庭生活）、「好色の戒め」（群像）、「過去」（別冊小説新潮）、「こほろぎ」（中央公論文芸特集）、「歌姫模様」（婦人倶楽部増刊号）、「推せんする新人」（図書新聞　27日）発表。『落穂拾い』（京橋書院）刊行。

一〇月、松竹映画「薔薇合戦」公開（28日、成瀬巳喜男監督、西亀元貞脚色）。『愛の塩』（東方社）刊行。

一一月、「漁村日日」（改造）、「晋州」（小説公園）、「帯」（婦人画報）、「男爵」（読売評論）、「堕天使」（週刊朝日別冊　～12月）、「外表だけの断定では―風俗小説論」（図書新聞　1日）、「解説」（『夏目漱石作品集5』創元社）、「材料の純化」（サンデー毎日　26日）発表。『生活の中の詩』（東方社）刊行。

一二月、ラジオドラマ「怒濤」放送（20日　NHK第二放送）。『好色の戒め』（創元社　「あとがき」を付す）刊行。「街灯」（別冊文芸春秋　～26年3月）、座談「文壇に出る苦心」（新潮）発表。

一九五一　昭和二六年　四七歳

一月、新東宝映画「孔雀の園」公開（3日、島耕二監督、館岡謙之助脚色。原作「東京の薔薇」）。「朱乙家の人々」（婦人倶楽部　～28年4月）、「朝」（婦人世界　～5月）連載。「たらちね」（文芸）、「自分の巣」（新潮）、「花紋」（別冊小説新潮）、「街の逃げ水」（サンデー毎日特別号）、「風光る」（モダンロマンス）、「文学的青春伝」（群像）、「文芸列車」（実践国語）、「文学をやる新しい人々に」（新大阪新聞夕刊　13～14日）発表。

二月、大映映画「暴夜物語」公開（3日、小石栄一監督、松田昌一脚色）。『七十五日物語』（東方社）刊行。「天の樹」（東京新聞夕刊　22日～8月15日）、「二人の妻女」（人間　～3月）連載。「故郷の山河」（小説公園）、「蛸のゐる風物」（日本評論）、「近ごろの作家志望者」（東京新聞夕刊　7～8日）、「アメリカの文学と日本の文学」（読売新聞　12日）、「あらゆる小説本を濫読」（日本読書新聞　17日）、「浅草行」（明窓）発表。

三月、「瓢簞を撫でる」（小説新潮）、「路地」（文芸春秋）発表。『爬虫類』（文芸春秋新社）刊行。

四月、「酒の果」（オール読物）、「爛れた月」（中央公論）、「『鮎』を書く頃」（文学界）、鼎談「創作合評」（群像　～6月。丹羽文雄・高見順・阿部知二）発表。

五月、「結婚式」（小説新潮）、「壁の草」（世界）、「女医者」（別冊小説新潮）発表。『惑星』（湊書房）刊行。

六月、「チャタレー裁判印象記」（図書新聞　11日）、「抵抗の文学」（共同通信）発表。

七月、「日日の童心」（サンデー毎日特別号）、「歪曲と羞恥」（新潮）、「劇場の廊下にて」（別冊文芸春秋）、「速度」（社会文芸）、「実験小説是非」（文学界）、「原稿料今昔」（ベストセラー）、「書きたい歴史小説―『蓮如上人』」（読売新聞　9日）、「作家と批評家の溝」（夕刊新大阪　25～26日）発表。『時代の花束　早稲田作家集』（東方社　「洗濯屋」収録）刊行。

八月、「水汲み」（小説朝日）、「濃霧の人」（小説公園　～27年4月）、「或る親たち」（婦人公論）、「仕事の合間」（小説朝日）、「佐渡のメモ」（地上）、「技術批評問答」（人間）、「故郷に夏ありき④」（毎日新聞夕刊　3日）発表。

九月、「夕霧」（小説朝日）、「果実」（小説新潮）、「牡丹雪」（別冊小説新潮）発表。『結婚式』（北辰堂）、実験小説を集めた短編集『海は青いだけでない』（新潮社　「あとがき」を付す）刊行。

一〇月、「幸福への距離」（群像）、「虹の約束」（共同通信　～27年5月）、「私の著作とその方法」（図書新聞　8日）、「病中感あり」（東京新聞夕刊　10～12日）発表。『天の樹』（創元社）刊行。

一一月、「銘柄夫人と靴磨き」（小説公園）、「私の〝実験小説〟」（朝日新聞　28日）発表。『幸福への距離』（新潮社）刊行。

一二月、「悪態」（別冊文芸春秋）、「『異邦人』をめぐる問題」（早稲田文学）発表。

一九五二　昭和二七年　四八歳

一月、「世間知らず」（時事新報　12日～6月22日）、「結婚生理」（婦人画報　～12月）、「明日の空」（婦人公論　～9月）連載。「美少年」（サンデー毎日新春特別号）、「女靴」（小説新潮）、「太平」（新潮）、「二つの階段」（文芸春秋）、「道楽について」（大阪新聞　9日）、「新現実派」（別冊小説新潮）、「或る女性の話」（サンケイ新聞　18日）、座談「芸術の可能性」（文学界）発表。

二月、「伊賀保にて」（歴史）、「彼女の災難」（オール読物）、「春の告白」（小説新潮）、「明日の空」（婦人公論　～9月）、「わが家の歴史」（朝日新聞　2日）、「葉桜」（別冊文芸春秋）発表。

三月、「文芸首都」創刊二〇周年記念文芸講演会で青野季吉、田宮虎彦、海音寺潮五郎、火野葦平らとともに講演。「定山渓の雪」（東京新聞夕刊　1～2日）、「女性の変貌」（婦人朝日）発表。

四月、「小説作法」（文学界　～28年12月）連載、創作過程を示した評論として話題となる。「蛇と鳩」を「週刊朝日」に連載（27日～12月14日）、宗教的題材を描くきっかけとなる。

　「蛇と鳩」を書き上げて、私は長い文章生活の途上で、ふと立ちどまったようであった。そこから方向を変えた。私が本当に求めていた道を踏み出す転機を与えてくれたようなものである。（「思い出」）

「媒体」（世界）、「渋谷駅前の一週間」（中央公論）、「思い出」（文芸首都）発表。

五月、「女の階段」（小説新潮）、「美人発掘」（文芸春秋）、「火野葦平」（読売新聞　5日）発表。

六月、「貞操切符」（主婦と生活〜28年9月）連載。「顔のない肉体」（オール読物）、「或る技巧」（文学）、「吊橋」（別冊小説新潮）、「林房雄の業苦」（サンデー毎日　22日）、「人情検算器」（別冊文芸春秋）発表。

七月、「髭」（群像）、「青葉の虫」（小説新潮）、「妻は誰のもの」（サンデー毎日特別号）、「女人牛馬結界」（毎日新聞夕刊　14日）発表。

八月、執筆原稿が五万枚を突破。週刊誌などでとりあげられる。「花さまざま」（小説新潮）、「五万三千枚の著作簿」（別冊文芸春秋）、「私の履歴」（別冊文芸春秋）、「ふるさと記」（読売新聞夕刊　27日）発表。『女靴』（小説朝日社）、『虹の約束』（新潮社）刊行。

九月、「隣人」（改造）、「那須野の狐」（小説朝日）、「幽鬼」（別冊小説新潮）発表。

一〇月、『結婚式』（北辰堂）刊行。

一一月、「遮断機」（新潮）発表。亀井勝一郎から「無救の思想」を示した作品と評される。

　私はたまたま、宗教に縁のある家に生まれた。私が宗教と取り組むのは、新しい世界にふみこむのではなく、昔の世界に還ることであつた。私は坐り直した。亀井の批評が、私には絶対的なものとなつた。「青麦」は、「遮断機」を書いた翌年の年である。私の作品は「遮断機」を境にして変貌した。その後の作品には、宗教的な色彩が次第に強まるやうになつた。（「私といふ作家」）

「ふたりの私」（文芸）、「作家に聴く11」（文学）、「アメリカ映画と小説」（時事新報　3日）、「道楽三昧」（東京新聞夕刊　9日）、「原作と映画」（毎日新聞夕刊　17日）発表。『世間知らず』（文芸春秋新社　「あとがき」を付す）刊行。

一二月、「紫雲現世会」（別冊文芸春秋）、「父は思ふ」（実践国語）、「田宮虎彦の杞憂」（文芸）発表。『当世胸算用・告白』（小説朝日社　「後記」を付す）、『厭がらせの年齢・鮎』（筑摩書房）、『春の門』（東方社）刊行。

この年、崇顕寺再建工事に着手。千葉県安房郡鴨川町（現鴨川市）に母の別居所として別荘を購入。

一九五三　昭和二八年　四九歳

一月、「架空研究会」（群像）、「群馬」（小説公園）、「砂地」（新女苑）、「青い街」（文芸春秋）、「二日の花」（週刊朝日増刊新春特別号）、「感想」（早稲田文学）、「大阪の正体」（新大阪新聞　5日）、座談会「『遮断機』をめぐって」（文学者）、「禁猟区」（別冊小説新潮）、「瀬戸内海」（読売新聞　15日）、「新しい文学運動」（毎日新聞　17日）、「真珠交換」（週刊読売　11日）、「新春随想」（西日本新聞　1日）発表。『結婚生理』（東方社）刊行。

二月、「恋文」（朝日新聞夕刊　1日〜4月30日）連載。「白鬼」（オール読物）、「武蔵野の言葉」（文学者）、「風引」（別冊文芸春秋）発表。

三月、「をみなえし」（オール読物）、「私憤」（新潮）、「テープレコーダー」（文学界）、「父を語る」（読売新聞　20日）発表。『蛇と鳩』（朝日新聞社　「あとがき」を付す）刊行。

四月、文芸美術健康保険組合結成。初代理事長となる。東宝映画「蛇と鳩」公開（9日、春原直久監督、棚田吾郎・舟橋和郎脚色）。「週刊朝日」主催講演会のため、京都、大阪、兵庫などを回る。「新潟美人の一夕話」（文芸春秋）、「化学繊維」（別冊文芸春秋）発表。

五月、『恋文』（朝日新聞社）、『朱乙家の人々』（講談社）、短編集『禁猟区』（白燈社）刊行、それぞれ「あとがき」を付す。「妻の毒」（小説新潮）、「無名の虫」（世界）、「母の思い出」（西日本新聞　10日）、「出来すぎた教養」（週刊朝日　17日）、「羞恥」（別冊小説新潮）、「『街』のころ」（共同通信）発表。

六月、「二人妻」（小説新潮）、「板塀」（新潮）、「藤代大佐」（文学界）、「或る感想」（ニューエイジ）、「長谷川一夫」（文芸）、「菜の花」（群像）、「市井事」（別冊文芸春秋）発表。『濃霧の人』（東方社）刊行。

七月、野間文芸賞選考委員となる（～63年）。「木の芽どき」（小説公園）、「故郷の七月」（オール読物）、「お人好し」（新潮）、「田宮虎彦著『鷺』」（毎日新聞　13日）、「警察大学」（週刊朝日　26日）発表。『女靴』（白燈社）、『遮断機』（東西文明社）刊行。

八月、「露の蝶」（キング　～29年7月）連載。「信子の日月」（キング増刊号）、「未亡人」（小説新潮）、「わが家の曲り角」（オール読物）、「ある感想」（サンケイ新聞　7日）、徳川夢声との対談「問答有用」（週刊朝日　23日）、「兎唇男の死」（別冊文芸春秋）発表。『藤代大佐』（東方社「あとがき」を付す）刊行。

九月、「三枝の表情」（改造）、「青い花」（講談倶楽部）、「ふるさとのこと」（暮らしの手帖）、「文学を語る」（実践国語）、「女客」（別冊小説新潮）、「再会」（週刊朝日秋季増刊号）発表。

一〇月、「母の日」（群像）、「悪の宿」（小説新潮）、座談「新興宗教で救われるか」（婦人公論）、「欲の果て」（別冊文芸春秋）、「同人雑誌評」（図書新聞　31日）発表。

一一月、東方社より『丹羽文雄文庫』全100巻刊行開始（25巻で中絶。～30年12月）。ラジオドラマ「恋文」放送（ラジオ東京　～12月）。「鷹の目」（小説公園）、「小説家」（文学界）、「四十九歳の心境」（西日本新聞）発表。

一二月、「蛇と鳩」により第6回野間文芸賞を受賞。新東宝映画「恋文」公開（13日、田中絹代監督、木下恵介脚色）。はじめて父を描いた書き下ろし長編『青麦』（文芸春秋新社）刊行。

自分の母親をモデルにいくつかの小説を書いて来た私も、父親をモデルにすることが出来なかった。その勇気が持てなかった。作家としての腹が持てなかったことが大きな原因であった。「青麦」でその脱皮が出来たと思った。（「『菩提樹』に就いて」）

「首相官邸」（オール読物）、「鼎談太宰治」（文芸）、「来年はロマンチックな小説を」（時事新報　14日）、「『蛇と鳩』の受賞」（週刊朝日　27日）、「戦後の芥川賞」（別冊文芸春秋）発表。

一九五四　昭和二九年　五〇歳

一月、野間文芸賞受賞を祝う「『蛇と鳩』お祝いの会」が東京ステーションホテルで開催（26日）。発起人は井上友一郎、

浦松佐美太郎、河盛好蔵、田村泰次郎、中島健蔵。「今朝の春」（博報堂地方新聞。～7月）連載。「波の蝶」（小説新潮）、「夜番」（別冊小説新潮）、「新春文学談」（時事新報　1日）、「旅」（文芸春秋）、「文学感想」（朝日新聞　27日）、「私の本だな」（読売新聞　31日）、「旅の思い出」（南国）発表。

二月、「庖丁」（サンデー毎日　～7月11日）連載。「彫物師」（小説新潮）、「東京いそッぷ噺」（中央公論）、「フリーゲート船乗船記」（キング）、「作家の日記」（小説新潮）、座談「SEXと文学」（文芸）、「作家の告白」（東京新聞夕刊　5～7日）、「私と宗教」（読売新聞　24日）発表。

三月、『小説作法』（文芸春秋新社「あとがき」を付す）刊行、ベストセラーとなる。「仕事先」（新潮）、「日本文学の翻訳について」（毎日新聞　2日）、「新聞小説作法」（読売新聞　13日）発表。

四月、「文芸」の全国学生小説コンクールで審査委員を務める（～31年　5回）。「柔眉の人」（新潮）、「女は恐い」（文芸春秋）、「水蓮」（別冊小説新潮）、「弘法大師の末裔」（別冊文芸春秋）、「宗教と文学について」（在家仏教）、「女性で小説家を志望する人へ」（新女苑）、武田泰淳との対談「宗教に迫る文学」（文学界）発表。

五月、「日記」（文学界）発表。

六月、「尾崎一雄作品集の完結と健康恢復を祝う会」開催。司会を務める。「魚紋」（時事新報夕刊　8日～12月5日）連載。「魔性」（オール読物）、「暗礁」（小説新潮）、「息子」（文芸）、「野の女」（週刊朝日別冊）、「坊主遁走」（日本経済新聞　21日）、「思い出の写真」（東京新聞　23日）、「書下し風潮」（共同通信）発表。

七月、「文章倶楽部」小説欄の選評を執筆（～32年3月）。「ファッション・モデル」（婦人倶楽部～30年9月）連載。「隣家」（小説新潮）、「薄色の封筒」（別冊文芸春秋）、「懺悔」（別冊小説新潮）発表。『欲の果て』（新潮社）刊行。

八月、「後日譚」（風報）、「作家の一日」（大阪新聞　21日）、「私の処女出版」（東京新聞　26日）、「襤褸の匂い」（別冊文芸春秋）、「旧友」（時事通信）発表。

九月、「武蔵野日記」（文学者　～10月）、「煩悩腹痛記」（オール読物）、「舞台界隈」（群像）、「鵜の森物語」（キング）発表。『庖丁』（毎日新聞社「あとがき」を付す）刊行。

一〇月、「虫」（小説新潮）、「時の氏神」（婦人公論）、「青麦（第二部）」（文学界）、「目撃者」（別冊文芸春秋）、「邂逅」（サンデー毎日中秋特別号）、「誤解」（別冊小説新潮）、「某月某日」（日本経済新聞　6日）、「五十歳となるの記」（読売新聞　14日）、「ヘミングウェイのこと」（サンケイ新聞夕刊　29日）発表。『昭和文学全集46丹羽文雄・火野葦平集』（角川書店）、『ヘミングウェイ研究』（英宝社「誰がために鐘は鳴る」収録）刊行。

一一月、「小説作法実践篇」（文学界　～30年6月）連載。「小説の真実」（朝日新聞　13～14日）発表。『現代日本文学全集47』（筑摩書房）刊行。

一二月、「毎年の柿」（小説新潮）、「七の子をなすとも」（週刊朝日別冊）、「古谷綱武君の仕事について」（古谷綱武『日々の幸福のために』新潮文庫）、「解説」（夏目漱石『彼岸過迄』河出文庫）発表。

一九五五　昭和三〇年　五一歳

この年、ゴルフをはじめる。

一月、父をモデルとした「菩提樹」を「週刊読売」に連載（16日〜31年1月22日）。

「菩提樹」を書き上げてから、数年来私個人の内部としてもやもやしていたものが、次第に明瞭な形をとるようになった。それは浄土真宗の思想であった。（「『菩提樹』に就いて」）

「どぶ漬」（群像）、「街の草」（新潮）、「気紛れの線」（世界）、「創作合評」（群像　〜3月）、「世に出るまで」（小説新潮）、「わが恋愛論」（文芸春秋　〜6月）、「この十年の印象」（毎日新聞　4日）、「野に遺賢あり」（毎日新聞　12日）、「生理」（別冊小説新潮）、「ストーム会」（東京新聞　23日）発表。

二月、「軟風」（オール読物）、「異国」（小説新潮）、座談「現代の批評は無力か」（文学者）、「春日二題」（日本経済新聞　21日）発表。

三月、ラジオドラマ「青麦」放送（3〜28日　日本短波放送）。『遮断機』（角川書店）刊行。「懐郷の伊勢路を往く」（小説新潮）、「文芸時評」（知性）、「黒い壺」（文芸）発表。

四月、「飢える魂」（日本経済新聞　22日〜31年3月9日）連載。「押花」（小説新潮）、「S子」（新潮）、「思ひ出」（新潮）、「断橋」（別冊文芸春秋）、「女の滞貨」（週刊朝日別冊）、「感情」（別冊小説新潮）発表。

五月、講談社主催ゴルフコンペで、初めて18ホールを回る（17日　東京クラブ）。『世間知らず』（河出書房）刊行。「流浪の岸」（サンデー毎日特別号）、「舌の幸」（あまカラ）、「年ごろのわが娘に与う」（婦人朝日）発表。

六月、書き下ろし伝記『久村清太』『秦逸三』を帝国人絹株式会社より刊行。ラジオ講演「私の人間修業」放送（6日　NHK第二放送）。『愛欲の位置』（角川文庫）刊行。「私の場合は」（新潮）、「私と仏教」（『現代仏教講座4』角川書店）発表。

七月、NHK総合テレビ「まどい―丹羽文雄一家」に出演（27日）。「箱の中の子猫」（オール読物）、「人形」（小説公園）、「崖下」（新潮）、「精神病患者？」（小説新潮）、「旅の記憶」（風報）、座談「『小説作法』理解のために」（文学界）、「来訪者」（別冊小説新潮）発表。

八月、『露の蝶』（雲井書店）刊行。「輪廻」（小説新潮）、「女の計略」（週刊朝日別冊）発表。

九月、「吹き溜り」（文芸）、座談「悪について」（世界）、「私の好敵手―林芙美子と武田麟太郎と」（文学界）、「ある感想」（文学者）発表。

一〇月、『女の計略』（鱒書房　「あとがき」を付す）、『小説作法　実践編』（文芸春秋新社）、『菩提樹　上』（新潮社）、随筆集『私の人間修業』（人文書院）刊行。「業苦」（新潮）、「支那服の女」（文芸春秋）、「潮流」（別冊小説新潮）発表。

一一月、親鸞を最初に取り上げた「親鸞とその妻」を「主婦の友」に連載（〜34年5月）。ラジオドラマ「日日の背信」放送（6日〜12月31日　文化放送）。『ファッション・モデル』（講談社）刊行。「塵の境」（オール読物）、「鳥黐」（小説新潮）発表。

一二月、『丹羽文雄文庫25洗濯屋』刊行（東方社）するも、以後中絶。執筆者停滞を憂い、「文学者」を休刊。『支那服の女』（河出新書「あとがき」を付す）、『日本国民文学全集12　西鶴名作集』（河出書房「好色一代女」「私の方法について」収録）刊行。「彷徨」（群像）、「石川達三」（新潮）、「火野葦平」（文芸）、「歳末随想」（読売新聞　11日）、「年末書簡」（朝日新聞　31日）発表。

一九五六　昭和三一年　五二歳

一月、ラジオドラマ「飢える魂」放送（4日〜9月29日　文化放送）。「抗議」（小説新潮　〜2月）、「欲の周囲」（文芸　〜2月）、「動態調査」（別冊小説新潮）発表。

二月、「結婚の試み」（オール読物）、「季節の言葉」（小説新潮）、「『異邦人』をめぐる問題」（早稲田文学）発表。

三月、『惑星』（東方社）、『菩提樹　下』（新潮社）、『魚紋』（河出新書）刊行。「忙中閑語」（文芸）、高見順との対談「僕らの世代」（文芸）発表。

四月、石川達三の後任として日本文芸家協会理事長となる。「女形」（小説公園）、「母の忘却」（小説新潮　〜6月）、「海の声」（新潮）、「附添婦」（別冊小説新潮）、「共産被服廠」（別冊文芸春秋）、「彼の演技」（世界）、「結婚の幸福への過信」（婦人公論）、「文学について」（『明治図書講座国語教育7』）、「私の週間メモ」（読売新聞　9日）発表。

五月、「日日の背信」（毎日新聞　14日〜32年3月12日）連載。『飢える魂』（講談社）刊行。「其日の行為」（週刊新潮　15日）、「祈りのための手段」（文芸）、「私の近刊」（読売新聞夕刊　6日）発表。

六月、『今朝の春』（角川小説新書「あとがき」を付す）、『崖下』（講談社）刊行。「妻は知らず」（オール読物）発表。

七月、四日市市立浜田小学校校歌を作詞。『家庭の秘密』（三笠書房）、『女の四季』（河出新書）刊行。「伊津子」（小説新潮）、「文壇交遊録」（群像）、「ゴルフ随筆」（新潮）、「白い手」（週刊読売増刊号）、「人生に筋書あり」（サンデー毎日特別号）、「夢と現実」（別冊小説新潮）、「いつの日か」（読売新聞　29日）発表。

八月、『虹の約束』（角川小説新書）刊行。「帯の間」（小説新潮）、「文学は完璧ではない」（文学界）、「風俗取締より良識養え」（サンケイ新聞　5日）、「零の記」（週刊朝日別冊）発表。

九月、母こう死去（20日）。「女人恐怖症」（オール読物）発表。

一〇月、日活映画「飢える魂」公開（31日、川島雄三監督）。「母の晩年」（群像）、「湿気」（中央公論）、「竹煮草」（新潮）、「夏の身辺」（風報）、「戦後の私」（文芸）、「処世術便覧」（別冊文芸春秋）発表。

一一月、日活映画「続飢える魂」公開（28日、川島雄三監督）。「四季の演技」（東京新聞ほか新聞三社連合　〜32年）連載。「美貌」（小説公園）、「さまざまの嘘」（新潮）、「私の週間メモ」（読売新聞夕刊　12日）発表。

一二月、角川書店より『丹羽文雄作品集』刊行開始（全8巻別巻1　〜32年8月）。各月報に回想を執筆。「不安な邂逅」（小説新潮）、「亡き母への感謝」（婦人公論）、「わが母を偲ぶ」（週刊朝日別冊）、「『菩提樹』に就いて」（『丹羽文雄作品集6』月報1）、「井上靖氏」（別冊文芸春秋）、「私の正月メモ」（読売新聞夕刊　28日）発表。『さまざまの嘘』（弥生書房）刊行。

一九五七　昭和三二年　五三歳

一月、NHK総合テレビ「新春放談　丹羽文雄、舟橋聖一」に出演（2日）。「長春吉の調書」（オール読物）、「うなづく」（新潮）、「正月の令子」（日本経済新聞　1日）、「もとの顔」（文学界）、「食堂の女」（文芸）、「靴磨き」（文芸春秋）、鼎談「創作合評」（群像　～3月。阿部知二・丹羽文雄・高見順）、「旅のこと」（小説新潮）、「わが身」（別冊小説新潮）、「思い出」（『丹羽文雄作品集5』月報2）、「誰がために小説を書く」（サンケイ新聞　17日）発表。『現代文学　丹羽文雄』（芸文書院）、『東京の女性』（角川小説新書）刊行。

二月、NHKラジオ第二放送で「私の精神遍歴」放送（25日～3月1日）。「砂糖」（キング）、「物置の夫婦」（小説新潮）、「落下速度」（別冊文芸春秋）、「『飢える魂』の思い出」（『丹羽文雄作品集7』月報3）発表。

三月、舟橋聖一との対談「われら小説家」（文学界）、「創作の権利も保護せよ」（サンケイ新聞　7日）、「戦後短篇の思い出」（『丹羽文雄作品集2』月報4）、「『日日の背信』を終って」（毎日新聞　17日）、「放送のとき」（朝日新聞夕刊　31日）、「愛情の理想について」（週刊女性　31日）発表。

四月、ラジオドラマ「日日の背信」放送（1日～12月31日　文化放送）。「感情始末書」（オール読物）、「水いらず」（小説新潮）、「一本松」（別冊小説新潮）、「妻の裸体」（別冊文芸春秋）、「小説の題材」（サンケイ新聞　3日）、「哭壁と海戦のこと」（『丹羽文雄作品集3』月報5）発表。『日日の背信』（毎日新聞社）、『其日の行為』（東方社）刊行。

五月、「運河」（サンデー毎日　19日～33年8月17日）連載。「一部の女性」（服装）、「お吟」（新潮）、「一言」（『丹羽文雄作品集4』月報6）発表。

六月、「悔いなき愉悦」（群像）、「妻の要求」（サンデー毎日特別号）、「思い出」（『丹羽文雄作品集1』月報7）発表。

七月、「動物的」（小説公園）、「武蔵野日記」（のれん）、「旅の日記」（風報）、「ある動機」（別冊小説新潮）、「外国小説を連想」（中日新聞　25日）、「人そのとき11」（サンデー毎日　28日）、「『日日の背信』を終って」（『丹羽文雄作品集8』月報8）発表。『親鸞とその妻一　叡山時代』（新潮社）刊行。

八月、「禁猟区」（日本経済新聞　14日～33年10月5日）連載。「忘却の人」（小説新潮）、「祭の夜」（文芸春秋）、「私の読者」（群像）、「三作に就いて」（『丹羽文雄作品集別巻』月報9）発表。『悔いなき愉悦』（講談社）、『忘却の人』（角川小説新書）刊行。

九月、日本テレビでドラマ「忘却の人」（4日）放映。「女の環境」（オール読物）、「着ぼくろ」（新潮）、「夢と知りつつ」（週刊朝日別冊）、座談「芥川賞と文壇」（文学界）発表。

一〇月、崇顕寺再建。落慶式に参加、記念講演を行う。長女桂子、本田隆男と結婚（31日）。「小鳥の日」（小説新潮）、「祭の衣装」（総合）、「富士山」（別冊小説新潮）発表。『四季の演技』（角川書店　「あとがき」を付す）刊行。

一一月、「うちの患者」（太陽）、「わが庭の記」（東京新聞夕刊　18日）発表。

一二月、「二人娘を嫁がせて」（主婦の友）、『女靴』（小壺天書房）刊行。

一九五八　昭和三三年　五四歳

一月、民放番組審議委員に内定。「山肌」（小説新潮　～8月）、「染められた感情」（日本　～12月）連載。「金木犀と彼岸花」（新潮）、「娘」（群像）、「武蔵野日記」（のれん）、「由良之介になった話」（文芸春秋）、「新年の習慣」（時事通信）、「身辺さまざまの記」（朝日新聞　5日）発表。

二月、松竹映画「日日の背信」公開（16日、中平康監督、斎藤良輔脚色）。「青春の皺」（オール読物）、「胸の灯」（週刊朝日別冊）、「序文」（吉村昭『青い骨』小壺天書房）発表。『娘』（東方社）刊行。

四月、第2次「文学者」創刊。経済的支援を続ける。日本文芸家協会理事長に再選。随筆「武蔵野日日」（文学者　～36年3月）連載。「親鸞のこと」（朝日新聞　5日）発表。

五月、「発禁・削除の思ひ出」（群像）、「私と朝日新聞」（週刊朝日　14日）、「長谷川一夫君」（長谷川一夫の会『長谷川一夫画譜』）発表。

六月、日活映画「四季の愛欲」公開（10日、原作「四季の演技」阿部豊監督、長谷部慶次脚色）。「五月の京」（のれん）、「血液銀行」（別冊文芸春秋）発表。『運河　上』（新潮社）刊行。

七月、日活映画「運河」公開（29日、田中重雄監督、松浦健郎脚色）。「執行猶予」（週刊朝日別冊）、「尾崎一雄の文学」（『尾崎一雄作品集2』月報）発表。『親鸞とその妻二　吉永時代』（新潮社）、『愛の塩』（東方社）刊行。

八月、「趣味」（風報）、「夏の風土記」（東京新聞夕刊　11日）発表。

九月、「妻帯者親鸞」（大法輪）、「四日市」（暮らしの手帖）発表。『小説作法　全』（文芸春秋新社　「あとがき」を付す）、『運河　下』（新潮社）刊行。

一〇月、「天衣無縫」（群像　～12月）連載。「茶摘みの頃」（サンデー毎日緊急増刊号）、「生身」（週刊新潮）、「鶫となる女」（別冊文芸春秋）発表。『七十五日物語』（東方社）、『しんらん』（普通社　「金木犀の思い出」収録）、『染められた感情』（講談社）刊行。

一一月、「集団見合」（オール読物）、「骨のある土地」（群像）、「浅草の唄」（小説新潮）、「窮した揚句」（小説新潮）、「自作の中の女性たち」（婦人公論）、「感想」（ゴルフマガジン）発表。『怒りの街』（東方社）、『現代長編小説全集7丹羽文雄集』（講談社）、『浅草の唄』（角川書店）、『禁猟区』（講談社）刊行。

一二月、田村泰次郎、近藤啓太郎とともに四日市で文化講演。「ある日」（のれん）発表。

一九五九　昭和三四年　五五歳

一月、ラジオドラマ「運河」放送（～8月　文化放送）。「顔」（毎日新聞　1日～35年2月28日）連載、心理描写を中心にした新聞小説として話題となる。「ふき溜りの人生」（新潮　～12月）、随筆「私の欄」（早稲田文学　～8月）連載。「天皇の末裔」（世界）、「豆腐と電球」（講談倶楽部）、「愁眉」

（小説新潮）、「ことしのプラン」（読売新聞夕刊　6日）発表。

二月、ラジオドラマ「東京の女性」放送（～4月　ニッポン放送）。以後「丹羽文雄シリーズ」として全10作（～37年1月）が放送された。ラジオ「随想三夜」放送（16～18日　ニッポン放送）。「鎮花祭」（週刊朝日　8日～35年3月29日）連載。『新選現代日本文学全集13』（筑摩書房）刊行。

三月、「恐い環境」（日本）発表。『天衣無縫』（講談社）、書き下ろし『現代人の日本史3　天平の開花』（河出書房新社「あとがき」を付す）刊行。

四月、ラジオドラマ「今朝の春」放送（18日～5月3日　ラジオ関東）。「看護婦の妻」（オール読物）発表。

五月、ラジオドラマ「禁猟区」放送（1日～8月1日　ニッポン放送）。「銀座マダム三人」（週刊朝日別冊）、「ある傾向」（サンケイ新聞夕刊　3日）発表。『愁眉』（講談社）刊行。

六月、日本テレビ「この作家と三十分　丹羽文雄」に出演（7日）。ラジオドラマ「厭がらせの年齢」放送（23日　NHK第二放送）。「心驕れる人」（日本）、「銀座の酒場」（風報）、「歴史書について」（図書新聞　6日）発表。現代語訳『世界名作全集40西鶴名作集　近松名作集』（平凡社）、『親鸞とその妻三　越後時代の巻』（新潮社「あとがき」を付す）刊行。

七月、「仏壇」（群像）発表。

八月、ラジオドラマ「虹の約束」放送（3日～9月30日　ニッポン放送）。「馬頭観音」（小説新潮）、「娘を嫁がせた父の記」（婦人公論臨時増刊）発表。『惑星』（東方社）刊行。

九月、「灯籠は見ている」（オール読物）、「某月某日」（小説新潮）発表。

一〇月、ラジオドラマ「四季の演技」放送（1～31日　ニッポン放送）。

一一月、ラジオドラマ「朱乙家の人々」（2～30日　ニッポン放送）、ラジオドラマ「庖丁」（8日～12月27日　NHK第一放送）放送。「美しき嘘」（週刊読売　1日～36年2月26日）連載。「架橋」（群像）、「明暗」（日本）、「丹羽文雄氏の秋」（週刊読売　1日）、「西鶴雑感」（『古典日本文学全集22井原西鶴集上』筑摩書房）発表。『架橋』（講談社）刊行。

一二月、ラジオドラマ「親鸞とその妻」放送（3日～35年9月7日　ニッポン放送）。KRテレビ「わが母校わが故郷―旧制富田中学校」に田村泰次郎とともに出演（12日）。「色の褪せる季節」（別冊文芸春秋）、「井上友一郎と作品」（『新選現代日本文学全集』筑摩書房）発表。

一九六〇　昭和三五年　五六歳

一月、KRテレビ「現代の顔―丹羽文雄」に出演（12日）。火野葦平死去に際し、ラジオ、テレビ等に追悼コメントをよせる。「ベージ色の騒ぎ」（オール読物）、「街で拾う」（サンデー毎日特別号）、「秘めた相似」（小説新潮）、「旅のこと」（風報）、「妙好人のこと」（読売新聞夕刊　5日）、「美貌恨」（別冊小説新潮）、「火野葦平氏を悼む」（東京新聞夕刊　25日）、「火野葦平をいたむ」（日本経済新聞　25日）、「葦平とのつきあい」（読売新聞夕刊　26日）、「親鸞」（婦人公論別冊）発表。

二月、沖縄で講演。「某月某日」（小説新潮）、「『顔』を書きおえて」（毎日新聞　25日）発表。

三月、大映映画「東京の女性」公開（23日、岡田太郎演出、舟

橋和郎脚色）。ラジオ「名作アルバム」放送（22～31日　ラジオ東京「椿の記憶」、「鮎」、「菜の花時まで」）。「旅と女性」（講談倶楽部）、「附録的」（酒）、「火野葦平君の霊にささぐ」（新潮）、「沖縄のこと」（朝日新聞　8日）、「火野のこと」（文学者）、「親鸞の眼」（『人生と仏教シリーズ5』布教研究所）発表。『日本文学全集43』（新潮社）、『ふき溜りの人生』（新潮社）刊行。

四月、日本文芸家協会理事長に3選。「献身」（読売新聞　26日～36年5月14日）連載。ラジオ「文壇よもやま話―丹羽文雄さんを囲んで」放送（2日　NHK第二放送）。「生涯」（小説新潮）、「小説家の感動する小説」（群像）、「戦争映画について」（新潮）、「『鎮花祭』を書き終えて」（週刊朝日　2日）発表。『禁猟区』上下（講談社ロマン・ブックス）刊行。

五月、ラジオドラマ「顔」放送（2日～10月14日　文化放送）。「若い嵐」（小説新潮）、「嫉妬の対象」（日本）発表。『秘めた相似』（講談社）、『顔』（毎日新聞社「あとがき」を付す）刊行。

六月、座談「小説家」（群像）、「身辺多忙」（朝日新聞　13日）、「火野葦平」（火野葦平『詩神』筑摩書房）、「われらの感覚」（東京新聞夕刊　27～28日）発表。

七月、ドラマ「日日の背信」がフジテレビで放映（4日～9月26日　島耕二監督、浅川清道脚色）、「昼のよろめきドラマ」として話題となる。「弱い獣」（オール読物）、「夜を行く」（小説新潮）、「めぐりあひ」（新潮）、「犬」（風報）、「ある退院」（小説中央公論）発表。『鎮花祭』（文芸春秋新社）、随筆集『人生作法』（雪華社「あとがき」を付す）刊行。

八月、「この世の愁い」（神戸新聞ほか七社連合　～36年8月）連載。「水溜り」（群像）、「校庭の虫」（週刊朝日別冊）発表。

九月、「和解」（婦人画報）、「裸の女」（別冊文芸春秋）発表。

一〇月、ドラマ「飢える魂」がCX系テレビで放映（3日～12月26日　浅川清道脚本）、大映映画「顔」公開（8日　瑞穂春海監督、衣笠貞之助・島耕二脚色）。ラジオドラマ「鎮火祭」放送（10日～36年1月7日　ニッポン放送）。「刹那」（小説中央公論）、「ゆきずり」（別冊小説新潮）発表。『親鸞とその妻　全』（新潮社）、『水溜り』（講談社）刊行。

一一月、NHK教育テレビ「夫と妻の記録―人生をえぐる七万枚」に妻とともに出演（18日）。大映映画「鎮花祭」公開（松浦健郎脚色）。「若木」（小説新潮）発表。

一二月、「お礼ごころ」（オール読物）発表。

一九六一　昭和三六年　五七歳

一月、「顔」により35年度毎日芸術賞受賞。ドラマ「白い南風」が日本テレビで放映（7日～4月29日　田中澄江脚本）。ラジオドラマ「献身」放送（9日～7月8日　ニッポン放送）。「中年女」（小説新潮　～6月）連載。「浮木」（小説中央公論）、「感情」（群像）、「もぐらの宿」（サンデー毎日特別号）、「雪」（新潮）、「航跡」（日本）、「子供の手紙」（風報）、「再婚」（週刊公論　2日）、「しあわせの瞳」（毎日新聞　3日）、座談「ふるさとの人と味」（毎日新聞岐阜版）、「交叉点」（別冊小説新潮）、「茶のみ話」（朝日新聞　25～26日）、「葦平忌」（東京新聞夕刊　31日）、「正月の感想」（共同通信）発表。『ゆきずり』（講談社）刊行。

三月、雑誌「文学者」100号記念ならびに毎日芸術賞受賞記念祝賀会を開催。ラジオ「人間親鸞」放送（20日　東京放送）。フジテレビ「スター千夜一夜」に出演（23日）。「娘たち」（中央公論）、「聞くこと―『文学者』100号を迎えて」（読売新聞夕刊　22日）、「なりわい」（別冊文芸春秋）発表。『魚紋』（角川書店）刊行。

四月、文部省国語審議委員となる。松竹映画「水溜り」公開（9日、井上和男監督、山内久脚色。川津祐介、岡田茉莉子ほか出演）。NETテレビでドラマが連続放映される（3日「憎しみは誘う」、10日「藍染めて」、17日「ベージ色の騒ぎ」、24日「業苦」）。親鸞700回忌大遠忌記念文芸講演会で講演（22日、京都会館、東本願寺主催）。読売招待文壇ゴルフで優勝（小金井カントリークラブ）。「山麓」（サンデー毎日　2日～37年3月11日）、「岬」（週刊公論　10日～8月2日）、「欲望の河」（サンケイ新聞　18日～37年7月20日）連載。「憎しみが誘う」（オール読物）、「最後の火」（別冊小説新潮）、「釈迦の教えを届けてくれた人」（大法輪）発表。『雪』（講談社）、『白い南風』（東方社）刊行。

五月、ABCテレビドラマ「女の劇場」第1回として「刹那」放映。「クラブの狂い」（ゴルフ）発表。

六月、青野季吉の葬儀で弔辞を読む。ABCテレビドラマ「女靴」放映（3日）。「青野さんのこと」（毎日新聞夕刊　23日）、「道草」（紳士読本）発表。『人間模様』（東方社）刊行。

七月、ドラマ「秘めた相似」放映（7日　NETテレビ）。「山の湯のひと達」（別冊小説新潮）発表。

八月、松竹映画「白い南風」公開（13日、生駒千里監督、沢村勉脚色）。

九月、国語審議会委員再任。「ふるさとの味」（毎日新聞夕刊　24日）、「旅まわりの感覚」（別冊文芸春秋）発表。『薔薇合戦』（東方社）刊行。

一〇月、松竹映画「禁猟区」（1日、内川清一郎監督、椎名利夫脚色、高千穂ひづる、高村高廣ほか出演）、大映映画「献身」（29日、田中重雄監督、新藤兼人脚色）公開。ドラマ「秘めた相似」放映（7日　NHK総合テレビ　岡田達門脚本）。「高圧架線」（群像）、「ちかくの他人」（小説新潮）、「若い履歴」（小説中央公論）発表。『美しき嘘』（中央公論社）刊行。

一一月、「だれもが孤独」（週刊サンケイ　6日～38年5月13日）連載。「湯治客」（オール読物）発表。『長編小説全集9　丹羽文雄集』（講談社）刊行。

一二月、沖縄復帰促進懇談会が発足、石川達三らとともに参加。「結婚前後」（小説新潮）、「師走のわが家」（読売新聞　17日）、「わが小説」（朝日新聞夕刊　20日）、「性欲・性愛・夫婦愛」（婦人画報臨時増刊号）発表。『高圧架線』（講談社）刊行。

この年、ゴルフのシングルプレーヤーとなる。

一九六二　昭和三七年　五八歳

一月、長男の国際結婚を題材にした「有情」（新潮）発表。話題を呼ぶ。

最近わが家におこつた国際結婚を材料にした。いはゆる家庭事情の小説だが、その中で私はこれまでたくさん小説を書いてゐながら一度もこれほどむきになつたことがない

すがたをさらけ出した。（『有情』あとがき）
ドラマ「顔」がフジテレビで放映（8日～4月2日　浅川清道脚本）。「雨宿り」（週刊朝日別冊）、「坂の途中」（小説新潮）、「正月のわが家」（沖縄タイムス　1日）、「私の文学」（風報）、「美しいたより」（毎日新聞夕刊　5日）、「女下駄」（別冊小説新潮）、「火野葦平」（火野葦平『兵隊三部作』雪華社）、「座談会百号まで」（風報）発表。

二月、長男直樹、アメリカでベアテ・フィッシャーと結婚。ドラマ「鎮花祭」放映（5日　日本テレビ。稲垣美穂子、黛ひかるほか出演）。「へそくり」（オール読物）、「『有情』余話」（毎日新聞　3日）、「森田素夫君」（文学者）発表。『有情』（新潮社「あとがきに代へて」を付す）刊行。

三月、吉川英治賞創設、選考委員となる。「世間咄」（別冊文芸春秋）、「日本の親」（婦人倶楽部　～4月）、「息子に背かれた私の苦しみ」（婦人公論）、「私の幼年時代」（マドモアゼル）、「吉川英治賞に期待する」（毎日新聞夕刊　26日）発表。『この世の愁い』（講談社）、『山麓』（角川書店）刊行。

四月、日本文芸家協会理事長に4選。「最初の転落」（小説新潮）、「枯野」（別冊小説新潮）、「わたくしの小説観―『有情』の普遍性をめぐり」（サンケイ新聞夕刊　28日）、「子供に裏切られた親として」（婦人公論）、「妻の場合」（早稲田公論）発表。『告白』（東方社）、『日本現代文学全集87丹羽文雄・火野葦平集』（講談社）刊行。

五月、著作権法審議会委員に選出される。日本文芸家協会のノーベル賞候補作家推薦委員となる。ドラマ「運河」（5日～8月25日　日本テレビ）、ドラマ「献身」（7日　日本テレビ）放映。「かりそめの妻の座」（小説中央公論　～38年3月）連載。「ある日思ふ」（新潮）発表。『母の晩年』（東方社）刊行。

六月、「悔いなき煩悩」（日本経済新聞　19日～38年9月5日）連載。『昭和文学全集14丹羽文雄集』（角川書店　附録アルバムに「写真解説」を付す）、『最初の転落』（講談社）刊行。

七月、「計算された夢」（小説新潮）、「批評家について」（群像）、「結婚観」（『結婚論　愛と性と契り』婦人画報社）発表。

八月、源氏鶏太、柴田錬三郎の発案で文壇ゴルファー例会「丹羽学校」が発足。井上靖、水上勉、井上友一郎、阿川弘之ら多くの作家が参加した。東映映画「山麓」公開（1日、瀬川昌治監督、松山善三脚色）。「死の邂逅」（別冊小説新潮）、「祖父となる記」（主婦の友）、「悪人正機」（毎日新聞夕刊　27日）、座談「女を語る」（別冊小説新潮）発表。

九月、早稲田大学創立80周年記念特別ラジオ番組「早稲田の演劇と文学」に出演（3日　ニッポン放送　石川達三、北条誠ら）。吉川英治の葬儀で弔辞を読む（文芸家協会葬　12日）。「吉川英治氏をいたむ」（毎日新聞夕刊　7日）、「情事の計算」（別冊文芸春秋）発表。『欲望の河』（新潮社）刊行。

一〇月、宗教的主題を取り上げた長編「一路」（群像　～41年6月）連載開始。正宗白鳥の葬儀で弔辞を読む（文芸家協会葬　30日）。「昇天」（オール読物）、「通り雨」（小説新潮）、「面影に生きる」（文芸朝日）、「軽井沢の栗鼠」（風報）発表。

一一月、婦人公論女流新人賞選考委員となる（第5～7回）。婦人公論講演のため中国・九州地方を廻る（12～17日）。ドラマ「悔いなき煩悩」放映（30日　日本テレビ　木村重夫脚本)。

一二月、「その後の国語審議会」(朝日新聞　21日)発表。

一九六三　昭和三八年　五九歳

一月、首相官邸での芸術懇談会に出席。TBSラジオ「母を語る」に出演(4日)。「高い天井」(小説新潮)、「可愛」(新潮)、「囃子の夜」(文芸)、「ゴルフ版『丹羽部屋』の弁」(文芸春秋)、「進歩と保守の再発見」(マドモアゼル)、「伊勢路」(週刊現代　13日)、「凡夫にかえること」(毎日新聞夕刊　14日)発表。

二月、「浅間山」(オール読物)、「波の上」(小説新潮)発表。「海の蝶」(小説現代　~39年1月)連載。

三月、「豚」(別冊文芸春秋)、「筆と墨」(小説新潮)、「娘への手紙」(マイホーム)、「私の生原稿」(日本近代文学館ニュース)発表。『情事の計算』(講談社)刊行。

四月、長男直樹帰国。ドラマ「欲望の河」放映(5日~7月5日　TBS　田井洋子脚本)。「梅雨期」(別冊小説新潮)、「私のふるさと⑫三重」(週刊サンケイ　1日)、「昔のおもかげなし」(読売新聞夕刊　9日)、「丹羽家のお嫁さんベアテ」(週刊サンケイ　22日)発表。

五月、長男直樹の結婚披露宴(11日、国際文化会館)。佐藤春夫の葬儀で弔辞を読む(文芸家協会葬)。「ある関係」(小説新潮)、「週刊日記」(週刊新潮　6日)、「はじめての本」(週刊読書人　13日)、座談「現代の文学と大衆」(文芸)発表。

六月、「女医」(オール読物)、「女の絆」(別冊小説新潮)、「夏の夜以来」(新潮)、矢野八朗との対談「丹羽文雄との一時間」(オール読物)、「私の日記」(時)発表。『ある関係』(講談社)、『悔いなき煩悩　上』(新潮社)刊行。

七月、舞台「菩提樹」初演(2~26日、明治座。榎本滋民脚本・演出)。「納豆の味」(小説中央公論)、「序文」(吉村昭『少女架刑』南北社)発表。『顔』(新潮文庫)刊行。

八月、ラジオドラマ「この世の愁い」放送(5日~10月31日文化放送)。「制服と暴力」(小説中央公論)、「貰ひ人と少女」(新潮)、「片手もがれた虚脱感—十返君に代わる人材はいない」(朝日新聞　29日)発表。

九月、ドラマ「明暗」放映(15日　TBS　林延彦脚本)。「老女の価値」(小説新潮)、「十返肇のこと」(週刊朝日　13日)、「うまい空気」(別冊文芸春秋)発表。

一〇月、舞台「顔」初演(1~25日、明治座。榎本滋民脚本・演出)。ドラマ「美しき嘘」放映(9日~39年4月1日　日本テレビ　木村重夫脚本)。「肌の棘」(別冊小説新潮)発表。『現代の文学14丹羽文雄集』(河出書房新社)、『悔いなき煩悩　下』(新潮社)刊行。

一一月、「命なりけり」(朝日新聞　29日~39年12月8日)連載。『女医』(講談社)刊行。

一二月、「十返肇のこと」(文学者)、「一冊の本」(朝日新聞　15日)、「鮎—印象深い処女出版」(読売新聞　29日)発表。

一九六四　昭和三九年　六〇歳

一月、第7期国語審議会委員に再任。「闇の力」(オール読物)、「節操」(小説新潮)、「ある青年の死」(世界)、「土地の風」(文芸)、「負け犬」(別冊小説新潮)発表。

二月、読売文学賞選考委員となる。限定版『有情』刊行（雪華社）、随筆10編を書き下ろす。「かえらざる故郷」（報知新聞　23日～40年7月1日）連載。「おのれの業」（日本）、「浜娘」（文芸春秋）、「私の書きたい女」（中日新聞夕刊　17日）、「尾崎士郎さんを悼む」（毎日新聞　19日）発表。『落鮎』（東方社）刊行。

三月、ドラマ「今朝の春」放映（16日～7月13日　ＭＢＳ　鴇田忠元脚本）。「祭の夜」（別冊文芸春秋）発表。『運河』（新潮社）刊行。

四月、日本文芸家協会理事長に5選。「驟雨」（小説現代）、「再婚」（小説新潮）、「『悔いなき煩悩』の駒子」（マドモアゼル）、「戯画」（別冊小説新潮）発表。

五月、「よき時代のよき青春」（中央公論）発表。

六月、ドラマ「通り雨」放映（21日　日本テレビ　田代淳二脚本）。「閑話休題―『命なりけり』のこと」（朝日新聞　9日）、「新日本名所案内⑧洛西　洛南」（週刊朝日　19日）発表。

七月、「餞別」（別冊小説新潮）、「癌と作家の生活」（中央公論）発表。『中年女』（講談社）刊行。

八月、「朝顔」（文芸）、「批評といふもの」（群像）、「物を大切にするなの意見」（新潮）、「軽井沢の鳥獣」（サンケイ新聞　10日）発表。

九月、三島由紀夫『宴のあと』訴訟について各紙にコメントをよせる。「夏草」（オール読物）、「独身寮」（小説新潮）、「汽笛」（新潮）発表。『現代文学大系46』（筑摩書房）、『浜娘』（講談社）刊行。

一〇月、「山の女」（小説現代）、「義母」（別冊小説新潮）発表。

一一月、芸術院会員に推される。文芸著作権保護同盟再発足、会長となる。還暦の祝いが行われる（22日）。ＴＢＳテレビ「わが半生」に出演（1日）。「文学者全体の願い」（日本近代文学館ニュース）、「還暦を迎えて」（東京新聞　22日）、「女ひとりを描き続けて」（朝日新聞夕刊　30日）発表。『結婚生理』（東方社イースト・ブックス）、『海の蝶』（講談社）刊行。

一二月、「『命なりけり』を終って」（朝日新聞夕刊　12日）発表。『再婚』（新潮社）刊行。

一九六五　昭和四〇年　六一歳

一月、「魔身」（婦人公論　～12月）連載。「天職」（オール読物）、「隣家の法悦」（小説現代）、「妻の秘密」（小説新潮）、「雪の中の声」（新潮）、「欲の果て」（文芸）、「世間師」（文芸春秋）、「わたしと寺と文学と」（サンケイ新聞　3日）、「軸物」（週刊読売　3日）、「私の読書法」（読売新聞　5日）、「私の小説作法」（毎日新聞　19日）、「新年の感想」（共同通信）発表。『命なりけり』（朝日新聞社）刊行。

二月、「焚火」（小説新潮）、「孫のこと」（婦人生活）発表。『かりそめの妻の座』（講談社）、『母の晩年』（東方社）刊行。

三月、文芸家協会理事会で文学者の共同墓建立を提案、可決される。「馬」（別冊文芸春秋）、「昭和十年代の作家」（群像）発表。

四月、谷崎潤一郎賞創設、選考委員となる（～62年）。「雲よ汝は」（マドモアゼル　～12月）連載。「父帰らず」（小説新潮）、「作家の素顔」（小説現代　河盛好蔵との対談）、「郷愁」（小説新潮）発表。『小説作法』（角川文庫　「あとがき」を付す）、

『ファッション・モデル』（日本文華社）刊行。

五月、婦人公論女流新人賞選考委員から女流文学賞選考委員となる（～63年）。ドラマ「この世の愁い」放映（3日～7月30日　東海テレビ　竹内勇太郎脚本、伏屋良郎演出）。「貞操模様」（河北新報ほか三友社　～41年9月）連載。「耳たぶ」（中央公論）、「選者の心持」（中央公論）、「文学とところどころ―川奈　顔」（東京新聞夕刊　14日）発表。『だれもが孤独』（講談社）刊行。

六月、ドラマ「命なりけり」放映（21日　日本テレビ）。「病葉」（オール読物）、「繃帯を外す時」（小説現代）発表。

七月、谷崎潤一郎死去、各紙に追悼文発表。「四人の女」（小説新潮）、「拗ねる」（文芸）、「養豚場」（別冊小説新潮）、「文学者の墓」（朝日新聞夕刊　7日）発表。『おふくろ』（秋田書房「作品の原動力」収録）刊行。

八月、谷崎潤一郎、高見順の葬儀に参加、弔辞を読む。「『海戦』のこと」（本の手帖）、「青い目の嫁さん」（読売新聞　15日）、「母と日記と仏教と」（読売新聞夕刊　20日）発表。

九月、長編「親鸞」連載開始（サンケイ新聞　14日～44年3月31日）。「円地文子の講演旅行」（筑摩書房『現代文学大系40』月報29）発表。

一〇月、日韓条約批准期成会発足、林房雄・円地文子らとともに参加。「傘と祭り」（オール読物）、「今年の軽井沢」（自由民主　1日）、「結婚という就職」（別冊小説新潮）、「窪田先生のこと」（『窪田空穂全集7』月報7）発表。『かえらざる故郷』（講談社「あとがき」を付す）刊行。

一一月、ドラマ「結婚という名の就職」放送（28日　TBSテレビ　小松君郎脚本）。「有料道路」（週刊文春　1日～41年11月21日）連載。「追憶」（小説新潮）発表。『雪の中の声』（新潮社）刊行。

一二月、『日本の文学55丹羽文雄集』（中央公論社）刊行、附録に「丹羽文学の周辺」（浅見淵との対談）掲載。「半裂き」（別冊文芸春秋）発表。

この年、軽井沢での正宗白鳥文学碑除幕式に出席。

一九六六　昭和四一年　六二歳

一月、「溝板」（小説新潮）、「今月のことば」（主婦と生活　～3月）、「無軌道」（別冊小説新潮）発表。

二月、「喋り口」（オール読物）、「女心」（小説現代）、「情死の内容」（小説新潮）、「野犬」（文芸）、「靴直し」（文芸春秋）、『「橋」について』（福島保夫『橋』創思社）、「解説」（『尾崎士郎全集5』講談社）発表。

三月、「文芸家協会の歴史」（週刊文春　21日）発表。『魔身』（中央公論社）刊行。

四月、日本文芸家協会会長となり、理事長再任。政府の明治百年記念行事準備委員に任命される。文芸春秋講演会で東海地方をまわる。ラジオ「作家と作品―丹羽文雄」に出演（29日　NHK-FM）。「菜の花」（小説新潮）、「舞台裏」（別冊小説新潮）、「浴室の妻」（時）発表。『女心』（講談社）、『現代文学14悔いなき煩悩』（東都書房）、『雲よ汝は』（集英社「あとがき」を付す）刊行。

五月、吉川英治賞が吉川英治国民文化振興会に移管、新たに吉川英治文学賞選考委員となる（～62年）。文芸家協会の招きでショーロホフ来日、従軍作家同士として対談。「茶の間」（新潮）、「朝昼晩」（毎日新聞夕刊 17日）、「河原のゴルフ」（共同通信）発表。

六月、「少年の日」（オール読物）、「癖その他」（読売新聞夕刊 20日）発表。『朝顔』（河出書房新社）刊行。

七月、「母の始末書」（小説新潮）、「人妻」（別冊小説新潮）発表。

八月、「三十女」（オール読物）、「三田文学の思い出」（三田文学）発表。『一路』（講談社 「あとがき」を付す）、『母の始末書』（新潮社）刊行。

一〇月、文化勲章選考委員に選出される。「昔の路」（小説新潮）、「この二十年」（群像）、「冒険も楽しい」（毎日新聞 6日）、「昼顔」（別冊小説新潮）発表。

一一月、「静かな夜」（オール読物）、「亀井さんの死をいたむ」（朝日新聞夕刊 14日）発表。『豪華版日本文学全集21丹羽文雄集』（河出書房新社）、『現代作家自作朗読集』（朝日ソノラマ 「自声の録音」収録 ソノシートを付す）刊行。

一二月、「濃霧」（別冊文芸春秋）、「佐佐木茂策さんのこと」（毎日新聞夕刊 2日）発表。

この年、『菩提樹』（イギリス）、『日本代表作家百人集3』（ハングル語 「追憶」収録）など海外での出版が相次ぐ。

一九六七 昭和四二年 六三歳

一月、原作ドラマが相次いで放映される。「庖丁」（3日、フジテレビ 八住利雄脚本）、「日日の背信」（30日～4月28日、東海テレビ 砂田量爾脚色、大西博彦演出）、「有料道路」（30日～4月28日 日本テレビ 大川久男脚本）。「晩秋」（週刊朝日 1日～43年2月23日）連載。「畠の蛭」（小説現代）、「友情」（小説新潮）、「あの晩の月」（別冊小説新潮）、「わが家の正月」（読売新聞 1日）、「一路」（毎日新聞 3日）、「正月随筆」（自由民主 5日）発表。『日本文学全集63丹羽文雄集』（集英社）刊行。

二月、「一路」により第18回読売文学賞を受賞。「輪踊り」（オール読物）、「蛾」（群像）、「宿命的だった仕事―読売文学賞受賞者の言葉」（読売新聞夕刊 3日）、「歴史」（小説新潮）発表。

三月、「丹羽ゴルフ学校雑記」（週刊サンケイ 6日）、「舞台再訪」（朝日新聞 30日）発表。『有料道路』（文芸春秋）刊行。

四月、NETテレビ「日本の名作―丹羽文雄・『菩提樹』」に出演（11日）。「水捌け」（小説新潮）、「茶畑から」（別冊小説新潮）、「私の近況」（新刊ニュース）、「私の文学修業時代」（読売新聞 2日）発表。『海の蝶』（講談社）、『貞操模様』（新潮社）刊行。

五月、高見順の碑建立（福井県）の発起人となる。「不信」（小説新潮）、「田宮君のこと」（筑摩書房『現代文学大系51』月報53）、「丹羽文雄文学語録」（高校文芸 ～43年5月）発表。『一路』（講談社 改訂版）刊行。

六月、「楢の木」（別冊文芸春秋）発表。

七月、「薄倖」（小説新潮）、「宿敵」（別冊小説新潮）、「著作者人格権」（著作権研究）、「約束」（週刊読売臨時増刊号）発表。

八月、「般若」（オール読物）発表。『日本文学全集30丹羽文雄集』（新潮社）、『人妻』（新潮社）刊行

九月、「婚外結婚」（読売新聞　24日〜43年10年14日）連載、新しい結婚の形として話題を呼ぶ。

一〇月、富田常雄死去、葬儀委員長として弔辞を読む。「焚火」（小説新潮）、「田舎道」（別冊小説新潮）発表。『丹羽文雄自選集』（集英社　一〇〇〇部限定「後記」を付す）、『幸福への距離』（東方社「著者のことば」を付す）刊行。

一一月、剣木文部大臣主催の芸術懇談会に参加（17日、川端康成・丹羽文雄ほか13名）。「宇奈月と旅」（自由民主）発表。『追想　亀井勝一郎』（私家版「亀井勝一郎君のこと」収録）刊行。

一九六八　昭和四三年　六四歳

一月、佐藤栄作首相と鎌倉在住作家の会合に出席する。「ひとりぼっち」（群像）、「人生行路」（小説現代）、「海辺の告白」（小説新潮）、「ゴルフ漫筆」（ゴルフ）、「日向ぼっこ」（中央公論）、「応募作品」（東京新聞　3日）、「赤い三日月」（別冊小説新潮）、「田村泰次郎君」（『日本現代文学全集94』月報85）発表。

二月、「かね子と絹江」（オール読物）、「六十歳の思春期」（評論新聞　8日）発表。『蛾』（講談社）、『かえらざる故郷』（報知新聞社）刊行。

三月、『晩秋』（朝日新聞社）刊行。

四月、「三人の妻」（小説新潮）、「塵の人」（別冊小説新潮）、「親鸞の書・摘要」（大法輪）発表。

五月、佐藤栄作首相に、著作権改正案について文芸家協会代表として要望を出す（14日）。

六月、芸術院第2部長となる。「花のない果実」（小説現代）、「春日遅々」（文学界）発表。

七月、「作品の背景　集大成のつもりで―『一路』」（東京新聞　12日）、「かれの女友達」（別冊小説新潮）発表。

八月、「危険な遊び」（小説新潮）発表。

九月、廣津和郎死去、各紙にコメントをよせる。「女の運命」（報知新聞　28日〜44年10月27日）連載。『現代日本文学館37丹羽文雄集』（文芸春秋）刊行。

一〇月、川端康成ノーベル賞受賞に伴い、文芸家協会会長として各紙からコメントを求められる。「講演について」（群像）、「生活のある絵」（週刊朝日　11日）「妻の気持」（別冊小説新潮）発表。

一一月、「追憶」（月刊ペン）、「無慚」（小説新潮）、「ゴルフ歴一四六九回の哀歓」（文芸春秋）発表。『海辺の告白』（講談社）刊行。

一二月、「廣津さんのこと」（群像）、「鈴木真砂女」（鈴木真砂女『現代俳句十五人集10夏帯』月報7　牧羊社）、『カラー版日本文学全集27丹羽文雄集』（河出書房新社）、『日本文学全集22丹羽文雄集』（河出書房新社）刊行。

一九六九　昭和四四年　六五歳

一月、「肉親賦」（群像）、「蛙」（小説現代）、「私の告白」（小説新潮）、「私の書斎」（中央公論）、「富有柿」（評論新聞）、「わが家の正月」（読売新聞　9日）発表。『日本現代文学全集豪華版33丹羽文雄・井上靖集』（講談社）刊行。

二月、ラジオドラマ「厭がらせの年齢」放送（2日　NHK第

一放送)。「書」(潮)、「河野多恵子『不意の声』」(読売新聞夕刊　1日)、「金瓶梅のこと」(平凡社『中国古典文学大系35』月報17)、「火野葦平の思い出」(東京新聞夕刊　24日)発表。『日本短編文学全集42』(筑摩書房)、『現代長編文学全集16』(講談社)、『婚外結婚』(新潮社)刊行。

三月、「親鸞」(サンケイ新聞)連載終了。「友達」(小説現代)、「ゴルフ場その他」(フロンティア)、「谷崎さんのこと」(『谷崎潤一郎全集23』月報23)発表。

四月、『十返肇著作集』(講談社、全2巻)、『小島政二郎全集』(鶴書房)の編集委員となる。文芸家協会理事長・会長兼任を辞任(理事長に井上靖)。「にわか雨」(小説新潮)、「親鸞を書き終えて」(サンケイ新聞夕刊　1日)、「古里の寺」(大法輪)、「十返肇君」(『十返肇著作集』講談社)発表。

五月、『親鸞』全5巻刊行(新潮社　～9月)。四日市高校創立70周年記念講演会で「私の人生観」と題し講演(18日)。日本文学大賞選考委員を務める。NETテレビ「真珠の小箱―ふるさとの鈴鹿」に出演(30日)。「白球無心且有心」(現代)、「五月の風」(文学界)発表。

六月、「恩愛」(小説新潮)、「孫のこと」(小説新潮)、「アラシを避けて」(朝日新聞PR版)、「山椒の匂い」(朝日新聞PR版)発表。

七月、「生きもの」(暮らしの手帖)、「私の『親鸞』」(東京新聞　5日)、「同窓会」(朝日新聞PR版)発表。

八月、『十返肇　その一九六三年八月』(私家版　「片手もがれた虚脱感」収録)刊行。

九月、「私の処女作」(潮)、「揺れている女旅」(政治評論新聞)発表。『親鸞5』(新潮社　「あとがき」を付す)刊行。

一〇月、「解氷」(河北新報ほか三友社　～45年10月)連載。「舞台」(小説新潮)、「寝椅子の上で」(早稲田文学)、「中山義秀の形見」(群像)、「小鳥」(更生保護)、「蚊帳の中」(ゴルフダイジェスト)発表。『肉親賦』(新潮社)刊行。

一一月、建立に尽力した「文学者之墓」が静岡県小山町富士霊園に建立。除幕式に参加(6日)。『親鸞』刊行完結に伴い、初めての出版記念会をホテルオークラで開催(11日)。「声」(月刊ペン)、「伊藤整氏を悼む」(朝日新聞　16日)、「『親鸞』を終えて」(朝日新聞夕刊　22日)発表。

一二月、「尾崎一雄のこと」(『現代日本文学大系68』月報24)発表。

一九七〇　昭和四五年　六六歳

一月、母の半生を描いた長編「太陽蝶」(家の光　～46年12月)連載。「枯草の身」(群像)、「桐の木」(小説新潮)、「ある日の机上」(自由新報　1日)、「出版記念会」(仏教タイムズ)、「文芸首都の思い出」(文芸首都)、「二十歳のころ」(読売新聞夕刊　5日)、「母の乳」(サンケイ新聞　6日)、「人生のことば」(読売新聞　11日)発表。

二月、「孫の世界」(自由)、川波義一との対談「ゴルフはペンよりも強し?」(太陽)発表。『運命』(講談社　「附記」を付す)、『グリーン版日本文学全集32丹羽文雄集』(河出書房新社)刊行。

三月、祖母をモデルとした「無慚無愧」(文学界)発表。

一度はこの題材と対決しなければならなかった。宿命のようなものである。私小説的でもあり、客観小説でもある。
（『無慚無愧』帯文）

四月、「親鸞」などにより第4回仏教伝道文化賞（文化賞B文学・芸術ほか）を受賞。「鼠と油虫」（小説新潮）、「ゴルフ談義」（朝日新聞　24日～5月8日）、「古きを温める」（季刊遷宮）発表。『無慚無愧』（文芸春秋）刊行。

六月、自叙伝「仏にひかれて―わが心の形成史」（読売新聞　7日～46年8月8日）連載。『現代日本の文学27丹羽文雄集』（学習研究社）刊行、浅見淵・新庄嘉章との鼎談「早稲田の青春」収録。

七月、「菅原卓氏を悼む」（悲劇喜劇）、「和木さんのこと」（三田文学）、「あのころ」（四日市東京学生会報）発表。

八月、NHK教育テレビ「この人と語る　丹羽文雄」に出演（15日）。「白い椅子」（日本経済新聞　16日～46年8月15日）連載。『顔』（日本ブック・クラブ）刊行。

九月、著作権制度審議会委員となる。

一〇月、「二度の空港」（小説新潮）、「残照が苔の上に」（オール読物）、「ベスト・アマ抄」（別冊ゴルフダイジェスト）、「訪問」（別冊小説新潮）発表。

一一月、「身の瑕」（月刊ペン）発表。『日本文学全集46丹羽文雄集』（筑摩書房）刊行。

一二月、雑誌「芸術三重」で丹羽文雄特集号が組まれ、「私といふ作家」を寄稿。「蓮如執筆以前」（中央公論）、「三島美学の問題」（週刊現代増刊号　12日）、「幸福といふもの」（女性セブン　23日）発表。

一九七一　昭和四六年　六七歳

一月、「親鸞」に続く長編「蓮如」を連載開始（中央公論　～56年6月）。連載は10年に及び、最長編となる。東京12チャンネルテレビ「人に歴史あり・尾崎一雄」に出演。「古い写真から」（別冊小説新潮）発表。『現代日本文学大系72丹羽文雄・岡本かの子集』（筑摩書房）刊行。

二月、「私の文学」（サンケイ新聞　4日）発表。

三月、「蓮如資料余談」（朝日新聞夕刊　5日）発表。『新潮日本文学28丹羽文雄集』（新潮社）刊行、月報に「中学生時代の作文」執筆。

四月、「人間の肌のぬくみ」（日本経済新聞夕刊　14日）、「書かれざる小説」（別冊小説新潮）発表。随筆集『古里の寺』（講談社）刊行。

五月、「燕楽閣」（小説新潮）、「古い思い出」（潮）発表。

六月、『新人生論』（秋元書房）刊行。

七月、「葡萄」（別冊小説新潮）発表。

八月、「声」（オール読物）、「亀井君の思い出―解説」（『亀井勝一郎全集7』月報4）発表。

九月、「歴史の書と文学」（日本近代文学館）、「近況―蓮如を思い描く」（朝日新聞　27日）発表。『燕楽閣』（講談社）刊行。

一〇月、志賀直哉死去、各紙に追悼文執筆。「尼の像」（群像）、「熊狩り」（新潮）発表。

一一月、「個性あった記者」（読売新聞　3日）発表。『解氷』（新潮社）刊行。

一二月、NHK総合テレビ「日本史探訪―親鸞」に出演（15日）。「カナリヤ」（小説新潮）、「私の近刊予告」（サンケイ新聞　27日）発表。『仏にひかれて』（読売新聞社）刊行。

一九七二　昭和四七年　六八歳

一月、「ゴルフとの出会い」（アサヒゴルフ）、「清風」（自由新報　1日）、「処方箋」（小説新潮）、「文芸家協会について」（文学界）、「苦役の誓い」（読売新聞　3日）、「文士考現学」（評論新聞）、「武蔵野日々」（大自然　～6月）発表。

二月、「泥濘」（小説新潮）、「手紙」（週刊小説　11日）、「中山義秀の思い出」（『中山義秀全集7』附録7）、「海戦の思ひ出」（『戦争文学全集2』月報4）発表。

三月、「火野葦平を思う」（東京新聞夕刊　3日）発表。

四月、川端康成自殺に伴い、各紙にコメントをよせる。「細い命」（週刊小説　14日）、「親という名の人間」（別冊小説新潮）発表。

五月、文芸家協会会長、理事長を兼任。名古屋東別院で講演。「ふるさと今昔」（『文学の旅10紀州・伊勢・志摩』千種会）、「川端のこと」（週刊サンケイ　5日）、「作家と健康」（東京新聞夕刊　31日）発表。

六月、テレビドラマ「庖丁」が放映（14日～7月5日　NHK総合　大野靖子脚本、加納守演出）。小説「蓮如」に重松明久氏『覚如』から無断引用があったと「朝日新聞」で報じられ、報道をきっかけに著作権をめぐる社会問題となった。「川端さんの死に就いて」（群像）、「川端さん」（新潮）、「作家と健康」（毎日新聞夕刊　2日）、「親鸞の再発見」（太陽）、「作家と宗教」（サンケイ新聞　19日）、「文芸作品と著作権」（朝日新聞夕刊　26日）発表。

七月、「優しさ」（別冊小説新潮）、「瀬戸内晴美」（『瀬戸内晴美作品集1』附録1）発表。『太陽蝶』（新潮社）刊行。

八月、平林たい子文学賞設定、選考委員となる（～平成2年）。

九月、「お遍路」（小説新潮）、「湯の山」（温泉）発表。『日本史探訪5』（角川書店「親鸞」収録）刊行。

一〇月、郡上・高山で講演（13日）。無断引用問題をめぐる騒動から文芸家協会会長、理事長職を辞退（23日）、重松氏と和解（27日）。「歴史書の引用の問題」（東京新聞　11日）、「引用問題について」（サンケイ新聞　27日）発表。

一一月、「渇き」（東京新聞　13日～49年1月22日）連載。『親鸞紀行』（平凡社　まえがき、あとがきを付す）刊行。

一二月、名作自選日本現代文学館として『有情』刊行（ほるぷ出版）、「私という作家」を書き下ろす。

一九七三　昭和四八年　六九歳

一月、引用問題をうけて、「蓮如」の連載を休止（～4月）。「郡上八幡」（海）、「ひとごと」（文学界）、「後座妻」（週刊小説　12日）、「枯葉」（別冊小説新潮）、「私の原稿紙」（群像）、「新年に思ふ」（自由新報　1日）、「私の親鸞」（日本及日本人）発表。

二月、ドラマ「美しき煩悩」放映（26日～4月27日　TBSテレビ　西沢裕子脚本）。「講演旅行」（小説サンデー毎日）、「肌の狐」（小説新潮）、「わが血肉に入る」（『歎異抄―現代を生きるこころ―』朝日新聞社）発表。

三月、「大法輪の使命について」（大法輪）、「八百年を迎えた親鸞」（サンケイ新聞　9日）発表。

四月、NHK総合テレビ「女性手帳　丹羽文雄―人間・文学・宗教」に出演（23～27日）。「一路」を原作としたドラマ「加那子という女」放映（3日～6月26日　日本テレビ　鈴木尚之脚本）。「訪問客」（別冊小説新潮）、「遺稿」（週刊朝日　20日）、「鴨」（週刊小説　20日）、「浅間山」（いさり火）、「素人の意見」（季刊歌舞伎）発表。

五月、「蓮如」連載再開。「立松懐之の行為」（群像）、「感想―創立十周年に寄せて」（日本近代文学館）発表。

六月、「浅見淵と私」（群像）、「弔辞―追悼浅見淵」（早稲田文学）発表。

七月、「志賀さんの思い出」（『志賀直哉全集2』月報3）発表。『尼の像』（新潮社）刊行。

八月、「日を経て味わいをます秘密」（『平林たい子追悼文集』平林たい子記念文学会）、「作家と作品」（『日本文学全集36瀧井孝作　尾崎一雄』集英社）発表。

九月、旧版を大幅に改訂した『新版　親鸞』（新潮社　全3巻）刊行。

一〇月、「歳月」（小説新潮）、「私の好きな仏のことば」（文芸春秋）、「『青銅』に寄せて―解説」（『廣津和郎全集4』月報）

一一月、『浅見淵著作集』『廣津和郎全集』の編集委員となる。「風の渡り」（週刊小説9日）、「歴史のヒロイン」（サンケイ新聞　13日）、「瀬戸内晴美さんの出家」（毎日新聞夕刊　17日）発表。『人生有情』（いんなあとりっぷ社）刊行。

一二月、成瀬書房より限定版『鮎』刊行（300部版、30部版の2種）、「作者のことば」を書き下ろす。「菊池寛賞受賞を喜ぶ―多彩な才能の一面」（文芸春秋）、「御仏にすがる心」（サンデー毎日）発表。

一九七四　昭和四九年　七〇歳

一月、「干潟」（毎日新聞夕刊　4日～5月6日）連載。「老いの鶯」（小説新潮）、「たがね」（いさり火）、「新春の感」（自由新報　1日）、「孫の友達」（ミセス）発表。

二月、「二月の断絶」（小説サンデー毎日）、「小豆粥」（週刊小説　15日）、「著者の言葉」（丹羽文雄文学全集内容見本）発表。

三月、石油ショックの影響で紙代高騰、それに伴い256号で「文学者」終刊。謝恩会を開く。「読書の年齢」（海）、「青磁の大皿」（週刊小説　22日）発表。

四月、講談社より『丹羽文雄文学全集』全28巻刊行開始（～51年8月）、各巻末に「創作ノート」を書き下ろす。「創作ノート」（『丹羽文雄文学全集1』）、「終止符の感慨」（文学者）、「アウト・イン―週末マイ・ゴルフ」（東京タイムズ　27～28日）発表。『昭和国民文学全集26丹羽文雄集』（筑摩書房）刊行。

五月、「彼岸前」（群像）、「同人雑誌『文学者』の終り」（歴史と人物）、「モナ・リザ」（サンケイ新聞夕刊　6日）発表。

六月、「新聞小説について」（『丹羽文雄文学全集10』）発表。

七月、「こころにひびくことば」（PHP）、「鮎のころ」（いさり火）、「私の読者」（『丹羽文雄文学全集17』）、「私が一瞬み仏と一体になったとき」（週刊読売　13日、瀬戸内晴美との対談）、「漣」（別冊小説新潮）、「日記」（東京新聞夕刊　17日）発表。

八月、「たらちね」（海）、「作家たち」（『丹羽文雄文学全集8』）、「小生日下スランプ中」（週刊小説　9日）発表。『渇愛』上下（新潮社）刊行。

九月、「私の近況」（新刊ニュース）、「文章管見」（『丹羽文雄文学全集3』）発表。『現代日本文学12丹羽文雄集』（筑摩書房）刊行。

一〇月、「文学者」を主宰し、後進を育てたことにより第22回菊池寛賞を受賞。ドラマ「献身」が日本テレビで放映（1日～50年1月7日　田中知己監督・演出、茂木草介脚色）。ゴルフ・エッセイ「人間グリーン　丹羽文雄」連載（夕刊フジ　16日～12月22日）。「苺摘み」（小説新潮）、「女性と発心」（小説サンデー毎日）、「小説家についての二、三の考察」（『丹羽文雄文学全集12』）、「菊池寛賞と『文学者』」（サンケイ新聞夕刊　23日）発表。

一一月、第22回菊池寛賞受賞式に出席（ホテルオークラ　12日）。「筋のある小説ない小説」（『丹羽文雄文学全集5』）、「小磯良平さんのこと」（アート・トップ）発表。『現代語訳親鸞全集2』（講談社　現代語訳「自然法爾」収録）刊行。

一二月、「親鸞に還る」（波）、「少年の日」（太陽）、「散文精神について」（『丹羽文雄文学全集18』）、「ニコラウス礼讃」（週刊パー・ゴルフ　19日）発表。『干潟』（新潮社）、名作長篇小説として『晩秋』（三笠書房）刊行、以後17冊（～56年8月）を刊行。

一九七五　昭和五〇年　七一歳

一月、「父の秘密」（海）、「聖橋」（小説新潮）、「人の音」（新潮）、「青い目の人形」（オール讀物）、「青い椅子の女」（週刊小説」）、「都竹君と私」（アート・トップ　20日）、「わが家のアイドル」（ウーマン）、「旅の音」（自由新報）、「おのれの心」（中央公論）、「続・散文精神について」（『丹羽文雄文学全集6』）発表。

二月、「北海道の記憶」（北の話）、「一九七四年十一月の私」（『丹羽文雄文学全集23』）発表。

三月、「歴史小説」（別冊文芸春秋）、「早稲田文学の終刊号」（『丹羽文雄文学全集16』）発表。

四月、北見市光照寺で講演。「病室にて」（群像）、「霧と血」（小説新潮）、「老人文学」（『丹羽文雄文学全集4』）発表。

五月、「仏の樹」（海）、「舗道」（小説新潮）、「作家訪問記　丹羽文雄」（海）、「私の年月」（日本及日本人）、「一遍聖絵」（文芸春秋デラックス）、「文化使節団に思うこと」（『丹羽文雄文学全集13』）発表。『家庭の秘密』（三笠書房）刊行。

六月、「パートナー佐藤さん」（日本経済新聞　4日）、「講演について」（『丹羽文雄文学全集24』）発表。

七月、日本テレビでドラマ「晩秋」放映（3日～9月25日）。「平林賞候補作品」（『丹羽文雄文学全集15』）、「親鸞」（『人物日本歴史6　鎌倉の群英』小学館）発表。

八月、「海霧」（小説新潮）、「海戦前夜」（歴史と人物）、「郁達夫伝」（『丹羽文雄文学全集25』）、「孫たちと囲む山荘の夕食」（アサヒグラフ　29日）発表。

九月、「昆虫」（別冊文芸春秋）、「文壇に出たころ」（『丹羽文雄文学全集22』）発表。

一〇月、「秋燕」（小説新潮）、「続・文壇に出た頃」（『丹羽文雄文学全集7』）発表。『小説家の中の宗教　丹羽文雄宗教語録』（桜楓社）刊行。

一一月、姉幸子、ロサンゼルスで死去（3日）。「蓮如―閑話休題」（中央公論）、「作者の持味」（『丹羽文雄文学全集9』）、「旅」（共同通信）、「生命と仕事のつながりを考える」（週刊サンケイ　20日）、「井原西鶴」（『人物日本歴史12元禄の時代』小学館）発表。『改編・人生と仏教シリーズ7』（百華苑「親鸞の眼」収録）刊行。

一二月、「読者の手紙」（『丹羽文雄文学全集11』）発表。『運命』（三笠書房）刊行。

一九七六　昭和五一年　七二歳

一月、舟橋聖一の葬儀に出席（17日）、弔辞を読む。随筆「ゴルフ談義」（日刊ゲンダイ　7日～5月13日）連載。「贖罪」（海）、「雪濁り」（小説新潮）、「玄関望見」（週刊現代　1日）、「発見の愉しさ」（小説現代）、「新春雑感」（自由新報　6日）、「私の結婚」（週刊文春　8日）、「自叙伝についての考察」（『丹羽文雄文学全集22』）、「うらやましい生涯」（朝日新聞夕刊　13日）、「私の所蔵品」（月刊美術）発表。

二月、前橋市民会館で講演（21日）。「四十年以上の長い付合い」（サンデー毎日　8日）、「話術」（『丹羽文雄文学全集19』）発表。『鎮花祭』（三笠書房）刊行。

三月、今日出海との対談「舟橋聖一の夢と人生」（海）、「弔辞拾遺―舟橋聖一」（文学界）、「作家の生命」（『丹羽文雄文学全集14』）発表。

四月、「冬晴れの朝」（小説新潮）、「身辺雑記」（『丹羽文雄文学全集20』）発表。

五月、日本文芸家協会理事長に復帰。「破滅型」（『丹羽文雄文学全集21』）発表。

六月、「彫塑」（小説新潮）、「実作メモ」（『丹羽文雄文学全集26』）、「小説を書く意味」（全作家）発表。

七月、ドラマ「渇愛」が日本テレビで放映（1日～9月30日　山田信夫・重森孝子脚本）。「ある顛末」（『丹羽文雄文学全集27』）、「喫茶店にて」（別冊小説新潮）、「私と同時代の人々」（日本近代文学館）発表。『ゴルフ・丹羽式上達法―51歳から始めてシングルになる』（講談社　「まえがき」を付す）、『有料道路』（三笠書房）刊行。

八月、『丹羽文雄文学全集』完結。「水島治男のこと」（『丹羽文雄文学全集28』）発表。

九月、「魂の試される時」（読売新聞　13日～52年10月27日）連載。「人間、生き方の集大成に」（読売新聞夕刊　8日）発表。

一〇月「山荘」（群像）、「秋の蝶」（小説新潮）、「四日市」（文芸春秋）発表。

一一月、「運命」を原作としたテレビドラマ「女の運命」がMBSで放映（1日～52年3月11日　南木淑郎脚本）。「小磯良平さんと私」（別冊アサヒグラフ）発表。『創作の秘密』（講談社　「あとがき」を付す）刊行。

一二月、「武田泰淳君」（新潮）発表。

一九七七　昭和五二年　七三歳

一月、綾子とともにゲストを囲む会食座談「丹羽家のおもてなし料理」（ウーマン　～12月　ゲストは瀬戸内晴美、吉村昭、

河野多恵子、近藤啓太郎、津村節子、十返千鶴子、新田次郎、芝木好子、服部良一・服部万里子、水上勉、中村汀女、澤野久雄・澤野秀）連載。「挫折」（小説新潮）、「中華料理店」（新潮）、「巴里の孫」（文芸春秋）、「母と私の文学」（潮）、「私の絵と書」（サンケイ新聞夕刊　7日）発表。

二月、深沢七郎との対談「内なる仏」（すばる）発表。『この世の愁い』（三笠書房）刊行。

三月、「茶室」（海）、「精力まだ衰えず」（朝日新聞　28日）発表。

四月、テレビドラマ「太陽蝶―菜の花の女」がKTVほかで放映（5日〜6月28日　布勢博一脚本、栢原幹演出）。「心残りの記」（小説サンデー毎日）、「晩年」（小説新潮）発表。『ゴルフ談義』（講談社）刊行。

五月、『かえらざる故郷』（三笠書房）、『悔いなき煩悩』（集英社文庫）刊行。

七月、「身辺の木々」（季刊芸術）、「巷の風」（別冊小説新潮）、「思ひ出」（週刊読売　2日）、「解説」（『平林たい子全集5』）、「親鸞と蓮如の小説化」（『鑑賞日本古典文学20仏教文学』角川書店）、「本願寺合戦」（『戦乱日本の歴史』小学館　森龍吉との共同執筆）発表。

八月、「似た事情」（海）、「街と人間」（文芸春秋）発表。

九月、「音信」（オール読物）、「素直」（小説新潮）、「今東光を悼む」（毎日新聞　2日）発表。『白い椅子』（三笠書房）、刊行。

一〇月、「挿話」（海）、「一六九篇の回想」（小説新潮）、「和田芳恵君のこと」（サンデー毎日　23日）、「深淵をとらえ得た満足感―『魂の試される時』を終えて」（読売新聞夕刊　29日）、「生涯と文学」（サンケイ新聞夕刊　31日）発表。『親鸞の眼』（ゆまにて出版）刊行。

一一月、文化勲章を受章。「東光さんの手紙」（海）、「父と勲章のこと」（東京新聞夕刊　2日）、「推薦文」（武田麟太郎全集内容見本）発表。

一九七八　昭和五三年　七四歳

一月、文化勲章受章を祝し、「丹羽文雄君のお祝いの会」が催される（17日　丸の内東京会舘）。発起人は尾崎一雄、今日出海、永井龍男。随筆「わたしの体験」（家の光　〜12月）連載。「うとましい人」（群像）、「心猿」（小説新潮）、「わが家の正月」（ウーマン）、「わが家の正月とお家拝見」（毎日新聞夕刊　4日）発表。『魂の試される時　上』（新潮社）、『鮎　自選短篇集Ⅰ』（集英社文庫）刊行。

二月、テレビドラマ「魂の試される時」がフジテレビ系で放映。（4日〜5月27日　大藪郁子脚本）。『魂の試される時　下』（新潮社）刊行。

三月、四日市市名誉市民に推される（28日）。「晒しもの」（海）、「丹羽文雄―人と道」（潮）、「『魂の試される時』を書き上げて」（新刊ニュース）、「作家の年齢」（文化庁月報）発表。『昭和批評大系5』（番町書房　「終止符の感慨」収録）、『婚外結婚』（三笠書房）刊行。

四月、NHK教育テレビで「わたしの自叙伝」が放映（6日）。四日市市で四日市市名誉市民受章特別講演「文学と宗教」を行う（15日）。「離婚」（小説新潮）発表。『白い椅子』（講談

社文庫）、『探訪日本の城』（小学館「鵜の森城」収録）刊行。

五月、「力を抜く」（現代）、「私の草木」（婦人生活）、「丹羽文雄かく語り記」（四日市百撰　～6月）、「私の直言」（読売新聞　14日）発表。『再会　自選短篇集Ⅱ』（集英社文庫）刊行。

六月、「雨戸の所為」（新潮）、「『水脈』について」（文体）発表。『欲望の河』（三笠書房）刊行。

七月、「疑惑」（別冊小説新潮）、「田村泰次郎」（『筑摩現代文学大系62田村泰次郎・金達寿・大原富枝集』月報78　筑摩書房）発表。『貞操模様』（三笠書房）刊行。

八月、ＴＢＳテレビ「すばらしき仲間―軽井沢・あしたはゴルフ」に出演（6日）。

九月、文化功労者選考委員となる。「序文」（中村八朗『ある陸軍予備官の手記』現代史出版会）、「お住まい拝見」（ショッピング）発表。『書翰の人　自選短篇集Ⅲ』（集英社文庫）刊行。

一〇月、四日市市の丹羽文雄記念室のために「丹羽文雄記念室について」を執筆。「煩悩」（小説新潮）、「濃い眉」（別冊小説新潮）、「日本人に徹す」（朝日新聞　28日）、「序文」（『志摩風土記』）、「芹沢銈介さんと私」（『芹沢銈介小品展図録』）発表。

一一月、四日市市立図書館に丹羽文雄記念室が開設される（15日）。記念式典に小泉譲らとともに出席。「二日の旅」（海）発表。

一二月、「山肌」（日本経済新聞　7日～55年1月4日）連載。『丹羽家のおもてなし家庭料理』（ウーマン編集部「妻の料理」を付す）刊行。

一九七九　昭和五四年　七五歳

一月、「父子相伝」（群像）、「優しい人達」（小説新潮）、「蕩児帰郷」（読売新聞　1日）、「私の年々歳々」（サンケイ新聞夕刊　4日～2月5日）発表。

二月、「読売文学賞受賞者人と作品」（読売新聞　1日）発表。

三月、尾崎一雄の文化勲章受章を記念した「尾崎一雄君を祝う会」開催。井伏鱒二とともに発起人となる（27日　ホテル・オークラ）。

四月、「続二日の旅」（海）発表。

五月、「虚実」（すばる）、「今村寅士の追憶」（絵）、「人間性について」（文芸春秋）発表。

六月、随筆集『私の年々歳々』（サンケイ出版）刊行。

七月、「帰郷」（海）、「奇妙な関係」（オール読物）発表。『豹の女』（三笠書房）刊行。

八月、「作家と健康」（朝日新聞夕刊　25日）発表。『有情』（集英社文庫）刊行。

九月、「小説現代創刊の頃の私」（小説現代）、「終りなき営みは」（『梶井剛遺稿集』社団法人電気通信協会）発表。

一〇月、和歌山で講演。「田崎廣助さんと私」（『田崎廣助画集』協和出版）、「小説の距離感―創作の現場」（本）発表。

一一月、毎週月曜に開かれていた面会日を月一度に変更。「発刊を祝ふ」（清岡忠成『四日市萬古焼史』四日市萬古焼史編纂委員会）、「『海人の呼声』に寄せて」（『海人の呼声―田村正衛写真集』）発表。

一二月、「何より安心」（文芸春秋）発表。『蕩児帰郷』（中央公論社「あとがき」を付す）、『魚紋』（三笠書房）、『惑星』

(三笠書房)刊行。

一九八〇　昭和五五年　七六歳

一月、「困った立場」(小説新潮)、「犬と金魚」(新潮)、「当時の情」(群像)、「うちの三代目」(中央公論)、「うちのヨメ讃」(週刊朝日　4日)、「孫」(東京新聞夕刊　4日)発表。

二月、「熊狩り」(新潮)、「私の肉体」(波)、「焼芋の呼声」(婦人公論)、「ゴルフ仲間の小林秀雄」(国文学)、「芹沢銈介さんと私」(求龍堂『芹沢銈介作品集3』)発表。『新潮現代文学10魂の試される時』(新潮社)刊行。

三月、「ふるさとの鈴鹿」(角川書店『真珠の小箱5』)発表。

四月、「四季の旋律」(東京タイムズほか　～56年2月17日)連載。「ひとりごと」(群像)、「曳出物」(別冊小説新潮)発表。

五月、「鈴木信太郎さんのこと」(銀座・和光『鈴木信太郎油絵展』)、「バックスイングで左の踵を上げる」(週刊朝日　9日)発表。

六月、「遠い記憶」(『吉川英治全集14』)発表。『山肌』上下(新潮社)刊行。

七月、「警告」(文芸春秋)発表。『山麓』(三笠書房)刊行。

八月、「私の軽井沢」(週刊読売　31日)発表。

九月、「樹海」(読売新聞　25日～56年11月6日)連載。『彼岸前』(新潮社)、『厭がらせの年齢　自選短篇集Ⅳ』(集英社文庫)刊行。

一一月、鈴鹿市で講演(6日)。石川利光、中村八朗、大河内昭爾、河野多恵子、森常治、吉村昭の発案で「文学者」同人の同窓会をかねた「龍の会」発足。第1回が新橋第一ホテルで開催される(20日)。

一二月、妻綾子、高血圧のため倒れ、入院。「推薦の辞」(柏原重樹『生命保険はタダにできる』)発表。『四季の演技』(三笠書房)刊行。

一九八一　昭和五六年　七七歳

一月、「喜寿の春」(サンケイ新聞夕刊　6日)発表。

三月、「僕の万年筆」(財界)発表。

四月、「ふるさと随想」(日本経済新聞中部版　2日～23日)発表。『Dr.松木康夫が迫る各界トップのマル秘健康術』(主婦の友社　「丹羽文雄」収録)、『好色の戒め　自選短篇集Ⅴ』(集英社文庫)、『かえらざる故郷』上下(三笠書房)刊行。

五月、ドラマ「帰らざる故郷―美しき悪魔たち」がテレビ朝日で放映(～8月3日　金子成人脚本)。

八月、「永井龍男のこと」(『永井龍男全集5』月報5)発表。『虹の約束』(三笠書房)刊行。

九月、『親鸞』(新潮文庫　全4巻　～10月)、『母の晩年　自選短篇集Ⅵ』(集英社文庫)刊行。

一〇月、「春の蟬」(海)、「沈黙」(群像)発表。

一一月、第2回龍の会に出席(20日、ホテル・オークラ)。「『樹海』を終えて」(読売新聞夕刊　9日)、「ユニークな芸術家」(ユニーク画廊『宮脇綾子あっぷりけ』)発表。

一二月、喜寿、妻古稀、古家改築のパーティを開催。妻綾子、胃癌のため入院、摘出手術をうける。「右手可憐」(小説新潮)発表。

一九八二　昭和五七年　七八歳

一月、随筆「人間グリーン　ゴルフの四季」（夕刊フジ　5日～2月9日）連載。「巣立ち」（小説新潮）、「鳥の影」（文芸春秋）、「わが家の正月」（毎日新聞　1日）発表。

二月、『尾崎一雄全集』刊行開始、編集委員となる。「思い出断片」（筑摩書房『尾崎一雄全集1』月報1）発表。

三月、「芹沢さんのこと」（『芹沢銈介全集26』中央公論）、「『やすらぎ』に寄せて」（大網義明『やすらぎ』大本山願入寺教学出版部）発表。

四月、東京放送番組審議委員会委員長となる。「あの頃の私」（サンデー毎日　11日）発表。

五月、『樹海』上下（新潮社）刊行。

六月、「妻」（群像）、「序」（下田実花『ふみつづり』永田書店）「書斎から」（東京新聞夕刊　22日）発表。

七月、「わが家の風物詩」（海）、「芥川賞二期連続の受賞ゼロ」（朝日新聞　21日）発表。『干潟』（集英社文庫）刊行。

八月、「仕事机」（別冊潮）発表。『歴史のヒロインたち』（旺文社文庫）刊行。

九月、『蓮如』刊行開始（中央公論社　全8巻　～58年4月）、雑誌連載より大幅な改訂を加える。「悔いの色」（新潮）、「遠い銀座」（銀座百点）、「『厭がらせの年齢』考」（サンケイ新聞夕刊　13日）、「軽井沢の秋」（WJAPAN）発表。

一〇月、「倉本プロの魅力」（新潮45+）、「『蓮如』余話」（中央公論）、「誤解された通説　姿をより鮮明に」（京都新聞ほか）発表。

一一月、第3回龍の会に出席（18日　新橋第一ホテル）。『妻』（講談社）刊行。

一二月、「推薦の辞」（すばる）、「わが親鸞、わが蓮如」（京都新聞夕刊　2日）、「熟年考」（中央公論）発表。

一九八三　昭和五八年　七九歳

一月、「夜のおどろき」（群像）、「お雑煮」（神戸新聞）、「文学者とテレビのモデル」（別冊文芸春秋）、「日記から」（朝日新聞夕刊　5～14日）、「私の金婚式」（読売新聞夕刊　8日）、「帯文」（小沼燦『金魚』福武書店）発表。

三月、単行本『蓮如』完成記念講演で各地を回る。ラジオ「人物春秋―恵信尼」に出演（7日　NHK第二放送）。

四月、尾崎一雄死去（1日）、葬儀委員長を務める（3日、宗我神社）。各紙に追悼文を寄せる。『蓮如』（中央公論社）刊行完結。「日記がそのまま小説」（朝日新聞　1日）、「兄と思い頼ってきた」（中日新聞　1日）、「最後の文士」（毎日新聞　1日）、「文学の道の師だった」（読売新聞　1日）、「小林秀雄とゴルフ」（国文学）、「尾崎一雄のこと」（神戸新聞ほか）発表。『解氷の音』（集英社文庫　「解氷」改題）刊行。

五月、『蓮如』完成記念講演（富山市・徳島市）。「文壇夜話」連載開始（月刊カドカワ　～60年2月）。「小林秀雄君の思い出」（文学界）、「尾崎一雄のこと」（連峰）発表。

六月、『蓮如』完成記念講演（岡崎市）。「尾崎一雄・人と文学」（群像）、「尾崎一雄の友情」（月刊カドカワ）、「近況」（月刊カドカワ）、「六月の花」（新生）、「尾崎一雄のいろいろ」（新潮）、「尾崎一雄の百日祭」（文学界）、「小磯さんと私」（『小磯良平素描作品集』）発表。

七月、「尾崎一雄を偲ぶ会」開催（8日　丸の内の山水楼）、発起人を務める。「一匹狼」（月刊カドカワ）、「中野好夫君とゴルフ」（『中野好夫集9』）発表。

八月、自身の半生を回顧した「ひと我を非情の作家と呼ぶ」（宝石　～59年10月）連載。「廣津さんとの交友」（月刊カドカワ）、「『小説作法』と現代文学の地平」（別冊潮　河野多恵子との対談）発表。『蕩児帰郷』（中公文庫）、『魂の試される時』上下（新潮文庫）刊行。

九月、「文壇人のゴルフの由来」（月刊カドカワ）、「人間蓮如」（南御堂　～10月）、「辰野先生とゴルフ」（『辰野隆随想全集5』月報2）、「テレビの誘惑」（日本経済新聞　18日）発表。

一〇月、「丹羽ゴルフ学校の歴史」（月刊カドカワ）発表。

一一月、第4回龍の会に出席。「祖母の乳」（文学界）、「軽井沢ゴルフクラブ」（月刊カドカワ）、「よく書きよく遊び」（月刊カドカワ）、「田村泰次郎死去」（毎日新聞　3日）、「田村泰次郎の思い出」（読売新聞夕刊　4日）、「丹羽文雄氏にきく」（文化展望四日市）発表。『ゴルフ談義』（潮文庫）刊行。

一二月、「蓮如」により第36回野間文芸賞を受賞。「三文文士」（月刊カドカワ）発表。豆本『鮎』（未来工房　限定260部）刊行。

一九八四　昭和五九年　八〇歳

一月、「野間文芸賞受賞の言葉」（群像）、「文士劇の中止」（月刊カドカワ）、「嗅覚の蓋」（中央公論）、「中村汀女讃―稲越功一の女の肖像⑬」（文芸春秋）発表。

二月、「菩提樹（三重・四日市）―菜の花畑の故郷が…」（神戸新聞ほか）、「古いアルバムから」（月刊カドカワ）発表。

三月、埼玉県秩父で講演。「白鳥の記憶」（月刊カドカワ）発表。『私の小説作法』（潮出版社）、『尾崎一雄　人とその文学』（永田書房　「尾崎一雄のいろいろ」「尾崎一雄の友情」「尾崎一雄のこと」収録）刊行。

四月、「日本文壇史の一頁」（月刊カドカワ）、「若々しいスイングを保つ方法」（新潮45+）、「悪人の意味」（日本経済新聞　18日）発表。

五月、「谷崎潤一郎さんとの出会い」（月刊カドカワ）、「親鸞の文章―親鸞と私」（歴史と人物）、「わが母の生涯」（週刊朝日　18日）発表。

六月、「手紙による再会」（群像）、「雪とゴルフ」（月刊カドカワ）発表。『山肌』上下（新潮文庫）刊行。

七月、北海道で講演。「私の健康」（月刊カドカワ）、「妻と夫の心の通い路」（婦人公論）発表。

八月、「芸術院と私」（月刊カドカワ　～11月）発表。

九月、「今日出海君のこと」（東京新聞夕刊　4日）発表。

一〇月、「ゴルフ談義」（潮　～60年9月）連載。「今日出海を口説いた話」（新潮）、「少年の日―『一向一揆の戦い』連載を前に」（中央公論文芸特集）発表。

一一月、第5回龍の会に出席。『丹羽文雄の短篇30選』（角川書店）、『ひと我を非常の作家と呼ぶ』（光文社）刊行。

一二月、「小説・舟橋聖一」（新潮　～61年12月）連載。「軽井沢と文壇」（月刊カドカワ）、「親鸞の年までと欲も」（読売新聞夕刊　1日）発表。

一九八五　昭和六〇年　八一歳

一月、「母の日本髪」（群像）、「ある日の芸術院」（月刊カドカワ）、「根は寂しがり屋」（朝日新聞夕刊　31日）発表。

二月、ＮＨＫ教育テレビ「芸術への招待―芥川賞50年　摸索する現代文学」に出演（15日）。「鎮魂」（文学界）、「庭が消える」（月刊カドカワ）、「思い出―中央公論100年に寄せて」（中央公論）、「石川達三君の死」（読売新聞夕刊　1日）、「吉村昭『破獄』」（読売新聞　1日）発表。『日本の名菓・和菓子』（交通公社「私と和菓子」収録）刊行。

三月、「親鸞」「蓮如」に続く歴史小説「一向一揆の戦い―日本最大の宗教戦争」を「中央公論文芸特集」に連載開始（7回で休止）。ＮＨＫ総合テレビ「親鸞―愛欲の広海に沈没し」に出演（13日）。「芥川賞選評」（文芸春秋）発表。

四月、「煩悩の犬」（すばる）発表。

五月、よみうり文壇ゴルフ大会でエイジシュートを達成（8日）、各紙に感想をよせる。「吉川英治文学賞選評」（群像）、「川口松太郎さんの思い出」（東京新聞夕刊　11日）、「奇跡エイジ・シュート達成」（読売新聞夕刊　13日）発表。

七月、ＮＨＫ総合テレビ「この人・丹羽文雄ショー　―健筆81歳」に出演（4日）。「平林たい子文学賞選評―感想」（潮）発表。随筆集『わが母、わが友、わが人生』（角川書店）刊行。

八月、「野間さんのこと」（『追悼野間省一』）、「わが母、わが友、わが人生」（女性セブン）、「母の加護」（日本経済新聞　18日）発表。『蓮如』（中公文庫　全8巻　～12月）刊行。

九月、源氏鶏太死去、各紙にコメントをよせる。

一〇月、『ゴルフ上達法』（潮出版社）刊行。

一一月、第6回龍の会に出席。「谷崎潤一郎賞選評」（中央公論）、「女流文学賞選評」（婦人公論）、「夏祭りと甘酒」（『四日市近鉄百貨店創業二十五周年社史』）発表。

一二月、「わが文学・わが母」（紀伊国屋カード通信しおり）発表。

この年、芥川賞選考委員を辞任。

一九八六　昭和六一年　八二歳

一月、「彼岸花」（群像）、「野間文芸賞選評」（群像）、「昔からのこと」（文芸家協会ニュース）発表。

二月、「私の昭和22年」（小説新潮）、「読売文学賞受賞者人と作品」（読売新聞　1日）発表。

三月、「出会い」（神奈川近代文学館）発表。『ふるさとの漬けもの』（講談社「わが家の漬けもの」収録）刊行。

四月、「吉川英治文学賞選評」（群像）発表。『エイジ・シュート達成』（潮出版社）刊行。

五月、『四季の旋律』（新潮文庫）、『蓮如に出会う』（旺文社「蓮如の生き方」収録）刊行。

七月、「私の乱視」（中央公論文芸特集）発表。

八月、「肥大症とゴルフ」（日本経済新聞　7日）発表。

九月、「一向一揆の戦い」を「本願寺遺文」に改題（中央公論文芸特集）。「おかいのやさしさ」（ラ・セーヌ）、「遠い記憶」（群像）、「軽井沢のこと」（ミセス）発表。

一一月、四日市市での「全国お茶まつり」出席のため帰郷。四日市市文化会館で記念講演。第7回龍の会に出席。「谷崎潤

一郎賞選評」（中央公論）、「女流文学賞選評」（婦人公論）発表。以後両選考会には欠席。

一九八七　昭和六二年　八三歳

一月、「夫と妻」（群像）、「野間文芸賞選評」（群像）、「孫に指摘された〝青春期〟―芽生える」（読売新聞中部版　20日）発表。

二月、『樹海　上』（新潮文庫）刊行。

三月、「丹羽文雄展」が早稲田大学坪内博士記念博物館で開催される。早稲田大学第3回芸術功労賞を受賞、早稲田大学で記念講演を行う。この頃からアルツハイマーの兆候が顕著となる。

四月、『人間・舟橋聖一』（新潮社）刊行。「吉川英治文学賞選評」（群像）、「丹羽文雄氏（昭4国文）早稲田大学芸術功労者に」（早稲田学報）発表。

五月、四日市に句碑「古里は菜の花もあり父の顔」建立。除幕式に出席（23日）。

六月、「大悲」（武蔵野市市民社教だより）、「平林たい子文学賞選評」（潮）発表。『ひと我を非情の作家と呼ぶ』（光文社文庫）、『樹海　下』（新潮文庫）刊行。

九月、都立板橋老人医療センターで初期アルツハイマー症の診断を受ける（2日）。以後長女桂子が介護にあたり、種々の役職から退くことになる。前立腺肥大症手術のため聖路加病院に入院（9～24日）。「本願寺遺文」第7回（中央公論文芸特集）発表するも、以後連載休止。未完に終わった。

一一月、第8回龍の会に出席。以後病状の悪化により龍の会は中止される。

一九八八　昭和六三年　八四歳

一月、妻綾子、発熱のため多摩老人医療センターに入院。以後綾子にはパーキンソン病、動脈硬化のほかに「まだらボケ」の症状が出始める。

三月、「蘇生の朝」を「中央公論文芸特集」に発表、最後の小説となる。病状の悪化のため清水邦行がまとめた。『昭和文学全集11』（小学館）刊行。

四月、日本芸術院文化第2部長を辞任。後任は阿川弘之。

五月、「母の晩年」（群像　再録）発表。『追悼野間惟道』（講談社「惟道さんのこと」収録）刊行。

八月、随筆集『をりふしの風景』（学芸書林）刊行。

一九八九　平成元年　八五歳

八月、大動脈瘤硬化のため小諸総合病院に入院、老人医療センターで手術をうける。

一九九〇　平成二年　八六歳

一月、『絆』（学芸書林）刊行。

一〇月、「小鳩」（オール読物　再録）発表。

一九九一　平成三年　八七歳

一月、丹羽文雄米寿、綾子傘寿を祝した桂子・直樹主催「新春の集い」が三鷹プレステージで開催される（28日　大河内昭爾司会）。

一〇月、「甲羅類」（早稲田文学）発表。

一九九二　平成四年　八八歳

一〇月、小金井カントリークラブで丹羽学校創立30周年記念ゴルフ大会開催（30日）。娘桂子とともに出席。古山高麗雄、生島治郎、堤清二らが参加。

一一月、武蔵野市名誉市民となる（3日）。文芸美術国民健康保険組合理事長を辞任。

一九九三　平成五年　八九歳

七月、『新装版　ゴルフ上達法』（潮出版社）、『新装版　ゴルフ談義』（潮出版社）刊行。

一九九四　平成六年　九〇歳

九月、最後の原稿となる文章を執筆。

「前略ごめん　今の私は
手紙が思うように書けない
のです
文字を職業と
してきた私が考えた末に
やうやく　これだけの　あ
いさつが出来るやうになりまし
た　書いておれば、頭の方
がはっきりしてくるので
言いたいことが　はっきりと
して来ます　自分が職業の
文字を　わすれてしまうなど
考えも及ばないことでした
しかし　書いておれば　次…」
（清水邦行「私家版　丹羽家の断章　その二〈結〉」）

一九九五　平成七年　九一歳

四月、小金井カントリークラブで丹羽ゴルフ学校閉会式が行われる（14日）。丹羽、娘本田桂子、大久保房男、古山高麗雄、生島治郎、松木康夫、角川歴彦、石川晴彦が参加。

七月、最後の丹羽学校が軽井沢ゴルフクラブで開催される（21日）。

この年、日本芸術院の依頼で吉村昭、津村節子らとともにビデオ用インタビューをうける。

一九九六　平成八年　九二歳

九月、娘桂子が「仏様に似てきた92歳の父・丹羽文雄」を『婦人公論』に発表。丹羽の病状が公開される。

一九九七　平成九年　九三歳

二月、四日市崇顕寺門前に「丹羽文雄生誕の地」の碑が建立される。

六月、本田桂子が『父・丹羽文雄介護の日々』（中央公論社）刊行。ベストセラーとなる。

一一月、「海戦」（中央公論）再録。

一二月、「蓮如聖人五百回御遠忌」にちなみ、文庫改版『蓮如』（中央公論社）全8巻が刊行される。

一九九八　平成一〇年　九四歳
四月、ドキュメンタリー「父・丹羽文雄　痴呆を生きる　魂は老いず」がNHK総合テレビで放映（29日）。反響を呼ぶ。のち芸術祭参加作品として再放送（10月25日）。
七月、『日本統治期台湾文学日本人作家作品集　別巻』（緑蔭書房「台湾の息吹」収録）刊行。
九月、妻綾子死去。享年86歳。

一九九九　平成一一年　九五歳
九月、東京都近代文学博物館で「丹羽文雄と「文学者」展」（11日～11月30日）開催。

二〇〇〇　平成一二年　九六歳
三月、介護保険制度が導入され、要介護4の認定を受ける。
八月、『海戦　伏字復元版』（中公文庫）刊行。
一一月、病状悪化により有料老人施設に入所。

二〇〇一　平成一三年　九七歳
二月、四日市市立博物館で「文豪丹羽文雄　その人と文学」展開催（23日～6月13日）。「谷崎潤一郎へ―『潤』と署名された事情」（文芸春秋）掲載。
四月、娘の本田桂子が虚血性心不全のため逝去（15日）。享年65歳。

二〇〇三　平成一五年　九九歳
六月、「鮎」（季刊文科）掲載。

二〇〇四　平成一六年　一〇〇歳
一二月、四日市市で丹羽文雄生誕100年記念事業が開催される。「記念展示」（10～19日　四日市市立博物館）、津村節子・清水信・志水雅明により「丹羽文雄と『文学者』と私と」と題し、記念シンポジウムが行われる。

二〇〇五　平成一七年
一月、高田本山より法主褒賞を受賞（15日）。
四月、肺炎のため武蔵野市の自宅で逝去（20日）。享年100歳。
五月、築地本願寺で日本文芸家協会葬が行われる（9日）。
六月、「文学界」「群像」で追悼特集が組まれる。
七月、追悼展「丹羽文雄―人と文学」（8～18日、早稲田大学小野梓記念館ワセダギャラリー）開催。秋山駿・川本三郎・紅野敏郎によるリレートーク「丹羽文雄―人と文学」が催される。
一二月、テレビドラマ「ひと我を非情の作家と呼ぶ―『新居』」（4日　いずみ吉紘脚本、吹越満、小山田サユリ、奥貫薫、林泰文、佐藤康恵出演）、「彼女の告白」（11日　渡辺千穂脚本、利重剛、中江有里出演）がBS-i「文學の唄　恋する日曜日」シリーズで放映。企画製作は孫の丹羽多聞アンドリウ。

二〇〇六　平成一八年
一月、『鮎・母の日・妻　丹羽文雄短篇集』（講談社文芸文庫）刊行。
四月、追悼展「丹羽文雄―わが母、わが道、わが文学」（～6

月、四日市市立博物館）開催。一周忌にあたり、四日市市主催追悼式が行われる（23日）。大河内昭爾が「丹羽文学との想い出」と題し講演。『母、そしてふるさと　丹羽文雄作品集』（四日市市立博物館）刊行。

一二月、四日市市立博物館に丹羽文雄記念室が開設（9日）。

三書名一覧

I 発行年月日順

7001	日本現代文章講座2	1934/10/13	厚生閣
1001	鮎	1935/1/10	文体社
1002	自分の鶏(限定版)	1935/9/23	双雅房
1003	自分の鶏	1935/9/23	双雅房
1004	鮎(普及版)	1935/9/25	双雅房
6501	文壇出世作全集	1935/10/3	中央公論社
1005	この絆	1936/2/19	改造社
1006	閨秀作家	1936/3/20	竹村書房
7002	文芸年鑑 一九三六年版	1936/3/25	第一書房
1007	自分の鶏(普及版)	1936/9/10	双雅房
1008	若い季節	1936/9/15	竹村書房
3001	随筆集 新居	1936/9/18	信正社
1009	女人禁制	1936/10/20	双雅房
6502	シナリオ文学全集5	1936/12/5	河出書房
1010	小鳩	1936/12/8	信正社
1011	女人彩色	1937/4/20	河出書房
3002	迎春	1937/4/20	双雅房
1012	愛欲の位置	1937/6/20	竹村書房
3003	迎春(限定版)	1937/6/27	双雅房
1013	女人禁制(普及版)	1937/8/14	双雅房
1014	幼い薔薇	1937/8/20	版画荘
1015	豹の女	1937/10/19	河出書房
1016	薔薇合戦 上	1937/11/20	竹村書房
1017	海の色	1937/12/20	竹村書房
1018	薔薇合戦 下	1938/1/20	竹村書房
1019	生きてゆく女達	1938/9/20	春陽堂
1020	跳ぶ女	1938/9/20	赤塚書房
1021	花戦	1938/9/20	竹村書房
7003	日本小説代表作全集1	1938/10/31	小山書店
1022	還らぬ中隊	1939/3/3	中央公論社
5001	丹羽文雄選集1	1939/4/20	竹村書房
3004	一夜の姑娘	1939/5/20	金星堂
5002	丹羽文雄選集2	1939/5/20	竹村書房
1023	東京の女性	1939/6/17	改造社
5003	丹羽文雄選集3	1939/6/20	竹村書房
1024	七色の朝	1939/7/20	実業之日本社
5004	丹羽文雄選集4	1939/7/20	竹村書房
1025	南国抄	1939/8/4	新潮社
5005	丹羽文雄選集5	1939/8/20	竹村書房
5006	丹羽文雄選集6	1939/9/20	竹村書房
7004	わが小説修業	1939/10/1	厚生閣
5007	丹羽文雄選集7	1939/10/20	竹村書房
7005	日本小説代表作全集3	1939/11/15	小山書店
7006	短篇四十人集	1940/3/18	厚生閣
1026	家庭の秘密	1940/3/20	新潮社
1027	太宗寺附近	1940/4/28	新潮社
1028	風俗	1940/6/18	三笠書房

1029	紅蛍	1940/7/26	時代社
1030	或る女の半生	1940/8/19	河出書房
1031	青春の書	1940/8/25	今日の問題社
3005	秋冷抄	1940/9/20	砂子屋書房
1032	二つの都	1940/10/16	高山書院
1033	母の青春	1940/10/20	明石書房
6001	新日本文学全集18	1940/12/20	改造社
1034	浅草寺附近	1941/1/10	青木書店
1035	浅草寺附近（限定版）	1941/1/10	青木書店
1036	鬪魚	1941/2/10	新潮社
2001	菜の花時まで	1941/2/15	春陽堂
7007	甘味　お菓子随筆	1941/2/26	双雅房
3006	小説修業	1941/5/30	明石書房
1037	対世間（丹羽文雄選集）	1941/6/21	春陽堂
1038	怒濤	1941/6/22	改造社
1039	職業もつ女（丹羽文雄選集）	1941/6/23	春陽堂
1040	人生案内（丹羽文雄選集）	1941/6/23	春陽堂
1041	逢初めて	1941/7/15	有光堂
1042	中年	1941/7/30	河出書房
7008	日本小説代表作全集7	1941/12/20	小山書店
1043	流れる四季	1942/3/8	春陽堂
1044	勤王届出	1942/3/20	大観堂
7009	軍人援護文芸作品集　第1輯	1942/3/30	軍事保護院
1045	碧い空	1942/4/1	宝文館
1046	青蟬（ひぐらし）	1942/9/20	三杏書院
7010	新作品　伊藤・丹羽・日比野集	1942/10/20	有光社
1047	この響き	1942/10/30	実業之日本社
7011	第二の戦場	1942/12/15	軍事保護院
1048	海戦	1942/12/25	中央公論社
3007	上海の花火	1943/1/20	金星堂
6002	三代名作全集　丹羽文雄集	1943/2/15	河出書房
1049	報道班員の手記	1943/4/19	改造社
1050	ソロモン海戦（少国民版）	1943/4/20	室戸書房
7012	朗読文学選　現代篇	1943/5/15	大政翼賛会宣伝部
1051	みぞれ宵	1943/7/19	改造社
7013	増産必勝魂	1943/9/5	文松堂書店
7014	十年	1943/9/25	二見書房
1052	ソロモン海戦（満州版）	1943/10/20	国民画報社
1053	現代史第一篇　運命の配役	1944/1/30	改造社
7015	新進小説選集　昭和18年度版	1944/2/1	南方書院
1054	水焰	1944/4/31	新潮社
1055	春の山かぜ	1944/1/18	春陽堂
7016	日本小説代表作全集12	1944/11/15	小山書店
1056	春の山かぜ（異装版）	1945/6/10	春陽堂
1057	春の門（新文学叢書）	1946/1/10	新生活社
1058	豹と薔薇	1946/4/15	白鷗社
1059	眉匠	1946/5/1	オール・ロマンス社
1060	姉おとうと	1946/5/15	生活社
1061	現代史	1946/5/25	創生社
1062	三姉妹	1946/5/25	春陽堂
1063	女形作家	1946/7/10	白都書房
1064	芽	1946/7/10	和田堀書店

1065	愛欲	1946/7/10	東八雲書店
1066	陶画夫人	1946/8/15	六興出版部
1067	学生時代	1946/8/20	碧空社
1068	昔男ありて	1946/9/1	豊島岡書店
1069	椿の記憶	1946/9/20	コバルト社
1070	東京の女性(三島文庫)	1946/9/20	三島書房
1071	憎悪	1946/9/30	大野書店
1072	柔い眉	1946/9/30	太白書房
1073	或る女の半生	1946/10/5	日東出版社
1074	女ひとりの道	1946/10/10	日本書林
1075	女優	1946/10/15	生活文化社
1076	豹の女	1946/10/16	葛城書店
1077	再会	1946/11/10	昭森社
1078	書翰の人	1946/11/10	鎌倉文庫
1079	女の侮蔑	1947/1/1	三昧書林
1080	贅肉	1947/1/25	実業之日本社
1081	二つの都	1947/2/1	新月書房
1082	鬪魚	1947/2/20	コバルト社
9101	蘭梦抄	1947/3/10	昭森社
1083	再婚	1947/3/20	日東出版社
1084	愛欲	1947/5/12	朝明書院
1085	理想の良人	1947/5/15	風雪社
1086	流れる四季	1947/5/15	鷺の宮書房
1087	白い南風　前篇	1947/5/25	八雲書店
1088	第二の結婚	1947/6/10	東方社
1089	女商	1947/6/25	斎藤書店
1090	逢初めて	1947/6/30	三島書房
7017	小説ポケットブック1　恋愛小説集	1947/7/5	かすが書房
1091	鬼子母神界隈	1947/7/15	風雪社
3008	わが母の記	1947/7/25	地平社
1092	若い季節	1947/7/30	世界社
1093	群女	1947/8/5	新太陽社
1094	花戦	1947/8/10	蒼雲書房
1095	柔い眉	1947/8/20	川崎書店
1096	嘘多い女	1947/9/1	新文芸社
1097	似た女	1947/9/25	尾崎書房
1098	十字路	1947/10/5	日東出版社
1099	南国抄	1947/10/15	新潮社
3009	私は小説家である	1947/11/5	銀座出版社
7018	新進小説選集　1947年度版	1947/12/1	東方社
1100	未亡人	1947/12/15	九州書院
7019	現代小説1	1947/12/20	大元社
7020	現代小説選	1947/12/25	家の光協会
7021	現代作家選集　上	1948/1/10	桃李書院
1101	バラの時代	1948/1/25	和敬書店
1102	薔薇合戦(上)	1948/1/30	講談社
1103	魚と女房達	1948/3/15	かに書房
1104	守礼の門	1948/3/25	文芸春秋新社
1105	蕩児	1948/3/25	全国書房
1106	春の門	1948/4/10	東方社
1107	人間図	1948/4/30	改造社

1108	白い南風　後篇	1948/5/15	八雲書店
1109	薔薇合戦（下）	1948/5/25	講談社
1110	人間模様	1948/6/15	講談社
1111	象形文字	1948/6/30	オリオン社
2002	厭がらせの年齢（文庫版）	1948/7/5	新潮社
1112	誰がために柳は緑なる	1948/7/15	文学界社
1113	誰がために柳は緑なる（異装版）	1948/7/15	文学界社
5008	丹羽文雄選集1	1948/7/25	改造社
7022	創作代表選集1	1948/7/30	講談社
7023	日本小説代表作全集16	1948/8/10	小山書店
7024	現代の芸術	1948/8/20	大地書房
1114	女達の家	1948/10/15	鏡書房
1115	幸福	1948/10/15	世界文学社
5009	丹羽文雄選集2	1948/11/10	改造社
1116	家庭の秘密　愛欲篇	1948/11/15	蜂書房
1117	家庭の秘密　運命篇	1948/11/15	蜂書房
7025	日本小説代表作全集17	1948/11/15	小山書店
1118	哭壁　上	1948/12/5	講談社
5010	丹羽文雄選集3	1949/2/25	改造社
1119	哭壁　下	1949/3/5	講談社
1120	告白	1949/3/15	六興出版
1121	かまきりの雌雄	1949/3/20	全国書房
1122	幸福（普及版）	1949/4/5	世界文学社
7026	創作代表選集2	1949/3/31	講談社
7027	文芸評論代表選集1	1949/5/1	丹頂書房
1123	純情	1949/5/20	講談社
1124	人間模様（異装版）	1949/6/15	講談社
7028	小説年鑑1	1949/5/30	八雲書店
6003	現代恋愛小説全集8	1949/6/1	北光書房
7029	戦後文芸代表作品集　創作篇2	1949/6/1	黄蜂社
1125	町内の風紀	1949/6/15	明星出版社
1126	暴夜物語	1949/7/1	東方社
1127	落鮎	1949/7/15	中央公論社
1128	落鮎（特装版）	1949/7/15	中央公論社
1129	路は続いて居る	1949/7/25	六興出版
7030	創作代表選集3	1949/8/20	講談社
7031	日本小説傑作集	1949/9/1	日本小説社
1130	日本敗れたり	1949/10/25	銀座出版社
7032	新日本代表作選集1	1949/11/25	実業之日本社
1131	怒りの街	1949/11/30	八雲書店
1132	かしまの情	1949/11/30	新潮社
1133	開かぬ門	1949/12/5	不動書房
6004	現代長篇小説全集6	1949/12/5	春陽堂
5011	丹羽文雄選集4	1949/12/20	改造社
1134	愛人	1949/12/15	文芸春秋新社
1135	闘魚（平和確立版）	1949/12/20	美和書房新社
6005	現代日本小説大系49	1950/1/20	河出書房
2003	贅肉（文庫版）	1950/2/25	春陽堂
1136	新家族	1950/3/3	講談社
7033	現代日本文学選集7	1950/3/31	細川書店
1137	当世胸算用	1950/4/25	中央公論社
6006	長篇小説名作集11	1950/4/25	大日本雄弁会講談社

7034	現代小説代表選集6	1950/5/1	光文社
1138	東京どろんこオペラ	1950/5/10	六興出版
1139	雨跡	1950/8/17	河出書房
1140	落穂拾い	1950/9/1	京橋書院
7035	文芸評論代表選集　昭和25年度版	1950/9/25	中央公論社
1141	愛の塩	1950/10/1	東方社
1142	暴夜物語（新装版）	1950/10/1	東方社
7036	創作代表選集6	1950/10/10	講談社
7037	現代小説代表選集7	1950/11/1	光文社
1143	生活の中の詩	1950/11/15	東方社
1144	好色の戒め	1950/12/15	創元社
1145	七十五日物語	1951/2/15	東方社
6007	現代日本小説大系51	1951/2/28	河出書房
1146	爬虫類	1951/3/10	文芸春秋新社
7038	日本小説代表作全集23	1951/3/25	小山書店
2004	哭壁（文庫版）	1951/4/5	新潮社
7039	創作代表選集7	1951/4/30	講談社
1147	惑星	1951/5/30	湊書房
7040	時代の花束　早稲田作家集	1951/7/1	東方社
1148	結婚式	1951/9/15	北辰堂
7041	創作代表選集8	1951/9/15	講談社
1149	海は青いだけでない	1951/9/28	新潮社
1150	天の樹	1951/10/31	創元社
1151	幸福への距離	1951/11/25	新潮社
6008	現代日本小説大系59	1952/4/15	河出書房
7042	創作代表選集9	1952/4/30	講談社
1152	女靴	1952/8/25	小説朝日社
1153	虹の約束	1952/8/25	新潮社
1154	結婚式（新装版）	1952/10/15	北辰堂
1155	世間知らず	1952/11/20	文芸春秋新社
1156	当世胸算用・告白	1952/12/5	小説朝日社
1157	厭がらせの年齢・鮎	1952/12/10	筑摩書房
1158	厭がらせの年齢・鮎（新書版）	1952/12/10	筑摩書房
1159	春の門（新装版）	1952/12/15	東方社
1160	結婚生理	1953/1/10	東方社
1161	蛇と鳩	1953/3/10	朝日新聞社
1162	朱乙家の人々	1953/5/15	講談社
1163	禁猟区（短編集）	1953/5/30	白灯社
1164	恋文	1953/5/30	朝日新聞社
1165	濃霧の人	1953/6/15	東方社
1166	女靴	1953/7/1	白灯社
1167	遮断機	1953/7/15	東西文明社
7043	現代作家処女作集	1953/8/1	潮書房
1168	藤代大佐	1953/8/10	東方社
6009	現代長篇名作全集8	1953/9/10	講談社
6010	長篇小説全集11	1953/10/31	新潮社
5012	丹羽文雄文庫1理想の良人	1953/11/1	東方社
5013	丹羽文雄文庫2鬼子母神界隈	1953/12/15	東方社
1169	青麦	1953/12/18	文芸春秋新社
8001	問答有用　夢声対談集4	1953/12/20	朝日新聞社
7044	創作代表選集12	1953/12/25	講談社

5014	丹羽文雄文庫3貞操切符	1954/1/15	東方社
7045	うなぎ	1954/1/15	全国淡水組合連合会
5015	丹羽文雄文庫4藍染めて	1954/2/10	東方社
5016	丹羽文雄文庫5勤王届出	1954/3/10	東方社
3010	小説作法	1954/3/31	文芸春秋新社
5017	丹羽文雄文庫6女の侮蔑	1954/4/20	東方社
7046	創作代表選集13	1954/5/5	講談社
5018	丹羽文雄文庫7海戦	1954/5/20	東方社
7047	東京通信	1954/5/30	黄土社
5019	丹羽文雄文庫8女は恐い	1954/6/10	東方社
7048	文学と人生	1954/7/1	大谷出版社
1170	欲の果て	1954/7/8	新潮社
5020	丹羽文雄文庫9人生案内	1954/7/10	東方社
5021	丹羽文雄文庫10煩悩具足	1954/8/10	東方社
7049	人生読本4	1954/8/30	春陽堂書店
1171	庖丁	1954/9/10	毎日新聞社
5022	丹羽文雄文庫11東京いそっぷ噺	1954/9/10	東方社
7050	文章講座4（特装版）	1954/9/30	河出書房
7051	文章講座4（普及版）	1954/9/30	河出書房
5023	丹羽文雄文庫12純情	1954/10/10	東方社
6011	昭和文学全集46	1954/10/15	角川書店
7052	創作代表選集14	1954/10/15	講談社
7053	ヘミングウェイ研究	1954/10/30	英宝社
5024	丹羽文雄文庫13愛人	1954/11/10	東方社
6012	現代日本文学全集47	1954/11/20	筑摩書房
5025	丹羽文雄文庫14東京の女性	1954/12/20	東方社
5026	丹羽文雄文庫15天の樹	1955/1/25	東方社
5027	丹羽文雄文庫16野の女	1955/2/25	東方社
6503	岩波講座　文学の創造と鑑賞4	1955/2/25	岩波書店
2005	遮断機（文庫版）	1955/3/10	角川書店
5028	丹羽文雄文庫17魚紋	1955/3/25	東方社
5029	丹羽文雄文庫18舞台界隈	1955/4/25	東方社
7054	戦後十年名作選集4	1955/5/1	光文社
1172	世間知らず（新書版）	1955/5/15	河出書房
5030	丹羽文雄文庫19当世胸算用	1955/5/25	東方社
2006	愛欲の位置（文庫版）	1955/6/5	角川書店
7055	現代仏教講座4	1955/6/15	角川書店
1173	久村清太	1955/6/17	帝国人絹株式会社
1174	秦逸三	1955/6/17	帝国人絹株式会社
5031	丹羽文雄文庫20毎年の柿	1955/7/10	東方社
1175	青麦（新書版）	1955/7/20	文芸春秋新社
1176	蛇と鳩（新書版）	1955/7/25	講談社
7056	新文学入門2	1955/7/30	人文書院
2007	恋文（文庫版）	1955/8/5	角川書店
5032	丹羽文雄文庫21幸福への距離	1955/8/20	東方社
1177	露の蝶	1955/8/25	雲井書店
1178	愛人（新書版）	1955/8/31	河出書房
1179	落鮎（新書版）	1955//9/5	河出書房
1180	庖丁（新書版）	1955/9/5	毎日新聞社
5033	丹羽文雄文庫22好色の戒め	1955/9/20	東方社
7057	現代の作家	1955/9/20	岩波書店
7058	創作代表選集16	1955/9/25	講談社

1181	女の計略	1955/10/1	鱒書房
1182	当世胸算用（新書版）	1955/10/10	河出書房
1183	当世胸算用（異装版）	1955/10/10	河出書房
1184	菩提樹　上	1955/10/15	新潮社
3011	小説作法　実践篇	1955/10/15	文芸春秋新社
5034	丹羽文雄文庫23豹と薔薇	1955/10/15	東方社
5035	丹羽文雄文庫24女人禁制	1955/10/25	東方社
7059	現代女性講座2	1955/10/30	角川書店
3012	私の人間修業	1955/10/31	人文書院
2008	爬虫類（文庫版）	1955/11/5	新潮社
1185	ファッション・モデル	1955/11/10	講談社
1186	告白（新書版）	1955/11/25	講談社
1187	雨跡	1955/12/15	三笠書房
1188	雨跡（異装版）	1955/12/15	三笠書房
5036	丹羽文雄文庫25洗濯屋	1955/12/15	東方社
1189	支那服の女	1955/12/20	河出書房
8501	日本国民文学全集12	1955/12/20	河出書房
6504	芥川賞作品集1	1956/2/25	修道社
7060	たべもの随筆	1956/2/29	三笠書房
1190	惑星	1956/3/10	東方社
1191	菩提樹　下	1956/3/30	新潮社
1192	魚紋（新書版）	1956/3/31	河出書房
7061	明治図書講座国語教育7	1956/4/1	明治図書
1193	飢える魂	1956/5/5	講談社
7062	創作代表選集17	1956/5/5	講談社
7501	文学　その創作と鑑賞	1956/5/25	社会思想研究会出版部
1194	今朝の春	1956/6/5	角川書店
1195	崖下	1956/6/15	講談社
1196	怒りの街	1956/7/1	東方社
1197	女の四季	1956/7/5	河出書房
1198	家庭の秘密	1956/7/25	三笠書房
1199	虹の約束（新書版）	1956/8/30	角川書店
2009	青麦（文庫版）	1956/9/5	新潮社
2010	鮎（文庫版）	1956/9/20	角川書店
2011	庖丁（文庫版）	1956/10/30	角川書店
8002	小説の秘密　創作対談	1956/11/5	中央公論社
7063	戦後文芸評論選3	1956/11/13	青木書店
6013	現代日本小説大系51（異装版）	1956/11/28	河出書房
6505	芥川賞作品集2	1956/11/30	修道社
5037	丹羽文雄作品集6	1956/12/20	角川書店
5046	丹羽文雄作品集6（特装版）	1956/12/20	角川書店
1200	さまざまの嘘	1956/12/25	弥生書房
5038	丹羽文雄作品集5	1957/1/15	角川書店
5047	丹羽文雄作品集5（特装版）	1957/1/15	角川書店
1201	東京の女性（新書版）	1957/1/30	角川書店
6014	現代文学4　丹羽文雄	1957/1/30	芸文書院
5039	丹羽文雄作品集7	1957/2/15	角川書店
5048	丹羽文雄作品集7（特装版）	1957/2/15	角川書店
5040	丹羽文雄作品集2	1957/3/15	角川書店
5049	丹羽文雄作品集2（特装版）	1957/3/15	角川書店
1202	雨跡（新装版）	1957/3/25	三笠書房

1203	日日の背信	1957/4/5	毎日新聞社
6506	現代教養講座5	1957/4/10	角川書店
5041	丹羽文雄作品集3	1957/4/15	角川書店
5050	丹羽文雄作品集3(特装版)	1957/4/15	角川書店
7064	創作代表選集19	1957/4/20	講談社
1204	其日の行為	1957/4/25	東方社
5042	丹羽文雄作品集4	1957/5/15	角川書店
5051	丹羽文雄作品集4(特装版)	1957/5/15	角川書店
5043	丹羽文雄作品集1	1957/6/15	角川書店
5052	丹羽文雄作品集1(特装版)	1957/6/15	角川書店
5044	丹羽文雄作品集8	1957/7/15	角川書店
5053	丹羽文雄作品集8(特装版)	1957/7/15	角川書店
7065	続発禁作品集	1957/7/15	北辰堂
8003	対談現代文壇史	1957/7/25	中央公論社
1205	親鸞とその妻1　叡山時代	1957/7/30	新潮社
7066	おふくろの味	1957/8/1	春陽堂
5045	丹羽文雄作品集　別巻	1957/8/15	角川書店
5054	丹羽文雄作品集　別巻(特装版)	1957/8/15	角川書店
1206	悔いなき愉悦	1957/8/20	講談社
1207	露の蝶(新書版)	1957/8/20	雲井書店
1208	忘却の人	1957/8/20	角川書店
2012	菩提樹　上(文庫版)	1957/9/5	新潮社
2013	菩提樹　下(文庫版)	1957/9/10	新潮社
6015	新編現代日本文学全集6	1957/10/1	東方社
1209	四季の演技	1957/10/5	角川書店
1210	飢える魂(新書版)	1957/10/5	講談社
6016	現代国民文学全集10	1957/10/15	角川書店
2014	蛇と鳩(文庫版)	1957/11/20	角川書店
1211	女靴	1957/12/10	小壺天書房
6017	日本国民文学全集31	1957/12/15	河出書房新社
2015	日日の背信(文庫版)	1958/2/15	新潮社
2016	青麦(文庫版)	1958/2/20	角川書店
1212	娘	1958/2/25	東方社
6018	現代日本文学全集76	1958/4/5	筑摩書房
1213	四季の演技(新装改訂版)	1958/5/30	角川書店
1214	運河　上	1958/6/15	新潮社
1215	藤代大佐(異装版)	1958/6/20	東方社
1216	親鸞とその妻2　吉永時代	1958/7/15	新潮社
1217	愛の塩(新装版)	1958/7/25	東方社
7067	創作代表選集22	1958/9/5	講談社
1218	生活の中の詩(新装版)	1958/9/10	東方社
3013	小説作法(全)	1958/9/20	文芸春秋新社
1219	運河　下	1958/9/30	新潮社
1220	七十五日物語(新装版)	1958/10/10	東方社
7068	しんらん	1958/10/25	普通社
1221	染められた感情	1958/10/30	講談社
1222	貞操切符	1958/11/1	東方社
1223	怒りの街(新装版)	1958/11/20	東方社
6019	現代長編小説全集7	1958/11/20	講談社
1224	浅草の唄	1958/11/30	角川書店
1225	禁猟区	1958/11/30	講談社
1226	当世胸算用	1958/12/5	東方社

1227	結婚生理(新装版)	1958/12/20	東方社
1228	海戦	1959/2/10	東方社
6020	新選現代日本文学全集13	1959/2/15	筑摩書房
1229	理想の良人	1959/2/20	東方社
1230	恋文	1959/3/20	東方社
1231	人生案内	1959/3/20	東方社
1232	天衣無縫	1959/3/20	講談社
1233	愛人	1959/3/20	東方社
3014	現代人の日本史3天平の開花	1959/3/31	河出書房新社
1234	貞操切符(新装版)	1949/4/25	東方社
1235	朱乙家の人々 (新書版)	1959/5/10	講談社
1236	女の侮蔑	1959/5/15	東方社
1237	東京の女性	1959/5/20	東方社
1238	愁眉	1959/5/25	講談社
1239	藍染めて	1959/6/10	東方社
8502	世界名作全集40	1959/6/10	平凡社
1240	親鸞とその妻3越後時代の巻	1959/6/15	新潮社
1241	魚紋	1959/6/20	東方社
1242	女は恐い	1959/7/5	東方社
1243	純情	1959/7/25	東方社
1244	煩悩具足	1959/8/1	東方社
1245	惑星(新装版)	1959/8/1	東方社
1246	勤王届出	1959/9/10	東方社
1247	鬼子母神界隈	1959/10/1	東方社
1248	幸福への距離(函)	1959/10/1	東方社
1249	幸福への距離(カバー)	1959/10/1	東方社
1250	天の樹	1959/10/25	東方社
8503	古典日本文学全集22	1959/11/5	筑摩書房
7069	ヘミングウェイ研究(増訂版)	1959/11/15	英宝社
1251	架橋	1959/11/28	講談社
7070	人生と仏教シリーズ5	1960/3/15	布教研究所
6021	日本文学全集43	1960/3/20	新潮社
1252	ふき溜りの人生	1960/3/30	新潮社
1253	恋文(新装版)	1960/4/20	東方社
1254	東京の女性(改版)	1960/4/20	東方社
1255	禁猟区　上	1960/4/24	講談社
1256	禁猟区　下	1960/4/25	講談社
1257	秘めた相似	1960/5/10	講談社
1258	顔	1960/5/20	毎日新聞社
1259	貞操切符(新装版)	1960/5/20	東方社
1260	春の門(新装版)	1960/6/10	東方社
1261	鎮花祭	1960/7/10	文芸春秋新社
3015	人生作法	1960/7/20	雪華社
1262	染められた感情(新書版)	1960/8/20	講談社
1263	愛の塩(新装版)	1960/8/25	東方社
2017	蛇と鳩(文庫版)	1960/9/15	新潮社
1264	親鸞とその妻　全	1960/10/3	新潮社
1265	虹の約束	1960/10/10	東方社
1266	愛人(新装版)	1960/10/25	東方社
1267	水溜り	1960/10/30	講談社
1268	純情(新装版)	1961/1/15	東方社

1269	ゆきずり	1961/1/20	講談社
8504	日本文学全集9西鶴名作集	1961/2/10	河出書房新社
2018	魚紋（文庫版）	1961/3/5	角川書店
1270	雪	1961/4/10	講談社
8004	文壇よもやま話　上	1961/4/15	青蛙社
1271	白い南風	1961/4/20	東方社
1272	人間模様	1961/6/10	東方社
1273	中年女	1961/7/10	講談社
2019	飢える魂（文庫版）	1961/8/25	新潮社
1274	献身	1961/8/30	新潮社
1275	薔薇合戦	1961/9/10	東方社
1276	美しき嘘	1961/10/30	中央公論社
6022	愛蔵版　現代日本文学全集76	1961/11/3	筑摩書房
6023	長編小説全集9	1961/11/21	講談社
1277	高圧架線	1961/12/25	講談社
1278	生活の中の詩（改版）	1962/1/20	東方社
1279	有情	1962/2/15	新潮社
6507	鑑賞と研究　現代日本文学講座7	1962/2/20	三省堂
1280	この世の愁い	1962/3/5	講談社
1281	山麓	1962/3/30	角川書店
1282	告白	1962/4/10	東方社
6024	日本現代文学全集87	1962/4/19	講談社
1283	母の晩年	1962/5/20	東方社
1284	中年女（新書版）	1962/5/25	講談社
6025	昭和文学全集14	1962/6/5	角川書店
1285	最初の転落	1962/6/20	講談社
2020	禁猟区（文庫版）	1962/6/20	新潮社
7071	結婚論	1962/7/1	婦人画報社
7072	わが小説	1962/7/15	雪華社
1286	欲望の河	1962/9/30	新潮社
7073	生活の随筆　肉親	1962/10/20	筑摩書房
6508	世界短篇文学全集17	1962/12/20	集英社
8505	文芸読本　西鶴	1962/12/25	河出書房新社
1287	情事の計算	1963/2/20	講談社
1288	貞操切符（新装版）	1963/6/5	東方社
6509	鑑賞と研究　現代日本文学講座10	1963/4/1	三省堂
1289	ある関係	1963/6/25	講談社
1290	悔いなき煩悩　上	1963/6/29	新潮社
2021	顔（文庫版）	1963/7/30	新潮社
6510	芥川賞作品全集4	1963/8/1	現代芸術社
6026	現代の文学14	1963/10/5	河出書房新社
6511	芥川賞作品全集3	1963/10/15	現代芸術社
1291	悔いなき煩悩　下	1963/10/30	新潮社
1292	女医	1963/11/5	講談社
8506	国民の文学13西鶴名作集	1963/12/20	河出書房新社
1293	告白（新書版）	1963/12/25	講談社
1294	有情（限定版）	1964/2/10	雪華社
1295	落鮎	1964/2/20	東方社
2022	運河（文庫版）	1964/3/5	新潮社
1296	魚紋（函）	1964/3/10	東方社
1297	魚紋（カバー）	1964/3/10	東方社
1298	春の門（新装版）	1964/4/10	東方社

1299	愛人（改版）	1964/4/10	東方社
1300	東京の女性（改版）	1964/6/15	東方社
6027	現代文学大系46	1964/9/10	筑摩書房
1301	浜娘	1964/9/20	講談社
1302	結婚生理（イースト・ブックス）	1964/11/15	東方社
1303	海の蝶	1964/11/20	講談社
1304	愛人（イースト・ブックス）	1964/12/15	東方社
1305	再婚	1964/12/20	新潮社
6028	昭和戦争文学全集5	1964/12/30	集英社
1306	命なりけり	1965/1/30	朝日新聞社
1307	かりそめの妻の座	1965/2/10	講談社
7074	一冊の本2	1965/4/1	雪華社
1308	ファッション・モデル（新書版）	1965/4/10	日本文華社
4001	小説作法（文庫版）	1965/4/10	角川書店
1309	だれもが孤独	1965/5/25	講談社
1310	白い南風（イースト・ブックス）	1965/7/10	東方社
7075	おふくろ	1965/7/15	秋田書房
6029	戦争の文学1	1965/7/25	東都書房
8507	古典日本文学全集22	1965/7/25	筑摩書房
1311	かえらざる故郷	1965/10/20	講談社
1312	雪の中の声	1965/11/30	新潮社
6030	日本の文学55	1965/12/5	中央公論社
7076	新日本名所案内　上	1966/1/30	朝日新聞社
1313	魔身	1966/3/25	中央公論社
1314	女心	1966/4/10	講談社
6031	現代文学14悔いなき煩悩	1966/4/25	東都書房
1315	雲よ汝は	1966/4/30	集英社
7077	私の小説作法	1966/6/20	雪華社
1316	朝顔	1966/6/25	河出書房新社
8508	日本文学全集5西鶴名作集	1966/7/3	河出書房新社
2023	美しき嘘（文庫版）	1966/7/30	新潮社
1317	一路	1966/8/20	講談社
1318	一路（特装版）	1966/8/20	講談社
1319	母の始末書	1966/8/30	新潮社
6032	豪華版日本文学全集21	1966/11/3	河出書房新社
7078	現代作家自作朗読集	1966/11/25	朝日ソノラマ
6033	日本文学全集63	1967/1/12	集英社
2024	告白（文庫版）	1967/2/28	角川書店
1320	有料道路	1967/3/1	文芸春秋
1321	春の門（カバー）	1967/3/10	東方社
1322	春の門（函）	1967/3/10	東方社
1323	貞操模様	1967/4/5	新潮社
1324	海の蝶（新書版）	1967/4/5	講談社
1325	一路（改訂版）	1967/5/10	講談社
1326	純情（改訂版）	1967/6/20	東方社
6034	日本文学全集30（セット）	1967/8/15	新潮社
1327	人妻	1967/8/25	新潮社
6035	日本文学全集30	1967/9/15	新潮社
7079	一冊の本　全	1967/9/23	雪華社
5055	丹羽文雄自選集	1967/10/15	集英社
1328	幸福への距離（新書版）	1967/10/25	東方社
7080	追想　亀井勝一郎	1967/11/14	亀井書彦

6036	定本限定版現代日本文学全集76	1967/11/20	筑摩書房
1329	母の晩年	1967/11/25	東方社
1330	恋文（新装版）	1967/12/25	東方社
1331	蛾	1968/2/4	講談社
6037	日本文学全集19	1968/2/10	河出書房新社
8509	日本文学全集5西鶴名作集	1968/2/10	河出書房新社
9102	文士の筆跡2（特装版）	1968/2/29	二玄社
1332	かえらざる故郷	1968/2/25	報知新聞社
1333	晩秋	1968/3/10	朝日新聞社
9103	文士の筆跡2	1968/4/3	二玄社
1334	愛人（改版）	1968/4/15	東方社
7081	文学選集33	1968/5/25	講談社
2025	命なりけり（文庫版）	1968/6/30	新潮社
6038	現代日本文学館37	1968/9/1	文芸春秋
1335	海辺の告白	1968/11/16	講談社
8510	カラー版日本文学全集6	1968/11/30	河出書房新社
6039	カラー版日本文学全集27	1968/12/20	河出書房新社
1336	貞操切符（新版）	1968/12/25	東方社
6040	豪華版日本現代文学全集33	1969/1/30	講談社
6041	日本短篇文学全集42	1969/2/5	筑摩書房
6042	現代長編文学全集16	1969/2/6	講談社
1337	婚外結婚	1969/2/20	新潮社
8005	志賀直哉対話集	1969/2/28	大和書房
1338	親鸞1	1969/5/25	新潮社
2026	哭壁（文庫改版）	1969/5/30	新潮社
1339	親鸞2	1969/6/25	新潮社
1340	親鸞3	1969/7/25	新潮社
1341	親鸞4	1969/8/25	新潮社
7082	十返肇　その一九六三年八月	1969/8/28	十返千鶴子
1342	親鸞5	1969/9/25	新潮社
3016	丹羽文雄・人生と文学に関する211章	1969/10/20	東京出版センター
1343	肉親賦	1969/10/28	新潮社
6043	日本文学全集22（全40巻）	1969/10/30	新潮社
7083	日本の短編　下	1969/12/30	毎日新聞社
6044	グリーン版日本文学全集32	1970/2/20	河出書房新社
1344	運命	1970/2/30	講談社
8006	群像創作合評1	1970/4/24	講談社
1345	無慚無愧	1970/4/25	文芸春秋
6045	現代日本の文学27	1970/6/1	学習研究社
8007	群像創作合評2	1970/7/13	講談社
1346	顔	1970/8/1	日本ブック・クラブ
2027	菩提樹	1970/9/30	新潮社
6046	日本文学全集46	1970/11/1	筑摩書房
6047	日本文学全集70	1970/11/1	筑摩書房
8008	群像創作合評4	1970/11/20	講談社
6048	現代日本文学大系72	1971/1/14	筑摩書房
8009	群像創作合評5	1971/1/16	講談社
7084	私にとって幸福とは	1971/2/15	祥伝社
6049	新潮日本文学28	1971/3/12	新潮社
3017	古里の寺	1971/4/28	講談社
3018	新人生論	1971/6/15	秋元書房

2028　一路（文庫版）　1971/7/1　講談社
7085　舞台再訪　1971/7/15　三笠書房
6050　日本文学全集22（全45巻）　1971/7/20　新潮社
5501　定本坂口安吾全集12　1971/9/10　冬樹社
8010　対談日本の文学　1971/9/14　中央公論社
1347　燕楽閣　1971/9/18　講談社
2029　献身（文庫版）　1971/9/30　新潮社
8511　カラー版　現代語訳日本の古典17　1971/10/15　河出書房新社
1348　解氷　1971/11/25　新潮社
7086　牡丹の花　獅子文六追悼録　1971/12/13　獅子文六追悼録刊行会
3019　仏にひかれて　1971/12/15　読売新聞社
6051　戦争文学全集2　1972/2/18　毎日新聞社
7087　現代の小説　1971年度後期　1972/4/30　三一書房
7088　文学選集37　1972/5/12　講談社
1349　白い椅子　1972/5/15　講談社
6052　日本文学全集　豪華版63　1972/7/8　集英社
1350　太陽蝶　1972/7/15　新潮社
8011　日本史探訪5　1972/9/10　角川書店
8012　作家の素顔　1972/10/15　駸々堂出版
7089　戦後文学論争　上　1972/10/31　番町書房
3020　親鸞紀行　1972/11/10　平凡社
1351　有情（名作自選日本現代文学館）　1972/12/1　ほるぷ出版
4002　人生作法（文庫版）　1972/12/30　角川書店
7090　歎異抄　1973/2/15　朝日新聞社

1352　一路（新装版）　1973/3/28　講談社
6053　現代日本文学全集76　1973/4/1　筑摩書房
6054　現代日本文学全集　補巻13　1973/4/1　筑摩書房
1353　尼の像　1973/7/15　新潮社
7091　平林たい子追悼文集　1973/7/28　平林たい子記念文学会
7502　日本の短編小説　昭和　中　1973/8/20　潮出版社
1354　新版　親鸞　上　1973/9/30　新潮社
1355　新版　親鸞　中　1973/9/30　新潮社
1356　新版　親鸞　下　1973/9/30　新潮社
6055　アイボリーバックス　日本の文学55　1973/11/10　中央公論社
3021　人生有情　1973/11/30　いんなあとりっぷ社
1357　鮎（300部限定版）　1973/12/10　成瀬書房
1358　鮎（30部限定版）　1973/12/11　成瀬書房
5056　丹羽文雄文学全集1　1974/4/8　講談社
5084　丹羽文雄文学全集1（限定版）　1974/4/20　講談社
6056　昭和国民文学全集21　1974/4/25　筑摩書房
5057　丹羽文雄文学全集10　1974/6/8　講談社
5085　丹羽文雄文学全集10（限定版）　1974/6/20　講談社
5058　丹羽文雄文学全集17　1974/7/8　講談社
5086　丹羽文雄文学全集17（限定版）　1974/7/20　講談社
5059　丹羽文雄文学全集8　1974/8/8　講談社
7092　現代作家掌編小説集　上　1974/8/8　朝日ソノラマ
5087　丹羽文雄文学全集8（限定版）　1974/8/20　講談社
1359　渇愛　上　1974/8/25　新潮社

1360	渇愛　下	1974/8/25	新潮社
5502	浅見淵著作集1	1974/8/30	河出書房新社
6057	現代日本文学12	1974/9/1	筑摩書房
5060	丹羽文雄文学全集3	1974/9/8	講談社
5088	丹羽文雄文学全集3（限定版）	1974/9/20	講談社
7093	現代の小説　1974年度前期	1974/9/30	三一書房
5061	丹羽文雄文学全集12	1974/10/8	講談社
5089	丹羽文雄文学全集12（限定版）	1974/10/20	講談社
5062	丹羽文雄文学全集5	1974/11/8	講談社
4003	仏にひかれて（文庫版）	1974/11/10	中央公論社
8512	現代語訳親鸞全集2	1974/11/10	講談社
5090	丹羽文雄文学全集5（限定版）	1974/11/20	講談社
1361	干潟	1974/12/5	新潮社
5063	丹羽文雄文学全集18	1974/12/8	講談社
5091	丹羽文雄文学全集18（限定版）	1974/12/20	講談社
1362	晩秋	1974/12/30	三笠書房
5064	丹羽文雄文学全集6	1975/1/8	講談社
5092	丹羽文雄文学全集6（限定版）	1975/1/20	講談社
5065	丹羽文雄文学全集23	1975/2/8	講談社
5093	丹羽文雄文学全集23（限定版）	1975/2/20	講談社
7094	私の小説作法（新版）	1975/2/25	雪華社
5066	丹羽文雄文学全集16	1975/3/8	講談社
5094	丹羽文雄文学全集16（限定版）	1975/3/20	講談社
5067	丹羽文雄文学全集4	1975/4/8	講談社
5095	丹羽文雄文学全集4（限定版）	1975/4/20	講談社
7095	現代の小説　1974年度後期	1975/4/30	三一書房
5068	丹羽文雄文学全集13	1975/5/8	講談社
1363	家庭の秘密	1975/5/20	三笠書房
5096	丹羽文雄文学全集13（限定版）	1975/5/20	講談社
5069	丹羽文雄文学全集24	1975/6/8	講談社
5097	丹羽文雄文学全集24（限定版）	1975/6/20	講談社
5070	丹羽文雄文学全集15	1975/7/8	講談社
5098	丹羽文雄文学全集15（限定版）	1975/7/20	講談社
6512	人物日本の歴史6	1975/7/31	小学館
5071	丹羽文雄文学全集25	1975/8/8	講談社
5099	丹羽文雄文学全集25（限定版）	1975/8/20	講談社
5072	丹羽文雄文学全集22	1975/9/8	講談社
5100	丹羽文雄文学全集22（限定版）	1975/9/20	講談社
8013	歴史のヒロインたち	1975/9/25	光風社
7096	現代の小説　1975年度前期	1975/9/30	三一書房
5073	丹羽文雄文学全集7	1975/10/8	講談社
5101	丹羽文雄文学全集7（限定版）	1975/10/20	講談社
3022	小説家の中の宗教　丹羽文雄宗教語録	1975/10/25	桜楓社
5074	丹羽文雄文学全集9	1975/11/8	講談社
7097	改編・人生と仏教シリーズ7	1975/11/10	百華苑
5102	丹羽文雄文学全集9（限定版）	1975/11/20	講談社
6513	人物日本の歴史12	1975/11/20	小学館
1364	運命	1975/12/5	三笠書房
5075	丹羽文雄文学全集11	1975/12/8	講談社
5103	丹羽文雄文学全集11（限定版）	1975/12/20	講談社
5076	丹羽文雄文学全集2	1976/1/8	講談社

7098	ドキュメント昭和世相史　戦後篇	1976/1/16	平凡社
5104	丹羽文雄文学全集２(限定版)	1976/1/20	講談社
7099	わが小説(新版)	1976/1/25	雪華社
5077	丹羽文雄文学全集19	1976/2/8	講談社
1365	鎮花祭	1976/2/15	三笠書房
5105	丹羽文雄文学全集19(限定版)	1976/2/20	講談社
5078	丹羽文雄文学全集14	1976/3/8	講談社
5106	丹羽文雄文学全集14(限定版)	1976/3/20	講談社
5079	丹羽文雄文学全集20	1976/4/8	講談社
5107	丹羽文雄文学全集20(限定版)	1976/4/20	講談社
5503	三島由紀夫全集35	1976/4/30	新潮社
5080	丹羽文雄文学全集21	1976/5/8	講談社
5108	丹羽文雄文学全集21(限定版)	1976/5/20	講談社
5081	丹羽文雄文学全集26	1976/6/8	講談社
5109	丹羽文雄文学全集26(限定版)	1976/6/20	講談社
8014	対談現代文壇史(筑摩選書)	1976/6/20	筑摩書房
5082	丹羽文雄文学全集27	1976/7/8	講談社
5110	丹羽文雄文学全集27(限定版)	1976/7/20	講談社
1366	有料道路	1976/7/31	三笠書房
3023	ゴルフ・丹羽式上達法	1976/7/31	講談社
6514	現代日本紀行文学全集　補巻３	1976/8/1	ほるぷ出版
5083	丹羽文雄文学全集28	1976/8/8	講談社
8513	日本古典文庫16	1976/8/13	河出書房新社
5111	丹羽文雄文学全集28(限定版)	1976/8/20	講談社
3024	創作の秘密	1976/11/30	講談社
1367	この世の愁い	1977/2/25	三笠書房
3025	ゴルフ談義	1977/4/2	講談社
1368	かえらざる故郷	1977/5/20	三笠書房
2030	悔いなき煩悩(文庫版)	1977/5/30	集英社
6515	戦乱日本の歴史８	1977/7/1	小学館
6058	愛蔵版　筑摩現代文学大系48	1977/7/15	筑摩書房
6516	鑑賞日本古典文学20	1977/7/30	角川書店
1369	白い椅子	1977/9/25	三笠書房
7503	水に映る雲	1977/9/30	角川書店
3026	親鸞の眼	1977/10/10	ゆまにて出版
1370	魂の試される時　上	1978/1/25	新潮社
2031	鮎(文庫版)	1978/1/30	集英社
1371	魂の試される時　下	1978/2/25	新潮社
1372	婚外結婚	1978/3/10	三笠書房
6517	昭和批評大系５	1978/3/10	番町書房
2032	白い椅子(文庫版)	1978/4/15	講談社
6518	探訪日本の城３	1978/4/25	小学館
2033	再会(文庫版)	1978/5/30	集英社
1373	欲望の河	1978/6/10	三笠書房
8015	たったそれだけの人生	1978/6/25	集英社
7100	現代小説'77	1978/6/30	角川書店
1374	貞操模様	1978/8/15	三笠書房
7101	人生読本　文章	1978/8/28	河出書房新社
7102	わが体験	1978/9/10	潮出版社
2034	書翰の人(文庫版)	1978/9/30	集英社
8016	生きるということ	1978/11/10	皎星社
8017	丹羽家のおもてなし家庭料理	1978/12/20	講談社

6059	昭和国民文学全集26	1979/3/25	筑摩書房
8018	丹羽家のおもてなし家庭料理（愛蔵版）	1979/4/20	講談社
7504	教養小説名作選	1979/4/25	集英社
8514	日本の古典17	1979/5/10	河出書房新社
3027	私の年々歳々	1979/6/4	サンケイ出版
1375	豹の女	1979/7/5	三笠書房
2035	有情（文庫版）	1979/8/25	集英社
7505	現代短編名作選1	1979/11/15	講談社
6519	図説人物日本の女性4	1979/12/1	小学館
1376	魚紋	1979/12/5	三笠書房
1377	蕩児帰郷	1979/12/10	中央公論社
1378	惑星	1979/12/10	三笠書房
6060	新潮現代文学10魂の試される時	1980/2/15	新潮社
2036	魔身（文庫版）	1980/3/10	中央公論社
7506	花柳小説名作選	1980/3/25	集英社
7103	真珠の小箱5	1980/3/31	角川書店
6061	増補改訂版日本現代文学全集87	1980/5/26	講談社
6062	日本現代文学全集　月報　上	1980/5/26	講談社
6063	日本現代文学全集　月報　下	1980/5/26	講談社
1379	山肌　上	1980/6/20	新潮社
1380	山肌　下	1980/6/20	新潮社
1381	山麓	1980/7/20	三笠書房
1382	彼岸前	1980/9/20	新潮社
2037	厭がらせの年齢（文庫版）	1980/10/25	集英社
6520	北海道文学全集12	1980/12/10	立風書房
1383	四季の演技	1980/12/25	三笠書房
8019	Dr.松木康夫が迫る各界トップのマル秘健康術	1981/4/7	主婦の友社
2038	好色の戒め（文庫版）	1981/4/25	集英社
1384	かえらざる故郷　上	1981/4/30	三笠書房
1385	かえらざる故郷　下	1981/4/30	三笠書房
8020	尾崎一雄対話集	1981/6/10	永田書房
1386	虹の約束	1981/8/15	三笠書房
5504	島木健作全集15	1981/9/20	国書刊行会
2039	母の晩年（文庫版）	1981/9/25	集英社
2040	親鸞1（文庫版）	1981/9/25	新潮社
2041	親鸞2（文庫版）	1981/9/25	新潮社
2042	親鸞3（文庫版）	1981/10/25	新潮社
2043	親鸞4（文庫版）	1981/10/25	新潮社
1387	四季の旋律　上	1981/11/15	新潮社
1388	四季の旋律　下	1981/11/15	新潮社
7104	東京余情	1982/3/1	有楽出版社
7507	巻頭随筆3	1982/4/10	文芸春秋
7105	文学1982	1982/4/16	講談社
6521	芥川賞全集4	1982/5/25	文芸春秋
1389	樹海　上	1982/5/30	新潮社
1390	樹海　下	1982/5/30	新潮社
6522	芥川賞全集5	1982/6/25	文芸春秋
7106	空海　思想読本	1982/6/30	法蔵館
2044	干潟（文庫版）	1982/7/25	集英社
6523	芥川賞全集6	1982/7/25	文芸春秋

6524	芥川賞全集7	1982/8/25	文芸春秋
8021	歴史のヒロインたち(文庫版)	1982/8/25	旺文社
1391	蓮如1	1982/9/20	中央公論社
9201	続　あの日・この日(尾崎一雄)	1982/9/20	講談社
6525	芥川賞全集8	1982/9/25	文芸春秋
1392	蓮如2	1982/10/20	中央公論社
7107	若い女性のための仏教5	1982/10/20	佼成出版社
6526	芥川賞全集9	1982/10/25	文芸春秋
1393	蓮如3	1982/11/20	中央公論社
1394	妻	1982/11/24	講談社
6527	芥川賞全集10	1982/11/25	文芸春秋
7108	弔辞大全　レクイエム57	1982/12/10	青銅社
1395	蓮如4	1982/12/20	中央公論社
6528	芥川賞全集11	1982/12/25	文芸春秋
1396	蓮如5	1983/1/20	中央公論社
6529	芥川賞全集12	1983/1/25	文芸春秋
1397	蓮如6	1983/2/20	中央公論社
6530	芥川賞全集13	1983/2/25	文芸春秋
8022	生きるということ(文庫版)	1983/2/25	集英社
1398	蓮如7	1983/3/20	中央公論社
7109	贈ることば	1983/3/30	ＰＨＰ研究所
7110	文学1983	1983/4/18	講談社
1399	蓮如8	1983/4/20	中央公論社
2045	解氷の音	1983/4/25	集英社
7111	探訪日本の城3(改版)	1983/4	小学館
2046	蕩児帰郷(文庫版)	1983/8/10	中央公論社
2047	魂の試される時　上(文庫版)	1983/8/25	新潮社
2048	魂の試される時　下(文庫版)	1983/8/25	新潮社
4004	ゴルフ談義(文庫版)	1983/11/10	潮出版社
7112	弔辞大全Ⅱ　レクイエム51	1983/11/15	青銅社
1400	鮎(豆本)	1983/12/20	未来工房
3028	私の小説作法	1984/3/5	潮出版社
7113	尾崎一雄　人とその文学	1984/3/31	永田書房
2049	山肌　上(文庫版)	1984/6/25	新潮社
2050	山肌　下(文庫版)	1984/6/25	新潮社
8023	日本史探訪7	1984/8/25	角川書店
5112	丹羽文雄の短篇30選	1984/11/22	角川書店
3029	ひと我を非情の作家と呼ぶ	1984/11/30	光文社
7114	河出人物読本　親鸞	1985/1/30	河出書房新社
3030	わが母、わが友、わが人生	1985/7/5	角川書店
7115	追悼野間省一	1985/8/10	講談社
2051	蓮如1(文庫版)	1985/9/10	中央公論社
2052	蓮如2(文庫版)	1985/9/10	中央公論社
2053	蓮如3(文庫版)	1985/9/10	中央公論社
2054	蓮如4(文庫版)	1985/10/10	中央公論社
4005	ゴルフ上達法(文庫版)	1985/10/10	潮出版社
2055	蓮如5(文庫版)	1985/11/10	中央公論社
2056	蓮如6(文庫版)	1985/11/10	中央公論社
9202	柘榴の木の下で(福島保夫)	1985/11/15	栄光出版社
2057	蓮如7(文庫版)	1985/12/10	中央公論社
2058	蓮如8(文庫版)	1985/12/10	中央公論社
7116	名士の食卓	1986/3/19	彩古書房

7117	ふるさとの漬けもの	1986/3/25	講談社
3031	エイジ・シュート達成	1986/4/5	潮出版社
7118	蓮如と大阪	1986/4/24	朝日新聞社
9104	文士の筆跡2(新装版)	1986/5/3	二玄社
2059	四季の旋律	1986/5/25	新潮社
7119	蓮如に出会う	1986/5/29	旺文社
7120	蓮如	1986/5/29	難波別院
7121	あのときあの言葉	1986/6/2	日本経済新聞社
7122	シーク&ファインド　村上春樹	1986/7/15	青銅社
7123	母の加護	1986/7/30	文芸春秋
7508	友よ、さらば	1986/11/25	新潮社
7509	神とともに行け	1986/12/20	新潮社
2060	樹海　上	1987/2/25	新潮社
1401	人間・舟橋聖一	1987/4/25	新潮社
4006	ひと我を非情の作家と呼ぶ(文庫版)	1987/6/20	光文社
2061	樹海　下	1987/6/25	新潮社
6531	日本随筆紀行12	1987/8/10	作品社
6064	昭和文学全集11	1988/3/1	小学館
8515	新装版　日本古典文庫16	1988/5/10	河出書房新社
7124	追悼野間惟道	1988/5/30	講談社
3032	をりふしの風景	1988/8/20	学芸書林
7125	酒中日記	1988/8/20	講談社
7126	私を変えた一言	1988/11/1	大和出版
5505	横光利一全集月報集成	1988/12/30	河出書房新社
7127	日本の短篇　下	1989/3/25	文芸春秋
7128	昭和の短篇小説	1989/4/20	菁柿社
5506	保田与重郎全集　別巻2	1989/5/15	講談社
7510	母の加護(文庫版)	1989/7/10	文芸春秋
6532	栃木県近代文学全集6	1990/1/8	下野新聞社
1402	絆	1990/1/25	学芸書林
8024	歴史のヒロインたち(文庫版)	1990/9/10	文芸春秋
7129	友を偲ぶ	1991/9/30	光文社
6533	完本・太平洋戦争　上	1991/12/1	文芸春秋
8025	中村元対談集4	1992/3/25	東京書籍
6534	太宰治論集　同時代篇3	1992/10/23	ゆまに書房
6535	太宰治論集　同時代篇5	1992/10/23	ゆまに書房
6536	太宰治論集　同時代篇6	1993/2/25	ゆまに書房
6537	太宰治論集　同時代篇7	1993/2/25	ゆまに書房
6538	太宰治論集　同時代篇9	1993/2/25	ゆまに書房
7511	別れのとき	1993/3/10	文芸春秋
3033	新装版　ゴルフ上達法	1993/7/5	潮出版社
3034	新装版　ゴルフ談義	1993/7/5	潮出版社
6539	太宰治論集　作家論篇1	1994/3/22	ゆまに書房
6540	ふるさと文学館14	1994/4/15	ぎょうせい
8026	徳川夢声の世界　対談『問答有用』文学者篇1	1994/8/15	深夜叢書社
7130	わが体験　人生こぼれ話	1994/9/25	潮出版社
6541	ふるさと文学館13	1994/11/15	ぎょうせい
7512	完本・太平洋戦争2	1994/12/10	文芸春秋
6542	ふるさと文学館25	1995/1/15	ぎょうせい
6543	ふるさと文学館28	1995/6/15	ぎょうせい

7131 心に残る季節の語らい 1995/7/1 世界文化社
6544 ふるさと文学館15 1995/7/15 ぎょうせい
6545 岐阜県文学全集2 1995/7/21 郷土出版社
7132 『大法輪』まんだら 秀作選第2集 1996/3/8 大法輪閣
6546 近代作家追悼文集成32 1997/1/24 ゆまに書房
9203 父・丹羽文雄介護の日々（本田桂子） 1997/6/7 中央公論社
7133 本の置き場所 1997/12/10 小学館
7134 論集 高田教学 1997/12/20 真宗高田派宗務院
2062 蓮如1（文庫改版） 1997/12/18 中央公論社
2063 蓮如2（文庫改版） 1998/1/18 中央公論社
2064 蓮如3（文庫改版） 1998/2/18 中央公論社
2065 蓮如4（文庫改版） 1998/3/18 中央公論社
2066 蓮如5（文庫改版） 1998/4/18 中央公論社
2067 蓮如6（文庫改版） 1998/5/18 中央公論社
2068 蓮如7（文庫改版） 1998/6/18 中央公論社
2069 蓮如8（文庫改版） 1998/7/18 中央公論社
6547 日本統治期台湾文学日本人作家作品集 別巻 1998/7/20 緑蔭書房
6548 近代作家追悼文集成39 1999/2/25 ゆまに書房
6549 近代作家追悼文集成40 1999/2/25 ゆまに書房
6550 近代作家追悼文集成43 1999/2/25 ゆまに書房
9204 丹羽文雄と「文学者」 1999/9/9 東京都近代文学博物館
5507 坂口安吾全集17 1999/9/20 筑摩書房
7135 和田芳恵展 1999/10/23 古河文学館
7136 文豪丹羽文雄 その人と文学 2000/2/122 四日市市立図書館
9205 私家版 丹羽家での断章（その1） 2000/3/9 清水邦行
2070 海戦（文庫版） 2000/8/25 中央公論社
7137 中山義秀の映像 2000/10/21 中山義秀顕彰会
7138 「北の話」選集 2000/12/4 北海道新聞社
9105 近代作家自筆原稿集 2001/2/5 東京堂書店
5508 鈴木真砂女全句集 2001/3/30 角川書店
9206 娘から父に贈る朗らか介護日記 2001/11/10 朝日新聞社
5509 徳田秋声全集25 2001/11/18 八木書店
7139 遠藤周作「沈黙」作品論集 2002/6/15 クレス出版
1403 顔 上 2003/7/4 新潮社
1404 顔 下 2003/7/4 新潮社
5510 島木健作全集15（復刻版） 2003/12/25 国書刊行会
5511 決定版三島由紀夫全集36 2003/11/30 新潮社
9207 文学者の手紙6 高見順 2004/2/23 博文館新社
7513 友を偲ぶ（文庫版） 2004/12/8 光文社
2071 鮎・母の日・妻 丹羽文雄短篇集 2006/1/10 講談社
1405 母、そしてふるさと 丹羽文雄作品集 2006/4/23 四日市市立博物館
9208 私家版 丹羽家での断章（その2） 2006/4/24 清水邦行
6551 コレクション・モダン都市文化17 2006/5/25 ゆまに書房

1406 丹羽文雄作品選 2007/3/9 四日市市立博物館
8516 好色五人女 2007/3/20 河出書房新社
9209 文学者の手紙4　昭和の文学者たち 2007/5/30 博文館新社
6552 戦後占領期短篇小説コレクション2 2007/6/30 藤原書店
6553 文芸時評大系　昭和篇Ⅰ 9 2007/10/25 ゆまに書房
6554 文芸時評大系　昭和篇Ⅰ 10 2007/10/25 ゆまに書房
6555 文芸時評大系　昭和篇Ⅰ 11 2007/10/25 ゆまに書房
6556 文芸時評大系　昭和篇Ⅰ 13 2007/10/25 ゆまに書房
6557 文芸時評大系　昭和篇Ⅰ 14 2007/10/25 ゆまに書房
6558 文芸時評大系　昭和篇Ⅰ 15 2007/10/25 ゆまに書房
6559 文芸時評大系　昭和篇Ⅰ 17 2007/10/25 ゆまに書房
6560 文芸時評大系　昭和篇Ⅰ 18 2007/10/25 ゆまに書房
6561 文芸時評大系　昭和篇Ⅱ 2 2008/10/25 ゆまに書房
6562 文芸時評大系　昭和篇Ⅱ 3 2008/10/25 ゆまに書房
6563 文芸時評大系　昭和篇Ⅱ 4 2008/10/25 ゆまに書房
6564 文芸時評大系　昭和篇Ⅱ 5 2008/10/25 ゆまに書房
6565 文芸時評大系　昭和篇Ⅱ 12 2008/10/25 ゆまに書房
6065 現代日本文学大系72 2010/1/31 筑摩書房
8027 文壇よもやま話　上 2010/10/25 中央公論新社
7140 肌　百年文庫60 2011/01/13 ポプラ社

翻訳書

9542 Yamato v.1,no.6 1941
9501 海戦 1943/7/10 上海大陸新報
9518 現代日本小説選集 1943/8 太平書局
9502 日本은敗했다 1950 三千里社
9543 Japan Quarterly v.2,no.1 1955
9544 Japan Quarterly v.3,no.1 1956
9519 Various kinds of bugs,and other stories from present-day Japan 1958 Kenkyusha
9545 Jiji Eigo Kenkyu v.13, no.4-11 1958
9546 Jiji Eigo Kenkyu v.14, no.2 1959
9503 Les couteaux du cuisinier 1960 Del Duca,
9520 Irys; opowiadania japońskie 1960 Warszawa, PaństowowyInstytut Wydawniczy
9521 日本傑作短篇選集1 1960 文興社
9504 愛人 1961 理智社
9505 戀人 1961 誠和文化社
9522 **японск ая новелла** 1961 **Йзд. Йност. Дйт**
9523 Modern Japanese stories 1961 Spottiswoodee
9524 Iaponskaia novella 1961 Z. Rakhim
9525 Shoji 1961 Oxford Univ. Press
9526 Modern Japanese Stories 1962 Tuttle Publishing
9527 現代日本文学英訳選集11 1965/12/10 原書房
9506 Hateful Age 1965 UNSPECIFIED VENDOR
9528 Nippon Moderne Erzahlungen ans Japan 1965 Diogenes Vorlg
9529 Narratori giapponesi moderni 1965 Bompiani
9530 日本代表作家百人集3 1966 希望出版社
9507 Harp of Burma 1966 Charles E. Tuttle Co.

—— Chulalongkom Univercity

9508 The Buddha tree 1966 London : Peter Owen
9509 The Buddha tree
1966/1 Rutland, Vt. ; Tokyo : C. E. Tuttle
9510 The Buddha tree 1966 London : Peter Owen
9531 The ice palace 1966 London : Peter Owen
9511 The Buddha tree
1968 Rutland, Vt. ; Tokyo : C. E. Tuttle
9532 日本短篇文学全集4 1969 新太陽社
9533 伊豆的舞娘 1969 明山書局
9512 秘密어門 1974 弘益出版社
9513 두 얼굴의 女家長(上下) 1981 太極出版社
9534 Das verhaßte Alter 1981 Berlin : Volk und Welt
9535 Japan Literature Today,7 1982/7
9536 Omrazna vezrast 1983 Sofiia
9537 Essenen peizazh; decet iaponski reskazvachi
1985 ナロドナ クルトゥラ社
9514 王辻家三姐妹 1989/10 北方文芸社
9538 Anthologie de nouvelles Japonaises contemporaines
1989/2 Gallimard
9539 รักด้วยเลือด 1994 [กรุงเทพฯ] : คำหอม
9540 L'iris fou 1997 Paris, Stock
9515 اعتراف / فو می او نیوا ; ترجمہ صدیق نظیر
1998 لاہور : مشعل,
9516 The Buddha tree 2000 Boston, Mass. ; Tokyo
9517 L'âge des méchancetés 2006 Gallimard
9541 日本近代文学短篇選第3集

Ⅱ　五十音順

あ　行

1134　愛人　1949/12/15　文芸春秋新社
1178　愛人（新書版）　1955/8/31　河出書房
1233　愛人　1959/3/20　東方社
1266　愛人（新装版）　1960/10/25　東方社
1299　愛人（改版）　1964/4/10　東方社
1304　愛人（イースト・ブックス）　1964/12/15　東方社
1334　愛人（改版）　1968/4/15　東方社
5024　愛人　丹羽文雄文庫13　1954/11/10　東方社
6022　愛蔵版現代日本文学全集76　1961/11/3　筑摩書房
6058　愛蔵版筑摩現代文学大系48　1977/7/15　筑摩書房
1041　逢初めて　1941/7/15　有光堂
1090　逢初めて　1947/6/30　三島書房
1239　藍染めて　1959/6/10　東方社
5006　藍染めて　丹羽文雄選集6　1939/9/20　竹村書房
5015　藍染めて　丹羽文雄文庫4　1954/2/10　東方社
5067　藍染めて・青春の書　丹羽文雄文学全集4　1975/4/8　講談社
1141　愛の塩　1950/10/1　東方社
1217　愛の塩（新装版）　1958/7/25　東方社
1263　愛の塩（新装版）　1960/8/25　東方社
6055　アイボリーバックス　日本の文学55　1973/11/10　中央公論社
1065　愛欲　1946/7/10　東八雲書店
1084　愛欲　1947/5/12　朝明書院
1012　愛欲の位置　1937/6/20　竹村書房
2006　愛欲の位置（文庫版）　1955/6/5　角川書店
1045　碧い空　1942/4/1　宝文館
1169　青麦　1953/12/18　文芸春秋新社
1175　青麦（新書版）　1955/7/20　文芸春秋新社
2009　青麦（文庫版）　1956/9/5　新潮社
2016　青麦（文庫版）　1958/2/20　角川書店
5038　青麦・蛇と鳩　丹羽文雄作品集5　1957/1/15　角川書店
1133　開かぬ門　1949/12/5　不動書房
6504　芥川賞作品集1　1956/2/25　修道社
6505　芥川賞作品集2　1956/11/30　修道社
6511　芥川賞作品全集3　1963/10/15　現代芸術社
6510　芥川賞作品全集4　1963/8/1　現代芸術社
6521　芥川賞全集4　1982/5/25　文芸春秋
6522　芥川賞全集5　1982/6/25　文芸春秋
6523　芥川賞全集6　1982/7/25　文芸春秋
6524　芥川賞全集7　1982/8/25　文芸春秋
6525　芥川賞全集8　1982/9/25　文芸春秋
6526　芥川賞全集9　1982/10/25　文芸春秋
6527　芥川賞全集10　1982/11/25　文芸春秋

6528　芥川賞全集11　1982/12/25　文芸春秋
6529　芥川賞全集12　1983/1/25　文芸春秋
6530　芥川賞全集13　1983/2/25　文芸春秋
1316　朝顔　1966/6/25　河出書房新社
1224　浅草の唄　1958/11/30　角川書店
5502　浅見淵著作集1　1974/8/30　河出書房新社
1060　姉おとうと　1946/5/15　生活社
7121　あのときあの言葉　1986/6/2　日本経済新聞社
1139　雨跡　1950/8/17　河出書房
1187　雨跡　1955/12/15　三笠書房
1188　雨跡(異装版)　1955/12/15　三笠書房
1202　雨跡(新装版)　1957/3/25　三笠書房
1353　尼の像　1973/7/15　新潮社
1001　鮎　1935/1/10　文体社
1004　鮎(普及版)　1935/9/25　双雅房
2010　鮎(文庫版)　1956/9/20　角川書店
1357　鮎(300部限定版)　1973/12/10　成瀬書房
1358　鮎(30部限定版)　1973/12/11　成瀬書房
2031　鮎(文庫版)　1978/1/30　集英社
1400　鮎(豆本)　1983/12/20　未来工房
5043　鮎　愛欲の位置　丹羽文雄作品集1
1957/6/15　角川書店
5076　鮎・太陽蝶　丹羽文雄文学全集2　1976/1/8　講談社
2071　鮎・母の日・妻　丹羽文雄短篇集　2006/1/10　講談社
1030　或る女の半生　1940/8/19　河出書房
1073　或る女の半生　1946/10/5　日東出版社

1289　ある関係　1963/6/25　講談社
1131　怒りの街　1949/11/30　八雲書店
1196　怒りの街　1956/7/1　東方社
1223　怒りの街(新装版)　1958/11/20　東方社
1019　生きてゆく女達　1938/9/20　春陽堂
8016　生きるということ　1978/11/10　皎星社
8022　生きるということ(文庫版)　1983/2/25　集英社
3004　一夜の姑娘　1939/5/20　金星堂
1317　一路　1966/8/20　講談社
1318　一路(特装版)　1966/8/20　講談社
1325　一路(改訂版)　1967/5/10　講談社
1352　一路(新装版)　1973/3/28　講談社
2028　一路(文庫版)　1971/7/1　講談社
5078　一路　丹羽文雄文学全集14　1976/3/8　講談社
7079　一冊の本　全　1967/9/23　雪華社
7074　一冊の本2　1965/4/1　雪華社
7010　伊藤・丹羽・日比野集　新作品　1942/10/20　有光社
1306　命なりけり　1965/1/30　朝日新聞社
2025　命なりけり(文庫版)　1968/6/30　新潮社
5074　命なりけり　丹羽文雄文学全集9　1975/11/8　講談社
8511　井原西鶴　カラー版　現代語訳日本の古典17
1971/10/15　河出書房新社
8514　井原西鶴　日本の古典17　1979/5/10　河出書房新社
8503　井原西鶴集　上　古典日本文学全集22
1959/11/5　筑摩書房
8507　井原西鶴集　上　古典日本文学全集22

1965/7/25　筑摩書房
2002　厭がらせの年齢（文庫版）　1948/7/5　新潮社
2037　厭がらせの年齢（文庫版）　1980/10/25　集英社
1157　厭がらせの年齢・鮎　1952/12/10　筑摩書房
1158　厭がらせの年齢・鮎（新書版）　1952/12/10　筑摩書房
5060　厭がらせの年齢・有情　丹羽文雄文学全集３　1974/9/8　講談社
5040　厭がらせの年齢他　丹羽文雄作品集２　1957/3/15　角川書店
6503　岩波講座　文学の創造と鑑賞４　1955/2/25　岩波書店
1193　飢える魂　1956/5/5　講談社
1210　飢える魂（新書版）　1957/10/5　講談社
2019　飢える魂　（文庫版）　1961/8/25　新潮社
5039　飢える魂　丹羽文雄作品集７　1957/2/15　角川書店
5057　飢える魂　丹羽文雄文学全集10　1974/6/8　講談社
1103　魚と女房達　1948/3/15　かに書房
1279　有情　1962/2/15　新潮社
1294　有情（限定版）　1964/2/10　雪華社
2035　有情（文庫版）　1979/8/25　集英社
1351　有情（名作自選日本現代文学館）　1972/12/1　ほるぷ出版
1276　美しき嘘　1961/10/30　中央公論社
2023　美しき嘘（文庫版）　1966/7/30　新潮社
5064　美しき嘘　丹羽文雄文学全集６　1975/1/8　講談社
1096　嘘多い女　1947/9/1　新文芸社
7045　うなぎ　1954/1/15　全国淡水組合連合会
1017　海の色　1937/12/20　竹村書房

1303　海の蝶　1964/11/20　講談社
1324　海の蝶（新書版）　1967/4/5　講談社
1149　海は青いだけでない　1951/9/28　新潮社
1335　海辺の告白　1968/11/16　講談社
6028　海ゆかば　昭和戦争文学全集５　1964/12/30　集英社
1214　運河　上　1958/6/15　新潮社
1219　運河　下　1958/9/30　新潮社
5075　運河　丹羽文雄文学全集11　1975/12/8　講談社
2022　運河（文庫版）　1964/3/5　新潮社
1344　運命　1970/2/30　講談社
1364　運命　1975/12/5　三笠書房
3031　エイジ・シュート達成　1986/4/5　潮出版社
7139　遠藤周作「沈黙」作品論集　2002/6/15　クレス出版
1347　燕楽閣　1971/9/18　講談社
7007　お菓子随筆　甘味　1941/2/18　双雅房
7109　贈ることば　1983/3/30　ＰＨＰ研究所
7113　尾崎一雄　人とその文学　1984/3/31　永田書房
6064　尾崎一雄・石川達三・丹羽文雄・伊藤整
昭和文学全集11　1988/3/1　小学館
8020　尾崎一雄対話集　1981/6/10　永田書房
1014　幼い薔薇　1937/8/20　版画荘
1127　落鮎　1949/7/15　中央公論社
1128　落鮎（特装版）　1949/7/15　中央公論社
1179　落鮎（新書版）　1955/9/5　河出書房
1295　落鮎　1964/2/20　東方社
1140　落穂拾い　1950/9/1　京橋書院

7075	おふくろ	1965/7/15	秋田書房
7066	おふくろの味	1957/8/1	春陽堂
1063	女形作家	1946/7/10	白都書房
1152	女靴	1952/8/25	小説朝日社
1166	女靴	1953/7/1	白灯社
1211	女靴	1957/12/10	小壺天書房
1314	女心	1966/4/10	講談社
1114	女達の家	1948/10/15	鏡書房
1181	女の計略	1955/10/1	鱒書房
1197	女の四季	1956/7/5	河出書房
1079	女の侮蔑	1947/1/1	三昧書林
1236	女の侮蔑	1959/5/15	東方社
5017	女の侮蔑　丹羽文雄文庫6	1954/4/20	東方社
1242	女は恐い	1959/7/5	東方社
5019	女は恐い　丹羽文雄文庫8	1954/6/10	東方社
1074	女ひとりの道	1946/10/10	日本書林

か　行

1331	蛾	1968/2/4	講談社
1048	海戦	1942/12/25	中央公論社
1228	海戦	1959/2/10	東方社
2070	海戦(文庫版)	2000/8/25	中央公論社
5018	海戦　丹羽文雄文庫7	1954/5/20	東方社
5071	海戦・還らぬ中隊　丹羽文雄文学全集25	1975/8/8	講談社
1348	解氷	1971/11/25	新潮社
2045	解氷の音	1983/4/25	集英社
7097	改編・人生と仏教シリーズ7	1975/11/10	百華苑
5005	海面　丹羽文雄選集5	1939/8/20	竹村書房
1311	かえらざる故郷	1965/10/20	講談社
1332	かえらざる故郷	1968/2/25	報知新聞社
1368	かえらざる故郷	1977/5/20	三笠書房
1384	かえらざる故郷　上	1981/4/30	三笠書房
1385	かえらざる故郷　下	1981/4/30	三笠書房
1022	還らぬ中隊	1939/3/3	中央公論社
1258	顔	1960/5/20	毎日新聞社
1346	顔	1970/8/1	日本ブック・クラブ
2021	顔(文庫版)	1963/7/30	新潮社
1403	顔　上	2003/7/4	新潮社
1404	顔　下	2003/7/4	新潮社
5062	顔　丹羽文雄文学全集5	1974/11/8	講談社
1015	書きおろし長篇小説叢書3　豹の女	1937/10/19	河出書房
1251	架橋	1959/11/28	講談社
1067	学生時代	1946/8/20	碧空社
1195	崖下	1956/6/15	講談社
1132	かしまの情	1949/11/30	新潮社
1359	渇愛　上	1974/8/25	新潮社
1360	渇愛　下	1974/8/25	新潮社
1026	家庭の秘密	1940/3/20	新潮社
1198	家庭の秘密	1956/7/25	三笠書房
1363	家庭の秘密	1975/5/20	三笠書房

1116	家庭の秘密　愛欲篇	1948/11/15	蜂書房
1117	家庭の秘密　運命篇	1948/11/15	蜂書房
6006	家庭の秘密　陶画夫人　長篇小説名作集11	1950/4/25	大日本雄弁会講談社
1121	かまきりの雌雄	1949/3/20	全国書房
7509	神とともに行け	1986/12/20	新潮社
8511	カラー版　現代語訳日本の古典17	1971/10/15	河出書房新社
8510	カラー版日本文学全集6	1968/11/30	河出書房新社
6039	カラー版日本文学全集27	1968/12/20	河出書房新社
1307	かりそめの妻の座	1965/2/10	講談社
7506	花柳小説名作選	1980/3/25	集英社
7114	河出人物読本　親鸞	1985/1/30	河出書房新社
7507	巻頭随筆3	1982/4/10	文芸春秋
6516	鑑賞日本古典文学20　仏教文学	1977/7/30	角川書店
6507	鑑賞と研究　現代日本文学講座7	1962/2/20	三省堂
6509	鑑賞と研究　現代日本文学講座10	1963/4/1	三省堂
6533	完本・太平洋戦争　上	1991/12/1	文芸春秋
7512	完本・太平洋戦争2	1994/12/10	文芸春秋
7007	甘味　お菓子随筆	1941/2/26	双雅房
1091	鬼子母神界隈	1947/7/15	風雪社
1247	鬼子母神界隈	1959/10/1	東方社
5013	鬼子母神界隈　丹羽文雄文庫2	1953/12/15	東方社
1402	絆	1990/1/25	学芸書林
7138	「北の話」選集	2000/12/4	北海道新聞社
6545	岐阜県文学全集2	1995/7/21	郷土出版社
7504	教養小説名作選	1979/4/25	集英社
1192	魚紋(新書版)	1956/3/31	河出書房
1241	魚紋	1959/6/20	東方社
2018	魚紋(文庫版)	1961/3/5	角川書店
1296	魚紋(函)	1964/3/10	東方社
1297	魚紋(カバー)	1964/3/10	東方社
1376	魚紋	1979/12/5	三笠書房
5028	魚紋　丹羽文雄文庫17	1955/3/25	東方社
9105	近代作家自筆原稿集	2001/2/5	東京堂書店
6546	近代作家追悼文集成32	1997/1/24	ゆまに書房
6548	近代作家追悼文集成39	1999/2/25	ゆまに書房
6549	近代作家追悼文集成40	1999/2/25	ゆまに書房
6550	近代作家追悼文集成43	1999/2/25	ゆまに書房
7097	近代文学と親鸞　改編・人生と仏教シリーズ7	1975/11/10	百華苑
7070	近代文学と親鸞　人生と仏教シリーズ5	1960/3/15	布教研究所
1044	勤王届出	1942/3/20	大観堂
1246	勤王届出	1959/9/10	東方社
5016	勤王届出　丹羽文雄文庫5	1954/3/10	東方社
1163	禁猟区(短編集)	1953/5/30	白灯社
1225	禁猟区	1958/11/30	講談社
1255	禁猟区　上	1960/4/24	講談社
1256	禁猟区　下	1960/4/25	講談社
2020	禁猟区(文庫版)	1962/6/20	新潮社
5061	禁猟区　丹羽文雄文学全集12	1974/10/8	講談社

1290	悔いなき煩悩　上	1963/6/29	新潮社
1291	悔いなき煩悩　下	1963/10/30	新潮社
6031	悔いなき煩悩　現代文学14	1966/4/25	東都書房
2030	悔いなき煩悩(文庫版)	1977/5/30	集英社
1206	悔いなき愉悦	1957/8/20	講談社
7106	空海　思想読本	1982/6/30	法蔵館
1173	久村清太	1955/6/17	帝国人絹株式会社
1315	雲よ汝は	1966/4/30	集英社
6044	グリーン版日本文学全集32	1970/2/20	河出書房新社
1093	群女	1947/8/5	新太陽社
7009	軍人援護文芸作品集　第1輯	1942/3/30	軍事保護院
8006	群像創作合評1	1970/4/24	講談社
8007	群像創作合評2	1970/7/13	講談社
8008	群像創作合評4	1970/11/20	講談社
8009	群像創作合評5	1971/1/16	講談社
1006	閨秀作家	1936/3/20	竹村書房
3002	迎春	1937/4/20	双雅房
3003	迎春(限定版)	1937/6/27	双雅房
1194	今朝の春	1956/6/5	角川書店
1148	結婚式	1951/9/15	北辰堂
1154	結婚式(新装版)	1952/10/15	北辰堂
1160	結婚生理	1953/1/10	東方社
1227	結婚生理(新装版)	1958/12/20	東方社
1302	結婚生理(イースト・ブックス)	1964/11/15	東方社
7071	結婚論	1962/7/1	婦人画報社
5511	決定版三島由紀夫全集36	2003/11/30	新潮社
6062	月報　上　日本現代文学全集	1980/5/26	講談社
6063	月報　下　日本現代文学全集	1980/5/26	講談社
6047	月報合本　日本文学全集70	1970/11/1	筑摩書房
1274	献身	1961/8/30	新潮社
2029	献身(文庫版)	1971/9/30	新潮社
5068	献身　丹羽文雄文学全集13	1975/5/8	講談社
6506	現代教養講座5	1957/4/10	角川書店
6016	現代国民文学全集10	1957/10/15	角川書店
8512	現代語訳親鸞全集2	1974/11/10	講談社
8511	現代語訳日本の古典17　カラー版	1971/10/15	河出書房新社
1077	現代作家叢書3　再会	1946/11/10	昭森社
7078	現代作家自作朗読集	1966/11/25	朝日ソノラマ
7092	現代作家掌編小説集　上	1974/8/8	朝日ソノラマ
7043	現代作家処女作集	1953/8/1	潮書房
7021	現代作家選集　上	1948/1/10	桃李書院
1061	現代史	1946/5/25	創生社
1053	現代史第一篇　運命の配役	1944/1/30	改造社
7019	現代小説1	1947/12/20	大元社
7100	現代小説'77	1978/6/30	角川書店
7020	現代小説選	1947/12/25	家の光協会
1028	現代小説選集　風俗	1940/6/18	三笠書房
7036	現代小説代表選集6	1950/5/1	光文社
7039	現代小説代表選集7	1950/11/1	光文社
7059	現代女性講座2	1955/10/30	角川書店
3014	現代人の日本史3天平の開花		

1959/3/31　河出書房新社
7505　現代短編名作選1　1979/11/15　講談社
6004　現代長篇小説全集6哭壁・人間模様
1949/12/5　春陽堂
6019　現代長編小説全集7　1958/11/20　講談社
6042　現代長編文学全集16　1969/2/6　講談社
6009　現代長篇名作全集8　1953/9/10　講談社
6514　現代日本紀行文学全集　補巻3　1976/8/1　ほるぷ出版
6005　現代日本小説大系49　1950/1/20　河出書房
6007　現代日本小説大系51　1951/2/28　河出書房
6013　現代日本小説大系51（異装版）　1956/11/28　河出書房
6008　現代日本小説大系59　1952/4/15　河出書房
6045　現代日本の文学27　1970/6/1　学習研究社
6507　現代日本文学講座7　鑑賞と研究　1962/2/20　三省堂
6509　現代日本文学講座10　鑑賞と研究　1963/4/1　三省堂
7033　現代日本文学選集7　1950/3/31　細川書店
6057　現代日本文学12　1974/9/1　筑摩書房
6038　現代日本文学館37　1968/9/1　文芸春秋
6015　現代日本文学全集6（新編）　1957/10/1　東方社
6020　現代日本文学全集13（新選）　1959/2/15　筑摩書房
6012　現代日本文学全集47　1954/11/20　筑摩書房
6018　現代日本文学全集76　1958/4/5　筑摩書房
6022　現代日本文学全集76（愛蔵版）　1961/11/3　筑摩書房
6036　現代日本文学全集76（定本限定版）
1967/11/20　筑摩書房
6053　現代日本文学全集76（増補決定版）　1973/4/1　筑摩書房

6054　現代日本文学全集　補巻13　1973/4/1　筑摩書房
6048　現代日本文学大系72　1971/1/14　筑摩書房
6065　現代日本文学大系72　2010/1/31　筑摩書房
7024　現代の芸術　1948/8/20　大地書房
7057　現代の作家　1955/9/20　岩波書店
7087　現代の小説　1971年度後期　1972/4/30　三一書房
7093　現代の小説　1974年度前期　1974/9/30　三一書房
7095　現代の小説　1974年度後期　1975/4/30　三一書房
7096　現代の小説　1975年度前期　1975/9/30　三一書房
6026　現代の文学14　1963/10/5　河出書房新社
7055　現代仏教講座4　1955/6/15　角川書店
6014　現代文学4丹羽文雄　1957/1/30　芸文書院
6031　現代文学14悔いなき煩悩　1966/4/25　東都書房
1078　現代文学選18　書翰の人　1946/11/10　鎌倉文庫
1156　現代文学叢書　当世胸算用・告白
1952/12/5　小説朝日社
6027　現代文学大系46　1964/9/10　筑摩書房
1157　現代名作選　厭がらせの年齢・鮎
1952/12/10　筑摩書房
1158　現代名作選　厭がらせの年齢・鮎（新書版）
1952/12/10　筑摩書房
6003　現代恋愛小説全集8　1949/6/1　北光書房
1164　恋文　1953/5/30　朝日新聞社
1230　恋文　1959/3/20　東方社
1253　恋文（新装版）　1960/4/20　東方社
1330　恋文（新装版）　1967/12/25　東方社

2007　恋文(文庫版)　1955/8/5　角川書店
6044　恋文・青麦・庖丁　グリーン版日本文学全集32　1970/2/20　河出書房新社
1277　高圧架線　1961/12/25　講談社
6040　豪華版日本現代文学全集33　1969/1/30　講談社
6032　豪華版日本文学全集21　1966/11/3　河出書房新社
1115　幸福　1948/10/15　世界文学社
1122　幸福(普及版)　1949/4/5　世界文学社
1151　幸福への距離　1951/11/25　新潮社
1248　幸福への距離(函)　1959/10/1　東方社
1249　幸福への距離(カバー)　1959/10/1　東方社
1328　幸福への距離(新書版)　1967/10/25　東方社
5032　幸福への距離　丹羽文雄文庫21　1955/8/20　東方社
8516　好色五人女　2007/3/20　河出書房新社
1144　好色の戒め　1950/12/15　創元社
2038　好色の戒め(文庫版)　1981/4/25　集英社
5033　好色の戒め　丹羽文雄文庫22　1955/9/20　東方社
1120　告白　1949/3/15　六興出版
1186　告白(新書版)　1955/11/25　講談社
1282　告白　1962/4/10　東方社
1293　告白(新書版)　1963/12/25　講談社
2024　告白(文庫版)　1967/2/28　角川書店
5063　告白・落鮎　丹羽文雄文学全集18　1974/12/8　講談社
2004　哭壁(文庫版)　1951/4/5　新潮社
2026　哭壁(文庫改版)　1969/5/30　新潮社
1118　哭壁　上　1948/12/5　講談社
1119　哭壁　下　1949/3/5　講談社
5041　哭壁・海戦　丹羽文雄作品集3　1957/4/15　角川書店
6004　哭壁・人間模様　現代長篇小説全集6　1949/12/5　春陽堂
8506　国民の文学13　西鶴名作集　1963/12/20　河出書房新社
7131　心に残る季節の語らい　1995/7/1　世界文化社
8503　古典日本文学全集22　1959/11/5　筑摩書房
8507　古典日本文学全集22(普及版)　1965/7/25　筑摩書房
1005　この絆　1936/2/19　改造社
1047　この響き　1942/10/30　実業之日本社
1280　この世の愁い　1962/3/5　講談社
1367　この世の愁い　1977/2/25　三笠書房
1010　小鳩　1936/12/8　信正社
1069　コバルト叢書　椿の記憶　1946/9/20　コバルト社
3023　ゴルフ・丹羽式上達法　1976/7/31　講談社
4005　ゴルフ上達法(文庫版)　1985/10/10　潮出版社
3033　ゴルフ上達法　新装版　1993/7/5　潮出版社
3025　ゴルフ談義　1977/4/2　講談社
4004　ゴルフ談義(文庫版)　1983/11/10　潮出版社
3034　ゴルフ談義　新装版　1993/7/5　潮出版社
6551　コレクション・モダン都市文化17　2006/5/25　ゆまに書房
1337　婚外結婚　1969/2/20　新潮社
1372　婚外結婚　1978/3/10　三笠書房

さ　行

1077	再会	1946/11/10	昭森社
2033	再会（文庫版）	1978/5/30	集英社
8510	西鶴　近松　芭蕉　カラー版日本文学全集6	1968/11/30	河出書房新社
8505	西鶴　文芸読本	1962/12/25	河出書房新社
8506	西鶴名作集　国民の文学13	1963/12/20	河出書房新社
8515	西鶴名作集　新装版日本古典文庫16	1988/5/10	河出書房新社
8501	西鶴名作集　日本国民文学全集12	1955/12/20	河出書房
8513	西鶴名作集　日本古典文庫16	1976/8/13	河出書房新社
8508	西鶴名作集　日本文学全集5	1966/7/3	河出書房新社
8509	西鶴名作集　日本文学全集5	1968/2/10	河出書房新社
8504	西鶴名作集　日本文学全集9	1961/2/10	河出書房新社
8502	西鶴名作集　近松名作集　世界名作全集40	1959/6/10	平凡社
1083	再婚	1947/3/20	日東出版社
1305	再婚	1964/12/20	新潮社
1285	最初の転落	1962/6/20	講談社
5507	坂口安吾全集17	1999/9/20	筑摩書房
8012	作家の素顔	1972/10/15	駸々堂出版
1200	さまざまの嘘	1956/12/25	弥生書房
1062	三姉妹	1946/5/25	春陽堂
6002	三代名作全集　丹羽文雄集	1943/2/15	河出書房
1281	山麓	1962/3/30	角川書店
1381	山麓	1980/7/20	三笠書房
7122	シーク&ファインド　村上春樹	1986/7/15	青銅社
8005	志賀直哉対話集	1969/2/28	大和書房
9205	私家版　丹羽家での断章（その1）	2000/3/9	清水邦行
9208	私家版　丹羽家での断章（その2）	2006/4/24	清水邦行
1209	四季の演技	1957/10/5	角川書店
1213	四季の演技（新装改訂版）	1958/5/30	角川書店
1383	四季の演技	1980/12/25	三笠書房
2059	四季の旋律	1986/5/25	新潮社
1387	四季の旋律　上	1981/11/15	新潮社
1388	四季の旋律　下	1981/11/15	新潮社
7086	獅子文六追悼録　牡丹の花	1971/12/13	獅子文六追悼録刊行会
2031	自選短篇集Ⅰ　鮎	1978/1/30	集英社
2033	自選短篇集Ⅱ　再会	1978/5/30	集英社
2034	自選短篇集Ⅲ　書翰の人	1978/9/30	集英社
2037	自選短篇集Ⅳ　厭がらせの年齢	1980/10/25	集英社
2038	自選短篇集Ⅴ　好色の戒め	1981/4/25	集英社
2039	自選短篇集Ⅵ　母の晩年	1981/9/25	集英社
7040	時代の花束　早稲田作家集	1951/7/1	東方社
1145	七十五日物語	1951/2/15	東方社
1220	七十五日物語（新装版）	1958/10/10	東方社

1189 支那服の女 1955/12/20 河出書房
6502 シナリオ文学全集5 1936/12/5 河出書房
1002 自分の鶏(限定版) 1935/9/23 双雅房
1003 自分の鶏 1935/9/23 双雅房
1007 自分の鶏(普及版) 1936/9/10 双雅房
5504 島木健作全集15 1981/9/20 国書刊行会
5510 島木健作全集15(復刻版) 2003/12/25 国書刊行会
1167 遮断機 1953/7/15 東西文明社
2005 遮断機(文庫版) 1955/3/10 角川書店
5072 遮断機・理想の良人　丹羽文雄文学全集22
1975/9/8 講談社
3007 上海の花火 1943/1/20 金星堂
1098 十字路 1947/10/5 日東出版社
7014 十年 1943/9/25 二見書房
1238 愁眉 1959/5/25 講談社
5073 柔媚の人・晩秋　丹羽文雄文学全集7
1975/10/8 講談社
3005 秋冷抄 1940/9/20 砂子屋書房
1162 朱乙家の人々 1953/5/15 講談社
1235 朱乙家の人々（新書版） 1959/5/10 講談社
6009 朱乙家の人々・愛人　現代長篇名作全集8
1953/9/10 講談社
1389 樹海　上 1982/5/30 新潮社
2060 樹海　上(文庫版) 1987/2/25 新潮社
1390 樹海　下 1982/5/30 新潮社
2061 樹海　下(文庫版) 1987/6/25 新潮社

7125 酒中日記 1988/8/20 講談社
1104 守礼の門 1948/3/25 文芸春秋新社
1123 純情 1949/5/20 講談社
1243 純情 1959/7/25 東方社
1268 純情(新装版) 1961/1/15 東方社
1326 純情(改訂版) 1967/6/20 東方社
5023 純情　丹羽文雄文庫12 1954/10/10 東方社
1292 女医 1963/11/5 講談社
1111 象形文字 1948/6/30 オリオン社
1050 少国民版　ソロモン海戦 1943/4/20 室戸書房
1287 情事の計算 1963/2/20 講談社
3022 小説家の中の宗教　丹羽文雄宗教語録
1975/10/25 桜楓社
3010 小説作法 1954/3/31 文芸春秋新社
4001 小説作法(文庫版) 1965/4/10 角川書店
3011 小説作法　実践篇 1955/10/15 文芸春秋新社
3013 小説作法(全) 1958/9/20 文芸春秋新社
3006 小説修業 1941/5/30 明石書房
7028 小説年鑑1 1949/5/30 八雲書店
8002 小説の秘密　創作対談 1956/11/5 中央公論社
7017 小説ポケットブック1　恋愛小説集
1947/7/5 かすが書房
6056 昭和国民文学全集21　丹羽文雄集
1974/4/25 筑摩書房
6059 昭和国民文学全集26　丹羽文雄集
1979/3/25 筑摩書房

6028 昭和戦争文学全集5 1964/12/30 集英社
7128 昭和の短篇小説 1989/4/20 菁柿社
6517 昭和批評大系5 1978/3/10 番町書房
6064 昭和文学全集11 1988/3/1 小学館
6025 昭和文学全集14 1962/6/5 角川書店
6011 昭和文学全集46 1954/10/15 角川書店
6017 昭和名作集5　日本国民文学全集31 1957/12/15 河出書房新社
1170 昭和名作選1　欲の果て 1954/7/8 新潮社
1025 昭和名作選集15　南国抄 1939/8/4 新潮社
1099 昭和名作選集15　南国抄 1947/10/15 新潮社
1078 書翰の人 1946/11/10 鎌倉文庫
2034 書翰の人(文庫版) 1978/9/30 集英社
5066 書翰の人・爬虫類　丹羽文雄文学全集16 1975/3/8 講談社
1039 職業もつ女(丹羽文雄選集) 1941/6/23 春陽堂
1089 女商 1947/6/25 斎藤書店
1075 女優 1946/10/15 生活文化社
1349 白い椅子 1972/5/15 講談社
1369 白い椅子 1977/9/25 三笠書房
2032 白い椅子(文庫版) 1978/4/15 講談社
1271 白い南風 1961/4/20 東方社
1310 白い南風(イースト・ブックス) 1965/7/10 東方社
1087 白い南風　前篇 1947/5/25 八雲書店
1108 白い南風　後篇 1948/5/15 八雲書店
1136 新家族 1950/3/3 講談社

3001 新居 1936/9/18 信正社
7010 新作品　伊藤・丹羽・日比野集 1942/10/20 有光社
7103 真珠の小箱5 1980/3/31 角川書店
1019 新小説選集6　生きてゆく女達 1938/9/20 春陽堂
7015 新進小説選集　昭和18年度版 1944/2/1 南方書院
7018 新進小説選集　1947年度版 1947/12/1 東方社
3018 新人生論 1971/6/15 秋元書房
1231 人生案内 1959/3/20 東方社
1040 人生案内(丹羽文雄選集) 1941/6/23 春陽堂
5020 人生案内　丹羽文雄文庫9 1954/7/10 東方社
3021 人生有情 1973/11/30 いんなあとりっぷ社
1057 新生活叢書　春の門 1946/1/10 新生活社
3015 人生作法 1960/7/20 雪華社
4002 人生作法(文庫版) 1972/12/30 角川書店
7048 人生読本4 1954/8/30 春陽堂書店
7101 人生読本　文章 1978/8/28 河出書房新社
7070 人生と仏教シリーズ5 1960/3/15 布教研究所
7097 人生と仏教シリーズ7(改編) 1975/11/10 百華苑
3016 人生と文学に関する211章　丹羽文雄 1969/10/20 東京出版センター
6020 新選現代日本文学全集13 1959/2/15 筑摩書房
3033 新装版　ゴルフ上達法 1993/7/5 潮出版社
3034 新装版　ゴルフ談義 1993/7/5 潮出版社
8515 新装版　日本古典文庫16 1988/5/10 河出書房新社
6060 新潮現代文学10魂の試される時 1980/2/15 新潮社
6049 新潮日本文学28 1971/3/12 新潮社

7032 新日本代表作選集1 1949/11/25 実業之日本社
6001 新日本文学全集18 1940/12/20 改造社
7076 新日本名所案内 上 1966/1/30 朝日新聞社
1354 新版 親鸞 上 1973/9/30 新潮社
1355 新版 親鸞 中 1973/9/30 新潮社
1356 新版 親鸞 下 1973/9/30 新潮社
7056 新文学入門2 1955/7/30 人文書院
6512 人物日本の歴史6 1975/7/31 小学館
6513 人物日本の歴史12 1975/11/20 小学館
1042 新文学叢書 中年 1941/7/30 河出書房
1020 新文学叢書 跳ぶ女 1938/9/20 赤塚書房
6015 新編現代日本文学全集6 1957/10/1 東方社
7068 しんらん 1958/10/25 普通社
1338 親鸞1 1969/5/25 新潮社
2040 親鸞1(文庫版) 1981/9/25 新潮社
5081 親鸞Ⅰ 丹羽文雄文学全集26 1976/6/8 講談社
1339 親鸞2 1969/6/25 新潮社
2041 親鸞2(文庫版) 1981/9/25 新潮社
5082 親鸞Ⅱ 丹羽文雄文学全集27 1976/7/8 講談社
1340 親鸞3 1969/7/25 新潮社
2042 親鸞3(文庫版) 1981/10/25 新潮社
5083 親鸞Ⅲ 丹羽文雄文学全集28 1976/8/8 講談社
1341 親鸞4 1969/8/25 新潮社
2043 親鸞4(文庫版) 1981/10/25 新潮社
1342 親鸞5 1969/9/25 新潮社
7114 親鸞 河出人物読本 1985/1/30 河出書房新社

3020 親鸞紀行 1972/11/10 平凡社
1205 親鸞とその妻1 叡山時代 1957/7/30 新潮社
1216 親鸞とその妻2 吉永時代 1958/7/15 新潮社
1240 親鸞とその妻3 越後時代 1959/6/15 新潮社
1264 親鸞とその妻 全 1960/10/3 新潮社
3026 親鸞の眼 1977/10/10 ゆまにて出版
3029 親鸞への道 ひと我を非情の作家と呼ぶ
1984/11/30 光文社
1054 水焔 1944/4/31 新潮社
3001 随筆集 新居 1936 /9/18 信正社
5508 鈴木真砂女全句集 2001/3/30 角川書店
6519 図説人物日本の女性4 1979/12/1 小学館
7073 生活の随筆 肉親 1962/10/20 筑摩書房
1143 生活の中の詩 1950/11/15 東方社
1218 生活の中の詩(新装版) 1958/9/10 東方社
1278 生活の中の詩(改版) 1962/1/20 東方社
1031 青春の書 1940/8/25 今日の問題社
1080 贅肉 1947/1/25 実業之日本社
2003 贅肉(文庫版) 1950/2/25 春陽堂
6508 世界短篇文学全集17 1962/12/20 集英社
8502 世界名作全集40 1959/6/10 平凡社
1155 世間知らず 1952/11/20 文芸春秋新社
1172 世間知らず(新書版) 1955/5/15 河出書房
7054 戦後十年名作選集4 1955/5/1 光文社
6552 戦後占領期短篇小説コレクション2
2007/6/30 藤原書店

7029	戦後文芸代表作品集　創作篇2	1949/6/1	黄蜂社
7063	戦後文芸評論選3	1956/11/13	青木書店
1034	浅草寺附近	1941/1/10	青木書店
1035	浅草寺附近（限定版）	1941/1/10	青木書店
6029	戦争の文学1	1965/7/25	東都書房
6051	戦争文学全集2	1972/2/18	毎日新聞社
7089	戦後文学論争　上	1972/10/31	番町書房
5036	洗濯屋　丹羽文雄文庫25	1955/12/15	東方社
6515	戦乱日本の歴史8	1977/7/1	小学館
1071	憎悪	1946/9/30	大野書店
7022	創作代表選集1	1948/7/30	講談社
7026	創作代表選集2	1949/3/31	講談社
7030	創作代表選集3	1949/8/20	講談社
7036	創作代表選集6	1950/10/10	講談社
7039	創作代表選集7	1951/4/30	講談社
7041	創作代表選集8	1951/9/15	講談社
7042	創作代表選集9	1952/4/30	講談社
7044	創作代表選集12	1953/12/25	講談社
7046	創作代表選集13	1954/5/5	講談社
7052	創作代表選集14	1954/10/15	講談社
7058	創作代表選集16	1955/9/25	講談社
7062	創作代表選集17	1956/5/5	講談社
7064	創作代表選集19	1957/4/20	講談社
7067	創作代表選集22	1958/9/5	講談社
3024	創作の秘密	1976/11/30	講談社
7013	増産必勝魂	1943/9/5	文松堂書店
1275	薔薇合戦	1961/9/10	東方社
1016	薔薇合戦　上	1937/11/20	竹村書房
1102	薔薇合戦（上）	1948/1/30	講談社
1018	薔薇合戦　下	1938/1/20	竹村書房
1109	薔薇合戦（下）	1948/5/25	講談社
5065	薔薇合戦　丹羽文雄文学全集23	1975/2/8	講談社
6061	増補改訂版日本現代文学全集87	1980/5/26	講談社
6062	増補改訂版日本現代文学全集　月報　上	1980/5/26	講談社
6063	増補改訂版日本現代文学全集　月報　下	1980/5/26	講談社
9201	続　あの日・この日（尾崎一雄）	1982/9/20	講談社
7065	続発禁作品集	1957/7/15	北辰堂
1204	其日の行為	1957/4/25	東方社
1221	染められた感情	1958/10/30	講談社
1262	染められた感情（新書版）	1960/8/20	講談社
1050	ソロモン海戦（少国民版）	1943/4/20	室戸書房
1052	ソロモン海戦（満州版）	1943/10/20	国民画報社

た　行

1037	対世間（丹羽文雄選集）	1941/6/21	春陽堂
1027	太宗寺附近	1940/4/28	新潮社
8003	対談現代文壇史	1957/7/25	中央公論社
8014	対談現代文壇史（筑摩選書）	1976/6/20	筑摩書房
8010	対談日本の文学	1971/9/14	中央公論社
1088	第二の結婚	1947/6/10	東方社

7011　第二の戦場　1942/12/15　軍事保護院
7132　『大法輪』まんだら　秀作選　第2集
1996/3/8　大法輪閣
1350　太陽蝶　1972/7/15　新潮社
1112　誰がために柳は緑なる　1948/7/15　文学界社
1113　誰がために柳は緑なる（異装版）　1948/7/15　文学界社
6539　太宰治論集　作家論篇1　1994/3/22　ゆまに書房
6534　太宰治論集　同時代篇3　1992/10/23　ゆまに書房
6535　太宰治論集　同時代篇5　1992/10/23　ゆまに書房
6536　太宰治論集　同時代篇6　1993/2/25　ゆまに書房
6537　太宰治論集　同時代篇7　1993/2/25　ゆまに書房
6538　太宰治論集　同時代篇9　1993/2/25　ゆまに書房
8015　たったそれだけの人生　1978/6/25　集英社
7060　たべもの随筆　1956/2/29　三笠書房
1370　魂の試される時　上　1978/1/25　新潮社
2047　魂の試される時　上（文庫版）　1983/8/25　新潮社
1371　魂の試される時　下　1978/2/25　新潮社
2048　魂の試される時　下（文庫版）　1983/8/25　新潮社
6060　魂の試される時　新潮現代文学10
1980/2/15　新潮社
1309　だれもが孤独　1965/5/25　講談社
7090　歎異抄　1973/2/15　朝日新聞社
7006　短篇四十人集　1940/3/18　厚生閣
6518　探訪日本の城3　1978/4/25　小学館
7111　探訪日本の城3（改版）　1983/4　小学館
6058　筑摩現代文学大系48（愛蔵版）　1977/7/15　筑摩書房

9203　父・丹羽文雄介護の日々（本田桂子）
1997/6/7　中央公論社
1042　中年　1941/7/30　河出書房
1273　中年女　1961/7/10　講談社
1284　中年女（新書版）　1962/5/25　講談社
7508　弔辞大全　友よ、さらば　1986/11/25　新潮社
7108　弔辞大全　レクイエム57　1982/12/10　青銅社
7509　弔辞大全II　神とともに行け　1986/12/20　新潮社
7112　弔辞大全II　レクイエム51　1983/11/15　青銅社
1125　町内の風紀　1949/6/15　明星出版社
6023　長編小説全集9丹羽文雄集　1961/11/21　講談社
6010　長篇小説全集11丹羽文雄篇　1953/10/31　新潮社
6006　長篇小説名作集11　1950/4/25　大日本雄弁会講談社
1261　鎮花祭　1960/7/10　文芸春秋新社
1365　鎮花祭　1976/2/15　三笠書房
7080　追想　亀井勝一郎　1967/11/14　亀井書彦
7124　追悼野間惟道　1988/5/30　講談社
7115　追悼野間省一　1985/8/10　講談社
1069　椿の記憶　1946/9/20　コバルト社
1394　妻　1982/11/24　講談社
5002　妻の作品　丹羽文雄選集2　1939/5/20　竹村書房
1177　露の蝶　1955/8/25　雲井書店
1207　露の蝶（新書版）　1957/8/20　雲井書店
1222　貞操切符　1958/11/1　東方社
1234　貞操切符（新装版）　1959/4/25　東方社
1259　貞操切符（新装版）　1960/5/20　東方社

1288	貞操切符（新装版）	1963/6/5	東方社
1336	貞操切符（新版）	1968/12/25	東方社
5014	貞操切符　丹羽文雄文庫3	1954/1/15	東方社
1323	貞操模様	1967/4/5	新潮社
1374	貞操模様	1978/8/15	三笠書房
6036	定本限定版現代日本文学全集76	1967/11/20	筑摩書房
5501	定本坂口安吾全集12	1971/9/10	冬樹社
3008	手帖文庫　わが母の記	1947/7/25	地平社
1232	天衣無縫	1959/3/20	講談社
1150	天の樹	1951/10/31	創元社
1250	天の樹	1959/10/25	東方社
5026	天の樹　丹羽文雄文庫15	1955/1/25	東方社
3014	天平の開花　現代人の日本史3	1959/3/31	河出書房新社
1066	陶画夫人	1946/8/15	六興出版部
1036	闘魚	1941/2/10	新潮社
1082	闘魚	1947/2/20	コバルト社
1135	闘魚（平和確立版）	1949/12/20	美和書房新社
5079	闘魚・女靴ほか　丹羽文雄文学全集20	1976/4/8	講談社
5022	東京いそっぷ噺　丹羽文雄文庫11	1954/9/10	東方社
7047	東京通信	1954/5/30	黄土社
1138	東京どろんこオペラ	1950/5/10	六興出版
1023	東京の女性	1939/6/17	改造社
1070	東京の女性（三島文庫）	1946/9/20	三島書房
1201	東京の女性（新書版）	1957/1/30	角川書店
1237	東京の女性	1959/5/20	東方社
1254	東京の女性（改版）	1960/4/20	東方社
1300	東京の女性（改版）	1964/6/15	東方社
6003	東京の女性　現代恋愛小説全集8	1949/6/1	北光書房
5025	東京の女性　丹羽文雄文庫14	1954/12/20	東方社
7104	東京余情	1982/3/1	有楽出版社
1105	蕩児	1948/3/25	全国書房
1377	蕩児帰郷	1979/12/10	中央公論社
2046	蕩児帰郷（文庫版）	1983/8/10	中央公論社
1137	当世胸算用	1950/4/25	中央公論社
1182	当世胸算用（新書版）	1955/10/10	河出書房
1183	当世胸算用（異装版）	1955/10/10	河出書房
1226	当世胸算用	1958/12/5	東方社
1156	当世胸算用・告白	1952/12/5	小説朝日社
5030	当世胸算用　丹羽文雄文庫19	1955/5/25	東方社
7082	十返肇　その一九六三年八月	1969/8/28	十返千鶴子
7098	ドキュメント昭和世相史　戦後篇	1976/1/16	平凡社
8026	徳川夢声の世界　対談『問答有用』文学者篇1	1994/8/15	深夜叢書社
5509	徳田秋声全集25	2001/11/18	八木書店
8019	Dr.松木康夫が迫る各界トップのマル秘健康術	1981/4/7	主婦の友社
6532	栃木県近代文学全集6	1990/1/8	下野新聞社
1038	怒濤	1941/6/22	改造社
5077	怒濤・かしまの情　丹羽文雄文学全集19	1976/2/8	講談社

1020　跳ぶ女　1938/9/20　赤塚書房
7508　友よ、さらば　1986/11/25　新潮社
7129　友を偲ぶ　1991/9/30　光文社
7513　友を偲ぶ(文庫版)　2004/12/8　光文社

な　行

8025　中村元対談集4　1992/3/25　東京書籍
7137　中山義秀の映像　2000/10/21　中山義秀顕彰会
1043　流れる四季　1942/3/8　春陽堂
1086　流れる四季　1947/5/15　鷺の宮書房
1024　七色の朝　1939/7/20　実業之日本社
2001　菜の花時まで　1941/2/15　春陽堂
1025　南国抄　1939/8/4　新潮社
1099　南国抄　1947/10/15　新潮社
5080　南国抄・当世胸算用　丹羽文雄文学全集21　1976/5/8　講談社
7073　肉親　生活の随筆　1962/10/20　筑摩書房
1343　肉親賦　1969/10/28　新潮社
1153　虹の約束　1952/8/25　新潮社
1199　虹の約束(新書版)　1956/8/30　角川書店
1265　虹の約束　1960/10/10　東方社
1386　虹の約束　1981/8/15　三笠書房
1097　似た女　1947/9/25　尾崎書房
5001　似た女　丹羽文雄選集1　1939/4/20　竹村書房
1203　日日の背信　1957/4/5　毎日新聞社
2015　日日の背信(文庫版)　1958/2/15　新潮社
5044　日日の背信　丹羽文雄作品集8　1957/7/15　角川書店
5058　日日の背信　丹羽文雄文学全集17　1974/7/8　講談社
6040　日本現代文学全集33(豪華版)　1969/1/30　講談社
6024　日本現代文学全集87　1962/4/19　講談社
6061　日本現代文学全集87(増補改訂版)　1980/5/26　講談社
6062　日本現代文学全集　月報　上　1980/5/26　講談社
6063　日本現代文学全集　月報　下　1980/5/26　講談社
7001　日本現代文章講座2　1934/10/13　厚生閣
8501　日本国民文学全集12　1955/12/20　河出書房
6017　日本国民文学全集31　1957/12/15　河出書房新社
8513　日本古典文庫16　1976/8/13　河出書房新社
8515　日本古典文庫16(新装版)　1988/5/10　河出書房新社
8011　日本史探訪5　1972/9/10　角川書店
8023　日本史探訪7　1984/8/25　角川書店
7031　日本小説傑作集　1949/9/1　日本小説社
7003　日本小説代表作全集1　1938/10/31　小山書店
7005　日本小説代表作全集3　1939/11/15　小山書店
7008　日本小説代表作全集7　1941/12/20　小山書店
7016　日本小説代表作全集12　1944/11/15　小山書店
7023　日本小説代表作全集16　1948/8/10　小山書店
7025　日本小説代表作全集17　1948/11/15　小山書店
7038　日本小説代表作全集23　1951/3/25　小山書店
6531　日本随筆紀行12　1987/8/10　作品社
1060　日本叢書55　姉おとうと　1946/5/15　生活社
6041　日本短篇文学全集42　1969/2/5　筑摩書房
6547　日本統治期台湾文学日本人作家作品集　別巻

1998/7/20　緑蔭書房
8514　日本の古典17　1979/5/10　河出書房新社
7083　日本の短編　下　1969/12/30　毎日新聞社
7127　日本の短篇　下　1989/3/25　文芸春秋
7502　日本の短編小説　昭和　中　1973/8/20　潮出版社
6030　日本の文学55　1965/12/5　中央公論社
6055　日本の文学55　アイボリーバックス　1973/11/10　中央公論社
8508　日本文学全集5　西鶴名作集　1966/7/3　河出書房新社
8509　日本文学全集5　西鶴名作集　1968/2/10　河出書房新社
8510　日本文学全集6　カラー版　1968/11/30　河出書房新社
8504　日本文学全集9　西鶴名作集　1961/2/10　河出書房新社
6037　日本文学全集19　1968/2/10　河出書房新社
6032　日本文学全集21(豪華版)　1966/11/3　河出書房新社
6043　日本文学全集22(全40巻)　1969/10/30　新潮社
6050　日本文学全集22(全45巻)　1971/7/20　新潮社
6039　日本文学全集27(カラー版)　1968/12/20　河出書房新社
6034　日本文学全集30(セット)　1967/8/15　新潮社
6035　日本文学全集30　1967/9/15　新潮社
6044　日本文学全集32(グリーン版)　1970/2/20　河出書房新社
6021　日本文学全集43　1960/3/20　新潮社
6046　日本文学全集46　1970/11/1　筑摩書房
6033　日本文学全集63　1967/1/12　集英社

6052　日本文学全集63(豪華版)　1972/7/8　集英社
6047　日本文学全集70　1970/11/1　筑摩書房
1130　日本敗れたり　1949/10/25　銀座出版社
1009　女人禁制　1936/10/20　双雅房
1013　女人禁制(普及版)　1937/8/14　双雅房
5035　女人禁制　丹羽文雄文庫24　1955/10/25　東方社
5070　女人禁制・哭壁　丹羽文雄文学全集15　1975/7/8　講談社
1011　女人彩色　1937/4/20　河出書房
9205　丹羽家での断章(その1)私家版　2000/3/9　清水邦行
9208　丹羽家での断章(その2)私家版　2006/4/24　清水邦行
8017　丹羽家のおもてなし家庭料理　1978/12/20　講談社
8018　丹羽家のおもてなし家庭料理(愛蔵版)　1979/4/20　講談社
6039　丹羽文雄　カラー版日本文学全集27　1968/12/20　河出書房新社
6044　丹羽文雄　グリーン版日本文学全集32　1970/2/20　河出書房新社
6014　丹羽文雄　現代文学4　1957/1/30　芸文書院
6030　丹羽文雄　日本の文学55　1965/12/5　中央公論社
6055　丹羽文雄　日本の文学55　アイボリーバックス　1973/11/10　中央公論社
6034　丹羽文雄　日本文学全集30　1967/8/15　新潮社
6040　丹羽文雄・井上靖集　日本現代文学全集33　1969/1/30　講談社

6048　丹羽文雄・岡本かの子集　現代日本文学大系72　1971/1/14　筑摩書房
6065　丹羽文雄・岡本かの子集　現代日本文学大系72　2010/1/31　筑摩書房
6041　丹羽文雄・今東光・井上友一郎・田村泰次郎集　日本短篇文学全集42　1969/2/5　筑摩書房
3016　丹羽文雄・人生と文学に関する211章　1969/10/20　東京出版センター
6011　丹羽文雄・火野葦平集　昭和文学全集46　1954/10/15　角川書店
6024　丹羽文雄・火野葦平集　日本現代文学全集87　1962/4/19　講談社
6012　丹羽文雄・舟橋聖一集　現代日本文学全集47　1954/11/20　筑摩書房
6018　丹羽文雄・舟橋聖一集　現代日本文学全集76　1958/4/5　筑摩書房
6022　丹羽文雄・舟橋聖一集　現代日本文学全集76　1961/11/3　筑摩書房
6036　丹羽文雄・舟橋聖一集　現代日本文学全集76　1967/11/20　筑摩書房
6053　丹羽文雄・舟橋聖一集　現代日本文学全集76　1973/4/1　筑摩書房
5043　丹羽文雄作品集1　1957/6/15　角川書店
5052　丹羽文雄作品集1（特装版）　1957/6/15　角川書店
5040　丹羽文雄作品集2　1957/3/15　角川書店
5049　丹羽文雄作品集2（特装版）　1957/3/15　角川書店
5041　丹羽文雄作品集3　1957/4/15　角川書店
5050　丹羽文雄作品集3（特装版）　1957/4/15　角川書店
5042　丹羽文雄作品集4　1957/5/15　角川書店
5051　丹羽文雄作品集4（特装版）　1957/5/15　角川書店
5038　丹羽文雄作品集5　1957/1/15　角川書店
5047　丹羽文雄作品集5（特装版）　1957/1/15　角川書店
5037　丹羽文雄作品集6　1956/12/20　角川書店
5046　丹羽文雄作品集6（特装版）　1956/12/20　角川書店
5039　丹羽文雄作品集7　1957/2/15　角川書店
5048　丹羽文雄作品集7（特装版）　1957/2/15　角川書店
5044　丹羽文雄作品集8　1957/7/15　角川書店
5053　丹羽文雄作品集8（特装版）　1957/7/15　角川書店
1405　丹羽文雄作品集　母、そしてふるさと　2006/4/23　四日市市立博物館
5045　丹羽文雄作品集　別巻　1957/8/15　角川書店
5054　丹羽文雄作品集　別巻（特装版）　1957/8/15　角川書店
1406　丹羽文雄作品選　2007/3/9　四日市市立博物館
5055　丹羽文雄自選集　1967/10/15　集英社
6016　丹羽文雄集　現代国民文学全集10　1957/10/15　角川書店
6019　丹羽文雄集　現代長編小説全集7　1958/11/20　講談社
6042　丹羽文雄集　現代長編文学全集16　1969/2/6　講談社
6045　丹羽文雄集　現代日本の文学27　1970/6/1　学習研究社
6057　丹羽文雄集　現代日本文学12　1974/9/1　筑摩書房
6038　丹羽文雄集　現代日本文学館37　1968/9/1　文芸春秋
6054　丹羽文雄集　現代日本文学全集　補巻13

1973/4/1　筑摩書房
6026　丹羽文雄集　現代の文学14　1963/10/5　河出書房新社
6027　丹羽文雄集　現代文学大系46　1964/9/10　筑摩書房
6032　丹羽文雄集　豪華版日本文学全集21　1966/11/3　河出書房新社
6002　丹羽文雄集　三代名作全集　1943/2/15　河出書房
6056　丹羽文雄集　昭和国民文学全集21　1974/4/25　筑摩書房
6059　丹羽文雄集　昭和国民文学全集26　1979/3/25　筑摩書房
6025　丹羽文雄集　昭和文学全集14　1962/6/5　角川書店
6020　丹羽文雄集　新選現代日本文学全集13　1959/2/15　筑摩書房
6049　丹羽文雄集　新潮日本文学28　1971/3/12　新潮社
6001　丹羽文雄集　新日本文学全集18　1940/12/20　改造社
6015　丹羽文雄集　新編現代日本文学全集6　1957/10/1　東方社
6058　丹羽文雄集　筑摩現代文学大系48　1977/7/15　筑摩書房
6023　丹羽文雄集　長編小説全集9　1961/11/21　講談社
6037　丹羽文雄集　日本文学全集19　1968/2/10　河出書房新社
6043　丹羽文雄集　日本文学全集22（全40巻）　1969/10/30　新潮社
6050　丹羽文雄集　日本文学全集22（全45巻）　1971/7/20　新潮社
6034　丹羽文雄集　日本文学全集30（セット）　1967/8/15　新潮社
6035　丹羽文雄集　日本文学全集30　1967/9/15　新潮社

6021　丹羽文雄集　日本文学全集43　1960/3/20　新潮社
6046　丹羽文雄集　日本文学全集46　1970/11/1　筑摩書房
6033　丹羽文雄集　日本文学全集63　1967/1/12　集英社
6052　丹羽文雄集　日本文学全集63　豪華版　1972/7/8　集英社
3022　丹羽文雄宗教語録　小説家の中の宗教　1975/10/25　桜楓社
5001　丹羽文雄選集1　1939/4/20　竹村書房
5008　丹羽文雄選集1　1948/7/25　改造社
5002　丹羽文雄選集2　1939/5/20　竹村書房
5009　丹羽文雄選集2　1948/11/10　改造社
5003　丹羽文雄選集3　1939/6/20　竹村書房
5010　丹羽文雄選集3　1949/2/25　改造社
5004　丹羽文雄選集4　1939/7/20　竹村書房
5011　丹羽文雄選集4　1949/12/20　改造社
5005　丹羽文雄選集5　1939/8/20　竹村書房
5006　丹羽文雄選集6　1939/9/20　竹村書房
5007　丹羽文雄選集7　1939/10/20　竹村書房
1039　丹羽文雄選集　職業もつ女　1941/6/23　春陽堂
1040　丹羽文雄選集　人生案内　1941/6/23　春陽堂
1037　丹羽文雄選集　対世間　1941/6/21　春陽堂
2071　丹羽文雄短篇集　鮎・母の日・妻　2006/1/10　講談社
9204　丹羽文雄と「文学者」　1999/9/9　東京都近代文学博物館
5112　丹羽文雄の短篇30選　1984/11/22　角川書店
5056　丹羽文雄文学全集1　1974/4/8　講談社

5084	丹羽文雄文学全集 1（限定版）	1974/4/20	講談社
5076	丹羽文雄文学全集 2	1976/1/8	講談社
5104	丹羽文雄文学全集 2（限定版）	1976/1/20	講談社
5060	丹羽文雄文学全集 3	1974/9/8	講談社
5088	丹羽文雄文学全集 3（限定版）	1974/9/20	講談社
5067	丹羽文雄文学全集 4	1975/4/8	講談社
5095	丹羽文雄文学全集 4（限定版）	1975/4/20	講談社
5062	丹羽文雄文学全集 5	1974/11/8	講談社
5090	丹羽文雄文学全集 5（限定版）	1974/11/20	講談社
5064	丹羽文雄文学全集 6	1975/1/8	講談社
5092	丹羽文雄文学全集 6（限定版）	1975/1/20	講談社
5073	丹羽文雄文学全集 7	1975/10/8	講談社
5101	丹羽文雄文学全集 7（限定版）	1975/10/20	講談社
5059	丹羽文雄文学全集 8	1974/8/8	講談社
5087	丹羽文雄文学全集 8（限定版）	1974/8/20	講談社
5074	丹羽文雄文学全集 9	1975/11/8	講談社
5102	丹羽文雄文学全集 9（限定版）	1975/11/20	講談社
5057	丹羽文雄文学全集 10	1974/6/8	講談社
5085	丹羽文雄文学全集 10（限定版）	1974/6/20	講談社
5075	丹羽文雄文学全集 11	1975/12/8	講談社
5103	丹羽文雄文学全集 11（限定版）	1975/12/20	講談社
5061	丹羽文雄文学全集 12	1974/10/8	講談社
5089	丹羽文雄文学全集 12（限定版）	1974/10/20	講談社
5068	丹羽文雄文学全集 13	1975/5/8	講談社
5096	丹羽文雄文学全集 13（限定版）	1975/5/20	講談社
5078	丹羽文雄文学全集 14	1976/3/8	講談社
5106	丹羽文雄文学全集 14（限定版）	1976/3/20	講談社
5070	丹羽文雄文学全集 15	1975/7/8	講談社
5098	丹羽文雄文学全集 15（限定版）	1975/7/20	講談社
5066	丹羽文雄文学全集 16	1975/3/8	講談社
5094	丹羽文雄文学全集 16（限定版）	1975/3/20	講談社
5058	丹羽文雄文学全集 17	1974/7/8	講談社
5086	丹羽文雄文学全集 17（限定版）	1974/7/20	講談社
5063	丹羽文雄文学全集 18	1974/12/8	講談社
5091	丹羽文雄文学全集 18（限定版）	1974/12/20	講談社
5077	丹羽文雄文学全集 19	1976/2/8	講談社
5105	丹羽文雄文学全集 19（限定版）	1976/2/20	講談社
5079	丹羽文雄文学全集 20	1976/4/8	講談社
5107	丹羽文雄文学全集 20（限定版）	1976/4/20	講談社
5080	丹羽文雄文学全集 21	1976/5/8	講談社
5108	丹羽文雄文学全集 21（限定版）	1976/5/20	講談社
5072	丹羽文雄文学全集 22	1975/9/8	講談社
5100	丹羽文雄文学全集 22（限定版）	1975/9/20	講談社
5065	丹羽文雄文学全集 23	1975/2/8	講談社
5093	丹羽文雄文学全集 23（限定版）	1975/2/20	講談社
5069	丹羽文雄文学全集 24	1975/6/8	講談社
5097	丹羽文雄文学全集 24（限定版）	1975/6/20	講談社
5071	丹羽文雄文学全集 25	1975/8/8	講談社
5099	丹羽文雄文学全集 25（限定版）	1975/8/20	講談社
5081	丹羽文雄文学全集 26	1976/6/8	講談社
5109	丹羽文雄文学全集 26（限定版）	1976/6/20	講談社
5082	丹羽文雄文学全集 27	1976/7/8	講談社

5110	丹羽文雄文学全集27（限定版）	1976/7/20	講談社
5083	丹羽文雄文学全集28	1976/8/8	講談社
5111	丹羽文雄文学全集28（限定版）	1976/8/20	講談社
5012	丹羽文雄文庫1理想の良人	1953/11/1	東方社
5013	丹羽文雄文庫2鬼子母神界隈	1953/12/15	東方社
5014	丹羽文雄文庫3貞操切符	1954/1/15	東方社
5015	丹羽文雄文庫4藍染めて	1954/2/10	東方社
5016	丹羽文雄文庫5勤王届出	1954/3/10	東方社
5017	丹羽文雄文庫6女の侮蔑	1954/4/20	東方社
5018	丹羽文雄文庫7海戦	1954/5/20	東方社
5019	丹羽文雄文庫8女は恐い	1954/6/10	東方社
5020	丹羽文雄文庫9人生案内	1954/7/10	東方社
5021	丹羽文雄文庫10煩悩具足	1954/8/10	東方社
5022	丹羽文雄文庫11東京いそっぷ噺	1954/9/10	東方社
5023	丹羽文雄文庫12純情	1954/10/10	東方社
5024	丹羽文雄文庫13愛人	1954/11/10	東方社
5025	丹羽文雄文庫14東京の女性	1954/12/20	東方社
5026	丹羽文雄文庫15天の樹	1955/1/25	東方社
5027	丹羽文雄文庫16野の女	1955/2/25	東方社
5028	丹羽文雄文庫17魚紋	1955/3/25	東方社
5029	丹羽文雄文庫18舞台界隈	1955/4/25	東方社
5030	丹羽文雄文庫19当世胸算用	1955/5/25	東方社
5031	丹羽文雄文庫20毎年の柿	1955/7/10	東方社
5032	丹羽文雄文庫21幸福への距離	1955/8/20	東方社
5033	丹羽文雄文庫22好色の戒め	1955/9/20	東方社
5034	丹羽文雄文庫23豹と薔薇	1955/10/15	東方社
5035	丹羽文雄文庫24女人禁制	1955/10/25	東方社
5036	丹羽文雄文庫25洗濯屋	1955/12/15	東方社
6010	丹羽文雄篇　長篇小説全集11	1953/10/31	新潮社
1107	人間図	1948/4/30	改造社
1401	人間・舟橋聖一	1987/4/25	新潮社
1110	人間模様	1948/6/15	講談社
1124	人間模様（異装版）	1949/6/15	講談社
1272	人間模様	1961/6/10	東方社
1165	濃霧の人	1953/6/15	東方社
5027	野の女　丹羽文雄文庫16	1955/2/25	東方社

は　行

7140	肌	2011/01/13	ポプラ社
1174	秦逸三	1955/6/17	帝国人絹株式会社
1146	爬虫類	1951/3/10	文芸春秋新社
2008	爬虫類（文庫版）	1955/11/5	新潮社
5042	爬虫類・かしまの情　丹羽文雄作品集4	1957/5/15	角川書店
1021	花戦	1938/9/20	竹村書房
1094	花戦	1947/8/10	蒼雲書房
1405	母、そしてふるさと　丹羽文雄作品集	2006/4/23	四日市市立博物館
7123	母の加護	1986/7/30	文芸春秋
7510	母の加護（文庫版）	1989/7/10	文芸春秋
1319	母の始末書	1966/8/30	新潮社
1033	母の青春	1940/10/20	明石書房

1283 母の晩年 1962/5/20 東方社
1329 母の晩年 1967/11/25 東方社
2039 母の晩年(文庫版) 1981/9/25 集英社
1301 浜娘 1964/9/20 講談社
5003 薔薇　丹羽文雄選集3 1939/6/20 竹村書房
1275 薔薇合戦→薔薇合戦(そうびかっせん)
1101 バラの時代 1948/1/25 和敬書店
1057 春の門(新生活叢書) 1946/1/10 新生活社
1106 春の門 1948/4/10 東方社
1159 春の門(新装版) 1952/12/15 東方社
1260 春の門(新装版) 1960/6/10 東方社
1298 春の門(新装版) 1964/4/10 東方社
1321 春の門(カバー) 1967/3/10 東方社
1322 春の門(函) 1967/3/10 東方社
1055 春の山かぜ 1944/1/18 春陽堂
1056 春の山かぜ(異装版) 1945/6/10 春陽堂
1014 版画荘文庫7　幼い薔薇 1937/8/20 版画荘
1333 晩秋 1968/3/10 朝日新聞社
1362 晩秋 1974/12/30 三笠書房
1361 干潟 1974/12/5 新潮社
2044 干潟(文庫版) 1982/7/25 集英社
1382 彼岸前 1980/9/20 新潮社
1046 青蜩(ひぐらし) 1942/9/20 三杏書院
1327 人妻 1967/8/25 新潮社
3029 ひと我を非情の作家と呼ぶ 1984/11/30 光文社
4006 ひと我を非情の作家と呼ぶ(文庫版)
1987/6/20 光文社
1257 秘めた相似 1960/5/10 講談社
7140 百年文庫　肌 2011/01/13 ポプラ社
1058 豹と薔薇 1946/4/15 白鷗社
5034 豹と薔薇　丹羽文雄文庫23 1955/10/15 東方社
1015 豹の女 1937/10/19 河出書房
1076 豹の女 1946/10/16 葛城書店
1375 豹の女 1979/7/5 三笠書房
7091 平林たい子追悼文集
1973/7/28 平林たい子記念文学会
1185 ファッション・モデル 1955/11/10 講談社
1308 ファッション・モデル(新書版)
1965/4/10 日本文華社
1028 風俗 1940/6/18 三笠書房
1252 ふき溜りの人生 1960/3/30 新潮社
1168 藤代大佐 1953/8/10 東方社
1215 藤代大佐(異装版) 1958/6/20 東方社
5029 舞台界隈　丹羽文雄文庫18 1955/4/25 東方社
7085 舞台再訪 1971/7/15 三笠書房
1032 二つの都 1940/10/16 高山書院
1081 二つの都 1947/2/1 新月書房
7117 ふるさとの漬けもの 1986/3/25 講談社
3017 古里の寺 1971/4/28 講談社
6541 ふるさと文学館13 1994/11/15 ぎょうせい
6540 ふるさと文学館14 1994/4/15 ぎょうせい
6544 ふるさと文学館15 1995/7/15 ぎょうせい

6542	ふるさと文学館25	1995/1/15	ぎょうせい
6543	ふるさと文学館28	1995/6/15	ぎょうせい
7501	文学　その創作と鑑賞	1956/5/25	社会思想研究会出版部
7105	文学1982	1982/4/16	講談社
7110	文学1983	1983/4/18	講談社
9209	文学者の手紙4　昭和の文学者たち	2007/5/30	博文館新社
9207	文学者の手紙6　高見順	2004/2/23	博文館新社
7081	文学選集33	1968/5/25	講談社
7088	文学選集37	1972/5/12	講談社
7048	文学と人生	1954/7/1	大谷出版社
6503	文学の創造と鑑賞4　岩波講座	1955/2/25	岩波書店
6553	文芸時評大系　昭和篇Ⅰ　9	2007/10/25	ゆまに書房
6554	文芸時評大系　昭和篇Ⅰ　10	2007/10/25	ゆまに書房
6555	文芸時評大系　昭和篇Ⅰ　11	2007/10/25	ゆまに書房
6556	文芸時評大系　昭和篇Ⅰ　13	2007/10/25	ゆまに書房
6557	文芸時評大系　昭和篇Ⅰ　14	2007/10/25	ゆまに書房
6558	文芸時評大系　昭和篇Ⅰ　15	2007/10/25	ゆまに書房
6559	文芸時評大系　昭和篇Ⅰ　17	2007/10/25	ゆまに書房
6560	文芸時評大系　昭和篇Ⅰ　18	2007/10/25	ゆまに書房
6561	文芸時評大系　昭和篇Ⅱ　2	2008/10/25	ゆまに書房
6562	文芸時評大系　昭和篇Ⅱ　3	2008/10/25	ゆまに書房
6563	文芸時評大系　昭和篇Ⅱ　4	2008/10/25	ゆまに書房
6564	文芸時評大系　昭和篇Ⅱ　5	2008/10/25	ゆまに書房
6565	文芸時評大系　昭和篇Ⅱ　12	2008/10/25	ゆまに書房
8506	文芸読本　西鶴	1962/12/25	河出書房新社
7002	文芸年鑑　一九三六年版	1936/3/25	第一書房
7027	文芸評論代表選集1	1949/5/1	丹頂書房
7035	文芸評論代表選集　昭和25年度版	1950/9/25	中央公論社
7136	文豪丹羽文雄　その人と文学	2000/2/122	四日市市立図書館
9102	文士の筆跡2（特装版）	1968/2/29	二玄社
9103	文士の筆跡2	1968/4/3	二玄社
9104	文士の筆跡2（新装版）	1986/5/3	二玄社
7100	文章　人生読本	1978/8/28	河出書房新社
7050	文章講座4（特装版）	1954/9/30	河出書房
7051	文章講座4（普及版）	1954/9/30	河出書房
6501	文壇出世作全集	1935/10/3	中央公論社
8004	文壇よもやま話　上	1961/4/15	青蛙社
8027	文壇よもやま話　上（文庫版）	2010/10/25	中央公論新社
1029	紅蛍	1940/7/26	時代社
1161	蛇と鳩	1953/3/10	朝日新聞社
1176	蛇と鳩（新書版）	1955/7/25	講談社
2014	蛇と鳩（文庫版）	1957/11/20	角川書店
2017	蛇と鳩（文庫版）	1960/9/15	新潮社
5069	蛇と鳩・守礼の門　丹羽文雄文学全集24	1975/6/8	講談社
7053	ヘミングウェイ研究	1954/10/30	英宝社
7069	ヘミングウェイ研究（増訂版）	1959/11/15	英宝社

1208 忘却の人 1957/8/20 角川書店
1171 庖丁 1954/9/10 毎日新聞社
1180 庖丁（新書版） 1955/9/5 毎日新聞社
2011 庖丁（文庫版） 1956/10/30 角川書店
5059 庖丁・恋文・雨跡 丹羽文雄文学全集8 1974/8/8 講談社
5045 庖丁・恋文 丹羽文雄作品集 別巻 1957/8/15 角川書店
1049 報道班員の手記 1943/4/19 改造社
1126 暴夜物語 1949/7/1 東方社
1142 暴夜物語（新装版） 1950/10/1 東方社
2027 菩提樹 1970/9/30 新潮社
1184 菩提樹 上 1955/10/15 新潮社
2012 菩提樹 上（文庫版） 1957/9/5 新潮社
1191 菩提樹 下 1956/3/30 新潮社
2013 菩提樹 下（文庫版） 1957/9/10 新潮社
5037 菩提樹 丹羽文雄作品集6 1956/12/20 角川書店
5056 菩提樹・再会 丹羽文雄文学全集1 1974/4/8 講談社
7086 牡丹の花 獅子文六追悼録 1971/12/13 獅子文六追悼録刊行会
6520 北海道文学全集12 1980/12/10 立風書房
3019 仏にひかれて 1971/12/15 読売新聞社
4003 仏にひかれて（文庫版） 1974/11/10 中央公論社
1244 煩悩具足 1959/8/1 東方社
5004 煩悩具足 丹羽文雄選集4 1939/7/20 竹村書房
5021 煩悩具足 丹羽文雄文庫10 1954/8/10 東方社
7133 本の置き場所 1997/12/10 小学館

ま 行

5031 毎年の柿 丹羽文雄文庫20 1955/7/10 東方社
1313 魔身 1966/3/25 中央公論社
2036 魔身（文庫版） 1980/3/10 中央公論社
1059 眉匠 1946/5/1 オール・ロマンス社
5503 三島由紀夫全集35 1976/4/30 新潮社
1267 水溜り 1960/10/30 講談社
7503 水に映る雲 1977/9/30 角川書店
1051 みぞれ宵 1943/7/19 改造社
1129 路は続いて居る 1949/7/25 六興出版
1100 未亡人 1947/12/15 九州書院
1068 昔男ありて 1946/9/1 豊島岡書店
1345 無慚無愧 1970/4/25 文芸春秋
1212 娘 1958/2/25 東方社
9206 娘から父に贈る朗らか介護日記 2001/11/10 朝日新聞社
1064 芽 1946/7/10 和田堀書店
1351 名作自選日本現代文学館 有情 1972/12/1 ほるぷ出版
7116 名士の食卓 1986/3/19 彩古書房
7061 明治図書講座国語教育7 1956/4/1 明治図書
8001 問答有用 夢声対談集4 1953/12/20 朝日新聞社

や　行

5506	保田与重郎全集　別巻2	1989/5/15	講談社
1379	山肌　上	1980/6/20	新潮社
2049	山肌　上（文庫版）	1984/6/25	新潮社
1380	山肌　下	1980/6/20	新潮社
2050	山肌　下（文庫版）	1984/6/25	新潮社
1072	柔い眉	1946/9/30	太白書房
1095	柔い眉	1947/8/20	川崎書店
1320	有料道路	1967/3/1	文芸春秋
1366	有料道路	1976/7/31	三笠書房
1270	雪	1961/4/10	講談社
1269	ゆきずり	1961/1/20	講談社
1312	雪の中の声	1965/11/30	新潮社
1170	欲の果て	1954/7/8	新潮社
1286	欲望の河	1962/9/30	新潮社
1373	欲望の河	1978/6/10	三笠書房
5505	横光利一全集月報集成	1988/12/30	河出書房新社

ら　行

9101	蘭梦抄	1947/3/10	昭森社
1085	理想の良人	1947/5/15	風雪社
1229	理想の良人	1959/2/20	東方社
5012	理想の良人　丹羽文雄文庫1	1953/11/1	東方社
8013	歴史のヒロインたち	1975/9/25	光風社
8021	歴史のヒロインたち（文庫版）	1982/8/25	旺文社
8024	歴史のヒロインたち（文庫版）	1990/9/10	文芸春秋
7017	恋愛小説集　小説ポケットブック1	1947/7/5	かすが書房
7120	蓮如	1986/5/29	難波別院
1391	蓮如1	1982/9/20	中央公論社
2051	蓮如1（文庫版）	1985/9/10	中央公論社
2062	蓮如1（文庫改版）	1997/12/18	中央公論社
1392	蓮如2	1982/10/20	中央公論社
2052	蓮如2（文庫版）	1985/9/10	中央公論社
2063	蓮如2（文庫改版）	1998/1/18	中央公論社
1393	蓮如3	1982/11/20	中央公論社
2053	蓮如3（文庫版）	1985/9/10	中央公論社
2064	蓮如3（文庫改版）	1998/2/18	中央公論社
1395	蓮如4	1982/12/20	中央公論社
2054	蓮如4（文庫版）	1985/10/10	中央公論社
2065	蓮如4（文庫改版）	1998/3/18	中央公論社
1396	蓮如5	1983/1/20	中央公論社
2055	蓮如5（文庫版）	1985/11/10	中央公論社
2066	蓮如5（文庫改版）	1998/4/18	中央公論社
1397	蓮如6	1983/2/20	中央公論社
2056	蓮如6（文庫版）	1985/11/10	中央公論社
2067	蓮如6（文庫改版）	1998/5/18	中央公論社
1398	蓮如7	1983/3/20	中央公論社
2057	蓮如7（文庫版）	1985/12/10	中央公論社
2068	蓮如7（文庫改版）	1998/6/18	中央公論社
1399	蓮如8	1983/4/20	中央公論社

2058	蓮如8（文庫版）	1985/12/10	中央公論社
2069	蓮如8（文庫改版）	1998/7/18	中央公論社
7118	蓮如と大阪	1986/4/24	朝日新聞社
7119	蓮如に出会う	1986/5/29	旺文社
7012	朗読文学選　現代篇	1943/5/15	大政翼賛会宣伝部
7134	論集　高田教学	1997/12/20	真宗高田派宗務院

わ　行

1008	若い季節	1936/9/15	竹村書房
1092	若い季節	1947/7/30	世界社
7107	若い女性のための仏教5	1982/10/20	佼成出版社
3019	わが心の形成史　仏にひかれて	1971/12/15	読売新聞社
7072	わが小説	1962/7/15	雪華社
7099	わが小説（新版）	1976/1/25	雪華社
7004	わが小説修業	1939/10/18	厚生閣
7102	わが体験	1978/9/10	潮出版社
7130	わが体験　人生こぼれ話	1994/9/25	潮出版社
3030	わが母、わが友、わが人生	1985/7/5	角川書店
3008	わが母の記	1947/7/25	地平社
7511	別れのとき	1993/3/10	文芸春秋
1147	惑星	1951/5/30	湊書房
1190	惑星	1956/3/10	東方社
1245	惑星（新装版）	1959/8/1	東方社
1378	惑星	1979/12/10	三笠書房
7040	早稲田作家集　時代の花束	1951/7/1	東方社
7084	私にとって幸福とは	1971/2/15	祥伝社
5007	私の記憶　丹羽文雄選集7	1939/10/20	竹村書房
7077	私の小説作法	1966/6/20	雪華社
7094	私の小説作法（新版）	1975/2/25	雪華社
3028	私の小説作法	1984/3/5	潮出版社
3012	私の人間修業	1955/10/31	人文書院
3027	私の年々歳々	1979/6/4	サンケイ出版
3009	私は小説家である	1947/11/5	銀座出版社
7126	私を変えた一言	1988/11/1	大和出版
7135	和田芳恵展	1999/10/23	古河文学館
3032	をりふしの風景	1988/8/20	学芸書林

四　初出目録

Ⅰ　小説

うたがい　未発表　大正一一年　＊16枚。四日市高等学校所蔵。複製版は四日市市立博物館内丹羽文雄記念室に展示されている。

〔収録〕

7130　文豪丹羽文雄　その人と文学（平成一三年二月　四日市市立博物館）

秋　「街」大正一五年一〇月一日　42-55頁　＊30枚。「自筆メモ」では50枚とある。なお雑誌「街」には、復刻版として早稲田大学図書館編「精選近代文芸雑誌集マイクロフィッシュ版　五〇八」（平成一七年　雄松堂フィルム出版　マイクロフィッシュ　7枚）がある。

〔収録〕

1001　鮎（昭和一〇年一月　文体社）
1004　鮎（昭和一〇年九月　双雅房）
1096　嘘多い女（昭和二二年九月　新文芸社）
1226　当世胸算用（昭和三三年一二月　東方社）
2003　贅肉（昭和二五年二月　春陽堂文庫）
2010　鮎（昭和三一年九月　角川文庫）
2031　鮎（昭和五三年一月　集英社文庫）
2071　鮎・母の日・妻（平成一八年一月　講談社）
5001　丹羽文雄選集１（昭和一四年四月　竹村書房）
5030　丹羽文雄文庫19（昭和三〇年五月　東方社）
5043　丹羽文雄作品集１（昭和三二年六月　角川書店）
5076　丹羽文雄文学全集２（昭和五一年一月　講談社）

〔再録〕

新正統派　三巻五号　昭和五年五月一日

敦子　「国文学」九号　大正一六年一月一日（昭和二年一月一日）39-52頁　＊30枚。奥付は「大正十六年一月一日」とある。『全集』では五月号とあるが誤り。

捨てられた女　「早稲田大学新聞」一一九号　昭和二年二月三日　＊10枚。なお復刻版に『早稲田大学新聞』二（昭和五五年一一月　竜渓書舎）がある。

或る生活の人々　「文芸城」三号　昭和二年九月一日　15-36頁　＊30枚。「文芸城」には、復刻版として早稲田大学図書館編「精選近代文芸雑誌集マイクロフィッシュ版　五〇九」（平成一七年　雄松堂フィルム出版　マイクロフィッシュ　5枚）がある。

その前後　「新正統派」創刊号　昭和三年一月一日　6-16頁　＊30枚。なお「新正統派」には、復刻版として早稲田大学図書館編「精選近代文芸雑誌集マイクロフィッシュ版　五一〇」（平成一三年　雄松堂フィルム出版　マイクロフィッシュ　33枚）がある。

春　「新正統派」一巻五号　昭和三年五月一日　10-24頁　＊50枚。『全集』では三号とある。

秋・蜜柑・鏡　「新正統派」一巻六号　昭和三年六月一日　39-50頁　＊15枚。『全集』では四号とある。

悪い奴　「新正統派」二巻一号　昭和四年一月一日　11-26頁　＊46枚。『全集』では六号とある。

いろは　「新正統派」二巻三号　昭和四年三月一日　29-35頁　＊37枚。『全集』では七号とある。

朗らかな、ある最初　「新正統派」二巻六号　昭和四年六月一日　33-58頁　＊37枚。『全集』では九号とある。「自筆メモ」では78枚。

〔収録〕
1357　鮎（昭和四八年一二月　成瀬書房）
5067　丹羽文雄文学全集4（昭和五〇年四月　講談社）
5112　丹羽文雄の短篇30選（昭和五九年一一月　角川書店）

お膳を蹴りあげた話　「新正統派」二巻一号　昭和四年一〇月一日　11-26頁　＊47枚。『全集』では「十月　十号」とある。

〔収録〕
5112　丹羽文雄の短篇30選（昭和五九年一一月　角川書店）

秋　「新正統派」三巻五号　昭和五年五月一日　2-18頁　＊再録。『全集』では一一月とあるが誤り。

壽々　「正統文学」創刊号　昭和五年九月一日　74-81頁　＊24枚。なお「正統文学」には、復刻版として早稲田大学図書館編「精選近代文芸雑誌集マイクロフィッシュ版　五一一」（平成一八年　雄松堂フィルム出版　マイクロフィッシュ6枚）がある。

河　「正統文学」一巻三号　昭和五年一一月一日　86-121頁　＊102枚。

南颸　「文学党員」創刊号　昭和六年一月一日　32-43頁　＊35枚。

嬌児　「文学党員」四号　昭和六年四月一日　32-43頁　＊73枚。

脚　「文学党員」五号　昭和六年五月一日　31-39頁　＊15枚。

鮎　「文芸春秋」一〇巻四号　昭和七年四月一日　309-319頁　＊30枚。「或る生活の人々」の改作。

〔収録〕
1001　鮎（昭和一〇年一月　文体社）
1004　鮎（昭和一〇年九月　双雅房）
1040　人生案内（昭和一六年六月　春陽堂）
1079　女の侮蔑（昭和二二年一月　三昧書林）
1111　象形文字（昭和二三年六月　オリオン社）

1157 厭がらせの年齢・鮎（昭和二七年一二月　筑摩書房）
1244 煩悩具足（昭和三四年八月　東方社）
1283 母の晩年（昭和四〇年二月　東方社）
1294 有情（昭和三九年二月　雪華社）
1357 鮎（昭和四八年一二月　成瀬書房）
1400 鮎（昭和五八年一二月　未来工房）
1406 丹羽文雄作品選（平成一九年三月　四日市市民文化部）
2003 贅肉（昭和二五年二月　春陽堂文庫）
2010 鮎（昭和三一年九月　角川文庫）
2031 鮎（昭和五三年一月　集英社文庫）
2071 鮎・母の日・妻（平成一八年一月　講談社文芸文庫）
5001 丹羽文雄選集1（昭和一四年四月　竹村書房）
5008 丹羽文雄選集1（昭和二三年七月　改造社）
5021 丹羽文雄文庫10（昭和二九年八月　東方社）
5043 丹羽文雄作品集1（昭和三二年六月　角川書店）
5055 丹羽文雄自選集（昭和四二年一〇月　集英社）
5076 丹羽文雄文学全集2（昭和五一年一月　講談社）
5112 丹羽文雄の短篇30選（昭和五九年一一月　角川書店）
6005 現代日本小説大系49（昭和二五年一月　河出書房）
6007 現代日本小説大系51（昭和二六年二月　河出書房）
6011 昭和文学全集46（昭和二九年一〇月　角川書店）
6012 現代日本文学全集47（昭和二九年一一月　筑摩書房）
6014 現代文学4（昭和三二年一月　芸文書院）
6017 日本国民文学全集31（昭和三二年一二月　河出書房新社）
6018 現代日本文学全集76（昭和三三年四月　筑摩書房）
6021 日本文学全集43（昭和三五年三月　新潮社）
6024 日本現代文学全集87（昭和三七年四月　講談社）
6033 日本文学全集63（昭和四二年一月　集英社）
6034 日本文学全集30（昭和四二年八月　新潮社）
6038 現代日本文学館37（昭和四三年九月　文芸春秋）
6040 日本現代文学全集33（昭和四四年一月　講談社）
6041 日本短篇文学全集42（昭和四四年二月　筑摩書房）
6043 日本文学全集22（昭和四四年一〇月　新潮社）
6045 現代日本の文学27（昭和四五年六月　学習研究社）
6048 現代日本文学大系72（昭和四六年一月　筑摩書房）
6049 新潮日本文学28（昭和四六年三月　新潮社）
6064 昭和文学全集11（昭和六三年三月　小学館）
6501 文壇出世作全集（昭和一〇年一〇月　中央公論社）
6507 鑑賞と研究現代日本文学講座7（昭和三七年二月　三省堂）
6508 世界短篇文学全集17（昭和三七年一二月　集英社）
6542 ふるさと文学館25（平成七年一月　ぎょうせい）
7033 現代日本文学選集7（昭和二五年三月　細川書店）
7043 現代作家処女作集（昭和二八年八月　潮書房）
7128 昭和の短篇小説（平成一年四月　菁柿社）
7504 教養小説名作選（昭和五四年四月　集英社）

〔再録〕

文芸　一三巻八号　昭和三一年五月
オール小説　昭和三一年一二月一五日
酒　一〇巻一一号　昭和三五年三月一日
季刊文科　二四号　平成一五年六月一日

柘榴　「婦人サロン」四巻七号　昭和七年七月一日　110-118頁
＊20枚。『全集』では八月とあるが誤り。

横顔　「新潮」二九年九号　昭和七年九月一日　36-52頁　＊38枚。七月執筆。「お膳を蹴りあげた話」の改作。
〔収録〕
1001　鮎（昭和一〇年一月　文体社）
1004　鮎（昭和一〇年九月　双雅房）
1097　似た女（昭和二二年九月　尾崎書房）
2006　愛欲の位置（昭和三〇年六月　角川文庫）
5005　丹羽文雄選集5（昭和一四年八月　竹村書房）

剪花　「三田文学」七巻一〇号　昭和七年一一月一日　25-34頁
＊30枚。「敦子」の改作。

未練　「文芸首都」創刊号　昭和八年一月一日　40-42頁　＊3枚。コント。

唄　「文芸首都」一巻二号　昭和八年二月一日　32-39頁　＊10枚。「捨てられた女」の改作。『全集』では「三月号」とあるが誤り。

童女二題　「小説」創刊号　昭和八年三月一日　22-27頁　＊12枚。

鶴　「三田文学」八巻三号　昭和八年三月一日　40-45頁　＊40枚。『全集』では四月とあるが誤り。また『全集』では55枚。
〔収録〕
1001　鮎（昭和一〇年一月　文体社）
1004　鮎（昭和一〇年九月　双雅房）
1097　似た女（昭和二二年九月　尾崎書房）
1246　勤王届出（昭和三四年九月　東方社）
2031　鮎（昭和五三年一月　集英社文庫）
5008　丹羽文雄選集1（昭和二三年七月　改造社）
5016　丹羽文雄文庫5（昭和二九年三月　東方社）
5043　丹羽文雄作品集1（昭和三二年六月　角川書店）
5112　丹羽文雄の短篇30選（昭和五九年一一月　角川書店）

丘　「小説」二号　昭和八年六月一日　2-15頁　＊32枚。『全集』では30枚。
〔収録〕
1001　鮎（昭和一〇年一月　文体社）
1004　鮎（昭和一〇年九月　双雅房）

鼬　「文芸首都」一巻六号　昭和八年六月一日　90-112頁　＊56枚。『全集』では「七月号」とあるが誤り。
〔収録〕
1001　鮎（昭和一〇年一月　文体社）
1004　鮎（昭和一〇年九月　双雅房）

追ひつめられた彼　「小説」四号　昭和八年九月一日　26-44頁
＊30枚。「剪花」の改作。

象形文字　「改造」一六巻五号　昭和九年四月一日　78-102頁
＊56枚。
〔収録〕
1001　鮎（昭和一〇年一月　文体社）
1004　鮎（昭和一〇年九月　双雅房）
1005　この絆（昭和一一年二月　改造社）
1080　贅肉（昭和二二年一月　実業之日本社）
1111　象形文字（昭和二三年六月　オリオン社）
1246　勤王届出（昭和三四年九月　東方社）
2031　鮎（昭和五三年一月三〇日　集英社文庫）
5002　丹羽文雄選集2（昭和一四年五月　竹村書房）
5008　丹羽文雄選集1（昭和二三年七月　改造社）
5016　丹羽文雄文庫5（昭和二九年三月　東方社）
5043　丹羽文雄作品集1（昭和三二年六月　角川書店）
5066　丹羽文雄文学全集16（昭和五〇年三月　講談社）
6014　現代文学4（昭和三二年一月　芸文書院）
〔再録〕
文芸　一三巻二三号　昭和三一年一二月

海面　「世紀」一巻一号　昭和九年四月一日　50-79頁　＊70枚。
〔収録〕
1001　鮎（昭和一〇年一月　文体社）
1004　鮎（昭和一〇年九月　双雅房）
1097　似た女（昭和二二年九月　尾崎書房）
2006　愛欲の位置（昭和三〇年六月　角川文庫）
5005　丹羽文雄選集5（昭和一四年八月　竹村書房）
5008　丹羽文雄選集1（昭和二三年七月　改造社）
5035　丹羽文雄文庫24（昭和三〇年一〇月　東方社）
5043　丹羽文雄作品集1（昭和三二年六月　角川書店）
5066　丹羽文雄文学全集16（昭和五〇年三月　講談社）
7506　花柳小説名作選（昭和五五年三月　集英社）

常識　「世紀」一巻三号　昭和九年六月一日　6-32頁　＊67枚。

麹町三年町　「世紀」一巻四号　昭和九年七月一日　53-62頁
＊60枚。

静江と操の間　「文芸首都」二巻七号　昭和九年七月一日
56-73頁　＊41枚。

甲羅類　「早稲田文学」一巻二号　昭和九年七月一日　39-49頁
＊38枚。
〔収録〕
1001　鮎（昭和一〇年一月　文体社）
1004　鮎（昭和一〇年九月　双雅房）
1080　贅肉（昭和二二年一月　実業之日本社）
1114　女達の家（昭和二三年一〇月　鏡書房）
1231　人生案内（昭和三四年三月　東方社）
2006　愛欲の位置（昭和三〇年六月　角川文庫）
5005　丹羽文雄選集5（昭和一四年八月　竹村書房）
5020　丹羽文雄文庫9（昭和二九年七月　東方社）
5043　丹羽文雄作品集1（昭和三二年六月　角川書店）

5066 丹羽文雄文学全集16（昭和五〇年三月　講談社）
6014 現代文学4丹羽文雄（昭和三二年一月　芸文書院）
〔再録〕
文芸　一〇巻五号　昭和二八年五月一日
早稲田文学　一八五号　平成三年一〇月一日

贅肉　「中央公論」四九年八号　昭和九年七月一五日　33-47頁
＊67枚。
〔収録〕
1001 鮎（昭和一〇年一月　文体社）
1004 鮎（昭和一〇年九月　双雅房）
1005 この絆（昭和一一年二月　改造社）
1025 南国抄（昭和一四年八月　新潮社）
1080 贅肉（昭和二二年一月　実業之日本社）
1099 南国抄（昭和二二年一〇月　新潮社）
1231 人生案内（昭和三四年三月　東方社）
1283 母の晩年（昭和四〇年二月　東方社）
1357 鮎（昭和四八年一二月　成瀬書房）
2002 厭がらせの年齢（昭和二三年七月　新潮文庫）
2003 贅肉（昭和二五年二月　春陽堂文庫）
2010 鮎（昭和三一年九月　角川文庫）
2031 鮎（昭和五三年一月　集英社文庫）
2071 鮎・母の日・妻（平成一八年一月　講談社文芸文庫）
5008 丹羽文雄選集1（昭和二三年七月　改造社）
5020 丹羽文雄文庫9（昭和二九年七月　東方社）
5043 丹羽文雄作品集1（昭和三二年六月　角川書店）
5055 丹羽文雄自選集（昭和四二年一〇月　集英社）
5076 丹羽文雄文学全集2（昭和五一年一月　講談社）
5112 丹羽文雄の短篇30選（昭和五九年一一月　角川書店）
6001 新日本文学全集18（昭和一五年一二月　改造社）
6005 現代日本小説大系49（昭和二五年一月　河出書房）
6007 現代日本小説大系51（昭和二六年二月　河出書房）
6011 昭和文学全集46（昭和二九年一〇月　角川書店）
6012 現代日本文学全集47（昭和二九年一一月　筑摩書房）
6017 日本国民文学全集31（昭和三一年一二月　河出書房新社）
6018 現代日本文学全集76（昭和三三年四月　筑摩書房）
6021 日本文学全集43（昭和三五年三月　新潮社）
6034 日本文学全集30（昭和四二年八月　新潮社）
6043 日本文学全集22（昭和四四年一〇月　新潮社）
6045 現代日本の文学27（昭和四五年六月　学習研究社）
6061 昭和文学全集11（昭和六三年三月　小学館）
6545 岐阜県文学全集2（平成七年七月　郷土出版社）
〔再録〕
小説春秋　三巻一号　昭和三二年一月一日

石採祭の夜　「時事新報」昭和九年七月一六日　＊3枚。「未練」の改作。
〔収録〕
1006 閨秀作家（昭和一一年三月　竹村書房）
1064 芽（昭和二一年七月　和田堀書店）

婚期　「世紀」一巻五号　昭和九年八月一日　6-24頁　＊50枚。

「春」の改作。

三日坊主　「行動」二巻九号　昭和九年九月一日　169-190頁　＊42枚。
〔収録〕
1001　鮎（昭和一〇年一月　文体社）
1004　鮎（昭和一〇年九月　双雅房）
1077　再会（昭和二一年一一月　昭森社）
1236　女の侮蔑（昭和三四年五月　東方社）
1295　落鮎（昭和三九年二月　東方社）
2031　鮎（昭和五三年一月　集英社文庫）
5003　丹羽文雄選集３（昭和一四年六月　竹村書房）
5008　丹羽文雄選集１（昭和二三年七月　改造社）
5017　丹羽文雄文庫６（昭和二九年四月　東方社）
6001　新日本文学全集18（昭和一五年一二月　改造社）

美貌　「若草」一〇巻一〇号　昭和九年一〇月一日　20-31頁
＊27枚。

変貌　「早稲田文学」一巻五号　昭和九年一〇月一日　198-215頁
＊36枚。八月執筆。『全集』では八月とあるが誤り。
〔収録〕
1002　自分の鶏（昭和一〇年九月　双雅房）

雪　「エコー」三二八号　昭和九年一一月一日　42-46頁　＊11枚。「唄」の改作。『全集』では九月、『竹村選集』では「文芸首都」とあるが誤り。
〔収録〕
1006　閨秀作家（昭和一一年三月　竹村書房）
1064　芽（昭和二一年七月　和田堀書店）
1096　嘘多い女（昭和二二年九月　新文芸社）
5003　丹羽文雄選集３（昭和一四年六月　竹村書房）
5034　丹羽文雄文庫23（昭和三〇年一〇月　東方社）

百日紅　「文芸」二巻一二号　昭和九年一二月一日　100-122頁
＊42枚。「自筆メモ」では「41枚半」とある。一一月執筆。
〔収録〕
1002　自分の鶏（昭和一〇年九月　双雅房）

貉　「日本評論」一〇巻一号　昭和一〇年一月一日　396-415頁
＊42枚。『竹村選集』では「経済往来」とあるが誤り。
〔収録〕
1002　自分の鶏（昭和一〇年九月　双雅房）

鬼子　「新潮」三二年一号　昭和一〇年一月一日　25-35頁　＊25枚。
〔収録〕
1002　自分の鶏（昭和一〇年九月　双雅房）
1039　職業もつ女（昭和一六年六月　春陽堂）
1357　鮎（昭和四八年一二月　成瀬書房）
2001　菜の花時まで（昭和一六年二月　春陽堂文庫）
2003　贅肉（昭和二五年二月　春陽堂文庫）

5001　丹羽文雄選集1（昭和一四年四月　竹村書房）
5008　丹羽文雄選集1（昭和二三年七月　改造社）
5063　丹羽文雄文学全集18（昭和四九年一二月　講談社）
6001　新日本文学全集18（昭和一五年一二月　改造社）

ある最初　「三田文学」一〇巻一号　昭和一〇年一月一日　94-125頁　＊78枚。「朗らかな、ある最初」の改作。目次には「十枚」とある。
〔収録〕
1002　自分の鶏（昭和一〇年九月　双雅房）

書初　「レツェンゾ」五巻一号　昭和一〇年一月一日　46-47頁　＊2枚。コント。『全集』「自筆メモ」では随筆とあるが、小説として掲載されている。「レツェンゾ」は紀伊国屋書店広告誌。のち「紀伊国屋月報」に改題される。

おかめはちもく　「早稲田文学」二巻一号　昭和一〇年一月一日　51-67頁　＊35枚。「南颸」の改作。

青春　「文芸汎論」五巻二号　昭和一〇年二月一日　76-87頁　＊15枚。「秋・蜜柑・鏡」の改作。

嫉妬　「大和」（大和発行所）一巻二号　昭和一〇年二月一日　12-15頁　＊25枚。川上幸吉挿絵。『全集』では一月とあるが誤り。
〔収録〕
1006　閨秀作家（昭和一一年三月　竹村書房）
1064　芽（昭和二一年七月　和田堀書店）

花嫁　「大阪朝日新聞」昭和一〇年二月三日　4面　＊10枚。『全集』では一月。「柘榴」の改作。
〔収録〕
1006　閨秀作家（昭和一一年三月　竹村書房）
1064　芽（昭和二一年七月　和田堀書店）

岐路　「中央公論」五〇年三号　昭和一〇年三月一日　29-50頁　＊45枚。一月執筆。
〔収録〕
1002　自分の鶏（昭和一〇年九月　双雅房）
1068　昔男ありて（昭和二一年九月　豊島岡書店）

椿の記憶　「世紀」二巻三号　昭和一〇年四月一日　29-44頁　＊37枚。「いろは」の改作。昭和四年九月執筆。
〔収録〕
1002　自分の鶏（昭和一〇年九月　双雅房）
1069　椿の記憶（昭和二一年九月　コバルト社）
2001　菜の花時まで（昭和一六年二月　春陽堂文庫）
2003　贅肉（昭和二五年二月　春陽堂文庫）
2010　鮎（昭和三一年九月　角川文庫）
5001　丹羽文雄選集1（昭和一四年四月　竹村書房）
5112　丹羽文雄の短篇30選（昭和五九年一一月　角川書店）

朝　「蠟人形」六巻四号　昭和一〇年四月一日　9-15頁　＊15枚。「壽々」の改作。『全集』では二月とあるが誤り。
〔収録〕
1028　風俗（昭和一五年六月　三笠書房）
1039　職業もつ女（昭和一六年六月　春陽堂）
1097　似た女（昭和二二年九月　尾崎書房）

紅子　「若草」一一巻四号　昭和一〇年四月一日　33-40頁　＊16枚。『全集』『竹村選集』では二月。
〔収録〕
1010　小鳩（昭和一一年一二月　信正社）

自分の鶏　「改造」一七巻六号　昭和一〇年六月一日　1-31頁　＊64枚。『全集』「自筆メモ」では62枚。四月執筆。
〔収録〕
1002　自分の鶏（昭和一〇年九月　双雅房）
1005　この絆（昭和一一年二月　改造社）
1069　椿の記憶（昭和二一年九月　コバルト社）
2031　鮎（昭和五三年一月　集英社文庫）
5004　丹羽文雄選集4（昭和一四年七月　竹村書房）
5008　丹羽文雄選集1（昭和二三年七月　改造社）
5043　丹羽文雄作品集1（昭和三二年六月　角川書店）
5063　丹羽文雄文学全集18（昭和四九年一二月　講談社）
6001　新日本文学全集18（昭和一五年一二月　改造社）
7021　現代作家選集　上（昭和二三年一月　桃季書院）

対世間　「新潮」三二年六号　昭和一〇年六月一日　32-50頁　＊36枚。「自筆メモ」では25枚。四月執筆。
〔収録〕
1002　自分の鶏（昭和一〇年九月　双雅房）
1037　対世間（昭和一六年六月　春陽堂）
1096　嘘多い女（昭和二二年九月　新文芸社）
5003　丹羽文雄選集3（昭和一四年六月　竹村書房）
5035　丹羽文雄文庫23（昭和三〇年一〇月　東方社）

真珠　「早稲田文学」二巻六号　昭和一〇年六月一日　36-51頁　＊27枚。四月執筆。
〔収録〕
1002　自分の鶏（昭和一〇年九月　双雅房）
1040　人生案内（昭和一六年六月　春陽堂）
1069　椿の記憶（昭和二一年九月　コバルト社）
1283　母の晩年（昭和四〇年二月　東方社）
2003　贅肉（昭和二五年二月　春陽堂文庫）
2010　鮎（昭和三一年九月　角川文庫）
5001　丹羽文雄選集1（昭和一四年四月　竹村書房）

温泉神　「週刊朝日」二八巻一号　昭和一〇年七月七日　29頁　＊10枚。七月増大号。特集コント「山と海」として掲載。林唯一挿絵。『全集』では六月とある。山川恭子編『戦前期『週刊朝日』総目次』（全3巻　平成一八年五月二五日　ゆまに書房）では丹羽六華となっており、索引にも未掲載。
〔収録〕

1006 閨秀作家（昭和一一年三月　竹村書房）
1069 椿の記憶（昭和二一年九月　コバルト社）
1114 女達の家（昭和二三年一〇月　鏡書房）
5001 丹羽文雄選集1（昭和一四年四月　竹村書房）
5036 丹羽文雄文庫25（昭和三〇年一二月　東方社）

達者な役者　「作品」六巻七号　昭和一〇年七月一日　2-18頁
＊32枚。五月執筆。
〔収録〕
1002 自分の鶏（昭和一〇年九月　双雅房）
1068 昔男ありて（昭和二一年九月　豊島岡書店）
1114 女達の家（昭和二三年一〇月　鏡書房）

小さな娼婦　「新雑誌」昭和一〇年七月　＊30枚。「小さい娼婦」に改題。未確認。「自筆メモ」では七月作。
〔収録〕
1006 閨秀作家（昭和一一年三月　竹村書房）
1064 芽（昭和二一年七月　和田堀書店）

山ノ手線　「行動」三巻八号　昭和一〇年八月一日　別1-19頁
＊38枚。
〔収録〕
1005 この絆（昭和一一年二月　改造社）
1096 嘘多い女（昭和二二年九月　新文芸社）
1244 煩悩具足（昭和三四年八月　東方社）
5003 丹羽文雄選集3（昭和一四年六月　竹村書房）
5009 丹羽文雄選集2（昭和二三年一一月　改造社）
5021 丹羽文雄文庫10（昭和二九年八月　東方社）
5112 丹羽文雄の短篇30選（昭和五九年一一月　角川書店）
6001 新日本文学全集18（昭和一五年一二月　改造社）

煩悩具足　「文芸春秋」一三巻八号　昭和一〇年八月一日　430-449頁　＊50枚。七月執筆。
〔収録〕
1002 自分の鶏（昭和一〇年九月　双雅房）
1005 この絆（昭和一一年二月　改造社）
1078 書翰の人（昭和二一年一一月　鎌倉文庫）
1111 象形文字（昭和二三年六月　オリオン社）
1244 煩悩具足（昭和三四年八月　東方社）
2031 鮎（昭和五三年一月　集英社文庫）
5004 丹羽文雄選集4（昭和一四年七月　竹村書房）
5009 丹羽文雄選集2（昭和二三年一一月　改造社）
5021 丹羽文雄文庫10（昭和二九年八月　東方社）
5043 丹羽文雄作品集1（昭和三二年六月　角川書店）
5055 丹羽文雄自選集（昭和四二年一〇月　集英社）
5070 丹羽文雄文学全集15（昭和五〇年七月　講談社）
6005 現代日本小説大系49（昭和二五年一月　河出書房）
6007 現代日本小説大系51（昭和二六年二月　河出書房）
6018 日本国民文学全集31（昭和三二年一二月　河出書房新社）

ある喪失　「若草」一一巻八号　昭和一〇年八月一日　2-41頁
＊84枚。

〔収録〕
1006 閨秀作家（昭和一一年三月 竹村書房）
1058 豹と薔薇（昭和二一年四月 白鷗社）
1073 或る女の半生（昭和二一年一〇月 日東出版社）
1114 女達の家（昭和二三年一〇月 鏡書房）
6543 ふるさと文学館28（平成七年六月 ぎょうせい）

袴 「文学界」二巻八号 昭和一〇年九月一日 29-40頁 ＊23枚
〔収録〕
1005 この絆（昭和一一年二月 改造社）
1079 女の侮蔑（昭和二二年一月 三昧書林）
5001 丹羽文雄選集1（昭和一四年四月 竹村書房）
5009 丹羽文雄選集2（昭和二三年一一月 改造社）

白夜 「スタア」昭和一〇年九月 ＊9枚。掲載誌未確認。

遺書 「月刊文章講座」一巻八号 昭和一〇年一〇月一日 83-87頁 ＊11枚。

青春の主題 「週刊朝日」二八巻二〇号 昭和一〇年一〇月一日 98-108頁 ＊37枚。九月執筆。『全集』では九月とあるが誤り。
〔収録〕
1006 閨秀作家（昭和一一年三月 竹村書房）
1064 芽（昭和二一年七月 和田堀書店）

妻の死と踊子 「中央公論」五〇年一〇号 昭和一〇年一〇月一日 109-118頁 ＊18枚。『全集』では九月とあるが誤り。
〔収録〕
1005 この絆（昭和一一年二月 改造社）
1080 贅肉（昭和二二年一月 実業之日本社）
1114 女達の家（昭和二三年一〇月 鏡書房）
2001 菜の花時まで（昭和一六年二月 春陽堂文庫）
5003 丹羽文雄選集3（昭和一四年六月 竹村書房）
5036 丹羽文雄文庫25（昭和三〇年一二月 東方社）

芽 「三田文学」一〇巻一〇号 昭和一〇年一〇月一日 164-169頁 ＊12枚。「童女二題」の改作。
〔収録〕
1006 閨秀作家（昭和一一年三月 竹村書房）
1064 芽（昭和二一年七月 和田堀書店）
1133 開かぬ門（昭和二四年一二月 不動書房）
5036 丹羽文雄文庫25（昭和三〇年一二月 東方社）

軽い葉—続ある喪失 「若草」一一巻一〇号 昭和一〇年一〇月一日 226-229頁 ＊8枚。「コント四〇人集」として掲載。「自筆メモ」では「7枚半」とある。

移つて来た街 「早稲田文学」二巻一一号〜三巻一号 昭和一〇年一〇月一日〜昭和一一年一月一日 2回 ＊「麹町三年町」の改作。竹村書房版『丹羽文雄選集』五巻では一一月。四日市目録では123枚。各掲載号は以下のとおり。

前篇　二巻一一号　昭和一〇年一〇月一日　2-11頁　30枚　一〇月執筆
後編　三巻一号　昭和一一年一月一日　177-191頁　32枚　一月一三日執筆
〔収録〕
1006　閨秀作家（昭和一一年三月　竹村書房）
1037　対世間（昭和一六年六月　春陽堂）
1069　椿の記憶（昭和二一年九月　コバルト社）
1125　町内の風紀（昭和二四年六月　明星出版社）
2001　菜の花時まで（昭和一六年二月　春陽堂文庫）
5001　丹羽文雄選集1（昭和一四年四月　竹村書房）
5080　丹羽文雄文学全集21（昭和五一年五月　講談社）

環の外　「文芸」三巻一一号　昭和一〇年一一月一日　84-106頁
＊46枚。九月執筆。竹村書房版『丹羽文雄選集』五巻では一〇月。『全集』では九月とあるが誤り。
〔収録〕
1005　この絆（昭和一一年二月　改造社）
1030　或る女の半生（昭和一五年八月　河出書房）
1114　女達の家（昭和二三年一〇月　鏡書房）

無礼な愛情　「ホーム・ライフ」一巻四号　昭和一〇年一一月一日　78-80頁　＊21枚。表紙では一二月号。宮本三郎挿絵。九月執筆。なお雑誌「ホーム・ライフ」は復刻版（平成二〇年二月一〇日　柏書房）がある。

古い恐怖　「日本評論」一〇巻一一号　昭和一〇年一一月一日　526-549頁　＊53枚。一〇月八～一一日執筆。
〔収録〕
1005　この絆（昭和一一年二月　改造社）
1125　町内の風紀（昭和二四年六月　明星出版社）
2006　愛欲の位置（昭和三〇年六月　角川文庫）
5112　丹羽文雄の短篇30選（昭和五九年一一月　角川書店）

浮気　「新装」昭和一〇年一二月　＊10.5枚。一二月一日執筆。全集では11枚。掲載誌未確認。
〔収録〕
1006　閨秀作家（昭和一一年三月　竹村書房）
1064　芽（昭和二一年七月　和田堀書店）

蜀葵の花　「新潮」三三年一号　昭和一一年一月一日　93-103頁
＊24枚。昭和一〇年一一月一一日執筆。
〔収録〕
1005　この絆（昭和一一年二月　改造社）
1040　人生案内（昭和一六年六月　春陽堂）
1069　椿の記憶（昭和二一年九月　コバルト社）
1079　女の侮蔑（昭和二二年一月　三昧書林）
1114　女達の家（昭和二三年一〇月　鏡書房）
2006　愛欲の位置（昭和三〇年六月　角川文庫）
5005　丹羽文雄選集5（昭和一四年八月　竹村書房）

一色淑女　「文芸雑誌」一巻一号～四号　昭和一一年一月一日

～四月一日　4回　＊各掲載号は以下のとおり。
1　田谷の話（一色淑女の内）　一巻一号　昭和一一年一月一日　6-17頁　23枚　昭和一〇年一一月一二日執筆
2　履歴　一巻二号　昭和一一年二月一日　39-48頁　20枚　昭和一〇年一二月一八日執筆
＊「剪花」の改作。
3　続履歴　一巻三号　昭和一一年三月一日　33-41頁　15枚　一月一九日執筆
＊「追ひつめられた彼」改作
4　一巻四号　昭和一一年四月一日　44-55頁　26枚　二月二一日執筆
＊末尾に「（序章終り）」とある。「婚期」改作。なお三重県立図書館に原稿が所蔵されている。
〔収録〕
1006　閨秀作家（昭和一一年三月　竹村書房）
1064　芽（昭和二一年七月　和田堀書店）
＊「田谷の話」のみ収録。

混同の秘密　「文芸春秋」一四巻一号　昭和一一年一月一日　324-325頁　＊11枚。「或る夜の男・女」として掲載。昭和一〇年一一月二六日執筆。自筆メモでは随筆欄にあるが、「随筆にあらず（閨秀作家）」と追記。『全集』では1枚。
〔収録〕
1006　閨秀作家（昭和一一年三月　竹村書房）
1064　芽（昭和二一年七月　和田堀書店）

逃げる記　「若草」一二巻一号　昭和一一年一月一日　14-22頁
＊25枚。昭和一〇年一〇月三一日執筆。

雀太郎　「大阪朝日新聞」昭和一一年一月五日　4面　＊17枚。竹村書房版『丹羽文雄選集』五巻では一二月。昭和一〇年一二月二五日執筆。
〔収録〕
1006　閨秀作家（昭和一一年三月　竹村書房）
1064　芽（昭和二一年七月　和田堀書店）

この絆　「改造」一八巻二号　昭和一一年二月一日　29-61頁
＊67枚。一月六日執筆。
〔収録〕
1005　この絆（昭和一一年二月　改造社）
1097　嘘多い女（昭和二二年九月　新文芸社）
1231　人生案内（昭和三四年三月　東方社）
5004　丹羽文雄選集4（昭和一四年七月　竹村書房）
5009　丹羽文雄選集2（昭和二三年一一月　改造社）
5043　丹羽文雄文庫9（昭和二九年七月　東方社）
5063　丹羽文雄文学全集18（昭和四九年一二月　講談社）

充血した眼　「日本評論」一一巻二号　昭和一一年二月一日　246-248頁　＊8枚。「三六年型の序栄を探る」として掲載。一月七日執筆。

朧夜　「婦人公論」二一巻三号　昭和一一年三月一日　84-87頁

＊7枚。一月一七日執筆。

閨秀作家　「サンデー毎日」一五巻三号　昭和一一年三月一〇日　90-116頁　＊21枚。『全集』では一月、2枚とあるが誤り。内田巖挿絵。昭和一〇年一二月一七日執筆。

〔収録〕

1006　閨秀作家（昭和一一年三月　竹村書房）

友情　「新評論」創刊号　昭和一一年三月一日　107-124頁　＊41枚。「静枝と操との間」改作。一月一九日執筆。『全集』では二月とあるが誤り。

〔収録〕

1009　女人禁制（昭和一一年一〇月　双雅房）

菜の花時まで　「日本評論」一一巻四号　昭和一一年四月一日　403-426頁　＊53枚。三月五日執筆。

〔収録〕

1009　女人禁制（昭和一一年一〇月　双雅房）
1078　書翰の人（昭和二一年一一月　鎌倉文庫）
1283　母の晩年（昭和四〇年二月　東方社）
2001　菜の花時まで（昭和一六年二月　春陽堂文庫）
2010　鮎（昭和三一年九月　角川文庫）
2031　鮎（昭和五三年一月　集英社文庫）
2071　鮎・母の日・妻（平成一八年一月　講談社文芸文庫）
5001　丹羽文雄選集1（昭和一四年四月　竹村書房）
5009　丹羽文雄選集2（昭和二三年一一月　改造社）
5035　丹羽文雄文庫24（昭和三〇年一〇月　東方社）
5043　丹羽文雄作品集1（昭和三二年六月　角川書店）
5055　丹羽文雄自選集（昭和四二年一〇月　集英社）
5067　丹羽文雄文学全集4（昭和五〇年四月　講談社）
5112　丹羽文雄の短篇30選（昭和五九年一一月　角川書店）
6045　現代日本の文学27（昭和四五年六月　学習研究社）
6049　新潮日本文学28（昭和四六年三月　新潮社）

荊棘萌え初め　「文芸」四巻四号　昭和一一年四月一日　68-99頁　＊64枚。二月二七日執筆。『全集』では三月とあるが誤り。

〔収録〕

1009　女人禁制（昭和一一年一〇月　双雅房）
1030　或る女の半生（昭和一五年八月　河出書房）
1114　女達の家（昭和二三年一〇月　鏡書房）

女達の家　「明朗」一巻一号　昭和一一年四月一日　228-239頁　＊24枚。一月三一日執筆。

〔収録〕

1009　女人禁制（昭和一一年一〇月　双雅房）
1030　或る女の半生（昭和一五年八月　河出書房）
1114　女達の家（昭和二三年一〇月　鏡書房）

部屋を染めるもの　「商工倶楽部新聞」昭和一一年四月　＊5枚。三月一五日執筆。未確認。

波の一つに　「月刊文章」二巻五号　昭和一一年五月一日　84-90頁　＊14枚。三月二九日執筆。

辛い夢若い夢　「週刊朝日」二九巻二一号　昭和一一年五月一日　121-131頁　＊35枚。『全集』では「自三月　至四月　二八〇枚」とあるが誤り。二月四日執筆。

〔収録〕

1010　小鳩（昭和一一年一二月　信正社）

文鳥と鼠と　「新潮」三三年五号　昭和一一年五月一日　191-212頁　＊46枚。三月二六日執筆。

〔収録〕

1009　女人禁制（昭和一一年一〇月　双雅房）

1030　或る女の半生（昭和一五年八月　河出書房）

1073　或る女の半生（昭和二二年一〇月　日東出版社）

1114　女達の家（昭和二三年一〇月　鏡書房）

摑む藁　「文芸通信」四巻五号　昭和一一年五月一日　6-9頁　＊7枚。「新選短篇小説集」欄に掲載。『全集』では六月とあるが誤り。

春光の下で　「蠟人形」七巻四号　昭和一一年五月一日　76-80頁　＊9枚。三月二九日執筆。

恋に似通ふ　「若草」一二巻五号　昭和一一年五月一日　11-17頁　＊15枚。三月一六日執筆。『全集』では「自五月　至一二月　一二〇枚」とあるが誤り。

〔収録〕

1011　小鳩（昭和一一年一二月　信正社）

一茎一花　「福岡日日新聞」夕刊　昭和一一年五月三〇日〜六月一六日　29回　＊90枚。須藤重挿絵。五月一五日〜六月四日執筆。『全集』では五月一〜三〇日連載とあるが誤り。

〔収録〕

1008　若い季節（昭和一一年九月　竹村書房）

女人禁制　「中央公論」五一年六号　昭和一一年六月一日　42-82頁　＊81枚。五月六日執筆。

〔収録〕

1009　女人禁制（昭和一一年一〇月　双雅房）

1067　学生時代（昭和二一年八月　碧空社）

1090　逢初めて（昭和二二年六月　三島書房）

2031　鮎（昭和五三年一月　集英社文庫）

5004　丹羽文雄選集4（昭和一四年七月　竹村書房）

5009　丹羽文雄選集2（昭和二三年一一月　改造社）

5035　丹羽文雄文庫24（昭和三〇年一〇月　東方社）

5070　丹羽文雄文学全集15（昭和五〇年七月　講談社）

6001　新日本文学全集18（昭和一五年一二月　改造社）

若い季節　「大阪朝日新聞」夕刊　昭和一一年六月三〇日〜八月六日　全31回　＊100枚。田村孝之介挿絵。「大阪朝日新聞」・「東京朝日新聞」ともに連載されたが、ベルリンオリンピック記事等の関係により休載が相次いでいる。また東京版では連載終了が九月四日までずれ込んでいる。休載に関し、『若い季節』は三十一回で終ったが、その間にベルリンのオリンピックがあって、連載小説はどうでもよい扱いをうけ、一面から二面に移されたり、途中で休みにされたりして、さんざんな扱いであったのを記憶している。」（「若い季節」　昭和三三年　週刊朝日）との回想がある。六月二〇日〜七月三〇日執筆。『全集』では六月一〜三〇日連載とあるが誤り。なお掲載日は以下の通り。（　）内は「東京朝日新聞」のもの。

第一回　六月三〇日　一面（六月三〇日　一面）
第二回　七月一日　一面（七月一日　一面）
第三回　七月二日　一面（七月二日　一面）
第四回　七月三日　一面（七月三日　一面）
第五回　七月四日　二面（七月五日　一面）
第六回　七月五日　一面（七月六日　一面）
第七回　七月七日　一面（七月八日　一面）
第八回　七月八日　一面（七月九日　一面）
第九回　七月九日　一面（七月一〇日　一面）
第一〇回　七月一〇日　一面（七月一一日　一面）
第一一回　七月一一日　一面（七月一二日　一面）
第一二回　七月一二日　一面（七月一四日　一面）
第一三回　七月一四日　一面（七月一六日　一面）
第一四回　七月一五日　一面（七月一七日　一面）
第一五回　七月一六日　一面（七月一九日　一面）
第一六回　七月一七日　一面（七月二一日　一面）
第一七回　七月一九日　一面（七月二二日　一面）
第一八回　七月二〇日　二面（七月二三日　一面）
第一九回　七月二一日　一面（七月二四日　一面）
第二〇回　七月二二日　一面（七月二五日　一面）
第二一回　七月二三日　一面（七月二八日　一面）
第二二回　七月二四日　一面（七月二九日　一面）
第二三回　七月二五日　一面（七月三〇日　一面）
第二四回　七月二六日　一面（八月二二日　一面）
第二五回　七月二七日　一面（八月二七日　一面）
第二六回　七月二八日　一面（八月二九日　一面）
第二七回　七月二九日　一面（八月三〇日　一面）
第二八回　七月三一日　一面（九月一日　朝刊　一面）
第二九回　八月四日　二面（九月二日　朝刊　一面）
第三〇回　八月五日　一面（九月三日　朝刊　一面）
第三一回　六月六日　二面（九月四日　朝刊　一面）

〔収録〕
1008　若い季節（昭和一一年九月　竹村書房）
1092　若い季節（昭和二二年七月　世界社）
5006　丹羽文雄選集6（昭和一四年九月　竹村書房）
5067　丹羽文雄文学全集4（昭和五〇年四月　講談社）

逢へば懐し　「週刊朝日」三〇巻五号（銷夏読物号）　昭和一一年八月一日　154-163頁　＊33枚。『全集』では七月とあるが誤り。五月一七日執筆。
〔収録〕
1010　小鳩（昭和一一年一二月　信正社）

季節　「エス・エス」一巻三号　昭和一一年八月一日　＊7枚。
〔収録〕
1017　海の色（昭和一二年一二月　竹村書房）

小鳩　「オール読物」六巻九号　昭和一一年九月一日　162-185頁
　＊40枚。恋愛小説。嶺田弘挿絵。七月一一日執筆。
〔収録〕
1010　小鳩（昭和一一年一二月　信正社）
1075　女優（昭和二一年一〇月　生活文化社）
1125　町内の風紀（昭和二四年六月　明星出版社）
1239　藍染めて（昭和三四年六月　東方社）
2033　再会（昭和五三年五月　集英社文庫）
5015　丹羽文雄文庫4（昭和二九年二月　東方社）
5067　丹羽文雄文学全集4（昭和五〇年四月　講談社）
〔再録〕
オール読物　四五巻一二号（平成二年一〇月）

殴られた姫君　「モダン日本」七巻九号　昭和一一年九月一日
　20-29頁　＊36枚。八月四日執筆。
〔収録〕
1010　小鳩（昭和一一年一二月　信正社）
1030　或る女の半生（昭和一五年八月　河出書房）

横切った女　「日曜報知」二五二号　昭和一一年九月二〇日
　13-21頁　＊20枚。宮本三郎挿絵。九月四日執筆。
〔収録〕
1010　小鳩（昭和一一年一二月　信正社）

路地　「月刊文章」二巻一〇号　昭和一一年一〇月一日　81-86
　頁　＊13枚。八月二八日執筆。

嘘多い女　「日本評論」一一巻一〇号　昭和一一年一〇月一日
　417-445頁　＊60枚。九月一〇日執筆。
〔収録〕
1009　女人禁制（昭和一一年一〇月双雅房）
1096　嘘多い女（昭和二三年九月　新文芸社）
1133　開かぬ門（昭和二四年一二月　不動書房）
2006　愛欲の位置（昭和三〇年六月　角川文庫）
5005　丹羽文雄選集5（昭和一四年八月　竹村書房）
5066　丹羽文雄文学全集16（昭和五〇年三月　講談社）

結婚前後　「婦人画報」三九三号　昭和一一年一〇月一日
　98-111頁　＊37枚。『小鳩』では「芳乃の結婚」に改題。八月
　三〇日執筆。
〔収録〕
1010　小鳩（昭和一一年一二月　信正社）

湯の娘　「若草」一二巻一〇号　昭和一一年一〇月一日　16-22
　頁　＊17枚。八月一五日執筆。
〔収録〕
1010　小鳩（昭和一一年一二月　信正社）
1075　女優（昭和二一年一〇月　生活文化社）

白い碑　「新聞之新聞」昭和一一年一〇月　＊6枚。掲載紙未確認。一〇月二日執筆。

邂逅　「キャンデークラウン」一五号　昭和一一年一〇月二五日　20-29頁　＊4枚。九月二〇日執筆。『全集』では「森永キャンデー」掲載とある。なお「キャンデークラウン」は森永製菓広告雑誌。

逃げる花嫁　「現代」一七巻一一号　昭和一一年一一月一日　360-377頁　＊41枚。吉邨二郎挿絵。九月二六日執筆。『全集』では「逃げた花嫁」（十月）掲載とあるが誤り。

〔収録〕
1010　小鳩（昭和一一年一二月八日　信正社）

強い青春　「日本映画」一巻一一号　昭和一一年一一月一日　20-25頁　＊12枚。九月一九日執筆。『全集』では「一〇月号」とあるが誤り。なお「日本映画」には復刻版『〈戦時下〉のメディア 第一期　統制下の映画雑誌』（平成一五年　ゆまに書房　全31巻）がある。

秋花　「改造」一八巻一一号　昭和一一年一一月一日　105-126頁
＊40枚。一一月九日執筆。

〔収録〕
1011　女人彩色（昭和一二年四月　河出書房）
1075　女優（昭和二一年一〇月　生活文化社）
1125　町内の風紀（昭和二四年六月　明星出版社）
5003　丹羽文雄選集3（昭和一四年六月　竹村書房）
5034　丹羽文雄文庫23（昭和三〇年一〇月　東方社）

職業と姫君　河出書房『シナリオ文学全集　五巻　文壇人オリジナル・シナリオ集』昭和一一年一一月五日　51-96頁　＊101枚。書きおろしシナリオ。一〇月六日執筆。『全集』では「シナリオ文学」（十月）掲載とあるが誤り。

出逢い　「新愛知」昭和一一年一一月　＊6枚。一一月五日執筆。掲載誌未確認。

モゥパッサンの女　「３３３」二巻一号　昭和一二年一月一日　38-49頁　＊40枚。一木弴挿絵。昭和一一年一〇月二六～二七日執筆。『全集』では「ろ・ろ・ろ」（一一月）掲載とあるが誤り。「自筆メモ」では「モオパサンの女」とある。

〔収録〕
1011　女人彩色（昭和一二年四月　河出書房）

智子の場合　「映画之友」一五巻一号　昭和一二年一月一日　144-148頁　＊16枚。「映画小説」として掲載。佐野繁次郎挿絵。昭和一一年一一月一三日執筆。

馬酔木　「オール読物」七巻一号　昭和一二年一月一日　396-415頁　＊38枚。「恋愛小説」として掲載。寺本忠雄挿絵。昭和一一年一一月一四日執筆。

〔収録〕

1011　女人彩色（昭和一二年四月　河出書房）

朝顔の女　「サンデー毎日」一六巻一号　新春特別号　昭和一二年一月一日　177-183頁　＊21枚。伊東顯挿絵。昭和一一年一〇月九日執筆。

女ひとりの道　「週刊朝日」三一巻一号　新春特別号　昭和一二年一月一日　33-61頁　＊67枚。富永謙太郎挿絵。昭和一一年一〇月一七〜二一日執筆。『全集』では昭和一一年一一月とあるが誤り。

〔収録〕
1011　女人彩色（昭和一二年四月　河出書房）
1074　女ひとりの道（二一年一〇月　日本書林）
2001　菜の花時まで（昭和一六年二月　春陽堂文庫）
5002　丹羽文雄選集2（昭和一四年五月　竹村書房）

藍染めて　「新女苑」一巻一号〜七号　昭和一二年一月一日〜七月一日　7回　＊小林秀恒挿絵。各掲載号は以下の通り。

1　一巻一号　昭和一二年一月一日　182-195頁　20枚
　昭和一一年一一月一一日執筆
2　一巻二号　昭和一二年二月一日　274-287頁　24枚
　昭和一一年一二月一〇日執筆
3　一巻三号　昭和一二年三月一日　236-251頁　28枚
　昭和一二年一月一三日執筆
4　一巻四号　昭和一二年四月一日　234-249頁　26枚
　昭和一二年二月一五日執筆
5　一巻五号　昭和一二年五月一日　236-249頁　21枚
　昭和一二年二月一四日執筆
6　一巻六号　昭和一二年六月一日　232-244頁　41枚
　昭和一二年四月一三日執筆
7　一巻七号　昭和一二年七月一日　236-253頁　29枚
　昭和一二年四月一三日執筆

なお有光堂版、三島書房版では「逢初めて」、碧空社版では「学生時代」に改題。これは竹村書房版『丹羽文雄選集六巻　藍染めて』（昭和一四年九月）が、昭和一六年八月二八日に発禁処分となったための措置であろう。

〔収録〕
1012　愛欲の位置（昭和一二年六月　竹村書房）
1041　逢初めて（昭和一六年七月　有光堂）
1067　学生時代（昭和二一年八月　碧空社）
1090　逢初めて（昭和二二年六月　三島書房）
1239　藍染めて（昭和三四年六月　東方社）
1315　雲よ汝は（昭和四一年四月　集英社）
5006　丹羽文雄選集6（昭和一四年九月　竹村書房）
5015　丹羽文雄文庫4（昭和二九年二月　東方社）
5045　丹羽文雄作品集別巻（昭和三二年八月　角川書店）
5067　丹羽文雄文学全集4（昭和五〇年四月　講談社）
6045　現代日本の文学27（昭和四五年六月　学習研究社）
6056　昭和国民文学全集21（昭和四九年四月　筑摩書房）
6059　昭和国民文学全集26（昭和五四年三月　筑摩書房）

写真　「新潮」三四年一号　昭和一二年一月一日　34-41頁　＊

15枚。『竹村選集』では「別離」と改題して収録。

〔収録〕

1012　愛欲の位置（昭和一二年六月　竹村書房）
5005　丹羽文雄選集5（昭和一四年八月　竹村書房）

霜の声　「中央公論」五二年一号　昭和一二年一月一日　181-204頁
＊46枚。昭和一一年一二月一一～一三日執筆。

〔収録〕

1011　女人彩色（昭和一二年四月　河出書房）
1231　人生案内（昭和三四年三月　東方社）
2001　菜の花時まで（昭和一六年二月　春陽堂文庫）
2033　再会（昭和五三年五月　集英社文庫）
5002　丹羽文雄選集2（昭和一四年五月　竹村書房）
5009　丹羽文雄選集2（昭和二三年一一月　改造社）
5043　丹羽文雄文庫9（昭和二九年七月　東方社）
5080　丹羽文雄文学全集21（昭和五一年五月　講談社）

日記　「文芸」五巻一号　昭和一二年一月一日　162-173頁　＊21枚。昭和一一年一一月二八～二九日執筆。

〔収録〕

1011　女人彩色（昭和一二年四月　河出書房）
1037　対世間（昭和一六年六月　春陽堂）
1073　或る女の半生（昭和二一年一〇月　日東出版社）
5002　丹羽文雄選集2（昭和一四年五月　竹村書房）
5009　丹羽文雄選集2（昭和二三年一一月　改造社）
6002　三代名作全集（昭和一八年二月　河出書房）

紙函　「雄弁」二八巻一号　昭和一二年一月一日　187-191頁　＊10枚。「掌編小説」として掲載。昭和一一年一一月一二日執筆。

豹と薔薇　「若草」一三巻一～六号　昭和一二年一月一日～六月一日　6回　＊105枚。鈴木信太郎挿絵。各掲載号は以下の通り。

1　一三巻一号　昭和一二年一月一日　43-53頁　19枚
　昭和一一年一一月一八日執筆
2　一三巻二号　昭和一二年二月一日　43-51頁　16枚
　昭和一一年一二月一五日執筆
3　一三巻三号　昭和一二年三月一日　41-49頁　16枚
　昭和一二年一月一四日執筆
4　一三巻四号　昭和一二年四月一日　77-85頁　17枚
　昭和一二年二月一七日執筆
5　一三巻五号　昭和一二年五月一日　33-43頁　20枚
　昭和一二年二月二三日執筆
6　一三巻六号　昭和一二年六月一日　36-45頁　17枚
　昭和一二年四月二二日執筆

〔収録〕

1012　愛欲の位置（昭和一二年六月　竹村書房）
1058　豹と薔薇（昭和二一年四月　白鷗社）
1125　町内の風紀（昭和二四年六月　明星出版社）
1315　雲よ汝は（昭和四一年四月　集英社）
5034　丹羽文雄文庫23（昭和三〇年一〇月　東方社）
5067　丹羽文雄文学全集4（昭和五〇年四月　講談社）

慍る　「月刊文章」三巻二号　昭和一二年二月一日　106-109頁
＊10枚。昭和一一年一二月九日執筆。『全集』では一月とあるが誤り。

春の気配　「現代」一八巻二号　昭和一二年二月一日　430-445頁
＊39枚。青柳喜兵衛挿絵。昭和一一年一一月二〇日執筆。『全集』では一月とあるが誤り。

初恋選手　「婦人倶楽部」昭和一二年二月一日　＊34枚。掲載未確認。一月二三日執筆。『竹村選集』では掲載紙不明。

自叙伝二—獅子舞と芝居　「早稲田文学」四巻二号　昭和一二年二月一日　146-152頁　＊20枚。昭和一一年一二月二〇日執筆。

〔収録〕
3002　迎春（昭和一二年四月　双雅房）
3009　私は小説家である（昭和二二年一一月　銀座出版社）
5007　丹羽文雄選集7（昭和一四年一〇月　竹村書房）

青春強力　「週刊朝日」三一巻八～一八号　昭和一二年二月七日～四月一一日　10回　＊100枚。宮本三郎挿絵。各掲載号は以下の通り。

1　三一巻八号　昭和一二年二月七日　15頁
　一月一一日執筆　10枚
2　三一巻九号　昭和一二年二月一四日　18頁
　一月一一日執筆　10枚
3　三一巻一〇号　昭和一二年二月二一日　18頁
　一月二四日執筆　10枚
4　三一巻一一号　昭和一二年二月二八日　27頁
　一月二四日執筆　10枚
5　三一巻一二号　昭和一二年三月七日　17頁
　一月三〇日執筆　10枚
6　三一巻一三号　昭和一二年三月一四日　18頁
　二月一六日執筆　10枚
7　三一巻一四号　昭和一二年三月二一日　18頁
　二月一六日執筆　10枚
8　三一巻一五号　昭和一二年三月二八日　23頁
　二月一六日執筆　10枚
9　三一巻一七号　昭和一二年四月四日　29頁
　二月二一～二三日執筆　10枚
10　三一巻一八号　昭和一二年四月一一日　27頁
　二月二一～二三日執筆　10枚

〔収録〕
1011　女人彩色（昭和一二年四月　河出書房）

五官の秘密　「アサヒグラフ」二八巻八号　昭和一二年二月一七日　26-28頁　＊20枚。のち「秘密」に改題。一月一九日執筆。『全集』では一月とある。

〔収録〕
1012　愛欲の位置（昭和一二年六月　竹村書房）
5002　丹羽文雄選集2（昭和一四年五月　竹村書房）

再会の女　「婦女界」五五巻三号　昭和一二年三月一日　456-469頁
　＊30枚。「恋愛小説」として掲載。一月二六日執筆。

自叙伝三―父の墜落　「早稲田文学」四巻三号　昭和一二年三月一日　34-62頁　＊一月執筆。
〔収録〕
3002　迎春（昭和一二年四月　双雅房）
3009　私は小説家である（昭和二二年一一月　銀座出版社）
5007　丹羽文雄選集7（昭和一四年一〇月　竹村書房）

八月の日の誓　「サンデー毎日」一六巻一六号　昭和一二年四月一日　140-149頁　＊28枚。十五周年記念特別号。鈴木信太郎挿絵。二月九日執筆。
〔収録〕
1017　海の色（昭和一二年一二月　竹村書房）

狂った花　「文芸春秋」一五巻四号　昭和一二年四月一日　496-516頁　＊44枚。昭和一一年一二月二～七日執筆。
〔収録〕
1011　女人彩色（昭和一二年四月　河出書房）
1039　職業もつ女（昭和一六年六月　春陽堂）
1073　或る女の半生（昭和二一年一〇月　日東出版社）
2001　菜の花時まで（昭和一六年二月　春陽堂文庫）
5002　丹羽文雄選集2（昭和一四年五月　竹村書房）
5009　丹羽文雄選集2（昭和二三年一一月　改造社）
5035　丹羽文雄文庫24（昭和三〇年一〇月　東方社）

甲子園夜話　「オール読物」七巻六号（初の臨時増刊号）昭和一二年五月五日　452-464頁　＊25枚。「猟奇小説」として掲載。嶺田弘挿絵。二月二四日執筆。『全集』では「三月号」とあるが誤り。

春返る夜　「講談倶楽部」二七巻七号（臨時増刊「面白痛快侠艶くらべ」）昭和一二年五月一五日　386-404頁　＊35枚。寺本忠雄挿絵。二月一三日執筆。『全集』では三月とあるが誤り。

薔薇《そうび》合戦《かっせん》　「都新聞」昭和一二年五月三〇日～一二月三一日　＊216回。１１６６枚。小磯良平挿絵。
〔収録〕
1016　薔薇合戦　上（昭和一二年一一月　竹村書房）
1018　薔薇合戦　下（昭和一三年一月　竹村書房）
1102　薔薇合戦　上（昭和二三年一月　講談社）
1109　薔薇合戦　下（昭和二三年五月　講談社）
1275　薔薇合戦（昭和三六年九月　東方社）
5065　丹羽文雄文学全集23（昭和五〇年二月　講談社）

似た女　「スタア」昭和一二年五月　＊13枚。掲載誌所蔵不明のため初出未確認。四月二一日執筆。
〔収録〕
1017　海の色（昭和一二年一二月　竹村書房）
1039　職業もつ女（昭和一六年六月　春陽堂）
1097　似た女（昭和二二年九月　尾崎書房）

5001　丹羽文雄選集1（昭和一四年四月　竹村書房）

愛欲の位置　「改造」一九巻六号　昭和一二年六月一日　1-27頁　＊54枚。五月六〜九日執筆。

〔収録〕
1012　愛欲の位置（昭和一二年六月　竹村書房）
1080　贅肉（昭和一二年一月　実業之日本社）
1231　人生案内（昭和三四年三月　東方社）
2006　愛欲の位置（昭和三〇年六月　角川文庫）
2033　再会（昭和五三年五月　集英社文庫）
5005　丹羽文雄選集5（昭和一四年八月　竹村書房）
5010　丹羽文雄選集3（昭和二四年二月　改造社）
5020　丹羽文雄文庫9（昭和二九年七月　東方社）
5043　丹羽文雄作品集1（昭和三二年六月　角川書店）
5066　丹羽文雄文学全集16（昭和五〇年三月　講談社）
5112　丹羽文雄の短篇30選（昭和五九年一一月　角川書店）
6012　現代日本文学全集47（昭和二九年一一月　筑摩書房）
6018　現代日本文学全集76（昭和三三年四月　筑摩書房）

嫉かれ上手　「週刊朝日」三一巻二七号（夏季特別号）　昭和一二年六月一日　60-69頁　＊37枚。一月三一日執筆。「読切短篇小説」として掲載。単行本収録時に「復讐者」と改題。『全集』では五月とあるが誤り。

〔収録〕
1012　愛欲の位置（昭和一二年六月　竹村書房）
1075　女優（昭和一二年一〇月　生活文化社）

2001　菜の花時まで（昭和一六年二月　春陽堂文庫）
5003　丹羽文雄選集3（昭和一四年六月　竹村書房）

追憶　「婦人公論」二二巻六号　昭和一二年六月一日　2-8頁　＊7枚。「コント」として掲載。四月一七日執筆。全集には「随筆」とあるが誤り。

書簡　「早稲田文学」四巻六号　昭和一二年六月一日　100-104頁　＊10枚。創作特集。『丹羽文雄選集7』では「弟への書簡」と改題され随筆として収録。

〔収録〕
1017　海の色（昭和一二年一二月　竹村書房）
5007　丹羽文雄選集7（昭和一四年一〇月　竹村書房）

幼い薔薇　「サンデー毎日」一六巻三三号（夏季特別号）　昭和一二年七月一日　248-280頁　＊70枚。「特別長篇読切小説」として掲載。宮本三郎挿絵。五月執筆。『全集』では五月とあるが誤り。

〔収録〕
1014　幼い薔薇（昭和一二年八月　版画荘）
1074　女ひとりの道（二一年一〇月　日本書林）
5003　丹羽文雄選集3（昭和一四年六月　竹村書房）

女の侮蔑　「日本評論」一二巻七号　昭和一二年七月一日　579-605頁　＊51枚。六月九〜一一日執筆。

〔収録〕

1017　海の色（昭和一二年一二月　竹村書房）
1079　女の侮蔑（昭和二二年一月　三昧書林）
1236　女の侮蔑（昭和三四年五月　東方社）
5003　丹羽文雄選集３（昭和一四年六月　竹村書房）
5010　丹羽文雄選集３（昭和二四年二月　改造社）
5017　丹羽文雄文庫６（昭和二九年四月　東方社）

春くれなゐ　「婦人倶楽部」一八巻九号　昭和一二年七月一五日　570-587頁　＊36枚。夏期増刊号。深川剛一挿絵。五月二五～二六日執筆。

青い花　「生活と趣味」昭和一二年七月～八月　２回　＊30枚。所蔵館不明のため未確認。『全集』では六、七月とある。なお各回の執筆日・枚数は以下の通り。
１　七月号　五月二日執筆　15枚
２　八月号　六月七日執筆　15枚

虹の行方　「現代」一八巻八号　昭和一二年八月一日　440-457頁
＊40枚。青柳喜兵衛挿絵。二月一一～一二日執筆。『全集』では三月とあるが誤り。
〔収録〕
1017　海の色（昭和一二年一二月　竹村書房）

偽すみれ　「新女苑」一巻八号　昭和一二年八月一日　124-140頁
＊28枚。富永謙太郎挿絵。六月二四日執筆。『全集』では「七月号」とあるが誤り。
〔収録〕
1017　海の色（昭和一二年一二月　竹村書房）

貞操洗礼　「富士」一〇巻九号　昭和一二年八月一日　198-219頁
＊45枚。「現代小説」として掲載。三月三一日執筆。

瓜や茄子　「サンデー毎日」一六巻四五号（秋季特別号）　昭和一二年九月一〇日　58-65頁　＊22枚。田村孝之介挿絵。六月三〇日執筆。
〔収録〕
1017　海の色（昭和一二年一二月　竹村書房）

女の季節　「エス・エス」二巻一〇号　昭和一二年一〇月一日
＊15枚。九月六日執筆。掲載誌所蔵館不明のため未確認。

豹の女　『豹の女』昭和一二年一〇月一九日　河出書房　350頁
＊491枚。書き下ろし。書き下ろし長編小説叢書第一回配本「書き下ろし長編小説叢書三」として刊行。執筆は昭和五年ごろ。
〔収録〕
1076　豹の女（昭和二二年一〇月　葛城書店）
1375　豹の女（昭和五四年七月　三笠書房）

人でなしの女　「オール読物」七巻一二号　昭和一二年一一月一日　376-392頁　＊26枚。全集は三月。九月二四日執筆。

町内の風紀　「中央公論」五二年一二号　昭和一二年一一月一日　73-115頁　＊80枚。一〇月一三日執筆。
〔収録〕
1017　海の色（昭和一二年一二月　竹村書房）
1069　椿の記憶（昭和二一年九月　コバルト社）
1125　町内の風紀（昭和二四年六月　明星出版社）
2033　再会（昭和五三年五月　集英社文庫）
5004　丹羽文雄選集4（昭和一四年七月　竹村書房）
5080　丹羽文雄文学全集21（昭和五一年五月　講談社）
6001　新日本文学全集18（昭和一五年一二月　改造社）

海の色　「文芸」五巻六号　昭和一二年一一月一日　28-42頁　＊33枚。九月三〇日執筆。
〔収録〕
1017　海の色（昭和一二年一二月　竹村書房）
1039　職業もつ女（昭和一六年六月　春陽堂）
1073　或る女の半生（昭和二一年一〇月　日東出版社）
2001　菜の花時まで（昭和一六年二月　春陽堂文庫）
5002　丹羽文雄選集2（昭和一四年五月　竹村書房）

跳ぶ女　「モダン日本」八巻一一号　昭和一二年一一月一日　20-30頁　＊36枚。九月一〇日執筆。
〔収録〕
1020　跳ぶ女（昭和一三年九月　赤塚書房）

青い花　「新興婦人」昭和一二年一一月　＊宮本三郎挿絵。所蔵館不明のため連載期間未確認。自筆メモによると3回連載とある。各回の執筆日・枚数は以下の通り。
1　三巻九号　昭和一二年一〇月一五日（一一月号）　34-42頁　13枚　八月三〇日執筆
2　昭和一二年一二月　13枚　一〇月二九日執筆
3　昭和一三年一月　14枚　一一月一一日執筆

都会の音色　「日の出」六巻一二号　昭和一二年一二月一日　534-555頁　＊46枚。七月一〇日執筆。

漂ふ花　「映画之友」一六巻一号　昭和一三年一月一日　140-148頁　＊35枚。宮本三郎挿絵。昭和一二年一一月一二日執筆。「オリヂナル・シナリオ　前編」として掲載。

聡明　「オール読物」八巻一号　昭和一三年一月一日　456-469頁　＊24枚。「恋愛小説」として掲載。小林秀恒挿絵。昭和一二年一一月四日執筆。
〔収録〕
1020　跳ぶ女（昭和一三年九月　赤塚書房）

娘離れ　「サンデー毎日」一七巻一号（新春特別号）　昭和一三年一月一日　62-69頁　＊23枚。高木清挿絵。昭和一二年一〇月一九日執筆。

困った愛情　「週刊朝日」三三巻一号　昭和一三年一月一日　126-135頁　＊30枚。昭和一二年一一月一日執筆。

〔収録〕
1017　海の色（昭和一二年一二月　竹村書房）

青春の書　「新女苑」二巻一～一二号　昭和一三年一月一日～一二月一日　12回　＊294枚。林唯一挿絵。各掲載号は以下の通り。

1　二巻一号　昭和一三年一月一日　164-180頁　26枚
昭和一二年一一月執筆
2　二巻二号　昭和一三年二月一日　162-177頁　28枚
昭和一二年一二月一三日執筆
3　二巻三号　昭和一三年三月一日　168-185頁　28枚
一月二四日執筆
4　二巻四号　昭和一三年四月一日　236-253頁　30枚
二月二三日執筆
5　二巻五号　昭和一三年五月一日　228-241頁　21枚
二月二二日執筆
6　二巻六号　昭和一三年六月一日　298-315頁　27枚
四月二二日執筆
7　二巻七号　昭和一三年七月一日　176-191頁　22枚
五月一九日執筆
8　二巻八号　昭和一三年八月一日　180-197頁　30枚
六月一九日執筆
9　二巻九号　昭和一三年九月一日　294-310頁　28枚
七月九日執筆
10　二巻一〇号　昭和一三年一〇月一日　178-189頁　22枚
（「自筆メモ」では「二八枚」とある）　八月二六日執筆
11　二巻一一号　昭和一三年一一月一日　188-201頁　15枚
九月一〇日執筆
12　二巻一二号　昭和一三年一二月一日　166-179頁　17枚
九月一〇日執筆

〔収録〕
1031　青春の書（昭和一五年八月　今日の問題社）
5067　丹羽文雄文学全集4（昭和五〇年四月　講談社）

殴られた人情　「日本評論」一三巻一号　昭和一三年一月一日　362-389頁　＊55枚。昭和一二年一二月一六日執筆。『全集』では二月とあるが誤り。

白き梅　「婦人倶楽部」一九巻一号　昭和一三年一月一日　250-269頁　＊35枚。伊東顕挿絵。昭和一二年一〇月一六日執筆。『全集』では「白い梅」。

幼い鬼　「婦人公論」二三巻一号　昭和一三年一月一日　646-665頁　＊58枚。

〔収録〕
1019　生きてゆく女達（昭和一三年九月　春陽堂）

危い手前　「雄弁」二九巻一号　昭和一三年一月一日　502-509頁　＊15枚。掌編小説。昭和一二年一一月一四日執筆。『全集』では四月とあるが誤り。

或日喋る　「若草」一四巻一号　昭和一三年一月一日　20-24頁

＊11枚。昭和一二年一一月二五日執筆。

愛情の気象　「講談倶楽部」昭和一三年一月　＊40枚。昭和一二年一〇月二八日執筆。掲載未確認。

漂ふ花　「映画之友」一六巻二号　昭和一三年二月一日　152-158頁　＊24枚。「オリヂナル・シナリオ　後編」として掲載。昭和一二年一二月六日執筆。

拾った手袋　「月刊文章」四巻二号　昭和一三年二月一日　97-101頁　＊12枚。昭和一二年一二月一七日執筆。

〔収録〕
7006　短篇四十八集（昭和一五年三月　厚生閣）

唄の姿　「主婦之友」昭和一三年二月　＊28枚。昭和一二年一二月二一日執筆。掲載未確認。『戦前期四大婦人雑誌目次集成Ⅱ主婦之友』（全7巻　平成一五年七月一八日　ゆまに書房）に記載がなく、原誌でも掲載確認がとれなかった。臨時増刊号などの掲載かと思われるが、所蔵館不明のため未確認。

かりそめの唇　「富士」一一巻二号　昭和一三年二月　＊24枚。昭和一二年一二月九日執筆。所蔵館不明のため未確認。なお「自筆メモ」では44枚とある

妻の作品　「改造」二〇巻三号　昭和一三年三月一日　1-30頁　＊56枚。二月一〇～一一日執筆。

〔収録〕
1021　花戦（昭和一三年九月　竹村書房）
1073　或る女の半生（昭和二一年一〇月　日東出版社）
1111　象形文字（昭和二三年六月　オリオン社）
2033　再会（昭和五三年五月　集英社文庫）
5002　丹羽文雄選集2（昭和一四年五月　竹村書房）
5010　丹羽文雄選集3（昭和二四年二月　改造社）
5034　丹羽文雄文庫23（昭和三〇年一〇月　東方社）
5063　丹羽文雄文学全集18（昭和四九年一二月　講談社）
6001　新日本文学全集18（昭和一五年一二月　改造社）
7003　日本小説代表作全集1（昭和一三年一〇月　小山書店）

善き人達　「キング」一四巻三号　昭和一三年三月一日　644-660頁　＊37枚。昭和一二年一〇月一八日執筆。『全集』では「善き人たち」（一月）とあるが誤り。

隣りの恋人　「婦人倶楽部」一九巻四号　昭和一三年三月一五日　318-333頁　＊28枚。春の増刊号。須藤重挿絵。一月二一日執筆。

〔収録〕
1020　跳ぶ女（昭和一三年九月　赤塚書房）

星かげ　「花椿」二巻四号　昭和一三年四月一日　6-7頁　＊資生堂ビル花椿社。通巻六号。

〔収録〕
6551　コレクション・モダン都市文化17（平成一八年五月　ゆ

まに書房）

晴天航路「日の出」七巻四号　昭和一三年四月一日　488-511頁
＊46枚。一月三一日〜二月一日執筆。

雛形「モダン日本」九巻四号　昭和一三年四月一日　314-328頁
＊28枚。二月六日執筆。

灯影「若草」一四巻四〜七号　昭和一三年四月一日〜七月一日　＊4回。51枚。『全集』では三月とあるが誤り。各掲載号は以下の通り。
1　一四巻四号　昭和一三年四月一日　6-12頁　15枚
　二月一七日執筆
2　一四巻五号　昭和一三年五月一日　22-27頁　12枚
　三月一〇日執筆
3　一四巻六号　昭和一三年六月一日　14-20頁　12枚
　四月一三日執筆
4　一四巻七号　昭和一三年七月一日　42-48頁　12枚
　五月一八日執筆

花戦「週刊朝日」三三巻一七〜三一号　昭和一三年四月三日〜六月二六日　13回　＊276枚。各掲載号は以下の通り。
1　三三巻一七号　昭和一三年四月三日　7-10頁
　三月一日執筆　21枚
2　三三巻一八号　昭和一三年四月一〇日　3-6頁
　三月七日執筆　41枚（二・三回分）
3　三三巻一九号　昭和一三年四月一七日　7-10頁
　三月七日執筆
4　三三巻二〇号　昭和一三年四月二四日　3-6頁
　三月一九日執筆
5　三三巻二一号　昭和一三年五月一日　7-10頁
　三月一九日執筆　21枚
6　三三巻二三号　昭和一三年五月八日　3-6頁
　三月一九日執筆　21枚
7　三三巻二四号　昭和一三年五月一五日　3-6頁
　四月一一日執筆　21枚
8　三三巻二五号　昭和一三年五月二二日　3-6頁
　四月二一日執筆　21枚
9　三三巻二六号　昭和一三年五月二九日　3-6頁
　四月二九日執筆　22枚
10　三三巻二八号　昭和一三年六月五日　7-10頁
　五月六日執筆　22枚
11　三三巻二九号　昭和一三年六月一二日　3-6頁
　五月一四日執筆　22枚
12　三三巻三〇号　昭和一三年六月一九日　3-6頁
　五月二五日執筆　44枚（一二・一三回分）
13　三三巻三一号　昭和一三年六月二六日　3-6頁
　五月二五日執筆

〔収録〕
1021　花戦（昭和一三年九月　竹村書房）
1033　母の青春（昭和一五年一〇月　明石書房）
1094　花戦（昭和二二年八月　蒼雲書房）

深山桜　「オール読物」八巻六号　昭和一三年五月一日　198-222頁　＊39枚。「恋愛小説」として掲載。田代光挿絵。三月一九日執筆（全集では三月一〇日）。

〔収録〕

1019　生きてゆく女達（昭和一三年九月　春陽堂）

誤解　「現代」一九巻五号　昭和一三年五月一日　196-212頁　＊42枚。鈴木宋示挿絵。昭和一二年一一月一五日執筆

新生　「福岡日日新聞」「台湾日日新聞」ほか四社連合　昭和一三年五月二八日～一〇月一一日　125回　＊375枚。野口彌太郎挿絵。「台湾日日新聞」未確認。

令嬢と医者　「スタイル」三巻六号　昭和一三年六月一日　4-5頁　＊10枚。「スタイル小説」として掲載。四月二一日執筆。

自分がした事　「日本評論」一三巻七号　昭和一三年六月一日　532-555頁　＊45枚。五月一一日執筆。「自筆メモ」では44枚とある。

〔収録〕

1021　花戦（昭和一三年九月　竹村書房）

1025　南国抄（昭和一四年八月　新潮社）

1101　バラの時代（昭和二三年一月　和敬書店）

1133　開かぬ門（昭和二四年一二月　不動書房）

青草　「令女界」一七巻六号　昭和一三年六月一日　54-65頁　＊19枚。宮本三郎挿絵。四月一三日執筆。

女優　「サンデー毎日」一七巻二八号　昭和一三年六月一〇日　56-66頁　＊33枚。夏季特別号。田村孝之介挿絵。四月三日執筆。

〔収録〕

1019　生きてゆく女達（昭和一三年九月　春陽堂）

1075　女優（昭和二一年一〇月　生活文化社）

虹となる女　「オール読物」八巻八号　昭和一三年六月一五日　92-127頁　＊64枚。臨時大増刊。田代光挿絵。四月二九日執筆。『全集』では二月とあるが誤り。

〔収録〕

1019　生きてゆく女達（昭和一三年九月　春陽堂）

1088　第二の結婚（昭和二二年六月　東方社）

香気ある頁　「婦人倶楽部」一九巻八号　昭和一三年六月一五日　274-292頁　＊40枚。夏の増刊号。林唯一挿絵。四月一九日執筆。「愛の勝利」として掲載。

遠い悲話　「雄弁」二九巻七号　昭和一三年七月一日　434-451頁　＊36枚。一月一七日執筆。『全集』では三月号とあるが誤り。

〔収録〕

1019　生きてゆく女達（昭和一三年九月　春陽堂）

紅蘭「講談倶楽部」二八巻一〇号　昭和一三年七月一五日　210-231頁　＊40枚。夏の増刊「面白痛快傑作ぞろひ号」。松本文雄挿絵。四月一六日執筆。「自筆メモ」では44枚とある。『全集』では六月とあるが誤り。

青い風「新大衆」昭和一三年七～九月　3回　＊59枚。所蔵館不明のため未確認。各回の執筆日・枚数は以下の通り。

1　昭和一三年七月　22枚　五月二〇日執筆
2　昭和一三年八月　18枚　七月五日執筆
3　昭和一三年九月　19枚　八月一五日執筆

女の領域「現代」一九巻八～一二号　昭和一三年八月一日～一二月一日　5回　＊165枚。谷口ふみゑ挿絵。各掲載号は以下の通り。

1　一九巻八号　昭和一三年八月一日　418-433頁　39枚　六月一九日執筆
2　一九巻九号　昭和一三年九月一日　414-427頁　30枚　七月三〇日執筆
3　一九巻一〇号　昭和一三年一〇月一日　464-479頁　35枚　八月二五日執筆
4　一九巻一一号　昭和一三年一一月一日　242-256頁　35枚　九月一〇日執筆
5　一九巻一二号　昭和一三年一二月一日　212-225頁　26枚　九月一一日執筆

女傘「大陸」一巻三号　昭和一三年八月一日　134-147頁　＊30枚。田村孝之介挿絵。五月三一日執筆。「自筆メモ」では六月八日執筆とある。『全集』では九月とあるが誤り。

〔収録〕
1019　生きてゆく女達（昭和一三年九月　春陽堂）

夜開く花々「婦女界」五八巻二～五号　昭和一三年八月一日～一一月一日　4回　＊86枚。岩田専太郎挿絵。『全集』では七～一〇月とあるが誤り。各掲載号は以下の通り。

1　五八巻二号　昭和一三年八月一日　38-50頁　23枚　六月二六日執筆
2　五八巻三号　昭和一三年九月一日　38-48頁　19枚　八月二五日執筆
3　五八巻四号　昭和一三年一〇月一日　102-114頁　22枚　八月二五日執筆
4　五八巻五号　昭和一三年一一月一日（未確認）22枚　八月三〇日執筆

青い目と罪「モダン日本」九巻九号（臨時増刊）昭和一三年九月一日　＊28枚。七月七日執筆。掲載誌未確認。

〔収録〕
1019　生きてゆく女達（昭和一三年九月　春陽堂）
1037　対世間（昭和一六年六月　春陽堂）

遁げて行く妻「サンデー毎日」一七巻四三号　昭和一三年九月一〇日　260-280頁　＊55枚。秋季特別号。「特別長篇読切小説」として掲載。岩田専太郎挿絵。六月二八日執筆。

〔収録〕
1029　紅蛍（昭和一五年七月　時代社）
1037　対世間（昭和一六年六月　春陽堂）
1097　似た女（昭和二三年九月　尾崎書房）

湯の町　「日の出」七巻一〇号　昭和一三年一〇月一日　238-263頁　＊59枚。「自筆メモ」では「暁の事」。五月二七日執筆。
〔収録〕
1019　生きてゆく女達（昭和一三年九月　春陽堂）
1075　女優（昭和二二年一〇月　生活文化社）

水見舞　「若草」一四巻一〇号　昭和一三年一〇月一日　90-92頁　＊6枚。「郷土コント集」として掲載。八月執筆。
〔収録〕
3005　秋冷抄（昭和一五年九月　砂子屋書房）

処女建設　「富士」昭和一三年一〇月　＊38枚。八月四日執筆。未確認。『大衆文学大系』所載目次になし。

附文以上　「令女界」昭和一三年一〇月　＊19枚。八月一九日執筆。未確認。

柴犬　「オール読物」八巻一三号　昭和一三年一一月一日　60-93頁　＊60枚。「現代小説」として掲載。小林秀恒挿絵。九月一〇日執筆。

別府航路　「週刊朝日」三四巻二一号　昭和一三年一一月一日　122-130頁　＊32枚。「短篇小説珠玉集」として掲載。七月三一日執筆。『全集』では一〇月とあるが誤り。
〔収録〕
1028　風俗（昭和一五年六月　三笠書房）

更生譜　「雄弁」二九巻一一号　昭和一三年一一月一日　307-314頁　＊15枚。八月二九日執筆。『全集』では一〇月。

絹代に来た召集令　「講談雑誌」昭和一三年一一月　＊59枚。「特別読切小説」として掲載。九月五日執筆。掲載誌所蔵不明のため未確認。刊記は『大東亜戦争書誌』による。

還らぬ中隊　「中央公論」五三年一二号　昭和一三年一二月一日　63-91頁　＊54枚。一一月一一～一三日執筆。
〔収録〕
1022　還らぬ中隊（昭和一四年三月　中央公論社）
6002　三代名作全集（昭和一八年二月　河出書房）
5071　丹羽文雄文学全集25（昭和五〇年八月　講談社）

還らぬ中隊（続）　「中央公論」五四年一号　昭和一四年一月一日　149-298頁　＊318枚。昭和一三年一一月二二日～一二月一〇日執筆
〔収録〕
1022　還らぬ中隊（昭和一四年三月　中央公論社）
6002　三代名作全集（昭和一八年二月　河出書房）

5071　丹羽文雄文学全集25（昭和五〇年八月　講談社）

浅草三筋町　「オール読物」九巻一号　昭和一四年一月一日　86-102頁　＊30枚。「現代小説」として掲載。昭和一三年一一月一五日執筆。

職業もつ女　「サンデー毎日」一八巻二～一五号　昭和一四年一月一日～三月二六日　12回　＊235枚。『全集』では「職業を持つ女」とある。高木清挿絵。のち「柔い眉」に改題。各掲載号は以下の通り。

1　一八巻二号　昭和一四年一月一日（一月一日・一月八日新春合併号）　77-79頁　20枚　昭和一三年一一月三〇日執筆
2　一八巻三号　昭和一四年一月一五日　43-45頁
3　一八巻五号　昭和一四年一月二二日　39-41頁　18枚　昭和一三年一二月一八日執筆
4　一八巻六号　昭和一四年一月二九日　35-37頁　20枚　昭和一三年一二月二七日執筆
5　一八巻七号　昭和一四年二月五日　27-29頁　20枚　昭和一三年一二月三〇日執筆
6　一八巻八号　昭和一四年二月一二日　35-37頁　20枚　一月六日執筆
7　一八巻九号　昭和一四年二月一九日　35-37頁　18枚　一月一〇日執筆
8　一八巻一〇号　昭和一四年二月二六日　35-37頁　18枚　一月二〇日執筆
9　一八巻一一号　昭和一四年三月五日　43-45頁　20枚　一月二〇日執筆
10　一八巻一三号　昭和一四年三月一二日　35-37頁　20枚　二月二日執筆
11　一八巻一四号　昭和一四年三月一九日　35-37頁　20枚　二月八日執筆
12　一八巻一五号　昭和一四年三月二六日　35-37頁　20枚　二月九日執筆

〔収録〕
1024　七色の朝（昭和一四年七月　実業之日本社）
1039　職業もつ女（昭和一六年六月　春陽堂）
1072　柔い眉（昭和二一年九月　太白書房）
1095　柔い眉（昭和二三年八月　川崎書店）

青苔　「婦人公論」二四巻一～六号　昭和一四年一月一日～六月一日　6回　＊197枚。小村秀恒挿絵。各掲載号は以下の通り。

1　二四巻一号　昭和一四年一月一日　160-175頁　37枚　昭和一三年一一月一三日執筆
2　二四巻二号　昭和一四年二月一日　216-233頁　37枚　昭和一三年一二月一六日執筆
3　二四巻三号　昭和一四年三月一日　294-317頁　20枚　一月一二日執筆
4　二四巻四号　昭和一四年四月一日　274-292頁　37枚　三月執筆
5　二四巻五号　昭和一四年五月一日　252-267頁　25枚

三月二二日執筆
6 二四巻六号 昭和一四年六月一日 384-396頁 25枚
四月二六日執筆

〔収録〕
1027 太宗寺附近（昭和一五年四月 新潮社）

何日君再来 「モダン日本」一〇巻一～六号 昭和一四年一月一日～六月一日 6回 ＊126枚。木村俊徳挿絵。各掲載号は以下の通り。

1 一〇巻一号 昭和一四年一月一日 66-72頁 23枚
昭和一三年一一月八日執筆
2 一〇巻二号 昭和一四年二月一日 116-122頁 20枚
昭和一三年一一月八日執筆
3 一〇巻三号 昭和一四年三月一日 116-122頁 20枚
一月一二日執筆
4 一〇巻四号 昭和一四年四月一日 116-122頁 24枚
二月執筆
5 一〇巻五号 昭和一四年五月一日 124-130頁 20枚
三月一七日執筆
6 一〇巻六号 昭和一四年六月一日 124-130頁 20枚
四月一九日執筆

上海東京 「週刊朝日」三五巻三号 昭和一四年一月一五日 15-23頁 ＊51枚。一月八・一五日合併号。「特別長篇従軍小説」として掲載。志村立美挿絵。昭和一三年一二月一日執筆。

〔収録〕
1031 青春の書（昭和一五年八月 今日の問題社）

東京の女性 「報知新聞」昭和一四年一月二二日～六月一六日 ＊145回。575枚。小池巌挿絵。『全集』では連載期間を一～五月とするが誤り。

〔収録〕
1023 東京の女性（昭和一四年六月 改造社）
1070 東京の女性（昭和二一年九月 三島書房）
1201 東京の女性（昭和三二年一月 角川書店）
1237 東京の女性（昭和三四年五月 東方社）
1300 東京の女性（昭和三九年六月 東方社）
5025 丹羽文雄文庫14（昭和二九年一二月 東方社）
6001 新日本文学全集18（昭和一五年一二月 改造社）
6003 現代恋愛小説全集8（昭和二四年六月 北光書房）

人生案内 「改造」二一巻二号 昭和一四年二月一日 48-89頁 ＊126枚。一月一五日執筆。

〔収録〕
1025 南国抄（昭和一四年八月 新潮社）
1040 人生案内（昭和一六年六月 春陽堂）
1078 書翰の人（昭和二一年一一月 鎌倉文庫）
1099 南国抄（昭和二二年一〇月 新潮社）
1231 人生案内（昭和三四年三月 東方社）
2002 厭がらせの年齢（昭和二三年七月 新潮社）
2033 再会（昭和五三年五月 集英社文庫）
5010 丹羽文雄選集3（昭和二四年二月 改造社）

5043　丹羽文雄文庫9（昭和二九年七月　東方社）
5043　丹羽文雄作品集1（昭和三二年六月　角川書店）
5080　丹羽文雄文学全集21（昭和五一年五月　講談社）

上海の女　「日の出」八巻二号　昭和一四年二月一日　500-512頁
＊24枚。読切現代小説。高木清挿絵。昭和一三年一二月一二日執筆。

出発　「映画朝日」一六巻三号　昭和一四年三月一日　13頁
＊1枚。コント。「花籠—令女のページ」に掲載。加藤まさを挿絵。一月七日執筆。

手紙返すべきか　「新女苑」三巻三号　昭和一四年三月一日　100-119頁　＊35枚。田代光挿絵。一月二六日執筆。『全集』では二月とあるが誤り。
〔収録〕
1024　七色の朝（昭和一四年七月　実業之日本社）
1037　対世間（昭和一六年六月　春陽堂）

博多人形　「若草」一五巻三号　昭和一四年三月一日　6-13頁
＊18枚。一月二三日執筆。『全集』では二月とあるが誤り。
〔収録〕
1029　紅蛍（昭和一五年七月　時代社）

椿の花　「サンデー毎日」一八巻一二号　昭和一四年三月一〇日　242-264頁　＊51枚。春季特別号。志村立美挿絵。昭和一三年一二月一三日執筆。『全集』では一月特別号とあるが誤り。
〔収録〕
1029　紅蛍（昭和一五年七月　時代社）

南国抄　「日本評論」一四巻四号　昭和一四年四月一日　400-454頁　＊157枚。三月五〜一〇日執筆。
〔収録〕
1025　南国抄（昭和一四年八月　新潮社）
1037　対世間（昭和一六年六月　春陽堂）
1099　南国抄（昭和二二年一〇月　新潮社）
1236　女の侮蔑（昭和三四年五月　東方社）
2002　厭がらせの年齢（昭和二三年七月　新潮社）
2033　再会（昭和五三年五月　集英社文庫）
5010　丹羽文雄選集3（昭和二四年二月　改造社）
5017　丹羽文雄文庫6（昭和二九年四月　東方社）
5043　丹羽文雄作品集1（昭和三二年六月　角川書店）
5055　丹羽文雄自選集（昭和四二年一〇月　集英社）
5080　丹羽文雄文学全集21（昭和五一年五月　講談社）

伊豆山の蟻　「サンデー毎日」一八巻二〇号　昭和一四年四月二〇日　46-53頁　＊34枚。創刊一〇〇〇号記念特別号。嶺田弘挿絵。三月一七日執筆。『全集』では「一三年八月　『富士』」とあるが誤り。
〔収録〕
1029　紅蛍（昭和一五年七月　時代社）

唇の門　「オール讀物」九巻五号　昭和一四年五月一日　374-400頁　＊47枚。「恋愛小説」。小林秀恒挿絵。三月執筆。
〔収録〕
1024　七色の朝（昭和一四年七月　実業之日本社）
1088　第二の結婚（昭和二二年六月　東方社）

七色の朝　「週刊朝日」三五巻二一号　昭和一四年五月一日
＊157枚。春の大衆読物号。『全集』では「三月特別号」とあるが誤り。二月二五日執筆。
〔収録〕
1024　七色の朝（昭和一四年七月　実業之日本社）
1088　第二の結婚（昭和二二年六月　東方社）

東海道　「銃後之友」一巻二号　昭和一四年五月一日　4頁
＊10枚。宮下琢郎挿絵。三月二四日執筆。『全集』では四月とあるが誤り。

一夜の姑娘　「大陸」二巻五号　昭和一四年五月一日　276-292頁
＊36枚。高井貞二挿絵。『全集』では四月とあるが誤り。
〔収録〕
3004　一夜の姑娘（昭和一四年五月　金星堂）
3007　上海の花火（昭和一八年一月　金星堂）

戦ひの庭　「雄弁」三〇巻五号　昭和一四年五月一日　322-338頁
＊35枚。寺本忠雄挿絵。二月一五日執筆。『全集』では四月とあるが誤り。

水や空　「アサヒグラフ」三二巻一八号　昭和一四年五月三日　28-29頁　＊22枚。田代光挿絵。『全集』では四月とあるが誤り。
〔収録〕
1034　浅草寺附近（昭和一六年一月　青木書店）

夕空　「新青年」二〇巻八号　昭和一四年六月一日　270-283頁
＊26枚。「特別増刊探偵小説傑作集」として掲載。島司朗挿絵。四月七日執筆。

西門家の人々　「大陸」二巻六～一二号　昭和一四年六月一日～一二月一日　＊256枚。7回以下中絶。小松雪岱挿絵。各掲載号は以下の通り。なお『全集』では連載期間を八～一二月とあるが誤り。

1　二巻六号　昭和一四年六月一日　212-232頁　42枚
四月二七日執筆
2　二巻七号　昭和一四年七月一日　162-180頁　44枚
五月二八日執筆
3　二巻八号　昭和一四年八月一日　230-245頁　42枚
六月二七日執筆
4　二巻九号　昭和一四年九月一日　390-403頁　34枚
七月三〇日執筆
5　二巻一〇号　昭和一四年一〇月一日　340-357頁　40枚
八月二八日執筆
6　二巻一一号　昭和一四年一一月一日　390-408頁　39枚
九月二九日執筆

7　二巻一二号　昭和一四年一二月一日　260-274頁　32枚　一〇月三一日執筆

けしの花咲く家　「東宝映画」三巻二〜六号　昭和一四年六月一日〜八月一日　5回　＊60枚。落合登挿絵。全集では初出「東宝」とあるが誤り。

1　三巻二号　昭和一四年六月一日（上旬号。未確認）　15枚　五月四日執筆

2　三巻三号　昭和一四年六月一五日（下旬号）22-28頁　15枚　五月一九日執筆

3　三巻四号　昭和一四年七月一日（上旬号）　30-31頁　15枚　六月四日執筆

4　三巻五号　昭和一四年七月一五日（下旬号）22-23頁　15枚　六月二〇日執筆

5　三巻六号　昭和一四年八月一日（上旬号）22-23頁　15枚　七月七日執筆

日に向く花　「日の出」八巻六号　昭和一四年六月一日　68-86頁　＊32枚。四月九日執筆。『全集』では五月とあるが誤り。

継子と顕良　「文芸春秋」一七巻一一号　昭和一四年六月一日　374-397頁　＊53枚。五月九日執筆。

〔収録〕

1025　南国抄（昭和一四年八月　新潮社）
1067　学生時代（昭和二一年八月　碧空社）
1090　逢初めて（昭和二二年六月　三島書房）
5010　丹羽文雄選集3（昭和二四年二月　改造社）
5035　丹羽文雄文庫24（昭和三〇年一〇月　東方社）
5077　丹羽文雄文学全集19（昭和五一年二月　講談社）
6001　新日本文学全集18（昭和一五年一二月　改造社）
6005　現代日本小説大系49（昭和二五年一月　河出書房）
6007　現代日本小説大系51（昭和二六年二月　河出書房）
7005　日本小説代表作全集3（昭和一四年一一月　小山書店）

家庭の秘密　「都新聞」昭和一四年六月一三日〜一五年二月一一日　242回　＊638枚。のち「白い南風」に改題。志村立美挿絵。『全集』では八〜二月とあるが誤り。

〔収録〕

1026　家庭の秘密（昭和一五年三月　新潮社）
1087　白い南風　前篇（昭和二二年五月　八雲書店）
1108　白い南風　後篇（昭和二三年五月　八雲書店）
1116　家庭の秘密　愛欲篇（昭和二三年一一月　蜂書房）
1117　家庭の秘密　運命篇（昭和二三年一一月　蜂書房）
1198　家庭の秘密（昭和三一年七月　三笠書房）
1271　白い南風（昭和三六年四月　東方社）
1310　白い南風（昭和四〇年七月　東方社イースト・ブックス）
1363　家庭の秘密（昭和五〇年五月　三笠書房）
6006　長篇小説名作集11（昭和二五年四月　講談社）

女優の家　「週刊朝日」別冊（映画特集）昭和一四年六月二〇日　4-7頁　＊20枚。五月二一日執筆。『全集』では「映画

朝日」五月とあるが誤り。

〔収録〕

1029　紅蛍（昭和一五年七月　時代社）

青葉の秘密　「週刊朝日」三六巻四号　昭和一四年七月二〇日　253-261頁　＊30枚。五月二一日執筆。創刊一〇〇〇号記念特別号。なお『全集』では六月特別号とあるが誤り。

第二の結婚　「日の出」八巻八号　昭和一四年八月一日　140-156頁　＊35枚。水澤決挿絵。六月一九日執筆。『全集』「自筆メモ」には「第二の春」とある。「現代小説」として掲載。

〔収録〕

1031　青春の書（昭和一五年八月　今日の問題社）

1088　第二の結婚（昭和二二年六月　東方社）

生命の灯　「現代」二〇巻九号　昭和一四年九月一日　32-53頁　＊51枚。小谷良徳挿絵。七月二六日執筆。

弥生　「新女苑」三巻九号　昭和一四年九月一日　104-130頁　＊44枚。七月二八日執筆。

〔収録〕

1027　太宗寺附近（昭和一五年四月　新潮社）

1079　女の侮蔑（昭和二二年一月　三昧書林）

隣人　「中央公論」五四年九号　昭和一四年九月一日　59-75頁　＊35枚。七月九～一〇日執筆。

〔収録〕

1028　風俗（昭和一五年六月　三笠書房）

1039　職業もつ女（昭和一六年六月　春陽堂）

1068　昔男ありて（昭和二一年九月　豊島岡書店）

1236　女の侮蔑（昭和三四年五月　東方社）

2033　再会（昭和五三年五月　集英社文庫）

5010　丹羽文雄選集3（昭和二四年二月　改造社）

5017　丹羽文雄文庫6（昭和二九年四月　東方社）

5055　丹羽文雄自選集（昭和四三年一〇月　集英社）

5080　丹羽文雄文学全集21（昭和五一年五月　講談社）

5112　丹羽文雄の短篇30選（昭和五九年一一月　角川書店）

6002　三代名作全集（昭和一八年二月　河出書房）

挿話　「サンデー毎日」一八巻四六号　昭和一四年九月一〇日　123-128頁　＊20枚。秋季特別号。七月一五日執筆。田村孝之介挿絵。『全集』「自筆メモ」には八月、「ホームライフ」掲載とある。

〔収録〕

1034　浅草寺附近（昭和一六年一月　青木書店）

旅情　「婦女界」六〇巻四号　昭和一四年九月一〇日　356-374頁　＊35枚。増刊号。小林秀恒挿絵。七月二二日執筆。

〔収録〕

1034　浅草寺附近（昭和一六年一月　青木書店）

街の唄　「オール読物」九巻一〇号　昭和一四年一〇月一日

474-501頁　＊52枚。社会小説。志村立美挿絵。八月七日執筆。

〔収録〕

1034　浅草寺附近（昭和一六年一月　青木書店）

おもかげ　「日の出」八巻一〇号　昭和一四年一〇月一日　226-243頁　＊36枚。小林秀恒挿絵。八月一六日執筆。

謎の女　「婦人倶楽部」二〇巻一二号　昭和一四年一〇月一日　372-384頁　＊28枚。須藤重挿絵。八月二五日執筆。

感情　「若草」一五巻一〇号　昭和一四年一〇月一日　6-10頁　＊10枚。「弥生」の一部。八月二六日執筆。『全集』では九月とあるが誤り。

生ける手帖　「アサヒグラフ」三三巻一四〜一九号　昭和一四年一〇月四日〜一一月八日　6回　＊120枚。各掲載号は以下の通り。

1　三三巻一四号　昭和一四年一〇月四日　28-29頁　20枚　九月一六日執筆
2　三三巻一五号　昭和一四年一〇月一一日　22-23頁　20枚　九月二三日執筆
3　三三巻一六号　昭和一四年一〇月一八日　24-25頁　20枚　一〇月二日執筆
4　三三巻一七号　昭和一四年一〇月二五日　22-23頁　20枚　一〇月六日執筆
5　三三巻一八号　昭和一四年一一月一日　32-33頁　20枚　一〇月一二日執筆
6　三三巻一九号　昭和一四年一一月八日　32-33頁　20枚　一〇月二〇日執筆

流花　「オール女性」昭和一四年一〇月〜一五年三月　6回　＊73枚。所蔵館不明のため未確認。各回の執筆日時・枚数は以下の通り。

1　昭和一四年一〇月　13枚　八月二二日執筆
2　昭和一四年一一月　12枚　九月二〇日執筆
3　昭和一四年一二月　12枚　一〇月一七日執筆
4　昭和一五年一月　12枚　昭和一四年一一月一六日執筆
5　昭和一五年二月　12枚　昭和一四年一二月八日執筆
6　昭和一五年三月　13枚　一月二〇日執筆

夕顔　「ユーモアクラブ」三巻一〇号　昭和一四年一〇月　＊所蔵館不明のため未確認。「東京日日新聞」九月七日の広告に記事がある。

結婚前　「エス・エス」昭和一四年一一月一日　＊22枚。所蔵館不明のため未確認。九月二七日執筆。『全集』では一〇月号とあるが誤り。

夢を作る人　「歌劇」二二巻一一号〜二三巻二号　昭和一四年一一月一日〜一五年二月一日　4回　＊81枚。『全集』では「〜一五年三月」とあるが誤り。田村孝之介挿絵。各掲載号、執筆日は以下の通り。

1 二二巻一一号 昭和一四年一一月一日 2-15頁 20枚
一〇月一五日執筆
2 二二巻一二号 昭和一四年一二月一日 122-135頁 20枚
一一月一六日執筆
3 二三巻一号 昭和一五年一月一日 2-16頁 20枚
昭和一四年一二月一四日執筆
4 二三巻二号 昭和一五年二月一日 130-143頁 21枚
一月一五日執筆

〔収録〕
1029 紅蛍（昭和一五年七月 時代社）

女性相談 「大洋」一巻六号 昭和一四年一一月一日 86-91頁 ＊30枚。一〇月八日執筆。

〔収録〕
1034 浅草寺附近（昭和一六年一月 青木書店）

青草 「オール読物」九巻一二号 昭和一四年一二月一日 110-130頁 ＊40枚。現代小説。志村立美挿絵。一〇月一二日執筆。

運命の岐路 「キング」一五巻一四号 昭和一四年一二月一日 402-418頁 ＊37枚。小島操挿絵。「自筆メモ」では「強い草」とある。七月一二日執筆。

太宗寺附近 「文芸」七巻一二号 昭和一四年一二月一日 2-37頁 ＊75枚。一一月三～五日執筆。

〔収録〕
1027 太宗寺附近（昭和一五年四月 新潮社）
1040 人生案内（昭和一六年六月 春陽堂）
1077 再会（昭和二一年一一月 昭森社）
1111 象形文字（昭和二三年六月 オリオン社）
1244 煩悩具足（昭和三四年八月 東方社）
2033 再会（昭和五三年五月 集英社文庫）
5011 丹羽文雄選集4（昭和二四年一二月 改造社）
5021 丹羽文雄文庫10（昭和二九年八月 東方社）
5080 丹羽文雄文学全集21（昭和五一年五月 講談社）

昔男ありて 「会館芸術」九巻一～六号 昭和一五年一月一日～六月一日 6回 ＊103枚。田村孝之助挿絵。『全集』では五月までとあるが誤り。各掲載号、執筆日は以下の通り。

1 九巻一号 昭和一五年一月一日 11-15頁 20枚
昭和一四年一一月一二日執筆
2 九巻二号 昭和一五年二月一日 53-58頁 20枚
昭和一四年一二月二〇日執筆
3 九巻三号 昭和一五年三月一日 52-57頁 20枚
一月一九日執筆
4 九巻四号 昭和一五年四月一日 52-58頁 20枚
二月執筆
5 九巻五号 昭和一五年五月一日 51-56頁 21枚
三月一九日執筆
6 九巻六号 昭和一五年六月一日 50-55頁 21枚
四月一九日執筆

〔収録〕
1028　風俗（昭和一五年六月　三笠書房）
1068　昔男ありて（昭和二一年九月　豊島岡書店）

藍空　「現代」二一巻一号　昭和一五年一月一日　250-267頁　＊41枚。小谷良徳挿絵。昭和一四年一一月一八日執筆。

隣同士　「サンデー毎日」一九巻一号　昭和一五年一月一日　44-49頁　＊20枚。春季特別号。嶺田弘挿絵。昭和一四年一〇月二二日執筆。
〔収録〕
1029　紅蛍（昭和一五年七月　時代社）

春の気配　「主婦之友」二四巻一号　昭和一五年一月一日　13-21頁　＊11枚。「写真小説」として掲載。李香蘭・高田稔・清水美佐子が出演。昭和一四年一一月一四日執筆。

二つの都　「大陸新報」昭和一五年一月一日～六月二一日　＊160回。752枚。全集では「二つ都」（一～一〇月）とあるが誤り。
〔収録〕
1032　二つの都（昭和一五年一〇月　高山書院）
1081　二つの都（昭和二二年二月　新月書房）

愛　「婦人朝日」一七巻一号　昭和一五年一月一日～三月一日　＊151枚。富永謙太郎挿絵。各掲載号、執筆日は以下の通り（第3回は所蔵館不明のため未確認）。なお「自筆メモ」には第4回の記載があるが、掲載未確認。
1　一七巻一号　昭和一五年一月一日　25-35頁　50枚
　昭和一四年一一月一一日執筆
2　一七巻二号　昭和一五年二月一日　127-146頁　50枚
　昭和一四年一二月六日執筆
3　一七巻三号　昭和一五年三月一日　51枚
　一月六日執筆
4　一七巻四号　昭和一五年四月一日
　二月一〇日執筆

妻と私と絹子　「モダン日本」一一巻一号　昭和一五年一月一日　36-43頁　＊25枚。昭和一四年一一月二五日執筆。
〔収録〕
1028　風俗（昭和一五年六月　三笠書房）

衝動　「東宝映画」四巻一号　昭和一五年一月一日　46-48頁　＊17枚。紀元二千六百年記念新春特大号。おちあいのぼる挿絵。昭和一四年一二月一日執筆。『全集』では初出「東宝」とあるが誤り。

をかしな家庭　「同盟通信」昭和一五年一月　＊11枚。初出未確認。昭和一四年一一月一六日執筆。
〔収録〕
1045　碧い空（昭和一七年四月　宝文館）

朝夕　「ニッポン」昭和一五年一月〜四月　4回　＊92枚。所蔵館不明のため未確認。各回の執筆日、枚数は以下の通り。
1　昭和一五年一月　24枚　昭和一四年一一月七日執筆
2　昭和一五年二月　24枚　昭和一四年一一月七日執筆
3　昭和一五年三月　24枚　昭和一四年一二月一九日執筆
4　昭和一五年四月　22枚　二月七日執筆（終）

街の小品《はなし》　「ユーモアクラブ」四巻一号　昭和一五年一月一日　38-46頁　＊15枚。豊田三郎絵。昭和一四年一一月一九日執筆。

君への贈物　「日の出」九巻二号　昭和一五年二月一日　180-194頁　＊32枚。小林秀恒挿絵。昭和一四年一二月九日執筆。
〔収録〕
1031　青春の書（昭和一五年八月　今日の問題社）

女心　「オール読物」一〇巻三号　昭和一五年三月一日　294-314頁　＊42枚。「現代小説」として掲載。志村立美挿絵。昭和一四年一二月一日執筆。『全集』では「女ごころ」二月とある。

再会　「改造」二二巻四号　昭和一五年三月一日　118-154頁　＊89枚。二月一〇〜一二日執筆。
〔収録〕
1027　太宗寺附近（昭和一五年四月　新潮社）
1077　再会（昭和二一年一一月　昭森社）
1099　南国抄（昭和二二年一〇月　新潮社）
1283　母の晩年（昭和四〇年二月　東方社）
1402　絆（平成二年一月二五日　学芸書林）
1405　母、そしてふるさと（平成一八年四月　四日市市立博物館）
2003　贅肉（昭和二五年二月　春陽堂文庫）
2010　鮎（昭和三一年九月　角川文庫）
2033　再会（昭和五三年五月　集英社文庫）
5011　丹羽文雄選集4（昭和二四年一二月　改造社）
5043　丹羽文雄作品集1（昭和三二年六月　角川書店）
5055　丹羽文雄自選集（昭和四二年一〇月　集英社）
5056　丹羽文雄文学全集1（昭和四九年四月　講談社）
5112　丹羽文雄の短篇30選（昭和五九年一一月　角川書店）
6045　現代日本の文学27（昭和四五年六月　学習研究社）

母の青春　「富士」一三巻三号　昭和一五年三月　＊39枚。未確認。『大衆文学大系』収録の「富士」目次になし。一月二四日執筆。

母の青春　「エス・エス」五巻四〜九号　昭和一五年四月一日〜九月一日　6回　＊137枚。吉田貫三郎挿絵。各掲載号、執筆日は以下の通り。
1　五巻四号　昭和一五年四月一日　44-55頁　26枚　二月五日執筆
2　五巻五号　昭和一五年五月一日　44-52頁　24枚　四月六日執筆

3　五巻六号　昭和一五年六月一日　59-67頁　22枚
　五月四日執筆
4　五巻七号　昭和一五年七月一日　44-53頁　24枚
　六月執筆
5　五巻八号　昭和一五年八月一日　64-71頁　26枚
　七月一〇日執筆
6　五巻九号　昭和一五年九月一日　64-71頁　15枚
　八月一〇日執筆
〔収録〕
1033　母の青春（昭和一五年一〇月　明石書房）
1092　若い季節（昭和二二年七月　世界社）

失踪　「オール読物」一〇巻四号　昭和一五年四月一日　178-192頁　＊30枚。田村孝之助挿絵。現代小説。二月五日執筆。
〔収録〕
1028　風俗（昭和一五年六月　三笠書房）

罪と愛情　「現代」二一巻四号　昭和一五年四月一日　138-155頁
＊40枚。小谷良徳挿絵。二月二六日執筆。

跳ぶ結婚　「日の出」九巻四号　昭和一五年四月一日　230-243頁
＊30枚。志村立美挿絵。二月一五日執筆。
〔収録〕
1031　青春の書（昭和一五年八月　今日の問題社）

蕾　「新興婦人」昭和一五年四～六月　3回　＊69枚。所蔵館不明のため未確認。各回の執筆日、執筆枚数は以下の通り。
1　昭和一五年四月　24枚　二月二六日執筆
2　昭和一五年五月　20枚　四月一日執筆
3　昭和一五年六月　25枚　五月四日執筆

巷の早春　「新潮」三七年五号　昭和一五年五月一日　184-198頁
＊37枚。三月三一日執筆。
〔収録〕
1028　風俗（昭和一五年六月　三笠書房）
1040　人生案内（昭和一六年六月　春陽堂）
1068　昔男ありて（昭和二一年九月　豊島岡書店）
1133　開かぬ門（昭和二四年一二月　不動書房）

光代の周囲　「講談倶楽部」昭和一五年五月　＊37枚。未確認。『大衆文学大系』収録の総目次になし。三月二八日執筆。

風俗　「日本評論」一五巻六号　昭和一五年六月一日　297-308頁
＊32枚。五月九日執筆。
〔収録〕
1028　風俗（昭和一五年六月　三笠書房）
1037　対世間（昭和一六年六月　春陽堂）
1068　昔男ありて（昭和二一年九月　豊島岡書店）
1133　開かぬ門（昭和二四年一二月　不動書房）

旅館の娘　「日の出」九巻六号　昭和一五年六月一日　214-229頁
＊41枚。志村立美挿絵。四月一四日執筆。

南の国の嘆き　「サンデー毎日」一九巻二九号　昭和一五年六月一〇日　56-60頁　＊21枚。夏季特別号。嶺田弘挿絵。四月一日執筆。『全集』では四月とあるが誤り。

紅蛍　「週刊朝日」三七巻二六号　昭和一五年六月一〇日　187-222頁　＊101枚。長篇読切小説として掲載。夏季特別号。

〔収録〕
1029　紅蛍（昭和一五年七月　時代社）

闘いぬく女　「ますらお」昭和一五年六月～一六年二月　9回　＊192枚。所蔵館不明のため未確認。各回の執筆日・枚数は以下の通り（第3回は執筆日記載なし）。

1　昭和一五年六月　20枚　四月三〇日執筆
2　昭和一五年七月　21枚　五月一四日執筆
3　昭和一五年八月　20枚
4　昭和一五年九月　21枚　六月執筆
5　昭和一五年一〇月　20枚　七月執筆
6　昭和一五年一一月　21枚　七月二一日執筆
7　昭和一五年一二月　20枚　八月一日執筆
8　昭和一六年一月　21枚　昭和一五年八月一四日執筆
9　昭和一六年二月　20枚　昭和一五年九月一日執筆

切火　「オール読物」一〇巻七号　昭和一五年七月一日　126-143頁　＊37枚。五月一二日執筆。

〔収録〕
1029　紅蛍（昭和一五年七月　時代社）

1039　職業もつ女（昭和一六年六月　春陽堂）
1097　似た女（昭和二二年九月　尾崎書房）

闘魚　「朝日新聞」昭和一五年七月一三日～一二月五日　145回　＊537枚。志村立美挿絵。

〔収録〕
1036　闘魚（昭和一六年二月　新潮社）
1082　闘魚（昭和二二年二月　コバルト社）
1135　闘魚（昭和二四年一二月　美和書房新社）
5079　丹羽文雄文学全集20（昭和五一年四月　講談社）

ある女の半生　「中央公論」五五年八号　昭和一五年八月一日　1-31頁　＊75枚。七月一〇日執筆。のち「或る女の半生」に改題。

〔収録〕
1030　或る女の半生（昭和一五年八月　河出書房）
1040　人生案内（昭和一六年六月　春陽堂）
1073　或る女の半生（昭和二一年一〇月　日東出版社）
5011　丹羽文雄選集4（昭和二四年一二月　改造社）

役者の宿　「モダン日本」一一巻八号　昭和一五年八月一日　20-27頁　＊28枚。古澤岩美挿絵。六月執筆。

〔収録〕
1034　浅草寺附近（昭和一六年一月　青木書店）

春の門　書き下ろし　＊304枚。一五年六月四～九日執筆。「自筆メモ」には「春の門　15-6-4-9　304枚／　新潮社」とある。『全集』に記載があるが、『新潮社一〇〇年図書　総目録』（平成八年一〇月一〇日　新潮社）、図書総目録になし。新潮社に問い合わせたが、出版の確認がとれなかった。また「自筆メモ」でも印税を受けた記録がないため、企画のみで出版されなかった可能性が高い。なお『闘魚』（昭和一六年二月一〇日　新潮社）巻末に、以下の広告がある。「春の門／春の門、即ち青春男女が一度はくゞらねばならぬ窄き門を描き、正しき恋愛と結婚の倫理を指し示した。／近刊」

〔収録〕
1057　春の門（昭和二一年一月　新生活社）
1106　春の門（昭和二三年四月　東方社）
1159　春の門（昭和二七年一二月　東方社）
1260　春の門（昭和三五年六月　東方社）
1298　春の門（昭和三九年四月　東方社）
1321　春の門（昭和四二年三月　東方社）

娘の家　「主婦之友」二四巻九号　昭和一五年一〇月一日
114-120頁　＊15枚。七月二五日執筆。「自筆メモ」では随筆。

〔収録〕
1045　碧い空（昭和一七年四月　宝文館）

浅草寺附近　「改造」二二巻一八号　昭和一五年一〇月一日
65-99頁　＊304枚。九月七日執筆。

〔収録〕
1034　浅草寺附近（昭和一六年一月　青木書店）
1078　書翰の人（昭和二一年一一月　鎌倉文庫）
1246　勤王届出（昭和三四年九月　東方社）
2034　書翰の人（昭和五三年九月　集英社文庫）
5011　丹羽文雄選集4（昭和二四年一二月　改造社）
5016　丹羽文雄文庫5（昭和二九年三月　東方社）
5080　丹羽文雄文学全集21（昭和五一年五月　講談社）
6002　三代名作全集（昭和一八年二月　河出書房）
6540　ふるさと文学館14（平成六年四月　ぎょうせい）

開かぬ門　「日の出」九巻一一号　昭和一五年一一月一日
86-98頁　＊29枚。水澤決挿絵。九月九日執筆。

〔収録〕
1034　浅草寺附近（昭和一六年一月　青木書店）
1074　女ひとりの道（昭和二一年一〇月　日本書林）
1133　開かぬ門（昭和二四年一二月　不動書房）
6002　三代名作全集（昭和一八年二月　河出書房）

美しい座　「日本映画」昭和一五年一一月　＊16枚。掲載未確認。一〇月七日執筆。

〔収録〕
1045　碧い空（昭和一七年四月　宝文館）

尊顔　「オール読物」一〇巻一二号　昭和一五年一二月一日
266-284頁　＊37枚。時代小説。田代光挿絵。一〇月八日執筆。

〔収録〕
1034　浅草寺附近（昭和一六年一月　青木書店）

6002　三代名作全集（昭和一八年二月　河出書房）

白い梅　博文館『家庭小説名作集』昭和一五年一二月一八日　112-136頁

春の籤　「サンデー毎日」二〇巻一号　昭和一六年一月一日　110-117頁　＊30枚。春季特別号。松島一夫挿絵。昭和一五年一一月五日執筆。『全集』では一一月特別号とあるが誤り。

〔収録〕
1045　碧い空（昭和一七年四月　宝文館）

流れる四季　「主婦之友」二五巻一号～二六巻一号　昭和一六年一月一日～昭和一七年三月一日　15回　＊342枚。岩田専太郎挿絵。『全集』では一～一二月とあるが誤り。各掲載号は以下の通り。

1　二五巻一号　昭和一六年一月一日　78-91頁　27枚
　昭和一五年一一月九日執筆
2　二五巻二号　昭和一六年二月一日　52-64頁　27枚
　昭和一五年一二月七日執筆
3　二五巻三号　昭和一六年三月一日　106-119頁　29枚
　一月一八日執筆
4　二五巻四号　昭和一六年四月一日　142-156頁　39枚
　二月七日執筆
5　二五巻五号　昭和一六年五月一日　120-132頁　30枚
　三月一四日執筆
6　二五巻六号　昭和一六年六月一日　304-317頁　31枚
　四月一七日執筆
7　二五巻七号　昭和一六年七月一日　96-107頁　26枚
　五月執筆
8　二五巻八号　昭和一六年八月一日　70-81頁　27枚
　六月一二日執筆
9　二五巻九号　昭和一六年九月一日　148-159頁　26枚
　七月一六日執筆
10　二五巻一〇号　昭和一六年一〇月一日　100-111頁
　30枚　八月一七日執筆
11　二五巻一一号　昭和一六年一一月一日　94-301頁
　31枚　九月一八日執筆
12　二五巻一二号　昭和一六年一二月一日　166-177頁
　30枚　一〇月三日執筆
13　二六巻一号　昭和一七年一月一日　240-249頁
　昭和一六年一一月執筆
14　二六巻二号　昭和一七年二月一日　178-187頁
　昭和一六年一二月執筆
15　二六巻三号　昭和一七年三月一日　104-114頁
　一月執筆

〔収録〕
1043　流れる四季（昭和一七年三月　春陽堂）
1086　流れる四季（昭和二二年五月　鷺の宮書房）

九年目の土　「新潮」三八年一号　昭和一六年一月一日　90-10頁　＊26枚。昭和一五年一一月二六日執筆。

〔収録〕

1038　怒濤（昭和一六年六月　改造社）
1096　嘘多い女（昭和二二年九月　新文芸社）
1402　絆（平成二年一月　学芸書林）
1406　母、そしてふるさと（平成一八年四月　四日市市立博物館）
2034　書翰の人（昭和五三年九月　集英社文庫）
5011　丹羽文雄選集４（昭和二四年一二月　改造社）
5061　丹羽文雄文学全集３（昭和四九年九月　講談社）

三人姉妹　新聞四社連合　昭和一六年一月一日〜八月七日　＊213回。460枚。宮本三郎挿絵。確認できたものは一紙。
福岡日日新聞（昭和一六年一月一日〜八月七日）
〔収録〕
1062　三姉妹（昭和二一年五月　春陽堂）

新しい声　「日の出」一〇巻一〜八号　昭和一六年一月一日〜八月一日　８回　＊223枚。志村立美挿絵。『全集』では一〜六月とあるが誤り。『青蟬』では「再び来る日」に改題。各掲載号は以下の通り。
１　一〇巻一号　昭和一六年一月一日　214-228頁　29枚
昭和一五年一一月一一日執筆
２　一〇巻二号　昭和一六年二月一日　162-176頁　28枚
昭和一五年一二月七日執筆
３　一〇巻三号　昭和一六年三月一日　174-187頁　28枚
一月八日執筆
４　一〇巻四号　昭和一六年四月一日　242-256頁　27枚
二月一〇日執筆
５　一〇巻五号　昭和一六年五月一日　280-294頁　27枚
三月一〇日執筆
６　一〇巻六号　昭和一六年六月一日　210-223頁　26枚
四月執筆
７　一〇巻七号　昭和一六年七月一日　246-253、255-260頁
26枚　五月執筆
８　一〇巻八号　昭和一六年八月一日　290-297、299-307頁
26枚　六月一一日執筆
〔収録〕
1046　青蟬（昭和一七年九月　三杏書院）

九年目の土　「知性」四巻二号　昭和一六年二月一日　18-28頁　＊22枚。昭和一五年一二月二二日執筆。
〔収録〕
1037　怒濤（昭和一六年六月　改造社）
1096　嘘多い女（昭和二二年九月　新文芸社）
1402　絆（平成二年一月　学芸書林）
1406　母、そしてふるさと（平成一八年四月　四日市市立博物館）
2034　書翰の人（昭和五三年九月　集英社文庫）
5011　丹羽文雄選集４（昭和二四年一二月　改造社）
5061　丹羽文雄文学全集３（昭和四九年九月　講談社）

本となる日　「日本評論」一六巻二号　昭和一六年二月一日　313-321頁　＊24枚。一月一四日執筆。

〔収録〕
1045　碧い空（昭和一七年四月　宝文館）

書翰の人　「文芸」九巻二号　昭和一六年二月一日　66-114頁
＊100枚。中篇小説。昭和一五年一二月二五日執筆。
〔収録〕
1037　怒濤（昭和一六年六月　改造社）
1078　書翰の人（昭和二一年一一月　鎌倉文庫）
1231　人生案内（昭和三四年三月　東方社）
2034　書翰の人（昭和五三年九月　集英社文庫）
5011　丹羽文雄選集4（昭和二四年一二月　改造社）
5020　丹羽文雄文庫9（昭和二九年七月　東方社）
5043　丹羽文雄作品集1（昭和三二年六月　角川書店）
5066　丹羽文雄文学全集18（昭和五〇年三月　講談社）

妻の設計　「モダン日本」一二巻三号　昭和一六年三月一日　18-26頁　＊33枚。志村立美挿絵。中篇小説。昭和一五年一二月二三日執筆。『全集』では二月とあるが誤り。
〔収録〕
1045　碧い空（昭和一七年四月　宝文館）

あにおとうと　陸軍恤兵部『慰問之栞』昭和一六年三月一〇日　202-211頁　＊20枚。陣中倶楽部特別号（非売品）。二月一三日執筆。
〔収録〕
1045　碧い空（昭和一七年四月　宝文館）

あねいもうと　「戦線文庫」四巻四号（通巻三〇号）昭和一六年四月一日　＊25枚。二月一〇日執筆。『全集』では「興亜日本」とある。掲載紙未確認。書誌情報は『シリーズ大東亜戦争下の記録Ⅰ　大東亜戦争書誌』（全3巻　昭和五六年一〇月九日　日外アソシエーツ）による。

柳屋敷　「新若人」二巻一号　昭和一六年四月一日　181-189頁
＊30枚。二月一六日執筆。
〔収録〕
1045　碧い空（昭和一七年四月　宝文館）

眼のない魚　「婦人朝日」一八巻五号　昭和一六年五月一日　148-155頁　＊30枚。三月二二～二三日執筆。『全集』では「目のない魚」とある。

花の鈴　「日本女性」一巻一～六号　昭和一六年五月二五日～一二月一日　6回　＊114枚。志村立美挿絵。全集では七～一〇月とあるが誤り。各掲載号は以下の通り。（第1、第4回以外は所蔵館不明のため未確認）
1　一巻一号　昭和一六年五月二五日　46-54頁　28枚
　三月一六日執筆
2　一巻二号　昭和一六年八月　22枚　五月執筆
3　一巻三号　昭和一六年九月　30枚　七月一四日執筆
4　一巻四号　昭和一六年一〇月一日　164-173頁　31枚
　八月二〇日執筆
5　一巻五号　昭和一六年一一月一日　30枚

九月二三日執筆

6　一巻六号　昭和一六年一二月一日　23枚

一〇月一九日執筆

涙　「オール女性」昭和一六年五月　＊19枚。所蔵館不明のため未確認。三月七日執筆。

〔収録〕

1045　碧い空（昭和一七年四月　宝文館）

友の妻　「オール読物」一一巻六号　昭和一六年六月一日　354-364頁　＊19枚。現代小説。矢島健三挿絵。三月二六日執筆。『全集』では五月とあるが誤り。

〔収録〕

1045　碧い空（昭和一七年四月　宝文館）

怒濤　「改造」二三巻一一号　昭和一六年六月一日　49-95頁　＊110枚。五月執筆。

〔収録〕

1038　怒濤（昭和一六年六月　改造社）
1077　再会（昭和二一年一一月　昭森社）
1099　南国抄（昭和二二年一〇月　新潮社）
1236　女の侮蔑（昭和三四年五月　東方社）
1295　落鮎（昭和三九年二月　東方社）
2034　書翰の人（昭和五三年九月　集英社文庫）
5017　丹羽文雄文庫６（昭和二九年四月　東方社）
5055　丹羽文雄自選集（昭和四二年一〇月　集英社）
5077　丹羽文雄文学全集19（昭和五一年二月　講談社）
7008　日本小説代表作全集7（昭和一六年一二月　小山書店）

眉匠　「週刊朝日」三九巻二号　昭和一六年六月二日　25-43頁　＊56枚。特別号。「特別長篇読切小説」として掲載。三月二七～二九日執筆。『全集』では四月とあるが誤り。

〔収録〕

1059　眉匠（昭和二一年五月　オール・ロマンス社）

中年　河出書房『中年』昭和一六年七月三〇日　＊260枚。書き下ろし。新文学叢書。後に発禁。

〔収録〕

7065　続発禁作品集（昭和三二年七月　北辰堂）

＊前半のみ収録。

青蝉《ひぐらし》　「婦人日本」七巻七～一二号　昭和一六年七月一日～一二月一日　6回　＊178枚。木下孝則挿絵。各掲載号は以下の通り。（第4回以外所蔵館不明のため未確認）

1　七巻七号　昭和一六年七月一日
2　七巻八号　昭和一六年八月一日　28枚
　六月一九日執筆
3　七巻九号　昭和一六年九月一日　30枚
　七月二一日執筆
4　七巻一〇号　昭和一六年一〇月一日　30枚
　八月二一日執筆
5　七巻一一号　昭和一六年一一月一日　78-87頁　30枚

九月二四日執筆
6　七巻一二号　昭和一六年一二月一日（終）　30枚
一〇月二〇日執筆
〔収録〕
1046　青蟬（昭和一七年九月　三杏書院）
1101　バラの時代（昭和二三年一月　和敬書店）

暁闇「中央公論」五六年八号　昭和一六年八月一日　1-50頁
＊118枚。七月一日執筆。
〔収録〕
1044　勤王届出（昭和一七年三月　大観堂）
6520　北海道文学全集（昭和五五年一二月　立風書房）

老愁「モダン日本」一二巻八号　昭和一六年八月一日　46-53
頁　＊26枚。小林秀恒挿絵。
〔収録〕
1045　碧い空（昭和一七年四月　宝文館）
6002　三代名作全集（昭和一八年二月　河出書房）

女画家「サンデー毎日」昭和一六年八月　＊30枚。七月二三
日執筆。未確認。総目次なし。

この響き「報知新聞」昭和一六年九月一一日～一七年三月二
二日　192回　＊576枚。
〔収録〕
1047　この響き（昭和一七年一〇月　実業之日本社）

朝夕のことば「講談倶楽部」三一巻一〇号～三二巻三号　昭
和一六年一〇月一日～一七年三月一日　6回　＊207枚。『全
集』では一〇月～四月とあるが誤り。各掲載号は以下の通り。
1　三一巻一〇号　昭和一六年一〇月一日　50-64頁　36枚
八月二日執筆
2　三一巻一一号　昭和一六年一一月一日　74-86頁　31枚
九月一八日執筆
3　三一巻一二号　昭和一六年一二月一日　106-118頁　35枚
一〇月二三日執筆
4　三二巻一号　昭和一七年一月一日　220-233頁　35枚
昭和一六年一一月執筆
5　三二巻二号　昭和一七年二月一日　162-175頁　35枚
昭和一六年一二月執筆
6　三二巻三号　昭和一七年三月一日　192-205頁　35枚
一月執筆

碧い空「日の出」一〇巻一〇号　昭和一六年一〇月一日
188-204頁　＊30枚。矢島健三挿絵。八月一一日執筆。「自筆メ
モ」では39枚。
〔収録〕
1045　碧い空（昭和一七年四月　宝文館）
7009　軍人援護文芸作品集1（昭和一七年三月　軍事保護院）
7011　第二の戦場（昭和一七年一二月　軍事保護院）

戦陣訓の歌「放送」一巻一号　昭和一六年一〇月一日　132-142
頁　＊27枚。吉田貫三郎挿絵。八月二四日執筆。

〔収録〕
1045　碧い空（昭和一七年四月　宝文館）
6002　三代名作全集（昭和一八年二月　河出書房）
7009　軍人援護文芸作品集１（昭和一七年三月　軍事保護院）

実歴史　「知性」四巻一一～一二号　昭和一六年一一月一日～一二月一日　２回　＊53枚。『全集』では一二月とあるが誤り。各掲載号は以下の通り。
1　四巻一一号　昭和一六年一一月一日　100-105頁　12枚
　一〇月二日執筆
2　四巻一二号　昭和一六年一二月一日　136-158頁　53枚
　一〇月二九日執筆
〔収録〕
1044　勤王届出（昭和一七年三月　大観堂）
1246　勤王届出（昭和三四年九月　東方社）
2034　書翰の人（昭和五三年九月　集英社文庫）
5016　丹羽文雄文庫５（昭和二九年三月　東方社）
5071　丹羽文雄文学全集25（昭和五〇年八月　講談社）

一日の凪　「戦線文庫」四巻一二号　昭和一六年一二月　＊30枚。一〇月二七日執筆。所蔵館不明のため未確認。書誌情報は『シリーズ大東亜戦争下の記録Ⅰ　大東亜戦争書誌』による。

勤王届出　大観堂『勤王届出』昭和一七年三月二〇日　＊450枚。書き下ろし小説として刊行。
〔収録〕
1044　勤王届出（昭和一七年三月　大観堂）
1246　勤王届出（昭和三四年九月　東方社）
2034　書翰の人（昭和五三年九月　集英社文庫）
5016　丹羽文雄文庫５（昭和二九年三月　東方社）
5071　丹羽文雄文学全集25（昭和五〇年八月　講談社）

現代史　「改造」二四巻四～一〇号　昭和一七年四月一日～一〇月一日　５回　＊364枚。『全集』では五～八月とあるが誤り。各掲載号は以下の通り（第３回は執筆日記載なし）。
1　二四巻四号　昭和一七年四月一日　創21-64頁　110枚
　三月一～一三日執筆
2　二四巻六号　昭和一七年六月一日　創1-62頁　94枚
　四月一〇日執筆
3　二四巻八号　昭和一七年八月一日　192-203頁　88枚
4　二四巻九号　昭和一七年九月一日　210-223頁　88枚
　六月執筆
5　二四巻一〇号　昭和一七年一〇月一日　195-223頁　74枚
　六月執筆
〔収録〕
1053　現代史第一篇―運命の配役（昭和一九年一月　改造社）
1061　現代史（昭和二一年五月　創生社）

媒酌人　有光社『新作品　伊藤・丹羽・日比野集』昭和一七年一〇月二〇日　125-176頁　＊61枚。書き下ろし。四月一九日執筆。

ラバウルの生態　「日本女性」二巻一〇号　昭和一七年一〇月一日　34-39頁　＊24枚。七月一五日執筆。小説欄。「現地報告」として掲載。
〔収録〕
1052　ソロモン海戦（昭和一八年一〇月　国民画報社）

報道班員の手記　「改造」二四巻一一号　昭和一七年一一月一日　173-222頁　＊126枚。九〜一〇月執筆。
〔収録〕
1049　報道班員の手記（昭和一八年四月　改造社）
5071　丹羽文雄文学全集25（昭和五〇年八月　講談社）

海戦　「中央公論」五七年一一号　昭和一七年一一月一日　176-270頁　＊267枚。九〜一〇月執筆。掲載号には伏字あり。のち中央公論社賞受賞。
〔収録〕
1048　海戦（昭和一七年一二月　中央公論社）
1052　ソロモン海戦（昭和一八年一〇月　国民画報社）
1228　海戦（昭和三四年二月　東方社）
2034　書翰の人（昭和五三年九月　集英社文庫）
2070　海戦（平成一二年八月　中公文庫）
5018　丹羽文雄文庫7（昭和二九年五月　東方社）
5041　丹羽文雄作品集3（昭和三二年四月　角川書店）
5071　丹羽文雄文学全集25（昭和五〇年八月　講談社）
6008　現代日本小説大系59（昭和二七年四月　河出書房）
6028　昭和戦争文学全集5（昭和三九年一二月　集英社）
6029　戦争の文学1（昭和四〇年七月　東都書房）
6051　戦争文学全集2（昭和四七年二月　毎日新聞社）
6064　昭和文学全集11（昭和六三年三月　小学館）
6533　完本・太平洋戦争　上（平成三年一二月　文芸春秋）
7512　完本・太平洋戦争2（平成五年一二月　文春文庫）

虹の家族　「週刊婦人朝日」一九巻一一号〜二〇巻六号　昭和一七年一一月四日〜昭和一八年二月二四日　16回　＊240枚。『全集』では一〇〜一二月とあるが誤り。『みぞれ宵』（昭和一八年七月一九日　改造社）では「世良家の夫妻」に改題。各掲載号、副題、執筆枚数は以下の通り（第2〜7回、9回は執筆日記載なし）。
1　遠い疵　一九巻一一号　昭和一七年一一月四日　18-21頁　15枚　九月執筆
2　遠い疵　一九巻一二号　昭和一七年一一月一一日　18-21頁　15枚
3　遠い疵　一九巻一三号　昭和一七年一一月一八日　14-17頁　15枚
4　部屋　一九巻一四号　昭和一七年一一月二五日　16-18頁　15枚
5　部屋　一九巻一五号　昭和一七年一二月二日　20-22頁　15枚
6　幻影　一九巻一六号　昭和一七年一二月九日　23-25頁　15枚
7　陽だまり　一九巻一七号　昭和一七年一二月一六日　12-15頁　15枚

8　たがひに　一九巻一八号　昭和一七年一二月二三日　30-33頁　30枚（八・九回）　一二月一七日執筆

9　おのぶと巽　一九巻一九号　昭和一七年一二月三〇日　30-33頁

10　衝撃　一九巻二〇号　昭和一八年一月六日　60-63頁　15枚　昭和一七年一二月一五日執筆

11　衝撃　二〇巻一号　昭和一八年一月二〇日　30-33頁　15枚　昭和一七年一二月二五日執筆

12　衝撃　二〇巻二号　昭和一八年一月二七日　32-35頁　15枚　一月二日執筆

13　意外の結果　二〇巻三号　昭和一八年二月三日　34-37頁　15枚　一月五日執筆

14　水禽　二〇巻四号　昭和一八年二月一〇日　32-35頁　15枚　一月一八日執筆

15　水禽　二〇巻五号　昭和一八年二月一七日　32-35頁　15枚　一月二〇日執筆

16　それから　二〇巻六号　昭和一八年二月二四日　32-35頁　15枚　一月二一日執筆

〔収録〕

1051　みぞれ宵（昭和一八年七月　改造社）

夕陽ヶ乙女　「少女の友」三六巻一〜六号　昭和一八年一月一日〜六月一日　6回　＊94枚。伊勢正義挿絵。『全集』では「四月迄」とあるが誤り。第6回末尾に「前篇おはり」とある。各掲載号は以下の通り。

1　三六巻一号　昭和一八年一月一日　26-35頁　20枚　昭和一七年一二月末執筆

2　三六巻二号　昭和一八年二月一日　32-39頁　19枚　一月一一日執筆

3　三六巻三号　昭和一八年三月一日　18-25頁　14枚　二月一〇日執筆

4　三六巻四号　昭和一八年四月一日　40-47頁　18枚　三月執筆

5　三六巻五号　昭和一八年五月一日　86-94頁　20枚　四月一一日執筆

6　三六巻六号　昭和一八年六月一日　82-85頁　20枚　五月執筆

月愛三昧　「婦人日本」昭和一八年一月一日〜六月一日　6回　＊101枚。高野三三男挿絵。『全集』では一二月〜（昭和一八年）五月とあるが、雑誌「婦人日本」が四月一日で廃刊になり連載中断、未完。各掲載号は以下の通り。

1　昭和一八年一月一日　56-61頁　16枚　昭和一七年一一月執筆

2　昭和一八年二月一日　52-58頁　22枚　昭和一七年一二月一二日執筆

3　昭和一八年三月一日　46-51頁　18枚　一月一二日執筆

4　昭和一八年四月一日　56-60頁　15枚　二月一五日執筆

5　昭和一八年五月一日　48-52頁　15枚　三月執筆

6　昭和一八年六月一日　30-33頁　15枚
四月一五日執筆

貝子《こやすがい》―続報道班員の手記　「オール読物」一三巻二号　昭和一八年二月一日　20-32頁　＊33枚。「海戦小説」として掲載。小川眞吉挿絵。昭和一七年一二月九日執筆。『全集』では一月とあるが誤り。

〔収録〕
1051　みぞれ宵（昭和一八年七月　改造社）

みぞれ宵　「日の出」一二巻二号　昭和一八年二月一日　48-55頁　＊23枚。林唯一挿絵。昭和一七年一二月二〇日執筆。『全集』では一月発表とあるが誤り。

〔収録〕
1051　みぞれ宵（昭和一八年七月　改造社）

梵鐘　「新太陽」一四巻三号　昭和一八年三月一日　20-25頁　＊30枚。三芳悌吉挿絵。一月三一日執筆

〔収録〕
1051　みぞれ宵（昭和一八年七月　改造社）

水焔　「毎日新聞」昭和一八年四月一九日～八月二八日　120回　＊730枚。有岡一郎挿絵。『全集』では五～一二月連載とあるが誤り。

〔収録〕
1054　水焔（昭和一九年三月　新潮社）

ソロモン海戦　室戸書房『ソロモン海戦』昭和一八年四月二〇日　228頁　＊少国民版。従軍手記。

娑婆人　「新女苑」七巻八号　昭和一八年八月一日　74-79頁　＊20枚。六月二二日執筆。

〔収録〕
1052　ソロモン海戦（昭和一八年一〇月　国民画報社）
1055　春の山かぜ（昭和一九年一一月　春陽堂）

呉の宿　「日の出」一二巻八号　昭和一八年八月一日　30-38頁　＊25枚。末尾に「この一篇をI少佐の遺児に捧ぐ」とある。六月二四日執筆。

〔収録〕
1052　ソロモン海戦（昭和一八年一〇月　国民画報社）
1055　春の山かぜ（昭和一九年一一月　春陽堂）

海戦余滴　「新太陽」一四巻九号　昭和一八年九月一日　7-31頁　＊26枚。佐藤敬挿絵。七月二五～二六日執筆。

〔収録〕
1055　春の山かぜ（昭和一九年一一月　春陽堂）

晴一天　「婦人倶楽部」二四巻九～一〇号　昭和一八年九月一日～一〇月一日　2回　＊66枚。田代光挿絵。『全集』では九～一二月連載とあるが、2回で休止。一〇月号末尾に「以下次号」とあるものの、翌一一月には「大陸旅行のため遺憾ながら休載」とある。掲載号、執筆日は以下の通り。

1　二四巻九号　昭和一八年九月一日　30-38頁　27枚　七月一六日執筆
2　二四巻一〇号　昭和一八年一〇月一日　36-44頁　30枚　八月一四日執筆

混血児　「文芸」一一巻九号　昭和一八年九月一日　24-33頁　＊25枚。八月一五日執筆。
〔収録〕
1055　春の山かぜ（昭和一九年一一月　春陽堂）

基地の一日　「大阪新聞」昭和一八年九月　＊15枚。未確認。八月三〇日執筆。

靖国のことば　「日の出」一二巻一〇号　昭和一八年一〇月一日　26-35頁　＊30枚。八月二五日執筆。
〔収録〕
1055　春の山かぜ（昭和一九年一一月　春陽堂）

生活と花　「中日新聞」「台湾日報」ほか　昭和一八年一〇月三〇日～一九年　135回　＊伊勢正義挿絵。確認できたものを以下に挙げる。「台湾日報」は未確認。
中日新聞（昭和一八年一〇月三〇日～）
北海道新聞（昭和一八年一月一三日～一九年七月一〇日）
西日本新聞（昭和一八年一二月一日～～一九年三月五日）

今宵の空　「航空婦人」　昭和一八年一〇月　＊17枚。掲載誌未確認。九月一五日執筆。『全集』では「今昔の空」。

基地の静　「創造」一三巻一号　昭和一八年一〇月　＊22枚。一〇月九日執筆。

春の山かぜ　「改造」二五巻一一号　昭和一八年一一月一日　80-113頁　＊70枚。一〇月六～九日執筆。
〔収録〕
1055　春の山かぜ（昭和一九年一一月　春陽堂）
7016　日本小説代表作全集12（昭和一九年一一月　小山書店）

基地の花　「文芸読物」一三巻一一号　昭和一八年一一月一日　12-27頁　＊44枚。「文芸読物」は「オール読物」改題。三上悌吉挿絵。九月一九日執筆。
〔収録〕
1055　春の山かぜ（昭和一九年一一月　春陽堂）

知られざる頁　「大洋」五巻一二号　昭和一八年一二月一日　96-107頁　＊33枚。『全集』では「太陽」（一〇月）掲載とあるが誤り。一〇月三一日執筆。
〔収録〕
1055　春の山かぜ（昭和一九年一一月　春陽堂）

今日―応徴のKO君に　「新潮」四一年一号　昭和一九年一月一日　64-71頁　＊22枚。

台湾の息吹　「台湾公論」九巻一〜九号　昭和一九年一月一日〜九月一日　7回　＊『全集』では昭和一八年一二月〜不明。各掲載号は以下の通り（第4、5回の執筆時期は不明）。

1　九巻一号　昭和一九年一月一日　117-124頁
　昭和一八年一一月三〇日執筆
2　九巻二号　昭和一九年二月一日　120-127頁　16枚
　昭和一八年一二月三〇日執筆
3　九巻三号　昭和一九年三月一日　106-112頁　15枚
　二月八日執筆
4　九巻五号　昭和一九年五月一日　114-120頁
5　九巻六号　昭和一九年六月一日　106-115頁　15枚
6　九巻七号　昭和一九年七月一日　74-82頁　18枚
　四月執筆
7　九巻九号　昭和一九年九月一日　＊掲載紙未確認　21枚
　八月三日執筆

〔収録〕
6547　日本統治期台湾文学日本人作家作品集別巻（平成一〇年七月　緑蔭書房）

朝夕　日本文芸通信　昭和一九年一月一日〜二月一〇日　＊40回。120枚。林唯一挿絵。掲載期間は各紙異なる。確認できたものは以下の通り。
神戸新聞　昭和一九年一月一日〜二月一〇日
高知新聞　昭和一九年一月一〇日〜二月二五日
新潟日報　昭和一九年一月一日〜二月一〇日
北国新聞　昭和一九年一月一日〜二月一〇日

今年菊　「読売新聞」昭和一九年一月一日〜三月五日　＊林唯一挿絵。夕刊廃止により47回以降中断された。三月五日の末尾に「御断り」として「夕刊廃止に伴ひ、小説を一本建てとするため「今日菊」をこの回限りで中断」とある。一月三、一〇、一三、一七、二〇、二四日、二月三、一〇、一二、一四、一七、二一、二四日、三月二日は休載。なお「長崎新聞」も連載（一月一三日〜終了日不明）。

海軍通信学校　「満州新聞」昭和一九年一月　10回　＊40枚。所蔵館不明のため未確認。

基地の情　「満州公論」四一巻一号　昭和一九年二月一日　126-133頁　＊20枚。昭和一八年一二月一六日執筆。『全集』では一月とあるが誤り。

青春の別れ　「毎日月刊」昭和一九年三月　＊30枚。二月二〇日執筆。所蔵館不明のため未確認。

いま一機　「日の出」一三巻四号　昭和一九年四月一日　85-92頁　＊29枚。二月四日執筆。宝塚歌劇「翼の決戦」原作。

小鳥　学芸通信　昭和一九年四月　＊21枚。掲載紙未確認。

南方風物　産報誌　昭和一九年四月　＊10枚。四月一七日執筆。掲載紙未確認。

靴音　「写真週報」三二五号　昭和一九年四月五日　八面　＊6枚。三月二三日執筆。「覆面文芸」として無記名掲載。『全集』では「情報局写真週報」とある。なお復刻版『フォトグラフ戦時下の日本』（平成元年　大空社）がある。

妻の開放　大政翼賛会文化部　昭和一九年四月　＊5枚。三月二三日執筆。「大政翼賛会報」かと思われるが、所蔵館不明のため未確認。

応徴士の結婚　「新太陽」昭和一九年五月一日　＊30枚。二月二四日執筆。所蔵館不明のため未確認。

東北二十三度　「文芸春秋」二二巻五号　昭和一九年五月一日　62-79頁　＊35枚。四月六日執筆。「露艦隊幕僚戦記　同最後実記より」とある。

若鷲魂　「週刊少国民」三巻二〇号　昭和一九年五月二一日　8-9頁　＊8枚。五月八日執筆。『全集』では「荒鷲魂」（朝日小国民）掲載とあるが誤り。

或る夜の士官室　偕成社　昭和一九年五月　＊7枚。五月二三日執筆。掲載紙不明のため未確認。

甘酒　「日の出」一三巻七号　昭和一九年七月一日　38-39頁　＊8枚。「掌篇小説」として掲載。五月執筆。

女子挺身隊　「戦線文庫」七巻七号　昭和一九年七月一日　22-32頁　＊33枚。四月二二日執筆。志村立美挿絵。

とんぼつり　「大吉林」昭和一九年一〇月　＊50枚。所蔵館不明のため未確認。

朝鮮の印象　「釜山日報」昭和一九年一〇月〜一二月　89回　＊267枚。所蔵館不明のため未確認。

幽霊　「交通東亜」昭和一九年一一月〜二〇年一月　3回　＊所蔵館不明のため未確認。各回の執筆日・枚数は以下の通り。

1　昭和一九年一一月　16枚　九月五日執筆
2　昭和一九年一二月　16枚　一一月二〇日執筆
3　昭和二〇年一月　16枚　昭和一九年一二月三〇日執筆

道草　「大陸」四巻一二号　昭和一九年一二月　＊20枚。昭和一九年一〇月執筆。所蔵館不明のため未確認。

十八歳の日記　「新潮」四二年一号　昭和二〇年一月一日　47-56頁　＊31枚。昭和一九年一一月二八日執筆。

共同炊事　「芸苑」昭和二〇年一月　＊15枚。昭和一九年一二月三一日執筆。所蔵館不明のため未確認。

歎息令離　「西日本新聞」昭和二〇年一月　＊10枚。掲載紙未確認。

簞笥　「新風」（大阪新聞東京支社発行）一巻二号　昭和二〇年二月二五日　33-37頁　＊21枚。宮本三郎挿絵。昭和一九年一二月一四日執筆。

〔収録〕
1079　女の侮蔑（昭和二二年一月　三昧書林）

青春の別れ　「毎日月刊」昭和二〇年三月　＊30枚。一九年二月二〇日執筆。所蔵館不明のため未確認。

旧友　「新生活」一巻一号　昭和二〇年一一月一日　6-12頁　＊30枚。一〇月一三日執筆。

〔収録〕
3008　わが母の記（昭和二二年七月　地平社）

小い花　「日の出」一四巻七号　昭和二〇年一二月一日　26-33頁　＊23枚。一一月二五日執筆。『大衆文学大系』では二〇年三月で終刊とあるが誤り。また『全集』では二一年二月とあるが誤り。

〔収録〕
1079　女の侮蔑（昭和二二年一月　三昧書林）

力の信者　「時局情報」一〇巻一号　昭和二一年一月一日　52-59頁　＊58枚。昭和二〇年一一月二日執筆。『全集』では二月とあるが誤り。

〔収録〕
1061　現代史（昭和二一年五月　創生社）

篠竹　「新生」二巻一号　昭和二一年一月一日　45-52頁　＊40枚。昭和二〇年一一月一八～二〇日執筆。『全集』では二月とあるが誤り。

〔収録〕
1071　憎悪（昭和二一年九月　大野書店）

魚心荘　「潮流」創刊号　昭和二一年一月一日　125-133頁　＊24枚。昭和二〇年一一月二四日執筆。『全集』では二月とあるが誤り。

〔収録〕
1071　憎悪（昭和二一年九月　大野書店）

陶画夫人　「サンデー毎日」二五巻二～一五号　昭和二一年一月五日～四月七日　11回　＊265枚。志村立美挿絵。『全集』では一～三月連載とあるが誤り。各掲載号は以下の通り。

1　二五巻二号　昭和二一年一月五日　33-38頁
2　二五巻三号　昭和二一年一月二〇日　31-34頁
（一月一三日・二〇日合併号）
3　二五巻四号　昭和二一年一月二七日　16-18頁
4　二五巻五号　昭和二一年二月三日　19-22頁
5　二五巻六号　昭和二一年二月一〇日　19-22頁
6　二五巻八・九合併号　昭和二一年二月二四日　39-42頁
（二月一七日・二四日合併号）
7　二五巻一〇号　昭和二一年三月三日　19-22頁
8　二五巻一一号　昭和二一年三月一〇日　19-22頁
9　二五巻一二号　昭和二一年三月一七日　19-22頁

10　二五巻一三・一四合併号　昭和二一年三月三一日　39-42頁（三月二四日・三一日合併号）

11　二五巻一五号　昭和二一年四月七日　19-22頁

〔収録〕

1066　陶画夫人（昭和二一年八月　六興出版部）

6006　長篇小説名作集11（昭和二五年四月　講談社）

山村の静　「新女苑」一〇巻二号　昭和二一年二月一日　40-47頁　＊29枚。昭和二〇年一二月二二日執筆。

〔収録〕

1071　憎悪（昭和二一年九月　大野書店）

政治の雰囲気　「新小説」一巻二号　昭和二一年二月一日　34-44頁　＊35枚。昭和二〇年一一月七日執筆。

〔収録〕

1061　現代史（昭和二一年五月　創生社）

逆縁　「新風」（新風社発行）一巻一号　昭和二一年二月一日　2-9頁　＊33枚。昭和二〇年一二月二五日執筆。

〔収録〕

1071　憎悪（昭和二一年九月　大野書店）

6532　栃木県近代文学全集6（平成二年一月　下野新聞社）

雨　「世界文化」一巻一号　昭和二一年一月一日　77-90頁　＊39枚。昭和二〇年一一月一三日執筆。

〔収録〕

1071　憎悪（昭和二一年九月　大野書店）

巻紙と暗殺　「文明」一巻一号　昭和二一年二月一日　1-36頁　＊75枚。昭和二〇年一〇月二〇日執筆。

〔収録〕

1061　現代史（昭和二一年五月　創生社）

脱兎　「オール読物」昭和二一年三月一日　56-63頁　＊27枚。昭和二〇年一二月二四日執筆。所蔵館不明のため未確認。書誌情報は「占領期・雑誌情報データベース」による。なお『全集』では五月とある。

〔収録〕

1101　バラの時代（昭和二三年一月　和敬書店）

海辺の出逢い　「キング」二二巻三号　昭和二一年三月一日　12-23頁　＊40枚。

〔収録〕

1064　芽（昭和二一年七月　和田堀書店）

人と獣の間　「新人」二五巻二号　昭和二一年三月一日　72-83頁　＊31枚。一月一七日執筆。『全集』では「人と獣との間」四月とあるが誤り。

〔収録〕

1071　憎悪（昭和二一年九月　大野書店）

1247　鬼子母神界隈（昭和三四年一〇月　東方社）

5013　丹羽文雄文庫2（昭和二八年一二月　東方社）

憎悪 「評論」二号 昭和二一年三月一日 110-128頁 ＊53枚。一月一一日執筆。『全集』では四月とあるが誤り。
〔収録〕
1071 憎悪（昭和二一年九月 大野書店）
1111 象形文字（昭和二三年六月 オリオン社）
1247 鬼子母神界隈（昭和三四年一〇月 東方社）
5013 丹羽文雄文庫2（昭和二八年一二月 東方社）
5077 丹羽文雄文学全集19（昭和五一年二月 講談社）

対人間 「思潮」昭和二一年三月 ＊30枚。昭和二〇年一一月一〇日執筆。『全集』では「思潮」（二月）とあるが、GHQにより出版差止めとなり未掲載。
〔収録〕
7133 文豪丹羽文雄（平成一三年二月 四日市市立博物館）

林の中の家 「女性」一号 昭和二一年四月一日 55-61頁 ＊31枚。「夢想家」前編として掲載。一月二一日執筆。
〔収録〕
1091 鬼子母神界隈（昭和二二年七月 風雪社）
1107 人間図（昭和二三年四月 改造社）
1229 理想の良人（昭和三四年二月 東方社）
5012 丹羽文雄文庫1（昭和二八年一一月 東方社）
5055 丹羽文雄自選集（昭和四二年一〇月 集英社）

籠眼 「婦人画報」四一巻五号 昭和二一年四月一日 66-69頁 ＊20枚。一月二〇日執筆。
〔収録〕
1071 憎悪（昭和二一年九月 大野書店）

八月十五日 「暁鐘」創刊号 昭和二一年五月一日 79-89頁 ＊27枚。二月九日執筆。
〔収録〕
1084 愛欲（昭和二二年五月 朝明書院）

脱兎 「小説と読物」一巻三号 昭和二一年五月一日 88-95頁 ＊27枚。
〔収録〕
1101 バラの時代（昭和二三年一月 和敬書店）

姉おとうと 『姉おとうと』昭和二一年五月一五日 生活社 ＊48枚。昭和二〇年一一月二八日執筆。「とんぼつり」「道草」の改作。
〔収録〕
1133 開かぬ門（昭和二四年一二月 不動書房）
5033 丹羽文雄文庫22（昭和三〇年九月 東方社）

吹雪 「週刊新日本」特別号 昭和二一年六月一日 27-34頁 ＊40枚。初夏のよみもの特大号。二月五日執筆。『全集』では「新日本文学」とあるが誤り。
〔収録〕
1075 女優（昭和二一年一〇月 生活文化社）
1133 開かぬ門（昭和二四年一二月 不動書房

7017　小説ポケットブック1（昭和二二年七月　かすが書房）

微風「新婦人」一号　昭和二一年六月一日　48-53、46頁　＊30枚。寺岡政明挿絵。三月二八日執筆。53頁の続きが46頁に掲載されている。

〔収録〕

1074　女ひとりの道（昭和二一年一〇月　日本書林）

夢想家「新文芸」（虹書房発行）一巻三号　昭和二一年六月一〇日　56-82頁　＊79枚。二月二二日執筆。『全集』では五月とあるが誤り。「自筆メモ」には52枚とある。

〔収録〕

1091　鬼子母神界隈（昭和二二年七月　風雪社）
1107　人間図（昭和二三年四月　改造社）
1229　理想の良人（昭和三四年二月　東方社）
2037　厭がらせの年齢（昭和五五年一〇月　集英社文庫）
5012　丹羽文雄文庫1（昭和二八年一一月　東方社）
5055　丹羽文雄自選集（昭和四二年一〇月　集英社）

愛欲「芸術」（東八雲書店発行）一号　昭和二一年七月一〇日　148-191頁　＊151枚。二月二八日執筆。『全集』では六月とあるが誤り。

〔収録〕

1065　愛欲（昭和二一年七月　東八雲書店）
1084　愛欲（昭和二二年五月　朝明書院）
1157　厭がらせの年齢・鮎（昭和二七年一二月　筑摩書房）
2002　厭がらせの年齢（昭和二三年七月　新潮文庫）
5080　丹羽文雄文学全集20（昭和五一年四月　講談社）

女形作家　昭和二一年七月一〇日　白都書房　＊97枚。書き下ろし。白都叢書一輯として刊行。昭和二〇年一二月四日執筆。

末路「週刊朝日」別冊　昭和二一年七月一日　86-94頁　＊30枚。六月一九日執筆。検閲のため6頁空白。

〔収録〕

1089　女商（昭和二二年六月　斎藤書店）

再婚「サロン」一巻一～四号　昭和二一年八月一日～一二月一日　4回　＊94枚。木場貞彦挿絵。『全集』では六～八月とあるが誤り。各掲載号は以下の通り。

1　一巻一号　昭和二一年八月一日　55-63頁　31枚
　三月二五日執筆
2　一巻二号　昭和二一年一〇月一日　53-61頁　33枚
　四月二二日執筆
3　一巻三号　昭和二一年一一月一日　98-110頁
4　一巻四号　昭和二一年一二月一日　47-61頁　36枚
　六月二〇日執筆

〔収録〕

1083　再婚（昭和二二年三月　日東出版社）

黒猫「少女倶楽部」二四巻九号　昭和二一年九月一日　30-37頁　＊21枚。向井潤吉挿絵。七月二日執筆。

計算の男「西日本」三巻一〇号　昭和二一年九月一日　49-54頁　＊30枚。六月三〇日執筆。
〔収録〕
1089　女商（昭和二二年六月　斎藤書店）

山里「暁鐘」一巻三号　昭和二一年九月一〇日　79-96頁　＊47枚。七月一六～一九日執筆。『全集』では一〇月とある。
〔収録〕
1083　再婚（昭和二二年三月　日東出版社）

過去「紺青」一巻四号～二巻三号　昭和二一年一〇月一日～二二年三月一日　6回　＊156枚。三芳悌吉挿絵。各掲載号は以下の通り。
1　一巻四号　昭和二一年一〇月一日　46-57頁　26枚
三月三〇日執筆
2　一巻五号　昭和二一年一一月一日　78-87頁　25枚
九月一日執筆
3　一巻六号　昭和二一年一二月一日　78-87頁　25枚
九月二七日執筆
4　二巻一号　昭和二二年一月一日　100-109頁　25枚
昭和二一年一〇月一日執筆
5　二巻二号　昭和二二年二月一日　99-109頁　27枚
昭和二一年一一月一九日執筆
6　二巻三号　昭和二二年三月一日　86-96頁
〔収録〕
1093　群女（昭和二二年八月　新太陽社）

機関車「小説と読物」一巻七号　昭和二一年一〇月一日　96-111頁　＊84枚。
〔収録〕
1089　女商（昭和二二年六月　斎藤書店）

女商「新人」二六巻七号　昭和二一年一〇月一日　60-80頁　＊59枚。八月一六～一九日執筆。『全集』では一一月とあるが誤り。
〔収録〕
1089　女商（昭和二二年六月　斎藤書店）
1107　人間図（昭和二三年四月　改造社）
1229　理想の良人（昭和三四年二月　東方社）
5012　丹羽文雄文庫1（昭和二八年一一月　東方社）
5079　丹羽文雄文学全集20（昭和五一年四月　講談社）

鬼子母神界隈「新生」二巻一〇号　昭和二一年一〇月一日　5-25頁　＊77枚。30枚臨時増刊号小説特集号I。七月二八～三一日執筆。
〔収録〕
1091　鬼子母神界隈（昭和二二年七月　風雪社）
1107　人間図（昭和二三年四月　改造社）
1247　鬼子母神界隈（昭和三四年一〇月　東方社）
2037　厭がらせの年齢（昭和五五年一〇月　集英社文庫）
5013　丹羽文雄文庫2（昭和二八年一二月　東方社）
5040　丹羽文雄作品集2（昭和三二年三月　角川書店）
5080　丹羽文雄文学全集21（昭和五一年五月　講談社）

6544　ふるさと文学館15（平成七年七月　ぎょうせい）

青柿　「新風」（大阪新聞東京支社）一巻一〇号　昭和二一年一〇月一日　6-13、27頁　＊36枚。小谷良徳挿絵。八月一三日執筆。

〔収録〕
1089　女商（昭和二二年六月　斎藤書店）

霜境　「婦人文庫」一巻六号　昭和二一年一〇月一日　92-109頁　＊54枚。志村立美挿絵。七月二一～二三日執筆。

〔収録〕
1089　女商（昭和二二年六月　斎藤書店）

世帯合壁　「文明」一巻八号　昭和二一年一〇月一日　142-159頁　＊46枚。末尾に「武田麟太郎に捧ぐ」とある。七月一六～二〇日執筆。

〔収録〕
1091　鬼子母神界隈（昭和二二年七月　風雪社）
1107　人間図（昭和二三年四月　改造社）
1239　藍染めて（昭和三四年六月　東方社）
2037　厭がらせの年齢（昭和五五年一〇月　集英社文庫）
5015　丹羽文雄文庫4（昭和二九年二月　東方社）
5080　丹羽文雄文学全集21（昭和五一年五月　講談社）

鼻唄　「婦人と政治」一巻一〇号　昭和二一年一二月一日　＊23枚。一一・一二月合併号。本間勘弐挿絵。九月一四日執筆。書誌情報は占領期・雑誌情報データベースによる。『全集』では「LP」（一一月）掲載とある。

〔収録〕
1093　群女（昭和二三年八月　新太陽社）

孤独　「サンデー新聞」昭和二一年一二月　＊74枚。『全集』では34枚とある。所蔵館不明のため未確認。なお各回の執筆日・枚数は以下の通り。
1　17枚　九月一二日執筆
2　17枚　一〇月一二日執筆
3　40枚　一一月九日執筆

復讐　「女性」二巻一～八号　昭和二二年一月一日～八月一日　＊6回。131枚。宮田重雄挿絵。『全集』では昭和二一年一二月～五月とあるが誤り。各掲載号は以下の通り。
1　二巻一号　昭和二二年一月一日　30-35頁　25枚
　昭和二一年一〇月一日執筆
2　二巻二・三号（二・三月合併号）昭和二二年二月一日
　24-29頁　25枚　昭和二一年一一月一六日執筆
3　二巻五号　昭和二二年四月一日　46-50頁　20枚
　一月一七日執筆
4　二巻六号　昭和二二年五月一日　14-18頁
5　二巻七号　昭和二二年六月一日　16-20頁　20枚
　五月九日執筆
6　二巻八号（七・八月合併号）昭和二二年八月一日
　16-20頁　21枚　六月六日執筆

〔収録〕
1105　蕩児（昭和二三年三月　全国書房）

無法人　「旅と読物」二巻一号　昭和二二年一月一日　5-9頁　＊23枚。雑誌「旅と読物」は「交通クラブ」の改題。猪熊弦一郎挿絵。『全集』では「交通倶楽部」（昭和二一年一一月）掲載とあるが誤り。
〔収録〕
1100　未亡人（昭和二二年一二月　九州書院）

群女　「婦人画報」五〇九～五一一号　昭和二二年一月一日～三月一日　3回　＊70枚。長澤節挿絵　各掲載号は以下の通り。
1　五〇九号　昭和二二年一月一日　68-73頁　25枚
昭和二一年一〇月一四日執筆
2　五一〇号　昭和二二年二月一日　68-72頁　22枚
昭和二一年一一月二二日執筆
3　五一一号　昭和二二年三月一日　68-72頁　23枚
昭和二一年一二月一日執筆
〔収録〕
1093　群女（昭和二二年八月　新太陽社）

錯覚　「風雪」一巻一号　昭和二二年一月一五日　20-27頁　＊32枚。
〔収録〕
1084　愛欲（昭和二二年五月　朝明書院）
1229　理想の良人（昭和三四年二月　東方社）
5012　丹羽文雄文庫1（昭和二八年一一月　東方社）

十字路　昭和二二年一～六月　＊546枚。『全集』では「中部日本新聞」とあるが未掲載。「中京新聞」かと思われるが、所蔵不明のため未確認。
〔収録〕
1098　十字路（昭和二二年一〇月　日東出版社）

二度の経験　「婦人と子供」（中部日本）昭和二二年一月　＊20枚。昭和二一年一二月二七日執筆。所蔵館不明のため未確認。

厭がらせの年齢　「改造」二八巻二号　昭和二二年二月一日　85-111頁　＊74枚。一月四～六日執筆。
〔収録〕
1085　理想の良人（昭和二二年五月　風雪社）
1157　厭がらせの年齢・鮎（昭和二七年一二月　筑摩書房）
1294　有情（昭和三九年二月　雪華社）
1406　丹羽文雄作品選（平成一九年三月　四日市市民文化部）
2002　厭がらせの年齢（昭和二三年七月　新潮文庫）
2037　厭がらせの年齢（昭和五五年一〇月　集英社文庫）
5040　丹羽文雄作品集2（昭和三二年三月　角川書店）
5055　丹羽文雄自選集（昭和四二年一〇月　集英社）
5060　丹羽文雄文学全集3（昭和四九年九月　講談社）
5112　丹羽文雄の短篇30選（昭和五九年一一月　角川書店）
6012　現代日本文学全集47（昭和二九年一一月　筑摩書房）

6014 現代文学４（昭和三二年一月　芸文書院）
6018 現代日本文学全集76（昭和三三年四月　筑摩書房）
6021 日本文学全集43（昭和三五年三月　新潮社）
6024 日本現代文学全集87（昭和三七年四月　講談社）
6027 現代文学大系46（昭和三九年九月　筑摩書房）
6034 日本文学全集30（昭和四二年八月　新潮社）
6040 日本現代文学全集33（昭和四四年一月　講談社）
6043 日本文学全集22（昭和四四年一〇月　新潮社）
6045 現代日本の文学27（昭和四五年六月　学習研究社）
6046 日本文学全集46（昭和四五年一一月　筑摩書房）
6048 現代日本文学大系72（昭和四六年一月　筑摩書房）
6049 新潮日本文学28（昭和四六年三月　新潮社）
6058 筑摩現代文学大系48（昭和五二年七月　筑摩書房）
6064 昭和文学全集11（昭和六三年三月　小学館）
6552 戦後占領期短篇小説コレクション２（平成一九年六月　藤原書店）
7022 創作代表選集１（昭和二三年七月　講談社）
7023 日本小説代表作全集16（昭和二三年八月　小山書店）
7032 新日本代表作選集１（昭和二四年一一月　実業之日本社）
7054 戦後十年名作選集４（昭和三〇年五月　光文社）
7083 日本の短編　下（昭和四四年一二月　毎日新聞社）
7127 日本の短篇　下（平成一年三月二五日　文芸春秋）
7502 日本の短編小説　昭和中（昭和四八年八月　潮出版社）
7505 現代短編名作選１（昭和五四年一一月　講談社文庫）
〔再録〕
文芸　一三巻一四号　昭和三一年八月

六軒　「新潮」四四年二号　昭和二二年二月一日　84-100頁　＊53枚。昭和二一年一〇月一九～二〇日執筆。
〔収録〕
1085 理想の良人（昭和二二年五月　風雪社）
1247 鬼子母神界隈（昭和三四年一〇月　東方社）
5013 丹羽文雄文庫２（昭和二八年一二月　東方社）

理想の良人　「人間」二巻二号　昭和二二年二月一日　2-44頁
＊101枚。昭和二一年一二月五日執筆。なお雑誌「人間」には復刻版（平成四年　大空社）がある。
〔収録〕
1085 理想の良人（昭和二二年五月　風雪社）
1107 人間図（昭和二三年四月　改造社）
1229 理想の良人（昭和三四年二月　東方社）
2037 厭がらせの年齢（昭和五五年一〇月　集英社文庫）
5012 丹羽文雄文庫１（昭和二八年一一月　東方社）
5040 丹羽文雄作品集２（昭和三二年三月　角川書店）
5072 丹羽文雄文学全集22（昭和五〇年九月　講談社）
5112 丹羽文雄の短篇30選（昭和五九年一一月　角川書店）

三平通り案内　「光」三巻二号　昭和二二年二月一日　30-39頁
＊45枚。昭和二一年一二月五日執筆。
〔収録〕
1093 群女（昭和二二年八月　新太陽社）

羞恥　「婦人の国」一巻二号　昭和二二年二月一日　112-118頁

＊20枚。田代光挿絵。昭和二一年一二月一四日執筆。『全集』では一月とあるが誤り。

〔収録〕
1100　未亡人（昭和二二年一二月　九州書院）

植物　「女性」二巻四号　昭和二二年三月二〇日　4-9頁　＊27枚。昭和二一年一〇月四～五日執筆。増刊読切小説号（通巻一一号）。三芳悌吉挿絵。『全集』では「別冊女性」（一二月）掲載とある。

〔収録〕
1083　再婚（昭和二二年三月　日東出版社）
7019　現代小説1（昭和二二年一二月　大元社）

十九歳　「新女苑」一一巻四号　昭和二二年四月一日　26-35頁　＊25枚。一月二七日執筆。

〔収録〕
1100　未亡人（昭和二二年一二月　九州書院）

緑の起伏　「新風」二巻四～八号　昭和二二年四月一日～八月一日　4回　＊97枚。『全集』では四～七月連載とあるが誤り。各掲載号は以下の通り。

1　二巻四号　昭和二二年四月一日　10-15頁　25枚
　二月七日執筆
2　二巻五号　昭和二二年五月一日　40-45、35頁　26枚
　二月二七日執筆
3　二巻七号　昭和二二年七月一日　28-32頁　32枚
　三月三一日執筆
4　二巻八号　昭和二二年八月一日　8-11頁　20枚
　五月三一日執筆

〔収録〕
1112　誰がために柳は緑なる（昭和二三年七月　文学界社）

清流　「モダン日本」一八巻四号　昭和二二年四月一日　32-38頁　＊27枚。一月二三日執筆。

〔収録〕
1093　群女（昭和二二年八月　新太陽社）

狛のいる家　「サンデー毎日」二六巻一四・一五合併号　昭和二二年四月六日　22-26頁　＊30枚。四月六日・一三日合併号。昭和二一年一二月一～二日執筆。『全集』では「一月特別号」とあるが誤り。

〔収録〕
1083　再婚（昭和二二年三月　日東出版社）

未亡人　「社会」二巻四号　昭和二二年五月一日　41-47頁　＊38枚。四・五月合併号。昭和二一年一二月三一日執筆。

〔収録〕
1100　未亡人（昭和二二年一二月　九州書院）
5036　丹羽文雄文庫25（昭和三〇年一二月　東方社）

水禽　「主婦と生活」二巻五号　昭和二二年五月一日　16-23頁　＊30枚。田代光挿絵。三月九日執筆。

〔収録〕
1112　誰がために柳は緑なる（昭和二三年七月　文学界社）

バラの時代　「小説と読物」二巻五号　昭和二二年五月一日　44-62頁　＊59枚。三月三日執筆。

〔収録〕
1101　バラの時代（昭和二三年一月　和敬書店）

誰がために柳は緑なる　「女性改造」二巻四号　昭和二二年五月一日　56-64頁　＊33枚。「自筆メモ」では五月一六日とある。

〔収録〕
1112　誰がために柳は緑なる（昭和二三年七月　文学界社）

流行の消息　「トップライト」二巻五～九号　昭和二二年五月一日～一〇月一日　5回　＊117枚。『全集』には「クラブ」とある。「トップライト」がのちに「クラブ」と改題したための混同と思われる。向井順吉挿絵。各掲載号は以下の通り。

1　二巻五号　昭和二二年五月一日　8-15頁　26枚
　三月五～六日執筆
2　二巻六号　昭和二二年六月一日　40-46頁　25枚
　四月九日執筆
3　二巻七号　昭和二二年七月一日　22-28頁　25枚
　五月一日執筆
4　二巻八号　昭和二二年九月一日　32-48頁　20枚
　六月五日執筆
5　二巻九号　昭和二二年一〇月一日　28-33頁　21枚
　七月八日執筆

〔収録〕
1105　蕩児（昭和二三年三月　全国書房）

人間模様　「日本小説」創刊号　昭和二二年五月一日　28-53頁　＊46枚。向井潤吉挿絵。二月一八～一九日執筆。のちに「人間模様」（「毎日新聞」昭和二二年一一月二五日～二三年四月一四日）との混同をさけるため、「人間図」と改題された。

〔収録〕
1100　未亡人（昭和二二年一二月　九州書院）
1107　人間図（昭和二三年四月　改造社）
1247　鬼子母神界隈（昭和三四年一〇月　東方社）
5013　丹羽文雄文庫2（昭和二八年一二月　東方社）
5077　丹羽文雄文学全集19（昭和五一年二月　講談社）

多雨荘の姉妹　「サンライズ」一巻六号　昭和二二年六月一日　2-7頁　＊25枚。田代光挿絵。三月二七日執筆。『全集』では五月とあるが誤り。

〔収録〕
1112　誰がために柳は緑なる（昭和二三年七月　文学界社）

雑草　「文芸」四巻五号　昭和二二年六月一日　42-55頁　＊41枚。二月二二日執筆。

〔収録〕

1100　未亡人（昭和二二年一二月　九州書院）
1091　鬼子母神界隈（昭和二二年七月　風雪社）
5013　丹羽文雄文庫２（昭和二八年一二月　東方社）
7020　現代小説選（昭和二二年一二月　家の光協会）

芸術家　「文学界」一巻一～二号　昭和二二年六月二〇日～七月二五日　２回　＊89枚。『全集』では七～八月連載とある。各掲載号は以下の通り。

1　一巻一号　昭和二二年六月二〇日　54-64頁　31枚
　五月四日執筆
2　一巻二号　昭和二二年七月二五日　41-61頁　58枚
　六月一一日執筆

〔収録〕
1112　誰がために柳は緑なる（昭和二三年七月　文学界社）
1239　藍染めて（昭和三四年六月　東方社）
5015　丹羽文雄文庫４（昭和二九年二月　東方社）

巷の胃袋　「月刊にいがた」二巻七～一二号　昭和二二年六月二五日～一一月二五日　６回　＊121枚。三芳悌吉挿絵。『全集』では「新潟日報」（五～一〇月）連載とあるが誤り。各掲載号は以下の通り。

1　二巻七号　昭和二二年六月二五日　6-10頁　21枚
　五月四日執筆
2　二巻八号　昭和二二年七月二五日　4-8頁　20枚
　五月四日執筆
3　二巻九号　昭和二二年八月二五日　4-8頁　21枚
　五月四日執筆
4　二巻一〇号　昭和二二年九月二五日　4-8頁　19枚
　五月四日執筆
5　二巻一一号　昭和二二年一〇月二五日　7-10頁　20枚
　五月四日執筆
6　二巻一二号　昭和二二年一一月二五日　4-8頁　20枚
　五月四日執筆

〔収録〕
1115　幸福（昭和二三年一〇月　世界文学社）

踊子の素性　「主婦と生活」二巻七～一二号　昭和二二年七月一日～一二月一日　６回　＊121枚。田代光挿絵。各掲載号は以下の通り。

1　二巻七号　昭和二二年七月一日　6-12頁　20枚
　五月一九日執筆
2　二巻八号　昭和二二年八月一日　24-30頁　20枚
　六月四日執筆
3　二巻九号　昭和二二年九月一日　20-25頁　20枚
　七月二二日執筆
4　二巻一〇号　昭和二二年一〇月一日　12-17頁　20枚
　八月二〇日執筆
5　二巻一一号　昭和二二年一一月一日　10-15頁　20枚
　九月二三日執筆
6　二巻一二号（完結編）　昭和二二年一二月一日　10-15頁
　20枚　一〇月執筆

〔収録〕

1103　魚と女房達（昭和二三年三月　かに書房）

聖橋　「旅と読物」二巻六号　昭和二二年七月一日　3-9頁
＊30枚。有岡一郎挿絵。三月一八日執筆。『全集』では五月とあるが誤り。
〔収録〕
1115　幸福（昭和二三年一〇月　世界文学社）

世話情浮名横櫛　「読物と漫画」四二巻七号　昭和二二年七月一〇日　58-64頁　＊20枚。岩田専太郎挿絵。四月三〇日執筆。『全集』には「漫画と読物」（六月）掲載とあるが誤り。

天才女　「オアシス」二巻一号　昭和二二年八月一日　6-14頁
＊小谷良徳挿絵。昭和二二年八月三一日執筆。

秋風　「MEN　男だけの雑誌」一巻二号　昭和二二年一〇月一日　51-57頁　＊25枚。スタア社発行。田代光挿絵。八月三一日執筆。「自筆メモ」では「小風景」（七月二三日執筆23枚）と記載がある。
〔収録〕
1103　魚と女房達（昭和二三年三月　かに書房）

哭壁　「群像」二巻一〇号～三巻一二号　昭和二二年一〇月一日～二三年一二月一日　14回　＊782枚。各掲載号は以下の通り。

1　二巻一〇号　昭和二二年一〇月一日　5-20頁　25枚
　八月二四日執筆
2　二巻一一号　昭和二二年一一月一日　5-20頁　50枚
　九月二〇日執筆
3　二巻一二号　昭和二二年一二月一日　5-19頁　49枚
　一〇月二六日執筆
4　三巻一号　昭和二三年一月一日　39-52頁　45枚
5　三巻二号　昭和二三年二月一日　42-55頁　45枚
　昭和二二年一二月二六日執筆
6　三巻三号　昭和二三年三月一日　43-54頁　45枚
　一月二一日執筆
7　三巻四号　昭和二三年四月一日　37-50頁　40枚
　二月二五日執筆
8　三巻五号　昭和二三年五月一日　43-56頁　45枚
　三月二六～二七日執筆
9　三巻六号　昭和二三年六月一日　40-54頁　50枚
　四月二三日執筆
10　三巻八号　昭和二三年七月一日　41-54頁　45枚
　五月一五日執筆
11　三巻九号　昭和二三年八月一日　40-53頁　46枚
　六月一七日執筆
12　三巻一〇号　昭和二三年九月一日　42-54頁　48枚
　七月一六日執筆
13　三巻一一号　昭和二三年一一月一日　52-69頁　63枚
　九月二一日執筆
14　三巻一二号　昭和二三年一二月一日　24-50頁　98枚
　一〇月二〇日執筆

〔収録〕
1118 哭壁 上（昭和二三年一二月 講談社）
1119 哭壁 下（昭和二四年三月 講談社）
2004 哭壁（昭和二六年四月 新潮文庫）
2026 哭壁 改訂版（昭和四四年五月 新潮文庫）
5041 丹羽文雄作品集3（昭和三二年四月 角川書店）
5070 丹羽文雄文学全集15（昭和五〇年七月 講談社）
6004 現代長篇小説全集6（昭和二四年一二月 春陽堂）

後れ風 「サロン」二巻九号 昭和二二年一〇月一日 2-10頁 ＊42枚。八月一二日執筆。

型置更紗 「小説と読物」二巻九号 昭和二二年一〇月一日 6-22頁 ＊54枚。七月二八～二九日執筆。
〔収録〕
1104 守礼の門（昭和二三年三月 文芸春秋新社）
1229 理想の良人（昭和三四年二月 東方社）
5012 丹羽文雄文庫1（昭和二八年一一月 東方社）
5060 丹羽文雄文学全集3（昭和四九年九月 講談社）
〔再録〕
警友あいち 六巻四～六号 昭和二九年四月～六月

旅 「東京」三巻七号 昭和二二年一〇月一日 11-15頁 ＊22枚。九月・一〇月合併号。向井潤吉挿絵。六月一二日執筆。『全集』では七月号とあるが誤り。
〔収録〕
1115 幸福（昭和二三年一〇月 世界文学社）

川の相 「文明」二巻七号 昭和二二年一〇月一日 29-44頁 ＊46枚。七月三〇～三一日執筆。
〔収録〕
1104 守礼の門（昭和二三年三月 文芸春秋新社）

蕩児 「別冊文芸春秋」四号 昭和二二年一〇月一日 1-24頁 ＊60枚。七月一五～一八日執筆。
〔収録〕
1105 蕩児（昭和二三年三月二五日 全国書房）

都会の片隅 「モダン日本」一八巻一〇～一一号 昭和二二年一〇月一日～一一月一日 2回 ＊49枚。九月一〇日執筆。『全集』では一一月のみ記載。三芳悌吉挿絵。各掲載号は以下の通り。
1 一八巻一〇号 昭和二二年一〇月一日 28-33頁
2 一八巻一一号 昭和二二年一一月一日 42-48頁

空しい人々 「読物時事」（時事新報社）三巻八号 昭和二二年一〇月一日 28-33頁 ＊23枚。五月一一日執筆。
〔収録〕
1115 幸福（昭和二三年一〇月 世界文学社）

流転 「ホープ」二巻一一号～三巻一号 昭和二二年一一月一日～二三年一月一日 3回 ＊102枚。宮本三郎挿絵。各掲載号は以下の通り。
1　二巻一一号　昭和二二年一一月一日　9-16頁　34枚
　九月五日執筆
2　二巻一二号　昭和二二年一二月一日　9-16頁　34枚
　九月二五日執筆
3　三巻一号　昭和二三年一月一日　18-25頁　34枚
　昭和二二年一〇月二七日執筆
〔収録〕
1104　守礼の門（昭和二三年三月　文芸春秋新社）

人間模様　「毎日新聞」昭和二二年一一月二五日～二三年四月一四日　140回　＊550枚。川端実挿絵。『全集』では二三年一一月～二四年五月とあるが誤り。
〔収録〕
1110　人間模様（昭和二三年六月　講談社）
1124　人間模様（昭和二四年六月　講談社）
1272　人間模様（昭和三六年六月　東方社）
6004　現代長篇小説全集6（昭和二四年一二月　春陽堂）

最初の頁―現代史抄　「大和《だいわ》」一巻五号　昭和二二年一一月三〇日　50-63頁　＊47枚。大和本社発行。一〇月一一日執筆。『全集』では一二月とある。63頁に「作者より」として「現代史」続編への意気込みを語っているが、パージ問題により出版社の協力を得られず、休載となった。

下情　「オール読物」二巻一〇号　昭和二二年一二月一日　6-13頁　＊25枚。九月一四日執筆。
〔収録〕
1103　魚と女房達（昭和二三年三月　かに書房）

父の記憶　「社会」（鎌倉文庫）二巻一〇号　昭和二二年一二月一日　56-64頁　＊30枚。一〇月一一～一三日執筆。
〔収録〕
1103　魚と女房達（昭和二三年三月　かに書房）
1247　鬼子母神界隈（昭和三四年一〇月　東方社）
1405　母、そしてふるさと（平成一八年四月　四日市市立博物館）
5013　丹羽文雄文庫2（昭和二八年一二月　東方社）
5056　丹羽文雄文学全集1（昭和四九年四月　講談社）
5112　丹羽文雄の短篇30選（昭和五九年一一月　角川書店）
7025　日本小説代表作全集17（昭和二三年一一月　小山書店）

魚と女房達　「人間別冊」一号　昭和二二年一二月一日　3-34頁　＊73枚。人間小説集第一輯。九月二九～三〇日執筆。なお「人間」には復刻版がある。
〔収録〕
1103　魚と女房達（昭和二三年三月　かに書房）
1229　理想の良人（昭和三四年二月　東方社）
5012　丹羽文雄文庫1（昭和二八年一一月　東方社）

武蔵野の虹　「サンデー毎日」別冊　昭和二二年一二月一〇日　11-24頁　81枚　＊別冊新春小説集。岡田謙三挿絵。一〇月三〇日執筆。
〔収録〕
1115 幸福（昭和二三年一〇月 世界文学社）

踊子 「朝日評論」三巻一号 昭和二三年一月一日 56-64頁
＊33枚。昭和二二年一一月八日執筆。
〔収録〕
1104 守礼の門（昭和二三年三月 文芸春秋新社）

幸福 「改造」二九巻一号 昭和二三年一月一日 60-73頁 ＊
49枚。昭和二二年一一月一〇日執筆。
〔収録〕
1115 幸福（昭和二三年一〇月 世界文学社）
1247 鬼子母神界隈（昭和三四年一〇月 東方社）
5013 丹羽文雄文庫２（昭和二八年一二月 東方社）
5060 丹羽文雄文学全集３（昭和四九年九月 講談社）

夕空 「花形」創刊号 昭和二三年一月一日 56-67頁 ＊林唯
一挿絵。昭和二二年四月二日執筆。

或る女の独白 「風雪」二巻一号 昭和二三年一月一日 44-47頁
＊14枚。昭和二二年一一月九日執筆。未完。

不憫 「読物時事」（時事新報社）四巻一号 昭和二三年一月一
日 45-49頁 ＊30枚。昭和二二年一〇月一一日執筆。
〔収録〕
1103 魚と女房達（昭和二三年三月 かに書房）

守礼の門 「文芸春秋」二六巻二号 昭和二三年二月一日
30-55頁 ＊105枚。昭和二二年一二月一五日執筆。
〔収録〕
1104 守礼の門（昭和二三年三月 文芸春秋新社）
1236 女の侮蔑（昭和三四年五月 東方社）
2037 厭がらせの年齢（昭和五五年一〇月 集英社文庫）
5017 丹羽文雄文庫６（昭和二九年四月 東方社）
5040 丹羽文雄作品集２（昭和三二年三月 角川書店）
5069 丹羽文雄文学全集24（昭和五〇年六月 講談社）
7026 創作代表選集２（昭和二四年三月 講談社）

断橋 「小説」（能加美出版株式会社発行）二巻二～四号 昭和
二三年二月一日～四月一日 ３回 ＊『全集』では二一年七
月とある。また「占領期・雑誌情報データベース」には昭和
二一年一一月一日（一巻一号）２～３頁とあるが、未確認。
向井潤吉挿絵。なお各掲載号は以下の通り。
1 二巻二号 昭和二三年二月一日 2-9頁 25枚
昭和二一年六月二五～二六日執筆
2 二巻三号 昭和二三年三月一日 25枚
昭和二一年八月四日執筆
3 二巻四号 昭和二三年四月一日 2-8頁 12枚
昭和二一年九月三日執筆

楽屋 「文芸読物」七巻三号 昭和二三年三月一日 29-31頁

＊25枚。宮田重雄挿絵。一月九日執筆。「自筆メモ」では「随筆」欄に掲載され、10枚とある。

父　「光」四巻四号　昭和二三年四月一日　43-48頁　＊29枚。二月二六日執筆。

〔収録〕

1115　幸福（昭和二三年一〇月　世界文学社）

天童　「新潮」四五年五号　昭和二三年五月一日　36-47頁　＊43枚。『全集』では二二年五月（35枚）、二三年七月（43枚）と重複して掲載するが、実際は四五年五号のみ。

〔収録〕

1121　かまきりの雌雄（昭和二四年三月　全国書房）
2037　厭がらせの年齢（昭和五五年一〇月　集英社文庫）
5033　丹羽文雄文庫22（昭和三〇年九月　東方社）
5055　丹羽文雄自選集（昭和四二年一〇月　集英社）

私版金瓶梅　「小説界」一巻一～四号　昭和二三年六月一日～九月一日　4回　＊120枚。『全集』では四～七月連載とあるが誤り。各掲載号は以下の通り。

1　一巻一号　昭和二三年六月一日　63-72頁　30枚
　二月一六日執筆
2　一巻二号　昭和二三年七月一日　52-60頁　30枚
　四月二七日執筆
3　一巻三号　昭和二三年八月一日　51-60頁　30枚
　六月三〇日執筆
4　一巻四号　昭和二三年九月一日　70-78頁　30枚
　八月二日執筆

天と地の子　「生活文化」九巻六～八号　昭和二三年六月一日～八月一日　3回　＊90枚。向井潤吉挿絵。『全集』では七～九月連載とあるが誤り。各掲載号は以下の通り。

1　九巻六号　昭和二三年六月一日　28-31頁　30枚
　四月六日執筆
2　九巻七号　昭和二三年七月一日　28-31頁　30枚
　五月六日執筆
3　九巻八号　昭和二三年八月一日　28-31頁　30枚
　六月二五日執筆

愛欲解脱　「小説世界」二巻七～一二号　昭和二三年七月一日～一二月一日　6回　＊180枚。田代光挿絵（第4回からは栗林正幸が担当）。各掲載号は以下の通り。

1　二巻七号　昭和二三年七月一日　20枚　五月四日執筆
2　二巻八号　昭和二三年八月一日　18-22頁　20枚
　六月八日執筆
3　二巻九号　昭和二三年九月一日　20-25頁　20枚
　七月七日執筆
4　二巻一〇号　昭和二三年一〇月一日　39-43頁　20枚
　八月七日執筆
5　二巻一一号　昭和二三年一一月一日　31-36頁　30枚
　九月五日執筆
6　二巻一二号　昭和二三年一二月一日　24-29頁　30枚

九月二四日執筆

発禁　「世界文化」三巻七号　昭和二三年七月一日　54-64頁
＊53枚。六月二～三日執筆。
〔収録〕
1120　告白（昭和二四年三月　六興出版）
1156　当世胸算用・告白（昭和二七年一二月　小説朝日社）
1186　告白（昭和三〇年一一月　講談社ミリオン・ブックス）
1282　告白（昭和三七年四月　東方社）
1293　告白（昭和三八年一二月　講談社ロマン・ブックス）
2024　告白（昭和四二年二月　角川文庫）
5063　丹羽文雄文学全集18（昭和四九年一二月　講談社）
6048　現代日本文学大系72（昭和四六年一月　筑摩書房）

盛粧　「別冊文芸春秋」七号　昭和二三年七月一日　1-26頁
＊64枚。五月二七～二九日執筆。
〔収録〕
1120　告白（昭和二四年三月　六興出版）
1156　当世胸算用・告白（昭和二七年一二月　小説朝日社）
1186　告白（昭和三〇年一一月　講談社ミリオン・ブックス）
1282　告白（昭和三七年四月　東方社）
1293　告白（昭和三八年一二月　講談社ロマン・ブックス）
2024　告白（昭和四二年二月　角川文庫）
2037　厭がらせの年齢（昭和五五年一〇月　集英社文庫）
5040　丹羽文雄作品集2（昭和三二年三月　角川書店）
5055　丹羽文雄自選集（昭和四二年一〇月　集英社）
5063　丹羽文雄文学全集18（昭和四九年一二月　講談社）
6038　現代日本文学館37（昭和四三年九月　文芸春秋）
6048　現代日本文学大系72（昭和四六年一月　筑摩書房）
7029　戦後文芸代表作品集創作篇2（昭和二四年六月　黄蜂社）

純情　「夕刊新大阪」昭和二三年七月一日～一二月一二日　＊161回。537枚。南大路一挿絵。『全集』では九月～二四年三月連載とあるが誤り。
〔収録〕
1123　純情（昭和二四年五月　講談社）
1243　純情（昭和三四年七月　東方社）
1268　純情（昭和三六年一月　東方社）
1326　純情（昭和四二年六月　東方社）
5023　丹羽文雄文庫12（昭和二九年一〇月　東方社）

洗濯屋　「早稲田文学」一五巻三号　昭和二三年七月一日　2-7頁　＊19枚。四月九日執筆。
〔収録〕
1121　かまきりの雌雄（昭和二四年三月　全国書房）
2037　厭がらせの年齢（昭和五五年一〇月　集英社文庫）
5036　丹羽文雄文庫25（昭和三〇年一二月　東方社）
5040　丹羽文雄作品集2（昭和三二年三月　角川書店）
5055　丹羽文雄自選集（昭和四二年一〇月　集英社）
5080　丹羽文雄文学全集21（昭和五一年五月　講談社）
7040　時代の花束　早稲田作家集（昭和二六年七月　東方社）

縁談　「苦楽臨時増刊」一号　昭和二三年七月一〇日　40-57頁
＊48枚。涼風号。『全集』では「二二年八月号」とあるが誤り。
〔収録〕
1121　かまきりの雌雄（昭和二四年三月　全国書房）
1121　かまきりの雌雄（昭和二四年三月　全国書房）
5033　丹羽文雄文庫22（昭和三〇年九月　東方社）

マロニエの並木　「改造文芸」二号　昭和二三年七月二五日　102-116頁　＊53枚。「告白の三」として掲載。六月三日執筆。
〔収録〕
1120　告白（昭和二四年三月　六興出版）
1156　当世胸算用・告白（昭和二七年一二月　小説朝日社）
1186　告白（昭和三〇年一一月　講談社ミリオン・ブックス）
1282　告白（昭和三七年四月　東方社）
1293　告白（昭和三八年一二月　講談社ロマン・ブックス）
2024　告白（昭和四二年二月　角川文庫）
5063　丹羽文雄文学全集18（昭和四九年一二月　講談社）
6048　現代日本文学大系72（昭和四六年一月　筑摩書房）

かまきりの雌雄　「鏡」一巻一～二号　昭和二三年七月三〇日～一〇月一日　2回　＊77枚。高沢圭一挿絵。雑誌「鏡」は鏡書房発行。全集では「鐘」八～九月とあるが誤り。各掲載頁は以下の通り。
1　一巻一号　昭和二三年七月三〇日　46-47頁　77枚
2　一巻二号　昭和二三年一〇月一日　40-48頁　37枚
七月二一～二二日執筆
〔収録〕

雨の多い時　「社会」（鎌倉文庫）三巻九号　昭和二三年九月一日　53-64頁　＊37枚。七月二七日執筆。「告白の八」として掲載。
〔収録〕
1120　告白（昭和二四年三月　六興出版）
1156　当世胸算用・告白（昭和二七年一二月　小説朝日社）
1186　告白（昭和三〇年一一月　講談社ミリオン・ブックス）
1282　告白（昭和三七年四月　東方社）
1293　告白（昭和三八年一二月　講談社ロマン・ブックス）
2024　告白（昭和四二年二月　角川文庫）
5063　丹羽文雄文学全集18（昭和四九年一二月　講談社）
6048　現代日本文学大系72（昭和四六年一月　筑摩書房）

めぐりあひ　「日本小説」二巻八号　昭和二三年九月一日　4-19頁　＊51枚。七月七日執筆。
〔収録〕
1120　告白（昭和二四年三月　六興出版）
1156　当世胸算用・告白（昭和二七年一二月　小説朝日社）
1186　告白（昭和三〇年一一月　講談社ミリオン・ブックス）
1282　告白（昭和三七年四月　東方社）
1293　告白（昭和三八年一二月　講談社ロマン・ブックス）
2024　告白（昭和四二年二月　角川文庫）
5063　丹羽文雄文学全集18（昭和四九年一二月　講談社）

6048　現代日本文学大系72（昭和四六年一月　筑摩書房）
7031　日本小説傑作集（昭和二四年九月　日本小説社）

四十五才の紋多　「風雪」二巻九号　昭和二三年九月一日　2-12頁　＊36枚。七月一九日執筆。
〔収録〕
1120　告白（昭和二四年三月　六興出版）
1156　当世胸算用・告白（昭和二七年一二月　小説朝日社）
1186　告白（昭和三〇年一一月　講談社ミリオン・ブックス）
1282　告白（昭和三七年四月　東方社）
1293　告白（昭和三八年一二月　講談社ロマン・ブックス）
2024　告白（昭和四二年二月二八日　角川文庫）
5063　丹羽文雄文学全集18（昭和四九年一二月　講談社）
6048　現代日本文学大系72（昭和四六年一月　筑摩書房）

喜憂　「文学界」二巻九号　昭和二三年九月一日　3-13頁　＊37枚。七月一〇日執筆。
〔収録〕
1120　告白（昭和二四年三月　六興出版）
1156　当世胸算用・告白（昭和二七年一二月　小説朝日社）
1186　告白（昭和三〇年一一月　講談社ミリオン・ブックス）
1282　告白（昭和三七年四月　東方社）
1293　告白（昭和三八年一二月　講談社ロマン・ブックス）
2024　告白（昭和四二年二月　角川文庫）
5063　丹羽文雄文学全集18（昭和四九年一二月　講談社）
6048　現代日本文学大系72（昭和四六年一月　筑摩書房）

挿話　「文学会議」五号　昭和二三年一〇月二五日　74-86頁　＊31枚。秋季創作特輯。
〔収録〕
1120　告白（昭和二四年三月　六興出版）
1156　当世胸算用・告白（昭和二七年一二月　小説朝日社）
1186　告白（昭和三〇年一一月　講談社ミリオン・ブックス）
1282　告白（昭和三七年四月　東方社）
1293　告白（昭和三八年一二月　講談社ロマン・ブックス）
2024　告白（昭和四二年二月　角川文庫）
5063　丹羽文雄文学全集18（昭和四九年一二月　講談社）
6048　現代日本文学大系72（昭和四六年一月　筑摩書房）

落鮎　「婦人公論」三二巻一一～三三巻六号　昭和二三年一一月一日～二四年六月一日　8回　＊318枚。各掲載号は以下の通り。
1　三二巻一一号　昭和二三年一一月一日　52-63頁　40枚
　九月一〇日執筆
2　三二巻一二号　昭和二三年一二月一日　52-63頁　40枚
　一〇月七日執筆
3　三三巻一号　昭和二四年一月一日　68-79頁　40枚
　昭和二三年一一月一〇日執筆
4　三三巻二号　昭和二四年二月一日　84-95頁　40枚
　昭和二三年一二月七日執筆
5　三三巻三号　昭和二四年三月一日　84-95頁　40枚
　昭和二三年一二月一三日執筆
6　三三巻四号　昭和二四年四月一日　75-86頁　39枚

二月八日執筆
7　三三巻五号　昭和二四年五月一日　70-81頁　40枚
三月八日執筆
8　三三巻六号　昭和二四年六月一日　84-94頁　39枚
四月一二日執筆
〔収録〕
1127　落鮎（昭和二四年七月　中央公論社）
1128　落鮎　特装版（昭和二四年七月　中央公論社）
1179　落鮎（昭和三〇年九月　河出書房）
1295　落鮎（昭和三九年二月　東方社）
5063　丹羽文雄文学全集18（昭和四九年一二月　講談社）
6015　新編現代日本文学全集6（昭和三二年一〇月　東方社）

隣の声　「文芸読物」七巻一〇号　昭和二三年一一月一日
56-62頁　＊22枚。七月二五日執筆。
〔収録〕
1121　かまきりの雌雄（昭和二四年三月　全国書房）

感性の秋　「苦楽臨時増刊」二号　昭和二三年一一月一〇日
120-151頁　＊83枚。九月一二日執筆。
〔収録〕
1121　かまきりの雌雄（昭和二四年三月　全国書房）

十夜婆々　「文芸春秋」二六巻一二号　昭和二三年一二月一日
＊55枚。一〇月二七日執筆。
〔収録〕
1132　かしまの情（昭和二四年一一月　新潮社）
1157　厭がらせの年齢・鮎（昭和二七年一二月　筑摩書房）
1197　女の四季（昭和三一年七月　河出書房）
5042　丹羽文雄作品集4（昭和三二年五月　角川書店）
5077　丹羽文雄文学全集19（昭和五一年二月　講談社）
6010　長篇小説全集11（昭和二八年一〇月　新潮社）
7028　小説年鑑1（昭和二四年五月　八雲書店）
7030　創作代表選集3（昭和二四年八月　講談社）

洋裁店　「サンデー毎日」特別号　昭和二三年一二月一〇日
10-18頁　＊35枚。新春読物号。「洋裁台」。南大路一挿絵。
一一月一七日執筆。「自筆メモ」では36枚とある。
〔収録〕
1121　かまきりの雌雄（昭和二四年三月　全国書房）

洋裁店（続）　「サンデー毎日」特別号　昭和二三年一二月
10-18頁　＊36枚。全集に記載があるが、「自筆メモ」なし
〔収録〕
1121　かまきりの雌雄（昭和二四年三月　全国書房）

近代令色　「オール読物」四巻一号　昭和二四年一月一日
94-102頁　＊26枚。昭和二三年一〇月二日執筆。
〔収録〕
1121　かまきりの雌雄（昭和二四年三月　全国書房）

妻は語らず　「西日本」五年一号　昭和二四年一月一日　14-19頁

＊20枚。今村寅士挿絵。昭和二三年一〇月二四日執筆。

路は続いて居る　「中部日本新聞」昭和二四年一月一日〜五月一六日　134回　＊570枚。硲三彩亭挿絵。『全集』では二三年四〜一二月とあるが誤り。

〔収録〕

1129　路は続いて居る（昭和二四年七月　六興出版）

新家族　「婦人倶楽部」三〇巻一〜一二号　昭和二四年一月一日〜一二月一日　12回　＊362枚。川端實挿絵。各掲載号は以下の通り。

1　三〇巻一号　昭和二四年一月一日　34-43頁　40枚
　昭和二三年一〇月一三日執筆
2　三〇巻二号　昭和二四年二月一日　54-63頁　40枚
　昭和二三年一一月一二日執筆
3　三〇巻三号　昭和二四年三月一日　46-56頁　40枚
　昭和二三年一二月一四日執筆
4　三〇巻四号　昭和二四年四月一日　34-45頁　30枚
　一月二四日執筆
5　三〇巻五号　昭和二四年五月一日　52-61頁　30枚
　二月二四日執筆
6　三〇巻六号　昭和二四年六月一日　30-39頁　28枚
　三月一〇日執筆
7　三〇巻七号　昭和二四年七月一日　46-53頁　27枚
　四月一三日執筆
8　三〇巻八号　昭和二四年八月一日　28-36頁　26枚
　四月一四日執筆
9　三〇巻九号　昭和二四年九月一日　36-45頁　27枚
　五月二七日執筆
10　三〇巻一〇号　昭和二四年一〇月一日　58-67頁　25枚
　七月九日執筆
11　三〇巻一一号　昭和二四年一一月一日　94-103頁　25枚
　八月一三日執筆
12　三〇巻一二号　昭和二四年一二月一日　60-68頁　24枚
　一〇月二二〜二三日執筆

〔収録〕

1136　新家族（昭和二五年三月　講談社）

弱肉—続・十夜婆々　「文芸」六巻一号　昭和二四年一月一日　48-61頁　＊45枚。昭和二三年一〇月二五日執筆。『全集』では三月とあるが誤り。

〔収録〕

1132　かしまの情（昭和二四年一一月　新潮社）
1157　厭がらせの年齢・鮎（昭和二七年一二月　筑摩書房）
1197　女の四季（昭和三一年七月　河出書房）
5042　丹羽文雄作品集4（昭和三二年五月　角川書店）
5077　丹羽文雄文学全集19（昭和五一年二月　講談社）
6010　長篇小説全集11（昭和二八年一〇月　新潮社）

人形以後　「ホープ」四巻一〜四号　昭和二四年一月一日〜四月一日　4回　＊117枚。川端實挿絵。『全集』では「人形の後」とある。各掲載号は以下の通り。

1　四巻一号　昭和二四年一月一日　18-21頁　21枚
　昭和二三年一一月八日執筆
2　四巻二号　昭和二四年二月一日　24-31頁　50枚
　昭和二三年一一月三〇日執筆
3　四巻三号　昭和二四年三月一日　26-31頁　15枚
　昭和二三年一二月二四日執筆
4　四巻四号　昭和二四年四月一日　32-39頁　31枚
　一月二八日執筆

〔収録〕
1126　暴夜物語（昭和二四年七月　東方社）
1142　暴夜物語（昭和二五年一〇月　東方社）

静かな朝　「名作読物」一巻一号　昭和二四年一月一日　7-14頁
　＊下高原健二挿絵。

部屋　「小説界」二巻一号　昭和二四年二月一日　5-20頁　＊
50枚。一・二月合併号。昭和二三年一二月三日執筆。

〔収録〕
1132　かしまの情（昭和二四年一一月　新潮社）
1157　厭がらせの年齢・鮎（昭和二七年一二月　筑摩書房）
1197　女の四季（昭和三一年七月　河出書房）
5042　丹羽文雄作品集4（昭和三二年五月　角川書店）
5077　丹羽文雄文学全集19（昭和五一年二月　講談社）
6010　長篇小説全集11（昭和二八年一〇月　新潮社）

妻の席　「小説新潮」三巻二号　昭和二四年二月一日　9-23頁
＊51枚。桂ユキ子挿絵。昭和二三年一二月一三日執筆。

金雀児　「風雪」三巻二号　昭和二四年二月一日　2-15頁　＊
35枚。昭和二三年一二月八～九日執筆。

〔収録〕
1132　かしまの情（昭和二四年一一月　新潮社）
1157　厭がらせの年齢・鮎（昭和二七年一二月　筑摩書房）
1197　女の四季（昭和三一年七月　河出書房）
5042　丹羽文雄作品集4（昭和三二年五月　角川書店）
5077　丹羽文雄文学全集19（昭和五一年二月　講談社）
6010　長篇小説全集11（昭和二八年一〇月　新潮社）

父の晩年　「小説と読物」四巻三号　昭和二四年三月一日
119-126頁　＊30枚。昭和二三年一二月二八日執筆。『全集』で
は一月とあるが誤り。

〔収録〕
1126　暴夜物語（昭和二四年七月　東方社）
1142　暴夜物語（昭和二五年一〇月　東方社）

歌を忘れる　「新文学」（全国書房）六巻三・四～五・六号　昭
和二四年三月一日～五月一日　2回　＊67枚。『全集』では
三～五月とある。「自筆メモ」では3回分の記載がある。各
掲載号は以下の通り。
1　六巻三・四号（三・四月合併号）　昭和二四年三月一日
　70-75頁　17枚　二月三日執筆
2　六巻五・六号（五・六月合併号）　昭和二四年五月一日

82-96頁　20枚　三月六日執筆
（『自筆メモ』では「30枚　四月三日執筆」とある。）

〔収録〕
1132　かしまの情（昭和二四年一一月　新潮社）
1157　厭がらせの年齢・鮎（昭和二七年一二月　筑摩書房）
1197　女の四季（昭和三一年七月　河出書房）
5042　丹羽文雄作品集4（昭和三二年五月　角川書店）
5077　丹羽文雄文学全集19（昭和五一年二月　講談社）
6010　長篇小説全集11（昭和二八年一〇月　新潮社）

はたはたの味　「新文庫」三巻三号　昭和二四年三月一日　30-35頁　＊16枚。佐藤泰治挿絵。昭和二三年一二月二九日執筆。『全集』では一月とあるが誤り。

貸間払底　「人間」四巻三号　昭和二四年三月一日　2-22頁　＊50枚。一月一四日執筆。末尾に「「貸間の情」の内」とある。

〔収録〕
1132　かしまの情（昭和二四年一一月　新潮社）
1157　厭がらせの年齢・鮎（昭和二七年一二月　筑摩書房）
1197　女の四季（昭和三一年七月　河出書房）
5042　丹羽文雄作品集4（昭和三二年五月　角川書店）
5077　丹羽文雄文学全集19（昭和五一年二月　講談社）
5112　丹羽文雄の短篇30選（昭和五九年一一月　角川書店）
6010　長篇小説全集11（昭和二八年一〇月　新潮社）

母の詩集　「キング」春の増刊号　昭和二四年三月一五日　60-75頁　＊50枚。一月三一日執筆。

〔収録〕
1126　暴夜物語（昭和二四年七月　東方社）
1142　暴夜物語（昭和二五年一〇月　東方社）

博多人形　「家庭生活」六巻六号　昭和二四年四月一日　118-123頁　＊三芳悌吉挿絵。

夫婦の味　「サロン」四巻三号　昭和二四年四月一日　14-23頁　＊26枚。向井潤吉挿絵。一月三〇日執筆。

シンデレラの靴　「新小説」四巻四号　昭和二四年四月一日　36-43頁　＊28枚。二月五日執筆。未完。『全集』では五月号とあるが誤り。

嫉妬　「小説ファン」四号　昭和二四年四月五日　27-35頁　＊銀座文庫版。『自筆メモ』では「再会の役　復業」とある。一月三一日執筆。

怒りの街　「東京新聞」ほか　昭和二四年四月六日～九月二〇日　＊165回。670枚。佐藤敬挿絵。掲載時期は各紙で異なる。確認できたものは以下の通り。
北海道新聞（昭和二四年四月六日～九月二〇日）
西日本新聞（昭和二四年四月一日～九月一三日）

〔収録〕

1134　怒りの街（昭和二四年一一月　八雲書店）
1196　怒りの街（昭和三一年七月　東方社）
1223　怒りの街（昭和三三年一一月　東方社）

暴夜物語　「週刊朝日」別冊　一号（五四巻一〇号）　昭和二四年四月一〇日　10-30頁　＊78枚。春季増刊「小説と読物」。佐藤敬挿絵。二月一八日執筆。『全集』では三月春季号とある。
〔収録〕
1126　暴夜物語（昭和二四年七月　東方社）
1142　暴夜物語（昭和二五年一〇月　東方社）

瀬戸内海　「風雪」別輯二輯　昭和二四年四月一五日　21-37頁　＊27枚。二月二六～二七日執筆。『全集』では三月とあるが誤り。
〔収録〕
1126　暴夜物語（昭和二四年七月　東方社）
1142　暴夜物語（昭和二五年一〇月　東方社）

老いらくの恋　「別冊小説新潮」三巻五号　昭和二四年四月一五日　192-200頁　＊30枚。巻号表記は「小説新潮」と共有（昭和二五年七月、三四巻一〇号まで）。「別冊小説新潮」としては一巻一号にあたる。末尾に未完（連載第一回）とある。
〔収録〕
1126　暴夜物語（昭和二四年七月　東方社）
1142　暴夜物語（昭和二五年一〇月　東方社）

愛人　朝日系地方新聞六紙（大阪・四国・名古屋・山梨・鳥取）昭和二四年四～一〇月　150回　＊450枚。掲載期間は各紙によって異なる。確認できたものは以下の通り。
大阪日日新聞（四月一〇日～一〇月一二日）
四国新聞（五月一七日～一〇月一四日）
日本海新聞（掲載期間未確認）
〔収録〕
1134　愛人（昭和二四年一二月　文芸春秋新社）
1178　愛人（昭和三〇年八月　河出新書）
1233　愛人（昭和三四年三月　東方社）
1266　愛人（昭和三五年一〇月　東方社）
1299　愛人　改版（昭和三九年一月　東方社）
1304　愛人（昭和三九年一二月　東方社）
1334　愛人（昭和四三年四月　東方社）
5024　丹羽文雄文庫13（昭和二九年一一月　東方社）
6009　現代長篇名作全集8（昭和二八年九月　講談社）
6015　新編現代日本文学全集6（昭和三二年一〇月　東方社）

生活の中の詩　共同通信　昭和二四年四～一二月　172回　＊500枚。石川滋彦挿絵。京都新聞、岐阜タイムス、信濃毎日新聞、南日本新聞、大分新聞、新東京新聞などで連載。確認できたものは京都新聞のみ。
京都新聞（二四年八月一日～二五年一月二〇日）
〔収録〕
1143　生活の中の詩（昭和二五年一一月　東方社）
1218　生活の中の詩（昭和三三年九月　東方社）

1278　生活の中の詩（昭和三七年一月　東方社）

或る市井人の結婚　「新潮」四六年五～六号　昭和二四年五月一日～六月一日　2回　＊93枚。各掲載号は以下の通り。

1　四六年五号　昭和二四年五月一日　6-18頁　50枚
　四月八日執筆

2　四六年六号　昭和二四年六月一日　74-85頁　43枚
　四月二九日執筆

〔収録〕
1137　当世胸算用（昭和二五年四月　中央公論社）
1182　当世胸算用（昭和三〇年一〇月　河出新書）

柿の帯　「文学界」三巻三号　昭和二四年五月一日　30-39頁　＊32枚。『全集』では「柿　帯」とある。三月二四～二七日執筆。

〔収録〕
1140　落穂拾い（昭和二五年九月　京橋書院）
5036　丹羽文雄文庫25（昭和三〇年一二月　東方社）

一本の箸　「早稲田文学」一六巻二号　昭和二四年五月一日　4-11頁　＊26枚。三月二三日執筆　復刊記念号（四・五月合併号）。連載とあるが一回のみ掲載。未完。

街の物音　「別冊読物時事」三号　昭和二四年五月一〇日　45-51頁　＊30枚。二月一〇日執筆。『全集』では「街の物語」（三月）。

〔収録〕
1126　暴夜物語（昭和二四年七月　東方社）
1142　暴夜物語（昭和二五年一〇月　東方社）

うちの猫　「別冊文芸春秋」一一号　昭和二四年五月二〇日　7-22頁　＊40枚。『全集』では一〇月とあるが誤り。

〔収録〕
1132　かしまの情（昭和二四年一一月　新潮社）
1157　厭がらせの年齢・鮎（昭和二七年一二月　筑摩書房）
1197　女の四季（昭和三一年七月　河出書房）
5042　丹羽文雄作品集4（昭和三二年五月　角川書店）
5077　丹羽文雄文学全集19（昭和五一年二月　講談社）
6010　長篇小説全集11（昭和二八年一〇月　新潮社）

七十五日物語　「主婦之友」三三巻六号～三四巻一二号　昭和二四年六月一日～二五年一二月一日　19回　＊406枚。悲劇小説。桜井悦挿絵。『全集』では　昭和二四年五月～二五年八月とあるが誤り。各掲載号は以下の通り。

1　三三巻六号　昭和二四年六月一日　28-34頁　25枚
　三月一一日執筆

2　三三巻七号　昭和二四年七月一日　50-57頁　26枚
　四月九日執筆

3　三三巻八号　昭和二四年八月一日　62-68頁　43枚
　五月一二日執筆

4　三三巻九号　昭和二四年九月一日　86-92頁　26枚
　六月一三日執筆

5　三三巻一〇号　昭和二四年一〇月一日　90-96頁　25枚
　七月八日執筆
6　三三巻一一号　昭和二四年一一月一日　92-98頁　25枚
　八月二五日執筆
7　三三巻一二号　昭和二四年一二月一日　84-126頁
　一〇月六日執筆
8　三四巻一号　昭和二五年一月一日　202-209頁　25枚
　昭和二四年一〇月執筆
9　三四巻二号　昭和二五年二月一日　168-175頁　25枚
　昭和二四年一一月二五日執筆
10　三四巻三号　昭和二五年三月一日　204-212頁
　昭和二四年一二月執筆
11　三四巻四号　昭和二五年四月一日　60-68頁　25枚
　一月執筆
12　三四巻五号　昭和二五年五月一日　256-246頁　25枚
　二月一一日執筆
13　三四巻六号　昭和二五年六月一日　140-149頁　26枚
　三月執筆
14　三四巻七号　昭和二五年七月一日　170-178頁　25枚
　四月二三日執筆
15　三四巻八号　昭和二五年八月一日　92-101頁　25枚
　五月二三日執筆
16　三四巻九号　昭和二五年九月一日　222-231頁　25枚
　六月執筆
17　三四巻一〇号　昭和二五年一〇月一日　180-188頁　25枚
　七月執筆
18　三四巻一一号　昭和二五年一一月一日　256-264頁
　八月執筆
19　三四巻一二号　昭和二五年一二月一日　212-221頁　26枚
　九月執筆
〔収録〕
1145　七十五日物語（昭和二六年二月　東方社）
1220　七十五日物語（昭和三三年一〇月　東方社）

序章　改稿現代史　「歴史小説」昭和二四年六月一日〜一二月　＊429枚。連載期間未確認。日本近代文学館、国立国会図書館、神奈川近代文学館の所蔵は二巻六号までであり、それ以降の刊行は不明。『全集』では七〜一二月、『文芸年鑑』では「五号連」（五回連載）とある。なお「自筆メモ」では2回分のみ記載がある。各掲載号は以下の通り。
1　二巻四号　昭和二四年六月一日　4-12頁
　六月三日執筆
2　二巻五号　昭和二四年七月一日　4-8頁
　七月二五日執筆
3　二巻六号　昭和二四年八月一日　60-64頁

切火の女　「近代ロマン」二巻三号　昭和二四年六月一五日　14-21頁　＊高木清挿絵。

湯の町の小鳩　「小説ファン」六号　昭和二四年六月一五日　9-17頁　＊銀座文庫版。

逃げた魚の心　「小説世界」三巻七号　昭和二四年七月一日　76-86頁　＊30枚。加藤敏郎挿絵。

モナリザの末裔　「ホープ」四巻七〜九号　昭和二四年七月一日〜九月一日　3回　＊63枚。佐藤敬挿絵。『全集』では「小説世界」とあるが誤り。各掲載号は以下の通り。

1　四巻七号　昭和二四年七月一日　18-23頁　20枚
　五月一六日執筆

2　四巻八号　昭和二四年八月一日　34-39頁　25枚
　六月一四日執筆

3　四巻九号　昭和二四年九月一日　34-37頁　18枚
　七月一二日執筆

日本敗れたり—世紀の目撃者　「サロン」四巻七〜九号　昭和二四年八月一日〜一〇月一日　3回　＊253枚。田代光挿絵。なお各回に「主要人物紹介」を付す。各掲載号は以下の通り。

1　四巻七号　昭和二四年八月一日　16-35頁　84枚
　六月三日執筆

2　四巻八号　昭和二四年九月一日　14-35頁　94枚
　七月三〜五日執筆

3　四巻九号　昭和二四年一〇月一日　84-102頁　75枚
　八月執筆

〔収録〕
1130　日本敗れたり（昭和二四年一〇月　銀座出版社）

有天無天　「思索」二五号　昭和二四年八月一日　86-96頁　＊38枚。未完。「自筆メモ」に「天保銭の行方その一」とある。

一時機　「世界評論」四巻八号　昭和二四年八月一日　73-87頁　＊47枚。「天保銭の行方　第二節」として掲載。六月二〇〜二一日執筆。『全集』では「天保銭の行方（世界　一〇月　六三枚）」と記載があるが誤り。

当世胸算用　「中央公論」六四年九〜一二号　昭和二四年九月一日〜一二月一日　4回　＊217枚。各掲載号は以下の通り。

1　六四年九号　昭和二四年九月一日　91-103頁　50枚
　七月二二日執筆

2　六四年一〇号　昭和二四年一〇月一日　87-100頁　51枚
　八月二一〜二二日執筆

3　六四年一一号　昭和二四年一一月一日　110-124頁　51枚
　九月一九〜二〇日執筆

4　六四年一二号　昭和二四年一二月一日　115-132頁　65枚
　一〇月二三〜二四日執筆

〔収録〕
1137　当世胸算用（昭和二五年四月　中央公論社）
1156　当世胸算用・告白（昭和二七年一二月　小説朝日社）
1182　当世胸算用（昭和三〇年一〇月　河出新書）
1226　当世胸算用（昭和三三年一二月　東方社）
5030　丹羽文雄文庫19（昭和三〇年五月　東方社）
5040　丹羽文雄作品集2（昭和三二年三月　角川書店）
5080　丹羽文雄文学全集21（昭和五一年五月　講談社）
6010　長篇小説全集11（昭和二八年一〇月　新潮社）

蛇の殼　「読売評論」一巻一号　昭和二四年一〇月一日　89-95頁　＊24枚。八月二七日執筆。

もとの蛙　「別冊小説新潮」三巻一二号　昭和二四年一〇月一五日　9-17頁　＊31枚。川端實挿絵。九月四日執筆。『全集』では一一月。

紋多の大学生　「サンデー毎日」特別号　昭和二四年一〇月　10-23頁　＊53枚。中秋傑作集。長谷川春子挿絵。発行日未確認。七月一〇日執筆。

怨情　「中央公論」文芸特集　一号　昭和二四年一〇月　＊40枚。未確認。「中央公論文芸特集」なし。七月二五日執筆。

女客　「オール讀物」四巻一一号　昭和二四年一一月一日　18-25頁　＊26枚。九月一三日執筆。

飛ぶ結婚　「小説山脈」二号　昭和二四年一一月一日　365-366頁　＊鈴木清挿絵。七月執筆。

乳人《めのと》日記　「世界」四七号　昭和二四年一一月一日　75-96頁　＊79枚。九月九日執筆。

〔収録〕

5069　丹羽文雄文学全集24（昭和五〇年六月　講談社）

愛の塩　博報堂地方新聞　昭和二四年一一月～二五年五月　＊180回。540枚。佐藤敬挿絵。神戸新聞、新潟日報、山形日日新聞、中国新聞、山梨日日新聞、伊勢新聞、福井新聞に連載。確認できたものは以下の通り。

神戸新聞（昭和二四年一一月三〇日～二五年五月三一日）

新潟日報（昭和二四年一二月一四日～）

山形日日新聞（昭和二五年二月八日～八月一六日）

〔収録〕

1141　愛の塩（昭和二五年一〇月　東方社）

1217　愛の塩（昭和三三年七月　東方社）

1263　愛の塩（昭和三五年八月　東方社）

東京貴族　「週刊朝日」新年増刊　昭和二四年一二月一日　26-40頁　＊50枚。『全集』では「一〇月特別号」とあるが誤り。木下孝則挿絵。九月三〇日執筆。

〔収録〕

1138　東京どろんこオペラ（昭和二五年五月　六興出版）

東京の薔薇　「小説公園」一巻一号　昭和二五年一月一日　15-39頁　＊100枚。『全集』では昭和二四年一一月号とあるが誤り。昭和二四年九月二五日執筆。

〔収録〕

1138　東京どろんこオペラ（昭和二五年五月　六興出版）

7034　現代小説代表選集6（昭和二五年五月　光文社）

女の復讐　「婦人倶楽部」三一巻一号　昭和二五年一月一日　244-263頁　＊66枚。「長篇読切」として掲載。高津圭一挿絵。

昭和二四年一〇月二七日執筆。「自筆メモ」では29枚とある。

爬虫類 「文芸春秋」二八巻一～七号 昭和二五年一月一日～六月一日 6回 ＊272枚。各掲載号は以下の通り。

1 二八巻一号 昭和二五年一月一日 200-213頁 50枚
昭和二四年一一月二四日執筆

2 二八巻二号 昭和二五年二月一日 186-198頁 50枚
昭和二四年一二月執筆

3 二八巻三号 昭和二五年三月一日 216-230頁 51枚
二月執筆

4 二八巻四号 昭和二五年四月一日 168-182頁 50枚
二月執筆

5 二八巻六号 昭和二五年五月一日 232-246頁 50枚
三月二四～二五日執筆

6 二八巻七号 昭和二五年六月一日 232-246頁 50枚
四月二四日執筆

〔収録〕
1146 爬虫類（昭和二六年三月 文芸春秋新社）
2008 爬虫類（昭和三〇年一一月 新潮文庫）
5042 丹羽文雄作品集4（昭和三二年五月 角川書店）
5066 丹羽文雄文学全集16（昭和五〇年三月 講談社）
6012 現代日本文学全集47（昭和二九年一一月 筑摩書房）
6018 現代日本文学全集76（昭和三三年四月 筑摩書房）
6024 日本現代文学全集87（昭和三七年四月 講談社）
6040 日本現代文学全集33（昭和四四年一月 講談社）

ある時の風雪 「真相特集版」一五号（真相小説集） 昭和二五年一月一五日 7-17頁 ＊50枚。中村猛夫挿絵。昭和二四年一一月二五日執筆。なお復刻版『真相』（昭和五六年 三一書房 全8巻）がある。

春の地色 「ロマンス」五巻三号 昭和二五年三月一日 30-40頁 ＊40枚。一月八～九日執筆。

襟巻 「別冊文芸春秋」一五号 昭和二五年三月五日 86-105頁 ＊56枚。二月一日執筆。『全集』では六月とあるが誤り。

〔収録〕
1140 落穂拾い（昭和二五年九月 京橋書院）

惑星 「時事新報」昭和二五年三月一五日～九月一一日 180回 ＊540枚。今村寅二挿絵。

〔収録〕
1147 惑星（昭和二六年五月 湊書房）
1190 惑星（昭和三一年三月 東方社）
1245 惑星（昭和三四年八月 東方社）
1378 惑星（昭和五四年一一月 三笠書房）

雨跡 「サンデー毎日」二九巻一一～一七号 昭和二五年三月一九日～七月二日 16回 ＊322枚。佐藤敬挿絵。『全集』では三～九月とあるが誤り。各掲載号は以下の通り。

1 二九巻一二号 昭和二五年三月一九日 34-37頁 20枚
二月一日執筆

2　二九巻一三号　昭和二五年三月二六日　34-37頁　21枚
　二月九日執筆
3　二九巻一四号　昭和二五年四月二日　34-37頁　20枚
　二月執筆
4　二九巻一五号　昭和二五年四月九日　34-37頁　20枚
　二月執筆
5　二九巻一六号　昭和二五年四月一六日　34-37頁　20枚
　三月二九日執筆
6　二九巻一七号　昭和二五年四月二三日　34-37頁　20枚
　四月四日執筆
7　二九巻一八号　昭和二五年四月三〇日　34-37頁　20枚
　五月六日執筆
8　二九巻一九号　昭和二五年五月七日　42-45頁　20枚
　四月執筆
9　二九巻二〇号　昭和二五年五月一四日　42-45頁　20枚
　四月二六日執筆
10　二九巻二一号　昭和二五年五月二一日　42-45頁　20枚
　五月一日執筆
11　二九巻二二号　昭和二五年五月二八日　42-45頁　20枚
　五月八日執筆
12　二九巻二三号　昭和二五年六月四日　42-45頁　20枚
　五月執筆
13　二九巻二四号　昭和二五年六月一一日　42-45頁　21枚
　五月執筆
14　二九巻二五号　昭和二五年六月一八日　42-45頁　20枚
　七月一一日執筆
15　二九巻二六号　昭和二五年六月二五日　42-45頁　20枚
　七月一一日執筆
16　二九巻二七号　昭和二五年七月二日　42-46頁　21枚
　六月執筆

〔収録〕
1139　雨跡（昭和二五年八月　河出書房）
1187　雨跡（昭和三〇年一二月　三笠書房）
1202　雨跡（昭和三一年三月　三笠書房）
1228　海戦（昭和三四年二月　東方社）
5018　丹羽文雄文庫7（昭和二九年五月　東方社）
5059　丹羽文雄文学全集8（昭和四九年八月　講談社）

東京どろんこオペラ　「小説新潮」四巻四号　昭和二五年四月一日　153-184頁　＊120枚。佐藤敬挿絵。文末に「N誌の「東京ジャングル探訪」に負ふところ多し。文雄」とある。二月一六〜一九日執筆。『東京どろんこオペラ』（昭和二五年五月一〇日　六興出版）では「新東宝映画化作品」とあるが未確認。企画のみで映画化はされなかったと思われる。

〔収録〕
1138　東京どろんこオペラ（昭和二五年五月　六興出版）
1226　当世胸算用（昭和三三年一二月　東方社）
5030　丹羽文雄文庫19（昭和三〇年五月　東方社）
7037　現代小説代表選集7（昭和二五年一一月　光文社）

鳥鷺—紋多の手帖　「新小説」五巻四号　昭和二五年四月一日　6-12頁　＊24枚。二月二八日執筆。全集では一月とあるが誤り。
〔収録〕
1140 落穂拾い（昭和二五年九月　京橋書院）
5036 丹羽文雄文庫25（昭和三〇年一二月　東方社）

砂地　「文学界」四巻四号　昭和二五年四月一日　6-11頁　＊18枚。三月執筆。
〔収録〕
1140 落穂拾い（昭和二五年九月　京橋書院）
2038 好色の戒め（昭和五六年四月　集英社文庫）
5036 丹羽文雄文庫25（昭和三〇年一二月　東方社）
5057 丹羽文雄自選集（昭和四二年一〇月　集英社）
5079 丹羽文雄文学全集20（昭和五一年四月　講談社）
7036 創作代表選集6（昭和二五年一〇月　講談社）

落穂拾い　「中央公論文芸特集」三号　昭和二五年四月　149-180頁　＊96枚。三月二三～二五日執筆。『全集』では五月とあるが誤り。
〔収録〕
1140 落穂拾い（昭和二五年九月　京橋書院）

贈物　「オール読物」五巻五号　昭和二五年五月一日　110-119頁　＊29枚。二月三日執筆。

夜の時間　「ホープ」五巻五号　昭和二五年五月一日　21-27頁　＊26枚。高沢圭一挿絵。三月執筆。

袷時　「新潮」四七年六号　昭和二五年六月一日　136-149頁　＊39枚。五月三日執筆。
〔収録〕
1140 落穂拾い（昭和二五年九月　京橋書院）

船方　「文芸」七巻七号　昭和二五年七月一日　53-61頁　＊26枚。六月二日執筆。

罪戻　「世界」五六号　昭和二五年八月一日　113-138頁　＊91枚。六月執筆。
〔収録〕
1144 好色の戒め（昭和二五年一二月　創元社）
5069 丹羽文雄文学全集24（昭和五〇年六月　講談社）

爬虫類　「文学界」四巻八号～五巻二号　昭和二五年八月一日～二六年二月一日　5回　＊251枚。「文芸春秋」（二八巻一～七号　昭和二五年一月一日～六月一日）連載の続編。『全集』では七～一一月とあるが誤り。各掲載号は以下の通り。
7 四巻八号　昭和二五年八月一日　64-77頁　50枚
　七月七日執筆
8 四巻九号　昭和二五年九月一日　46-62頁　50枚
　八月四日執筆
9 四巻一〇号　昭和二五年一〇月一日　50-65頁　51枚
　九月三～四日執筆
10 四巻一一号　昭和二五年一一月一日　59-75頁　50枚
　一〇月五～六日執筆

11　五巻二号　昭和二六年二月一日　6-23頁　50枚
昭和二五年一二月執筆
〔収録〕
1146　爬虫類（昭和二六年三月　文芸春秋新社）
2008　爬虫類（昭和三〇年一一月　新潮文庫）
5042　丹羽文雄作品集4（昭和三二年五月　角川書店）
5066　丹羽文雄文学全集16（昭和五〇年三月　講談社）
6012　現代日本文学全集47（昭和二九年一一月　筑摩書房）
6018　現代日本文学全集76（昭和三三年四月　筑摩書房）
6024　日本現代文学全集87（昭和三七年四月　講談社）
6040　日本現代文学全集33（昭和四四年一月　講談社）

水汲み　「別冊文芸春秋」一六号　昭和二五年五月二三日
24-33頁　＊27枚。四月一〇日執筆。全集では八月。
〔収録〕
1140　落穂拾い（昭和二五年九月　京橋書院）

堕天使　「週刊朝日」別冊　昭和二五年八月五日　24-42頁　＊59枚。「秋季増刊小説と読物」号。今村寅士挿絵。六月執筆。『全集』では一〇月とある。
〔収録〕
1152　女靴（昭和二七年八月　小説朝日社）
1166　女靴（昭和二八年七月　白灯社）
1211　女靴（昭和三二年一二月　小壺天書房）

暁荘物語　「家庭生活」七巻九号　昭和二五年九月一日　310-320頁　＊30枚。佐藤泰治挿絵。七月三一日執筆。

好色の戒め　「群像」五巻九号　昭和二五年九月一日　94-120頁
＊92枚。七月執筆。
〔収録〕
1144　好色の戒め（昭和二五年一二月　創元社）
2038　好色の戒め（昭和五六年四月　集英社文庫）
5033　丹羽文雄文庫22（昭和三〇年九月　東方社）
5040　丹羽文雄作品集2（昭和三二年三月　角川書店）

歌姫模様　「婦人倶楽部」三一巻一二号　昭和二五年九月一五日　424-455頁　＊増刊号。102枚。六月執筆。『全集』では一一月増刊号とあるが誤り。

過去　「別冊小説新潮」四巻一〇号　昭和二五年九月一五日　20-25頁　＊22枚。七月一二日執筆。

こほろぎ　「中央公論文芸特集」四号　昭和二五年九月二〇日
2-18頁　＊50枚。八月三一日執筆。『全集』では一一月とあるが誤り。
〔収録〕
1144　好色の戒め（昭和二五年一二月　創元社）
2038　好色の戒め（昭和五六年四月　集英社文庫）
5040　丹羽文雄作品集2（昭和三二年三月　角川書店）
5055　丹羽文雄自選集（昭和四二年一〇月　集英社）
5077　丹羽文雄文学全集19（昭和五一年二月　講談社）

6020　新選現代日本文学全集13（昭和三四年二月　筑摩書房）
6026　現代の文学14（昭和三八年一〇月　河出書房新社）
6027　現代文学大系46（昭和三九年九月　筑摩書房）
6041　日本短篇文学全集42（昭和四四年二月　筑摩書房）
6046　日本文学全集46（昭和四五年一一月　筑摩書房）
6054　現代日本文学全集補巻13（昭和四八年四月　筑摩書房）
6057　現代日本文学12（昭和四九年九月　筑摩書房）
6058　筑摩現代文学大系48（昭和五二年七月　筑摩書房）
7038　日本小説代表作全集23（昭和二六年三月　小山書店）
7039　創作代表選集7（昭和二六年四月　講談社）

漁村日日　「改造」三一巻一一号　昭和二五年一一月一日　185-199頁　＊51枚。九月二七～二八日執筆。
〔収録〕
1144　好色の戒め（昭和二五年一二月　創元社）

晋州　「小説公園」一巻八号　昭和二五年一一月一日　143-156頁　＊44枚。都竹伸政挿絵。九月一二～一三日執筆。
〔収録〕
1148　結婚式（昭和二六年九月　北辰堂）
1154　結婚式（昭和二七年一〇月　北辰堂）
1239　藍染めて（昭和三四年六月　東方社）
5015　丹羽文雄文庫4（昭和二九年二月　東方社）

帯　「婦人画報」五五四号　昭和二五年一一月一日　118-123頁　＊30枚。八月執筆。『全集』では一〇月とあるが誤り。

男爵　「読売評論」二巻一一号　昭和二五年一一月一日　132-148頁　＊55枚。九月一五～一八日執筆。
〔収録〕
1144　好色の戒め（昭和二五年一二月　創元社）

堕天使（二）　「週刊朝日」五五巻五三号　昭和二五年一二月一日　127-143頁　＊60枚。「新年増刊小説と読物」号。猪熊弦一郎挿絵。一〇月一日執筆。
〔収録〕
1152　女靴（昭和二七年八月　小説朝日社）
1166　女靴（昭和二八年七月　白灯社）
1211　女靴（昭和三二年一二月　小壺天書房）

街灯―Tに代りてK子の霊に捧ぐ　「別冊文芸春秋」一九号　昭和二五年一二月二五日　126-145頁　＊55枚。一一月二八日執筆。
〔収録〕
1148　結婚式（昭和二六年九月　北辰堂）
1154　結婚式（昭和二七年一〇月　北辰堂）
1248　幸福への距離（昭和三四年一〇月　東方社）
5032　丹羽文雄文庫21（昭和三〇年八月　東方社）

父の罪　「オール読物」六巻一号　昭和二六年一月一日　98-109頁　＊32枚。昭和二五年一〇月九～一〇日執筆。

マンション風月　「小説新潮」五巻一号　昭和二六年一月一日

62〜75頁　＊30枚。脇田和挿絵。昭和二五年一〇月二四〜二五日執筆。

自分の巣　「新潮」四八年一号　昭和二六年一月一日　179〜193頁　＊52枚。昭和二五年一一月三〇日執筆。

〔収録〕

1149　海は青いだけでない（昭和二六年九月　新潮社）

朱乙家の人々　「婦人倶楽部」三二巻一号〜三四巻五号　昭和二六年一月一日　29回　＊723枚。山内豊喜挿絵。各掲載号は以下の通り。

1　三二巻一号　昭和二六年一月一日　144〜151頁　25枚
　昭和二五年一〇月三〇日執筆
2　三二巻二号　昭和二六年二月一日　88〜93頁　25枚
　昭和二五年一二月三日執筆
3　三二巻三号　昭和二六年三月一日　102〜109頁　25枚
　昭和二五年一二月二八日執筆
4　三二巻四号　昭和二六年四月一日　124〜132頁　26枚
　二月一日執筆
5　三二巻五号　昭和二六年五月一日　236〜244頁　25枚
　二月二四日執筆
6　三二巻六号　昭和二六年六月一日　108〜116頁　25枚
　四月五日執筆
7　三二巻七号　昭和二六年七月一日　88〜96頁　25枚
　四月二七日執筆
8　三二巻八号　昭和二六年八月一日　218〜227頁　25枚
　六月三日執筆
9　三二巻九号　昭和二六年九月一日　286〜296頁　27枚
　六月執筆
10　三二巻一一号　昭和二六年一〇月一日　282〜290頁　25枚
　七月執筆
11　三二巻一三号　昭和二六年一一月一日　280〜290頁　25枚
　一〇月執筆
12　三二巻一四号　昭和二六年一二月一日　290〜300頁　25枚
　一〇月六日執筆
13　三三巻一号　昭和二七年一月一日　300〜309頁　25枚
　昭和二六年一〇月二〇日執筆
14　三三巻二号　昭和二七年二月一日　82〜91頁　25枚
　昭和二六年一二月三日執筆
15　三三巻三号　昭和二七年三月一日　308〜317頁　25枚
　昭和二六年一二月二七日執筆
16　三三巻四号　昭和二七年四月一日　280〜288頁　25枚
　一月三〇日執筆
17　三三巻五号　昭和二七年五月一日　310〜318頁　25枚
　三月執筆
18　三三巻六号　昭和二七年六月一日　340〜348頁　25枚
　四月執筆
19　三三巻七号　昭和二七年七月一日　324〜333頁　25枚
　四月執筆
20　三三巻八号　昭和二七年八月一日　340〜343頁　25枚
　五月二八日執筆
21　三三巻九号　昭和二七年九月一日　356〜365頁　25枚

六月二九日執筆
22　三三巻一〇号　昭和二七年一〇月一日　386-395頁　25枚
七月二一日執筆
23　三三巻一一号　昭和二七年一一月一日　378-388頁　23枚
八月執筆
24　三三巻一二号　昭和二七年一二月一日　372-381頁　25枚
八月執筆
25　三四巻一号　昭和二八年一月一日　544-553頁　25枚
昭和二七年一〇月執筆
26　三四巻二号　昭和二八年一月一五日　498-507頁　25枚
昭和二七年一一月執筆
27　三四巻三号　昭和二八年二月一日　438-447頁　25枚
昭和二七年一二月一四日執筆
28　三四巻四号　昭和二八年三月一日　414-423頁　25枚
一月二〇日執筆
29　三四巻五号　昭和二八年四月一日　416-425頁　25枚
二月一五日執筆

〔収録〕
1162　朱乙家の人々（昭和二八年五月　講談社）
1235　朱乙家の人々（昭和三四年五月　講談社）
6009　現代長篇名作全集8（昭和二八年九月　講談社）

朝　「婦人世界」昭和二六年一月一日～五月一日　5回　＊125枚。今村寅士挿絵。各掲載号は以下の通り（第2回は掲載誌未確認）。
1　昭和二六年一月一日　80-88頁　25枚
昭和二五年一〇月二九日執筆
2　昭和二六年二月一日　25枚
昭和二五年一二月三日執筆
3　昭和二六年三月一日　82-90頁　25枚
昭和二五年一二月二三日執筆
4　昭和二六年四月一日　228-237頁　25枚
二月六日執筆
5　昭和二六年五月一日　230-239頁　25枚
三月八～九日執筆

たらちね　「文芸」八巻一号　昭和二六年一月一日　68-81頁　＊45枚。昭和二五年一一月二〇日執筆。

〔収録〕
1165　濃霧の人（昭和二八年六月　東方社）
1244　煩悩具足（昭和三四年八月　東方社）
5021　丹羽文雄文庫10（昭和二九年八月　東方社）

花紋　「別冊小説新潮」五巻二号　昭和二六年一月一五日　247-255頁　＊30枚。佐藤敬挿絵。昭和二五年一二月二日執筆。

街の逃げ水　「サンデー毎日」特別号　昭和二六年一月一日　23-38頁　＊62枚。創刊三十周年特別号。田村孝之助挿絵。昭和二五年一一月三日執筆。

風光る　「モダンロマンス」昭和二六年一月　134-145頁　＊50枚。昭和二五年一〇月二三日執筆。「殴られた姫君」改作。

故郷の山河　「小説公園」二巻二号　昭和二六年二月一日　14-29頁　＊50枚。昭和二五年一二月一二日執筆。
〔収録〕
1148　結婚式（昭和二六年九月　北辰堂）
1154　結婚式（昭和二七年一〇月　北辰堂）
1244　煩悩具足（昭和三四年八月　東方社）
5021　丹羽文雄文庫10（昭和二九年八月　東方社）
5067　丹羽文雄文学全集4（昭和五〇年四月　講談社）

蛸のゐる風物　「日本評論」二六巻二号　昭和二六年二月一日　157-174頁　＊49枚。昭和二五年一二月二〇日執筆。

二人の妻女―自分の巣（続）　「人間」六巻二～三号　昭和二六年二月一日～三月一日　2回　＊66枚。各掲載号は以下の通り。
1　六巻二号　昭和二六年二月一日　8-18頁　35枚
2　六巻三号（終章）　昭和二六年三月一日　51-60頁　31枚
　一月三〇日執筆

天の樹　「東京新聞」夕刊　昭和二六年二月二二日～八月一五日　＊175回。525枚。生沢朗挿絵。
〔収録〕
1150　天の樹（昭和二六年一〇月　創元社）
1250　天の樹（昭和三四年一〇月　東方社）
5026　丹羽文雄文庫15（昭和三〇年一月　東方社）

瓢箪を撫でる　「小説新潮」五巻四号　昭和二六年三月一日　9-21頁　＊46枚。脇田和挿絵。一月一五日執筆。
〔収録〕
1148　結婚式（昭和二六年九月　北辰堂）
1154　結婚式（昭和二七年一〇月　北辰堂）

路地　「文芸春秋」二九巻四号　昭和二六年三月一日　226-240頁　＊50枚。一月二四～二五日執筆。
〔収録〕
5027　丹羽文雄文庫16（昭和三〇年二月　東方社）

街灯（続）　「別冊文芸春秋」二〇号　昭和二六年三月五日　218-239頁　＊60枚。二月一六日執筆。『全集』では四月とあるが誤り。
〔収録〕
1148　結婚式（昭和二六年九月　北辰堂）
1154　結婚式（昭和二七年一〇月　北辰堂）
1248　幸福への距離（昭和三四年一〇月　東方社）
5032　丹羽文雄文庫21（昭和三〇年八月　東方社）

酒の果　「オール読物」六巻四号　昭和二六年四月一日　86-95頁　＊32枚。二月一四日執筆。

爛れた月　「中央公論」六六年四号　昭和二六年四月一日　229-244頁　＊53枚。二月二五～二六日執筆。
〔収録〕

1149　海は青いだけでない（昭和二六年九月　新潮社）
2038　好色の戒め（昭和五六年四月　集英社文庫）
5033　丹羽文雄文庫22（昭和三〇年九月　東方社）
5040　丹羽文雄作品集2（昭和三二年三月　角川書店）
5055　丹羽文雄自選集（昭和四二年一〇月　集英社）
5072　丹羽文雄文学全集22（昭和五〇年九月　講談社）
7041　創作代表選集8（昭和二六年九月　講談社）

やきとり　「朝日新聞」　昭和二六年五月　＊コント。4枚。四月二八日執筆。未確認。「朝日新聞」執筆者索引になし。『全集』では五月一日掲載とある。

結婚式　「小説新潮」　五巻六号　昭和二六年五月一日　235-248頁
＊49枚。桂ユキ子挿絵。三月一七日執筆。
〔収録〕
1148　結婚式（昭和二六年九月　北辰堂）
1154　結婚式（昭和二七年一〇月　北辰堂）
5036　丹羽文雄文庫25（昭和三〇年一二月　東方社）

壁の草　「世界」　六五号　昭和二六年五月一日　222-240頁　＊63枚。三月二八日執筆。
〔収録〕
1149　海は青いだけでない（昭和二六年九月　新潮社）
5033　丹羽文雄文庫22（昭和三〇年九月　東方社）
5072　丹羽文雄文学全集22（昭和五〇年九月　講談社）

女医者　「別冊小説新潮」　五巻七号　昭和二六年五月一五日　256-264頁　＊30枚。猪熊玄一郎挿絵。四月三日執筆。

日日の童心　「サンデー毎日」　特別号　昭和二六年七月一日　23-40頁　＊63枚。涼風特別号。佐藤泰治挿絵。五月二九日執筆。

歪曲と羞恥　「新潮」　四八年八号　昭和二六年七月一日　150-173頁　＊83枚。五月三一日～六月一日執筆。
〔収録〕
1149　海は青いだけでない（昭和二六年九月　新潮社）
2038　好色の戒め（昭和五六年四月　集英社文庫）
5035　丹羽文雄文庫24（昭和三〇年一〇月　東方社）
5069　丹羽文雄文学全集24（昭和五〇年六月　講談社）

劇場の廊下にて　「別冊文芸春秋」　二二号　昭和二六年七月三日　84-107頁　＊65枚。六月一七日執筆。『全集』では八月とあるが誤り。
〔収録〕
1149　海は青いだけでない（昭和二六年九月　新潮社）
2038　好色の戒め（昭和五六年四月　集英社文庫）
5040　丹羽文雄作品集2（昭和三二年三月　角川書店）
5055　丹羽文雄自選集（昭和四二年一〇月　集英社）
5072　丹羽文雄文学全集22（昭和五〇年九月　講談社）

水汲み　「小説朝日」　昭和二六年八月一日　14-21頁　＊27枚。

『全集』では昭和二五年八月。

濃霧の人　「小説公園」二巻八号～三巻五号　昭和二六年八月一日～昭和二七年五月一日　9回　＊265枚。各掲載号は以下の通り。

1　二巻八号　昭和二六年八月一日　12-23頁　40枚
六月一三日執筆

2　二巻九号　昭和二六年九月一日　40-51頁　40枚
九月執筆

3　二巻一〇号　昭和二六年一〇月一日　78-89頁　40枚
七月執筆

4　二巻一三号　昭和二六年一二月一日　88-100頁
一〇月七～九日執筆

5　三巻一号　昭和二七年一月一日　114-121頁　25枚
昭和二六年一一月執筆

6　三巻二号　昭和二七年二月一日　176-181頁　15枚
昭和二六年一二月一四日執筆

7　三巻三号　昭和二七年三月一日　98-123頁　23枚
一月執筆

8　三巻四号　昭和二七年四月一日　128-136頁　26枚
二月一〇日執筆

9　三巻五号　昭和二七年五月一日　90-95頁　16枚
三月一六日執筆

〔収録〕
1165　濃霧の人（昭和二八年六月　東方社）

或る親たち　「婦人公論」三六巻八号　昭和二六年八月一日　52-56頁　＊40枚。六月二七日執筆。『全集』では七月とあるが誤り。

夕霧　「小説朝日」一巻四号　昭和二六年九月一日　14-26頁　＊40枚。七月一八日執筆。『全集』では八月とあるが誤り。

果実　「小説新潮」五巻一一号　昭和二六年九月一日　219-232頁　＊50枚。脇田和挿絵。七月一二日執筆。

牡丹雪　「別冊小説新潮」五巻一二号　昭和二六年九月一五日　240-248頁　＊30枚。内田巌挿絵。

幸福への距離　「群像」六巻一〇号　昭和二六年一〇月一日　8-76頁　＊274枚。八月二四～二五日執筆。

〔収録〕
1151　幸福への距離（昭和二六年一一月　新潮社）
1248　幸福への距離（昭和三四年一〇月　東方社）
1328　幸福への距離（昭和四二年一〇月　東方社新文学全書）
5032　丹羽文雄文庫21（昭和三〇年八月　東方社）
5042　丹羽文雄作品集4（昭和三二年五月　角川書店）
5072　丹羽文雄文学全集22（昭和五〇年九月　講談社）
6020　新選現代日本文学全集13（昭和三四年二月　筑摩書房）
6054　現代日本文学全集補巻13（昭和四八年四月　筑摩書房）
6057　現代日本文学12（昭和四九年九月　筑摩書房）
7042　創作代表選集9（昭和二七年四月　講談社）

虹の約束　共同通信　昭和二六年一〇月二八日〜二七年五月
＊195回。520枚。山内豊喜挿絵。各紙によって掲載期間は異なる。確認できたものは以下のとおり。
京都新聞　夕刊（昭和二六年一二月一日〜二七年六月二六日）
山陽新聞（昭和二六年一一月六日〜二七年五月一九日）
新潟日報（昭和二六年一一月一四日〜二七年五月）
河北新報（昭和二六年一二月二八日〜二七年六月）
〔収録〕
1153　虹の約束（昭和二七年八月　新潮社）
1199　虹の約束（昭和三一年八月　角川小説新書）
1265　虹の約束（昭和三五年一〇月　東方社）
1386　虹の約束（昭和五六年八月　三笠書房）
6010　長篇小説全集11（昭和二八年　新潮社）

銘柄夫人と靴磨き　「小説公園」二巻一一号　昭和二六年一一月一日　14-34頁　＊66枚。八月二五日執筆。

悪態　「別冊文芸春秋」二五号　昭和二六年一二月二五日　30-39頁　＊23枚。「柏屋の青年たちの内」として掲載。一二月九日執筆。

美少年　「サンデー毎日」三一巻一号（新春特別号）　昭和二七年一月一日　140-151頁　＊69枚。都竹伸政挿絵。昭和二六年一〇月二九日執筆。
〔収録〕
1152　女靴（昭和二七年八月　小説朝日社）
1166　女靴（昭和二八年七月　白灯社）
1211　女靴（昭和三二年一二月　小壺天書房）

女靴　「小説新潮」六巻一号　昭和二七年一月一日　42-62頁
＊80枚。「自筆メモ」では74枚。猪熊弦一郎挿絵。
〔収録〕
1152　女靴（昭和二七年八月　小説朝日社）
1166　女靴（昭和二八年七月　白灯社）
1170　欲の果て（昭和二九年七月　新潮社）
1211　女靴（昭和三二年一二月　小壺天書房）
3010　小説作法（昭和二九年三月　文芸春秋新社）
3013　小説作法　全（昭和三三年九月　文芸春秋新社）
4001　小説作法（昭和四〇年四月　角川文庫）
5080　丹羽文雄文学全集21（昭和五一年五月　講談社）

太平　「新潮」四九年一号　昭和二七年一月一日　196-203頁　＊25枚。「柏屋の青年たちの一節」として掲載。

結婚生理　「婦人画報」五六七〜五七九号　昭和二七年一月一日〜一二月一日　12回　＊375枚。生沢朗挿絵。各掲載号は以下の通り。
1　五六七号　昭和二七年一月一日　118-126頁　35枚
　昭和二六年一一月一〇日執筆
2　五六九号　昭和二七年二月一日　154-162頁　35枚
　昭和二六年一二月五日執筆
3　五七〇号　昭和二七年三月一日　94-102頁　35枚

昭和二六年一二月二八日執筆

4　五七一号　昭和二七年四月一日　167-176頁　35枚
二月七日執筆

5　五七二号　昭和二七年五月一日　169-178頁　35枚
三月執筆

6　五七三号　昭和二七年六月一日　162-169頁　25枚
四月一六日執筆

7　五七四号　昭和二七年七月一日　169-183頁　35枚

8　五七五号　昭和二七年八月一日　158-163頁　23枚
六月一六日執筆

9　五七六号　昭和二七年九月一日　166-171頁　22枚
七月六日執筆

10　五七七号　昭和二七年一〇月一日　174-180頁　23枚
八月五日執筆

11　五七八号　昭和二七年一一月一日　196-201頁　24枚
八月執筆

12　五七九号　昭和二七年一二月一日　176-184頁　31枚
九月執筆

〔収録〕
1160　結婚生理（昭和二八年一月　東方社）
1227　結婚生理（昭和三三年一二月　東方社）
1302　結婚生理（昭和三九年一一月　東方社）

明日の空　「婦人公論」三七巻一～九号　昭和二七年一月一日～九月一日　9回　＊228枚。吉岡堅二挿絵。各掲載号は以下の通り。

1　三七巻一号　昭和二七年一月一日　108-117頁　30枚
昭和二六年一一月二〇日執筆

2　三七巻二号　昭和二七年二月一日　216-225頁　23枚
昭和二六年一二月一三日執筆

3　三七巻三号　昭和二七年三月一日　224-233頁　30枚
一月執筆

4　三七巻四号　昭和二七年四月一日　180-189頁　30枚
二月一五日執筆

5　三七巻五号　昭和二七年五月一日　204-209頁　30枚
二月一五日執筆

6　三七巻六号　昭和二七年六月一日　158-165頁　20枚
四月執筆

7　三七巻七号　昭和二七年七月一日　192-199頁　20枚
四月執筆

8　三七巻八号　昭和二七年八月一日　196-203頁　23枚
六月一六日執筆

9　三七巻九号　昭和二七年九月一日　198-206頁　22枚
七月執筆

〔収録〕
1160　結婚生理（昭和二八年一月　東方社）
1227　結婚生理（昭和三三年一二月　東方社）
1302　結婚生理（昭和三九年一一月　東方社）

一つの階段　「文芸春秋」三〇巻一号　昭和二七年一月一日　267-275頁　＊29枚。「柏屋の青年たちの一節」として掲載。昭和二六年一二月二六日執筆。

世間知らず　「時事新報」昭和二七年一月一二日～六月二二日　163回　＊479枚。
〔収録〕
1155　世間知らず（昭和二七年一一月　文芸春秋新社）
1172　世間知らず（昭和三〇年五月　河出書房）

新現実派　「別冊小説新潮」六巻二号　昭和二七年一月一五日　9-17頁　＊30枚。昭和二六年一二月二三日執筆。

彼女の災難　「オール読物」七巻二号　昭和二七年二月一日　22-31頁　＊31枚。昭和二六年一二月八日執筆。

春の告白　「小説新潮」六巻三号　昭和二七年二月一日　10-18頁　＊30枚。森田元子挿絵。昭和二六年一二月一二日執筆。

葉桜　「別冊文芸春秋」二六号　昭和二七年二月二五日　8-15頁　＊19枚。二月七日執筆。
〔収録〕
1152　女靴（昭和二七年八月　小説朝日社）
1166　女靴（昭和二八年七月　白灯社）
1211　女靴（昭和三二年一二月　小壺天書房）

媒体　「世界」七六号　昭和二七年四月一日　226-241頁　＊52枚。二月二六～二七日執筆。
〔収録〕
1163　禁猟区（昭和二八年五月　白灯社）
1248　幸福への距離（昭和三四年一〇月　東方社）
2038　好色の戒め（昭和五六年四月　集英社文庫）
3010　小説作法（昭和二九年三月　文芸春秋新社）
3013　小説作法　全（昭和三三年九月　文芸春秋新社）
4001　小説作法（昭和四〇年四月　角川文庫）
5032　丹羽文雄文庫21（昭和三〇年八月　東方社）
5072　丹羽文雄文学全集22（昭和五〇年九月　講談社）

蛇と鳩　「週刊朝日」五七巻一七～五〇号　昭和二七年四月二七日　34回　＊349枚。森田光子挿絵。『全集』では四～一一月とあるが誤り。各掲載号は以下の通り。

1	五七巻一七号	昭和二七年四月二七日	42-45頁
2	五七巻一八号	昭和二七年五月四日	44-47頁
3	五七巻一九号	昭和二七年五月一一日	42-45頁
4	五七巻二〇号	昭和二七年五月一八日	42-45頁
5	五七巻二一号	昭和二七年五月二五日	42-45頁
6	五七巻二二号	昭和二七年六月一日	40-43頁
7	五七巻二三号	昭和二七年六月八日	40-43頁
8	五七巻二四号	昭和二七年六月一五日	44-47頁
9	五七巻二五号	昭和二七年六月二二日	40-43頁
10	五七巻二六号	昭和二七年六月二九日	40-43頁
11	五七巻二七号	昭和二七年七月六日	40-43頁
12	五七巻二八号	昭和二七年七月一三日	42-45頁
13	五七巻二九号	昭和二七年七月二〇日	42-45頁
14	五七巻三〇号	昭和二七年七月二七日	42-45頁
15	五七巻三一号	昭和二七年八月三日	42-45頁

16　五七巻三二号　昭和二七年八月一〇日　42-45頁
17　五七巻三三号　昭和二七年八月一七日　42-45頁
18　五七巻三四号　昭和二七年八月二四日　42-45頁
19　五七巻三六号　昭和二七年九月七日　46-49頁
20　五七巻三七号　昭和二七年九月一四日　46-49頁
21　五七巻三八号　昭和二七年九月二一日　46-49頁
22　五七巻三九号　昭和二七年九月二八日　46-49頁
23　五七巻四〇号　昭和二七年九月三一日　46-49頁
24　五七巻四一号　昭和二七年一〇月五日　46-49頁
25　五七巻四二号　昭和二七年一〇月一二日　46-49頁
26　五七巻四三号　昭和二七年一〇月一九日　46-49頁
27　五七巻四四号　昭和二七年一〇月二六日　46-49頁
28　五七巻四四号　昭和二七年一一月二日　46-49頁
29　五七巻四五号　昭和二七年一一月九日　50-53頁
30　五七巻四六号　昭和二七年一一月一六日　50-53頁
31　五七巻四七号　昭和二七年一一月二三日　44-47頁
32　五七巻四八号　昭和二七年一一月三〇日　44-47頁
33　五七巻四九号　昭和二七年一二月七日　44-47頁
34　五七巻五〇号　昭和二七年一二月一四日　46-49頁

〔収録〕
1161　蛇と鳩（昭和二八年三月　朝日新聞社）
1176　蛇と鳩（昭和三〇年七月　講談社ミリオンブックス）
2014　蛇と鳩（昭和三二年一一月　角川文庫）
2017　蛇と鳩（昭和三二年一一月　新潮文庫）
5038　丹羽文雄作品集5（昭和三二年一月）
5069　丹羽文雄文学全集24（昭和五〇年六月　講談社）
6011　昭和文学全集46（昭和二九年一〇月　角川書店）
6020　新選現代日本文学全集13（昭和三四年二月　筑摩書房）
6033　日本文学全集63（昭和四二年一月　集英社）
6054　現代日本文学全集補巻13（昭和四八年四月　筑摩書房）
6056　昭和国民文学全集21（昭和四九年四月　筑摩書房）
6057　現代日本文学12（昭和四九年九月　筑摩書房）
6059　昭和国民文学全集26（昭和五四年三月　筑摩書房）

女の階段　「小説新潮」六巻七号　昭和二七年五月一日　170-183頁　＊50枚。高野三三男挿絵。三月一四日執筆。

〔収録〕
1152　女靴（昭和二七年八月　小説朝日社）
1166　女靴（昭和二八年七月　白灯社）
1211　女靴（昭和三二年一二月　小壺天書房）

顔のない肉体　「オール読物」七巻六号　昭和二七年六月一日　22-34頁　＊40枚。四月一一日執筆。

貞操切符　「主婦と生活」七巻六号～八巻一二号　昭和二七年六月一日～二八年一一月一日　18回　＊400枚。『全集』では六月～二八年九月とあるが誤り。各掲載号は以下の通り。

1　七巻六号　昭和二七年六月一日　78-89頁　25枚
二月執筆
2　七巻七号　昭和二七年七月一日　86-97頁　25枚
四月執筆
3　七巻八号　昭和二七年八月一日　84-95頁　25枚

五月執筆
4　七巻九号　昭和二七年九月一日　68-79頁　25枚
六月一六日執筆
5　七巻一〇号　昭和二七年一〇月一日　134-145頁　25枚
七月二二日執筆
6　七巻一一号　昭和二七年一一月一日（掲載誌未確認）
25枚　八月執筆
7　七巻一二号昭和二七年一二月一日　134-145頁　25枚
八月執筆
8　八巻二号　昭和二八年一月一日　362-374頁
9　八巻三号　昭和二八年二月一日　246-259頁
10　八巻四号　昭和二八年三月一日　232-245頁　25枚
昭和二七年一二月一七日執筆
11　八巻五号　昭和二八年四月一日　208-221頁　25枚
一月一八日執筆
12　八巻六号　昭和二八年五月一日　246-259頁　25枚
二月一五日執筆
13　八巻七号　昭和二八年六月一日　210-223頁　25枚
三月執筆
14　八巻八号　昭和二八年七月一日　220-232頁　25枚
四月執筆
15　八巻九号　昭和二八年八月一日　76-89頁　25枚
五月八日執筆
16　八巻一〇号　昭和二八年九月一日　154-166頁　25枚
六月執筆
17　八巻一一号　昭和二八年一〇月一日　58-71頁　25枚
七月執筆
18　八巻一二号　昭和二八年一一月一日（掲載誌未確認）
27枚　八月二四日執筆

〔収録〕
1222　貞操切符（昭和三三年一一月　東方社）
1234　貞操切符（昭和三四年四月　東方社）
1259　貞操切符（昭和三五年五月　東方社）
1288　貞操切符（昭和三八年六月　東方社）
1336　貞操切符（昭和四三年四月　東方社）
5014　丹羽文雄文庫3（昭和二九年一月　東方社）

吊橋「別冊小説新潮」六巻六号　昭和二七年六月一五日　9-17頁　＊30枚。二月一六日執筆。

人情検算器「別冊文芸春秋」二八号　昭和二七年六月二五日　22-30頁　＊22枚。六月一七日執筆。

〔収録〕
1152　女靴（昭和二七年八月　小説朝日社）
1166　女靴（昭和二八年七月　白灯社）
1211　女靴（昭和三二年一二月　小壺天書房）
5033　丹羽文雄文庫22（昭和三〇年九月　東方社）

髭「群像」七巻七号　昭和二七年七月一日　171-177頁　＊21枚。五月二五日執筆。

〔収録〕
1168　藤代大佐（昭和二八年八月　東方社）

1215　藤代大佐（昭和三三年六月　東方社）

青葉の虫　「小説新潮」六巻九号　昭和二七年七月一日　235-240頁　＊20枚。森田元子挿絵。五月一三日執筆。

〔収録〕
1152　女靴（昭和二七年八月　小説朝日社）
1166　女靴（昭和二八年七月　白灯社）
1211　女靴（昭和三二年一二月　小壺天書房）
5036　丹羽文雄文庫25（昭和三〇年一二月　東方社）

妻は誰のもの　「サンデー毎日」三一巻三三号（特別号）　昭和二七年七月一〇日　119-134頁　＊55枚。五月二七日執筆。

〔収録〕
1152　女靴（昭和二七年八月　小説朝日社）
1166　女靴（昭和二八年七月　白灯社）
1211　女靴（昭和三二年一二月　小壺天書房）

花さまざま　「小説新潮」六巻一〇号　昭和二七年八月一日　44-55頁　＊40枚。脇田和挿絵。

〔収録〕
5036　丹羽文雄文庫25（昭和三〇年一二月　東方社）

隣人　「改造」三三巻一二号　昭和二七年九月一日　211-224頁　＊50枚。七月三〇日執筆。『全集』では「隣の人」（中央公論文芸特集　昭和二七年九月号）掲載とあるが誤り。

〔収録〕
1163　禁猟区（昭和二八年五月　白灯社）
1244　煩悩具足（昭和三四年八月　東方社）
5021　丹羽文雄文庫10（昭和二九年八月　東方社）

那須野の狐　「小説朝日」昭和二七年九月一日　12-18頁　＊20枚。八月三〇日執筆。

〔収録〕
1165　濃霧の人（昭和二八年六月　東方社）
5036　丹羽文雄文庫25（昭和三〇年一二月　東方社）

幽鬼　「別冊小説新潮」六巻一二号　昭和二七年九月一五日　18-25頁　＊24枚。七月二日執筆。

〔収録〕
1165　濃霧の人（昭和二八年六月　東方社）
5036　丹羽文雄文庫25（昭和三〇年一二月　東方社）
5112　丹羽文雄の短篇30選（昭和五九年一一月　角川書店）

〔再録〕
小説新潮　三五巻一二号　昭和五六年一二月

嘘の果　「小説新潮」六巻一四号　昭和二七年一一月一日　10-21頁　＊42枚。高野三三男挿絵。八月三〇日執筆。

〔収録〕
1163　禁猟区（昭和二八年五月　白灯社）

遮断機　「新潮」四九年一一号　昭和二七年一一月一日　150-212頁　＊231枚。八月二七日～九月九日執筆。

〔収録〕
1167　遮断機（昭和二八年七月　東西文明社）
1351　有情（昭和四七年一二月　ほるぷ出版）
2005　遮断機（昭和三〇年三月　角川文庫）
5038　丹羽文雄作品集5（昭和三二年一月）
5072　丹羽文雄文学全集22（昭和五〇年九月　講談社）
6012　現代日本文学全集47（昭和二九年一一月　筑摩書房）
6014　現代文学4（昭和三二年一月　芸文書院）
6018　現代日本文学全集76（昭和三三年四月　筑摩書房）
6021　日本文学全集43（昭和三五年三月　新潮社）
6024　日本現代文学全集87（昭和三七年四月　講談社）
6034　日本文学全集30（昭和四二年八月　新潮社）
6040　日本現代文学全集33（昭和四四年一月　講談社）
6043　日本文学全集22（昭和四四年一〇月　新潮社）
〔再録〕文芸　一三巻一八号　昭和三一年一〇月三〇日

二日の花　「週刊朝日」昭和二七年一一月一日　＊30枚。新春特別号。未確認。一〇月二〇日執筆。

ふたりの私　「文芸」九巻一一号　昭和二七年一一月一日　39-45頁　＊20枚。八月一五日執筆。
〔収録〕
1163　禁猟区（昭和二八年五月　白灯社）
5036　丹羽文雄文庫25（昭和三〇年一二月　東方社）

紫雲現世会　「別冊文芸春秋」三一号　昭和二七年一二月二五日　210-224頁　＊30枚。一一月七日執筆。
〔収録〕
1168　藤代大佐（昭和二八年八月　東方社）
1215　藤代大佐（昭和三三年六月　東方社）
5069　丹羽文雄文学全集24（昭和五〇年六月　講談社）

架空研究会　「群像」八巻一号　昭和二八年一月一日　84-102頁　＊53枚。匿名小説として掲載。昭和二七年一一月二一日執筆。
〔収録〕
1163　禁猟区（昭和二八年五月　白灯社）

群馬　「小説公園」七巻一号　昭和二八年一月一日　24-40頁　＊61枚
〔収録〕
1163　禁猟区（昭和二八年五月　白灯社）

砂地　「新女苑」一七巻一号　昭和二八年一月一日　160-165頁　＊23枚。

青い街　「文芸春秋」三一巻一号　昭和二八年一月一日　316-328頁　＊40枚。昭和二七年一一月二六日執筆。
〔収録〕
1163　禁猟区（昭和二八年五月　白灯社）
5034　丹羽文雄文庫23（昭和三〇年一〇月　東方社）

禁猟区　「別冊小説新潮」七巻二号　昭和二八年一月一五日　9-17頁　＊30枚。昭和二七年一一月二八日執筆。
〔収録〕
1163　禁猟区（昭和二八年五月　白灯社）

真珠交換　「週刊読売」一一巻四七号　昭和二八年一月一一日　68-72頁　＊41枚。昭和二七年一二月五日執筆。
〔収録〕
1165　濃霧の人（昭和二八年六月　東方社）
1170　欲の果て（昭和二九年七月　新潮社）

恋文　「朝日新聞」夕刊　昭和二八年二月一日〜四月三〇日　＊89回。332枚。硲伊之助挿絵。
〔収録〕
1164　恋文（昭和二八年五月　朝日新聞社）
1230　恋文（昭和三四年三月　東方社）
1253　恋文（昭和三五年四月　東方社）
1330　恋文（昭和四二年一二月　東方社）
2007　恋文（昭和三〇年八月　角川文庫）
5045　丹羽文雄作品集別巻（昭和三二年八月　角川書店）
5059　丹羽文雄文学全集8（昭和四九年八月　講談社）
6044　日本文学全集32（昭和四五年二月　河出書房新社）

白鬼　「オール読物」八巻二号　昭和二八年二月一日　36-54頁　＊60枚。昭和二七年一二月三日執筆。

風引　「別冊文芸春秋」三二号　昭和二八年二月二五日　226-235頁　＊60枚。二月一二日執筆。
〔収録〕
1168　藤代大佐（昭和二八年八月　東方社）
1215　藤代大佐（昭和三三年六月　東方社）

をみなえし　「オール読物」八巻四号　昭和二八年三月一日　268-277頁　＊30枚。二月五日執筆。

化学繊維　「別冊文芸春秋」三三号　昭和二八年四月二八日　144-169頁　＊78枚。「久松清太伝　序章」として掲載。三月五日執筆。
〔収録〕
1173　久村清太（昭和三〇年六月　帝国人絹株式会社）

妻の毒　「小説新潮」七巻六号　昭和二八年五月一日　10-25頁　＊56枚。脇田和挿絵。三月五〜六日執筆。
〔収録〕
1168　藤代大佐（昭和二八年八月　東方社）
1215　藤代大佐（昭和三三年六月　東方社）

無名の虫　「世界」八九号　昭和二八年五月一日　284-303、335頁　＊59枚。二月二三日執筆。
〔収録〕
1168　藤代大佐（昭和二八年八月　東方社）
1215　藤代大佐（昭和三三年六月　東方社）

甲羅類 「文芸」一〇巻五号 昭和二八年五月一日 39-49頁
＊再録。

羞恥 「別冊小説新潮」七巻七号 昭和二八年五月一五日 244-252頁 ＊30枚。三月二八日執筆。『全集』では四月とあるが誤り。
〔収録〕
1168 藤代大佐（昭和二八年八月 東方社）
1215 藤代大佐（昭和三三年六月 東方社）
1170 欲の果て（昭和二九年七月 新潮社）

アニマル 「文芸」昭和二八年五月 ＊30枚。掲載未確認。「自筆メモ」になし。

二人妻 「小説新潮」七巻八号 昭和二八年六月一日 89-119（109-119）頁 ＊30枚。昭和二七年一〇月二〇日執筆。森田元子挿絵。リレー連作「焼跡」第3回として掲載。①井上友一郎「陰火」②石川利光「帰国者」。

板塀 「新潮」五〇年六号 昭和二八年六月一日 146-163頁 ＊50枚。三月二八日執筆。
〔収録〕
1244 勤王届出（昭和三四年九月 東方社）
5016 丹羽文雄文庫5（昭和二九年三月 東方社）

藤代大佐 「文学界」七巻六号 昭和二八年六月一日 6-33頁 ＊87枚。四月二五日執筆。
〔収録〕
1168 藤代大佐（昭和二八年八月 東方社）
1170 欲の果て（昭和二九年七月 新潮社）
1215 藤代大佐（昭和三三年六月 東方社）
2038 好色の戒め（昭和五六年四月 集英社文庫）
5079 丹羽文雄文学全集20（昭和五一年四月 講談社）
6019 現代長編小説全集7（昭和三三年一一月 講談社）
7044 創作代表選集12（昭和二八年一二月 講談社）

菜の花 「群像」八巻七号（増刊号）昭和二八年六月一五日 84-98頁 ＊38枚。四月一三日執筆。『全集』では五月とあるが誤り。
〔収録〕
1168 藤代大佐（昭和二八年八月 東方社）
1215 藤代大佐（昭和三三年六月 東方社）
5067 丹羽文雄文学全集4（昭和五〇年四月 講談社）
7134 論集 高田教学（平成九年一二月 真宗高田派宗務院）

市井事 「別冊文芸春秋」三四号 昭和二八年六月二八日 82-98頁 ＊33枚。六月一六日執筆。
〔収録〕
1170 欲の果て（昭和二九年七月 新潮社）
5029 丹羽文雄文庫18（昭和三〇年四月 東方社）

木の芽どき 「小説公園」四巻七号 昭和二八年七月一日

10-26頁　＊56枚。五月執筆。

〔収録〕

1168　藤代大佐（昭和二八年八月　東方社）

1215　藤代大佐（昭和三三年六月　東方社）

わが家の曲がり角　「オール読物」八巻八号　昭和二八年八月一日　125-134頁　＊30枚。六月一二日執筆。

露の蝶　「キング」二九巻九号～三〇巻九号　昭和二八年八月一日～二九年七月一日　12回　＊331枚。各掲載号は以下の通り。

1　二九巻九号　昭和二八年八月一日　46-56頁　28枚
　六月一一日執筆

2　二九巻一〇号　昭和二八年九月一日　108-118頁
　七月執筆

3　二九巻一二号　昭和二八年一〇月一日　62-71頁　28枚
　八月執筆

4　二九巻一三号　昭和二八年一一月一日　58-68頁　26枚
　九月執筆

5　二九巻一四号　昭和二八年一二月一日　182-192頁　29枚
　一〇月五日執筆

6　三〇巻一号　昭和二九年一月一日　328-339頁　28枚
　昭和二八年一〇月執筆

7　三〇巻二号　昭和二九年二月一日　92-101頁　27枚
　昭和二八年一一月執筆

8　三〇巻四号　昭和二九年三月一日　46-57頁　25枚
　一月一〇日執筆

9　三〇巻五号　昭和二九年四月一日　114-124頁　30枚
　二月一日執筆

10　三〇巻六号　昭和二九年五月一日　210-220頁　30枚
　三月執筆

11　三〇巻七号　昭和二九年六月一日　156-167頁　27枚
　五月執筆

12　三〇巻九号　昭和二九年七月一日　208-219頁　27枚
　五月七日執筆

〔収録〕

1177　露の蝶（昭和三〇年八月　雲井書店）

1207　露の蝶（昭和三二年八月　雲井書店）

1303　露の蝶（昭和三九年一一月　講談社）

信子の日月　「キング」二九巻一一号（涼風増刊特選小説号）　昭和二八年八月一日　52-68頁　＊50枚。七月二三日執筆。

未亡人　「小説新潮」七巻八号　昭和二八年八月一日　10-23頁　＊49枚。六月一二～一三日執筆。

〔収録〕

5029　丹羽文雄文庫18（昭和三〇年四月　東方社）

兎唇男の死　「別冊文芸春秋」三五号　昭和二八年八月二八日　22-27頁　＊17枚。八月一四日執筆。

〔収録〕

5036　丹羽文雄文庫25（昭和三〇年一二月　東方社）

三枝の表情　「改造」三四巻一一号　昭和二八年九月一日　221-240頁　＊64枚。七月二八～二九日執筆。
〔収録〕
1242　女は恐い（昭和三四年七月　東方社）
5019　丹羽文雄文庫8（昭和二九年六月　東方社）

青い花　「講談倶楽部」五巻一一号　昭和二八年九月一日　64-81頁　＊50枚。田代光挿絵。七月執筆。

女客　「別冊小説新潮」七巻一二号　昭和二八年九月一五日　21-29頁　＊30枚。七月一九日執筆。『全集』では一二月とあるが誤り。

母の日　「群像」八巻一一号　昭和二八年一〇月一日　108-131頁　＊67枚。八月二五～二六日執筆。
〔収録〕
1189　支那服の女（昭和三〇年一二月　河出書房）
1242　女は恐い（昭和三四年七月　東方社）
1283　母の晩年（昭和四〇年二月　東方社）
2071　鮎・母の日・妻（平成一八年一月　講談社文芸文庫）
5019　丹羽文雄文庫8（昭和二九年六月　東方社）
5040　丹羽文雄作品集2（昭和三二年三月　角川書店）
5060　丹羽文雄文学全集3（昭和四九年九月　講談社）
5112　丹羽文雄の短篇30選（昭和五九年一一月　角川書店）
6045　現代日本の文学27（昭和四五年六月　学習研究社）
7046　創作代表選集13（昭和二九年五月　講談社）

悪の宿　「小説新潮」七巻一三号　昭和二八年一〇月一日　126-142頁　＊57枚。八月一一日執筆。『全集』では一一月とあるが誤り。
〔収録〕
5022　丹羽文雄文庫11（昭和二九年九月　東方社）

欲の果て　「別冊文芸春秋」三六号　昭和二八年一〇月二八日　235-272頁　＊113枚。一〇月一六～一七日執筆。
〔収録〕
1170　欲の果て（昭和二九年七月　新潮社）
5022　丹羽文雄文庫11（昭和二九年九月　東方社）
5077　丹羽文雄文学全集19（昭和五一年二月　講談社）

鷹の目　「小説公園」四巻一一号　昭和二八年一一月一日　10-35頁　＊83枚。末尾に「悪の宿の内」とある。九月執筆。
〔収録〕
5022　丹羽文雄文庫11（昭和二九年九月　東方社）

首相官邸　「オール読物」八巻一二号　昭和二八年一二月一日　22-54頁　＊104枚。一〇月一日執筆。
〔収録〕
1242　女は恐い（昭和三四年七月五日　東方社）
5019　丹羽文雄文庫8（昭和二九年六月　東方社）

青麦　文芸春秋新社『青麦』昭和二八年一二月一八日　＊334枚。書き下ろし。九月一九～二八日執筆。

〔収録〕
1175　青麦（昭和三〇年七月　文芸春秋新社）
1294　有情（昭和三九年二月　雪華社）
1351　有情（昭和四七年一二月　ほるぷ出版）
2009　青麦（昭和三一年九月　新潮文庫）
2016　青麦（昭和三三年二月　角川文庫）
5038　丹羽文雄作品集5（昭和三二年一月　角川書店）
5060　丹羽文雄文学全集3（昭和四九年九月　講談社）
6044　日本文学全集32（昭和四五年二月　河出書房新社）
6045　現代日本の文学27（昭和四五年六月　学習研究社）
6048　現代日本文学大系72（昭和四六年一月　筑摩書房）
6064　昭和文学全集11（昭和六三年三月　小学館）

波の蝶　「小説新潮」八巻一号　昭和二九年一月一日　236-258頁
＊80枚。山内豊喜挿絵。昭和二八年一一月一三日執筆。
〔収録〕
5022　丹羽文雄文庫11（昭和二九年九月　東方社）

今朝の春　博報堂地方新聞　昭和二九年一月七日～七月　＊195回。570枚。都竹伸政挿絵。各紙で連載期間は異なる。確認できたものは以下の通り。
秋田魁新聞（昭和二九年一月八日～七月一七日）
高知新聞（昭和二九年一月一〇日～七月一九日）
熊本日日新聞（昭和二九年一月一七日～七月二六日）
北国新聞（昭和二九年一月八日～七月一七日）
〔収録〕
1194　今朝の春（昭和三一年六月　角川小説新書）

夜番　「別冊小説新潮」八巻二号　昭和二九年一月一五日　18-26頁　＊30枚。昭和二八年一一月六日執筆。

彫物師　「小説新潮」八巻三号　昭和二九年二月一日　10-24頁
＊50枚。脇田和挿絵。昭和二八年一二月一三日執筆。
〔収録〕
5031　丹羽文雄文庫20（昭和三〇年七月　東方社）

東京いそッぷ噺　「中央公論」六九年二号　昭和二九年二月一日　246-282頁　＊104枚。昭和二八年一二月二一～二四日執筆。
〔収録〕
5022　丹羽文雄文庫11（昭和二九年九月　東方社）

庖丁　「サンデー毎日」三三巻七～三一号　昭和二九年二月七日～七月一一日　23回　＊495枚。硲伊之助挿絵。各掲載号は以下の通り。
1　三三巻七号　昭和二九年二月七日　50-53頁　19枚
　一月一八日執筆
2　三三巻八号　昭和二九年二月一四日　50-53頁　19枚
　一月二一日執筆
3　三三巻九号　昭和二九年二月二一日　50-53頁　19枚
4　三三巻一〇号　昭和二九年二月二八日　50-53頁　19枚
5　三三巻一二号　昭和二九年三月七日　56-60頁　19枚
6　三三巻一三号　昭和二九年三月一四日　56-60頁　20枚

三月一四日執筆
7　三三巻一四号　昭和二九年三月二一日　56-60頁　20枚
三月二一日執筆
8　三三巻一五号　昭和二九年三月二八日　74-85頁　20枚
三月二八日執筆
9　三三巻一六号　昭和二九年四月四日　52-56頁　21枚
四月四日執筆
10　三三巻一七号　昭和二九年四月一一日　52-56頁　21枚
四月一一日執筆
11　三三巻一八号　昭和二九年四月一八日　52-56頁　21枚
12　三三巻一九号　昭和二九年四月二五日　52-56頁　21枚
四月二五日執筆
13　三三巻二一号　昭和二九年五月二日　52-56頁　21枚
五月二日執筆
14　三三巻二二号　昭和二九年五月九日　52-56頁　21枚
五月九日執筆
15　三三巻二三号　昭和二九年五月一六日　52-56頁　21枚
五月一六日執筆
16　三三巻二四号　昭和二九年五月二三日　54-58頁　21枚
五月二三日執筆
17　三三巻二五号　昭和二九年五月三〇日　56-60頁　21枚
五月三〇日執筆
18　三三巻二六号　昭和二九年六月六日　56-60頁　21枚
19　三三巻二七号　昭和二九年六月一三日　56-60頁　21枚
20　三三巻二八号　昭和二九年六月二〇日　56-60頁　21枚
六月二〇日執筆
21　三三巻二九号　昭和二九年六月二七日　56-60頁　21枚
六月二九日執筆
22　三三巻三〇号　昭和二九年七月四日　28-33頁　21枚
七月四日執筆
23　三三巻三二号　昭和二九年七月一一日　28-33頁　21枚
七月一一日執筆

〔収録〕
1171　庖丁（昭和二九年九月　毎日新聞社）
1180　庖丁（昭和三〇年九月　毎日新書）
2011　庖丁（昭和三一年一〇月　角川文庫）
5045　丹羽文雄作品集別巻（昭和三二年八月　角川書店）
5059　丹羽文雄文学全集8（昭和四九年八月　講談社）
6020　新選現代日本文学全集13（昭和三四年二月　筑摩書房）
6044　日本文学全集32（昭和四五年二月　河出書房新社）
6054　現代日本文学全集補巻13（昭和四八年四月　筑摩書房）
6057　現代日本文学12（昭和四九年九月　筑摩書房）
6056　昭和国民文学全集21（昭和四九年四月　筑摩書房）
6059　昭和国民文学全集26（昭和五四年三月　筑摩書房）

柔眉の人　「新潮」五一年四号　昭和二九年四月一日　209-236頁
＊100枚。二月二七～二八日執筆。

〔収録〕
1170　欲の果て（昭和二九年七月　新潮社）
2038　好色の戒め（昭和五六年四月　集英社文庫）
5040　丹羽文雄作品集2（昭和三二年三月　角川書店）
5055　丹羽文雄自選集（昭和四二年一〇月　集英社）

5074　丹羽文雄文学全集9（昭和五〇年一一月　講談社）
6012　現代日本文学全集47（昭和二九年一一月　筑摩書房）
6014　現代文学4（昭和三二年一月　芸文書院）
6018　現代日本文学全集76（昭和三三年四月　筑摩書房）
6027　現代文学大系46（昭和三九年九月　筑摩書房）
6040　日本現代文学全集33（昭和四四年一月　講談社）
6046　日本文学全集46（昭和四五年一一月　筑摩書房）
6058　筑摩現代文学大系48（昭和五二年七月　筑摩書房）
7052　創作代表選集14（昭和二九年一〇月　講談社）

女は恐い　「文芸春秋」三二巻六号　昭和二九年四月一日　290-310頁　＊57枚。二月二三日執筆。
〔収録〕
1242　女は恐い（昭和三四年七月　東方社）
5019　丹羽文雄文庫8（昭和二九年六月　東方社）

型置更紗　「警友あいち」六巻四〜六号　昭和二九年四月一日〜六月一日　3回　＊再録。荒川静淵挿絵。

水蓮　「別冊小説新潮」八巻六号　昭和二九年四月一五日　13-21頁　＊34枚。二月二五日執筆。
〔収録〕
1242　女は恐い（昭和三四年七月　東方社）
5019　丹羽文雄文庫8（昭和二九年六月　東方社）

魔性　「オール読物」九巻六号　昭和二九年六月一日　194-209頁　＊47枚。三月二八日執筆。

暗礁　「小説新潮」八巻八号　昭和二九年六月一日　62-88頁　＊97枚。山内豊喜挿絵。
〔収録〕
1242　女は恐い（昭和三四年七月　東方社）
5019　丹羽文雄文庫8（昭和二九年六月　東方社）

息子　「文芸」一一巻六号　昭和二九年六月一日　9-18頁　＊30枚。
〔収録〕
5029　丹羽文雄文庫18（昭和三〇年四月　東方社）

魚紋　「時事新報」夕刊　昭和二九年六月八日〜一二月五日　＊180回。540枚。都竹伸政挿絵。なお他紙での掲載期間は以下の通り。
博報堂（昭和二九年六月八日〜一二月五日）
京都新聞　夕刊（昭和二九年六月一二日〜一二月九日）
〔収録〕
1192　魚紋（昭和三一年三月　河出新書）
1241　魚紋（昭和三四年六月　東方社）
1296　魚紋（昭和三九年三月　東方社）
1376　魚紋（昭和五四年一二月　三笠書房）
2018　魚紋（昭和三六年三月　角川文庫）
5028　丹羽文雄文庫17（昭和三〇年三月　東方社）

野の女 「週刊朝日別冊」昭和二九年二号 昭和二九年六月一〇日 19-31頁 ＊40枚。四月三〇日執筆。『全集』では五月初夏号とある。

〔収録〕
5027 丹羽文雄文庫16（昭和三〇年二月 東方社）

隣家 「小説新潮」八巻九号 昭和二九年七月一日 10-21頁 ＊40枚。生沢朗挿絵。五月一三日執筆。

〔収録〕
5031 丹羽文雄文庫20（昭和三〇年七月 東方社）

ファッション・モデル 「婦人倶楽部」三五巻七号～三六巻九号 昭和二九年七月一日～三〇年九月一日 15回 ＊525枚。生沢朗挿絵。『全集』では七月～三〇年六月連載とあるが、誤り。

1 三五巻七号 昭和二九年七月一日 110-123頁 35枚
五月二九日執筆
2 三五巻八号 昭和二九年八月一日 108-121頁 35枚
六月執筆
3 三五巻九号 昭和二九年九月一日 178-191頁 35枚
七月二〇日執筆
4 三五巻一〇号 昭和二九年一〇月一日 190-203頁 35枚
八月執筆
5 三五巻一一号 昭和二九年一一月一日 216-229頁
6 三五巻一二号 昭和二九年一二月一日 178-192頁 35枚
一一月執筆
7 三六巻一号 昭和三〇年一月一日 298-311頁
8 三六巻二号 昭和三〇年二月一日 274-287頁 35枚
昭和二九年一二月執筆
9 三六巻三号 昭和三〇年三月一日 266-279頁 35枚
一月二九日執筆
10 三六巻四号 昭和三〇年四月一日 234-247頁 35枚
一月二九日執筆
11 三六巻五号 昭和三〇年五月一日 334-347頁 35枚
三月三〇日執筆
12 三六巻六号 昭和三〇年六月一日 306-316頁 35枚
四月二四日執筆
13 三六巻七号 昭和三〇年七月一日 376-390頁 31枚
五月執筆
14 三六巻八号 昭和三〇年八月一日 328-341頁 35枚
六月一四日執筆
15 三六巻九号 昭和三〇年九月一日 152-165頁 35枚
七月二五日執筆

〔収録〕
1185 ファッション・モデル（昭和三〇年一一月 講談社）
1308 ファッション・モデル（昭和四〇年四月 日本文華社）

薄色の封筒 「別冊文芸春秋」四〇号 昭和二九年七月三日 46-53頁 ＊22枚。六月一九日執筆。『全集』では六月とあるが誤り。

〔収録〕
5029 丹羽文雄文庫18（昭和三〇年四月 東方社）

懺悔　「別冊小説新潮」八巻一〇号　昭和二九年七月一五日　259-268頁　＊34枚。五月三一日執筆。『全集』では六月とあるが誤り。
〔収録〕
5029　丹羽文雄文庫18（昭和三〇年四月　東方社）

襤褸の匂い　「別冊文芸春秋」四一号　昭和二九年八月二八日　22-53頁　＊97枚。八月七日執筆。
〔収録〕
2005　遮断機（昭和三〇年四月　角川文庫）
5027　丹羽文雄文庫16（昭和三〇年二月　東方社）
5077　丹羽文雄文学全集19（昭和五一年二月　講談社）

煩悩腹痛記　「オール読物」九巻九号　昭和二九年九月一日　26-46頁　＊64枚。七月九日執筆。
〔収録〕
1181　女の計略（昭和三〇年一〇月　鱒書房）
5029　丹羽文雄文庫18（昭和三〇年四月　東方社）

舞台界隈　「群像」九巻一〇号　昭和二九年九月一日　2-32頁　＊94枚。七月二六日執筆。
〔収録〕
5029　丹羽文雄文庫18（昭和三〇年四月　東方社）

虫　「小説新潮」八巻一三号　昭和二九年一〇月一日　242-256頁　＊51枚。脇田和挿絵。八月一一日執筆。
〔収録〕
5031　丹羽文雄文庫20（昭和三〇年七月　東方社）

時の氏神　「婦人公論」三九巻一〇号　昭和二九年一〇月一日　101-106頁　＊20枚。八月一三日執筆。

青麦（第二部）　「文学界」八巻一〇号　昭和二九年一〇月一日　8-21頁　＊51枚。八月三一日～九月一日執筆。『丹羽文雄文庫16』では「青麦拾遺」に改題。
〔収録〕
5027　丹羽文雄文庫16（昭和三〇年二月　東方社）

誤解　「別冊小説新潮」八巻一四号　昭和二九年一〇月一五日　260-268頁　＊30枚。八月二五日執筆。

目撃者　「別冊文芸春秋」四二号　昭和二九年一〇月二八日　67-75頁　＊24枚。
〔収録〕
5031　丹羽文雄文庫20（昭和三〇年七月　東方社）

邂逅―庖丁後日　「サンデー毎日」中秋特別号　昭和二九年一〇月　15-32頁　＊62枚。九月二三～二四日執筆。刊記不明。都竹伸政挿絵。
〔収録〕
5031　丹羽文雄文庫20（昭和三〇年七月　東方社）

毎年の柿「小説新潮」八巻一六号　昭和二九年一二月一日　14-28頁　＊52枚。一〇月執筆。
〔収録〕
5031　丹羽文雄文庫20（昭和三〇年七月　東方社）

七人の子をなすとも「週刊朝日別冊」六号　昭和二九年一二月一〇日　30-41頁　＊37枚。一一月一四日執筆。
〔収録〕
5027　丹羽文雄文庫16（昭和三〇年二月　東方社）

どぶ漬「群像」一〇巻一号　昭和三〇年一月一日　122-128頁　＊26枚。昭和二九年一一月二六日執筆。
〔収録〕
1189　支那服の女（昭和三〇年一二月　河出書房）
5027　丹羽文雄文庫16（昭和三〇年二月　東方社）

街の草「新潮」五二年一号　昭和三〇年一月一日　215-229頁　＊51枚。昭和二九年一一月三〇日執筆。
〔収録〕
5031　丹羽文雄文庫20（昭和三〇年七月　東方社）
7058　創作代表選集16（昭和三〇年九月　講談社）

気紛れの線「世界」一〇九号　昭和三〇年一月一日　280-297頁　＊63枚。昭和二九年一一月二二日執筆。
〔収録〕
1189　支那服の女（昭和三〇年一二月　河出書房）
5027　丹羽文雄文庫16（昭和三〇年二月　東方社）
5077　丹羽文雄文学全集19（昭和五一年二月　講談社）

生理「別冊小説新潮」九巻二号　昭和三〇年一月一五日　260-268頁　＊31枚。昭和二九年一一月一日執筆。
〔収録〕
5031　丹羽文雄文庫20（昭和三〇年七月　東方社）

菩提樹「週刊読売」一四巻三号～一五巻四号　昭和三〇年一月一六日～三一年一月二二日　53回　＊1096枚。都竹伸政挿絵。『全集』では一月一日～三一年三月三〇日とあるが誤り。掲載巻号、執筆日は以下の通り。
1　一四巻三号　昭和三〇年一月一六日　48-52頁　20枚
昭和二九年一二月二〇日執筆
2　一四巻四号　昭和三〇年一月二三日　48-52頁　20枚
昭和二九年一二月三一日執筆
3　一四巻五号　昭和三〇年一月三〇日　48-52頁　20枚
4　一四巻六号　昭和三〇年二月六日　48-52頁　20枚
5　一四巻七号　昭和三〇年二月一三日　48-52頁　20枚
6　一四巻八号　昭和三〇年二月二〇日　48-52頁　20枚
一月二九日執筆
7　一四巻九号　昭和三〇年二月二七日　48-52頁　20枚
二月二日執筆
8　一四巻一〇号　昭和三〇年三月六日　48-52頁　20枚
二月七日執筆
9　一四巻一一号　昭和三〇年三月一三日　48-52頁　20枚

10　一四巻一二号　昭和三〇年三月二〇日　48-52頁　20枚
11　一四巻一三号　昭和三〇年三月二七日　48-52頁　20枚
12　一四巻一四号　昭和三〇年四月三日　48-52頁　20枚
13　一四巻一五号　昭和三〇年四月一〇日　48-52頁　20枚
三月一二日執筆
14　一四巻一六号　昭和三〇年四月一七日　48-52頁　20枚
三月一二日執筆
15　一四巻一七号　昭和三〇年四月二四日　48-52頁　20枚
16　一四巻一八号　昭和三〇年五月一日　48-52頁　20枚
四月三日執筆
17　一四巻一九号　昭和三〇年五月八日　48-52頁　20枚
四月一三日執筆
18　一四巻二〇号　昭和三〇年五月一五日　48-52頁　20枚
四月一九日執筆
19　一四巻二一号　昭和三〇年五月二二日　48-52頁　20枚
四月二七日執筆
20　一四巻二二号　昭和三〇年五月二九日　48-52頁　20枚
五月七日執筆
22　一四巻二三号　昭和三〇年六月五日　48-52頁　20枚
五月九日執筆
22　一四巻二四号　昭和三〇年六月一二日　48-52頁　20枚
五月一〇日執筆
23　一四巻二五号　昭和三〇年六月一九日　48-52頁　20枚
五月執筆
24　一四巻二六号　昭和三〇年六月二六日　48-52頁　20枚
五月執筆
25　一四巻二七号　昭和三〇年七月三日　48-52頁　20枚
六月執筆
26　一四巻二八号　昭和三〇年七月一〇日　48-52頁　20枚
六月執筆
27　一四巻二九号　昭和三〇年七月一七日　48-52頁　20枚
六月執筆
28　一四巻三〇号　昭和三〇年七月二四日　48-52頁　20枚
七月四日執筆
29　一四巻三一号　昭和三〇年七月三一日　48-52頁　20枚
七月執筆
30　一四巻三二号　昭和三〇年八月七日　48-52頁　20枚
31　一四巻三三号　昭和三〇年八月一四日　48-52頁　20枚
七月執筆
32　一四巻三四号　昭和三〇年八月二一日　48-52頁　20枚
33　一四巻三五号　昭和三〇年八月二八日　48-52頁　20枚
34　一四巻三六号　昭和三〇年九月四日　48-52頁
35　一四巻三七号　昭和三〇年九月一一日　48-52頁
36　一四巻三八号　昭和三〇年九月一八日　48-52頁
37　一四巻三九号　昭和三〇年九月二五日　48-52頁
38　一四巻四〇号　昭和三〇年一〇月二日　48-52頁
39　一四巻四一号　昭和三〇年一〇月九日　48-52頁
40　一四巻四二号　昭和三〇年一〇月一六日　48-52頁
41　一四巻四三号　昭和三〇年一〇月二三日　48-52頁
42　一四巻四四号　昭和三〇年一〇月三〇日　48-52頁
43　一四巻四五号　昭和三〇年一一月六日　48-52頁
44　一四巻四六号　昭和三〇年一一月一三日　52-56頁

45　一四巻四七号　昭和三〇年一一月二〇日　48-52頁
46　一四巻四八号　昭和三〇年一一月二七日　48-52頁
47　一四巻四九号　昭和三〇年一二月四日　48-52頁
48　一四巻五〇号　昭和三〇年一二月一一日　48-52頁
49　一四巻五一号　昭和三〇年一二月一八日　48-52頁
50　一四巻五二号　昭和三〇年一二月二五日　48-52頁
51　一五巻一号　昭和三一年一月一日　60-64頁
52　一五巻二号　昭和三一年一月八日　48-52頁
53　一五巻三号　昭和三一年一月一五日　48-52頁
54　一五巻四号　昭和三一年一月二二日　48-52頁

〔収録〕
1184　菩提樹　上（昭和三〇年一〇月　新潮社）
1191　菩提樹　下（昭和三一年三月　新潮社）
2012　菩提樹　上（昭和三三年九月　新潮文庫）
2013　菩提樹　下（昭和三三年九月　新潮文庫）
2027　菩提樹（昭和四五年九月　新潮文庫）
5037　丹羽文雄作品集6（昭和三一年一二月　角川書店）
5056　丹羽文雄文学全集1（昭和四九年四月　講談社）
6016　現代国民文学全集10（昭和三二年一〇月　角川書店）
6019　現代長編小説全集7（昭和三三年一一月　講談社）
6027　現代文学大系46（昭和三九年九月　筑摩書房）
6038　現代日本文学館37（昭和四三年九月　文藝春秋）
6046　日本文学全集46（昭和四五年一一月　筑摩書房）
6058　筑摩現代文学大系48（昭和五二年七月　筑摩書房）

軟風　「オール読物」一〇巻二号　昭和三〇年二月一日　162-175頁　＊40枚。昭和二九年一二月八日執筆。

異国　「小説新潮」九巻三号　昭和三〇年二月一日　308-325頁
＊61枚。竹谷富士雄挿絵。
〔収録〕
5029　丹羽文雄文庫18（昭和三〇年四月　東方社）

押花　「小説新潮」九巻七号　昭和三〇年四月一日　14-30頁
＊60枚。竹谷富士雄挿絵。三月九日執筆。
〔収録〕
1208　忘却の人（昭和三二年八月　角川書店）

S子　「新潮」五二年四号　昭和三〇年四月一日　207-214頁　＊25枚。新潮六〇〇号。二月二七日執筆。
〔収録〕
1181　女の計略（昭和三〇年一〇月　鱒書房）

女の滞貨　「週刊朝日別冊」七号　昭和三〇年四月一〇日　151-161頁　＊32枚。宮本三郎挿絵。時代小説特集号。二月二八日執筆。
〔収録〕
1181　女の計略（昭和三〇年一〇月　鱒書房）

感情　「別冊小説新潮」九巻六号　昭和三〇年四月一五日　260-268頁　＊30枚。二月二二日執筆。
〔収録〕

1181　女の計略（昭和三〇年一〇月　鱒書房）

飢える魂　「日本経済新聞」昭和三〇年四月二二日〜三一年三月九日　320回　＊１２４１枚。都竹伸政挿絵。

〔収録〕

1193　飢える魂（昭和三一年五月　講談社）

1210　飢える魂（昭和三二年一〇月　講談社）

2019　飢える魂（昭和三六年八月　新潮文庫）

6042　現代長編文学全集16（昭和四四年二月　講談社）

5039　丹羽文雄作品集7（昭和三二年二月　角川書店）

5057　丹羽文雄文学全集10（昭和四九年六月　講談社）

断橋　「別冊文芸春秋」四五号　昭和三〇年四月二八日　50-57頁　＊23枚。四月三日執筆。

〔収録〕

1189　支那服の女（昭和三〇年一二月　河出書房）

流浪の岸　「サンデー毎日」三四巻二一号（特別号）昭和三〇年五月一〇日　15-31頁　＊62枚。四月一日執筆。

〔収録〕

1181　女の計略（昭和三〇年一〇月　鱒書房）

久村清太　帝国人絹株式会社『久村清太』昭和三〇年六月一七日　＊432枚。書き下ろし。昭和二八年三月〜七月三日執筆。なお「庄内館」〜「ビスコース」までは「化学繊維―久松清太伝　序章」として「別冊文芸春秋」三三号（昭和二八年四月二八日）に掲載。

秦逸三　帝国人絹株式会社『秦逸三』昭和三〇年六月一七日　＊361枚。書き下ろし。昭和二六年六〜八月執筆。

箱の中の子猫　「オール読物」一〇巻七号　昭和三〇年七月一日　26-39頁　＊42枚。五月五日執筆。

〔収録〕

1181　女の計略（昭和三〇年一〇月　鱒書房）

人形　「小説公園」六巻七号　昭和三〇年七月一日　22-34頁　＊41枚。五月四日執筆。

〔収録〕

1208　忘却の人（昭和三二年八月　角川書店）

崖下　「新潮」五二年七号　昭和三〇年七月一日　24-38頁　＊47枚。六月二日執筆。

〔収録〕

1189　支那服の女（昭和三〇年一二月　河出書房）

1195　崖下（昭和三一年六月　講談社）

1294　有情（昭和三九年二月　雪華社）

2039　母の晩年（昭和五六年九月　集英社文庫）

5040　丹羽文雄作品集2（昭和三二年三月　角川書店）

5055　丹羽文雄自選集（昭和四二年一〇月　集英社）

5080　丹羽文雄文学全集21（昭和五一年五月　講談社）

5112　丹羽文雄の短篇30選（昭和五九年一一月　角川書店）

6014　現代文学4（昭和三二年一月　芸文書院）
6024　日本現代文学全集87（昭和三七年四月　講談社）
6026　現代の文学14（昭和三八年一〇月　河出書房新社）
6040　日本現代文学全集33（昭和四四年一月　講談社）
7062　創作代表選集17（昭和三一年五月　講談社）

来訪者　「別冊小説新潮」九巻一〇号　昭和三〇年七月一五日　260-268頁　＊30枚。五月一九日執筆。

輪廻　「小説新潮」九巻一一号　昭和三〇年八月一日　292-309頁　＊60枚。竹谷富士雄挿絵。六月一二日執筆。
〔収録〕
1181　女の計略（昭和三〇年一〇月　鱒書房）

女の計略　「週刊朝日別冊」九号（爽涼読物号）　昭和三〇年八月一〇日　99-109頁　＊81枚。六月一〇日執筆。『全集』では五月とあるが誤り。
〔収録〕
1181　女の計略（昭和三〇年一〇月　鱒書房）

吹き溜り　「文芸」一二巻一一号　昭和三〇年九月一日　186-189頁　＊14枚。七月執筆。
〔収録〕
5112　丹羽文雄の短篇30選（昭和五九年一一月　角川書店）

業苦　「新潮」五二年一〇号　昭和三〇年一〇月一日　145-162頁　＊61枚。
〔収録〕
1195　崖下（昭和三一年六月　講談社）
5040　丹羽文雄作品集2（昭和三二年三月　角川書店）

支那服の女　「文芸春秋」三三巻一九号　昭和三〇年一〇月一日　324-338頁　＊41枚。
〔収録〕
1189　支那服の女（昭和三〇年一二月　河出書房）

潮流　「別冊小説新潮」九巻一四号　昭和三〇年一〇月一五日　13-22頁　＊34枚。

塵の境　「オール読物」一〇巻一一号　昭和三〇年一一月一日　26-36頁　＊30枚。

親鸞とその妻　「主婦の友」三九巻一一号～四三巻五号　昭和三〇年一一月一日～三四年五月一日　43回　＊３３６０枚。岩田正巳挿絵。各掲載号は以下の通り。
1　三九巻一一号　昭和三〇年一一月一日　98-112頁　27枚　九月執筆
2　三九巻一二号　昭和三〇年一二月一日　176-189頁　28枚　一〇月執筆
3　四〇巻一号　昭和三一年一月一日　336-348頁　25枚
4　四〇巻二号　昭和三一年二月一日　222-236頁
5　四〇巻三号　昭和三一年三月一日　150-157頁　27枚

一月執筆

6　四〇巻四号　昭和三一年四月一日　260-267頁　26枚

二月執筆

7　四〇巻五号　昭和三一年五月一日　146-153頁　26枚

三月執筆

8　四〇巻六号　昭和三一年六月一日　146-153頁　25枚

四月二四日執筆

9　四〇巻七号　昭和三一年七月一日　160-169頁　25枚

五月二五日執筆

10　四〇巻八号　昭和三一年八月一日　204-212頁　26枚

六月二六日執筆

11　四〇巻九号　昭和三一年九月一日　226-234頁　25枚

七月二五日執筆

12　四〇巻一〇号　昭和三一年一〇月一日　86-93頁　24枚

八月二四日執筆

13　四〇巻一一号　昭和三一年一一月一日　226-233頁　25枚

九月二七日執筆

14　四〇巻一二号　昭和三一年一二月一日　214-222頁　25枚

一〇月二五日執筆

15　四一巻一号　昭和三二年一月一日　306-313頁　25枚

昭和三一年一一月二四日執筆

16　四一巻二号　昭和三二年二月一日　262-270頁　25枚

昭和三一年一二月二二日執筆

17　四一巻三号　昭和三二年三月一日　260-267頁　25枚

一月執筆

18　四一巻四号　昭和三二年四月一日　186-194頁　25枚

二月二三日執筆

19　四一巻五号　昭和三二年五月一日　250-258頁　25枚

三月執筆

20　四一巻六号　昭和三二年六月一日　286-293頁　25枚

四月二三日執筆

21　四一巻七号　昭和三二年七月一日　106-114頁　25枚

五月二七日執筆

22　四一巻八号　昭和三二年八月一日　236-243頁　25枚

六月二四日執筆

23　四一巻九号　昭和三二年九月一日　118-123頁　25枚

七月二四日執筆

24　四一巻一〇号　昭和三二年一〇月一日　242-248頁　25枚

八月二五～二六日執筆

25　四一巻一一号　昭和三二年一一月一日　242-250頁　25枚

九月二六～二七日執筆

26　四一巻一二号　昭和三二年一二月一日　242-251頁　30枚

一〇月二八日執筆

27　四二巻一号　昭和三三年一月一日　302-310頁　27枚

昭和三二年一一月二八日執筆

28　四二巻二号　昭和三三年二月一日　192-201頁　26枚

昭和三二年一二月二〇日執筆

29　四二巻三号　昭和三三年三月一日　238-247頁　30枚

一月執筆

30　四二巻四号　昭和三三年四月一日　204-213頁　30枚

二月二四～二五日執筆

31　四二巻五号　昭和三三年五月一日　192-200頁　30枚

三月二六日執筆
32　四二巻六号　昭和三三年六月一日　206-214頁　28枚
四月執筆
33　四二巻七号　昭和三三年七月一日　172-180頁　30枚
五月二七日執筆
34　四二巻八号　昭和三三年八月一日　202-211頁　28枚
六月二七日執筆
35　四二巻九号　昭和三三年九月一日　176-186頁　30枚
七月二六日執筆
36　四二巻一〇号　昭和三三年一〇月一日　222-232頁　29枚
八月二六日執筆
37　四二巻一一号　昭和三三年一一月一日　226-235頁　27枚
九月二三日執筆
38　四二巻一二号　昭和三三年一二月一日　286-292頁　24枚
一〇月二五日執筆
39　四三巻一号　昭和三四年一月一日　260-270頁　30枚
昭和三三年一一月二七日執筆
40　四三巻二号　昭和三四年二月一日　224-232頁　26枚
昭和三三年一二月一九日執筆
41　四三巻三号　昭和三四年三月一日　222-230頁　27枚
一月二八日執筆
42　四三巻四号　昭和三四年四月一日　284-292頁　28枚
二月執筆
43　四三巻五号　昭和三四年五月一日　338-346頁　28枚
四月執筆　＊付記

〔収録〕
1205　親鸞とその妻一　叡山時代（昭和三二年七月　新潮社）
1216　親鸞とその妻二　吉永時代（昭和三三年七月　新潮社）
1240　親鸞とその妻三　越後時代の巻（昭和三四年六月　新潮社）
1264　親鸞とその妻　全（昭和三五年一〇月　新潮社）

鳥黐《とりもち》　「小説新潮」九巻一五号　昭和三〇年一一月一日　72-86頁　＊56枚。山内豊喜挿絵。

〔収録〕
1189　支那服の女（昭和三〇年一二月　河出書房）

彷徨　「群像」一〇巻一二号　昭和三〇年一二月一日　2-49頁　＊156枚。一〇月二三～二六日執筆。

〔収録〕
1195　崖下（昭和三一年六月　講談社）
5058　丹羽文雄文学全集17（昭和四九年七月　講談社）
6020　新選現代日本文学全集13（昭和三四年　筑摩書房）
6054　現代日本文学全集補巻13（昭和四八年四月　筑摩書房）
6057　現代日本文学12（昭和四九年九月　筑摩書房）

抗議　「小説新潮」一〇巻一、三号　昭和三一年一月一日～二月一日　2回　＊74枚。連作「未亡人の生態」（全7回）。阪口茂雄挿絵。各掲載号は以下の通り。
1　一〇巻一号　昭和三一年一月一日　318-326頁　30枚
昭和三〇年一一月一日執筆
2　一〇巻三号　昭和三一年二月一日　82-91頁　44枚

昭和三〇年一一月一〇日執筆

欲の周囲　「文芸」一三巻一～二号　昭和三一年一月一日～二月一日　2回　＊70枚。各掲載号は以下の通り。

1　一三巻一号　昭和三一年一月一日　9-19頁　40枚

2　一三巻二号　昭和三一年二月一日　82-91頁　30枚

動態調査　「別冊小説新潮」一〇巻二号　昭和三一年一月一五日　13-23頁　＊11枚。昭和三〇年一一月執筆。

〔収録〕

1204　其日の行為（昭和三二年四月　東方社）

結婚の試み　「オール読物」一一巻二号　昭和三一年二月一日　44-53頁　＊30枚。昭和三〇年一二月一〇日執筆。

女形　「小説公園」七巻四号　昭和三一年四月一日　22-38頁　＊54枚。二月四日執筆。

母の忘却　「小説新潮」一〇巻五～八号　昭和三一年四月一日　＊3回。120枚。連作「未亡人の生態」（全7回）。山内豊喜挿絵。各掲載号は以下の通り。

1　一〇巻五号　昭和三一年四月一日　286-297頁　40枚　二月一二日執筆

2　一〇巻七号　昭和三一年五月一日　297-308頁　40枚　三月一〇日執筆

3　一〇巻八号　昭和三一年六月一日　298-309頁　40枚　四月一二日執筆

海の声　「新潮」五三年四号　昭和三一年四月一日　201-229頁　＊100枚。二月二六～二八日執筆。『全集』では二月とあるが誤り。

〔収録〕

1195　崖下（昭和三一年六月　講談社）

5063　丹羽文雄文学全集18（昭和四九年一一月　講談社）

彼の演技　「世界」一二四号　昭和三一年四月一日　239-254頁　＊52枚。二月執筆。『全集』では二月とあるが誤り。

〔収録〕

1195　崖下（昭和三一年六月　講談社）

附添婦　「別冊小説新潮」一〇巻六号　昭和三一年四月一五日　258-268頁　＊37枚。二月執筆。『全集』では二月とあるが誤り。

〔収録〕

1204　其日の行為（昭和三二年四月　東方社）

共産被服廠　「別冊文芸春秋」五一号　昭和三一年四月二八日　138-156頁　＊60枚。四月一〇日執筆。

日日の背信　「毎日新聞」昭和三一年五月一四日～三二年三月一二日　301回　＊919枚。今村寅士挿絵。

〔収録〕

1203　日日の背信（昭和三一年四月　毎日新聞社）
2015　日日の背信　昭和三三年二月　新潮文庫）
5044　丹羽文雄作品集8（昭和三二年七月　角川書店）
5058　丹羽文雄文学全集17（昭和四九年七月　講談社）
6016　現代国民文学全集10（昭和三二年一〇月　角川書店）
6021　日本文学全集43（昭和三五年三月　新潮社）
6034　日本文学全集30（昭和四二年八月　新潮社）
6043　日本文学全集22（昭和四四年一〇月　新潮社）

其日の行為　「週刊新潮」一巻一四号　昭和三一年五月一五日　50-55頁　＊25枚。四月二五日執筆。
〔収録〕
1204　其日の行為（昭和三一年四月　東方社）

鮎　「文芸」一三巻八号　昭和三一年五月一五日　258-266頁　＊増刊号「廿代小説傑作全集」。再掲載。

妻は知らず　「オール読物」一一巻六号　昭和三一年六月一日　26-43頁　＊54枚。四月一〇～一一日執筆。
〔収録〕
1204　其日の行為（昭和三一年四月　東方社）

伊津子　「小説新潮」一〇巻九号　昭和三一年七月一日　200-211頁　＊40枚。連作「未亡人の生態」（全7回）。五月五～六日執筆。

白い手　「週刊読売」増刊号　昭和三一年七月一〇日　163-170頁　＊30枚。六月一三日執筆。『全集』では「九月増刊号」とあるが誤り。

人生に筋書あり　「サンデー毎日」三五巻三五号　昭和三一年七月一五日　17-36頁　＊61枚。『全集』では「九月涼風号」とあるが誤り。

夢と現実　「別冊小説新潮」一〇巻一〇号　昭和三一年七月一五日　258-268頁　＊37枚。五月三〇日執筆。『全集』では八月とあるが誤り。

帯の間　「小説新潮」一〇巻一一号　昭和三一年八月一日　258-269頁　＊42枚。連作「未亡人の生態」（全7回）。六月一三日執筆。
〔収録〕
1204　其日の行為（昭和三一年四月　東方社）

零の記　「週刊朝日別冊」一五号　昭和三一年八月一〇日　150-167頁　＊62枚。昭和三一年五号。六月二五日執筆。『全集』では五月（五号）とある。

厭がらせの年齢　「文芸」一三巻一四号　昭和三一年八月　76-95頁　＊再掲載。

女人恐怖症　「オール読物」一一巻九号　昭和三一年九月一日

38-47頁　＊30枚。七月一一日執筆。

母の晩年　「群像」一一巻一〇号　昭和三一年一〇月一日　46-52頁　＊21枚。八月二六日執筆。
〔収録〕
1200　さまざまの嘘（昭和三一年一二月　弥生書房）
1283　母の晩年（昭和四〇年二月　東方社）
2039　母の晩年（昭和五六年九月　集英社文庫）
2071　鮎・母の日・妻（平成一八年一月　講談社文芸文庫）
5060　丹羽文雄文学全集3（昭和四九年九月　講談社）
6541　ふるさと文学館13（平成六年一一月　ぎょうせい）
7064　創作代表選集19（昭和三二年四月　講談社）
〔再録〕
群像　四三巻五号　昭和六三年五月

湿気　「中央公論」七一年一一号　昭和三一年一〇月一日　335-354頁　＊57枚。八月三〇日執筆。
〔収録〕
1200　さまざまの嘘（昭和三一年一二月　弥生書房）

処世術便覧　「別冊文芸春秋」五四号　昭和三一年一〇月二八日　18-34頁　＊57枚。一〇月一六日執筆。
〔収録〕
1204　其日の行為（昭和三二年四月　東方社）
1200　さまざまの嘘（昭和三一年一二月　弥生書房）

遮断機　「文芸」一三巻一八号　昭和三一年一〇月三〇日　330-380頁　＊再録。増刊号「戦後問題作全集」。

美貌　「小説公園」七巻一一号　昭和三一年一一月一日　36-45頁　＊30枚。九月七日執筆。

さまざまの嘘　「新潮」五三年一一号　昭和三一年一一月一日　138-164頁　＊95枚。一〇月一～二日執筆。
〔収録〕
1200　さまざまの嘘（昭和三一年一二月　弥生書房）
5077　丹羽文雄文学全集19（昭和五一年二月　講談社）
6014　現代文学4（昭和三二年一月　芸文書院）

四季の演技　新聞三社連合　昭和三一年一一月二二日～三二年九月　300回　＊360枚。上西憲康挿絵。各紙の連載は以下の通り。
東京新聞　昭和三二年一月～三二年四月
北国新聞　昭和三一年一一月一七日～三二年九月一四日
神戸新聞　昭和三一年一二月一三日～三二年一〇月九日
高知新聞　昭和三一年一一月二二日～三二年九月一〇日
熊本日々新聞　昭和三一年一一月二六日～三二年九月一三日
秋田魁新聞　昭和三一年一一月二七日～三二年九月一四日
〔収録〕
1209　四季の演技（昭和三二年一〇月　角川書店）
1213　四季の演技（昭和三三年五月　角川書店）
1383　四季の演技（昭和五五年一二月　三笠書房）

不安な邂逅　「小説新潮」一〇巻一六号　昭和三一年一二月一日　26-37頁　＊40枚。一〇月一〇日執筆。
〔収録〕
1200　さまざまの嘘（昭和三一年一二月　弥生書房）

鮎　「オール小説」昭和三一年一二月一五日　36-45頁　＊「珠玉の処女作傑作選」として掲載。佐藤泰治挿絵。

象形文字　「文芸」一三巻一三号　昭和三一年一二月　108-122頁　＊再録。

長春吉の調書　「オール読物」一二巻一号　昭和三二年一月一日　30-42頁　＊40枚。昭和三一年一一月九日執筆。
〔収録〕
1204　其日の行為（昭和三二年四月　東方社）

贅肉　「小説春秋」三巻一号　昭和三二年一月一日　20-37頁　＊再録。「昭和文壇出世作全集」。

うなづく　「新潮」五四年一号　昭和三二年一月一日　228-233頁　＊16枚。昭和三一年一一月三〇日執筆。
〔収録〕
1206　悔いなき愉悦（昭和三二年八月　講談社）
1283　母の晩年（昭和四〇年二月　東方社）
2039　母の晩年（昭和五六年九月　集英社文庫）
2071　鮎・母の日・妻（平成一八年一月　講談社文芸文庫）
5055　丹羽文雄自選集（昭和四二年一〇月　集英社）
5060　丹羽文雄文学全集3（昭和四九年九月　講談社）
6024　日本現代文学全集87（昭和三七年四月　講談社）
6040　日本現代文学全集33（昭和四四年一月　講談社）
6045　現代日本の文学27（昭和四五年六月　学習研究社）

正月の令子―「飢える魂」その後　「日本経済新聞」昭和三二年一月一日　＊20枚。昭和三一年一二月二五日執筆。『全集』では「正月気分」。

もとの顔　「文学界」一一巻一号　昭和三二年一月一日　8-13頁　＊23枚。昭和三一年一一月三〇日執筆。
〔収録〕
1206　悔いなき愉悦（昭和三二年八月　講談社）
1283　母の晩年（昭和四〇年二月　東方社）
2039　母の晩年（昭和五六年九月　集英社文庫）
2071　鮎・母の日・妻（平成一八年一月　講談社文芸文庫）
5055　丹羽文雄自選集（昭和四二年一〇月　集英社）
5060　丹羽文雄文学全集3（昭和四九年九月　講談社）
5112　丹羽文雄の短篇30選（昭和五九年一一月　角川書店）
6024　日本現代文学全集87（昭和三七年四月　講談社）
6040　日本現代文学全集33（昭和四四年一月　講談社）
6045　現代日本の文学27（昭和四五年六月　学習研究社）

食堂の女　「文芸」一四巻一号　昭和三二年一月一日　170-178頁　＊30枚。昭和三一年一一月二五日執筆。

〔収録〕
1204　其日の行為（昭和三三年四月　東方社）

靴磨き　「文芸春秋」三五巻一号　昭和三三年一月一日　342-350頁　＊25枚。昭和三二年一一月二五日執筆。

わが身　「別冊小説新潮」一一巻二号　昭和三三年一月一五日　258-268頁　＊37枚。昭和三二年一一月一九日執筆。

〔収録〕
1208　忘却の人（昭和三三年八月　角川書店）

砂糖　「キング」三三巻二号　昭和三三年二月一日　266-282頁　＊50枚。昭和三二年一二月一五日執筆。

物置の夫婦　「小説新潮」一一巻三号　昭和三三年二月一日　305-319頁　＊50枚。竹谷富士雄挿絵。昭和三二年一二月一一日執筆。

〔収録〕
1208　忘却の人（昭和三三年八月　角川書店）

落下速度　「別冊文芸春秋」五六号　昭和三三年二月二八日　257-268頁　＊27枚。二月一九日執筆。

感情始末書　「オール読物」一三巻四号　昭和三三年四月一日　294-307頁　＊40枚。二月一〇日執筆。『全集』では「感情始末期」とあるが誤り。

水いらず　「小説新潮」一一巻五号　昭和三三年四月一日　298-310頁　＊50枚。二月一二日執筆。

〔収録〕
1208　忘却の人（昭和三三年八月　角川書店）

一本松　「別冊小説新潮」一一巻六号　昭和三三年四月一五日　257-268頁　＊40枚。三月二日執筆。『全集』では五月とあるが誤り。

妻の裸体　「別冊文芸春秋」五七号　昭和三三年四月二八日　166-177頁　＊39枚。「落下速度後篇」として掲載。

〔収録〕
1206　悔いなき愉悦（昭和三三年八月　講談社）

お吟　「新潮」五四年五号　昭和三三年五月一日　152-184頁　＊100枚。三月三一日～四月一日執筆。

〔収録〕
1206　悔いなき愉悦（昭和三三年八月　講談社）
2039　母の晩年（昭和五六年九月　集英社文庫）
5055　丹羽文雄自選集（昭和四二年一〇月　集英社）
5072　丹羽文雄文学全集22（昭和五〇年九月　講談社）
6019　現代長編小説全集7（昭和三三年一一月　講談社）
6024　日本現代文学全集87（昭和三七年四月　講談社）
6040　日本現代文学全集33（昭和四四年一月　講談社）
6061　日本現代文学全集87（昭和五五年五月　講談社）

運河　「サンデー毎日」三六巻二〇号〜三七巻三三号　昭和三二年五月一九日〜三三年八月一七日　66回　＊１４３４枚。都竹伸政挿絵。『全集』では五月一九日〜三三年八月一九日とあるが誤り。掲載号は以下の通り。

1　三六巻二〇号　昭和三二年五月一九日　60-64頁　20枚　五月三日執筆
2　三六巻二一号　昭和三二年五月二六日　60-64頁　20枚　六月二日執筆
3　三六巻二二号　昭和三二年六月二日　60-64頁　20枚　五月一七日執筆
4　三六巻二三号　昭和三二年六月九日　60-64頁　20枚　五月一七日執筆
5　三六巻二四号　昭和三二年六月一六日　60-64頁　20枚　六月二日執筆
6　三六巻二五号　昭和三二年六月二三日　58-62頁　20枚　六月六日執筆
7　三六巻二六号　昭和三二年六月三〇日　58-62頁　20枚　六月一五日執筆
8　三六巻二七号　昭和三二年七月七日　56-60頁　20枚　六月二二日執筆
9　三六巻二八号　昭和三二年七月一四日　56-60頁　20枚　六月二九日執筆
10　三六巻二九号　昭和三二年七月二一日　56-60頁　20枚　七月五日執筆
11　三六巻三〇号　昭和三二年七月二八日　68-72頁　20枚　七月一二日執筆
12　三六巻三一号　昭和三二年八月四日　56-60頁　20枚　七月一二日執筆
13　三六巻三二号　昭和三二年八月一一日　56-60頁　20枚　七月二〇日執筆
14　三六巻三三号　昭和三二年八月一八日　56-60頁　20枚　七月二六日執筆
15　三六巻三四号　昭和三二年八月二五日　56-60頁　20枚　八月二日執筆
16　三六巻三五号　昭和三二年九月一日　74-78頁　20枚　八月一〇日執筆
17　三六巻三六号　昭和三二年九月八日　56-60頁　20枚　八月二三日執筆
18　三六巻三七号　昭和三二年九月一五日　56-60頁　20枚　八月二七日執筆
19　三六巻三八号　昭和三二年九月二二日　56-60頁　20枚　九月四日執筆
20　三六巻三九号　昭和三二年九月二九日　56-60頁　20枚　九月九日執筆
21　三六巻四〇号　昭和三二年一〇月六日　56-60頁　20枚　九月一〇日執筆
22　三六巻四一号　昭和三二年一〇月一三日　56-60頁　20枚　九月二七日執筆
23　三六巻四二号　昭和三二年一〇月二〇日　56-60頁　20枚　一〇月四日執筆
24　三六巻四三号　昭和三二年一〇月二七日　68-72頁　20枚　一〇月九日執筆

25　三六巻四四号　昭和三二年一一月三日　56-60頁　20枚
一〇月一九日執筆

26　三六巻四五号　昭和三二年一一月一〇日　56-60頁
20枚　一〇月二六日執筆

27　三六巻四六号　昭和三二年一一月一七日　56-60頁
20枚　一一月二日執筆

28　三六巻四七号　昭和三二年一一月二四日　56-60頁
20枚　一一月一〇日執筆

29　三六巻四八号　昭和三二年一二月一日　79-83頁　20枚
一一月一五日執筆

30　三六巻四九号　昭和三二年一二月八日　56-60頁　20枚
一一月二二日執筆

31　三六巻五〇号　昭和三二年一二月一五日　56-60頁
20枚　一一月三〇日執筆

32　三六巻五一号　昭和三二年一二月二二日　56-60頁
20枚　一二月三日執筆

33　三六巻五二号　昭和三二年一二月二九日　56-60頁
20枚　一二月一四日執筆

34　三七巻一号　昭和三三年一月五日　70-74頁　20枚
昭和三二年一二月一六日執筆

35　三七巻二号　昭和三三年一月一二日　64-68頁　20枚
昭和三二年一二月二三日執筆

36　三七巻三号　昭和三三年一月一九日　65-69頁　20枚
昭和三二年一二月三〇日執筆

37　三七巻四号　昭和三三年一月二六日　64-68頁　20枚
一月一二日執筆

38　三七巻五号　昭和三三年二月二日　84-88頁　20枚
一月一七日執筆

39　三七巻六号　昭和三三年二月九日　64-68頁　20枚
一月二二日執筆

40　三七巻七号　昭和三三年二月一六日　64-68頁　20枚
二月一日執筆

41　三七巻八号　昭和三三年二月二三日　66-70頁　20枚
二月八日執筆

42　三七巻一九号　昭和三三年三月二日　64-68頁　20枚
二月一五日執筆

43　三七巻一〇号　昭和三三年三月九日　84-88頁　20枚
二月二二日執筆

44　三七巻一一号　昭和三三年三月一六日　64-68頁　20枚
二月二七日執筆

45　三七巻一二号　昭和三三年三月二三日　64-68頁　20枚
三月九日執筆

46　三七巻一三号　昭和三三年三月三〇日　64-68頁　20枚
三月一六日執筆

47　三七巻一四号　昭和三三年四月六日　82-86頁　20枚
三月二二日執筆

48　三七巻一五号　昭和三三年四月一三日　64-68頁　20枚
三月二九日執筆

49　三七巻一六号　昭和三三年四月二〇日　60-64頁　20枚
四月六日執筆

50　三七巻一七号　昭和三三年四月二七日　60-64頁　20枚
四月一一日執筆

51　三七巻一八号　昭和三三年五月四日　64-68頁　20枚
四月一九日執筆
52　三七巻一九号　昭和三三年五月一一日　82-86頁　20枚
四月二五日執筆
53　三七巻二〇号　昭和三三年五月一八日　64-68頁　20枚
54　三七巻二一号　昭和三三年五月二五日　64-68頁　20枚
五月一〇日執筆
55　三七巻二二号　昭和三三年六月一日　64-68頁　20枚
五月一七日執筆
56　三七巻二三号　昭和三三年六月八日　84-88頁　20枚
五月二一日執筆
57　三七巻二四号　昭和三三年六月一五日　64-68頁　20枚
五月三〇日執筆
58　三七巻二五号　昭和三三年六月二二日　64-68頁　20枚
六月八日執筆
59　三七巻二六号　昭和三三年六月二九日　64-68頁　20枚
六月一四日執筆
60　三七巻二七号　昭和三三年七月六日　56-60頁　20枚
六月二一日執筆
61　三七巻二八号　昭和三三年七月一三日　84-88頁　20枚
六月二九日執筆
62　三七巻二九号　昭和三三年七月二〇日　64-68頁　20枚
七月六日執筆
63　三七巻三〇号　昭和三三年七月二七日　64-68頁　20枚
七月一二日執筆
64　三七巻三一号　昭和三三年八月三日　64-68頁　20枚
七月一八日執筆
65　三七巻三二号　昭和三三年八月一〇日　76-80頁　20枚
七月二五日執筆
66　三七巻三三号　昭和三三年八月一七日　64-68頁　20枚
八月二日執筆

〔収録〕
1214　運河　上（昭和三三年六月　新潮社）
1219　運河　下（昭和三三年九月　新潮社）
2022　運河（昭和三九年三月　新潮文庫）
5075　丹羽文雄文学全集11（昭和五〇年一一月　講談社）

悔いなき愉悦　「群像」一二巻六号　昭和三二年六月一日　62-91頁　＊100枚。四月二五〜二六日執筆。
〔収録〕
1206　悔いなき愉悦（昭和三二年八月　講談社）
5066　丹羽文雄文学全集16（昭和五〇年三月　講談社）
6019　現代長編小説全集7（昭和三三年一一月　講談社）

妻の要求　「サンデー毎日」特別号　昭和三二年六月一日　7-21頁　＊51枚。四月七日執筆。

動物的　「小説公園」八巻七号　昭和三二年七月一日　36-52頁　＊50枚。五月四日執筆。
〔収録〕
1208　忘却の人（昭和三二年八月　角川書店）

ある動機　「別冊小説新潮」一一巻一〇号　昭和三二年七月一五日　13-22頁　＊36枚。五月三〇日執筆。

忘却の人　「小説新潮」一一巻一一号　昭和三二年八月一日　22-38頁　＊60枚。六月一一～一二日執筆。

〔収録〕
1208　忘却の人（昭和三二年八月　角川書店）

祭の夜　「文芸春秋」三五巻八号　昭和三二年八月一日　344-352頁　＊26枚。六月二七日執筆。

〔収録〕
1212　娘（昭和三三年二月　東方社）

禁猟区　「日本経済新聞」昭和三二年八月一四日～三三年一〇月五日　＊414回。１４３４枚。今村寅士挿絵。

〔収録〕
1225　禁猟区（昭和三三年一一月　講談社）
1255　禁猟区　上（昭和三五年四月　講談社ロマンブックス）
1256　禁猟区　下（昭和三五年四月　講談社ロマンブックス）
2020　禁猟区（昭和三七年六月　新潮文庫）
5061　丹羽文雄文学全集12（昭和四九年一〇月　講談社）

女の環境　「オール読物」一二巻九号　昭和三二年九月一日　182-197頁　＊51枚。七月九～一〇日執筆。

着ぼくろ　「新潮」五四年九号　昭和三二年九月一日　143-149頁　＊20枚。八月一日執筆。

〔収録〕
1212　娘（昭和三三年二月　東方社）
5063　丹羽文雄文学全集18（昭和四九年一二月　講談社）

夢と知りつつ　「週刊朝日別冊」昭和三二年九月　154-168頁　＊53枚。六月九日執筆。

小鳥の日　「小説新潮」一一巻一三号　昭和三二年一〇月一日　54-70頁　＊54枚。八月九日執筆。

〔収録〕
1212　娘（昭和三三年二月　東方社）

祭の衣装　「総合」六号　昭和三二年一〇月一日　276-296頁　＊54枚。八月二一日執筆。

〔収録〕
1212　娘（昭和三三年二月　東方社）

富士山　「別冊小説新潮」一一巻一四号　昭和三二年一〇月一五日　258-268頁　＊38枚。

うちの患者　「太陽」一二号　昭和三二年一一月一日　208-217頁　＊36枚。九月五日執筆。

娘　「群像」一三巻一号　昭和三三年一月一日　103-110頁　＊20枚。一一月二九日執筆。

〔収録〕
1212 娘（昭和三三年二月 東方社）
1402 絆（平成二年一月 学芸書林）
5060 丹羽文雄文学全集3（昭和四九年九月 講談社）

山肌 「小説新潮」一二巻一～九号 昭和三三年一月一日～八月一日 8回 ＊246枚。掲載号は以下の通り。

1 一二巻一号 昭和三三年一月一日 320-329頁 32枚
昭和三二年一一月一三日執筆
2 一二巻三号 昭和三三年二月一日 38-47頁 30枚
昭和三二年一二月一一日執筆
3 一二巻四号 昭和三三年三月一日 301-311頁 37枚
一月一〇～一一日執筆
4 一二巻五号 昭和三三年四月一日 306-314頁 30枚
二月一二日執筆
5 一二巻六号 昭和三三年五月一日 295-305頁 35枚
三月一一日執筆
6 一二巻七号 昭和三三年六月一日 300-309頁 30枚
四月一一日執筆
7 一二巻八号 昭和三三年七月一日 264-274頁 35枚
五月一一～一二日執筆
8 一二巻九号 昭和三三年八月一日 288-293頁 17枚
六月執筆

金木犀と彼岸花 「新潮」五五年一号 昭和三三年一月一日 188-202頁 ＊43枚。昭和三二年一二月一日執筆。

〔収録〕
1212 娘（昭和三三年二月 東方社）
7067 創作代表選集22（昭和三三年九月 講談社）

染められた感情 「日本」一巻一～一二号 昭和三三年一月一日～一二月一日 12回 ＊585枚。今村寅士挿絵。掲載号は以下の通り。

1 一巻一号 昭和三三年一月一日 226-239頁 50枚
昭和三二年一一月七～八日執筆
2 一巻二号 昭和三三年二月一日 234-245頁 50枚
昭和三二年一二月六日執筆
3 一巻三号 昭和三三年三月一日 234-246頁 50枚
一月執筆
4 一巻四号 昭和三三年四月一日 132-145頁 50枚
二月七～八日執筆
5 一巻五号 昭和三三年五月一日 234-247頁 50枚
三月五～八日執筆
6 一巻六号 昭和三三年六月一日 146-159頁 50枚
四月八日執筆
7 一巻七号 昭和三三年七月一日 234-248頁 50枚
五月六～八日執筆
8 一巻八号 昭和三三年八月一日 146-160頁 50枚
六月七～八日執筆
9 一巻九号 昭和三三年九月一日 138-152頁 50枚
七月九日執筆
10 一巻一〇号 昭和三三年一〇月一日 148-162頁 48枚

八月八日執筆

11　一巻一一号　昭和三三年一一月一日　140-152頁　40枚
九月三日執筆

12　一巻一二号　昭和三三年一二月一日　140-154頁　47枚
一〇月八日執筆

〔収録〕
1221　染められた感情（昭和三三年一〇月　講談社）
1262　染められた感情（昭和三五年八月　講談社ロマンブックス）

青春の皺　「オール読物」一三巻二号　昭和三三年二月一日　60-67頁　＊23枚。昭和三三年一二月八日執筆。
〔収録〕
1212　娘（昭和三三年二月　東方社）

胸の灯　「週刊朝日別冊」二四号　昭和三三年二月二五日　136-143頁　＊31枚。二月一一日執筆。『全集』では「別冊サンケイ」四月号、「自筆メモ」では「週刊サンケイ」とあるが誤り。

血液銀行　「別冊文芸春秋」六四号　昭和三三年六月二八日　170-185頁　＊50枚。六月一八日執筆。
〔収録〕
1224　浅草の唄（昭和三三年一一月　角川書店）

執行猶予　「週刊朝日別冊」二六号（三三年四号）　昭和三三年七月一日　150-167頁　＊67枚。六月一～一二日執筆。
〔収録〕
1224　浅草の唄（昭和三三年一一月　角川書店）

天衣無縫　「群像」一三巻一〇～一二号　昭和三三年一〇月一日～一二月一日　3回　＊132枚。各掲載巻号は以下の通り。

1　一三巻一〇号　昭和三三年一〇月一日　14-25頁　30枚
八月二四日執筆

2　一三巻一一号　昭和三三年一一月一日　109-146頁　100枚
九月二五～二六日執筆

3　一三巻一二号　昭和三三年一二月一日　9-36頁　102枚
一〇月二七日執筆

〔収録〕
1232　天衣無縫（昭和三四年三月　講談社）
5070　丹羽文雄文学全集15（昭和五〇年七月　講談社）
6033　日本文学全集63（昭和四二年一月　集英社）

茶摘みの頃　「サンデー毎日」緊急増刊号　昭和三三年一〇月七日　30-45頁　＊54枚。八月一三日執筆。
〔収録〕
1224　浅草の唄（昭和三三年一一月　角川書店）

生身　「週刊新潮」三巻四二号　昭和三三年一〇月二〇日　56-61頁　＊20枚。読切小説。生沢朗挿絵。一〇月五日執筆。
〔収録〕
1238　愁眉（昭和三四年五月　講談社）

鵜となる女 「別冊文芸春秋」六六号 昭和三三年一〇月二七日 324-340頁 ＊52枚。一〇月一六日執筆。
〔収録〕
1238 愁眉（昭和三四年五月 講談社）

集団見合 「オール読物」一三巻一二号 昭和三三年一一月一日 26-42頁 ＊51枚。八月三〇日執筆。
〔収録〕
1224 浅草の唄（昭和三三年一一月 角川書店）

骨のある土地 「群像」一三巻一一号 昭和三三年一一月一日 29-57頁

浅草の唄 「小説新潮」一二巻一五号 昭和三三年一一月一日 234-270頁 ＊30枚。九月九～一〇日執筆。
〔収録〕
1224 浅草の唄（昭和三三年一一月 角川書店）

豆腐と電球 「講談倶楽部」一一巻一号 昭和三四年一月一日 72-97頁 ＊58枚。都竹伸政挿絵。昭和三三年一〇月一四日執筆。

愁眉 「小説新潮」一三巻一号 昭和三四年一月一日 181-202頁 ＊73枚。昭和三三年一一月八～九日執筆。
〔収録〕
1238 愁眉（昭和三四年五月 講談社）

ふき溜りの人生 「新潮」五六年一～一二号 昭和三四年一月一日～一二月一日 12回 ＊601枚。各掲載巻号は以下の通り。
1 五六年一号 昭和三四年一月一日 224-237頁 41枚
昭和三三年一一月二七日執筆
2 五六年二号 昭和三四年二月一日 234-248頁 42枚
昭和三三年一二月二一～二三日執筆
3 五六年三号 昭和三四年三月一日 232-248頁 50枚
一月二五日執筆
4 五六年四号 昭和三四年四月一日 198-213頁 47枚
二月二三日執筆
5 五六年五号 昭和三四年五月一日 224-240頁 97枚
四月九～一一日執筆
6 五六年六号 昭和三四年六月一日 232-249頁 51枚
四月二六日執筆
7 五六年七号 昭和三四年七月一日 238-247頁 28枚
五月二三日執筆
8 五六年八号 昭和三四年八月一日 215-229頁
9 五六年九号 昭和三四年九月一日 224-237頁 40枚
七月二五日執筆
10 五六年一〇号 昭和三四年一〇月一日 236-247頁 36枚
八月二六日執筆
11 五六年一一号 昭和三四年一一月一日 235-246頁 35枚
九月二六日執筆
12 五六年一二号 昭和三四年一二月一日 242-260頁 53枚
一〇月二六日執筆
〔収録〕

1252　ふき溜りの人生（昭和三五年三月　新潮社）

天皇の末裔　「世界」一五七号　昭和三四年一月一日　352-367頁
＊56枚。昭和三三年一一月二一～二二日執筆。
〔収録〕
1238　愁眉（昭和三四年五月　講談社）

顔　「毎日新聞」昭和三四年一月一日～三五年二月二三日　＊415回。1533枚。竹谷富士雄挿絵。
〔収録〕
1258　顔（昭和三五年五月　毎日新聞社）
1346　顔（昭和四五年八月　日本ブック・クラブ）
1403　顔　上（平成一五年七月　新潮社）
1404　顔　下（平成一五年七月　新潮社）
2021　顔（昭和三八年七月　新潮文庫）
5062　丹羽文雄文学全集5（昭和四九年一一月　講談社）
6025　昭和文学全集14（昭和三七年六月　角川書店）
6030　日本の文学55（昭和四〇年一二月　中央公論社）
6039　日本文学全集27（昭和四三年一二月　河出書房新社）

鎮花祭　「週刊朝日」六四巻六号～六五巻一四号　昭和三四年二月八日～三五年三月二九日　60回　＊1943枚。丹羽文雄題字。各掲載巻号は以下の通り。
1　六四巻六号　昭和三四年二月八日　67-71頁
54枚（1～3回）
2　六四巻七号　昭和三四年二月一五日　59-63頁
3　六四巻八号　昭和三四年二月二二日　59-63頁
4　六四巻九号　昭和三四年三月一日　59-63頁
90枚（4～8回）
5　六四巻一〇号　昭和三四年三月八日　59-63頁
6　六四巻一一号　昭和三四年三月一五日　59-63頁
7　六四巻一三号　昭和三四年三月二二日　59-63頁
8　六四巻一四号　昭和三四年三月二九日　35-39頁
9　六四巻一六号　昭和三四年四月五日　35-39頁
72枚（9～12回）
10　六四巻一七号　昭和三四年四月一二日　49-53頁
11　六四巻一八号　昭和三四年四月一九日　35-39頁
12　六四巻一九号　昭和三四年四月二六日　35-39頁
13　六四巻二〇号　昭和三四年五月三日　35-39頁
90枚（13～17回）
14　六四巻二一号　昭和三四年五月一〇日　43-47頁
15　六四巻二二号　昭和三四年五月一七日　35-39頁
16　六四巻二三号　昭和三四年五月二四日　35-39頁
17　六四巻二四号　昭和三四年五月三一日　35-39頁
18　六四巻二五号　昭和三四年六月七日　43-47頁
72枚（18～21回）
19　六四巻二六号　昭和三四年六月一四日　35-39頁
20　六四巻二七号　昭和三四年六月二一日　35-39頁
21　六四巻二八号　昭和三四年六月二八日　35-39頁
22　六四巻二九号　昭和三四年七月五日　41-45頁
72枚（22～25回）
23　六四巻三〇号　昭和三四年七月一二日　35-39頁

24　六四巻三一号　昭和三四年七月一九日　35-39頁
25　六四巻三二号　昭和三四年七月二六日　35-39頁
26　六四巻三三号　昭和三四年八月三日　35-39頁
72枚（26～30回）
27　六四巻三四号　昭和三四年八月九日　47-49頁
28　六四巻三六号　昭和三四年八月一六日　35-39頁
29　六四巻三七号　昭和三四年八月二三日　35-39頁
30　六四巻三八号　昭和三四年八月三〇日　35-39頁
31　六四巻三九号　昭和三四年九月六日　46-50頁
72枚（31～34回）
32　六四巻四〇号　昭和三四年九月一三日　35-39頁
33　六四巻四一号　昭和三四年九月二〇日　35-39頁
34　六四巻四二号　昭和三四年九月二七日　35-39頁
35　六四巻四三号　昭和三四年一〇月四日　35-39頁
72枚（35～38回）
36　六四巻四四号　昭和三四年一〇月一一日　73-77頁
37　六四巻四五号　昭和三四年一〇月一八日　35-39頁
38　六四巻四六号　昭和三四年一〇月二五日　35-39頁
39　六四巻四七号　昭和三四年一一月一日　43-47頁
90枚（39～43回）
40　六四巻四八号　昭和三四年一一月八日　35-39頁
41　六四巻四九号　昭和三四年一一月一五日　35-39頁
42　六四巻五〇号　昭和三四年一一月二二日　35-39頁
43　六四巻五一号　昭和三四年一一月二九日　35-39頁
44　六四巻五二号　昭和三四年一二月六日　39-43頁
72枚（44～47回）
45　六四巻五三号　昭和三四年一二月一三日　35-39頁
46　六四巻五四号　昭和三四年一二月二〇日　35-39頁
47　六四巻五五号　昭和三四年一二月二七日　35-39頁
48　六五巻一号　昭和三五年一月三日　69-73頁
90枚（48～52回）
49　六五巻二号　昭和三五年一月一〇日　51-54頁
50　六五巻三号　昭和三五年一月一七日　41-45頁
51　六五巻四号　昭和三五年二月七日　43-47頁
52　六五巻五号　昭和三五年二月一四日　39-43頁
53　六五巻六号　昭和三五年二月二一日　37-41頁
54　六五巻七号　昭和三五年二月二四日　37-41頁
55　六五巻八号　昭和三五年二月二八日　37-41頁
56　六五巻九号　昭和三五年二月三一日　37-41頁
57　六五巻一一号　昭和三五年三月六日　43-47頁
58　六五巻一二号　昭和三五年三月一三日　37-41頁
59　六五巻一三号　昭和三五年三月二〇日　37-41頁
60　六五巻一四号　昭和三五年三月二七日　37-41頁
〔収録〕
1261　鎮花祭（昭和三五年七月　文芸春秋新社）
1365　鎮花祭（昭和五一年二月　三笠書房）
6023　長編小説全集9（昭和三六年一一月　講談社）

恐い環境　「日本」二巻三号　昭和三四年三月一日　215-241頁
＊103枚。中尾達挿絵。一月八～一〇日執筆。
〔収録〕
1238　愁眉（昭和三四年五月　講談社）

看護婦の妻　「オール讀物」一四巻四号　昭和三四年四月一日　26-43頁　＊58枚。二月八日執筆。
〔収録〕
1238　愁眉（昭和三四年五月　講談社）

心驕れる人　「日本」二巻六号　昭和三四年六月一日　192-217頁　＊97枚。
〔収録〕
1251　架橋（昭和三四年一一月　講談社）

仏壇　「群像」一四巻七号　昭和三四年七月一日　14-22頁　＊22枚。五月二三日執筆。
〔収録〕
1251　架橋（昭和三四年一一月　講談社）

馬頭観音　「小説新潮」一三巻一一号　昭和三四年八月一日　22-36頁　＊52枚。六月九日執筆。
〔収録〕
1251　架橋（昭和三四年一一月　講談社）

灯籠は見ている　「オール讀物」一四巻九号　昭和三四年九月一日　60-71頁　＊39枚。七月九日執筆。

架橋　「群像」一四巻一一号　昭和三四年一一月一日　84-109頁　＊75枚。一〇月一八日執筆。
〔収録〕
1251　架橋（昭和三四年一一月　講談社）
5058　丹羽文雄文学全集17（昭和四九年七月　講談社）

美しき嘘　「週刊読売」一八巻四七号～二〇巻九号　昭和三四年一一月一日～三六年二月二六日　60回　＊1422枚。笠井一挿絵。各掲載巻号は以下の通り。

1　一八巻四七号　昭和三四年一一月一日　22-26頁
2　一八巻四八号　昭和三四年一一月八日　22-26頁
100枚（1～5回）
3　一八巻四九号　昭和三四年一一月一五日　24-28頁
4　一八巻五〇号　昭和三四年一一月二二日　22-26頁
5　一八巻五一号　昭和三四年一一月二九日　24-28頁
6　一八巻五二号　昭和三四年一二月六日　26-30頁
80枚（6～9回）
7　一八巻五三号　昭和三四年一二月一三日　24-28頁
8　一八巻五四号　昭和三四年一二月二〇日　24-28頁
9　一八巻五五号　昭和三四年一二月二七日　22-26頁
10　一九巻一・二号　昭和三五年一月一〇日　36-40頁
80枚（10～13回）
11　一九巻三号　昭和三五年一月一七日　24-28頁
12　一九巻四号　昭和三五年一月二四日　24-28頁
13　一九巻五号　昭和三五年一月三一日　22-26頁
14　一九巻六号　昭和三五年二月七日　58-62頁
80枚（14～17回）
15　一九巻七号　昭和三五年二月一四日　22-26頁
16　一九巻八号　昭和三五年二月二一日　22-26頁

17　一九巻九号　昭和三五年二月二八日　20-24頁
18　一九巻一〇号　昭和三五年三月六日　22-26頁
80枚（18～21回）
19　一九巻一一号　昭和三五年三月一三日　22-26頁
20　一九巻一二号　昭和三五年三月二〇日　22-26頁
21　一九巻一三号　昭和三五年三月二七日　26-30頁
22　一九巻一四号　昭和三五年四月三日　34-38頁
80枚（22-26回）
23　一九巻一五号　昭和三五年四月一〇日　58-62頁
24　一九巻一六号　昭和三五年四月一七日　22-26頁
25　一九巻一七号　昭和三五年四月二四日　40-44頁
26　一九巻一八号　昭和三五年五月一日　38-42頁
27　一九巻一九号　昭和三五年五月八日　38-42頁
80枚（27-30回）
28　一九巻二〇号　昭和三五年五月一五日　38-42頁
29　一九巻二一号　昭和三五年五月二二日　42-46頁
30　一九巻二二号　昭和三五年五月二九日　38-42頁
31　一九巻二三号　昭和三五年六月五日　38-42頁
100枚（31-35回）
32　一九巻二四号　昭和三五年六月一二日　38-42頁
33　一九巻二五号　昭和三五年六月一九日　38-42頁
34　一九巻二六号　昭和三五年六月二六日　38-42頁
35　一九巻二七号　昭和三五年七月三日　38-42頁
36　一九巻二八号　昭和三五年七月一〇日　38-42頁
80枚（36-39回）
37　一九巻二九号　昭和三五年七月一七日　38-42頁
38　一九巻三〇号　昭和三五年七月二四日　42-46頁
39　一九巻三一号　昭和三五年七月三一日　38-42頁
40　一九巻三二号　昭和三五年八月七日　38-42頁
41　一九巻三三号　昭和三五年八月一四日　36-40頁
42　一九巻三四号　昭和三五年八月二一日　38-42頁
43　一九巻三五号　昭和三五年八月二八日　42-46頁
44　一九巻三六号　昭和三五年九月四日　36-40頁
45　一九巻三七号　昭和三五年九月一一日　36-40頁
46　一九巻三八号　昭和三五年九月一八日　70-74頁
47　一九巻三九号　昭和三五年九月二五日　42-46頁
48　一九巻四〇号　昭和三五年一〇月二日　38-42頁
49　一九巻四一号　昭和三五年一〇月九日　38-42頁
50　一九巻四二号　昭和三五年一〇月一六日　38-42頁
51　一九巻四三号　昭和三五年一〇月二三日　40-44頁
52　一九巻四四号　昭和三五年一〇月三〇日　38-42頁
53　一九巻四五号　昭和三五年一一月六日　38-42頁
54　一九巻四六号　昭和三五年一一月一三日　38-42頁
55　一九巻四七号　昭和三五年一一月二〇日　38-42頁
56　一九巻四八号　昭和三五年一一月二七日　35-39頁
57　一九巻四九号　昭和三五年一二月四日　38-42頁
58　一九巻五〇号　昭和三五年一二月一一日　38-42頁
59　一九巻五一号　昭和三五年一二月一八日　38-42頁
60　一九巻五二号　昭和三五年一二月二五日　38-42頁
61　二〇巻一号　昭和三六年一月一日　37-42頁
62　二〇巻二号　昭和三六年一月八日　62-66頁
63　二〇巻三号　昭和三六年一月一五日　42-46頁

64　二〇巻四号　昭和三六年一月二二日　42-46頁
65　二〇巻五号　昭和三六年一月二九日　42-46頁
66　二〇巻六号　昭和三六年二月五日　42-46頁
67　二〇巻七号　昭和三六年二月一二日　42-46頁
68　二〇巻八号　昭和三六年二月一九日　42-46頁
69　二〇巻九号　昭和三六年二月二六日　42-46頁

〔収録〕
1276　美しき嘘（昭和三六年一〇月　中央公論社）
2023　美しき嘘（昭和四一年七月　新潮文庫）
5064　丹羽文雄文学全集6（昭和五〇年一月　講談社）

明暗　「日本」二巻一一号　昭和三四年一一月一日　192-214頁
　＊76枚。九月一〇～一一日執筆。

〔収録〕
1251　架橋（昭和三四年一一月　講談社）

色の褪せる季節　「別冊文芸春秋」七〇号　昭和三四年一二月二八日　84-101頁　＊57枚。一一月一二～一四日執筆。『全集』では三五年六月とあるが誤り。

ベージ色の騒ぎ　「オール読物」一五巻一号　昭和三五年一月一日　182-201頁　＊66枚。昭和三四年一一月四～五日執筆。『全集』では「ベージュ色の騒ぎ」とあるが誤り。

〔収録〕
1257　秘めた相似（昭和三五年五月　講談社）

秘めた相似　「小説新潮」一四巻一号　昭和三五年一月一日　122-142頁　＊70枚。昭和三四年一一月一〇～一一日執筆。

〔収録〕
1257　秘めた相似（昭和三五年五月　講談社）

美貌恨　「別冊小説新潮」一四巻二号　昭和三五年一月一五日　13-32頁　＊70枚。昭和三四年一一月二四～二五日執筆。

〔収録〕
1257　秘めた相似（昭和三五年五月　講談社）

街で拾う　「サンデー毎日」特別号　三六号　昭和三五年一月　31-42頁　＊42枚。昭和三四年一一月一五日執筆。

生涯　「小説新潮」一四巻五号　昭和三五年四月一日　292-313頁
　＊72枚。二月九日執筆。

〔収録〕
1257　秘めた相似（昭和三五年五月　講談社）

献身　「読売新聞」昭和三五年四月二六日～三六年五月一四日
　＊380回。1336枚。田村孝之介挿絵。

〔収録〕
1274　献身（昭和三六年八月　新潮社）
2029　献身（昭和四六年九月　新潮文庫）
5068　丹羽文雄文学全集13（昭和五〇年五月　講談社）

若い嵐　「小説新潮」一四巻七号　昭和三五年五月一日　24-41

頁　＊65枚。三月一〇日執筆。
〔収録〕
1267　水溜り（昭和三五年一〇月　講談社）

嫉妬の対象　「日本」三巻五号　昭和三五年五月一日　188-205頁
＊61枚。三月八日執筆。
〔収録〕
1257　秘めた相似（昭和三五年五月　講談社）

弱い獣　「オール読物」一五巻七号　昭和三五年七月一日　26-47頁　＊74枚。五月六～七日執筆。
〔収録〕
1267　水溜り（昭和三五年一〇月　講談社）

夜を行く　「小説新潮」一四巻九号　昭和三五年七月一日　24-41頁　＊45枚。
〔収録〕
1267　水溜り（昭和三五年一〇月　講談社）

めぐりあひ　「新潮」五七年七号　昭和三五年七月一日　123-138頁　＊45枚。五月二九～三一日執筆。
〔収録〕
1267　水溜り（昭和三五年一〇月　講談社）

ある退院　「小説中央公論」七五巻八号　昭和三五年七月一六日　228-234頁　＊20枚。五月二六日執筆。
〔収録〕
1267　水溜り（昭和三五年一〇月　講談社）

水溜り　「群像」一五巻八号　昭和三五年八月一日　6-21頁
＊50枚。六月二五～二七日執筆。
〔収録〕
1267　水溜り（昭和三五年一〇月　講談社）
2039　母の晩年（昭和五六年九月　集英社文庫）
5055　丹羽文雄自選集（昭和四二年一〇月　集英社）
6033　日本文学全集63（昭和四二年一月　集英社）
6038　現代日本文学館37（昭和四三年九月　文藝春秋）
6042　日本短篇文学全集42（昭和四四年二月　筑摩書房）

この世の愁い　「神戸新聞」ほか七社連合　昭和三五年八月二七日～三六年六月一一日　350回　＊１４００枚。『全集』では三六年一〇月～三七年六月一一日号とある。なお連載期間は各紙によって異なる。確認できたものは以下の通り。
神戸新聞（昭和三五年九月一〇日～三六年八月二八日）
高知新聞（昭和三五年八月二八日～三六年八月二五日　夕刊）
熊本日々新聞（昭和三五年八月二七日～三六年八月一四日）
秋田魁新聞（昭和三五年八月一八日～三六年八月一五日）
〔収録〕
1280　この世の愁い（昭和三七年三月　講談社）
1367　この世の愁い（昭和五二年二月　三笠書房）

校庭の虫　「週刊朝日別冊」三九号（三五年五号）　昭和三五年

九月一日　200-213頁　＊61枚。七月五〜六日執筆。
〔収録〕
1269　ゆきずり（昭和三六年一月　講談社）

和解「婦人画報」六七四号　昭和三五年九月一日　175-185頁
　＊40枚。七月一三日執筆。
〔収録〕
1269　ゆきずり（昭和三六年一月　講談社）

裸の女「別冊文芸春秋」七三号　昭和三五年九月二八日
67-79頁　＊38枚。九月一六日執筆。『全集』では一二月とあるが誤り。
〔収録〕
1269　ゆきずり（昭和三六年一月　講談社）

刹那「小説中央公論」一巻一号　昭和三五年一〇月一日
47-55頁　＊28枚。八月一九日執筆。『全集』では一一月とあるが誤り。
〔収録〕
1269　ゆきずり（昭和三六年一月　講談社）

ゆきずり「別冊小説新潮」一四巻一四号　昭和三五年一〇月
一五日　253-268頁　＊56枚。八月二四日執筆。
〔収録〕
1269　ゆきずり（昭和三六年一月　講談社）

若木「小説新潮」一四巻一五号　昭和三五年一一月一日
306-321頁　＊56枚。九月一六日執筆。
〔収録〕
1269　ゆきずり（昭和三六年一月　講談社）

お礼ごころ「オール読物」一五巻一二号　昭和三五年一二月
一日　68-79頁　＊40枚。一〇月七〜八日執筆。
〔収録〕
1269　ゆきずり（昭和三六年一月　講談社）

感情「群像」一六巻一号　昭和三六年一月一日　28-40頁　＊
39枚。昭和三五年一〇月二七日執筆。
〔収録〕
1269　ゆきずり（昭和三六年一月　講談社）

もぐらの宿「サンデー毎日」特別号　四七号　昭和三六年一
月一日　15-29頁　＊51枚。「新春読物・ユーモア小説特集
号」。都竹伸政挿絵。昭和三五年一一月一九〜二〇日執筆。
〔収録〕
1270　雪（昭和三六年四月　講談社）

中年女「小説新潮」一五巻一〜六号　昭和三六年一月一日〜
六月一日　6回　＊249枚。各掲載日は以下の通り。
1　一五巻一号　昭和三六年一月一日　24-38頁　51枚
　昭和三五年一一月六日執筆
2　一五巻二号　昭和三六年二月一日　208-222頁　59枚

　昭和三五年一二月一〇日執筆
3　一五巻三号　昭和三六年三月一日　206-216頁　35枚
　一月執筆
4　一五巻四号　昭和三六年四月一日　36-47頁　40枚
　二月九日執筆
5　一五巻五号　昭和三六年五月一日　90-100頁　35枚
　三月一二日執筆
6　一五巻六号　昭和三六年六月一日　208-218頁　38枚
　四月九日執筆
〔収録〕
1273　中年女（昭和三六年七月　講談社）
1284　中年女（昭和三七年五月　講談社ロマンブックス）

浮木　「小説中央公論」二巻一号　昭和三六年一月一日　24-36頁　＊35枚。昭和三五年一一月一七～一八日執筆。
〔収録〕
1270　雪（昭和三六年四月　講談社）

雪　「新潮」五八年一号　昭和三六年一月一日　6-42頁　＊117枚。昭和三五年一一月二四～二六日執筆。
〔収録〕
1270　雪（昭和三六年四月　講談社）
5112　丹羽文雄の短篇30選（昭和五九年一一月　角川書店）
6032　日本文学全集21（昭和四一年一一月　河出書房新社）
6037　日本文学全集19（昭和四三年二月　河出書房新社）

航跡　「日本」四巻一号　昭和三六年一月一日　188-207頁　＊70枚。昭和三五年一一月一〇～一一日執筆。
〔収録〕
1270　雪（昭和三六年四月　講談社）

再婚　「週刊公論」三巻一号　昭和三六年一月二日　106-112頁　＊34枚。都竹伸政挿絵。
〔収録〕
1270　雪（昭和三六年四月　講談社）

交叉点　「別冊小説新潮」一五巻一号　昭和三六年一月一五日　244-264頁　＊72枚。昭和三五年一二月二一～三日執筆。
〔収録〕
1270　雪（昭和三六年四月　講談社）
7140　百年文庫60　肌（平成二三年一月　ポプラ社）

娘たち　「中央公論」七六年三号　昭和三六年三月一日　344-360頁　＊48枚。二月三日執筆。

なりわい　「別冊文芸春秋」七五号　昭和三六年三月二八日　52-66頁　＊45枚。三月一二日執筆。
〔収録〕
1277　高圧架線（昭和三六年一二月　講談社）

憎しみが誘う　「オール読物」一六巻四号　昭和三六年四月一日　28-43頁　＊53枚。二月五～七日執筆。

〔収録〕

1277　高圧架線（昭和三六年一二月　講談社）

山麓　「サンデー毎日」四〇巻一四号〜四一巻一〇号　昭和三六年四月二日〜昭和三七年三月一一日　50回　＊700枚。伊勢正義挿絵。『全集』では四月二〇日〜三七年三月一一日とあるが誤り。各掲載巻号は以下の通り。

1	四〇巻一四号 100枚（1〜5回）	昭和三六年四月二日	94-98頁
2	四〇巻一五号	昭和三六年四月九日	74-78頁
3	四〇巻一六号	昭和三六年四月一六日	78-82頁
4	四〇巻一七号	昭和三六年四月二三日	78-82頁
5	四〇巻一八号	昭和三六年四月三〇日	78-82頁
6	四〇巻一九号	昭和三六年五月七日	78-82頁
7	四〇巻二〇号	昭和三六年五月一四日	80-84頁
8	四〇巻二一号	昭和三六年五月二一日	78-82頁
9	四〇巻二二号	昭和三六年五月二八日	78-82頁
10	四〇巻二三号	昭和三六年六月四日	76-80頁
11	四〇巻二四号	昭和三六年六月一一日	78-82頁
12	四〇巻二五号	昭和三六年六月一八日	76-80頁
13	四〇巻二六号	昭和三六年六月二五日	86-90頁
14	四〇巻二七号	昭和三六年七月二日	78-82頁
15	四〇巻二八号	昭和三六年七月九日	76-80頁
16	四〇巻二九号	昭和三六年七月一六日	78-82頁
17	四〇巻三〇号	昭和三六年七月二三日	78-82頁
18	四〇巻三一号	昭和三六年七月三〇日	76-80頁
19	四〇巻三二号	昭和三六年八月六日	76-80頁
20	四〇巻三三号	昭和三六年八月一三日	86-90頁
21	四〇巻三四号	昭和三六年八月二〇日	76-80頁
22	四〇巻三五号	昭和三六年八月二七日	78-82頁
23	四〇巻三六号	昭和三六年九月三日	76-80頁
24	四〇巻三七号	昭和三六年九月一〇日	78-82頁
25	四〇巻三八号	昭和三六年九月一七日	78-82頁
26	四〇巻三九号	昭和三六年九月二四日	78-82頁
27	四〇巻四〇号	昭和三六年一〇月一日	78-82頁
28	四〇巻四一号	昭和三六年一〇月八日	78-82頁
29	四〇巻四二号	昭和三六年一〇月一五日	78-82頁
30	四〇巻四三号	昭和三六年一〇月二二日	78-82頁
31	四〇巻四四号	昭和三六年一〇月二九日	78-82頁
32	四〇巻四五号	昭和三六年一一月五日	88-92頁
33	四〇巻四六号	昭和三六年一一月一二日	80-84頁
34	四〇巻四七号	昭和三六年一一月一九日	80-84頁
35	四〇巻四八号	昭和三六年一一月二六日	80-84頁
36	四〇巻四九号	昭和三六年一二月三日	88-92頁
37	四〇巻五〇号	昭和三六年一二月一〇日	88-92頁
38	四〇巻五一号	昭和三六年一二月一七日	80-84頁
39	四〇巻五二号	昭和三六年一二月二四日	80-84頁
40	四〇巻五三号	昭和三六年一二月三一日	76-80頁
41	四一巻一号	昭和三七年一月七日	84-88頁
42	四一巻二号	昭和三七年一月一四日	76-82頁
43	四一巻三号	昭和三七年一月二一日	80-84頁
44	四一巻四号	昭和三七年一月二八日	78-82頁

45　四一巻五号　昭和三七年二月四日　78-82頁
46　四一巻六号　昭和三七年二月一一日　78-82頁
47　四一巻七号　昭和三七年二月一八日　78-82頁
48　四一巻八号　昭和三七年二月二五日　82-86頁
49　四一巻九号　昭和三七年三月四日　82-86頁
50　四一巻一〇号　昭和三七年三月一一日　78-82頁

〔収録〕
1281　山麓（昭和三七年三月　角川書店）
1381　山麓（昭和五五年七月　三笠書房）

岬　「週刊公論」三巻一四～三三号　昭和三六年四月一〇日～八月二日　20回　＊400枚。田村孝之介挿絵。各掲載巻号は以下の通り。

1　三巻一四号　昭和三六年四月一〇日　42-46頁　20枚
2　三巻一五号　昭和三六年四月一七日　42-46頁　20枚
3　三巻一六号　昭和三六年四月二四日　42-46頁　20枚
4　三巻一七号　昭和三六年五月一日　42-46頁　20枚
5　三巻一八号　昭和三六年五月八日　74-78頁　20枚
6　三巻一九号　昭和三六年五月一五日　50-54頁　20枚
7　三巻二〇号　昭和三六年五月二二日　36-40頁　20枚
8　三巻二一号　昭和三六年五月二九日　98-102頁　20枚
9　三巻二二号　昭和三六年六月五日　36-40頁　20枚
10　三巻二三号　昭和三六年六月一二日　36-40頁　20枚
11　三巻二四号　昭和三六年六月一九日　36-40頁　20枚
12　三巻二五号　昭和三六年六月二六日　36-40頁　20枚
13　三巻二六号　昭和三六年七月三日　36-40頁　20枚
14　三巻二七号　昭和三六年七月一〇日　36-40頁　20枚
15　三巻二八号　昭和三六年七月一七日　77-81頁　20枚
16　三巻二九号　昭和三六年七月二四日　34-38頁　20枚
17　三巻三〇号　昭和三六年七月三一日　78-82頁　20枚
18　三巻三一号　昭和三六年八月七日　36-40頁　20枚
19　三巻三二号　昭和三六年八月一四日　34-38頁　20枚
20　三巻三三号　昭和三六年八月二一日　34-38頁　20枚

最後の火　「別冊小説新潮」一三巻二号　昭和三六年四月一五日　13-28頁　＊54枚。二月二八日執筆。

〔収録〕
1277　高圧架線（昭和三六年一二月　講談社）

欲望の河　「産経新聞」ほか　昭和三六年四月～三七年七月　＊455回。１７００枚。伊勢正義挿絵。確認できたものは以下の通り。
産経新聞（三六年四月一八日～三七年七月二〇日）
西日本新聞（三六年四月一八日～三七年七月二〇日）
三社連合（三六年四月一七日～三七年七月二〇日）

〔収録〕
1286　欲望の河（昭和三七年九月　新潮社）
1373　欲望の河（昭和五三年六月　三笠書房）
6026　現代の文学14（昭和三八年一〇月　河出書房新社）

道草　「紳士読本」創刊号　昭和三六年六月一日　94-103頁　＊35枚。生沢朗挿絵。四月二日執筆。

〔収録〕
1277　高圧架線（昭和三六年一二月　講談社）

山の湯のひと達　「別冊小説新潮」一三巻三号　昭和三六年七月一五日　251‐268頁　＊61枚。五月三〇〜三一日執筆。
〔収録〕
1277　高圧架線（昭和三六年一二月　講談社）

旅まわりの感覚　「別冊文芸春秋」七七号　昭和三六年九月二八日　148‐163頁　＊53枚。九月一三日執筆。
〔収録〕
1277　高圧架線（昭和三六年一二月　講談社）

高圧架線　「群像」一六巻一〇号　昭和三六年一〇月一日　56‐70頁　＊41枚。八月二〇日執筆。
〔収録〕
1277　高圧架線（昭和三六年一二月　講談社）

ちかくの他人　「小説新潮」一五巻一〇号　昭和三六年一〇月一日　24‐46頁　＊79枚。八月九〜一〇日執筆。
〔収録〕
1277　高圧架線（昭和三六年一二月　講談社）

若い履歴　「小説中央公論」二巻四号　昭和三六年一〇月二〇日　18‐34頁　＊41枚。九月一〜二日執筆。
〔収録〕
1277　高圧架線（昭和三六年一二月　講談社）

湯治客　「オール読物」一六巻一一号　昭和三六年一一月一日　192‐217頁　＊91枚。九月五〜七日執筆。
〔収録〕
1277　高圧架線（昭和三六年一二月　講談社）

だれもが孤独　「週刊サンケイ」一〇巻五一号〜一二巻二〇号　昭和三六年一一月六日〜三八年五月一三日　80回　＊752枚。
各掲載巻号は以下の通り。

1　一〇巻五一号　昭和三六年一一月六日　64‐68頁　16枚
2　一〇巻五二号　昭和三六年一一月一三日　64‐68頁　16枚
3　一〇巻五三号　昭和三六年一一月二〇日　48‐52頁　16枚
4　一〇巻五四号　昭和三六年一一月二七日　48‐52頁　16枚
5　一〇巻五五号　昭和三六年一二月四日　50‐54頁　16枚
6　一〇巻五六号　昭和三六年一二月一一日　50‐54頁　16枚
7　一〇巻五七号　昭和三六年一二月一八日　48‐42頁　16枚
8　一〇巻五八号　昭和三六年一二月二五日　48‐52頁　32枚（8・9回）

9　一一巻一号　昭和三七年一月一日　52-56頁
10　一一巻二号　昭和三七年一月八日　78-82頁
16枚
11　一一巻四号　昭和三七年一月一五日　70-74頁
16枚
12　一一巻五号　昭和三七年一月二二日　72-76頁
16枚
13　一一巻六号（通号五四二号）　昭和三七年一月二九日
72-76頁　13枚
14　一一巻六号（＊巻号重複。通号五四三号）　昭和三七年
二月五日　74-78頁
15　一一巻七号　昭和三七年二月一二日　72-76頁
16　一一巻八号　昭和三七年二月一九日　72-76頁
17　一一巻九号　昭和三七年二月二六日　70-74頁
18　一一巻一〇号　昭和三七年三月五日　90-94頁
19　一一巻一二号　昭和三七年三月一二日　70-74頁
20　一一巻一四号　昭和三七年三月一九日　72-76頁
16枚
21　一一巻一五号　昭和三七年三月二六日　68-72頁
16枚
22　一一巻一六号　昭和三七年四月二日　48-58頁
23　一一巻一七号　昭和三七年四月九日　73-77頁
24　一一巻一九号　昭和三七年四月一六日　72-76頁
25　一一巻二〇号　昭和三七年四月二三日　72-76頁
26　一一巻二一号　昭和三七年四月三〇日　70-74頁
27　一一巻二二号　昭和三七年五月七日　82-86頁
28　一一巻二四号　昭和三七年五月一四日　63-67頁
29　一一巻二五号　昭和三七年五月二一日　72-76頁
30　一一巻二六号　昭和三七年五月二八日　74-78頁
31　一一巻二七号　昭和三七年六月四日　82-86頁
32　一一巻二八号　昭和三七年六月一一日　72-76頁
33　一一巻二九号　昭和三七年六月一八日　76-80頁
34　一一巻三〇号　昭和三七年六月二五日　70-74頁
35　一一巻三一号　昭和三七年七月二日　70-74頁
36　一一巻三二号　昭和三七年七月九日　84-88頁
37　一一巻三三号　昭和三七年七月一六日　66-70頁
38　一一巻三五号　昭和三七年七月二三日　72-76頁
39　一一巻三六号　昭和三七年七月三〇日　70-74頁
40　一一巻三七号　昭和三七年八月六日　82-86頁
41　一一巻三八号　昭和三七年八月一三日　70-74頁
42　一一巻三九号　昭和三七年八月二〇日　70-74頁
43　一一巻四〇号　昭和三七年八月二七日　70-74頁
44　一一巻四一号　昭和三七年九月三日　76-80頁
45　一一巻四二号　昭和三七年九月一〇日　70-74頁
46　一一巻四三号　昭和三七年九月一七日　70-74頁
47　一一巻四四号　昭和三七年九月二四日　68-72頁
48　一一巻四五号　昭和三七年一〇月一日　70-74頁
49　一一巻四六号　昭和三七年一〇月八日　82-86頁
50　一一巻四七号　昭和三七年一〇月一五日　70-74頁
51　一一巻四八号　昭和三七年一〇月二二日　70-74頁
52　一一巻四九号　昭和三七年一〇月二九日　68-72頁
53　一一巻五〇号　昭和三七年一一月五日　70-74頁

54　一一巻五二号　昭和三七年一一月一二日　78-82頁
55　一一巻五三号　昭和三七年一一月一九日　63-67頁
56　一一巻五四号　昭和三七年一一月二六日　73-77頁
57　一一巻五五号　昭和三七年一二月三日　80-84頁
58　一一巻五六号　昭和三七年一二月一〇日　66-70頁
59　一一巻五七号　昭和三七年一二月一七日　71-75頁
60　一一巻五八号　昭和三七年一二月二四日　64-68頁
61　一一巻五九号　昭和三七年一二月三一日　66-70頁
62　一二巻一号　昭和三八年一月七日　84-88頁
63　一二巻二号　昭和三八年一月一四日　86-90頁
64　一二巻三号　昭和三八年一月二一日　86-90頁
65　一二巻四号　昭和三八年一月二八日　84-88頁
66　一二巻五号　昭和三八年二月四日　104-108頁
67　一二巻六号　昭和三八年二月一一日　86-90頁
68　一二巻七号　昭和三八年二月一八日　84-88頁
69　一二巻八号　昭和三八年二月二五日　86-90頁
70　一二巻九号　昭和三八年三月四日　84-88頁
71　一二巻一〇号　昭和三八年三月一一日　100-104頁
72　一二巻一一号　昭和三八年三月一八日　82-86頁
73　一二巻一二号　昭和三八年三月二五日　86-90頁
74　一二巻一三号　昭和三八年四月一日　86-90頁
75　一二巻一四号　昭和三八年四月八日　106-110頁
76　一二巻一六号　昭和三八年四月一五日　84-88頁
77　一二巻一七号　昭和三八年四月二二日　82-86頁
78　一二巻一八号　昭和三八年四月二九日　82-86頁
79　一二巻一九号　昭和三八年五月六日　70-100頁
80　一二巻二〇号　昭和三八年五月一三日　70-74頁

〔収録〕
1309　だれもが孤独（昭和四〇年五月　講談社）

結婚前後　「小説新潮」一五巻一二号　昭和三六年一二月一日　24-44頁　＊71枚。一〇月九～一〇日執筆。

〔収録〕
1285　最初の転落（昭和三七年六月　講談社）

雨宿り　「週刊朝日別冊」四七号　昭和三七年一月一日　142-153頁　＊62枚。昭和三六年一一月一三～一四日執筆。

〔収録〕
1285　最初の転落（昭和三七年六月　講談社）

坂の途中　「小説新潮」一六巻一号　昭和三七年一月一日　307-327頁　＊71枚。昭和三六年一〇月九～一〇日執筆。

〔収録〕
1285　最初の転落（昭和三七年六月　講談社）

有情　「新潮」五九年一号　昭和三七年一月一日　6-69頁　＊202枚。昭和三六年一一月一三～二四日執筆。

〔収録〕
1279　有情（昭和三七年二月　新潮社）
1294　有情（昭和三九年二月　雪華社）
1351　有情（昭和四七年一二月　ほるぷ出版）
2035　有情（昭和五四年八月二五日　集英社文庫）

5060　丹羽文雄文学全集3（昭和四九年九月八日　講談社）
6045　現代日本の文学27（昭和四五年六月一日　学習研究社）

女下駄「別冊小説新潮」一四巻一号　昭和三七年一月一五日
13-23頁　＊37枚。昭和三六年一一月二九日執筆。
〔収録〕
1285　最初の転落（昭和三七年六月　講談社）

へそくり「オール読物」一七巻二号　昭和三七年二月一日
182-193頁　＊38枚。昭和三六年一二月八日執筆。
〔収録〕
1285　最初の転落（昭和三七年六月　講談社）

世間咄「別冊文芸春秋」七九号　昭和三七年三月二〇日
114-124頁　＊33枚。三月四日執筆。
〔収録〕
1285　最初の転落（昭和三七年六月　講談社）

最初の転落「小説新潮」一六巻四号　昭和三七年四月一日
24-46頁　＊81枚。二月六〜七日執筆。
〔収録〕
1285　最初の転落（昭和三七年六月　講談社）

枯野「別冊小説新潮」一四巻二号　昭和三七年四月一五日
13-32頁　＊65枚。二月二六〜二七日執筆。
〔収録〕
1285　最初の転落（昭和三七年六月　講談社）

かりそめの妻の座「小説中央公論」三巻二号〜四巻二号　昭和三七年五月一日　6回　＊232枚。『全集』では五〜一〇月とあるが誤り。各掲載巻号は以下の通り。
1　三巻二号　昭和三七年五月一日　248-269頁　70枚
　四月九〜一〇日執筆
2　三巻三号　昭和三七年七月一日　235-244頁　31枚
　六月一〇日執筆
3　三巻四号　昭和三七年九月一日　152-162頁　37枚
　八月九日執筆
4　三巻五号　昭和三七年一一月一日　22-34頁　40枚
　一〇月八〜九日執筆
5　四巻一号　昭和三八年一月一日　148-155頁　22枚
6　四巻二号　昭和三八年三月一日　86-95頁　32枚
　昭和三七年一二月三〇日執筆
〔収録〕
1307　かりそめの妻の座（昭和四〇年二月　講談社）

悔いなき煩悩「日本経済新聞」昭和三七年六月一九日〜三八年九月五日　441回　＊１３２０枚。都竹伸政挿絵。『全集』では六月一日〜三八年九月五日とある。
〔収録〕
1290　悔いなき煩悩　上（昭和三八年六月　新潮社）
1291　悔いなき煩悩　下（昭和三八年一〇月　新潮社）
2030　悔いなき煩悩（昭和五二年五月　集英社）

6031　現代文学14（昭和四一年四月　東都書房）

計算された夢　「小説新潮」一六巻七号　昭和三七年七月一日　24-38頁　＊55枚。五月九日執筆。

〔収録〕
1287　情事の計算（昭和三八年二月　講談社）

死の邂逅　「別冊小説新潮」一四巻三号　昭和三七年七月一五日　13-27頁　＊52枚。五月二五〜二六日執筆。

〔収録〕
1287　情事の計算（昭和三八年二月　講談社）

情事の計算　「別冊文芸春秋」八一号　昭和三七年九月一〇日　25-33頁　＊28枚。九月一日執筆。

〔収録〕
1287　情事の計算（昭和三八年二月　講談社）

昇天　「オール読物」一七巻一〇号　昭和三七年一〇月一日　82-194頁　＊44枚。七月二一〜二三日執筆。

〔収録〕
1287　情事の計算（昭和三八年二月　講談社）

一路　「群像」一七巻一〇号〜二一巻六号　昭和三七年一〇月一日〜四一年六月一日　45回　＊1608枚。各掲載巻号は以下の通り。

1　一七巻一〇号　昭和三七年一〇月一日　198-222頁　70枚
八月二四〜二六日執筆
2　一七巻一一号　昭和三七年一一月一日　140-157頁　50枚
九月二五日執筆
3　一七巻一二号　昭和三七年一二月一日　140-156頁　50枚
一〇月執筆
4　一八巻一号　昭和三八年一月一日　98-108頁　54枚
昭和三七年一一月二四日執筆
5　一八巻二号　昭和三八年二月一日　141-149頁　24枚
昭和三七年一二月一七〜一八日執筆
6　一八巻三号　昭和三八年三月一日　105-123頁
7　一八巻四号　昭和三八年四月一日　86-104頁
8　一八巻五号　昭和三八年五月一日　250-267頁　50枚
三月二四〜二五日執筆
9　一八巻六号　昭和三八年六月一日　118-135頁　50枚
四月一二〜一六日執筆
10　一八巻七号　昭和三八年七月一日　117-129頁　35枚
五月二五〜二六日執筆
11　一八巻八号　昭和三八年八月一日　158-174頁　45枚
六月二四〜二六日執筆
12　一八巻九号　昭和三八年九月一日　130-142頁　35枚
七月二五〜二六日執筆
13　一八巻一〇号　昭和三八年一〇月一日　290-304頁　40枚
八月二五〜二六日執筆
14　一八巻一一号　昭和三八年一一月一日　121-139頁　50枚
九月二七〜二八日執筆
15　一八巻一二号　昭和三八年一二月一日　105-123頁　51枚

一〇月二一～二三日執筆

16　一九巻一号　昭和三九年一月一日　202-218頁　48枚
昭和三八年一一月二五日執筆

17　一九巻二号　昭和三九年二月一日　158-175頁　50枚
昭和三八年一二月一七～一九日執筆

18　一九巻三号　昭和三九年三月一日　134-150頁　50枚
一月二六～二七日執筆

19　一九巻四号　昭和三九年四月一日　125-142頁　50枚
二月二一～二二日執筆

20　一九巻五号　昭和三九年五月一日　178-194頁　50枚
三月二二～二六日執筆

21　一九巻六号　昭和三九年六月一日　110-126頁　50枚
四月二三～二五日執筆

22　一九巻七号　昭和三九年七月一日　94-109頁　51枚
五月二四～二五日執筆

23　一九巻八号　昭和三九年八月一日　129-142頁　42枚
六月二四日執筆

24　一九巻九号　昭和三九年九月一日　136-154頁　53枚
七月二五日執筆

25　一九巻一〇号　昭和三九年一〇月一日　224-239頁　50枚
八月二四日執筆

26　一九巻一一号　昭和三九年一一月一日　120-136頁　50枚
九月二六日執筆

27　一九巻一二号　昭和三九年一二月一日　160-176頁　50枚
一〇月二四～二五日執筆

28　二〇巻一号　昭和四〇年一月一日　150-159頁　30枚
昭和三九年一一月二五日執筆

29　二〇巻二号　昭和四〇年二月一日　90-110頁　60枚
昭和三九年一二月一八日執筆

30　二〇巻三号　昭和四〇年三月一日　93-102頁　30枚
一月二六日執筆

31　二〇巻四号　昭和四〇年四月一日　90-106頁　50枚
二月二〇～二二日執筆

32　二〇巻五号　昭和四〇年五月一日　192-209頁　40枚
三月二五～二六日執筆

33　二〇巻六号　昭和四〇年六月一日　98-114頁　50枚
四月二二日執筆

34　二〇巻七号　昭和四〇年七月一日　155-168頁　50枚
五月二五日執筆

35　二〇巻八号　昭和四〇年八月一日　98-111頁　50枚
六月二四～二六日執筆

36　二〇巻九号　昭和四〇年九月一日　124-139頁　50枚
七月二四～二五日執筆

37　二〇巻一〇号　昭和四〇年一〇月一日　95-110頁　50枚
八月二四～二五日執筆

38　二〇巻一一号　昭和四〇年一一月一日　92-108頁　50枚
九月二四日執筆

39　二〇巻一二号　昭和四〇年一二月一日　96-112頁　50枚
一〇月二五日執筆

40　二一巻一号　昭和四一年一月一日　132-148頁　50枚
昭和四〇年一一月二四～二五日執筆

41　二一巻二号　昭和四一年二月一日　112-129頁　50枚

昭和四〇年一二月二〇日執筆
42　二一巻三号　昭和四一年三月一日　200-217頁　50枚
一月二六～二六日執筆
43　二一巻四号　昭和四一年四月一日　136-153頁　50枚
二月二〇～二二日執筆
44　二一巻五号　昭和四一年五月一日　222-234頁　37枚
四月執筆
45　二一巻六号　昭和四一年六月一日　128-145頁　52枚
四月二四～二五日執筆
〔収録〕
1317　一路（昭和四一年八月　講談社）
1318　一路　昭和四一年八月　講談社　特装版）
1325　一路（昭和四二年五月　講談社　改訂版）
1352　一路（昭和四八年三月　講談社　新装版）
2028　一路（昭和四六年七月　講談社文庫）
5078　丹羽文雄文学全集14（昭和五一年三月　講談社）
6049　新潮日本文学28（昭和四六年三月　新潮社）

通り雨　「小説新潮」一六巻一〇号　昭和三七年一〇月一日
34-43頁　＊35枚。七月二八日執筆。
〔収録〕
1287　情事の計算（昭和三八年二月　講談社）

面影に生きる　「文芸朝日」一巻六号　昭和三七年一〇月一日
58-77頁　＊100枚。八月二九～三〇日執筆。
〔収録〕
1287　情事の計算（昭和三八年二月　講談社）

鮎　「酒」一〇巻一一号　昭和三七年一一月一日　58-68頁　＊
山本健吉編「わたしの処女作・若き日の思い出のために」と
して掲載。

高い天井　「小説新潮」一七巻一号　昭和三八年一月一日
40-63頁　＊75枚。笠井一挿絵。昭和三七年一一月一～三日
執筆。
〔収録〕
1287　情事の計算（昭和三八年二月　講談社）

可愛　「新潮」六〇年一号　昭和三八年一月一日　6-31頁　＊
88枚。昭和三七年一一月二五～二七日執筆。
〔収録〕
1289　ある関係（昭和三八年六月　講談社）

囃子の夜　「文芸」二巻一号　昭和三八年一月一日　14-30頁
＊53枚。昭和三七年一一月一二～一三日執筆。
〔収録〕
1289　ある関係（昭和三八年六月　講談社）
1316　朝顔（昭和四一年六月　河出書房新社）

浅間山　「オール読物」一八巻二号　昭和三八年二月一日
54-62頁　＊29枚。昭和三七年一二月九～一〇日執筆。
〔収録〕

1289　ある関係（昭和三八年六月　講談社）

海の蝶　「小説現代」一巻一号～二巻一号　昭和三八年二月一日～三九年一月一日　12回　＊567枚。各掲載巻号は以下の通り。

1　一巻一号　昭和三八年二月一日　140-152頁　35枚
　昭和三七年一二月六日執筆
2　一巻二号　昭和三八年三月一日　116-128頁　35枚
　一月一九日執筆
3　一巻三号　昭和三八年四月一日　72-86頁　50枚
　二月執筆
4　一巻四号　昭和三八年五月一日　116-130頁　50枚
　三月九～一〇日執筆
5　一巻五号　昭和三八年六月一日　256-270頁　47枚
　四月八～九日執筆
6　一巻六号　昭和三八年七月一日　64-79頁　50枚
　五月六～八日執筆
7　一巻七号　昭和三八年八月一日　294-308頁　50枚
　六月九～一〇日執筆
8　一巻八号　昭和三八年九月一日　64-79頁　50枚
　七月一〇～一一日執筆
9　一巻九号　昭和三八年一〇月一日　172-187頁　50枚
　八月八～一〇日執筆
10　一巻一〇号　昭和三八年一一月一日　72-86頁　50枚
　九月八～九日執筆
11　一巻一一号　昭和三八年一二月一日　100-115頁　50枚
　一〇月八～九日執筆
12　二巻一号　昭和三九年一月一日　280-295頁　50枚
　昭和三八年一一月九～一〇日執筆

〔収録〕
1303　海の蝶（昭和三九年一一月　講談社）
1324　海の蝶（昭和四二年四月　講談社ロマンブックス）

波の上　「小説新潮」一七巻二号　昭和三八年二月一日　24-41頁　＊64枚。生沢朗挿絵。昭和三七年一二月一～二日執筆。

〔収録〕
1289　ある関係（昭和三八年六月　講談社）

豚　「別冊文芸春秋」八三号　昭和三八年三月一五日　128-137頁　＊35枚。二月二四日執筆。

〔収録〕
1289　ある関係（昭和三八年六月　講談社）

梅雨期　「別冊小説新潮」一五巻二号　昭和三八年四月一五日　13-27頁　＊51枚。二月二六～二七日執筆。

〔収録〕
1289　ある関係（昭和三八年六月　講談社）

ある関係　「小説新潮」一七巻五号　昭和三八年五月一日　24-44頁　＊70枚。三月六日執筆。

〔収録〕
1289　ある関係（昭和三八年六月　講談社）

女医　「オール讀物」一八巻六号　昭和三八年六月一日　24-47頁　＊87枚。四月四～六日執筆。
〔収録〕
1292　女医（昭和三八年一一月　講談社）

夏の夜以来　「新潮」六〇年六号　昭和三八年六月一日　6-33頁　＊86枚。四月二二～二三日執筆。
〔収録〕
1292　女医（昭和三八年一一月　講談社）

女の絆　「別冊小説新潮」一五巻三号　昭和三八年六月一五日　13-32頁　＊70枚。五月二五～二七日執筆。
〔収録〕
1292　女医（昭和三八年一一月　講談社）

納豆の味　「小説中央公論」四巻六号　昭和三八年七月一日　40-47頁　＊23枚。五月一一日執筆。
〔収録〕
1292　女医（昭和三八年一一月　講談社）

制服と暴力　「小説中央公論」四巻七号　昭和三八年八月一日　22-45頁　＊73枚。三月三一日～四月一日執筆。
〔収録〕
1307　かりそめの妻の座（昭和四〇年二月　講談社）

貰ひ人と少女　「新潮」六九年八号　昭和三八年八月一日　212-221頁　＊31枚。六月二〇日執筆。
〔収録〕
1292　女医（昭和三八年一一月　講談社）

老女の価値　「小説新潮」一七巻九号　昭和三八年九月一日　346-366頁　＊74枚。七月七～九日執筆。
〔収録〕
1292　女医（昭和三八年一一月　講談社）

うまい空気　「別冊文芸春秋」八五号　昭和三八年九月一五日　46-51頁　＊20枚。八月二五日執筆。
〔収録〕
1301　浜娘（昭和三九年九月　講談社）

肌の棘　「別冊小説新潮」一五巻四号　昭和三八年一〇月一五日　14-27頁　＊50枚。八月二三～二四日執筆。

命なりけり　「朝日新聞」昭和三八年一一月二九日～三九年一二月八日　373回　＊１１８５枚。竹谷富士雄挿絵。
〔収録〕
1306　命なりけり（昭和四〇年一月　朝日新聞社）
2025　命なりけり（昭和四三年六月　新潮文庫）
5073　丹羽文雄文学全集7（昭和五〇年一〇月八日　講談社）
6032　日本文学全集21（昭和四一年一一月　河出書房新社）
6037　日本文学全集19（昭和四三年二月　河出書房新社）

闇の力　「オール讀物」一九巻一号　昭和三九年一月一日　62-74頁　＊46枚。昭和三八年一一月四～六日執筆。
〔収録〕
1301　浜娘（昭和三九年九月　講談社）

節操　「小説新潮」一八巻一号　昭和三九年一月一日　66-83頁　＊64枚。昭和三八年一一月三～四日執筆。
〔収録〕
1305　再婚（昭和三九年一二月　新潮社）

ある青年の死　「世界」二一七号　昭和三九年一月一日　310-320頁　＊41枚。昭和三八年一一月一六～一七日執筆。
〔収録〕
1301　浜娘（昭和三九年九月　講談社）
2039　母の晩年（昭和五六年九月　集英社文庫）
5055　丹羽文雄自選集（昭和四二年一〇月　集英社）
5080　丹羽文雄文学全集20（昭和五一年四月　講談社）

土地の風　「文芸」三巻一号　昭和三九年一月一日　172-206頁　＊106枚。昭和三八年一一月一〇～一一日執筆。
〔収録〕
1316　朝顔（昭和四一年六月　河出書房新社）

負け犬　「別冊小説新潮」六巻一号　昭和三九年一月一五日　274-292頁　＊69枚。昭和三八年一一月二七～二八日執筆。
〔収録〕
1305　再婚（昭和三九年一二月　新潮社）

おのれの業　「日本」七巻二号　昭和三九年二月一日　142-154頁　＊50枚。昭和三八年一二月執筆。
〔収録〕
1301　浜娘（昭和三九年九月　講談社）

浜娘　「文芸春秋」四二巻二号　昭和三九年二月一日　300-310頁　＊38枚。昭和三八年一二月二一日執筆。
〔収録〕
1301　浜娘（昭和三九年九月　講談社）
6032　日本文学全集21（昭和四一年一一月　河出書房新社）
6037　日本文学全集19（昭和四三年二月　河出書房新社）

かえらざる故郷　「報知新聞」昭和三九年二月二三日～四〇年七月一日　400回　＊１５００枚。『全集』では二月～四〇年六月とあるが誤り。
〔収録〕
1311　かえらざる故郷（昭和四〇年一〇月　講談社）
1332　かえらざる故郷（昭和四三年二月　報知新聞社）
1368　かえらざる故郷（昭和五二年五月　三笠書房）
1384　かえらざる故郷　上（昭和五六年四月　三笠書房）
1385　かえらざる故郷　下（昭和五六年四月　三笠書房）

祭の夜　「別冊文芸春秋」八七号　昭和三九年三月一四日　110-119頁　＊31枚。二月一八日執筆。

〔収録〕
1301 浜娘（昭和三九年九月　講談社）

驟雨「小説現代」二巻四号　昭和三九年四月一日　42-61頁
＊71枚。二月八日執筆。
〔収録〕
1301 浜娘（昭和三九年九月　講談社）

再婚「小説新潮」一八巻四号　昭和三九年四月一日　24-38頁
＊51枚。笠井一挿絵。二月六日執筆。
〔収録〕
1305 再婚（昭和三九年一二月　新潮社）

戯画「別冊小説新潮」一六巻二号　昭和三九年四月一五日
13-32頁　＊70枚。二月二七日執筆。
〔収録〕
1305 再婚（昭和三九年一二月　新潮社）

餞別「別冊小説新潮」一六巻三号　昭和三九年七月一五日
13-31頁　＊70枚。
〔収録〕
1305 再婚（昭和三九年一二月　新潮社）

朝顔「文芸」三巻八号　昭和三九年八月一日　140-165頁　＊76
枚。六月九～一一日執筆。
〔収録〕
1316 朝顔（昭和四一年六月　河出書房新社）
5112 丹羽文雄の短篇30選（昭和五九年一一月　角川書店）

夏草「オール読物」一九巻九号　昭和三九年九月一日　84-93
頁　＊27枚。七月七日執筆。「自筆メモ」では35枚。
〔収録〕
1307 かりそめの妻の座（昭和四〇年二月　講談社）

独身寮「小説新潮」一八巻九号　昭和三九年九月一日　326-344
頁　＊70枚。生沢朗挿絵。七月九～一〇日執筆。
〔収録〕
1312 雪の中の声（昭和四〇年一一月　新潮社）

汽笛「新潮」六一年九号　昭和三九年九月一日　115-123頁　＊
66枚。七月二七～二八日執筆。
〔収録〕
1305 再婚（昭和三九年一二月　新潮社）
6033 日本文学全集63（昭和四二年一月　集英社）

山の女「小説現代」二巻一〇号　昭和三九年一〇月一日
42-55頁　＊50枚。八月五～七日執筆。
〔収録〕
1307 かりそめの妻の座（昭和四〇年二月　講談社）

義母「別冊小説新潮」一六巻四号　昭和三九年一〇月一五日
13-30頁　＊70枚。八月二六～二九日執筆。

〔収録〕
1305 再婚（昭和三九年一二月 新潮社）

天職 「オール読物」二〇巻一号 昭和四〇年一月一日 268-277頁 ＊36枚。昭和三九年一一月四日執筆。
〔収録〕
1314 女心（昭和四一年四月 講談社）

隣家の法悦 「小説現代」三巻一号 昭和四〇年一月一日 62-76頁 ＊50枚。昭和三九年一一月八日執筆。
〔収録〕
1314 女心（昭和四一年四月 講談社）

妻の秘密 「小説新潮」一九巻一号 昭和四〇年一月一日 370-385頁 ＊60枚。竹谷富士雄挿絵。昭和三九年一一月六～七日執筆。
〔収録〕
1312 雪の中の声（昭和四〇年一一月 新潮社）

雪の中の声 「新潮」六二年一号 昭和四〇年一月一日 138-151頁 ＊48枚。昭和三九年一一月二六～二七日執筆。
〔収録〕
1312 雪の中の声（昭和四〇年一一月 新潮社）

魔身 「婦人公論」五〇巻一～一二号 昭和四〇年一月一日～一二月一日 12回 ＊427枚。田村孝之介挿絵。『全集』では「魔神」とあるが誤り。各掲載巻号は以下の通り。

1 五〇巻一号 昭和四〇年一月一日 284-293頁 36枚
昭和三九年一一月二〇日執筆
2 五〇巻二号 昭和四〇年二月一日 290-300頁 35枚
昭和三九年一二月一六日執筆
3 五〇巻三号 昭和四〇年三月一日 466-478頁 35枚
一月二二日執筆
4 五〇巻四号 昭和四〇年四月一日 430-446頁 36枚
二月一六日執筆
5 五〇巻五号 昭和四〇年五月一日 424-433頁 35枚
三月一六～一七日執筆
6 五〇巻六号 昭和四〇年六月一日 434-444頁 36枚
四月一六日執筆
7 五〇巻七号 昭和四〇年七月一日 434-444頁 35枚
五月二〇～二二日執筆
8 五〇巻八号 昭和四〇年八月一日 426-446頁 35枚
六月二二日執筆
9 五〇巻九号 昭和四〇年九月一日 300-309頁 35枚
七月一五～一八日執筆
10 五〇巻一〇号 昭和四〇年一〇月一日 342-352頁 35枚
八月二四日執筆
11 五〇巻一一号 昭和四〇年一一月一日 490-500頁 36枚
九月二〇～二二日執筆
12 五〇巻一二号 昭和四〇年一二月一日 438-448頁 38枚
一〇月二〇～二一日執筆

〔収録〕

1313　魔身（昭和四一年三月　中央公論社）
2036　魔身（昭和五五年三月　中公文庫）

欲の果て　「文芸」四巻一号　昭和四〇年一月一日　146-169頁
＊46枚。昭和三九年一一月二四日執筆。
〔収録〕
1316　朝顔（昭和四一年六月　河出書房新社）
5077　丹羽文雄文学全集19（昭和五一年二月　講談社）

世間師　「文芸春秋」四三巻一号　昭和四〇年一月一日　302-320頁　＊31枚。昭和三九年一一月一九日執筆。

焚火　「小説新潮」一九巻二号　昭和四〇年二月一日　344-363頁
＊70枚。山内豊喜挿絵。昭和三九年一二月一〇日執筆。
〔収録〕
1312　雪の中の声（昭和四〇年一一月　新潮社）

馬　「別冊文芸春秋」九一号　昭和四〇年三月一五日　160-169頁
＊33枚。二月二六～二七日執筆。
〔収録〕
1314　女心（昭和四一年四月　講談社）

父帰らず　「小説新潮」一九巻四号　昭和四〇年四月一日　24-40頁　＊63枚。二月八日執筆。
〔収録〕
1312　雪の中の声（昭和四〇年一一月　新潮社）

雲よ汝は　「マドモアゼル」六巻四～一二号　昭和四〇年四月一日～一二月一日　9回　＊262枚。都竹伸政挿絵。各掲載巻号は以下の通り。
1　六巻四号　昭和四〇年四月一日　304-315頁　50枚
二月一九～二〇日執筆
2　六巻五号　昭和四〇年五月一日　304-315頁　30枚
三月一二～一三日執筆
3　六巻六号　昭和四〇年六月一日　300-311頁　30枚
四月一一～一三日執筆
4　六巻七号　昭和四〇年七月一日　318-329頁　30枚
五月一六～一七日執筆
5　六巻八号　昭和四〇年八月一日　316-327頁　30枚
六月二〇日執筆
6　六巻九号　昭和四〇年九月一日　294-305頁
七月一二～一四日執筆
7　六巻一〇号　昭和四〇年一〇月一日　324-333頁　30枚
八月一四～一五日執筆
8　六巻一一号　昭和四〇年一一月一日（未見）30枚
九月一八日執筆
9　六巻一二号　昭和四〇年一二月一日　332-350頁　22枚
一〇月一七～一八日執筆
〔収録〕
1315　雲よ汝は（昭和四一年四月　集英社）

耳たぶ　「中央公論」八〇年五号　昭和四〇年五月一日　310-320頁　＊29枚。三月三一日～四月一日執筆。

〔収録〕
1314　女心（昭和四一年四月　講談社）

貞操模様　三友社　昭和四〇年五月二三日執筆開始。＊435回。１３０５枚。都竹伸政挿絵。河北新報、信濃毎日聞、山陽新聞などに連載。
河北新報（昭和四〇年六月五日～四一年八月一六日）
山陽新聞（昭和四〇年七月四日～四一年九月一四日）
長崎新聞（昭和四〇年一二月一五日～四二年二月二六日）
〔収録〕
1323　貞操模様（昭和四二年四月　新潮社）
1374　貞操模様（昭和五三年八月　三笠書房）

病葉　「オール読物」二〇巻六号　昭和四〇年六月一日　32-56頁　＊94枚。四月四～七日執筆。
〔収録〕
1314　女心（昭和四一年四月　講談社）

繃帯を外す時　「小説現代」三巻六号　昭和四〇年六月一日　42-56頁　＊50枚。四月九～一〇日執筆。
〔収録〕
1314　女心（昭和四一年四月　講談社）

四人の女　「小説新潮」一九巻七号　昭和四〇年七月一日　24-50頁　＊98枚。五月六～八日執筆。
〔収録〕
1312　雪の中の声（昭和四〇年一一月　新潮社）

拗ねる　「文芸」四巻七号　昭和四〇年七月一日　32-49頁　＊58枚。五月二三日執筆。
〔収録〕
1316　朝顔（昭和四一年六月　河出書房新社）

養豚場　「別冊小説新潮」一七巻三号　昭和四〇年七月一五日　13-23頁　＊42枚。五月二四日執筆。
〔収録〕
1312　雪の中の声（昭和四〇年一一月　新潮社）
5079　丹羽文雄文学全集20（昭和五一年四月　講談社）

親鸞　「産経新聞」昭和四〇年九月一四日～四四年三月三一日　＊１２８２回。３６７１枚。都竹伸政挿絵。
〔収録〕
1338　親鸞１（昭和四四年五月　新潮社）
1339　親鸞２（昭和四四年六月　新潮社）
1340　親鸞３（昭和四四年七月　新潮社）
1341　親鸞４（昭和四四年八月　新潮社）
1342　親鸞５（昭和四四年九月　新潮社）
1354　新版親鸞　上（昭和四八年九月　新潮社）
1355　新版親鸞　中（昭和四八年九月　新潮社）
1356　新版親鸞　下（昭和四八年九月　新潮社）
2040　親鸞（一）（昭和五六年九月　新潮文庫）
2041　親鸞（二）（昭和五六年九月　新潮文庫）

2042　親鸞（三）（昭和五六年一〇月　新潮文庫）
2043　親鸞（四）（昭和五六年一〇月　新潮文庫）
5081　丹羽文雄文学全集26（昭和五一年六月　講談社）
5082　丹羽文雄文学全集27（昭和五一年七月　講談社）
5083　丹羽文雄文学全集28（昭和五一年八月　講談社）

傘と祭り　「オール読物」二〇巻一〇号　昭和四〇年一〇月一日　128-139頁　＊45枚。八月九日執筆。
〔収録〕
1314　女心（昭和四一年四月　講談社）

結婚という就職　「別冊小説新潮」一七巻四号　昭和一〇月一五日　13-26頁　＊51枚。八月二八～二九日執筆。
〔収録〕
1319　母の始末書（昭和四一年八月　新潮社）

有料道路　「週刊文春」七巻四四号～八巻四六号　昭和四〇年一一月一日～四一年一一月二一日　55回　＊863枚。丹羽文雄題字、都竹伸政挿絵。各掲載巻号は以下の通り。
1　七巻四四号　昭和四〇年一一月一日　44-48頁
2　七巻四五号　昭和四〇年一一月八日　44-48頁
3　七巻四六号　昭和四〇年一一月一五日　44-48頁
4　七巻四七号　昭和四〇年一一月二二日　44-48頁
5　七巻四八号　昭和四〇年一一月二九日　44-48頁
6　七巻四九号　昭和四〇年一二月六日　44-48頁
7　七巻五〇号　昭和四〇年一二月一三日　46-50頁
8　七巻五一号　昭和四〇年一二月二〇日　46-50頁
9　七巻五二号　昭和四〇年一二月二七日　46-50頁
10　八巻一号　昭和四一年一月三日（一月三日・一〇日合併号）　64-68頁
11　八巻二号　昭和四一年一月一七日　44-48頁
12　八巻三号　昭和四一年一月二四日　44-48頁
13　八巻四号　昭和四一年一月三一日　44-48頁
14　八巻五号　昭和四一年二月七日　44-48頁
15　八巻六号　昭和四一年二月一四日　46-50頁
16　八巻七号　昭和四一年二月二一日　42-46頁
17　八巻八号　昭和四一年二月二八日　48-52頁
18　八巻九号　昭和四一年三月七日　46-50頁
19　八巻一〇号　昭和四一年三月一四日　44-48頁
20　八巻一一号　昭和四一年三月二一日　44-48頁
21　八巻一二号　昭和四一年三月二八日　46-50頁
22　八巻一三号　昭和四一年四月四日　46-50頁
23　八巻一四号　昭和四一年四月一一日　46-50頁
24　八巻一五号　昭和四一年四月一八日　52-56頁
25　八巻一六号　昭和四一年四月二五日　46-50頁
26　八巻一七号　昭和四一年五月二日　44-48頁
27　八巻一八号　昭和四一年五月九日　52-56頁
28　八巻一九号　昭和四一年五月一六日　44-48頁
29　八巻二〇号　昭和四一年五月二三日　46-50頁
30　八巻二一号　昭和四一年五月三〇日　44-48頁
31　八巻二二号　昭和四一年六月六日　44-48頁
32　八巻二三号　昭和四一年六月一三日　46-50頁

33 八巻二四号 昭和四一年六月二〇日 46-50頁
34 八巻二五号 昭和四一年六月二七日 46-50頁
35 八巻二六号 昭和四一年七月四日 54-58頁
36 八巻二七号 昭和四一年七月一一日 46-50頁
37 八巻二八号 昭和四一年七月一八日 46-50頁
38 八巻二九号 昭和四一年七月二五日 46-50頁
39 八巻三〇号 昭和四一年八月一日 54-58頁
40 八巻三一号 昭和四一年八月八日 44-48頁
41 八巻三二号 昭和四一年八月一五日 44-48頁
42 八巻三三号 昭和四一年八月二二日 56-60頁
43 八巻三四号 昭和四一年八月二九日 44-48頁
44 八巻三五号 昭和四一年九月五日 44-48頁
45 八巻三六号 昭和四一年九月一二日 44-48頁
46 八巻三七号 昭和四一年九月一九日 44-48頁
47 八巻三八号 昭和四一年九月二六日 46-50頁
48 八巻三九号 昭和四一年一〇月三日 46-50頁
49 八巻四〇号 昭和四一年一〇月一〇日 46-50頁
50 八巻四一号 昭和四一年一〇月一七日 52-56頁
51 八巻四二号 昭和四一年一〇月二四日 44-48頁
52 八巻四三号 昭和四一年一〇月三一日 44-48頁
53 八巻四四号 昭和四一年一一月七日 44-48頁
54 八巻四五号 昭和四一年一一月一四日 46-50頁
55 八巻四六号 昭和四一年一一月二一日 46-50頁

〔収録〕
1320 有料道路（昭和四二年三月 文芸春秋）
1366 有料道路（昭和五一年七月 三笠書房）

追憶 「小説新潮」一九巻一一号 昭和四〇年一一月一日 24-37頁 ＊53枚。
〔収録〕
1319 母の始末書（昭和四一年八月 新潮社）

半裂き 「別冊文芸春秋」九四号 昭和四〇年一二月一五日 63-72頁 ＊33枚。一一月二一日執筆。
〔収録〕
1314 女心（昭和四一年四月 講談社）

溝板 「小説新潮」二〇巻一号 昭和四一年一月一日 377-389頁 ＊47枚。都竹伸政挿絵。昭和四〇年一一月七～八日執筆。
〔収録〕
1319 母の始末書（昭和四一年八月 新潮社）

無軌道 「別冊小説新潮」一八巻一号 昭和四一年一月一五日 15-25頁 ＊42枚。昭和四〇年一一月二八日執筆。
〔収録〕
1319 母の始末書（昭和四一年八月 新潮社）

喋り口 「オール読物」二一巻二号 昭和四一年二月一日 30-39頁 ＊34枚。昭和四〇年一二月七日執筆。
〔収録〕
1331 蛾（昭和四三年二月 講談社）

女心 「小説現代」四巻二号 昭和四一年二月一日 70-84頁

＊50枚。昭和四〇年一二月八日執筆。
〔収録〕
1314　女心（昭和四一年四月　講談社）

情死の内容　「小説新潮」二〇巻二号　昭和四一年二月一日　366-378頁　＊45枚。竹谷富士雄挿絵。昭和四〇年一二月九～一〇日執筆。
〔収録〕
1319　母の始末書（昭和四一年八月　新潮社）

野犬　「文芸」五巻二号　昭和四一年二月一日　96-113頁　＊45枚。昭和四〇年一二月一八日執筆。
〔収録〕
1316　朝顔（昭和四一年六月　河出書房新社）

靴直し　「文芸春秋」四四巻二号　昭和四一年二月一日　336-344頁　＊29枚。昭和四〇年一二月一二日執筆。
〔収録〕
1331　蛾（昭和四三年二月　講談社）

舞台裏　「別冊小説新潮」一八巻二号　昭和四一年四月一五日　272-294頁　＊86枚。二月二五～二六日執筆。
〔収録〕
1319　母の始末書（昭和四一年八月　新潮社）

浴室の妻　「時」九巻四号　昭和四一年四月一日　270-280頁　＊33枚。都竹伸政挿絵。二月二二日執筆。

茶の間　「新潮」六三年五号　昭和四一年五月一日　38-46頁　＊30枚。三月二五日執筆。
〔収録〕
1319　母の始末書（昭和四一年八月　新潮社）
5112　丹羽文雄の短篇30選（昭和五九年一一月　角川書店）

少年の日　「オール読物」二一巻六号　昭和四一年六月一日　68-77頁　＊33枚。四月五日執筆。
〔収録〕
1331　蛾（昭和四三年二月　講談社）

母の始末書　「小説新潮」二〇巻七号　昭和四一年七月一日　26-39頁　＊50枚。五月八～九日執筆。
〔収録〕
1319　母の始末書（昭和四一年八月　新潮社）

人妻　「別冊小説新潮」一八巻三号　昭和四一年七月一五日　13-33頁　＊70枚。五月二八～三〇日執筆。
〔収録〕
1327　人妻（昭和四二年八月　新潮社）

三十女　「オール読物」二一巻八号　昭和四一年八月一日　68-76頁　＊33枚。六月二五日執筆。

昔の路　「小説新潮」二〇巻一〇号　昭和四一年一〇月一日　356-363頁　＊32枚。八月三～五日執筆。
〔収録〕
1327　人妻（昭和四二年八月　新潮社）

昼顔　「別冊小説新潮」一八巻四号　昭和四一年一〇月一五日　268-295頁　＊124枚。八月二〇～二三日執筆。
〔収録〕
1327　人妻（昭和四二年八月　新潮社）

静かな夜　「オール読物」二一巻一一号　昭和四一年一一月一日　66-73頁　＊29枚。九月七日執筆。
〔収録〕
1331　蛾（昭和四三年二月　講談社）

濃霧　「別冊文芸春秋」九八号　昭和四一年一二月五日　44-54頁　＊40枚。一一月一六日執筆。

晩秋　「週刊朝日」七二巻一号～七三巻八号　昭和四二年一月一日～昭和四三年二月二三日　60回　＊１０５３枚。小磯良平挿絵。『全集』では一月一日～四三年一〇月二五日とあるが誤り。各掲載巻号は以下の通り。

1	七二巻一号	昭和四二年一月一日	68-72頁
2	七二巻二号	昭和四二年一月一三日	52-56頁
3	七二巻三号	昭和四二年一月二〇日	50-54頁
4	七二巻四号	昭和四二年一月二七日	52-56頁
5	七二巻五号	昭和四二年二月三日	64-68頁
6	七二巻六号	昭和四二年二月一〇日	52-56頁
7	七二巻七号	昭和四二年二月一七日	56-60頁
8	七二巻八号	昭和四二年二月二四日	52-56頁
9	七二巻九号	昭和四二年三月三日	52-56頁
10	七二巻一一号	昭和四二年三月一〇日	52-56頁
11	七二巻一二号	昭和四二年三月一七日	56-60頁
12	七二巻一三号	昭和四二年三月二四日	60-64頁
13	七二巻一四号	昭和四二年三月三一日	58-62頁
14	七二巻一五号	昭和四二年四月七日	58-62頁
15	七二巻一六号	昭和四二年四月一四日	50-54頁
16	七二巻一七号	昭和四二年四月二一日	56-60頁
17	七二巻一八号	昭和四二年四月二八日	86-90頁
18	七二巻一九号	昭和四二年五月五日	90-94頁
19	七二巻二〇号	昭和四二年五月一二日	100-104頁
20	七二巻二一号	昭和四二年五月一九日	84-88頁
21	七二巻二二号	昭和四二年五月二六日	94-98頁
22	七二巻二三号	昭和四二年六月二日	86-90頁
23	七二巻二四号	昭和四二年六月九日	84-88頁
24	七二巻二五号	昭和四二年六月一六日	90-94頁
25	七二巻二六号	昭和四二年六月二三日	90-94頁
26	七二巻二八号	昭和四二年六月三〇日	92-96頁
27	七二巻二九号	昭和四二年七月七日	92-96頁
28	七二巻三〇号	昭和四二年七月一四日	60-64頁
29	七二巻三一号	昭和四二年七月二一日	52-56頁
30	七二巻三二号	昭和四二年七月二八日	68-72頁

31	七二巻三三号	昭和四二年八月四日	74-78頁
32	七二巻三四号	昭和四二年八月一一日	60-64頁
33	七二巻三六号	昭和四二年八月一八日	78-82頁
34	七二巻三七号	昭和四二年八月二五日	76-80頁
35	七二巻三八号	昭和四二年九月一日	76-80頁
36	七二巻三九号	昭和四二年九月八日	78-82頁
37	七二巻四〇号	昭和四二年九月一五日	78-82頁
38	七二巻四一号	昭和四二年九月二二日	81-85頁
39	七二巻四二号	昭和四二年九月二九日	92-96頁
40	七二巻四三号	昭和四二年一〇月六日	92-96頁
41	七二巻四四号	昭和四二年一〇月一三日	87-91頁
42	七二巻四五号	昭和四二年一〇月二〇日	87-91頁
43	七二巻四六号	昭和四二年一〇月二七日	89-93頁
44	七二巻四七号	昭和四二年一一月三日	83-87頁
45	七二巻四八号	昭和四二年一一月一〇日	83-87頁
46	七二巻四九号	昭和四二年一一月一七日	91-95頁
47	七二巻五〇号	昭和四二年一一月二四日	97-101頁
48	七二巻五一号	昭和四二年一二月一日	98-102頁
49	七二巻五二号	昭和四二年一二月八日	96-100頁
50	七二巻五三号	昭和四二年一二月一五日	106-110頁
51	七二巻五四号	昭和四二年一二月二二日	96-100頁
52	七二巻五五号	昭和四二年一二月二九日	96-100頁
53	七三巻一号	昭和四三年一月五日	108-112頁
54	七三巻二号	昭和四三年一月一二日	108-112頁
55	七三巻三号	昭和四三年一月一九日	90-94頁
56	七三巻四号	昭和四三年一月二六日	84-88頁
57	七三巻五号	昭和四三年二月二日	84-88頁
58	七三巻六号	昭和四三年二月九日	84-88頁
59	七三巻七号	昭和四三年二月一六日	86-90頁
60	七三巻八号	昭和四三年二月二三日	88-92頁

〔収録〕
1333　晩秋（昭和四三年三月　朝日新聞社）
1362　晩秋（昭和四九年一二月　三笠書房）
5074　丹羽文雄文学全集9（昭和五〇年一一月　講談社）

畠の蛭　「小説現代」五巻一号　昭和四二年一月一日　42-55頁
＊35枚。昭和四一年一一月二〜三日執筆。
〔収録〕
1331　蛾（昭和四三年二月　講談社）

友情　「小説新潮」二一巻一号　昭和四二年一月一日　26-35頁
＊51枚。竹谷富士雄挿絵。昭和四一年一一月執筆。
〔収録〕
1327　人妻（昭和四二年八月　新潮社）

あの晩の月　「別冊小説新潮」一九巻一号　昭和四二年一月一五日　15-27頁　＊52枚。昭和四一年一一月一九〜二〇日執筆。
〔収録〕
1327　人妻（昭和四二年八月　新潮社）

輪踊り　「オール読物」二二巻二号　昭和四二年二月一日

34-59頁　＊103枚。昭和四一年一二月六～七日執筆。

蛾「群像」二二巻二号　昭和四二年二月一日　6-27頁　＊71枚。昭和四一年一二月一五日執筆。

〔収録〕
1331　蛾（昭和四三年二月　講談社）
2039　母の晩年（昭和五六年九月　集英社文庫）
5055　丹羽文雄自選集（昭和四二年一〇月　集英社）
5069　丹羽文雄文学全集24（昭和五〇年六月　講談社）
5112　丹羽文雄の短篇30選（昭和五九年一一月　角川書店）
6049　新潮日本文学28（昭和四六年三月　新潮社）
7081　文学選集33（昭和四三年五月　講談社）

水捌け「小説新潮」二一巻四号　昭和四二年四月一日　26-37頁　＊42枚。二月七日執筆。

〔収録〕
1327　人妻（昭和四二年八月　新潮社）

茶畑から「別冊小説新潮」一九巻二号　昭和四二年四月一五日　15-25頁　＊42枚。二月二四～二五日執筆。

〔収録〕
1327　人妻（昭和四二年八月　新潮社）

不信「小説新潮」二一巻五号　昭和四二年五月一日　26-35頁　＊21枚。三月五日執筆。

〔収録〕
1327　人妻（昭和四二年八月　新潮社）

楢の木「別冊文芸春秋」一〇〇号　昭和四二年六月五日　196-205頁　＊35枚。五月三日執筆。

〔収録〕
1331　蛾（昭和四三年二月　講談社）

薄倖「小説新潮」二一巻七号　昭和四二年七月一日　26-31頁　＊39枚。笠井一挿絵。五月七～八日執筆。

〔収録〕
1327　人妻（昭和四二年八月　新潮社）

宿敵「別冊小説新潮」一九巻三号　昭和四二年七月一五日　15-25頁　＊44枚。五月二七～二八日執筆。

〔収録〕
1335　海辺の告白（昭和四三年一一月　講談社）

約束「週刊読売」臨時増刊号　昭和四二年七月　＊54枚。

〔収録〕
1331　蛾（昭和四三年二月　講談社）

般若「オール読物」二二巻八号　昭和四二年八月一日　66-78頁　＊54枚。

〔収録〕
1331　蛾（昭和四三年二月　講談社）

婚外結婚　「読売新聞」　昭和四二年九月二四日～四三年一〇月一四日　384回　＊１１００枚。竹谷富士雄挿絵。
〔収録〕
1335　婚外結婚（昭和四四年二月　新潮社）
1372　婚外結婚（昭和五三年三月　三笠書房）

焚火　「小説新潮」　二一巻一〇号　昭和四二年一〇月一日　28-37頁　＊35枚。阪口茂雄挿絵。七月三一日～八月一日執筆。
〔収録〕
1335　海辺の告白（昭和四三年一一月　講談社）

田舎道　「別冊小説新潮」　一九巻四号　昭和四二年一〇月一五日　15-26頁　＊49枚。八月一七～一八日執筆。
〔収録〕
1335　海辺の告白（昭和四三年一一月　講談社）

ひとりぼっち　「群像」　二三巻一号　昭和四三年一月一日　115-123頁　＊55枚。昭和四二年一一月二六日執筆。
〔収録〕
1335　海辺の告白（昭和四三年一一月　講談社）

人生行路　「小説現代」　六巻一号　昭和四三年一月一日　112-123頁　＊40枚。昭和四二年一一月九～一〇日執筆。
〔収録〕
1335　海辺の告白（昭和四三年一一月　講談社）

海辺の告白　「小説新潮」　二二巻一号　昭和四三年一月一日　42-55頁　＊52枚。昭和四二年一一月一～三日執筆。
〔収録〕
1335　海辺の告白（昭和四三年一一月　講談社）

赤い三日月　「別冊小説新潮」　二〇巻一号　昭和四三年一月一五日　15-25頁　＊69枚。昭和四二年一一月二三日執筆。なお「自筆メモ」では44枚。
〔収録〕
1335　海辺の告白（昭和四三年一一月　講談社）

かね子と絹江　「オール讀物」　二三巻二号　昭和四三年二月一日　100-112頁　＊47枚。昭和四二年一二月六日執筆。
〔収録〕
1335　海辺の告白（昭和四三年一一月　講談社）

三人の妻　「小説新潮」　二二巻四号　昭和四三年四月一日　26-38頁　＊46枚。二月五日執筆。
〔収録〕
1335　海辺の告白（昭和四三年一一月　講談社）

塵の人　「別冊小説新潮」　二〇巻二号　昭和四三年四月一五日　15-25頁　＊40枚。二月五日執筆。

花のない果実　「小説現代」　六巻六号　昭和四三年六月一日　106-117頁　＊42枚。四月九日執筆。

〔収録〕
1335　海辺の告白（昭和四三年一一月　講談社）

かれの女友達　「別冊小説新潮」二〇巻三号　昭和四三年七月一五日　15-24頁　＊40枚。五月二一～二二日執筆。
〔収録〕
1335　海辺の告白（昭和四三年一一月　講談社）

危険な遊び　「小説新潮」二二巻八号　昭和四三年八月一日　28-37頁　＊41枚。六月八～九日執筆。
〔収録〕
1335　海辺の告白（昭和四三年一一月　講談社）

女の運命　「報知新聞」昭和四三年九月二八日～四四年一〇月二七日　400回　＊１１２０枚。田村孝之介挿絵。のち「運命」に改題。
〔収録〕
1344　運命（昭和四五年二月　講談社）
1364　運命（昭和五〇年一二月　三笠書房）

妻の気持　「別冊小説新潮」二〇巻四号　昭和四三年一〇月一五日　15-25頁　＊44枚。八月二四日執筆。
〔収録〕
1343　肉親賦（昭和四四年一〇月　新潮社）

追憶　「月刊ペン」創刊号　昭和四三年一一月一日　338-351頁　＊49枚。創刊特大号。九月一六～一七日執筆。
〔収録〕
1343　肉親賦（昭和四四年一〇月　新潮社）

無慚　「小説新潮」二二巻一一号　昭和四三年一一月一日　28-35頁　＊26枚。九月二日執筆。
〔収録〕
1343　肉親賦（昭和四四年一〇月　新潮社）

肉親賦　「群像」二四巻一号　昭和四四年一月一日　90-115頁　＊83枚。一一月二四～二六日執筆。
〔収録〕
1343　肉親賦（昭和四四年一〇月　新潮社）
1405　母、そしてふるさと（平成一八年四月　四日市市立博物館）
2039　母の晩年（昭和五六年九月　集英社文庫）
5061　丹羽文雄文学全集３（昭和四九年九月　講談社）

蛙　「小説現代」七巻一号　昭和四四年一月一日　104-115頁　＊48枚。昭和四三年一一月九日執筆。
〔収録〕
1343　肉親賦（昭和四四年一〇月　新潮社）

私の告白　「小説新潮」二三巻一号　昭和四四年一月一日　54-63頁　＊36枚。昭和四三年一一月六日執筆。
〔収録〕

1343　肉親賦（昭和四四年一〇月　新潮社）

にわか雨　「小説新潮」二三巻四号　昭和四四年四月一日　56-66頁　＊42枚。二月二日執筆。

〔収録〕
1343　肉親賦（昭和四四年一〇月　新潮社）

恩愛　「小説新潮」二三巻六号　昭和四四年六月一日　406-425頁　＊77枚。四月六～七日執筆。

〔収録〕
1343　肉親賦（昭和四四年一〇月　新潮社）

舞台　「小説新潮」二三巻一〇号　昭和四四年一〇月一日　30-41頁　＊45枚。七月三〇～三一日執筆。

〔収録〕
1347　燕楽闇（昭和四六年九月　講談社）

寝椅子の上で　「早稲田文学」一巻九号　昭和四四年一〇月一日　48-55頁　＊32枚。七月二九～三〇日執筆。

〔収録〕
1343　肉親賦（昭和四四年一〇月　新潮社）
5061　丹羽文雄文学全集3（昭和四九年九月　講談社）

解氷　三友社　昭和四四年一〇月二三日～四五年一〇月　360回　＊1320枚。鈴木正挿絵。掲載紙により連載期間は異なる。確認できたものは以下の通り。

河北新報（昭和四四年一一月一六日～四五年一一月一四日）
京都新聞（昭和四四年一〇月三日～四五年一二月二六日）
高知新聞（昭和四四年一一月二八日～四五年一一月二六日夕刊）
長崎新聞（昭和四五年六月二三日～四六年六月二一日）
新潟日報（昭和四五年六月一〇日～四六年六月八日）
山梨日日新聞（昭和四五年一月二七日～四六年一月二五日）

〔収録〕
1348　解氷（昭和四六年一一月　新潮社）
2045　解氷の音（昭和五八年四月　集英社文庫）

声　「月刊ペン」二巻一一号　昭和四四年一一月一日　280-288頁　＊26枚。九月二一～二二日執筆。

太陽蝶　「家の光」四六巻一号～四七巻一二号　昭和四五年一月一日～四六年一二月一日　24回　＊747枚。都竹伸政挿絵。各掲載巻号は以下の通り。

1　四六巻一号　昭和四五年一月一日　72-81頁　30枚
　昭和四四年一一月一五日執筆
2　四六巻二号　昭和四五年二月一日　62-71頁　30枚
　昭和四四年一二月一五日執筆
3　四六巻三号　昭和四五年三月一日　72-81頁　30枚
　一月七～八日執筆
4　四六巻四号　昭和四五年四月一日　66-75頁　30枚
　二月一二日執筆
5　四六巻五号　昭和四五年五月一日　104-114頁　30枚

三月一三日執筆
6　四六巻六号　昭和四五年六月一日　116-125頁　30枚
四月一五日執筆
7　四六巻七号　昭和四五年七月一日　124-133頁　30枚
五月執筆
8　四六巻八号　昭和四五年八月一日　140-149頁　30枚
六月執筆
9　四六巻九号　昭和四五年九月一日　134-143頁　30枚
七月一二～一三日執筆
10　四六巻一〇号　昭和四五年一〇月一日　136-145頁　30枚
八月一一～一三日執筆
11　四六巻一一号　昭和四五年一一月一日　136-145頁　30枚
九月一七日執筆
12　四六巻一二号　昭和四五年一二月一日　140-149頁　30枚
一〇月一七日執筆
13　四七巻一号　昭和四六年一月一日　144-153頁　30枚
昭和四五年一一月一四日執筆
14　四七巻二号　昭和四六年二月一日　148-157頁　30枚
昭和四五年一二月一三日執筆
15　四七巻三号　昭和四六年三月一日　140-149頁　30枚
一月一六～一七日執筆
16　四七巻四号　昭和四六年四月一日　144-153頁　30枚
二月一四日執筆
17　四七巻五号　昭和四六年五月一日　144-153頁　30枚
三月一七日執筆
18　四七巻六号　昭和四六年六月一日　144-153頁　30枚
四月一七日執筆
19　四七巻七号　昭和四六年七月一日　144-153頁　30枚
五月一六日執筆
20　四七巻八号　昭和四六年八月一日　144-153頁　30枚
六月執筆
21　四七巻九号　昭和四六年九月一日　144-153頁　30枚
七月一五日執筆
22　四七巻一〇号　昭和四六年一〇月一日　134-143頁
八月一四～一五日執筆
23　四七巻一一号　昭和四六年一一月一日　136-145頁
九月八～九日執筆
24　四七巻一二号　昭和四六年一二月一日　130-139頁
一一月一五日執筆

〔収録〕
1350　太陽蝶（昭和四七年七月　新潮社）
5076　丹羽文雄文学全集2（昭和五一年一月　講談社）

枯草《こそう》の身　「群像」二五巻一号　昭和四五年一月一日　85-102頁
＊57枚。昭和四四年一一月二五～二六日執筆。
〔収録〕
1347　燕楽閣（昭和四六年九月　講談社）

桐の木　「小説新潮」二四巻一号　昭和四五年一月一日　78-88頁　＊38枚。昭和四四年一一月三～六日執筆。
〔収録〕
1347　燕楽閣（昭和四六年九月　講談社）

無慚無愧　「文学界」二四巻三号　昭和四五年三月一日　30-127頁　＊380枚。一月一～一八日執筆。
〔収録〕
1345　無慚無愧（昭和四五年四月　文芸春秋）
2035　有情（昭和五四年八月　集英社文庫）
5076　丹羽文雄文学全集２（昭和五一年一月　講談社）

鼠と油虫　「小説新潮」二四巻四号　昭和四五年四月一日　32-38頁　＊25枚。二月三日執筆。
〔収録〕
1347　燕楽閣（昭和四六年九月　講談社）

白い椅子　「日本経済新聞」昭和四五年八月一六日～四六年八月一五日　361回　＊１０８３枚。都竹伸政挿絵。
〔収録〕
1349　白い椅子（昭和四七年五月　講談社）
1369　白い椅子（昭和五二年九月　三笠書房）
2032　白い椅子（昭和五三年四月　講談社文庫）

二度の空港　「小説新潮」二四巻一〇号　昭和四五年一〇月一日　32-44頁　＊50枚。八月一～二日執筆。
〔収録〕
1347　燕楽閣（昭和四六年九月　講談社）

訪問　「別冊小説新潮」二二巻四号　昭和四五年一〇月一五日　17-24頁　＊30枚。八月二一日執筆。
〔収録〕
1347　燕楽閣（昭和四六年九月　講談社）

蓮如　「中央公論」八六年一号～九六年七号　昭和四六年一月一日～五六年六月一日　121回　＊４８８１枚。羽石光志装画。昭和四八年一月～四月は休載。これは昭和四七年六月二〇日付「朝日新聞」に「丹羽文雄氏が無断掲載」とする記事に端を発し、福井大学教授（当時）の重松明久氏との間に無断引用問題が起こったためである。この問題を受け、丹羽は文芸家協会会長を辞任。第二三回（八七年一一号　昭和四七年一一月一日）以降末尾に毎回参考文献が掲載されている。このような対応から、丹羽は無断引用を認めたかの印象を受けるが、丹羽は連載第七回にあたる八六年七号（昭和四六年七月一日）の末尾に「付記」として「参考書作品の作者に対しては事前に許諾を得ているが、慣例に従い、この小説の完結のときにその本の名と作者名を誌させてもらいたいと思っている」（343頁）と記していた。この「付記」が事前に発表されていたこと、毎回参考文献を明示することなどで、重松氏とは昭和五〇年に和解している。各掲載巻号は以下の通り。
1　八六年一号　昭和四六年一月一日　344-361頁　50枚
　昭和四五年一一月一六～一八日執筆
2　八六年二号　昭和四六年二月一日　346-361頁　51枚
　昭和四五年一二月執筆
3　八六年三号　昭和四六年三月一日　360-377頁　58枚
　一月一〇日執筆
4　八六年四号　昭和四六年四月一日　320-339頁　61枚

二月六〜一一日執筆
5　八六年五号　昭和四六年五月一日　310-325頁　52枚
三月一二〜一三日執筆
6　八六年六号　昭和四六年六月一日　360-377頁　50枚
四月一二〜一三日執筆
7　八六年七号　昭和四六年七月一日　328-343頁　50枚
五月一一〜一三日執筆
8　八六年八号　昭和四六年八月一日　378-393頁　51枚
六月一〇〜一三日執筆
9　八六年九号　昭和四六年九月一日　394-409頁　50枚
七月一二〜一三日執筆
10　八六年一〇号　昭和四六年一〇月一日　378-393頁　51枚
八月九〜一三日執筆
11　八六年一一号　昭和四六年一一月一日　378-393頁　51枚
九月五〜七日執筆
12　八六年一二号　昭和四六年一二月一日　366-382頁　50枚
一〇月一三〜一五日執筆
13　八七年一号　昭和四七年一月一日　376-393頁　54枚
昭和四六年一一月九〜一二日執筆
14　八七年二号　昭和四七年二月一日　344-361頁　56枚
昭和四六年一二月一〇〜一二日執筆
15　八七年三号　昭和四七年三月一日　376-393頁　50枚
一月八〜一一日執筆
16　八七年四号　昭和四七年四月一日　375-393頁　54枚
二月四〜九日執筆
17　八七年五号　昭和四七年五月一日　344-361頁　50枚
三月九〜一二日執筆
18　八七年六号　昭和四七年六月一日　408-425頁　51枚
四月八〜一一日執筆
19　八七年七号　昭和四七年七月一日　344-361頁　50枚
五月一二〜一四日執筆
20　八七年八号　昭和四七年八月一日　408-425頁　51枚
六月四〜九日執筆
21　八七年九号　昭和四七年九月一日　352-361頁　52枚
七月八〜九日執筆
22　八七年一〇号　昭和四七年一〇月一日　344-361頁　52枚
八月七〜一〇日執筆
23　八七年一一号　昭和四七年一一月一日　376-393頁　50枚
九月一〜八日執筆
24　八七年一二号　昭和四七年一二月一日　400-417頁　53枚
九月二五〜二九日執筆
25　八八年五号　昭和四八年五月一日　376-393頁　51枚
二月二六日〜三月一日執筆
26　八八年六号　昭和四八年六月一日　408-425頁　51枚
四月二〜五日執筆
27　八八年七号　昭和四八年七月一日　410-425頁　48枚
五月四〜七日執筆
28　八八年八号　昭和四八年八月一日　376-393頁　53枚
六月七〜九日執筆
29　八八年九号　昭和四八年九月一日　408-425頁　57枚
六月三〇日〜七月四日執筆
30　八八年一〇号　昭和四八年一〇月一日　248-265頁　52枚

七月二七～三一日執筆

31 八八年一一号　昭和四八年一一月一日　376-393頁　54枚
八月二四～二七日執筆

32 八八年一二号　昭和四八年一二月一日　376-393頁　52枚
九月二五～二九日執筆

33 八九年一号　昭和四九年一月一日　408-425頁　53枚
昭和四八年一〇月二九日～一一月二日執筆

34 八九年二号　昭和四九年二月一日　318-329頁　33枚
昭和四八年一二月二～四日執筆

35 八九年三号　昭和四九年三月一日　318-329頁　35枚
二月執筆

36 八九年四号　昭和四九年四月一日　350-361頁　35枚
二月一～三日執筆

37 八九年五号　昭和四九年五月一日　266-277頁　36枚
二月一～三日執筆

38 八九年六号　昭和四九年六月一日　318-329頁　26枚
三月二九～三一日執筆

39 八九年七号　昭和四九年七月一日　350-361頁　35枚
五月三日執筆

40 八九年八号　昭和四九年八月一日　350-361頁　37枚
六月一～四日執筆

41 八九年九号　昭和四九年九月一日　358-369頁　35枚
七月一～三日執筆

42 八九年一〇号　昭和四九年一〇月一日　358-369頁　37枚
八月六～九日執筆

43 八九年一一号　昭和四九年一一月一日　358-369頁　35枚
八月三一日～九月一日執筆

44 八九年一二号　昭和四九年一二月一日　352-363頁　36枚
一一月一～六日執筆

45 九〇年一号　昭和五〇年一月一日　362-373頁　32枚
昭和四九年一一月二～四日執筆

46 九〇年二号　昭和五〇年二月一日　325-337頁　38枚
昭和四九年一二月五～七日執筆

47 九〇年三号　昭和五〇年三月一日　360-371頁　36枚
一月八～一〇日執筆

48 九〇年四号　昭和五〇年四月一日　358-370頁　39枚
二月三～六日執筆

49 九〇年五号　昭和五〇年五月一日　356-369頁　36枚
三月一～五日執筆

50 九〇年六号　昭和五〇年六月一日　358-369頁　36枚
四月二～四日執筆

51 九〇年七号　昭和五〇年七月一日　355-369頁　40枚
六月五～八日執筆

52 九〇年八号　昭和五〇年八月一日　358-371頁　39枚
六月二九日～七月三日執筆

53 九〇年九号　昭和五〇年九月一日　388-401頁　35枚
八月八～一二日執筆

54 九〇年一〇号　昭和五〇年一〇月一日　390-401頁　32枚
九月八～一一日執筆

55 九〇年一二号　昭和五〇年一二月一日　318-331頁　39枚
一〇月六日執筆

56 九一年一号　昭和五一年一月一日　420-432頁　37枚

昭和五〇年一一月五~七日執筆

57　九一年二号　昭和五一年二月一日　334-346頁　38枚
昭和五〇年一二月一~三日執筆

58　九一年三号　昭和五一年三月一日　387-400頁　40枚
一月七~一〇日執筆

59　九一年四号　昭和五一年四月一日　393-404頁　36枚
二月六~一〇日執筆

60　九一年五号　昭和五一年五月一日　419-432頁　40枚
三月九~一三日執筆

61　九一年六号　昭和五一年六月一日　396-408頁　37枚
四月九~一〇日執筆

62　九一年七号　昭和五一年七月一日　392-404頁　38枚
四月二二~二八日執筆

63　九一年八号　昭和五一年八月一日　428-440頁　37枚
六月一一~一四日執筆

64　九一年九号　昭和五一年九月一日　336-346頁　33枚
七月九~一二日執筆

65　九一年一〇号　昭和五一年一〇月一日　386-400頁　42枚
八月三~六日執筆

66　九一年一一号　昭和五一年一一月一日　388-400頁　37枚
九月九~一三日執筆

67　九一年一二号　昭和五一年一二月一日　384-396頁　37枚
一〇月一〇~一四日執筆

68　九二年一号　昭和五二年一月一日　374-386頁

69　九二年二号　昭和五二年二月一日　342-355頁　38枚
昭和五一年一二月四~七日執筆

70　九二年三号　昭和五二年三月一日　356-367頁　39枚
一月八~一一日執筆

71　九二年四号　昭和五二年四月一日　366-378頁　40枚
二月九~一一日執筆

72　九二年五号　昭和五二年五月一日　366-380頁　42枚
三月八~一〇日執筆

73　九二年六号　昭和五二年六月一日　364-376頁　39枚
四月一五日執筆

74　九二年七号　昭和五二年七月一日　346-358頁　36枚
五月一〇~一四日執筆

75　九二年八号　昭和五二年八月一日　396-403頁　37枚
七月執筆

76　九二年九号　昭和五二年九月一日　356-368頁　36枚
七月一三~一四日執筆

77　九二年一〇号　昭和五二年一〇月一日　366-379頁　42枚
八月六~一〇日執筆

78　九二年一一号　昭和五二年一一月一日　396-408頁　37枚
九月一三~一五日執筆

79　九二年一二号　昭和五二年一二月一日　392-403頁　38枚
一〇月八~九日執筆

80　九三年一号　昭和五三年一月一日　354-366頁　34枚
昭和五二年一一月一三~一四日執筆

81　九三年二号　昭和五三年二月一日　350-362頁　40枚
昭和五二年一二月一一~一三日執筆

82　九三年三号　昭和五三年三月一日　382-394頁　35枚
一月一五~一六日執筆

83　九三年四号　昭和五三年四月一日　382-394頁　32枚
二月一五～一七日執筆

84　九三年五号　昭和五三年五月一日　356-358頁　35枚
三月執筆

85　九三年六号　昭和五三年六月一日　350-362頁　38枚
三月三〇日～四月四日執筆

86　九三年七号　昭和五三年七月一日　360-374頁　41枚
五月一～四日執筆

87　九三年八号　昭和五三年八月一日　358-370頁　36枚
六月九～一二日執筆

88　九三年九号　昭和五三年九月一日　332-343頁　35枚
七月一二～一四日執筆

89　九三年一〇号　昭和五三年一〇月一日　380-394頁　40枚
八月一二～一四日執筆

90　九三年一一号　昭和五三年一一月一日　386-398頁　35枚
九月九日執筆

91　九三年一二号　昭和五三年一二月一日　336-343頁　38枚
一〇月五～八日執筆

92　九四年一号　昭和五四年一月一日　358-371頁　37枚
昭和五三年一一月一二～一四日執筆

93　九四年二号　昭和五四年二月一日　362-374頁　33枚
昭和五三年一二月一三～一五日執筆

94　九四年三号　昭和五四年三月一日　358-372頁　43枚
一月一一～一五日執筆

95　九四年四号　昭和五四年四月一日　328-341頁　41枚
二月六～九日執筆

96　九四年五号　昭和五四年五月一日　342-353頁　37枚
三月一七～一八日執筆

97　九四年六号　昭和五四年六月一日　366-378頁　36枚
四月一五～一七日執筆

98　九四年七号　昭和五四年七月一日　348-361頁　36枚
五月一四～一七日執筆

99　九四年八号　昭和五四年八月一日　330-342頁　35枚
六月一六～一八日執筆

100　九四年九号　昭和五四年九月一日　374-384頁　37枚
七月一〇～一三日執筆

101　九四年一〇号　昭和五四年一〇月一日　384-393頁　32枚
八月一七～一九日執筆

102　九四年一一号　昭和五四年一一月一日　390-402頁　36枚
九月一六～一七日執筆

103　九四年一二号　昭和五四年一二月一日　326-337頁　32枚
一〇月一五～一九日執筆

104　九五年一号　昭和五五年一月一日　428-441頁　35枚
昭和五四年一一月執筆

105　九五年二号　昭和五五年二月一日　382-395頁　39枚
昭和五四年一二月八～一一日執筆

106　九五年三号　昭和五五年三月一日　420-434頁　40枚
一月一五～一九日執筆

107　九五年四号　昭和五五年四月一日　398-413頁　45枚
一月二九日～二月二日執筆

108　九五年五号　昭和五五年五月一日　370-383頁　41枚
二月二六日～三月三日執筆

109　九五年六号　昭和五五年六月一日　422-433頁　38枚
四月一六～一八日執筆
110　九五年七号　昭和五五年七月一日　390-401頁　35枚
五月一一～一三日執筆
111　九五年八号　昭和五五年八月一日　398-410頁　36枚
六月一四～一八日執筆
112　九五年九号　昭和五五年九月一日　361-373頁　39枚
七月九～一二日執筆
113　九五年一〇号　昭和五五年一〇月一日　390-402頁　40枚
八月三〇日執筆
114　九五年一一号　昭和五五年一一月一日　398-405頁　21枚
九月一五～一七日執筆
115　九五年一二号　昭和五五年一二月一日　476-508頁　35枚
一〇月一八～一九日執筆
116　九六年一号　昭和五六年一月一日　440-448頁　23枚
昭和五五年一一月二〇日執筆
117　九六年二号　昭和五六年二月一日　332-344頁　20枚
昭和五五年一二月執筆
118　九六年三号　昭和五六年三月一日　400-407頁　30枚
一月執筆
119　九六年四号　昭和五六年四月一日　430-437頁　20枚
二月二〇日執筆
120　九六年五号　昭和五六年五月一日　416-428頁　35枚
三月一二～一五日執筆
121　九六年七号　昭和五六年六月一日　368-381頁　36枚
四月二〇日執筆

〔収録〕
1391　蓮如１（昭和五七年九月　中央公論社）
1392　蓮如２（昭和五七年一〇月　中央公論社）
1393　蓮如３（昭和五七年一一月　中央公論社）
1395　蓮如４（昭和五七年一二月　中央公論社）
1396　蓮如５（昭和五八年一月　中央公論社）
1397　蓮如６（昭和五八年二月　中央公論社）
1398　蓮如７（昭和五八年三月　中央公論社）
1399　蓮如８（昭和五八年四月　中央公論社）
2051　蓮如１覚信尼の巻（昭和六〇年九月　中公文庫）
2052　蓮如２覚如と存覚の巻（昭和六〇年九月　中公文庫）
2053　蓮如３本願寺衰退の巻（昭和六〇年九月　中公文庫）
2054　蓮如４蓮如誕生の巻（昭和六〇年一〇月　中公文庫）
2055　蓮如５蓮如妻帯の巻（昭和六〇年一一月　中公文庫）
2056　蓮如６最初の一向一揆の巻（昭和六〇年一一月　中公文庫）
2057　蓮如７山科御坊の巻（昭和六〇年一二月　中公文庫）
2058　蓮如８蓮如遷化の巻（昭和六〇年一二月　中公文庫）
2062　蓮如１覚信尼の巻（平成九年一二月　中公文庫）
2063　蓮如２覚如と存覚の巻（平成一〇年一月　中公文庫）
2064　蓮如３本願寺衰退の巻（平成一〇年二月　中公文庫）
2065　蓮如４蓮如誕生の巻（平成一〇年三月　中公文庫）
2066　蓮如５蓮如妻帯の巻（平成一〇年四月　中公文庫）
2067　蓮如６最初の一向一揆の巻（平成一〇年五月　中公文庫）
2068　蓮如７山科御坊の巻（平成一〇年六月　中公文庫）
2069　蓮如８蓮如遷化の巻（平成一〇年七月　中公文庫）

古い写真から　「別冊小説新潮」二三巻一号　昭和四六年一月一五日　17-27頁　＊40枚。昭和四五年一一月二三日執筆。
『全集』では81枚。
〔収録〕
1347　燕楽閣（昭和四六年九月　講談社）

書かれざる小説　「別冊小説新潮」二三巻二号　昭和四六年四月一五日　17-27頁　＊40枚。二月二一日執筆。
〔収録〕
1347　燕楽閣（昭和四六年九月　講談社）

燕楽閣　「小説新潮」二五巻五号　昭和四六年五月一日　32-48頁　＊58枚。三月七～八日執筆。
〔収録〕
1347　燕楽閣（昭和四六年九月　講談社）

葡萄　「別冊小説新潮」二三巻三号　昭和四六年七月一五日　17-25頁　＊29枚。五月五～六日執筆。

声　「オール読物」二六巻八号　昭和四六年八月一日　98-105頁　＊21枚。六月三日執筆。
〔収録〕
1347　燕楽閣（昭和四六年九月　講談社）
5070　丹羽文雄文学全集24（昭和五〇年六月　講談社）
7087　現代の小説（昭和四七年四月　三一書房）

尼の像　「群像」二六巻一〇号　昭和四六年一〇月一日　111-125頁　＊48枚。八月一六～一九日執筆。
〔収録〕
1353　尼の像（昭和四八年七月　新潮社）
2039　母の晩年（昭和五六年九月　集英社文庫）
5069　丹羽文雄文学全集24（昭和五〇年六月　講談社）
7088　文学選集37（昭和四七年五月　講談社）

熊狩り　「新潮」六八年一二号　昭和四六年一〇月一日　254-265頁　＊36枚。九月一六～一七日執筆。
〔収録〕
1353　尼の像（昭和四八年七月　新潮社）
2039　母の晩年（昭和五六年九月　集英社文庫）
5061　丹羽文雄文学全集3（昭和四九年九月　講談社）
5113　丹羽文雄の短篇30選（昭和五九年一一月　角川書店）
6061　昭和文学全集11（昭和六三年三月　小学館）
〔再録〕
新潮　七七年二号　昭和五五年二月

カナリヤ　「小説新潮」二五巻一二号　昭和四六年一二月一日　32-48頁　＊41枚。一〇月六～七日執筆。
〔収録〕
1353　尼の像（昭和四八年七月　新潮社）

泥濘《ぬかるみ》　「小説新潮」二六巻二号　昭和四七年二月一日　450-467頁　＊62枚。北村脩挿絵。昭和四六年一二月三～六日執筆。

〔収録〕
1353　尼の像（昭和四八年七月　新潮社）

手紙　「週刊小説」一巻一号　昭和四七年二月一一日　52-63頁　＊45枚。一月四～六日執筆。

細い命　「週刊小説」一巻一〇号　昭和四七年四月一四日　40-42頁　＊三月二八日執筆。

親という名の人間　「別冊小説新潮」二四巻二号　昭和四七年四月一五日　18-29頁　＊40枚。二月二〇～二一日執筆。

優しさ　「別冊小説新潮」二四巻三号　昭和四七年七月一五日　18-27頁　＊30枚。五月二二～二三日執筆。

お遍路　「小説新潮」二六巻九号　昭和四七年九月一日　56-65頁　＊31枚。六月三〇～七月一日執筆。
〔収録〕
1353　尼の像（昭和四八年七月　新潮社）

渇き　「東京新聞」ほか三社連合　昭和四七年一一月一三日～四九年一一月一三日　420回　＊１２６０枚。都竹伸政挿絵。のち「渇愛」に改題。各紙によって掲載期間は異なる。確認できたものは以下の通り。
中日新聞（昭和四七年一一月一四日～四九年一一月一三日）
西日本新聞（昭和四七年一一月一四日～四九年一一月一三日）
北海道新聞（昭和四七年一一月一四日～四九年一一月一二日）
〔収録〕
1359　渇愛　上（昭和四九年八月　新潮社）
1360　渇愛　下（昭和四九年八月　新潮社）

郡上八幡　「海」五巻一号　昭和四八年一月一日　16-25頁　＊26枚。昭和四七年一一月二一～二三日執筆。
〔収録〕
1353　尼の像（昭和四八年七月　新潮社）
2039　母の晩年（昭和五六年九月　集英社文庫）

ひとごと　「文学界」二七巻一号　昭和四八年一月一日　100-111頁　＊35枚。昭和四七年一一月六～七日執筆。
〔収録〕
1353　尼の像（昭和四八年七月　新潮社）

後座妻　「週刊小説」二巻一号　昭和四八年一月一二日　28-43頁　＊71枚。都竹伸政挿絵。昭和四七年一二月一六～一八日執筆。一月五日・一二日合併号。

枯葉　「別冊小説新潮」二五巻一号　昭和四八年一月一五日　308-316頁　＊27枚。昭和四七年一一月一九～二〇日執筆。
〔収録〕
1353　尼の像（昭和四八年七月　新潮社）

講演旅行　「小説サンデー毎日」五巻二号　昭和四八年二月一

日108-120頁　＊25枚。都竹伸政挿絵。昭和四七年一二月六日執筆。
〔収録〕
1353　尼の像（昭和四八年七月　新潮社）

肌の狐「小説新潮」二七巻二号　昭和四八年二月一日　40-54頁　＊45枚。昭和四七年一二月二〜四日執筆。

訪問客「別冊小説新潮」二五巻二号　昭和四八年四月一五日　18-27頁　＊32枚。二月一八日執筆。
〔収録〕
1353　尼の像（昭和四八年七月　新潮社）

遺稿「週刊朝日」七八巻一七号　昭和四八年四月二〇日　65-68頁　＊15枚。「掌編小説」として掲載。二月一四日執筆。
〔収録〕
7092　現代作家掌編小説集　上（昭和四九年八月　朝日ソノラマ）

鴨「週刊小説」二巻一五号　昭和四八年四月二〇日　28-37頁　＊30枚。三月三一日〜四月一日執筆。

立松懐之の行為「群像」二八巻五号　昭和四八年五月一日　6-64頁　＊75枚。「庫裡法門記より」として掲載。三月八〜一八日執筆。
〔収録〕
5071　丹羽文雄文学全集25（昭和五〇年八月　講談社）

歳月「小説新潮」二七巻一〇号　昭和四八年一〇月一日　454-463頁　＊30枚。八月三〜四日執筆。

風の渡り「週刊小説」二巻四三号　昭和四八年一一月九日　54-60頁　＊29枚。一〇月九〜一〇日執筆。

老いの鶯「小説新潮」二八巻一号　昭和四九年一月一日　100-109頁　＊30枚。昭和四八年一一月六日執筆。
〔収録〕
7093　現代の小説（昭和四九年九月　三一書房）
7503　水に映る雲（昭和五二年九月　角川文庫）

干潟「毎日新聞」夕刊　昭和四九年一月四日〜五月六日　＊100回。300枚。伊勢正義挿絵。『全集』では一月一日〜五月六日とあるが誤り。
〔収録〕
1361　干潟（昭和四九年一二月　新潮社）
2044　干潟（昭和五七年七月　集英社文庫）

二月の断絶「小説サンデー毎日」六巻二号　昭和四九年二月一日　104-115頁　＊32枚。都竹伸政挿絵。昭和四八年一二月八日執筆。

小豆粥「週刊小説」三巻五号　昭和四九年二月一五日　12-21

頁　＊30枚。二月八日・一五日合併号。一月二〇日執筆。

彼岸前　「群像」二九巻五号　昭和四九年五月一日　48-58頁　＊20枚。三月一九～二〇日執筆。
〔収録〕
1382　彼岸前（昭和五五年九月　新潮社）

漣　「別冊小説新潮」二六巻三号　昭和四九年七月一五日　18-28頁　＊20枚。五月二〇日執筆。
〔収録〕
7095　現代の小説（昭和五〇年四月　三一書房）

たらちね　「海」六巻八号　昭和四九年八月一日　28-42頁　＊40枚。「顔の小さな孫娘」に改題。六月一八～二〇日執筆。
〔収録〕
1377　蕩児帰郷（昭和五四年一二月　中央公論社）
2046　蕩児帰郷（昭和五八年八月　中公文庫）

苺摘み　「小説新潮」二八巻一〇号　昭和四九年一〇月一日　28-42頁　＊30枚。八月三～四日執筆。

父の秘密　「海」七巻一号　昭和五〇年一月一日　28-41頁　＊38枚。文末に「『たらちね』連作第二作」とある。昭和四九年一一月二〇～二二日執筆。

聖橋　「小説新潮」二九巻一号　昭和五〇年一月一日　56-64頁　＊28枚。昭和四九年一〇月二七～三〇日執筆。

人の音　「新潮」七二年一号　昭和五〇年一月一日　96-105頁　＊28枚。昭和四九年一一月一六日執筆。

青い椅子の女　「週刊小説」四巻一号　昭和五〇年一月一〇日　18-23頁　＊20枚。一〇・一七日合併号。昭和四九年一二月一〇日執筆。
〔収録〕
7096　現代の小説（昭和五〇年九月　三一書房）

病室にて　「群像」三〇巻四号　昭和五〇年四月一日　52-61頁　＊27枚。二月一三～一五日執筆。
〔収録〕
1382　彼岸前（昭和五五年九月　新潮社）

霧と血　「小説新潮」二九巻四号　昭和五〇年四月一日　440-446頁　＊20枚。一月二九～三〇日執筆。

仏の樹　「海」七巻五号　昭和五〇年五月一日　122-133頁　＊32枚。文末に「『たらちね』連作第三作」とある。三月二〇～二一日執筆。
〔収録〕
1377　蕩児帰郷（昭和五四年一二月　中央公論社）
2046　蕩児帰郷（昭和五八年八月　中公文庫）

舗道　「小説新潮」二九巻五号　昭和五〇年五月一日　372-382頁　＊36枚。三月八～九日執筆。

海霧　「小説新潮」二九巻八号　昭和五〇年八月一日　372-382頁　＊36枚。六月四日執筆。

昆虫　「別冊文芸春秋」一三三号　昭和五〇年九月五日　18-27頁　＊30枚。八月一七日執筆。

秋燕　「小説新潮」二九巻一〇号　昭和五〇年一〇月一日　406-415頁　＊30枚。八月二～三日執筆。

贖罪　「海」八巻一号　昭和五一年一月一日　30-49頁　＊49枚。文末に「『たらちね』連作第四作」とある。昭和五〇年一一月二一～二三日執筆。

〔収録〕
1377　蕩児帰郷（昭和五四年一二月　中央公論社）
2046　蕩児帰郷（昭和五八年八月　中公文庫）
1402　絆（平成二年一月　学芸書林）
5112　丹羽文雄の短篇30選（昭和五九年一一月　角川書店）

雪濁り　「小説新潮」三〇巻一号　昭和五一年一月一日　406-416頁　＊23枚。安久利徳挿絵。昭和五〇年一一月二～三日執筆。

冬晴れの朝　「小説新潮」三〇巻四号　昭和五一年四月一日　22-31頁　＊31枚。安久利徳挿絵。二月三～四日執筆。

彫塑　「小説新潮」三〇巻六号　昭和五一年六月一日　86-110頁　＊77枚。安久利徳挿絵。四月一～三日執筆。掲載誌目次には80枚とある。

喫茶店にて　「別冊小説新潮」二八巻三号　昭和五一年七月一五日　18-27頁　＊31枚。五月二四～二五日執筆。

魂の試される時　「読売新聞」昭和五一年九月一三日～五二年一〇月二七日　＊400回。高木清挿絵。

〔収録〕
1370　魂の試される時　上（昭和五三年一月　新潮社）
1371　魂の試される時　下（昭和五三年二月　新潮社）
2047　魂の試される時　上（昭和五八年八月　新潮文庫）
2048　魂の試される時　下（昭和五八年八月　新潮文庫）
6060　新潮現代文学10（昭和五五年二月　新潮社）

山荘　「群像」三一巻一〇号　昭和五一年一〇月一日　208-215頁　＊21枚。八月二二日執筆。

〔収録〕
1382　彼岸前（昭和五五年九月　新潮社）

秋の蝶　「小説新潮」三〇巻一〇号　昭和五一年一〇月一日　22-31頁　＊32枚。御正伸挿絵。六月三一日～七月一日執筆。

挫折　「小説新潮」三一巻一号　昭和五二年一月一日　58-70頁　＊41枚。昭和五一年一一月二日執筆。

中華料理店 「新潮」七四年一号　昭和五二年一月一日　35-43頁　＊23枚。昭和五一年一一月一八日執筆。
〔収録〕
1382　彼岸前（昭和五五年九月　新潮社）
5112　丹羽文雄の短篇30選（昭和五九年一一月　角川書店）
6064　昭和文学全集11（昭和六三年三月　小学館）

巴里の孫 「文芸春秋」五五巻一号　昭和五二年一月一日　462-468頁　＊23枚。昭和五一年一一月三〜六日執筆。
〔収録〕
1402　絆（平成二年一月　学芸書林）
3027　私の年々歳々（昭和五四年六月　サンケイ出版）

茶室 「海」九巻三号　昭和五二年三月一日　10-21頁　＊32枚。文末に「『たらちね』連作第五作」とある。昭和五一年一一月一九〜二二日執筆。

心残りの記 「小説サンデー毎日」九巻四号　昭和五二年四月一日　35-47頁　＊35枚。都竹伸政挿絵。二月五日執筆。
〔収録〕
7100　現代小説'77（昭和五三年六月　角川書店）

晩年 「小説新潮」三一巻四号　昭和五二年四月一日　126-134頁　＊27枚。二月三日執筆。

巷の風 「別冊小説新潮」二九巻二号　昭和五二年七月一五日　18-34頁　＊49枚。五月二四〜二五日執筆。

似た事情 「海」九巻八号　昭和五二年八月一日　17-25頁　＊26枚。文末に「『たらちね』連作第六作」とある。六月二一〜二二日執筆。

音信 「オール読物」三二巻九号　昭和五二年九月一日　30-38頁　＊30枚。七月一〜四日執筆。

素直 「小説新潮」三一巻九号　昭和五二年九月一日　404-414頁　＊30枚。七月六日執筆。

挿話 「海」九巻一〇号　昭和五二年一〇月一日　10-13頁　＊10枚。文末に「『たらちね』連作第七作」とある。八月二二日執筆。

うとましい人 「群像」三三巻一号　昭和五三年一月一日　142-153頁　＊30枚。昭和五二年一一月二六日執筆。
〔収録〕
1382　彼岸前（昭和五五年九月　新潮社）

心猿 「小説新潮」三二巻一号　昭和五三年一月一日　48-58頁　＊30枚。昭和五二年一一月八〜九日執筆。

晒しもの 「海」一〇巻三号　昭和五三年三月一日　10-19頁　＊29枚。文末に「『たらちね』連作第八作」とある。一月二三〜一二四日執筆。
〔収録〕
1377　蕩児帰郷（昭和五四年一二月　中央公論社）
2046　蕩児帰郷（昭和五八年八月　中公文庫）

離婚　「小説新潮」三二巻四号　昭和五三年四月一日　24-32頁　＊26枚。二月六〜八日執筆。

雨戸の所為　「新潮」七五年六号　昭和五三年六月一日　6-16頁　＊30枚。四月一四日執筆。
〔収録〕
1382　彼岸前（昭和五五年九月　新潮社）

疑惑　「別冊小説新潮」三〇巻三号　昭和五三年七月一五日　342-352頁　＊30枚。五月二二〜二四日執筆。

煩悩　「小説新潮」三二巻一〇号　昭和五三年一〇月一日　66-75頁　＊29枚。八月五〜六日執筆。

濃い眉　「別冊小説新潮」三〇巻四号　昭和五三年一〇月一五日　334-352頁　＊58枚。八月一九〜二一日執筆。

二日の旅　「海」一〇巻一一号　昭和五三年一一月一日　28-33頁　＊15枚。文末に「『たらちね』連作第九作（つづく）」とある。九月二二〜二三日執筆。「旅の前」に改題。
〔収録〕
1377　蕩児帰郷（昭和五四年一二月　中央公論社）
2046　蕩児帰郷（昭和五八年八月　中公文庫）
6064　昭和文学全集11（昭和六三年三月　小学館）

山肌　「日本経済新聞」昭和五三年一二月七日〜五五年一月四日　395回　＊１１８５枚。都竹伸政挿絵。
〔収録〕
1379　山肌　上（昭和五五年六月　新潮社）
1380　山肌　下（昭和五五年六月　新潮社）
2049　山肌　上（昭和五九年六月　新潮社）
2050　山肌　下（昭和五九年六月　新潮社）

父子相伝　「群像」三四巻一号　昭和五四年一月一日　88-96頁　＊23枚。昭和五三年一一月二四日執筆。
〔収録〕
1377　蕩児帰郷（昭和五四年一二月　中央公論社）
2046　蕩児帰郷（昭和五八年八月　中公文庫）
5112　丹羽文雄の短篇30選（昭和五九年一一月　角川書店）
6064　昭和文学全集11（昭和六三年三月　小学館）

優しい人達　「小説新潮」三三巻一号　昭和五四年一月一日　104-114頁　＊30枚。昭和五三年一一月五〜七日執筆。

続二日の旅　「海」一一巻四号　昭和五四年四月一日　10-22頁　＊39枚。文末に「『たらちね』連作第九作」とある。二月一九〜二〇日執筆。「旅の前」に改題。

〔収録〕
1377　蕩児帰郷（昭和五四年一二月　中央公論社）
2046　蕩児帰郷（昭和五八年八月　中公文庫）
6064　昭和文学全集11（昭和六三年三月　小学館）

虚実　「すばる」一巻一号　昭和五四年五月一日　78-95頁　＊65枚。三月一一～一三日執筆。
〔収録〕
1382　彼岸前（昭和五五年九月　新潮社）

帰郷　「海」一一巻七号　昭和五四年七月一日　36-46頁　＊30枚。文末に「『たらちね』連作終回」とある。五月二二～二三日執筆。
〔収録〕
1377　蕩児帰郷（昭和五四年一二月　中央公論社）
2046　蕩児帰郷（昭和五八年八月　中公文庫）
6064　昭和文学全集11（昭和六三年三月　小学館）

奇妙な関係　「オール読物」三四巻七号　昭和五四年七月一日　46-57頁　＊36枚。五月三～四日執筆。

困った立場　「小説新潮」三四巻一号　昭和五五年一月一日　374-386頁　＊40枚。昭和五四年一〇月執筆。

犬と金魚　「新潮」七七年一号　昭和五五年一月一日　164-175頁　＊31枚。昭和五四年一一月二一～二三日執筆。
〔収録〕
1382　彼岸前（昭和五五年九月　新潮社）
＊再録。

熊狩り　「新潮」七七年二号　昭和五五年二月一日　463-472頁

ひとりごと　「群像」三五巻四号　昭和五五年四月一日　70-80頁　＊28枚。二月二四日執筆。
〔収録〕
1382　彼岸前（昭和五五年九月　新潮社）

四季の旋律　「東京タイムズ」ほか　昭和五五年四月一二日～五六年二月一七日　300回　＊小沢重行挿絵。連載期間は掲載紙によって異なる。確認できたものは以下の通り。
山梨日日新聞（昭和五五年五月二日～五六年三月四日）
新潟日報（昭和五五年八月二八日～五六年六月三〇日）
佐賀新聞（昭和五五年一〇月三日～五六年八月五日）
上毛新聞（昭和五五年一〇月一〇日～五六年五月一二日）
長崎新聞（昭和五五年八月一五日～五六年六月一七日）
琉球新報（昭和五五年七月一六日～五六年七月九日）
他に北日本新聞・山形新聞・岩手日報・中国新聞・日本海新聞・日刊福井・北日本新聞・伊勢新聞・徳島新聞・日刊新愛媛・南信日々・宮崎日々新聞に掲載。
〔収録〕
1387　四季の旋律　上（昭和五六年一一月　新潮社）
1388　四季の旋律　下（昭和五六年一一月　新潮社）

2059　四季の旋律（昭和六一年五月　新潮文庫）

曳出物「別冊小説新潮」三三巻二号　昭和五五年四月一五日
22-32頁　＊31枚。二月二三～二八日執筆。

樹海「読売新聞」昭和五五年九月二五日～五六年一一月六日
＊400回。都竹伸政挿絵。
〔収録〕
1389　樹海　上（昭和五七年五月　新潮社）
1390　樹海　下（昭和五七年五月　新潮社）
2060　樹海　上（昭和六三年二月　新潮文庫）
2061　樹海　下（昭和六三年六月　新潮文庫）

春の蟬「海」一三巻一〇号　昭和五六年一〇月一日　54-69頁
＊40枚。八月一九日執筆。
〔収録〕
1394　妻（昭和五七年一一月　講談社）
7105　文学1982（昭和五七年四月　講談社）

沈黙「群像」三六巻一〇号　昭和五六年一〇月一日　10-31頁
＊39枚。八月二二～二四日執筆。
〔収録〕
1394　妻（昭和五七年一一月　講談社）

幽鬼「小説新潮」三五巻一二号　昭和五六年一二月一日
282-290頁　＊「作家が選ぶ『小説新潮』名作短篇特集」とし
て掲載。三好悌吉挿絵。

巣立ち「小説新潮」三六巻一号　昭和五七年一月一日　380-390
頁　＊36枚。一〇月三～四日執筆。

鳥の影「文芸春秋」六〇巻一号　昭和五七年一月一日　432-440
頁　＊28枚。一一月二一～二四日執筆。
〔収録〕1394　妻（昭和五七年一一月　講談社）

妻「群像」三七巻六号　昭和五七年六月一日　92-102頁　＊30
枚。四月一五～一六日執筆。
〔収録〕
1394　妻（昭和五七年一一月　講談社）
1402　絆（平成二年一月　学芸書林）
2071　鮎・母の日・妻（平成一八年一月　講談社文芸文庫）
5112　丹羽文雄の短篇30選（昭和五九年一一月　角川書店）
6064　昭和文学全集11（昭和六三年三月　小学館）
7110　文学1983（昭和五八年四月　講談社）
〔再録〕
文学界　五九巻六号　平成一七年六月

わが家の風物詩「海」一四巻七号　昭和五七年七月一日
48-57頁　＊30枚。五月二一～二二日執筆。
〔収録〕
1394　妻（昭和五七年一一月二四日　講談社）

悔いの色　「新潮」七九年九号　昭和五七年九月一日　129-139頁
　＊31枚。七月二三～二四日執筆。
〔収録〕
1394　妻（昭和五七年一一月　講談社）
2071　鮎・母の日・妻（平成一八年一月　講談社文芸文庫）

夜のおどろき　「群像」三八巻一号　昭和五八年一月一日　6-16頁　＊28枚。昭和五七年一一月二三日執筆。

祖母の乳　「文学界」三七巻一一号　昭和五八年一一月一日　24-33頁　＊25枚。九月二二～二三日執筆。

手紙による再会　「群像」三九巻六号　昭和五九年六月一日　112-126頁　＊43枚。五月一五日執筆。

小説・舟橋聖一　「新潮」八一年一二号～八二年一二号　昭和五九年一二月一日～六一年一二月一日　7回　＊302枚。単行本の際「人間・舟橋聖一」と改題。各掲載号、副題は以下の通り。
1　彼女の告白　八一年一二号　昭和五九年一二月一日　6-17頁　34枚　一〇月二八日執筆
2　憎めない男　八二年四号　昭和六〇年四月一日　123-135頁　40枚　三月一五日執筆
3　面目躍如　八二年八号　昭和六〇年八月一日　110-122頁　40枚　六月二〇・二一日執筆
4　傑作の由来　八二年一一号　昭和六〇年一一月一日　98-110頁　41枚　九月二〇～二一日執筆
5　同居の弁　八三年二号　昭和六一年二月一日　126-139頁　47枚　一月九日執筆
6　「心を鬼にして」　八三年八号　昭和六一年八月一日　15-29頁　45枚　六月二二日執筆
7　レクイエム　八三年一二号　昭和六一年一二月一日　171-178頁　24枚　一〇月二二日執筆
〔収録〕
1401　人間・舟橋聖一（昭和六二年四月　新潮社）

母の日本髪　「群像」四〇巻一号　昭和六〇年一月一日　164-176頁　＊37枚。昭和五九年一一月一七～一八日執筆。
〔収録〕
1402　絆（平成二年一月　学芸書林）
3027　私の年々歳々（昭和五四年六月　サンケイ出版）

鎮魂　「文学界」三九巻二号　昭和六〇年二月一日　64-75頁　＊38枚。一月一一日執筆。

一向一揆の戦い—日本最大の宗教戦争　「中央公論文芸特集」二巻一号～四巻三号　昭和六〇年三月二五日～昭和六二年九月五日　＊未完。7回で中絶。第5回より「本願寺遺文—一向一揆から東西分立まで」に改題。各掲載号、副題は以下の通り。
1　伊勢長島の悲劇　二巻一号　昭和六〇年三月二五日　116-133頁　10枚　昭和五九年一〇月二九日執筆

2　享禄の錯乱　二巻二号　昭和六〇年六月二五日　118-129頁　52枚　一月二三～二七日執筆
3　家康の罠　二巻三号　昭和六〇年九月二五日　172-187頁　50枚　八月一～五日執筆
4　大小一揆の対立　三巻一号　昭和六一年三月二五日　31-45頁　40枚　三月一〇日執筆
5　高田派の存在　三巻三号　昭和六一年九月二五日　60-69頁　40枚　七月一日執筆
6　教如追放　四巻二号　昭和六二年六月二五日　188-193頁
7　本願寺遺文　四巻三号　昭和六二年九月二五日　138-143頁

煩悩の犬　「すばる」七巻四号　昭和六〇年四月一日　44-57頁
＊44枚。

彼岸花　「群像」四一巻一号　昭和六一年一月一日　72-86頁
＊45枚。昭和六〇年一一月二〇～二一日執筆。
〔収録〕
1402　絆（平成二年一月　学芸書林）

夫と妻　「群像」四二巻一号　昭和六二年一月一日　140-147頁
＊25枚。昭和六一年一二月執筆。

蘇生の朝　「中央公論文芸特集」五巻一号　昭和六三年三月二五日　36-51頁

母の晩年　「群像」四三巻五号　昭和六三年五月一日　128-136頁
＊再録。

小鳩　「オール読物」四五巻一二号　平成二年一〇月　98-111頁
＊再録。

甲羅類　「早稲田文学」一八五号 平成三年一〇月一日　103-113頁　＊創刊百周年特別号1。再録。

海戦　「中央公論」一一二年一三号　平成九年一一月一日　190-272頁　＊「中央公論」五七年一一号の再録。伏字復刻版。
〔収録〕
2070　海戦（平成一二年八月　中央公論社）

鮎　「季刊文科」二四一号　平成一五年六月一日　158-168頁

妻　「文学界」五九巻六号　平成一七年六月一日　292-301頁　＊「追悼丹羽文雄」として掲載。

Ⅱ　随筆・アンケート・インタビュー・談話

不勉強なる友人に与ふる文　「浜田同窓会誌」五号　大正六年一二月二〇日　18-19頁　＊『全集』に記載なし。

心の歩み　富田中学校友会「会誌」三〇号　大正一一年58-62頁　＊10枚。発行月日不明。富田中学校（現・四日市高等学校）校友会発行。表紙画も丹羽文雄。

合評会に呈す　「新正統派」一巻九号　昭和三年九月一日　58-62頁　＊1枚。『全集』では年月日、巻号不明。

文章について　「新正統派」一巻九号　昭和三年一〇月一日　78頁　＊1枚。復刻版にマイクロフィッシュ版「精選近代文芸雑誌集510」（平成一八年三月　雄松堂フィルム出版）がある。

「街」の同人　「新正統派」二巻一号　昭和四年一月一日　90頁

即くことと離れること　「「新正統派」二巻一号　昭和四年一月一日　104-105頁

頼まれもせぬ提灯持ち　「新正統派」二巻八号　昭和四年九月一日　48頁　＊1枚。

曠日　「正統文学」一巻一号　昭和五年九月一日　10-11頁　＊1枚。なお復刻版にマイクロフィッシュ版「精選近代文芸雑誌集511」（平成一八年三月　雄松堂フィルム出版）がある。

南隣の客　「文学党員」創刊号　昭和六年一月一日　106-107頁　＊11枚。なお雑誌「文学党員」はマイクロフィッシュ版「精選近代文芸雑誌集613」（平成二〇年七月　雄松堂アーカイブズ）がある。

作者の心得―文壇、その後に来るもの6　「読売新聞」昭和七年一一月一一日　＊3枚。『全集』では昭和九年八月、「自筆メモ」では昭和八年とある。なお復刻版が「昭和の読売新聞」（CD-ROM）として刊行されている。

抱負な体験―扉を開く　「読売新聞」昭和八年二月八日　＊3枚。『全集』「自筆メモ」には「感想」とある。

小説家の批評　「文芸通信」二巻五号　昭和九年五月一日　4-6頁　＊3枚。「対立する二つの月評に答ふ」として掲載。なお雑誌「文芸通信」は復刻版（全42冊別冊　平成四年五月）が日本近代文学館より刊行されている。

創作時評―「改造」「行動」　「世紀」一巻三号　昭和九年六月一日　85‐88頁　＊1枚。『全集』「自筆メモ」には「六号記」。文末に「編集の都合上「六号記」を時評として掲載。」とある。

希望する　「文学界」一巻一号　昭和九年六月一日　203頁　＊1枚。「自筆メモ」では「新しき希望」とある。

古里　「三重文芸協会会報」一号　昭和九年六月三〇日　4頁　＊3枚。

自然　「行動」二巻七号　昭和九年七月一日　146‐148頁　6枚

夏と畳　「レッェンゾ」（紀伊国屋月報）三巻七号　昭和九年七月一日　47頁　＊1枚。『全集』では「レッツエンゾ」とあるが誤り。

無題　「世紀」一巻三号　昭和九年八月一日　105頁

虚偽について　「文芸通信」二巻八号　昭和九年八月一日　29‐31頁　＊9枚。

一言　「浪漫古典」一巻五号　昭和九年八月一日　132頁　＊1枚。「高橋丈夫「死なす」紙上出版会」として掲載。

我が文学の立場　「あらくれ」二巻九号　昭和九年九月一日　28‐30頁　＊6枚。

作者の日記　「文芸首都」二巻九号　昭和九年九月一日　84‐86頁　＊5枚。「自筆メモ」では「作家の日記」とある。

日かげの花雑感　「麺麭」三巻一〇号　昭和九年九月一日　60‐61頁　＊5枚。

廣津さんに　「早稲田文学」一巻四号　昭和九年九月一日　44‐46頁　＊4枚。「自筆メモ」では「四枚半」とある。

口舌　「作品」五巻一〇号　昭和九年一〇月一日　77‐78頁　＊3枚。なお雑誌「作品」は昭和五六年四月、日本近代文学館より復刻版が刊行されている。

伊豆の記憶　「世紀」一巻七号　昭和九年一〇月一日　84‐88頁　＊15枚。奥付には一巻六号とあるが誤り。

〔収録〕
1006閨秀作家（昭和一一年三月　竹村書房）
1065芽（昭和二一年七月　和田堀書店）

杉山平助　「博浪沙」一巻三号　昭和九年一〇月一日　3‐4頁　＊3枚。『全集』では「博浪抄」とあるが誤り。

文芸時評　「文芸首都」二巻一〇号　昭和九年一〇月一日　94‐104頁

＊30枚。『全集』では3枚とあるが誤り。
〔収録〕
6553文芸時評大系昭和篇Ⅰ9（平成一九年一〇月　ゆまに書房）

月評に就ての感想（アンケート）「文芸通信」二巻一〇号　昭和九年一〇月一日　5頁

自然発生的な文章の形式と方法　厚生閣『日本現代文章講座2　方法篇』昭和九年一〇月一三日　220-231頁　＊22枚。

作品と生活「国民新聞」昭和九年一〇月二二～二七日　＊7枚。

一つの信念「文芸通信」二巻一一号　昭和九年一一月一日　46-48頁　＊6枚。「作家の感想」として掲載。

作家の文章「随筆趣味」昭和九年一一月一〇日　31-34頁　＊4枚。『全集』「自筆メモ」では「文体」とあるが誤り。なお雑誌「随筆趣味」は双雅房発行。

素直な骨格―湊川驍「雨雲」（文芸）「帝国大学新聞」五五〇号　昭和九年一一月一九日　＊2枚。「遮断機」欄に掲載。『全集』では「風雲について」。なお「帝国大学新聞」は復刻版（昭和五九～六〇年　全17冊）が不二出版より刊行されている。

同人雑誌に対して、特に何を希望するか（アンケート）「現実・文学」五号　昭和九年一一月

古谷綱武に与へる「世紀」一巻九号　昭和九年一二月一日　27-29頁

この一年「世紀」一巻九号　昭和九年一二月一日　51-52頁　＊2枚。

素人の無理「キネマ旬報」五二六号　昭和九年一二月一一日　62-63頁　＊9枚。

エロティシズムの方向「文芸」三巻一号　昭和一〇年一月一日　159-163頁　＊12枚。『全集』では「新文学の提唱」。『竹村選集』では「良心的であれ」と改題し抜粋収録。
〔収録〕
3001新居（昭和一一年九月　信正社）
5007丹羽文雄選集7（昭和一四年一〇月　竹村書房）

矢崎弾のこと「文芸首都」三巻一号　昭和一〇年一月一日　120-121頁　＊8枚。目次には「矢崎弾のこと（早）」とある。「早慶新人相互印象」として丹羽文雄・矢崎弾・庄野誠一・風間眞一が執筆。『全集』には「早慶新人相互印象」（早稲田文学　一〇月）とある。

進路「早稲田文学」一巻七号　昭和一〇年一月一日　52-53頁

＊3枚。「私の本年度の作家的進路」として掲載。『全集』では一二月とあるが誤り。

後記　文体社『鮎』昭和一〇年一月一〇日　＊10枚。奥付の上部に付す。

〔収録〕

5007丹羽文雄選集7（昭和一四年一〇月　竹村書房）

叩かれた太鼓―文学革命の方向と原理　「経済往来」一〇巻二号　昭和一〇年二月一日　293-295頁　＊7枚。同欄に舟橋聖一・丹羽文雄・阿部知二・矢崎弾・青山行夫・小松清が執筆。『全集』では「日本評論」掲載とあるが誤り。

新しき町　「世紀」二巻一号　昭和一〇年二月一日　68頁　＊1枚。

春さきの感想　「文芸首都」三巻二号　昭和一〇年二月一日　105-107頁　＊「作家としてのわが立場を語る」として掲載。

或る日と論語　「文芸通信」三巻二号　昭和一〇年二月一日　53-54頁　＊5枚。

懸賞小説の思ひ出、埋もれて了つた作家（アンケート）「文芸通信」三巻二号　昭和一〇年二月一日　32頁

春さきの感想　「報知新聞」昭和一〇年二月二二～二五日　4回＊12枚。各掲載日、副題は以下の通り。

1　作家としての弁　二月二二日
2　浪漫派のこと　二月二三日
3　日本的な浪漫派　二月二四日
4　木下氏の論文　二月二五日

一月二十一日のこと　「世紀」三巻二号　昭和一〇年三月一日　57-58頁　＊3枚。

〔収録〕

3001新居（昭和一一年九月　信正社）

質問「能動主義」「新浪漫主義」に就ての解釈、或ひは意見（アンケート）「文芸通信」三巻三号　昭和一〇年三月一日　31頁

処女作集「鮎」　「レツェンゾ」五巻三号　昭和一〇年三月一日　63頁　＊1枚。『全集』では「鮎処女作集」とある。

芸に就いての感想　「早稲田文学」二巻三号　昭和一〇年三月一日　23-28頁　＊14枚。『全集』では「文学における「芸」の問題」とある。

犀星贔屓　「世紀」二巻三号　昭和一〇年四月一日　62-66頁　＊7枚。『全集』では「犀星について」とある。

批評の評　「博浪沙」二巻三号　昭和一〇年四月一日　6-8頁

＊3枚。『全集』では「歌舞伎座の評の評」。

林芙美子氏に答へる　「文芸通信」三巻四号　昭和一〇年四月一日　14-16頁　＊7枚。

二、三のこと　「あらくれ」三巻五号　昭和一〇年五月一日　37-39頁　＊5枚。

自分の文章—新人の文章論　「月刊文章講座」一巻三号　昭和一〇年五月一日　33-34頁　＊3枚。『竹村選集』では「僕の文章」と改題し抜粋収録。

〔収録〕
3001新居（昭和一一年九月　信正社）
5007丹羽文雄選集7（昭和一四年一〇月　竹村書房）

恋人の利用法—新恋愛読本　「行動」三巻五号　昭和一〇年五月一日　130-136頁　＊17枚。『全集』では「新しき恋愛論」とある。『新居』で「恋愛読本」に改題。

〔収録〕
3001新居（昭和一一年九月　信正社）

短篇について　「婦人文芸」二巻五号　昭和一〇年五月一日　114-115頁

尾崎一雄を語る　「文芸首都」三巻五号　昭和一〇年五月一日　134-136頁　＊5枚。『全集』では「尾崎一雄のこと」。「自筆メモ」では「友を語る」とある。

〔収録〕
3001新居（昭和一一年九月　信正社）

一番面白い恋愛小説は何か？（アンケート）「文芸通信」三巻五号　昭和一〇年五月一日　54頁

敢て戯作者に—次代者の言葉　「読売新聞」昭和一〇年五月二日　＊2枚。『全集』では六月とあるが誤り。

「鮎」の批評に答へる　「星座」一巻三号　昭和一〇年六月一日　62-63頁

わが住む界隈　一—銀座　「都新聞」昭和一〇年六月六～七日　上下2回　＊11枚。「わが住む界隈」は全30回で、林芙美子、榊山潤、坪田譲治、徳田一穂、高見順、中谷孝雄、田村泰次郎らが執筆。なお「自筆メモ」では7枚。

〔収録〕
3001新居（昭和一一年九月　信正社）

職業婦人を女房に持てば—夫・新進作家丹羽文雄君（インタビュー）「読売新聞」昭和一〇年六月七日

〔収録〕
職業婦人を女房に持てば（昭和一〇年八月三日　森田書房）

銀座で拾ふ　「早稲田大学新聞」一〇号　昭和一〇年六月二六

日　4面　＊5枚。

読書時間　「翰林」三巻七号　昭和一〇年七月一日　65-67頁　＊3枚。

作家志願のＫ君へ　「婦人文芸」二巻七号　昭和一〇年七月一日　86-88頁　＊5枚。『全集』には「作家志願のＫ君に」とある。

文学を志す人のために（アンケート）「文学案内」一巻一号　昭和一〇年七月一日　9頁

初めて逢った文士を語る（アンケート）「文芸通信」三巻七号　昭和一〇年七月一日　4頁

分担時評　「読売新聞」昭和一〇年七月五・七日　2回　＊7枚。『全集』では「文芸時評」とある。各回の副題は以下の通り。
分担時評5―徳田・平田氏等　七月五日
分担時評6―深田・井伏氏等　七月七日
〔収録〕
6554文芸時評大系昭和篇Ｉ10（平成一九年一〇月　ゆまに書房）
7002文芸年鑑一九三六年版（昭和一一年三月　第一書房）

素材の一つ　「月刊文章講座」一巻六号　昭和一〇年八月一日　62頁　＊3枚。特集「或る筋書・或る素材」として掲載。「自筆メモ」には「ある素材」とある。

わが生活報告　「新潮」三二年八号　昭和一〇年八月一日　182頁　＊3枚。『全集』「自筆メモ」には七月発表とある。
〔収録〕
3001新居（昭和一一年九月　信正社）

今月の便り　「文芸」三巻八号　昭和一〇年八月一日　82頁

好敵手　「文芸通信」三巻八号　昭和一〇年八月一日　8-9頁　＊3枚。「作家の感想」欄。「自筆メモ」には1枚とある。

島木健作氏へ　「若草」一一巻八号　昭和一〇年八月一日　136-138頁　＊3枚。『全集』には七月とある。

潮流に聴く3（アンケート）「読売新聞」昭和一〇年八月二八日　＊「推奨したい書冊」ほか。

映画になる小説―即物的描写の作品　「大阪朝日新聞」昭和一〇年八月三一日　＊4枚。

試写室から　「文芸首都」三巻九号　昭和一〇年九月一日　125-126頁　＊4枚。

嬉しかつたこと・楽しかつたこと・口惜しかつたこと・癪に触

つたこと（アンケート）「文芸通信」三巻九号　昭和一〇年九月一日　50頁

古典精神の把握―デュヴィヴィエ「ゴルダー」　「帝国大学新聞」五九〇号　昭和一〇年九月一六日　8面　＊12枚。『全集』では「ゴルダー評」、「自筆メモ」では「映画評」とある。九月一六日執筆。

後記　双雅房『自分の鶏』昭和一〇年九月二三日　416-417頁

＊『竹村選集』では「自分の雛」の序とある。

〔収録〕

5007丹羽文雄選集7（昭和一四年一〇月　竹村書房）

〔再録〕

読書感興　二号　昭和一一年四月二一日

後記　双雅房『鮎』（普及版）昭和一〇年九月二五日　395頁

＊『全集』には文体社とある。昭和一〇年秋執筆。

〔収録〕

5007丹羽文雄選集7（昭和一四年一〇月　竹村書房）

〔再録〕

読書感興　二号　昭和一一年四月二一日

観念的な女性　「国民新聞」昭和一〇年九月二五・二七日　2回　＊9枚。九月二〇日執筆。

〔収録〕

3001新居（昭和一一年九月　信正社）

私の最も影響された本（アンケート）「文学案内」一巻四号　昭和一〇年一〇月一日　121頁

十年ひと昔　「若草」一一巻一〇号　昭和一〇年一〇月一日　179頁

附記―鮎について　中央公論社『文壇出世作全集』昭和一〇年一〇月三日　566頁

白夜感想　「スタア」三巻二〇号　昭和一〇年一〇月一五日　7頁　＊9枚。一〇月下旬号。奥付には九月一五日とあるが誤り。

書斎時間―小説の問題　「帝国大学新聞」五九六号　昭和一〇年一〇月二八日　9頁　＊8枚。『全集』では「書斎の時間」とある。一〇月二二日執筆。

秋の油壺行　「北海道帝国大学新聞」一五二号　昭和一〇年一〇月一五日　6面　＊8枚。一〇月四日執筆。なお「北海道帝国大学新聞」は復刻版（平成元年　大空社　全4冊）が刊行されている。

〔収録〕

3001新居（昭和一一年九月　信正社）

5007丹羽文雄選集7（昭和一四年一〇月　竹村書房）

佳日　「木靴」一巻二号　昭和一〇年一一月一日　61頁　＊2

枚。「僕の頁」欄に掲載。「自筆メモ」には「俳句と作家に代作」とある。一〇月九日執筆。

日本語版について　「キネマ旬報」五五七号　昭和一〇年一一月一日　85-86頁　＊9枚。『全集』には一〇月とあるが誤り。一〇月二一日執筆。

〔収録〕
3001新居（昭和一一年九月　信正社）

読書時間―読書余禄　「新潮」三三年一一号　昭和一〇年一一月一日　105-107頁　＊5枚。九月二〇日執筆。

私儀　「文芸通信」三巻一一号　昭和一〇年一一月一日　43-44頁　＊4枚。九月二八日執筆。「十一月随筆集」として掲載。『全集』には九月とあるが誤り。

〔収録〕
3001新居（昭和一一年九月　信正社）
5007丹羽文雄選集7（昭和一四年一〇月　竹村書房）

新刊の感想（アンケート）「都新聞」昭和一〇年一一月五日
＊「最近面白く感じた新刊」ほか。

晩秋初冬記　「都新聞」昭和一〇年一一月一〇～一二日　3回
＊12枚。『全集』には「晩秋記」とあるが誤り。一一月執筆。各掲載日、副題は以下の通り。
1　猫　一〇日
2　油壺の一　一一日
3　油壺の二　一二日

〔収録〕
1006閨秀作家（昭和一一年三月　竹村書房）

文芸時評　「報知新聞」昭和一〇年一一月二三～二九日　7回
＊21枚。一一月執筆。各掲載日、副題は以下の通り。
1　月評家の態度―『フロック』と『渦の中』　二三日
2　小説への糖分―『母』と『書記室』と『地球図』　二四日
3　井伏氏の正体―膠着した川端康成氏の癖　二五日
4　4人の新人達―『私小説』的形式の失敗　二六日
5　武田の説話型―日本作家の年齢と境地　二七日
6　小説と批判―読者を強ひる万太郎氏　二八日
7　十二月の佳作―栗田三蔵氏の『老父』　二九日

〔収録〕
6555文芸時評大系昭和篇Ⅰ11（平成一九年一〇月　ゆまに書房）

三面記事　「あらくれ」三巻一二号　昭和一〇年一二月一日　3-4頁　＊『竹村選集』『全集』では掲載紙不明、一〇月とある。

〔収録〕
3001新居（昭和一一年九月　信正社）
5007丹羽文雄選集7（昭和一四年一〇月　竹村書房）

年齢　「木靴」一巻三号　昭和一〇年一二月一日　45頁　＊2枚。「僕の頁」欄に掲載。一一月七日執筆。

素材の新しさ―新しい表現の研究　「月刊文章講座」一巻一〇号　昭和一〇年一二月一日　71-73頁　＊4枚。『全集』では「月刊文章」とある。一一月一日執筆。

新映画評〝モンパルナスの夜〟　「国民新聞」夕刊　昭和一〇年一二月一日　3面　＊4枚。『全集』では「モンパルナスの夜評」。一一月二六日執筆。

アビラ村の神様　「思想国防」一巻三号　昭和一〇年一二月一日　62-64頁　＊5枚。『全集』では一月とあるが誤り。一一月七日執筆。
〔収録〕
3001新居（昭和一一年九月　信正社）
5007丹羽文雄選集7（昭和一四年一〇月　竹村書房）

批評家雑感―手紙に代へて　「星座」一巻一二号　昭和一〇年一二月一日　＊4枚。『全集』では「手紙に代えて」。一〇月二二日執筆。

今年の文壇で（アンケート）「文芸」三巻一二号　昭和一〇年一二月一日　190頁　＊「最も印象に残つた作品・最も活躍した人」について。

問題にして見たい事（アンケート）「文芸通信」三巻一二号　昭和一〇年一二月一日

拾つた女の姿　「中外商業新聞」昭和一〇年一二月一三～一五日　＊11枚。『新居』では一一月とある。一一月二六日執筆。
〔収録〕
3001新居（昭和一一年九月　信正社）

チヤタレー夫人の恋人　「木靴」二巻一号　昭和一一年一月一日　61-62頁　＊3枚。「僕のペーヂ」欄に掲載。『全集』では一一月四号とあるが誤り。昭和一〇年一二月一七日執筆。

室生犀星鑑賞―「兄いもうと」より　「月刊文章」二巻一号　昭和一一年一月一日　34-35頁　＊3枚。『全集』では一一月。昭和一〇年一一月二三日執筆。

或る日の会話　「作品」七巻一号　昭和一一年一月一日　132-136頁　＊5枚。『全集』では一一月。昭和一〇年一一月二八日執筆。

作家としての心構へ・覚悟（アンケート）「新潮」三三年一号　昭和一一年一月一日　207頁

創作選評―選後　「文芸雑誌」一巻一号　昭和一一年一月一日　105頁　＊鳥海文子「三味線」（投稿小説）への選評。

作家生活―石坂洋次郎の作品と印象　「三田文学」一一巻一号　昭和一一年一月一日　278-280頁　＊6枚。昭和一〇年一一月執筆。

現代文化に探す美しい〝醜さ〟—文壇のエース丹羽文雄　「早稲田大学新聞」二七号　昭和一一年一月二二日　＊インタビュー。「稲門作家訪問1」として掲載。

こんな女が書きたい　「読売新聞」昭和一一年一月二四日　＊3枚。『全集』では「書きたい女性」。昭和一〇年一二月一九日執筆。

短篇の再認識　河出書房「世界短篇傑作全集全七巻内容見本」　昭和一一年一月

松の内　「木靴」二巻二号　昭和一一年二月一日　49-52頁　＊3枚。一月七日執筆。通巻五号。『現代日本文芸総覧』に記載なし。尾崎一雄「あの日この日」では、「昭和一一年二月まで確認できる」とある。『全集』には一月とあるが誤り。
〔収録〕
3001新居（昭和一一年九月　信正社）
5007丹羽文雄選集7（昭和一四年一〇月　竹村書房）

創作選評　「文芸雑誌」一巻二号　昭和一一年二月一日　107頁
＊投稿小説への選評。

鷗外と歴史物　「文芸通信」四巻二号　昭和一一年二月一日　12-13頁　＊6枚。「作家の感想」欄に掲載。昭和一〇年一二月二二日執筆。
〔収録〕
3001新居（昭和一一年九月　信正社）

新年初頭文壇を観る（アンケート）「文芸通信」四巻二号　昭和一一年二月一日　8頁

余語　改造社『この絆』昭和一一年二月一九日　409-410頁　＊頁表記なし。一月末執筆。
〔収録〕
5007丹羽文雄選集7（昭和一四年一〇月　竹村書房）

僕の女友達—女友達を語る　「婦人画報」三八四号　昭和一一年三月一日　74-75頁　＊3枚。一月一六日執筆。なお雑誌「婦人画報」には復刻版DVD-ROM（平成一六～一七年　臨川書店　全8枚）がある。
〔収録〕
3002迎春（昭和一二年四月　双雅房）
5007丹羽文雄選集7（昭和一四年一〇月　竹村書房）

創作選評　「文芸雑誌」一巻三号　昭和一一年三月一日　98頁
＊投稿小説選評。

序　竹村書房『閨秀作家』昭和一一年三月二〇日　＊頁表記なし。
〔収録〕
5007丹羽文雄選集7（昭和一四年一〇月　竹村書房）

映画感興 「新潮」三三年四号 昭和一一年四月一日 116-117頁
＊4枚。「自筆メモ」では3枚半。二月一九日執筆。『新居』では二月。
〔収録〕
3001新居（昭和一一年九月 信正社）

トウルジャンスキイ 「セルパン」六二号 昭和一一年四月一日 90-91頁 ＊2枚。「印象に残った映画監督」として掲載。二月二九日執筆。『全集』では「トウルシヤスキイ」とあるが誤り。なお復刻版『国立国会図書館所蔵 セルパン』（平成一〇年 アイアールディー企画 全35冊）がある。

創作選評 「文芸雑誌」一巻四号 昭和一一年四月一日 94頁
＊投稿小説の選評。

同人雑誌因果 「文芸通信」四巻四号 昭和一一年四月一日 5-8頁 ＊13枚。二月二九日執筆。『竹村選集』では「僕の同人雑誌時代」と改題し抜粋収録。
〔収録〕
3001新居（昭和一一年九月 信正社）
5007丹羽文雄選集7（昭和一四年一〇月 竹村書房）

枯尾花—小説に於ける反モラリスムの問題 「三田文学」一一巻四号 昭和一一年四月一日 178-181頁 ＊7枚。二月二九日執筆。

感興 「早稲田文学」三巻四号 昭和一一年四月一日 73-75頁
＊6枚。二月二三日執筆。『新居』では二月。
〔収録〕
3001新居（昭和一一年九月 信正社）

小説の位置について 「報知新聞」昭和一一年四月七～一〇日 全4回 ＊12枚。四月二日執筆。各掲載日、副題は以下の通り。
1 四月七日 道徳的な寂寥感
2 四月八日 棕櫚・躑躅の会話
3 四月九日 諦観的な逃避へ
4 四月一〇日 出来合ひの感情

鈴木信太郎画伯に就いて 「読書感興」二号 昭和一一年四月二一日 98頁 ＊文体社「鈴木信太郎氏油絵頒布会」の広告文。昭和一〇年三月執筆。なお雑誌「読書感興」は『書誌書目シリーズ34 書物関係雑誌叢書19「読書感興」』（平成五年七月一五日 ゆまに書房）として復刻されている。
〔収録〕
3001新居（昭和一一年九月 信正社）

著者の言葉—自分の鶏 「読書感興」二号 昭和一一年四月二一日 90-91頁 ＊「後記」の再録。

著者の言葉—鮎 普及版 「読書感興」二号 昭和一一年四月二一日 91頁 ＊「後記」の再録。

自然描写に就いて　「遠つびと」二巻四号　昭和一一年五月一日　12-13頁　＊3枚。三月二一日執筆。『新居』では三月とある。
〔収録〕
3001新居（昭和一一年九月　信正社）
5007丹羽文雄選集7（昭和一四年一〇月　竹村書房）

多摩川原—日活多摩川撮影場を覗く　「日本映画」一巻二号　昭和一一年五月一日　10-11頁　＊8枚。三月二三日執筆。『全集』では「日活東京撮影所」とある。『新居』では三月。なお雑誌「日本映画」は復刻版『資料・「戦時下」のメディア　日本映画』（平成一四〜一五年　ゆまに書房　全31巻）が刊行されている。
〔収録〕
3001新居（昭和一一年九月　信正社）

創作選評　「文芸雑誌」一巻五号　昭和一一年五月一日　107頁

小説の基調　「国民新聞」昭和一一年五月二〇〜二二日　上中下3回　＊10枚。五月一八日執筆。

ある澱—季節の晴曇　「読売新聞」夕刊　昭和一一年五月三一日　＊『新居』では六月とあるが誤り。
〔収録〕
3001新居（昭和一一年九月　信正社）

銀座姿態　「東陽」一巻二号　昭和一一年五月　45-47頁　＊発行日不明。9枚。「自筆メモ」では「旧作（銀座で拾ふ・わが住む界隈・銀座の苦難）」とある。三月一六日執筆。
〔収録〕
3001新居（昭和一一年九月　信正社）
5007丹羽文雄選集7（昭和一四年一〇月　竹村書房）

宇野千代を語る　「月刊文章」二巻六号　昭和一一年六月一日　12-13頁

文学賞を与へるとすれば—昨年度に於ける作品について（アンケート）「新潮」三三年六号　昭和一一年六月一日　137頁

好きな映画　監督　俳優（アンケート）「スタア」四巻一一号　昭和一一年六月一日　11頁

忿懣と取組む—作品以前の弁　「中央公論」五一年六号　昭和一一年六月一日　285-288頁　＊7枚。四月九日執筆。『竹村選集』では「書く態度」と改題し抜粋収録。
〔収録〕
3001新居（昭和一一年九月　信正社）
5007丹羽文雄選集7（昭和一四年一〇月　竹村書房）

俳句と作家　「俳句研究」三巻六号　昭和一一年六月一日　98-100頁　＊6枚。「改造俳句研究」として掲載。『全集』では「作家と俳句」、四月とあるが誤り。四月二九日執筆。

〔収録〕
3001新居（昭和一一年九月　信正社）

新居　「文学生活」創刊号　昭和一一年六月一日　89-90頁　＊6枚。「同人雑記」として掲載。四月二四日執筆。「自筆メモ」では5枚半。
〔収録〕
3001新居（昭和一一年九月　信正社）
5007丹羽文雄選集7（昭和一四年一〇月　竹村書房）

新聞の一機関となって―月評形式打開策如何3　「読売新聞」昭和一一年六月三日

新聞映画批評の是非　「映画之友」一四巻七号　昭和一一年六月一五日　29-30頁　＊7枚。初夏臨時増刊号。四月二四日執筆。「自筆メモ」では4枚。
〔収録〕
3001新居（昭和一一年九月　信正社）

門外漢の言葉　「短歌研究」五巻七号　昭和一一年七月一日　77-80頁　＊六月四日執筆。『全集』では六月とある。
〔収録〕
3001新居（昭和一一年九月　信正社）

吉屋信子さんを訪ねて　「文芸」四巻七号　昭和一一年七月一日　50-57頁　＊19枚。『新居』では「吉屋信子氏邸拝見」（訪問記）に改題、「自筆メモ」では「吉屋信子氏散見」とある。五月二三日執筆。
〔収録〕
3001新居（昭和一一年九月　信正社）

答二つ　「文芸通信」四巻七号　昭和一一年七月一日　22-24頁　＊5枚。「いかに処世すべきか　作家処世術」として掲載。『新居』では「作家は如何に処世すべきか」に改題。六月五日執筆。
〔収録〕
3001新居（昭和一一年九月　信正社）

著者の言葉―「この絆」　「読売新聞」昭和一一年七月一〇日

創作苦心談　「月刊文章」二巻八号　昭和一一年八月一日　28-30頁　＊6枚。七月執筆。
〔収録〕
3001新居（昭和一一年九月　信正社）

旅の記憶　「文学生活」一巻三号　昭和一一年八月一日　88-91頁　＊8枚。『全集』では28枚とあるが、掲載分量から誤りと思われる。七月三日執筆。『新居』では七月とある。
〔収録〕
3001新居（昭和一一年九月　信正社）

緑陰放談―文学における純粋性と通俗性　「早稲田文学」三巻

八号　昭和一一年八月一日　146-151頁　＊12枚。六月二三日執筆。全集では「文学放談」とある。『新居』で「文学放談」に改題。『竹村選集』では「小説と人生」、「通俗性の尊重」に分割し抜粋収録。
〔収録〕
3001新居（昭和一一年九月　信正社）
5007丹羽文雄選集7（昭和一四年一〇月　竹村書房）

文芸時評　「報知新聞」昭和一一年八月二五～三〇日　6回　＊24枚。八月執筆。各掲載日、副題は以下の通り。
1　二五日　思ひついて遊戯―『新潮』のならべた十八十作
2　二六日　尾崎士郎の穴―材料を粗末にする高見順
3　二七日　批判は読者に―村山知義の『戦神』に注文
4　二八日　相撲の手に似る―尾崎士郎の『情欲』に就いて
5　二九日　『コシヤマイン記』―㭘牛の平家物語に共通する点
6　三〇日　不快になる小説―犀星の『切子』と悪の追求
〔収録〕
6557文芸時評大系昭和篇Ⅰ13（平成一九年一〇月　ゆまに書房）

自力本願　「新潮」三三年九号　昭和一一年九月一日　218-220頁　＊5枚。七月二二日執筆。「現代文学に何を要求するのか」として掲載。『新居』では七月。『竹村選集』では「現代文学に要求するもの」、「自力本願で行け」に分割し抜粋収録。
〔収録〕
3001新居（昭和一一年九月　信正社）
5007丹羽文雄選集7（昭和一四年一〇月　竹村書房）

初秋―秋・女と影　「セルパン」六七号　昭和一一年九月一日　54頁

原作と監督　「日本映画」一巻六号　昭和一一年九月一日　42-43頁　＊6枚。七月一八日執筆。『全集』には七月号とあるが誤り。
〔収録〕
3001新居（昭和一一年九月　信正社）

古谷式地獄　「文学生活」一巻四号　昭和一一年九月一日　63-69頁　＊8枚。『新居』『全集』では七月とある。古谷綱武『批評文学』への批評。七月二六日執筆。
〔収録〕
3001新居（昭和一一年九月　信正社）

わが初恋　「文芸汎論」六巻九号　昭和一一年九月一日　16-18頁　＊8枚。「特輯・わが初恋の記」として掲載。七月二四日執筆。『新居』『全集』では七月とある。
〔収録〕
3001新居（昭和一一年九月　信正社）

作者の言葉　『若い季節』昭和一一年九月一五日　竹村書房　3-4頁　＊7枚。八月一〇日執筆。頁表記なし。
〔収録〕
3001新居（昭和一一年九月　信正社）

5007丹羽文雄選集7（昭和一四年一〇月　竹村書房）

序　『新居』昭和一一年九月一八日　信正社　2-3頁
〔収録〕
5007丹羽文雄選集7（昭和一四年一〇月　竹村書房）

小説論　厚生閣『新文芸思潮と国語教育』昭和一一年九月二〇日　174-185頁　＊22枚。『全集』には「文章講座」（昭和一〇年九月）、「自筆メモ」には「厚生閣」。昭和一〇年九月一八日執筆。『竹村選集』では「小説の独自性」、「作家と読者」、「新しい手段」、「小説の権威」、「最上の望み」に分割し抜粋収録。
〔収録〕
3001新居（昭和一一年九月　信正社）
5007丹羽文雄選集7（昭和一四年一〇月　竹村書房）

帯文　浅見淵『現代作家研究』昭和一一年九月二五日　河出書房　＊「浅見淵のこと」（文筆　一巻三号　昭和一一年一〇月一日）の抜粋。
〔収録〕
5502浅見淵著作集1（昭和四九年八月　河出書房新社）

日本映画について―「君と行く路」など　「帝国大学新聞」六四〇号　昭和一一年九月二八日　10面

恋愛時評　「奥の奥」一巻一〇号　昭和一一年一〇月一日　＊11枚。八月一三日執筆。
〔収録〕
3001新居（昭和一一年九月　信正社）
3002迎春（昭和一二年四月　双雅房）

描写論　「教育・国語教育」六巻一〇～一二号　昭和一一年一〇月一日～一二月一日　3回　＊10枚。『全集』には「国語教育」とある。なお雑誌「教育・国語教育」は復刻版（昭和六二～六三年　大空社　全38冊）が刊行されている。各回の掲載頁は以下の通り。
1　描写論（一）　六巻一〇号　一〇月一日　94-97頁
2　描写論（二）　六巻一一号　一一月一日　120-125頁
3　描写論（三）　六巻一二号　一二月一日　124-127頁

恋愛の享楽　「新潮」三三年一〇号　昭和一一年一〇月一日　30-32頁　＊6枚。『全集』では「わが恋愛観」（九月）。八月二五日執筆。
〔収録〕
3002迎春（昭和一二年四月　双雅房）

北斎のこと　「文学生活」一巻五号　昭和一一年一〇月一日　112-115頁　＊8枚。「同人雑記」として掲載。七月三日執筆。
〔収録〕
3002迎春（昭和一二年四月　双雅房）
5007丹羽文雄選集7（昭和一四年一〇月　竹村書房）

「無限抱擁」の記憶　「文芸」四巻一〇号　昭和一一年一〇月一日　92-96頁　＊10枚。「作品論」として掲載。『迎春』では「無限抱擁讃」に改題。八月執筆。
〔収録〕
3002迎春（昭和一二年四月　双雅房）

浅見淵のこと　「文筆」一巻三号　昭和一一年一〇月一日　42-43頁　＊4枚。九月二日執筆。

耳掃除　「博浪沙通信」一巻一号　昭和一一年一〇月一五日　1頁　＊3枚。『全集』では掲載誌無表記で九月とある。
〔収録〕
3002迎春（昭和一二年四月　双雅房）

うまのみち　「読売新聞」昭和一一年一〇月一六・一七日　上下2回　＊7枚。全集では「うたのみち」とあるが誤り。一〇月七日執筆。

後記　双雅房『女人禁制』昭和一一年一〇月二〇日　334-335頁　＊頁表記なし。
〔収録〕
5007丹羽文雄選集7（昭和一四年一〇月　竹村書房）

シユナールの「罪と罰」　「早稲田大学新聞」五二号　昭和一一年一〇月二八日　8面　＊2枚。映画評。一〇月二四日執筆。『全集』「自筆メモ」では「罪と罰」とある。

耳掃除　「文筆」昭和一一年一〇月一日　218-220頁　＊3枚。九月執筆。

中篇小説のかき方　「月刊文章」二巻一一号　昭和一一年一一月一日　46-47頁　＊6枚。『全集』では「中篇小説について」。九月二六日執筆。

今様父帰る　「新潮」三三年一一号　昭和一一年一一月一日　88-89頁　＊5枚。「世相・風俗時評」欄に掲載。『全集』では九月とある。九月二八日執筆。
〔収録〕
3002迎春（昭和一二年四月　双雅房）
3009私は小説家である（昭和二二年一一月　銀座出版社）
5007丹羽文雄選集7（昭和一四年一〇月　竹村書房）

自分の短篇　「新潮」三三年一一号　昭和一一年一一月一日　56-58頁　＊5枚。「短篇小説の問題」として掲載。九月二四日執筆。
〔収録〕
3002迎春（昭和一二年四月　双雅房）

近頃呆れたこと　「東宝」三五号　昭和一一年一一月一日　26-29頁　＊12枚。八月一一日執筆。『全集』では八月、「自筆メモ」では「映画宣伝局」とある。

過去の姿　「文芸通信」四巻一一号　昭和一一年一一月一日

20-22頁　＊5枚。「文芸一家言」として掲載。『全集』では九月、「自筆メモ」では一〇月二日とある。
〔収録〕
3002迎春（昭和一二年四月　双雅房）
3009私は小説家である（昭和二二年一一月　銀座出版社）
5007丹羽文雄選集7（昭和一四年一〇月　竹村書房）

古里の記憶　「明日香」一巻八号　昭和一一年一二月一日　66-72頁　＊14枚。一〇月二四日執筆。『全集』では一〇月とあるが誤り。
〔収録〕
3002迎春（昭和一二年四月　双雅房）
3009私は小説家である（昭和二二年一一月　銀座出版社）
5007丹羽文雄選集7（昭和一四年一〇月　竹村書房）

入江たか子　「新潮」三三年一二号　昭和一一年一二月一日　121-123頁　＊4枚。「映画女優素描」として掲載。一〇月二九日執筆。『全集』では一〇月とあるが誤り。

印象に残つた作品・評論に就いて―昭和十一年度に於いて（アンケート）「新潮」三三年一二号　昭和一一年一二月一日　28頁　＊4枚。「昭和11年度の作品について」などへの回答。

シュヴァリエの放浪児―新映画　「セルパン」七〇号　昭和一一年一二月一日　108-109頁　＊3枚。一一月二日執筆。『全集』では一一月とあるが誤り。

新女性気質　「日本評論」一一巻一二号　昭和一一年一二月一日　277-283頁　＊15枚。『全集』では一一月とある。一一月五日執筆。
〔収録〕
3002迎春（昭和一二年四月　双雅房）

マルセル・シャンタル讃　「婦人画報」三九四号　昭和一一年一二月一日　30頁　＊2枚。『全集』では「マルセル・シャルタンのこと」（一〇月）とある。一〇月執筆。

今年の記憶―本年度文壇の人・評論・作品　「早稲田文学」三巻一二号　昭和一一年一二月一日　7-8頁　＊3枚。一〇月二四日執筆。『全集』では一〇月とあるが誤り。

作者の言葉　『シナリオ文学全集5　文壇人オリジナル・シナリオ集』昭和一一年一二月五日　河出書房　50頁

序に代へて　『小鳩』昭和一一年一二月八日　竹村書房　＊頁表記なし。一一月執筆。『竹村選集』では「『小鳩』の序」。
〔収録〕
5007丹羽文雄選集7（昭和一四年一〇月　竹村書房）

年の瀬　「アサヒグラフ」二七巻二六号　昭和一一年一二月二三日　27頁　＊10枚。一一月一日執筆。
〔収録〕
3002迎春（昭和一二年四月　双雅房）

3009私は小説家である（昭和二三年一一月　銀座出版社）
5007丹羽文雄選集7（昭和一四年一〇月　竹村書房）

他山の石　「作品」八巻一号　昭和一二年一月一日　54-55頁
＊4枚。昭和一一年一一月二〇日執筆。『全集』では一一月とある。
〔収録〕
3002迎春（昭和一二年四月　双雅房）

わが抱負を語る　「新潮」三四年一号　昭和一二年一月一日　202-203頁　＊3枚。「吉例心得―わが抱負（写真と文）」として掲載。昭和一一年一一月二六日執筆。『全集』では一一月とあるが誤り。

お洒落問答（アンケート）「スタイル」二巻一号　昭和一二年一月一日　26頁

はがき回答（アンケート）「日本映画」二巻一号　昭和一二年一月一日　48頁　＊「今年度最も活躍した日本映画監督は？」などへの回答。

女読者　「文芸」五巻一号　昭和一二年一月一日　13頁　＊「寄稿家カメラ名簿（写真と文）」として掲載。

装幀　「文芸首都」五巻一号　昭和一二年一月一日　132-133頁
＊5枚。「新春随信」として掲載。昭和一一年一一月二七日執筆。『全集』では昭和一一年一一月とあるが誤り。
〔収録〕
3001新居（昭和一一年九月　信正社）
5007丹羽文雄選集7（昭和一四年一〇月　竹村書房）

女の世界を悔なく暴露した「禁男の家」を見て　「読売新聞」（三昭和一二年一月一日　＊5枚。『全集』では「禁男の家」（三映社　一二月）とある。昭和一一年一二月一〇日執筆。

自叙伝　「早稲田文学」四巻一号　昭和一二年一月一日　34-43頁　＊20枚。昭和一一年一一月一八日執筆。全3回（四巻一～三号　昭和一二年一月一日～三月一日）。「自筆メモ」では小説に分類されている。『迎春』では「幼友達」に解題。
〔収録〕
3002迎春（昭和一二年四月　双雅房）
3009私は小説家である（昭和二三年一一月　銀座出版社）
5007丹羽文雄選集7（昭和一四年一〇月　竹村書房）

何が最も創作活動を駆りたてるか―中堅作家に訊く7（インタビュー）「都新聞」昭和一二年一月一二日　＊「愛欲の苦患と蒼白い懐疑人―幸福な丹羽文雄氏」として掲載。

力強い跫音　「サンデー毎日」一六巻三号（新春映画号）　昭和一二年一月一五日　38頁　＊5枚。「映画随想」として掲載。『全集』「自筆メモ」では「映画随筆」とある。昭和一一年一一月二六日執筆。

思ひ出の書物　「読書感興」二巻一冊　昭和一二年一月一五日　57-58頁　＊6枚。「書物随想」として掲載。昭和一一年八月執筆。『全集』「自筆メモ」では「書物感興」とあるが誤り。
〔収録〕
3002迎春（昭和一二年四月　双雅房）
3009私は小説家である（昭和二二年一一月　銀座出版社）
5007丹羽文雄選集7（昭和一四年一〇月　竹村書房）

後口は悪い　「博浪沙通信」二巻一号　昭和一二年一月一五日　1頁　＊4枚。昭和一一年一一月二九日執筆。

女の習俗　「都新聞」昭和一二年一月一九〜二一日　3回　＊11枚。一月一六日執筆。
〔収録〕
3002迎春（昭和一二年四月　双雅房）
5007丹羽文雄選集7（昭和一四年一〇月　竹村書房）

迎春　日本新聞連盟　昭和一二年一月　＊6枚。『全集』では「四社連盟紙」（一二月）掲載とある。昭和一一年一二月六日執筆。
〔収録〕
3002迎春（昭和一二年四月　双雅房）
5007丹羽文雄選集7（昭和一四年一〇月　竹村書房）

文芸時評　「新潮」三四年二号　昭和一二年二月一日　142-149頁　＊20枚。昭和一一年一二月一三日執筆。『全集』では一二月とあるが誤り。『迎春』では「大衆読物に就いて」に改題。
〔収録〕
3002迎春（昭和一二年四月　双雅房）
6557文芸時評大系昭和篇Ⅰ14（平成一九年一〇月　ゆまに書房）

僕の窓　「文芸懇話会」二巻二号　昭和一二年二月一日　20-44頁　＊13枚。一月一六日執筆。

自叙伝　二―獅子舞と芝居　「早稲田文学」四巻二号　昭和一二年二月一日　146-152頁　＊20枚。一一年一二月二〇日執筆。
〔収録〕
3002迎春（昭和一二年四月　双雅房）
3009私は小説家である（昭和二二年一一月　銀座出版社）
5007丹羽文雄選集7（昭和一四年一〇月　竹村書房）

作家随想　「朝日新聞」昭和一二年二月四〜六日　3回　＊11枚。「自筆メモ」では「ある日思ふ」。一月六日執筆。
〔収録〕
3002迎春（昭和一二年四月二〇日　双雅房）

先妻先夫　「東京日日新聞」昭和一二年二月一三〜一五日　3回＊9枚。一月二八日執筆。「打ち明け話」欄。
〔収録〕
3002迎春（昭和一二年四月二〇日　双雅房）

大衆雑誌に書く気持　「報知新聞」昭和一二年二月一七・一八

日　上下2回　＊7枚。二月一四日執筆。『迎春』では「馬か牛か」に改題。「自筆メモ」には「通俗物を書く心得」とある。なお副題は以下の通り。
一七日　上　辛辣な読者の眼
一八日　下　変らぬ創作熱意
〔収録〕
3002迎春（昭和一二年四月　双雅房）

人さまざま　「日本学芸新聞」二二号　昭和一二年二月二〇日
＊「日本学芸新聞」には復刻版全3巻（昭和六一年一一月一〇日　不二出版）がある。

二人の先輩　「新潮」三四年三号　昭和一二年三月一日　60-62頁　＊5枚。「純文学と私小説に就いて」として掲載。一月一六日執筆。『全集』では一月とあるが誤り。
〔収録〕
3002迎春（昭和一二年四月　双雅房）

往復葉書回答―我が子の名前とその由来（アンケート）「話」五巻三号　昭和一二年三月一日　54頁

文学の公約数―文芸時評　「文芸通信」五巻三号　昭和一二年三月一日　48-51頁　＊13枚。一月一七日執筆。『全集』では一月とあるが誤り。
〔収録〕
3002迎春（昭和一二年四月　双雅房）

自叙伝　三―父の墜落　「早稲田文学」四巻三号　昭和一二年三月一日　34-62頁　＊一月執筆。
〔収録〕
3002迎春（昭和一二年四月　双雅房）
3009私は小説家である（昭和二二年一一月　銀座出版社）
5007丹羽文雄選集7（昭和一四年一〇月　竹村書房）

かりそめの幸福評　「スタア」五巻六号　昭和一二年三月一五日　24頁　＊1枚。『全集』では「帝劇プロ」とある。二月二六日執筆。

或る人に　「文芸首都」五巻四号　昭和一二年四月一日　153-155頁　＊5枚。二月二六日執筆。

心惹かるゝ名画・名優　「若草」一三巻四号　昭和一二年四月一日　61頁

後記　『迎春』昭和一二年四月二〇日　双雅房　166頁
〔収録〕
5007丹羽文雄選集7（昭和一四年一〇月　竹村書房）
〔再録〕
読書感興　二巻二冊　昭和一二年六月一五日

後記　『女人彩色』昭和一二年四月二〇日　河出書房　344頁
〔収録〕
5007丹羽文雄選集7（昭和一四年一〇月　竹村書房）

女の姿と僕　「改造」一九巻五号　昭和一二年五月一日　59-66頁　＊23枚。四月二日執筆。『全集』では四月とあるが誤り。

女の墓　「日本評論」一二巻五号　昭和一二年五月一日　350-353頁　＊10枚。四月七日執筆。

不思議な顔の女　「三田文学」一二巻五号　昭和一二年五月一日　156-158頁　＊6枚。『全集』では「不思議な夜の女」。二月二六日執筆。

僕の見た葦原邦子　「令女界」一六巻五号　昭和一二年五月一日　156-163頁　＊15枚。二月二三日執筆。

銀座の女―女だけの都会　「読売新聞」昭和一二年五月二一・二三日　2回　＊6枚。五月一五日執筆。『全集』では「銀座の顔」。

追憶　「婦人公論」二二巻六号　昭和一二年六月一日　218頁　＊7枚。コント。四月一七日執筆。

最近映画感想　「映画之友」一五巻六号　昭和一二年六月一日　56-57頁　＊8枚。四月一七日執筆。

はがき回答（アンケート）「日本映画」二巻六号　昭和一二年六月一日　77頁　＊「『観ておいてよかった』とお感じになった映画をおあげ下さい」への感想。

自作案内書　「文芸」五巻六号　昭和一二年六月一日　26-23頁　＊10枚。「覚書」として掲載。『全集』では「自作案内」。四月二九日執筆。

著者の言葉―人任せ『**迎春**』「読書感興」二巻二冊　昭和一二年六月一五日　61頁　＊再録。

序『愛欲の位置』昭和一二年六月二〇日　竹村書房　2-3頁

〔収録〕

5007丹羽文雄選集7（昭和一四年一〇月　竹村書房）

映画に描かれた「女」　「キネマ旬報」昭和一二年六月　6-7頁　＊13枚。『全集』では「映画に現れた女」。五月二日執筆。

林芙美子氏の「女」　「セルパン」七七号　昭和一二年七月一日　82-83頁　＊2枚。五月二日執筆。『全集』では五月とあるが誤り。

夏の女漫筆　「若草」一三巻七号　昭和一二年七月一日　104頁　＊6枚。「夏・女ごころ素描」として掲載。五月二二日執筆。『全集』では五月とあるが誤り。

夏場所を見て　「相撲」二巻七号　昭和一二年七月五日　30-31頁　＊5枚。『全集』では「夏場所」（六月）。六月六日執筆。

文学廿年の酬い―芥川賞の尾崎一雄氏　「報知新聞」昭和一二年七月二二日　5面　＊3枚。『全集』「自筆メモ」では「尾崎の芥川賞」。七月二一日執筆。

一輪の花　「読売新聞」昭和一二年七月二五・二七日　上下2回＊6枚。七月二一日執筆。

演劇復活　「新愛知新聞」昭和一二年七月二六日　＊5枚。「時事新報」ほか。七月二〇日執筆。

女性の描写　「セルパン」七八号　昭和一二年八月一日　88-91頁　＊諸作品の抜粋。

芸術院を何う見る？（アンケート）「文芸」五巻八号　昭和一二年八月一日　45頁

嘱望する新人に就いて（アンケート）「早稲田文学」四巻八号　昭和一二年八月一日　139頁

後記　『女人禁制』昭和一二年八月一四日　双雅房　332-333頁

＊普及版。初版と異同あり。

初秋の記　「北海道帝国大学新聞」一八五号　昭和一二年八月一七日　2面

批判と渇望　「日本学芸新聞」三八号　昭和一二年九月一日

＊「文化擁護のために新聞学芸欄に要望する」として掲載。

夏の日記　「文芸首都」五巻九号　昭和一二年九月一日　124-126頁　＊6枚。「作家の日記」として掲載。八月七日執筆。『全集』では八月とあるが誤り。

私のねまき十人集　「スタイル」二巻九号　昭和一二年九月一日　11頁

時代と文学者　「読売新聞」夕刊　昭和一二年九月八・一〇日　上下2回　＊6枚。『全集』では「作家随想」。九月二日執筆。

〔収録〕

3002迎春（昭和一二年四月　双雅房）

文芸時評　「報知新聞」昭和一二年九月三〇日～一〇月七日　5回　＊九月二二日執筆。『全集』では5枚とある。各回の掲載日、副題は以下の通り。

1　九月三〇日　小説の運命―作家の時代に處する覚悟
2　一〇月一日　苦手の作者―『青炎抄』の内田百閒氏
3　一〇月三日　得意の説話―高見順氏の『流木』
4　一〇月六日　今月中の白眉―新人阿久見謙氏の『土と光』
5　一〇月七日　健康な文学―間宮茂輔氏の『あらがね』

〔収録〕

6557文芸時評大系昭和篇Ⅰ14（平成一九年一〇月　ゆまに書房）

八月尽　「あらくれ」五巻一二号　昭和一二年一〇月一日　41-43頁　＊6枚。八月二一日執筆。

ラブ・シーン—麗はしき子よ、み手をどうぞ　「映画之友」一五巻一〇号　昭和一二年一〇月一日　グラビア　＊2枚。『全集』では「印象にのこるラブシーン」（八月）とある。八月一八日執筆。

創作手帖—薔薇合戦のノート　「月刊文章」三巻一一号　昭和一二年一〇月一日　48-49頁　＊5枚。『全集』では「薔薇合戦ノート」（八月）とある。八月二五日執筆。
〔収録〕
7003わが小説修業（昭和一四年一〇月　厚生閣）

文園日記　「新潮」三四年一〇号　昭和一二年一〇月一日　47-51頁　＊11枚。八月二六日執筆。『全集』では八月とあるが誤り。
〔収録〕
5007丹羽文雄選集7（昭和一四年一〇月　竹村書房）

或る日—記日の夏　「早稲田文学」四巻一〇号　昭和一二年一〇月一日　51-54頁　＊7枚。八月三一日執筆。『全集』では八月とあるが誤り。

女優点描　「サンデー毎日」一六巻五二号（秋の映画号）　昭和一二年一〇月一五日　42頁　＊8枚。「自筆メモ」では「スター点描」、『全集』では「スターを語る」（八月）とある。八月二八日執筆。

贅沢は言はない—著者の立場から　「日本読書新聞」二三号　昭和一二年一〇月一五日　＊2枚。一〇月執筆。

尾崎一雄のこと　「文筆」一号　昭和一二年一〇月一五日　＊「尾崎一雄『暢気眼鏡』批評集」として掲載。

序　『豹の女』昭和一二年一〇月一九日　河出書房
〔収録〕
5007丹羽文雄選集7（昭和一四年一〇月　竹村書房）

男装化　「少女歌劇」昭和一二年一一月一日　26-27頁　＊5枚。『全集』では「松竹少女歌舞伎」（九月）とある。九月二三日執筆。

オリンピック開催の是非（アンケート）「新潮」三四年一一号　昭和一二年一一月一日　40頁

健康なものを… — 一つの転換期　「日本学芸新聞」四四号　昭和一二年一一月一日

狐の女　「若草」一三巻一一号　昭和一二年一一月一日　82-84頁　＊7枚。「晩秋日記」として掲載。九月二六日執筆。『全集』では九月とあるが誤り。

〔収録〕
3005秋冷抄（昭和一五年九月　砂子屋書房）

文芸時評家に望む　「読売新聞」夕刊　昭和一二年一一月一三・一六日　上下2回　＊6枚。『全集』「自筆メモ」では「文壇あれこれ」とある。一一月九日執筆。

映画界感想　「映画之友」一五号　昭和一二年一二月一日　59-60頁　4枚　＊一〇月一七日執筆。『全集』では一〇月とあるが誤り。

東宝・星組の十一月　寸感―「歌へモンパルナス」舞台稽古寸感　「エス・エス」二巻一二号　昭和一二年一二月一日　グラビア

文章作法　「月刊文章」三巻一三号　昭和一二年一二月一日　50-52頁　＊5枚。口述筆記。『全集』「自筆メモ」では「文章について」（一二月一一日）とある。

昭和十二年に於いて最も印象に残った作品（アンケート）「新潮」三四年一二号　昭和一二年一二月一日　50頁　＊『全集』では「期待する人」とある。

榊山潤著「をかしな女たち」　「早稲田文学」四巻一二号　昭和一二年一二月一日　74-76頁

お洒落問答（アンケート）「スタイル」二巻一二号　昭和一二年一二月一日　6頁　＊雑誌「スタイル」は復刻版（平成一五年　臨川書店　全54冊）が刊行されている。

小説とモデル　「会館芸術」七巻一号　昭和一三年一月一日　38-39頁　＊6枚。昭和一二年一一月四日執筆。

母の上京　「中央公論」五三年一号　昭和一三年一月一日　398-400頁　＊7枚。昭和一二年一二月九日執筆。『全集』では昭和一二年一二月とあるが誤り。

〔収録〕
5007丹羽文雄選集7（昭和一四年一〇月　竹村書房）

はがき回答（アンケート）「日本映画」三巻一号　昭和一三年一月一日　54頁　＊「一九三七年の映画界で特に心にとまったことは？」への回答。

東宝正月レヴュー評　「報知新聞」昭和一三年一月八日　＊3枚。『全集』「自筆メモ」では「東宝正月」。一月三日執筆。

現代女性の風俗―女の問題　「東京日日新聞」昭和一三年一月一二三日　＊2枚。一月一二日執筆。

文芸時評　「読売新聞」夕刊　昭和一三年一月二八日～二月三日　4回　＊9枚。一月二四日執筆。各掲載日、副題は以下の通り。

1　一月二八日　三十代作家の熱意　時代を反映する年齢
2　一月二九日　書きあきた新しい女のタイプ
3　二月二日　侘しさの秘密と岡田三郎の苦悶小説
4　二月三日　二重に苛まれる岡田三郎の苦悶小説

〔収録〕
6558文芸時評大系昭和篇Ⅰ15（平成一九年一〇月　ゆまに書房）

ひめごと―ウイリ・フォルストの「喜劇」作品　「帝国大学新聞」七〇五号　昭和一三年一月三一日　10面　＊4枚。「映画評」として掲載。一月二九日執筆。『全集』では九月とあるが誤り。

「豹の女」思ひ出　「三十日」一巻二号　昭和一三年二月一日　27頁　＊2枚。「二十六日（水）」として掲載。昭和一二年一二月二二日執筆。『全集』では一二月とあるが誤り。

〔収録〕
3005秋冷抄（昭和一五年九月　砂子屋書房）

将来文学は何う動くか（アンケート）「新潮」三五年二号　昭和一三年二月一日　245頁

私の時計六人集　「スタイル」三巻二号　昭和一三年二月一日　9頁

少女歌劇評判記　「婦人公論」二三巻二号　昭和一三年二月一日　212-217頁　＊15枚。昭和一二年一二月二〇日執筆。『全集』「自筆メモ」では「少女歌劇」（一二月）とある。

寸紙　「文芸」六巻二号　昭和一三年二月一日　220-221頁　＊2枚。「近頃感心した批評」として掲載。昭和一二年一二月二五日執筆。『全集』では一二月とあるが誤り。

その場の味―我が肉弾闘争記　「オール読物」八巻三号　昭和一三年三月一日　212-213頁　＊3枚。『全集』では「喧嘩の味」。一月二日執筆。

霧立のぼる　「東宝」五一号　昭和一三年三月一日　26-27頁　＊4枚。二月一四日執筆。『全集』では二月とあるが誤り。

楽の日の玉錦部屋　「相撲」三巻三号　昭和一三年三月五日　54-55頁　＊5枚。二月五日執筆。『全集』「自筆メモ」では二月とあるが誤り。

恩を感じた話3―K女史への感謝　「読売新聞」夕刊　昭和一三年三月二四日　＊3枚。『全集』「自筆メモ」では「過去の一頁」。三月一一日執筆。

期待―「東方平和の道」への期待　「映画之友」一六巻四号　昭和一三年四月一日　102-103頁　＊3枚。二月一七日執筆。『全集』では二月とあるが誤り。

「東洋平和の道」を覗く記　「新女苑」二巻四号　昭和一三年四

月一日　344-347頁　＊10枚。二月二七日執筆。『全集』では「『東洋平和の道』を覗く」（二月）とある。

お洒落問答（アンケート）「スタイル」三巻四号　昭和一三年四月一日　19頁

女優―スタア・ここが魅力　「スタイル」三巻四号　昭和一三年四月一日　14頁　＊5枚。『全集』「自筆メモ」では「魅力いずこ」とある。二月二二日執筆。

ジェニイの家　「婦人公論」二三巻四号　昭和一三年四月一日　13頁　＊3枚。「残された洋画名作」として掲載。三月一日執筆。『全集』では三月とあるが誤り。

映画あれこれ　「文芸」六巻四号　昭和一三年四月一日　32-35頁　＊10枚。「映画時評」として掲載。三月二日執筆。『全集』では三月とあるが誤り。

現代娘の良いところ悪いところ　「雄弁」二九巻四号　昭和一三年四月一日　258頁　＊2枚。『全集』では「現代娘のよいところ」（二月）。著者写真を掲載。二月一六日執筆。

考へさせられたこと　「東宝映画」一巻二号　昭和一三年四月一五日　4-5頁　＊4枚。『全集』では「寸感」（東宝　一一月）とある。昭和一二年一一月九日執筆。

建設地の読書　「東京日日新聞」昭和一三年四月二四日　＊「回転扉」欄に掲載。四月二一日執筆。

三題　「都新聞」昭和一三年四月二八～三〇日　3回　＊12枚。四月二六日執筆。第1回のみ「子供のこと」と解題し、『竹村選集』に収録。各副題は以下の通り。

1　二八日　子供
2　二九日　暴言
3　三〇日　旅の恥

〔収録〕
5007丹羽文雄選集7（昭和一四年一〇月　竹村書房）

嘱望する新人とその作品傾向について（アンケート）「あらくれ」六巻五号　昭和一三年五月一日　45頁

若い女の欠点―リアリストだが謙遜が足りない　「婦人公論」二三巻五号　昭和一三年五月一日　157頁

春の客人　「ホーム・ライフ」四巻五号　昭和一三年五月一日　32-33頁　＊7枚。四月一日執筆。『全集』では四月とあるが誤り。

舞踏会の手帖・物語　「映画之友」一六巻六号　昭和一三年六月一日　88-91頁　＊『全集』では「舞踏会の手帖」（三映社　五月）とある。なお同号に座談会「『舞踏会の手帖』合評」（114-117頁）が掲載されている。

睡眠―眠れない時何をやる？　「新青年」一九巻九号　昭和一三年六月一日　350頁　＊1枚。三月執筆。『全集』では三月とある。

尾崎一雄氏への手紙　「新潮」三五年六号　昭和一三年六月一日　100-102頁　＊7枚。四月二四日執筆。

「舞踏会の手帖」感想　「スタア」六巻一一号（上旬号）　昭和一三年六月一日　16頁　＊6枚。五月九日執筆。『全集』では「舞踏会の手帖」（三映社　五月）とある。なお映画「舞踏会の手帖」はジュリアン・デュヴィヴィエ脚本。

歌劇の国際劇場　「大陸」一巻一号　昭和一三年六月一日　362-366頁　＊10枚。四月一九日執筆。

例へば―輸出映画への意見　「日本映画」三巻六号　昭和一三年六月一日　19-20頁

折にふれて　「文芸首都」六巻六号　昭和一三年六月一日　113-114頁　＊4枚。『全集』では四月とあるが誤り。五月五日執筆。

風俗作家としての私　「ホームグラフ」二〇号　昭和一三年六月一日　16頁

紙一重の魅力―夏場所を観て　「相撲」三巻六号　昭和一三年六月一三日　44-46頁　＊7枚。五月二八日執筆。『全集』では五月とあるが誤り。

川端さん　改造社『川端康成選集第四巻』附録「月報三」　昭和一三年六月一九日　＊6枚。六月五日執筆。『全集』では「改造」とあるが誤り。

禁止映画　「映画之友」一六巻七号　昭和一三年七月一日　54-55頁　＊4枚。「季節のサロン」欄に掲載。五月九日執筆。『全集』では五月とあるが誤り。

女人断層　「中央公論」五三年七号　昭和一三年七月一日　333-340頁　＊19枚。六月七日執筆。『全集』では六月とあるが誤り。

〔収録〕

5007丹羽文雄選集7（昭和一四年一〇月　竹村書房）

「近代椿姫」―作者の言葉　「婦女界」五八巻一号　昭和一三年七月一日　141頁　＊「新掲載長篇小説予告」として掲載。なお「近代椿姫」は「夜開く花々」（五八巻二～五号　昭和一三年八月一日～一一月一日）と改題して連載された。

火野葦平の会　「早稲田文学」五巻七号　昭和一三年七月一日　95-99頁　＊9枚。六月五日執筆。『全集』では六月とあるが誤り。

岸松雄その他　「サンデー毎日」一七巻三四号（夏の映画号）昭和一三年七月一五日　25頁　＊7枚。「映画随想」として掲載。六月二日執筆。『全集』では六月とあるが誤り。

生活の断層―子供のこと　「読売新聞」夕刊　昭和一三年七月二八日　＊3枚。『全集』「自筆メモ」では「雨と子供」とある。七月七日執筆。

お洒落問答（アンケート）「スタイル」三巻八号　昭和一三年八月一日　14頁

私の履歴　「婦人公論」二三巻八号　昭和一三年八月一日　263頁　＊2枚。六月二二日執筆。『全集』では六月とあるが誤り。

猫と水害　「博浪沙」三巻四号　昭和一三年八月五日　11-12頁　＊雑誌「博浪沙」には『覆刻月刊随筆　博浪沙』（昭和五六年一二月二〇日　双柿舎　全4冊）がある。

大衆文学と純文学の問題　「都新聞」昭和一三年八月一九～二一日　3回　＊12枚。『全集』では「純文学と大衆文学」とある。八月八日執筆。各掲載日、副題は以下の通り。

1　一九日　創作欄の位置
2　二〇日　二・三十代の作家
3　二一日　大道無門の弁

日本映画女優論　「映画之友」一六巻九号　昭和一三年九月一日　64-67頁　＊16枚。『全集』では「女優論」（七月）とある。七月一〇日執筆。

私の家庭自慢家庭料理（アンケート）「現代」一九巻九号　昭和一三年九月一日　446頁

時代説明者　「新潮」三五年九号　昭和一三年九月一日　273-274頁　＊5枚。「文学者は如何なるかたちで現下の日本を支持すべきか」として掲載。六月二二日執筆。『全集』では六月とある。

その妹　「新風土」一巻四号　昭和一三年九月一日　24頁　＊3枚。『全集』では「その時」（七月）とあるが誤り。七月二日執筆。

印象の町―想ひ出の町々　「スタイル」三巻九号　昭和一三年九月一日　16頁

恋愛と国策　「日本映画」三巻九号　昭和一三年九月一日　52頁

日記　「文筆」昭和一三年九月一日　26-28頁　＊4枚。八月一二日執筆。『全集』では八月とあるが誤り。

従軍を前にして―実感に触れる為　「都新聞」昭和一三年九月

四日　＊1枚。「大波小波」欄。「自筆メモ」では「従軍に際して」とある。九月三日執筆。

従軍の言葉―わが期待　「読売新聞」夕刊　昭和一三年九月一〇日　＊4枚。八月執筆。

文学者のゆく道　「読売新聞」夕刊　昭和一三年九月一三～一四日　上下2回　＊6枚。「自筆メモ」では「噂の大学」とある。八月二八日執筆。

述懐―跋に代へる　春陽堂『生きて行く女達』昭和一三年九月二〇日　323-324頁　＊『全集』では「『生きてゆく女達』の述懐」。

〔収録〕
5007丹羽文雄選集7（昭和一四年一〇月　竹村書房）

杭州の第一線　「都新聞」昭和一三年九月二六日　＊1枚。「ペン部隊通信」として掲載。「自筆メモ」では「葉書」。九月二〇日執筆。

感想　「シナリオ研究」六号　昭和一三年九月二九日　123頁
＊「手帖」欄に掲載。

音羽久米子　「映画之友」一六巻一〇号　昭和一三年一〇月一日　グラビア　＊1枚。「自筆メモ」では「新人讃」。八月一五日執筆。

散文精神の檜舞台―伊藤整氏に　「セルパン」九三号　昭和一三年一〇月一日　93-95頁　＊11枚。「ペンの従軍に際して」として、伊藤整「文学全体に与えられた信任」と同時掲載。九月三日執筆。

初の砲弾の洗礼―湖江船中にて　「読売新聞」夕刊　昭和一三年一〇月八～九日　上下2回　＊7枚。『全集』では「虎口を逃れて」。九月二九日執筆。

〔収録〕
3004一夜の姑娘（昭和一四年五月　金星堂）
3007上海の花火（昭和一八年一月　金星堂）

入道雲―ペン部隊手記　「都新聞」昭和一三年一〇月一二～一三日　2回　＊7枚。一〇月一〇日執筆。

〔収録〕
3004一夜の姑娘（昭和一四年五月　金星堂）
3007上海の花火（昭和一八年一月　金星堂）

湖の一時間　「都新聞」昭和一三年一〇月一七日　＊4枚。九月二九日執筆。

〔収録〕
3004一夜の姑娘（昭和一四年五月　金星堂）
3007上海の花火（昭和一八年一月　金星堂）

上海の花火　「読売新聞」夕刊　昭和一三年一〇月二八・三〇日　上下2回　＊6枚。一〇月二二日執筆。

〔収録〕
3007上海の花火（昭和一八年一月　金星堂）

杭州と蘇州―漢口攻略従軍記　「婦人公論」二三巻一一号　昭和一三年一一月一日　504-519頁　＊48枚。九月二三日執筆。『全集』では九月とある。
〔収録〕
3004一夜の姑娘（昭和一四年五月　金星堂）
3007上海の花火（昭和一八年一月　金星堂）

上海だより　「東宝映画」二巻四号　昭和一三年一一月一五日　6頁　＊7枚。一一月下旬号。一〇月二二日執筆。「自筆メモ」では「こちらで逢った東宝の人と」（東宝）。

戦場覚書　「改造」二〇巻一二号　昭和一三年一二月一日　42-63頁　＊60枚。「自筆メモ」では「廬山覚書」。一〇月二三日執筆。
〔収録〕
3004一夜の姑娘（昭和一四年五月　金星堂）
3007上海の花火（昭和一八年一月　金星堂）

変化する街―揚子江のほとりにて　「新女苑」二巻一二号　昭和一三年一二月一日　84-93頁　＊29枚。一〇月二九日執筆。
〔収録〕
3004一夜の姑娘（昭和一四年五月　金星堂）
3007上海の花火（昭和一八年一月　金星堂）

上海の風　「文芸」六巻一二号　昭和一三年一二月一日　180-188頁　＊20枚。「戦地通信」として掲載。一〇月二八日執筆。
〔収録〕
3004一夜の姑娘（昭和一四年五月　金星堂）
3007上海の花火（昭和一八年一月　金星堂）

支那・満州に於いて最も印象に残つてゐるもの・風景　「新潮」三六年一号　昭和一四年一月一日　293頁

蟻喰―もしも貴方が動物にお生れ変りになるとしたら何になりたいと思ひますか？（アンケート）「スタイル」四巻一号　昭和一四年一月一日　72頁

上海の知人―大陸建設に活躍する人たち（アンケート）「話」七巻一号　昭和一四年一月一日　163頁　＊3枚。「現地報告」として掲載。『全集』では「大陸建設に活躍する人たち」。昭和一三年一一月一一日執筆。

面上の唾　「文学者」一巻一号　昭和一四年一月一日　49-51頁　＊5枚。昭和一三年一二月五日執筆。『全集』では一二月一日とある。
〔収録〕
3005秋冷抄（昭和一五年九月　砂子屋書房）

玉錦に関連して　「相撲」四巻一号　昭和一四年一月五日　23-24頁　＊5枚。「自筆メモ」では「楽の日の玉錦部屋」。

淡雪の日　「文学建設」一巻二号　昭和一四年二月一日　32-33頁　＊5枚。一月五日執筆。

面上の唾（二）　「文学者」一巻二号　昭和一四年二月一日　119-121頁　＊6枚。一月八日執筆。
〔収録〕
3005秋冷抄（昭和一五年九月　砂子屋書房）

風のない日　「博浪沙」四巻二号　昭和一四年二月五日　4-5頁　＊3枚。『全集』では一月号とあるが誤り。

昭和十四年の文芸界　「新潮」三六年二号　昭和一四年二月一日　38-39頁

日本映画への注文　「映画之友」一七巻三号　昭和一四年三月一日　62-63頁　＊8枚。奥付の「一六巻三号」は誤記。一月一七日執筆。

第一回映画世界社賞選後評　「映画之友」一七巻三号　昭和一四年三月一日　57-58頁　＊8枚。谷川徹三・楢崎勤・北川冬彦・筈見恒夫・内田岐三雄・丹羽文雄・板垣慶穂・飯田心美・清水千代太・飯島正・中村武羅夫・友田純一郎・高見順・武田麟太郎・岩崎飛・橘弘一路・大黒東洋士が執筆。

どうして作つたかわからぬ料理―お手製全集　「スタイル」四巻三号　昭和一四年三月一日　70頁

面上の唾（三）　「文学者」一巻三号　昭和一四年三月一日　176-179頁　＊5枚。二月八日執筆。
〔収録〕
3005秋冷抄（昭和一五年九月　砂子屋書房）

私の創作ノート　「帝国大学新聞」七六〇号　昭和一四年三月三一日　9面　＊5枚。『全集』では「私の創作ノートから」とある。三月二四日執筆。

内田と溝口　「映画朝日」一六巻四号　昭和一四年四月一日　86頁　＊3枚。「印象の深かったスターと監督」として掲載。「自筆メモ」では「内田の溝口」とある。一月五日執筆。

都会の文学とは―私の場合　「会館芸術」八巻三号　昭和一四年四月一日　14-15頁　＊5枚。『全集』では「都会文学」とある。二月六日執筆。

仏像と祖母　「現代」二〇巻四号　昭和一四年四月一日　50-52頁　＊6枚。二月執筆。
〔収録〕
3005秋冷抄（昭和一五年九月　砂子屋書房）
3008わが母の記（昭和二二年七月　地平社）

僕の選集に寄せて　「文学者」一巻四号　昭和一四年四月一日　193-194頁　＊4枚。一月二九日執筆。

葉書回答（アンケート）「文芸」七巻四号　昭和一四年四月一日　179頁　＊「近頃、女流作家盛観のわけは？」他への回答。

選集に寄せて　竹村書房『丹羽文雄選集　第一巻』昭和一四年四月二〇日　4-7頁

女優と「頬白先生」　「映画之友」一七巻五号　昭和一四年五月一日　68-69頁　＊5枚。奥付の「一六巻五号」は誤記。三月一七日執筆。

身辺雑記　「オール読物」九巻五号　昭和一四年五月一日　グラビア

女流作家論　「新潮」三六年五号　昭和一四年五月一日　184-190頁　＊20枚。三月二五日執筆。
〔収録〕
3005秋冷抄（昭和一五年九月　砂子屋書房）

料理と化粧と着物と―生活随筆　「婦女界」五九巻一号　昭和一四年五月一日　62-64頁　＊5枚。『全集』では「生活随想」とある。三月二四日執筆。
〔収録〕
3005秋冷抄（昭和一五年九月　砂子屋書房）

モデル料を支払ふ―特集　創作ノート　「サンデー毎日」一八巻二六号（新作大衆文芸号）昭和一四年五月一五日　67頁

支那文学　「東京日日新聞」昭和一四年五月二〇日　＊2枚。「軽戦車」欄に掲載。四月二七日執筆。

初夏の娘　「映画朝日」一六巻六号　昭和一四年六月一日　97頁　＊「花籠」欄。加藤まさを挿絵。四月一二日執筆。『全集』では「朝日映画」とあるが誤り。
〔収録〕
1042中年（昭和一六年七月　河出書房）
＊付録「新文学叢書月報1」に掲載。
3005秋冷抄（昭和一五年九月　砂子屋書房）
3008わが母の記（昭和二二年七月　地平社）

小説の正体　「文芸」七巻六号　昭和一四年六月一日　2-6頁　＊10枚。「ロマンの考察」として掲載。四月二九日執筆。
〔収録〕
3005秋冷抄（昭和一五年九月　砂子屋書房）
3008わが母の記（昭和二二年七月　地平社）

ハガキ時評―私の抗議　「大洋」一巻一号　昭和一四年六月一日　90頁

抗日日本人　「朝日新聞」昭和一四年六月六日　＊1枚。「槍騎兵」欄に掲載。六月一日執筆。『秋冷抄』では「面上の唾」

の一節として収録されている。
〔収録〕
3005秋冷抄（昭和一五年九月　砂子屋書房）

小説の疑問　「都新聞」昭和一四年六月六～八日　3回　＊9枚。六月一日執筆。
1　六月六日　風格と現実
2　六月七日　習慣の打破
3　六月八日　文学の真髄

あとがき　寺崎浩『大陸の祭典』（日本文学社）昭和一四年六月一五日　310-311頁　＊2枚。「自筆メモ」では「寺崎の序」とある。全集に記載なし。一月六日執筆。

支那文学に就て　「朝日新聞」昭和一四年六月二五日　＊2枚。「槍騎兵」欄に掲載。六月二〇日執筆。『秋冷抄』では「面上の唾」の一節として収録されている。
〔収録〕
3005秋冷抄（昭和一五年九月　砂子屋書房）

脚色者の位置　「映画之友」一七巻七号　昭和一四年七月一日　65-66頁　＊3枚。五月一四日執筆。
〔収録〕
3005秋冷抄（昭和一五年九月　砂子屋書房）

戦争映画について　「改造」二一巻七号　昭和一四年七月一日　304-309頁　＊10枚。六月一三日執筆。

私の好きな時間　「新女苑」三巻七号　昭和一四年七月一日　グラビア

夏と蒲鉾　「新風土」二巻六号　昭和一四年七月一日　13頁　＊3枚。六月四日執筆。

わが母の記　「婦人公論」二四巻七号　昭和一四年七月一日　102-111頁　＊3枚。五月二五日執筆。
〔収録〕
3005秋冷抄（昭和一五年九月　砂子屋書房）
3008わが母の記（昭和二二年七月　地平社）
3011私の人間修業（昭和三〇年一〇月　人文書院）
6543ふるさと文学館28（平成七年六月　ぎょうせい）
7066おふくろの味（昭和三二年八月　春陽堂）
7073生活の随筆　肉親（昭和三七年一〇月　筑摩書房）

面上の唾　「文学者」一巻七号　昭和一四年七月一日　166-167頁　＊5枚。『全集』では「面上の唾（三）」とある。五月二五日執筆。
〔収録〕
3005秋冷抄（昭和一五年九月　砂子屋書房）

わが毒舌　「文芸」七巻七号　昭和一四年七月一日　64-65頁　＊5枚。五月二六日執筆。『秋冷抄』では「面上の唾」の一節として収録されている。
〔収録〕
3005秋冷抄（昭和一五年九月　砂子屋書房）
3006小説修業（昭和一六年五月　明石書房）＊抜粋
3009私は小説家である（昭和二二年一一月　銀座出版社）＊抜粋

御説御尤も―「青苔」の女主人公に就て　「読売新聞」夕刊　昭和一四年七月二日　＊2枚。同号掲載の内藤秀夫「小説精神について―丹羽文雄氏へ―」（無名作家の質問状）への回答として掲載。「自筆メモ」では「読売公開状に答へて」。六月二七日執筆。

溜飲を下げた一番―三日目の印象　「相撲」四巻六号　昭和一四年七月五日　14頁　＊3枚。『全集』では「三日目の印象」。五月一七日執筆。

検閲への協力―民間検閲について　「日本学芸新聞」六八号　昭和一四年七月五日　＊4枚。「自筆メモ」では「民間検閲」。六月二三日執筆。

女芸の是非　「新女苑」三巻八号　昭和一四年八月一日　288-289頁　＊5枚。「若い女性生活の批判」として掲載。六月二六日執筆。
〔収録〕
3005秋冷抄（昭和一五年九月　砂子屋書房）

梅雨時　「東宝」六八号　昭和一四年八月一日　47-49頁　＊4枚。七月四日執筆。

わが毒舌　「文芸」七巻八号　昭和一四年八月一日　140-141頁　＊5枚。六月二二日執筆。『秋冷抄』では「面上の唾」の一節として収録されている。
〔収録〕
3005秋冷抄（昭和一五年九月　砂子屋書房）
3006小説修業（昭和一六年五月　明石書房）＊抜粋
3009私は小説家である（昭和二二年一一月　銀座出版社）＊抜粋

アルバムから―従軍記　「三田文学」一四巻八号　昭和一四年八月一日　116-117頁　＊5枚。六月二六日執筆。

覚書　新潮社『南国抄』昭和一四年八月四日　1-2頁

或る読者の手紙―親と子の問題　「読売新聞」夕刊　昭和一四年八月一五日　＊3枚。『全集』では「ある読者」とある。八月一一日執筆。

再び脚色者について　「映画之友」一七巻九号　昭和一四年九月一日　66-67頁　＊9枚。七月五日執筆。

日本映画女優あれこれ　「映画ファン」四巻九号　昭和一四年九月一日　＊9枚。「自筆メモ」では「女優好き嫌ひ」。七月一三日執筆。

雷　「エス・エス」四巻九号　昭和一四年九月一日　54-55頁
　＊5枚。八月五日執筆。
〔収録〕
3005秋冷抄（昭和一五年九月　砂子屋書房）

田中絹代　「スタイル」四巻九号　昭和一四年九月一日　75頁
　＊3枚。「アベック評論」として眞杉静枝「小杉勇」とともに掲載。七月一三日執筆。

もしあなたが孤島に棲むとすればどんな本を持つて行きますか？（アンケート）「文芸」七巻九号　昭和一四年九月一日　46頁

私の頁　「文芸」七巻九号　昭和一四年九月一日　28-29頁　＊9枚。八月一二日執筆。『秋冷抄』では「面上の唾」の一節として収録されている。
〔収録〕
3005秋冷抄（昭和一五年九月　砂子屋書房）
3006小説修業（昭和一六年五月　明石書房）＊抜粋
3009私は小説家である（昭和二二年一一月　銀座出版社）＊抜粋

スタイリスト　「スタイル」四巻一〇号　昭和一四年一〇月一日　42頁　＊1枚。「お洒落随筆」として掲載。八月一五日執筆。『秋冷抄』では「面上の唾」の一節として収録。
〔収録〕
3005秋冷抄（昭和一五年九月　砂子屋書房）
3006小説修業（昭和一六年五月　明石書房）＊抜粋
3009私は小説家である（昭和二二年一一月　銀座出版社）＊抜粋

面上の唾　「文芸」七巻一〇号　昭和一四年一〇月一日　130-131頁　＊5枚。七月二九日執筆。

汪兆銘と事変処理への輿論　「日本学芸新聞」七三号　昭和一四年一〇月五日

回顧　「博浪沙」四巻一〇号　昭和一四年一〇月五日　13頁
〔収録〕
3005秋冷抄（昭和一五年九月　砂子屋書房）

文芸新刊書一瞥　「読売新聞」夕刊　昭和一四年一〇月七日
　＊「自筆メモ」では「読売書評」（一〇月）とある。

作家道徳に就て　「読売新聞」夕刊　昭和一四年一〇月一一日

「薔薇合戦」のノート　厚生閣『わが小説修業』　昭和一四年一〇月一八日　38-42頁

モデル供養　「ホーム・ライン」昭和一四年一〇月二〇日

12-13頁　＊5枚。

秋冷抄　「報知新聞」昭和一四年一〇月二二〜二四日　3回　＊9枚。一〇月一九日執筆。各回の副題は以下の通り。
1　二二日　何日君再来
2　二三日　ある公開状
3　二四日　怖ろしい事実

複雑な印象―漢口戦従軍の思ひ出　「朝日新聞」昭和一四年一〇月二九日　＊3枚。『全集』では「漢口陥落の思い出」とある。一〇月二三日執筆。『秋冷抄』では「虹口」に改題。
〔収録〕
3005秋冷抄（昭和一五年九月　砂子屋書房）

わが顔を語る（アンケート）「エス・エス」四巻一二号　昭和一四年一一月一日　155頁

モデル供養―名家随想　「現代」二〇巻一一号　昭和一四年一一月一日　49-51頁　＊6枚。九月三〇日執筆。
〔収録〕
3008わが母の記（昭和二二年七月　地平社）
3011私の人間修業（昭和三〇年一〇月　人文書院）
5007丹羽文雄選集7（昭和一四年一〇月　竹村書房）

アメリカ我観（アンケート）「新潮」三六年一一号　昭和一四年一一月一日　31頁

これ以上は褒められぬ―自分をほめる欄　「スタイル」四巻一一号　昭和一四年一一月一日　75頁

面上の唾　「文芸」七巻一一号　昭和一四年一一月一日　113-115頁　＊5枚。九月三〇日執筆。『全集』では「文学者」（九月四日）とある。
〔収録〕
3005秋冷抄（昭和一五年九月　砂子屋書房）
3006小説修業（昭和一六年五月　明石書房）＊抜粋
3009私は小説家である（昭和二二年一一月　銀座出版社）＊抜粋

オツボさん―顔が赤くなった話　「雄弁」三〇巻一一号　昭和一四年一一月一日　180頁　＊2枚。『全集』では「赤くなった話」。九月二〇日執筆。
〔収録〕
3005秋冷抄（昭和一五年九月　砂子屋書房）

盧山の会　「風報」三号　昭和一四年一一月一〇日　16頁　＊2枚。一〇月一〇日執筆。

菓子漫筆　「スヰート」一四巻五号　昭和一四年一一月一五日　16-17頁　＊4枚。一〇月一二日執筆。雑誌「スヰート」は明治製菓PR雑誌。『全集』では「明治」とある。
〔収録〕
3005秋冷抄（昭和一五年九月　砂子屋書房）

7007甘味　お菓子随筆（昭和一六年二月　双雅房）

Qの存在　「映画朝日」一六巻一二号　昭和一四年一二月一日　87-88頁　＊4枚。「文士から見た映画批評」として掲載。一〇月八日執筆。

中堅作家論　「改造」二一巻一三号　昭和一四年一二月一日　210-219頁　＊24枚。一一月九日執筆。

文学界の諸問題―昭和十四年の文学界（アンケート）「新潮」三六年一一号　昭和一四年一二月一日

スタイル・風俗時評―まァ大体文句はない！　「スタイル」四巻一二号　昭和一四年一二月一日　50頁

映画月評―現実的映画　「中央公論」五四年一三号　昭和一四年一二月一日　214-215頁　＊7枚。一一月六日執筆。

映画―梯なき軍艦について　「婦人画報」四三〇号　昭和一四年一二月一日　184-185頁　＊6枚。「自筆メモ」では「三映社」。一〇月二三日執筆。

仇名軽蔑論　「婦人公論」二四巻一二号　昭和一四年一二月一日　228-229頁　＊4枚。一〇月二六日執筆。

二つのもの　「文学建設」一巻一二号　昭和一四年一二月一日　1頁　＊「巻頭言」として掲載。2枚。一一月一六日執筆。

十四年の印象―昭和十四年文壇の人・作品・評論　「早稲田文学」六巻一二号　昭和一四年一二月一日　4頁

石川達三の強味―彼の此の点に学ぶ　「現代」二一巻一号　昭和一五年一月一日　102-104頁　＊6枚。昭和一四年一〇月二三日執筆。

私の公開状　「週刊朝日」三七巻一号　昭和一五年一月一日　111頁　＊4枚。昭和一四年一〇月二四日執筆。

スタア検討　田中絹代の巻―容貌・平凡さの魅力　「スタイル」五巻一号　昭和一五年一月一日　74頁　＊1.5枚。「自筆メモ」では「絹代の記」。昭和一四年一一月二三日執筆。

照国のこと　「相撲」五巻一号　昭和一五年一月五日　7-9頁　＊5枚。昭和一四年一二月六日執筆。

ひゐき　「相撲」五巻一号　昭和一五年一月五日　17-18頁　＊5枚。昭和一四年一二月四日執筆。

従軍の思ひ出　「大陸新報」昭和一五年一月九～一一日　3回　＊9枚。「従軍作家の想ひ出6」として掲載。昭和一四年一二月二〇日執筆。『秋冷抄』では「大陸の思ひ出」に改題。各回の副題は以下の通り。

上　九日　芒　廬山　雨
中　一〇日　爆撃
下　一一日　揚子江　南京城壁　上海
〔収録〕
3005秋冷抄（昭和一五年九月　砂子屋書房）

帰還作家への往信―苦難の路を越えよ　火野葦平へ　「読売新聞」昭和一五年一月一三日　＊3枚。『全集』では「火野葦平」。一月五日執筆。

映画と文学　「映画之友」一八巻二号　昭和一五年二月一日　54-55頁　＊4枚。「自筆メモ」では「映画と音楽」。昭和一四年一二月四日執筆。

文壇に出るまで―自伝　「月刊文章」六巻二号　昭和一五年二月一日　68-70頁

閨秀文壇五人女―女弁を競ふ　「現代」二一巻二号　昭和一五年二月一日　212-215頁　＊昭和一四年一二月一九日執筆。

若き娘たち　「大洋」二巻二号　昭和一五年二月一日　53頁　＊5枚。昭和一四年一二月一八日執筆。『全集』では「女の随筆」。
〔収録〕
3005秋冷抄（昭和一五年九月　砂子屋書房）
3008わが母の記（昭和二二年七月　地平社）

夜更　「文学者」二巻二号　昭和一五年二月一日　186-187頁　＊昭和一四年一二月三一日執筆。

博浪沙通信　「博浪沙」五巻二号　昭和一五年二月五日　20-21頁　＊文末に「一月十六日」とある。

原節子と原鑛　「映画朝日」一七巻三号　昭和一五年三月一日　73頁　＊3枚。「一人一スタア談」として掲載。一月四日執筆。

壺井栄の「暦」　「文学者」二巻三号　昭和一五年三月一日　186-187頁　＊2枚。「見たもの・読んだもの」として掲載。一月二六日執筆。

博浪沙通信　「博浪沙」五巻三号　昭和一五年三月五日　18頁　＊文末に「二月廿一日」とある。

女流作家論　「東京日日新聞」昭和一五年三月一〇・一二・一三・一四・一五日　5回　＊17枚。三月一日執筆。

女の着物―女性時評　「日本読書新聞」一一三号　昭和一五年三月一五日　＊4枚。
〔収録〕
3005秋冷抄（昭和一五年九月　砂子屋書房）

暢気眼鏡―映画随想　「サンデー毎日」一九巻一七号（春の映

画号）　昭和一五年四月一日　24-25頁　＊6枚。二月二四日執筆。

旅する人と梗概　「婦人公論」二五巻四号　昭和一五年四月一日　51頁　＊2枚。二月執筆。

感想断片　「文芸情報」（桜花出版部）六巻七号　昭和一五年四月五日　12-13頁　＊6枚。「自筆メモ」では「断片」。三月一三日執筆。

推薦のことば―映画「暢気眼鏡への言葉」　「文筆」陽春号（五周年記念随筆特輯号）　昭和一五年四月一〇日　10頁　＊2枚。七月九日執筆。

鼻　「読売新聞」昭和一五年四月二六・二七日　2回　＊6枚。四月一六日執筆。

〔収録〕
3005秋冷抄（昭和一五年九月　砂子屋書房）
3008わが母の記（昭和二二年七月　地平社）

眞山とみ子の魅力　「映画ファン」五巻五号　昭和一五年五月一日　48-49頁　＊3枚。三月一一日執筆。

日記　「女子文苑」七六号　昭和一五年五月一日　32-33頁　＊5枚。四月一一日執筆。

南京の思ひ出　「大陸」三巻五号　昭和一五年五月一日　144-148頁　＊9枚。「国都南京の回想」として掲載。「自筆メモ」では「南方の思ひ出」。四月一日執筆。

〔収録〕
3005秋冷抄（昭和一五年九月　砂子屋書房）

私の散歩道―伊豆山へ行く海岸道　「旅」一七巻五号　昭和一五年五月一日　66頁

映画鑑賞の疑問　「東宝映画」四巻八号（上旬号）　昭和一五年五月一日　4-5頁　＊8枚。『全集』「自筆メモ」では「映画鑑賞法の疑問」（東宝）とある。四月一五日執筆。

新進作家論　「都新聞」昭和一五年五月一三～一九日　7回　＊14枚。「自筆メモ」では「新進作家評（匿名）」とある。五月一〇日執筆。

我が交遊記6　「国民新聞」昭和一五年五月二三・二四日　上下2回　＊6枚。『全集』「自筆メモ」では「友達」とある。五月一四日執筆。

門外漢　「映画之友」一八巻六号　昭和一五年六月一日　71-72頁　＊7枚。四月一〇日執筆。

選後に　「女子文苑」七七号　昭和一五年六月一日　94-95頁　＊4枚。応募創作の選評。五月一三日執筆。

丹羽文雄論　「新風」創刊号　昭和一五年六月一日　156-163頁
＊17枚。「本人の作家論」として掲載。五月二八日執筆。『秋冷抄』では「丹羽文雄論」「両親のこと」「批評について」「人間修業と文学修業」「近頃の私」に分割して収録。「両親のこと」「批評について」「人間修業と文学修業」は『わが母の記』にも収録。
〔収録〕
3005秋冷抄（昭和一五年九月　砂子屋書房）
3008わが母の記（昭和二二年七月　地平社）

高見順著　如何なる星の下に　「東京日日新聞」昭和一五年六月三日　＊2枚。五月一七日執筆。

四月の旅の記憶　「小説研究」一号　昭和一五年六月一六日　16-17頁

文芸時評　「都新聞」昭和一五年六月二九日～七月三日　5回
＊20枚。六月二四日執筆。各回の副題は以下の通り。
1　六月二九日　『新風』挽歌—ジャーナリズム一般の問題
2　六月三〇日　雑誌の編集—新聞紙法の強みに就き
3　七月一日　文学の新しさ—「日雀」「盲人独笑」「女の家」等
4　七月二日　誠実の危険—目の動きと筆の滑り
5　七月三日　作風に反発—「毛小棒大」と「街歩き」
〔収録〕
6559文芸時評大系昭和篇Ⅰ17（平成一九年一〇月　ゆまに書房）

「歴史」は期待外れ　「映画朝日」一七巻七号　昭和一五年七月一日　148-149頁　＊5枚。五月一五日執筆。

「民族の祭典」　「映画之友」一八巻七号　昭和一五年七月一日　88頁　＊2枚。「特集・オリンピア—『民族の祭典』を見る」として掲載。五月一〇日執筆。

婦人雑誌批判　「ホーム・ライフ」六巻七号　昭和一五年七月一日　53頁　＊8枚。『全集』では「婦人雑誌評」とある。六月二日執筆。
〔収録〕
3005秋冷抄（昭和一五年九月　砂子屋書房）

作家の税金　「東京日日新聞」昭和一五年七月四日　＊2枚。「第八感」欄に掲載。『全集』では「第八戒」とあるが誤り。六月六日執筆。

博浪沙通信　「博浪沙」五巻七号　昭和一五年七月五日　17-18頁　＊末尾に「六月廿三日」とある。

帯文　大久保康雄訳『レベッカ　上』（三笠書房）　昭和一五年七月一〇日　帯

現下の欧州の情勢とわが関心　（アンケート）「新潮」三七年八号　昭和一五年八月一日　62頁

私の新生活体制３―文学者であること　「読売新聞」夕刊　昭和一五年八月二二日　＊2枚。「自筆メモ」では「私の新体制」。八月一六日執筆。

娘の家　「主婦之友」二四巻九号　昭和一五年九月一日　114-120頁　＊15枚。「人気作家の臨時記者探訪」として掲載。七月二五日執筆。

〔収録〕

1045碧い空（昭和一七年四月　宝文館）

文学者として近衛内閣に要望す（アンケート）「新潮」三七年九号　昭和一五年九月一日　38頁

岡田三郎「愛情の倫理」　「文学者」二巻九号　昭和一五年九月一日　223-225頁

墓のある風景　「文芸」八巻九号　昭和一五年九月一日　236-237頁　＊2枚。「写真と文」ともに丹羽。七月三〇日執筆。『新日本文学全集18』の「あとがき」に引用されている。

〔収録〕

6001新日本文学全集18（昭和一五年一二月　改造社）

著書四十一冊―自著に題す　「三田文学」一五巻九号　昭和一五年九月一日　155-156頁　＊6枚。「自筆メモ」では「自著に題す」。八月一日執筆。

知性の問題―スポーツ再確認　「都新聞」昭和一五年九月一二日　＊4枚。「自筆メモ」では「スポーツと知性」。九月四日執筆。

武田麟太郎　改造社『新日本文学全集2川端康成集』附録「月報六」　昭和一五年九月一四日　1-3頁　＊6枚。「自筆メモ」では改造出版とある。八月一四日執筆。

深刻がる映画　「都新聞」昭和一五年九月二六日　＊2枚。演芸欄。「自筆メモ」では「映画」。九月一八日執筆。

朝鮮映画　「映画之友」昭和一五年一〇月一日　78頁　＊3枚。「自筆メモ」では「半島映画」。八月一四日執筆。

映画は何故面白いか　「会館芸術」九巻一〇号（一〇〇号記念号）昭和一五年一〇月一日　22-23頁　＊8枚。『全集』では「映画の面白さ」とある。八月一六日執筆。

近作について　「知性」三巻一〇号　昭和一五年一〇月一日　165-167頁　＊5枚。八月二六日執筆。『小説修業』で「近頃の感想」に改題。

〔収録〕

3006小説修業（昭和一六年五月　明石書房）

同人雑記　「文学者」二巻一〇号　昭和一五年一〇月一日　187頁　＊1枚。

近頃の感想　「文芸」八巻一〇号　昭和一五年一〇月一日　68-72頁　＊10枚。目次では「最近の感想」。八月三〇日執筆。
〔収録〕
3006小説修業（昭和一六年五月　明石書房）

失題　「博浪沙」五巻一〇号　昭和一五年一〇月五日　9頁

小説の行方　「都新聞」昭和一五年一〇月八～一〇日　3回　＊12枚。一〇月六日執筆。

題名　「文筆」（五周年記念随筆特輯号）　昭和一五年一〇月三〇日　5頁　＊2枚。七月九日執筆。

最近の映画　「エス・エス」五巻一一号　昭和一五年一一月一日　58-60頁　＊6枚。一〇月一四日執筆。

働くものは美し　「婦人朝日」一七巻一一号　昭和一五年一一月一日　78-80頁　＊10枚。『全集』「自筆メモ」では「働くものの楽しさ」とある。九月一六日執筆。

続面上の唾　「文学者」二巻一一号　昭和一五年一一月一日　148-151頁　＊9枚。九月一六日執筆。

学生の頃—在学当時の思い出　「早稲田文学」五巻一一号　昭和一五年一一月一日　40-42頁

或る友の話　「映画之友」一八巻一二号　昭和一五年一二月一日　75-76頁　＊4枚。一〇月一四日執筆。「宝塚文芸図書館月報」では「映画の取」とある。

素人爆撃行　「航空朝日」一巻二号　昭和一五年一二月一日　116-118頁　＊10枚。一〇月二四日執筆。

流れる四季—作者の言葉　「主婦之友」昭和一五年一二月一日　＊一〇月二四日執筆。

時代の心　「新潮」三七年一二号　昭和一五年一二月一日　12-14頁　＊5枚。「転換期における作家の覚悟—如何にこの時代を乗り越えるか」として掲載。一〇月二三日執筆。

自作について　「日本映画」五巻一二号　昭和一五年一二月一日　113-114頁　＊5枚。一〇月四日執筆。

続面上の唾　「文学者」二巻一二号　昭和一五年一二月一日　161-163頁　＊6枚。一一月一日執筆。

印象の残る作品—昭和十五年度人物・作品・評論（アンケート）「早稲田文学」五巻一二号　昭和一五年一二月一日　19頁

博浪沙通信　「博浪沙」五巻一二号　昭和一五年一二月五日　17頁　＊末尾に「十一月廿二日」とある。

掲載作品について　改造社『新日本文学全集18丹羽文雄集』昭和一五年一二月二〇日　453-458頁　＊25枚。一〇月三〇日執筆。自筆メモでは「新日本文学全集作者の詞」とある。

略歴　改造社『新日本文学全集18丹羽文雄集』昭和一五年一二月二〇日　459-465頁　＊6枚。八月一四日執筆。

照国のこと　「相撲」六巻一号　昭和一六年一月一日　7-9頁　＊5枚。「自筆メモ」では「相国関のこと」。昭和一五年一二月五日執筆。

芝居と私の母　「東宝」八四号　昭和一六年一月一日　28-29頁　＊6枚。『全集』では「芝居と私」とある。昭和一五年一一月二六日執筆。

博浪沙通信　「博浪沙」六巻一号　昭和一六年一月五日　17頁　＊文末に「十二月十八日」とある。

偶然の一致―今年はどんな題材を　「都新聞」昭和一六年一月六日　＊2枚。「大波小波」欄。「自筆メモ」では「答へ」。昭和一五年一二月一七日執筆。

時代の色　「読売新聞」夕刊　昭和一六年一月九日　＊3枚。昭和一五年一月六日執筆。

田村泰次郎のこと　田村泰次郎『銃について』昭和一六年一月二〇日　河出書房　＊5枚。昭和一五年一一月二三日執筆。

若き女性の不安に答へて　「婦人朝日」一八巻二号　昭和一六年二月一日　134-136頁　＊10枚。「自筆メモ」では「小説」とある。昭和一五年一二月一二日執筆。

荒木君の夢について　荒木巍『続　詩と真実』昭和一六年二月二〇日　河出書房　309-311頁

東亜共栄圏巡り（一）中支　「週刊朝日」三九巻一〇号　昭和一六年三月二日　36頁　＊3枚。足立源一郎絵。『全集』では一月「長江の記憶」とある。一月二八日執筆。

少ない思ひ出　「博浪沙」六巻三号　昭和一六年三月五日　3頁

国民文学の樹立へ4―平作者の努力　「読売新聞」夕刊　昭和一六年三月五日　＊4枚。三月二日執筆。

投書の話　「現代文学」四巻二号　昭和一六年三月一五日　74-77頁　＊10枚。一月二八日執筆。

〔収録〕
3006小説修業（昭和一六年五月　明石書房）

山田五十鈴論　「都新聞」昭和一六年三月二〇日　＊2枚。「話題の人物評」として掲載。三月九日執筆。

都会の性格―日本の底力（四）　「週刊朝日」三九巻一三号　昭和一六年三月二三日　20-21頁　＊9枚。「自筆メモ」では「都会の健全」。二月二〇日執筆。

新聞小説考　「日本の風俗」四巻四号　昭和一六年四月一日　50-53頁　＊10枚。日本風俗研究所発行。『全集』「自筆メモ」では「新聞小説について」。『小説修業』では無題で全文掲載されている。二月二二日執筆。

〔収録〕

3006小説修業（昭和一六年五月　明石書房）

李香蘭　「文芸」九巻四号　昭和一六年四月一日　148-155頁　＊23枚。「人物評」として掲載。『全集』「自筆メモ」では「李香蘭について」。二月二三日執筆。

文学形式の確立　「日本学芸新聞」一〇六号　昭和一六年四月二五日

若き女性の倫理―風俗時評　「改造」二三巻一〇号　昭和一六年五月一日　201-205頁　＊13枚。「改造」時局版一六号。『全集』では「風俗時評」。四月二六日執筆。

青葉と相撲―地方の稽古を観る　「相撲」六巻五号　昭和一六年五月一日　9-12頁　＊10枚。「自筆メモ」では「双葉と相撲」。四月二五日執筆。

坪田のこと　『坪田勝君追悼録』昭和一六年五月五日　49頁　＊3枚。宇野正雄発行。四月二〇日執筆。

博浪沙通信　「博浪沙」六巻五号　昭和一六年五月五日　20頁　＊文末に「四月十八日」とある。

跋　牧屋善三『秋の夫婦』昭和一六年五月一五日　昭森社

作者の言葉　「日本女性」一巻一号　昭和一六年五月二五日　46頁

関西行日誌　「不動産時報」一巻六号　昭和一六年六月一日　40-41頁　＊8枚。「自筆メモ」では「関西行日記」。四月二〇日執筆。

作者の言葉　有光堂『逢初めて』昭和一六年七月一五日　1-2頁　＊「藍染めて」改題。

小説の一節―大陸随想　「報知新聞」昭和一六年七月一九日　＊七月一三日執筆。

或る感想　「都新聞」昭和一六年七月二四日　＊1.5枚。「大波小波」欄。七月一五日執筆。

初夏の娘　河出書房『中年』付録「新文学叢書月報一」　昭和一六年七月三〇日

俳優教導のこと　「映画之友」昭和一六年八月一日　51‐52頁

この春夏　「会館芸術」一〇巻八号　昭和一六年八月一日　37‐39頁　＊10枚。『全集』「自筆メモ」では「春夏のこと」。六月六日執筆。

スタイル問答（アンケート）「スタイル」六巻八号　昭和一六年八月一日　31頁

無干渉の干渉　「婦人朝日」一八巻八号　昭和一六年八月一日　109‐110頁　＊5枚。「子に与へる」として掲載。「自筆メモ」には「友のこと」とある。六月一六日執筆。

或る会話―女性風俗時評　「婦人公論」二六巻八号　昭和一六年八月一日　120‐121頁　＊6枚。六月執筆。

独ソ開戦の報を、何時、何所で、どんな風に聞きましたか？そしてどんな感想をもちましたか？（アンケート）「文芸」九巻八号　昭和一六年八月一日

感想　「軍人援護」三巻八号　昭和一六年八月一日　35‐36頁
＊「文芸作家の軍人援護施設参観」として掲載。

尾崎士郎と私　平凡社『尾崎士郎選集』附録「月報第三号」昭和一六年八月一六日　＊3枚。六月執筆。

読み落とした古典作品（アンケート）「現代文学」四巻七号　昭和一六年八月二二日　91頁

東京人の生活　「東京日日新聞」夕刊　昭和一六年八月二四日　＊3枚。「自筆メモ」では「女の人の生活」とある。八月一三日執筆。

北海道　「文芸」九巻九号　昭和一六年九月一日　120‐121頁　＊6枚。七月二九日執筆。

近頃の感想　「文芸情報」（桜花出版部）七巻一八号　昭和一六年九月二〇日　5‐6頁　＊5枚。八月一七日執筆。
〔収録〕
3006小説修業（昭和一六年五月　明石書房）

ある感想　「芸能科学研究」八巻九号（十月、十一月合併号）昭和一六年一〇月一日　15‐16頁　＊6枚。八月一二日執筆。

旅の雑感　「日本の風俗」四巻一〇号　昭和一六年一〇月一日　62‐63頁　＊5枚。九月一日執筆。

「限りなき出発」の作者　牧屋善三『限りなき出発』　昭和一六年一〇月一日　三和書房　1‐5頁

推薦文―鈴木英夫「峋られし花」　「三田文学」一六巻一〇号　昭和一六年一〇月一日　＊鈴木英夫「峋られし花」広告。

執筆休止　「都新聞」昭和一六年一〇月一一日　＊2枚。「大波小波」欄。一〇月八日執筆。

偶感―雑記帖　「映画之友」一巻一一号　昭和一六年一一月一日　46-47頁　＊3枚。九月一八日執筆。

熱心な読書家―妻を語る　「女性生活」六巻一一号　昭和一六年一一月一日　24頁　＊5枚。雑誌「女性生活」は「スタイル」改題。九月一七日執筆。

向日葵　「婦人公論」二六巻一一号　昭和一六年一一月一日　97頁　＊5枚。「若き女性への期待」として掲載。九月二五日執筆。

波の上　「都新聞」昭和一六年一一月一四～一六日　上中下3回　＊「自筆メモ」では「波の日」。副題は以下の通り。

一四日（上）　公憤私憤

一五日（中）　戴天仇

一六日（下）　小説家

本年度の文学作品で好かれ悪かれ貴下の関心を惹いたものは何か？（アンケート）　「現代文学」四巻一〇号　昭和一六年一一月三〇日　60頁

或る友の話　「東宝映画」四巻一二号　昭和一六年一二月一日　75-76頁　＊6枚。八月一二日執筆。

今年の印象―昭和十六年度文壇の印象　「早稲田文学」六巻一二号　昭和一六年一二月一日　2-3頁　＊2枚。一〇月二四日執筆。

一面識　「博浪沙」六巻一〇号　昭和一六年一二月五日　17頁

山岸美保子ほか　「東宝」九六号　昭和一七年一月一日　64-65頁　＊5枚。『全集』「自筆メモ」では「無題」。昭和一六年一二月執筆。

覚書　「現代文学」五巻二号　昭和一七年一月三一日　2-4頁　＊5枚。「わが歴史文学観」として掲載。一月三日執筆

双葉山の内面化―五日目　「相撲」七巻二号　昭和一七年二月一日　19頁　＊2.5枚。「自筆メモ」では「五日目」。一月執筆。

執筆開始　「文芸」一〇巻二号　昭和一七年二月一日　142-145頁　＊10枚。一月一九日執筆。

歴史と小説家　「新文化」一三四号　昭和一七年三月一日　48-51頁　＊「自筆メモ」では「歴史と文学者」とある。

アルロオの一文を読んで　「文庫」二巻三号　昭和一七年三月一日　18-19頁　＊4枚　一月二五日執筆

文芸時評　「都新聞」昭和一七年三月一一～一四日　4回　＊

16枚。三月六日執筆。各掲載日、副題は以下の通り。
1　一一日　三つの記録―従軍報告について
2　一二日　倫理的な責任―伊藤君の私小説論
3　一三日　作品の歴史性―日比野、徳永、正宗氏ら
4　一四日　明日への糧―空襲警報の下で
〔収録〕
6560文芸時評大系昭和篇Ⅰ18（平成一九年一〇月　ゆまに書房）

マレー作戦報告を読んで（アンケート）「文芸」一〇巻五号　昭和一七年五月一日　＊『全集』には「感想」とある。

神風と輝昇―十日目の印象　「相撲」七巻六号　昭和一七年六月一日　31頁　＊3枚。五月二二日執筆。

戦場の作家　「都新聞」昭和一七年六月五日　＊2枚。「大波小波」欄。五月二六日執筆。

私は軽便に乗って継母に会ひに行った―私はかういふ家庭教育をされた　「女性生活」七巻七号　昭和一七年七月一日　48‐49頁　＊1枚。「自筆メモ」では「歎異抄の軸」。五月執筆。

日々断片　「文芸」一〇巻八号　昭和一七年八月一日　36‐39頁　＊9枚。『全集』には「雑文」とある。七月一五日執筆。

ソロモン海戦従軍―ツラギ海峡壮烈の夜襲戦　「朝日新聞」昭和一七年九月一日　＊15枚。『全集』では「ソロモン海戦」。八月執筆。

ソロモン海戦―血で綴る夜戦体験記　「読売新聞」昭和一七年九月一日　＊5枚。『全集』では「ソロモンの思い出」。八月執筆。
〔収録〕
1049報道班員の手記（昭和一八年四月　改造社）
1052ソロモン海戦（昭和一八年一〇月　国民画報社）

壮絶、ツラギ海峡夜襲　「週刊少国民」一巻一七号　昭和一七年九月六日　4‐6頁　＊10枚。『全集』には「ソロモン海戦」（少国民朝日）とあるが誤り。八月執筆。

奢り去る焔の敵艦―ソロモン海戦従軍記　「サンデー毎日」二一巻三六号　昭和一七年九月一三日　14‐16頁　＊18枚。『全集』「自筆メモ」では「ソロモン」。八月執筆。

ソロモン海戦に従ひて　「週刊朝日」四二巻一一号（大満州建国十周年特別号）　昭和一七年九月一三日　4‐8頁　＊20枚。『全集』「自筆メモ」では「ソロモン海戦」。八月執筆。

断書　三杏書院『青蟬』　昭和一七年九月二〇日　＊2枚。昭和一七年六月執筆。

ソロモン海戦従軍記　「キング」一八巻一〇号　昭和一七年一

○月一日　28‐37頁　＊「自筆メモ」では「ソロモン談話」。八、九月執筆。

ソロモン海戦従軍記―ツラギ海峡夜襲　「主婦之友」二六巻一○号　昭和一七年一○月一日　14‐20頁　＊20枚。『全集』では「ソロモン海戦」（八月）とあるが誤り。八月執筆。

ソロモン海戦従軍記―日本海軍の夜襲を見る　「少年倶楽部」二九巻一○号　昭和一七年一○月一日　54‐65頁　＊17枚。『全集』では「ソロモン海戦」。九月五日執筆。

ソロモン海戦の覚書　「新文化」一四一号　昭和一七年一○月一日　52‐56頁　＊11枚。『全集』では「ソロモン覚書」、「自筆メモ」では「覚書の一部」。九月九日執筆。

ラバウルの生態　「日本女性」二巻一○号　昭和一七年一○月一日　34‐39頁　＊24枚。小説欄に「現地報告」として掲載。七月一五日執筆。

〔収録〕
1049報道班員の手記（昭和一八年四月　改造社）
1052ソロモン海戦（昭和一八年一○月　国民画報社）
2070海戦（伏字復元版）（平成一二年八月　中公文庫）

ソロモン海戦従軍記　「日の出」一一巻一○号　昭和一七年一○月一日　40‐48頁　＊24枚。「自筆メモ」では「ソロモン」。八月二五日執筆。

海行かば―艦内生活の断片　「婦人公論」二七巻一○号　昭和一七年一○月一日　84‐95頁　＊37枚。『全集』には九月とあるが誤り。七月一五日執筆。

〔収録〕
1052ソロモン海戦（昭和一八年一○月　国民画報社）

機関長のこと　「文芸」一○巻一○号　昭和一七年一○月一日　52‐55頁　＊9枚。九月一六日執筆。

〔収録〕
1049報道班員の手記（昭和一八年四月　改造社）
1052ソロモン海戦（昭和一八年一○月　国民画報社）

米英艦隊撃滅の一瞬―日本海軍夜襲戦法　「世界知識」一五巻九号　昭和一七年一○月七日　150‐153頁　＊14枚。「自筆メモ」では「ソロモン海戦」。九月一三日執筆。

大いなる捷報　「時局雑誌」一巻一一号　昭和一七年一一月一日　36‐37頁

三つの並木道　「新女苑」六巻一一号　昭和一七年一一月一日　106‐112頁　＊23枚。「現地報告」として掲載。八月執筆。『全集』では「三つの並木」（一○月）とある。

〔収録〕
1049報道班員の手記（昭和一八年四月　改造社）
1052ソロモン海戦（昭和一八年一○月　国民画報社）
2070海戦（伏字復元版）（平成一二年八月　中公文庫）

大海戦の前後　「婦人日本」昭和一七年一一月一日　50-54頁　＊16枚。『全集』「自筆メモ」では「ソロモン海戦前後」。「以下次号」とある。九月九日執筆。

若い飛行長　「海運報国」二巻一一号　昭和一七年一一月一五日　48-50頁

ソロモン海の花焔　「戦線文庫」五巻一一号　昭和一七年一一月　＊19枚。『全集』では「ソロモン海戦報告」とある。九月一〇日執筆。

慰問文の書き方　「女性生活」七巻一二号　昭和一七年一二月一日　51頁　＊6枚。「自筆メモ」には「疑問文について」とある。九月執筆。

戦果の訂正について―大海戦の前後　「婦人日本」昭和一七年一二月一日　62-63頁　＊8枚。一〇月一一日執筆。

神々に祈る―静なる氷川の神苑　「毎日新聞」大阪版　夕刊　昭和一七年一二月一八日　＊「自筆メモ」では「氷川神社参拝」とある。一二月一七日執筆。

ココポー前線のひと時　「オール読物」一三巻一号　昭和一八年一月一日　グラビア　＊「従軍作家達の写真帖から」として掲載。

新春におよびて　日本新聞連盟　昭和一八年一月一日　＊4枚。昭和一七年一二月二七日執筆。

新たなる出発―私の座右の銘　「読売新聞」昭和一八年一月五日　＊1枚。「自筆メモ」では「わが出発」。昭和一七年一二月二五日執筆。

崇厳な余韻―春場所初日の印象　「相撲」八巻二号　昭和一八年二月一日　8頁　＊3枚。『全集』では「初日の印象」。一月一四日執筆。

あとがき　河出書房『三代名作集　丹羽文雄集』昭和一八年二月一五日　401-403頁　＊昭和一七年一二月一〇日執筆。

海戦と将兵の心理―戦場余話　「日本女性」三巻三号　昭和一八年三月一日　23-29頁　＊「丹羽文雄・宮本三郎両先生に訊く戦場余話」として掲載。「自筆メモ」では「ソロモン海戦談話」とある。

増産必勝魂15―川南造船所を訪ねて　「読売新聞」昭和一八年三月二日　＊8枚。二月五日執筆。副題「造船　一刻争う深夜作業」

〔収録〕
7013増産必勝魂（昭和一八年九月　文松堂書店）

作者の言葉―水焰　「毎日新聞」昭和一八年四月九日

十勇士に応ふ　「週刊毎日」二二巻一四号　昭和一八年四月一一日　4-5頁　＊6枚。三月二九日執筆。

小説の劇化　「朝日新聞」大阪版　昭和一八年四月一八日　＊2枚。『全集』「自筆メモ」では「小説と戯曲」とある。文学座公演「勤皇届出」（大阪朝日会館　四月二三〜二七日）に際して発表された。四月一一日執筆。

台湾の戦時色　「週刊朝日」四三巻一五号　昭和一八年四月一八日　32-33頁　＊8枚。四月一日執筆。

はしがき　室戸書房『少国民版　ソロモン海戦』　昭和一八年四月二〇日　1-4頁

遺児と共に─靖国の神に祈る　「東京新聞」昭和一八年四月二一日　＊2枚。四月一一日執筆。

ソロモン海戦に従ひて　大政翼賛会宣伝部『朗読文学選　現代篇（大正・昭和）』昭和一八年五月一五日　68-74頁

必死な自己超越─〝海軍戦記〟評　「東京新聞」昭和一八年五月一九日　＊2枚。五月一六日執筆。

軍艦と札─気さくで陽気な主計長　「日本読書新聞」二五〇号　昭和一八年五月二二日　＊5枚。五月一七日執筆。

艦内の岡持─海軍を讃へる随想　「週刊毎日」二二巻二〇号　昭和一八年五月二三日　12頁　＊3枚。「無敵海軍讃へる海軍特集」の副題がある。五月九日執筆。

軍艦と札（承前）─金銭から遠い艦内の顔　「日本読書新聞」二五一号　昭和一八年五月二九日　＊五月一七日執筆。

ボルモオ前紀　「映画旬報」八三号　昭和一八年六月一日　文部省監修映画「海軍戦記」広告　＊海軍報道班員辻小説「海軍戦記に寄す」として掲載。他に山岡荘八「無題」、海野十三「教育」、濱本浩「ラヂオ」、寒川光太郎「慰問箱」が掲載。なお「映画旬報」は、昭和一七〜一八年分が『資料・〈戦時下〉のメディア』（平成一四年　全20巻）としてゆまに書房より復刻されている。

あやまち　「俳句研究」一〇巻六号　昭和一八年六月二日　35-37頁　＊2枚。四月一一日執筆。

〔収録〕
1052ソロモン海戦（昭和一八年一〇月　国民画報社）

「海戦」のことども─丹羽文雄氏に訊く　「早稲田大学新聞」三〇一号　昭和一八年六月二三日　＊2枚。口述筆記。

その夜　「大洋」五巻七号　昭和一八年七月一日　56-57頁　＊5枚。『全集』では「山本元帥の死」。六月七日執筆。

淡水の記憶　「台湾公論」八巻七号　昭和一八年七月一日　82-83頁

それから　「文芸」一一巻七号　昭和一八年七月一日　8-9頁
＊5枚。六月一五日執筆。

印象に残る兵隊の顔　「週刊毎日」二二巻三二号　昭和一八年八月一五日　16-17頁　＊7枚。オフセット。鈴木榮三郎挿絵。『全集』では「町角にて」（週刊朝日）とある。七月一三日執筆。

K飛行長　「あきつ」六巻九号　昭和一八年九月一日　54-58頁
＊11枚。八月一二日執筆。

海軍精神の探求　「黒潮」六巻九号　昭和一八年九月一日　38-42頁　＊「黒潮」は英語通信社発行の海洋雑誌。八月一二日執筆。『全集』では「思潮」とあるが誤り。福島鋳郎・大久保久雄共編『戦時下の言論　下』（昭和五七年三月一〇日　日外アソシエーツ）にも「思潮」とあるが誤り。

心中弾—絶版に就て　「文学報国」二号　昭和一八年九月一日
＊3枚。『全集』では「文学評論」掲載とあるが誤り。なお雑誌「文学報国」は復刻版（平成二年　不二出版）がある。

田畑修一郎　「早稲田文学」一〇巻九号　昭和一八年九月一日　46-47頁　＊3枚。「田畑修一郎追悼録」として掲載。七月二九日執筆。

敵愾心の昂揚を期す—米英東亜侵略史の記録小説　「文学報国」三号　昭和一八年九月一〇日　＊6枚。第二回大東亞文学者決戦会議（八月二七日　第三日第一分科会）での発言を収録したもの。

南の味　「栄養之友」二号　昭和一八年九月一五日　10-11頁
＊4枚。明治製菓発行「スイート」改題。内田誠挿絵。八月四日執筆。

西下の一行に従ひて　「文学報国」四号　昭和一八年九月二〇日　＊2枚。『全集』では「西行の一行に従ひて」（文学評論）とあるが誤り。

台湾日記　二見書房『十年』　昭和一八年九月二五日　119-136頁
＊18枚。全集では「早稲田文学」とある。早稲田文学社編。四月五日執筆。

米英東亜罪悪史の作成　「文芸」一一巻一〇号　昭和一八年一〇月一日　24-27頁　＊7枚。九月一〇日執筆。

わが文学の故郷　「早稲田文学」一〇巻一〇号　昭和一八年一〇月一日　60-62頁　＊7枚。七月二九日執筆。

自戒　「くろがね」　昭和一八年一〇月一七日　2-3頁　＊6枚。八月執筆。

あとがき　『ソロモン海戦』　昭和一八年一〇月二〇日　国民画報社　377頁

一億国民戦闘配置につけ！―情報局発表の国内態勢強化断行について、東条首相の「官民に告ぐ」の放送について（アンケート）「新潮」　四〇年一一号　昭和一八年一一月一日　10-11頁

「孫子」にもない執拗　侮るな・敵はまだまだ「量」で来る　「読売新聞」　昭和一八年一一月一三日

今年の記憶　「文芸」　一一巻一一号　昭和一八年一一月一日　60頁　＊2枚。『全集』「自筆メモ」では一一月一〇日とある。

二周年に際して　「新潮」　四〇年一二号　昭和一八年一二月一日　12-13頁　＊5枚。「大東亜戦争二周年の所懐」として掲載。一一月八日執筆。

本年度の新人について他（アンケート）「文芸」　一一巻一二号　昭和一八年一二月一日

本年度文壇の人と作品（アンケート）「早稲田文学」　一〇巻一二号　昭和一八年一二月一日　＊七月二九日執筆。

銃後いま―大東亜戦二周年に当りて　「週刊毎日」　二二巻四八号　昭和一八年一二月五日　10頁　＊4枚。「二周年目の銃後」として掲載。一一月二〇日執筆。

神ながらの戦果　「東京新聞」　昭和一八年一二月六日　＊2枚。一二月四日執筆。

我らの責任―飛行機を以て英霊に報いよ　「読売新聞」　昭和一八年一二月二一日

井上立士君を憶ふ　「現代文学」　七巻一号　昭和一八年一二月二八日　45-47頁　＊7枚。一〇月三〇日執筆。

作者の言葉―朝夕　「神戸新聞」ほか　昭和一八年一二月二九日

作者の言葉―今年菊　「読売新聞」　昭和一八年一二月三〇日

海と空の死闘―新戦場を思ふ　「週刊毎日」　二三巻一号　昭和一九年一月二日　42-43頁　＊14枚。一月二日・一月九日合併号。昭和一八年一二月九日執筆。

序　南方書院『新進小説選集　昭和一八年度版』　昭和一九年二月一日　＊2枚。昭和一八年一二月一六日執筆。

私の国民文学　「文学界」　一一巻二号　昭和一九年二月一日

8-13頁　＊15枚。一月八日執筆。

新しい女性　「東京新聞」昭和一九年二月一〇日　＊2枚。昭和一八年一二月二九日執筆。

海軍の伝統―ツラギ夜襲戦を憶ふ　五社会　昭和一九年五月　＊5枚。五月二三日執筆。「自筆メモ」では「海軍記念日に際して」。「京都新聞」では五月二七日掲載。

或る夜の兄妹　「読売新聞」昭和一九年八月二日　＊「今だ飛行機　海軍報道班文学挺身隊手記12」として掲載。

文芸時評　「東京新聞」昭和一九年九月三・四日　＊7枚。八月二五日執筆。

書評―『編隊飛行』について　「文学報国」三八号　昭和一九年一〇月一日　1頁　＊4枚。井上立士著『編隊飛行』の書評。「自筆メモ」では一〇月一五日。

戦時朗々　軍隊生活　「新太陽」一五巻一二号　昭和一九年一二月一日　11頁　＊1枚。八月二一日執筆。

海軍の驚異　「新潮」四一年一二号　昭和一九年一二月一日　10-13頁　＊12枚。一一月一一日執筆。

自粛と色彩　「東京新聞」昭和二〇年三月一日　＊1枚。「自筆メモ」では「色彩を」とある。二月九日執筆。

書きたいもの―わが文学の途2　「東京新聞」昭和二〇年一二月六日　＊2枚（六〇〇字）。一一月二日執筆。

後進に与へる書　「長崎文学」八号（復刊八号）昭和二一年一月一〇日　46-47頁　＊4枚。

逢ひたいひと　「オール読物」八巻二号　昭和二一年二月一日　25頁

作者より―現代史　「読売報知」広告　昭和二一年二月二二日

新年の創作　「人間」一巻三号　昭和二一年三月一日　101-103頁　＊雑誌「人間」は復刻版が大空社から刊行されている。

作者の言葉　葛城書店『豹と薔薇』昭和二一年四月一五日　＊表紙見返しに掲載。

猫　「駒草」一四巻五号　昭和二一年五月一日　4-5頁　＊5枚。俳句雑誌。三月五日執筆。

〔収録〕

3008わが母の記（昭和二二年七月　地平社）

農村の生態　「生活と文化」一巻四号（四月・五月合併号）昭和二一年五月一日　10-11頁　＊1.5枚。『全集』では「農村」

とある。三月二四日執筆。

〔収録〕

3009私は小説家である（昭和二三年一一月　銀座出版社）

こんな世の中になったらと思ふ（アンケート）「文明」一巻四号　昭和二一年五月一日

まえがき　創生社『現代史』　昭和二一年五月二五日　1-2頁

＊五月執筆。

あとがき　和田堀書店『芽』　昭和二一年七月一〇日　242-243頁

舞踏会の手帖（思ひ出の映画物語）「オール女性」一巻六号　昭和二一年八月一日　24-25頁

葉書回答（アンケート）「マドモアゼル」一巻一号　昭和二一年九月一日　10頁　＊スタア社発行。石坂洋次郎・丹羽文雄・佐藤春夫・菱山修三・城夏子が回答。

あとがき　日東出版社『或る女の半生』　昭和二一年一〇月五日　222-223頁

あとがき　昭森社『再会』　昭和二一年一一月一〇日　236-239頁

あとがき　鎌倉文庫『書翰の人』　昭和二一年一一月一〇日　289-292頁

西窪随筆「新小説」一巻八号　昭和二一年一二月一日　44-46頁　＊5枚。「自筆メモ」には「西窪随筆2」とある。一〇月二日執筆。

西窪随筆「文壇」一巻一号　昭和二一年一二月二五日　4頁

＊3枚。一〇月執筆。

期待する人「新小説」二巻一号　昭和二二年一月一日　49頁

＊4枚。昭和二一年一一月二五日執筆。

私の好きな女性「婦人文庫」二巻一号　昭和二二年一月一日　62-63頁

銀座の記憶「銀座　トオキョウ」二巻一号　昭和二二年一月　11頁　＊5枚。「銀座マンのメモから」として掲載。昭和二一年一一月一一日執筆。

井上友一郎『寂しからずや』―創作短評「人間」二巻二号　昭和二二年二月一日　142-143頁　＊「自筆メモ」には「短評」とある。昭和二一年一一月執筆。

〔収録〕

6561文芸時評大系昭和篇Ⅱ2（平成二〇年一〇月　ゆまに書房）

昭和二十二年に望むこと（アンケート）「人間」二巻二号　昭和二二年二月一日　107頁

西窪随筆　「文学会議」三号　昭和二二年二月一日　18-19頁　＊8枚。昭和二一年九月一二日執筆。雑誌「文学会議」は新生社発行。「自筆メモ」には「西窪随筆1（掲載時はいろいろ随筆）」とある。

「篠竹」の作者から—宮内寒弥氏へ　「風雪」一巻二号　昭和二二年二月一日　26頁　＊5枚。昭和二一年一〇月六日執筆。

作家の責任に就て—織田作のことども　「早稲田大学新聞」二三号　昭和二二年三月一日　2面　＊5枚。『全集』では「感想」。二月一四日執筆。

一枕新愁　『蘭梦抄』　昭和二二年三月一〇日　26頁　＊目次には「無題」とある。

あとがき　日東出版社『再婚』　昭和二二年三月二〇日　178-179頁

文芸時評　「東京新聞」昭和二二年三月二〇～二三日
〔収録〕
6561文芸時評大系昭和篇Ⅱ2（平成二〇年一〇月　ゆまに書房）

流行の倫理　「新潮」四四年四号　昭和二二年四月一日　27-31頁　＊15枚。二月二〇日執筆。
〔収録〕
3009私は小説家である（昭和二二年一一月　銀座出版社）

新文学への展望—新聞懸賞小説に就て　「新風」二巻四号　昭和二二年四月一日　17-21頁　＊丹羽文雄、富田常雄、大仏次郎、吉屋信子、久米正雄が執筆。

「縮図」について　「世界文化」二巻一号　昭和二二年四月一日　83-90頁　＊9枚。『全集』では昭和二一年一一月九日（21枚）とあるが誤り。
〔収録〕
3009私は小説家である（昭和二二年一一月　銀座出版社）

西窪随筆　「風雪」一巻四号　昭和二二年四月一日　42-45頁　＊15枚。二月二一日執筆。

時代への関心—社会小説　「読売新聞」昭和二二年四月一四日　＊2枚。『全集』では「社会小説の関心」、「自筆メモ」では「新聞小説への関心」とある。四月九日執筆。
〔収録〕
7024現代の芸術（昭和二三年八月　大地書房）

西窪日記　「風雪」一巻五号　昭和二二年四月三〇日　46-48頁　＊9枚。五月号。三月二二日執筆。
〔収録〕
3009私は小説家である（昭和二二年一一月　銀座出版社）

小説に於ける造型　「文学会議」一号　昭和二二年四月三〇日　154-157頁　＊10枚。一月二四日執筆。雑誌「文学会議」は大日本雄弁会講談社発行。
懸賞小説当選者発表並選者感想　「新風」二巻五号　昭和二二年五月一日　52頁
玄関にて　「文壇」一巻二号　昭和二二年五月一日　22-23頁
＊5枚。二月二〇日執筆。
〔収録〕
3009私は小説家である（昭和二二年一一月　銀座出版社）
あとがき　朝明書院『愛欲』昭和二二年五月一二日　204-205頁
＊文末に「昭和二十二年春」とある。
あとがき　風雪社『理想の良人』昭和二二年五月一五日　155-156頁　＊4枚。三月三〇日執筆。
作家寸評　「九州タイムズ」昭和二二年五月二〇日　2面
巷の胃袋―作者の言葉　「月刊にいがた」二巻六号　昭和二二年五月二五日　40頁
あとがき　八雲書店『白い南風　前篇』昭和二二年五月二五日　327-328頁
西窪随筆　「新文学」四巻四号（四月号）昭和二二年五月二五日　94-99頁　＊15枚。二月二六日執筆。
坂口安吾と石川淳　「夕刊新大阪」昭和二二年五月二九～三〇日　＊9枚。『全集』には「安吾と淳」とある。四月二四日執筆。なお「夕刊新大阪」は復刻版（平成一八年　不二出版）が刊行されている。
非情ということ　「群像」二巻六号　昭和二二年六月一日　48-49頁　＊5枚。『全集』には「非情なこと」とある。五月一〇日執筆。
〔収録〕
3009私は小説家である（昭和二二年一一月　銀座出版社）
西窪日記　「風雪」一巻六号　昭和二二年六月一日　22-23頁
＊7枚。四月一六日執筆。
他山の石　「宝石」昭和二二年六月一日　22-23頁　＊6枚。四月二四日執筆。
あとがき　斉藤書店『女商』昭和二二年六月二五日　217-218頁
＊頁表記は1～2頁とある。
あとがき　三島書店『逢初めて』昭和二二年六月三〇日　250-251頁
現代の女の考え方―生きている貞操と死んでいる貞操　「女性ライフ」二巻七号　昭和二二年七月一日　12頁　＊5枚。「自筆メモ」には「現代の女の考え」とある。五月八日執筆。

感想二三　「新映画」四巻六号　昭和二二年七月一日　19-20頁
　＊9枚。四月二四日執筆。

西窪日記　「風雪」一巻七号　昭和二二年七月一日　18頁　＊3枚。五月二〇日執筆。

素材は平凡―懸賞小説選評　「早稲田大学新聞」三〇号　昭和二二年七月一日　2面

エロスの内容　「九州タイムズ」ほか　昭和二二年七月八日
　＊2枚。六月二〇日執筆。「北国新聞」では七月二二日掲載。『全集』には「新夕刊」とある。

あとがき　風雪社『鬼子母神界隈』昭和二二年七月一五日　181-182頁　＊頁表記は1～2頁。六月執筆。

実作家の評論　「東京新聞」昭和二二年七月一九日　＊「自筆メモ」では「感想」とある。

サルトルの文学　「九州タイムズ」ほか　昭和二二年七月二九日　＊2枚。六月二〇日執筆。「北国新聞」では九月七日掲載。『全集』には「サルトル文学」（新夕刊）とある。

あとがき　世界社『若い季節』昭和二二年七月三〇日　236頁
　＊五月執筆。

西窪日記　「風雪」一巻八号　昭和二二年八月一日　21-25頁
　＊14枚。「自筆メモ」では「小田切に」とある。六月九日執筆。

文化と生活―海と山　「九州タイムズ」ほか　昭和二二年八月二・三日　上下2回　＊4枚。『全集』「自筆メモ」では「山と海」（協力新聞）とある。七月二六日執筆。

ハガキ回答（アンケート）「平凡」三巻四号　昭和二二年八月五日　23頁　＊涼風読物号。北條誠・富田重雄・内田誠・佐野繁次郎・芝木好子・丹羽文雄・長谷川伸が回答。

サルトルの文学　「信濃青年」一巻四号（八月下旬号）　昭和二二年八月二〇日　11頁

西窪日記　「新文学」四巻七号（七月号）　昭和二二年八月二五日　20-21頁　＊7枚。七月二日執筆。

〔収録〕
3009私は小説家である（昭和二三年一一月　銀座出版社）

いやな根性　「九州タイムズ」ほか原稿配給組合　昭和二二年八月三一日　＊3枚。七月二三日執筆。掲載日は「九州タイムズ」による。「北国新聞」では一〇月一五日。『自筆メモ』では「厭生根性」。

私は小説家である　「改造」二八巻九号　昭和二二年九月一日

36-42頁　＊30枚。八月一六日執筆。
〔収録〕
3009私は小説家である（昭和二二年一一月　銀座出版社）
7027文芸評論代表選集1（昭和二四年五月　丹頂書房）
7089戦後文学論争　上（昭和四七年一〇月　番町書房）

後記　「風雪」別輯一号　昭和二二年九月一日　253-254頁　＊丹羽文雄編集。

断片　「文壇」一巻四号　昭和二二年九月一日　10頁　＊3枚。七月二五日執筆。

私の小説　「第一新聞」昭和二二年九月三日　2面　＊3枚。八月二八日執筆。

読後評　新田潤『妻の行方』昭和二二年九月二〇日　隅田書房　＊帯文。伊藤整とともに掲載。

文芸講演会―五大作家はナニを語ったのか　「故郷」一巻八号　昭和二二年一〇月一日　グラビア　＊雑誌「故郷」はアサギ書房（三重県津市）発行。

西窪日記　「花」四号　昭和二二年一〇月一日　31-33頁　＊5枚。八月三日執筆。

西窪日記　「不同調」一巻二号　昭和二二年一〇月一日　1-2頁　＊5枚。七月二三日執筆。

西窪日記　「文学界」1巻4号　昭和二二年一〇月一日　1-2頁　＊4枚。七月七日執筆。
〔収録〕
3009私は小説家である（昭和二二年一一月　銀座出版社）

賛と否―国字問題　「夕刊新大阪」昭和二二年一〇月一三日　＊3枚。一〇月一〇日執筆。

序　『南国抄』昭和二二年一〇月一五日　新潮社　1-3頁　＊六月執筆。

西窪日記　「文学者」一号　昭和二二年一〇月一五日　16-17頁　＊雑誌「文学者」は美紀書房発行。

人間と文学―終戦後の日本文学の生態　「故郷」一巻九号　昭和二二年一一月一日　5-8頁　＊三月一一日執筆。文化講演会の速記。

現代編集者小論　「雑誌研究」一巻二号　昭和二二年一一月一日　8-10頁

女性管見　「新女性」二巻一号　昭和二二年一一月一日　43頁　＊5枚。『全集』では「女性に対する管見」。八月三一日執筆。

未成年　「青年文化」二巻九号　昭和二二年一一月一日　31-32頁　＊5枚。一〇月五日執筆。

だんすに就いて　「婦人」一巻五号　昭和二二年一一月一日　10-11頁　＊5枚。『全集』では「おんなに就いて」。九月七日執筆。

まえがき　銀座出版社『私は小説家である』　昭和二二年一一月五日　1-2頁　＊七月執筆。

危険な関係　「東京新聞」昭和二二年一一月二三日　＊2枚。『全集』では「ラクロの危険な関係」。一一月二〇日執筆。

人間模様　作者の詞　「毎日新聞」昭和二二年一一月　1枚

読後感　東方社『新進小説選集　１９４７年度版』　昭和二二年一二月一日　3-5頁

巻頭言　「風雪」一巻一一号　昭和二二年一二月一日　1頁

小説二つ―同人雑記　「文学界」一巻六号　昭和二二年一二月一日　63頁　＊3枚。一〇月五日執筆。

稲門あのころ―卒論には伊勢物語　「早稲田大学新聞」三七号　昭和二二年一二月一日　1面

婦人　美人とは？―女性点描　「旬刊トピックス」一号　昭和二二年一二月二七日　9頁　＊未確認。記載は占領期・雑誌情報データベースによる。

厭な根性　「月刊高知」昭和二三年一月一日　3-5頁　＊高知新聞社。

小説に就ての考察　「現代人」一巻一号　昭和二三年一月一日　63-65頁　＊10枚。「自筆メモ」では「小説に就いての考え」。昭和二二年一一月三日執筆。

私の雑記帖　「故郷」二巻一号　昭和二三年一月一日　5-7頁　＊10枚。『全集』では「ふるさと」とある。昭和二二年一〇月一一日執筆。

好きな女性・嫌ひな女性　好きな男性・嫌ひな男性（アンケート）「女性クラブ」一巻五号　昭和二三年一月一日　12-16頁

小説の面白さに就いて　「新風」三巻一号　昭和二三年一月一日　26-27頁　＊8枚。「特集小説のたのしさ」として掲載。「自筆メモ」では「小説の関係について」。昭和二二年一一月九日執筆。

処女作の頃　「光」四巻一号　昭和二三年一月一日　33-35頁　＊15枚。『全集』では「処女作の思い出」。昭和二二年七月二四日執筆。

今井温君について　「風雪」二巻一号　昭和二三年一月一日　29-30頁

文芸時評　「文学界」二巻一号　昭和二三年一月一日　60-63頁　＊13枚。昭和二二年一一月一日執筆。

〔収録〕

6562文芸時評大系昭和篇Ⅱ3（平成二〇年一〇月　ゆまに書房）

新人に就いて―新人におくる感想　「文芸首都」一六巻一号　昭和二三年一月一日　8-10頁　＊8枚。「自筆メモ」では「新人の生命について」。昭和二二年一一月九日執筆。

「危険な関係」に就いて　「早稲田文学」一五巻一号　昭和二三年一月一日　37-39頁　＊8枚　昭和二二年一一月九日執筆

無題　「第一新聞」昭和二三年一月四日　＊3枚。昭和二二年一二月二五日執筆。

思い出すまま　「毎日新聞」昭和二三年一月五日　＊3枚。『全集』「自筆メモ」では「横光さんの思い出」とある。一月二日執筆。

伊豆山日記　「現代人」一巻二号　昭和二三年二月一日　41-43頁　＊11枚。昭和二二年一二月二五日執筆。

モデル考　「モダン日本」一九巻二号　昭和二三年二月一日　32-33頁　＊5枚。昭和二二年一一月執筆。

雑誌文化　「時事新報」昭和二三年二月二六・二七日　2回　＊4枚。『全集』「自筆メモ」では「植民地国文化」とある。二月二一日執筆。

アルチザン　「現代人」一巻三号　昭和二三年三月一日　42-46頁　＊13枚。一月二〇日執筆。

私の小説は　「文芸大学」二巻三号　昭和二三年三月一日　13-15頁　＊6枚。二月二日執筆。

文学ノート―「哭壁」と私　「読書」一巻二号　昭和二三年三月一〇日　6-8頁　＊5枚。「自筆メモ」では「書物」とある。二月二日執筆。

あとがき　文芸春秋『守礼の門』昭和二三年三月二五日　266-267頁

創作ノート―新聞小説によせて　「書評」三巻四号　昭和二三年四月一日　10-13頁　＊12枚。二月二一日執筆。

身辺雑報　「丹頂」一巻一号　昭和二三年四月一日　27-30頁　＊11枚。二月二八日執筆。

創作ノート　「風雪」二巻四号　昭和二三年四月一日　28-31頁
＊12枚。二月二一日執筆。

望楼　「龍」一巻一号　昭和二三年四月一日　13頁　＊雑誌「龍」は開明社発行。「フェニックス」改題。

新人あれこれ　「都新聞」昭和二三年四月九日　＊4枚。四月七日執筆。

矛盾　六興出版社『武田麟太郎全集　第九巻』附録「月報六」昭和二三年四月一〇日　＊3枚。昭和二二年九月一一日執筆。

あとがき　改造社『人間図』昭和二三年四月三〇日　359-361頁

世相談議　「近代」一巻三号　昭和二三年五月一日　34-35頁
＊8枚。三月一四日執筆。

文学に関連して　「故郷」二巻五号　昭和二三年五月一日　6-7頁　＊7枚。「自筆メモ」では「文学に関係して」とある。三月一一日執筆。

作家の姿勢―往復書翰　「風雪」二巻五号　昭和二三年五月一日　28-35頁　＊7枚。伊藤整との往復書翰。二月九日執筆。

血を見たデーモン　「婦人公論」三二巻五号　昭和二三年五月一日　34-37頁　＊11枚。三月二四日執筆。

批評と作品　「女性クラブ」二巻五・六号（五・六月合併号）昭和二三年六月一日　31頁　＊4枚。『全集』「自筆メモ」では「女性グラフ」とあるが誤り。三月二四日執筆。

第二の新人層―新人の顔々　「龍」一巻二号（五・六月合併号）　昭和二三年六月一日　14-15頁

狂い咲きの花　「河北新報」昭和二三年六月二一日　＊「自筆メモ」では「太宰治の死」。
〔収録〕
6534太宰治論集　同時代篇3（平成四年一〇月　ゆまに書房）

死を惜しむ　「文化新聞」一一四号　昭和二三年六月二三日
＊太宰治の死への談話。
〔収録〕
6534太宰治論集　同時代篇3（平成四年一〇月　ゆまに書房）

次の連載小説―純情　「夕刊新大阪」昭和二三年六月二八日

書斎の暗曇　「風雪」二巻七号　昭和二三年七月一日　46-47頁
＊6枚。五月一八日執筆。

新聞小説について　「文学界」二巻七号　昭和二三年七月一日　52-53頁　＊5枚。五月一八日執筆。

西窪咄　「龍」一巻三号　昭和二三年七月一日　12-15頁　＊9枚。四月九日執筆。

作家の死後―余震　「読売ウイークリー」昭和二三年七月一七日　6頁　＊3枚。六月三〇日執筆。

四百字書評―田宮虎彦著『霧の中』　「週刊朝日」五三巻四号　昭和二三年七月二五日　22頁　＊1枚。「自筆メモ」では「田宮の本評」。四月一〇日執筆。

あとがき　改造社『丹羽文雄選集　第一巻』昭和二三年七月二五日　315-321頁　＊11枚。六月八日執筆。全七巻、四巻以後中絶。

私の選集に就いて　改造社『丹羽文雄選集　第一巻』附録「月報一」　昭和二三年七月二五日

狂い咲きの花　「月刊東奥」一〇巻五号　昭和二三年八月一日
〔収録〕
6535太宰治論集　同時代篇5（平成四年一〇月　ゆまに書房）
6546近代作家追悼文集成32（平成九年一月　ゆまに書房）

濱田隼雄君のこと　「丹頂」一巻五号　昭和二三年八月一日　15頁　＊2枚。六月一二日執筆。

返事―誰のために書くか？　「文芸首都」一六巻八号　昭和二三年八月一日　42頁　＊1枚。「自筆メモ」では「アンケート」。六月三〇日執筆。

街角にて　「毎日新聞」昭和二三年八月一日　＊1枚。「自筆メモ」には「女性生態」。七月二二日執筆。

豆自伝　「中京新聞」昭和二三年八月二日　＊1枚。七月二九日執筆。

第二の新人群　「第一新聞」昭和二三年八月三・四日　上下2回＊6枚。「自筆メモ」には「第二新人について」。七月一二日執筆。

記憶　『海の星―中山省三郎追慕記集』　昭和二三年八月一〇日　9-10頁　＊2枚。昭和二二年七月九日執筆。中山富士子発行。

文学通信1　「第一新聞」昭和二三年八月二九日　2頁　＊2枚。「自筆メモ」には「梅崎春雄《ママ》」とある。八月二〇日執筆。

家庭の作家　「女性ライフ」三巻九号　昭和二三年九月一日　＊口絵。

太宰治と私　「暖流」三号　昭和二三年九月一日　42-43頁　＊8枚。『全集』には「太宰治のこと」（潮流）とある。六月二六日執筆。

〔収録〕
6536太宰治論集　同時代篇6（平成五年二月　ゆまに書房）
6546近代作家追悼文集成32（平成九年一月　ゆまに書房）

西窪随筆　「文芸首都」一六巻九号　昭和二三年九月一日　54-56頁　＊8枚。山内祥史『太宰治著述総覧』に引用されている。七月一三日執筆。

美人復興　「オール読物」昭和二三年九月二〇日　1-4頁

秋の随筆　「月刊読売」六巻一〇号　昭和二三年一〇月一日　26-27頁　＊9枚。八月三日執筆。

葉書回答　男と女とどちらが嫉妬深いか（アンケート）「スタイル」一一巻一〇号　昭和二三年一〇月一日　30頁　＊「結婚への準備　〝男と女の問題〟検討欄（4）」として掲載。丹羽文雄・芝木好子・三岸節子・富田重雄が回答。

死と貞操　「青春」一巻一号　昭和二三年一〇月一日　12-13頁　＊6枚。七月二二日執筆。

遺産に就いて　「文学行動」一巻七号　昭和二三年一〇月一日　2-3頁

序　佐竹龍夫『俗物』昭和二三年一〇月一〇日　文芸春秋新社　1-3頁　＊4枚。

五作家相撲随筆特集　「相撲クラブ」一号　昭和二三年一〇月一〇日　16頁　＊水上瀧太郎・尾崎士郎・真船豊・藤森成吉・丹羽文雄が執筆。未確認。記載は占領期・雑誌情報データベースによる。

真木君に就いて　「文学の世界」三号（現代文学百人号）昭和二三年一〇月一五日　19頁　＊未確認。記載は占領期・雑誌情報データベースによる。

親孝行したい時分に親がある　「オール読物」三巻一一号　昭和二三年一一月一日　2-3頁　＊1枚。グラビア。九月執筆。

「家」に就いて　「新潮」四五年一一号　昭和二三年一一月一日　44-45頁　＊8枚。『全集』では「本について」。一〇月五日執筆。

日本映画当面の課題―観客の立場から　「時事新報」昭和二三年一一月七日　4面　＊3枚。「自筆メモ」では「日本映画に就いて」。一一月四日執筆。

あとがき　改造社『丹羽文雄選集　第二巻』昭和二三年一一月一〇日　349-354頁　＊10枚。九月七日執筆。

志賀さんと私　「早稲田大学新聞」五二号　昭和二三年一一月一五日　2面　＊12枚。一〇月一八日執筆。

西窪日記　「丹頂」一巻八号　昭和二三年一二月一日　46-50頁
＊15枚。九月二五日執筆。

誤植　「文学界」二巻一二号　昭和二三年一二月一日　43-44頁

舟橋聖一—文学界アルバムⅡ　「文学界」二巻一二号　昭和二三年一二月一日　グラビア

後記　講談社『哭壁　上』　昭和二三年一二月五日　381-383頁
＊一一月執筆。

序　竹内道之助『二人の愛人』　昭和二三年一二月八日　仏蘭西書院　1-2頁　＊九月執筆。

虫垂炎　「かまくら」七号　昭和二三年一二月二〇日　5-6頁
＊5枚。九月二四日執筆。

文芸時評　「東京新聞」昭和二三年一二月二三～二五日　上中下3回　＊9枚。一二月一八日執筆。各掲載日、副題は以下の通り。
上　二三日　健忘症の諸問題
中　二四日　腕力派と創刊屋—戦後ジャーナリズムの偉観
下　二五日　新人群と風当り
〔収録〕
6562文芸時評大系昭和篇Ⅱ3（平成二〇年一〇月　ゆまに書房）

結果　改造社「横光利一全集内容見本」　昭和二三年　＊1枚。昭和二三年三月一八日執筆。発行月日不明。
〔収録〕
5504横光利一全集月報集成（昭和六三年一二月　河出書房新社）

人物テレビジョン—志賀直哉　「キング」二五巻一号　昭和二四年一月一日　1頁　＊昭和二三年一〇月執筆。

愛される女性愛されない女性　「女性改造」四号一号　昭和二四年一月一日　56-59頁　＊11枚。「ペンリレー　第1回」として掲載。『全集』には「好きな女嫌いな女」。昭和二三年一一月六日執筆。

日記抄　「新小説」四巻一号　昭和二四年一月一日　28-30頁
＊5枚。昭和二三年一〇月二〇日執筆。

チエホフその他　「風雪」三巻一号　昭和二四年一月一日　74-75頁　＊7枚。昭和二三年一一月二〇日執筆。

某月某日　「文芸往来」一巻一号　昭和二四年一月一日　6頁
＊1枚。「自筆メモ」では「月旦」。昭和二三年一二月執筆。

文反故　「文芸首都」一七巻一号　昭和二四年一月一日　64-65頁　＊6枚。昭和二三年一〇月一九日執筆。

杉村春子様—絶えず冒険を賭す意気込みで　「読売ウイークリ

ー」（一月一日・一月八日合併号）　昭和二四年一月一日　7頁　＊「今年は大いにやりましょう　芸術家No.1の年賀交換」として掲載。昭和二三年一二月一二日執筆。

解説　武田麟太郎『銀座八丁』　昭和二四年一月二五日　新潮社　263‐268頁　＊10枚。「自筆メモ」では「武田麟太郎に就いて」。新潮文庫。昭和二三年一一月二〇日執筆。

バスの知らせ　「アサヒグラフ」五一巻三号　昭和二四年一月二九日　17頁　＊1枚。「あの日忘れ得べき」として掲載。昭和二三年一二月執筆。

文芸時評　「夕刊新大阪」昭和二四年一月三一日～二月二日　上中下3回　＊10枚。一月一七日執筆。
〔収録〕
6563文芸時評大系昭和篇Ⅱ4（平成二〇年一〇月　ゆまに書房）

文学と社会意識　「読売新聞」昭和二四年一月三一日　＊4枚。『全集』では「戦後派と生活派」。一月一日執筆。

序　峯雪栄『煩悩の果て』昭和二四年一月　講談社　1‐5頁　＊9枚。昭和二三年一二月一八日執筆。

わんたん―寒い時に美味しい我が家の自慢料理　「婦女界」三七巻二号　昭和二四年二月一日　84頁

かくてわが家は楽し―私の一家　「婦人倶楽部」三〇巻二号　昭和二四年二月一日　グラビア　＊5枚。「自筆メモ」では「かくて楽しいわが家」。

あとがき　改造社『丹羽文雄選集　第三巻』昭和二四年二月二五日　365‐366頁　＊7枚。昭和二三年九月九日執筆。

文芸時評　「東京日日新聞」昭和二四年二月二〇～二一日　2回＊6枚。二月一五日執筆。
〔収録〕
6563文芸時評大系昭和篇Ⅱ4（平成二〇年一〇月　ゆまに書房）

ヘミングウェイ断片―現代アメリカ作家検討　「風雪」三巻三号　昭和二四年三月一日　66‐70頁　＊14枚。一月二七日執筆。

私のアルバム　「文学界」三巻一号　昭和二四年三月一日　＊巻頭グラビア。

民衆への奉仕　「報知新聞」昭和二四年三月一四日　＊2枚。二月二二日執筆。

後記　六興出版『告白』昭和二四年三月一五日　337‐339頁　＊昭和二三年一一月執筆。

自嘲―近ごろの感想　「建設」創刊号　昭和二四年三月二八日

80-81頁

うちの奥さんいい奥さん　「家庭生活」六巻六号　昭和二四年四月一日　1頁

現代恋愛長編連載小説第一回当選発表　「女性ライフ」四巻四号　昭和二四年四月一日　12-13頁　＊「五万円懸賞恋愛長編小説」の評。選考委員は石川達三・丹羽文雄・林芙美子・平林たい子。

文学上の疑問　「新日本文学」四巻四号　昭和二四年四月一日　6-9頁　＊昭和二三年一二月二五日、新日本文学会主催文芸大講演会での講演。

文芸放談　「文芸往来」三巻四号　昭和二四年四月一日　8-9頁　＊5枚。二月一四日執筆。

私のベストテン（アンケート）「文芸往来」三巻四号　昭和二四年四月一日　64頁

怒りの街―作者のことば　「東京新聞」昭和二四年四月五日

文学者と政治　「社会」四巻四号　昭和二四年四月　20-23頁　＊1枚。二月二二日執筆。

題名考①　「夕刊新大阪」昭和二四年四月五日　＊「自筆メモ」では「題名のこと」。

共産党に望む―あまり小さくかたまらないで（アンケート）「民主評論」五巻四号　昭和二四年四月　64-68頁

映画「蛇と鳩」を見て　「朝日新聞」大阪版　夕刊　昭和二八年四月一四日　＊3.5枚。「自筆メモ」では「『蛇と鳩』評」。

七十五日物語　作者の言葉　「主婦之友」三三巻五号　昭和二四年五月一日　62頁

非日活動委員会に関する諸家の意見（アンケート）「世界評論」四巻五号　昭和二四年五月一日　40頁　＊葉書回答。

一つの夢　「歴史小説」二巻三号　昭和二四年五月一日　34-35頁　＊5枚。「自筆メモ」では「一つの夢日」（歴史文学）とある。三月一九日執筆。

西窪随筆―文壇には伝説が多すぎる　「早稲田大学新聞」六五号　昭和二四年五月二一日　2頁　＊7枚。

映画と文学　「スクリーン・ステージ」一五九号　昭和二四年五月二四日　1頁　＊4枚。五月一〇日執筆。

東郷青児氏の「なぎさ」　「毎日新聞」昭和二四年五月二八日　＊1枚。「自筆メモ」には「批評」とある。

諸家は今年は何をする考えか（アンケート）「佐世保文化」二号　昭和二四年六月一日　27-28頁　＊「時事年鑑にあらわれた諸家の個人計画の展望」として掲載。

作品月評　「文学界」三巻四号　昭和二四年六月一日　65頁　＊3枚。四月二七日執筆。
〔収録〕
6563文芸時評大系昭和篇Ⅱ4（平成二〇年一〇月　ゆまに書房）

記録と虚構　「朝日新聞」昭和二四年六月五日　＊3枚。六月一日執筆。

あとがき　明星出版社『町内の風紀』昭和二四年六月一五日　280-281頁

世界に通用する原節子の美（インタビュー）「映画グラフ」四巻六号　昭和二四年七月一日　28-29頁　＊「丹羽文雄の語るスタア」として掲載。

読後感　「生活文化」一〇巻七号　昭和二四年七月一日　58-59頁　＊「懸賞小説選者の言葉」として掲載。四月三〇日執筆。

選後評　「文芸公論」一巻三号　昭和二四年七月一日　60頁　＊5枚。小説選。六月五日執筆。

葉書回答　私のニセモノ（アンケート）「ホープ」四巻七号　昭和二四年七月一日　23頁

西窪日記　「早稲田文学」一六巻四号　昭和二四年七月一日　66-67頁　＊8枚。「自筆メモ」では「西窪随筆」。六月一二日執筆。

「芥川賞」と新人作家　「読売新聞」昭和二四年七月四日　＊3枚。『全集』では「芥川賞について」。七月一日執筆。

或る日の風景　「週刊家庭朝日」二一号　昭和二四年七月九日　1面　＊4枚。七月一日執筆。

生活の中の詩―作者のことば　共同通信系地方新聞　昭和二四年七月　＊「京都新聞」では三〇日掲載。

作者の詞―日本敗れたり　「サロン」四巻七号　昭和二四年八月一日　13頁

問合せ　「婦人」二六号　昭和二四年八月一日　21頁

聯合艦隊を読んで　「モダン日本」二〇巻八号　昭和二四年八月一日　6-7頁　＊2枚。佐久八郎『連合艦隊』について。五月執筆。

「白い視線」について　「週刊朝日」五四巻三二号　昭和二四年八月七日　13頁　＊1枚。大室昇「白い視線」（記録文学入

選作　八月一四日号掲載）への感想。「自筆メモ」では「週刊懸賞評」とある。七月一五日執筆。

引揚者の顔―舞鶴からの車中にて　「朝日新聞」大阪版　昭和二四年八月一四日　＊4枚。「自筆メモ」では「車中にて」。八月六日執筆。

記録小説　「毎日新聞」昭和二四年八月一九日　＊2枚。「自筆メモ」では「記録文学」。八月一七日執筆。

音又　苦味　「群像」五巻九号　昭和二四年九月一日　41頁　＊3枚。

チーズオムレツ　「主婦之友」三三巻九号　昭和二四年九月一日　130頁　＊「各界に活躍する　名士・人気者のエネルギー料理」として掲載。

清水幾太郎―人物展望　「展望」四五号　昭和二四年九月一日　34-37頁

平林たい子―現代作家寸描集　「風雪」三巻八号　昭和二四年九月一日　55頁　＊3枚。「現代作家寸描集（作家による作家のスケッチ）」として掲載。『全集』では「平林たい子と林房雄」とある。六月八日執筆。

林房雄―現代作家寸描集　「風雪」三巻八号　昭和二四年九月一日　67頁　＊3枚。「現代作家寸描集（作家による作家のスケッチ）」として掲載。六月八日執筆。

西窪日記　「文学行動」三巻六号　昭和二四年九月一日　44-45頁　＊5枚。六月一二日執筆。

私の言ひ分―作家解剖室　「文芸往来」三巻八号　昭和二四年九月一日　33-35頁　＊7枚。「自筆メモ」では「返事」とある。六月二八日執筆。

私と紋多―文学的自叙伝に代へて　「文芸往来」三巻八号　昭和二四年九月一日　82-85頁　＊15枚。「自筆メモ」では「文芸往来あとがき」とある。七月六日執筆。

応募小説について　「文芸公論」一巻四号（八・九月合併号）　昭和二四年九月一日　34-52頁

芥川賞選評―私小説反対　「文芸春秋」二七巻九号　昭和二四年九月一日　77-78頁　＊7枚。第21回、小谷剛「確証」・由起しげ子「本の話」。選考委員は川端康成、佐藤春夫、瀧井孝作、宇野浩二、岸田国士、石川達三、坂口安吾、舟橋聖一、丹羽文雄。七月一日執筆。なお第92回（昭和六二年）まで選考委員を務めた。

〔収録〕
6504芥川賞作品集1（昭和三一年二月　修道社）
6511芥川賞作品全集3（昭和三八年一〇月　現代芸術社）

6521芥川賞全集4（昭和五七年五月　文芸春秋）

私の書きたい女性　「ロマンス」四巻九号　昭和二四年九月一日　58-59頁　＊3枚。「自筆メモ」では「私の記憶」とある。

西窪随筆　「早稲田文学」一六巻五号　昭和二四年九月一日　＊8枚。七月二五日執筆。

西窪日記　「日本文庫」三巻六号　昭和二四年九月五日　15-17頁　＊7枚。七月二五日執筆。

権威ある賞―読売文学賞に寄す　「読売新聞」昭和二四年九月一二日

哭壁のモデル　「週刊朝日別冊」秋季増刊小説と読物　昭和二四年九月一五日　62-63頁　＊4枚。「名作ダイジェスト　哭壁」として、河盛好蔵、宮本三郎絵「哭壁要約」（57-61頁）と同時掲載。六月一二日執筆。

日本共産党への注文（アンケート）「世界評論」四巻一〇号　昭和二四年一〇月一日　60頁　＊葉書回答。

落点　「週刊朝日」五四巻四〇号　昭和二四年一〇月二日　28頁

不遜な清掃人夫―作家と批評家の溝　「東京新聞」夕刊　昭和二四年一〇月九・一〇日　＊9枚。九月執筆。

〔収録〕
7035文芸評論代表選集（昭和二五年九月　中央公論社）

講和をどう思う　本紙に寄せる各界の見解1（アンケート）「読売新聞」昭和二四年一一月一九日

作者のことば―愛の塩　博報堂地方新聞　昭和二四年一一月二四日

後記　新潮社『かしまの情』昭和二四年一一月三〇日　305-306頁　＊四月執筆。

書評「絶壁」　「文学界」三巻一〇号　昭和二四年一二月一日　101頁　＊井上友一郎『絶壁』について。

奥書　不動書房『開かぬ門』昭和二四年一二月五日　248-250頁

あとがき　文芸春秋新社『愛人』昭和二四年一二月一五日　378-380頁

あとがき　改造社『丹羽文雄選集　第四巻』昭和二四年一二月二〇日　361-365頁　＊8枚。二月五日執筆。

西窪随想　「真実」一巻一号　昭和二五年一月一日　61-62頁

創作批評　「風雪」四巻一号　昭和二五年一月一日
〔収録〕
6564文芸時評大系昭和篇Ⅱ5（平成二〇年一〇月　ゆまに書房）

付記　「婦人公論」三四巻一号　昭和二五年一月一日　95頁
＊3枚。同号の座談「光クラブ学生社長・アプレゲール作家恋愛と人生と死を語る」（88-95頁）に付されたもの。光クラブ社長山崎晃嗣の自殺をうけて執筆された。メモには「時評」とある。昭和二四年一一月二七日執筆。

一九五〇年に期待する各界の新人（アンケート）「文芸春秋」二八巻一号　昭和二五年一月一日　128-129頁　＊葉書回答。昭和二四年一二月執筆。

解説　尾崎一雄『暢気眼鏡』昭和二五年一月一〇日　新潮社　228-234頁　＊10枚。新潮文庫。昭和二四年一二月四日執筆。
〔再録〕
池田書店『尾崎一雄作品集』月報「梅花帖2」昭和二八年六月

序　竹内道之助『二人の愛人』昭和二五年一月一〇日　仏蘭西書院　1-2頁　＊昭和二三年九月執筆。

昭和二十五年度の私のプラン（アンケート）「小説新潮」四巻一号　昭和二五年一月一日　133頁

或る曇り日に　「文学行動」四巻一号　昭和二五年一月一日
11-13頁　＊5枚。『全集』では「或る暑い日に」。昭和二四年一一月一七日執筆。

思ひ出　「三田文学」二五巻二号　昭和二五年二月一日　9-10頁　＊3枚。三田文学四〇周年記念号。

妻の武器？―メカケ殺しその他　「朝日新聞」昭和二五年三月二日　＊4枚。「社会時評」として掲載。二月二一日執筆。

生物として　「黄金部落」一号　昭和二五年三月一〇日　59頁

作者のことば―惑星　「時事新報」昭和二五年三月一五日

著者のことば　細川書店『現代日本文学選集7』昭和二五年三月三一日　50頁

妻を語る　「新女苑」一四巻四号　昭和二五年四月一日　グラビア　＊1枚。

芥川賞選評―一陣の風　「文芸春秋」二八巻四号　昭和二五年四月一日　187-188頁　＊第22回、井上靖「闘牛」。
〔収録〕
6504芥川賞作品集1（昭和三一年二月　修道社）
6511芥川賞作品全集3（昭和三八年一〇月　現代芸術社）
6521芥川賞全集4（昭和五七年五月　文芸春秋）
〔再録〕

『井上靖小説全集1』付録一（昭和四九年一月二〇日　新潮社）

黒犬　「小説公園」一巻三号　昭和二五年五月一日　30-31頁
＊三月六日執筆。

あとがき　六興出版『東京どろんこオペラ』昭和二五年五月一〇日　243-244頁

チャタレー裁判（談話）「日本読書新聞」五四九号　昭和二五年七月五日　＊「諸家の意見を聞く」として掲載。

潤一郎断片　「文学会議」九号　昭和二五年七月一〇日　139-140頁　＊5枚。昭和二四年八月一〇日執筆。『全集』では昭和二四年八月一日とある。

文壇　「新潮」四七年八号　昭和二五年八月一日　70-84頁　＊丹羽文雄・平林たい子・今日出海による共同執筆。六月二九日執筆。19枚。

不遜な清掃人夫　中央公論社『文芸評論代表選集　昭和25年度版』昭和二五年九月二五日　97-99頁

推せんする新人―今日の人明日の人（談話）「図書新聞」六号　昭和二五年九月二七日　4頁　＊雑誌「図書新聞」には復刻版（平成元年　不二出版）がある。

芥川賞選評―選後感　「文芸春秋」二八巻一三号　昭和二五年一〇月一日　221-222頁　＊4枚。第23回、辻亮一「異邦人」。
〔収録〕
6504芥川賞作品集1（昭和三一年二月　修道社）
6511芥川賞作品全集3（昭和三八年一〇月　現代芸術社）
6521芥川賞全集4（昭和五七年五月　文芸春秋）

あとがき　講談社『創作代表選集6』昭和二五年一〇月一〇日　563-564頁

著作権法改正に対する意見（アンケート）「図書新聞」六六号　昭和二五年一〇月一一日　4頁

帯文　辻亮一『異邦人』昭和二五年一〇月二〇日　文芸春秋新社

外表だけの断定では―風俗小説論　「図書新聞」六九号　昭和二五年一一月一日　3頁　＊中村光夫『風俗小説論』の書評。「書評二つの立場」として荒正人とともに掲載。

解説（潤一郎断片）　創元社『谷崎潤一郎作品集6』昭和二五年一一月一五日　269-271頁　＊7枚。八月一七日執筆。

解説　創元社『夏目漱石作品集5』昭和二五年一一月二五日　285-288頁　＊10枚。「自筆メモ」では「二作の感想」とある。一〇月一九日執筆。

材料の純化―サンデー毎日創刊三十年記念百万円懸賞小説選者の言葉　「サンデー毎日」二九巻四八号　昭和二五年一一月二六日　40頁　＊新田次郎「強力伝」。

新人に対する希望―新文学への希望（アンケート）「文学者」六号　昭和二五年一二月五日　77頁

あとがき　『好色の戒め』　昭和二五年一二月一五日　創元社　253-255頁　＊一〇月執筆。

文学的青春伝　「群像」六巻一号　昭和二六年一月一日　49-55頁　＊32枚。「私の青春自叙伝」に改題。昭和二五年一〇月二九日執筆。

〔収録〕
3011私の人間修業（昭和三〇年一〇月　人文書院）

文芸列車　「実践国語」一二巻一〇号　昭和二六年一月一日　27-28頁

文学をやる新しい人々に　「新大阪新聞」夕刊　昭和二六年一月一三・一四日　上下2回　＊6枚。昭和二五年一二月二八日執筆。

浅草行　「明窓」一巻一一号　昭和二六年二月一日　66-70頁　＊12枚。一月一一日執筆。『全集』では四月。

近ごろの作家志望者　「東京新聞」夕刊　昭和二六年二月七・八日　2回　＊7枚。『全集』では「日頃の感想」。二月五日執筆。

アメリカの文学と日本の文学―フォークナーの小説などを読んで　「読売新聞」昭和二六年二月一二日　＊6枚。

あらゆる小説本を濫読―私の読書遍歴　「日本読書新聞」五八〇号　昭和二六年二月一七日　＊5枚。『全集』では「私の読書遍歴」（読書新聞）とある。二月六日執筆。

天の樹　作者の言葉　「東京新聞」昭和二六年二月二〇日　＊5枚。二月六日執筆。

「野生の情熱」推薦　フォークナー・大久保康雄訳『野生の情熱』昭和二六年二月二五日　三笠書房　帯　＊1枚。「自筆メモ」では「三笠書評」。二月執筆。

誰のために小説を書くか（アンケート）「人間」六巻三号　昭和二六年三月一日　155頁

わが文学の泉（アンケート）「群像」六巻四号　昭和二六年四月一日　126頁

西窪日記1　「随筆」創刊号　昭和二六年四月一日　2頁　＊雑誌「作家クラブ　随筆」（二十七日会編集）。目次には「モラリスト」とある。

「鮎」を書く頃―出世作の頃　「文学界」五巻四号　昭和二六年四月一日　108-112頁　＊15枚。「自筆メモ」では「処女作の時代」。二月二二日執筆。

芥川賞選評―感想　「文芸春秋」二九巻五号　昭和二六年四月一日　226-227頁　＊3枚。第24回、該当なし。二月一六日執筆。

〔収録〕
6504芥川賞作品集1（昭和三一年二月　修道社）
6511芥川賞作品全集3（昭和三八年一〇月　現代芸術社）
6521芥川賞全集4（昭和五七年五月　文芸春秋）

「ごひいきを語る」―私は相馬智恵子のファンである（アンケート）「平凡」七巻四号　昭和二六年四月五日　61頁

私の週間メモ　「読売新聞」昭和二六年四月九日　＊「今まで読んだなかで感銘を受けた本」、「新刊書ですすめたい本」への回答。

天の線　「電信電話」三巻五号　昭和二六年五月一日　16-18頁

私の好きな雑誌―文芸誌から　「図書新聞」九七号　昭和二六年五月二八日　5頁

西窪日記2　「随筆」二号　昭和二六年六月一一日　8頁　＊目次には「西窪通信」とある。

チャタレー裁判印象記第二回―用語の曖昧性をつく（談話）「図書新聞」九九号　昭和二六年六月一一日　3頁

ウィリアム・フォークナー著「墓場への侵入者」　「毎日新聞」昭和二六年六月一九日　＊1枚。『全集』では「フォークナー」とある。六月五日執筆。

長谷川一夫君　長谷川一夫『道』昭和二六年六月二五日　新演技座　125-127頁　＊5枚。映画生活二十五周年記念出版。他に吉井勇、武者小路実篤、長谷川伸、衣笠貞之助らが寄稿。自筆メモでは「長谷川一夫」。昭和二五年一〇月一九日執筆。

今日の嫌悪（アンケート）「人間」六巻七号　昭和二六年七月一日　102頁　＊六月七日執筆。

実験小説是非　「文学界」五巻四号　昭和二六年七月一日　127-133頁　＊21枚。五月二三日執筆。

原稿料今昔　「ベストセラー」一巻三号　昭和二六年七月一日　69頁　＊4枚。六月三日執筆。

速度　「社会文芸」五号　昭和二六年七月五日　6頁　＊3枚。

書きたい歴史小説―「蓮如上人」　「読売新聞」昭和二六年七月九日

初めから不自然　「読売新聞」夕刊　昭和二六年七月二〇日　＊談話。塩谷博士夫人菊乃さんの死について。

作家と批評家の溝　「夕刊新大阪」昭和二六年七月二五・二六日　2回　＊2枚。七月一九日執筆。

講和アンケート　上（アンケート）「毎日新聞」夕刊（大阪版）昭和二六年七月二七日

仕事の合間　「小説朝日」昭和二六年八月一日　96-97頁

佐渡のメモ　「地上」五巻八号　昭和二六年八月一日　40-44頁　＊六月一〇日執筆。

技術批評問答―文芸時評　「人間」六巻八号　昭和二六年八月一日　52-54頁　＊10枚。『全集』では「技術批評に就いて」とある。六月執筆。

故郷に夏ありき④―はだも冷える〝蒼滝〟の思い出　「毎日新聞」夕刊（大阪版）昭和二六年八月三日　＊2枚。『全集』では「ふるさとの夏」（大阪毎日新聞）。七月二〇日執筆。

異邦人（カミュ）と気まぐれバス（スタインベック）　「日本読書新聞」六〇六号　昭和二六年八月八日　4頁　＊3枚。『全集』では「異邦人・気まぐれバス」。八月執筆。

妻を語る―料理が得意　「週刊朝日」五六巻三三号　昭和二六年九月九日　27頁　＊2枚。グラビア。七月執筆。

西窪日記3　「随筆」三号　昭和二六年九月二七日　1頁　＊5枚。目次には「西窪通信」とある。

あとがき　新潮社『海は青いだけでない』昭和二六年九月二八日　238-243頁

講和に対する意見・批判・希望　「世界」七〇号　昭和二六年一〇月一日　188頁

芥川賞選評―感想　「文芸春秋」二九巻一三号　昭和二六年一〇月一日　190-191頁　＊4枚。第25回、石川利光「春の草」・安部公房「壁」。八月一〇日執筆。

〔収録〕

6504芥川賞作品集1（昭和三一年二月　修道社）

6511芥川賞作品全集3（昭和三八年一〇月　現代芸術社）

6521芥川賞全集4（昭和五七年五月　文芸春秋）

帯文　石川利光『春の草』昭和二六年一〇月一日　文芸春秋新社

帯文　田宮虎彦『菊坂』昭和二六年一〇月五日　コスモポリタン社　＊青野季吉・高見順とともに掲載。「淫行に左右されず、日本の小説の本流を堅実に歩いてきた、その静かな誇りと威厳と立派さはちょっと類がない」。

私の著作とその方法――一作毎が新しい冒険　「図書新聞」一一六号　昭和二六年一〇月八日　3頁

病中感あり　「東京新聞」夕刊　昭和二六年一〇月一〇〜一二日　2回

サンデー毎日創刊三十年記念百万円懸賞小説―現代小説選評　「サンデー毎日」三〇巻四四号　昭和二六年一〇月二八日　48頁　＊新田次郎「強力伝」。

良書案内（アンケート）「読売新聞」昭和二六年一一月五日　＊「今まで読んだなかで感銘を受けた本」、「新刊書ですすめたい本」への回答。

私の〝実験小説〟　「朝日新聞」昭和二六年一一月二八日　＊3枚。『全集』「自筆メモ」では「実験小説について」とある。

著者のことば―幸福への距離　「読売新聞」広告　昭和二六年一一月二八日

執筆者の言葉―結婚生理　「婦人画報」五六六号　昭和二六年一二月一日　80頁

「異邦人」をめぐる問題　「早稲田文学」一七巻二号　昭和二六年一二月一日　61-86頁　＊三月一九日執筆。

作者のことば―虹の約束　共同通信　昭和二六年一二月

貴方が書き止めると貴方及周囲の人々は何を失うか・新しい文学運動及新人に何を期待するか（アンケート）「希望」（えすぽわーる）一号　昭和二七年一月一日　48頁　＊昭和二六年八月執筆。

妻の料理　「婦人公論」三七巻一号　昭和二七年一月一日　207頁

道楽について　「大阪新聞」昭和二七年一月九日　＊3枚。『全集』では「道楽について考える」。一月三日執筆。

私はこんな仕事がしたい（アンケート）「読売新聞」昭和二七年一月七日

書き足りぬ異邦人―さかんな日本人の読書力（アンケート）「読売新聞」昭和二七年一月九日　＊1枚。「十三才問答　日本の印象⑧」としてジェームス・ミッチェナー「伝統と新味の文学」と同時掲載。

感想　「人生手帖」創刊号　昭和二七年一月一〇日　7頁　＊緑の会編集部編。文理書院発行。

作者のことば―世間知らず　「時事新報」昭和二七年一月一二日

或る女性の話　「産業経済新聞」昭和二七年一月一八日　＊5枚。

伊賀保にて　「歴史」創刊号　昭和二七年一月　1-2頁

スナップ問答（アンケート）「文芸」九巻二号　昭和二九年二月一日　26-27頁　＊巻頭グラビア「作家の顔（2）」（土門拳写真）に関するアンケート。

わが家の歴史　「朝日新聞」昭和二七年二月二日　＊1枚。一月執筆。

作家の言葉―初心忘るべからず（筆跡）「小説新潮」六巻四号　昭和二七年三月一日　9頁　＊一月執筆。

定山渓の雪　「東京新聞」夕刊　昭和二七年三月一・二日　2回＊8枚。「大波小波」欄。「自筆メモ」では「埋草的」とある。

女性の変貌　「婦人朝日」七巻三号　昭和二七年三月一日　37-39頁　＊7枚。「自筆メモ」では「社会の女性」。なお挿絵も丹羽が描く。一月執筆。

芥川賞選評―感想　「文芸春秋」三〇巻四号　昭和二七年三月一日　180-181頁　＊3枚。第26回、堀田善衛「広場の孤独」。

〔収録〕
6504芥川賞作品集1（昭和三一年二月　修道社）
6511芥川賞作品全集3（昭和三八年一〇月　現代芸術社）
6521芥川賞全集4（昭和五七年五月　文芸春秋）

渋谷駅前の一週間―東京通信　「中央公論」六七年四号　昭和二七年四月一日　144-152頁　＊3枚。ルポルタージュ。

〔収録〕
7047東京通信（昭和二九年五月　黄土社）
7098ドキュメント昭和世相史戦後篇（昭和五一年一月　平凡社）

小説作法　「文学界」六巻四号～七巻一二号　昭和二七年四月一日～二八年一二月一日　6回　＊各掲載号、副題は以下の通り。

1　小説作法　六巻四号　昭和二七年四月一日　162-185頁　22枚　二月二二日執筆
2　続・小説作法　七巻一号　昭和二八年一月一日　136-156頁　73枚　昭和二七年一一月二五日執筆
3　小説作法　三　七巻四号　昭和二八年四月一日　160-170頁　40枚　二月二五日執筆
4　テーマと構成　七巻八号　昭和二八年八月一日　142-161

頁　45枚　六月二五日執筆

5　構成　人物描写　小説の形式　七巻九号　昭和二八年九月一日　160-163頁　67枚　八月執筆

6　小説作法　終　七巻一二号　昭和二八年一二月一日　157-171頁　50枚　一〇月執筆

〔収録〕

3010小説作法（昭和二九年三月　文芸春秋新社）

3013小説作法（全）（昭和三三年九月　文芸春秋新社）

3028私の小説作法（昭和五九年三月　潮出版社）

4001小説作法（昭和四〇年四月　角川書店）

6012現代日本文学全集47（昭和二九年一一月　筑摩書房）

＊「月に一篇」収録。

6027現代文学大系46（昭和三九年九月一〇日　筑摩書房）

＊「小説作法（抄）」として「小説覚書」「文章に就いて」「初心者の心得」収録。

6046日本文学全集46（昭和四五年一一月一日　筑摩書房）

＊「小説作法（抄）」収録。

6058筑摩現代文学大系48（昭和五二年七月　筑摩書房）

＊「小説作法（抄）」収録。

7056新文学入門2（昭和三〇年七月　人文書院）

＊「テーマと構成」収録。

7101人生読本　文章（昭和五三年八月　河出書房新社）

＊「小説の書出しと結びについて」収録。

7501文学　その創作と鑑賞（昭和三一年五月　現代教養文庫）

＊「初心者の心得」収録。

思ひ出―二十周年記念号に寄せて（1）　「文芸首都」二〇巻三号　昭和二七年四月一日　112-113頁

『神と肉体の物語り』―作者、丹羽氏の抱負　「週刊朝日」五七巻一六号　昭和二七年四月二〇日　17頁　＊「蛇と鳩」作者のことば。

貞操切符　作者の言葉　「主婦と生活」七巻五号　昭和二七年五月一日　225頁　＊四月四日執筆。

美人発掘　「文芸春秋」三〇巻七号　昭和二七年五月一日　18-20頁　＊6枚。

火野葦平　「読売新聞」昭和二七年五月五日　＊2枚。四月執筆。

作者と執筆者の往復書簡　「婦人画報」五七三号　昭和二七年六月一日　169頁　＊埼玉県、野口静枝への返答。

或る技巧―作家の立場から　「文学」二〇巻六号　昭和二七年六月一日　39-40頁　＊6枚。『全集』では「技巧」とある。四月執筆。

日本文学五十年ベスト5（アンケート）「文芸」九巻六号　昭和二七年六月一日　16頁

今、私は何を主張するか？（アンケート）「文芸」九巻六号　昭和二七年六月一日　60頁

作家生活「新大阪新聞」夕刊　昭和二七年六月一二日　3頁　＊五月執筆。

〝丹羽文雄殺人事件〟―小説の鑑賞の仕方「週刊朝日」五七巻二四号　昭和二七年六月一五日　13-15頁　＊愛読者大会（五月三一日　大阪朝日会館）での講演録。

林房雄の業苦「サンデー毎日」三一巻二八号　昭和二七年六月二二日　6-7頁　＊5枚。六月九日執筆。

女人牛馬結界―茶の間「毎日新聞」夕刊　昭和二七年七月一四日　＊2枚。七月二日執筆。

翻訳文学ベスト5（アンケート）「文芸」九巻八号　昭和二七年八月一日　40頁

人間の魂の成長の書―R・ライト著　高橋正雄訳『ブラック・ボーイ』「図書新聞」一五七号　昭和二七年八月一三日　3面　＊「特集アメリカ文学書」として掲載。

五万三千枚の著作簿「別冊文芸春秋」二九号　昭和二七年八月二五日　29頁

私の履歴―住所転々「別冊文芸春秋」二九号　昭和二七年八月二五日　30-31頁

ふるさと記―三重　追憶にのみ残る街々「読売新聞」夕刊　昭和二七年八月二七日　＊2枚。七月七日執筆。

青野季吉―顔「群像」七巻九号　昭和二七年九月一日　56-57頁

芥川賞選評―一言「文芸春秋」三〇巻一三号　昭和二七年九月一日　223頁　＊2枚。第27回、該当作なし。
〔収録〕
6505芥川賞作品集２（昭和三一年一一月　修道社）
6511芥川賞作品全集３（昭和三八年一〇月　現代芸術社）
6521芥川賞全集４（昭和五七年五月　文芸春秋）

当れば奇蹟―恋愛と結婚の定義（アンケート）「婦人朝日」七巻一〇号　昭和二七年一〇月一日　33頁　＊1枚。「自筆メモ」では「四五〇」とある。「紙上テーブル・スピーチ　結婚とはどういうものか」として掲載。八月六日執筆。

文壇ホープ―中村八朗「時事新報」昭和二七年一〇月二九日　4面　＊2枚。「人物評」として掲載。一〇月執筆。

アメリカ映画と小説「時事新報」昭和二七年一一月三日　4面　＊3枚。映画評。一一月執筆。

文壇ホープ―小泉譲　「時事新報」昭和二七年一一月九日　4面　＊丹羽文雄・保高みさ子・中村八朗が執筆。

道楽三昧　「東京新聞」夕刊　昭和二七年一一月九日　4面　＊「自筆メモ」では「地球を削る」。一〇月二九日執筆。

沿道に流れる荘厳な感懐―お馬車の皇太子　「時事新報」夕刊　昭和二七年一一月一一日　1面　＊5枚。

原作と映画　「毎日新聞」夕刊　昭和二七年一一月一七日　＊10枚。一〇月一〇日執筆。

あとがき　文芸春秋新社『世間知らず』昭和二七年一一月二〇日　361-362頁

父は思ふ　「実践国語」一三巻一四八号　昭和二七年一二月一日　26-27頁

田宮虎彦の杞憂　「文芸」九巻一二号　昭和二七年一二月一日　45頁

来年に期待する作家（アンケート）「早稲田文学」一八巻一二号　昭和二七年一二月一日　25頁

後記　小説朝日社『当世胸算用・告白』昭和二七年一二月五日　211頁

序文―良識が見た日本軍政　黒田秀俊『軍政』昭和二七年一二月一五日　学風書院　＊黒田秀俊は元中央公論編集長。

砂地について　「新女苑」一七巻一号　昭和二八年一月一日　165頁

作家にきく今年の仕事（アンケート）「読売新聞」昭和二八年一月一日　＊5枚。昭和二七年一二月二五日執筆。

感想―新春随想　「早稲田文学」一九巻一号　昭和二八年一月一日　4-5頁

大阪の正体　「新大阪新聞」昭和二八年一月五日　＊3枚。昭和二七年一二月二五日執筆。

瀬戸内海　「読売新聞」昭和二八年一月一五日　＊5枚。『全集』「自筆メモ」では「朝日新聞」とある。昭和二七年一二月二五日執筆。

新しい文学運動―新人作家の短篇を読んで　「毎日新聞」昭和二八年一月一七日　＊3枚。「自筆メモ」では「読後感」。一月一一日執筆。

作者のことば―恋文　「朝日新聞」夕刊　昭和二八年一月二八日

仏心を感ずるひと　「婦人朝日」八巻一号　昭和二八年一月　＊8枚。「私の好きな女性　私の理想の女性」として掲載。昭和二七年一一月執筆。

武蔵野の言葉（1）　「文学者」三三号　昭和二八年二月五日　21-23頁　＊7枚。昭和二七年一二月二五日執筆。

帯文　塙英夫『背教徒』　昭和二八年二月五日　筑摩書房

私憤―公憤・私憤　「新潮」五〇年三号　昭和二八年三月一日　66-67頁　＊3枚。一月一五日執筆。

テープレコーダー（アンケート）「文学界」七巻三号　昭和二八年三月一日　172-173頁　＊一月執筆。

芥川賞選評―一筆　「文芸春秋」三一巻四号　昭和二八年三月一日　246頁　＊2枚。第28回、五味康祐「喪神」・松本清張「或る「小倉日記」伝」。一月二三日執筆。

〔収録〕
6505芥川賞作品集2（昭和三一年一一月　修道社）
6510芥川賞作品全集4（昭和三八年八月　現代芸術社）
6522芥川賞全集5（昭和五七年六月　文芸春秋）

あとがき　朝日新聞社『蛇と鳩』　昭和二八年三月一〇日　337-339頁

父を語る―煩悩具足　「読売新聞」昭和二八年三月二〇日

わが家の私―家庭での幸福　「婦人公論」三七巻五号（臨時増刊「花薫る人生読本」）　昭和二八年三月二五日　55-56頁

新潟美人の一夕話―ここは女の街である　「文芸春秋」三一巻五号　昭和二八年四月一日　161-165頁　＊14枚。二月執筆。

〔収録〕
3011私の人間修業（昭和三〇年一〇月　人文書院）

映画「蛇と鳩」を見て　「朝日新聞」大阪版　昭和二八年四月一日　＊3.5枚。「自筆メモ」では「『蛇と鳩』評」。

今日の時勢と私の希望（アンケート）「世界」八九号　昭和二八年五月一日　172頁

厭がらせの年齢―母の思い出　「西日本新聞」昭和二八年五月一〇日　＊2枚。「母の日によせて」として掲載。「自筆メモ」では「母の日」。五月六日執筆。

あとがき　講談社『朱乙家の人々』　昭和二八年五月一五日　287-288頁　＊三月執筆。帯に「作者の言葉」を付す。

出来すぎた教義（談話）「週刊朝日」五八巻二〇号　昭和二八年五月一七日　10頁　＊立正佼成会について。

あとがき　白燈社『禁猟区』　昭和二八年五月三〇日　285-289頁　＊文末に「一九五二年の春」とある。頁表記は1～5頁。

あとがき　朝日新聞社『恋文』　昭和二八年五月三〇日　229-230頁　＊四月執筆。

或る感想　「ニューエイジ」五巻六号　昭和二八年六月一日　34-37頁　＊10枚。四月二二日執筆。

長谷川一夫　「文芸」一〇巻六号　昭和二八年六月一日　42-43頁　＊5枚。「特集　映画と文芸」。四月二〇日執筆。

尾崎一雄の文学　池田書店『尾崎一雄作品集　五』月報「梅花帖　二」　昭和二八年六月二〇日　1-4頁　＊「解説―尾崎一雄『暢気眼鏡』」（昭和二五年一月一〇日　尾崎一雄『暢気眼鏡』新潮文庫）の再録。

故郷の七月―山と海は残されてゐる　「オール読物」八巻七号　昭和二八年七月一日　87頁　＊4枚。「自筆メモ」では「七月の郷土」。四月二三日執筆。

お人好し―創作断層　「新潮」五〇年七号　昭和二八年七月一日　128-129頁

〔収録〕
3015人生作法（昭和三五年七月　雪華社）

巧みな史実と小説―田宮虎彦著「鷺」　「毎日新聞」昭和二八年七月一三日　＊7枚。「自筆メモ」では「鷺について」（田宮）。六月二五日執筆。

〔収録〕
田宮虎彦作品集付録しおり（昭和三一年一月　光文社）

〝民主警察〟の指導者たち―警察大学　「週刊朝日」五八巻三一号　昭和二八年七月二六日　9-10頁　＊6枚。『全集』「自筆メモ」では「警察大学見学」とある。

「鮎」に就いて　潮書房『現代作家処女作集　早稲田作家篇1』昭和二八年八月一日　255頁

砂丘と松並木―わが家の夏のレクリエイション（アンケート）　「主婦之友」三七巻九号　昭和二八年八月一日　397頁　＊葉書回答。

ある感想―職業婦人は四十歳が定年？　「産業経済新聞」昭和二八年八月七日　＊七月執筆。

あとがき　東方社『藤代大佐』　昭和二八年八月一〇日　332-336頁

ふるさとのこと　「暮らしの手帖」二一号　昭和二八年九月一日　106頁　＊5枚。六月一二日執筆。

文学を語る　「実践国語」一四巻一五六号　昭和二八年九月一日　6-8頁　＊七月執筆。

芥川賞選評—選評　「文芸春秋」三一巻一三号　昭和二八年九月一日　259頁　＊2枚。第29回、安岡章太郎「悪い仲間」。八月執筆。
〔収録〕
6505芥川賞作品集2（昭和三一年一一月　修道社）
6510芥川賞作品全集4（昭和三八年八月　現代芸術社）
6522芥川賞全集5（昭和五七年六月　文芸春秋）
〔再録〕
国文学解釈と鑑賞　三七巻二号　昭和四七年二月一日

文学と宗教　「北国新聞」ほか　昭和二八年一〇月二一日　＊5枚。時事通信系地方新聞。全集では「時事新報」一二月二一日とある。

同人雑誌評—『文学者』と『作家』について　「図書新聞」二一九号　昭和二八年一〇月三一日

小説家—私の頁　「文学界」七巻一一号　昭和二八年一一月一日　158-159頁　＊5枚。

私の文学の道　「週刊朝日」五八巻四八号　昭和二八年一一月一五日　71-72頁　＊文化講演会「耳で聴く週刊図書館」（一〇月二三～三〇日　中国、四国）での講演要旨。

四十九歳の心境　「西日本新聞」昭和二八年一一月　＊3枚。一一月二九日執筆。

来年はロマンチックな小説を・受賞作家を訪ねて—野間賞　丹羽文雄（インタビュー）「時事新報」昭和二八年一二月一四日　＊4面。野間文芸賞受賞について。

あとがき　文芸春秋新社『青麦』　昭和二八年一二月一八日　297-298頁　＊一一月執筆。

「蛇と鳩」の受賞　「週刊朝日」五八巻五五号　昭和二八年一二月二七日　73頁

戦後の芥川賞—芥川賞詮衡委員としての感想　「別冊文芸春秋」三七号　昭和二八年一二月二八日　178-181頁　＊15枚。「自筆メモ」では「芥川賞の思い出」。一一月一〇日執筆。

新春文学談　「時事新報」昭和二九年一月一日　＊9枚。昭和二八年一二月執筆。

選後評—懸賞コント　「小説新潮」八巻一号　昭和二九年一月一日　313頁　＊懸賞コント選評。花木實（京都）「女郎屋」について。昭和二八年一一月執筆。

私の好きな皿　「文芸」一一巻一号　昭和二九年一月一日　グラビア　＊グラビア解説文。田村茂写真。

旅　「文芸春秋」三二巻一号　昭和二九年一月一日　40-41頁　＊6枚。昭和二八年一一月執筆。

作者のことば―今朝の春　博報堂地方新聞　昭和二九年一月七日

帯文　井上靖『花と波濤』　昭和二九年一月一五日　講談社　＊2枚。

尾崎士郎と私　角川書店『昭和文学全集28尾崎士郎集』附録「月報28」　昭和二九年一月一五日　＊「自筆メモ」には「角川書店パンフレット」とある。

無題（アンケート）　全国淡水組合連合会『うなぎ』　昭和二九年一月一五日　235-236頁　＊うなぎに関するアンケート。

文学感想　「朝日新聞」昭和二九年一月二七日　＊5枚。一月一七日執筆。

〔収録〕

3015人生作法（昭和三五年七月　雪華社）

作者のことば―庖丁　「サンデー毎日」三三巻六号　昭和二九年一月三一日　31頁

私の本だな　立ちならぶ文集　「読売新聞」昭和二九年一月三一日　＊1.5枚。

旅の思い出　「南国」昭和二九年一月　2-3頁

フリーゲート船乗船記―戦力なき軍隊の実相　「キング」三〇巻二号　昭和二九年二月一日　36-46頁　＊32枚。『全集』「自筆メモ」では「警備隊のこと」とある。昭和二八年一二月一〇日執筆。

受賞感想―野間文芸賞　「群像」九巻二号　昭和二九年二月一日　156頁　＊戦後復活第1回（戦前を含め第6回）、「蛇と鳩」による受賞。初出は授賞式に配布される「野間文芸賞要項」（野間奉公会）だが未確認。なお第39回（昭和六一年度）まで選考委員を務めた。

作家の日記　「小説新潮」八巻三号　昭和二九年二月一日　89頁　＊4枚。一月二四日執筆。

作家の告白　「東京新聞」夕刊　昭和二九年二月五～七日　上中下3回　＊12枚。一月一九日執筆。『小説作法』の「あとがき」に全文引用。各回の副題は以下の通り。

上　如何に生きるかという苦しみ

中　ボダイをおこさない望み

下　思想は世界を知った結果ではない

〔収録〕

3010小説作法（昭和二九年三月　文芸春秋新社）

私と宗教　宗教的ふんい気　「読売新聞」昭和二九年二月二四

日　＊3枚。一月二四日執筆。

選後評―懸賞コント　「小説新潮」八巻四号　昭和二九年三月一日　315頁　＊懸賞コント選評。服部正弘「船」について。

仕事先―新春雑記　「新潮」五一年三号　昭和二九年三月一日　83頁　＊5枚。「自筆メモ」では4枚。一月二七日執筆。

芥川賞選評　「文芸春秋」三二巻五号　昭和二九年三月一日　272頁　＊2枚。第30回、該当作なし。二月執筆。
〔収録〕
6505芥川賞作品集2（昭和三一年一一月　修道社）
6510芥川賞作品全集4（昭和三八年八月　現代芸術社）
6522芥川賞全集5（昭和五七年六月　文芸春秋）

日本文学の翻訳について　「毎日新聞」昭和二九年三月二日　＊5枚。二月一八日執筆。

新聞小説作法　「読売新聞」昭和二九年三月一三日　＊5枚。三月五日執筆。

血の通った面白さ―彦山光三著「横綱伝」　「読売新聞」昭和二九年三月二一日　＊2枚。三月一九日執筆。

あとがき　文芸春秋新社『小説作法』昭和二九年三月三一日　281-288頁　＊大部分は「作家の告白」（東京新聞夕刊　昭和二九年二月五～七日）の引用。三月執筆。

帯文　文芸春秋新社『小説作法』昭和二九年三月三一日

私と外国小説　「図書」五四号　昭和二九年三月一日　2-3頁　＊談話。

宗教と文学について　「在家仏教」一巻一号　昭和二九年四月一日　16-21頁　＊ＮＨＫラジオ第一放送「人生読本」（昭和二九年三月一八～二〇日）の再録。
〔収録〕
3011私の人間修業（昭和三〇年一〇月　人文書院）
3026親鸞の眼（昭和五二年一〇月　ゆまにて出版）
6506現代教養講座5（昭和三三年四月　角川書店）

自分の机―名士　人気者の新入学の思い出　「主婦の友」三八巻四号　昭和二九年四月一日　182頁　＊2枚。「自筆メモ」では「私の小学生」。二月執筆。

女性で小説家を志望する人へ　「新女苑」一八巻四号　昭和二九年四月一日　94-98頁　＊5枚。

驚嘆すべき才能―近藤日出造著「やアこんにちは」　「読売新聞」昭和二九年四月二五日　＊2枚。「今月の良書から」として掲載。四月執筆。

弘法大師の末裔―高野山の苦悩　「別冊文芸春秋」四〇号　昭和二九年四月二八日　82-99頁　＊63枚。四月一四日執筆。
〔収録〕
3011私の人間修業（昭和三〇年一〇月　人文書院）
7106空海　思想読本（昭和五七年六月　法蔵館）

選後評―懸賞コント　「小説新潮」八巻七号　昭和二九年五月一日　313頁　＊懸賞コント選評。神鳥統夫（浜松）「珈琲茶碗」について。

日記―その日の日記　「文学界」八巻五号　昭和二九年五月一日　142-143頁　＊4枚。藤原審爾「丹羽文雄の生活と意見」と同時掲載。三月二一日執筆。

作者のことば―ファッション・モデル　「婦人倶楽部」三五巻六号　昭和二九年六月一日　101頁

作者のことば―魚紋　「時事新報」夕刊　昭和二九年六月八日

志賀さんのこと　筑摩書房『現代日本文学全集20　志賀直哉集』附録「月報42」　昭和二九年六月一五日　＊5枚。五月五日執筆。

作家の冒険の場所　「北国新聞」ほか　昭和二九年六月一八日　＊3枚。共同通信系地方新聞に掲載。掲載日は「北国新聞」による。「自筆メモ」では「書下し風潮」。六月七日執筆。

あのころ―坊主遁走　「日本経済新聞」昭和二九年六月二一日　＊3枚。六月一四日執筆。

思い出の写真―九江の思い出　「東京新聞」昭和二九年六月二三日　＊4枚。六月一四日執筆。

選後評―懸賞コント　「小説新潮」八巻九号　昭和二九年七月一日　317頁　＊「自筆メモ」では「コント選」。磯崎新子（名古屋）「夕日」について。

選評　「文章倶楽部」六巻七号　昭和二九年七月一日　62-63頁

私の人生観　大谷出版社『文学と人生』　昭和二九年七月一日　67-98頁　＊昭和二八年一一月二日、相愛学園での講演録。

8頭身の日本人―今日の群像⑦　「週刊朝日」五九巻二八号　昭和二九年七月四日　48-49頁

石川達三のこと　角川書店『昭和文学全集40　石川達三・中山義秀集』附録「月報40」　昭和二九年七月一五日　＊『全集』には「角川全集月報」とある。

後日譚　「風報」一巻二号　昭和二九年八月一日　＊1枚。

選評　「文章倶楽部」六巻八号　昭和二九年八月一日　62-63頁

尾崎一雄のこと　角川書店『昭和文学全集42　内田百閒・高田保・尾崎一雄集』附録「月報42」　昭和二九年八月一五日
　＊「自筆メモ」では「角川書店パンフレット」とある。

作家の一日　猛暑にめげぬ精力的な生活　「大阪新聞」昭和二九年八月二一日　6面　＊5枚。「自筆メモ」では「私の一日」。八月執筆。

私の処女出版―忘れた奥付の印刷　「東京新聞」昭和二九年八月二六日　8面　＊1枚。八月執筆。

宗教と文学　春陽堂書店『人生読本4』　昭和二九年八月三〇日　113-125頁

尾崎一雄のこと　「尾崎一雄作品集内容見本」　昭和二九年八月

旧友　「北国新聞」ほか　昭和二九年九月二日　＊4枚。時事通信系地方新聞に掲載。掲載日は「北国新聞」による。八月執筆。

鵜の森物語―新諸国ばなし　三重県の巻　「キング」三〇巻一一号　昭和二九年九月一日　138-139頁　＊4枚。「自筆メモ」では「巻頭言」とある。

選後評―懸賞コント　「小説新潮」八巻一二号　昭和二九年九月一日　317頁　＊懸賞コント選評。野崎カオル（東京）「私と地主と犬の間」について。

芥川賞選評―曾野綾子を推す　「文芸春秋」三二巻一四号　昭和二九年九月一日　291-292頁　＊1枚。第31回、吉行淳之介「驟雨」その他。
〔収録〕
6505芥川賞作品集2（昭和三一年一一月　修道社）
6510芥川賞作品全集4（昭和三八年八月　現代芸術社）
6522芥川賞全集5（昭和五七年六月　文芸春秋）

武蔵野日記1　「文学者」五〇号　昭和二九年九月五日　150-152頁

あとがき　朝日新聞社『庖丁』昭和二九年九月一〇日　268-269頁

新聞小説作法　河出書房『文章講座第四巻　創作作法（一）』昭和二九年九月三〇日　124-139頁　＊25枚。八月執筆。

十月号の小説選評　「文章倶楽部」六巻一〇号　昭和二九年一〇月一日　61-62頁

武蔵野日記2　「文学者」五一号　昭和二九年一〇月五日　34-36頁

某月某日　「日本経済新聞」昭和二九年一〇月六日　＊九月二

四日執筆。

五十歳となるの記　「読売新聞」昭和二九年一〇月一四日　＊5枚。一〇月九日執筆。

ヘミングウェイのこと　「産業経済新聞」夕刊　昭和二九年一〇月二九日　2面　＊4枚。一〇月二五日執筆。

「誰がために鐘は鳴る」　英宝社『ヘミングウェイ研究』昭和二九年一〇月三〇日　187-193頁

選後評―懸賞コント　「小説新潮」八巻一五号　昭和二九年一一月一日　235-317頁　＊懸賞コント選評。八橋功（東京）「ある朝」について。

小説作法実践篇　「文学界」八巻一一号～九巻六号　昭和二九年一一月一日～昭和三〇年六月一日　6回　＊各掲載号、執筆日枚数、執筆日は以下の通り。

1　八巻一一号　昭和二九年一一月一日　80-86頁　66枚
　八月執筆
2　八巻一二号　昭和二九年一二月一日　112-129頁　74枚
　一〇月二五日執筆
3　九巻一号　昭和三〇年一月一日　122-153頁　71枚
　昭和二九年一二月執筆
4　九巻三号　昭和三〇年三月一日　92-111頁　79枚
　昭和二九年一二月二五日執筆
5　九巻四号　昭和三〇年四月一日　129-145頁　61枚
　二月一八日執筆
6　九巻六号　昭和三〇年六月一日　112-127頁　55枚
　四月二七日執筆

〔収録〕
3012小説作法　実践編（昭和三〇年一〇月　文芸春秋新社）
3013小説作法（全）（昭和三三年九月　文芸春秋新社）
4001小説作法（昭和四〇年四月一〇日　角川書店）

十一月の小説選評　「文章倶楽部」六巻一一号　昭和二九年一一月一日　54-55頁

小説の真実　「朝日新聞」昭和二九年一一月一三・一四日　上下2回　＊6枚。「自筆メモ」では「事実と小説の真実」。一〇月執筆。

〔収録〕
3015人生作法（昭和三五年七月　雪華社）

十二月の小説選評　「文章倶楽部」六巻一二号　昭和二九年一二月一日　62-63頁

作品の巧拙如何　「産業経済新聞」夕刊　昭和二九年一二月八日　＊3枚。『全集』では「文学の材料」、「自筆メモ」では「作家と材料」とある。一一月執筆。

中村八朗君のこと　中村八朗『マラッカの火』昭和二九年一

二月一五日　北辰堂　247-250頁　＊一〇月執筆。

娘自慢—丹羽桂子さん（談話）「週刊サンケイ」三巻五二号　昭和二九年一二月一九日　30頁

古谷綱武君の仕事について　古谷綱武『日々の幸福のために』　昭和二九年一二月二〇日　新潮文庫　208-210頁　＊4枚。「自筆メモ」では「古谷君の解説」。一〇月執筆。

丹羽氏評—入選該当作なし「読売新聞小説賞」決る「読売新聞」昭和二九年一二月二〇日

解説　夏目漱石『彼岸過迄』　昭和二九年一二月二五日　河出書房（河出文庫）

一九四五年の優秀作品（アンケート）「別冊文芸春秋」四三号　昭和二九年一二月二八日　246頁

世に出るまで「小説新潮」九巻一号　昭和三〇年一月一日　56-59頁　＊14枚。昭和二九年一一月執筆。

〔収録〕

3011私の人間修業（昭和三〇年一〇月　人文書院）

わが恋愛論「文芸春秋」三三巻一～一一号　昭和三〇年一月一日～六月一日　6回　＊各掲載号、副題、執筆日は以下の通り。

1　恋愛のすすめ　三三巻一号　昭和三〇年一月一日　246-264頁　25枚　昭和二九年一一月二七日執筆

2　美しき結晶　三三巻三号　昭和三〇年二月一日　256-263頁　20枚　昭和二九年一二月二〇日執筆

3　罪悪視された性　三三巻五号　昭和三〇年三月一日　246-252頁　20枚　一月二六日執筆

4　二度の思春期　三三巻七号　昭和三〇年四月一日　246-253頁　25枚　二月五日執筆

5　恋愛病は生きてゐる　三三巻九号　昭和三〇年五月一日　256-263頁　26枚　三月二六日執筆

6　愛欲は現実である　三三巻一一号　昭和三〇年六月一日　146-152頁　26枚　四月二五日執筆

〔収録〕

3015人生作法（昭和三五年七月二〇日　雪華社）

〔再録〕

別冊いんなあ・とりっぷ　創刊号（昭和四九年一〇月）　＊第一回のみ「恋愛考」と改題して掲載。

一月の小説選評「文章倶楽部」七巻一号　昭和三〇年一月一日　64-65頁

この十年の印象—主婦の自覚「毎日新聞」昭和三〇年一月四日　＊1枚。「自筆メモ」では「毎日戦後十年の思い出」とある。

新文学への胎動「北国新聞」ほか　昭和三〇年一月一四日

＊5枚。共同通信系地方新聞に掲載。掲載日は「北国新聞」による。「自筆メモ」では「文学展望」。昭和二九年一二月執筆。

「私の第一作に」　「週刊読売」一四巻二号　昭和三〇年一月九日　11頁　＊「菩提樹　作者のことば」として掲載。

芥川賞の選考方法について―野に遺賢あり　「毎日新聞」昭和三〇年一月一二日　＊4枚。『全集』では「野に遺賢あり」。一月四日執筆。

ストーム会―わが会　「東京新聞」昭和三〇年一月二三日　＊4枚。一月一八日執筆。

野間文芸賞選評―選衡委員のことば　「群像」一〇巻二号　昭和三〇年二月一日　181頁　＊第7回（戦後第2回）、川端康成「山の音」。なお第8回（戦後第3回）は該当作なしのため選評掲載なし。

小説新潮賞選後評　「小説新潮」九巻三号　昭和三〇年二月一日　125頁　＊3枚。第1回、上坂高生「みち潮」。昭和二九年一一月一五日執筆。

春日二題　「日本経済新聞」昭和三〇年二月二一日　＊8枚。二月一四日執筆。

私の創作体験　岩波書店『岩波講座　文学の創造と鑑賞4』昭和三〇年二月二五日　261-267頁　＊20枚。一月四日執筆。

秋声の小説　筑摩書房『現代日本文学全集10　徳田秋声集』附録「月報22」　昭和三〇年二月二五日　＊5枚。一月一一日執筆。

懐郷の伊勢路を往く―三重風土記　「小説新潮」九巻四号　昭和三〇年三月一日　52-56頁　＊15枚。「三重風土記」として掲載。昭和二九年一二月二〇日執筆。のち「伊勢路を往く」に改題。

〔収録〕
3011私の人間修業（昭和三〇年一〇月　人文書院）
3032をりふしの風景（昭和六三年八月　学芸書林）

佃あき子―女流人国記（三重県の巻）　「小説新潮」九巻四号　昭和三〇年三月一日　8頁（グラビア）

文芸時評　「知性」二巻三号　昭和三〇年三月一日　60頁　＊2枚。「自筆メモ」では「文学者の月評」。一月七日執筆。

随筆黒い壺　「文芸」一二巻三号　昭和三〇年三月一日　192-196頁　＊15枚。二月二日執筆。

〔収録〕
3011私の人間修業（昭和三〇年一〇月　人文書院）

芥川賞選評―再認識　「文芸春秋」三三巻五号　昭和三〇年三月一日　289頁　＊第32回、小島信夫「アメリカン・スクール」・庄野潤三「プールサイド小景」。一月四日執筆。
〔収録〕
6505芥川賞作品集2（昭和三二年一一月　修道社）
6510芥川賞作品全集4（昭和三八年八月　現代芸術社）
6522芥川賞全集5（昭和五七年六月　文芸春秋）

選評と小説研究　「文章倶楽部」七巻二号　昭和三〇年三月一日　＊「月例小説審査評」として掲載。

思ひ出　「新潮」五二年四号　昭和三〇年四月一日　215頁　＊3枚。新潮通巻六〇〇号記念号。小説「S子」とともに掲載。二月執筆。

現代社会と人間の関係　「文章倶楽部」七巻三号　昭和三〇年四月一日　34-35頁　＊「月例小説審査評」として掲載。

作者のことば―飢える魂　「日本経済新聞」昭和三〇年四月一九日

若月彰君のこと―序に代えて　若月彰『乳房よ永遠なれ―薄幸の歌人中城ふみ子』昭和三〇年四月二〇日　第二書房　1-9頁　＊三月一九日執筆。

安吾文学ベスト5（アンケート）「別冊文芸春秋」四五号　昭和三〇年四月二八日　258頁

舌の幸　「あまカラ」四五号　昭和三〇年五月一日
〔収録〕
7060食べもの随筆（昭和三一年二月　河出書房）

お前は自由を与えられた―年ごろのわが娘に与う　「婦人朝日」一〇巻五号　昭和三〇年五月一日　38-39頁　＊6枚。『全集』では「娘に与える書」、「自筆メモ」では「恋愛と結婚について」とある。三月執筆。

既成倫理へのいどみ　「文章倶楽部」七巻四号　昭和三〇年五月一日　30-31頁　＊「推薦小説選評」として掲載。小泉譲と連名。

私の場合は―作家と人生観　「新潮」五二年六号　昭和三〇年六月一日　142-143頁　＊7枚。『全集』では「私の場合」。四月二四日執筆。
〔収録〕
3011私の人間修業（昭和三〇年一〇月　人文書院）

希薄なリアリティ　「文章倶楽部」七巻五号　昭和三〇年六月一日　22-23頁　＊「月例小説審査評」として掲載。小泉譲と連名。

私と仏教　角川書店『現代仏教講座4』昭和三〇年六月一五

日　251-256頁　＊15枚。一月五日執筆。『私の人間修業』では「私と宗教」に改題。
〔収録〕
3011私の人間修業（昭和三〇年一〇月　人文書院）

精神病患者？　「小説新潮」九巻九号　昭和三〇年七月一日　13頁　＊巻頭随筆。

〈作家の二十四時〉6―丹羽文雄　「新潮」五二年七号　昭和三〇年七月一日　153-156頁　＊グラビア解説。田沼武能写真。「自筆メモ」では「匿名」。井上友一郎「私の見た丹羽文雄」と併載。

映画に描かれた神―映画「情事の終り」の問題点　「スクリーン」一〇巻七号　昭和三〇年七月一日　78-80頁　＊8枚。『全集』では「情事の終りと原著」。五月執筆。

旅の記憶　「風報」二巻七号（通号一三号）　昭和三〇年七月一日　3-4頁　＊四月執筆。

構成と表現の事実　「文章倶楽部」七巻六号　昭和三〇年七月一日　7-9頁　＊「月例小説審査評」として掲載。小泉譲と連名。

越智君の文章　越智信平『随筆　15分』　昭和三〇年七月一五日　機械社　197-198頁

テーマと構成　人文書院『新文学入門』　昭和三〇年七月三〇日　197-256頁　＊新文学案内。「小説作法」の抜粋。

現代の不安の追求　「文章倶楽部」七巻七号　昭和三〇年八月一日　14-15頁　＊「月例小説審査評」として掲載。小泉譲と連名。

点想　雲井書店『露の蝶』昭和三〇年八月二五日　カバーソデ

序文　新田次郎『強力伝』昭和三〇年九月一日　朋文堂　3頁　＊2枚。「自筆メモ」では「新田次郎推薦文」とある。七月二〇日執筆。なお『新田次郎文学事典』（平成一七年二月一五日　新人物往来社）の「強力伝」の欄に、全文が引用されている。

作者のことば―親鸞とその妻　「主婦の友」三九巻九号　昭和三〇年九月一日　183頁

私の好敵手―林芙美子と武田麟太郎と　「文学界」九巻九号　昭和三〇年九月一日　58-60頁　＊11枚。七月二六日執筆。
〔収録〕
3011私の人間修業（昭和三〇年一〇月　人文書院）

芥川賞選評―読後感　「文芸春秋」三三巻一七号　昭和三〇年九月一日　287頁　＊2枚。第33回、遠藤周作「白い人」。七月二三日執筆。

〔収録〕
6505芥川賞作品集２（昭和三一年一一月　修道社）
6510芥川賞作品全集４（昭和三八年八月　現代芸術社）
6522芥川賞全集５（昭和五七年六月　文芸春秋）

小説の実作指導―異質な四つの傾向　「文章倶楽部」七巻八号　昭和三〇年九月一日　8-9頁　＊「月例小説審査評」として掲載。小泉譲と連名。

ある感想　「文学者」六一号　昭和三〇年九月五日　6頁

好人物の仕事―「小説作法」後日譚　「産経時事」昭和三〇年九月一六日

丹羽文雄　岩波書店『現代の作家』　昭和三〇年九月二〇日　158-173頁

親鸞とその妻　まえがき　「主婦の友」三九巻一〇号　昭和三〇年一〇月一日　194頁　＊本来この号から連載開始が予定されていたが、一月延期されたために「作者のことば」を再録している。文末に「作者準備のため一ヶ月延期」とある。

「娘と私」について　「主婦の友」三九巻一〇号　昭和三〇年一〇月一日　326頁　＊獅子文六「娘と私」（連載小説）の推薦文。

衣食住　「文芸」一二巻一三号　昭和三〇年一〇月一日　6-7頁　＊土門拳撮影グラビア「丹羽文雄の衣・食・住」（5-8頁）の解説文。

小説の実作指導―行動と意思の分裂　「文章倶楽部」七巻九号　昭和三〇年一〇月一日　7-10頁　＊「月例小説審査評」として掲載。小泉譲と連名。

あとがき　鱒書房『女の計略』　昭和三〇年一〇月一日　230頁　＊コバルト新書。

帯文　文芸春秋新社『小説作法　実践編』　昭和三〇年一〇月一五日

浮気について―二つの思春期　角川書店『現代女性講座２　恋愛と結婚』　昭和三〇年一〇月三〇日　183-194頁　＊15枚。七月執筆。

私の人間修業　人文書院『私の人間修業』　昭和三〇年一〇月三一日　159-186頁　＊昭和三〇年六月三日、ＮＨＫ文化講座での講演（京都先斗町歌舞練場）。

あとがき　人文書院『私の人間修業』　昭和三〇年一〇月三一日　208-209頁

小説の実作指導―読者へおくる言葉　「文章倶楽部」七巻一〇

号　昭和三〇年一一月一日　55-57頁　＊小泉譲と連名。

フォトストーリー　露の蝶　「サンケイグラフ」六八号　昭和三〇年一一月二〇日　26-30頁　＊丹羽文雄原作、高橋八郎写真。岡田茉莉子出演。

石川達三　「新潮」五二年一二号　昭和三〇年一二月一日　41-43頁　＊10枚。一〇月三〇日執筆。

火野葦平　「文芸」一二巻一六号　昭和三〇年一二月一日　42頁　＊3枚。

小説作法以前の注意　「文章倶楽部」七巻一一号　昭和三〇年一一月一日　18-19頁　＊小泉譲と連名。

廣津さんのこと　筑摩書房『現代日本文学全集32　廣津和郎・宇野浩二集』附録「月報60」　昭和三〇年一二月五日　＊3枚。一〇月執筆。

志賀作品アンケート　「文芸」一二巻一七号　昭和三〇年一二月五日　298頁　＊臨時増刊「志賀直哉読本」。「あなたは志賀直哉の愛読者ですか?志賀直哉の作品で何が一番好きですか?志賀直哉からあなたの学んだものは?」への回答。九月一八日執筆。

歳末随想　「読売新聞」昭和三〇年一二月一一日　＊5枚。『全集』では「歳末雑事」（ヨミウリ文化）とある。一二月八日執筆。

「彼岸過迄」「草枕」について—現代作家の漱石観V　創元社『新版夏目漱石作品集5』　昭和三〇年一二月一五日　285-288頁

あとがき　河出書房『支那服の女』　昭和三〇年一二月二〇日　188頁

私の方法について　河出書房『日本国民文学全集12』　昭和三〇年一二月二〇日　367-368頁　＊丹羽訳「好色一代女」とともに収録。

好色一代女（現代語訳）　河出書房『日本国民文学全集12』　昭和三〇年一二月二〇日　121-166頁

〔収録〕
8502世界名作全集40（昭和三四年六月　平凡社）
8504日本文学全集9（昭和三六年二月　河出書房新社）
8505文芸読本　西鶴（昭和三七年一二月　河出書房新社）
8506国民の文学13（昭和三八年一二月　河出書房新社）
8508日本文学全集5（昭和四一年七月　河出書房新社）
8509日本文学全集5（昭和四三年二月　河出書房新社）
8510日本文学全集6（昭和四三年一一月　河出書房新社）
8511現代語訳日本の古典17（昭和四六年一〇月　河出書房新社）
8513日本古典文庫16（昭和五一年八月　河出書房）

8514日本の古典17（昭和五四年五月　河出書房新社）
8515日本古典文庫16（昭和六三年五月　河出書房新社）
8516好色五人女（平成一九年三月　河出書房新社）
〔再録〕
文芸　増刊号　冬の夜話風流読本　昭和三一年二月一日

年末書簡　「朝日新聞」昭和三〇年一二月三一日
〔収録〕
3015人生作法（昭和三五年七月　雪華社）
4002人生作法（昭和四七年一二月　角川書店）

生きる意義—小説を書こうとする人々へ　「群像」一一巻一号　昭和三一年一月一日

私はこう読んだ　「文章倶楽部」八巻一号　昭和三一年一月一日　18-19頁　＊「特集　私は小説をこう読む」に掲載。

実作指導—今月の小説を読んで　「文章倶楽部」八巻一号　昭和三一年一月一日　32-33頁　＊小泉譲と連名。

巧みな史実と小説の場合　光文社『田宮虎彦作品集』付録「しおり」　昭和三一年一月　＊「毎日新聞」（昭和二八年七月一三日）の再録。

季節の言葉　「小説新潮」一〇巻三号　昭和三一年二月一日　25頁　＊「巻頭言」として掲載。

小説新潮賞選後評　「小説新潮」一〇巻三号　昭和三一年二月一日　156頁　＊第2回、村上尋「村上図絵」。

私は誤解をおそれない　「文章倶楽部」八巻二号　昭和三一年二月一日　8-9頁

実作指導—今月の小説を読んで　「文章倶楽部」八巻二号　昭和三一年二月一日　19-21頁　＊小泉譲と連名。

「異邦人」をめぐる問題　「早稲田文学」一七巻二号　昭和三一年二月一日　61-66頁

忙中閑語　「文芸」一三巻三号　昭和三一年三月一日　48-49頁　＊1枚。「自筆メモ」では「作家の一日」。一月執筆。

芥川賞選評—感想　「文芸春秋」三四巻三号　昭和三一年三月一日　283頁　＊3枚。第34回、石原慎太郎「太陽の季節」。一月二四日執筆。
〔収録〕
6505芥川賞作品集2（昭和三一年一一月　修道社）
6510芥川賞作品全集4（昭和三八年八月　現代芸術社）
6522芥川賞全集5（昭和五七年六月　文芸春秋）

実作指導—題名のつけ方　「文章倶楽部」八巻三号　昭和三一年三月一日　22-23頁　＊小泉譲と連名。

二人が一人になる時―ファミリー・オブ・マン 写真展から　「日本経済新聞」昭和三一年三月一三日　＊「自筆メモ」では「短文　ロバート・キャパ」とある。三月一一日執筆。

結婚の幸福への過信　「婦人公論」四一巻四号　昭和三一年四月一日　118-121頁　＊13枚。二月執筆。

現実肯定と否定　「文章倶楽部」八巻四号　昭和三一年四月一日　26-28頁　＊小泉譲と連名。

水爆の疑問をとく―毎日新聞社編「新パンドラの箱」　「毎日新聞」昭和三一年四月一日　＊2枚。書評。

文学について　明治書院『明治図書講座国語教育7』昭和三一年四月一日　7-28頁　＊「自筆メモ」では「文学教育」とある。

私の週間メモ　「読売新聞」昭和三一年四月一九日

序　瓜生卓造『大雪原』昭和三一年四月三〇日　三笠書房　3-4頁

祈りのための手段―私はこうして作家になった　「文芸」一三巻七号　昭和三一年五月一日　55-57頁　＊7枚。三月執筆。
〔収録〕
6507鑑賞と研究現代日本文学講座7（昭和三七年一一月　三省堂）

小説教室―生活体験を生かそう　「文章倶楽部」八巻五号　昭和三一年五月一日　14-16頁　＊小泉譲と連名。

私の近刊―「崖下」の系統　「読売新聞」夕刊　昭和三一年五月六日　＊1.5枚。「自筆メモ」では「近刊について」。

日日の背信―作者のことば　「毎日新聞」昭和三一年五月八日

田宮虎彦の文学　田宮虎彦『飛び立ち去りし』昭和三一年五月二〇日　角川小説新書　カバーソデ

初心者の心得　社会思想研究会出版部『文学　その創作と鑑賞』昭和三一年五月二五日　現代教養文庫

アンケート（アンケート）　「文芸」一三巻四号　昭和三一年五月三〇日　293頁　＊臨時増刊「谷崎潤一郎読本」。「あなたは谷崎潤一郎の愛読者ですか?・谷崎潤一郎の作品で何が一番好きですか?・谷崎潤一郎からあなたの学んだものは?」への回答。

選外作品選評　「文章倶楽部」、八巻六号　昭和三一年六月一日　18-19頁　＊「月例小説審査評」として掲載。小泉譲と連名。

あとがき　『今朝の春』昭和三一年六月六日　角川書店　267-268頁

文壇交遊録　「群像」一一巻七号　昭和三一年七月一日　158-161頁　＊13枚。五月二三日執筆。
〔収録〕
3015人生作法（昭和三五年七月　雪華社）
4002人生作法（昭和四七年一二月　角川書店）

ゴルフ随筆―楽しむ文学者　「新潮」五三年七号　昭和三一年七月一日　48-50頁　＊10枚。五月二五日執筆。
〔収録〕
3015人生作法（昭和三五年七月　雪華社）
4002人生作法（昭和四七年一二月　角川書店）

序に代えて　村松定孝『丹羽文雄』昭和三一年七月二八日　東京ライフ社　3-4頁　＊七月一日執筆。

いつの日か―ラジオ・テレビ　「読売新聞」昭和三一年七月二九日　＊4枚。

文学は完璧ではない　「文学界」一〇巻八号　昭和三一年八月一日　22-26頁　＊15枚。『人生作法』では「私の文章」に改題。六月二七日執筆。
〔収録〕
3015人生作法（昭和三五年七月　雪華社）
4002人生作法（昭和四七年一二月　角川書店）

風俗取締より良識養え　「産経時事」昭和三一年八月五日　8面　＊4枚。「自筆メモ」では「風俗取締りについて」（産経時事）とある。八月二日執筆。

芥川賞選評―健康な後味　「文芸春秋」三四巻九号　昭和三一年九月一日　311頁　＊3枚。第35回、近藤啓太郎「海人舟」。
〔収録〕
6505芥川賞作品集２（昭和三一年一一月　修道社）
6510芥川賞作品全集４（昭和三八年八月　現代芸術社）
6522芥川賞全集５（昭和五七年六月　文芸春秋）

こういう風に書くな　「文章倶楽部」八巻七号　昭和三一年九月一日　7-8頁

竹煮草―銷夏報告　「新潮」五三年一〇号　昭和三一年一〇月一日　92-93頁　＊6枚。八月一〇日執筆。
〔収録〕
3015人生作法（昭和三五年七月　雪華社）
4002人生作法（昭和四七年一二月　角川書店）

夏の身辺　「風報」三巻一〇号（通号二八号）　昭和三一年一〇月一日　17-18頁　＊4枚。九月三日執筆。

戦後の私　「文芸」一三巻一五号　昭和三一年一〇月一日　39-40頁　＊5枚。八月七日執筆。

軽井沢滞在中の或る日　「別冊小説新潮」一〇巻一四号　昭和

三一年一〇月一五日　グラビア　＊写真解説。「自筆メモ」では「写真のことば」。

私の週間メモ　「読売新聞」夕刊　昭和三一年一一月一二日

作者のことば—四季の演技　新聞三社連合　昭和三一年一一月
　＊「北国新聞」では一一月一三日掲載。

亡き母への感謝　「婦人公論」四一巻一二号　昭和三一年一二月一日　86-89頁　＊13枚。一〇月一二日執筆。
〔収録〕
1405母、そしてふるさと（平成一八年四月　四日市市立博物館）

わが母を偲ぶ　「週刊朝日別冊」一七号（昭和三一年一号）昭和三一年一二月一〇日　152-157頁　＊23枚。「自筆メモ」では「母への追慕」。一〇月一三日執筆。

「鮎」の思い出　「オール小説」昭和三一年一二月一五日　36頁

井上友一郎のこと　筑摩書房『現代日本文学全集81　永井龍男・井上友一郎・織田作之助・井上靖集』附録「月報81」昭和三一年一二月二〇日　＊一〇月執筆。

「菩提樹」に就いて　角川書店『丹羽文雄作品集　第六巻』附録「月報1」　昭和三一年一二月二〇日

井上靖氏　「別冊文芸春秋」五五号　昭和三一年一二月二八日　7頁

私の正月メモ　「読売新聞」夕刊　昭和三一年一二月二八日

私の読者のために　角川書店『丹羽文雄作品集内容見本』昭和三一年　＊発行月日不明。一一月執筆。

野間文芸賞選評　「群像」一二巻一号　昭和三二年一月一日　255頁　＊第9回（戦後第4回）、外村繁「筏」。

旅のこと　「小説新潮」一一巻一号　昭和三二年一月一日　133頁　＊4枚。昭和三一年一〇月六日執筆。

私の健康法・長寿法　「週刊読売」一六巻一号　昭和三二年一月六日　20頁　＊「自筆メモ」では「感想」。

小説らしさの追放　「文章倶楽部」九巻一号　昭和三二年一月一日　83-87頁

思い出　角川書店『丹羽文雄作品集　第五巻』附録「月報2」昭和三二年一月一五日

誰がために小説を書く—岐路に立つ四、五十代の作家　「産経時事」昭和三二年一月一七日　6面　＊5枚。「自筆メモ」では「近頃思うこと」（産経時事）。一月一五日執筆。

推薦文　広津和郎『小磯家の姉妹』　昭和三二年一月一七日　角川書店

小説新潮賞選後評　「小説新潮」一一巻三号　昭和三二年二月一日　101頁　＊第3回、豊永壽人「遠い翼」。

西鶴好色一代女（現代語訳）「文芸」増刊号　昭和三二年二月一日　192-215頁　＊冬の夜話風流読本。再録。

創作の苦しみ　「文章倶楽部」九巻二号　昭和三二年二月一日　86-88頁

父と娘　「知性」四巻二号　昭和三二年二月一日　グラビア

「飢える魂」の思い出　角川書店『丹羽文雄作品集　第七巻』附録「月報3」　昭和三二年二月一五日

小説をわかっていない人が多い—文芸批評のあり方　「毎日新聞」昭和三二年二月一五日　＊3枚。「自筆メモ」では「感想」。一月執筆。

芥川賞選評—ひと言　「文芸春秋」三五巻三号　昭和三二年三月一日　324頁　＊第36回、該当作なし。二月七日執筆。

〔収録〕
6505芥川賞作品集2（昭和三一年一一月　修道社）
6510芥川賞作品全集4（昭和三八年八月　現代芸術社）
6522芥川賞全集5（昭和五七年六月　文芸春秋）

書きつづける努力—実作教室の頁　小説　「文章倶楽部」九巻三号　昭和三二年三月一日　84-86頁

鮮明な詩情と誠実　井上靖『山の湖』　昭和三二年三月五日　角川小説新書　カバーソデ

創作の権利も保護せよ—戒能氏のモデル問題発言に反論　「産経時事」昭和三二年三月七日　8面　＊6枚。「自筆メモ」では「作家とモデル」。三月五日執筆。

戦後短篇の思い出　角川書店『丹羽文雄作品集　第二巻』附録「月報4」　昭和三二年三月一五日

作家の生活（談話）「週刊読売」一六巻一一号　昭和三二年三月一七日　24-25頁　＊座談会「小説の秘密・作家の秘密」に付された談話。

「日日の背信」を終って　「毎日新聞」昭和三二年三月一七日　＊3枚。

〔収録〕
5044丹羽文雄作品集8（昭和三二年七月　角川書店）
　＊「月報8」に収録。

放送のとき—原稿なしで、ありのまま　「朝日新聞」夕刊　昭和三二年三月二一日　＊2枚。「自筆メモ」では「放送のこと」。三月一五日執筆。

愛情の理想について―オムニバス恋愛ノート　「週刊女性」一巻六号　昭和三二年三月三一日　20-21頁　＊8枚。『全集』では「現実と作品」。三月九日執筆。

作家の言葉―神なくしては小説の虚構は考へられない　「小説新潮」一一巻五号　昭和三二年四月一日　21頁　＊1枚。「自筆メモ」では「小説新潮巻頭言」。三月七日執筆。

作品の平均化　「文章倶楽部」九巻四号　昭和三二年四月一日　90-92頁

身の上相談まで―小説の題材　「産経時事」昭和三二年四月三日　＊1枚。「流行作家の回答」として掲載。「自筆メモ」では「私の取材方法」。

宗教と文学について　角川書店『現代教養講座5　宗教を求める心』　昭和三二年四月一〇日　253-264頁

哭壁と海戦のこと　角川書店『丹羽文雄作品集　第三巻』附録「月報5」　昭和三二年四月一五日

若月彰君のこと―序に代えて　若月彰『乳房よ永遠なれ―薄幸の歌人中城ふみ子』　昭和三二年四月三一日　第二書房　＊四月一一日執筆。

一部の女性―女性に一言　「服装」一巻一号　昭和三二年五月一日　227頁　＊5枚。三月一四日執筆。

運河　作者の言葉　「サンデー毎日」三六巻一九号　昭和三二年五月一二日　64頁

一言　角川書店『丹羽文雄作品集　第四巻』附録「月報6」　昭和三二年五月一五日

思い出　角川書店『丹羽文雄作品集　第一巻』附録「月報7」　昭和三二年六月一五日

武蔵野日記1　「のれん」一号　昭和三二年七月一日　16-17頁

旅の日記　「風報」四巻七号（通号三七号）　昭和三二年七月一日　8-9頁　＊5枚。六月三日執筆。

井上靖君のこと　角川書店『現代国民文学全集4　井上靖集』月報四　昭和三二年七月一五日　＊「自筆メモ」では八月三日とある。

「日々の背信」を終って　角川書店『丹羽文雄作品集　第八巻』附録「月報8」　昭和三二年七月一五日　＊「毎日新聞」（昭和三二年三月一七日）の再録。

外国小説を連想—芥川賞・直木賞の受賞作品をみて　「中日新聞」昭和三二年七月二五日　＊2枚。「自筆メモ」では「今度の文賞」。七月二三日執筆。

人そのとき11　「サンデー毎日」三六巻三〇号　昭和三二年七月二八日　47-49頁　＊巻中グラビア。

わが母　春陽堂『おふくろの味』昭和三二年八月一日　73-110頁

〔収録〕

7073生活の随筆　肉親（昭和三七年一〇月　筑摩書房）

多くなって来た読者—私の読者　「群像」一二巻八号　昭和三二年八月一日　235頁　＊3枚。六月二一日執筆。

作者のことば—禁猟区　「日本経済新聞」昭和三二年八月五日

三作に就いて　角川書店『丹羽文雄作品集別巻』附録「月報9」昭和三二年八月一五日

芥川賞選評—読後感　「文芸春秋」三五巻九号　昭和三二年九月一日　320頁　＊2枚。第37回、菊村到「硫黄島」。七月二五日執筆。

〔収録〕

6505芥川賞作品集2（昭和三一年一一月　修道社）

6510芥川賞作品全集4（昭和三八年八月　現代芸術社）

6522芥川賞全集5（昭和五七年六月　文芸春秋）

あとがき　角川書店『四季の演技』昭和三二年一〇月五日　331頁　＊九月執筆。

風変わりな恋愛小説　富島健夫『黒い河』昭和三二年一〇月一五日　角川小説新書　カバーソデ

四季の演技—作者の言葉　「読売新聞」広告　昭和三二年一一月一日

わが庭の記—四季を通じて花を見る　「東京新聞」夕刊　昭和三二年一一月一八日　＊4枚。一一月六日執筆。

一人娘を嫁がせて　「主婦の友」四一巻一二号　昭和三二年一二月一日　101頁　＊3枚。一一月六日執筆。

寸感　大日本雄弁会講談社『亀井勝一郎選集第一巻　宗教と文学』附録「月報3」昭和三二年一二月二〇日

野間文芸賞選評　「群像」一三巻一号　昭和三三年一月一日　253頁　＊第10回（戦後第5回）、円地文子「女坂」・宇野千代「おはん」。野間文芸賞要項（野間奉公会）。

武蔵野日記3　「のれん」三号　昭和三三年一月一日　6-7頁

扉の言葉　「婦人朝日」一三巻一号　昭和三三年一月一日　53頁　＊昭和三二年一二月四日執筆。自筆。

由良之介になった話―文士劇初舞台の記　「文芸春秋」三六巻一号　昭和三三年一月一日　314-319頁　＊13枚。「自筆メモ」では「初舞台の記」。昭和三二年一一月二八日執筆。

新年の習慣　「神戸新聞」ほか　昭和三三年一月四日　＊5枚。時事通信系地方新聞に掲載。昭和三二年一二月一〇日執筆。

身辺さまざまの記　「朝日新聞」昭和三三年一月五日　＊5枚。昭和三二年一二月一八日執筆。

〔収録〕
3015人生作法（昭和三五年七月　雪華社）
4002人生作法（昭和四七年一二月　角川書店）

日本文学にない何か　「毎日新聞」昭和三三年一月二四日　＊1枚（二〇〇字）。「自筆メモ」では「書評」とある。開高健「裸の王様」について。一月二二日執筆。

小説新潮賞選後評　「小説新潮」一二巻三号　昭和三三年二月一日　86頁　＊第4回、小田武雄「舟形光背」。昭和三二年一二月二〇日執筆。

序文　吉村昭『青い骨』　昭和三三年二月一日　小壺天書房　4-5頁

芥川賞選評―今日の作品に欠けているもの　「文芸春秋」三六巻三号　昭和三三年三月一日　292頁　＊2枚。第38回、開高健「裸の王様」。一月二二日執筆。

〔収録〕
6505芥川賞作品集2（昭和三一年一一月　修道社）
6510芥川賞作品全集4（昭和三八年八月　現代芸術社）
6522芥川賞全集5（昭和五七年六月　文芸春秋）

序に代えて　小泉譲『失楽の城』　昭和三三年三月一〇日　大日本雄弁会講談社　1-4頁

親鸞のこと―それが人間だ、悪人だ　「朝日新聞」昭和三三年四月五日　＊8枚。三月三〇日執筆。

〔収録〕
3015人生作法（昭和三五年七月　雪華社）
3026親鸞の眼（昭和五二年一〇月　ゆまにて出版）
4002人生作法（昭和四七年一二月　角川書店）

武蔵野日日1　「文学者」一巻一号（復刊一号）　昭和三三年四月一〇日（五月号）　28-29頁　＊3枚。三月二一日執筆。なお「武蔵野日日」は三六年三月一〇日まで19回連載された。

〔収録〕
3015人生作法（昭和三五年七月　雪華社）
4002人生作法（昭和四七年一二月　角川書店）

火野葦平のこと　『火野葦平選集　第六巻』月報二　昭和三三

年四月一五日　＊4枚。「自筆メモ」では「全集によせて」。三月執筆。

長谷君のこと　「九州文学」四巻二号　昭和三三年四月二〇日　13-14頁　＊「追悼長谷健」として掲載。なお雑誌「九州文学」は昭和五七年に国書刊行会が復刻版を刊行している。

発禁・削除の思ひ出　「群像」一三巻五号　昭和三三年五月一日　235頁　＊3枚。三月一二日執筆。

武蔵野日日2　「文学者」一巻二号　昭和三三年五月一〇日（六月号）　12-13頁　＊7枚。四月一〇日執筆。

〔収録〕
3015人生作法（昭和三五年七月　雪華社）
4002人生作法（昭和四七年一二月　角川書店）

「若い季節」―私と朝日新聞　「週刊朝日」六三巻二一号　昭和三三年五月一四日　26-27頁　＊週刊朝日奉仕版。5枚。四月六日執筆。

序　荒木太郎『春の歌』　昭和三三年五月一五日　緑園書房　＊四月執筆。

第一回読売短編小説賞選評―仕上げのていねいな「鮨」　「読売新聞」夕刊　昭和三三年五月一九日　＊出雲隆「鮨」。五月一二日執筆。

長谷川一夫君　『長谷川一夫画譜』　昭和三三年五月二〇日　長谷川一夫の会発行　346-348頁　＊「映画生活二十五周年に贈ることば」として掲載。四月一四日執筆。

序文　広池秋子『愛と憎しみの街』　昭和三三年五月二〇日　大日本雄弁会講談社　1-2頁

五月の京　「のれん」六号　昭和三三年六月一日　33頁

武蔵野日日3　「文学者」一巻三号　昭和三三年六月一〇日（七月号）　24-25頁

思い出―私とキネマ旬報　「キネマ旬報」一〇二三号　昭和三三年七月　72頁　＊七月上旬創刊四十年記念特別号。

序文　界外五郎『恐喝』　昭和三三年七月一〇日　季節風書店　1-2頁

武蔵野日日4　「文学者」一巻四号　昭和三三年七月一〇日（八月号）　10-11頁　＊7枚。六月一六日執筆

ことば―七月　「家庭画報」一巻五号　昭和三三年七月二〇日　3頁

〔収録〕
7128心に残る季節の語らい（平成七年七月　世界文化社）

ゴルフ病患者—自画自賛　「別冊小説新潮」一二巻一〇号　昭和三三年七月一五日　77頁

趣味　「風報」五巻八号（通号五〇号）　昭和三三年八月一日　25-26頁　＊5枚。七月三日執筆。

武蔵野日日5　「文学者」一巻五号　昭和三三年八月一〇日（九月号）　22-23頁　＊6枚。七月一五日執筆。

〔収録〕
3015人生作法（昭和三五年七月　雪華社）
4002人生作法（昭和四七年一二月　角川書店）

リスやキジが住みつく庭—夏の風土記　「東京新聞」夕刊　昭和三三年八月一一日　＊4枚。「自筆メモ」では「軽井沢」。八月四日執筆。

妻帯者親鸞　「大法輪」二五巻九号　昭和三三年九月一日　42-49頁　＊口述筆記。八月二六日執筆。

芥川賞選評—「飼育」を推す　「文芸春秋」三六巻一〇号　昭和三三年九月一日　307頁　＊2枚。第39回、大江健三郎「飼育」。

〔収録〕
6522芥川賞全集5（昭和五七年六月　文芸春秋）

四日市—おもいでの町⑯　「暮らしの手帖」四六号　昭和三三年九月五日　48-53頁　＊6枚。六月一〇日執筆。

武蔵野日日6　「文学者」一巻六号　昭和三三年九月一〇日（一〇月号）　12-13頁　＊6枚。八月一四日執筆。後半部のみ『人生作法』に収録。

〔収録〕
3015人生作法（昭和三五年七月　雪華社）
4002人生作法（昭和四七年一二月　角川書店）

あとがき　文芸春秋新社『小説作法（全）』　昭和三三年九月二〇日　365-366頁

武蔵野日日7　「文学者」一巻七号　昭和三三年一〇月一〇日（一一月号）　18-19頁　＊6枚。大岡昇平「花影」評。九月一三日執筆。

〔収録〕
3015人生作法（昭和三五年七月　雪華社）
4002人生作法（昭和四七年一二月　角川書店）

金木犀の思い出　普通社『しんらん』　昭和三三年一〇月二五日　17-44頁

窮した揚句—絵と随想　「小説新潮」一二巻一五号　昭和三三年一一月一日　21頁

自作の中の女性たち　「婦人公論」四三巻一一号　昭和三三年

一一月一日　310-311頁　＊6枚。「自筆メモ」では「私の小説の女性」。九月一九日執筆。

武蔵野日日8　「文学者」一巻八号　昭和三三年一一月一〇日（一二月号）　12-13頁　＊6枚。一〇月一二日執筆。
〔収録〕
3015人生作法（昭和三五年七月　雪華社）
4002人生作法（昭和四七年一二月　角川書店）

文学者の背骨—「松川裁判と廣津和郎」に対するアンケート
「中央公論」七三年一二号　昭和三三年一一月二〇日　471頁　＊一〇月執筆。

感想　「ゴルフマガジン」八巻一号　昭和三三年一一月三〇日　76-77頁　＊3枚。

武蔵野日日9　「文学者」二巻一号　昭和三三年一二月一〇日（一月号）　5-6頁　＊6枚。一一月一八日執筆。
〔収録〕
3015人生作法（昭和三五年七月　雪華社）
4002人生作法（昭和四七年一二月　角川書店）

作者のことば—読者にもう一つの人生を　「毎日新聞」昭和三三年一二月二三日　＊「顔」作者の言葉。

ある日　「のれん」七号　昭和三三年一二月二五日　21頁　＊2枚。一一月一二日執筆。

野間文芸賞選評　「群像」一四巻一号　昭和三四年一月一日　228頁　＊第11回（戦後第6回）、小林秀雄「近代絵画」。

私の欄　「早稲田文学」二〇巻一～八号　昭和三四年一月一日～八月一日　全8回　＊各掲載号、執筆日は以下の通り。
1　二〇巻一号　昭和三四年一月一日　78-81頁　12枚
　昭和三三年一〇月執筆
2　二〇巻二号　昭和三四年二月一日　62-65頁　12枚
　昭和三三年一一月三〇日執筆
3　二〇巻三号　昭和三四年三月一日　68-72頁　12枚
　一月一七日執筆
4　二〇巻四号　昭和三四年四月一日　68-74頁　19枚
　二月一五日執筆
5　二〇巻五号　昭和三四年五月一日　60-63頁　10枚
　三月二五日執筆
6　二〇巻六号　昭和三四年六月一日　58-65頁　20枚
　四月二三日執筆
7　二〇巻七号　昭和三四年七月一日　18-25頁　18枚
　五月一〇日執筆
8　二〇巻八号　昭和三四年八月一日　30-34頁　12枚
　六月二五日執筆
〔収録〕
3015人生作法（昭和三五年七月　雪華社）
4002人生作法（昭和四七年一二月　角川書店）

宗教作品とゴルフ―ことしのプラン　「読売新聞」夕刊　昭和三四年一月六日

武蔵野日日10　「文学者」二巻二号　昭和三四年一月一〇日（二月号）　14‐15頁　＊6枚。昭和三三年一二月執筆。
〔収録〕
3015人生作法（昭和三五年七月　雪華社）
4002人生作法（昭和四七年一二月　角川書店）

作者のことば―鎮花祭　「週刊朝日」六四巻五号　昭和三四年二月一日　62頁

小説新潮賞選後評　「小説新潮」一三巻三号　昭和三四年二月一日　50頁　＊第5回、妻屋大助「焼残反故」。

芥川賞選評―感想　「文芸春秋」三七巻三号　昭和三四年三月一日　286頁　＊2枚。第40回、該当作品なし。一月二一日執筆。
〔収録〕
6522芥川賞全集5（昭和五七年六月　文芸春秋）

あとがき　河出書房新社『現代人の日本史4　天平の開花』昭和三四年三月三一日　311‐314頁

川端さんのこと　角川書店『現代国民文学全集23　川端康成集』月報　昭和三三年四月三〇日　＊三月三〇日執筆。

銀座マダム三人　「週刊朝日別冊」三一号（昭和三四年三号）昭和三四年五月一日　56‐57頁　＊5枚。「自筆メモ」では「三人のマダム」。三月二四日執筆。

ある傾向―出版記念会と奇抜な警句　「産経新聞」夕刊　昭和三四年五月三日　＊4枚。四月三〇日執筆。

銀座の酒場　「風報」六巻六号（通号六〇号）昭和三四年六月一日　＊6枚。四月一二日執筆。

歴史書について―歴史書の中の散歩道　「図書新聞」五〇四号　昭和三四年六月六日　特集1面　＊5枚。「図書新聞十周年　特集記事」として掲載。

あとがき　新潮社『親鸞とその妻三　越後時代の巻』昭和三四年六月一五日　235頁
〔収録〕
1264親鸞とその妻　全（昭和三五年一〇月　新潮社）

丹羽文雄氏の話（談話）「読売新聞」昭和三四年六月二〇日　＊「いかがわしい週刊誌を追放―主婦連は〝買わない〟運動へ」記事へのコメント。

若月彰君のこと―序に代えて　若月彰『乳房よ永遠なれ―薄幸の歌人中城ふみ子』昭和三四年六月二〇日　第二書房　1‐9頁

選評―第一回早稲田文学賞　「早稲田文学」二〇巻七号　昭和三四年七月一日　39頁

『親鸞とその妻』に現れた宗教と道徳（談話）「朝日新聞」日曜版　昭和三四年七月二六日

娘を嫁がせた父の記　「婦人公論」臨時増刊号　昭和三四年八月二二日　58-61頁　＊15枚。七月七日執筆。

尾崎一雄のこと　筑摩書房『新選現代日本文学全集4』附録「付録15」昭和三四年八月二五日　＊5枚。七月六日執筆。

帯文　近藤啓太郎『冬の嵐』昭和三四年八月三〇日　新潮社

序文　浜野健三郎『最後の谷』昭和三四年八月三〇日　東西五月社　3頁

某月某日　「小説新潮」一三巻一二号　昭和三四年九月一日　41頁　＊3枚。七月執筆。

芥川賞選評―斯波四郎のこと　「文芸春秋」三七巻九号　昭和三四年九月一日　321-322頁　＊2枚。第41回、斯波四郎「山塔」。八月一一日執筆。
〔収録〕
6523芥川賞全集6（昭和五七年七月　文芸春秋）

新文章読本―客観的に　「産経新聞」夕刊　昭和三四年九月七日　＊投稿文への添削。課題「顔」。太田可視（東京）。

作者のことば―美しき嘘　「週刊読売」一八巻四六号　昭和三四年一〇月二五日　12-13頁

丹羽文雄氏の秋　「週刊読売」一八巻四七号　昭和三四年一一月一日　43-46頁

西鶴雑感　筑摩書房『古典日本文学全集22　井原西鶴集　上』昭和三四年一一月五日　405-409頁　＊15枚。一〇月五日執筆。

井上友一郎と作品　筑摩書房『新選現代日本文学全集23　井上友一郎集』昭和三四年一二月一日　412-416頁　＊22枚。一〇月一八日執筆。

野間文芸賞選評　「群像」一五巻一号　昭和三五年一月一日　240頁　＊第12回（戦後第7回）、室生犀星「かげろふの日記遺文」。昭和三四年一〇月三一日執筆。

旅のこと　「風報」七巻一号（通号六七号）昭和三五年一月一日　21-22頁　＊6枚。昭和三四年一一月七日執筆。

親鸞―人はあやまちを犯さずには生きられない　「婦人公論」四五巻一号　付録『一九六〇年　一週一語―わが人生の忘れ

得ぬ言葉』 昭和三五年一月一日 46-47頁 ＊3枚。昭和三四年一〇月三一日執筆。35周年記念号。目次では「母の臨終と親鸞」とある。自筆メモでは「一人一語」。

妙好人のこと―今年のプラン③ 「読売新聞」夕刊 昭和三五年一月五日 ＊3枚。「自筆メモ」では「今年のこと」（ヨミウリ文化）とある。昭和三四年一二月二六日執筆。

武蔵野日日12 「文学者」三巻二号 昭和三五年一月一〇日（二月号） 6-8頁 ＊7枚。昭和三四年一〇月三一日執筆。

〝河童〟の中の自画像―火野葦平氏を悼む 「東京新聞」夕刊 昭和三五年一月二五日 ＊4枚。『人生作法』では「火野葦平のこと」に改題。一月二四日執筆。
〔収録〕
3015人生作法（昭和三五年七月 雪華社）
4002人生作法（昭和四七年一二月 角川書店）

火野葦平をいたむ 「日本経済新聞」昭和三五年一月二五日 ＊3枚。一月二一日執筆。

実力と人間味 「毎日新聞」昭和三五年一月二五日 ＊3枚。「自筆メモ」では「火野葦平のこと」。一月二一日執筆。

葦平とのつきあい 「読売新聞」夕刊 昭和三五年一月二六日 ＊3.5枚。「自筆メモ」では「葦平のこと」。

小説新潮賞選後評 「小説新潮」一四巻三号 昭和三五年二月一日 109頁 ＊第6回、該当作なし。

某月某日 「小説新潮」一四巻三号 昭和三五年二月一日 81頁 ＊3枚。昭和三四年一二月執筆。

武蔵野日日13 「文学者」三巻三号 昭和三五年二月一〇日（三月号） 5-7頁 ＊7枚。一月一一日執筆。
〔収録〕
3015人生作法（昭和三五年七月 雪華社）
4002人生作法（昭和四七年一二月 角川書店）

「顔」を書きおえて 「毎日新聞」昭和三五年二月二五日 ＊二月執筆。7枚。

旅と女性 「講談倶楽部」一二巻三号 昭和三五年三月一日 160-163頁 ＊10枚。一月一一日執筆。御正伸挿絵。

附録的 「酒」八巻三号 昭和三五年三月一日 82-83頁 ＊「火野葦平を偲ぶ」として掲載。

軸のこと 「小説新潮」一四巻四号 昭和三五年三月一日 23頁 ＊1枚。昭和三四年一二月二六日執筆。

火野葦平君の霊にささぐ 「新潮」五七年三号 昭和三五年三月一日 15頁 ＊6枚。「新潮雑談」として掲載。三月五日執筆。

芥川賞選評―「基地」について　「文芸春秋」三八巻三号　昭和三五年三月一日　297-298頁　＊2枚。第42回、該当作なし。一月二七日執筆。
〔収録〕
6523芥川賞全集6（昭和五七年七月　文芸春秋）

沖縄のこと―いまも悲しさただよう　「朝日新聞」昭和三五年三月八日　＊2枚。三月五日執筆。
〔収録〕
3015人生作法（昭和三五年七月　雪華社）
4002人生作法（昭和四七年一二月　角川書店）

火野のこと　「文学者」三巻四号　昭和三五年三月一〇日（四月号）　25-26頁　＊「火野葦平追悼」として掲載。
〔収録〕
3015人生作法（昭和三五年七月　雪華社）

武蔵野日日14　「文学者」三巻四号　昭和三五年三月一〇日（四月号）　46-48頁　＊「今回の武蔵野日日を、松原さんの随筆にかえる」とし、松原義男「丹羽文雄と私」を掲載。

親鸞の眼　布教研究所『人生と仏教シリーズ5　近代文学と親鸞』　昭和三五年三月一五日　81-112頁　＊昭和三三年四月一三日、京都新聞ホールでの講演録。
〔収録〕
3026親鸞の眼（昭和五二年一〇月　ゆまにて出版）

人徳　「九州文学」一八二号　昭和三五年四月一日　17-18頁　＊「追悼火野葦平」として掲載。

小説家の感動する小説　「群像」一五巻四号　昭和三五年四月一日　193-197頁　＊14枚。『昭和文学年表』では三・四月ともに掲載とあるが誤り。二月二一日執筆。
〔収録〕
3015人生作法（昭和三五年七月　雪華社）
4002人生作法（昭和四七年一二月　角川書店）

戦争映画について―作家の眼　「新潮」五七年四号　昭和三五年四月一日　164-165頁　＊7枚。「自筆メモ」では「新年映画について」。二月二四日執筆。
〔収録〕
3015人生作法（昭和三五年七月　雪華社）
4002人生作法（昭和四七年一二月　角川書店）

「鎮花祭」を書き終えて　「週刊朝日」六五巻一五号　昭和三五年四月二日　44-47頁　＊14枚。「自筆メモ」では「『鎮花祭』を終りて」。三月一七日執筆。

武蔵野日日15　「文学者」三巻五号　昭和三五年四月一〇日（五月号）　5-7頁　＊7枚。三月一六日執筆。

〔収録〕
3015人生作法（昭和三五年七月　雪華社）
4002人生作法（昭和四七年一二月　角川書店）

作者のことば―献身　「読売新聞」昭和三五年四月二三日

帯文　火野葦平『恋愛家族』昭和三五年四月三〇日　講談社
＊「自筆メモ」では「火野葦平」とある。四月二二日執筆。

武蔵野日日16　「文学者」三巻六号　昭和三五年五月一〇日（六月号）　5-6頁　＊7枚。四月一〇日執筆。
〔収録〕
3015人生作法（昭和三五年七月　雪華社）
4002人生作法（昭和四七年一二月　角川書店）

選評―作家と年齢　「読売新聞」夕刊　昭和三五年五月一七日
＊第25回読売短篇小説賞選評。

あとがき　『顔』昭和三五年五月二〇日　毎日新聞社　423-425頁　＊7枚。二月一七日執筆
〔収録〕
1351顔（昭和四五年八月　日本ブック・クラブ）
1414顔　下（平成一五年七月　新潮オンデマンドブックス）
6025昭和文学全集14（昭和三七年六月　角川書店）

武蔵野日日17　「文学者」三巻七号　昭和三五年六月一〇日（七月号）　6-8頁　＊7枚。五月八日執筆。

身辺多忙　「朝日新聞」昭和三五年六月一三日　＊5枚。

火野葦平　火野葦平『詩神』昭和三五年六月二五日　筑摩書房　269-271頁　＊5枚。「自筆メモ」では「火野のこと」（チクマ書）とある。五月九日執筆。

われらの感覚　「東京新聞」夕刊　昭和三五年六月二七・二八日　上下2回　＊8枚。六月一〇日執筆。
上　副題なし　六月二七日
下　宗教感覚と観光　六月二八日
〔収録〕
3017古里の寺（昭和四六年四月　講談社）

サンデー毎日小説賞選評―読み甲斐を感じる　「サンデー毎日特別号」四〇号　昭和三五年六月一日　68頁　＊3枚。第1回（昭和三五年上）、早崎慶三「干拓国」。四月一六日執筆。

火野葦平　新潮社『日本文学全集52　火野葦平』付録　昭和三五年六月

犬　「風報」七巻七号（通号七三号）昭和三五年七月一日　14-15頁　＊5枚。六月八日執筆。
〔収録〕
3017古里の寺（昭和四六年四月　講談社）

思い出―三点鐘　「三田文学」三五巻七号　昭和三五年七月一日　3頁

あとがき　『人生作法』　昭和三五年七月二〇日　雪華社　348-349頁

戦後の小説ベスト5（アンケート）「群像」一五巻八号　昭和三五年八月一日

芥川賞選評―内容のある重量感　「文芸春秋」三八巻九号　昭和三五年九月一日　295-296頁　＊3枚。第43回、北杜夫「夜と霧の隅で」。七月二二日執筆。
〔収録〕
6523芥川賞全集6（昭和五七年七月　文芸春秋）

武蔵野日日18　「文学者」三巻一〇号　昭和三五年九月一〇日（一〇月号）　5-7頁　＊7枚。『古里の寺』では「葦平の文学碑」に改題。八月八日執筆。
〔収録〕
3017古里の寺（昭和四六年四月　講談社）

感想　「九州文学」一八七号　昭和三五年一〇月一日　2頁
　＊「火野葦平文学碑」特集として掲載。

谷崎さんのこと　講談社『日本現代文学全集43』附録「月報1」　昭和三五年一〇月五日　＊5枚。九月四日執筆。
〔収録〕
3017古里の寺（昭和四六年四月　講談社）

火野葦平の霊に捧ぐ　「随筆サンケイ」七巻一一号　昭和三五年一一月一日　42-43頁　＊特集「名弔辞集」として掲載。

武蔵野日日11　「文学者」四巻一号　昭和三五年一二月一〇日（一月号）　15-17頁　＊7枚。一〇月三一日執筆。
〔収録〕
3015人生作法（昭和三五年七月　雪華社）
4002人生作法（昭和四七年一二月　角川書店）

サンデー毎日小説賞選評―感想　「サンデー毎日特別号」四六号　昭和三五年一二月一日　43頁　＊第2回（昭和三五年下）、該当作なし。一一月執筆。

野間文芸賞選評　「群像」一六巻一号　昭和三六年一月一日　239-240頁　＊2枚。第13回（戦後8回）、大原富枝「婉といふ女」・安岡章太郎「海辺の光景」。昭和三五年一一月執筆。

子供の手紙　「風報」八巻一号（通号七九号）　昭和三六年一月一日　1-2頁　＊2枚。
〔収録〕
3017古里の寺（昭和四六年四月　講談社）

しあわせの瞳　「毎日新聞」昭和三六年一月三日　＊6枚。昭和三五年一二月一三日執筆。
〔収録〕
3017古里の寺（昭和四六年四月　講談社）
3026親鸞の眼（昭和五二年一〇月　ゆまにて出版）

茶のみ話　「朝日新聞」昭和三六年一月二五・二六日　上下2回＊9枚。一月二一日執筆。
上　父と小説　昭和三六年一月二五日
下　コウリに一ぱい　昭和三六年一月二六日

葦平忌　「東京新聞」夕刊　昭和三六年一月三一日　＊4枚。一月二九日執筆。
〔収録〕
3017古里の寺（昭和四六年四月　講談社）

小説新潮賞選後評　「小説新潮」一五巻二号　昭和三六年二月一日　98頁　＊1枚。第7回、名和一男「自縛」。昭和三五年一一月執筆。

芥川賞選評―人間の哀しさ　「文芸春秋」三九巻三号　昭和三六年三月一日　276頁　＊2枚。第44回、三浦哲郎「忍ぶ川」。
〔収録〕
6523芥川賞全集6（昭和五七年七月　文芸春秋）

武蔵野日日19　「文学者」五巻三号（通巻一〇〇号）昭和三六年三月一〇日（四月号）　5-6頁　＊6枚。表記は「一八回」。二月一四日執筆。
〔収録〕
3017古里の寺（昭和四六年四月　講談社）

私の健康法―生野菜とゴルフ　「毎日新聞」夕刊　昭和三六年三月一六日　4面

聞くこと―「文学者」100号を迎えて　「読売新聞」夕刊　昭和三六年三月二一日　＊7枚。三月一八日執筆。
〔収録〕
3017古里の寺（昭和四六年四月　講談社）

作者のことば―山麓　「サンデー毎日」四〇巻一三号　昭和三六年三月二六日　25頁

ある日私は61　「週刊読売」二〇巻一〇号　昭和三六年三月五日　87頁　＊4枚。「自筆メモ」では「美しき嘘を終って」。

悪い見本　「ゴルフマガジン」一〇巻三号　昭和三六年三月一日　28-29頁　＊2枚。二月四日執筆。

釈迦の教えを届けてくれた人（談話）「大法輪」二八巻四号　昭和三六年四月一日　54-59頁
〔収録〕
7132『大法輪』まんだら　秀作選2（平成八年三月　大法輪閣）

作者の言葉—岬　「週刊公論」三巻一三号　昭和三六年四月三日　82頁

作者のことば—欲望の河　「産経新聞」昭和三六年四月一四日

クラブの狂い　「ゴルフ」九巻五号　昭和三六年五月一日　14頁　＊5枚。「自筆メモ」では「報知ゴルフ」。二月二九日執筆。

サンデー毎日小説賞選評—無難な「二番目の男」　「サンデー毎日特別号」四九号　昭和三六年五月七日　58-59頁　＊第3回サンデー毎日小説賞（昭和三六年度）、会田五郎「二番目の男」。

青野さんのこと　「毎日新聞」夕刊　昭和三六年六月二三日　＊3枚。

序に代へて　原田種夫『実説火野葦平』昭和三六年七月三〇日　大樹書房

作者のことば—この世の愁い　七社連合　昭和三六年八月

芥川賞選評—象徴的な作品　「文芸春秋」三九巻九号　昭和三六年九月一日　276頁　＊2枚。第45回、該当作なし。八月執筆。
〔収録〕
6523芥川賞全集6（昭和五七年七月　文芸春秋）

序文　今井潤『三等常務理事』昭和三六年九月一五日　社会保険法規研究会　＊八月執筆。

軽井沢残風物　「サンデー毎日」四〇巻三七号　昭和三六年九月一七日　＊7枚。九月一五日執筆。
〔収録〕
3017古里の寺（昭和四六年四月　講談社）

鈴鹿連峰—ふるさとの味④　「毎日新聞」夕刊　昭和三六年九月二四日　＊2枚。九月一五日執筆。

〝言論表現の自由〟—文芸家協会、〝サド裁判〟で声明（談話）　「読売新聞」昭和三六年一〇月六日

作者のことば—だれもが孤独　「週刊サンケイ」一〇巻五〇号　昭和三六年一〇月三〇日　13頁

経済力と自覚がもたらしたもの　「婦人公論」四〇巻一四号　昭和三六年一一月一日　225-227頁　＊10枚。九月二五日執筆。片岡稔恵「チャージ」について。

師走のわが家　「読売新聞」昭和三六年一二月一七日　＊7枚。『古里の寺』では一二月二五日とあるが誤り。一二月一〇日執筆。

〔収録〕
3017古里の寺（昭和四六年四月　講談社）

わが小説36―『有情』丹羽文雄　「朝日新聞」夕刊　昭和三六年一二月二〇日　＊4枚。副題に「さらけ出した私の姿」とある。『古里の寺』では「さらけ出した私」に改題。一一月七日執筆。
〔収録〕
3017古里の寺（昭和四六年四月　講談社）
7072わが小説（昭和三七年七月　雪華社）
7099わが小説（昭和五一年一月　雪華社）

性欲・性愛・夫婦愛　「婦人画報」臨時増刊号　昭和三六年一二月　192-197頁　＊10枚。「自筆メモ」では「結婚感」。九月二五日執筆。

正月のわが家―たがねのご馳走をふるまう　「沖縄タイムス」　昭和三七年一月一日　＊5枚。昭和三六年一二月一四日執筆。
〔収録〕
3017古里の寺（昭和四六年四月　講談社）

野間文芸賞選評　「群像」一七巻一号　昭和三七年一月一日　247頁　＊第14回（戦後第9回）、井上靖「淀どの日記」。

私の文学　「風報」九巻一号（通号九一号）　昭和三七年一月一日　1-2頁　＊7枚。昭和三六年一一月七日執筆。

〔収録〕
3017古里の寺（昭和四六年四月　講談社）

賀状　「産経新聞」昭和三七年一月三日　＊1枚

美しいたより　「毎日新聞」夕刊　昭和三七年一月五日　＊6枚。昭和三六年一二月一〇日執筆。

火野葦平のこと　「東京新聞」昭和三七年一月　＊3枚。新聞三社連合。一月二〇日執筆。

火野葦平　火野葦平『兵隊三部作』　昭和三七年一月二四日　雪華社　321頁　＊1枚。一月執筆。

胸を打つ母親の思い―選評　「読売新聞」夕刊　昭和三七年一月二八日　＊第45回読売短編小説賞選評。梅本育子「車輪の跡」。

小説新潮賞選後評　「小説新潮」一六巻二号　昭和三七年二月一日　36頁　＊2枚。第8回、由紀しげ子「沢夫人の貞節」。昭和三六年一二月八日執筆。

親の気持ちを察して　「随筆サンケイ」九巻二号　昭和三七年二月一日　59-60頁　＊「特集・結婚名式辞集」として掲載。

「有情」余話―人間はあやまちを犯さずには生きられない　「毎

日新聞」昭和三七年二月三日　＊5枚。
〔収録〕
3017古里の寺（昭和四六年四月　講談社）

お宝拝見6―中国渡来の顔　「週刊文春」四巻六号　昭和三七年二月一二日　3頁　＊2枚。「自筆メモ」では「わが家の宝　大同の石佛」。一月一七日執筆。

森田素夫君　「文学者」六巻三号　昭和三七年二月一〇日（三月号）　7-8頁　＊5枚。「自筆メモ」では「追悼森田素夫」。一月五日執筆。
〔収録〕
3017古里の寺（昭和四六年四月　講談社）

あとがきに代へて　新潮社『有情』　昭和三七年二月一五日　186-188頁

賛辞　「外村繁全集内容見本」　昭和三七年二月　講談社　＊1枚。一月七日執筆。別版では異同がある。

日本の親　三―息子の結婚　「婦人倶楽部」四三巻三号　昭和三七年三月一日　132-134頁　＊9枚。「日本の親」3、4回を担当（1・2回は獅子文六が担当）。一月一九日執筆。
〔収録〕
3017古里の寺（昭和四六年四月　講談社）

息子に背かれた私の苦しみ　「婦人公論」四七巻三号　昭和三七年三月一日　68-73頁　＊19枚。『古里の寺』では「息子への手紙」に改題。一月一八日執筆。
〔収録〕
3017古里の寺（昭和四六年四月　講談社）

芥川賞選評―豊かな描写力　「文芸春秋」四〇巻三号　昭和三七年三月一日　284-285頁　＊2枚。第46回、宇能鴻一郎「鯨神」。
〔収録〕
6523芥川賞全集6（昭和五七年七月　文芸春秋）

私の幼年時代　「マドモアゼル」三巻三号　昭和三七年三月一日　282頁

伊藤桂一君のこと　伊藤桂一『蛍の河』　昭和三七年三月二〇日　文芸春秋新社　1-2頁

吉川英治賞に期待する　「毎日新聞」夕刊　昭和三七年三月二六日　＊3枚。

日本の親　四―親のかなしみ　「婦人倶楽部」四三巻四号　昭和三七年四月一日　164-166頁　＊9枚。二月執筆。
〔収録〕
3017古里の寺（昭和四六年四月　講談社）

子供に裏切られた親として―親と子の相克　「婦人公論」四七巻五号（臨時増刊号）　昭和三七年四月二三日　50-52頁　＊8枚。「一流作家による人生相談　紅林光子さんに答える」として掲載。紅林光子「娘の結婚問題に悩む―丹羽文雄先生へ」（48-50頁）への回答。「自筆メモ」では「第三者として」。三月七日執筆。

わたくしの小説観―「有情」の普遍性をめぐり　「サンケイ新聞」夕刊　昭和三七年四月二八日　＊6枚。四月一四日執筆。

ある日思ふ　「新潮」五九年五号　昭和三七年五月一日　180-181頁　＊7枚。三月二八日執筆。

〔収録〕

3017古里の寺（昭和四六年四月　講談社）

愛と信　「大法輪」二九巻五号　昭和三七年五月一日　44-48頁

サンデー毎日小説賞選評―惜しい「萩の咲く道」　「サンデー毎日　特別号」五五号　昭和三七年五月　151頁　＊2枚。第4回、志図川倫「流水の祖国」。三月二八日執筆。

サラリーマンとゴルフの本（アンケート）「銀座百点」九〇号　昭和三七年六月一日　57頁　＊「技術書を読んで相当為になりますか。」ほか。

写真解説　角川書店『サファイア版昭和文学全集14丹羽文雄集』付録「丹羽文雄アルバム」　昭和三七年六月五日

作者のことば―悔いなき煩悩　「日本経済新聞」昭和三七年六月六日

妻の場合　「早稲田公論」一号　昭和三七年六月　157-159頁　＊8枚。『全集』では「友の場合」とある。四月一四日執筆。

批評家について　「群像」一七巻七号　昭和三七年七月一日　152頁　＊1枚。六月執筆。

結婚観　婦人画報社『結婚論　愛と契り』　昭和三七年七月一日　1-6頁　＊6枚。四月一二日執筆。

選者として期待するもの　「婦人公論」四七巻八号　昭和三七年七月一日　145頁　＊1枚。「自筆メモ」では「選者について」。六月執筆。

祖父となる記　「主婦の友」四六巻八号　昭和三七年八月一日　124-125頁　＊10枚。六月二〇日執筆。

〔収録〕

3017　古里の寺（昭和四六年四月　講談社）

四万温泉の紅葉―私の好きな旅行地　「婦人倶楽部」四三巻八号　昭和三七年八月一日　219頁　＊1枚。六月一九日執筆。

悪人正機　「毎日新聞」夕刊　昭和三七年八月二七日　＊7枚。八月一一日執筆。

作家にむらがる女たち—丹羽文雄氏の場合（談話）「週刊読売」二一巻三五号　昭和三七年九月二日　34-35頁　＊1枚。

芥川賞選評—題名の秘密　「文芸春秋」四〇巻九号　昭和三七年九月一日　282頁　＊2枚。第47回、川村晃「美談の出発」。七月執筆。
〔収録〕
6523芥川賞全集6（昭和五七年七月　文芸春秋）

宗教的信念で仕事つらぬく（談話）「中日新聞」夕刊　昭和三七年九月七日　＊「吉川英治氏をいたむ」として掲載。

吉川英治氏をいたむ　「毎日新聞」夕刊　昭和三七年九月七日　＊5枚。八月一三日執筆。
〔収録〕
3032をりふしの風景（昭和六三年八月　学芸書林）
7112弔辞大全Ⅱ　レクイエム51（昭和五八年一一月　青銅社）
7509神とともに行け　弔辞大全Ⅱ（昭和六一年一二月　新潮社）

序　『文学選集27』　昭和三七年九月二五日　講談社　＊1枚。昭和三六年一二月二一日執筆。

軽井沢の栗鼠　「風報」九巻一〇号（通号一〇〇号）　昭和三七年一〇月一日　4-5頁　＊5枚。九月一九日執筆。
〔収録〕
3017古里の寺（昭和四六年四月　講談社）

帯文　尾崎一雄『まぼろしの記』　昭和三七年一〇月一〇日　講談社　＊1枚。六月一九日執筆。

婦人公論女流新人賞選評—頼もしいレベルの高さ　「婦人公論」四七巻一二号　昭和三七年一一月一日　125頁　＊3枚。第5回、宮尾登美子「連」（『影絵』所収）。以後7回まで選考委員を務める。

談話—『欲望の河』について　「マドモアゼル」三巻一一号　昭和三七年一一月一日　238頁

一等奥さま—丹羽綾　「週刊サンケイ」一一巻五三号　昭和三七年一一月一九日　114頁　＊グラビア解説。

私の今年度ベスト・ワン（アンケート）「文芸」一巻一〇号　昭和三七年一二月一日　192頁

その後の国語審議会—穏健に、慎重を期して　「朝日新聞」昭和三七年一二月二一日　＊5枚。

好色一代女　『文芸読本　西鶴』　昭和三七年一二月二五日　河出ペーパーバックス　72-137頁

西鶴雑感　『文芸読本　西鶴』　昭和三七年一二月二五日　河出ペーパーバックス　293-297頁

野間文芸賞選評―銓衡委員の言葉　「群像」一八巻一号　昭和三八年一月一日　195頁　＊第15回（戦後第10回）、尾崎一雄『まぼろしの記』。

うちの三代目―丹羽文雄　「中央公論」七八年一号　昭和三八年一月一日　グラビア　＊「自筆メモ」では「私と孫」とある。昭和三七年一一月執筆。

ゴルフ版「丹羽部屋」の弁　「文芸春秋」四一巻一号　昭和三八年一月一日　306-310頁　＊19枚。『全集』「自筆メモ」では「丹羽学校」。昭和三七年一一月二三日執筆。
〔収録〕
3017古里の寺（昭和四六年四月　講談社）

進歩と保守の再発見　「マドモアゼル」四巻一号　昭和三八年一月一日　100-101頁　＊4枚。「自筆メモ」では「未成年」について。昭和三七年一一月執筆。

親　娘　孫　「若い女性」九巻一号　昭和三八年一月一日　117-120頁　＊16枚。昭和三七年一一月二九日執筆。
〔収録〕
3017古里の寺（昭和四六年四月　講談社）

吉川賞審査員の評―奔放な空想　須知徳平「春来る鬼」　「毎日新聞」昭和三八年一月三日　＊2枚。第1回。昭和三七年一二月一四日執筆。

文壇人の正月（アンケート）　「週刊サンケイ」一二巻一号　昭和三八年一月七日　102頁

伊勢路　「週刊現代」五巻二号　昭和三八年一月一三日　74-78頁　＊14枚。「自筆メモ」では「一月一日号」とある。昭和三七年一二月二二日執筆。
〔収録〕
3017古里の寺（昭和四六年四月　講談社）
3026親鸞の眼（昭和五二年一〇月　ゆまにて出版）
6531日本随筆紀行12（昭和六二年八月　作品社）

凡夫にかえること―正宗白鳥の生涯　「毎日新聞」夕刊　昭和三八年一月一四日　＊5枚。『全集』では「生きる」、「自筆メモ」では「白鳥の死に際して（生きる）」（毎日）とある。昭和三七年一二月二四日執筆。

小説新潮賞選後評　「小説新潮」一七巻二号　昭和三八年二月一日　190頁　＊2枚。第9回、藤原審爾「殿様と口紅」。

今月のパーティ―青野季吉氏を偲ぶ会　「小説現代」一巻二号　昭和三八年三月一日　22-23頁　＊1枚。グラビア解説。「自筆メモ」では「青野追悼会記」とある。昭和三七年一二月二三日執筆。

筆と墨　「小説新潮」一七巻三号　昭和三八年三月一日　23頁　＊3枚。巻頭随筆。昭和三七年一二月三日執筆。

芥川賞選評―「美少女」を推す　「文芸春秋」四一巻三号　昭和三八年三月一日　293-294頁　＊第48回、該当作なし。

〔収録〕

6523芥川賞全集6（昭和五七年七月　文芸春秋）

娘への手紙―〝桂子は私の母〟　「マイホーム」三巻三号　昭和三八年三月一日　＊1枚。「自筆メモ」では「新しい母」。一月執筆。

推理作家対黒沢一家の〝アイデア盗用〟紛争（談話）「週刊読売」二二巻一〇号　昭和三八年三月一〇日　12-17頁

私の生原稿　「日本近代文学館ニュース」二号　昭和三八年三月一二日　24-25頁　＊2枚。

丹羽学校―文壇ゴルフ教室　「ゴルフダイジェスト」昭和三八年三月一日　＊6枚。一月二二日執筆。

私のふるさと⑫三重―たくましい故郷の成長　「週刊サンケイ」一二巻一三号　昭和三八年四月一日　54-61頁　＊4枚。「自筆メモ」では「故郷のこと」。三月一二日執筆。

昔のおもかげなし―ふるさとめぐり　「読売新聞」夕刊　昭和三八年四月九日　＊3枚。「自筆メモ」では「古里の記」。四月二日執筆。

心に切り込む強い線―観世音菩薩立像　「サンデー毎日」四二巻一六号　昭和三八年四月二一日　54頁　＊2枚。「国宝16」として掲載。「自筆メモ」では「救世観世音像」。四月二日執筆。

丹羽家のお嫁さんベアテ　「週刊サンケイ」一二巻一七号　昭和三八年四月二二日　3-8頁　＊1枚。「自筆メモ」では「嫁のこと」。四月二日執筆。

作品がえらんだ全集―編集にあたって　河出書房新社「現代の文学内容見本」（B5判）昭和三八年四月　＊川端康成、丹羽文雄、円地文子、井上靖、松本清張、三島由紀夫編集。記載は『出版内容見本書誌』による。

作家が編集した全集―編集にあたって　河出書房新社「現代の文学内容見本」（A4判）昭和三八年四月　＊川端康成、丹羽文雄、円地文子、井上靖、松本清張、三島由紀夫編集。記載は『出版内容見本書誌』による。

週刊日記　「週刊新潮」八巻一八号　昭和三八年五月六日　154-155頁　＊8枚。「自筆メモ」では「日記抄」。四月二一日執筆。

はじめての本―丹羽文雄「鮎」「週刊読書人」昭和三八年五月一三日　＊2枚。『全集』では「私の処女出版」（日本読書新聞）とある。五月五日執筆。

私の日記「時」六巻六号　昭和三八年六月一日　58-59頁　＊3枚。「自筆メモ」では「日記」。四月二一日執筆。

序文　吉村昭『少女架刑』三八年七月一五日　南北社　5-6頁

選評「読売新聞」夕刊　昭和三八年七月二八日　＊第63回読売短編賞選評。黒田夏子「毬」。

片手もがれた虚脱感―十返君に代わる人材はいない「朝日新聞」昭和三八年八月二九日　＊「自筆メモ」では「十返肇のこと」。

〔収録〕
7082十返肇　その一九六三年八月（昭和四四年八月　私家版）

芥川賞選評―上質の文学と極彩色の小説「文芸春秋」四一巻九号　昭和三八年九月一日　282頁　＊2枚。第49回、後藤紀一「少年の橋」・河野多恵子「蟹」。七月二五日執筆。

〔収録〕
6523芥川賞全集6（昭和五七年七月　文芸春秋）

十返肇のこと（談話）「週刊朝日」六八巻四〇号　昭和三八年九月一三日　118-119頁

伊藤一太良　伊藤一太良『公吏』昭和三八年九月五日　昭森社　＊序文。

うちのお嫁さん―丹羽ベアテさん（丹羽文雄氏令息直樹さん夫人）「婦人生活」一七巻一一号　昭和三八年一〇月一日　2頁　＊九月執筆。グラビア解説。

「欲望の河」について「現代の文学14」広告　昭和三八年一〇月　河出書房新社

原作者の詞―「顔」　明治座「顔」パンフレット　昭和三八年一〇月　＊1枚（二〇〇字）。舞台「顔（三幕）」は昭和三八年一〇月一～二五日、明治座で初演。

婦人公論女流新人賞選評―凡手ではない『巷のあんばい』「婦人公論」四八巻一一号　昭和三八年一一月一日　170頁　＊3枚。第6回、丸川賀世子「巷のあんばい」。一〇月執筆。

丹羽文雄氏への質問（アンケート）「文芸」二巻一一号　昭和三八年一一月一日　198-199頁

命なりけり―作者のことば「朝日新聞」昭和三八年一一月二〇日

サンデー毎日小説賞選評―時代モノの型を破れ　「サンデー毎日」別冊（別冊秋の特選読物号）昭和三八年一一月　148頁
＊第5回、該当作なし。九月一八日執筆。

十返肇のこと　「文学者」一三二号　昭和三八年一二月一〇日　4-5頁　＊「十返肇特集　追悼十返肇」として掲載。一二月執筆。

一冊の本146―親鸞の宗教書　「朝日新聞」昭和三八年一二月一五日　＊5枚。一二月四日執筆。
〔収録〕
3017古里の寺（昭和四六年四月二八日　講談社）
7074一冊の本2（昭和四〇年四月一日　雪華社）
7079一冊の本　全（昭和四二年九月二三日　雪華社）

鮎―印象深い処女出版　「読売新聞」昭和三八年一二月二九日
＊2枚。「自筆メモ」では「処女本『鮎』」。一二月一一日執筆。

野間文芸賞選評―銓衡委員の言葉　「群像」一九巻一号　昭和三九年一月一日　257頁　＊第16回、廣津和郎『年月のあしおと』。

季節の漬物　「小説新潮」一八巻二号　昭和三九年一月一日　23頁　＊1枚。「自筆メモ」では「季節の言葉」。昭和三八年一二月執筆。

吉川賞審査員の評―書き足りない　「毎日新聞」昭和三九年一月三日　＊2枚。第2回。昭和三八年一二月四日執筆。

辰年―わが年'64　「読売新聞」昭和三九年一月三日　＊2枚。昭和三八年一二月二九日執筆。

小説新潮賞選後評　「小説新潮」一八巻二号　昭和三九年二月一日　208頁　＊1枚。第10回、有吉佐和子「香華」。昭和三八年一二月執筆。

湯女　ほか　『有情』昭和三九年二月一〇日　雪華社　＊昭和三七年七月一三日執筆。「自筆メモ」では「自選集序」とある。20枚（回想　15枚、口絵写真解説　5枚）。収録作品は以下の通り。
湯女（口絵写真解説）　1頁
「鮎」回想　22-23頁
韋駄天（口絵写真解説）　24頁
「厭がらせの年齢」回想　60-61頁
親鸞画像（口絵写真解説）　62頁
「青麦」回想　214-215頁
大同石仏（口絵写真解説）　216頁
「崖下」回想　240-241頁
エッフェル塔のある風景（口絵写真解説）　242頁
「有情」回想　332-333頁

私の書きたい女―平凡な生活の中でロマンチックな性格追求

「中日新聞」夕刊　昭和三九年二月一七日　＊4枚。二月九日執筆。

尾崎士郎さんを悼む　「毎日新聞」昭和三九年二月一九日　＊2枚。二月一九日執筆。

純粋に生きた瓢吉君（談話）「読売新聞」昭和三九年二月一九日　＊2枚。尾崎士郎死去への談話。

芥川賞選評―ねつこい小説　「文芸春秋」四二巻三号　昭和三九年三月一日　296-297頁　＊3枚。第50回、田辺聖子「感傷旅行（センチメンタル・ジャーニィ）」。一月執筆。

〔収録〕

6523芥川賞全集6（昭和五七年七月　文芸春秋）

『悔いなき煩悩』の駒子―文学における女性像　「マドモアゼル」五巻四号　昭和三九年四月一日　220-221頁　＊5枚。「自筆メモ」では「駒子　悔いなき煩悩」とある。二月一八日執筆。

よき時代のよき青春　「中央公論」七九年五号　昭和三九年五月一日　353-354頁　＊6枚。付録「風報」一〇一号「尾崎士郎追悼」として掲載。『全集』では「尾崎士郎」とある。三月二六日執筆。

閑話休題―「命なりけり」のこと　「朝日新聞」昭和三九年六月九日　＊7枚。七月執筆。

新日本名所案内⑧―洛西　洛南　「週刊朝日」六九巻二六号　昭和三九年六月一九日　52-55頁　＊15枚。六月三日執筆。

〔収録〕

3017古里の寺（昭和四六年四月　講談社）

3026親鸞の眼（昭和五二年一〇月　ゆまにて出版）

6514新日本名所案内　上（昭和四一年一月　朝日新聞社）

6514現代日本紀行文学全集補巻3（昭和五一年八月　ほるぷ出版）

アルカイック・スマイル　「文芸」三巻六号　昭和三九年六月一日　グラビア　＊「私のヴィナス」として掲載。四月執筆。

癌と作家の生活　「中央公論」七九年七号　昭和三九年七月一日　330-338頁　＊25枚。六月二〇日執筆。

弔辞（佐藤春夫）　「文芸」三巻七号　昭和三九年七月一日　258-260頁

〔収録〕

6548近代作家追悼文集成39（平成一一年二月　ゆまに書房）

批評といふもの　「群像」一九巻八号　昭和三九年八月一日　183頁　＊「自筆メモ」では「批評」とある。

物を大切にするなの意見　「新潮」六一年八号　昭和三九年八

月一日　214-215頁　＊7枚。「作家の眼」として掲載。七月執筆。
〔収録〕
3017古里の寺（昭和四六年四月　講談社）

軽井沢の鳥獣　「サンケイ新聞」昭和三九年八月一〇日　＊6枚。八月三日執筆。
〔収録〕
3017古里の寺（昭和四六年四月　講談社）

芥川賞選評―多すぎる挿話　「文芸春秋」四二巻九号　昭和三九年九月一日　257頁　＊3枚。第51回、柴田翔「されどわれらが日々」。
〔収録〕
6524芥川賞全集7（昭和五七年八月　文芸春秋）

小笠原忠君のこと　小笠原忠『火の蕾』昭和三九年九月一〇日　河出書房新社　1-2頁　＊序文。八月執筆。

創作活動に差支え―「宴のあと」訴訟について（談話）「朝日新聞」昭和三九年九月二八日　＊三島由紀夫「宴のあと」訴訟への談話。

社会性認めぬバカげた判決（談話）「毎日新聞」夕刊　昭和三九年九月二八日　＊三島由紀夫「宴のあと」訴訟への談話。自筆メモでは「プライバシーについて」とある。

〝検閲制度だ〟（談話）「読売新聞」昭和三九年一〇月八日　＊「有害な図書や映画　規制基準をきめる―まず月刊30種ヤリ玉　都の青少年審議会」の記事に掲載。

婦人公論女流新人賞選評―迫力ある作品　「婦人公論」四九巻一一号　昭和三九年一一月一日　146頁　＊第7回、乾東里子「五月の嵐」。以後女流文学賞選考委員に就任のため、選考委員を辞退。

談話―『浜娘』について（談話）「マドモアゼル」五巻一一号　昭和三九年一一月一日　300頁

文学者全体の願い　「日本近代文学館ニュース」五号　昭和三九年一一月二日　＊5枚。挨拶の要旨。

還暦を迎えて　「東京新聞」昭和三九年一一月二二日　＊4枚。『全集』「自筆メモ」では「還暦の記」。一一月一七日執筆。
〔収録〕
3017古里の寺（昭和四六年四月　講談社）

現代の顔―パーマー黄金の腕　「週刊新潮」九巻四七号　昭和三九年一一月二三日　3-7頁　＊グラビア解説。

女ひとりを描き続けて―誕生日の贈り物　芸術院会員　「朝日新聞」夕刊　昭和三九年一一月三〇日　＊4枚。『全集』「自筆メモ」では「母ひとりの文学」（朝日文化）とある。一一月二九日執筆。

「命なりけり」を終って　「朝日新聞」夕刊　昭和三九年一二月一二日

自賛―素顔208　「朝日ジャーナル」六巻五二号　昭和三九年一二月二七日　84-85頁　＊グラビア解説。

野間文芸賞選評―銓衡委員の言葉　「群像」二〇巻一号　昭和四〇年一月一日　187頁　＊第17回、中山義秀『咲庵』・高見順『死の淵より』。

わたしと寺と文学と　「サンケイ新聞」昭和四〇年一月三日　＊4枚。『全集』では「新春感想」とある。また『古里の寺』では「一月二日」とある。昭和三九年一二月二二日執筆。
〔収録〕
3017古里の寺（昭和四六年四月　講談社）
3026親鸞の眼（昭和五二年一〇月　ゆまにて出版）

軸物　「週刊読売」二四巻一号　昭和四〇年一月三日　90頁　＊2枚。「自筆メモ」では「掛軸」とある。昭和三九年一二月一三日執筆。

吉川賞審査員の評―選後評　「毎日新聞」昭和四〇年一月三日　＊2枚。第3回、柘植文雄「石の叫び」。なお昭和四一年六月五日、吉川英治国民文化振興会へ移譲され、吉川英治文学賞に改められた。以後「群像」や「現代」等の講談社の各雑誌で発表される。昭和三九年一二月一四日執筆。

この疑惑のために―私の読書法　「読売新聞」昭和四〇年一月五日　＊4枚。『全集』では「私の読書法」。昭和三九年一二月二二日執筆。

私の小説作法―長、短編でちがう　「毎日新聞」昭和四〇年一月一九日　＊4枚。昭和三九年一二月二二日執筆。
〔収録〕
7077私の小説作法（昭和四一年六月　雪華社）
7094私の小説作法（昭和五〇年二月　雪華社）

ゴルフ漫筆―やあ当ってますか　「別冊ゴルフダイジェスト」創刊号　昭和四〇年一月　＊15枚。昭和三九年一一月二七日執筆。

作家の顔―丹羽文雄　「小説新潮」一九巻二号　昭和四〇年二月一日　15-17頁　＊グラビア解説。

小説新潮賞選後評　「小説新潮」一九巻二号　昭和四〇年二月一日　50頁　＊第11回、野村尚吾「戦雲の座」。

孫のこと―話の広場　「婦人生活」一九巻二号　昭和四〇年二月一日　168頁　＊4枚。「自筆メモ」では「三・五枚」。昭和三九年一二月四日執筆。

〔収録〕
3017古里の寺（昭和四六年四月　講談社）

昭和十年代の作家　「群像」二〇巻三号　昭和四〇年三月一日　188-192頁　＊18枚。『全集』では「昭和十年代作家」。一月一九日執筆。
〔収録〕
3017古里の寺（昭和四六年四月　講談社）

芥川賞選評―「さい果て」の作者　「文芸春秋」四三巻三号　昭和四〇年三月一日　230頁　＊3枚。第52回、該当作なし。一月二一日執筆。
〔収録〕
6524芥川賞全集7（昭和五七年八月　文芸春秋）

抒情的な作品を―作者のことば　「マドモアゼル」六巻三号　昭和四〇年三月一日　＊1枚。「雲よ汝は」の「作者のことば」（掲載時は題未定）。二月執筆。

著者にお伺いたします―命なりけり（インタビュー）「マドモアゼル」六巻三号　昭和四〇年三月一日　305頁

選評　「読売新聞」　昭和四〇年三月二八日　＊第83回読売短編賞選評。法野昇「サム」。

おじいちゃんとお風呂　「婦人倶楽部」四六巻二号　昭和四〇年二月一日　111頁　＊グラビア解説。「おじいちゃんとお風呂―作家丹羽文雄さん（60）お孫さん丹羽多聞ちゃん（9ヵ月）」として掲載。「自筆メモ」では「孫のことば」とある。

郷愁　「小説新潮」一九巻四号　昭和四〇年四月一日　23頁　＊「巻頭随筆」として掲載。

選者の心持　「中央公論」八〇年五号　昭和四〇年五月一日　177頁　＊「中央公論社創業八〇周年記念谷崎潤一郎賞規定発表」として掲載。選考委員は伊藤整、円地文子、大岡昇平、武田泰淳、丹羽文雄、舟橋聖一、三島由紀夫。

女流文学賞選評―『夜の鶴』と『非色』　「婦人公論」五〇巻五号　昭和四〇年五月一日　203頁　＊第4回、該当作なし。

文学ところどころ―川奈（顔）　「東京新聞」夕刊　昭和四〇年五月一四日　＊4枚。『全集』「自筆メモ」では「顔の舞台」とある。五月一〇日執筆。

貞操模様―作者のことば　三友社　昭和四〇年五月二二日

作者のことば―だれもが孤独　「マドモアゼル」六巻七号　昭和四〇年七月一日　306頁

文学者の墓―死後の住いは引受けます　「朝日新聞」夕刊　昭和四〇年七月七日　＊5枚。七月三日執筆。

〔収録〕
3017古里の寺（昭和四六年四月　講談社）

作品の原動力　秋田書店『おふくろ』　昭和四〇年七月一五日　132-137頁　＊丹羽文雄監修。ラジオ放送「母を語る」（昭和三八年一月四日　TBSラジオ）の抄録。

作者のことば―海戦　東都書房『戦争の文学1』　昭和四〇年七月二五日　92頁

谷崎潤一郎氏を悼む―心の柱奪われた思い　「朝日新聞」夕刊　昭和四〇年七月三〇日　＊2枚。七月三〇日執筆。
〔収録〕
6549近代作家追悼文集成40（平成一一年二月　ゆまに書房）

〝美〟の伝導者失う　「サンケイ新聞」昭和四〇年七月三〇日　＊谷崎潤一郎死去についての談話。「自筆メモ」では「谷崎さんのこと」。

作家の生き方の本質　「毎日新聞」夕刊　昭和四〇年七月三〇日　＊谷崎潤一郎死去についての談話。「自筆メモ」では「谷崎さんのこと」。

作者のノート―『海戦』のこと　「本の手帖」五巻六号　昭和四〇年八月一日　125頁　＊2枚。七月執筆。

無名文士も死後は平等―文学者の共同墓地づくりを提案した丹羽文雄（インタビュー）「サンデー毎日」四四巻三五号　昭和四〇年八月一五日　30頁

青い目の嫁さん―わが家20年の感想　「読売新聞」昭和四〇年八月一五日　＊4枚。『全集』では「二〇年の感想―青い目の嫁」とある。「自筆メモ」では「三・五枚」。八月五日執筆。

もっと仕事したかったろう（談話）「サンケイ新聞」昭和四〇年八月一八日　＊「高見順氏〝奇跡の命〟つきる」への談話。

母と日記と仏教と―高見順　「読売新聞」夕刊　昭和四〇年八月二〇日　＊3枚。八月二〇日執筆。
〔収録〕
6549近代作家追悼文集成40（平成一一年二月　ゆまに書房）
〔再録〕
本の手帖　五巻八号　昭和四〇年一〇月一日

親鸞―作者のことば　「サンケイ新聞」昭和四〇年九月一日

芥川賞選評―読後感　「文芸春秋」四三巻九号　昭和四〇年九月一日　271-272頁　＊第53回、津村節子「玩具」。
〔収録〕
6524芥川賞全集7（昭和五七年八月　文芸春秋）

円地文子の講演旅行　筑摩書房『現代文学大系40平林たい子・

円地文子集』附録「月報29」　昭和四〇年九月一〇日　＊6枚。八月五日執筆。

きもの　「美しいキモノ」四八号　昭和四〇年九月二〇日　93頁　＊2枚。雑誌「美しいキモノ」は婦人画報社発行。『全集』では「婦人画報」とある。七月二日執筆。

今年の軽井沢　「自由民主」二四八号　昭和四〇年一〇月一日　4面　＊3枚。『全集』では「自民党新聞」。八月二四日執筆。

母と日記と仏教と　「本の手帖」五巻八号　昭和四〇年一〇月一日　54-55頁　＊「高見順追悼」として掲載。「読売新聞」夕刊より転載。

〔収録〕
6549近代作家追悼文集成40（平成一一年二月　ゆまに書房）

窪田先生のこと　角川書店『窪田空穂全集　第7巻』附録「月報七」　昭和四〇年一〇月一五日　＊5枚。『全集』では「角川書店」のみ記載。八月五日執筆。

あとがき　『かえらざる故郷』　昭和四〇年一〇月二〇日　講談社　410-411頁

有料道路―作者の言葉　「週刊文春」七巻四三号　昭和四〇年一〇月二五日　48頁　＊『有料道路』帯に再録。

谷崎潤一郎賞選評―感想　「中央公論」八〇年一一号　昭和四〇年一一月一日　253-254頁　＊1.5枚。一一月一〇日執筆。第1回、小島信夫「抱擁家族」。選考委員は丹羽文雄、舟橋聖一、伊藤整、円地文子、大岡昇平、武田泰淳、三島由紀夫。丹羽は第22回（昭和六一年）まで選考委員を務めた。

「私の親鸞」　「大法輪」三二巻一二号　昭和四〇年一二月一日　13頁　＊グラビア解説。「つくり、描き、考える」として掲載。

豊島さんの記憶　『豊島与志雄著作集』附録「月報二」　昭和四〇年一二月一五日　作品社

野間文芸賞選評―銓衡委員の言葉　「群像」二一巻一号　昭和四一年一月一日　205頁　＊第18回、永井龍男『一個その他』。

今月のことば1―孫たちの性格　「主婦と生活」二一巻一号　昭和四一年一月一日　＊8枚。昭和四〇年一一月一〇日執筆。

〔収録〕
3017古里の寺（昭和四六年四月　講談社）

ゴルフの途中で　「うえの」八二号　昭和四一年一月一〇日　41-43頁　＊6枚。

今月のことば2―交通地獄と子供　「主婦と生活」二一巻二号　昭和四一年二月一日　＊8枚。昭和四〇年一二月一五日執筆。
〔収録〕
3017古里の寺（昭和四六年四月　講談社）

小説新潮賞選後評　「小説新潮」二〇巻二号　昭和四一年二月一日　163頁　＊第12回、芝木好子「夜の鶴」。

「橋」について　福島保夫『橋』　昭和四一年二月一日　創思社　1-3頁

序文　岸田泰政『歌集　レニングラード』　昭和四一年二月一〇日　短歌新聞社　＊新歌人叢書第一一篇。

解説　『尾崎士郎全集　第五巻』　昭和四一年二月一四日　講談社　409-415頁　＊昭和四〇年一一月執筆。

〝我等の熱願が実った〟（談話）「自由民主」二六〇号　昭和四一年二月一五日　1面　＊自民党新聞文化局開設についての談話。一月一〇日執筆。

大学行政に無力な教授会（アンケート）「週刊朝日」七一巻八号　昭和四一年二月二五日　19頁　＊「ルポとアンケート早大騒動・OBは嘆く」として掲載。「自筆メモ」では「早稲田のこと」とある。

今月のことば3―文学と生活　「主婦と生活」二一巻三号　昭和四一年三月一日　198-199頁　＊8枚。堀文子挿絵。一月一七日執筆。
〔収録〕
3017古里の寺（昭和四六年四月　講談社）

芥川賞選評―無難と奔放　「文芸春秋」四四巻三号　昭和四一年三月一日　299頁　＊第54回、高井有一「北の河」。
〔収録〕
6524芥川賞全集7（昭和五七年八月　文芸春秋）

文芸家協会の歴史　「週刊文春」八巻一一号　昭和四一年三月一二日　8-9頁　＊グラビア解説。「自筆メモ」には三月二九日とある。

菜の花　「小説新潮」二〇巻四号　昭和四一年四月一日　25頁　＊4枚。二月執筆。

あとがき　『雲よ汝は』　昭和四一年四月三〇日　集英社　260-261頁

女流文学賞選評―女流文学賞にふさわしい『なまみこ物語』　「婦人公論」五一巻五号　昭和四一年五月一日　337頁　＊第5回、円地文子「なまみこ物語」。

朝昼晩―ゴルフで生活がかわった（インタビュー）「毎日新聞」夕刊　昭和四一年五月一七日

できるだけ多くの作家を集めた―編集委員のことば　集英社「日本文学全集内容見本」　昭和四一年五月　＊全88巻。創業四〇周年記念出版。編集委員は伊藤整、井上靖、中野好夫、丹羽文雄、平野謙。

癖その他―鉄道・鼻歌・ショーロフさん　「読売新聞」夕刊　昭和四一年六月二〇日　＊6枚。『全集』では「癖その他」（読売新聞）、「鉄道・鼻歌・ショーロフさん」（毎日新聞）と二つの随筆として記載しているが、副題の誤り。六月一日執筆。
〔収録〕
3017古里の寺（昭和四六年四月　講談社）

三田文学の思い出　「三田文学」昭和四一年八月一日　5-6頁　＊3枚。『全集』では「思い出」とある。七月二七日執筆。

あとがき　講談社『一路』　昭和四一年八月二〇日　635-636頁

芥川賞選評―秀れた抑制　「文芸春秋」四四巻九号　昭和四一年九月一日　326-327頁　＊第55回、該当作なし。
〔収録〕
6524芥川賞全集7（昭和五七年八月　文芸春秋）

帝国海軍落日の賦　吉村昭『戦艦武蔵』　昭和四一年九月五日　新潮社　カバーソデ

この二十年―忘れえぬこと　「群像」二一巻一〇号　昭和四一年一〇月一日　194頁　＊5枚。『古里の寺』では「群像この二十年」に改題。九月執筆。
〔収録〕
3017古里の寺（昭和四六年四月　講談社）

冒険も楽しい―名作書き下ろし　現代日本の小説　「毎日新聞」昭和四一年一〇月六日　＊「自筆メモ」では「小説の心がまえ」。「新風を起こす16作家―3年間にわたり連載」として井上靖、井伏鱒二、川端康成、三島由紀夫、大岡昇平らとともに掲載。

谷崎潤一郎賞選評―感想　「中央公論」八一年一一号　昭和四一年一一月一日　259頁　＊第2回、遠藤周作「沈黙」。
〔収録〕
7136遠藤周作「沈黙」作品論集（平成一四年六月　クレス出版）

亀井さんの死をいたむ（談話）「朝日新聞」夕刊　昭和四一年一一月一四日　＊亀井勝一郎死去への談話。

自声の録音　朝日ソノラマ『現代作家自作朗読集』　昭和四一年一一月二五日　125頁　＊2枚。七月二六日執筆。付録ソノシートに朗読（「菩提樹」より、「命なりけり」より）が収録されている。

佐佐木茂策氏―丹羽文雄日本文芸家協会会長の話（談話）「産

経新聞」夕刊　昭和四一年一二月一日　＊佐佐木茂策死去への談話。

佐佐木茂策さんのこと「毎日新聞」夕刊　昭和四一年一二月二日　＊6枚。一二月一日執筆。
〔収録〕
3017古里の寺（昭和四六年四月　講談社）

晩秋―作者のことば「週刊朝日」七一巻五四号　昭和四一年一二月二三日　22-23頁

野間文芸賞選評―感想「群像」二二巻一号　昭和四二年一月一日　297頁　＊第19回、井伏鱒二『黒い雨』。

野間文芸賞選評―感想「現代」一巻一号　昭和四二年一月一日　312頁　＊以後、「現代」には野間文芸賞及び吉川英治文学賞選評も掲載されているが、他誌と重複するため割愛。

『時』小説新人賞選評「時」一〇巻一号　昭和四二年一月一日　166頁

富島健夫くんのこと「別冊ジュニア文芸」一巻一号　昭和四二年一月一日　145頁

わが家の正月「読売新聞」昭和四二年一月一日　＊6枚。昭和四一年一二月八日執筆。

一路―わたしの好きなわたしの小説「毎日新聞」昭和四二年一月三日　＊「自筆メモ」では「私の好きな小説　新春随想」とある。
〔収録〕
3017古里の寺（昭和四六年四月　講談社）

正月随筆―新春随想「自由民主」二八六号　昭和四二年一月五日　＊4枚。
〔収録〕
3017古里の寺（昭和四六年四月　講談社）

思い出すことなど　主婦の友社『主婦の友社の五十年』昭和四二年二月一四日　434-435頁　＊2枚。一月執筆。

小説新潮賞選後評「小説新潮」二一巻二号　昭和四二年二月一日　198頁　＊第13回、青山光二「修羅の人」。

歴史「小説新潮」二一巻二号　昭和四二年二月一日　25頁　＊「今月の随想」として掲載。

宿命的だった仕事―読売文学賞受賞者の言葉「読売新聞」夕刊　昭和四二年二月三日　＊第18回、「一路」。

芥川賞選評―印象に残った六篇「文芸春秋」四五巻三号　昭和四二年三月一日　297-298頁　＊2枚。第56回、丸山健二「夏の流れ」。

〔収録〕
6524芥川賞全集7（昭和五七年八月　文芸春秋）

丹羽ゴルフ学校雑記　「週刊サンケイ」一六巻一〇号　昭和四二年三月六日　40-41頁　＊8枚。『全集』では「丹羽学校雑誌」とある。「連載　丹羽学校に挑戦する」として掲載。二月六日執筆。

舞台再訪　私の小説から―恋文　「朝日新聞」昭和四二年三月三〇日　＊7枚。『全集』では「恋文横丁（舞台再訪）」とある。三月一日執筆。
〔収録〕
3017古里の寺（昭和四六年四月　講談社）
7084舞台再訪―私の小説から（昭和四六年七月　三笠書房）

私の近況　「新刊ニュース」一一九号　昭和四二年四月一日　22-23頁　＊3枚。「自筆メモ」では「夏の流れ」。三月一日執筆。
〔収録〕
3017古里の寺（昭和四六年四月　講談社）

私の文学修業時代―一心に書きまくる　「読売新聞」昭和四二年四月二日　＊6枚。「自筆メモ」では「私の文学修業」とある。

創刊100号祝辞　「アサヒゴルフ」一〇〇号　昭和四二年五月一日　94頁

吉川英治文学賞選評―感想　「群像」二二巻五号　昭和四二年五月一日　261頁　＊15枚。第1回、松本清張（『昭和史発掘』、『花氷』、『逃亡』ならびに幅広い作家活動に対して）。丹羽は第21回（昭和六二年）まで選考委員を務めた。なお「現代」「婦人公論」等にも選評が掲載されているが、重複するため割愛した。

丹羽文雄文学語録　「高校文芸」一巻五号～二巻五号　昭和四二年五月一日～四三年五月一日　13回　＊大部分は『丹羽文雄・人生と文学に関する211章』（昭和四四年一〇月三〇日　東京出版センター）に収録されている。各回の掲載頁は以下の通り。

1	一巻五号	昭和四二年五月一日	11-13頁
2	一巻六号	昭和四二年六月一日	19-21頁
3	一巻七号	昭和四二年七月一日	33-35頁
4	一巻八号	昭和四二年八月一日	11-13頁
5	一巻九号	昭和四二年九月一日	9-11頁
6	一巻一〇号	昭和四二年一〇月一日	9-11頁
7	一巻一一号	昭和四二年一一月一日	10-12頁
8	一巻一二号	昭和四二年一二月一日	9-11頁
9	二巻一号	昭和四三年一月一日	8-10頁
10	二巻二号	昭和四三年二月一日	36-38頁
11	二巻三号	昭和四三年三月一日	50-52頁
12	二巻四号	昭和四三年四月一日	41-43頁

13　二巻五号　昭和四三年五月一日　23-25頁

女流文学賞選評―皮肉なほど対照的な二作品　「婦人公論」五二巻四号　昭和四二年五月一日　295頁　＊第6回、有吉佐和子『華岡青洲の妻』・河野多恵子『最後の時』。

あとがき　『一路　改訂版』　昭和四二年五月一〇日　講談社　＊初版（昭和四一年八月二〇日）「あとがき」との異同あり。

田宮君のこと　筑摩書房『現代文学大系51　永井龍男・田宮虎彦・梅崎春生集』附録「月報53」　昭和四二年五月二五日　＊4枚。四月二七日執筆。

水上勉君のこと　新潮社「水上勉選集内容見本」　昭和四二年五月

著作者人格権　「著作権研究」創刊号　昭和四二年七月一五日　126-128頁

私は書きつづけたい―文学に宗教の精神を　「本願寺新報」　昭和四二年八月一日

芥川賞選評―最後が印象的　「文芸春秋」四五巻九号　昭和四二年九月一日　317-318頁　＊2枚。第57回、大城立裕「カクテル・パーティー」。八月執筆。

〔収録〕6524芥川賞全集7（昭和五七年八月　文芸春秋）

ある会合―文学論に終始した〝谷崎賞〟選考会（談話）「サンデー毎日」四六巻四四号　昭和四二年一〇月一五日　69頁

後記　集英社『丹羽文雄自選集』　昭和四二年一〇月一五日　389頁　＊七月執筆。

著者のことば―幸福への距離　東方社『幸福への距離』　昭和四二年一〇月二五日　表紙カバー

谷崎潤一郎賞選評―選後感　「中央公論」八二年一二号　昭和四二年一一月一日　227頁　＊第3回、安部公房「友達」・大江健三郎「万延元年のフットボール」。

亀井勝一郎君のこと　『追想　亀井勝一郎』　昭和四二年一一月一四日　亀井書彦発行（私家版）　134-135頁

野間文芸賞選評―推薦の理由　「群像」二三巻一号　昭和四三年一月一日　209頁　＊第20回、舟橋聖一「好きな女の胸飾り」・中村光夫「贋の偶像」。

丹羽ゴルフ学校生の勤務評定―ゴルフ漫筆　「ゴルフ」一六巻一号　昭和四三年一月一日　33-34頁　＊7枚。『全集』では「ゴルフ漫筆」。昭和四二年一二月二日執筆。

日向ぼっこ　「中央公論」八三年一号　昭和四三年一月一日　350-351頁　＊5枚。昭和四二年一一月二二日執筆。
〔収録〕
3017古里の寺（昭和四六年四月　講談社）

応募作品　「東京新聞」昭和四三年一月三日　＊5枚。「自筆メモ」では「応募作家」とある。昭和四二年一二月一五日執筆。
〔収録〕
3017古里の寺（昭和四六年四月　講談社）

田村泰次郎君　講談社『日本現代文学全集94　北原武夫・井上友一郎・田村泰次郎集』附録「月報85」　昭和四三年一月一九日　＊5枚。昭和四二年一一月三日執筆。

小説新潮賞選後評　「小説新潮」二二巻二号　昭和四三年二月一日　137頁　＊第14回（最終回）、船山馨「石狩平野」。
〔収録〕3017古里の寺（昭和四六年四月　講談社）

六十歳の思春期　「評論新聞」昭和四三年二月八日　＊10枚。『全集』では「政治社会評論」。一月二九日執筆。
〔収録〕
3017古里の寺（昭和四六年四月　講談社）

帯文　浅見淵『昭和文壇側面史』　昭和四三年二月二四日　講談社　帯　＊1枚。一月執筆。

私の推薦するコース—短いがプロでもこわい小金井　「ゴルフ」一六巻三号　昭和四三年三月一日　6-7頁　＊2枚。『全集』では「私の好きなコース」とある。三月八日執筆。

芥川賞選評—誠実な筆に一票　「文芸春秋」四六巻三号　昭和四三年三月一日　319頁　＊2枚。第58回、柏原兵三「徳山道助の帰郷」。一月執筆。
〔収録〕
6524芥川賞全集7（昭和五七年八月　文芸春秋）

赤ちゃんばんざーい（談話）「毎日新聞」夕刊　昭和四三年三月七日　＊森永ドライミルク広告。他に河盛好蔵、三浦哲郎、内村直也、三好徹、山手樹一郎、井上友一郎、加瀬俊一が執筆。

〝文壇生命終わる〟—文芸家協会退会の山崎豊子さん（談話）「読売新聞」昭和四三年三月二九日

親鸞の書・摘要—私の愛読する聖典　「大法輪」三五巻八号　昭和四三年四月一日　40頁　＊三月一五日執筆。

吉川英治文学賞選評—山岡君の徳川家康　「群像」二三巻五号　昭和四三年五月一日　224頁　＊第2回、山岡荘八「徳川家康」。

女流文学賞選評—日を経て味わいを増す　『秘密』「婦人公論」

五三巻五号　昭和四三年五月一日　331頁　＊第7回、平林たい子「秘密」。

春日遅々　「文学界」二二巻六号　昭和四三年六月一日　14-15頁　＊7枚。八月二二日執筆。

〔収録〕
3017古里の寺（昭和四六年四月　講談社）

丹羽文雄人生語録　「高校文芸」二巻六号～　昭和四三年六月一日～　＊掲載誌は二巻六～九号（1～4回）しか確認できず、連載終了未確認。なお1～4回は『丹羽文雄・人生と文学に関する211章』（昭和四四年一〇月三〇日　東京出版センター）に収録されている。各掲載頁は以下の通り。

1　二巻六号　昭和四三年六月一日　59-61頁
2　二巻七号　昭和四三年七月一日　59-61頁
3　二巻八号　昭和四三年八月一日　25-27頁
4　二巻九号　昭和四三年九月一日　30-32頁

我必ずしも聖に非ず彼必ずしも愚に非ず共にこれ凡夫のみ　「波」二巻二号　昭和四三年七月一日　表紙　＊表紙筆跡。

作品の背景　集大成のつもりで―『一路』　「東京新聞」昭和四三年七月一二日　＊8枚。「自筆メモ」では「一路のころ」。六月二七日執筆。

読売文壇ゴルフで優勝　「週刊読売」二七巻三二号　昭和四三年七月二六日　106頁

時代の要求に応えた良心的な文学全集　「新潮日本文学内容見本」　昭和四三年七月　新潮社　＊全64巻。「私は《新潮日本文学》をこう見る」として、川端康成、有吉佐和子らとともに掲載。

芥川賞選評―ショッキングな作　「文芸春秋」四六巻九号　昭和四三年九月一日　318-319頁　＊第59回、丸谷才一「年の残り」・大庭みな子「三匹の蟹」。なお大庭みな子『三匹の蟹』（昭和四三年一〇月四日）付録「三匹の蟹批評集」、『大庭みな子全集』月報にも収録。

〔収録〕
6525芥川賞全集8（昭和五七年九月　文芸春秋）

女の運命―作者のことば　「報知新聞」昭和四三年九月二一日　＊1枚。

人間尊重の自由の人（談話）「毎日新聞」夕刊　昭和四三年九月二一日　＊廣津和郎死去に際しての談話。

講演について　「群像」二三巻一〇号　昭和四三年一〇月一日　81頁　＊8枚。九月二〇日執筆。

〔収録〕
3017古里の寺（昭和四六年四月　講談社）

芥川賞選評―ショッキングな作　大庭みな子『三匹の蟹』付録「三匹の蟹批評集」昭和四三年一〇月四日

老境、ますます澄んできた目―文雄が語る故広津和郎氏（談話）「週刊朝日」七三巻四二号　昭和四三年一〇月四日　123頁　＊自筆メモでは「広津さんのこと」。「テレタイプ」欄に掲載。

世界に理解された日本文学―丹羽文雄日本文芸家協会会長の話（談話）「東京タイムズ」昭和四三年一〇月一〇日　＊川端康成ノーベル賞受賞についての談話。

生活のある絵―佐伯祐三「無題」「週刊朝日」七三巻四三号　昭和四三年一〇月一一日　73頁　＊2枚。「一枚の絵」欄に掲載。八月執筆。

やっと理解されたぞ―こぞって祝う文壇人（談話）「朝日新聞」昭和四三年一〇月一五日　＊「自筆メモ」では「川端さん」。川端康成ノーベル賞受賞についての談話。

日本文学への認識を高める（談話）「東京新聞」昭和四三年一〇月一八日　＊川端康成ノーベル賞受賞についての談話。

これを機に他の文学も認識（談話）「東京新聞」昭和四三年一〇月一八日　＊川端康成ノーベル賞受賞についての談話。

世界に仲間入り（談話）「毎日新聞」昭和四三年一〇月一八日　＊川端康成ノーベル賞受賞についての談話。

日本文学へ関心を高めよう（談話）「読売新聞」昭和四三年一〇月一八日　＊川端康成ノーベル賞受賞についての談話。

お世話になっています―ゴルフ入門「読売新聞」昭和四三年一〇月二五日　＊1枚。
〔収録〕
3017古里の寺（昭和四六年四月　講談社）

谷崎潤一郎賞選評―感想「中央公論」八三年一一号　昭和四三年一一月一日　344頁　＊第4回、該当作なし。

ゴルフ歴一四六九回の哀歓「文芸春秋」四六巻一二号　昭和四三年一一月一日　236-241頁　＊20枚。『全集』では「私のゴルフ手帖」。九月二四日執筆。
〔収録〕
3017古里の寺（昭和四六年四月　講談社）

広津さんのこと「群像」二三巻一二号　昭和四三年一二月一日　201-203頁　＊10枚。一〇月二〇日執筆。
〔収録〕
3017古里の寺（昭和四六年四月　講談社）

鈴木真砂女　鈴木真砂女『夏帯』附録「月報一〇」昭和四三

年一二月一五日　牧羊社　＊７枚。「現代俳句十五人集10」として刊行。『全集』では「鈴木真砂女さん」。一二月一四日執筆。

〔収録〕
3015人生作法（昭和三五年七月　雪華社）
3017古里の寺（昭和四六年四月　講談社）
5506鈴木真砂女全句集（平成一三年三月　角川書店）

野間文芸賞選評―感想　「群像」二四巻一号　昭和四四年一月一日　249頁　＊２枚。第21回、河上徹太郎「吉田松陰」。昭和四三年一一月執筆。

私の書斎　「中央公論」八四年一号　昭和四四年一月一日　グラビア　＊１枚。サントリー広告文。昭和四三年一一月執筆。

富有柿　「評論新聞」昭和四四年一月四日　＊６枚。昭和四三年一二月一日執筆。

〔収録〕
3017古里の寺（昭和四六年四月　講談社）

わが家の正月―三人の孫と年賀状と　「読売新聞」昭和四四年一月九日　＊６枚。一月五日執筆。

〔収録〕
3017古里の寺（昭和四六年四月　講談社）

カザノヴァ回想録　『カザノヴァ回想録４』付録「カザノヴァ・サロン４」昭和四四年一月二〇日　河出書房新社　＊７枚。『全集』では「カサノヴァ回想録」（文芸）とあるが誤り。昭和四三年一二月一日執筆。

序文によせて　石原重雄『取材日記　国立劇場』昭和四四年一月二五日　桜楓社　＊昭和四三年六月執筆。帯に抜粋を掲載。

「定本モラエス全集」を推薦する　集英社「定本モラエス全集内容見本」昭和四四年一月　＊未見。記事は『出版内容見本書誌』による。

書　「潮」一〇六号　昭和四四年二月一日　171-172頁　＊『全集』では昭和四三年に月不明で記載。

〔収録〕
3017古里の寺（昭和四六年四月　講談社）

河野多恵子「不意の声」―深奥の心理をのぞく　するどい作家の目　「読売新聞」夕刊　昭和四四年二月一日　＊「読売文学賞受賞者人と作品」として掲載。一月二三日執筆。

金瓶梅のこと　『中国古典文学大系35　金瓶梅　下』附録「月報17」昭和四四年二月五日　平凡社　＊６枚。『全集』では初出不明。一月六日執筆。

火野葦平の思い出　「東京新聞」夕刊　昭和四四年二月二四日

＊新聞三社連合。５枚。二月二三日執筆。

友達―酒中日記　「小説現代」七巻三号　昭和四四年三月一日　146-147頁　＊７枚。『全集』では「酒中日記」（一二月二四日）、「友だち」（三月号）と重複して記載しているが誤り。昭和四三年一二月二四日執筆。

〔収録〕
3017古里の寺（昭和四六年四月　講談社）
7122酒中日記（昭和六三年八月　講談社）

ゴルフ場その他　「フロンティア」八号　昭和四四年三月一日　62-66頁　＊６枚。雑誌「フロンティア」は北海道電力株式会社総務部発行。一月四日執筆。

〔収録〕
3017古里の寺（昭和四六年四月　講談社）

芥川賞選評―感想　「文芸春秋」四七巻三号　昭和四四年三月一日　345-346頁　＊２枚。第60回、該当作なし。一月二〇日執筆。

〔収録〕
6525芥川賞全集８（昭和五七年九月　文芸春秋）

谷崎さんのこと　『谷崎潤一郎全集23巻』附録「月報23」　昭和四四年三月二五日　中央公論社　＊10枚。『全集』では「全集月報」。二月二三日執筆。

あなたもシングルになれる　３―虚心にあって練習を（インタビュー）「ゴルフマガジン」一八巻四号　昭和四四年三月二五日　132-135頁

親鸞を書き終えて　「サンケイ新聞」夕刊　昭和四四年四月一日　＊６枚。『全集』では「親鸞を終わって」。

〔収録〕
3017古里の寺（昭和四六年四月　講談社）

古里の寺「大法輪」三六巻四号　昭和四四年四月一日　108-109頁　＊６枚。三月一七日執筆

〔収録〕
3017古里の寺（昭和四六年四月　講談社）

『婚外結婚』が提示した一夫一婦制への疑問（談話）「週刊新潮」一四巻一四号　昭和四四年四月五日　38-39頁　＊「自筆メモ」では「婚外結婚について」。

十返肇君　講談社『十返肇著作集』付録「『十返肇著作集』刊行に際して」　昭和四四年四月二八日　＊２枚。二月二三日執筆。

吉川英治文学賞選評―感想　「群像」二四巻五号　昭和四四年五月一日　225頁　＊２枚。第３回、川口松太郎『しぐれ茶屋おりく』。「自筆メモ」には「川口松太郎推薦」とある。二月執筆。

白球無心且有心―初めてのホールインワンはこうして出た 「現代」三巻五号 昭和四四年五月一日 214-217頁 ＊13枚。三月一七日執筆。
〔収録〕
3017古里の寺（昭和四六年四月 講談社）

日本文学大賞選評―感想 「新潮」六六年五号 昭和四四年五月一日 163頁 ＊1枚。第1回、井上靖「おろしや国酔夢譚」・稲垣足穂「少年愛の美学」。選考委員は伊藤整、中村光夫、丹羽文雄、三島由紀夫の四人。丹羽が選考委員を務めたのはこの年のみ。「自筆メモ」には「感想 井上靖」とある。三月二一日執筆。

女流文学賞選評―感想 「婦人公論」五四巻五号 昭和四四年五月一日 267-268頁 ＊2枚。第8回、安部光子「遅い目覚めながらも」。『全集』では「感想（女流文学）」（二月）とある。三月七日執筆。

五月の風 「文学界」二三巻五号 昭和四四年五月一日 10-11頁 ＊7枚。二月二一日執筆。
〔収録〕
3017古里の寺（昭和四六年四月 講談社）

孫のこと―マイファミリー① 「小説新潮」二三巻六号 昭和四四年六月一日 18-19頁 ＊「自筆メモ」では「巻頭言」。サンヨーカラーテレビ広告として掲載。

孫と私 「ミセス」一〇二号 昭和四四年六月七日 188-191頁 ＊15枚。四月一一日執筆。
〔収録〕
3017古里の寺（昭和四六年四月 講談社）

推薦の辞 深田良『鏡の中の顔』 昭和四四年六月一〇日 創思社

ゴルフ雑感 「新風」九三号 昭和四四年六月三〇日 6-7頁
〔収録〕
3017古里の寺（昭和四六年四月 講談社）

生きもの 「暮らしの手帖」第二世紀一号 昭和四四年七月一日 143頁 ＊2枚。五月執筆。

親鸞の史実と虚構 「波」三巻二号 昭和四四年七月一日（七・八月合併号） 48-49頁 ＊2枚。

私の「親鸞」 「東京新聞」昭和四四年七月五日 ＊3枚。六月一二日執筆。
〔収録〕
3017古里の寺（昭和四六年四月 講談社）
3026親鸞の眼（昭和五二年一〇月 ゆまにて出版）

私の人生観 四日市高等学校「同窓会会報」二〇号 昭和四四年八月一八日 ＊四日市高等学校での講演録。

古武士的風格の人（談話）「読売新聞」昭和四四年八月二〇日　＊「中山義秀追悼」として掲載。

私の処女作　「潮」一一八号　昭和四四年九月一日　227頁　＊2枚。『全集』では「処女作」。

芥川賞選評―面白さとうまさ　「文芸春秋」四七巻一〇号　昭和四四年九月一日　290-291頁　＊第61回、庄司薫「赤頭巾ちゃん気をつけて」・田久保英夫「深い河」。

〔収録〕
6525芥川賞全集8（昭和五七年九月　文芸春秋）

あとがき　新潮社『親鸞　五』昭和四四年九月二五日　227-232頁

〔収録〕
1356新版親鸞　下（昭和四八年九月　新潮社）＊抜粋
3026親鸞の眼（昭和五二年一〇月　ゆまにて出版）

山崎豊子さん、文壇復帰（談話）「読売新聞」昭和四四年九月三〇日

中山義秀の形見　「群像」二四巻一〇号　昭和四四年一〇月一日　204-205頁　＊6枚。『全集』では「中山義秀追悼」とある。八月二二日執筆。

〔収録〕
3017古里の寺（昭和四六年四月　講談社）

小鳥　「更生保護」昭和四四年一〇月　2-5頁　＊5枚。九月三日執筆。

〔収録〕
3017古里の寺（昭和四六年四月　講談社）

谷崎潤一郎賞選評―感想　「中央公論」八四年一一号　昭和四四年一一月一日　161頁　＊第5回、円地文子「朱を奪うもの」ほか。

伊藤整氏を悼む―近代文学館育ての親　「朝日新聞」昭和四四年一一月一六日　＊一一月一六日執筆。

「親鸞」を終えて―大切な自己見る目　「朝日新聞」夕刊　昭和四四年一一月二二日　＊6枚。『全集』では「親鸞を終って」。一〇月二〇日執筆。

〔収録〕
3017古里の寺（昭和四六年四月　講談社）

仕事中断…残念でならぬ（談話）「京都新聞」ほか　昭和四四年一二月一四日　＊「獅子文六さん死去」への談話。

皮肉とユーモアと―獅子文六さんをいたむ（談話）「読売新聞」昭和四四年一二月一四日

尾崎一雄のこと　筑摩書房『現代日本文学大系68　尾崎一雄・中山義秀集』附録「月報24」昭和四四年一二月二〇日　＊

5枚。『全集』では「ちくま」。一一月二〇日執筆。

推薦の辞　「小島政二郎全集内容見本」　昭和四四年　鶴書房
　＊発行月日不明。

野間文芸賞選評―感想　「群像」二五巻一号　昭和四五年一月一日　233-234頁　＊第22回、中野重治『甲乙丙丁』。

私の提案―バック・ティ使用に一考を　「ゴルフ」一八巻一号　昭和四五年一月一日　5頁　＊1枚。昭和四四年一二月執筆。

ある日の机上―新春随想　「自由新報」昭和四五年一月一日四面　＊5枚。昭和四四年一二月一四日執筆。

文芸首都の思い出　「文芸首都」三九巻一号　昭和四五年一月一日　44頁　＊終刊記念号。3枚。昭和四四年一二月一八日執筆。

二十歳のころ―仏教大学に行かず早稲田へ　「読売新聞」夕刊　昭和四五年一月五日　＊2枚。昭和四四年一二月七日執筆。

母の乳　「サンケイ新聞」夕刊　昭和四五年一月六日　＊6枚。昭和四四年一二月二一日執筆。

人生のことば―もしこの書を見聞せんものは信順を因として　「読売新聞」昭和四五年一月一一日　＊2枚。昭和四四年一二月一八日執筆。「自筆メモ」では「私のことば」。
〔収録〕
3017古里の寺（昭和四六年四月　講談社）
3026親鸞の眼（昭和五二年一〇月　ゆまにて出版）

読売文学賞受賞者人と作品―小沼丹「懐中時計」　さわやか・洒脱・知性　「読売新聞」夕刊　昭和四五年一月三一日　＊第21回、小沼丹「懐中時計」。

序文　小笠原忠『鳩―教育者会津八一の人間像』　昭和四五年二月五日　アポロン社　1-2頁　＊末尾に「昭和四三年秋彼岸中日」とある。

附記　講談社『運命』　昭和四五年二月三〇日　＊「女の運命」改題。

芥川賞選評―感想　「文芸春秋」四八巻三号　昭和四五年三月一日　337頁　＊2枚。第62回、清岡卓行「アカシヤの大連」。
〔収録〕
6525芥川賞全集8（昭和五七年九月　文芸春秋）

ゴルフ談義　「朝日新聞」昭和四五年四月二四日～五月八日上中下3回。＊15枚。『全集』では「ゴルフ日記」（週刊朝日五枚）とあるが誤り。各掲載日、執筆日は以下の通り。
上　四月二四日　3枚　四月一五日執筆

中　五月一日　　3枚　四月二三日執筆
下　五月八日　　3枚　四月三〇日執筆
〔収録〕
3017古里の寺（昭和四六年四月　講談社）

序に代へて　津村節子『銀座・老舗の女』昭和四五年四月一五日　東京書房社　＊3枚。二月二〇日執筆。
〔収録〕
『銀座・老舗の女』（昭和六〇年一一月二五日　文春文庫）

帯文　文芸春秋『無慚無愧』昭和四五年四月二五日

古きを温める　「季刊遷宮」一号　昭和四五年四月　6-7頁　＊3枚。春号（発行日記載なし）。『全集』では月日記載なし。三月一四日執筆。
〔収録〕
3017古里の寺（昭和四六年四月　講談社）

吉川英治文学賞選評―感想　「群像」二五巻五号　昭和四五年五月一日　199頁　＊第4回、柴田錬三郎（『三国志　英雄ここにあり』を中心とした旺盛な作家活動に対して）。

女流文学賞選評―作者の在り方　「婦人公論」五五巻五号　昭和四五年五月一日　321頁　＊第9回、大原富枝『於雪　土佐一条家の崩壊』・大谷藤子『再会』。

秋山庄太郎君　『花・女　秋山庄太郎作品集』昭和四五年五月一〇日　主婦と生活社

仏にひかれて―わが心の形成史　「読売新聞」昭和四五年六月七日～四六年八月八日　60回。＊日曜版に掲載。各掲載日、執筆日は以下の通り。

1	昭和四五年六月七日	5枚	六月一日執筆
2	昭和四五年六月一四日	5枚	六月六日執筆
3	昭和四五年六月二一日	5枚	六月一四日執筆
4	昭和四五年六月二八日	5枚	六月二二日執筆
5	昭和四五年七月五日	5枚	六月二九日執筆
6	昭和四五年七月一二日	5枚	七月五日執筆
7	昭和四五年七月一九日	5枚	七月五日執筆
8	昭和四五年七月二六日	5枚	執筆日不明
9	昭和四五年八月二日	5枚	七月二二日執筆
10	昭和四五年八月九日	5枚	七月二七日執筆
11	昭和四五年八月一六日	5枚	八月五日執筆
12	昭和四五年八月二四日	5枚	八月一三日執筆
13	昭和四五年八月三一日	5枚	八月一九日執筆
14	昭和四五年九月六日	5枚	八月二〇日執筆
15	昭和四五年九月一五日	5枚	八月三一日執筆
16	昭和四五年九月二二日	5枚	九月一四日執筆
17	昭和四五年九月二九日	5枚	九月一七日執筆
18	昭和四五年一〇月四日	5枚	九月一九日執筆
19	昭和四五年一〇月一一日	5枚	九月二二日執筆
20	昭和四五年一〇月一八日	5枚	九月二八日執筆

21 昭和四五年一〇月二五日　5枚　一〇月四日執筆
22 昭和四五年一一月一日　5枚　一〇月一二日執筆
23 昭和四五年一一月八日　5枚　一〇月一九日執筆
24 昭和四五年一一月一五日　5枚　一〇月二七日執筆
25 昭和四五年一一月二二日　5枚　一一月二日執筆
26 昭和四五年一一月二九日　5枚　一一月九日執筆
27 昭和四五年一二月六日　5枚　一一月二一日執筆
28 昭和四五年一二月一三日　5枚　一一月二一日執筆
29 昭和四五年一二月二〇日　5枚　一一月二九日執筆
30 昭和四五年一二月二七日　5枚　一二月七日執筆
31 昭和四六年一月一〇日　5枚　一二月一四日執筆
32 昭和四六年一月一七日　5枚　一二月二二日執筆
33 昭和四六年一月二四日　5枚　一二月二六日執筆
34 昭和四六年一月三一日　5枚　一月一一日執筆
35 昭和四六年二月七日　5枚　一月執筆
36 昭和四六年二月一四日　5枚　一月一八日執筆
37 昭和四六年二月二一日　5枚　一月二四日執筆
38 昭和四六年二月二八日　5枚　二月六日執筆
39 昭和四六年三月七日　5枚　二月一五日執筆
40 昭和四六年三月一四日　5枚　二月二三日執筆
41 昭和四六年三月二一日　5枚　三月一日執筆
42 昭和四六年三月二八日　5枚　三月九日執筆
43 昭和四六年四月四日　5枚　三月一六日執筆
44 昭和四六年四月一一日　5枚　三月二二日執筆
45 昭和四六年四月一八日　5枚　三月二九日執筆
46 昭和四六年四月二五日　5枚　四月五日執筆
47 昭和四六年五月二日　5枚　四月一一日執筆
48 昭和四六年五月九日　5枚　四月二〇日執筆
49 昭和四六年五月一六日　5枚　四月二五日執筆
50 昭和四六年五月二三日　5枚　五月二日執筆
51 昭和四六年五月三〇日　5枚　五月九日執筆
52 昭和四六年六月一三日　5枚　五月一六日執筆
53 昭和四六年六月二〇日　5枚　五月二三日執筆
54 昭和四六年六月二七日　5枚　六月二日執筆
55 昭和四六年七月四日　5枚　六月六日執筆
56 昭和四六年七月一一日　5枚　六月二一日執筆
57 昭和四六年七月一八日　5枚　六月二九日執筆
58 昭和四六年七月二五日　5枚　七月五日執筆
59 昭和四六年八月一日　5枚　七月一九日執筆
60 昭和四六年八月八日　4枚　七月二八日執筆

〔収録〕
3019仏にひかれて（昭和四六年一二月　読売新聞社）
4003仏にひかれて（昭和四九年一一月　中央公論社）
5083丹羽文雄文学全集28（昭和五一年八月　講談社）

菅原卓氏を悼む―弔辞　「悲劇喜劇」二三巻七号　昭和四五年七月一日　14-15頁

弔辞　「新劇」一七巻七号　昭和四五年七月一日　43-44頁　＊通巻二〇七号。「菅原卓追悼」として掲載。五月八日の葬儀での弔辞を掲載。

顔について　「ブック・クラブ情報」一巻一号　昭和四五年七月一日　58頁　＊日本ブック・クラブ第1回選定図書「顔」についての感想。

和木さんのこと　「三田文学」昭和四五年七月一日　51-52頁　＊4枚。『全集』では「和木清三郎追悼」とある。五月三日執筆。

推薦文　林青梧『南北朝の疑惑』　昭和四五年七月二五日　創思社　カバー　＊1枚。二月二五日執筆。

あとがき　『顔』　昭和四五年八月一日　日本ブック・クラブ　＊再録。

丹羽文雄―実力者70年代の百人6（インタビュー）「朝日新聞」昭和四五年八月一七日

芥川賞選評―感想　「文芸春秋」四八巻一〇号　昭和四五年九月一日　268頁　＊第63回、吉田知子「無明長夜」・古山高麗雄「プレオー8の夜明け」。
〔収録〕
6525芥川賞全集8（昭和五七年九月　文芸春秋）

残照が苔の上に　「オール読物」二三巻一〇号　昭和四五年一〇月一日　148-149頁　＊6枚。『全集』では9枚とある。七月二九日執筆。

〔収録〕
3017古里の寺（昭和四六年四月　講談社）

ベスト・アマ抄1―ニクラスに学んだオーソドックス・スタイル　「別冊ゴルフダイジェスト」四二号　昭和四五年一〇月一〇日　122-126頁

ベスト・アマ抄2―ゴルフの道は日々の生活にあり　「別冊ゴルフダイジェスト」四三号　昭和四五年一〇月一〇日　130-134頁

身の瑕　「月刊ペン」三巻一一号　昭和四五年一一月一日　35-36頁　＊5枚。九月一五日執筆。
〔収録〕
3017古里の寺（昭和四六年四月　講談社）

谷崎潤一郎賞選評―感想　「中央公論」八五年一一号　昭和四五年一一月一日　327頁　＊第6回、埴谷雄高「闇のなかの黒い馬」・吉行淳之介「暗室」。

私といふ作家　「芸術三重」二号　昭和四五年一二月一日　4-5頁　＊「丹羽文雄特集」号への寄稿。

蓮如執筆以前　「中央公論」八五年一二号　昭和四五年一二月一日　410-413頁　＊15枚。一〇月一一日執筆。

三島美学の問題　「週刊現代」一二巻五四号　昭和四五年一二月一二日　167-168頁　＊増刊・三島由紀夫緊急特集号。「アンケート大特集―日本の知性40人は三島事件をこう見た」として掲載。「自筆メモ」では「現代増刊　アンケート」とある。

幸福といふもの　「女性セブン」八巻四五号　昭和四五年一二月二三日　68-69頁　＊6枚。「連載・人生論ノート最終回　人間の幸福」として掲載。一〇月七日執筆。
〔収録〕
7084私にとって幸福とは（昭和四六年二月　祥伝社）

高見君　「高見順全集内容見本」　昭和四五年　勁草書房　＊全20巻別巻1（昭和四五年二月～昭和五二年九月）。

野間文芸賞選評―感想　「群像」二六巻一号　昭和四六年一月一日　312頁　＊2枚。第23回、吉田健一『ヨオロッパの世紀末』・江藤淳『漱石とその時代』。昭和四五年一一月一五日執筆。

上半期の二作　「サンケイ新聞」　昭和四六年一月一一日　＊1枚。一月執筆。

私の文学　「サンケイ新聞」　昭和四六年二月四日　＊6枚。一月三〇日執筆。
〔収録〕
3027　私の年々歳々（昭和五四年六月　サンケイ出版）

65才の大発見―ゴルフ・いまむかし　「ゴルフダイジェスト」　昭和四六年三月一日　218-219頁

芥川賞選評―才能と豊かさ　「文芸春秋」四九巻三号　昭和四六年三月一日　291-292頁　＊3枚。第64回、古井由吉「杳子」。一月二八日執筆。
〔収録〕
6525芥川賞全集8（昭和五七年九月　文芸春秋）

蓮如資料余談　「朝日新聞」夕刊　昭和四六年三月五日　＊6枚。二月二四日執筆。

中学生時代の作文―わが文学揺籃期　『新潮日本文学28丹羽文雄集』附録「月報31」　昭和四六年三月一二日　＊6枚。昭和四五年一一月一九日執筆。

近藤杢先生　四日市高等学校『四日市高等学校七十年史』　昭和四六年三月一二日　511-512頁　＊1枚。

人間の肌のぬくみ―美のめぐり会い②　「日本経済新聞」夕刊　昭和四六年四月一四日　＊2枚。『全集』では「美のめぐりあい」。四月執筆。

古い思い出―わが体験　「潮」一三九号　昭和四六年五月一日　77-78頁　＊6枚。三月一九日執筆。
〔収録〕

7102わが体験　止まった走馬灯（昭和五三年九月　潮出版社）
7130わが体験　人生こぼれ話（平成六年九月　潮出版社）

吉川英治文学賞選評―源氏君の素顔　「群像」二六巻五号　昭和四六年五月一日　238頁　＊第5回、源氏鶏太（『口紅と鏡』、『幽霊になった男』、その他これまでの新しい大衆文学の領域を確立した業績に対して）。

女流文学賞選評―抜群の技巧　「婦人公論」五六巻五号　昭和四六年五月一日　326頁　＊第10回、宇野千代『幸福』。

岩田専太郎　岩田専太郎『おんな』　昭和四六年五月三〇日　毎日新聞社

夏にはげむ―執念で追う心の深淵　丹羽文雄氏　「日本経済新聞」夕刊　昭和四六年八月一日　＊1枚。

亀井君の思い出―解説　講談社『亀井勝一郎全集　第七巻』附録「月報四」　昭和四六年八月二〇日　＊14枚。七月八日執筆。

芥川賞選評―感想　「文芸春秋」四九巻一一号　昭和四六年九月一日　304-305頁　＊2枚。第65回、該当作なし。七月一六日執筆。
〔収録〕
6525芥川賞全集8（昭和五七年九月　文芸春秋）

歴史の書と文学　「日本近代文学館」三号　昭和四六年九月一五日　2頁　＊4枚。八月一五日執筆。
〔収録〕
7133本の置き場所（平成九年一二月　小学館）

近況―蓮如を思い描く　「朝日新聞」昭和四六年九月二七日

私の方法について　河出書房新社『日本の古典17』附録「月報9」　昭和四六年一〇月一五日

志賀直哉の死をいたむ―死後も消えぬ文学の心構え（談話）「朝日新聞」夕刊　昭和四六年一〇月二一日

「巨星堕つ」の感じ―志賀直哉氏死去（談話）「サンケイ新聞」夕刊　昭和四六年一〇月二一日

「巨星堕つ」の感じ―志賀直哉氏死去（談話）「中日新聞」夕刊　昭和四六年一〇月二一日

「小説の神様」孤高の死―表せぬ偉大な功績（談話）「毎日新聞」夕刊　昭和四六年一〇月二一日

日本文学の最高峰（談話）「読売新聞」夕刊　昭和四六年一〇月二一日　＊志賀直哉死去への談話。「自筆メモ」では「志賀さん」。

谷崎潤一郎賞選評―感想　「中央公論」八六年一四号　昭和四六年一一月一日　294頁　＊2枚。第7回、野間宏「青年の環」。九月二九日執筆。

個性あった記者　「読売新聞」昭和四六年一一月三日

丹羽文雄先生談話―伊丹十三の編集するページ5（談話）「週刊読売」三〇巻五〇号　昭和四六年一一月五日　51頁　＊「衝撃の告白『脱毛の人は来たれ！』」として掲載。

近代日本文学においてもっとも影響をうけた小説（アンケート）「文芸春秋」昭和四六年一二月一〇日　65頁

思い出　獅子文六追悼録刊行会『牡丹の花―獅子文六追悼録』昭和四六年一二月一三日　24-26頁

私の近刊予告　「サンケイ新聞」昭和四六年一二月二七日　＊1枚。『全集』では「上半期の二作」。一二月二三日執筆。

武蔵野日々　「大自然」三二一～三六号　昭和四七年一月一日～六月一日　6回　＊社会スポーツセンター出版局発行。各掲載日は以下の通り。

1　三一号　昭和四七年一月一日（掲載誌未確認）　4枚
　昭和四六年一〇月二五日執筆

2　三二号　昭和四七年二月一日　4-7頁　4枚
　昭和四六年一二月二日執筆

3　三三号　昭和四七年三月一日　4-8頁　4枚
　昭和四六年一二月二七日執筆

4　三四号　昭和四七年四月一日　4-8頁　4枚
　一月二一日執筆

5　三五号　昭和四七年五月一日　4-8頁　4枚
　三月六日執筆

6　三六号　昭和四七年六月一日　4-8頁　4枚
　四月二日執筆

ゴルフとの出会い　「アサヒゴルフ」一五七号　昭和四七年一月一日　110-111頁　＊7枚。昭和四六年一〇月二五日執筆。

野間文芸賞選評―評　「群像」二七巻一号　昭和四七年一月一日　318-319頁　＊第24回、庄野潤三『絵合せ』。

清風―新春随想　「自由新報」五〇七号　昭和四七年一月一日　4面　＊5枚。『全集』では「自由新聞」。昭和四六年一二月六日執筆。

処方箋　「小説新潮」二六巻一号　昭和四七年一月一日　36-37頁　＊5枚。「巻頭随想」として掲載。

文芸家協会について　「文学界」二六巻一号　昭和四七年一月一日　10-11頁　＊7枚。『全集』では「文芸家協会のこと」。昭和四六年一二月八日執筆。

苦役の誓い―今年こそは書体一新　「読売新聞」昭和四七年一月三日　＊6枚。昭和四六年一二月一五日執筆。

文士考現学　「評論新聞」昭和四七年一月八日　＊7枚。昭和四六年一二月六日執筆。

第二九回芥川賞『悪い仲間』『陰気な愉しみ』選後評　「国文学解釈と鑑賞」三七巻二号　昭和四七年二月一日　156頁　＊「小島・安岡における同時代批評」として掲載。

花森安治「一銭五厘の旗」―まともな生活態度　「読売新聞」夕刊　昭和四七年二月一日　＊2枚。「読売文学賞受賞者人と作品」として掲載。第23回、花森安治「一銭五厘の旗」。一月二八日執筆。

中山義秀の思い出　新潮社『中山義秀全集　第七巻』附録「附録七」　昭和四七年二月一〇日　＊6枚。『全集』では「新潮」とあるが誤り。昭和四六年一二月二八日執筆。

〔収録〕
3027私の年々歳々（昭和五四年六月　サンケイ出版）
7137中山義秀の映像（平成一二年一〇月　中山義秀顕彰会）

視野の広い人だった（談話）「サンケイ新聞」夕刊　昭和四七年二月一七日　＊平林たい子死去への談話。

体を張って生きた人（談話）「日本経済新聞」夕刊　昭和四七年二月一七日　＊平林たい子死去への談話。

海戦の思ひ出　毎日新聞社『戦争文学全集2』附録「月報4」　昭和四七年二月一八日　＊3枚。『全集』では「毎日新聞」、「自筆メモ」では「角川出版」とあるが誤り。一月一九日執筆。

〔収録〕
2070海戦（伏字復元版）（平成一二年八月　中公文庫）

芥川賞選評―新鮮な感銘　「文芸春秋」五〇巻三号　昭和四七年三月一日　316-317頁　＊2枚。第66回、李恢成「砧をうつ女」・東峰夫「オキナワの少年」。なお東峰夫『オキナワの少年』（昭和四七年五月一五日　文芸春秋）帯にも掲載。一月二一日執筆。

〔収録〕
6526芥川賞全集9（昭和五七年一〇月　文芸春秋）

火野葦平を思う―私のおせっかいな不安が適中したそれが悲しい　「東京新聞」夕刊　昭和四七年三月三日　＊4枚。三月一日執筆。

〔収録〕
3027私の年々歳々（昭和五四年六月　サンケイ出版）

「声」について　三一書房『現代の小説』　昭和四七年三月一五日　228頁　＊1枚。『全集』では「『幸』について」（掲載誌不明）、「自筆メモ」では「現代の小説中」とある。昭和四六年一二月二三日執筆。

大同の石仏―好きな作品　「サンケイ新聞」昭和四七年三月一七日　＊1枚。

瀬戸内晴美―推薦のことば　筑摩書房「瀬戸内晴美作品集内容見本」　昭和四七年三月　＊1枚。一月七日執筆。全8巻（昭和四七年三月～四八年五月）。『瀬戸内晴美作品集1』（昭和四七年七月一五日）「附録1」に再掲。

弔辞―平林たい子　「自由」一四巻一号　昭和四七年四月一日　197-198頁

期待していた「源氏」の翻訳　「朝日新聞」昭和四七年四月一七日　＊川端康成自殺への談話。

計画的な死と思えない　「神奈川新聞」昭和四七年四月一七日　＊川端康成自殺への談話。

三島の死以上にショック　「京都新聞」昭和四七年四月一七日　＊川端康成自殺への談話。

三島の死以上にショック　「報知新聞」昭和四七年四月一七日　＊川端康成自殺への談話。

電話の声が泣く　「読売新聞」昭和四七年四月一七日　＊川端康成自殺への談話。見出しには「睡眠薬―ふと死が」。

都知事応援が響く―故川端邸通夜の客ひとこと　「朝日新聞」昭和四七年四月一八日

推薦　教育新潮社『和訳註解　親鸞教全集』帯　昭和四七年四月　＊2枚。三月二六日執筆。

吉川英治文学賞選評―感想　「群像」二七巻五号　昭和四七年五月一日　261頁　＊1枚。第6回、司馬遼太郎（『世に棲む日日』を中心とした作家活動に対して）。三月六日執筆。

ふるさと今昔―四日市、鈴鹿周辺　千種会『文学の旅10　紀州・伊勢・志摩』　昭和四七年五月一日　222-225頁　＊12枚。二月一四日執筆。

川端のこと（談話）「週刊サンケイ」二一巻二〇号　昭和四七年五月五日　22頁

睡眠薬常用を心配していた（談話）「サンケイ新聞」昭和四七年五月一五日　＊「有馬頼義氏、自殺を図る」の談話。

作家と健康　「東京新聞」夕刊　昭和四七年五月三一日　＊5枚。『全集』「自筆メモ」では「有馬頼義のこと」とある。五月二一日執筆。

川端さんの死に就いて　「群像」二七巻六号　昭和四七年六月一日　220-222頁　＊7枚。
〔収録〕
7108弔辞大全　レクイエム57（昭和五七年一二月　青銅社）
7508友よ、さらば（昭和六一年一一月　新潮文庫）
7511別れのとき（平成五年三月　文春文庫）

川端さん　「新潮」六〇年九号　昭和四七年六月一日　49-52頁
＊9枚。四月一九日執筆。
〔収録〕
6550近代作家追悼文集成43（平成一一年二月　ゆまに書房）

私たちの夫婦茶碗―夫婦の年齢（談話）「婦人倶楽部」五三巻六号　昭和四七年六月一日　141頁

作家と健康―万事を一生懸命に　「毎日新聞」夕刊　昭和四七年六月二日

親鸞―親鸞の再発見　「太陽」一〇九号（一〇巻七号）　昭和四七年六月一二日（七月号）　5-80頁　＊130枚。五月執筆。

作家と宗教　「サンケイ新聞」昭和四七年六月一九日　＊6枚。
『全集』では「作家の原稿」。六月九日執筆。

丹羽文雄氏の話（談話）「京都新聞」昭和四七年六月二一日
＊同日記事「連載小説『蓮如』に丹羽氏が無断引用」への談話。重松明久氏の談話と併載。

文芸作品と著作権―小説への歴史書からの引用　妥当な慣用法をつくりたい　「朝日新聞」夕刊　昭和四七年六月二六日
＊6枚。

瀬戸内晴美　『瀬戸内晴美作品集1』附録「附録1」　昭和四七年七月一五日　筑摩書房　＊月報と別刷。内容見本の再掲。

私と親鸞（談話）「中日新聞」昭和四七年七月二三日　＊名古屋東別院青少年会館での人生講座五周年記念特別講演録。

湯の山　「温泉」四〇巻九号　昭和四七年九月一日　13-14頁
＊3枚。七月二六日執筆。

芥川賞選評―さらりとまとめた手腕　「文芸春秋」五〇巻一一号　昭和四七年九月一日　328-329頁　＊2枚。第67回、畑山博「いつか汽笛を鳴らして」・宮原昭夫「誰かが触った」。
「自筆メモ」では「感想」とある。七月二二日執筆。
〔収録〕
6526芥川賞全集9（昭和五七年一〇月　文芸春秋）

歴史書の引用の問題―文芸家協会役職の辞意を表明して　「東京新聞」昭和四七年一〇月一一日　＊4枚。福島保夫『うゐのおくやま―続・私の中の丹羽文雄』（平成一一年八月三一日　武蔵野書房）では「東京タイムス」とある。一〇月一〇日執筆。

引用問題について　「サンケイ新聞」昭和四七年一〇月二七日　＊一〇月一〇日執筆。

谷崎潤一郎賞選評―感想　「中央公論」八七年一一号　昭和四七年一一月一日　322頁　＊第8回、丸谷才一「たった一人の反乱」。

女流文学賞選評―感想　「婦人公論」五七巻一一号　昭和四七年一一月一日　148頁　＊2枚。第11回、芝木好子『青磁砧』。九月一〇日執筆。

渇き―作者・丹羽文雄氏のことば　「東京新聞」ほか　昭和四七年一一月八日　＊三社連合紙に掲載。

親鸞紀行　平凡社『親鸞紀行』昭和四七年一一月一〇日　＊書き下ろし。「まえがき」（22頁）、「あとがき」（204-205頁）を付す。
〔収録〕
5083丹羽文雄文学全集28（昭和五一年八月　講談社）

私という作家　ほるぷ出版『有情』昭和四七年一二月一日　555-565頁　＊18枚。名作自選日本現代文学館の一冊として刊行。『全集』では「有情」あとがき（ほるぷ新聞）とあるが誤り。三月二六日執筆。

野間文芸賞選評―感想　「群像」二八巻一号　昭和四八年一月一日　308頁　＊第25回、佐多稲子『樹影』。

私の原稿紙―四十年来の習慣　「群像」二八巻一号　昭和四八年一月一日　59頁　＊4枚。昭和四七年一一月一八日執筆。

新年に思ふ―新春随想　「自由新報」五五五号　昭和四八年一月一日　7面　＊5枚。『全集』では「新春の感」（自民党新聞）とある。昭和四七年一二月一三日執筆。

私の親鸞　「日本及日本人」一五一五号　昭和四八年一月一日　6-17頁　＊昭和四七年一一月一八日執筆。

わが血肉に入る　朝日新聞社『歎異抄―現代を生きるこころ』昭和四八年二月一五日　258-260頁　＊6枚。『全集』「自筆メモ」では「歎異抄と私」（朝日新聞）とあるが誤り。昭和四七年七月二日執筆。

親鸞の木彫によせて　大丸「親鸞展」パンフレット　昭和四八年二月　＊昭和四七年一一月一九日執筆。なお「親鸞展」は二月一～一三日　東京大丸、二月二一～二七日　大阪大丸、昭和四九年四月五～一七日　京都大丸で開催。

大法輪の使命について　「大法輪」四〇巻三号　昭和四八年三月一日　89頁　＊2枚。「石原俊明八十四年の生涯」として掲載。「自筆メモ」では「『大法輪』について」とある。一月二〇日執筆。

芥川賞選評―読後感　「文芸春秋」五一巻四号　昭和四八年三月一日　247頁　＊2枚。第68回、山本道子「ベティさんの庭」・郷静子「れくいえむ」。一月二〇日執筆。
〔収録〕
6526芥川賞全集9（昭和五七年一〇月　文芸春秋）

八百年を迎えた親鸞　「サンケイ新聞」昭和四八年三月九日　＊6枚。三月五日執筆。

清純な感じがいいな―わたしは吉永小百合の〝ここ〟が大好き（アンケート）　「週刊読売」三二巻一一号　昭和四八年三月一〇日　138頁　＊「涙が出るほどうれしい直撃アンケート」として掲載。

あとがき　講談社『一路』　昭和四八年三月二八日　491-492頁　＊新装版。

親鸞教―現代人の生きがいと救い　「中日新聞」昭和四八年三月三〇日　＊4枚。三月二二日執筆。

浅間山　「いさり火」一号　昭和四八年四月一日　20-23頁　＊5枚。二月四日執筆。『全集』では「いざり火」とある。

素人の意見　「季刊歌舞伎」五巻四号（通号二〇号）　昭和四八年四月一日　13-14頁　＊4枚。二月一二日執筆。

吉川英治文学賞選評―感想　「群像」二八巻五号　昭和四八年五月一日　281頁　＊1枚。第7回、水上勉（『北国の女の物語』『兵卒の鬃』を中心とした作家活動に対して）。三月六日執筆。

感想―創立十周年に寄せて　「日本近代文学館」一三号　昭和四八年五月一五日　＊4枚。

浅見淵と私　「群像」二八巻六号　昭和四八年六月一日　249-251頁　＊10枚。四月一五日執筆。「自筆メモ」では四月二〇日とある。
〔収録〕
3027私の年々歳々（昭和五四年六月　サンケイ出版）

弔辞―追悼浅見淵　「早稲田文学」五巻六号　昭和四八年六月一日　65-68頁　＊5枚。四月一三日執筆。
〔収録〕
3027私の年々歳々（昭和五四年六月　サンケイ出版）

平林たい子文学賞選評　「新潮」七〇年七号　昭和四八年七月一日　151頁　＊第1回、（小説部門）耕治人『この世に招かれてきた客』、（評論部門）竹西寛子『式子内親王・永福門院』・山室静『山室静著作集』。なお丹羽は第16回（昭和六三年）まで委員を務めた。

おのれとのたたかい―ゴルフやる人の『ここ』が大好き（アンケート）「週刊読売」三二巻二九号　昭和四八年七月一〇日　57頁　＊「涙が出るほどうれしい直撃アンケート」として掲載。

志賀さんの思い出　岩波書店『志賀直哉全集　第二巻』附録「月報3」　昭和四八年七月一八日　＊8枚。六月二日執筆。

〔収録〕
3032をりふしの風景（昭和六三年八月　学芸書林）

日を経て味わいをます秘密　平林たい子記念文学会『平林たい子追悼文集』　昭和四八年七月二八日　303-304頁

作家と作品　集英社『日本文学全集36　瀧井孝作　尾崎一雄』　昭和四八年八月八日　417-446頁　＊浅見淵と連名。

週刊新潮掲示板　「週刊新潮」一八巻三三号　昭和四八年八月一六日　128頁　＊「台湾日日新聞」連載の「新生」について。

芥川賞選評―決定までに難航　「文芸春秋」五一巻一三号　昭和四八年九月一日　316-354頁　＊2枚。第69回、三木卓「鶸」。七月執筆。

〔収録〕
6527芥川賞全集10（昭和五七年一一月　文芸春秋）

ローラちゃんにはまいった！　「週刊小説」二巻三七号　昭和四八年九月二八日　3-5頁　＊グラビア「ローラちゃんの魅力にまいった！―ローラ・ボーVS丹羽文雄・生沢朗氏軽井沢で決戦」として掲載。

あとがき　『新版　親鸞　下』　昭和四八年九月三〇日　新潮社　400-405頁

私の好きな仏のことば（アンケート）「文芸春秋」五一巻一五号　昭和四八年一〇月一日　198頁

「青銅」に寄せて―解説　『廣津和郎全集4』付録「月報」　昭和四八年一〇月二〇日　中央公論社　＊19枚。一〇月一八、一九日執筆。新装普及版（昭和六三年九月二〇日）では巻末（509-514頁）に収録。なお『私の年々歳々』では「広津和郎さんの『青銅』」に改題。

〔収録〕
3027私の年々歳々（昭和五四年六月　サンケイ出版）

谷崎潤一郎賞選評―感想　「中央公論」八八年一一号　昭和四八年一一月一日　320-321頁　＊2枚。第9回、加賀乙彦「帰らざる夏」。九月二三日執筆。

女流文学賞選評―感想　「婦人公論」五八巻一一号　昭和四八年一一月一日　196頁　＊2枚。第12回、幸田文『闘』。九月一一日執筆。なお『全集』では「感想」（婦人公論）とある。

他人への気疲れから（談話）「中日新聞」夕刊　昭和四八年一一月一四日　＊瀬戸内晴美出家についての談話。

瀬戸内晴美さんの出家―心を打つ切実なもの「毎日新聞」夕刊　昭和四八年一一月一七日　＊4枚。一一月一四日執筆。

人生有情―告白・わが半生の記　昭和四八年一一月三〇日　いんなあとりっぷ社　8-118頁　＊昭和四八年四月二三～二七日、NHK総合テレビで放映された「女性手帳　丹羽文雄―人間・文学・宗教」でのインタビューを活字化したもの。

菊池寛賞受賞を喜ぶ―多彩な才能の一面「文芸春秋」五一巻一八号　昭和四八年一二月一日　380頁　＊2枚。吉村昭の受賞について。一〇月一五日執筆。

あとがき　成瀬書房『鮎』　昭和四八年一二月一〇日　205-210頁　＊限定版。三〇部限定版、三〇〇部限定版ともに自筆原稿を掲載。

作者のことば―干潟「毎日新聞」夕刊　昭和四八年一二月二五日

御仏にすがる心「サンデー毎日」五二巻四九号　昭和四八年一二月二日　20-21頁　＊「自筆メモ」では「瀬戸内のこと」。一一月二九日執筆。

たがね「いさり火」一〇号　昭和四九年一月一日　28-31頁　＊5枚。昭和四八年一二月五日執筆。

野間文芸賞選評―感想「群像」二九巻一号　昭和四九年一月一日　290頁　＊2枚。第26回、大江健三郎『洪水はわが魂に及び』。昭和四八年一一月執筆。

新春の感「自由新報」昭和四九年一月八日　＊昭和四八年一二月一三日執筆。

芥川賞選評　新潮社『井上靖小説全集　第一巻』附録「月報16」　昭和四九年一月二〇日　＊「文芸春秋」二八巻四号（昭和二五年四月一日）の再掲。

孫の友達「ミセス」一七四号　昭和四九年一月一日　210-213頁　＊11枚。「自筆メモ」では一二月一七日執筆。加山又造挿絵。昭和四八年一一月一六日執筆。

珠玉のような作品―「歌枕」中里恒子「読売新聞」昭和四九年二月一日　＊「第25回読売文学賞に輝く5氏と作品」として掲載。

著者の言葉　講談社「丹羽文雄文学全集内容見本」　昭和四九年二月

読書の年齢「海」六巻三号　昭和四九年三月一日　8-12頁

＊10枚。一月一九日執筆。
〔収録〕
3032をりふしの風景（昭和六三年八月　學藝書林）

芥川賞選評―清冽な印象　「文芸春秋」五二巻四号　昭和四九年三月一日　314-315頁　＊第70回、野呂邦暢「草のつるぎ」・森敦「月山」。
〔収録〕
6527芥川賞全集10（昭和五七年一一月　文芸春秋）

選評―電電時代賞　小説・戯曲の部　「電電時代」三巻二号　昭和四九年三月一日　35-38頁　＊第1回、谷地政共「猟師佐次郎」。

青磁の大皿―私の愛蔵　「週刊小説」三巻一〇号　昭和四九年三月二二日　78頁（グラビア）

創作ノート　講談社『丹羽文雄文学全集　第一巻』　昭和四九年四月八日　425-433頁　＊16枚。昭和四八年一一月一九日執筆。以後各巻に書き下ろす。
〔収録〕
3024創作の秘密（昭和五一年一一月　講談社）

終止符の感慨　「文学者」一七巻四号（通号二五六号）　昭和四九年四月一〇日　4-5頁
〔収録〕
6517昭和批評大系5（昭和五三年三月　番町書房）
9205丹羽文雄と「文学者」（平成一一年九月　東京都近代文学博物館）

アウト・イン―週末マイ・ゴルフ　「東京タイムズ」昭和四九年四月二七・二八日　2回　＊8枚。四月二〇日執筆。

吉川英治文学賞選評―感想　「群像」二九巻五号　昭和四九年五月一日　257頁　＊2枚。第8回、新田次郎（『武田信玄』ならびに一連の山岳小説に対して）。三月六日執筆。

同人雑誌「文学者」の終り　「歴史と人物」四巻五号　昭和四九年五月一日　241-250頁　＊27枚。三月一〇日執筆。
〔収録〕
3027私の年々歳々（昭和五四年六月　サンケイ出版）

モナ・リザ　「サンケイ新聞」夕刊　昭和四九年五月六日　4面　＊5枚。『全集』では「モナ・リザ随想」。四月一五日執筆。

新聞小説について―創作ノート　講談社『丹羽文雄文学全集　第一〇巻』　昭和四九年六月八日　417-426頁　＊17枚。一月二七日執筆。
〔収録〕
3024創作の秘密（昭和五一年一一月　講談社）

こころにひびくことば―楽天知命故不憂　「ＰＨＰ」三一四号　昭和四九年七月一日　8頁　＊グラビア。四月一八日執筆。
〔収録〕
7109贈ることば（昭和五八年三月　ＰＨＰ研究所）

平林たい子文学賞選評―読後感　「新潮」七一年七号　昭和四九年七月一日　135頁　＊第2回、（小説部門）藤枝静男『愛国者たち』・日野啓三『此岸の家』、（評論部門）伊藤信吉『ユートピア紀行』。

夫婦の年齢（談話）　「婦人倶楽部」五五巻八号　昭和四九年七月一日　20-21頁

鮎のころ　「いさり火」一六号　昭和四九年七月五日　12-15頁　＊五月二九日執筆。

私の読者―創作ノート　講談社『丹羽文雄文学全集　第一七巻』　昭和四九年七月八日　387-397頁　＊17枚。二月二七日執筆。
〔収録〕
3024創作の秘密（昭和五一年一一月　講談社）

日記　「東京新聞」夕刊　昭和四九年七月一七日　＊4枚。六月一二日執筆。

古語拾遺　「歴史と人物」四巻八号　昭和四九年八月一日　17頁　＊1枚。七月二三日執筆。筆跡。『全集』では「色紙」とある。

作家たち―創作ノート　講談社『丹羽文雄文学全集　第八巻』　昭和四九年八月八日　407-416頁　＊19枚。三月二五日執筆。
〔収録〕
3024創作の秘密（昭和五一年一一月　講談社）

小生目下スランプ中　「週刊小説」三巻二九号　昭和四九年八月九日　90-91頁　＊3枚。八月九日執筆。

あとがき　『渇愛　下』　昭和四九年八月二五日　新潮社　27頁

私の近況　「新刊ニュース」二九〇号　昭和四九年九月一日　38-39頁　＊3枚。七月五日執筆。

芥川賞選評―感想　「文芸春秋」五二巻一〇号　昭和四九年九月一日　368-369頁　＊2枚。第71回、該当作なし。七月一八日執筆。
〔収録〕
6527芥川賞全集10（昭和五七年一一月　文芸春秋）

文章管見―創作ノート　講談社『丹羽文雄文学全集　第三巻』　昭和四九年九月八日　401-408頁　＊16枚。四月二六日執筆。
〔収録〕
3024創作の秘密（昭和五一年一一月　講談社）

作者のことば—老いの鶯　三一書房『現代の小説』　昭和四九年九月三〇日　275-287頁

女性と発心—瀬戸内晴美、他　「小説サンデー毎日」六巻一〇号　昭和四九年一〇月一日　186-197頁　＊30枚。七月二四日執筆。

恋愛考　「別冊いんなあ・とりっぷ」創刊号　昭和四九年一〇月一日　156-164頁　＊「わが恋愛論1　恋愛のすすめ」（文芸春秋　三三巻一号　昭和三〇年一月一日）の改題再録。「現代代表作家自選恋愛論ベスト」として掲載。

小説家についての二、三の考察—創作ノート　講談社『丹羽文雄文学全集　第一二巻』　昭和四九年一〇月八日　451-460頁　＊15枚。七月二五日執筆。

〔収録〕
3024創作の秘密（昭和五一年一一月　講談社）

人間グリーン　丹羽文雄　「夕刊フジ」　昭和四九年一〇月一六日〜一二月二二日　50回　＊200枚。「人間グリーン」111〜160回として掲載。『全集』では一〇月一日〜一二月五日掲載とあるが誤り。『ゴルフ・丹羽式上達法』では「グリーンの上で」に改題。

〔収録〕
3023ゴルフ・丹羽式上達法（昭和五一年七月　講談社）
3033新装版　ゴルフ上達法（平成五年七月　潮出版社）
4005ゴルフ上達法（昭和五八年一一月　潮文庫）

菊池寛賞と「文学者」　「サンケイ新聞」夕刊　昭和四九年一〇月二三日　＊4枚。一〇月一八日執筆。

推薦—現代の女流文学　毎日新聞社「現代の女流文学内容見本」　昭和四九年一〇月

谷崎潤一郎賞選評—感想　「中央公論」八九年一一号　昭和四九年一一月一日　266頁　＊第10回、臼井吉見「安曇野」。

女流文学賞選評—感想　「婦人公論」五九巻一一号　昭和四九年一一月一日　206頁　＊2枚。第13回、富岡多恵子『冥土の家族』。「自筆メモ」では「女流文学賞の感想」。九月九日執筆。

筋のある小説ない小説—創作ノート　講談社『丹羽文雄文学全集　第五巻』　昭和四九年一一月八日　503-511頁　＊17枚。九月九日執筆。

〔収録〕
3024創作の秘密（昭和五一年一一月　講談社）

自然法爾（現代語訳）　講談社『現代語訳親鸞全集　第二集　書簡』　昭和四九年一一月一〇日　36-37頁　＊「末燈鈔　御消息集　拾遺御消息集　恵信尼文書　血脈文集」。

文壇告知板―丹羽文雄　「週刊サンケイ」二三巻五二号　昭和四九年一一月一四日　63頁

小磯良平さんのこと　「アート・トップ」二五号　昭和四九年一一月一五日　13頁　＊5枚。一〇月一五日執筆。

親鸞に還る（インタビュー）「波」四巻一二号　昭和四九年一二月一日　40-46頁

散文精神について―創作ノート　講談社『丹羽文雄文学全集第一八巻』昭和四九年一二月八日　377-386頁　＊16枚。一〇月九日執筆。

〔収録〕
3024創作の秘密（昭和五一年一一月　講談社）

少年の日　「太陽」一四〇号　昭和四九年一二月一二日号（一月号）14-15頁　＊7枚。一〇月三〇日執筆。

ニコラウス礼讃　「週刊パー・ゴルフ」昭和四九年一二月一九日　22-23頁　＊6枚。一二月九日執筆。

青い目の人形　「オール読物」三〇巻一号　昭和五〇年一月一日　46-49頁　＊10枚。昭和四九年一一月二七日執筆。

野間文芸賞選評―感想　「群像」三〇巻一号　昭和五〇年一月一日　289-290頁　＊2枚。第27回、大岡昇平『中原中也』。昭和四九年一一月二〇日執筆。

旅の音―新春随想　「自由新報」六四七号　昭和五〇年一月一日　＊5枚。昭和四九年一二月一三～一四日執筆。

おのれの心　「中央公論」九〇年一号　昭和五〇年一月一日　54-55頁　＊4枚。昭和四九年一一月一九日執筆。

続・散文精神について―創作ノート　講談社『丹羽文雄文学全集第六巻』昭和五〇年一月八日　451-460頁　＊17枚。昭和四九年一一月三〇日執筆。

〔収録〕
3024創作の秘密（昭和五一年一一月　講談社）

都竹君と私　「アート・トップ」二六号　昭和五〇年一月二〇日　100頁　＊3枚。昭和四九年一二月二二日執筆。

序に代えて　『湖北有情―福田寺炉辺雑纂』昭和五〇年一月　福田寺大谷家出版会　＊5枚。昭和四九年一二月二二日執筆。

北海道の記憶　「北の話」六五号　昭和五〇年二月一日　7-9頁　＊6枚。昭和四九年一二月一三日執筆。

〔収録〕
7138「北の話」選集（平成一二年一二月　北海道新聞社）

芥川賞・直木賞作家を数多く育てた文壇の模範夫婦　丹羽文雄

さんと綾子夫人―夫婦の履歴書2（インタビュー）「主婦之友」五九巻二号　昭和五〇年二月一日　144-149頁　＊一月二三日取材。文責近藤富枝。

和田芳恵「接木の台」―しみじみした共感　「読売新聞」昭和五〇年二月一日　＊2枚（六〇〇字）。「読売文学賞受賞者人と作品」として掲載。一月二三日執筆。

一九七四年十一月の私―創作ノート　講談社『丹羽文雄文学全集　第二三巻』　昭和五〇年二月八日　323-333頁　＊15枚。昭和四九年一二月三〇日執筆。

〔収録〕
3024創作の秘密（昭和五一年一一月　講談社）

芥川賞選評―感想　「文芸春秋」五三巻三号　昭和五〇年三月一日　360頁　＊第72回、日野啓三「あの夕陽」・阪田寛夫「土の器」。一月執筆。

〔収録〕
6527芥川賞全集10（昭和五七年一一月　文芸春秋）

選評―電電時代賞　小説・戯曲の部　「電電時代」四巻二号　昭和五〇年三月一日　42-43頁　＊第2回、受賞作なし。

歴史小説　「別冊文芸春秋」一三一号　昭和五〇年三月五日　9-13頁　＊10枚。二月一〇、一一日執筆。

早稲田文学の終刊号―創作ノート　講談社『丹羽文雄文学全集　第一六巻』　昭和五〇年三月八日　383-391頁　＊15枚。一月六日執筆。

〔収録〕
3024創作の秘密（昭和五一年一一月　講談社）

老人文学―創作ノート　講談社『丹羽文雄文学全集　第四巻』　昭和五〇年四月二〇日　375-383頁　＊15枚。二月一八日執筆。

〔収録〕
3024創作の秘密（昭和五一年一一月　講談社）

作家訪問記　丹羽文雄（インタビュー）「海」七巻五号　昭和五〇年五月一日　162-163頁

吉川英治文学賞選評―感想　「群像」三〇巻五号　昭和五〇年五月一日　237頁　＊2枚。第9回、城山三郎「落日燃ゆ」。三月一九日執筆。

私の年月　「日本及日本人」一五二九号　昭和五〇年五月一日　26-29頁　＊10枚。三月三一日執筆。

一遍聖絵―私の好きな国宝一点　「文芸春秋デラックス」二巻六号　昭和五〇年五月一日　162頁　＊2枚。『全集』には「一遍伝説」（文芸春秋）とある。二月一八日執筆。

文化使節団に思うこと—創作ノート　講談社『丹羽文雄文学全集　第一三巻』　昭和五〇年五月八日　435-443頁　＊16枚。「自筆メモ」では「文化使節団のこと」とある。三月二九日執筆。
〔収録〕
3024創作の秘密（昭和五一年一一月　講談社）

パートナー佐藤さん　「日本経済新聞」昭和五〇年六月四日　＊1枚。『全集』では「江藤平作」とあるが、佐藤栄作の誤りと思われる。五月二七日執筆。

私の一言—ふさわしい式だった（談話）「読売新聞」昭和五〇年六月一七日　＊「ドキュメント国民葬」（佐藤栄作元首相の国民葬）記事。「軽井沢で隣組の丹羽文雄さん」として掲載。

講演について—創作ノート　講談社『丹羽文雄文学全集　第二四巻』　昭和五〇年六月八日　413-422頁　＊16枚。四月二二日執筆。
〔収録〕
3024創作の秘密（昭和五一年一一月　講談社）

平林たい子文学賞選評—三人三様のよさ　「新潮」七〇年八号　昭和五〇年七月一日　153頁　＊第3回、（小説部門）該当作なし、（評論部門）若杉慧『長塚節素描』・小田嶽夫『郁達夫伝』。

平林賞候補作品—創作ノート　講談社『丹羽文雄文学全集　第一五巻』　昭和五〇年七月八日　403-412頁　＊15枚。五月一一日執筆。
〔収録〕
3024創作の秘密（昭和五一年一一月　講談社）

親鸞　小学館『人物日本歴史6　鎌倉の群英』　昭和五〇年七月三一日　191-225頁　＊65枚。昭和四九年九月二三〜二六日執筆。

私も家内も紅茶きのこで健康　「主婦の友」五九巻八号　昭和五〇年八月一日　102頁　＊「決定版紅茶きのこ　有名人27人の体験集」として掲載。

海戦前夜　「歴史と人物」五巻八号　昭和五〇年八月一日　68-70頁　＊「回想・従軍報道班員の日々」として掲載。

郁達夫伝—創作ノート　講談社『丹羽文雄文学全集　第二五巻』昭和五〇年八月八日　405-413頁　＊15枚。六月一二日執筆。
〔収録〕
3024創作の秘密（昭和五一年一一月　講談社）

小澤春雄君と「人事異動」について　小沢春夫『人事異動』昭和五〇年八月一三日　時評社　＊五月八日執筆。

この人たち20人の〝戦争〟　「週刊読売」三四巻三四号　昭和五〇年八月一五日　グラビア　＊グラビア解説。他に源氏鶏太、伊藤桂一、福田恆存、富士正晴、寺山修司らが執筆。

孫たちと囲む山荘の夕食　「アサヒグラフ」二七一〇号　昭和五〇年八月二九日　74頁　＊2枚。『全集』では「山荘の夕食」とある。八月一日執筆。

芥川賞選評―選後感　「文芸春秋」五三巻九号　昭和五〇年九月一日　346頁　＊2枚。第73回、林京子「祭りの場」。
〔収録〕
6527芥川賞全集10（昭和五七年一一月　文芸春秋）

文壇に出た頃―創作ノート　講談社『丹羽文雄文学全集　第二二巻』　昭和五〇年九月八日　379-388頁　＊16枚。七月四日執筆。
〔収録〕
3024創作の秘密（昭和五一年一一月　講談社）

作者の言葉―青い椅子の女　三一書房『現代の小説』　昭和五〇年九月三〇日　282頁

続　文壇に出た頃―創作ノート　講談社『丹羽文雄文学全集第七巻』　昭和五〇年一〇月八日　405-413頁　＊15枚。八月一八日執筆。
〔収録〕
3024創作の秘密（昭和五一年一一月　講談社）

谷崎潤一郎賞選評―感想　「中央公論」九〇年一一号　昭和五〇年一一月一日　304頁　＊16枚。第11回、水上勉「一休」。九月二〇日執筆。

蓮如―閑話休題　「中央公論」九〇年一一号　昭和五〇年一一月一日　444-453頁

女流文学賞選評―感想　「婦人公論」六〇巻一一号　昭和五〇年一一月一日　194-195頁　＊第14回、大庭みな子『がらくた博物館』。

作者の持味―創作ノート　講談社『丹羽文雄文学全集　第九巻』　昭和五〇年一一月八日　387-395頁　＊17枚。九月一八日執筆。
〔収録〕
3024創作の秘密（昭和五一年一一月　講談社）

生命と仕事のつながりを考える―著者から（談話）「週刊サンケイ」二四巻五五号　昭和五〇年一一月二〇日　70頁

井原西鶴　小学館『人物日本歴史12　元禄の時代』　昭和五〇年一一月二〇日　71-109頁

読者の手紙―創作ノート　講談社『丹羽文雄文学全集　第一一

巻』　昭和五〇年一二月八日　469-478頁　＊18枚。
〔収録〕
3024創作の秘密（昭和五一年一一月　講談社）

昔の記憶　国書刊行会「島木健作全集内容見本」　昭和五〇年　＊2枚。七月二四日執筆。『全集』では「月報」とある。

推薦文　実業之日本社「富島健夫小説選集内容見本」　昭和五〇年

野間文芸賞選評—推薦の辞　「群像」三一巻一号　昭和五一年一月一日　303-304頁　＊第28回、尾崎一雄『あの日この日』・平野謙『平野謙全集6　さまざまな青春』。

玄関望見　「週刊現代」一八巻一号　昭和五一年一月一日　グラビア

発見の愉しさ—思い出のスコアカード　「小説現代」一四巻一号　昭和五一年一月一日　107頁　＊3枚。五十一年新年特別号。「ゴルフリレーエッセー」として掲載。『全集』では「ゴルフ発見の愉しさ」。昭和五〇年一〇月二五日執筆。

石碑《いしぶみ》　「ミセス」二〇四号　昭和五一年一月一日　185頁　＊5枚。三井永一挿絵。昭和五〇年一二月一五日執筆。

新春雑感　「自由新報」六九七号　昭和五一年一月六日　9面　＊5枚。昭和五〇年一二月一三・一四日執筆。

ゴルフ談義　「日刊ゲンダイ」昭和五一年一月七日～五月一三日　50回　＊昭和五〇年一二月～昭和五一年二月二六日執筆。
〔収録〕
3025ゴルフ談義（昭和五二年四月　講談社）
3034新装版　ゴルフ談義（平成五年七月　潮出版社）
4004ゴルフ談義（昭和五八年一一月　潮文庫）

私の結婚　「週刊文春」一八巻二号　昭和五一年一月八日　グラビア　＊1枚。一月八日・一五日合併号。「自筆メモ」では「私の住居」。

自叙伝についての考察—創作ノート　講談社『丹羽文雄文学全集　第二巻』　昭和五一年一月八日　389-399頁　＊15枚。昭和五〇年一一月二五日執筆。
〔収録〕
3024創作の秘密（昭和五一年一一月　講談社）

うらやましい生涯（談話）「朝日新聞」夕刊　昭和五一年一月一三日　＊舟橋聖一死去についての談話。

私の所蔵品　「月刊美術」一巻三号　昭和五一年一月二〇日　56-57頁　＊6枚。昭和五〇年一一月二四日執筆。

ロマンチックで攻撃的なゴルフ—グリーン交遊録　「週刊現

代」一八巻三号　昭和五一年一月二二日　116頁　＊4枚。一月一五日・二二日合併号。「自筆メモ」では「ある日和―ゴルフ随筆」。昭和五〇年一一月三日執筆。

四十年以上の長い付合い―私とサンデー毎日（インタビュー）　「サンデー毎日」五五巻六号　昭和五一年二月八日　88-89頁　＊2枚。「自筆メモ」では「思い出」。昭和五〇年一二月一五日取材。

〔収録〕

話術―創作ノート　講談社『丹羽文雄文学全集　第一九巻』　昭和五一年二月八日　417-425頁

3024創作の秘密（昭和五一年一一月　講談社）

家の歴史　「小金井」昭和五一年二月二〇日　＊8枚。雑誌「小金井」は小金井カントリークラブ会報誌。「自筆メモ」では「小金井月報」。昭和五〇年一二月一八日執筆。

弔辞拾遺―舟橋聖一　「文学界」三〇巻三号　昭和五一年三月一日　132-135頁　＊11枚。一月二一日執筆。

〔収録〕

3027私の年々歳々（昭和五四年六月　サンケイ出版）

3032をりふしの風景（昭和六三年八月　学芸書林）

芥川賞選評―さわやかな感じ　「文芸春秋」五四巻三号　昭和五一年三月一日　342頁　＊2枚。第74回、中上健次「岬」・岡松和夫「志賀島」。一月七日執筆。

〔収録〕

6527芥川賞全集10（昭和五七年一一月　文芸春秋）

選評―電電時代賞　小説・戯曲の部　「電電時代」五巻二号　昭和五一年三月一日　33-35頁　＊第3回、総戸斗明「嫌な奴」。

名著有景33　浄瑠璃寺―丹羽文雄「顔」　「週刊文春」一八巻九号　昭和五一年三月四日　グラビア　＊「自筆メモ」では「顔の一部」。三月五日執筆。

北村西望の仕事　講談社『北村西望彫像大成』　昭和五一年三月　＊三月五日執筆。

作品の生命―創作ノート　講談社『丹羽文雄文学全集　第一四巻』　昭和五一年三月八日　499-508頁　＊16枚。一月二〇～二四日執筆。

〔収録〕

3024創作の秘密（昭和五一年一一月　講談社）

身辺雑記―創作ノート　講談社『丹羽文雄文学全集　第二〇巻』　昭和五一年四月八日　387-396頁　＊6枚。二月二三日執筆。

〔収録〕

3024創作の秘密（昭和五一年一一月　講談社）

〝人間信頼〟を貫いて―小説家、丹羽文雄氏の話　「読売新聞」夕刊　昭和五一年四月九日　＊「武者小路実篤死去　悲しみ深く「新しき村」」への談話。

吉川英治文学賞選評―選者のことば　「群像」三一巻五号　昭和五一年五月一日　267頁　＊第10回、五木寛之『青春の門』（筑豊編ほか）。

破滅型―創作ノート　講談社『丹羽文雄文学全集　第二一巻』　昭和五一年五月八日　393-401頁　＊15枚。四月一五～一七日執筆。

〔収録〕
3024創作の秘密（昭和五一年一一月　講談社）
3026親鸞の眼（昭和五二年一〇月　ゆまにて出版）

実作メモ―創作ノート　講談社『丹羽文雄文学全集　第二六巻』　昭和五一年六月八日　463-472頁

〔収録〕
3024創作の秘密（昭和五一年一一月　講談社）

ばんめし　「食食食」七号　昭和五一年六月一〇日　63頁

〔収録〕
7116名士の食卓（昭和六一年三月　彩古書房）

小説を書く意味　「全作家」創刊号　昭和五一年六月二五日　298-301頁　＊7枚。四月二一日執筆。

〔収録〕
3024創作の秘密（昭和五一年一一月　講談社）

平林たい子文学賞選評―「青い沼」評　「新潮」七一年八号　昭和五一年七月一日　71頁　＊第4回、（小説部門）島村利正『青い沼』、（評論部門）村松剛『死の日本文学史』。

ある顛末―創作ノート　講談社『丹羽文雄文学全集　第二七巻』　昭和五一年七月八日　459-469頁　＊17枚。五月二〇日執筆。

私と同時代の人々―昭和十年代文学特集　「日本近代文学館」三二号　昭和五一年七月一五日　9頁　＊2枚。六月九日執筆。

私の苦闘篇　講談社『ゴルフ・丹羽式上達法―51歳から始めてシングルになる』　昭和五一年七月三一日　2-129頁　＊155枚。書き下ろし。昭和五〇年七月一一日～九月二九日執筆。「自筆メモ」では「アマのゴルフ」。「まえがき」を付す。

〔収録〕
3023ゴルフ・丹羽式上達法（昭和五一年七月　講談社）
3033新装版　ゴルフ上達法（平成五年七月　潮出版社）
4005ゴルフ上達法（昭和五八年一一月　潮文庫）

水島治男のこと―創作ノート　講談社『丹羽文雄文学全集　第二八巻』　昭和五一年八月八日　409-418頁　＊15枚。六月執筆。

〔収録〕
3024創作の秘密（昭和五一年一一月　講談社）

芥川賞選評―村上龍君の作品　「文芸春秋」五四巻九号　昭和五一年九月一日　382-383頁　＊2枚。第75回、村上龍「限りなく透明に近いブルー」。七月執筆。
〔収録〕
6528芥川賞全集11（昭和五七年一二月　文芸春秋）

作者のことば―魂の試される時　「読売新聞」昭和五一年九月六日

人間、生き方の集大成に（談話）「読売新聞」夕刊　昭和五一年九月八日

四日市―私のふるさとNo.82　「文芸春秋」五四巻一〇号　昭和五一年一〇月一日　315頁　＊1枚。日本交通公社の広告として掲載。「自筆メモ」では「四日市　文春広告」。八月一三日執筆。

若いしこれからなのに残念でならぬ（談話）「毎日新聞」夕刊　昭和五一年一〇月八日　＊武田泰淳死去への談話。

帯文　鈴木真砂女『夕蛍』　昭和五一年一〇月二五日　牧羊社
＊昭和四三年一二月二五日執筆。
〔収録〕
5507鈴木真砂女全句集（平成一三年三月　角川書店）

谷崎潤一郎賞選評―異色の谷崎賞　「中央公論」九一年一一号　昭和五一年一一月一日　294頁　＊第12回、藤枝静男「田紳有楽」。

女流文学賞選評―選後評　「婦人公論」六一巻一一号　昭和五一年一一月一日　200頁　＊2枚。第15回、萩原葉子『蕁麻の家』。九月八日執筆。

小磯良平さんと私　「別冊アサヒグラフ」二巻四号　昭和五一年一一月一五日　92頁　＊4枚。「自筆メモ」では「小磯良平」。七月二六日執筆。

武田泰淳君　「新潮」七三年一二号　昭和五一年一二月一日　155-157頁　＊5枚。一〇月一六日執筆。

末弟・和郎氏が「兄・舟橋聖一の生涯」で書いた日本一わがままな作家との愛憎の葛藤（談話）「週刊文春」一八巻四九号　昭和五一年一二月九日　26-29頁

母と私の文学　「潮」二一二号　昭和五二年一月一日　306-311頁
＊口述筆記。

野間文芸賞選評―感想　「群像」三二巻一号　昭和五二年一月一日　321-322頁　＊2枚。第29回、武田泰淳『目まいのする

散歩』・三浦哲郎『拳銃と十五の短篇』。昭和五一年一一月二〇日執筆。

私の絵と書　「サンケイ新聞」夕刊　昭和五二年一月七日　＊5枚。昭和五一年一二月二〇日執筆。

俳人協会賞に輝く―銀座・呑み屋の女将・鈴木真砂女（70）の心意気（談話）「週刊朝日」八二巻一号　昭和五二年一月七日　162-163頁

八木義徳「風景」―老成の境地、しみじみと感銘　「読売新聞」　昭和五二年二月一日　＊1.5枚（六〇〇字）。「読売文学賞受賞者人と作品」として掲載。第28回、八木義徳「風景」。一月二三日執筆。

選評―電電時代賞　小説・戯曲の部　「電電時代」六巻二号　昭和五二年三月一日　32-33頁　＊第4回、坪井憲次「女人幻想」。一月一三日執筆。

芥川賞選評―心を捉えた二作　「文芸春秋」五五巻三号　昭和五二年三月一日　404-405頁　＊2枚。第76回、該当作なし。一月二一日執筆。

〔収録〕
6528芥川賞全集11（昭和五七年一二月　文芸春秋）

本当に強いプロはむき出しに強さを感じさせないものだ　「週刊ゴルフダイジェスト」一二巻一〇号　昭和五二年三月一六日　グラビア　＊2枚。「自筆メモ」では「村上プロ」。二月一六日執筆。

精力まだ衰えず　「朝日新聞」昭和五二年三月二八日　＊「自筆メモ」では「私の近況」。四月一六日執筆。

吉川英治文学賞選評―感想　「群像」三二巻五号　昭和五二年五月一日　375頁　＊第11回、池波正太郎（『鬼平犯科帳』、『剣客商売』、『仕掛人・藤枝梅安』などを中心とした作家活動）。

身辺の木々　「季刊芸術」四二号　昭和五二年七月一日　28-29頁　＊8枚。一一巻三号。六月一五日執筆。

平林たい子文学賞選評―「青い沼」評　「新潮」七四年号　昭和五二年七月一日　171頁　＊第5回（小説部門）直井潔『一縷の川』・後藤明生『夢かたり』。（評論部門）該当作なし。なお第6回以降は「潮」掲載。

本願寺合戦　小学館『戦乱日本の歴史8』　昭和五二年七月一日　7-102頁　＊45枚。丹羽文雄、森龍吉の共同執筆として掲載。五月四日執筆。

思ひ出　「週刊読売」三六巻二六号　昭和五二年七月二日　62頁　＊1.5枚（六〇〇字）。「週刊読売一五〇〇号特別寄稿」として掲載。六月七日執筆。

解説　潮出版社『平林たい子全集　第五巻』昭和五二年七月二五日　477-485頁　＊七月一三日執筆。

親鸞と蓮如の小説化　角川書店『鑑賞日本古典文学　第二〇巻　仏教文学』昭和五二年七月三〇日　381-385頁　＊11枚。六月七日執筆。

街と人間　「文芸春秋」五五巻八号　昭和五二年八月一日　78-79頁　＊5枚。「自筆メモ」では「文春冠《ママ》頭言」。六月一九日執筆。

芥川賞選評―感想　「文芸春秋」五五巻九号　昭和五二年九月一日　376頁　＊2枚。第77回、三田誠広「僕って何」・池田満寿夫「エーゲ海に捧ぐ」。七月一八日執筆。

〔収録〕6528芥川賞全集11（昭和五七年一二月　文芸春秋）

今東光を悼む　「毎日新聞」昭和五二年九月二日

一六九篇の回想　「小説新潮」三一巻一〇号　昭和五二年一〇月一日　38-39頁　＊「四百号記念特別随想」として掲載。

和田芳恵君のこと　「サンデー毎日」昭和五二年一〇月二三日　149頁　＊3枚。「合掌」欄に掲載。

深淵をとらえ得た満足感―「魂の試される時」を終えて　「読売新聞」夕刊　昭和五二年一〇月二九日　＊5枚。一〇月二五日執筆。

生涯と文学―母を追いつづけて　「サンケイ新聞」夕刊　昭和五二年一〇月三一日　＊6枚。一〇月二八日執筆。

〔収録〕3027私の年々歳々（昭和五四年六月　サンケイ出版）

東光さんの手紙　「海」九巻一一号　昭和五二年一一月一日　234-235頁　＊5枚。九月二七日執筆。

谷崎潤一郎賞選評―感想　「中央公論」九二年一一号　昭和五二年一一月一日　360-361頁　＊第13回、島尾敏雄「日の移ろい」。

女流文学賞選評―感想　「婦人公論」六二巻一一号　昭和五二年一一月一日　301頁　＊第16回、高橋たか子『ロンリー・ウーマン』・宮尾登美子『寒椿』。

父と勲章のこと　「東京新聞」夕刊　昭和五二年一一月二日　＊6枚。一〇月二八日執筆。

〔収録〕3027私の年々歳々（昭和五四年六月　サンケイ出版）

胸にずしり責任…（談話）「朝日新聞」昭和五二年一一月四日

＊文化勲章受賞での記者会見。

推薦文　「武田麟太郎全集内容見本」　昭和五二年一一月二〇日　新潮社

帯文　暁烏敏『わが念仏・わが命』　昭和五二年一二月　潮文社　＊『新装版　わが念仏・わが命』（平成五年三月　潮文社）に再録。

いつのまにか愛用―私の選んだベストブランド　「文藝春秋」五五巻一二号　昭和五二年一二月一日　グラビア　＊大沢商会広告。「自筆メモ」には「広告文　ベンホーガン」（電通）とある。一一月四日執筆。

わたしの体験　「家の光」五四巻一～一三号　昭和五三年一月一日～一二月一日　12回　＊96枚。堀文子挿絵。各回の題名、掲載頁は以下の通り。

1　少年時代のこと　五四巻一号　一月一日　70-73頁　8枚　昭和五二年一一月九日執筆

2　健康法　五四巻二号　二月一日　72-73頁

3　文壇の嵐―作家のタイプ　五四巻三号　三月一日　64-67頁　8枚　一月一二日執筆

4　試される委員たち　五四巻五号　四月一日　70-73頁　8枚　二月一二日執筆

5　親鸞のこと　五四巻六号　五月一日　64-67頁　8枚　三月一一日執筆

6　いろいろの友情　五四巻七号　六月一日　64-67頁　8枚　四月一一日執筆

7　宗教心　五四巻八号　七月一日　76-79頁　8枚　五月執筆

8　私の信仰　五四巻九号　八月一日　70-73頁　8枚　六月一四日執筆

9　小説を書きはじめた頃1　五四巻一〇号　九月一日　72-75頁　8枚　七月一二日執筆

10　小説を書きはじめた頃2　五四巻一一号　一〇月一日　70-73頁　8枚　八月七日執筆

11　山荘の今昔　五四巻一二号　一一月一日　72-75頁　8枚　九月八日執筆

12　七十三翁　五四巻一三号　一二月一日　66-69頁　9枚　一〇月一〇日執筆

〔収録〕

3027私の年々歳々（昭和五四年六月　サンケイ出版）

3032をりふしの風景（昭和六三年八月　学芸書林）

わが家の正月　「ウーマン」八巻一号　昭和五三年一月一日　128頁　＊2枚（七〇〇字）。丹羽綾子「丹羽家のおもてなし正月料理」（127-140頁）と併載。昭和五二年一一月一日執筆。

野間文芸賞選評―感想　「群像」三三巻一号　昭和五三年一月一日　328-329頁　＊第30回、中島健蔵『回想の文学』。

わが家の正月とお家拝見　「毎日新聞」夕刊　昭和五三年一月

四日　＊6枚。「自筆メモ」では「お家拝見」。昭和五二年一二月二五日執筆。

瓜生卓造「檜原村紀聞」―村を愛し、村にとけ込む　「読売新聞」夕刊　昭和五三年二月一日　＊2枚。「読売文学賞受賞者人と作品」として掲載。第29回、瓜生卓造「檜原村紀聞」。一月二六日執筆。

帯文　暁烏敏『更生の前後』　昭和五三年二月二五日　涼風学舎

丹羽文雄―人と道　「潮」二二六号　昭和五三年三月一日　グラビア

「魂の試される時」を書き上げて　「新刊ニュース」三三二号　昭和五三年三月一日　16-17頁　＊4枚。一月一二日執筆。

選評―電電時代賞　小説・戯曲の部　「電電時代」七巻二号　昭和五三年三月一日　29-31頁　＊第5回、塚原淳夫「辻芸人・紅勘」。一月三日執筆。

古路（筆跡）「波」一二巻三号　昭和五三年三月一日　表紙

芥川賞選評―今期の印象　「文芸春秋」五六巻三号　昭和五三年三月一日　364頁　＊2枚。第78回、宮本輝「螢川」・高城修三「榧の木祭り」。一月一六日執筆。

〔収録〕
6528芥川賞全集11（昭和五七年一二月　文芸春秋）

作家の年齢　「文化庁月報」一一四号　昭和五三年三月二五日　4-5頁　＊8枚。昭和五二年一一月二二日執筆。

〔収録〕
3032をりふしの風景（昭和六三年八月　学芸書林）

鵜の森城　『探訪日本の城』　昭和五三年四月二五日　小学館　59-74頁　＊22枚。「自筆メモ」では「鵜の森城跡」。昭和五二年一一月三〇日執筆。

吉川英治文学賞選評―感想　「群像」三三巻五号　昭和五三年五月一日　351頁　＊第12回、杉本苑子『滝沢馬琴』。

力を抜く　「現代」一二巻五号　昭和五三年五月一日　324-325頁　＊5枚。二月二七日執筆。

〔収録〕
3032をりふしの風景（昭和六三年八月　学芸書林）

私の草木　「婦人生活」三二巻五号　昭和五三年五月一日　120-121頁　＊6枚。三月一四日執筆。

〔収録〕
3032をりふしの風景（昭和六三年八月　学芸書林）

丹羽文雄かく語り記　「四日市百撰」四巻五～六号　昭和五三

年五月一日～六月一日　2回　＊丹羽文雄文化勲章・四日市市名誉市民受章特別講演「文学と宗教」（四月一五日）の講演録。各掲載頁は次の通り。
1　四巻五号　昭和五三年五月一日　8-17頁
2　四巻六号　昭和五三年六月一日　18-25頁

母は私の内部に生きている―私の直言　「読売新聞」昭和五三年五月一四日

「水脈」について　「文体」四号　昭和五三年六月一日　10-12頁　＊7枚。四月一〇日執筆。

作者のことば―心残りの記　角川書店『現代小説'77』昭和五三年六月三〇日　295頁

平林たい子文学賞選評―感想　「潮」二三〇号　昭和五三年七月一日　286頁　＊第6回、（小説部門）宮内寒弥『七里ヶ浜』・橋本都耶子『朝鮮あさがお』、（評論部門）該当作なし。第1～5回は「新潮」掲載。なお第7回は選評掲載なし。

日本人　「中央公論」九三年七号　昭和五三年七月一日　グラビア

田村泰次郎　筑摩書房『筑摩現代文学大系62　田村泰次郎・金達寿・大原富枝集』附録「月報78」　昭和五三年七月一五日　＊5枚。五月二〇日執筆。

丹羽文雄のゴルフ日日抄　「日刊ゲンダイ」昭和五三年八月一五日～一〇月二五日　51回　＊153枚。題字丹羽。

お住まい拝見～初秋・作家の別荘　「ショッピング」一一五号　昭和五三年九月一日　114-115頁　＊雑誌「ショッピング」は日本経済新聞社発行。「自筆メモ」では「日本経済新聞」とある。

芥川賞選評―感想　「文芸春秋」五六巻九号　昭和五三年九月一日　376頁　＊2枚。第79回、高橋揆一郎「伸予」・高橋三千綱「九月の空」。七月一二日執筆。
〔収録〕
6529芥川賞全集12（昭和五八年一月　文芸春秋）

序文　中村八朗『ある陸軍予備官の手記』上（現代史出版会）昭和五三年九月一〇日　1-2頁

序文　黒潮堂『志摩風土記―浦口楠一写真集』　昭和五三年一〇月一日　1-2頁　＊「自筆メモ」では「海女カメラ序文」とある。九月一三日執筆。

丹羽文雄記念室について　「四日市市立図書館」　昭和五三年一〇月一五日　＊1枚。

日本人に徹す―尾崎一雄氏　「朝日新聞」昭和五三年一〇月二八日　＊2枚。「文化勲章の人びと」として掲載。「自筆メモ」では「尾崎一雄の人と文学」とある。一〇月二五日執筆。
〔収録〕
7111尾崎一雄人とその文学（昭和五九年三月　永田書房）

芹沢銈介さんと私　西武美術館「芹沢銈介小品展図録」　昭和五三年一〇月　＊9枚。九月八日執筆。
〔収録〕
『芹沢銈介作品集3』（昭和五五年二月　求龍堂）

谷崎潤一郎賞選評―選後評　「中央公論」九三年一一号　昭和五三年一一月一日　299頁　＊2枚。第14回、中村真一郎「夏」。「自筆メモ」では「『夏』について」。九月一七日執筆。

女流文学賞選評―選後評　「婦人公論」六三巻一一号　昭和五三年一一月一日　216頁　＊第17回、竹西寛子『管絃祭』・津島佑子『寵児』。

私のお気に入り―私の選んだベストブランド　「文芸春秋」五六巻一二号　昭和五三年一二月一日　グラビア　＊1枚。大沢商会「ライル・アンド・スコットゴルフウェアー」の広告。一一月一一日執筆。

作者の言葉―山肌　「日本経済新聞」昭和五三年一二月四日

妻の料理　『丹羽家のおもてなし家庭料理』　昭和五三年一二月二〇日　講談社　4-5頁　＊3枚。一〇月二二日執筆。ウーマン編集部編。

野間文芸賞選評―二作について　「群像」三四巻一号　昭和五四年一月一日　312-313頁　＊第31回、吉行淳之介「夕暮まで」。

蕩児帰郷　「読売新聞」昭和五四年一月一日　＊6枚。昭和五三年一二月一〇日執筆。
〔収録〕
3027私の年々歳々（昭和五四年六月　サンケイ出版）

私の年々歳々　「サンケイ新聞」（東京版）夕刊　昭和五四年一月四日～二月五日　15回　＊60枚。昭和五三年一二月執筆。
掲載日と副題は以下の通り。

1	ばけもの	一月四日	木
2	日記1	一月六日	月
3	日記2	一月一一日	木
4	日記3	一月一三日	土
5	日記4	一月一六日	火
6	犬	一月二〇日	土
7	ゴルフ・マニア1	一月二二日	月
8	ゴルフ・マニア2	一月二三日	火
9	年号のこと	一月二五日	木
10	自分の顔	一月二七日	土
11	古い友	一月二九日	月
12	松の始末	一月三〇日	火
13	参考書	二月一日	木

14　生家の略図　　二月三日　土

15　文士の儀礼　　二月五日　月

〔収録〕

3027私の年々歳々（昭和五四年六月　サンケイ出版）

瀬沼茂樹「日本文壇史」―友情の仕事が立派に結実　「読売新聞」昭和五四年二月一日　＊「読売文学賞受賞者人と作品」として掲載。第30回、瀬沼茂樹「日本文壇史」。一月二四日執筆。

選評―電電時代賞　小説・戯曲の部　「電電時代」八巻二号　昭和五四年三月一日　31-32頁　＊第6回、小山喬男「徐小姐」。一月三日執筆。

芥川賞選評―感想　「文芸春秋」五七巻三号　昭和五四年三月一日　392頁　＊第80回、該当作なし。一月二〇日執筆。

〔収録〕

6529芥川賞全集12（昭和五八年一月　文芸春秋）

吉川英治文学賞選評―「ふぉん・しいほるとの娘」評　「群像」三四巻五号　昭和五四年五月一日　229頁　＊第13回、吉村昭『ふぉん・しいほるとの娘』。

人間性について　「文芸春秋」五七巻五号　昭和五四年五月一日　77-78頁　＊4枚。四月一二日執筆。

今村寅士の追憶―今村寅士遺作展に寄せて　「絵」一八三号　昭和五四年五月　8頁　＊四月四日執筆。なお「今村寅士遺作展」は日動サロンで昭和五四年五月四～一一日に開催された。

私の文字　「サンケイ新聞」昭和五四年六月四日

〔収録〕

3027私の年々歳々（昭和五四年六月　サンケイ出版）

作家と健康―普通の人なみにゴルフを好む　「朝日新聞」夕刊　昭和五四年八月二五日　＊7枚。八月一四日執筆。

〔収録〕

3032をりふしの風景（昭和六三年八月　学芸書林）

小説現代創刊の頃の私　「小説現代」一七巻九号（通巻二〇〇号）昭和五四年九月一日　23頁　＊1枚。「自筆メモ」では「記憶」。七月一日執筆。

芥川賞選評―感想　「文芸春秋」五七巻九号　昭和五四年九月一日　377頁　＊1枚。第81回、重兼芳子「やまあいの煙」・青野聰「愚者の夜」。七月二一日執筆。

〔収録〕

6529芥川賞全集12（昭和五八年一月　文芸春秋）

田崎廣助さんと私　協和出版『田崎廣助画集』昭和五四年一〇月一日　1-3頁　＊6枚。七月二六日執筆。

小説の距離感―創作の現場　「本」四巻一号　昭和五四年一〇月一日　21頁　＊4枚。九月一二日執筆。
〔収録〕
3032をりふしの風景（昭和六三年八月　学芸書林）

谷崎潤一郎賞選評―選後評　「中央公論」九四年一一号　昭和五四年一一月一日　355頁　＊第15回、田中小実昌「ポロポロ」。

女流文学賞選評―選後評　「婦人公論」六四巻一一号　昭和五四年一一月一日　279頁　＊2枚。第18回、中里恒子『誰袖草』・佐藤愛子『幸福の絵』。九月一日執筆。

発刊を祝ふ　清岡忠成『四日市萬古焼史』　昭和五四年一一月三日　四日市萬古焼史編纂委員会　4頁　＊5枚。「自筆メモ」には「四日市万古焼」とある。六月一八日執筆。

「海人の呼声」に寄せて　『海人の呼声―田村正衛写真集』　昭和五四年一一月六日　1-3頁　＊4枚。七月二八日執筆。

恵信尼　小学館『図説人物日本の女性4』　昭和五四年一二月一日　29-46頁　＊60枚。九月執筆。

何より安心―私の選んだベストブランド　「文芸春秋」五七巻一三号　昭和五四年一二月一日　452頁　＊大沢商会「ライル・アンド・スッコトゴルフウェアー」広告。九月二二日執筆。

あとがき　『蕩児帰郷』　昭和五四年一二月一〇日　中央公論社　214-215頁　＊3枚。七月二六日執筆。文末には「八月」とある。

当時の情　「群像」三五巻一号　昭和五五年一月一日　402頁　＊6枚。昭和五四年一一月二〇日執筆。
〔収録〕
3032をりふしの風景（昭和六三年八月　学芸書林）

野間文芸賞選評―感想　「群像」三五巻一号　昭和五五年一月一日　426頁　＊2枚。第32回、藤枝静男『悲しいだけ』。昭和五四年一一月執筆。

うちの三代目―丹羽文雄さん　「中央公論」九五年一号　昭和五五年一月一日　グラビア　＊昭和五四年一二月一五日執筆。

うちのヨメ讃―丹羽文雄・長男直樹氏夫人ベアテさん　「週刊朝日」八五巻一号　昭和五五年一月四日　90頁

孫　「東京新聞」夕刊　昭和五五年一月四日　＊4枚。昭和五四年一二月二三日執筆。

私の肉体　「波」一四巻二号　昭和五五年二月一日　2-5頁　＊9枚。一月八日執筆。
〔収録〕
3032をりふしの風景（昭和六三年八月　学芸書林）

焼芋の呼声　「婦人公論」六五巻二号　昭和五五年二月一日　85-86頁　＊12枚。昭和五四年一二月五日執筆。

島村利正「砂高の秋」―自然描写、人間のように　「読売新聞」昭和五五年二月一日　＊2枚。「読売文学賞受賞者人と作品」として掲載。第31回、島村利正「砂高の秋」。三月一一日執筆。

記録文学に特異性　「毎日新聞」夕刊　昭和五五年二月一五日
　＊新田次郎死去への談話。

ゴルフ仲間の小林秀雄　「国文学」二五巻二号　昭和五五年二月二〇日　8-10頁　＊6枚。昭和五四年一二月七日執筆。
〔収録〕
3032をりふしの風景（昭和六三年八月　学芸書林）

ニクラス　「小金井」昭和五五年二月一五日　＊6枚。「自筆メモ」では「ニクラウスのこと」（クラブ誌　小金井カントリークラブ）とある。一月六日執筆。

芹沢銈介さんと私　求龍堂『芹沢銈介作品集3』　昭和五五年二月二六日

選評―電電時代賞　小説・戯曲の部　「電電時代」九巻二号　昭和五五年三月一日　32-33頁　＊第7回、堀きよし「虹の橋」・水本よ志江「あだ花」。一月三日執筆。

芥川賞選評―待望の小説　「文芸春秋」五八巻三号　昭和五五年三月一日　455頁　＊2枚。第82回、森禮子「モッキングバードのいる町」。一月二〇日執筆。
〔収録〕
6529芥川賞全集12（昭和五八年一月　文芸春秋）

ふるさとの鈴鹿　『真珠の小箱5』　昭和五五年三月三一日　61-84頁　＊昭和四四年五月三〇日、NETテレビ「真珠の小箱―ふるさとの鈴鹿」の採録。

心遣い細やかな文士―丹羽文雄氏（作家）の話　「読売新聞」昭和五五年四月二日　23面　＊五味康祐死去への談話。「自筆メモ」には「毎日新聞」とある。

作者のことば―四季の旋律　「東京タイムズ」ほか　昭和五五年四月

吉川英治文学賞選評―選後評　「群像」三五巻五号　昭和五五年五月一日　346頁　＊第14回、黒岩重吾『天の川の太陽』・渡辺淳一『遠き落日』『長崎ロシア遊女館』。三月三一日執筆。

バックスイングで左の踵を上げる　「週刊朝日」八五巻二一号
　昭和五五年五月九日　134頁

明治生まれからヤングへの檄談17丹羽文雄　作家―小説は自分自身との対決。若い人の作品にはへりがない…　「平凡パン

チ」一七巻二五号　昭和五五年六月二日　64-68頁　＊五月二三日取材。

遠い記憶　『吉川英治全集　第一四巻』　昭和五五年六月二一日　講談社　537頁　＊2枚。三月三一日執筆。

平林たい子文学賞選評―感想　「潮」二五四号　昭和五五年七月一日　272頁　＊第8回、(評論部門) 青山光二『闘いの構図』、(小説部門) 該当作なし。

警告　「文芸春秋」五八巻七号　昭和五五年七月一日　77-78頁　＊5枚。五月二二日執筆。

とにかくうまかった―作家丹羽文雄さんの話　(談話)「毎日新聞」昭和五五年八月一九日　23面　＊「立原正秋さんガンに死す」への談話。

病床でも執筆続けた―作家、丹羽文雄氏の話　(談話)「毎日新聞」昭和五五年八月二九日　23面　＊「上林暁氏死去」への談話。

私の軽井沢―有名人の別荘拝見　「週刊読売」三九巻三六号　昭和五五年八月三一日　巻末グラビア

田畑修一郎の思ひ出　冬夏書房「田畑修一郎全集内容見本」昭和五五年八月　＊1枚。「自筆メモ」には「序―田畑修一郎」とある。八月二日執筆。

芥川賞選評―感想　「文芸春秋」五八巻九号　昭和五五年九月一日　315-316頁　＊第83回、該当作なし。八月執筆。

〔収録〕

6529芥川賞全集12 (昭和五八年一月　文芸春秋)

樹海―作者のことば　「読売新聞」昭和五五年九月二一日

谷崎潤一郎賞選評―感想　「中央公論」九五年一四号　昭和五五年一一月一日　323-324頁　＊2枚。第16回、河野多恵子「一年の牧歌」(新潮社)。九月二四日執筆。

女流文学賞選評―感想　「婦人公論」六五巻一二号　昭和五五年一一月一日　253頁　＊2枚。第19回、曽野綾子『神の汚れた手』(受賞辞退)。九月一一日執筆。

初心不可忘　(色紙)「別冊太陽」三三号　昭和五五年一二月五日　159頁　＊「名筆百選」として掲載。

推薦の辞　柏原重樹『生命保険はタダにできる』　昭和五五年一二月一八日　1-2頁

鈴木信太郎さんのこと　「鈴木信太郎油絵展」(銀座・和光)　昭和五五年　＊4枚。発行月日不明。三月一〇日執筆。なお個展は昭和五五年五月一六～二四日に開催された。

野間文芸賞選評—感想　「群像」三六巻一号　昭和五六年一月一日　296頁　＊2枚。第33回、遠藤周作「侍」。昭和五五年一一月執筆。

喜寿の春　「サンケイ新聞」夕刊　昭和五六年一月六日　＊4枚。一月九日執筆。
〔収録〕3032をりふしの風景（昭和六三年八月　学芸書林）

選評—電電時代賞　小説・戯曲の部　「電電時代」一〇巻二号　昭和五六年三月一日　31-32頁　＊第8回、平戸守「未必の殺意」。一月二八日執筆。「自筆メモ」には「電電公社雑誌」とある。

芥川賞選評—感想　「文芸春秋」五九巻三号　昭和五六年三月一日　318-319頁　＊第84回、尾辻克彦「父が消えた」。
〔収録〕
6529芥川賞全集12（昭和五八年一月　文芸春秋）

僕の万年筆　「財界」二九巻五号　昭和五六年三月一〇日　47頁　＊巻中グラビア広告。

ふるさと随想　「日本経済新聞」中部版　昭和五六年四月二一〜二三日　全10回　＊30枚。
〔収録〕
3032をりふしの風景（昭和六三年八月　学芸書林）

吉川英治文学賞選評—感想　「群像」三六巻五号　昭和五六年五月一日　301-302頁　＊第15回、船山馨『茜いろの坂』。

平林たい子文学賞選評—感想　「潮」二六六号　昭和五六年七月一日　272-273頁　＊第9回、（小説部門）池田みち子『無縁仏』、（評論部門）該当作なし。

永井龍男のこと　『永井龍男全集　第五巻』附録「月報五」　昭和五六年八月二〇日　＊7枚。三月三一日執筆。

芥川賞選評—感想　「文芸春秋」五九巻一〇号　昭和五六年九月一日　343頁　＊2枚。第85回、吉行理恵「小さな貴婦人」。七月一八日執筆。
〔収録〕
6529芥川賞全集12（昭和五八年一月　文芸春秋）

谷崎潤一郎賞選評—感想　「中央公論」九六年一四号　昭和五六年一一月一日　204-205頁　＊2枚。第17回、深沢七郎「みちのくの人形たち」・後藤明生「吉野太夫」。九月二〇日執筆。

大悲無人巻（筆跡）「波」一五巻一号　昭和五六年一一月一日　＊一〇月執筆。表紙。

女流文学賞選評—『石蕗の花』評　「婦人公論」六六巻一二号　昭和五六年一一月一日　233頁　＊第20回、広津桃子『石蕗の花』。九月執筆。

『樹海』を終えて　「読売新聞」夕刊　昭和五六年一一月九日　＊4枚。一〇月三〇日執筆。
〔収録〕
3032をりふしの風景（昭和六三年八月　学芸書林）

ユニークな芸術家　ユニーク画廊『宮脇綾子あっぷりけ』昭和五六年一一月一五日　3頁　＊1枚。「自筆メモ」には「推薦文」。九月一〇日執筆。

右手可憐　「小説新潮」三五巻一二号　昭和五六年一二月一日　80－81頁　＊5枚。九月執筆。
〔収録〕
3032をりふしの風景（昭和六三年八月　学芸書林）

推薦の辞　筑摩書房「尾崎一雄全集出版案内」　昭和五六年一二月　＊一〇月三〇日執筆。

推薦文　「永井龍男全集内容見本」　昭和五六年　＊1枚。発行月日不明。四月執筆。

野間文芸賞選評―「いのちとかたち」の感想　「群像」三七巻一号　昭和五七年一月一日　402頁　＊2枚。第34回、山本健吉『いのちとかたち』。昭和五六年一一月一六日執筆。

わが家の正月　「福島民報」ほか　昭和五七年一月一日　＊5枚。共同通信系地方新聞に掲載。昭和五六年一一月二七日執筆。

人間グリーン　ゴルフの四季　「夕刊フジ」昭和五七年一月二五日～二月二五日　30回　＊90枚。「人間グリーン」２０１０～２０３９回として掲載。塩田英二郎挿絵。一月五日～二月九日執筆。

思い出断片　筑摩書房『尾崎一雄全集　第一巻』附録「月報一」　昭和五七年二月二〇日　＊6枚。昭和五六年一一月二七日執筆。

選評―電電時代賞小説・戯曲の部　「電電時代」一一巻二号　昭和五七年三月一日　29－30頁　＊第9回、大橋政治「足袋」・穴吹義政「豪雨」。一月二八日執筆。「自筆メモ」には「電電公社雑誌」とある。

芥川賞選評―一作　「文芸春秋」六〇巻三号　昭和五七年三月一日　341－342頁　＊2枚。第86回、該当作なし。一月二〇日執筆。
〔収録〕
6529芥川賞全集12（昭和五八年一月　文芸春秋）

連れ愛論　「夕刊フジ」昭和五七年三月七日　＊9枚。

芹沢さんのこと―解説　中央公論社『芹沢銈介全集　第二六巻』昭和五七年三月二六日　161－164頁　＊5枚。二月三日執筆。

「やすらぎ」に寄せて　大網義明『やすらぎ』　昭和五七年三月　大本山願入寺教学出版部　13-14頁　＊3枚。発行日不明。法話集。

高橋誠一郎さんと浮世絵　「學鐙」七九巻三号　昭和五七年三月一日　4-7頁　＊10枚。
〔収録〕
3030わが母、わが友、わが人生（昭和六〇年七月　角川書店）

あの頃の私（インタビュー）「サンデー毎日」六一巻一七号　昭和五七年四月一一日　グラビア

吉川英治文学賞選評―選後評　「群像」三七巻五号　昭和五七年五月一日　246頁　＊第16回、南條範夫『細香日記』。

序　下田実花『ふみつづり』　昭和五七年六月一〇日　永田書店　1-3頁　＊三月執筆。「追記」を付す。

書斎から　「東京新聞」夕刊　昭和五七年六月二二日　＊5枚。「中日新聞」では六月二八日掲載。六月四日執筆。
〔収録〕
3032をりふしの風景（昭和六三年八月　学芸書林）

平林たい子文学賞選評―感想　「潮」二七九号　昭和五七年七月一日　350頁　＊1枚。第10回、（小説部門）岩橋邦枝『浅い眠り』・八匠衆一『生命尽きる日』、（評論部門）渡辺保『忠臣蔵―もう一つの歴史感覚』。四月三〇日執筆。

芥川賞二期連続の受賞ゼロ（談話）「朝日新聞」昭和五七年七月二一日

仕事机　「別冊潮」一号　昭和五七年八月一日　18-20頁　＊6枚。「自筆メモ」では「机と瓜生卓造のこと」とある。六月二日執筆。
〔収録〕
3032をりふしの風景（昭和六三年八月　学芸書林）

森龍吉と森健之介　『森龍吉著作選集』　昭和五七年八月二〇日　東洋思想研究所　16-19頁

遠い銀座　「銀座百点」三三四号　昭和五七年九月一日　28-30頁　＊8枚。六月二六日執筆。「自筆メモ」では「遠い記憶」（銀座百景）とある。
〔収録〕
3032をりふしの風景（昭和六三年八月　学芸書林）

作者のことば―蓮如　「中央公論」九七年九号　昭和五七年九月一日　広告　＊2枚。「自筆メモ」では「私のことば―蓮如出版に際して」。七月六日執筆。なお『蓮如　第二巻』（昭和五七年一〇月二〇日　中央公論社）帯に掲載。

芥川賞選評―読後感　「文芸春秋」六〇巻一〇号　昭和五七年九月一日　342-343頁　＊2枚。第87回、該当作なし。七月一六日執筆。
〔収録〕
6529芥川賞全集12（昭和五八年一月　文芸春秋）

「厭がらせの年齢」考　「サンケイ新聞」夕刊　昭和五七年九月一三日　＊4枚。八月二七日執筆。
〔収録〕
3032をりふしの風景（昭和六三年八月　学芸書林）

軽井沢の秋―三笠温泉・丹羽温泉（インタビュー）「WJAPAN」一六号　昭和五七年九月二七日　6-8頁　＊グラビア。「WJAPAN」はフェア・チャイルド・モリ出版発行。

火野葦平は生きている　「九州文学復刻版」内容見本　昭和五七年九月　＊2枚。九月一一日執筆。

倉本プロの魅力　「新潮45+」一巻六号　昭和五七年一〇月一日　25-26頁　＊4枚。「巻頭随筆」として掲載。九月一〇日執筆。

「蓮如」余話　「中央公論」九七巻一〇号　昭和五七年一〇月一日　222-231頁　＊25枚。八月執筆。

誤解された通説　姿をより鮮明に―全八巻のライフワーク「蓮如」刊行の丹羽文雄氏（インタビュー）「京都新聞」ほか　昭和五七年一〇月七日

週刊新潮掲示板　「週刊新潮」二七巻四一号　昭和五七年一〇月一四日　155頁

親鸞と私　佼成出版社『美と信仰―カルチュアとしての仏教―若い女性のための仏教5』　昭和五七年一〇月二〇日　7-21頁　＊20枚。七月二～三日執筆。

谷崎潤一郎賞選評―私の感想　「中央公論」九七年一二号　昭和五七年一一月一日　359頁　＊2枚。第18回、大庭みな子「寂兮寥兮（かたちもなく）」。九月一九日執筆。

女流文学賞選評―選評　「婦人公論」六七巻一一号　昭和五七年一一月一日　251頁　＊2枚。第21回、永井路子『氷輪』。九月一一日執筆。なお第22回は欠席のため選評なし。

推薦の辞　「すばる」四巻一二号　昭和五七年一二月一日　6頁　＊1枚。新庄嘉章について。一〇月九日執筆。

わが親鸞、わが蓮如　「京都新聞」夕刊　昭和五七年一二月二日
〔収録〕
3032をりふしの風景（昭和六三年八月　学芸書林）

熟年考　「中央公論」九七年一四号　昭和五七年一二月二五日　16-19頁　＊増刊号「シニア読本」。15枚。一〇月一一～一二日執筆。
〔収録〕
3032をりふしの風景（昭和六三年八月　学芸書林）

野間文芸賞選評—異質の文学　「群像」三八巻一号　昭和五八年一月一日　294頁　＊1枚。第35回、小島信夫『別れる理由』。昭和五七年一一月一三日執筆。

お雑煮　「神戸新聞」ほか共同通信　昭和五八年一月一日　＊1枚。
〔収録〕
3032をりふしの風景（昭和六三年八月　学芸書林）

文学者とテレビのモデル　「別冊文芸春秋」一六二号　昭和五八年一月一日　11-13頁　＊8枚。昭和五七年一一月一〇日執筆。
〔収録〕
3032をりふしの風景（昭和六三年八月　学芸書林）

日記から　「朝日新聞」夕刊　昭和五八年一月五～一四日　9回＊18枚。各掲載日、副題は以下の通り。

1　一月五日　長生術　1.5枚
昭和五七年一二月二五日執筆
2　一月六日　書画　2枚
3　一月七日　女難　2枚
4　一月八日　ゴルフのこと　2枚
5　一月九日　草木と小鳥（1）　2枚
6　一月一〇日　草木と小鳥（2）　2枚
7　一月一一日　草木と小鳥（3）　2枚
8　一月一二日　料亭のおかみ　2枚
9　一月一四日　手紙の主　2枚
〔収録〕
3032をりふしの風景（昭和六三年八月　学芸書林）

私の金婚式　「読売新聞」夕刊　昭和五八年一月八日　＊6枚。昭和五七年一二月二五日執筆。
〔収録〕
3032をりふしの風景（昭和六三年八月　学芸書林）

帯文　小沼燦『金魚』　昭和五八年一月三一日　福武書店

大江健三郎「雨の木」を聴く女たち—若々しい脱皮の試み　「読売新聞」昭和五八年二月二日　＊3枚。「読売文学賞受賞者人と作品」として掲載。第34回、大江健三郎「『雨の木』を聴く女たち」。一月執筆。

選評—電電時代賞小説・戯曲の部　「電電時代」一二巻三号　昭和五八年三月一日　29-30頁　＊第10回、大山博「その朝」。

芥川賞選評—新風と素直さ　「文芸春秋」六一巻三号　昭和五

八年三月一日　396-397頁　＊2枚。第88回、加藤幸子「夢の壁」・唐十郎「佐川君からの手紙」。一月執筆。
〔収録〕
6530芥川賞全集13（昭和五八年二月　文芸春秋）

日記がそのまま小説（談話）「朝日新聞」昭和五八年四月一日　＊「尾崎一雄氏死去」への談話。

兄と思い頼ってきた—尾崎一雄さんの死去（談話）「中日新聞」昭和五八年四月一日　＊「尾崎一雄氏死去」への談話。

最後の文士—尾崎一雄さん（談話）「毎日新聞」昭和五八年四月一日　＊「尾崎一雄氏死去」への談話。

文学の道の師だった（談話）「読売新聞」昭和五八年四月一日　＊「尾崎一雄氏死去」への談話。

小林秀雄とゴルフ「新潮」八〇年五号　昭和五八年四月五日　147-150頁　＊9枚。三月一〇日執筆。
〔収録〕
3030わが母、わが友、わが人生（昭和六〇年七月　角川書店）

尾崎一雄のこと（談話）「神戸新聞」ほか時事通信系地方新聞　昭和五八年四月一三日

あとがき　中央公論社『蓮如　第八巻』昭和五八年四月二〇日　317-321頁　＊8枚。「主要参考文献」（322-324頁）を付す。三月二一日執筆。

吉川英治文学賞選評—「序の舞」の話術「群像」三八巻五号　昭和五八年五月一日　242頁　＊1枚。第17回、宮尾登美子『序の舞』。三月二一日執筆。

文壇夜話「月刊カドカワ」一巻一号　昭和五八年五月一日　260-264頁　＊15枚。「自筆メモ」では「文学賞のこと」。三月四日執筆。「文壇夜話」は昭和六〇年二月まで22回連載された。大半が『わが母、わが友、わが人生』（昭和六〇年七月五日　角川書店）に収録されたが、未収録もあるので各回個別に記載した。

小林秀雄君の思い出「文学界」三七巻五号　昭和五八年五月一日　44-48頁　＊10枚。三月一七日執筆。
〔収録〕
3032をりふしの風景（昭和六三年八月　学芸書林）

尾崎一雄のこと—尾崎一雄を偲ぶ「連峰」五九号　昭和五八年五月一日　3頁　＊3枚。四月三〇日執筆。
〔収録〕
3032をりふしの風景（昭和六三年八月　学芸書林）
7111尾崎一雄　人とその文学（昭和五九年三月　永田書房）

尾崎一雄・人と文学「群像」三八巻六号　昭和五八年六月一

日　300-325頁　＊10枚。丹羽文雄・円地文子・藤枝静男・阿川弘之。五月一七日執筆。

近況（談話）「月刊カドカワ」一巻二号　昭和五八年六月一日　8頁

尾崎一雄の友情　「月刊カドカワ」一巻二号　昭和五八年六月一日　336-341頁　＊15枚。「文壇夜話　二」として掲載。四月一〇日執筆。

〔収録〕
3030わが母、わが友、わが人生（昭和六〇年七月　角川書店）
7111尾崎一雄　人とその文学（昭和五九年三月　永田書房）

六月の花　「新生」昭和五八年六月一日　8-10頁　＊5枚。三月三〇日執筆。

〔収録〕
3032をりふしの風景（昭和六三年八月　学芸書林）

尾崎一雄のいろいろ　「新潮」八〇年七号　昭和五八年六月一日　237-240頁　＊10枚。四月一二日執筆。

〔収録〕
3032をりふしの風景（昭和六三年八月　学芸書林）
7111尾崎一雄　人とその文学（昭和五九年三月　永田書房）

尾崎一雄の百日祭　「文学界」三七巻六号　昭和五八年六月一日　210-214頁　＊11枚。四月一三〜一五日執筆。

〔収録〕
3032をりふしの風景（昭和六三年八月　学芸書林）

小磯さんと私　『小磯良平素描作品集』　昭和五八年六月二五日　毎日新聞社　19-22頁　＊9枚。五月一九日執筆。

平林たい子文学賞選評―文学の世界　「潮」二九一号　昭和五八年七月一日　184頁　＊1枚。第11回、（小説部門）渋川驍『出港』・金子きみ『東京のロビンソン』、（評論部門）該当作なし。五月九日執筆。

一匹狼　「月刊カドカワ」一巻三号　昭和五八年七月一日　340-345頁　＊15枚。「文壇夜話　三」として掲載。五月一二〜一三日執筆。

〔収録〕
3030わが母、わが友、わが人生（昭和六〇年七月　角川書店）

中野好夫君とゴルフ　筑摩書房『中野好夫集　第九巻』附録「月報六」　昭和五八年七月二五日　＊6枚。六月一日執筆。

〔収録〕
3030わが母、わが友、わが人生（昭和六〇年七月　角川書店）

広津さんとの交友　「月刊カドカワ」一巻四号　昭和五八年八月一日　318-323頁　＊15枚。「文壇夜話　四」として掲載。六月一二日執筆。

〔収録〕

3030わが母、わが友、わが人生（昭和六〇年七月　角川書店）

ひと我を非情の作家と呼ぶ　「宝石」一一巻八号〜一二巻一〇号　昭和五八年八月一日〜昭和五九年一〇月一日　15回　＊301枚。各掲載日は以下の通り。

1　一一巻八号　昭和五八年八月一日　214-220頁　20枚　六月九日執筆
2　一一巻九号　昭和五八年九月一日　214-220頁　20枚　六月三〇日執筆
3　一一巻一〇号　昭和五八年一〇月一日　258-264頁　20枚　八月三日執筆
4　一一巻一一号　昭和五八年一一月一日　310-316頁　20枚　九月六〜九日執筆
5　一一巻一二号　昭和五八年一二月一日　310-324頁　20枚　一〇月五〜六日執筆
6　一二巻一号　昭和五九年一月一日　270-276頁　20枚　昭和五八年一一月七日執筆
7　一二巻二号　昭和五九年二月一日　334-339頁　20枚　昭和五八年一二月三〜四日執筆
8　一二巻三号　昭和五九年三月一日　324-330頁　21枚　一月六〜八日執筆
9　一二巻四号　昭和五九年四月一日　308-314頁　20枚　二月二〜三日執筆
10　一二巻五号　昭和五九年五月一日　308-314頁　20枚　二月七〜八日執筆
11　一二巻六号　昭和五九年六月一日　334-339頁　20枚　三月五〜六日執筆
12　一二巻七号　昭和五九年七月一日　264-270頁　20枚　五月一三日執筆
13　一二巻八号　昭和五九年八月一日　264-270頁　20枚　六月一一日執筆
14　一二巻九号　昭和五九年九月一日　342-348頁　20枚　七月八〜一〇日執筆
15　一二巻一〇号　昭和五九年一〇月一日　314-320頁　20枚　八月四〜五日執筆

〔収録〕
3029ひと我を非情の作家と呼ぶ（昭和五九年一一月　光文社）
4006ひと我を非情の作家と呼ぶ（昭和六三年六月　光文社文庫）

文壇人のゴルフの由来　「月刊カドカワ」一巻五号　昭和五八年九月一日　188-194頁　＊15枚。「文壇夜話　五」として掲載。七月八日執筆。

〔収録〕
3030わが母、わが友、わが人生（昭和六〇年七月　角川書店）

芥川賞選評―雑感　「文芸春秋」六一巻一〇号　昭和五八年九月一日　331-332頁　＊2枚。第89回、該当作なし。八月一八日執筆。

〔収録〕
6530芥川賞全集13（昭和五八年二月　文芸春秋）

人間蓮如　一三―蓮如と妻子　「南御堂」二五四号　昭和五八

年九月一日　1面　＊8枚。八月一七日執筆。「南御堂」は真宗大谷派難波別院発行。「人間蓮如」13、14回を担当。

〔収録〕

3032をりふしの風景（昭和六三年八月　学芸書林）

7118蓮如と大阪（昭和六一年四月　朝日新聞社）

7120蓮如（昭和六一年五月　難波別院）

辰野先生とゴルフ　福武書店『辰野隆随想全集　第五巻』附録「月報」　昭和五八年九月一五日　1-3頁　＊5枚。五月二九日執筆。

〔収録〕

3032をりふしの風景（昭和六三年八月　学芸書林）

テレビの誘惑　「日本経済新聞」昭和五八年九月一八日　＊8枚。「蓮如をめぐって」。九月四日執筆。

丹羽ゴルフ学校の歴史　「月刊カドカワ」一巻六号　昭和五八年一〇月一日　180-184頁　＊15枚。「文壇夜話　六」として掲載。八月一五日執筆。

〔収録〕

3030わが母、わが友、わが人生（昭和六〇年七月　角川書店）

人間蓮如　一四―私生活に両極端の見方　「南御堂」二五五号　昭和五八年一〇月一日　1面　＊「自筆メモ」では「私生活」とある。八月一七日執筆。

〔収録〕

3032をりふしの風景（昭和六三年八月　学芸書林）

7120蓮如（昭和六一年五月　難波別院）

「軽井沢ゴルフクラブ」17番グリーンから見た景色はちょっと忘れられない　「月刊カドカワ」一巻七号　昭和五八年一一月一日　11頁

よく書きよく遊び　「月刊カドカワ」一巻七号　昭和五八年一一月一日　254-259頁　＊15枚。「文壇夜話　七」として掲載。九月八～九日執筆。

〔収録〕

3030わが母、わが友、わが人生（昭和六〇年七月　角川書店）

谷崎潤一郎賞選評―感想　「中央公論」九八年一一号　昭和五八年一一月一日　286頁　＊2枚。第19回、古井由吉「槿」。九月一五日執筆。

田村泰次郎死去―丹羽文雄さんの話（談話）「毎日新聞」昭和五八年一一月三日

田村泰次郎氏死去―体験を書いた作家（談話）「中日新聞」昭和五八年一一月三日　23面

田村泰次郎の思い出　「読売新聞」夕刊　昭和五八年一一月四日　＊5枚。一一月三日執筆。

好奇心がその「肉体」を飛び越した無頼派田村泰次郎の晩年（談話）「週刊文春」二五巻四五号　昭和五八年一一月一七日　27頁

丹羽文雄氏にきく―人物登場1（インタビュー）「文化展望四日市」創刊号　昭和五八年一一月二五日　84-88頁

三文文士「月刊カドカワ」一巻八号　昭和五八年一二月一日　294-299頁　＊15枚。「文壇夜話　八」として掲載。
〔収録〕
3030わが母、わが友、わが人生（昭和六〇年七月　角川書店）

私の感想―受賞のことば「群像」三九巻一号　昭和五九年一月一日　358頁　＊2枚。第36回、丹羽文雄『蓮如』。「自筆メモ」では「野間文芸賞受賞について」。昭和五八年一一月一八日執筆。

文士劇の中止「月刊カドカワ」二巻一号　昭和五九年一月一日　308-312頁　＊15枚。「文壇夜話　九」として掲載。昭和五八年一一月一一～一二日執筆。
〔収録〕
3030わが母、わが友、わが人生（昭和六〇年七月　角川書店）

嗅覚の蓋「中央公論」九九年一号　昭和五九年一月一日　40-41頁　＊3枚。

中村汀女讃―稲越功一の女の肖像⑬「文芸春秋」六二巻一号　昭和五九年一月一日　グラビア　＊2枚。「自筆メモ」では「汀女先生の讃」。昭和五八年一一月七日執筆。

作家が語る名作の舞台32菩提樹（三重・四日市）―菜の花畑の故郷が…「神戸新聞」ほか　昭和五九年一月二九日　＊「北日本新聞」二月二日、「神戸新聞」二月一一日、「福井新聞」三月四日、「長崎新聞」三月五日に、それぞれ掲載。

古いアルバムから「月刊カドカワ」二巻二号　昭和五九年二月一日　246-251頁　＊15枚。「文壇夜話　一〇」として掲載。昭和五八年一二月五～八日執筆。
〔収録〕
3030わが母、わが友、わが人生（昭和六〇年七月　角川書店）

白鳥の記憶「月刊カドカワ」二巻三号　昭和五九年三月一日　244-248頁　＊15枚。「文壇夜話　一一」として掲載。一月一一日執筆。
〔収録〕
3030わが母、わが友、わが人生（昭和六〇年七月　角川書店）

芥川賞選評―感想余話「文芸春秋」六二巻三号　昭和五九年三月一日　378-379頁　＊2枚。第90回、笠原淳「杢二の世界」・高樹のぶ子「光抱く友よ」。
〔収録〕
6530芥川賞全集13（昭和五八年一二月　文芸春秋）

あとがき　潮出版社『私の小説作法』　昭和五九年三月五日　227-229頁　＊一月執筆。

夢　「小金井」　昭和五九年三月二〇日　＊6枚。「自筆メモ」では「小金井ゴルフパンフレット」とある。一月三〇日執筆。

日本文壇史の一頁　「月刊カドカワ」二巻四号　昭和五九年四月一日　226-230頁　＊15枚。「文壇夜話　一二」として掲載。二月一〇日執筆。

悪人の意味―あのとき　あの言葉　「日本経済新聞」　昭和五九年四月一八日　＊3枚。「自筆メモ」では「親鸞の悪人―悪人の意味」とある。三月三一日執筆。

〔収録〕
7121あのときあの言葉（昭和六一年六月　日本経済新聞社）

吉川英治文学賞選評―詩人の小説　「群像」三九巻五号　昭和五九年五月一日　204頁　＊1枚。第18回、伊藤桂一『静かなノモンハン』。三月一八日執筆。

谷崎潤一郎さんとの出会い　「月刊カドカワ」二巻五号　昭和五九年五月一日　310-314頁　＊「文壇夜話　一三」として掲載。

〔収録〕
3030わが母、わが友、わが人生（昭和六〇年七月　角川書店）

親鸞の文章―親鸞と私　「歴史と人物」一四巻五号　昭和五九年五月一日　74-75頁　＊5枚。二月二八日執筆。

わが母の生涯　「週刊朝日」八九巻二一号　昭和五九年五月一八日　142-151頁　＊40枚。講演録。五月一四日執筆。

〔収録〕
3030わが母、わが友、わが人生（昭和六〇年七月　角川書店）
6062昭和文学全集11（昭和六三年三月　小学館）

雪とゴルフ　「月刊カドカワ」二巻六号　昭和五九年六月一日　296-300頁　＊15枚。「文壇夜話　一四」として掲載。三月一八日執筆。

〔収録〕
3030わが母、わが友、わが人生（昭和六〇年七月　角川書店）

小磯良平さんのこと　形象社『小磯良平ブックワーク』　昭和五九年六月二四日　8-9頁　＊「自筆メモ」では「推薦文」。昭和五八年八月一五日執筆。

平林たい子文学賞選評―選評四題　「潮」三〇三号　昭和五九年七月一日　299-300頁　＊1枚。第12回、（小説部門）梅原稜子『四国山』・辻井喬『いつもと同じ春』、（評論部門）奥野健男『間の構造』・新庄嘉章『天国と地獄の結婚―ジッドとマドレーヌ』。五月九日執筆。

私の健康　「月刊カドカワ」二巻七号　昭和五九年七月一日

302-306頁　＊15枚。「文壇夜話　一五」として掲載。五月七～九日執筆。
〔収録〕
3030わが母、わが友、わが人生（昭和六〇年七月　角川書店）

妻と夫の心の通い路　「婦人公論」六九巻七号　昭和五九年七月一日　112-117頁　＊13枚。五月一八日執筆。

招待席（インタビュー）「社報ヤマサキ」一八二号　昭和五九年一〇月

芸術院と私　一　「月刊カドカワ」二巻八号　昭和五九年八月一日　310-314頁　＊15枚。「文壇夜話　一六」として掲載。全4回（～一一月）。六月一一日執筆。のちに阿川弘之が「丹羽文雄氏への質問状」（文学界　三八巻一二号　昭和五九年一二月一日）で事実誤認があると非難した。その配慮のためか単行本未収録となっている。

出版会の重鎮・野間有一氏死去―作家・丹羽文雄氏の話（談話）「読売新聞」夕刊　昭和五九年八月一一日　＊自筆メモでは「野間有一さんのこと」。

芸術院と私　二　「月刊カドカワ」二巻九号　昭和五九年九月一日　260-264頁　＊15枚。「文壇夜話　一七」として掲載。六月二一～二二日執筆。

芥川賞選評―信用できる干刈　「文芸春秋」六二巻一〇号　昭和五九年九月一日　375頁　＊2枚。第91回、該当作なし。七月一九日執筆。
〔収録〕
6530芥川賞全集13（昭和五八年二月　文芸春秋）

今日出海君のこと　「東京新聞」夕刊　昭和五九年九月四日　＊3枚。八月二日執筆。

ゴルフ談義　「潮」三〇六～三一七号　昭和五九年一〇月一日～昭和六〇年九月一日　11回　＊330枚。各掲載号、副題は以下の通り。
1　涙ぐましい努力　三〇六号　昭和五九年一〇月一日　226-234頁　27枚　八月八～九日執筆
2　臍で打つということ　三〇七号　昭和五九年一一月一日　256-265頁　30枚　九月一六～一八日執筆
3　私の学び方　三〇八号　昭和五九年一二月一日　254-263頁　27枚　一〇月一五日執筆
4　縦振りの心得　三一〇号　昭和六〇年二月一日　242-251頁　30枚　昭和五九年一一月二七～三〇日執筆
5　球は二度打て　三一一号　昭和六〇年三月一日　254-263頁　29枚　一月五～七日執筆
6　球は上から叩きつける　三一二号　昭和六〇年四月一日　242-251頁　30枚　二月四～五日執筆
7　アマはアマらしく振舞う　三一三号　昭和六〇年五月一日　254-263頁　30枚　三月一五日執筆

8　左腕の急所　三一四号　昭和六〇年六月一日　242-251頁　30枚　四月一〇～一二日執筆

9　苦行僧の如きプロ　三一五号　昭和六〇年七月一日　322-331頁　30枚　五月六～一九日執筆

10　エイジ・シュート達成記（1）　三一六号　昭和六〇年八月一日　310-319頁　20枚　六月一二～一四日執筆

11　エイジ・シュート達成記（2）　三一七号　昭和六〇年九月一日　258-267頁　40枚　七月一四～一六日執筆

〔収録〕
3031エイジ・シュート達成（昭和六一年四月　潮出版社）

芸術院と私　三　「月刊カドカワ」二巻一〇号　昭和五九年一〇月一日　262-266頁　＊15枚。「文壇夜話　一八」として掲載。七月一〇～一一日執筆。

今日出海を口説いた話　「新潮」八一巻一〇号　昭和五九年一〇月一日　232-236頁　＊15枚。「追悼今日出海」として掲載。八月一二日執筆。

〔収録〕
3030わが母、わが友、わが人生（昭和六〇年七月　角川書店）

少年の日—『一向一揆の戦い』連載を前に　「中央公論文芸特集」一巻一号　昭和五九年一〇月二五日　236-239頁　＊羽石光志挿絵。

芸術院と私　四　「月刊カドカワ」二巻一一号　昭和五九年一一月一日　286-291頁　＊15枚。「文壇夜話　一九」として掲載。七月二八～二九日執筆。

谷崎潤一郎賞選評—今年の感想　「中央公論」九九年一一号　昭和五九年一一月一日　277頁　＊2枚。第20回、黒井千次「群棲」・高井有一「この国の空」。九月一三日執筆。

女流文学賞選評—感想　「婦人公論」六九巻一一号　昭和五九年一一月一日　397頁　＊1枚。第23回、吉田知子『満州は知らない』。九月八～九日執筆。

あとがき　光文社『ひと我を非情の作家と呼ぶ』　昭和五九年一一月三〇日　276-277頁　＊3枚。八月二四日執筆。

軽井沢と文壇　「月刊カドカワ」二巻一二号　昭和五九年一二月一日　282-286頁　＊15枚。「文壇夜話　二〇」として掲載。九月七～八日執筆。「自筆メモ」では「芸術院と私　五」とある。

〔収録〕
3030わが母、わが友、わが人生（昭和六〇年七月　角川書店）

「親鸞の年まで」と欲も　「読売新聞」夕刊　昭和五九年一二月一日　＊5枚。一一月三日執筆。

反吐をはき続ける業—「ひと我を非情の作家と呼ぶ」を書いた丹羽文雄　「読売新聞」夕刊　昭和五九年一二月二四日

野間文芸賞選評―作者の自戒　「群像」四〇巻一号　昭和六〇年一月一日　448頁　＊1枚。第37回、該当作なし。一〇月八～一〇日執筆。

ある日の芸術院　「月刊カドカワ」三巻一号　昭和六〇年一月一日　314-318頁　＊15枚。「文壇夜話　二一」として掲載。一〇月八～一〇日執筆。

〔収録〕
3030わが母、わが友、わが人生（昭和六〇年七月　角川書店）

私の理解　河出書房新社『河出人物読本　親鸞』　昭和六〇年一月三〇日　150-161頁　＊「親鸞紀行」より抜粋。

根は寂しがり屋（談話）「朝日新聞」夕刊　昭和六〇年一月三一日　＊「石川達三氏死去」への談話。

時代描いた石川達三さん（談話）「毎日新聞」夕刊　昭和六〇年一月三一日　＊「石川達三氏死去」への談話。

根は優しい人（談話）「中日新聞」夕刊　昭和六〇年一月三一日　＊「石川達三氏死去」への談話。「自筆メモ」では「石川達三君の死」。

石川達三君の死（談話）共同通信　昭和六〇年二月一日

庭が消える　「月刊カドカワ」三巻二号　昭和六〇年二月一日　232-236頁　＊15枚。「文壇夜話　二二」として掲載。「自筆メモ」では「庭の終り」とある。昭和五九年一二月九日執筆。

〔収録〕
3030わが母、わが友、わが人生（昭和六〇年七月　角川書店）

思い出―中央公論100年に寄せて　「中央公論」一〇〇年二号　昭和六〇年二月一日　56-57頁　＊1枚。一月三〇日執筆。

私と和菓子　交通公社『交通公社のＭＯＯＫ一流シリーズ⑬日本の名菓・和菓子』昭和六〇年二月一日　＊書き下ろし。

〔収録〕
3032をりふしの風景（昭和六三年八月　学芸書林）

石川達三君の死（談話）「読売新聞」夕刊　昭和六〇年二月一日

吉村昭「破獄」―完璧といえる文体　「読売新聞」昭和六〇年二月一日　＊「読売文学賞受賞者人と作品」として掲載。第36回、吉村昭「破獄」。

芥川賞選評―木崎さと子さんと「青桐」　「文芸春秋」六三巻三号　昭和六〇年三月一日　358頁　＊2枚。第92回、木崎さと子「青桐」。一月二二日執筆。なお木崎さと子『青桐』（昭和六〇年三月一日）の帯に掲載されている。

〔収録〕
6530芥川賞全集13（昭和五八年二月　文芸春秋）

吉川英治文学賞選評―終着駅について　「群像」四〇巻五号　昭和六〇年五月一日　320-321頁　＊第19回、結城昌治『終着駅』。

推薦―暁烏敏講話　涼風学舎『暁烏敏和讃講話集』　昭和六〇年五月一三日　＊1.5枚。

奇跡エイジ・シュート達成　「読売新聞」夕刊　昭和六〇年五月一三日　＊5枚。「自筆メモ」では「奇跡はある　エイジシューター達成」とある。五月九日執筆。

推薦―暁烏敏全集　涼風学舎『暁烏敏全集』　昭和六〇年五月二二日　＊2枚。

文壇の兄貴―文壇・演劇界の重鎮　川口松太郎さん死去（談話）「サンケイ新聞」夕刊　昭和六〇年六月一〇日　＊自筆メモでは「川口松太郎さんの思い出」とある。

川口松太郎さんの思い出　「東京新聞」夕刊　昭和六〇年六月一一日　＊3枚。六月一〇日執筆。

ゴルフの奇跡　「西日本新聞」ほか　昭和六〇年六月　＊5枚。六月一六日執筆。

平林たい子文学賞選評―感想　「潮」三一五号　昭和六〇年七月一日　305-306頁　＊第13回、（小説部門）杉森久英『能登』・福井馨『風樹』、（評論部門）高橋英夫『偉大なる暗闇』。なお第14回は欠席のため「選評」なし。

あとがき　角川書店『わが母わが友わが人生』　昭和六〇年七月五日　251-252頁

人生清談「文学は裸になること」―表現による浄化を求めて（インタビュー）　共同通信　昭和六〇年七月一六日

野間さんのこと　『追悼野間省一』　昭和六〇年八月一〇日　講談社　52-54頁　＊4枚。二月二六日執筆。
〔収録〕
3032をりふしの風景（昭和六三年八月　学芸書林）

わが母、わが友、わが人生　「女性セブン」二三巻三一号　昭和六〇年八月一五日　94-95頁

母の加護　「日本経済新聞」昭和六〇年八月一八日　＊8枚。七月三〇日執筆。
〔収録〕
7120母の加護（昭和六一年七月　文芸春秋）
7510母の加護（平成一年七月　文春文庫）

作品通り温厚な人柄（談話）「朝日新聞」昭和六〇年九月一三日　＊「源氏鶏太氏死去」への談話。

源氏鶏太の死（談話）「サンケイ新聞」昭和六〇年九月一三日

今までにないタイプ—源氏鶏太氏死去（談話）「中日新聞」昭和六〇年九月一三日

三等学校—サラリーマン小説　源氏鶏太氏死去（談話）「日本経済新聞」昭和六〇年九月一三日

谷崎潤一郎賞選評—所感「中央公論」一〇〇年一二号　昭和六〇年一一月一日　583頁　＊第21回、村上春樹「世界の終わりとハードボイルドワンダーランド」。

〔収録〕

7121シーク&ファインド　村上春樹（昭和六一年七月　青銅社）

女流文学賞選評—感想「婦人公論」七〇巻一三号　昭和六〇年一一月一日　235頁　＊1枚。第24回、山本道子『ひとの樹』。九月二日執筆。

夏祭りと甘酒『四日市近鉄百貨店創業二十五周年社史』昭和六〇年一一月三〇日　四日市近鉄百貨店　14-15頁　＊1枚。「特別寄稿　私と四日市」として掲載。

わが文学・わが母（インタビュー）「しおり」（紀伊国屋カード通信）二巻八号　昭和六〇年一二月二五日　4-9頁　＊巻頭インタビュー。

野間文芸賞選評—選評「群像」四一巻一号　昭和六一年一月一日　385頁　＊第38回、丸谷才一『忠臣蔵とは何か』（講談社）・島尾敏雄『魚雷艇学生』（新潮社）。

妻の句　丹羽綾子『この歳月』昭和六一年一月二〇日　中央公論事業出版　169-171頁　＊5枚。昭和六〇年一〇月執筆。

昔からのこと「文芸家協会ニュース」四一三号　昭和六一年一月　2-3頁　＊2枚。発行日付不明。「自筆メモ」には「日本文芸家協会のこと」とある。一月一〇日執筆。

私の昭和22年—創刊1500号記念グラビア「小説新潮」四〇巻二号　昭和六一年二月一日　23頁　＊グラビア。1枚（二〇〇字）。昭和六〇年一〇月七日執筆。

わが家の漬けもの—たくあんのべっこう煮　講談社『ふるさとの漬けもの　産地直送で味わう全国名産550選』昭和六一年三月二五日　2-3頁

〔収録〕

3032をりふしの風景（昭和六三年八月　学芸書林）

出会い「尾崎一雄展」図録　昭和六一年三月二八日　神奈川近代文学館　12頁　＊2枚。

出会い—尾崎一雄展特集「神奈川近代文学館」一二号　昭和六一年四月一日　＊再録。

吉川英治文学賞選評―似たもの作家　「群像」四一巻五号　昭和六一年五月一日　296頁　＊第20回、井上ひさし『腹鼓記』『不忠臣蔵』・藤沢周平『白き瓶』。

蓮如の生き方　旺文社『蓮如に出会う』　昭和六一年五月二九日　7-48頁　＊70枚。「自筆メモ」では「日本の名僧　蓮如の人間味」とある。昭和六〇年一一月執筆。

私の乱視　「中央公論文芸特集」三巻二号　昭和六一年六月二五日　220-223頁　＊10枚。四月二九日執筆。

肥大症とゴルフ　「日本経済新聞」昭和六一年九月七日

おかいのやさしさ―暑気払い朝粥　「ラ・セーヌ」昭和六一年九月　秀友社　33-39頁　＊六月三〇日執筆。

遠い記憶―いま思うこと・群像四十周年によせて　「群像」四一巻一〇号　昭和六一年一〇月一日　334-335頁

軽井沢のこと　「ミセス」三六六号　昭和六一年一〇月一日　237頁　＊「掌編随想」として掲載。

青春文学に一時代（談話）「朝日新聞」昭和六一年一〇月八日　＊石坂洋次郎死去についての談話。

谷崎潤一郎賞選評―所感　「中央公論」一〇一年一一号　昭和六一年一一月一日　309頁　＊第22回、日野啓三「砂丘が動くように」。

女流文学賞選評―情熱に心を打たれる　「婦人公論」七一巻一四号　昭和六一年一一月一日　405頁　＊1枚。第25回、杉本苑子『穢土荘厳』。一〇月九日執筆。なお第26、27回は病欠のため選評なし（以後辞退）。

古典の素養を生かす　「読売新聞」昭和六一年一一月一四日　＊円地文子死去についての談話。

野間文芸賞選評―選評　「群像」四二巻一号　昭和六二年一月一日　423頁　＊第39回、上田三四二『島木赤彦』・大庭みな子『啼く鳥の』。

真宗の風景　「北国新聞」昭和六二年一月一〇日　＊2枚。昭和六一年一二月一九日執筆。

孫に指摘された〝青春期〟―芽生える　「読売新聞」中部版　昭和六二年一月二〇日　＊6枚。「自筆メモ」には「土曜文化　千晶のこと（おじいちゃん　おばあちゃん）」とある。一月一〇日執筆。

作品でもピリッと―作家・丹羽文雄さんの話（談話）「読売新聞」昭和六二年四月六日　＊「中里恒子さん逝く」への談話。

吉川英治文学賞選評―選評　「群像」四二巻五号　昭和六二年五月一日　265頁　＊第21回、宮本輝『優駿』。

丹羽文雄氏（昭４国文）早稲田大学芸術功労者に　「早稲田学報」四一巻四号　昭和六二年五月一五日　2-3頁　＊受賞挨拶の抜粋。

大悲　「市民社教だより」（武蔵野市）　昭和六二年六月八日

〔収録〕

私家版丹羽家での断章その二（平成一八年四月　清水邦行）

平林たい子文学賞選評―選評　「潮」三三九号　昭和六二年七月一日　269頁　＊第15回、（小説部門）戸田房子『詩人の妻生田花世』、（評論部門）森常治『文学記号の空間』。なお第16回は欠席のため選評なし。

惟道さんのこと　講談社『追悼野間惟道』　昭和六三年五月三〇日　2-3頁

〔収録〕

3032をりふしの風景（昭和六三年八月　学芸書林）

あとがき　学芸書林『をりふしの風景』　昭和六三年八月二〇日　305頁

河野君と「文学者」　新潮社「河野多惠子全集」内容見本　平成六年一〇月　＊全10巻。代筆か？

終止符の感慨　東京都近代文学博物館『丹羽文雄と「文学者」』平成一一年九月九日　24頁

葬儀委員長挨拶　古河文学館「和田芳恵展」平成一一年一〇月二三日　86-87頁

谷崎潤一郎へ―「潤」と署名された事情　「文芸春秋」七九巻二号　平成一三年二月一日　344-346頁

（発行日不明）

読者談片　「陶磁界」三一号　一〇月　6頁

＊　未確認。記載は占領期・雑誌情報データベースによる。

文化情報　「喜多峯」一号　29-30頁

＊　未確認。記載は占領期・雑誌情報データベースによる。

未確認のもの

開いた社会　「三重県民新聞」昭和九年八月一〇日　＊7枚。所蔵館不明のため未確認。三重文芸協会発行。

文反故　掲載紙不明　昭和九年九月　＊3枚。掲載紙不明のため未確認。『全集』「自筆メモ」『竹村選集』でも掲載紙不明。

月評と僕　「あらくれ」昭和九年一一月　＊1枚。掲載未確認。

一〇月執筆。

顔　「自由文壇」一巻一号　昭和九年一一月　＊4枚。所蔵館不明のため未確認。『全集』では一〇月。

雑感　「莨」昭和九年一二月　＊5枚。所蔵館不明のため未確認。

生活方法　日本新聞連盟　昭和一〇年九月　＊8枚。掲載紙不明のため未確認。九月一八日執筆。「自筆メモ」では「生活の行方」。

たそがれの雑感　「朝日新聞」大阪版　昭和一〇年九月　＊5枚。掲載未確認。八月二六日執筆。

悪太郎評　「都新聞」昭和一〇年一一月　＊3枚。掲載未確認。一一月一三日執筆。

作家としてのわが立場をかたる　「文芸首都」四巻一号　昭和一一年一月一日　＊掲載未確認。『文芸首都総目次』になし。

ミモザ館について北川冬彦に答える　「近代映画」昭和一一年二月　＊12枚。所蔵館不明のため未確認。一月九日執筆。「自筆メモ」には「13枚」とある。なお映画「ミモザ館」は昭和一一年一月二九日に日本公開。

政治　「時事新報」昭和一一年六月　＊7枚。掲載未確認。六月五日執筆。

深緑期の感想　日本新聞連盟　昭和一一年六月　＊10枚。未確認。六月九日執筆。『全集』では「無題」。『新居』で「緑陰偶語」に改題。『竹村選集』では「現代の困難」、「小説の本質」に分割し抜粋収録。

〔収録〕

3001新居（昭和一一年九月　信正社）

5007丹羽文雄選集7（昭和一四年一〇月　竹村書房）

モデル供養　「ホーム・ライン」昭和一一年六月　＊5枚。所蔵館不明のため未確認。五月一二日執筆。雑誌「ホーム・ライン」は玉木合名社発行。

〔収録〕

3001新居（昭和一一年九月　信正社）

5007丹羽文雄選集7（昭和一四年一〇月　竹村書房）

季節　「エス・エス」一巻二号　昭和一一年八月一日　＊7枚。所蔵館不明のため未確認。

〔収録〕

1017海の色（昭和一二年一二月　竹村書房）

若い季節について　「エス・エス」一巻三号　昭和一一年九月一日　＊7枚。八月一〇日執筆。『全集』には「若い季節について」（エスエス）とあるが、掲載未確認。なお座談会

「映画宣伝部雑談」（一巻三号　昭和一一年九月一日　28-30頁　武山政信・永島一郎・鈴木重三郎・松崎雅夫・軽部清子・大田黄鳥・岡村章・小島浩）に、「若い季節」への言及がある。

秋の欧州映画　東和商事　昭和一一年九月　＊5枚。掲載誌不明のため未確認。八月一一日執筆。

ローレンスのこと　三笠書房　昭和一一年一〇月　＊2枚。『ロレンス全集』（全12巻既刊5　昭和一一年～一二年）の月報や内容見本に掲載と思われるが、所蔵館不明のため未確認。一〇月二四日執筆。

文壇近頃風景　「報知新聞」昭和一一年一一月　＊8枚。掲載未確認。一一月二九日執筆。

自分の手紙　「エス・エス」一巻五号　昭和一一年一一月一日　＊3枚。所蔵館不明のため未確認。一〇月七日執筆。『全集』では一〇月、「自筆メモ」では一〇月二日執筆、「二・五枚」とある。

若き日　「エス・エス」一巻六号　昭和一一年一二月一日　＊6枚。所蔵館不明のため未確認。一〇月一四日執筆。『全集』では一〇月、「自筆メモ」では「若き日（映画評）」とある。

女友達　「ホーム・ライン」昭和一二年一月　＊8枚。所蔵館不明のため未確認。昭和一一年一一月二〇日執筆。『全集』では「幼友達」とある。

〔収録〕

3001新居（昭和一一年九月　信正社）

5007丹羽文雄選集7（昭和一四年一〇月　竹村書房）

「風雲児アドヴァース」評　昭和一二年一月　＊1枚。掲載誌不明のため未確認。『全集』では「ワーナー社」一月一日とある。なお映画「風雲児アドヴァース」は昭和一二年二月に日本公開。

モウパッサン讃　河出書房　昭和一二年二月　＊1枚。『モーパッサン傑作短編集』広告、月報、内容見本等に掲載されたものと思われるが、所蔵館不明のため未確認。二月一〇日執筆。

葦原邦子に与ふ　「報知新聞」昭和一二年二月　＊3枚。掲載未確認。二月一〇日執筆。

「女だけの都」評　東和商事　昭和一二年四月　＊8枚。掲載誌不明のため未確認。二月四日執筆。

愛欲の位置と悪の華　「家庭新聞」昭和一二年六月　＊1枚。所蔵館不明のため未確認。雑誌「家庭」（大日本聯合婦人会）かと思われる。

一問一答　三益愛子「映画と演芸」　昭和一二年七月　＊所蔵館不明のため未確認。五月執筆。

夏旅随想　「旅とカメラ」　昭和一二年七月　＊5枚。所蔵館不明のため未確認。五月二三日執筆。『全集』では五月とある。

映画評　「報知新聞」　昭和一二年七月　＊1枚。掲載未確認。

那須　「ホーム・ライン」　昭和一二年七月　＊5枚。『全集』では「ホームライフ」六月とあるが、掲載未確認。「ホーム・ライン」と思われるが、所蔵館不明のため未確認。六月六日執筆。

〔収録〕

3005秋冷抄（昭和一五年九月　砂子屋書房）

放浪記評　昭和一二年七月　＊4枚。『全集』では改造とあるが、「改造」には未掲載。改造社版『林芙美子選集』（全7巻）の月報や内容見本等に掲載されたものと推測されるが、所蔵館不明のため未確認。七月三日執筆。

芝居恐怖症　「新国劇」　昭和一二年八月　＊2枚。「新国劇」の演劇パンフレットに掲載されたものとおもわれるが、所蔵館不明のため未確認。八月二〇日執筆。

〔収録〕

3005秋冷抄（昭和一五年九月　砂子屋書房）

我が子　「雄弁」二九巻九号　昭和一二年八月　＊所蔵館不明のため未確認。

寸感　「東宝」　昭和一三年一月　＊4枚。掲載未確認。昭和一二年一一月九日執筆。『全集』には一一月とある。

随筆　「令女界」一七巻二号　昭和一三年二月　＊所蔵館不明のため未確認。「読売新聞」昭和一二年一二月一六日広告に記載がある。

甘事辛言　「新映画」　昭和一三年四月　＊7枚。所蔵館不明のため未確認。二月一三日執筆。

岸君　「東宝映画」　昭和一三年四月　＊1枚。「東宝」・「東宝映画」ともに掲載未確認。三月二日執筆。

随筆　「日本文学」（日本文学社）一巻一号　昭和一三年四月　＊掲載未確認。四月執筆。

うらめしやの手紙　「モダンライフ」（東栄閣）昭和一三年四月　＊5枚。所蔵館不明のため未確認。『全集』では「うらめしや手紙」とあるが誤り。二月一六日執筆。

〔収録〕

3005秋冷抄（昭和一五年九月　砂子屋書房）

私の好きな女　「現代」　昭和一三年五月　＊15枚。五月二〇日執筆。

下田の夏　「アサヒカメラ」増刊号　昭和一三年六月　＊3枚。所蔵館不明のため未確認。五月二七日執筆。

画家と洋装　「銀鐘」昭和一三年七月　＊3枚。所蔵館不明のため未確認。五月二〇日執筆。『全集』では五月とある。雑誌「銀鐘」は生活社（鐘紡東京サービスステーション）発行の鐘紡ＰＲ誌。

トルストイのこと　昭和一三年八月　＊4枚。『全集』では「中央公論」とあるが未掲載。中央公論社『大トルストイ全集』の月報、内容見本等に掲載と思われるが、所蔵館不明のため未確認。八月一二日執筆。

迷った教訓　『大東京案内』昭和一三年八月　＊7枚。東京市役所編集。所蔵館不明のため未確認。六月二日執筆。

輸送船整備　四社連盟紙　昭和一三年九月　＊6枚。掲載紙不明のため未確認。九月二九日執筆。

九江点描　五社連盟紙（土曜会）昭和一三年一〇月　＊11枚。掲載紙不明のため未確認。一〇月一日執筆。

〔収録〕
3004一夜の姑娘（昭和一四年五月　金星堂）
3007上海の花火（昭和一八年一月　金星堂）

渋い街　四社連盟紙　昭和一三年一〇月　＊6枚。所蔵館不明のため未確認。一〇月一〇日執筆

随筆　「新青年」昭和一三年一一月　＊所蔵館不明のため未確認。九月執筆。

田村　塩野　昭和一四年四月四日　＊1枚。掲載紙不明のため未確認。

純文学と通俗物　「中外商業新聞」昭和一四年六月　＊9枚。掲載未確認。六月一四日執筆。

評　三映社　昭和一四年七月　＊所蔵館不明のため未確認。

四馬路の女　「主婦之友」昭和一四年八月　＊1枚。掲載未確認。『戦前期四大婦人雑誌目次集成Ⅱ主婦之友』（全7巻　平成一五年七月一八日　ゆまに書房）に記載がなく、原誌でも掲載確認がとれなかった。臨時増刊号などの掲載かと思われるが、所蔵館不明のため未確認。八月二二日執筆。

戦地の夜　「専売」昭和一四年八月　＊7枚。専売協会。所蔵館不明のため未確認。六月四日執筆。

〔収録〕
3005秋冷抄（昭和一五年九月　砂子屋書房）

二周年　「文芸日本」昭和一四年八月　＊2枚。掲載未確認。

七月七日執筆。

名月夜話　「三重新聞」昭和一四年八月　＊4枚。掲載未確認。八月一五日執筆。

随筆　「婦女界」昭和一四年八月　＊掲載未確認。七月執筆。

映画のこと　四社連盟紙　昭和一四年九月　＊5枚。掲載紙不明のため未確認。九月一一日執筆。

漢口挺身隊　「東京日日新聞」昭和一四年九月　＊2枚。掲載未確認。九月四日執筆。

日本料理　昭和一四年九月　＊掲載紙不明のため未確認。七月一九日執筆。

一時代　「大洋」昭和一四年一〇月一日　＊5枚。掲載未確認。八月一一日執筆。

嫁ぐ人に　「婦女界」昭和一四年一〇月　＊4枚。掲載未確認。八月二九日執筆。
〔収録〕
3008わが母の記（昭和二二年七月　地平社）
5007丹羽文雄選集7（昭和一四年一〇月　竹村書房）

映画ファンによせる　「映画ファン」昭和一四年一〇月　＊掲載未確認。

「少女」を読んで　昭和一四年一〇月　＊1枚。未確認。一〇月二六日執筆。田村泰次郎『少女』（昭和一四年一〇月一八日　赤塚書房）の書評、広告文等と思われる。

芒　「アサヒカメラ」増刊号　昭和一四年一〇月　＊3枚。所蔵館不明のため未確認。九月三〇日執筆。
〔収録〕
3005秋冷抄（昭和一五年九月　砂子屋書房）

伊豆の海　「東京日日新聞」昭和一四年一二月　＊6枚。掲載未確認。一一月一七日執筆。
〔収録〕
3005秋冷抄（昭和一五年九月　砂子屋書房）
3008わが母の記（昭和二二年七月　地平社）

作者の詞—二つの都　「大陸新報」昭和一四年一二月　＊1枚。一二月七日執筆。掲載未確認。

二六〇〇年の文壇　四社連盟紙　昭和一四年一二月　＊15枚。一二月一六日執筆。

新しい振舞ひ　読売婦人部　昭和一五年一月　＊3枚。掲載紙未確認。一月一五日執筆。

随筆　「月刊文章」昭和一五年一月　＊掲載未確認。昭和一四年一月二七日執筆。

或る感想　「重島色」昭和一五年二月　＊2枚。所蔵館不明のため未確認。昭和一四年二月二四日執筆。

遠慮　「浅草レヴュー」昭和一五年二月　＊1枚。所蔵館不明のため未確認。昭和一四年一一月二二日執筆。

一つ　「観光朝鮮」昭和一五年二月　＊2枚。所蔵館不明のため未確認。昭和一四年一一月一六日執筆。

田村の本跋　推薦文　昭和一五年二月　＊1枚。田村泰次郎『学生の情熱』か。「自筆メモ」では「大学の推薦文」ともある。昭和一四年一二月一三日執筆。

支那文学推薦の詞　東成社「現代支那文学全集内容見本」昭和一五年二月　＊3枚。メモには「支那文学推薦の詞」。所蔵館不明のため未確認。昭和一四年一二月四日執筆。

私の好きな女優　「婦人朝日」一七巻三号　昭和一五年三月一日　＊所蔵館不明のため未確認。二月一〇日執筆。

檜子なき年輪　「文化ニュース」昭和一五年三月　＊所蔵館不明のため未確認。三月六日執筆。

家庭の秘密　昭和一五年三月　＊7枚。掲載紙不明のため未確認。三月一一日執筆。

随筆　赤塚書房　昭和一五年五月　＊4枚。掲載紙不明のため未確認。五月八日執筆。

民族の祭典について　「日本映画」昭和一五年五月　＊2枚。掲載未確認。五月一〇日執筆。

随筆　博文館文学全集　昭和一五年五月　＊掲載紙不明のため未確認。五月二四日執筆。

日記　「予報」昭和一五年五月　＊2枚。掲載紙不明のため未確認。五月三〇日執筆。

近江の水　滋賀観光局　昭和一五年六月　＊4枚。掲載紙不明のため未確認。六月二四日執筆。

評　昭和一五年七月　＊1枚。掲載紙不明のため未確認。七月三一日執筆。

伊川マツ子　「映画之友」昭和一五年八月　＊3枚。掲載未確認。五月二日執筆。

アメリカ小説選集序文　昭和一五年八月　スタア社　＊1枚。「自筆メモ」では「アメリカ小説選集序文」。掲載誌不明のため未確認。『亜米利加作家撰集』には未掲載。八月二二日執筆。

旅と季節　昭和一五年九月二〇日　＊掲載誌不明のため未確認。
〔収録〕
3005秋冷抄（昭和一五年九月　砂子屋書房）

文学者　「福日」昭和一五年九月　＊2枚。掲載未確認。九月一八日執筆。

文学か　「予報」昭和一五年九月　＊4枚。掲載紙不明のため未確認。九月八日執筆。

匿名批評　「福岡日日新報」昭和一五年一〇月一四日　＊1.5枚。掲載未確認。

映画随想　「スタア」昭和一五年一〇月一五日　＊5枚。所蔵館不明のため未確認。一〇月四日執筆。

この作者　昭和一五年一一月二三日　＊1枚。掲載誌不明のため未確認。一一月二三日執筆。

正直について　「東京日日新聞」昭和一六年一月　＊2枚。掲載未確認。一月八日執筆。

療養地　「三重新聞」昭和一六年一月　＊5枚。未確認。一月二九日執筆。

大波小波　「都新聞」昭和一六年一月　＊掲載未確認。一月九日執筆。

川端さんの近作　文芸情報社　昭和一六年二月一日　＊3枚。掲載誌不明のため未確認。二月一日執筆。

七つの道　「文芸情報」昭和一六年二月　＊2枚。所蔵館不明のため未確認。二月二日執筆。

田中先生のこと　「文芸情報」昭和一六年二月　＊3枚。所蔵館不明のため未確認。二月一五日執筆。

評　「東京日日新聞」昭和一六年三月　＊1枚。掲載未確認。三月一日執筆。

推薦文　昭和一六年六月　＊3枚。掲載誌不明のため未確認。

大波小波―或る感想　「東京日日新聞」昭和一六年七月一五日　＊1.5枚。掲載未確認。

序―成吉思汗　楪本捨三『成吉思汗』昭和一六年（康徳八年）七月　吐風書房　＊奉天刊。所蔵館不明のため未確認。

尾崎一雄と私　『尾崎一雄選集』月報　昭和一六年八月　＊4

枚。所蔵館不明のため未確認。八月一一日執筆。

自作「中年」に就いて　「廿世紀」昭和一六年八月　＊5枚。成美堂書店発行「廿世紀」。所蔵館不明のため未確認。八月二日執筆。

林房雄　「芸能科学研究」八巻八号　昭和一六年九月　＊所蔵館不明のため未確認。

随筆　「新女苑」昭和一七年二月一日　＊13枚。掲載未確認。昭和一六年一二月一九日執筆。

序文—攻略記　時代社　昭和一七年五月　＊2枚。掲載紙不明のため未確認。筑紫二郎『星港攻略記』か。五月一二日執筆。

女性と小説　「ホームグラフ」昭和一七年五月　＊6枚。所蔵館不明のため未確認。五月一二日執筆。

歎異抄の軸　「女性生活」昭和一七年七月一日　＊5枚。掲載未確認。五月一五日執筆。

コソボの水　「サンデー毎日」昭和一七年八月　＊14枚。掲載未確認。『戦前期『サンデー毎日』総目次』（平成一九年三月、ゆまに書房）なし。八月執筆。

ソロモン　日本新聞連盟　昭和一七年九月　＊8枚。掲載誌不明のため未確認。九月三日執筆。

ソロモン海戦の印象　「大東亜公論」昭和一七年九月　＊8枚。所蔵館不明のため未確認。九月一二日執筆。

ラバウルのひと時　「新青年」二三巻一〇号　昭和一七年一〇月一日　＊5枚。所蔵館不明のため未確認。

あの時のこと　「くろがね」昭和一七年一〇月　＊5枚。くろがね会。所蔵館不明のため未確認。九月執筆。

ツラギ夜襲戦　「海之世界」昭和一七年一〇月　＊所蔵館不明のため未確認。福島鋳郎・大久保久雄共編『戦時下の言論下』（昭和五七年三月一〇日、日外アソシエーツ）による。

随筆　「東京新聞」昭和一七年一一月　＊8枚。掲載未確認。一〇月一三日執筆。

ソロモン海戦に従ひて　放送協会　昭和一七年一二月四日　＊所蔵館不明のため未確認。ラジオ放送用の書き下ろしか。

のぞむ　「毎日新聞」昭和一八年一月　＊1枚。掲載未確認。一月九日執筆。

従軍中の感想　「海之日本」昭和一八年三月　＊5枚。所蔵館不明のため未確認。一月五日執筆。

従軍出発　「くろがね」昭和一八年三月　＊所蔵館不明のため未確認。一月一一日執筆。

慰問文の書き方　昭和一八年四月　＊4枚（口述）。掲載誌不明のため未確認。二月六日執筆。

海軍記念日に際して　五社連合　昭和一八年五月　＊掲載誌不明のため未確認。五月二三日執筆。

挿話　「大和」昭和一八年五月　＊5枚。所蔵館不明のため未確認。五月一〇日執筆。

台湾の文化　台湾新民報社　昭和一八年六月　＊5枚。「興南新聞」（台湾新民報）と思われるが、所蔵館不明のため未確認。六月二八日執筆。

随想　日本新聞　昭和一八年八月　＊3枚。所蔵館不明のため未確認。八月四日執筆。

再び八月一日　「毎日新聞」昭和一八年八月　＊4枚。掲載未確認。八月四日執筆。

大学　昭和一八年九月一五日　＊7枚。掲載誌不明のため未確認。

序文—樋口一葉の日記　昭和一八年九月　今日の問題社　＊1枚。掲載未確認。和田芳恵『樋口一葉の日記』（昭和一八年九月二〇日　今日の問題社）には未収録。広告などに掲載かと思われる。昭和一七年五月一二日執筆。

中国的文化　「交通東亜」昭和一八年九月　＊9枚。雑誌「交通東亜」は日本旅行社発行「旅」改題。所蔵館不明のため未確認。八月二五日執筆。

壇上の感想　「三重新聞」昭和一八年九月　＊4枚。九月一二日執筆。未確認。

艦内の一隅　「あきつ」昭和一八年一〇月一日　＊10枚。所蔵館不明のため未確認。九月一〇日執筆。

基地風物点描1—パンの実と風呂　「東京彙報」昭和一八年一〇月　＊6枚。所蔵館不明のため未確認。一〇月執筆。

基地風物点描2　「東京彙報」昭和一八年一〇月　＊6枚。所蔵館不明のため未確認。一〇月執筆。

工場食について　「東京給食」昭和一八年一〇月　＊3枚。所蔵館不明のため未確認。一〇月執筆。

艦内の読書　昭和一八年一一月　＊6枚。掲載誌不明のため未確認。一一月一一日執筆。

ラバウルの雨　「大逓信」昭和一八年一一月　＊8枚。掲載誌不明のため未確認。一一月八日執筆。

南方に寄す　「毎日新聞」昭和一八年一一月　＊3枚。「自筆メモ」には「セレベス」とあり、セレベスで発行された戦地版と思われるが、所蔵館不明のため未確認。一一月一八日執筆。

艦内の陸戦隊の人々　「少女の友」昭和一八年一二月一日　＊6枚。掲載未確認。一二月七日執筆。

本年度文壇の人と作品　「早稲田文学」一〇巻一二号　昭和一八年一二月一日　＊掲載未確認。七月二九日執筆。

艦内生活の断片　昭和一八年一二月　＊掲載誌不明のため未確認。一二月七日執筆。

新しい女性　「東京新聞」昭和一八年一二月　＊2枚。掲載未確認。一二月二九日執筆。

海軍雷撃隊　「主婦之友」昭和一八年一二月　＊掲載未確認。満州版か。

記　「北方日本」昭和一九年一月　＊25枚。所蔵館不明のため未確認。昭和一八年一〇月二日執筆。

去年のくれ　「東京新聞」昭和一九年一月　＊2枚。掲載未確認。

朝鮮行　「釜日」昭和一九年五月二七日～七月七日　＊「釜山日報」か。所蔵館不明のため未確認。

旅先にて　「月刊刑法」昭和一九年三月　＊15枚。所蔵館不明のため未確認。三月一八日執筆。

随想　日本新聞社　昭和一九年八月四日　＊3枚。掲載誌不明のため未確認。八月四日執筆。

弟への手紙　日本文芸報国会　昭和一九年八月　＊8枚。掲載誌不明のため未確認。

壇上の感想　「三重新聞」昭和一九年九月　＊4枚。掲載未確認。九月一二日執筆。

工場食について　「東京新聞」昭和一九年一〇月　＊3枚。掲載未確認。一〇月一五日執筆。

しら鷺も田毎に下りぬ看牛児　『片岡鉄兵宛寄書帖』　昭和二〇年一月　＊日本近代文学館編「片岡鉄兵コレクション目録」（平成一七年二月　日本近代文学館）掲載。

追悼抄　未掲載　昭和二〇年一月　＊『鉄兵追悼文集』（未刊）用原稿。日本近代文学館編「片岡鉄兵コレクション目録」掲載。

疎開先について　「早稲田文学」昭和二〇年三月　＊6枚。掲載未確認。雑誌休刊による未掲載と思われる。一月二四日執筆。

空襲　文部省　昭和二〇年　＊5枚。掲載誌不明のため未確認。一月三〇日執筆。

追憶抄　昭和二一年二月　＊8枚。掲載誌不明のため未確認。二月一七日執筆。

無題　山陰の雑誌　昭和二一年三月　＊5枚。小谷書院とあるが掲載誌不明のため未確認。三月七日執筆。

眠　「鉄道」昭和二一年三月　＊5枚。所蔵館不明のため未確認。三月四日執筆。

鰻　「四日市文化」昭和二一年五月　＊5枚。所蔵館不明のため未確認。五月執筆。

美人　「婦人文学」昭和二一年一二月　＊所蔵館不明のため未確認。一二月執筆。

通信に代えて　「文壇」二号　昭和二二年一月　＊4枚。掲載未確認。昭和二一年一二月執筆。

六号記　「風雪」昭和二二年四月一日　＊3枚。掲載未確認。二月二〇日執筆。

随筆　「新夕刊」昭和二二年四月　＊3枚。掲載未確認。四月七日執筆。

小説の読み方　「キング」昭和二二年四月　＊8枚。掲載未確認。一月二〇日執筆。

西窪随筆　「新小説」昭和二二年四月　＊15枚。掲載未確認。二月二〇日執筆。

言わずものこと　「新夕刊」昭和二二年五月　＊3枚。所蔵館不明のため未確認。五月四日執筆。

文芸時評1　「新夕刊」昭和二二年六月　＊12枚。所蔵館不明のため未確認。六月四日執筆。

文芸時評2　「新夕刊」昭和二二年六月　＊6枚。所蔵館不明のため未確認。六月六日執筆。

西窪日記　昭和二二年六月九日　＊14枚。掲載誌不明のため未確認。六月九日執筆。

西窪日記　昭和二二年六月一三日　＊5枚。掲載誌不明のため未確認。六月一三日執筆。

随筆　「第一新聞」昭和二二年六月　＊6枚。掲載未確認。五月執筆。

感想　「中京新聞」昭和二二年七月　＊2枚。所蔵館不明のため未確認。七月九日執筆。

頂門の一尉　原稿配給組合　昭和二二年七月　＊3枚。掲載誌不明のため未確認。七月二三日執筆。

夏の感覚　新聞三社連合　昭和二二年七月　＊4枚。掲載未確認。七月一二日執筆。

鉄道利用週間に就いて　昭和二二年七月　＊8枚。掲載誌不明のため未確認。七月一六日執筆。

戸川悌子序文　昭和二二年八月二八日　＊4枚。掲載誌不明のため未確認。八月二八日執筆。

エロスの内容　「クイーン」昭和二二年八月　＊5枚。掲載未確認。六月二〇日執筆。

東京の女性　「東宝」昭和二二年八月　＊掲載未確認。六月八日執筆。

記憶　中山省三　昭和二二年八月　＊2枚。中山省三『ドフトエフスキー』（世界文化社）に関するものと思われるが、未確認。

このごろ　自伝　「文芸往来」昭和二二年八月　＊3枚。掲載未確認。六月一八日執筆。

私小説について　「新報知」昭和二二年九月　＊3枚。掲載紙未確認。九月一〇日執筆。

美人考　「時事新報」昭和二二年九月　＊5枚。掲載未確認。九月二〇日執筆。

新人について　「日本輿論新聞」昭和二二年一〇月　＊10枚。所蔵館不明のため未確認。一〇月執筆。

各人各説　「大学文学誌」昭和二二年一二月　＊6枚。所蔵館不明のため未確認。一二月二五日執筆。

日記抄　「随筆」昭和二二年一二月　金星堂　＊5枚。所蔵館不明のため未確認。一〇月一一日執筆。

無題　「第一新聞」昭和二二年一二月　＊3枚。所蔵館不明のため未確認。一二月二五日執筆。

低気圧　「風雪」二巻一号　昭和二三年一月一日　54頁　＊3枚。昭和二二年一一月七日執筆。「H」の署名があるが、丹羽が執筆と断定できなかった。『文芸雑誌内容細目総覧　―

戦後リトルマガジン篇―』になし。

好色の型　「婦人読書クラブ」昭和二三年一月　＊2枚。所蔵館不明のため未確認。昭和二二年一〇月二七日執筆。

田畑修一郎の思い出　昭和二三年三月　＊5枚。掲載誌不明のため未確認。三月三日執筆。

現代婦人雑誌　昭和二三年三月　＊掲載誌不明のため未確認。三月四日執筆。

田宮虎彦広告　昭和二三年四月一日　＊1枚。掲載誌不明のため未確認。四月一〇日執筆。

小説誌の手紙　昭和二三年四月八日　＊掲載誌不明のため未確認。四月八日執筆。

西窪噺　「都新聞」昭和二三年四月　＊9枚。掲載未確認。四月九日執筆。

小説の行方　「小説新聞」八号　昭和二三年四月　＊2枚。所蔵館不明のため未確認。四月一八日執筆。

松竹映画広告　昭和二三年五月　＊掲載誌不明のため未確認。五月二七日執筆

最近の映画　「映画ファン」一三号　昭和二三年六月　＊9枚。掲載未確認。四月四日執筆。

山田五十鈴　昭和二三年六月　＊1枚。「自筆メモ」に「日報」とあるが、掲載誌不明のため未確認。六月一〇日執筆。

社会時評　「北海道新聞」昭和二三年七月　＊4枚。掲載未確認。七月二二日執筆。

角　「新思潮」昭和二三年一〇月　＊5枚。掲載未確認。一〇月二〇日執筆。

身の上相談　「鏡」一巻三号　昭和二三年一一月一日　22-23頁
＊顧問として林芙美子・丹羽文雄・長尾猛夫があげられているが、丹羽のコメントなし。

随筆　「オール読物」昭和二三年一二月　＊1枚。掲載未確認。

随筆　「ホープ」三号　昭和二三年一二月　＊掲載未確認。一〇月二二日執筆。

早稲田文学賞選評　「早稲田文学」昭和二四年一月一日　＊雑誌休刊のため未掲載か。

新聞小説について　「協力新聞」昭和二四年二月　＊5枚。所蔵館不明のため未確認。二月五日執筆。

友の手紙　「週刊文化タイムズ」昭和二四年二月　＊4枚。所蔵館不明のため未確認。二月一四日執筆。

十万円短編小説賞選評　「早稲田文学」昭和二四年三月一日　＊雑誌休刊のため未掲載か。

文壇　「文学時標」昭和二四年三月　＊4枚。掲載未確認。一月二七日執筆。

推薦　「日本文学」昭和二四年四月　河出書房　＊1枚。掲載誌不明のため未確認。三月二〇日執筆。

選評　「放送」昭和二四年六月　＊所蔵館不明のため未確認。六月五日執筆。

私の机　「毎日新聞」昭和二四年七月　＊2枚。掲載未確認。七月二八日執筆。

芥川賞のこと　「中京新聞」昭和二四年七月　＊5枚。所蔵館不明のため未確認。七月三日執筆。

私の書きたい女性　「放送」昭和二四年八月　＊3枚。所蔵館不明のため未確認。六月二七日執筆。

百合子随想　昭和二四年九月　＊4枚。掲載誌不明のため未確認。九月一日執筆。

生きている人間　「小説界」昭和二四年九月　＊3枚。掲載未確認。九月二日執筆。

宮本百合子氏に　「文学新聞」昭和二四年九月　＊3枚。所蔵館不明のため未確認。九月三日執筆。

私の趣味　共同通信　昭和二四年九月　＊2枚。掲載未確認。九月九日執筆。

放送文芸選　「放送」昭和二四年九月　＊掲載紙不明のため未確認。九月一〇日執筆。

日米親善野球　共同通信　昭和二四年一一月　＊5枚。掲載未確認。一一月一五日執筆。

わが妻を語る　「朝日新聞」夕刊　昭和二四年一二月　＊3枚。掲載未確認。一二月四日執筆。

随筆　「毎日新聞」昭和二五年一月一六日　＊掲載未確認。一月一二日執筆。

白書の作者　「女性改造」五巻二号　昭和二五年二月一日　＊9枚。掲載未確認。昭和二四年一一月二八日執筆。

随筆　「週刊朝日」昭和二五年七月　＊1枚。掲載未確認。臨時号か。

随筆　「新女苑」　昭和二五年一〇月一日　＊7枚。掲載未確認。八月一七日執筆。

随筆　「週刊読売」　昭和二五年一〇月　＊掲載未確認。一〇月二日執筆。

鐘の声　「朝日新聞」　昭和二五年一二月　＊4枚。掲載未確認。一二月二八日執筆。

荷風推薦　『永井荷風作品集』　昭和二六年一月　創元社　＊1枚。所蔵館不明のため未確認。月報か。

その夜書評　「朝日新聞」　昭和二六年二月　＊2枚。掲載未確認。

秋田鉄道　昭和二六年二月　＊5枚。掲載誌不明のため未確認。

太宰治　『太宰治作品集』　昭和二六年二月　創元社　＊1枚。月報か。所蔵館不明のため未確認。二月一六日執筆。

アメリカの純文学　「西日本新聞」　昭和二六年二月　＊2枚。掲載未確認。二月二〇日執筆。。

随筆　「国鉄」　昭和二六年三月　＊5枚。日本国有鉄道機関誌。所蔵館不明のため未確認。三月一〇日執筆。

鑑賞「異邦人」について　「日本文学教室」　9号　昭和二六年四月　＊22枚。日本文学懇話会。掲載未確認。

ロシアの女評　「文芸春秋」　昭和二六年六月　＊1枚。掲載未確認。六月五日執筆。

抵抗の文学　共同通信　昭和二六年六月　＊4枚。掲載未確認。六月一九日執筆。

文学の悪人　「産業経済新聞」　昭和二六年七月　＊4枚。掲載未確認。七月八日執筆。

近頃女性風俗　共同通信　昭和二六年七月　＊4枚。掲載未確認。七月二二日執筆。

読書　社会文芸　昭和二六年七月　＊3枚。掲載誌不明のため未確認。七月二〇日執筆。

異邦人について　日通　昭和二六年七月　＊3枚。掲載誌不明のため未確認。七月二〇日執筆。

映画感想　「時事新報」　昭和二六年八月　＊4枚。掲載未確認。八月一一日執筆。

ヘミングウェイ解説　三笠書房　昭和二六年八月　＊5枚。掲載誌不明のため未確認。

随筆　「東京新聞」昭和二六年九月　＊5枚。掲載未確認。

随筆　「日本読書新聞」昭和二六年九月　＊5枚。掲載未確認。

スチュワーデス　共同通信　昭和二七年一月　＊3枚。掲載紙不明のため未確認。

随筆　「主婦之友」昭和二七年二月　＊掲載紙未確認。

都会　「産業経済新聞」昭和二七年三月七日　＊5枚。掲載未確認。

随筆　「社会タイムス」昭和二七年四月　＊3枚。所蔵館不明のため未確認。

随筆　「小説朝日」昭和二七年六月　＊掲載未確認。四月執筆。

ふるさとの料理　「主婦之友」昭和二七年八月　＊3枚。掲載未確認。

にせもの　時事通信　昭和二七年九月　＊3枚。掲載未確認。

山形のこと　文芸春秋　昭和二七年九月　＊2枚。「文芸春秋」未掲載。文芸春秋社の雑誌等かと思われるが、掲載誌不明のため未確認。九月二日執筆。

尾崎評　文芸春秋　昭和二七年一〇月　＊2枚。「文芸春秋」未掲載。文芸春秋社の雑誌等かと思われるが、掲載誌不明のため未確認。

随筆　「毎日新聞」昭和二七年一〇月　＊掲載未確認。

出世作のころ　読売新聞　昭和二七年一一月　＊11枚。「読売新聞」未掲載。読売新聞社の雑誌等かと思われるが、掲載誌不明のため未確認。

ヘミングウェイ　「文芸」昭和二七年一二月　＊掲載未確認。

随筆　「朝日月報」昭和二八年一月　＊所蔵館不明のため未確認。

今年の予想　共同通信　昭和二八年一月　＊4枚。昭和二七年一二月執筆。掲載未確認。

煩悩物語　「時事新報」昭和二八年一月　＊掲載未確認。

新春随想　「西日本新聞」昭和二八年一月　＊5枚。掲載未確認。昭和二七年一二月執筆。

カフカ批評　カフカ全集（新潮社）昭和二八年五月　＊4枚。月報か。所蔵館不明のため未確認。

「街」のころ　共同通信　昭和二八年五月　＊4枚。掲載未確認。五月四日執筆。

私の母　「西日本新聞」昭和二八年五月　＊2枚。掲載未確認。五月六日執筆。

映画二人妻連作　昭和二八年六月二六日　＊掲載誌不明のため未確認。

花田　「週刊朝日」昭和二八年八月　＊掲載未確認。

随筆　「小説サロン」昭和二八年八月　＊所蔵館不明のため未確認。

新日本　「毎日新聞」昭和二八年八月　＊掲載未確認。

再会　「週刊朝日」秋季増刊号　昭和二八年九月　＊掲載未確認。

随筆　「週刊文春」昭和二八年一一月　＊掲載未確認。

随筆　「図書新聞」昭和二八年一二月　＊掲載未確認。

南風随筆　「南風」昭和二八年一二月　＊6枚。南風発行所（名古屋）。所蔵館不明のため未確認。一二月八日執筆。

新春座談会　三社連合　昭和二九年一月　＊未確認。

文学と映画　「時事新報」昭和二九年一月　＊5枚。掲載未確認。

長谷川一夫　「読売新聞」昭和二九年一月　＊掲載未確認。一月一二日執筆。

私の内幕　「世潮」昭和二九年二月　＊12枚。所蔵館不明のため未確認。二月一一日執筆。

船人の訓　三社連合　昭和二九年二月　＊15枚。掲載未確認。二月二二日執筆。

「日記」書評　「朝日新聞」昭和二九年四月　＊3枚。掲載未確認。

私の読書歴　「文学」昭和二九年四月　＊6枚。岩波書店。掲載未確認。二月一一日執筆。

宝塚と文学　「放送と音楽」昭和二九年四月　＊所蔵館不明のため未確認。

火野　「スクリーン」昭和二九年五月　＊6枚。掲載未確認。三月一九日執筆。

鮎　「日本経済新聞」昭和二九年六月　＊1枚。「日本文化」欄。掲載未確認。六月一八～二〇日執筆。

随筆　「毎日カメラ」2号　昭和二九年八月一日　＊掲載未確認。

百万円読切小説賞（講談社）　昭和二九年八月　＊2枚。掲載誌不明のため未確認。

サロン座談　「小説新潮」昭和二九年八月　＊掲載未確認。

筋金入り　「別冊文芸春秋」昭和二九年八月　＊1枚。掲載未確認。

感想　「本願寺新報」昭和二九年八月　＊4枚。掲載未確認。

芥川賞について　新聞三社連合　昭和二九年九月　＊1枚。掲載未確認。八月執筆。

女の評　「北海タイムズ」昭和二九年九月　＊所蔵館不明のため未確認。九月七日執筆。

感想　「ドレスメーキング」昭和二九年一一月　＊4枚。掲載未確認。

文学とは何か　「国語研究」9号　昭和二九年一二月　＊4枚。国語研究会。掲載未確認。一〇月二七日執筆。

同人雑誌評　「文芸」昭和二九年一二月　＊掲載未確認。同人雑誌推薦か。内田栄一「波浪」（丹羽文雄推薦　選評なし）が掲載されている。

私　「青年日本」昭和三〇年一月　＊3枚。掲載未確認。三〇年一月より「青年新潮」に改題。一月一〇日執筆。

正月三日間　「読売新聞」昭和三〇年一月　＊2枚。掲載未確認。一月四日執筆。

女性　「産経時事」昭和三〇年五月　＊掲載未確認。

随筆　「新潟日報」昭和三〇年六月　＊8枚。掲載未確認。六月二〇日執筆。

随筆　「週刊読売」昭和三〇年七月　＊掲載未確認。七月七日執筆。

選評　「婦人公論」昭和三〇年八月　＊8枚。掲載未確認。六月二〇日執筆。

推薦　「世界」昭和三〇年九月　＊掲載未確認。

庖丁について　昭和三〇年一二月　＊3枚。掲載誌不明のため未確認。

随筆　「朝日新聞」昭和三一年一月　＊3枚。掲載未確認。

一九五六年の文壇　共同通信　昭和三一年一月　＊掲載未確認。

妻と撮る　「産経時事」昭和三一年一月　＊掲載未確認。

海戦の思い出　「文芸春秋」別冊　昭和三一年四月　＊4枚。掲載未確認。三月一九日執筆。

美術　「東京新聞」昭和三一年五月　＊1枚。掲載未確認。

序文　昭和三一年五月一六日　＊掲載誌不明のため未確認。

推薦文　角川文庫　昭和三一年六月二九日　＊掲載誌不明のため未確認。

推薦文　角川文庫　昭和三一年六月二九日　＊掲載誌不明のため未確認。

軽井沢昨今　「中部日本新聞」昭和三一年八月　＊3枚。掲載未確認。八月三〇日執筆。

年齢と友達　「オール小説」一巻八号　昭和三一年一二月　＊10枚。所蔵館不明のため未確認。一〇月七日執筆。

談話　「週刊読売」昭和三二年二月　＊掲載未確認。二月三日執筆。

百年河清を待つ　新聞三社連合　昭和三二年四月　＊3枚。掲載未確認。

月報　宝文館『芹沢光治良自選作品集』昭和三二年四月　＊所蔵館不明のため未確認。

芸術心理学講座推薦文　昭和三二年八月　＊広告文。中山書店『芸術心理学講座』全5巻。掲載紙不明のため未確認。

郷土　「キング」昭和三二年八月　＊「自筆メモ」では「山下章のこと」とある。掲載未確認。

談話　「毎日新聞」昭和三二年八月　＊掲載未確認。

近況報告　「読売新聞」昭和三二年一一月　＊「自筆メモ」では消去。掲載未確認。一一月六日執筆。

寸感　亀井の本によせて　昭和三二年一一月　＊5枚。主婦之友社。掲載誌不明のため未確認。一一月六日執筆。

武蔵野日記2　「のれん」二号　昭和三二年　＊所蔵館不明のため未確認。

新春文学随想　共同通信　昭和三三年一月　＊4枚。掲載未確認。昭和三二年一二月二日執筆。

文春だより　「文芸春秋」昭和三三年五月　＊3枚。掲載未確認。

社会保険に関して　掲載紙不明　昭和三三年七月　＊3枚

推薦文　楳本捨三『モンゴルの鷲』東都書房　昭和三三年六月三〇日　＊掲載未確認。

広津さんの目　「サンデー毎日」昭和三三年九月　＊3枚。掲載未確認。九月一八日執筆。

運河の終了　「服装」昭和三四年一月　＊1枚。掲載未確認。昭和三三年一一月執筆。

私の思ふこと　学芸正月　昭和三四年一月　＊2枚。学芸通信か。掲載未確認。昭和三三年一一月二二日執筆。

甘い顔　「日本油脂新報」昭和三三年一二月　＊4枚。一二月一三日執筆。

娘のことば　掲載誌不明　昭和三四年四月　＊6枚。四月一二日執筆。

つんどく　「朝日新聞」昭和三四年四月　＊3枚。掲載未確認。四月一四日執筆。

根のこと　「ガン・フレンド」昭和三四年五月三一日　＊4枚。所蔵館不明のため未確認。

軽井沢の犬　「社会学院」六四巻三二号　昭和三四年九月一三日　＊1枚。所蔵館不明のため未確認。

親鸞　「アサヒグラフ」昭和三四年九月　＊2枚。臨時増刊「親鸞上人七百年記念号」。所蔵館不明のため未確認。九月一三日執筆。

新　「サンケイ新聞」昭和三四年九月一八日　＊3回。掲載未確認。

芦　書評　昭和三四年一一月　＊掲載誌不明のため未確認。一一月一六日執筆。

バルザック推薦　「創元社報」昭和三四年一一月　＊8枚。『バルザック全集』（全20巻　東京創元社）月報か。所蔵館不明のため未確認。一一月一六日執筆。

ふるさと　「角川書店月報」昭和三四年一二月　＊4枚。所蔵館不明のため未確認。一二月一六日執筆。

帯文　講談社　昭和三四年一二月　＊1枚。掲載誌不明のため未確認。

海戦のこと　「朝日」昭和三五年三月五日　＊7枚。掲載未確認。

随筆　「週刊公論」昭和三五年五月　＊掲載未確認。

鹿児島の娘評　「主婦の友」昭和三五年五月　＊1枚。掲載未確認。三月執筆。

沖縄　「週刊文春」昭和三五年五月　＊1枚。掲載未確認。

批評家への私見　昭和三五年七月　＊掲載紙不明のため未確認。

〔収録〕
3015人生作法（昭和三五年七月　雪華社）
4002人生作法（昭和四七年一二月　角川書店）

驚異の作家たち　「朝日新聞」昭和三五年八月　＊掲載未確認。

感想　火野のこと　昭和三五年八月三〇日　＊掲載誌不明のため未確認。

ゴルフ随筆　「アサヒグラフ」昭和三五年九月　＊掲載未確認。

あれこれ　「文芸春秋」昭和三五年九月　＊4枚。九月二八日執筆。掲載未確認。

正月の感想　「共同通信」昭和三六年一月　＊5枚。掲載未確認。昭和三五年一二月四日執筆。

歎異抄のこと『古典日本文学全集15　仏教文学集』昭和三六年四月　筑摩書房　＊3枚。掲載未確認。三月一〇日執筆。

ゴルフ随筆　ベースボールマガジン社　＊掲載誌不明のため未確認。

悪い手本　「ゴルフ・マガジン」四〇巻一四号　昭和三六年四月　＊2枚。掲載未確認。二月四日執筆。

巻頭文　「三重観光」昭和三六年五月　＊1枚。所蔵館不明のため未確認。

欲望の河　「産経新聞」ＰＲ用　昭和三六年一一月三〇日　＊掲載未確認。

大阪ニュース　「読売新聞」昭和三六年一一月　＊1枚。掲載未確認。

中部日本新聞懸賞小説　昭和三七年一月　＊4枚。掲載紙不明のため未確認。

火野葦平　昭和三七年一月二〇日　＊5枚。掲載紙不明のため未確認。

ダイリ文　「アサヒゴルフ」昭和三七年一月　＊1枚。掲載未確認。

匂いについて　「カトレア」昭和三七年一月　＊所蔵館不明のため未確認。一月二九日執筆

グラビア文　「小説中央公論」昭和三七年六月一日　グラビア　＊掲載未確認。四月二六日執筆。

ゴルフ　昭和三七年八月一一日　＊2枚。掲載誌不明のため未確認。

随筆　「サンデー毎日」昭和三七年一〇月一七日　＊掲載未確認。

白鳥の死　新聞三社連合　昭和三七年一〇月　＊4枚。掲載未確認。一〇月二八日執筆。

吉川英治氏をいたむ　「心」一五巻一〇号　昭和三七年一〇月　＊掲載未確認。八月一三日執筆。

スポーツ毎日　ＰＲ紙　昭和三七年一一月　＊掲載誌不明のため未確認。

随筆　「みかどＰＲ誌」昭和三八年一月　＊2枚。掲載誌不明のため未確認。

推薦　「ゴルフ」昭和三八年三月　＊1枚。掲載未確認。

序文　須田作次『草の情』昭和三八年三月　河出書房新社　＊1枚。掲載未確認。

推薦文　河出書房新社　昭和三八年三月　＊1枚。掲載誌不明のため未確認。

源氏の推薦文　「ゴルフ」昭和三八年四月　＊1枚。掲載未確認。

軽井沢と信毎　「信濃毎日新聞」昭和三八年六月　＊5枚。掲載未確認。六月一三日執筆。

好き　「アサヒゴルフ」昭和三八年七月　＊1枚。所蔵館不明のため未確認。

苦言　「ゴルフダイジェスト」昭和三八年七月　＊3枚。所蔵館不明のため未確認。

グラビア文　「週刊サンケイ」昭和三八年七月　ゴルフ号　＊所蔵館不明のため未確認。

父と娘　「婦人倶楽部」昭和三八年七月　グラビア　＊掲載未確認。
丹羽文雄ゴルフ教室　「週刊サンケイ」別冊「1000万人のゴルフ」昭和三八年八月　＊所蔵館不明のため未確認。
ゴルフ漫筆　「日航」昭和三八年一〇月　＊4枚。掲載紙不明のため未確認。一〇月一二日執筆。
感想　昭和三八年一〇月　＊9枚。掲載紙不明のため未確認。一〇月一三日執筆。
吉川賞批評　「サンデー毎日」昭和三八年一二月　＊2枚。掲載未確認。一二月四日執筆。
辰年　「マドモアゼル」昭和三九年一月一日　＊掲載未確認。昭和三八年一二月執筆。
苦労の魅力―ひとこと　「報知新聞」昭和三九年一月　＊11枚。未確認。一月七日執筆。
十返肇　三友社　昭和三九年二月九日　＊6枚。掲載未確認。
命なりけり　「朝日新聞」PR版　昭和三九年二月一六日　＊5枚。所蔵館不明のため未確認。
随筆　「小説公園」昭和三九年四月一日　＊掲載未確認。
男から見れば　「朝日新聞」大阪版　昭和三九年四月二七日　＊2枚。掲載未確認。
随筆　「主婦と生活」昭和三九年六月　＊掲載未確認。
私のテレビタイム　「婦人生活」昭和三九年七月　＊掲載未確認。
ゴルフダイアリー　昭和三九年八月八日　＊掲載誌不明のため未確認。
お札くばり　講談社　昭和三九年九月二〇日　＊掲載誌不明のため未確認。
推薦文　講談社　昭和三九年一〇月　＊掲載誌不明のため未確認。
談話　「サンケイ新聞」昭和三九年一一月一四日　＊掲載未確認。
ゴルフ　「サンデー毎日」昭和三九年一一月一八日＊掲載未確認。
随筆　「主婦と生活」昭和三九年一一月　＊掲載未確認。

ゴルフ功罪　「ゴルフプレス」昭和三九年一二月二六日　＊4枚。所蔵館不明のため未確認。

新年の感想　共同通信　昭和四〇年一月　＊4枚。掲載未確認。昭和三九年一二月一七日執筆。

現代の作家　「文学」昭和四〇年二月　＊『全集』に記載があるが、掲載未確認。

随筆　「婦人生活」昭和四〇年二月二二日　＊1枚。掲載未確認。

片山津の顔　「中央公論」昭和四〇年五月　＊3枚。掲載未確認。五月一〇日執筆。

推薦文　河出書房新社　昭和四〇年七月二〇日　＊掲載誌不明のため未確認。

孫のこと　「幼稚園」（講談社）昭和四〇年七月　＊所蔵館不明のため未確認。

白鳥の記憶　昭和四〇年八月四日　＊4枚。掲載誌不明のため未確認。

随筆　昭和四〇年八月四日　＊3枚。掲載誌不明のため未確認。

津村節子推薦文　昭和四〇年一一月一〇日　＊掲載誌不明のため未確認。

伊勢　「すまい」昭和四〇年一一月一八日　＊3枚。所蔵館不明のため未確認。

命なりけり　ダイジェスト　光文社　昭和四〇年一二月一七日　＊掲載誌不明のため未確認。

追悼文　『花の雨―越智信平追悼録』昭和四〇年　私家版　＊所蔵館不明のため未確認。

カメラ　「婦人倶楽部」昭和四一年一月　グラビア　＊掲載未確認。

美しいきもの　「美しい着物」昭和四一年一月　＊『全集』に記載あるが掲載未確認。一月一六日執筆。

河原のゴルフ　共同通信　昭和四一年五月　＊掲載未確認。

ゴルフさろん　「サンケイ新聞」昭和四一年六月　＊6枚。掲載未確認。六月一日執筆。

マドモアゼル巻頭言　「マドモアゼル」昭和四一年六月　＊掲載未確認。

中央公論世界文学　昭和四一年六月　＊掲載紙不明のため未確認。

推薦のことば　筑摩書房　昭和四一年八月五日　＊「自筆メモ」に「筑摩全集」とあり、筑摩書房発行の全集推薦文と思われるが、掲載誌不明のため未確認。

推薦のことば　昭和四一年八月　＊掲載誌不明のため未確認。

私の癖（談話）「サンデー毎日」　昭和四一年八月　＊掲載未確認。

『古典日本文学全集15　仏教文学集』帯　昭和四一年八月五日　筑摩書房　＊所蔵館不明のため未確認。

新潮　七周年ことば　「新潮」昭和四一年一〇月　＊1枚。掲載未確認。

インサイトの打法　「週刊プレイボーイ」昭和四一年一一月　＊掲載未確認。一一月二六日執筆。

随筆　「毎日新聞」昭和四一年一一月二六日　＊掲載未確認。

人生のことば　番町書房　昭和四二年一月　＊掲載誌不明のため未確認。

北日本小説賞　昭和四二年一月　＊2枚。掲載誌不明のため未確認。

談話　「本願寺新報」昭和四二年三月　＊掲載未確認。

小磯良平　戸塚　「サンケイ新聞」昭和四二年四月一五日　＊掲載未確認。

吉川さんのこと　昭和四二年四月二七日　＊4枚。掲載誌不明のため未確認。

菜の花　「風景」昭和四二年六月五日　＊4枚。掲載未確認。『全集』では掲載誌不明。

新しいクラブ　「ゴルフダイジェスト」昭和四二年六月　＊4枚。所蔵館不明のため未確認。

〔収録〕

3017古里の寺（昭和四六年四月二八日　講談社）

二代の背信　「リサーチセンター」昭和四二年七月　＊所蔵館不明のため未確認。

推薦―高原君の序文　小学館　昭和四二年　＊5枚。掲載誌不明のため未確認。

婚外結婚　作者の言葉　「読売新聞」昭和四二年九月二一日

＊掲載未確認。

講演というもの　「立正佼成会誌」昭和四二年一一月一三日　＊5枚。所蔵館不明のため未確認。
〔収録〕
3017　古里の寺（昭和四六年四月二八日　講談社）

宇奈月と旅　「自由民主」昭和四二年一一月一五日　＊4枚。所蔵館不明のため未確認。『全集』では「自由新聞」。一〇月三〇日執筆。
〔収録〕
3017古里の寺（昭和四六年四月二八日　講談社）

随筆　「サンデー毎日」昭和四二年一二月　＊掲載未確認。

大谷氏について　講談社　昭和四二年一一月　＊3枚。掲載誌不明のため未確認。大谷光昭の著作か。一一月二二日執筆。

漱石賞　河出書房新社　昭和四三年一月　＊掲載誌不明のため未確認。一月二七日執筆。

旅　昭和四三年一月　＊掲載誌不明のため未確認。

赤彦のこと　昭和四三年四月　＊掲載誌不明のため未確認。

百科辞典と私　主婦の友　昭和四三年四月四日　＊4枚。掲載未確認。主婦の友『実用百科事典』広告や推薦文か。

わが家の自慢　昭和四三年四月　＊掲載誌不明のため未確認。

山田静郎　昭和四三年四月　＊掲載誌不明のため未確認。

赤井操のこと　昭和四三年四月　＊掲載誌不明のため未確認。

ゴルフ随筆　河出書房新社　昭和四三年六月二七日　＊掲載誌不明のため未確認。

主婦の友全集帯　昭和四三年六月　＊掲載誌不明のため未確認。

文化欄　「中日新聞」昭和四三年八月　＊掲載未確認。

小山だより　昭和四三年一〇月　＊掲載誌不明のため未確認。

春　昭和四三年一一月二三日　＊4枚。掲載誌不明のため未確認。

古里のゴルフ場　昭和四三年一一月　＊4枚。掲載誌不明のため未確認。

随筆　「伊勢新聞」昭和四三年一二月一日　＊6枚。所蔵館不明のため未確認。

ゴルフ随想　「パーゴルフ」昭和四三年一二月一日　＊所蔵館不明のため未確認。

選　「大法輪」昭和四三年一二月　＊掲載未確認。

高見順のこと　昭和四三年一二月　＊掲載誌不明のため未確認。

随筆　「自由新報」三五七号　昭和四三年一二月　＊所蔵館不明のため未確認。

歎異抄　「ハイ・スクール・ライフ」昭和四四年一月　＊２枚。所蔵館不明のため未確認。一月九日執筆。

土牛のバラ　「婦人」昭和四四年一月　＊３枚。掲載未確認。一月一八日執筆。

身辺報告　「朝日新聞」昭和四四年一月　＊１枚。掲載未確認。

随筆　ベースボールマガジン社　昭和四四年三月　＊掲載誌不明のため未確認。

時雨煮　昭和四四年三月　＊２枚。所蔵館不明のため未確認。三月二一日執筆。

ニコラウス　昭和四四年三月　＊１枚。所蔵館不明のため未確認。三月二一日執筆。

ゴルフ雑感　「新潮」昭和四四年四月　＊４枚。掲載未確認。
〔収録〕
3017古里の寺（昭和四六年四月　講談社）

川端　「毎日新聞」昭和四四年四月　＊３枚。掲載未確認。

随筆　「週刊読売」昭和四四年六月一四日　＊掲載未確認。

山椒の匂い　「朝日新聞」ＰＲ版　昭和四四年六月二一日　＊６枚。所蔵館不明のため未確認。
〔収録〕
3017古里の寺（昭和四六年四月　講談社）

アラシを避けて　「朝日新聞」ＰＲ版　昭和四四年六月二七日　＊６枚。所蔵館不明のため未確認。
〔収録〕
3017古里の寺（昭和四六年四月　講談社）
3026親鸞の眼（昭和五二年一〇月　ゆまにて出版）

味の味　「しぐれ」昭和四四年六月　＊所蔵館不明のため未確認。

同窓会　「朝日新聞」ＰＲ版　昭和四四年七月　＊６枚。所蔵館不明のため未確認。七月六日執筆。
〔収録〕
3017古里の寺（昭和四六年四月　講談社）

川端さん　「朝日新聞」昭和四四年八月　＊掲載未確認。

揺れている女旅　「政治評論新聞」昭和四四年九月　＊6枚。所蔵館不明のため未確認。九月一〇日執筆。

故郷　昭和四四年九月一〇日　＊6枚。掲載誌不明のため未確認。

新潮社　昭和四四年一〇月一六日　＊3枚。掲載誌不明のため未確認。

虎市　昭和四四年一一月二日　＊4枚。掲載誌不明のため未確認。

やすらぎ　昭和四四年一一月二日　＊掲載誌不明のため未確認。

蚊帳の中で　「ゴルフダイジェスト」昭和四四年一一月　＊8枚。九月一六日執筆。所蔵館不明のため未確認。
〔収録〕
3017古里の寺（昭和四六年四月　講談社）

獅子文六　共同通信　昭和四四年一二月　＊掲載未確認。

獅子文六　「サンケイ新聞」昭和四四年一二月　＊掲載未確認。

ある日の感想　「むさしの買物かご」昭和四四年一二月　＊1枚。所蔵館不明のため未確認。一〇月一六日執筆。
〔収録〕
3017古里の寺（昭和四六年四月　講談社）

出版記念会　「仏教タイムス」昭和四五年一月一日　＊5枚。所蔵館不明のため未確認。昭和四四年一二月二〇日執筆。
〔収録〕
3017古里の寺（昭和四六年四月　講談社）

随筆　共同通信　昭和四五年一月　＊掲載未確認。

獅子文六のこと　「女性セブン」昭和四五年一月　＊掲載未確認。

紅梅の鉢　「築地通信」昭和四五年二月二五日　＊3枚。所蔵館不明のため未確認。
〔収録〕
3017古里の寺（昭和四六年四月　講談社）

評　昭和四五年二月二五日　＊1枚。掲載誌不明のため未確認。

私の好きなゴルファ　「ゴルフ春秋」昭和四五年二月　＊3枚。昭和四四年一二月一四日執筆。所蔵館不明のため未確認。

孫の世界　「自由」昭和四五年二月　178頁　＊3枚。未確認。昭和四四年一二月八日執筆。

巻頭言　「小説新潮」昭和四五年二月　＊2枚。掲載未確認。

ノーベル文学賞全集推薦　昭和四五年四月　主婦之友社　＊1枚。所蔵館不明のため未確認。

時雨の跡評　梅本清子『時雨のあと』昭和四五年七月四日　講談社　＊1枚。掲載未確認。

あのころ　「四日市東京学生会報」昭和四五年七月二二日　＊5枚。所蔵館不明のため未確認。

談話　昭和四五年八月　＊掲載誌不明のため未確認。

覚如と蓮如　毎日出版　昭和四五年九月　＊18枚。掲載誌不明のため未確認。

小金井と私　「小金井」昭和四六年一月二〇日　＊5枚。小金井カントリークラブ発行。所蔵館不明のため未確認。

好味抄　昭和四六年四月二八日　＊掲載誌不明のため未確認。
〔収録〕
3017古里の寺（昭和四六年四月　講談社）

原作者として（談話）「東宝」昭和四六年五月　＊掲載未確認。

帯批評　講談社　昭和四六年六月一九日　＊草柳大蔵「妻とよばれるための二十八章」。所蔵館不明のため未確認。

ゴルフクラブ　昭和四六年七月七日　＊1枚。掲載誌不明のため未確認。

原作本　「サンケイ新聞」昭和四六年七月九日　＊掲載未確認。

思い出　「大阪読売ゴルフ」昭和四六年七月二八日　＊3枚。「パーゴルフ」か。所蔵館不明のため未確認。

感想　「読売新聞」昭和四六年一〇月五日　＊2枚。掲載未確認。

志賀直哉　「文芸春秋」昭和四六年一〇月　＊掲載未確認。

随筆　「週刊朝日」昭和四七年一月　＊昭和四六年一二月六日執筆。掲載未確認。

家のカメラ　「主婦と生活」グラビア　昭和四七年一月　＊掲載未確認。

平林たい子（談話）「読売新聞」昭和四七年二月一七日　＊掲載未確認。

蘇える記憶　「エポック」昭和四七年三月　＊12枚。エポック編集委員会。所蔵館不明のため未確認。一月三一日執筆。

推薦　『90を切るゴルフ』　昭和四七年四月　鶴書房　＊2枚。掲載未確認。四月七日執筆。

母の味　「サンケイ新聞」昭和四七年四月　＊掲載未確認。

涙ぐましき努力　「スポーツ日本」昭和四七年四月　＊2枚。未確認。四月二日執筆。

川端さんの死　「週刊読売」別冊　昭和四七年四月　＊7枚。所蔵館不明のため未確認。

川端さん　「毎日グラフ」昭和四七年五月七日　＊1枚。掲載未確認。臨時増刊か。

中間小説について　昭和四七年七月二日　＊3枚。掲載誌不明のため未確認。

親鸞と私　「南御堂」昭和四七年一〇月一八日　＊掲載未確認。

池島信平　「読売新聞」昭和四八年二月　＊掲載未確認。二月一八日執筆。

小説新潮二五周年　「小説新潮」　昭和四八年　＊掲載未確認。

ふたば社の推薦　昭和四八年　＊掲載誌不明のため未確認。

毎日映画　昭和四八年三月三一日　＊掲載誌不明のため未確認。

随筆　「読売新聞」昭和四八年三月三一日　＊掲載未確認。

弔辞　昭和四八年四月一一日　＊5枚。掲載誌不明のため未確認。

浅見淵（談話）「サンケイ新聞」昭和四八年四月二〇日　＊三月二八日死去。掲載未確認。

実業之日本社　昭和四八年五月二日　＊掲載誌不明のため未確認。

序文—粛清　昭和四八年五月二日　＊森下節『粛清　リシュコフ大将亡命記』（実業之日本社）帯か。掲載未確認。

伯爵の絵　昭和四八年五月　＊1.5枚。掲載誌不明のため未確認。五月一三日執筆。

週刊小説創刊懸賞小説選評　「週刊小説」昭和四八年六月　＊掲載未確認。

親鸞　共同通信　昭和四八年七月一六日　＊3枚。掲載未確認。

ローラボー　「週刊アサヒゴルフ」昭和四八年九月一一日　＊3枚。掲載未確認。

随筆　「週刊小説」昭和四八年九月　＊掲載未確認。九月二五日執筆。

随筆歳月　「伊勢新聞」昭和四八年九月　＊5枚。掲載未確認。九月二七日執筆。

歳月　「評論新聞」昭和四八年一〇月二七日　＊5枚。掲載未確認。

ゴルフクラブ　エージシューター　昭和四八年一〇月　＊3枚。掲載誌不明のため未確認。

随筆　「文芸春秋」昭和四九年一〇月二四日　＊掲載未確認。

瀬戸内晴美（談話）　共同通信　昭和四八年一一月一七日　＊掲載未確認。

瀬戸内晴美さんのこと（談話）　芸術通販　昭和四八年一一月一七日　＊掲載誌不明のため未確認。

随筆　光文社週刊誌　昭和四八年一二月二日　＊掲載誌不明のため未確認。

瀬戸内晴美全集に寄せて　『瀬戸内晴美長編選集』　昭和四八年一二月　＊掲載未確認。一二月二六日執筆。

瀬戸内のこと　「読売新聞」昭和四八年一二月　＊掲載未確認。

週刊小説賞　「週刊小説」昭和四九年一月　＊掲載未確認。

新春随筆　昭和四九年一月　＊掲載誌不明のため未確認。昭和四八年一〇月四日執筆。

感想　「読売新聞」昭和四九年二月一九日　＊掲載未確認。

池田推薦文　昭和四九年五月二日　＊掲載誌不明のため未確認。

ゴルフの件　「週刊ポスト」昭和四九年八月　＊掲載未確認。

高木健夫の新聞小説史によせて　国書刊行会　昭和四九年一〇月一九日　＊2枚。掲載未確認。高木健夫『新聞小説史』広告か。

ホームドクター　「西日本新聞」昭和四九年一一月二六日　＊掲載未確認。

婚外結婚　「読売新聞」広告　昭和四九年一二月九日　＊掲載未確認。

わが家のアイドル　「ウーマン」昭和五〇年一月　＊4枚。掲載未確認。昭和四九年一一月一日執筆。

文芸講座　随筆文章を書くということ　随筆協会　昭和五〇年四月　＊2枚。掲載未確認。四月一四日執筆。日本随筆家協会「いさり火」か。

推薦文―暁烏敏全集　昭和五〇年六月　＊2枚。所蔵館不明のため未確認。六月二八日執筆。

随筆　「週刊読売」昭和五〇年九月八日　＊掲載未確認。

人生相談　昭和五〇年一〇月一一日　＊掲載紙不明のため未確認。

ある日和　昭和五〇年一一月三日　＊4枚。掲載紙不明のため未確認。

旅　共同通信　昭和五〇年一一月　＊5枚。一一月一一日執筆。

味　「税務旬報」昭和五〇年一一月二九日　＊3枚。掲載未確認。

推薦文―中村元『仏教語大辞典』　中村元『仏教語大辞典』昭和五〇年　＊掲載未確認。昭和四九年九月一二日執筆。

協会と私　「日本文芸家協会」昭和五一年一月三日　＊2枚。掲載未確認。

舟橋聖一談話　「毎日新聞」昭和五一年一月一三日　＊1枚。掲載未確認。

序文―松木康夫　昭和五一年一月　＊掲載誌不明のため未確認。

推薦文　講談社　昭和五一年三月二日　＊掲載誌不明のため未確認。

時代　昭和五一年三月　＊掲載誌不明のため未確認。三月四日執筆。

推薦文　講談社　昭和五一年三月二五日　＊掲載誌不明のため未確認。

空海灌頂記　昭和五一年三月　＊掲載誌不明のため未確認。

わが家の夕食　「味」昭和五一年五月四日　＊2枚。掲載未確認。

再会の弁―高木清のこと　昭和五一年五月一日　＊2枚。掲載誌不明のため未確認。

めぐり会い　「飯倉キサラギ会」昭和五一年五月一日　＊3枚。願入寺（茨城県東茨城郡大洗町磯浜町）如月会の機関紙と思われるが、所蔵不明のため未確認。

序文として　昭和五一年五月二日　＊2枚。掲載誌不明のため未確認。

推薦文―日本文学全集　講談社『日本文学全集』　昭和五一年五月　＊2枚。内容見本か。掲載誌不明のため未確認。

心に残った贈り物　「ウーマン」　昭和五一年六月　＊掲載未確認。

インタビュー　「東京スポーツ」　昭和五一年六月一二日　＊掲載未確認。

顔　「読売新聞」　昭和五一年六月二三日　＊掲載未確認。

プロの弱いわけ　「夕刊ゲンダイ」　昭和五一年七月　＊掲載未確認。

思い出　「サンデー毎日」　昭和五一年一〇月　＊2枚。掲載未確認。

推薦文―五街道分間延絵図　東京美術『五街道分間延絵図』　昭和五一年一一月一五日　＊月報か。掲載未確認。

推薦文―暁烏敏『わが歎異鈔』　暁烏敏『わが歎異鈔』　昭和五二年二月　＊帯文か。掲載未確認。

ゴルフ漫筆　「ビラライフ」　昭和五二年一月　＊8枚。雑誌「ベターライフ」（ニチイ学館）か。所蔵館不明のため未確認。一月二七日執筆。

色紙　実業之日本社　昭和五二年三月　＊掲載誌不明のため未確認。

私の早稲田時代　「早稲田学生新聞」　昭和五二年四月　＊4枚。掲載未確認。

ゴルフ　昭和五二年六月七日執筆　＊6枚。掲載誌不明のため未確認。

随筆　「週刊サンケイ」　昭和五二年八月一六日　＊掲載未確認。「自筆メモ」には「G．W三〇七号」とある。

井上友一郎　「すばる」　昭和五二年八月　＊1枚。掲載未確認。八月二一日執筆。

広告文　「文芸春秋」　昭和五二年九月　＊掲載未確認。

俳句と草　中村汀女の本　昭和五二年一〇月一四日　＊掲載誌不明のため未確認。

序文　昭和五二年一〇月一五日　＊掲載誌不明のため未確認。

推薦文―佐藤和子　佐藤和子『慧子』　昭和五二年一〇月　尾鈴山書房　＊帯文か。所蔵館不明のため未確認。

葬儀委員長挨拶　『和田芳恵自伝抄』　昭和五二年一一月　＊和田静子発行（非売品）。所蔵館不明のため未確認。

ゴルフ漫筆　「ビラライフ」　昭和五二年一二月五日　＊所蔵館不明のため未確認。

推薦文―中村元『続仏教語散策』　中村元『続仏教語散策』　昭和五二年一二月　＊掲載未確認。帯文か。一二月二二日執筆。

巴里からの一人旅　「ウーマン」　昭和五三年一月　＊8枚。掲載未確認。昭和五二年一一月一〇日執筆

〔収録〕

3027私の年々歳々（昭和五四年六月　サンケイ出版）

軽井沢の家　「ゴルフ」　昭和五三年一月七日　＊4枚。掲載未確認。

推薦文　昭和五三年三月一三日　＊掲載誌不明のため未確認。

戦後文学　「主婦と生活」　昭和五三年二月　＊掲載未確認。二月三日執筆。

随筆　昭和五三年五月二〇日　＊1枚（200字）。掲載誌不明のため未確認。

推薦文―廬山の寺社　昭和五三年六月　＊掲載誌不明のため未確認。

推薦文　昭和五三年八月一七日　＊1枚。掲載誌不明のため未確認。

アンケート　「文芸春秋」　昭和五三年九月　＊掲載未確認。九月二二日執筆。

推薦文―中村八朗　昭和五三年一〇月一九日　講談社　＊掲載誌不明のため未確認。

細川浩之　「アサヒゴルフ」　昭和五三年一二月九日　＊掲載未確認。

随筆　「サンデー毎日」　昭和五四年一月　＊掲載未確認。

推薦文　『日本古寺美術全集』　昭和五四年二月二一日　＊掲載未確認。内容見本か。

随筆　「ゴルフダイジェスト」　昭和五四年三月　＊掲載未確認。

随筆　「日本ゴルフスクール」　昭和五四年三月　＊2枚。所蔵館不明のため未確認。三月九日執筆。

ゴルフ　「ＴＢＳ」昭和五四年七月一日　＊2枚。所蔵館不明のため未確認。

早稲田大学のこと　『早稲田百年』昭和五四年七月　＊5枚。掲載未確認。七月七日執筆。

間島健夫　平凡社　昭和五四年九月二二日　＊1枚。掲載紙不明のため未確認。

インタビュー　「伊勢新聞」昭和五四年一〇月四日　＊掲載未確認。

古川　昭和五四年一二月一四日　＊6枚。掲載紙不明のため未確認。

スイング　「警視庁」昭和五五年一月二五日　＊5枚。掲載未確認。

間島健夫推薦文　昭和五五年三月七日　＊掲載紙不明のため未確認。

新田次郎の死のコメント　「主婦と生活」昭和五五年三月八日　＊掲載未確認。

ヨミウリの文選　昭和五五年三月一一日　＊掲載誌不明のため未確認。

推薦文　集英社　昭和五五年三月一九日　＊掲載誌不明のため未確認。

趣意書に代えて　昭和五五年三月二〇日　＊2枚。願入寺（茨城県東茨城郡大洗町磯浜町）の親鸞聖人像建立趣意書。所蔵館不明のため未確認。

推薦文　『風景随筆』昭和五五年三月二〇日　実業之日本社　＊掲載未確認。

都竹伸政　「都竹伸政個展」（三越）昭和五五年三月三一日　＊所蔵館不明のため未確認。

田村孝之介　昭和五五年四月二〇日　＊1枚。掲載誌不明のため未確認。

私の番　昭和五五年五月　＊5枚。掲載誌不明のため未確認。

推薦文　昭和五五年九月一一日　＊2枚。掲載誌不明のため未確認。

随筆　「朝日新聞」昭和五六年八月二六日　＊掲載未確認。

推薦文―探訪日本の古寺　昭和五六年九月一〇日　＊1枚。掲載未確認。

主のいない庵　昭和五六年一一月二七日　＊掲載誌不明のため未確認。

随筆　時事通信　昭和五六年一二月　＊掲載未確認。

山田静郎　昭和五七年一月二五日　＊掲載誌不明のため未確認。

井上浩一君　『井上浩一追想集』　昭和五七年一月　私家版　＊所蔵館不明のため未確認。

戦後における親鸞　「中外日報」夕刊　昭和五七年一月　＊掲載未確認。

ゴルフの機器　「夕刊ゲンダイ」広告文　昭和五七年七月二三日　＊掲載未確認。

「妻」の夏　「週刊朝日」昭和五七年六月二九日　＊掲載未確認。

ゴルフの病気　「週刊時事」昭和五七年七月　＊2枚。掲載未確認。

高僧伝　「毎日新聞」昭和五七年八月一四日　＊18枚。掲載未確認。

思い出の記　「国保三十周年」昭和五七年九月一八日　＊2枚。所蔵館不明のため未確認。

蓮如（インタビュー）「中外日報」昭和五七年九月　＊掲載未確認。

コメント　光文社　昭和五七年一〇月　＊掲載誌不明のため未確認。

推薦の辞　昭和五七年一〇月一〇日　＊1枚。掲載誌不明のため未確認。

5番アイアン　「夕刊ゲンダイ」昭和五七年一一月一二日　＊1枚。掲載未確認。

クラブ道楽　「武蔵」昭和五七年　＊所蔵館不明のため未確認。「をりふしの風景」では「こがねい」とあるが、大久保房男「文士ゴルファーと武蔵カントリークラブ」(「武蔵」平成一二年一一月)で原稿依頼の経緯が記されている。
〔収録〕
3032をりふしの風景（昭和六三年八月　学芸書林）

六月の花　「週刊新潮」昭和五八年一月　＊掲載未確認。

今年の計画　「中外日報」昭和五八年一月　＊2枚。掲載未確認。昭和五七年一二月二六日執筆。

夢再び　「東京の国保」昭和五八年一月一〇日　＊3枚。所蔵館不明のため未確認。

新崎恵子　「中学教育」昭和五八年一月　＊所蔵館不明のため未確認。一月一二日執筆。

わが家のホームドクター　「ぴいぷる」創刊号　昭和五八年一月　＊4枚。所蔵館不明のため未確認。一月一三日執筆。

船山馨君のこと　「日共出版」昭和五八年三月五日　＊4枚。所蔵館不明のため未確認。

随筆　「サンケイ新聞」昭和五八年三月一九日　＊掲載未確認。

尾崎一雄追悼　共同通信　昭和五八年四月三〇日　＊3枚。掲載未確認。

尾崎一雄のこと（談話）「新潟日報」昭和五八年四月　＊掲載未確認。

親鸞の迷惑　昭和五八年六月一七日　＊「自筆メモ」『をりふしの風景』では「『日本の名著6親鸞』付録　昭和四四年」とあるが、付録月報にも本文にも未収録。

〔収録〕
3032をりふしの風景（昭和六三年八月　学芸書林）

田村泰次郎　共同通信　昭和五八年一一月三日　＊掲載未確認。

文学の月報　岩波書店　昭和五八年　＊掲載誌不明のため未確認。

ホームドクター　「日本経済新聞」昭和五八年　＊掲載未確認。

マイヘルス　共同通信　昭和五九年一月　＊掲載未確認。

宝石　コメント　昭和五九年三月二四日　＊掲載未確認。

推薦文　福井馨『風樹』昭和五九年六月　＊掲載未確認。

石川達三君　「現代」昭和六〇年二月一日　＊掲載未確認。

エイジ・シュートの時　「サンケイ新聞」昭和六〇年五月二二日　＊掲載未確認。

エイジ・シュートの感想　「ヨミウリクラブ」昭和六〇年六月一〇日　＊3枚。所蔵館不明のため未確認。

高橋勝成の推薦　「ゴルフマガジン」昭和六〇年九月二九日　＊1枚（200字）。所蔵館不明のため未確認。

源氏鶏太君の弔辞　共同通信　昭和六〇年九月　＊掲載未確認。

小磯良平のこと　「ヨミウリゴルフ」昭和六〇年一一月三日　＊所蔵館不明のため未確認。九月一八日執筆。

これが丹羽式上達読書術だ 「週刊ゴルフダイジェスト」昭和六〇年一二月 ＊所蔵館不明のため未確認。

随筆 「一枚の絵」昭和六一年六月七日 ＊掲載未確認。

グリーン放談 学研 昭和六一年九月一二日 ＊掲載紙不明のため未確認。

四谷文子追悼 「朝日新聞」昭和六一年一二月 ＊掲載未確認。

随筆 「ザ・ベスト・バイ・ガイド・イヤーブック'86」昭和六一年 CBSソニーファミリークラブ ＊所蔵館不明のため未確認。

私とゴルフ 「軽井沢新聞」昭和六二年一月 ＊所蔵館不明のため未確認。

近藤先生の軸 「早稲田大学図書館」昭和六二年三月 ＊1枚。

Ⅲ 対談・座談・鼎談

文芸座談会 「世紀」一巻一号 昭和九年四月一日 120-135頁 ＊浅見淵・緒方隆士・尾崎一雄・小田嶽夫・川崎長太郎・北川冬彦・古木鉄太郎・田畑修一郎・外村繁・中谷孝雄・丹羽文雄・三好達治・淀野隆三。

現代作家批判座談会 「世紀」一巻六号 昭和九年九月一日 53-69頁 ＊青柳瑞穂・尾崎一雄・小田嶽夫・北川冬彦・蔵原伸二郎・古木鉄太郎・神保光太郎・外村繁・中谷孝雄・丹羽文雄・山岸外史・保田与重郎・淀野隆三。

〔収録〕
5506保田与重郎全集別巻2（平成元年五月 講談社）

新文学のために 「行動」三巻八号 昭和一〇年八月一日 80-99頁 ＊島木健作・矢崎弾・徳田一穂・井上友一郎・田村泰次郎・保田与重郎・荒木巍・丹羽文雄・新田潤・庄野誠一・十返一・田辺茂一・豊田三郎。

〔収録〕
5504島木健作全集15（昭和五六年九月 国書刊行会）
5506保田与重郎全集別巻2（平成元年五月 講談社）

新春の創作壇を語る　「早稲田文学」三巻二号　昭和一一年二月一日　170-182頁　＊青野季吉・丹羽文雄・岡沢秀虎・逸見広・谷崎精二。

放談会　「文芸」四巻三号　昭和一一年三月一日　104-126頁　＊島木健作との対談。
〔収録〕
5504島木健作全集15（昭和五六年九月　国書刊行会）
5510島木健作全集15（平成一五年一二月　国書刊行会）

文芸私義公義―牧野信一のこと他　「早稲田文学」三巻五号　昭和一一年五月一日　62-79頁　＊伊藤整・丹羽文雄・田村泰次郎・逸見広・尾崎一雄。

新しいモラールをいかにすべきか　「都新聞」昭和一一年五月一七日～五月二二日　6回　＊青野季吉・伊藤整・坂口安吾・島木健作・高見順・保田与重郎・丹羽文雄・中村地平。なお「文学者の生活をいかにすべきか」「文芸ジャーナリズムをいかにすべきか」と題を変えて16回掲載される（五月一七日～六月一日）。
〔収録〕
5501定本坂口安吾全集12（昭和四六年九月　冬樹社）
5506保田与重郎全集別巻2（平成元年五月　講談社）
5507坂口安吾全集17（平成一一年九月　筑摩書房）

文学者の生活をいかにすべきか　「都新聞」昭和一一年五月二三日～五月二七日　5回　＊青野季吉・伊藤整・坂口安吾・島木健作・高見順・保田与重郎・丹羽文雄・中村地平。
〔収録〕
5506保田与重郎全集別巻2（平成元年五月　講談社）
5507坂口安吾全集17（平成一一年九月　筑摩書房）

文芸ジャーナリズムをいかにすべきか　「都新聞」昭和一一年五月二八日～六月一日　5回　＊青野季吉・伊藤整・坂口安吾・島木健作・高見順・保田与重郎・丹羽文雄・中村地平。
〔収録〕
5506保田与重郎全集別巻2（平成元年五月　講談社）
5507坂口安吾全集17（平成一一年九月　筑摩書房）

小説の問題に就いて　「新潮」三三年七号　昭和一一年七月一日　23-27頁　＊岡田三郎・村山知義・谷川徹三・丹羽文雄・広津和郎・高見順・徳永直・深田久弥・片岡鉄兵・中村武羅夫。

文学生活座談会　「文学生活」一巻二号　昭和一一年七月一日　61-78頁　＊伊藤整・小田嶽夫・古木鉄太郎・小山東一・田畑修一郎・外村繁・十和田操・永松定・丹羽文雄・福田清人・古谷綱武・森本忠。

丹羽文雄氏を囲んで結婚の不安を語る　「婦人画報」三九三号　昭和一一年一〇月一日　70-79頁　＊務臺美代子・柴岡榮子・後藤逸郎・志賀介・大林重信・丹羽文雄。

明治大正の文学運動座談会　「文芸首都」四巻一一号　昭和一一年一一月一日　104-117頁　＊青野季吉・張赫宙・広津和郎・細田民樹・片岡鉄兵・三波利夫・丹羽文雄・坪田譲治・宇野浩二・打木村治・保高徳蔵。

昭和十一年の文芸界展望　「新潮」三三年一二号　昭和一一年一二月一日　2-21頁　＊岡田三郎・芹沢光治良・伊藤整・島木健作・河上徹太郎・村上知義・窪川鶴次郎・丹羽文雄・上泉秀信・中村武羅夫。

文壇の新鋭　丹羽文雄君と語る　「雄弁」二八巻二号　昭和一二年二月一日　152-162頁　＊広津和郎との対談。

別れも愉し　「婦人画報」増刊女の学校号　昭和一二年三月二〇日　34-62頁　＊東郷青児・淡谷のり子・丹羽文雄・高見順・岡田嘉子。

「男の貞操」座談会　「婦人公論」二二巻四号　昭和一二年四月一日　192-209頁　＊太田武夫・杉山平助・丹羽文雄・今井邦子・吉屋信子・宇野千代。

われら如何に生くべきか　「新潮」三四年六号　昭和一二年六月一日　284-310頁　＊尾崎士郎・大森義太郎・真船豊・平林たい子・本多顕彰・林房雄・戸坂潤・丹羽文雄・中村武羅夫。

現代の恋愛を語る　「新女苑」一巻九号　昭和一二年九月一日　118-130頁　＊谷川徹三・片岡鉄兵・阿部知二・萩原朔太郎・丹羽文雄・窪川稲子。目次では「現代の恋愛に就いて」。

私を語る―丹羽文雄・林芙美子対談　「新女苑」一巻一〇号　昭和一二年一〇月一日　256-268頁　＊林芙美子との対談。内山（司会）。

日本映画の将来　「新女苑」二巻一号　昭和一三年一月一日　314-323頁　＊武田麟太郎・丹羽文雄・高見順・守安正・須田鐘太・永島一郎・等見健夫・内田岐三雄・神山裕一。「自筆メモ」では「映画界の将来」とある。

新時代作家と職業婦人が恋愛と生活を語る「話」の会　「話」六巻四号　昭和一三年三月一三日　128-152頁　＊石川達三・片岡鐵兵・高見順・丹羽文雄・林芙美子・職業婦人（明石三重子・嵐城富美子・河本文子・坂本瑞江・佐藤和子・二條恭子・藤井田鶴子・本堂昌子・水町葉子・森永ソノ子・森永チヨ子・弥富雪枝）。

「舞踏会の手帖」合評　「映画之友」一六巻六号　昭和一三年六月一日　114-117頁　＊岡田真吉・藤川栄子・丹羽文雄・窪川稲子・双葉十三郎。

人気作家映画放談会　「東宝映画」一巻四号　昭和一三年六月一日　4-5頁　＊上旬号（五月下旬号合併号）。浅原六郎・海音寺潮五郎・丹羽文雄・武田麟太郎・戸川貞雄。

最近小説の諸問題　「文芸」七巻三号　昭和一四年三月一日　208-227頁　＊丹羽文雄・中島健蔵・間宮茂輔。

谷崎潤一郎研究―人及び作品について　「新潮」三六年六号　昭和一四年六月一日　74-97頁　＊後藤末雄・宇野浩二・丹羽文雄・高見順・雅川滉・中村武羅夫。

ダニエル・ダリユウの出会った誘惑―映画「暁に帰る」の試写を見て　「婦人画報」四二四号　昭和一四年六月一日　237-244頁　＊丹羽文雄・美川きよ・吉田清重・吉田夫人・後藤泰代・大原勇三。

国策文学検討座談会　「読売新聞」夕刊　昭和一四年六月一三〜二二日　8回　＊石川達三・新居格・丹羽文雄・張赫宙・尾崎士郎・高見順・丸山義二・間宮茂輔・榊山潤・芹沢光治良。

永井荷風研究―人及び作品について　「新潮」三六年七号　昭和一四年七月一日　74-92頁　＊久保田万太郎・丹羽文雄・雅川滉・武田麟太郎・岡田三郎・中村武羅夫。

現代の女性を語る会　「エス・エス」四巻八号　昭和一四年八月一日　62-67頁　＊石黒敬七・丹羽文雄・東郷青児・永戸俊雄・武場隆三。

志賀直哉研究―人及び作品について　「新潮」三六年八号　昭和一四年八月一日　74-94頁　＊広津和郎・三上秀吉・丹羽文雄・窪川鶴次郎・尾崎一雄・森山哲・北原武夫・宇野浩二・中村武羅夫。

徳田秋声研究―人及び作品について　「新潮」三六年九号　昭和一四年九月一日　74-98頁　＊上司小剣・田畑修一郎・丹羽文雄・窪川鶴次郎・徳永直・北原武夫・尾崎士郎・中村武羅夫。

最近文学の諸傾向　「文学者」一巻九号　昭和一四年九月一日　125-141頁　＊丹羽文雄・古谷綱武・伊藤整・田村泰次郎・井上友一郎・南川潤。

花形作家鼎談会　「エス・エス」四巻一〇号　昭和一四年一〇月一日　60-65頁　＊石川達三・丹羽文雄・高見順。

原作者と主演者の対談―「東京の女性」を中心に　「東宝映画」三巻一一号　昭和一四年一〇月一五日　28-29頁　＊下旬号。原節子との対談。

文学界の諸問題―昭和十四年　「新潮」三七年一号　昭和一四年一二月一日　88-107頁　＊本多顕彰・中野重治・高見順・丹羽文雄・阿部知二・中島健蔵・片岡鉄兵・中村武羅夫。

原作者と脚色者の言ひ分座談会　「日本映画」五巻一号　昭和一五年一月一日　156-179頁　＊丹羽文雄・片岡鉄兵・阿部知

二・野田高梧・八木保太郎・伏見晃・猪俣勝人・陶山鉄・如月敏・笠原良三・山崎謙太・清水敏夫。日本近代文学館「片岡鉄兵コレクション目録」では「映画朝日」とあるが誤り。

現代作家の気質を語る―広津和郎氏を囲む座談会　「文学者」二巻一号　昭和一五年一月一日　160-176頁　＊広津和郎・榊山潤・徳永直・中野重治・伊藤整・田辺茂一・丹羽文雄。

満人作家と語る　「文学者」二巻四号　昭和一五年四月一日　204-217頁　＊徳田秋声・丹羽文雄・古丁・高見順・田辺茂一・外文・窪川鶴次郎・榊山潤・尾崎士郎・岡田三郎・山田清三郎・中村武羅夫。
〔収録〕
5509徳田秋声全集25　平成一三年一一月　八木書店

初夏の旅・新婚の旅　「エス・エス」五巻六号　昭和一五年六月一日　142頁　＊丹羽文雄・北林透馬・中村正常・古谷綱武・神保朋世。

座談月評　「新風」創刊号　昭和一五年六月一日　190-201頁　＊丹羽文雄・渋川驍・十和田操・新田潤・青柳優・十返一・中村地平。

座談会　現下の政治と文学　「読売新聞」夕刊　昭和一五年一〇月二～一三日　7回　＊一〇月二、三、四、六、一〇、一一、一三日。丹羽文雄・尾崎士郎・亀井勝一郎・竹田敏彦。

日本映画の現状　「新潮」三八年五号　昭和一六年五月一日　105-122頁　＊室生犀星・内田岐三雄・南部圭之助・谷川徹三・丹羽文雄・飯島正・中村武羅夫。

帝都一流洋裁学校生徒の「娘心」座談会　「日本女性」一巻一号　昭和一六年五月二五日　76-82頁　＊窪川稲子・丹羽文雄・レディス洋裁学院（斎藤敏子・島田輝子）・伊藤洋裁学院（眞尾隆子・中川靖子）・ドレスメーカー（立石米子・権田久子）・本社（野間清三・野田静子）。

尾崎士郎・丹羽文雄郷土対談　「サンデー毎日」二〇巻四七号　昭和一六年一〇月二六日　38-41頁　＊尾崎士郎との対談。

日本の歴史　「文芸」一〇巻四号　昭和一七年四月一日　62-79頁　＊秋山謙蔵との対談。

『私小説』論　「新潮」三九年五号　昭和一七年五月一日　40-52頁　＊伊藤整・上林暁・丹羽文雄。

丹羽文雄は何を考へてゐるか―一問一答　「現代文学」五巻六号　昭和一七年五月二八日　2-6頁　＊丹羽文雄・杉山英樹・平野謙・井上友一郎・佐々木甚一・野口冨士男・赤木俊・高木卓・坂口安吾・大井広介・宮内寒弥。
〔収録〕

5501定本坂口安吾全集12（昭和四六年九月　冬樹社）
5507坂口安吾全集17（平成一一年九月　筑摩書房）

作家と画家の見て来た南方　「サンデー毎日」二一巻三八号　昭和一七年九月二七日　8-11頁　＊北村小松・石川達三・丹羽文雄・山口蓬春・猪熊弦一郎。

ソロモン海戦対談　「大洋」四巻一〇号　昭和一七年一〇月一日　18-36頁　＊平出英夫（海軍大佐）との対談。

海軍魂　「主婦之友」二六巻一二号　昭和一七年一二月一日　74-78頁　＊平出英夫（海軍大佐）との対談。

海軍魂―岩田・丹羽両氏にきく　「週刊少国民」一巻三〇号　昭和一七年一二月六日　15-16頁　＊岩田豊雄との対談。

決戦と文学　「文芸」一一巻二号　昭和一八年二月一日　112-127頁　＊火野葦平との対談。

戦争と女性―一番幸福な勇士の妻　「毎日新聞」昭和一八年九月一七日　＊片岡鉄兵・舟橋聖一・丹羽文雄。

現代文学への反省　「文学界」一〇巻一二号　昭和一八年一二月一日　2-20頁　＊丹羽文雄・高見順・舟橋聖一。

艦隊決戦　国民と作戦　「戦線文庫」七巻六号　昭和一九年六月　＊栗林大佐との対談。所蔵不明のため未確認。記載は日外アソシエーツ『大東亜戦争書誌』による。

文学に就て　「文明」一巻九号　昭和二一年一二月一日　13-26頁　＊丹羽文雄・井上友一郎・伊藤整。

小説に就て　「文学界」一巻一号（一〇巻復刊号）　昭和二二年六月二〇日　2-14頁　＊丹羽文雄・林房雄・石川達三・坂口安吾・舟橋聖一。

〔収録〕
5501定本坂口安吾全集12（昭和四六年九月　冬樹社）
5507坂口安吾全集17（平成一一年九月　筑摩書房）

日本人　よい所・悪い所　「キング」二三巻六号　昭和二二年七月一日　44-49頁　＊辰野隆・石川欣一・丹羽文雄。

現代文学の在り方　「風雪」一巻七号　昭和二二年七月一日　2-13頁　＊青野季吉・石川達三・井上友一郎・田村泰次郎・火野葦平・丹羽文雄（司会）。

外国作家を語る　「世界文学」一二号　昭和二二年八月一五日　28-33頁　＊丹羽文雄・石川達三・伊吹武彦。七・八月合併号。

本格小説論　「文学会議」三号　昭和二二年一二月二〇日　200-211頁　＊丹羽文雄・伊藤整・林房雄・高見順・舟橋聖一。

文芸放談　「革新」一五号　昭和二三年一月一日　34-45頁　＊石川達三・井上友一郎・丹羽文雄。

今日の文学　座談のスクラップ　「東北文学」三巻一号　昭和二三年一月一日　34-41頁　＊井伏鱒二・舟橋聖一・丹羽文雄・河上徹太郎・日比野士朗。

肉体・芸術・恋愛　「女性」三巻三号　昭和二三年三月一日　12-17頁　＊通号二〇号。丹羽文雄・山口淑子・田村泰次郎・蝶々三郎。

小説の道を語る　「風雪」二巻三号　昭和二三年三月一日　34-43頁　＊広津和郎・丹羽文雄・井上友一郎・田村泰次郎。

新人を語る―新人小説詮衡委員座談会　「群像」三巻四号　昭和二三年四月一日　58-64頁　＊丹羽文雄・川端康成・井伏鱒二・青野季吉・平林たい子。

アルチザンの文学　「文学季刊」昭和二三年四月二〇日　2-4頁　＊舟橋聖一との対談。

映画の日常性　「映画春秋」一四号　昭和二三年五月一〇日　20-25頁　＊猪熊玄一郎・丹羽文雄・五所平之助。

肉体の恋愛精神の恋愛　「現代婦人」昭和二三年六月一日　14-22頁　＊丹羽文雄・田村泰次郎・北條誠。

妻をめとらば　「婦人画報」五二五号　昭和二三年六月一日　34-37頁　＊丹羽文雄・三島由紀夫・田川博一・木下徹・河崎保・宮田輝。

文学を志す若人へ　「文学の世界」一号　昭和二三年六月二五日　8-19頁　＊伊藤整との対談。雑誌「文学の世界」は「俳句世界」改題。

名コンビ人気作家訪問　「松竹」昭和二三年八月一日　12-18頁　＊原保美・井川邦子・丹羽文雄。

実存哲学と小説の問題　「早稲田文学」一五巻四号　昭和二三年八月一日　52-63頁　＊丹羽文雄・福田恒存・矢内原伊作。

私の好きな女性・好きな男性　「花形世界」一巻三号　昭和二三年九月一日　4-5頁　＊田中絹代との対談。

情死論　「文学界」二巻一〇号　昭和二三年一〇月一日　6-17頁　＊石川達三・井上友一郎・林房雄・丹羽文雄・坂口安吾・舟橋聖一。
〔収録〕
5501定本坂口安吾全集12（昭和四六年九月　冬樹社）
5507坂口安吾全集17（平成一一年九月　筑摩書房）
6537太宰治論集　同時代篇7（平成五年二月　ゆまに書房）

帝銀容疑者平沢氏をめぐる座談会―告白の一　「ジョーカー」

一巻二号　昭和二三年一一月一日　10-14頁　＊一一月号別冊附録。丹羽文雄・佐野繁次郎。

新しい恋愛と結婚の白書　「婦人倶楽部」二九巻一号　昭和二三年一一月一日　34-38頁　＊丹羽文雄（司会）・岸旗江（東宝）・小出八千代（毎日新聞）・八雲幸子（フロリダダンスホール）・樋口直子（慶応病院）・金子数枝（高島屋）。

作家のモラル　「思潮」一六号　昭和二三年一二月一〇日　2-31頁　＊小田切秀雄との対談。

『哭壁』をめぐる　「文学者」三号　昭和二四年一月一日　63-69頁　＊丹羽文雄・石川利光・浜野健三郎・和田哲夫・加藤冨康・吉岡達夫・多田裕計・野村尚吾・八木義徳・宮内寒弥。

文学と倫理　「新小説」四巻二号　昭和二四年二月一日　2-11頁　＊丹羽文雄・伊藤整・林房雄。

『哭壁』をめぐる（承前）　「文学者」四号　昭和二四年二月一日　83-87頁　＊丹羽文雄・石川利光・浜野健三郎・和田哲夫・加藤冨康・吉岡達夫・多田裕計・野村尚吾・八木義徳・宮内寒弥。

小説と読者　「文芸往来」三巻二号　昭和二四年二月一日　16-26頁　＊丹羽文雄・石川達三・井上友一郎・田村泰次郎・石坂洋次郎。

既婚者の恋愛　「婦人」三巻三号　昭和二四年三月一日　20-25頁　＊丹羽文雄・堀秀彦・ひろしぬやま・佐多稲子。

創作合評23　「群像」四巻四号　昭和二四年四月一日　86-96頁　＊花田清輝・丹羽文雄・豊島与志雄。
〔収録〕
8006群像創作合評1（昭和四五年四月　講談社）

娘、妻、未亡人、女の恋愛を語る　「主婦之友」三三巻四号　昭和二四年四月一日　30-33頁　＊林芙美子との対談。

小説論　「新小説」四巻四号　昭和二四年四月一日　6-20頁　＊伊藤整との対談。

創作合評24　「群像」四巻五号　昭和二四年五月一日　95-112頁　＊花田清輝・丹羽文雄・豊島与志雄。
〔収録〕
8006群像創作合評1（昭和四五年四月　講談社）

座談会　同人雑誌の頃を語る　「文芸公論」一巻一号　昭和二四年五月一日　＊未確認。記載は「占領期・雑誌情報データベース」による。

作家訪問　丹羽文雄先生にお会いして　「映画スタア」一巻五

号　昭和二四年六月一日　26‐27頁　＊三宅邦子・丹羽文雄。未確認。記載は「占領期・雑誌情報データベース」による。

創作合評25　「群像」四巻六号　昭和二四年六月一日　86‐96頁　＊花田清輝・丹羽文雄・豊島与志雄
〔収録〕
8006群像創作合評1（昭和四五年四月　講談社）

小説鼎談　「風雪」三巻七号　昭和二四年八月一日　106‐116頁　＊丹羽文雄・林芙美子・井上友一郎。
〔収録〕
7089戦後文学論争　上（昭和四七年一〇月　番町書房）

謎の佳人原節子が始めて沈黙を破り今宵大いに語る　「近代映画」五巻九号　昭和二四年九月一日　27‐30頁　＊原節子との対談。

文芸放談　「早稲田文学」一六巻五号　昭和二四年九月一日　28‐45頁　＊丹羽文雄・田村泰次郎・井上友一郎。

座談会　記録文学について　「週刊朝日」五四巻三八号（別冊記録文学特集号）　昭和二四年九月一五日　66‐74頁　＊池島信平・今日出海・高木俊朗・常安田鶴子・丹羽文雄・延原謙・藤原てい。

共産党よもやま放談　「世界評論」四巻一〇号　昭和二四年一〇月一日　27‐36頁　＊丹羽文雄・広津和郎・出隆・荒正人。

日本の現代に何を憂へるか　「文学界」三巻八号　昭和二四年一〇月一日　80‐90頁　＊丹羽文雄・鈴木文史朗・山浦貫一・石川達三・林房雄。

座談会第2号　辰野博士と『大いに文学を語る』　「文芸公論」一巻五号　昭和二四年一〇月　10‐25頁　＊辰野隆・丹羽文雄。

戦後女性への苦言　「女性改造」四巻一二号　昭和二四年一二月一日　36‐44頁　＊櫛田フキ・近藤日出造・朝倉摂・宮本美音子。

愛にからむ三つの悲劇　「婦人画報」五四三号　昭和二四年一二月一日　47‐51頁　＊丹羽文雄・八並達雄・与謝野秀・由紀しげ子。

批評家と作家の溝　「文学界」三巻一〇号　昭和二四年一二月一日　90‐99頁　＊丹羽文雄・井上友一郎・中村光夫・今日出海・福田恒存・河盛好蔵。
〔収録〕
6509鑑賞と研究現代日本文学講座（昭和三八年四月　三省堂）
7089戦後文学論争　上（昭和四七年一〇月　番町書房）

創作批評　第1回　「風雪」四巻一号　昭和二五年一月一日

42-49頁　＊伊藤整との対談。
〔収録〕
6564文芸時評大系昭和篇Ⅱ5（平成二〇年一〇月　ゆまに書房）

光クラブ学生社長・アプレゲール作家　恋愛と人生と死を語る　「婦人公論」三四巻一号　昭和二五年一月一日　88-95頁
＊山崎晃嗣（光クラブ社長）・小谷剛（婦人科医、作家）・丹羽文雄。末尾に丹羽文雄「付記」。

女の教室1　夫の愛人殺害事件を中心として　「婦人倶楽部」三一巻四号　昭和二五年四月一日　46-55頁　＊「石坂洋次郎・丹羽文雄・石川達三連載鼎談」として掲載。

女の教室2　男女交際と女の友情について　「婦人倶楽部」三一巻五号　昭和二五年五月一日　48-55頁　＊「石坂洋次郎・丹羽文雄・石川達三連載鼎談」として掲載。

女の教室3　恋愛について私はこう考える　「婦人倶楽部」三一巻六号　昭和二五年六月一日　84-91頁　＊「石坂洋次郎・丹羽文雄・石川達三連載鼎談」として掲載。

オールサロン　「オール読物」五巻七号　昭和二五年七月一日　238-243頁　＊丹羽文雄・平林たい子・濱本浩。

女の教室4　結婚について私はこう考える　「婦人倶楽部」三一巻七号　昭和二五年七月一日　72-79頁　＊「石坂洋次郎・丹羽文雄・石川達三連載鼎談」として掲載。

女の教室5　女の幸福について私はこう考える　「婦人倶楽部」三一巻八号　昭和二五年八月一日　90-97頁　＊「石坂洋次郎・丹羽文雄・石川達三連載鼎談」として掲載。

女の教室6　失恋と離婚について私はこう考える　「婦人倶楽部」三一巻九号　昭和二五年九月一日　102-107頁　＊「石坂洋次郎・丹羽文雄・石川達三連載鼎談」として掲載。

話題の恋愛事件と妻の立場　「主婦之友」三四巻一二号　昭和二五年一二月一日　32-37頁　＊鈴木文史朗・丹羽文雄・村木千里（弁護士）。

文壇に出る苦心　「新潮」四七年一二号　昭和二五年一二月一日　114-128頁　＊丹羽文雄・林芙美子・井上友一郎。

職場文学に何を望むか　「社会文芸」昭和二六年二月二〇日　45-60頁　＊青野季吉・丹羽文雄・新居格・小格清・金子洋文・南為三・北浜清一・大串満・横山春夫・鈴木一信。

創作合評47　「群像」六巻四号　昭和二六年四月一日　217-230頁
＊丹羽文雄・高見順・阿部知二。
〔収録〕
8007群像創作合評2（昭和四五年七月　講談社）

アメリカ文学を語る　「文学者」六号　昭和二六年四月五日　90-100頁　＊丹羽文雄・R・レーン・鈴木幸夫。

創作合評48　「群像」六巻五号　昭和二六年五月一日　170-182頁　＊丹羽文雄・高見順・阿部知二。
〔収録〕
8007群像創作合評2（昭和四五年七月　講談社）

創作合評49　「群像」六巻六号　昭和二六年六月一日　169-182頁　＊丹羽文雄・高見順・阿部知二。
〔収録〕
8007群像創作合評2（昭和四五年七月　講談社）

芸術の可能性―現代日本の知的運命　「文学界」六巻一号　昭和二七年一月一日　56-79頁　＊中村光夫・丹羽文雄・河上徹太郎・伊藤整・大岡昇平・河盛好蔵・浦松佐美太郎・菅原卓・猪熊弦一郎・吉川逸治・吉川公三郎。

「第三の男」を観て―映画と文学を語る　「スクリーン」七〇号　昭和二七年九月　＊堀田善衛との対談。

「肉体の悪魔」の試写会観　「時事新報」昭和二七年一〇月三一日4面

作家に聴く11　「文学」二〇巻一一号　昭和二七年一一月一日　90-96頁

〔収録〕
7057現代の作家（昭和三〇年九月　岩波書店）

「遮断機」をめぐって　「文学者」三一号　昭和二八年一月五日　86-100頁　＊浦松佐美太郎・青山光二・峯雪栄・八木義徳・石川利光・十返肇・丹羽文雄。

現代の貞操　恋愛結婚について　「婦人倶楽部」三四巻五号　昭和二八年四月一日　92-98頁　＊丹羽文雄・石坂洋次郎・石川達三。「現代女性のあり方」として掲載。

問答有用127―丹羽文雄　「週刊朝日」五八巻三五号　昭和二八年八月二三日　24-29頁　＊徳川夢声との対談。
〔収録〕
8001問答有用夢声対談集Ⅳ（昭和二八年一二月　朝日新聞社）
8026徳川夢声の世界　対談『問答有用』文学者篇1（平成六年八月　深夜叢書社）

新興宗教で救われるか　「婦人公論」三八巻一〇号　昭和二八年一〇月一日　70-76頁　＊丹羽文雄・平林たい子・乾孝・小口修一。

夫への不公平をぶちまける座談会　「主婦之友」三七巻一二号　昭和二八年一一月一日　130-137頁　＊丹羽文雄（司会）・田中光子・平手一枝・坪井貞子・国井福美子・山田百合・上原登美子。

鼎談太宰治　「文芸」一〇巻一二号　昭和二八年一二月一日　128-141頁　＊丹羽文雄・亀井勝一郎・中村光夫。
〔収録〕
6539　太宰治論集　作家論篇1（平成六年三月　ゆまに書房）

第二期時事文学賞審査委員会　最後まで一位争う　「時事新報」昭和二九年一月一一日　4面　＊「選考経過　新春座談会」として掲載。丹羽文雄・亀井勝一郎・壇一雄・十返肇。

昨日・今日・明日—中野好夫対談集　話の広場34　「サンデー毎日」三三巻六号　昭和二九年一月三一日　26-31頁　＊中野好夫との対談。

SEXと文学—世界文学の展望　「文芸」一一巻二号　昭和二九年二月一日　102-106頁　＊丹羽文雄・武田泰淳・佐野朔・吉田健一・石川道雄・伊藤整。

世界文学の展望　「文芸」一一巻三号　昭和二九年三月一日　126-136頁　＊丹羽文雄・武田泰淳・佐野朔・吉田健一・石川道雄・伊藤整。

宗教に迫る文学　「文学界」八巻四号　昭和二九年四月一日　130-139頁　＊武田泰淳との対談。

第1回全国学生小説コンクール作品審査会　「文芸」一一巻四号　昭和二九年四月一日　100-106頁　＊川端康成・青野季吉・丹羽文雄・佐多稲子・臼井吉見。第5回まで選考委員を務める。深井廸子「秋から冬へ」。

昭和文学小説百選　「新潮」五一年五号　昭和二九年五月一日　108-148頁　＊丹羽文雄・伊藤整・井伏鱒二・高見順・永井荷風・河盛好蔵。

私たちはファッション・モデル—東京・大阪ベスト・メンバーが語るモデル界打明け話　「婦人倶楽部」三五巻六号　昭和二九年六月一日　94-100頁　＊ファッション・モデル座談会。岩間敬子・ヘレン・ヒンギス・加茂みやじ・丹羽文雄・浅貝光子・伊東絹子・相島政子。

第2回全国学生小説コンクール作品審査会　「文芸」一一巻一一号　昭和二九年一一月一日　58-65頁　＊川端康成・青野季吉・丹羽文雄・佐多稲子・臼井吉見。岩橋邦枝「つちくれ」。

創作合評92　「群像」一〇巻一号　昭和三〇年一月一日　304-320頁　＊丹羽文雄・本多顕彰・小田切秀雄。
〔収録〕
8008群像創作合評4（昭和四五年七月　講談社）

創作合評93　「群像」一〇巻二号　昭和三〇年二月一日　190-208頁　＊丹羽文雄・本多顕彰・小田切秀雄。
〔収録〕

8008群像創作合評4（昭和四五年七月　講談社）

現代の批評は無力か　「文学者」五五号　昭和三〇年二月五日　6-22頁　＊丹羽文雄・浦松佐美太郎・十返肇・藤川徹至・村松定孝・市川為雄・石川利光（司会）。

創作合評94　「群像」一〇巻三号　昭和三〇年三月一日　193-208頁　＊丹羽文雄・本多顕彰・小田切秀雄。

〔収録〕8008群像創作合評4（昭和四五年七月　講談社）

第3回全国学生小説コンクール作品審査会　「文芸」一二巻五号　昭和三〇年五月一日　96-103頁　＊川端康成・青野季吉・丹羽文雄・佐多稲子・臼井吉見。山井道代「夜の雲」。

新人について　「文章倶楽部」七巻四号　昭和三〇年五月一日　7-12頁　＊小泉譲との対談。

「小説作法」理解のために　「文学界」九巻七号　昭和三〇年七月一日　138-145頁　＊丹羽文雄・荒正人・桶谷繁雄。

悪について　「世界」一一七号　昭和三〇年九月一日　162-177頁　＊高見順・石川達三・丹羽文雄・伊藤整・荒正人（司会）。

第4回全国学生小説コンクール作品審査会　「文芸」一二巻一四号　昭和三〇年一一月一日　190-199頁　＊川端康成・青野季吉・丹羽文雄・佐多稲子・臼井吉見。後藤明生「赤と黒の記憶」。

志賀さんを囲んで　「文芸」一二巻一七号　昭和三〇年一二月五日　113-121頁　＊臨時増刊「志賀直哉読本」。丹羽文雄・小林秀雄・志賀直哉・川端康成。

〔収録〕8005志賀直哉対話集（昭和四四年二月　大和書房）

僕らの世代―現代文学史10　「文芸」一三巻三号　昭和三一年三月一日　117-125頁　＊高見順との対談。『対談文壇史』では「昭和十年代の作家」に改題。

〔収録〕8003対談現代文壇史（昭和三二年七月　中央公論社）
8014対談現代文壇史（昭和五一年六月　筑摩書房）

第5回全国学生小説コンクール作品審査会　「文芸」一三巻七号　昭和三一年五月一日　183-191頁　＊川端康成・青野季吉・丹羽文雄・佐多稲子・臼井吉見。なお第6回以降は三島由紀夫と交代。

対象と方法と密度　「新日本文学」一一巻六号　昭和三一年六月一日　118-132頁　＊小田切秀雄との対談。

〔収録〕8002小説の秘密創作対談（昭和三一年一一月　中央公論社）

創作合評116　「群像」一二巻一号　昭和三二年一月一日　269-283頁　＊阿部知二・丹羽文雄・高見順。
〔収録〕
8009群像創作合評5（昭和四六年一月　講談社）
6565文芸時評大系昭和篇Ⅱ12（平成二〇年一〇月　ゆまに書房）

家庭会議⑧―親の心・子の心　「週刊読売」一六巻四号　昭和三二年一月二七日　66-67頁　＊丹羽文雄・丹羽綾子・丹羽桂子・丹羽直樹。

創作合評117　「群像」一二巻二号　昭和三二年二月一日　236-251頁　＊阿部知二・丹羽文雄・高見順。
〔収録〕
8009群像創作合評5（昭和四六年一月　講談社）

創作合評118　「群像」一二巻三号　昭和三二年三月一日　237-251頁　＊阿部知二・丹羽文雄・高見順。
〔収録〕
8009群像創作合評5（昭和四六年一月　講談社）

われら小説家　「文学界」一一巻三号　昭和三二年三月一日　144-153頁　＊舟橋聖一との対談。

小説の秘密・作家の秘密―代表作家二十人の座談会　「週刊読売」一六巻一一号　昭和三二年三月一七日　11-23頁　＊伊藤整・石川達三・河盛好蔵・舟橋聖一・林房雄・今日出海・高見順・尾崎士郎・源氏鶏太・村上元三・海音寺潮五郎・平林たい子・五味康祐・十返肇・丹羽文雄・石坂洋次郎・吉行淳之介・由起しげ子・楢崎勤。

芥川賞と文壇　「文学界」一一巻九号　昭和三二年九月一日　8-16頁　＊佐藤春夫・川端康成・石川達三・宇野浩二・舟橋聖一・中村光夫・瀧井孝作・丹羽文雄・井上靖。

娘の結婚―親娘二代の恋愛結婚を語る　「婦人画報」昭和三三年一〇月一日　234-239頁　＊石坂洋次郎夫婦・丹羽文雄。

小説の中の男と女　「群像」一四巻一〇号　昭和三四年一〇月一日　187-199頁　＊丹羽文雄・円地文子・高見順。

お国自慢希望対談4　三重県の巻　「週刊公論」二巻五号　昭和三五年二月九日　50-51頁　＊谷原ひさ子（学生）との対談。

小説家　「群像」一五巻六号　昭和三五年六月一日　158-173頁　＊丹羽文雄・尾崎一雄・高見順。
〔収録〕
8020尾崎一雄対話集（昭和五六年六月　永田書房）

ふるさとの人と味　「毎日新聞」岐阜版　昭和三六年一月三日　＊丹羽文雄・瀧井孝作・宮田重雄。

丹羽文雄の巻　『文壇よもやま話　上』昭和三六年四月一五日　青蛙社　241-265頁　＊丹羽文雄・池島信平・嶋中鵬二。昭和三五年四月二日、NHKラジオ第二放送で「文壇よもやま話―丹羽文雄さんを囲んで」として放送された番組を収録。

座談会百号まで　「風報」九巻一号　昭和三七年一月一日　＊水野成夫・尾崎一雄・尾崎士郎・丹羽文雄。

現代の愛情　「中日新聞」昭和三七年一月三日　＊丹羽文雄・山田五十鈴。

女を語る　「別冊小説新潮」一四巻三号　三七年七月一五日　235-231頁　＊丹羽文雄・井上靖・十返千鶴子。

念仏の心　「在家仏教」一〇六号　昭和三八年一月一日　50-60頁　＊丹羽文雄・増谷文雄・武藤義一。

現代の文学と大衆　「文芸」二巻五号　昭和三八年五月一日　180-192頁　＊川端康成・丹羽文雄・円地文子・井上靖・松本清張・三島由紀夫。

丹羽文雄との一時間　「オール読物」一八巻六号　昭和三八年六月一日　48-53頁　＊矢野八朗との対談。

新春ゴルフ対談　丹羽学校のマナー教師　「銀座百点」一二二号　昭和四〇年一月一日　10-17頁　＊川口松太郎・丹羽文雄・秋山庄太郎。

作家の素顔　「小説現代」三巻四号　昭和四〇年四月一日　27-34頁　＊河盛好蔵との対談。
〔収録〕
8012作家の素顔（昭和四七年一〇月　駸々堂出版）

丹羽文学の周辺　『日本の文学55　丹羽文雄集』付録二三　昭和四〇年一二月五日　中央公論社　＊浅見淵との対談。
〔収録〕
8010対談日本の文学（昭和四六年九月　中央公論社）

日出造対談　やァこんにちは638　〝ニセ札作家〟が多すぎる―日本文芸家協会会長丹羽文雄氏　「週刊読売」二六巻六号　昭和四二年二月三日　42-46頁　＊近藤日出造との対談。

新春対談　「自由新報」三六三号　昭和四四年一月八日　1面　＊佐藤栄作首相との対談。

親鸞　「新刊ニュース」一七五号　昭和四四年八月一日　4-11頁　＊巌谷大四との対談。

望月優子のお茶の間訪問―作家丹羽文雄さん夫妻を訪ねて　血肉に生きる仏教心　「家の光」四五巻一二号　昭和四四年一二月一日　92-95頁　＊望月優子との対談。

ゴルフはペンよりも強し?―プロアマ談義3　「太陽」八一号　昭和四五年二月一二日　97-100頁　＊『全集』では「ゴルフはペンより楽しいか」（一月）とある。川波義一との対談。

早稲田の青春　『現代日本の文学27』附録「月報17」　昭和四五年六月一日　学習研究社　1-8頁　＊浅見淵・丹羽文雄・新庄嘉章。

〔収録〕
8010対談日本の文学（昭和四六年九月　中央公論社）

親鸞　『日本史探訪　第五集』昭和四七年九月一〇日　角川書店　213-250頁　＊板谷駿一、武田一郎構成。昭和四六年一二月一五日、NHK総合テレビで放映された「日本史探訪　親鸞」（午後一〇時～一〇時四〇分）を活字化したもの。

〔収録〕
8023日本史探訪7（昭和五九年八月　角川文庫）

歴史のヒロインたち18―恵信尼　内助の功抜群、夫の布教支える　「サンケイ新聞」昭和四八年一〇月一三日　＊永井路子との対談。

〔収録〕
8013歴史のヒロインたち（昭和五〇年九月　光風社）
8020歴史のヒロインたち（昭和五七年八月　旺文社）
8023歴史のヒロインたち（平成二年九月　文芸春秋）

私が一瞬み仏と一体になったとき　「週刊読売」三三巻三〇号　昭和四九年七月一三日　120-124頁　＊瀬戸内晴美との対談。のち「比叡をおりて」に改題。

〔収録〕
8016生きるということ（昭和五三年一一月　皎星社）
8021生きるということ（昭和五八年二月　集英社）

菩提樹（テレビ台本）　『小説家の中の宗教　丹羽文雄宗教語録』　昭和五〇年一〇月二五日　桜楓社　303-315頁　＊昭和四二年四月一一日、NETテレビで放映された「日本の名作―丹羽文雄・菩提樹」での大河内昭爾との対談（一部）。

丹羽文雄のロマンチシズム・ゴルフのすすめ―荒垣重雄対談　「アサヒゴルフ」一〇七号　昭和五〇年一二月一日　156-160頁　＊荒垣重雄との対談。

通い合う文化　「国立劇場歌舞伎公演プログラム」　昭和五一年一月　＊中村元との対談。

〔収録〕
8025　中村元対談集4（平成四年三月　東京書籍）

舟橋聖一の夢と人生　「海」八巻三号　昭和五一年三月一日　172-191頁　＊今日出海との対談。

丹羽家のおもてなし料理　「ウーマン」七巻一～一二号　昭和五二年一月一日～一二月一日　＊丹羽文雄・綾子夫妻とゲストの座談。各回のゲスト、副題は以下の通り。

1　鶏のから揚げと春雨のスープ　七巻一号　昭和五二年一月一日　200-204頁　＊瀬戸内晴美

2　うどん鍋といかの納豆あえ　七巻二号　昭和五二年二月一日　190-194頁　＊吉村昭

3　沖縄風豚肉の角煮とつくね揚げ　七巻三号　昭和五二年三月一日　182-186頁　＊河野多恵子

4　すきやき風牛肉の酒煮　七巻四号　昭和五二年四月一日　158-161頁　＊近藤啓太郎

5　ちらしずしとほうずき揚げ　七巻五号　昭和五二年五月一日　142-146頁　＊津村節子

6　ビーフストロガノフと山ゆりの花の煎り煮　七巻六号　昭和五二年六月一日　168-172頁　＊十返千鶴子

7　鶏肉の酒蒸しとひろうす　七巻七号　昭和五二年七月一日　186-190頁　＊新田次郎

8　ミートローフと冷たいスープ　七巻八号　昭和五二年八月一日　202-206頁　＊芝木好子

9　揚げシューマイと夏野菜のいため煮　七巻九号　昭和五二年九月一日　202-205頁　＊服部良一・服部万里子

10　鶏肉のごま揚げとみょうがのつくね椀　七巻一〇号　昭和五二年一〇月一日　154-158頁　＊水上勉

11　おでんとごま豆腐　七巻一一号　昭和五二年一一月一日　182-186頁　＊中村汀女

12　酢豚と中華風サラダ　七巻一二号　昭和五二年一二月一日　142-146頁　＊澤野久雄・澤野秀

〔収録〕
8017丹羽家のおもてなし家庭料理（昭和五四年四月　講談社）

新春ビッグ鼎談―丹羽校長を追い抜くのはぼくら二人　「ゴルフダイジェスト」一七巻二号　昭和五二年二月一日　118-122頁　＊丹羽文雄・佐野洋・三好徹。目次では「文壇ビッグ3、大いに語る」とある。

丹羽文雄のビッグ対談―左手で上げ、左で下ろして右で振る　「ゴルフダイジェスト」一七巻三号　昭和五二年三月一日　118-122頁　＊村上隆との対談。目次では「王者村上、技術極意を公開！」とある。

丹羽文雄のビッグ対談―われら誇り高き小金井の異端児　「ゴルフダイジェスト」一七巻四号　昭和五二年四月一日　118-122頁　＊今道潤三との対談。目次では「誇り高き小金井の異端児・今道潤三氏」とある。

内なる仏　「すばる」二七号　昭和五二年二月五日　108-123頁
＊深沢七郎との対談。
〔収録〕
8015たったそれだけの人生（昭和五三年六月　集英社）

小説50年　「波」一二巻一号　昭和五三年一月一日　12-17頁
＊永井龍男との対談。

わが戦争体験　中村八朗『ある陸軍予備官の手記　下』昭和五三年九月一〇日　現代史出版会　249-268頁　＊中村八朗との対談。

終りなき営みは　梶井剛追悼事業委員会編『梶井剛遺稿集』（社団法人電気通信協会）　昭和五四年九月一〇日　391-412頁
　＊梶井剛との対談。

明治生まれからヤングへの檄談17　丹羽文雄　作家―小説は自分自身との対決。若い人の作品にはへりがない…　「平凡パンチ」一七巻二五号　昭和五五年六月二日　64-68頁

丹羽文雄―ゴルフ1ラウンド1万歩、道なら歩けない距離を歩く　松木康夫『Dr.松木康夫が迫る各界トップのマル秘健康術』（主婦の友社）昭和五六年四月七日　9-22頁　＊松木康夫との対談。

新春対談　蓮如上人に学ぶ　「本願寺新報」昭和五八年一月一日～一〇日　＊千葉乗隆（龍谷大学教授）との対談。

「小説作法」と現代文学の地平　「別冊潮」二号　昭和五八年八月二日　354-367頁　＊河野多恵子との対談。「特集・小説の行方」として掲載。
〔収録〕
3028私の小説作法（昭和五九年三月　潮出版社）

若々しいスイングを保つ方法―ゴルフ談義　「新潮45+」三巻四号　昭和五九年四月一日　146-152頁　＊村上隆との対談。

妻と夫の心の通い路　「婦人公論」六九巻七号　昭和五九年七月一日　112-117頁

「文学もゴルフも孤独だ」―ゴルフ学校二十年の丹羽文雄　「オール讀物」四九巻二号　平成六年七月一日　228-230頁　＊川口松太郎との対談。

未確認のもの

以下掲載確認のとれなかったものを挙げる。年月日は丹羽文雄の自筆メモによる。

青春対談「主婦之友」二五巻六号　昭和一六年六月
対談　四社連盟紙　昭和一六年八月
座談会「婦人」昭和一六年八月
座談会　太平洋協会　昭和一八年五月一〇日
座談会「日本女性」昭和一八年一一月
座談会「主婦之友」昭和一九年一月
海軍雷撃隊座談会「主婦之友」昭和一九年二月
座談会「新風土」昭和二二年七月
文芸座談会「新潟日報」昭和二二年七月
座談会「婦人公論」昭和二三年
対談「文学界」昭和二四年二月二九日
座談会「婦人倶楽部」昭和二四年四月二二日
座談会「小説公園」昭和二五年一月一日
座談会「主婦之友」昭和二五年一月

座談会　「主婦之友」昭和二六年二月
対談　「群像」昭和二六年八月一日
座談会　「婦人倶楽部」昭和二八年八月
座談会　「東京新聞」昭和二八年一二月二一日
座談会　「婦人倶楽部」昭和二九年二月
田中絹代との対談　「キング」昭和三〇年二月
座談会　「主婦と生活」昭和三〇年四月五日
座談会　「主婦の友」昭和三六年二月三日
対談　「ゴルフダイジェスト」昭和四四年一一月二九日
堤清との対談　「エポック」昭和四八年
座談会　「週刊小説」昭和四八年九月
対談　筑摩書房　昭和五一年一〇月七日
対談　「主婦の友」昭和五四三年一二月三〇日
細川浩之との対談　「アサヒゴルフ」昭和五三年一二月九日
対談　「現代」昭和五三年一二月
対談　「国立劇場歌舞伎公演プログラム」昭和五四年一月六日
　＊中村元との対談。
対談　学芸通信　昭和五四年一一月二一日
対談　「主婦の友」昭和五五年一二月
対談　「主婦の友」昭和五九年六月

五　映画・テレビ・ラジオ・演劇ほか

I　映画

i　原作作品

東京の女性　昭和一四年一〇月三一日　日本劇場
東宝映画（東京撮影所）製作
九巻　二二八一メートル　八三分　白黒　トーキー
監督　伏水修／脚本　松崎与志人／製作　竹井諒／撮影　唐沢弘光／音楽　服部良一／美術　安倍輝明／録音　下永尚
〔出演〕
原節子／江波和子／立松晃／水町庸子／若原雅夫／水上玲子ほか
＊「現代メロドラマ」として公開。原作「東京の女性」（報知新聞　昭和一四年一月二二日〜六月一六日）。

家庭の秘密　前篇　昭和一五年三月一四日　大阪朝日座
新興キネマ（東京撮影所）製作
一〇巻　二一四四メートル　白黒　トーキー
監督　田中重雄／脚本　陶山密／撮影　古泉勝男／音楽　中川栄三
〔出演〕
真山くみ子／逢初夢子／新田実／草島競子／菅井一郎／美浦平八郎／浅田健二／歌川八重子／浦辺粂子／植村謙二郎／鳥橋一平／平井岐代子／大井正夫
＊「現代メロドラマ」として公開。原作「家庭の秘密」（都新聞　昭和一四年六月一三日〜一五年二月一一日）。

家庭の秘密　後篇　相寄る魂
昭和一五年三月三一日　大阪朝日座
新興キネマ（東京撮影所）製作
八巻　一九三五メートル　白黒　トーキー
監督　田中重雄／脚本　陶山密／撮影　古泉勝男／音楽　中川栄三
〔出演〕
真山くみ子／逢初夢子／新田実／草島競子／菅井一郎／美浦平八郎／浅田健二／歌川八重子／浦辺粂子／植村謙二郎／鳥橋一平／平井岐代子／大井正夫
＊「現代メロドラマ」として公開。原作「家庭の秘密」（都新聞　昭和一四年六月一三日〜一五年二月一一日）。

鬪魚　昭和一六年七月一五日　日本劇場
東宝映画（東京撮影所）製作
一五巻　三四〇一メートル　一二四分　白黒
監督・演出　島津保次郎／脚本　山形雄策／製作　田村道美／製作主任　関川秀雄／撮影　友成達雄／音楽　伊藤昇／演奏　P．C．L．管弦楽団／美術　戸塚正夫／録音　下永尚／照明　平岡岩治／編集　岩下広一／現像　西川悦二
〔出演〕

高田稔／志村アヤコ／里見藍子／池部良／灰田勝彦／桜町公子／山根寿子／月田一郎／花井蘭子／若原春江／丸山定夫／清川玉枝／真木順／恩田清二郎／北沢彪／嵯峨善兵／三木利夫／小島洋々／一の瀬綾子／小高たかし／御橋公／鳥羽陽之助／清川荘司／藤輪欣司／大崎時一郎／生方賢一郎／伊藤智子／一の宮敦子／林喜美子

＊厚生省後援。原作「闘魚」（朝日新聞　昭和一五年七月一三日～一二月五日）。

人間模様　昭和二四年六月一四日　新東宝製作・配給

一〇巻　二四四三メートル　八九分　白黒

監督　市川崑／脚色　山下与志一、和田夏十／製作　児井英男／製作主任　青山磧／助監督　加戸野五郎／撮影　小原譲治／音楽　仁木他喜雄／美術　河野鷹思／録音　根岸寿夫／照明　藤林甲／編集　長田信／特技　天羽四郎

〔出演〕

上原謙／山口淑子／月丘千秋／青山五郎／江見渉／東山千栄子／伊藤雄之助／高木昇／大倉文雄／石井ふく子／泉麗子

＊原作「人間模様」（毎日新聞　昭和二二年一一月二五日～二三年四月一四日）。

主題歌（作詞　西條八十／作曲　古賀政男）霧島昇「人間模様」・二葉あき子「夜のひなげし」。

女の四季　昭和二五年四月二七日　東宝製作・配給

九巻　二七三七メートル　一〇〇分　白黒

監督・演出　豊田四郎／脚本　八住利雄／製作　坂上静翁／撮影　木塚誠一／音楽　飯田信夫／美術　久保一雄／録音　宮崎正信／照明　岸田九一郎

〔出演〕

若山セツ子／杉村春子／池部良／東山千栄子／薄田研二／荒木道子／藤原釜足／赤木蘭子／堀越節子／渡辺篤／伊藤雄之助／谷間小百合／小杉義男／千石規子／嵯峨善兵／馬野都留子

＊原作「かしまの情」。

第一章　かしま払底（人間　四巻三号　昭和二四年三月一日）／第二章　部屋（小説界　二巻一号　昭和二四年二月一日）／第三章　十夜婆々（文芸春秋　二六巻一二号　昭和二三年一二月一日）／第四章　弱肉（文芸　六巻一号　昭和二四年一月一日）／第五章　歌を忘れる（新文学　六巻三・四～七号　昭和二四年三月一日～六月一日）／第六章　金雀児（風雪　三巻二号　昭和二四年二月一日）／第七章　うちの猫（別冊文芸春秋　一一号　昭和二四年五月二〇日）

怒りの街

昭和二五年五月一四日　東宝（田中プロダクション）製作　東宝配給　九巻　二八七八メートル　一〇五分　白黒

監督・演出　成瀬巳喜男／脚色　成瀬巳喜男、西亀元貞／製作　田中友幸／撮影　玉井正夫／音楽　飯田信夫／美術　江坂実　／録音　三上長七郎／照明　島百味

〔出演〕

宇野重吉／原保美／東山千栄子／村瀬幸子／若山セツ子／浜

田百合子／久我美子／木匠久美子／志村喬／岸輝子／柳谷寛／木村功／菅井一郎／立花満枝

＊原作「怒りの街」（東京新聞　昭和二四年四月六日～九月二〇日）。

薔薇合戦　昭和二五年一〇月二八日
松竹（京都撮影所）・映画芸術協会製作　松竹配給
一〇巻　二六八六メートル　九八分　白黒
企画　本木荘二郎／製作　杉山茂樹／監督　成瀬巳喜男／助監督　倉橋良介／監督助手　菊池靖／脚本　西亀元貞／撮影　竹野治夫／撮影助手　広田彰三／音楽　鈴木静一／美術　松山崇／美術助手　加藤喜昭／装置　中大路義一／装飾　山口末吉／装飾助手　野村治／録音　高橋太朗／録音助手　奥村泰三／照明　寺田重雄／照明助手　一瀬与一郎／編集　相良久／衣裳　佐々木愛子／スチール　河中久一郎／記録　岩崎伊三郎／進行担当　久保友次／進行助手　吉岡哲也
〔出演〕
三宅邦子／若山セツ子／桂木洋子／鶴田浩二／安部徹／永田光男／若杉曜子／大坂志郎／仁科周芳／進藤英太郎／鮎川十糸子／井上晴夫／静山繁男／青山宏／小林立美／大川温子／光静江／荒木久子／鈴木房子／滝暎子／三宅妙子／日野道夫／園田健次／村上記代／千石規子

＊原作「薔薇合戦」（都新聞　昭和一二年五月三〇日～一二月三一日）。

孔雀の園　昭和二六年一月三日　新東宝製作・配給
七巻　一九二四メートル　七〇分　白黒
製作　新東宝・児井プロダクション／監督　島耕二／製作　児井英生／脚色　館岡謙之助／撮影　平野好美／美術　藤田博／音楽　斎藤一郎
〔出演〕
木暮実千代／二本柳寛／宇佐美淳／大谷伶子／入江たか子／香川京子／柳永二郎／三津田健／清川荘司／日守新一／築地博

＊原作「東京の薔薇」（小説公園　一巻一号　昭和二五年一月一日）。

暴夜物語　昭和二六年二月三日　大映（東京撮影所）製作
大映配給　九巻　二一七一メートル　七九分　白黒
製作　根岸省三／監督　小石栄一／脚本　松田昌一／撮影　姫田真佐久／音楽　飯田三郎／美術　高橋康一／録音　西井憲一
〔出演〕
藤田進／相馬千恵子／乙羽信子／河津清三郎／泉静治／由利恵子／若杉紀英子／宮原恭子／水原洋一／高品格／高原浩一／海野光一／宮崎準／月島小夜子

＊原作「暴夜物語」（週刊朝日別冊　昭和二四年四月一〇日）。

蛇と鳩　昭和二八年四月九日　東映（東京撮影所）製作
東映配給　一二巻　二七七〇メートル　一〇一分　白黒
監督　春原政久／企画　柳川武夫／脚本　棚田吾郎・舟橋和

郎／撮影　永塚一栄／美術　北川弘／照明　伊藤ケイ市／音楽　黛敏郎／録音　岩田広一
〔出演〕
伊豆肇／滝沢修／沢村貞子／草葉ひかる／宮城野由美子／左卜全／日高澄子／三島雅夫／舟橋元／日野明子／北沢彪／星美智子／加東大介
＊原作「蛇と鳩」（週刊朝日　五七巻一七〜五〇号　昭和二七年四月二七日〜一二月一四日）。

恋文　昭和二八年一二月一三日　新東宝製作・配給
一一巻　二六八五メートル　九八分　白黒
製作　永島一朗／監督　田中絹代／製作　永島一朗／脚本　木下恵介／撮影　鈴木博／美術　進藤誠吾／照明　藤林甲／音楽　斎藤一郎／録音　道源勇二
〔出演〕
森雅之／加島春美／夏川静江／宇野重吉／久我美子／香川京子／田中絹代／関千恵子／中北千枝子／花井蘭子／木下恵介／道三重三
＊原作「恋文」（朝日新聞　夕刊　昭和二八年二月一日〜四月三〇日）。

飢える魂　昭和三一年一〇月三一日　日活製作・配給
九巻　二一六五メートル　七九分　白黒
製作　坂上静翁／監督　川島雄三／助監督　今村昌平／脚本　柳沢類寿・川島雄三／撮影　高村倉太郎／音楽　真鍋理一郎／美術　中村公彦／録音　橋本文雄／照明　大西美津男／編集　中村正／製作主任　野村耕祐／衣装デザイン　森英恵
〔出演〕
三橋達也／南田洋子／轟夕起子／大坂志郎／金子信雄／小杉勇／高野由美／桑野みゆき／小林旭／加藤勢津子／渡辺美佐子／鈴村益代／竹内洋子／佐川明子／清水千代子／伊達公久場礼子／芝あをみ／加藤義朗／宮路正美／都築緑／志摩桂子／多摩桂子
＊原作「飢える魂」（日本経済新聞　昭和三〇年四月二二日〜三一年三月九日）。主題歌　コロムビア・ローズ「心の小雨」・岡本敦郎「愛のキャンパス」。

続飢える魂　昭和三一年一一月二八日　日活製作・配給
一〇巻　二六五七メートル　九七分　白黒
製作　坂上静翁／監督　川島雄三／助監督　今村昌平／脚本　柳沢類寿・川島雄三／撮影　高村倉太郎／音楽　真鍋理一郎／美術　中村公彦／録音　橋本文雄／照明　大西美津男／編集　中村正／製作主任　野村耕祐／衣装デザイン　森英恵／舞踊振付　市村松扇
〔出演〕
三橋達也／南田洋子／轟夕起子／大坂志郎／金子信雄／渡辺美佐子／小杉勇／高野由美／桑野みゆき／小林旭／加藤勢津子／志摩桂子／伊丹慶治／宮原徳平／三笠謙／加藤義朗／須田喜久代／谷川玲子／坂井美紀子／芝あをみ／久場礼子／泉桂子／三島糸子／都築緑／フランキー堺／葉山良二／高友子／小沢昭一／岡田真澄／川合玉枝／上田正世／鳴海弘子／真下治子

＊原作「飢える魂」（日本経済新聞　昭和三〇年四月二二日〜三一年三月九日）。

日日の背信　昭和三三年二月一六日　松竹（大船撮影所）製作　松竹配給　一一巻　二九三九メートル　一〇七分　白黒

製作　深沢猛／監督　中村登／脚色　斎藤良輔／撮影　長岡博之／音楽　黛敏郎／美術　熊谷正雄／録音　大村三郎／照明　小泉喜代治／編集　浜村義康／スチール　堺謙一

〔出演〕

佐田啓二／桂木洋子／浦辺粂子／岡田茉莉子／伊藤雄之助／沢村貞子／小林トシ子／内藤武敏／三井弘次／桜むつ子／小林きよし／水上令子／川口のぶ／山田百合子／町田祥子／高木信夫／大津絢子

＊原作「日日の背信」（毎日新聞　昭和三一年五月一四日〜三二年三月一二日）。

四季の愛欲　昭和三三年六月一〇日　日活製作・配給

一一巻　二六三二メートル　一〇八分　白黒

製作　大塚和／監督　中平康／助監督　松尾昭典／脚本　長谷部慶治／撮影　山崎善弘／音楽　黛敏郎／美術　千葉一彦／録音　神谷正和／照明　吉田協佐／編集　辻井正則／衣装デザイン　森英恵／製作主任　中井景／スチール　井本俊康

〔出演〕

山田五十鈴／楠侑子／桂木洋子／中原早苗／渡辺美佐子／安井昌二／小高雄二／宇野重吉／永井智雄／細川ちか子／峰品子／天路圭子／雨宮節子／三沢孝子／二木まこと／相馬幸子／波多野憲／下条正巳／松下達夫／西村晃／小泉郁之助／雪丘恵介／相原巨典／河上信夫／山田禅二／須藤孝／潮けい子／原恵子／須田喜久代／堺美紀子／葵真木子／新井麗子／渡のり子／木城ゆかり

＊原作「四季の演技」（東京新聞ほか新聞三社連合　昭和三一年一一月〜昭和三二年九月）。

運河　昭和三三年七月二九日　日活製作・配給

一一巻　二七四五メートル　一〇〇分　白黒

シネスコープ（日活スコープ）

企画　児井英生／監督　阿部豊／脚色　松浦健郎／撮影　伊佐山三郎／美術　木村威夫／照明　安藤真之助／音楽　斎藤高順／録音　沼倉範夫／編集　辻井正則

〔出演〕

月丘夢路／金子信雄／浅丘ルリ子／南田洋子／渡辺美佐子／山根寿子／安部徹／紅沢葉子／小杉勇／相馬幸子／加藤博司／佐野浅夫／近江大介／沢本忠雄／雪丘恵介／井東柳晴／小沢昭一／小泉郁之助／若原初子／冬木京三／近藤宏／川村昌之／柳寿子／須田喜久代

＊原作「運河」（サンデー毎日　三六巻二〇号〜三七巻三三号　昭和三二年五月一九日〜昭和三三年八月一七日）。

東京の女性　昭和三五年三月二三日　大映（東京撮影所）製作　大映配給　八巻　二七四六メートル　一〇〇分　カラー

シネスコープ（大映スコープ）

監督　田中重雄／企画　原田光夫／製作　武田一義／脚色

舟橋和郎／撮影　小原譲治／美術　後藤岱二郎／照明　泉正蔵／音楽　古関裕而／録音　長谷川光雄
〔出演〕
山本富士子／叶順子／菅井一郎／市川春代／菅原謙二／片山明彦／沢村貞子／角梨枝子／山茶花究／星ひかる／穂高のり子／見明凡太朗／早川雄三／杉田康／藤巻公義／花野富夫／南左斗子／紺野ユカ／江波杏子／中条静夫／伊達正
＊原作「東京の女性」（報知新聞　昭和一四年一月二二日〜六月一六日）。

顔　昭和三五年一〇月八日　大映（東京撮影所）製作　大映配給
九巻　二五〇八メートル　九一分　白黒
シネスコープ（大映スコープ）
監督　島耕二／企画　三輪孝仁／製作　永田雅一／脚色　衣笠貞行助・島耕二／撮影　小原譲治／美術　柴田篤二／照明　久保田行一／音楽　大森盛太郎／録音　橋本国雄
〔出演〕
京マチ子／池部良／柳永二郎／瀧花久子／船越英二／中田康子／江波杏子／須藤恒子／夏木章／早川雄三／大山健二／武江義雄／加藤雅子／成田昇二／磯奈美枝／村井千恵子／吉井莞象
＊原作「顔」（毎日新聞　昭和三四年一月一日〜三五年二月二三日）。

鎮花祭　昭和三五年一一月一日　大映（東京撮影所）製作　大映配給　八巻　二三七二メートル　八六分　カラー
シネスコープ（大映スコープ）
製作　中泉雄光／監督　瑞穂春海／企画　原田光夫／脚色　松浦健郎／撮影　中川芳久／美術　仲美喜雄／照明　渡辺長治／音楽　池野成／録音　須田武雄
〔出演〕
若尾文子／根上淳／丸山修／吉川満子／山内敬子／野口啓二／川崎敬三／矢島ひろ子／本郷功次郎／三木裕子／潮万太郎／村田知栄子／花井弘子／南左斗子／紺野ユカ／竹里光子／香住佐代子／三島愛子／小杉光史／奈良ひろみ／大塚礼子
＊原作「鎮花祭」（週刊朝日　六四巻六号〜六五巻一四号　昭和三四年二月八日〜三五年三月二九日）。

水溜り　昭和三六年四月九日　松竹（大船撮影所）製作　松竹配給　六巻　二四一三メートル　八八分　白黒
シネスコープ（松竹グランドスコープ）
監督　井上和男／製作　佐々木孟／脚色　山内久／撮影　堂脇博／美術　浜田辰雄／照明　津吹正／音楽　池田正義／録音　佐藤公文／編集　浜村義康／スチール　赤井博且
〔出演〕
川津祐介／岡田茉莉子／清川紅子／倍賞千恵子／桜むつ子／浜村純／江美しのぶ／村上記代／瞳麗子／田中晋二／西村晃／南原宏治／加藤嘉／東山幸二／林洋介／佐藤慶／三上真一郎／石川竜二／吉野憲司／柴田葉子／渥美清
＊原作「水溜り」（群像　一五巻八号　昭和三五年八月一日）、「校庭の虫」（週刊朝日別冊　三九号　昭和三五年九

月一日）。

白い南風　昭和三六年八月一三日　松竹（大船撮影所）製作
松竹配給　六巻　二三八六メートル　八七分　カラー
シネスコープ（松竹グランドスコープ）
監督　生駒千里／製作　長島豊次郎／脚色　沢村勉／撮影　平瀬静雄／美術　宇野耕司／照明　津吹正／音楽　西山登／録音　栗田周十郎／編集　大沢しづ／スチール　小尾健彦
〔出演〕
池内淳子／佐分利信／倍賞千恵子／山下洵二／佐藤慶／英百合子／峯京子／北龍二／三宅邦子／西村晃／花澤徳衛／松本染升／日高澄子／河野秋武／桜むつ子／初名美香
＊原作「白い南風」（原題「家庭の秘密」　都新聞　昭和一四年六月一三日〜一五年二月一一日）。

禁猟区　昭和三六年一〇月一日　松竹（京都撮影所）製作
松竹配給　七巻　二五四一メートル　九三分　カラー
シネスコープ（松竹グランドスコープ）
監督　内川清一郎／製作　岸本吟一／脚色　椎名利夫／撮影　太田喜晴／美術　大角純一／照明　山本行雄／音楽　佐藤勝／録音　福安賢洋／編集　天野栄次
〔出演〕
高千穂ひづる／田村高廣／沢村貞子／芳村真理／木暮実千代／渡辺文雄／倍賞千恵子／佐々木功／東野英治郎／三橋達也／吉川満子／岡田茉莉子／桑野みゆき
＊原作「禁猟区」（日本経済新聞　昭和三二年八月一四日〜三三年一〇月五日）。

献身　昭和三六年一〇月二九日　大映（東京撮影所）製作
大映配給　一〇巻　二五八七メートル　九四分　カラー
シネスコープ（大映スコープ）
監督　田中重雄／企画　川崎治雄・原田光夫／脚色　新藤兼人／撮影　高橋通夫／美術　後藤岱二郎／照明　田熊源太郎／音楽　木下忠司／録音　橋本国雄
〔出演〕
叶順子／川崎敬三／宇津井健／中田康子／三木裕子／岸正子／細川ちか子／瀧花久子／町田博子／花布辰男／星ひかる／山口健／永井智雄／見明凡太朗／菅井一郎／高松英郎／伊東光一／阿部一彦／高橋正／草壁雅人／小杉光史／宮川和子／紺野ユカ／竹里光子
＊原作「献身」（読売新聞　昭和三五年四月二六日〜三六年五月一四日）。

山麓　昭和三七年七月一日　東映（東京撮影所）製作
東映配給　九巻　二八八七メートル　一〇五分　カラー
シネスコープ
監督　瀬川昌治／企画　亀田耕司・秋田亨／製作　大川博／脚色　松山善三／撮影　飯村雅彦／美術　森幹男／照明　銀屋謙蔵／音楽　斎藤一郎／録音　大谷政信／編集　祖田富美夫／スチール　山守勇
〔出演〕
山田五十鈴／笠智衆／淡島千景／扇千景／岩崎加根子／三田

佳子／千葉真一／渡辺文雄／木村功／南廣／西村晃／丹波哲郎／沢村貞子／新井茂子／吉川満子／谷本小代子／八代万智子／愛川かおる／鈴木暁子／杉義一／須賀良／岡部正純／若月輝夫／潮健児

＊原作「山麓」（サンデー毎日　四〇巻一四号〜四一巻一〇号　昭和三六年四月二日〜三七年三月一一日）。

ii　出演作品

もぐら横丁　昭和二八年五月七日　新東宝

一一巻　二六五〇メートル　九七分　白黒

監督　清水宏／助監督　柴田吉太郎／製作　柴田万三／脚色　吉村公三郎・清水宏／原作／尾崎一雄／撮影　鈴木博／美術　鳥居塚誠一／照明　佐藤快哉／音楽　大森盛太郎・小沢秀夫／録音　片岡造／編集　笠間秀敏／製作主任　永野裕司／スチール　秦大三

〔出演〕

佐野周二／島崎雪子／堀越節子／片桐余四郎／千秋実／和田孝／日守新一／笠智衆／増田順二／若山セツ子／天知茂／杉寛／磯野秋雄／田中春男／花岡菊子／児玉一郎／岡龍三／森繁久彌／磯野秋雄／宇野重吉

＊尾崎士郎、丹羽文雄、檀一雄が特別出演している。

iii　企画作品

企画されたが撮影されなかったもの、公開の確認が出来ないものを以下に挙げる。

東京どろんこオペラ　昭和二五年五月　新東宝

＊公開未確認。浅野辰雄（望プロダクション）脚色の台本が坪内博士記念演劇博物館に収蔵。また丹羽文雄作詞のレコード「東京どろんこオペラ」（ＶＩＣ　Ｖ４０５０７　竹山逸郎歌、吉田正作曲）が昭和二五年一一月にビクターより発売されている。

厭がらせの年齢　昭和二三年一二月　新作座

＊「読売新聞」昭和二三年一二月一三日に記載。

日本敗れたり　昭和二四年八月

＊浅川信夫（衆議院議員）が企画。「読売新聞」昭和二四年八月六日に記事。

庖丁　昭和二九年四月一六日　新東宝

首相官邸　昭和二八年一一月

東京の女性　昭和二二年八月　東宝（再演）

雨跡　昭和二五年一一月　綜芸プロ
＊「読売新聞」昭和二五年一一月五日に記事。

惑星　昭和二五年

東京の女性　昭和三一年一二月　大映
＊佐伯章三監督、山本富士子主演で企画されたが、山本富士子急病のため中止。「読売新聞」昭和三一年一二月二七日に記事。

婚外結婚　国際放映株式会社

iv　リバイバル上映

恋文　平成一七年三月二〇～二六日　ラピュタ阿佐ヶ谷
＊「昭和の銀幕に輝くヒロイン第20弾　久我美子」

水溜り　平成一八年一月三～一〇日　ラピュタ阿佐ヶ谷
＊「文豪たちの昭和～映画で読みとく文学のこころ」

山麓　平成一八年一〇月二五～三一日　ラピュタ阿佐ヶ谷
＊「瀬川昌治の乾杯ごきげん映画術」

禁猟区　平成二〇年三月二三日～二九日　ラピュタ阿佐ヶ谷
＊「昭和の銀幕に輝くヒロイン第39弾　高千穂ひづる」

東京の女性　平成二〇年三月二三日　109シネマズ四日市
＊特別上映

四季の愛欲　平成二一年五月二四～二六日　ラピュタ阿佐ヶ谷
＊「孤高のニッポン・モダニスト映画監督中平康」

白い南風　平成二一年一〇月二五～三一日　ラピュタ阿佐ヶ谷
＊「俳優　佐藤慶」

四季の愛欲　平成二一年一〇月二五～三一日　ラピュタ阿佐ヶ谷
＊「俳優　佐藤慶」

恋文　平成二二年年一一月一四～二〇日　神保町シアター
＊「本の街・神保町　文芸映画特集Vol.17文芸散歩」

水溜り　平成二三年二月一三～一七日　神保町シアター
＊「文豪と女優とエロスの風景」

鎮花祭　平成二三年一〇月二～七日　神保町シアター
＊「みつめていたい！若尾文子」

Ⅱ　テレビ

i　テレビドラマ

忘却の人　昭和三二年九月四日　日本テレビ（NNN系列）午後一〇時一五〜四五分
＊山口素一脚本。岡田賢次ほか出演。原作「忘却の人」（小説新潮　一巻一一号　昭和三二年八月一日）。

日日の背信　昭和三五年七月四日〜九月二六日　フジテレビ（FNN系列）午後一時〜一時三〇分　全13回（毎週月曜）
＊島耕二監督。浅川清道脚色。岡田太郎演出。原保美、池内淳子、喜多道枝、若宮忠三郎ほか出演。原作「日日の背信」（毎日新聞　昭和三一年五月一四日〜三二年三月一二日）。

飢える魂　昭和三五年一〇月三日〜一二月二六日　フジテレビ（FNN系列）午後一時〜一時三〇分　全13回（毎週月曜）
＊浅川清道脚本。馬渕晴子、宇津井健、笠間雪雄、細川俊夫ほか出演。東洋綿花（トーメン）ほか提供。原作「飢える魂」（日本経済新聞　昭和三〇年四月二二日〜三一年三月九日）。

白い南風　昭和三六年一月七日〜四月二九日　日本テレビ（NNN系列）午後九時一五分〜四五分　全13回（毎週土曜）
＊田中澄江脚本。津田昭演出。池内淳子、小山田宗徳、高橋昌也、山本礼三郎、富士真奈美ほか出演。原作「白い南風」（原題「家庭の秘密」　都新聞　昭和一四年六月一三日〜一五年二月一一日）。

禁猟区　昭和三六年二月六日〜三月二七日　NETテレビ（ANN系列）午後一〇時〜一〇時四五分　全8回（毎週月曜）
＊月曜劇場として放映。角梨枝子、原保美、浦里はるみ、森塚敏、長島丸子、久慈あさみほか出演。原作「禁猟区」（日本経済新聞　昭和三二年八月一四日〜三三年一〇月五日）。

憎しみは誘う　昭和三六年四月三日　NETテレビ（ANN系列）午後一〇時〜一〇時四五分
＊森塚敏、奈良岡朋子ほか出演。原作「憎しみが誘う」（オール讀物　一六巻四号　昭和三六年四月一日）。

藍染めて　昭和三六年四月一〇日　NETテレビ（ANN系列）午後一〇時〜一〇時四五分
＊植野晃弘ディレクター。園井啓介、吉行和子、長谷川和子、朝風みどり、佐竹明夫ほか出演。原作「藍染めて」（新女苑　一巻一〜七号　昭和一二年一月一日〜七月一日）。

ベージ色の騒ぎ　昭和三六年四月一七日　NETテレビ（ANN系列）　午後一〇時～一〇時四五分

＊宮田義郎脚色。南原宏治、月丘夢路、浜田寅彦、三原葉子、細谷寛、市川すみれ、牧真史ほか出演。原作「ベージ色の騒ぎ」（オール読物　一五巻一号　昭和三五年一月一日）

業苦　昭和三六年四月二四日　NETテレビ（ANN系列）

午後一〇時～一〇時四五分

＊宮田浩太郎、丹阿弥谷津子、小林重四郎ほか出演。原作「業苦」（新潮　五二年一〇号　昭和三〇年一〇月一日）

女の劇場―刹那　昭和三六年五月三日　ABC（JNN系列）

午後二時～三時

＊茂木草介脚本。月丘千秋、安井昌二、吉川佳代子、山村弘三出演。原作「刹那」（小説中央公論　一巻一号　昭和三五年一〇月一日）

「女の劇場」第1回。「女の劇場」はABC製作の一話完結スタジオドラマとして、毎週水曜日、昭和三六年五月三日～三七年三月二八日、45回放映。東京テレビでは1～11回（五月一五日～七月三一日）が毎週月曜日放映。なお各放映作品は以下の通り。（　）内は原作者、脚本家名（未確認のものは空欄）。

第1回　刹那（丹羽文雄原作）　昭和三六年五月三日
第2回　蒼い火花（井上靖原作）　昭和三六年五月一〇日
第3回　旅情　昭和三六年五月一七日
第4回　火の梯子（澤野久雄原作）　昭和三六年五月二四日
第5回　一年待て（松本清張原作）　昭和三六年五月三一日
第6回　女靴（丹羽文雄原作）　昭和三六年六月三日
第7回　嫉妬（吉屋信子原作）　昭和三六年六月一四日
第8回　ゆうやけの歌（壺井栄原作）　昭和三六年六月二一日
第9回　生きる場所（由起しげ子原作）　昭和三六年六月二七日
第10回　石のおもて（井上靖原作）　昭和三六年七月五日
第11回　夜よゆるやかに歩め（大江健三郎原作）　昭和三六年七月一二日
第12回　火をつけたのは（戌井市郎原作）　昭和三六年七月一九日
第13回　純白の夜（三島由紀夫原作）　昭和三六年七月二六日
第14回　薔薇（森本薫原作）　昭和三六年八月二日
第15回　飛び去りし（荒木左近原作）　昭和三六年八月九日
第16回　あいびき（若山セツ子原作）　昭和三六年八月一六日
第17回　燃えくらべ（依田義賢原作）　昭和三六年八月二三日
第18回　山の湖（井上靖原作）　昭和三六年八月三〇日
第19回　希望（小田和生原作）　昭和三六年九月六日
第20回　軽い骨（吉行淳之介原作）　昭和三六年九月一三日
第21回　妻の書置き（円地文子原作）　昭和三六年九月二〇日
第22回　夏のエピソード（内村直也原作）　昭和三六年九月二七日
第23回　秘密（山田隆之原作）　昭和三六年一〇月四日
第24回　りんごの皮（藤本義一脚本）　昭和三六年一〇月一八日
第25回　はさみ（田中澄江脚本）　昭和三六年一〇月二五日
第26回　渦紋　昭和三六年一一月八日

第27回　ある愛情（井上靖原作）　昭和三六年一一月一五日
第28回　仮面の踊り　昭和三六年一一月二二日
第29回　ころす（円地文子原作）　昭和三六年一一月二九日
第30回　併殺（新章文子原作）　昭和三六年一二月六日
第31回　聖家族　昭和三六年一二月一三日
第32回　決行　昭和三六年一二月二〇日
第33回　女の中の悪魔　昭和三六年一二月二七日
第34回　少女（石坂洋次郎原作）　昭和三七年一月一〇日
第35回　おんな親　昭和三七年一月一七日
第36回　鏡　昭和三七年一月二四日
第37回　淡島　昭和三七年一月三一日
第38回　離婚パーティー（藤本義一脚本）　昭和三七年二月七日
第39回　ある嫉妬　昭和三七年二月一四日
第40回　キー・ホルダー　昭和三七年二月二一日
第41回　お仙の家　昭和三七年二月二八日
第42回　夜の設計　昭和三七年三月七日
第43回　流れ　昭和三七年三月一四日
第44回　春うらら　昭和三七年三月二一日
第45回　その紐を結んで　昭和三七年三月二八日

女の劇場―女靴　昭和三六年六月七日　ＡＢＣ（ＪＮＮ系列）午後二時～三時
＊伊豆肇、浅茅しのぶ、春川すみれほか出演。「女の劇場」第６回。東京テレビでは六月一二日放映。原作「女靴」（小説新潮　六巻一号　昭和二七年一月一日）。

山麓　昭和三六年五月一日～三七年三月二六日　ＮＥＴテレビ（ＡＮＮ系列）午後一〇時～一〇時四五分　全47回（毎週月曜）
＊窪田篤人脚本。佐野周二、花柳小菊、朝丘雪路、牧真史、福田公子、佐伯徹也ほか出演。原作「山麓」（サンデー毎日　四〇巻一四号～四一巻一〇号　昭和三六年四月二日～三七年三月一一日）。原作連載と同時放映。

幼い薔薇　昭和三六年七月二日　ＴＢＳ（ＪＮＮ系列）午後九時三〇分～一〇時一五分
＊樋口伸也脚本。森雅之、大空真弓、松原緑郎、伊藤弘子、筑紫あけみ、月丘千秋ほか出演。「東芝日曜劇場」第240回として放映。原作「幼い薔薇」（サンデー毎日　一六巻三三号　昭和一二年七月一日）。

秘めた相似　昭和三六年七月七日　ＮＥＴテレビ（ＡＮＮ系列）午後一時一五分～二時
＊木村重夫脚本。上野晃弘演出。佐野周二、日高ゆりえ、三ツ矢栄子、牧真史ほか出演。原作「秘めた相似」（小説新潮　一四巻一号　昭和三五年一月一日）。

秘めた相似　昭和三六年一〇月七日　ＮＨＫ総合　午後八時三〇分～九時三〇分
＊岡田達門脚本。井上博演出。有島一郎、新田勝江、藤原釜足、田崎潤、英百合子、深見泰三、宮内順子ほか出演。「テレビ指定席」として放映。

純愛シリーズ―仕事の歌　昭和三六年一一月二九日　TBS（JNN系列）　午後九時三〇分～一〇時
＊関沢新一脚本。和田孝、如月寛多、沢村由美、広岡三栄子ほか出演。花王ファミリー劇場。原作「なりわい」（別冊文芸春秋　七五号　昭和三六年三月二八日）。

顔　昭和三七年一月八日～四月二日　フジテレビ（FNN系列）　午後一時～一時二〇分　全10回（毎週月曜）
＊浅川清道脚本。岡田太郎演出。池内淳子、仲谷昇、河野秋武、白井正明ほか出演。原作「顔」（毎日新聞　昭和三四年一月一日～三五年二月二三日）。

鎮花祭　昭和三七年二月五日～三月一六日　日本テレビ（NNN系列）　午後一時～一時二〇分　全30回（毎週月曜～金曜）
＊木村重夫脚本。蒲生順一演出。稲垣美穂子、黛ひかる、田浦正巳、瀬良明、山崎左度子、神山繁ほか出演。原作「鎮花祭」（週刊朝日　六四巻六号～六五巻一四号　昭和三四年二月八日～三五年三月二九日）。

運河　昭和三七年五月五日～八月二五日　日本テレビ（NNN系列）　午後一〇時～一〇時四五分　全17回
＊富田義郎脚本。津田昭演出。池部良、池内淳子、安部徹、吉川満子、真山知子、植木洋子ほか出演。原作「運河」（サンデー毎日　三六巻二〇号～三七巻三三号　昭和三二年五月一九日～昭和三三年八月一七日）。

献身　昭和三七年五月七日～八月三一日　日本テレビ（NNN系列）　午後一時～一時二〇分　全55回（毎週月曜～金曜）
＊木村重夫脚本。小畠絹子、河合伸旺、水村泰三、柏田薫ほか出演。雪印乳業提供。原作「献身」（読売新聞　昭和三五年四月二六日～三六年五月一四日）。

面影に生きる　昭和三七年七月一二日・一九日　TBS（JNN系列）　午後一〇時三〇分～一一時　全2回
＊生田直親脚本。鈴木利正演出。池内淳子、下元勉ほか出演。原作「面影に生きる」（文芸朝日　一巻六号　昭和三七年一〇月一日）。

庖丁　昭和三七年八月四日　フジテレビ（FNN系列）　午後一〇時～一一時三〇分
＊成沢昌茂、中園みなみ脚本。塚田圭一演出。瑳賀三智子、大木実、天知茂、浦辺粂子、幾野道子、山路義人、芳村勝也ほか出演。「夜の十時劇場」として放映。原作「庖丁」（サンデー毎日　三三巻七～三三号　昭和二九年二月七日～七月一一日）。

悔いなき煩悩　昭和三七年一二月一〇日～三八年九月二七日　日本テレビ（NNN系列）　午後一〇時～一〇時四五分　全210回（毎週月曜～金曜）
＊木村重夫脚本。蒲生順一演出。小畠絹子、木塚国夫、吉川満子、水村泰三ほか出演。雪印乳業提供。原作「悔いなき煩悩」（日本経済新聞　昭和三七年六月一九日～三八年九

月五日）。

東京の女性　昭和三八年一月一八日　ＮＨＫ総合　午後八時～九時

＊「文芸劇場」第57回として放映。中村三雄演出。楠侑子、根上淳、北沢典子、大町文夫、赤木蘭子、高野由美、日色ともゑ、黒田郷子ほか出演。原作「東京の女性」（報知新聞　昭和一四年一月二二日～六月一六日）。

欲望の河　昭和三八年四月五日～七月五日　ＴＢＳ（ＪＮＮ系列）午後一〇時三〇分～一一時　全13回（毎週金曜）

＊田井洋子脚本。鈴木利正演出。石井ふく子製作。山下毅雄音楽。池内淳子、長門裕之、大塚道子、清水将夫、北条文枝、富士真奈美ほか出演。原作「欲望の河」（三社連合　昭和三六年四月～三七年七月）。

明暗　昭和三八年九月一五日　ＴＢＳ（ＪＮＮ系列）午後九時三〇分～一〇時三〇分

＊林延彦脚本。蜷川茂夫演出。渡辺美佐子、荒木道子、垂水悟郎、望月舜、庄司永建、和田周、野々村潔ほか出演。「東芝日曜劇場」第354回として放映。原作「明暗」（日本二巻一一号　昭和三四年一一月一日）。

美しき嘘　昭和三八年一〇月一六日～三九年四月一日　日本テレビ（ＮＮＮ系列）午後九時～九時三〇分　全25回

＊木村重夫脚本。小畠絹子、角梨枝子、河津清三郎、関千恵子、上田吉二郎、穂積隆信、三倉紀子ほか出演。ライオン油脂、ライオン歯磨提供。原作「美しき嘘」（週刊読売一八巻四七号～二〇巻九号　昭和三四年一一月一日～三六年二月二六日）。

女医　昭和三八年一二月一六日　ＭＢＳ（ＡＮＮ系列）午後一〇時～一一時

＊左幸子、西村晃、成瀬昌彦、中村美代子、大塚道子、江幡高志ほか出演。「ポーラ名作劇場」第49回として放送。原作「女医」（オール読物　一八巻六号　昭和三八年六月一日）。

今朝の春　昭和三九年三月一六日～七月三日　ＭＢＳ（ＡＮＮ系列）午後一時～一時一五分　全80回（毎週月曜～金曜）

＊鴇田忠元脚本。長谷百合、土佐林道子、片山明彦ほか出演。原作「今朝の春」（博報堂地方新聞　昭和二九年一～七月）。

おかあさん―女下駄　昭和三九年四月九日　ＴＢＳ（ＪＮＮ系列）午後九時～九時三〇分

＊津田幸夫脚色。笠置シヅ子、吉原恵子ほか出演。「おかあさん第232回」として放映。中外製薬提供。原作「女靴」（小説新潮　六巻一号　昭和二七年一月一日）。

通り雨　昭和三九年六月二一日　ＮＥＴテレビ（ＡＮＮ系列）午後一〇時～一一時

＊田代淳二脚本。広瀬一郎演出。江原真二郎、原知佐子、根岸明美、織本順吉、関千恵子、稲吉千春、安城百合子ほか出演。シオノギ製薬提供。「日本映画名作ドラマ」として放映。原作「通り雨」（小説新潮　一六巻一〇号　昭和三七年一〇月一日）。

この世の愁い　昭和四〇年五月三日～七月三〇日　東海テレビ（ＦＮＮ系列）　午後一時三〇分～一時四五分　全65回（毎週月曜～金曜）

＊竹内勇太郎脚本。伏屋良郎演出。原知佐子、原保美、二木柳寛、富永美沙子ほか出演。原作「この世の愁い」（七社連合　昭和三六年八月～三七年六月）。

命なりけり　昭和四〇年六月二一日～一一月二〇日　日本テレビ（ＮＮＮ系列）　午後一時一五分～一時三〇分　全132回（毎週月曜～金曜）

＊小畠絹子、川合伸旺、杉浦直樹ほか出演。原作「命なりけり」（朝日新聞　昭和三八年一一月二九日～三九年一二月八日）。

結婚という名の就職　昭和四〇年一一月二八日　ＴＢＳ（ＪＮＮ系列）　午後九時～一〇時

＊小松君郎脚本。鴨下信一演出。石井ふく子プロデューサー。中村勘三郎（一七代目）、森光子、大西竜二、浜村純、山茶花究、殿山泰司、桑山正一ほか出演。「東芝日曜劇場」第469回として放映。原作「結婚という就職」（別冊小説新潮一七巻四号　昭和四〇年一〇月一五日）。

庖丁　昭和四二年一月三日～一月三一日　フジテレビ（ＦＮＮ系列）　午後一〇時～一〇時四五分　全5回（毎週火曜）

＊八住利雄脚本、生島信演出。田村高廣、八千草薫、金子信雄、桜むつ子ほか出演。扇雀飴本舗提供、「扇雀飴劇場」として放映。原作「庖丁」（サンデー毎日　三三巻七～三二号　昭和二九年二月七日～七月一一日）。

有料道路　昭和四二年一月三〇日～四月二八日　日本テレビ（ＮＮＮ系列）　午後一時～一時一五分　全78回（毎週月曜～金曜）

＊渡邊祐介監督。大川久男脚本。小畠絹子、夏川大二郎、河村弘二、川喜多雄二、安城由貴子、三木宏祐、須賀良、川田信一、打越正八、小林妙子、西尾邦彦、（ナレーター・千葉耕市）ほか出演。原作「有料道路」（週刊文春　七巻四四号～八巻四六号　昭和四〇年一一月一日～四一年一一月二一日）。

日日の背信　昭和四二年一月三〇日～四月二八日　東海テレビ（ＦＮＮ系列）　午後一時三〇分～一時四五分　全65回（月曜～金曜）

＊砂田量爾脚色。大西博彦演出。朝丘雪路、安井昌二ほか出演。原作「日日の背信」（毎日新聞　昭和三一年五月一四日～三二年三月一二日）。

顔　昭和四三年一二月六日～四四年一月三一日　フジテレビ（ＦＮＮ系列）　午後一〇時三〇分～一一時　全9回（毎週金曜）
＊鈴木英夫監督。司葉子、川口浩、佐分利信、土屋嘉男ほか出演。原作「顔」（毎日新聞　昭和三四年一月一日～三五年二月二三日）。

庖丁　昭和四七年六月一四日～七月五日　ＮＨＫ総合　午後八時～九時　全4回（毎週水曜）
＊大野靖子脚本。加納守演出。加山雄三、林美智子、露口茂、吉田次昭ほか出演。「水曜ドラマ」として放映。原作「庖丁」（サンデー毎日　三三巻七～三三号　昭和二九年二月七日～七月一一日）。

飢える魂　昭和四七年一一月六日～一二月二九日　フジテレビ（ＦＮＮ系列）　午後一時～一時三〇分　全40回（毎週月曜～金曜）
＊堀内真直監督。堀内真直、吉田義昭脚本。岡田太郎演出。磯村みどり、阿部徹、竜崎勝ほか出演。「ライオン奥様劇場」として放映。原作「飢える魂」（日本経済新聞　昭和三〇年四月二二日～三一年三月九日）。

美しき煩悩　昭和四八年二月二六日～四月二七日　ＡＢＣ（ＪＮＮ系列）　午後一時一五分～一時四五分　全45回（毎週月曜～金曜）
＊大槻義一監督・演出。西沢裕子脚本。山本陽子、細川俊之、佐分利信、織本順吉、磯野道子ほか出演。「花王愛の劇場」として放映。原作「顔」（毎日新聞　昭和三四年一月一日～三五年二月二三日）。

加那子という女　昭和四八年四月三日～六月二六日　日本テレビ（ＮＮＮ系列）　午後九時三〇分～一〇時二五分　全13回（毎週火曜）
＊鈴木尚之脚本。嶋村正敏演出。新珠三千代、仲谷昇、木暮実千代、山岸映子、水谷豊ほか出演。「火曜劇場」として放映。原作「一路」（群像　一七巻一〇号～二一巻六号　昭和三七年一〇月一日～四一年六月一日）。

命なりけり　昭和四九年四月一日～六月二八日　フジテレビ（ＦＮＮ系列）　午後一時四五分～二時　全65回（毎週月曜～金曜）
＊和田恵利子、北村総一郎、西沢利明ほか出演。原作「命なりけり」（朝日新聞　昭和三八年一一月二九日～三九年一二月八日）。

献身　昭和四九年一〇月一日～昭和五〇年一月七日　日本テレビ（ＮＮＮ系列）　午後一〇時～一〇時五五分　全15回
＊田中知己監督、演出。茂木草介脚色。山本洋子、近藤正臣、久富惟晴、榊原るみ、坂本スミ子、宍戸錠、高杉早苗、梢ひとみほか出演。「火曜劇場」として放映。原作「献身」（読売新聞　昭和三五年四月二六日～三六年五月一四日）。

晩秋　昭和五〇年七月三日〜九月二五日　よみうりテレビ（NNN系列）　午後一〇時〜一〇時五四分　全13回（毎週月曜）

＊山田信夫、重森孝子脚本。岩下志麻、山形勲、中尾彬、梢ひとみ、月丘夢路、岡田英次、ひし美ゆり子ほか出演。原作「晩秋」（週刊朝日　七二巻一号〜七三巻八号　昭和四二年一月一日〜四三年二月二三日）。

渇愛　昭和五一年七月一日〜九月三〇日　よみうりテレビ（NNN系列）　午後九時〜九時五四分　全14回（毎週月曜）

＊山田信夫、重森孝子脚本演出。池内淳子、中田喜子、近松麗江、細川俊之、佐藤友美、永井秀和、児玉清、木村功、山城信吾、中田喜子ほか出演。原作「渇愛」（原題「渇き」　東京新聞ほか　昭和四七年一一月〜四九年一月）。

欲望の河　昭和五一年七月一二日〜八月二〇日　東海テレビ（FNN系列）　午後一時三〇分〜二時　全30回（毎週月曜〜金曜）

＊杉山義法脚本。森崎東監督。森崎東、高橋勝演出。五月みどり、内田朝雄、福岡正剛、内田勝正、東山敬司、清川新吾ほか出演。原作「欲望の河」（三社連合　昭和三六年四月〜三七年七月）。

女の運命　昭和五一年一一月一日〜昭和五二年三月一一日　MBS（JNN系列）　午後一時三〇分〜一時四五分　全88回（毎週月曜〜金曜）

＊南木淑郎脚本。松本留美、山内明、中山仁、上月左知子、藤山喜子、溝田繁、西山辰夫、楠年明、沢野火子ほか出演。原作「運命」（原題「女の運命」　報知新聞　昭和四三年九月二八日〜四四年一〇月二七日）。

飢える魂　昭和五一年一一月六日〜　東京12チャンネル

＊飢える魂（昭和四七年一一月六日〜一二月二九日　フジテレビ）の再放送。放送終了日未確認。

太陽蝶―菜の花の女　昭和五二年四月五日〜六月二八日　KTV（FNN系列）　午後一〇時〜一〇時五四分　全13回（毎週火曜）

＊布勢博一、栢原幹脚本。栢原幹演出。新珠三千代、井上純一、藤間紫、本郷功次郎、加藤嘉、村山昻、八木昌子、高田敏江、江原真二郎ほか出演。原作「太陽蝶」（家の光　四六巻一号〜四七巻一二号　昭和四五年一月一日〜四六年一二月一日）。

欲望の河　昭和五二年一一月二日〜一二月一六日　東京12チャンネル　午後〇時〜〇時三〇分　全30回（毎週月曜〜金曜）

＊杉山義法脚本。森崎東監督。森崎東、高橋勝演出。五月みどり、内田朝雄、福岡正剛、内田勝正、東山敬司、清川新吾ほか出演。

魂の試される時　昭和五三年二月四日〜五月二七日　フジテレビ（FNN系列）　午後九時〜九時五四分　全17回（毎週土曜）

＊大藪郁子脚本。小田切成明演出。十朱幸代、清水健太郎、西村晃、宇津宮雅代、久我美子、佐藤慶、宝生あやこ、柳生博、馬渕晴子、原田美枝子、山内恵美子ほか出演。原作「魂の試される時」（読売新聞　昭和五一年九月一三日～五二年一〇月二七日）。

山肌　昭和五六年四月六日～五月二九日　フジテレビ（FNN系列）　午後一時～一時三〇分　全40回（毎週月曜～金曜）

＊八木柊一郎脚本。河野和平演出。司葉子、平田昭彦、神山繁、佐原健二、江木俊夫、沢井孝子、黒田福美、中越司ほか出演。「ライオン奥様劇場」として放送。原作「山肌」（日本経済新聞　昭和五三年一二月七日～五五年一月四日）。

帰らざる故郷―美しき悪魔たち　昭和五六年五月四日～八月三日　テレビ朝日（ANN系列）　午後一〇時～一〇時五四分　全13回（毎週月曜。なお最終回のみ木曜午後一〇時三〇分～一一時二四分）。

＊金子成人脚本。田中利一演出。八千草薫、三國連太郎、香山美子、山口果林、北村和夫、紺野美沙子、金沢碧、井川比佐志、寺田農、中村敦夫、宮口精二、荒井注、松山政路、岸部一徳、河原崎建三、中島久之、牧伸二、西沢守、吉沢由美子、八木昌子ほか出演。原作「かえらざる故郷」（報知新聞　昭和三九年二月二三日～四〇年七月一日）。

新居　平成一七年一二月一一日　BS-i　午後一一時～一一時三〇分

＊廣木隆一監督。いずみ吉紘脚本。丹羽多聞アンドリウプロデューサー。吹越満、小山田サユリほか出演。「文學の唄　恋する日曜日」第10回として放映。NTTドコモグループ提供。原作「新居」（『人われを非情の作家と呼ぶ』より。「ひと我を非情の作家と呼ぶ」　宝石　一一巻八号～一二巻一〇号　昭和五八年八月一日～五九年一〇月一日）。

彼女の告白　平成一七年一二月一一日　BS-i　午後一一時～一一時三〇分

＊佐々木浩久監督。渡辺千穂脚本。丹羽多聞アンドリウプロデューサー。利重剛、中江有里、山中聡、重松隆志、五十嵐有砂ほか出演。「文學の唄　恋する日曜日」第11回として放映。NTTドコモグループ提供。原作は「彼女の告白」（『人間・舟橋聖一』より。原題「彼女の告白―小説・舟橋聖一」　新潮　八一年一二号　昭和五九年一二月一日）。

ii　テレビ出演　映画放映ほか

まどい―丹羽文雄一家（出演）　昭和三〇年七月二七日　NHK総合　午後一時～一時二〇分

新春放談―丹羽文雄、舟橋聖一（出演）　昭和三二年一月二日　NHK総合　午後一〇時

たのしい生活—丹羽文雄一家（出演）　昭和三二年五月二六日　KRテレビ　午前一一時～一一時二〇分

ゴルフと私（出演）　昭和三三年三月六日　NHK総合　午前八時一〇分

この作家と三十分—丹羽文雄（出演）　昭和三四年六月七日　日本テレビ　午後一〇時～一〇時四〇分

＊出演は丹羽文雄、加藤連穂、十返肇、井上友一郎、田村泰次郎、石川利光ほか。

わが母校わが故郷—旧制富田中学校（出演）　昭和三四年一二月一二日　KRテレビ　午後一〇時三〇分～一一時

＊田村泰次郎と出演。

夫と妻の記録「美しき歳月」芳兵衛物語30年（出演）　昭和三四年一二月一四日　日本教育テレビ　午後八時三〇分～九時

＊尾崎一雄夫妻、丹羽文雄、轟夕起子出演。

現代の顔—丹羽文雄（出演）　昭和三五年一月一二日　KRテレビ　午前七時四〇分～八時

夫と妻の記録—人生をえぐる七万枚（出演）　昭和三五年一一月一八日　日本教育テレビ　午後八時三〇分～九時

＊丹羽文雄、丹羽綾子、小泉譲、中村八朗出演。

スター千夜一夜（出演）　昭和三六年三月二三日　フジテレビ　午後九時～九時一五分

わたしと健康（出演）　昭和三九年三月九日　NHK総合　午前八時四〇分～九時

わが半生（出演）　昭和三九年一一月一日　TBSテレビ　午前一一時三〇分～一一時五五分

＊司会・沢弘三。

けさの訪問（出演）　昭和三九年一二月一日　日本テレビ　午前六時五〇分～七時

こんにちはジャパン（出演）　昭和四〇年二月九日　日本テレビ　午後一時三〇分～四五分

孔雀の園　昭和四〇年四月七日～八日　日本テレビ

＊昭和二六年、新東宝。放映は七日（午前一〇時三〇分～一一時）、八日（午前九時～一〇時三〇分）。

宗教の時間—蓮如のことば（出演）　昭和四〇年九月五日　NHK教育テレビ　午前七時五分～八時

＊笠原一男、早島鏡正、長田恒男ほか出演。

新春放談（出演）　昭和四二年一月一日　NHK総合　午前八時四〇分～九時

＊丹羽文雄、津村節子出演。

日本の名作―丹羽文雄・「菩提樹」（出演）　昭和四二年四月一一日　NETテレビ　午後一〇時～一〇時三〇分
＊大河内昭爾、丹羽文雄、丹羽房雄出演。

水溜り　昭和四三年七月六日　関西テレビ　午前〇時～一時三〇分
＊昭和三六年、松竹。

テレビ映画―顔　昭和四四年一月一〇日～三一日　フジテレビ　午後一〇時三〇分～一一時
＊昭和三五年、大映。

真珠の小箱―ふるさとの鈴鹿（出演）　昭和四四年五月三〇日　NETテレビ　午後一〇時四五分～一一時
＊ナレーター・佐伯かほる。

ゴルフ（出演）　昭和四五年四月一四日　東京12チャンネル　午後五時～五時三〇分

この人と語る―丹羽文雄（出演）　昭和四五年八月一五日　NHK教育テレビ　午後八時～九時
＊聞き手・野村尚吾。

長谷川一夫の五日間（出演）　昭和四六年一二月八日　NHK総合　午後〇時一五分～四五分
＊長谷川一夫、高峰秀子、丹羽文雄出演。「長谷川一夫の五日間」（一二月六日～一〇日）の第3日。

日本史探訪―親鸞（出演）　昭和四六年一二月一五日　NHK総合　午後一〇時～一〇時四〇分

女性手帳　丹羽文雄―人間・文学・宗教（出演）　昭和四八年四月二三～二七日　NHK総合　午後一時五五分～二時三〇分

人に歴史あり―吉村昭・ある記録と文学の出会い（出演）　昭和四九年四月二六日　東京12チャンネル　午後一〇時～一〇時三〇分

ANNニュースレーダー（出演）　昭和五二年一二月二四日　テレビ朝日　午後六時三〇分～五〇分

わたしの自叙伝―丹羽文雄　母への愛憎（出演）　昭和五三年四月六日　NHK教育テレビ　午後七時三〇分～八時
＊八月二一日に再放送（午後七時三〇分～八時）。

すばらしき仲間―軽井沢・あしたはゴルフ（出演）　昭和五三年八月六日　TBS　午後一〇時～一〇時三〇分
＊丹羽文雄・澤野久雄ほか出演。

石川達三―時代と文学（出演）　昭和六〇年二月八日　NHK教育テレビ　午後八時～八時四五分
＊「教養セミナー」として放映。松本清張、巖谷大四、久保田正文、丹羽文雄出演。

芸術への招待―芥川賞50年　摸索する現代文学（出演）　昭和六〇年二月一五日　NHK教育テレビ　午後八時～八時四五分
＊「教養セミナー」として放映。丹羽文雄、遠藤周作出演。

歴史人物紀行　親鸞―愛欲の広海に沈没し（出演）　昭和六〇年三月一三日　NHK総合　午後一〇時～一〇時五〇分
＊丹羽文雄、杉浦明平ほか出演。

この人・丹羽文雄ショー　―　健筆81歳（出演）　非情の作家と呼ばれて　昭和六〇年七月四日　NHK総合　午後八時～八時四五分
＊司会・坂本九。丹羽文雄、吉村昭、池内淳子出演。

魂は老いず―作家・丹羽文雄　痴呆を生きる（出演）　平成一〇年四月二九日　NHK総合　午前八時三〇分～九時二五分
＊ドキュメンタリー。のち芸術祭参加作品として一〇月二五日に再放送。

あの人に会いたい―丹羽文雄（出演）　平成二二年二月九日　NHK総合　午後一〇時五〇分～一一時

iii　未確認（日付、内容は「自筆メモ」による）

あの人この道　丹羽文雄（出演）　昭和三七年一〇月　NHK総合　午後一〇時
夜の構想（出演）　昭和三八年四月二六日　NHK総合
出演　昭和三八年六月四日　NETテレビ
美しき嘘　昭和三八年七月一〇日　長崎放送
女性専科（出演）　昭和三八年一〇月　東京放送
年金ニュース（出演）　昭和三九年二月　東京放送
現代（出演）　昭和三九年一一月五日　東京放送
丹羽文雄ゴルフ教室（出演）　昭和四三年　毎日放送　13週
飢える魂　昭和四三年九月
女が生きるとき（東京の女性）　昭和四四年　日活ドラマ
読書（出演）　昭和四九年一〇月二六日
青麦のこと（出演）　昭和五〇年五月一〇日　NETテレビ
美しき嘘（映画）　昭和五一年四月　松竹
美しき嘘（映画）　昭和五二年四月　松竹
出演　昭和五二年一一月二九日　TBS　午前
美しき嘘　昭和五二年一二月　地方局32社
献身　昭和五二年一二月　北海道テレビ　広島テレビ
インタビュー（出演）　昭和五二年一二月一〇日　関西テレビ
東京の女性　昭和五三年三月　朝日放送（再放送）
新日本紀行（出演）　昭和五六年五月二四日
宗教の時間（出演）　昭和五六年一一月二九日　NHK総合
出演　昭和五七年一二月七日　TBS

出演　昭和五七年七月二八日　NHK総合
蓮如（出演）　昭和五八年一月　NHK総合（収録は一二月二七日）
恵信尼（出演）　昭和五八年二月　NHK教育テレビ
蓮如（出演）　昭和五八年三月　NHK教育テレビ
尾崎一雄のこと（出演）　昭和五八年四月　NHK総合
阿満利麿（出演）　昭和六〇年三月五日
ソロモン（出演）　昭和六〇年三月二二日
恋文　昭和六〇年一〇月五日
火野葦平の思い出（出演）　昭和六一年九月九日　NHK北九州

Ⅲ　ラジオ

i　ラジオドラマ、朗読、出演など

連続物語―丹羽文雄「還らぬ中隊」（朗読）　昭和一四年四月一三日　東京第二放送　午後八時～八時三〇分
＊山口俊雄朗読。「還らぬ中隊」（中央公論　五三年一二号～五四年一号　昭和一三年一二月一日～一四年一月一日）。

ソロモン海戦に従いて（朗読）　昭和一七年一二月四日　午後九時一〇分
＊朗読文学推薦入選作。熊野放送員朗読。

増産必勝魂―川南造船所を訪ねて（朗読）　昭和一八年三月二七日　午後一時
＊「増産必勝魂15―川南造船所を訪ねて」（読売新聞　昭和一八年三月二日）。

朝の訪問（出演）　昭和二五年一月二五日　午前七時二五分　NHK第一放送
＊一月一九日録音。

かしまの情（朗読）　昭和二五年二月一三〜二五日　NHK第一放送　午前一一時〜一一時四五分　12回
＊樫村治子朗読。『かしまの情』（昭和二四年一一月三〇日新潮社）。

小鳩（ラジオドラマ）　昭和二五年三月二三日　NHK第一放送　午前七時三〇分〜八時
＊北沢彪、大塚温子ほか出演。「小鳩」（オール読物　六巻九号　昭和一一年九月一日）。

金雀児（朗読）　昭和二五年四月二〇日　NHK第一放送　午後八時〜八時三〇分
＊速見雛子朗読。「金雀児」（風雪　三巻二号　昭和二四年二月一日）。

学生の時間―怒濤（朗読）　昭和二五年一二月二〇日　NHK第二放送　午後五時三〇分
＊「怒濤」（改造　二三巻一一号　昭和一六年六月一日）。

「鮎」について（出演）　昭和二八年六月一日　ラジオ東京　午前一一時五分〜一一時一五分
＊丹羽文雄出演。

鮎（朗読）　昭和二八年六月二日〜五日　ラジオ東京　午前一一時五分〜一一時一五分
＊近江アナウンサー朗読。「鮎」（文芸春秋　一〇巻四号　昭和七年四月一日）。

語るオルゴール―家庭の秘密（朗読）　昭和二八年九月一日〜三〇日　NHK第一放送　午後一〇時四五分〜一一時一〇分
＊加藤幸子朗読。「家庭の秘密」（都新聞　昭和一四年六月一三日〜一五年二月一一日）。

座談会―彼岸夜話（出演）　昭和二八年九月二三日　NHK第二放送　午前九時一五分〜一〇時
＊大宅壮一、丹羽文雄、朝比奈宗源ほか出演。

小説「恋文」について（出演）　昭和二八年一一月二〇日　ラジオ東京　午前一一時五分〜一一時一五分

恋文（朗読）　昭和二八年一一月二一日〜一二月七日　ラジオ東京　午前一一時五分〜一一時一五分
＊鶴田アナウンサー朗読。中村新演出。「恋文」（朝日新聞夕刊　昭和二八年二月一日〜四月三〇日）。

宗教と文学（出演）　昭和二九年三月一八〜二〇日　NHK第一放送　午前六時三〇分〜七時　全3回

下積み時代（出演）　昭和二九年八月一〇日　ニッポン放送　午後四時一五〜三五分

ラジオ文庫―庖丁（朗読）　昭和二九年九月二〇日〜一〇月一

五日　ニッポン放送　午後一時～一時三五分
＊高橋清朗読。「庖丁」（サンデー毎日　三三巻七～三二号　昭和二九年二月七日～七月一一日）。

女性と文学（出演）　昭和三〇年一月一日　ラジオ東京　午後四時三〇分～五時
＊座談会。伊藤整、丹羽文雄、石川達三出演。

文芸人にきく国民保険（出演）　昭和三〇年二月九日　日本短波放送　午後〇時一〇分～一時

青麦（ラジオドラマ）　昭和三〇年三月三日～二八日　日本短波放送　午後八時一五分～九時三〇分
＊全25回。奈々村玄ほか出演。『青麦』（昭和二八年一二月一八日　文芸春秋新社）。

男性対女性（出演）　昭和三〇年四月一〇日　ニッポン放送　午前九時一五分～九時四五分
＊「日曜随想」として放送。

家庭訪問—丹羽文雄宅（出演）　昭和三〇年四月一九日　ニッポン放送　午後一時三五分～一時五〇分

私の人間修業（出演）　昭和三〇年六月六日　NHK第二放送　午後八時二〇分～九時
＊「教養特集　移動講演会」として放送。六月三日、歌舞練場（京都市先斗町）での講演。『私の人間修業』に収録。

飢える魂（ラジオドラマ）　昭和三一年一月四日～九月二九日　文化放送、ラジオ九州ほか　午前九時三〇分～九時四五分
＊篠田晴夫脚本。石川皓也音楽。SB食品提供。加藤和夫、久米明、鈴木光枝、若山セツ子ほか出演。原作「飢える魂」（日本経済新聞　昭和三〇年四月二二日～三一年三月九日）。

人情夜話—庖丁（ラジオドラマ）　昭和三一年五月二一日～六月六日　ラジオ東京　午後一〇時一五分～一〇時三〇分
＊水谷八重子、伊志井寛、花柳喜章ほか出演。「庖丁（サンデー毎日　三三巻七～三二号　昭和二九年二月七日～七月一一日）。

文庫—菩提樹（朗読）　昭和三一年五月二八日～八月一七日　ニッポン放送　午後四時五〇分～五時
＊高橋博朗読。「菩提樹」（週刊読売　一四巻三号～一五巻四号　昭和三〇年一月一六日～三一年一月二二日）。

座談会「厭がらせの年齢」について（出演）　昭和三一年六月一三日　ラジオ東京　午後一時三〇分～二時
＊河盛好蔵、丹羽文雄出演。

私の精神遍歴（出演）　昭和三二年二月二五日～三月一日　NHK第二放送　午後一一時～一一時一五分　全5回

日日の背信（ラジオドラマ）　昭和三二年四月一日～一二月三一日　文化放送　午前九時三〇分～九時四五分

＊加藤和夫、真珠三千代、水島弘、三島雅夫ほか出演。原作「日日の背信」（毎日新聞　昭和三一年五月一四日～三二年三月一二日）。

厭がらせの年齢（朗読）　昭和三二年四月九日～一三日　ラジオ東京　午前一〇時一〇分～一〇時三〇分

＊「厭がらせの年齢」（改造　二八巻二号　昭和二二年二月一日）。

今朝の春（ラジオドラマ）　昭和三二年四月一三日～五月二日　大阪中央放送　午後二時

＊香川京子ほか出演。原作「今朝の春」（博報堂地方新聞　昭和二九年一～七月）。

人とことば（出演）　昭和三二年七月四日　ＮＨＫ第一放送　午前七時四五分～八時

朝の談話室―私とゴルフと文学（出演）　昭和三二年八月二六日　ラジオ東京　午前六時一五分～七時

朝の訪問（出演）　昭和三二年一二月一六日　ＮＨＫ第一放送　午前七時四五分～八時

＊杉村春子、丹羽文雄出演。

座談会日本の仏教―過去の歩みと現在の課題について（出演）　昭和三三年二月一四日　ＮＨＫ第二放送　午後八時五分～九時

＊友松円諦、福井康順、丹羽文雄、川崎康之、魚返善雄出演。

試写会「日日の背信」（出演）　昭和三三年二月一八日　ニッポン放送　午後二時三〇分～三時

運河（ラジオドラマ）　昭和三四年一月五日～八月六日　文化放送　午前一〇時二五分～一〇時四〇分

＊桑野みゆき、新珠三千代、北沢彪ほか出演。原作「運河」（サンデー毎日　三六巻二〇号～三七巻三三号　昭和三二年五月一九日～昭和三三年八月一七日）。

東京の女性（ラジオドラマ）　昭和三四年二月二日～四月二九日　ニッポン放送　午後一時～一時一五分

＊津村悠子ほか出演。毎日放送、ＬＢ共同製作。以後「丹羽文雄シリーズ」として全10作、昭和三七年一月一六日まで放映された。原作「東京の女性」（報知新聞　昭和一四年一月二二日～六月一六日）。

随想三夜（出演）　昭和三四年二月一六～一八日　ニッポン放送　午後一一時四〇分～一二時　３回

＊①一六日　最近の文学　②一七日　宗教的関心　③一八日　私とゴルフ

今朝の春（ラジオドラマ）　昭和三四年四月一八日～五月三日　ラジオ関東　午前九時一五分～九時四〇分
＊香川京子ほか出演。原作「今朝の春」（博報堂地方新聞　昭和二九年一～七月）。

禁猟区（ラジオドラマ）　昭和三四年五月一日～八月一日　ニッポン放送　午後一時～一時一五分
＊水城蘭子ほか出演。毎日放送、ＬＢ共同製作。「丹羽文雄シリーズ」第2作。原作「禁猟区」（日本経済新聞　昭和三二年八月一四日～三三年一〇月五日）。

現代日本文学特集（出演）　昭和三四年六月二三日　ＮＨＫ第二放送　午後八時～一〇時
＊座談会。亀井勝一郎、丹羽文雄、臼井吉見出演。

厭がらせの年齢（ラジオドラマ）　昭和三四年六月二三日　ＮＨＫ第二放送　午後八時～一〇時
＊現代日本文学特集として放送。山下与志脚色。北林谷栄、南美江、小山源喜ほか出演。原作「厭がらせの年齢」（改造　二八巻二号　昭和二二年二月一日）。

ふるさとの味（出演）　昭和三四年六月三〇日　文化放送　午後二時～二時一五分

虹の約束（ラジオドラマ）　昭和三四年八月三日～九月三〇日　34回　ニッポン放送　午後一時～一時一五分
＊小林トシ子ほか出演。毎日放送、ＬＢ共同製作。「丹羽文雄シリーズ」第3作。原作「虹の約束」（共同通信系地方新聞　昭和二六年一〇月～二七年五月）。

四季の演技（ラジオドラマ）　昭和三四年一〇月一日～一〇月三一日　ニッポン放送　午後一時～一時一五分
＊野田秀男ほか出演。毎日放送、ＬＢ共同製作。「丹羽文雄シリーズ」第4作。原作「四季の演技」（東京新聞ほか新聞三社連合　昭和三一年一一月～昭和三二年九月）。

朱乙家の人々（ラジオドラマ）　昭和三四年一一月二日～一一月三〇日　ニッポン放送　午後一時～一時一五分
＊岸田今日子ほか出演。毎日放送、ＬＢ共同製作。「丹羽文雄シリーズ」第5作。原作「朱乙家の人々」（婦人倶楽部　三二巻一号～三四巻五号　昭和二六年一月一日～二八年四月）。

日曜名作座―庖丁（ラジオドラマ）　昭和三四年一一月八日～一二月二七日　ＮＨＫ第一放送　午後一〇時～一〇時四五分　全7回
＊森繁久弥、加藤道子ほか出演。原作「庖丁」（サンデー毎日　三三巻七～三二号　昭和二九年二月七日～七月一一日）。

朝の訪問（出演）　昭和三四年一一月二七日　ＮＨＫ第一放送　午前七時四〇分～八時

丹羽文雄の親鸞について（出演）　昭和三四年一二月一日　ニッポン放送　午後一時～一時一五分

丹羽文学における親鸞（出演）　昭和三四年一二月二日　ニッポン放送　午後一時～一時一五分

親鸞とその妻（ラジオドラマ）　昭和三四年一二月三日～昭和三五年七月三〇日　ニッポン放送　午後一時～一時一五分
＊市川染五郎、水城蘭子、梶哲也ほか出演。毎日放送、LB共同製作。「丹羽文雄シリーズ」第6作。原作「親鸞とその妻」（主婦之友　三九巻一一号～四三巻五号　昭和三〇年一一月一日～三四年五月一日）。

親鸞とその妻　越後時代（ラジオドラマ）　昭和三五年八月一日～九月七日　ニッポン放送　午後一時一五分～一時三〇分
＊市川染五郎、水城蘭子、梶哲也ほか出演。毎日放送、LB共同製作。「丹羽文雄シリーズ」第6作（続編）。

新年のことば（出演）　昭和三五年一月一日　ニッポン放送

火野葦平さんをしのぶ（出演）　昭和三五年一月二七日　NHK第一放送　午前七時四〇分～八時

火野葦平氏をしのぶ（出演）　昭和三五年一月二七日　ニッポン放送　午後五時三五分

父親と娘（出演）　昭和三五年三月一一日 NHK第一放送　午前九時一〇分～三五分

名作アルバム「椿の記憶」（朗読）　昭和三五年三月二二日～二四日　ラジオ東京　午前一〇時一〇分～一〇時三〇分
＊勝田文朗読。「椿の記憶」（世紀　二巻三号　昭和一〇年四月一日）。

名作アルバム「鮎」（朗読）　昭和三五年三月二五日～二六日　ラジオ東京　午前一〇時一〇分～一〇時三〇分
＊勝田文朗読。「鮎」（文芸春秋　一〇巻四号　昭和七年四月一日）。

名作アルバム「菜の花時まで」（朗読）　昭和三五年三月二七日～三一日　ラジオ東京　午前一〇時一〇分～一〇時三〇分
＊名古屋薫朗読。「菜の花時まで」（日本評論　一一巻四号　昭和一一年四月一日）。

文壇よもやま話―丹羽文雄さんを囲んで（出演）　昭和三五年四月二日　NHK第二放送　午後八時

お便り有難う（出演）　昭和三五年四月二九日　文化放送　午後三時五〇分～四時

顔（ラジオドラマ）　昭和三五年五月二日～一〇月一四日　文化放送　午前九時三〇分～一〇時

*矢代静一、西島大脚本。小山田宗徳、池部良、渡辺美佐子、鳳八千代、下条正巳ほか出演。原作「顔」（毎日新聞　昭和三四年一月一日〜三五年二月二三日）。

現代日本文学特集「革命前後」（出演）　昭和三五年六月一六日　NHK第二放送　午後八時〜一〇時

*火野葦平作「革命前後」の解説。中村光夫、丹羽文雄出演。

鎮火祭（ラジオドラマ）　昭和三五年一〇月一〇日〜昭和三六年一月七日　ニッポン放送　午前九時四五分〜一〇時

*高千穂ひづる、栗田香子ほか出演。毎日放送、LB共同製作。「丹羽文雄シリーズ」第7作。原作「鎮花祭」（週刊朝日　六四巻六号〜六五巻一四号　昭和三四年二月八日〜三五年三月二九日）。

マイク年賀状　新年のあいさつ（出演）　昭和三六年一月三日　文化放送　午後三時五〇分

献身（ラジオドラマ）　昭和三六年一月九日〜七月八日　ニッポン放送　午前九時四五分〜一〇時

*水城蘭子、加藤和夫、高友子ほか出演。毎日放送、LB共同製作。「丹羽文雄シリーズ」第8作。原作「献身」（読売新聞　昭和三五年四月二六日〜三六年五月一四日）。

人間親鸞（出演）　昭和三六年三月二〇日　東京放送　午前六時二〇分〜六時三〇分

美しき嘘（ラジオドラマ）　昭和三六年七月一〇日〜一一月八日　午後一時三五分〜一時五〇分　ニッポン放送

*山崎努、扇千景、服部哲治ほか出演。毎日放送、LB共同製作。「丹羽文雄シリーズ」第9作。原作「美しき嘘」（週刊読売　一八巻四七号〜二〇巻九号　昭和三四年一一月一日〜三六年二月二六日）。

愛―この哀しきもの（ラジオドラマ）　昭和三六年一一月一日〜三七年一月六日　ニッポン放送　午前一一時〜一一時一五分

*畑中国明脚色。朝丘雪路、北村和夫ほか出演。毎日放送、LB共同製作。「丹羽文雄シリーズ」第10作。原作「今朝の春」（博報堂地方新聞　昭和二九年一〜七月）。

欲望の河（ラジオドラマ）　昭和三七年二月五日〜一一月三日　文化放送　午前一一時〜一一時一五分

*木村重夫脚本。芳村真理、山内明ほか出演。原作「欲望の河」（三社連合　昭和三六年四月〜三七年七月）。

へそくり（ラジオドラマ）　昭和三七年三月二九日　文化放送

*森繁ゴールデン劇場（午後八時〜九時三〇分）の「ロマンの誕生」として放送。森繁久弥、寺島信子、高橋昌也ほか出演。原作「へそくり」（オール読物　一七巻二号　昭和三七年二月一日）。

私のえらんだ女性（出演）　昭和三七年八月二三日　NHK第二放送　午後九時～九時一〇分

早稲田の演劇と文学（出演）　昭和三七年九月三日　ニッポン放送　午後九時～九時三〇分
＊早稲田大学創立八〇周年記念特別番組。第7夜記念座談会（収録は一九六二年九月三日、軽井沢）として放送。坪内士行、丹羽文雄、石川達三、北条誠出演。司会・植木アナウンサー。

山麓（ラジオドラマ）　昭和三七年一一月五日～三八年八月二日　文化放送、北海道放送　午前一一時～一一時一五分
＊小山田宗徳ほか出演。原作「山麓」（サンデー毎日　四〇巻一四号～四一巻一〇号　昭和三六年四月二日～三七年三月一一日）。

母を語る（出演）　昭和三八年一月四日　TBSラジオ　午前九時四五分～一〇時一五分

悔いなき煩悩（ラジオドラマ）　昭和三八年二月四日～九月三〇日　ニッポン放送　午前九時四〇分～一〇時
＊池内淳子ほか出演。原作「悔いなき煩悩」（日本経済新聞　昭和三七年六月一九日～三八年九月五日）。

朝の訪問（出演）　昭和三八年八月七日　NHK第一放送　午前七時四五分～八時

この世の愁い（ラジオドラマ）　昭和三八年八月五日～一〇月三一日　文化放送　午前一一時～一一時二五分
＊神山繁、北沢典子、大空真弓ほか出演。原作「この世の愁い」（七社連合　昭和三六年八月～三七年六月）。

庖丁（ラジオドラマ）　昭和三八年一〇月一日～三九年二月二九日　ニッポン放送　午前九時四五分～一〇時
＊池内淳子、長門裕之ほか出演。小村泰治語り。原作「庖丁」（サンデー毎日　三三巻七～三三号　昭和二九年二月七日～七月一一日）。

命なりけり（ラジオドラマ）　昭和三九年七月一日～一二月三一日　ニッポン放送　午前一一時～一一時二〇分
＊八千草薫ほか出演。原作「命なりけり」（朝日新聞　昭和三八年一一月二九日～三九年一二月八日）。

時の人—丹羽文雄（出演）　昭和三九年一二月二日　NHK第一放送　午前七時四五分～八時

恋文（ラジオドラマ）　昭和四〇年四月一日～三〇日　ニッポン放送　午前九時四〇分～一〇時
＊高橋昌也、名古屋章ほか出演。原作「恋文」（朝日新聞夕刊　昭和二八年二月一日～四月三〇日）。

ふるさとの唄（出演）　昭和四〇年六月一四～一九日　文化放送　午前一一時～一一時一〇分　全6回

だれもが孤独（ラジオドラマ）　昭和四〇年八月一日〜一〇月三〇日　ニッポン放送　午前一〇時五分〜一〇時二〇分
＊鈴木俊平脚本。志村武男演出。白井正明、北原文枝、長谷川明男ほか出演。原作「だれもが孤独」（週刊サンケイ一〇巻五一号〜一二巻二〇号　昭和三六年一一月六日〜三八年五月一三日）。

時の人—丹羽文雄（出演）　昭和四一年四月二五日　NHK第一放送　午前七時四五分〜八時

作家と作品—丹羽文雄（出演）　昭和四一年四月二九日　NHK-FM　午後九時一〇分〜一〇時
＊浅見淵、杉森久秀ほか出演。

厭がらせの年齢（ラジオドラマ）　昭和四四年二月二日　NHK第一放送　午後一〇時一五分〜一一時
＊伊馬春部脚色。中村加奈子、柳有ほか出演。「第一文芸劇場」として放送。原作「厭がらせの年齢」（改造　二八巻二号　昭和二二年二月一日）。

朝のロータリー（出演）　昭和五二年九月二七日　NHK第一放送　午前七時

人物春秋—恵信尼（出演）　昭和五八年三月七日　NHK第二放送　午後一〇時二〇分〜一一時

ii未確認（日付、内容は「自筆メモ」による）

対談　昭和二二年一月一六日　NHK
＊丹羽文雄、青野季吉出演。

結婚式　昭和二七年二月七日　新日本放送

ラジオ　昭和二七年一〇月　ラジオ九州

ラジオ　昭和二八年一月　NHK

ラジオ　昭和二八年四月八日　新日本大阪放送

パンスケについて　昭和二八年四月二八日　ラジオ東京

ラジオ　昭和二八年一〇月一九日　新日本放送

私の好きな女　昭和二八年一一月一七日　毎日放送

ラジオ　昭和二八年一一月一七日　NHK

ラジオ　昭和二八年一一月　松山放送

妻を語る　昭和二九年八月五日　ニッポン放送

ラジオ　昭和二九年八月　文化放送

未亡人　昭和三〇年二月

茶の間大学　昭和三〇年四月一九日　ニッポン放送

雨跡　昭和三〇年一〇月　ニッポン放送

人生雑感　昭和三一年五月二五日　ニッポン放送

菩提樹　昭和三二年三月四日〜二九日　名古屋中央放送

女の文章　昭和三二年四月九日　文化放送

私の便り　昭和三二年四月九日　文化放送

南国抄　昭和三二年五月二八日　高松放送

新訓　庖丁　昭和三二年六月一七日　中部日本放送

名作アルバム　昭和三二年九月一二日　ラジオ東京

お吟　昭和三二年一一月　文化放送
ラジオスコープ　昭和三三年一月一五日　ＣＢＣ
テレビ成功の日　昭和三三年一月一五日　ＮＨＫ
流行作家について　昭和三三年三月二一日　ニッポン放送
運河　昭和三三年五月～七月　ＣＢＣ
こだま　昭和三三年七月　ＮＨＫ
平林たい子について　昭和三三年一〇月
現代の十字路　昭和三三年一二月三日　ニッポン放送
親鸞とその妻　昭和三四年五月二六日～七月一六日　50回　大阪中央放送
親鸞とその妻　昭和三四年六月　50回　京都ＮＨＫ
現代日本文学特集　昭和三四年八月一一日　ＮＨＫ
厭がらせの年齢　昭和三四年一一月一五日　ＮＨＫ
火野のこと　昭和三五年一月二七日　ＲＫＢ
火野のこと　昭和三五年一月二七日　毎日放送
娘　昭和三五年四月　ラジオ関東
明暗　昭和三五年八月　ラジオ関東
現代文学特集　昭和三五年九月一七日　ＮＨＫ
歴史　昭和三六年五月二日　ＮＨＫ
ラジオ　昭和三六年五月二三日　ＮＨＫ
ニュース　昭和三六年九月二七日　ニッポン放送
今朝の春　昭和三六年一〇月二三日　毎日放送
ラジオ　昭和三六年一〇月二九日　ラジオ関東
禁猟区　昭和三六年一二月二九日　ニッポン放送
横顔　昭和三七年三月　朝日放送
青春時代　昭和三七年六月一二日　ニッポン放送

＊「ヤングヤング」（午後一一時～）内で「作家の青春」として放送されたが、放送日未確認。

ラジオ　昭和三七年七月　ニッポン放送
ラジオ　昭和三七年八月　ニッポン放送
ラジオ　昭和三七年九月二九日　東京放送
宗教の心　昭和三七年一〇月七日　ＮＨＫ
今日のハイライト　昭和三七年一〇月一二日　ＴＢＳラジオ

＊午後七時～七時三〇分。出演未確認。

湯女　昭和三七年一二月　ニッポン放送
鎮花祭　昭和三八年四月三〇日　中部日本放送
現代の顔　昭和三八年七月一七日　東京放送
今朝の春　昭和三九年三月　毎日放送
女性専科　昭和三八年一〇月　東京放送
この人のすべて　昭和三九年九月　ニッポン放送
妻を語る　昭和三九年一二月　東京放送
正月　昭和四〇年一月四日　ＮＨＫ

＊「新春対談」か？

正月　昭和四〇年一月　ニッポン放送

＊「新春放談」か？

命なりけり　昭和四〇年七月　ニッポン放送　ハワイ
献身　昭和四〇年七月　ニッポン放送
わが家の音楽　昭和四〇年七月　ニッポン放送
日本文学案内　昭和四一年一月　ＮＨＫ
庖丁　昭和四一年一月　ニッポン放送
くらしの毎日　昭和四一年一月　ＮＨＫ
厭がらせの年齢　昭和四一年　中部日本放送

ラジオ　昭和四二年八月九日　東京放送
私の自慢わが家の自慢　昭和四二年九月　ニッポン放送
　＊毎週火曜　午前八時一六分〜三五分（出演未確認）
私の自慢わが家の自慢　昭和四三年一月　ニッポン放送
私の自慢わが家の自慢　昭和四三年四月　ニッポン放送
恋文　昭和四三年四月
新春　昭和四四年一月　ニッポン放送
　＊一月二日　年頭に思う（午前六時〜七時）か？
悔いなき煩悩　昭和四四年七月　ニッポン放送
庖丁　昭和四四年七月　ニッポン放送
ラジオ　昭和四五年二月五日　ニッポン放送
親鸞を語る　昭和四六年一月　NHK
ラジオ　昭和四八年一月三〇日　ニッポン放送
命なりけり　昭和四九年三月三日　ニッポン放送
正月　昭和五一年一月　NHK
恋文　昭和五二年四月　ニッポン放送
ラジオ　昭和五二年一一月一二日　ニッポン放送
朝の読書　昭和五三年三月一八日　ニッポン放送
名古屋　昭和五三年一一月一八日　NHK

Ⅳ　演劇

i　初演目録

闘魚（五幕）　昭和一六年一〇月　新橋演舞場
川村花菱脚色・演出。井上正夫一座・芸術座合同公演。井上正夫、水谷八重子、森律子、徳大寺伸ほか出演。
＊原作「闘魚」（朝日新聞　昭和一五年七月一三日〜一二月五日）。

勤皇届出　昭和一八年四月一〜一八日　国民劇場
森本薫脚色。岩田豊雄演出。文学座。三津田健、中村伸郎、杉村春子、田代信子、加原夏子ほか出演。
＊原作『勤王届出』（昭和一七年三月二〇日　大観堂）。原作にない女性役が創作される。

翼の決戦　昭和一九年二月二六日〜三月四日　宝塚大劇場
高木史郎構成。岡政雄作曲。雪組。春日野八千代、糸井しだれほか出演。
＊原作「いま一機」（日の出　一三巻四号　昭和一九年四月一日）。大劇場最終公演として開催される。なお宝塚大劇

場は「決戦非常措置令」により閉鎖された。

厭がらせの年齢　昭和二四年一月八～二三日　読売ホール
劇団新作座。新作座旗挙公演。
阿木翁助脚色。佐々木孝丸演出。柳永二郎、伊志井寛、北林谷栄、水木洋子、夏川静江ほか出演。
＊原作「厭がらせの年齢」（改造　二八巻二号　昭和二二年二月一日）。

怒濤　昭和二五年一二月
豊田四郎演出。八住利雄脚色。若山セツ子、杉村春子ほか出演。
＊原作「怒濤」（改造　二三巻一一号　昭和一六年六月一日）。

庖丁　昭和三〇年一二月六～二八日　新橋演舞場
中野実脚本・演出。伊志井寛、大矢市次郎、水谷八重子ほか出演。
＊原作「庖丁」（サンデー毎日　三三巻七～三三号　昭和二九年二月七日～七月一一日）。

菩提樹　昭和三八年七月二～二六日　明治座
榎本滋民脚本・演出。「水谷八重子特別公演」として上演。安井昌二、市川翠扇、四方晴美、水谷八重子、柳永二郎ほか出演。
＊「菩提樹」（週刊読売　一四巻三号～一五巻四号　昭和三〇年一月一六日～三一年一月二二日）。

顔（三幕）　昭和三八年一〇月一～二五日　明治座
榎本滋民脚本・演出。水谷八重子、柳永二郎、小柳修次ほか出演。
＊原作「顔」（毎日新聞　昭和三四年一月一日～三五年二月二三日）。

ii　初演不明

始末の一夜　全六景　河合劇団（大分逸見郡）
丹羽文雄原作。築洋子脚色。
＊昭和二二年一月三〇日作成の検閲台本がある。

男　全六場　河合劇団（大分逸見郡）
丹羽文雄原作。築洋子脚色。
＊昭和二二年三月二日作成の検閲台本がある。

iii　企画のみ

今年菊　昭和一九年三月　東宝劇団
＊原作「今年菊」（読売新聞　昭和一九年一月一日～三月五日）。連載中断のため中止。

Ⅴ　ビデオ・DVD・レコードほか

i　ビデオ

薔薇合戦　平成四年六月二一日　松竹ホームビデオ
SB-0191　三九一四円（税込）
VHS　モノクロ

水溜り　平成九年一二月一日　松竹ホームビデオ
SB-717V　三三九〇円
VHS　モノクロ　八八分

日本映画傑作全集　東京の女性　東映
TND-九五三八　九六〇〇円
VHS　モノクロ　八二分
＊昭和一四年公開。解説シート一枚を附す。
〔解説シート〕
　山根貞男「山根貞男のお楽しみゼミナール」／新聞広告
（昭和一四年一〇月二七日　東京日日新聞）

日本映画傑作全集　恋文　国際放映
TND-九七八一　九六〇〇円
VHS　モノクロ　九八分
＊昭和二八年公開。解説シート一枚を附す。
〔解説シート〕
　山根貞男「山根貞男のお楽しみゼミナール」／新聞広告
（昭和二八年一二月）

ii　DVD

新東宝映画傑作選　恋文
平成一五年一月二五日　国際放映株式会社
テック・コミュニケーションズ（販売）
TEC-01021　五〇四〇円（税込）
モノクロ　九八分　片面1層
リージョン2

飢える魂・完全版　平成一八年五月一二日　日活
DVN-124　五七七五円（税別）
モノクロ　一七六分　片面2層
＊高画質デジタル・ニューマスター版。特典として解説書
（20頁）を収録
〔収録〕飢える魂／続飢える魂

文學の唄　恋する日曜日　DVD-BOX
平成一九年九月五日　KIBF-472～5
全一三話　四枚組　三二五分　一〇〇〇〇円（税別）

カラーワイドスクリーン
〔収録〕
新居（DISC3　KIBF-474　七五分）
彼女の告白（DISC4　KIBF-475　七五分）

日本映画戦前・戦後傑作選　薔薇合戦
平成二一年一一月二六日　株式会社コアラブックス
SYK114S　二一〇〇円（税込）
モノクロ　九八分　スタンダードサイズ　片面1層

iii　レコード

東京どろんこオペラ　昭和二五年一一月　ビクター
VIC　V40507　竹山逸郎歌　丹羽文雄作詞
吉田正作曲

朝日ソノラマ　八二号　昭和四一年一〇月一日　朝日ソノラマ
＊ソノシート「《文学散策》　丹羽文雄」を附す。
〔収録〕
丹羽文雄の話（人生と宗教　若者への発言　文学を志す人たちへ―苦節20年）／自作朗読（「菩提樹」より）

現代作家自作朗読集　昭和四一年一一月二五日　朝日ソノラマ
＊ソノシートを附す。
〔収録〕
菩提樹より／命なりけりより

SP復刻による日本映画主題歌集（戦前編）3
平成七年九月三〇日　コロムビアミュージックエンタテインメント　COCA-12853
〔収録〕
二葉あき子　節子の唄／東宝映画「東京の女性」主題歌
淡谷のり子　処女の夢／東宝映画「東京の女性」主題歌

Ⅵ　映像資料・音声資料

ⅰ　映像資料

新春放談　丹羽文雄、舟橋聖一
昭和三二年一月二日　ＮＨＫアーカイブス

この人と語る　丹羽文雄
昭和四五年八月一五日　ＮＨＫアーカイブス
＊教養特集。

「人間・文学・宗教」（２）丹羽文雄
昭和四八年四月二四日　ＮＨＫアーカイブス
＊女性手帳。

わたしの自叙伝　丹羽文雄―母への愛憎
昭和五三年四月六日　ＮＨＫアーカイブス

芸術への招待　芥川賞五〇年　摸索する現代文学
昭和六〇年二月一五日　ＮＨＫアーカイブス
＊ＮＨＫ教養セミナー。

親鸞―愛欲の広海に沈没し
昭和六〇年三月一三日　ＮＨＫアーカイブス
＊歴史人物紀行。

この人・丹羽文雄ショー―健筆81歳
昭和六〇年七月四日　ＮＨＫアーカイブス

魂は老いず―作家・丹羽文雄　痴呆を生きる
平成一〇年四月二九日　ＮＨＫアーカイブス

あの人に会いたい―丹羽文雄
平成二二年二月九日　ＮＨＫアーカイブス

新東宝映画傑作選―恋文　ＴＢＳオンデマンド
平成二三年一月一日～一二月三一日配信
＊四二〇円（税込）で八日間視聴可能。

ⅱ　音声資料

随想三夜　平成三年四月三〇日　早稲田大学語研ＡＶ室　復刻
「早稲田の演劇と文学」坪内士行、丹羽文雄、石川達三、北条誠、司会・植木アナウンサー。
＊早稲田大学創立八〇周年記念特別番組第七夜記念座談会。一九六二年九月三日軽井沢にて収録。（日本放送　一八分）

六　参考文献目録

Ⅰ　単行本

i　研究書

浅見淵『現代作家研究』昭和一一年九月二五日　砂子屋書房
「鮎」を読んで／「海面」について

板垣直子『現代小説論』昭和一三年七月二五日　第一書房
デカダニズム文学の擡頭（丹羽文雄氏の情痴文学ほか）141-171頁

矢崎弾『文芸の日本的形成』昭和一六年二月二〇日　山雅房
人間への信頼　19-40頁（＊正宗白鳥との論争）／文化政策の現代における批評蓄積の根底　229-238頁（＊再会）／日本的再検　331-341頁（＊ある女の半生）

十返一『時代の作家』昭和一六年三月一八日　明石書房
丹羽文雄氏について　102-133頁／『時代の作家』後書―結論に代えて　247-262頁
→『十返肇著作集上』（昭和四四年五月二八日　講談社）

『展望・現代日本文学』昭和一六年三月二五日　修文館
山岸外史　丹羽文雄論　292-300頁
岩上順一　戦争文学の展望　397-420頁（＊還らぬ中隊）
池島重信　日本文学の新らしい方向　421-429頁

寺崎浩『旅人の歌』昭和一六年七月一五日　人文書院
丹羽文雄〔「鮎」覚書　269-276頁／丹羽文雄は人情家である　276-281頁／「妻の作品」について　281-283頁〕

板垣直子『事変化の文学』昭和一六年七月二五日　第一書房
支那事変による戦争文学　24-34頁／新興歴史文学　151-156頁／丹羽文雄氏の都会文学　172-176頁
＊「近代文芸評論叢書22」として日本図書センターから復刻版（平成四年三月二日）が刊行されている。

窪川鶴次郎『現代文学思潮』昭和一七年七月二〇日　三笠書房
新ギルド化傾向―『新風』『文学者』『文学界』の分立　83-84頁／女性描写の疑問―「巷の早春」と「娘」を読む　100-102頁／時代性の欠如　103-105頁／四つの作品―中山、丹羽、石川の作品　126-128頁／邪魔なお談義―丹羽文雄の「太宗寺附近」　154-156頁／戦争文学から何を学ぶか―創造と事実　240-243頁（＊還らぬ中隊）／目立つ作品　286-289頁（＊妻の作品）／時評の問題　301-303頁／人生の歩み　109-122頁（＊秋花）

岩上順一『新文学の想念』昭和一八年二月二〇日　昭森社
歴史形成の主体（＊実歴史）／芸術の倫理（＊勤王届出）／散文芸術の主体性

板垣直子『現代日本の戦争文学』昭和一八年五月一五日　第一書房
「還らぬ中隊」の中から　その一　59-64頁／「還らぬ中隊」の中から　その二　64-68頁／丹羽文雄の「海戦」その他　331-355頁
十返一『文学の生命』昭和一八年二月二〇日　肇書房
作家の批評意識　88-97頁／風俗小説論　109-122頁／自己確信の過程　188-204頁
伊藤整『戦争の文学』昭和一九年八月一五日　全国書房
第一部　戦争の文学　＊海戦
→『伊藤整全集15』（昭和四九年一月一五日　新潮社）
高山毅『戦後の文学』昭和二三年六月二〇日　史学社
新文学のために　3-20頁／主体の回復―一九四六年の文壇　29-54頁／小説とは何ぞや　94-107頁／戦後作家の復活　124-140頁／流行作家の印象　182-207頁
小田切秀雄『日本近代文学研究』
昭和二五年四月三〇日　東大協同組合出版部
丹羽文雄論〔Ⅰ　展望／Ⅱ　戦後／Ⅲ　丹羽文雄に／Ⅳ　問題の発展〕249-264頁
中村光夫『風俗小説論』昭和二五年六月二五日　河出書房
→『中村光夫全集』（昭和四七年三月二五日　筑摩書房）
十返肇『贋の季節』昭和二九年三月二五日　大日本雄弁会講談社
「肉体」の登場　69-80頁（＊丹羽の上京について）／流行作家　87-92頁／新旧文学の対立　130-137頁（＊「アルチザン」）／批評家失格　137-147頁（＊私は小説家である）／風俗と文学　147-154頁／新生活派の台頭　163-171頁／実験小説　210-218頁（＊遮断機、爛れた月、小説論、幸福への距離ほか）／センチメンタル・ヒューマニズムと小児病　218-229頁
→『十返肇著作集上』（昭和四四年五月二八日　講談社）
村松定孝『作家論シリーズ　丹羽文雄』昭和三二年七月二八日　東京ライフ社
丹羽文雄　序にかへて／緒言／評伝〔1　出生・家系／2　幼年時代／3　中学時代／4　上京・早稲田入学／5　国文科・同人雑誌／6　帰郷・僧侶生活／7　自己形成の季節／8　新進作家の頃／9　戦火の試練／10　戦後の作家活動〕／作品研究〔処女作「鮎」の出現／「贅肉」及び生母物の系譜／「愛慾の位置」の女性観／「厭がらせの年齢」と老醜／「哭壁」に現われた戦後の世代／「当世胸算用」の集団的リアリズム／「爬虫類」の真千子は私だ／「幸福への距離」の持つ実験小説の意味／「遮断機」と罪の意識／丹羽文雄の宗教思想について―「菩提樹」をめぐる問題〕／丹羽文雄年譜・参考文献／あとがき
『鑑賞と研究　現代日本文学講座7　小説7』昭和三七年二月二〇日　三省堂

村松定孝　作家・作品鑑賞の研究—丹羽文雄　鮎
丹羽文雄　118-119頁／鮎〔解題　119-120頁／本文（二・三章）121-128頁／鑑賞　128-132頁〕／祈りのための手段—私はこうして作家になった（文芸　一三巻七号　昭和三一年五月一日）313-315頁／資料解説（祈りのための手段）297-298頁／参考文献目録　354-356頁

十返肇『実感的文学論』昭和三八年一〇月一五日　河出書房新社
批評家の空転　7-28頁／文壇私闘時代　29-48頁／小説におけるモデルとは何か　49-67頁／流行作家論　85-101頁／〝性〟なるもの　185-200頁
↓『十返肇著作集上』（昭和四四年五月二八日　講談社）

松本鶴雄『丹羽文雄の世界』昭和四四年四月一六日　講談社
一章　日常からの逃亡と脱出—序に代えて／二章　非日常の視点—『蛾』を中心に／三章　家出のモティーフ—『有情』『母の日』『一路』を貫くもの／四章　悪人と善人—初期短編から『厭がらせの年齢』以後／五章　悪および悪人の誕生—『遮断機』と『爬虫類』の関係／六章　「書ける」というこの呪われた特権—『お人好し』の仮面？／七章　名作とこの文体から逃げたい事情—『鮎』『秋』／八章　〈社会性〉という出口へ—『勤皇届出』／九章　そして〈社会風俗〉にまみれて—『海戦』の功罪／十章　『風俗小説論』と丹羽リアリズム—『哭壁』その他の実験小説／十一章　父性的なものの逆説性—『青麦』と『有情』と／十二章　人間・この救われざるもの—宗教三部作・『青麦』『菩提樹』『一路』の位置／十三章　「ここからかしこへ」の決断—『菩提樹』と『一路』／十四章　善悪の彼方に—『一路』の三吉／十五章　背信の日々からの遁走—『日日の背信』と『顔』／十六章　文学にとっての妙好人とは何か？—『お吟』の世界／十七章　永遠なるユダ—宗教と文学の矛盾／十八章　絶対悪（業）への可能性—まとめにかえて／丹羽文雄略年譜／あとがき

小泉譲編『丹羽文雄・人生と文学に関する211章』昭和四四年一〇月三〇日　東京出版センター
一　文学的断章／二　人生的断章／三　小説相談

中野恵海『近代文学と宗教—丹羽文雄と親鸞など』昭和四七年一二月一〇日　桜楓社
丹羽文雄と親鸞　1-106頁〔一　小説「青麦」まで／二　小説「青麦」論／三　「青麦」以後、「有情」まで／四　「一路」とその後〕／丹羽文雄の母　107-119頁／丹羽文雄年譜　196-200頁
＊なお他に「外村繁論」「椎名麟三論」「遠藤周作論」を収録する。

大河内昭爾編『小説家の中の宗教—丹羽文雄宗教語録』昭和五〇年一〇月二五日　桜楓社
随筆抄／小説抄／菩提樹（テレビ台本）／大河内昭爾「一路覚書—解説にかえて」／大河内昭爾「あとがき」

小泉譲『評伝　丹羽文雄』昭和五二年一二月二六日　講談社
1　鵜の森／2　稲門／3　火の華／4　菜の花／5　愛憎／6　華麗なる出発／7　光と影／8　戦争と文学／9　文学的昏乱と絶望／付記
＊『丹羽文雄文学全集』月報1～28に連載。

加藤一郎『文壇資料　戦後・有楽町界隈』昭和五三年七月三〇日　講談社
はじめに／第一章　戦後はカストリ焼酎から始まる／第二章　雑誌復刊ブームの中で／第三章　ラク町から生まれた傑作「肉体の門」／第四章　小説と対決／第五章　早慶同士の十五日会／第六章　十五日会をかき回した男／第七章　忍耐は才能／第八章　小説を書きつづける男／第九章　常識と非常識／第一〇章　作家も生活を／第一一章　作家は編集者になるな／第一二章　朝鮮で育った作家たち／第一三章　戦火の洗礼／第一四章　文学修業転々／第一五章　「流れ」に沿って／第一六章　作家を誘惑するもの／第一七章　孤独な批評家／第一八章　人生似幻家／第一九章　書けない理由／第二〇章　人生に賭ける／第二一章　堕落との関係／第二二章　実生活と芸術／おわりに／主要参考文献

永田眞理『大作家は盗作家（?）』昭和五六年二月二五日　こう書房
5　歴史小説における史実利用の功罪　68-90頁
〔森鷗外の「大塩平八郎」にみる歴史書と歴史小説との違い／史実と違う？　鷗外の「平八郎」像／直木賞作家どうしの見解の相違と、その真相／認知されない「発見権」／波紋を呼んだ大作家の二つの文章／丹羽文雄における〝無断引用〟の論理〕
8　引用の方法　128-148頁
〔山口瞳から間引引用を指摘された臼井吉見の「事故のてんまつ」／「引用」を拡大解釈しすぎた？　丹羽文雄／興醒めする学者式引用の多用／原著作者の許諾の必要性〕

中村八朗『文壇資料　十五日会と「文学者」』昭和五六年一月二五日　講談社
第一章　青春との再会／第二章　十五日会発足／第三章　「文学者」発刊／第四章　十日会というグループ／第五章　丹羽部屋の人々／第六章　リッツからモナミ時代／第七章　第二次「文学者」／第八章　かくして終刊／「文学者」目次〔一号（昭和二五年七月）～一〇〇号（三六年四月）・一五〇号・二〇〇号・二五六号（終刊号）〕／あとがき

福島保夫『柘榴の木の下で―私の中の丹羽文雄』昭和六〇年一一月一五日　栄光出版社
淀橋区下落合二ノ六一七／同行者／先生の書斎にて／五本の指／発禁本の話／血染めの防暑服／小説「海戦」のノートと鉛筆／なき数にいる……／新聞小説について／〝決戦非常措置要綱〟の頃／〝全集物二タ組〟／疎開先からの二通／丹羽文雄文学記念館／考えることをやめない／小貝村字竹内訪問／アメリカの姉／家探し／文芸誌「新風」のこと／小説「篠竹」のこと／東京へ／武蔵野町西窪二七四／今昔・三鷹駅附

近／小説「鬼子母神界隈」／二・一スト前後／二枚の写真／海ゆかば／はなむけの一冊／公職追放のこと／書斎開き／先生とダンス／陸橋の上の太宰治／盲腸炎／ブギウギと黒いソフト帽／真夜中の背広／渓流の宿／温泉場の仕事部屋／「風俗小説論争」／一枚の招待状／武蔵野市西窪一の三一一の大きな家／小説「遮断機」を超えて／住み残しの家／池の鯉／〝恋文横丁〟のこと／歎異抄第三節／柘榴の木の下で／麦僊の〝湯女〟／一匹狼／大きなオムレツ／背中のペンだこ／文化勲章受賞《ママ》／参考資料一覧／あとがき

福島保夫『書肆「新生社」史』平成六年一二月二〇日　武蔵野書房

Ⅰ　邂逅〔一　茉莉花／二　歳月の流れのなかに―野口冨士男「感触的昭和文壇史」／三　日比谷公園の拍手どよめき〕／Ⅱ　想い出の作家〔一　大魚を逸す―梅崎春生「桜島」／二　枚数の足りなかった原稿―疎開時代の宇野浩二／三　三枚の葉書―太宰治のこと／四　水風呂―坂口安吾のこと／五　鬼子母神―平林たい子のこと／六　銀座難波橋―花森安治のこと／七　他生の縁―田宮虎彦のこと／八　残影―尾崎士郎の文学碑に寄せて／九　カラー頁「五十年後の東京」―広津和郎のこと〕／Ⅲ　書肆「新生社」と、その編集者たち〔国府津会談／東奔西走／凱旋門／吉野村詣で／相手のいない接吻／「新生社」句会／風に舞う「新生」／焼跡の殿堂〕／Ⅳ　「新生」出版略年譜（福島鋳郎）／あとがき

上坂高生・中村八朗『有馬頼義と丹羽文雄の周辺―「石の会」と「文学者」』平成七年六月二三日　武蔵野書房

上坂高生・中村八朗　丹羽文雄と「文学者」の人びと
195―266頁

福島保夫『うゐのおくやま―続・私の中の丹羽文雄』平成一一年八月三一日　武蔵野書房

Ⅰ　うゐのおくやま―続・私の中の丹羽文雄〔一　事件の顚末―小説『蓮如』の場合／二　欠落した評伝（新富町相馬ビルアパート／疎外された理由）／三　うゐのおくやま〕／Ⅱ　想い出の作家〔一　落花の道―若月彰氏のこと／二　二葉の写真―田村泰次郎氏のこと／三　梅ヶ丘の坂道―阿部知二氏のこと〕／福島保夫略年譜／福島成子　あとがき

東京都近代文学博物館編『丹羽文雄と「文学者」』平成一一年九月九日　東京都近代文学博物館

東京都近代文学博物館　「丹羽文雄と『文学者』」展の開催にあたって／保正昌夫　開催にあたって／紅野敏郎　文壇登場のころ／河野多恵子　師恩半世紀／青山光二　海軍報道班員の前後／瀬戸内寂聴　「文学者」と丹羽先生／松本鶴雄　「風俗小説論争」のころ／竹西寛子　慈光をもって／大河内昭爾　「親鸞」「蓮如」の時代／吉村昭　先生の鼻息／石川利光　創刊前後のこと／丹羽文雄　終止符の感慨／津村節子　「文学者」と私／秋山駿　「文学者」育ち／無記名　丹羽文雄著作年譜／大河内昭爾・津村節子・吉村昭　丹羽文雄と「文学者」

清水邦行『私家版　丹羽家での断章（その一）―思いつくまま』平成一二年三月九日　清水邦行（印刷　共友印刷）

＊二〇部限定。私家版。非売品。

変な弟子／読書指導／笑顔／名付け親／巨大な田舎っぺ／狎れる／中村八朗さん／丹羽家の餅／木戸御免／お世辞と盆暮の挨拶／万年筆／小泉譲さん／味覚／関西訛／材料／文体／小説の題名／実験小説／福島保夫さん／福島さんの『柘榴の木の下で』／丹羽家の月旦／趣味／友／性急／長袖育ち／大悲／味覚（二）／筋肉／永井龍男全集／句と歌と／お世辞／鳥の行水／趣味（二）／先生の手紙／文化勲章の日

四日市市立博物館編『「ひと我を非情の作家と呼ぶ」文豪丹羽文雄　その人と文学』平成一三年二月二二日　四日市市立博物館

四日市市立博物館・四日市市立図書館・四日市市教育委員会文化課　開催にあたって／ひと我を非情の作家と呼ぶ（抜粋）／父と母、そして生い立ち〔作品で綴る軌跡一　母について／作品で綴る軌跡二　小学生の頃／作品で綴る軌跡三　富田中学での作文の時間／作品で綴る軌跡四　早稲田に入学〕／『鮎』でデビュー、文壇へ。〔作品で綴る軌跡五　「鮎」で上京／作品鑑賞一　「鮎」／作品鑑賞二　「海戦」／作品で綴る軌跡六　発禁処分を受ける〕／戦後、次々と話題作を発表。〔作品鑑賞三　「鬼子母神界隈」／作品鑑賞四　「厭がらせの年齢」／作品鑑賞五　「幸福への距離」／作品鑑賞六　「遮断機」〕／丹羽文学の完成、『親鸞』『蓮如』。〔作品鑑賞七　「青麦」／作品鑑賞八　「菩提樹」／作品鑑賞九　「親鸞」／作品鑑賞十　「蓮如」〕／ゴルフと「文学者」、多くの仲間たち。〔作品で綴る軌跡七　「文学者」について／作品で綴る軌跡八　文芸美術国民健康保険組合の結成／作品で綴る軌跡九　文学者の墓の建立／作品で綴る軌跡十　ゴルフの虫　エイジ・シュート達成〕／愛憎の美術品。／特別公開「うたがひ」〔丹羽文雄　うたがひ／秦昌弘　翻刻に際して〕／特別公開「對《ママ》人間」〔丹羽文雄　對《ママ》人間／秦昌弘　解説〕／丹羽文雄年表

清水邦行『私家版　丹羽家での断章　その二（結）―思いつくまま』平成一八年四月二四日　清水邦行

＊二〇部限定。私家版。非売品。

承前（文化勲章）／年譜／叱言／借金／鼻歌／大悲／梅の実落し／素直と善意／占い／チャンバラとゴルフ／病名／句碑建立／名誉市民／一日一枚／「龍」の会／白猫／NHK「作家丹羽文雄　痴呆を生きる」／髭／訃報

大河内昭爾『追悼丹羽文雄　季刊文科コレクション』平成一八年四月二五日　鳥影社

Ⅰ　追悼丹羽文雄〔おおらかな多産の作家／丹羽文雄氏を悼む／丹羽文雄さんを悼む／『一路』をめぐって／丹羽文学の宗教性／弔辞〕／Ⅱ　丹羽文雄断章　〈横超〉のイメージ『一路』覚書き／丹羽文雄―『人生作法』／『佛にひかれて』／丹羽文雄―昭和作家研究法／丹羽文雄と親鸞／「親鸞」／丹羽文雄の『蓮如』／『親鸞』『蓮如』の時代／丹羽文雄「鮎」をめぐって／陰翳にとんだ人生ドラマ　「中華料理店」〕／Ⅲ　テレビ台本『菩提樹』〔「菩提樹」の舞台／あとが

き〕

濱川勝彦・半田美永・秦昌弘・尾西康光編『学術叢書　丹羽文雄と田村泰次郎』平成一八年一〇月二五日　学術出版会（日本図書センター発売）

半田美永　序にかえて・丹羽文雄と田村泰次郎―作品の深層としての故郷　1―6頁

Ⅰ　丹羽文雄論　15―177頁

1　高橋昌子　遡源の回避―丹羽文雄初期作品の構造

2　水川布美子　丹羽文雄「勤皇届出」試論

3　岡本和宜　丹羽文雄「蛇と鳩」論―新興宗教と救済

4　半田美永　丹羽文雄『青麦』私論―人生のまん中にいるをめぐって

5　三品理絵　丹羽文雄のミニマリズム―戦後の丹羽作品とヘミングウェイ

6　濱川勝彦　丹羽文雄『親鸞』における二つの問題―六角堂参籠と悪人正機

7　衣斐弘行　丹羽文雄試論―その寺族史と宗教観からの視点

8　竹添敦子　『文学者』時代の瀬戸内晴美

Ⅲ　資料

岡本和宜　丹羽文雄研究史　351―365頁

秦昌弘　丹羽文雄年譜　375―385頁

四日市大学・四日市研究会『四日市学講座№1　ふるさと　四日市の文学者たち（四日市・北勢地域の文化）』平成一九年三月三一日　四日市大学・四日市研究会

河崎亜洲夫　はじめに

宗村南男　ご挨拶―暁学園と丹羽文雄先生・田村泰次郎先生

河崎亜洲夫　シンポジウム'07『ふるさと・四日市の文学者たち』

永井博　丹羽文雄における〈故郷〉―母・父・四日市

秦昌弘　田村泰次郎の復員

永井博・秦昌弘　対談―ふるさと・四日市の文学者たち

配布資料

三苫浩輔『物語文学の伝承と展開』平成一九年一〇月一〇日　おうふう

丹羽文雄菩提樹の国津罪物語を読む　153―256頁

一　国津罪の小説／二　先代住職未亡人みね代と養子宗珠の通婚／三　宗珠の結婚／四　蓮子の家出と宗珠の罪意識／五　宗珠のみね代拒否／六　宗珠の再生の願い／七　小宮山朝子妾家の二階／八　朝子に告白／九　密会／十　檀家会議／十一　檀家会議のあとのみね代／十二　朝子の別れ話／十三　宗珠の決断／十四　再生

栗原裕一郎『〈盗作〉の文学史―市場・メディア・著作権』平成二〇年六月三〇日　新曜社

第三章　オリジナルという〝データ〟　163―231頁

1　超訳という創作方法―大藪春彦「街が眠る時」『火制地帯』／三好徹『乾いた季節』／2　すべての文章はデータでしかない？―山崎豊子「花宴」『不毛地帯』『大地の子』

／中川与一『天の夕顔』／丹羽文雄「親鸞の再発見」『蓮如』

ii　回想、介護に関するもの

丹羽綾子『丹羽家のおもてなし家庭料理』昭和五四年四月二〇日　講談社
中村汀女　丹羽家の卓／丹羽文雄　妻の料理／丹羽綾子　私のお正月料理／丹羽綾子　私のおそうざい12ヶ月／私のおもてなし料理（鶏のから揚げと春雨のスープ（丹羽文雄　丹羽綾子　瀬戸内晴美）／うどん鍋といかの納豆あえ（丹羽文雄　丹羽綾子　吉村昭）／沖縄風豚肉の角煮とつくね揚げ（丹羽文雄　丹羽綾子　河野多恵子）／すきやき風牛肉の酒煮（丹羽文雄　丹羽綾子　近藤啓太郎）／ちらしずしとほうずき揚げ（丹羽文雄　丹羽綾子　津村節子）／ビーフストロガノフと山ゆりの花の煎り煮（丹羽文雄　丹羽綾子　十返千鶴子）／鶏肉の酒蒸しとひろうす（丹羽文雄　丹羽綾子　新田次郎）／ミートローフと冷たいスープ（丹羽文雄　丹羽綾子　芝木好子）／揚げシューマイと夏野菜のいため煮（丹羽文雄　丹羽綾子　服部良一　服部万里子）／鶏肉のごま揚げとみょうがのつくね椀（丹羽文雄　丹羽綾子　水上勉）／おでんとごま豆腐（丹羽文雄　丹羽綾子　中村汀女）／酢豚と中華風サラダ（丹羽文雄　丹羽綾子　澤野久雄　澤野秀））
＊「丹羽家のおもてなし料理」ウーマン　七巻一～一二号　昭和五二年一月一日～一二月一日
丹羽綾子『夫婦の年季』昭和六〇年九月七日　海竜社
夫婦の年季（お顧客一人の愛情床屋／夫の椅子・妻の椅子／出発は六畳一間のアパート／夫の役割妻の役割／もの書く人に嫁いだからには……／「おい、題を考えろ」／夫の〝面会日〟は私のときめきの日／夫の帰らぬ日には……）／老いを愉しむ（まだ年をとっていない／現役の幸せ／晩酌ごっこ／五十年、昼寝知らず／俳句の愉しみ書の夢／山の奥の〝ミツコ〟／年とともにおしゃれの華やぎ）／祖母の女大学（祖母の贈りもの／ないしょのダンス狂／お客好きは祖母譲り／人魚のさわってきたイワシ／おばあちゃん子は三文の得）／ひとの喜びは私の喜び（私の宗派は感謝教／もっと大切にしてあげたかった／青い目の嫁ベアテ／わたしのボーイフレンド／友はよきかな／わたし流プレゼント／リリアン、いいですね／楽観的人づき合いの心得／綾子の人生相談所）／台所はわたしの領分（ままごとの延長なりと瓜刻む／漬けものの四季／煮物の年季／なければないで知恵は湧く／アルマイトの鍋、二十年、おろし金五十年）／丹羽家の食卓（丹羽家の正月料理／わが家の健康常備菜／私の発明料理／味覚は育ちの味／休胃日の献立）／魔法の秘密は冷蔵庫（お得意ちらしずし／私流、簡単料理アイデア料理／秘密は冷蔵庫の中の〝素〟／台所に捨てるものなし）／娘に伝える味の年季（ご自慢おふくろの味／〝玉ねぎのリング揚げ〟できますか？／舌先三寸味の勘／女三代、台所繁盛記）／あとがき
本田桂子『父・丹羽文雄介護の日々』平成九年六月七日　中央公論社

プロローグ／発病　悶々とした日々／母の発病　地獄の日々／父の悪化　修羅の日々／安寧　穏やかな介護の日々／常楽　仏さまのようになった父／父と母　父と娘／母と娘　母と息子／母　その悲しいボケ方／父と母の今／私たちの章／静かなる終焉に向けて／私たちの老後／本田隆男　付記／あとがき

＊帯に瀬戸内寂聴「救いと愛の手記」。

本田桂子『父・丹羽文雄老いの食卓』平成一二年一一月一日　主婦の友社

父の好きな味は、幸せの記憶／父・丹羽文雄　四季の食卓〔春の食卓（春の食卓　ちらしずし／たけのこごはん献立／たけのこのひろうす／味つきかき揚げ三種／春の香りの小さなおかず／丹羽家のちらしずし／ほたてとアボガドのわさびじょうゆあえ／ほたて茶漬け／和風ステーキ献立／卵のおかず）／夏の食卓（夏の食卓　スパゲッティ・ボンゴレ／トマトのおかず／そうめんのコンソメゼリーのせ／冬瓜の冷製スープ／とろろごはん／枝豆とひじきのごはん献立／とうもろこしのかき揚げ／枝豆ののりあえ／冷ややっこ三種／私のぬか床／とっておきの人気料理／揚げなすのピリ辛だれ／中華風・春雨サラダ／卵チャーハンのレタス包み／にんにくのしそ巻き揚げ／あじのたたき／うなぎの柳川もどき／サーディンの香り焼き丼／スパッゲッティ・ボンゴレ／鶏のから揚げと卵スープ／蒸し鶏としらがねぎのつけめん風／豚薄切り肉と青じそのカツレツ）／秋の食卓（秋の食卓　まつたけごはん・栗ごはん／まつたけごはん献立／栗おこわ献立／いなりずしと太巻きずし／精進揚げ／秋刀魚の塩焼き献立／わが家の自慢料理／タンシチュー／ごはん入りハンバーグ／小さなおかず）／冬の食卓（冬の食卓　郷里のたがね餅のお雑煮／煮トンカツ献立／花野菜とあわびの中華風あんかけ／鮭のにんにくソテー／鶏ひき肉のすき焼き／昔風・カレー／ビーフストロガノフ・桂子風／ミートローフ／丹羽家の雑煮／肉だんごのもち米蒸し／筑前煮／豚肉の角煮／丹羽風・はりはりなべ）〕／父の朝食／父の好物／父の愛用品／老い、そして介護について思うこと

＊なお個々のメニューについては割愛した。

本田桂子『娘から父・丹羽文雄へ贈る　朗らか介護日記』平成一三年一一月一〇日　朝日新聞社

はじめに／第一章　父にも介護保険がやってきた　二〇〇〇年春／第二章　感謝教の教祖さま　二〇〇〇年夏／第三章　決断のとき　二〇〇〇年秋　冬／第四章　最後まで親を愛するために　二〇〇一年春／第五章　亡き妻・桂子（本田隆男）／講演録《父・丹羽文雄　介護の日々》／中村聡樹　あとがきにかえて

iii　ゴルフに関するもの

田中義久『ゴルフと日本人』平成四年五月二〇日　岩波書店

Ⅱ　現代日本のゴルフ　91-118頁

1　大衆社会化と第一次ブーム（全国的な人気／第一次～

第三次ブーム／丹羽文雄、大橋巨泉、そして…／カナダ・カップでの日本優勝／中村寅吉と林由郎／パーマー、ニクラウスと／努力家、三好徳行／飛行線の強調／戸田、宮本、石井の練習／「思い切って振れ！」／障害に打ち勝つ精神力／大衆化を促したもの）

古山高麗雄『袖すりあうも』平成五年一二月一〇日　小澤書店

Ⅲ　丹羽学校とゴルフ好きの作家たち　213-356頁

1　（今年米寿の校長／校長との出会い／入校の条件／生みの親／開校時の生徒／私が始めたころ／バンカーで25叩いても／新入生が相次いだころ／修学旅行の追憶／年々歳々の寂しさ／希望の星／呼び捨てのできない友／先輩との付き合い／校長に教えられたこと／石坂ＰＴＡ会長／楽しむためには金を使うが／冗談と事実誤認／すべて性格の表現／我以外皆我師／学校がＣＭになったころ／校長のエージシュート／それぞれのセオリイ）／2　（今年の軽井沢ゴルフ／去年は優勝、今年はメーカー／若手でもない／今年は校長不在の開校／人と会えるのが楽しみ／ゴルフで憶えた誕生日／急に普通になった／見習うべき先輩／石川塾もあった／劣等生の世界／良い横山と悪い横山／丹羽校長と大岡昇平氏／遊びもハンパじゃない人／憶えないものの蓄積／いいなと思うクラブ／多彩な自由が取りえ／ガムはやめなさい／鳥になってみませんか／観るということ／ゴルフも人なり／ちょっといいニュース／パートナーに恵まれて／当たるも八卦、当たらぬも／フェアウェイで考えること）／3　（寂しくなった学校／ビールが飲めるスポーツ／知人と会える場／セオリーのないゴルファー／老いの心情／ものを思いながらの遊び／風が吹けば流人生／日本人論の素材／マルもバッテンもつけない／害多くして益少なきもの／見かけは見かけ／読者がつくるイメージ／作家にはヘボが似合う／早飯世代／坂口安吾とゴルフ）

大久保房男『文士のゴルフ　丹羽学校三十三年の歴史に沿って』平成一二年一〇月二四日　展望社

戦前の文士ゴルファー／丹羽文雄ゴルフを始める／丹羽学校の誕生／ゴルフの陥穽に落ちた私／丹羽学校事務局の設立／発足当初の丹羽学校／丹羽学校とＰＧＡの合同競技／文化人のゴルフの会（青蕃会／ＰＧＡ）／青蕃会やＰＧＡの文士ゴルファー／その他の文化人ゴルフ会（Ｇ・Ｇ会／まあでし会／五五会／球々会／吹き溜りの会／石川学校／丹羽学校水上分校／粗大ごみの会）／丹羽学校の三羽烏／富田常雄生徒逝去す／丹羽学校の曲り角／修学旅行／ホール・イン・ワン／創立十周年記念祝賀会／丹羽学校の変化／創立者柴錬さん逝去／学校のゴタゴタ／アマチュア資格を重んじた校長／丹羽校長傘寿にして見え始めた老い／丹羽学校の閉口／あとがき

三好徹『文壇ゴルフ覚え書』平成二〇年九月一〇日　集英社

文壇ゴルフ覚え書（ゴルフことはじめ／作家魂というもの／文壇ゴルフの新兵／丹羽学校の先輩たち／よき時代の仲間／四月は残酷な月／追憶の文壇ゴルファーたち／「文壇」という垣根／ゴルフの効用／未ダ覚メズ長打一位ノ夢／「他殺クラブ」のこと／文壇のエイジ・シューター／セント・アンド

リュース体験記／文壇ゴルファーの群像／文壇ゴルフの入会資格―技術拙劣、品性高潔／ゴルフの取持つ縁／文壇ゴルフの現況／想い出すこと／グリーン上の文士たち（写真）／文壇ゴルフの総帥　丹羽文雄／挑戦　サラゼンとの幸福な半日／あとがき

iv　文壇回想・文学史ほか

杉山平助『文芸五十年』昭和一七年一一月二〇日　鱒書房

林房雄『文学的回想』昭和三〇年二月二八日　新潮社

↓『林房雄評論集2』（昭和四八年二月二八日　浪漫）

村松定孝『近代文学の系譜下』昭和三〇年三月一五日　寿星社

↓『近代日本文学の系譜』（昭和三一年一〇月三〇日　社会思想研究会出版部　教養文庫）

十返肇『文壇風物誌』昭和三〇年六月一〇日　三笠書房

十返肇『筆一本』昭和三一年一月一五日　鱒書房

荒正人・久保田正文・佐々木基一・平野謙・本多秋五・山室静『昭和文学史』上下　昭和三一年一二月三〇日　角川書店

高見順『昭和文学盛衰史』昭和三三年三月二〇日　文芸春秋新社

巌谷大四『非常時日本文壇史』昭和三三年九月二〇日　中央公論社

高見順『昭和文学盛衰史2』昭和三三年一一月一〇日　文芸春秋新社

＊「文学界」昭和二七年八月一日〜三二年一二月一日

↓『昭和文学盛衰史』（昭和四二年八月二〇日　角川文庫）

『昭和文学盛衰史』（昭和六二年八月一〇日　文春文庫）

『高見順全集15』（昭和四七年一〇月三一日　勁草書房）

平野謙　昭和文学史『現代日本文学全集別巻1』昭和三四年四月二〇日　筑摩書房

↓『昭和文学史』（昭和三八年一二月　筑摩書房）

『平野謙全集3』（昭和五〇年六月二五日　新潮社）

新井鉱一郎『物語日本近代文学史』昭和三四年一〇月三一日　新読書社出版部　＊「丹羽文雄」217-223頁

麻生磯次・市古貞次・五味智英・長谷川泉・小高敏郎『日本文学史の指導と実際』昭和三五年七月一〇日　明治書院

徳川夢声『夢声戦争日記』全五巻　昭和三五年七～一一月　中央公論社

木村八朗『日本海軍2決戦篇』昭和三六年九月　河出書房新社

今井潤『三等常務理事』昭和三六年九月一五日　社会保険法規研究会　＊文芸美術保険組合について

十返肇『けちん坊』昭和三七年八月一日　文芸春秋新社

↓『十返肇著作集上』（昭和四四年五月二八日　講談社）

十返肇『文壇放浪記』昭和三七年一〇月一〇日　角川書店

↓『十返肇著作集上』（昭和四四年五月二八日　講談社）

田村泰次郎『わが文壇青春記』昭和三八年三月二〇日　新潮社

巌谷大四『戦後・日本文壇史』昭和三九年二月一〇日　朝日新聞社

久松潜一『改訂新版日本文学史　近代』昭和三九年六月一五日　至文堂

成瀬正勝『昭和文学十四講』昭和四一年一月二〇日　右文書院

和田芳恵『ひとつの文壇史』昭和四二年七月二五日　新潮社
→『和田芳恵全集』（昭和五四年五月二三日　河出書房新社）
『ひとつの文壇史』（平成二〇年六月　講談社文芸文庫）
浅見淵『昭和文壇側面史』昭和四三年二月二四日　講談社
→『浅見淵全集2』（昭和四九年一〇月一五日　河出書房新社）
『昭和文壇側面史』（平成八年三月一〇日　講談社文芸文庫）
中村光夫『日本の現代小説』昭和四三年四月二七日　岩波書店
→『中村光夫全集11』（昭和四八年三月三〇日　筑摩書房）
巖谷大四『私版昭和文壇史』昭和四三年一一月二〇日　虎見書房
保高みさ子『花日の森―小説文芸首都』昭和四六年六月一五日　立風書房
久松潜一『新版日本文学史7近代Ⅱ』昭和四六年九月五日　至文堂
源氏鶏太『わが文壇的自叙伝』昭和五〇年一一月二五日　集英社
尾崎一雄『あの日・この日』上下　昭和五〇年一月二四日　講談社
→『あの日・この日』（昭和五三年七月一五日～一〇月一五日　講談社文庫　全4巻）
『尾崎一雄全集14』（昭和六〇年三月三〇日　筑摩書房）
小田切秀雄『現代文学史』上下　昭和五〇年一二月五日　集英社
水島治男『改造社の時代』昭和五一年五月二五日　図書出版社
奥野健男『現代文学風土記』昭和五一年一一月二五日　集英社
平野謙『昭和文学私論』昭和五二年三月二〇日　毎日新聞社
中島健蔵『回想の文学』全5巻　昭和五二年五月二五日～一一月二五日　平凡社
巖谷大四『瓦版　昭和文壇史』昭和五三年五月二〇日　時事通信社
松原新一・磯田光一・秋山駿『増補改訂　戦後日本文学史・年表』昭和五三年八月二二日　講談社
市古貞次ほか『日本文学全史6現代』昭和五三年一一月一日　學燈社
中島健蔵『回想の戦後文学』昭和五四年一二月七日　平凡社
巖谷大四『瓦版　戦後文壇史』昭和五五年五月二〇日　時事通信社
尾崎一雄『続あの日・この日』昭和五七年九月二〇日　講談社
＊群像　昭和五三年一月～五五年七月
→『尾崎一雄全集15』（昭和六一年一月三〇日　筑摩書房）
薬師寺章明『文学外道―小説と課題』昭和五八年六月三〇日　未来工房
丹羽綾子『この歳月』昭和六一年一月二〇日　中央公論社
成瀬露子『一人書房』昭和六二年二月二八日　成瀬書房
大久保房男『文芸編集者はかく考える』昭和六三年四月一五日　三笠書房
ドナルド・キーン『日本文学史　近代・現代篇5』平成元年一二月七日　中央公論社
吉村昭『私の文学漂流』平成四年一一月一〇日　新潮社
→『私の文学漂流』（平成七年四月一日　新潮文庫）

大村彦次郎『文壇うたかた物語』平成七年五月二五日　筑摩書房
→『文壇うたかた物語』（平成一九年一〇月一〇日　ちくま文庫）
桜本富雄『日本文学報国会』平成七年六月一日　青木書店
時代別日本文学史事典編集委員会『時代別日本文学史事典　現代編』平成九年五月二〇日　東京堂出版
大村彦次郎『文壇栄華物語』平成一〇年一二月五日　筑摩書房
→『文壇栄華物語』（平成二二年一〇月一〇日　ちくま文庫）
大村彦次郎『文壇挽歌物語』平成一三年五月一五日　筑摩書房
川西政明『昭和文学史』全3巻　平成一三年七月六日　講談社
大村彦次郎『ある文芸編集者の一生』平成一四年九月二五日　筑摩書房
青山光二『食べない人』平成一八年五月二五日　筑摩書房
吉野孝雄『文学報国会の時代』平成二〇年二月二九日　河出書房新社
津村節子『ふたり旅　生きてきた証として』平成二〇年七月二五日　岩波書店
＊「私の文学的歩み」（津村節子自選作品集1〜6　岩波書店）。

Ⅱ　雑誌特集

i　作家・作品特集

「文芸首都」4巻6号　昭和一一年六月一日
谷崎潤一郎と丹羽文雄
平林彪吾　谷崎氏の芸術と丹羽氏の芸術　87-94頁
高見順　楽しいと楽しくないと　94-97頁
所武雄　愛欲の常態と異常　97-101頁
渋川驍　女性観の対立　102-105頁

「新潮」40年5号　昭和一八年五月一日
第六回新潮社文芸賞受賞作品決定第一部文芸賞
川端康成　第一部（文芸賞）について　116頁
→『川端康成全集34』（昭和五七年一二月二〇日　新潮社）
豊島与志雄　第一部（文芸賞）について　116-117頁
佐藤春夫　第一部（文芸賞）について　116頁
→『定本佐藤春夫全集34』（平成五七年一二月二〇日　臨川書店）
＊他に久保田万太郎、室生犀星、加藤武夫の選評があるが、丹羽に触れず。

「サロン」4巻7号　昭和二四年八月一日　＊日本敗れたり
石川達三　丹羽君の近作　14頁
清水幾太郎　待たれる続篇　14頁
鈴木文史朗　骨も肉もある貴重な文献　14-15頁
中田威夫　明日への糧　15頁
村岡花子　歴史的時間の真相　15頁
山川圭子　あゝ　この感動　15頁

「サロン」4巻8号　昭和二四年九月一日　＊日本敗れたり
古谷綱武　抑え難い興奮　1頁
横山泰三　その同じ時刻に　1頁
大谷友右衛門　事実の強烈さ　1頁
鈴木一　史実に描かれた歴史　1頁
東郷エヂ　始めて知った真実　1頁
中村孔正　店全体を「サロンデー」　2頁
馬場保　前例のない売行　2頁
原幸策　サロン旋風　2頁
船坂栄太郎　何十年振りの快心事　2頁
松島三郎　表紙の破れたのまで売れた　2頁
水野貞次　お客様へ断るので一苦心　2頁

「文芸往来」3巻8号　昭和二四年九月一日
丹羽文雄―作家解剖室
徳永直　丹羽君へ　24-26頁
藤原審爾　丹羽文雄についての感想　26-28頁
平野謙　「告白」をめぐって　28-31頁
↓『平野謙全集8』（昭和五〇年四月二五日　新潮社）
保田要三　丹羽文雄氏に就いて・逃避の態度　31-32頁
丹羽文雄　私の言ひ分―作家解剖室　33-35頁
丹羽文雄　私と紋多―文学的自叙伝に代へて　82-85頁

「サロン」4巻9号　昭和二四年一〇月一日　＊日本敗れたり
無記名　本誌を飾る花形作家　13頁
新居格　丹羽文雄「日本敗れたり」　15頁

「別冊文芸春秋」29号　昭和二七年八月二五日
五万枚の小説を書いた男―丹羽文雄の人と作品
浦松佐美太郎　五万枚の小説を書いた男　グラビア
浦松佐美太郎　五万枚の小説を書いた男―丹羽文雄の人と作品　13-28頁
↓『作家の肖像』（昭和三一年一月一〇日　近代生活社）
十返肇　丹羽文雄の親分ぶり　32-33頁
丹羽文雄　五万枚の著作目録

「文学界」7巻5号　昭和二八年五月一日
丹羽文雄―人と作品
尾崎一雄　新進作家のころ　99-102頁
亀井勝一郎　煩悩具足　103-107頁
↓『現代作家論』（昭和二九年四月二〇日　角川文庫）
『亀井勝一郎全集5』（昭和四七年九月二〇日　講談社）
井上靖　永遠の未完成　108-110頁
↓『井上靖全集24』（平成九年七月一〇日　新潮社）

近藤啓太郎　百姓と漁師　110-113頁
近藤日出造　丹羽文雄―作家訪問　132-133頁

「群像」9巻2号　昭和二九年二月一日
復活第一回の野間文芸賞　丹羽文雄氏の「蛇と鳩」に決定
無記名　選衡経過　155-156頁
丹羽文雄　受賞感想　156頁
石川達三　選衡委員のことば　156頁
石坂洋次郎　選衡委員のことば　156-157頁
亀井勝一郎　選衡委員のことば　157頁
→『亀井勝一郎全集5』（昭和四七年九月二〇日　講談社）
川口松太郎　選衡委員のことば　157頁
川端康成　選衡委員のことば　158頁
→『川端康成全集34』（昭和五七年一二月二〇日　新潮社）
獅子文六　選衡委員のことば　158頁
豊島与志雄　選衡委員のことば　158頁
中島健蔵　選衡委員のことば　158-159頁
舟橋聖一　選衡委員のことば　159頁
吉川英治　選衡委員のことば　159頁

「芸術三重」2号　昭和四五年一二月一日
特集・丹羽文雄
丹羽文雄　私といふ作家　4-5頁
伍藤信綱　丹羽文雄・断章　6-11頁
真弓六一　丹羽文雄三題　12-13頁
堀口誠　印象批評風に―ストイックな短篇　14-17頁
井上武彦　自我から他我へ　18-21頁
中井正義　「海戦」とその周辺　22-25頁
岡正基　「告白」をめぐって　26-29頁
前田暁　アブストレートについて―幸福への距離　30-31頁
中島真二　近代人の自然―「青麦」など　32-35頁
佐藤真　「女は恐い」のモデル　36-39頁
S　「象形文字」について　39頁
北川宗哉　愛のエゴイズム―『日日の背信』について　40-41頁
清水信　天衣無縫の女　42-43頁
間瀬昇　愛慾の沼　44-47頁
長谷川照男　母の像　48-49頁
堀坂伊勢子　文学は地獄　50-53頁
坂口光司　作家丹羽文雄氏のこと　54-57頁
清水信　丹羽文雄論・資料　58-59頁
伍藤信綱　丹羽文雄・研究文献　60-61頁
清水信　丹羽文雄略年譜　62-64頁
清水信　丹羽文雄三題　65頁

「群像」39巻1号　昭和五九年一月一日
昭和五十八年度野間文学賞の決定―丹羽文雄「蓮如（全8巻）」（中央公論社刊）
丹羽文雄　受賞のことば―私の感想　358頁

選考委員のことば
井上靖　感想　358-359頁
↓『井上靖全集24』（平成九年七月一〇日　新潮社）
大江健三郎対話と宗教感情　359頁
川口松太郎客観性の問題　359-360頁
佐多稲子　「蓮如」を推す　360頁
中村光夫　選評　360頁
安岡章太郎　大きな主題　360-361頁
吉行淳之介　感想　361頁

「文芸家協会ニュース」645号　平成一七年五月九日
丹羽文雄元会長の協会葬に400名参列―築地本願寺で盛大に挙行　9-15頁
三浦朱門　弔辞
青山光二　弔辞
吉村昭　弔辞
大河内昭爾　弔辞

「季刊文科」24号　平成一五年六月一日
河野多恵子・大河内昭爾　丹羽文学のすがた―「鮎」か「贅肉」か　6-24頁
大久保房男　終戦直後の頃―主に丹羽文雄について（一）　60-70頁
↓『終戦後文壇見聞記』（平成一八年五月二三日　紅書房）
丹羽文雄　鮎　158-168頁
大河内昭爾　丹羽文雄「鮎」をめぐって　169-170頁

↓『追悼丹羽文雄』（平成一八年四月二五日　鳥影社）
秦昌弘　作家を展示する　丹羽文雄文学展より　175-178頁

「文学界」59巻6号　平成一七年六月一日
追悼・丹羽文雄
青山光二　告別　250-252頁
大河内昭爾　丹羽文学の宗教性　252-256頁

「泗楽」12号　平成一七年七月一日
追悼丹羽文雄
秦昌弘　丹羽文雄・非情の作家成立の一試論　35-47頁
下田典子　丹羽文雄の絆　162-169頁
中島広一　丹羽文芸作品を判読して　173-180頁
丹羽房雄　兄さんありがとうございます　181-182頁
河野多恵子　逝かれる―追悼丹羽文雄　180-183頁
清水信　舟橋さんとの間　182-183頁
藤田明　中村光夫のこと　184-186頁
津坂治男　仏の里　186-187頁
間瀬昇　丹羽文雄追想　187-190頁
衣斐弘行　崇願寺懐旧　190-192頁
一見幸次　二十五年前のこと　192-193頁
日比義丸　丹羽文雄さんは父の誇り　193-194頁
内藤壽夫　四日市弁　194-196頁
藤浪敏雄　丹羽モニュメントと私　196-198頁
大久保勇　郷土の大先輩逝　198-199頁

岡田重義　丹羽文雄とわたし　200頁
秋和まこと　丹羽文雄「小説作法」のこと　201頁
須崎テル子　丹羽文雄と私　202-203頁
藤沢徳人　父の顔の丹羽文雄　203-204頁
志水雅明　「全国お茶まつり大会」での丹羽先生の思い出　204-207頁

「群像」60巻7号　平成一七年七月一日
追悼丹羽文雄
津村節子　丹羽先生と「文学者」　284-286頁
大河内昭爾　『一路』をめぐって　287-290頁
丹羽文雄　妻　292-301頁

「パッション」29号（四日市市文化協会発行）平成一八年三月一五日
特集—郷土の文豪　丹羽文雄
藤浪敏雄　先生の思い出の一片　2頁
志水雅明　名誉市民・丹羽文雄先生と四日市　3頁
津坂治男　丹羽文学の母胎　4頁
市民文化課　記念室のオープンに向けて　5頁
石松延　丹羽文雄氏の生誕の地　崇顕寺を訪ねて　6頁

ii　雑誌特集

「文学者」50号　昭和二九年九月五日
50号記念特集
尾崎一雄　若き日のこと　6頁
小松伸六　湿度的作家　12頁
長谷健　文学者の発言　32頁
宮内寒弥　「海戦」と私　45頁
近藤啓太郎　十人の新人　53頁
石川利光　「文学者」昨今　66頁
寺崎浩　随想　105頁
保高徳蔵　「文学者」と人物　116頁
十返肇　同人雑誌遍歴書　128頁
村松定孝　Souvenir de Sanzasi　131頁
丹羽文雄　武蔵野日記（1）　150頁

第二次「文学者」4巻4号（通号100号）昭和三六年三月一〇日
100号記念特集
丹羽文雄　武蔵野日日（十八）　6頁
石川達三　頽齢　9頁
進藤純孝　ダンショク　10頁
寺崎浩　ある頃の思い出　11頁
渋沢驍　マフラー　13頁
小谷剛　走る兇器？　15頁
高山毅　長生きの弁　16頁
保高徳蔵　ある日のこと　17頁
本田秋五　心臓の記憶　18頁
浦松佐美太郎　消耗品としての小説　21頁

大原富枝　井の頭近く　22頁
久保田正文　インスタント時代　24頁
青野季吉　現代の小説（ノート）　25頁
田村泰次郎　庭の梅の木　27頁
宮田重雄　関西の一日　28頁
浅見淵　三つの会　29頁
新庄嘉章　転校生　31頁
湯浅克衛　東西交流　33頁
小松清　ある共産国にて　34頁
井上友一郎　私は小説家である　37頁
井伏鱒二　二月一一日記　39頁
藤原寿雄　造花のカット　40頁
亀井勝一郎　建築への夢　41頁
杉森久英　映画館にて　42頁
石川利光　「文学者」概略　44頁
中村八朗　新しい才能を　49頁
瓜生卓造　迷編集回顧　55頁
村松定孝　「文学者」のあゆみ（一）　59頁
花村（守隆）　後記　106頁

第二次「文学者」12巻8号（通号200号）昭和四四年八月一〇日

200号記念特集　「文学者」と私
石川利光　創刊前後のこと　1頁
中村八朗　第二の青春　4頁
浅見淵　「文学者」二〇〇号　8頁
平山信義　「文学者」と私　9頁
河野多恵子　この結婚　10頁
近藤啓太郎　「文学者」と私　11頁
村松定孝　「文学者」と私　12頁
新田次郎　「文学者」と私　14頁
野村尚吾　発刊前後のこと　15頁
小田仁二郎　「文学者」と私　16頁
斯波四郎　文学者に入会したころ　17頁
榛葉英治　烏兎忽忽　19頁
杉森久英　「文学者」と私　20頁
竹西寛子　「文学者」と私　21頁
瀬戸内晴美　「文学者」と私　22頁
津村節子　千二百枚の原稿　24頁
八木義徳　「文学者」と私　25頁
吉村昭・諸田和治　後記　171頁

第二次「文学者」17巻4号（通号256号）昭和四九年四月一〇日

終刊特集　『文学者』と私
丹羽文雄　終止符の感慨　4頁
小泉譲　『文学者』廃刊バンザイ　6頁
河野多恵子　還る場所　7頁
近藤啓太郎　二十五年間　8頁
大河内昭爾　『文学者』と私　9頁
瀬戸内晴美　遮断機への道　10頁

↓『瀬戸内晴美随筆選集1』（昭和五〇年四月三〇日

河出書房新社）
『瀬戸内寂聴全集19』（平成一四年七月一〇日　新潮社）
竹西寛子　『文学者』終刊　12頁
津村節子　『文学者』と私　13頁
富島健夫　『文学者』とぼく　14頁
野村尚吾　四分の一世紀　15頁
新田次郎　文学的時差　16頁
花村守隆　出会い　17頁
吉井徹郎　留年書生・謝辞　18頁
吉村昭　最後の編集　19頁
八木義徳　終刊に寄せて　20頁
山崎柳子　怠惰を詫びる　21頁
山田智彦　処女作とモナミの頃　22頁
石川利光・中村八朗・村松定孝・瓜生卓造・吉村昭（司会）　座談会『文学者』終刊にあたって　23頁
中村八朗　編集後記　62頁

Ⅲ　雑誌掲載・単行本収録・新聞掲載ほか

i　研究論文・時評・書評

加宮貴一　主として同人雑誌の作品を読みて　「三田文学」3巻1号　昭和三年三月一日　＊その前後
→『文芸時評大系昭和篇Ⅰ2』（平成一九年一〇月二五日　ゆまに書房）
近藤正夫　創作月評　「新正統派」1巻4号　昭和三年四月一日　＊春
→『文芸時評大系昭和篇Ⅰ2』
戸川貞雄　六月創作月評　「不同調」6巻7号　昭和三年七月一日　＊杖・蜜柑・鏡
→『文芸時評大系昭和篇Ⅰ2』
加宮貴一　同人雑誌短評　「三田文学」3巻7号　昭和三年七月一日　＊杖・蜜柑・鏡
→『文芸時評大系昭和篇Ⅰ2』
長尾雄　同人雑誌短評　「三田文学」3巻7号　昭和三年七月一日　＊杖・蜜柑・鏡
井上幸次郎　文芸時評　芸術と政治其他　「新正統派」2巻7号　昭和四年八月一日　＊朗らかな或る最初
→『文芸時評大系昭和篇Ⅰ3』（平成一九年一〇月二五日　ゆまに書房）

永井龍男　無題　「文芸春秋」7巻8号　昭和四年八月一日　＊朗らかな或る最初

川端康成　作家と作品　「近代生活」1巻9号　昭和四年一二月一日　＊朗らかな或る最初

↓『川端康成全集30』（昭和五七年六月二〇日　新潮社）

川端康成　文芸時評―新人才華　「新潮」27年6号　昭和五年六月一日　213-215頁　＊朗らかな或る最初・秋

↓『川端康成全集30』（昭和五七年六月二〇日　新潮社）
『文芸時評大系昭和篇Ｉ4』（平成一九年一〇月二五日　ゆまに書房）

瀬沼茂樹　月評―五月の創作を読んで　「文芸レビュー」7巻6号　昭和五年六月一日　＊秋

↓『文芸時評大系昭和篇Ｉ4』

八木東作　丹羽文雄の文学　「正統文学」創刊号　昭和五年九月一日　81-90頁

一戸務　クリテイク―最近の芸術派作品評　「新文学研究」3号　昭和六年七月一〇日　＊寿々

↓『文芸時評大系昭和篇Ｉ5』（平成一九年一〇月二五日　ゆまに書房）

杉山平助　豆戦艦　「朝日新聞」昭和七年三月三一日　＊鮎

豊島薫　文芸時評5―閉ぢ籠るもの　「都新聞」昭和七年四月八日　＊鮎

↓『文芸時評大系昭和篇Ｉ6』（平成一九年一〇月二五日　ゆまに書房）

武野藤介　陽春四月号月評（二）―文芸春秋の作品　「報知新聞」昭和七年四月一〇日　＊鮎

↓『文芸時評大系昭和篇Ｉ6』

飯島正　四月の作品―「文芸春秋」と「改造」「近代生活」4巻4号　昭和七年五月一日　＊鮎

↓『文芸時評大系昭和篇Ｉ6』

藤田廉　文芸時評　「新科学的」3巻5号　昭和七年五月一日　＊鮎

↓『文芸時評大系昭和篇Ｉ6』

矢崎弾　あまりに註釈的な（月評）「今日の文学」2巻7号　昭和七年七月一日　＊鮎

↓『文芸時評大系昭和篇Ｉ6』

杉山平助　文芸時評（4）―『黄昏の人』その他　「国民新聞」昭和七年九月一日　＊横顔

↓『文芸時評大系昭和篇Ｉ6』

沖崎猷之介　小説は問題を解かない―文芸時評　「コギト」7号　昭和七年一一月一日　＊剪花

↓『文芸時評大系昭和篇Ｉ6』

福田清人　文芸時評　「新科学的」3巻11号　昭和七年一一月一日　＊剪花・横顔

↓『文芸時評大系昭和篇Ｉ6』

石川達三　新早文評壇　「新早稲田文学」3巻10号　昭和七年一一月一日　＊剪花

↓『文芸時評大系昭和篇Ｉ6』

無記名　新人紹介―文壇その後にくるもの　丹羽文雄　「読売新聞」昭和七年一一月一二日

龍坦寺雄　創作時評―三田文学新進作家特集号　「三田文学」7巻11号　昭和七年一一月一日　＊剪花

↓『文芸時評大系昭和篇Ⅰ6』
今井達夫　十月号同人雑誌展望　「三田文学」　7巻12号　昭和七年一二月一日　＊剪花
宇野浩二　文学の眺望―文芸時評　「経済往来」　8巻4号　昭和八年四月一日　＊鶴
↓『文芸時評大系昭和篇Ⅰ7』（平成一九年一〇月二五日　ゆまに書房）
木田重三郎　文芸時評　「今日の文学」　3巻6号　昭和八年六月一日　＊鶴
↓『文芸時評大系昭和篇Ⅰ7』
川端康成　新人待望　「文芸通信」　2巻1号　昭和九年一月一日
↓『川端康成全集31』（昭和五七年八月二〇日　新潮社）
中川与一　文芸時評4―石坂・丹羽の作品　「東京日日新聞」　昭和九年三月二九日　＊象形文字
↓『文芸時評大系昭和篇Ⅰ8』（平成一九年一〇月二五日　ゆまに書房）
春山行夫　創作時評3―モダァニズムの改造　阿部・丹羽・楢崎の三氏　「都新聞」　昭和九年四月五日　＊象形文字
↓『文芸時評大系昭和篇Ⅰ8』
原実　四月の同人雑誌評　「三田文学」　9巻5号　昭和九年五月一日　＊海面
広津和郎　文芸時評　「改造」　16巻6号　昭和九年五月一日　＊象形文字
↓『広津和郎全集9』（昭和四九年八月一〇日　中央公論社）『文芸時評大系昭和篇Ⅰ8』
武田麟太郎　文芸時評―主として新作家について　「文芸」　2巻5号　昭和九年五月一日　54-59頁　＊海面
↓『文芸時評大系昭和篇Ⅰ8』
永井龍男　文芸時評5―早稲田の新人『公論私論』の滑稽ぶり　「報知新聞」　昭和九年六月二七日　＊甲羅類
↓『文芸時評大系昭和篇Ⅰ8』
金親清　創作月評―六月の同人雑誌評　「文学評論」　1巻5号　昭和九年七月一日　126-131頁　＊贅肉
広津和郎　文芸時評　「朝日新聞」　昭和九年七月二日　＊甲羅類
↓『広津和郎全集9』（昭和四九年八月一〇日　中央公論社）『文芸時評大系昭和篇Ⅰ9』（平成一九年一〇月二五日　ゆまに書房）
松井雷太　文芸時評8―「中央線沿線」常識以上に要するもの　「中外商業新報」　昭和九年七月一二日　＊甲羅類
↓『文芸時評大系昭和篇Ⅰ9』
川端康成　俗論　下―新人　「時事新報」　昭和九年七月二一日
↓『純粋の声』（昭和一一年九月一日　沙羅書店）『川端康成全集31』（昭和五七年八月二〇日　新潮社）
片岡鉄兵　七月の刺戟―文芸時評　「改造」　16巻8号　昭和九年八月一日　＊贅肉
↓『文芸時評大系昭和篇Ⅰ9』
浅見淵　「古い塔」と「新正統派」の二作　「新正統派」　2巻7号　昭和九年八月一日　＊朗らかな或る最初
藤森成吉　文芸時評―一面性的批評　「文芸」　2巻8号　昭和九年八月一日　＊贅肉

↓『文芸時評大系昭和篇Ⅰ9』

逸見広　文芸時評「文芸首都」2巻8号　昭和九年八月一日　＊象形文字・甲羅類・贅肉

↓『文芸時評大系昭和篇Ⅰ9』

川端康成　六号雑記―新人の強さ「文学界」1巻3号　昭和九年八月一日　＊象形文字・贅肉

↓『純粋の声』（昭和一一年九月一日　沙羅書店）

『川端康成全集31』（昭和五七年八月二〇日　新潮社）

今川英一　中央公論・新潮・早稲田文学「三田文学」9巻8号　昭和九年八月一日　＊甲羅類・象形文字

庄野誠一　七月同人雑誌評―丹羽文雄「麹町三年前」と文芸首都の「静江と操の間」「三田文学」9巻8号　昭和九年八月一日

林房雄　文芸時評―世相より理想へ　文学を更生するもの「読売新聞」昭和九年八月二二日　＊三日坊主

↓『文芸時評大系昭和篇Ⅰ9』

室生犀星　文芸時評　二―小説と面白さ「東京日日新聞」昭和九年八月二八日　＊三日坊主

↓『文芸時評大系昭和篇Ⅰ9』

松尾光至　文芸時評「制作」1巻8号　昭和九年八月　＊象形文字

亀井勝一郎　八月の同人雑誌評「文学評論」1巻7号　昭和九年九月一日　97-102頁　＊婚期

↓『亀井勝一郎全集1』（昭和四六年一二月二〇日　講談社）

庄野誠一　八月同人雑誌評「三田文学」9巻9号　昭和九年九月一日　＊婚期（「世紀」）

庄野誠一　同人雑誌評「三田文学」9巻9号　昭和九年九月一日　＊文芸時評

逸見広　九月の作品から3―新進の数作を読む「信濃毎日新聞」昭和九年九月四日　＊三日坊主

↓『文芸時評大系昭和篇Ⅰ9』

無記名　壁評論―作家は主張しろ「読売新聞」昭和九年九月四日　＊我が文学の立場

村山知義　創作月評―文芸時評「文学評論」1巻8号　昭和九年一〇月一日三日　＊三日坊主

↓『文芸時評大系昭和篇Ⅰ9』

小野松二「行動」の小説―丹羽文雄「三日坊主」ほか「作品」5巻10号　昭和九年一〇月一日　123-124頁

阿部六郎　文芸時評「文芸」2巻10号　昭和九年一〇月一日　＊三日坊主

↓『文芸時評大系昭和篇Ⅰ9』

川端康成　文芸時評―「改造」「新潮」「行動」の作品「行動」2巻10号　昭和九年一〇月一日　＊三日坊主

↓『川端康成全集31』（昭和五七年八月二〇日　新潮社）

逸見広　文芸時評　五―新進四作品「国民新聞」昭和九年一〇月二日　＊変貌

↓『文芸時評大系昭和篇Ⅰ9』

村山知義　創作月評―文芸時評「文学評論」2巻8号　昭和九年一〇月一日　＊三日坊主

↓『文芸時評大系昭和篇Ⅰ9』

阿部六郎　文芸時評「文芸」2巻10号　昭和九年一〇月一日　＊三日坊主

↓『文芸時評大系昭和篇Ⅰ9』
丹羽文雄　文芸時評「文芸首都」2巻10号　昭和九年一〇月一日　＊三日坊主
↓『文芸時評大系昭和篇Ⅰ9』
十返一　文芸時評「レツェンゾ」3巻10号　昭和九年一〇月一日　＊三日坊主
↓『十返肇著作集上』（昭和四四年五月二八日　講談社）
逸見広　文芸時評「早稲田文学」1巻6号　昭和九年一一月一日　＊変貌
↓『文芸時評大系昭和篇Ⅰ9』
伊藤整　文芸時評4―新人の歪み　第二の里見を思はす技巧「朝日新聞」昭和九年一一月二九日　＊百日紅
↓『小説の運命』（昭和一二年一月二〇日　竹村書房）
『伊藤整全集13』（昭和四八年一二月一五日　新潮社）
『文芸時評大系昭和篇Ⅰ9』
片岡鉄兵　憎まれ者の時評5―「百日紅」に就て「東京日日新聞」昭和九年一一月二九日　＊百日紅
↓『文芸時評大系昭和篇Ⅰ9』
十返一　文芸時評「レツェンゾ」3巻12号　昭和九年一二月一日
↓『十返肇著作集上』（昭和四四年五月二八日　講談社）
尾崎一雄　創作界の回顧「早稲田文学」1巻7号　昭和九年一二月一日　＊海面・象形文字・贅肉
↓『尾崎一雄全集9』（平成一九年一〇月二五日　ゆまに書房）
矢崎弾　文芸時評4　新進作家の一群―技術への安心「読売新聞」昭和九年一二月四日
浅見淵　十二月の文芸時評4―読みごたへのある新人の諸作品「信濃毎日新聞」昭和九年一二月五日　＊百日紅
↓『文芸時評大系昭和篇Ⅰ9』
榊山潤　新年号の創作時評2―都会文学への鍬「報知新聞」昭和九年一二月二一日　＊鬼子
↓『文芸時評大系昭和篇Ⅰ9』
勝本清一郎　日本文学に於けるエロチシズム―丹羽文雄氏の目指すもの「朝日新聞」昭和九年一二月二三日
榊山潤　新年号の創作時評6―知識階級を取材「報知新聞」昭和九年一二月二五日　＊猺
↓『文芸時評大系昭和篇Ⅰ9』
浅見淵　文芸時評（下）丹羽氏の力作「鬼子」―「新潮」の短篇特集号「信濃毎日新聞」昭和九年一二月二七日　＊鬼子
↓『文芸時評大系昭和篇Ⅰ9』
深田久弥　新年雑誌文芸時評5　新進作家群―全篇中では岸田、川端両氏「読売新聞」昭和九年一二月二九日　＊猺
↓『文芸時評大系昭和篇Ⅰ9』
長与善郎　文芸時評「文芸」3巻1号　昭和一〇年一月一日　130-135頁　＊百日紅
↓『文芸時評大系昭和篇Ⅰ10』（平成一九年一〇月二五日　ゆまに書房）
矢崎弾　丹羽文雄のこと「文芸首都」3巻1号　昭和一〇年一月一日　120-121頁　＊早慶新人相互印象
斎藤栄治　文芸時評―態度の問題　第二次「新思潮」4号　昭和一〇年一月一日　＊百日紅

↓『文芸時評大系昭和篇Ⅰ10』
堀場正夫　文芸時評「麵麭」4巻1号　昭和一〇年一月一日
＊百日紅
↓『文芸時評大系昭和篇Ⅰ10』
正宗白鳥　新年号の創作評3　男女間の倫理―丹羽文雄氏の創作態度「東京朝日新聞」昭和一〇年一月四日　＊鬼子
↓『文芸年鑑　昭和11年度』（昭和一一年三月二五日）
『正宗白鳥全集23』（昭和六三年七月三一日　福武書店）
『文芸時評大系昭和篇Ⅰ10』
尾崎士郎　文芸時評3―至上意識の展開「国民新聞」昭和一〇年一月八日　＊エロチシズムの方向
↓『文芸時評大系昭和篇Ⅰ10』
尾崎士郎　文芸時評5―小市民性とエロチシズム「国民新聞」昭和一〇年一月一〇日　＊猶
↓『文芸時評大系昭和篇Ⅰ10』
徳田一穂　文芸時評「あらくれ」3巻2号　昭和一〇年二月一日　42-46頁　＊猶
十返一　文芸時評―否定を貫いて肯定へ「行動」3巻2号　昭和一〇年二月一日　208-218頁　＊鬼子
↓『十返肇著作集上』（昭和四四年五月二八日　講談社）
『文芸時評大系昭和篇Ⅰ10』
佐藤春夫　文芸ザツクバラン2「文芸春秋」13巻2号　昭和一〇年二月一日　＊鬼子
↓『定本佐藤春夫全集21』（平成一一年五月　臨川書店）
川端康成　文芸時評―新年諸雑誌の作品「新潮」32年2号　昭和一〇年二月一日　＊或る最初
↓『川端康成選集8』（昭和一三年一二月一日　改造社）
『川端康成全集31』（昭和五七年八月二〇日　新潮社）
福田晴子　創作月評―新年号創作批評「文学評論」2巻2号　昭和一〇年二月一日　＊鬼子
↓『文芸時評大系昭和篇Ⅰ10』
荒木巍　文芸時評「文芸」3巻2号　昭和一〇年二月一日
＊猶・鬼子
↓『文芸時評大系昭和篇Ⅰ10』
谷崎精二　新春の文壇（一）―『改造』『中央公論』『文芸春秋』『早稲田文学』「早稲田文学」2巻2号　昭和一〇年二月一日　＊おかめはちもく
↓『文芸時評大系昭和篇Ⅰ10』
逸見広　新春の文壇（二）―『新潮』『文芸』『行動』『三田文学』『文学評論』『文芸首都』『経済往来』『文学界』「早稲田文学」2巻2号　昭和一〇年二月一日　＊猶・鬼子・或る最初・おかめはちもく
↓『文芸時評大系昭和篇Ⅰ10』
潮鳴彦　壁評論―文学革命とは大袈裟だが「読売新聞」昭和一〇年二月六日　＊「文芸往来」での対談
谷崎精二　創作集『鮎』を読む―丹羽文雄君の最初の短篇集「読売新聞」昭和一〇年二月一五日
中河与一　文芸時評3―「コナン大尉」の梗概「読売新聞」昭和一〇年二月一八日　＊岐路・象形文字
↓『文芸時評大系昭和篇Ⅰ10』
尾崎士郎　文芸時評「東京日日新聞」昭和一〇年二月二三～二八日　＊岐路

↓『文芸年鑑　昭和11年度』（昭和一一年三月二五日）
『文芸時評大系昭和篇Ⅰ10』
林芙美子　「鮎」へのぶちまけ　「文学界」2巻3号　昭和一〇年三月一日　97-98頁
無記名　新刊紹介―丹羽文雄「鮎」文体社　「行動」3巻3号　昭和一〇年三月一日　173頁
正宗白鳥　新進作家論―文芸時評　「中央公論」50年3号　昭和一〇年三月一日　177-187頁　＊鬼子・贅肉
↓『正宗白鳥全集23』（昭和六三年七月三一日　福武書店）
『文芸時評大系昭和篇Ⅰ10』
田畑修一郎　『鮎』の作者に　「世紀」2巻2号　昭和一〇年三月一日　＊鮎
尾崎一雄　丹羽文雄のこと　「文芸通信」3巻3号　昭和一〇年三月一日　＊鮎
↓『尾崎一雄全集9』（昭和五八年八月二五日　筑摩書房）
青野季吉　文芸時評　「文芸」3巻3号　昭和一〇年三月一日　139-144頁　＊鮎
寺崎浩　「鮎」覚書　「三田文学」10巻3号　昭和一〇年三月一日　＊鮎
新居格　三月の作品批評　三―「部屋解消」「岐路」其他　「北海タイムス」昭和一〇年三月八日　＊岐路
↓『文芸芸評大系昭和篇Ⅰ10』
伊藤整　三月の作品―三月号を読んで　「文芸通信」3巻4号　昭和一〇年四月一日
↓『小説の運命』（昭和一二年一月二〇日　竹村書房）
『伊藤整全集13』（昭和四八年一二月一五日　新潮社）
『文芸時評大系昭和篇Ⅰ10』
伊藤整　作家の生理の問題―内田・舟橋・丹羽・松沢その他数氏のこと　「三田文学」10巻4号　昭和一〇年四月一日
↓『小説の運命』（昭和一二年一月二〇日　竹村書房）
『伊藤整全集13』（昭和四八年一二月一五日　新潮社）
太田咲太郎　文芸時評　「三田文学」10巻4号　昭和一〇年四月一日　＊岐路
↓『文芸時評大系昭和篇Ⅰ10』
庄野誠一　丹羽文雄氏小論―私信として　「三田文学」10巻4号　昭和一〇年四月一日
田中令三　丹羽文雄氏の「鮎」について　「星座」1巻2号　昭和一〇年五月一日　30-37頁
尾崎一雄　丹羽文雄のこと　「文芸首都」3巻5号　昭和一〇年五月一日　136-139頁
↓『尾崎一雄全集9』（昭和五八年八月二五日　筑摩書房）
広津和郎　文芸時評　「東京日日新聞」昭和一〇年五月二八日〜六月二日　＊対世間・自分の鶏
↓『文芸年鑑　昭和11年度』（昭和一一年三月二五日）
『文芸時評大系昭和篇Ⅰ10』
無記名　一代の果報者　「早稲田文学」2巻6号　昭和一〇年六月一日　154-155頁
杉山勤　文芸時評2―「自分の鶏」の一行　「読売新聞」昭和一〇年六月二日　＊自分の鶏
↓『文芸時評大系昭和篇Ⅰ10』
浅見淵　文芸時評3―純文学的作品　「信濃毎日新聞」昭和一〇年六月四日　＊自分の鶏

→『文芸時評大系昭和篇Ⅰ10』
無記名　展望台―文壇相撲大会　「読売新聞」昭和一〇年六月二〇日
杉山平助　現代文芸思想系統⑦―純文学作家展望3　「読売新聞」昭和一〇年六月二七日
岡田禎子　六月号を読んで―誰に見せとうて　「文芸通信」3巻7号　昭和一〇年七月一日　＊自分の鶏
→『文芸時評大系昭和篇Ⅰ11』（平成一九年一〇月二五日　ゆまに書房）
中村地平　六月号を読んで―小説は面白し　「文芸通信」3巻7号　昭和一〇年七月一日　＊自分の鶏
→『文芸時評大系昭和篇Ⅰ11』
山岸外史　丹羽文雄君の文学を論ず　「三田文学」10巻7号　昭和一〇年七月一日　110-119頁
浅見淵　文芸時評―二つの力作「煩悩具足」と「壊滅後」「信濃毎日新聞」昭和一〇年七月三日　＊煩悩具足
→『文芸時評大系昭和篇Ⅰ11』
無記名　展望台―新旧夫人の事務引継　「読売新聞」昭和一〇年七月二〇日　＊高見順結婚式について
荒木巍　文芸時評1時代性の動き―新人と既成作家との対比　「報知新聞」昭和一〇年七月二七日　＊次代者の言葉
→『文芸時評大系昭和篇Ⅰ11』
本多顕彰　文芸時評2―絶望の文学　「東京朝日新聞」昭和一〇年七月二九日　＊山ノ手線
→『文芸時評大系昭和篇Ⅰ11』
荒木巍　文芸時評3―丹羽君の佳作　榊山君の不気味な題材　「報知新聞」昭和一〇年七月二九日　＊煩悩具足　自分の鶏　山ノ手線
→『文芸時評大系昭和篇Ⅰ11』
武林無想庵　文芸時評3―男女関係の問題　「都新聞」昭和一〇年七月三一日　＊山ノ手線
→『文芸年鑑　昭和11年度』（昭和一一年三月二五日）
『文芸時評大系昭和篇Ⅰ11』
烏丸求女　壁評論―文芸春秋（8月の雑誌）「読売新聞」昭和一〇年七月三一日　＊煩悩具足
小山東一　文芸時評5―涼風通ふ如し「キビ火事」の現実批判　「中外商業新報」昭和一〇年八月一日　＊山ノ手線
→『文芸時評大系昭和篇Ⅰ11』
川端康成　文芸時評　「文芸春秋」13巻8号　昭和一〇年八月一日
→『川端康成選集8』（昭和一三年一二月一日　改造社）
『川端康成全集31』（昭和五七年八月二〇日　新潮社）
島木健作　丹羽文雄氏へ　「若草」11巻8号　昭和一〇年八月一日　138-140頁
海野武二　文芸時評「時事新報」昭和一〇年八月　＊煩悩具足
→『文芸年鑑　昭和11年度』（昭和一一年三月二五日）
林芙美子　文芸時評　「行動」3巻9号　昭和一〇年九月一日　＊山ノ手線
→『文芸時評大系昭和篇Ⅰ11』
古谷綱武　文学と文壇―文芸時評　「作品」65号　昭和一〇年九月一日　＊煩悩具足
→『文芸時評大系昭和篇Ⅰ11』

正宗白鳥　文芸時評　「中央公論」50年9号　昭和一〇年九月一日　＊山ノ手線
↓『正宗白鳥全集23』（昭和六三年七月三一日　福武書店）
『文芸時評大系昭和篇Ⅰ11』
志村生　カライドスコオプ　「反響」49号　昭和一〇年九月一日　＊煩悩具足・象形文字・三日坊主
↓『文芸時評大系昭和篇Ⅰ11』
伊藤整　文芸時評　「文芸」3巻9号　昭和一〇年九月一日
＊煩悩具足・山ノ手線
↓『小説の運命』（昭和一一年一月二〇日　竹村書房）
『伊藤整全集13』（昭和四八年一二月一五日　新潮社）
『文芸時評大系昭和篇Ⅰ11』
青野季吉　文芸時評　「東京日日新聞」昭和一〇年九月二六日〜一〇月二日　＊袴
矢崎弾　文芸時評6―私小説懐かし　「報知新聞」昭和一〇年九月二八日　＊妻の死と踊子
↓『文芸時評大系昭和篇Ⅰ11』
浅見淵　創作月評（二）新時代の女性―中央公論の諸作品　「信濃毎日新聞」昭和一〇年一〇月四日　＊妻の死と踊子
↓『文芸時評大系昭和篇Ⅰ11』
杉山平助　文芸時評2　三十三の短篇―時間的内容を観る　「東京朝日新聞」昭和一〇年一〇月九日　＊妻の死と踊子
↓『文芸時評大系昭和篇Ⅰ11』
江口渙　文芸時評（上）失はれ行く自我と個性　「北海タイムス」夕刊　昭和一〇年一〇月一五日　＊妻の死と踊子
↓『文芸時評大系昭和篇Ⅰ11』
大宅壮一　文芸時評（三）―明朗な無道徳性　「東京日日新聞」昭和一〇年一〇月三〇日　＊自分の鶏・古い恐怖
↓『文芸年鑑　昭和11年度』（昭和一一年三月二五日）
『文芸時評大系昭和篇Ⅰ11』
森山啓　島木健作と丹羽文雄　「文芸」3巻11号　昭和一〇年一一月一日　105-110頁
川端康成　文芸時評　「文芸春秋」13巻11号　昭和一〇年一一月一日
↓『川端康成選集8』（昭和一三年一二月一日　改造社）
『川端康成全集31』（昭和五七年八月二〇日　新潮社）
田中孝雄　文芸時評　「文芸汎論」5巻11号　昭和一〇年一一月一日　＊妻の死と踊子・芽
↓『文芸時評大系昭和篇Ⅰ11』
杉山平助　文芸時評（5）女と男の間―丹羽、平林両氏の作品　「東京朝日新聞」昭和一〇年一一月二日　＊古い恐怖
↓『文芸時評大系昭和篇Ⅰ11』
榊山潤　文芸時評（3）彼も頽廃の子―丹羽文雄の二つの作品　「報知新聞」昭和一〇年一一月四日　＊古い恐怖・環の外
↓『文芸時評大系昭和篇Ⅰ11』
小山東一　文芸時評③荒木、丹羽の境地―平林氏の問題を持つ佳作　「中外商業新報」昭和一〇年一一月七日　＊環の外
↓『文芸時評大系昭和篇Ⅰ11』
矢崎弾　文体から眺めた今日の小説形式　「読売新聞」昭和一〇年一一月一七・一九日
古谷綱武　文芸時評　「作品」68号　昭和一〇年一二月一日
＊自分の鶏

↓『文芸時評大系昭和篇Ⅰ11』
川端康成　文芸時評　「文芸春秋」13巻12号　昭和一〇年一二月一日　＊古い恐怖・環の外・自分の鶏・鮎
↓『川端康成選集8』（昭和一三年一二月一日　改造社）
『川端康成全集31』（昭和五七年八月二〇日　新潮社）
無記名　新刊紹介―『自分の鶏』丹羽文雄著・双雅房　「三田文学」昭和一〇年一二月一日　110-119頁　＊自分の鶏
川端康成　純文学雑誌機関説　「読売新聞」昭和一〇年一二月一一〜一三日
↓『純粋の声』（昭和一一年九月一日　沙羅書店）
『川端康成全集31』（昭和五七年八月二〇日　新潮社）
川端康成　文芸時評4「余裕」の効果―谷崎氏の作品に歴然…「中外商業新報」昭和一一年一月一日　＊蜀葵の花
↓『川端康成選集8』（昭和一三年一二月一日　改造社）
『川端康成全集31』（昭和五七年八月二〇日　新潮社）
無記名　書斎に於ける丹羽文雄氏　「文芸雑誌」1巻1号　昭和一一年一月一日　1頁
矢崎弾　丹羽文雄は幸福だよ！　「三田文学」11巻1号　昭和一一年一月一日
大宅壮一　文壇新人展望　「月刊文章」2巻1号　昭和一一年一月一日
飯島小平　丹羽文雄論　「早稲田文学」3巻1号　昭和一一年一月一日
無記名　壁評論―チャタレー夫人の反響　「読売新聞」昭和一一年一月一七日　＊木靴
菊池克己　文芸時評下―里見と水上　「国民新聞」昭和一一年一月三〇日　＊この絆
↓『文芸時評大系昭和篇Ⅰ12』（平成一九年一〇月二五日　ゆまに書房）
中野重治　分担時評5―一面的批評「改造」二月号　「読売新聞」昭和一一年一月三一日　＊この絆
↓『文芸時評大系昭和篇Ⅰ12』
川端康成　「文壇の垣」補遺　「文学界」3巻2号　昭和一一年二月一日
↓『川端康成選集8』（昭和一三年一二月一日　改造社）
『川端康成全集31』（昭和五七年八月二〇日　新潮社）
杉山平助　文芸時評5―『改造』の四篇　里見弴の「混りあふまで」「東京朝日新聞」昭和一一年二月二日　＊この絆
↓『文芸年鑑　昭和12年度』（昭和一二年四月二〇日）
『文芸時評大系昭和篇Ⅰ12』
小山東一　文芸時評3―喋舌る文学二三　「中外商業新報」昭和一一年二月四日　＊この絆
↓『文芸時評大系昭和篇Ⅰ12』
永井龍男　文芸時評3―小説的な整理　丹羽文雄の独自な技法冴ゆ　「報知新聞」昭和一一年二月九日　＊この絆
↓『文芸時評大系昭和篇Ⅰ12』
武田麟太郎　二つの座談会・中―春はまだ遠い　「読売新聞」昭和一一年二月一五日　＊放談会
車引耕介　壁評論―島木・丹羽の放談会読後　「読売新聞」昭和一一年二月二五日　＊放談会
河上徹太郎　文芸時評　「新潮」33年3号　昭和一一年三月一日　＊この絆

↓『河上徹太郎全集8』（昭和四七年一月三一日　勁草書房）
『文芸時評大系昭和篇Ⅰ12』
正宗白鳥　文芸時評　「中央公論」51年3号　昭和一一年三月一日　＊この絆
↓『正宗白鳥全集23』（昭和六三年七月三一日　福武書店）
高見順　時評日誌　「文学界」3巻3号　昭和一一年三月一日
＊この絆
↓『高見順全集14』（昭和四七年三月二五日　勁草書房）
渋川驍　文芸時評　「文芸首都」4巻3号　昭和一一年三月一日　＊この絆
↓『文芸時評大系昭和篇Ⅰ12』
X・Y・Z　文壇履歴書（二）—花形作家が文壇に出るまで（島木健作・丹羽文雄の巻）「文芸通信」4巻3号　昭和一一年三月一日
青野季吉　一九三五年の日本文学　『文芸年鑑　昭和11年度』昭和一一年三月二五日　新潮社　＊岐路・鬼子
堀木克三　四月の作品評2—「文芸」の諸作品　「信濃毎日新聞」昭和一一年四月一日　＊荊棘萌え初め
↓『文芸時評大系昭和篇Ⅰ12』
五十公野清一　新作家論—丹羽文雄　「日本学芸新聞」昭和一一年四月一日
伊藤整　文芸時評　「文芸」4巻5号　昭和一一年五月一日
＊荊棘萌え初め・菜の花時まで
↓『小説の運命』（昭和一二年一月二〇日　竹村書房）
『伊藤整全集13』（昭和四八年一二月一五日　新潮社）
『文芸時評大系昭和篇Ⅰ12』

高見順　大きい犬と小さい犬—文芸時評　「文芸通信」4巻5号　昭和一一年五月一日　＊荊棘萌え初め・菜の花時まで
↓『高見順全集14』（昭和四七年三月二五日　勁草書房）
『文芸時評大系昭和篇Ⅰ12』
十返一　文芸時評　「三田文学」11巻5号　昭和一一年五月一日　＊菜の花時まで
↓『十返肇著作集上』（昭和四四年五月二八日　講談社）
井上幸次郎　文芸時評　「早稲田文学」3巻5号　昭和一一年五月一日　＊荊棘萌え初め
↓『文芸時評大系昭和篇Ⅰ12』
芹沢光治良　文芸時評　「読売新聞」昭和一一年五月七日　＊文鳥と鼠と
↓『文芸時評大系昭和篇Ⅰ12』
伊藤整　文芸時評　「読売新聞」昭和一一年五月一二～一四日
＊菜の花時まで
↓『小説の運命』（昭和一二年一月二〇日　竹村書房）
『伊藤整全集14』（昭和四九年一月一五日　新潮社）
北村小松　大衆作家側から観た！—芸術派長編小説批判　「読売新聞」昭和一一年五月二一日
矢崎弾　文芸時評4—自然主義的病毒　「報知新聞」昭和一一年五月二六日　＊女人禁制
↓『文芸時評大系昭和篇Ⅰ12』
小山東一　文芸時評4—批判のない露悪　「中外商業新報」昭和一一年五月二九日　＊女人禁制
↓『文芸時評大系昭和篇Ⅰ12』
加藤武雄　文芸時評　「東京朝日新聞」昭和一一年五月三〇日

～六月三日
↓『文芸年鑑　昭和12年度』（昭和一二年四月二〇日）『文芸時評大系昭和篇Ⅰ12』
加藤武雄　文芸時評2―意欲の文学　「東京朝日新聞」昭和一一年五月三一日　＊女人禁制
↓『文芸年鑑　昭和12年度』（昭和一二年四月二〇日）
新居格　文芸時評その四―各人各説を聴く　「東京日日新聞」昭和一一年五月三一日　＊忿懣と取組む
↓『文芸時評大系昭和篇Ⅰ12』
中野重治　文芸時評3―文学の世界の動物臭　「読売新聞」昭和一一年六月三日　＊女人禁制
村山知義　文芸時評1―六月の創作　「国民新聞」昭和一一年六月一五日
↓『文芸時評大系昭和篇Ⅰ12』
平林彪吾　文芸時評　「文芸首都」4巻7号　昭和一一年七月一日　＊女人禁制・煩悩具足
↓『文芸時評大系昭和篇Ⅰ13』（平成一九年一〇月二五日　ゆまに書房）
室生犀星　文芸時評　「文芸春秋」14巻7号　昭和一一年七月一日　＊女人禁制
↓『文芸時評大系昭和篇Ⅰ13』
保田与重郎　文部省の精神　「三田文学」11巻7号　昭和一一年七月一日
↓『保田与重郎全集6』（昭和六一年四月一五日　講談社）
高見順　果して誨淫の書か―丹羽文雄自選短編集「この絆」を読んで　「読売新聞」昭和一一年七月一〇日
↓『高見順全集14』（昭和四七年三月二五日　勁草書房）
寺崎浩　丹羽文雄の人と作品　「新潮」33年8号　昭和一一年八月一日　67-69頁
武山政信・永島一郎・鈴木重三郎・松崎雅夫・軽部清子・大田黄鳥・岡村章・小島浩　映画宣伝部雑談　「エス・エス」一巻三号　昭和一一年九月一日　28-30頁　＊若い季節
古谷綱武　第一義の情熱―文芸時評　「三田文学」11巻9号　昭和一一年九月一日　＊丹羽、高見の対談
↓『文芸時評大系昭和篇Ⅰ13』
浅見淵　「海面」について　『現代作家研究』昭和一一年九月二五日　河出書房新社　＊初出は昭和九年八月（掲載誌不明）
↓『浅見淵著作集1』（昭和四九年八月三〇日　河出書房新社）
青柳優　今日の生活について―文芸時評　「早稲田文学」3巻10号　昭和一一年一〇月一日　＊現代文学に何を要求するか
↓『文芸時評大系昭和篇Ⅰ13』
阿部知二　文芸時評（5）写実の極致―時世に対する関心　「朝日新聞」昭和一一年一〇月三日　＊嘘多い女
↓『文芸時評大系昭和篇Ⅰ13』
長谷川春子　スピード訪問―秋天もつ星　丹羽文雄の巻　「読売新聞」昭和一一年一〇月四日
高見順　随筆集『新居』「新聞之新聞」昭和一一年一〇月
↓『高見順全集14』（昭和四七年三月二五日　勁草書房）
名取勘助　小説月評　「新潮」33年11号　昭和一一年一一月一日　＊嘘多い女
↓『文芸時評大系昭和篇Ⅰ13』

福田清人　丹羽文雄を語る　「新潮」33年11号　昭和一一年一一月一日　123-125頁

松本欽一　丹羽文雄論　「文芸首都」4巻12号　昭和一一年一二月一日

山本和夫　新刊巡礼―女人禁制　「三田文学」11巻12号　昭和一一年一二月一日

阿部知二　創作月評　中―「鶏供養」など　「新愛知」昭和一一年一二月四日　＊秋花
→『文芸時評大系昭和篇Ⅰ13』

窪川鶴次郎　文芸時評3―人生の歩み　「都新聞」昭和一一年一二月九日　＊秋花
→『現代文学思潮』（昭和一七年七月二〇日　三笠書房）
『文芸時評大系昭和篇Ⅰ13』

伊藤整　文芸時評―ドフトエフスキイと秋声　「月刊ペン」昭和一二年一月一日
→『伊藤整全集14』（昭和四九年一月三〇日　新潮社）

夏目学　公開状―丹羽文雄氏へ　「星座」3巻2号　昭和一二年二月一日　46-48、30頁

伊藤整　文芸時評　「月刊ペン」昭和一二年二月一日　＊写真
→『伊藤整全集14』（昭和四九年一月三〇日　新潮社）

田畑修一郎　文学について　「文学生活」2巻4号　昭和一二年二月一日　＊霜の声
→『鳥打帽』（昭和一四年三月三一日　赤塚書房）

無記名　壁評論―新潮　二月の諸雑誌　「読売新聞」昭和一二年二月二日

立野信之　純文学と通俗文学の境界線　「読売新聞」昭和一二年二月二一・二三日

杉山平助　丹羽文雄　『街の人物評論』昭和一二年二月二六日　亜里書店　114-118頁

岡田三郎・板垣直子・尾崎一雄　合評―人と芸術の価値基準　「読売新聞」昭和一二年三月九日

無記名　誌界展望―新潮　「三田文学」13巻4号　昭和一二年四月一日　＊純文学と私小説

矢崎弾　丹羽文雄への手紙　『過渡期文芸の断層』昭和一二年四月二〇日　昭森社　333-342頁　＊古い恐怖

高見順　西欧的文脈に現れた漢文口調　「月刊文章」3巻5号　昭和一二年五月一日　＊狂った花
→『高見順全集14』（昭和四七年三月二五日　勁草書房）

無記名　誌界展望―文芸春秋　「三田文学」13巻5号　昭和一二年五月一日　＊狂った花

田畑修一郎　文芸時評　「早稲田文学」2巻4号　昭和一二年五月一日　＊狂った花
→『文芸時評大系昭和篇Ⅰ14』（平成一九年一〇月二五日　ゆまに書房）

無記名　壁評論―座談会の方向転換　「読売新聞」昭和一二年五月一五日　＊放談会

平山蘆江　モウパッサンと丹羽文雄と　「日本読書新聞」9号　昭和一二年五月二一日　＊女人彩色

中島健蔵　文芸時評3　「中外商業新報」昭和一二年五月二九日　＊愛欲の位置・自作案内書
→『文芸時評大系昭和篇Ⅰ14』

窪川鶴次郎　六月の文芸時評　「九州日報」昭和一二年六月八

～一〇日　＊愛欲の位置
↓『文芸時評大系昭和篇Ⅰ14』
森山啓　文芸時評「新潮」34年7号　昭和一二年七月一日
＊愛欲の位置
↓『文芸時評大系昭和篇Ⅰ14』
A・H・O　文学者と素朴な人間性「日本評論」12巻7号
昭和一二年七月一日　＊愛欲の位置
↓『文芸時評大系昭和篇Ⅰ14』
中村地平　文芸時評「日本浪漫派」3巻5号　昭和一二年七月一日　＊愛欲の位置
↓『文芸時評大系昭和篇Ⅰ14』
伊藤整　ブックレビュー―丹羽文雄「女人彩色」「文学界」4巻7号　昭和一二年七月一日　＊女人彩色
↓『伊藤整全集20』（昭和四八年一〇月一五日　新潮社）
麻四門　小説採点簿「文芸」5巻7号　昭和一二年七月一日　99-104頁　＊愛欲の位置
名取勘助　丹羽文雄に挨拶を―本誌六月号「自作案内書」に関して「文芸」5巻7号　昭和一二年七月一日　85-86頁
平松幹夫　文芸時評―知性の問題「三田文学」13巻7号　昭和一二年七月一日　＊愛欲の位置
↓『文芸時評大系昭和篇Ⅰ14』
無記名　誌界展望―改造「三田文学」13巻7号　昭和一二年七月一日　＊愛欲の位置
保田与重郎　雑記帖（四）―丹羽文雄「コギト」62号　昭和一二年八月一日
↓『保田与重郎全集13』（昭和六一年一一月一五日　講談社）

南八郎　主観の衰弱「自由」1巻8号　昭和一二年八月一日
＊女の侮蔑
↓『文芸時評大系昭和篇Ⅰ14』
林芙美子　丹羽文雄氏の描く「女性」雑感「セルパン」78号
昭和一二年八月一日　90-91頁　＊女性の描写
宇野浩二　新秋文芸観5―丹羽、石川、島木その他「東京日日新聞」夕刊　昭和一二年八月二七日　＊自分の鶏・煩悩具足
↓『文芸時評大系昭和篇Ⅰ14』
古谷綱武　丹羽文雄の人間性「早稲田文学」4巻10号　昭和一二年一〇月一日　26-29頁
近藤忠義　文芸時評―如何に処すべきか「文芸復興」5号
昭和一二年一〇月一五日　＊時代と文学者
↓『文芸時評大系昭和篇Ⅰ14』
↓『純情の精神』（昭和一三年一一月一五日　砂子屋書房）
宇野浩二・徳永直・窪川稲子・武田麟太郎・高見順・那珂孝平　散文的文学論「人民文庫」2巻14号　昭和一二年一一月一日　88-103頁
寺崎浩　ブック・レヴュー―丹羽文雄「豹の女」「文学界」4巻11号　昭和一二年一一月一日　217-218頁
高見順　広津調のこと「都新聞」昭和一二年一一月二日
↓『高見順全集14』（昭和四七年三月二五日　勁草書房）
高見順　大正っ子的性格の発言2―手芸と挑戦「都新聞」昭和一二年一一月三日　＊町内の風紀・海の色
↓『高見順全集14』（昭和四七年三月二五日　勁草書房）
伊藤整　文芸時評3「中外商業新報」昭和一二年一一月四日

＊豹の女・海の色
↓『文芸時評大系昭和篇Ⅰ14』
藤川徹至　丹羽文雄著「豹の女」「早稲田大学新聞」89号　昭和一二年一一月一七日
高見順　十一月の創作―閨秀作家の三作品ほか「河北新報」昭和一二年一一月一八日　＊町内の風紀・海の色
↓『高見順全集14』（昭和四七年三月二五日　勁草書房）
浅見淵『豹の女』読後感「日本学芸新聞」昭和一二年一二月一日　＊豹の女
森山啓　本年度の小説「文芸」5巻12号　昭和一二年一二月一日　＊町内の風紀
↓『文芸時評大系昭和篇Ⅰ14』
十返一　文芸時評「文芸汎論」7巻12号　昭和一二年一二月一日　＊町内の風紀・海の色
↓『文芸時評大系昭和篇Ⅰ14』
無記名　今月の小説―中央公論「三田文学」13巻12号　昭和一二年一二月一日　＊町内の風紀
無記名　今月の小説―文芸春秋「三田文学」13巻12号　昭和一二年一二月一日　＊海の色
川端康成　長篇小説評「朝日新聞」昭和一二年一二月一五・一六日　＊豹の女
↓『川端康成全集31』（昭和五七年八月二〇日　新潮社）
『文芸時評大系昭和篇Ⅰ14』
伊藤整　文芸思潮「教育国語教育」11巻1号　昭和一三年一月一日　＊豹の女
↓『伊藤整全集14』（昭和四九年一月三〇日　新潮社）
伊藤整　三十七年の文壇について「作品」9巻1号　昭和一三年一月一日　＊豹の女
↓『伊藤整全集14』（昭和四九年一月三〇日　新潮社）
十返一　文芸時評「文芸汎論」8巻1号　昭和一三年一月一日
↓『文芸時評大系昭和篇Ⅰ15』（平成一九年一〇月二五日　ゆまに書房）
天真　金持喧嘩せよ―休戦喇叭は一切無用「東京新聞」昭和一三年一月七日
↓『大波小波1』（昭和五四年三月五日　東京新聞出版局）
古谷綱武　小説の問題『文学紀行』昭和一三年一月二〇日　竹村書房　＊新潮座談会「小説の問題について」（昭和一一年九月）
田畑修一郎　ブック・レヴュー―丹羽文雄「薔薇合戦」「文学界」5巻2号　昭和一三年二月一日　＊薔薇合戦
正宗白鳥　文芸時評「文芸春秋」16巻2号　昭和一三年二月一日　＊豹の女
↓『正宗白鳥全集23』（昭和六三年七月三一日　福武書店）
無記名　今月の小説―日本評論「三田文学」13巻2号　昭和一三年二月一日　＊殴られた人情
宇野浩二　随筆・三度の旅行記「読売新聞」夕刊　昭和一三年二月四日
無記名　人物時評―丹羽文雄「文芸」6巻3号　昭和一三年三月一日　255-257頁
中島健蔵　文芸時評（五）生きてゐる事実―丹羽の『妻の作品』深田の『瑪瑙石』「中外商業新報」昭和一三年三月二日

↓『文芸時評大系昭和篇Ⅰ15』
佐藤俊子　文芸時評（2）情熱なき離れ業「妻の作品」―寧ろ夫の問題「東京日日新聞」夕刊　昭和一三年三月四日
↓『文芸時評大系昭和篇Ⅰ15』
谷崎精二　文芸時評「都新聞」昭和一三年三月　＊妻の作品
十返一　丹羽文雄について―時事随筆「作品」9巻4号　昭和一三年四月一日　2-5頁
古谷綱武　丹羽文雄の現状―文芸時評「文芸汎論」8巻4号　昭和一三年四月一日　88-93頁　＊妻の作品
↓『作家の世界』（昭和一四年五月二〇日　赤塚書房）
無記名　今月の小説―改造「三田文学」13巻4号　昭和一三年四月一日　＊妻の作品
岡沢秀虎　文芸時評―三月の小説総評「早稲田文学」5巻4号　昭和一三年四月一日　＊妻の作品
↓『文芸時評大系昭和篇Ⅰ15』
正宗白鳥　長篇小説評（5）不得要領な情事―丹羽文雄の薔薇合戦「東京朝日新聞」昭和一三年四月一六日　＊薔薇合戦
↓『正宗白鳥全集23』（昭和六三年七月三一日　福武書店）
徳永直　文芸時評（4）対象との距離―「日本評論」「文学界」の作品「中外商業新聞」昭和一三年五月二九日　＊自分がしたこと
↓『文芸時評大系昭和篇Ⅰ15』
岡田三郎　文芸時評3賢明な「島の保母」―倦むことなき秋声の努力「信濃毎日新聞」昭和一三年五月三一日　＊自分がしたこと
↓『文芸時評大系昭和篇Ⅰ15』
無記名　展望台―丹羽文雄と大量生産「読売新聞」夕刊　昭和一三年六月二二日
田辺茂一　六月の作品「あらくれ」6巻7号　昭和一三年七月一日　59-66頁　＊自分がしたこと
尾崎一雄　丹羽文雄氏への手紙「新潮」35年7号　昭和一三年七月一日　144-146頁
三戸斌　創作月評「文芸」6巻7号　昭和一三年七月一日　＊自分がしたこと
無記名　六月の小説―日本評論「三田文学」13巻7号　昭和一三年七月一日　＊自分がしたこと
高見順　生活の断層―酸漿市「読売新聞」夕刊　昭和一三年七月二二日
広津和郎・宇野浩二・久米正雄　最近の文壇について「文芸」6巻9号　昭和一三年九月一日　188-209頁
伊藤整　文学全体に与えられた信任―丹羽文雄氏に「セルパン」93号　昭和一三年一〇月一日
↓『伊藤整全集14』（昭和四九年一月三〇日　新潮社）
片岡良一　現代文学の貧困とその由来「中央公論」53年11号　昭和一三年一〇月一日　＊豹の女
↓『文芸時評大系昭和篇Ⅰ15』
無記名　展望台―丹羽文雄とレンアイ「読売新聞」夕刊　昭和一三年一一月一八日
室生犀星　文芸時評3―戦争小説の信仰「読売新聞」夕刊　昭和一三年一一月二五日
阿部知二　文芸時評2―渾然たる文学　主観の燃焼と「事実」の融合「東京朝日新聞」昭和一三年一二月一日　＊還らぬ

中隊
↓『文芸時評大系昭和篇Ⅰ15』
亀井勝一郎　文芸時評―従軍記一束「都新聞」昭和一三年一二月二日
↓『亀井勝一郎全集4』（昭和四七年四月二〇日　講談社）
尾崎一雄　文芸時評2中年の悪度胸―力作は湯浅氏の「先駆移民」「信濃毎日新聞」昭和一三年一二月五日　＊還らぬ中隊
↓『尾崎一雄全集9』（昭和五八年八月二五日　筑摩書房）
『文芸時評大系昭和篇Ⅰ15』
木々高太郎　文芸時評（3）戦争小説と従軍記―三つの重大な自覚を齎した「中外商業新報」昭和一三年一二月六日　＊戦場覚書
↓『文芸時評大系昭和篇Ⅰ15』
浅見淵　早稲田と同人誌『市井集』昭和一三年一二月一〇日　砂子屋書房　＊初出は昭和一二年一〇月（掲載誌不明）
樽尾好　文芸時評「槐」2巻1号　昭和一三年一二月一五日　140-146頁　＊花戦・跳ぶ女
↓『文芸時評大系昭和篇Ⅰ15』
阿部知二　文芸時評（2）数篇の戦争文学―林芙美子と石川、丹羽の手法「東京朝日新聞」昭和一三年一二月二八日　＊還らぬ中隊
↓『文芸時評大系昭和篇Ⅰ15』
尾崎士郎　戦争文学3編　石川、丹羽、立野の力作―新年雑誌文芸時評「読売新聞」昭和一三年一二月三一日
川端康成　今日の小説―文芸時評「文芸春秋」17巻1号　昭和一四年一月一日　＊妻の作品
↓『文章』（昭和一七年四月一七日　東峰書房）
『川端康成全集31』（昭和五七年八月二〇日　新潮社）
宿　今月の小説―中央公論「三田文学」14巻1号　昭和一四年一月一日　＊還らぬ中隊
↓『文芸時評大系昭和篇Ⅰ16』
河上徹太郎　文芸時評（3）力作の「武漢作戦」―驚嘆すべき火野の力「信濃毎日新聞」昭和一四年一月一七日　＊還らぬ中隊
↓『文芸時評大系昭和篇Ⅰ16』
河上徹太郎　新年号の戦争物「文学界」6巻2号　昭和一四年二月一日　＊還らぬ中隊
↓『文芸時評大系昭和篇Ⅰ16』
無記名　今月の小説　中央公論―丹羽文雄「還らぬ中隊」「三田文学」14巻2号　昭和一四年二月一日
北岡史郎　文壇時評「若草」15巻2号　昭和一四年二月一日　＊還らぬ中隊
↓『文芸時評大系昭和篇Ⅰ16』
青柳優　文芸時評―戦争小説について「早稲田文学」6巻2号　昭和一四年二月一日　＊還らぬ中隊
↓『文芸時評大系昭和篇Ⅰ16』
高見順　異常とは何か4―筋と描写「中外商業新報」昭和一四年二月三日　＊人生案内
↓『高見順全集14』（昭和四七年三月二五日　勁草書房）
武田麟太郎　文芸時評3―文芸雑誌の行方「読売新聞」夕刊　昭和一四年二月五日
若子　大波小波　正義感と制作欲―芸術性に就ての反省「東

京新聞」昭和一四年二月一四日
↓『大波小波1』（昭和五四年三月五日　東京新聞出版局）
神田鵜平　創作時評「新潮」36年3号　昭和一四年三月一日
　＊人生案内
↓『文芸時評大系昭和篇Ⅰ16』
無記名　今月の小説―改造「三田文学」14巻3号　昭和一四年三月一日　＊人生案内
田辺茂一　丹羽文雄『作家の印象』昭和一四年三月一五日　赤塚書房　＊豹の女
高見順　三月―4、丹羽文雄論「都新聞」昭和一四年三月二九日　＊南国抄
↓『高見順全集14』（昭和四七年三月二五日　勁草書房）
窪川稲子　文芸時評2―人生観照の態度「読売新聞」夕刊　昭和一四年三月三〇日　＊南国抄
↓『文芸時評大系昭和篇Ⅰ16』
杉山平助　文芸時評（3）ネバリ強い丹羽―中山義秀と宇野浩二「東京朝日新聞」昭和一四年三月三一日　＊南国抄
↓『文芸時評大系昭和篇Ⅰ16』
水原秋桜子　文芸時評（4）小説の面白味―宇野、石坂、丹羽三氏の短篇「東京日日新聞」夕刊　昭和一四年四月一日　＊南国抄
↓『文芸時評大系昭和篇Ⅰ16』
古谷綱武　湯河原日記―丹羽文雄選集の構成の基礎について「文学者」1巻4号　昭和一四年四月一日　165-174頁
浅見淵　丹羽文雄選集「新潮」36年5号　昭和一四年五月一日
↓『文学と大陸』（昭和一七年四月二〇日　図書研究社）
石川達三　丹羽文雄の態度―中堅作家を描く「文芸」7巻5号　昭和一四年五月一日　192-194頁
川端康成　小説と批評―文芸時評「文芸春秋」17巻9号　昭和一四年五月一日　＊南国抄
↓『川端康成全集19』（昭和四九年三月三〇日　新潮社）
　『川端康成全集31』（昭和五七年八月二〇日　新潮社）
無記名　今月の小説―日本評論「三田文学」14巻5号　昭和一四年五月一日　＊南国抄
古谷綱武　作家本来の姿『作家の世界』昭和一四年五月二〇日　赤塚書房
浅見淵　文芸時評「国民新聞」昭和一四年五月二八日～六月一日　＊継子と顕良
↓『文学と大陸』（昭和一七年四月二〇日　図書研究社）
　『文芸時評大系昭和篇Ⅰ16』
武田麟太郎　文芸時評（3）政治への理解―丹羽文雄と横光利一「東京朝日新聞」昭和一四年五月二九日　＊継子と顕良
↓『文芸時評大系昭和篇Ⅰ16』
戦車長　大波小波　尻尾ある小説―人生に尻尾はない筈「東京新聞」昭和一四年五月三〇日
↓『大波小波1』（昭和五四年三月五日　東京新聞出版局）
無記名　新刊紹介―「丹羽文雄選集」第一巻ほか「文学者」1巻6号　昭和一四年六月一日　208頁
無記名　ブック・レヴュウ―古谷綱武編「丹羽文雄選集」第一巻ほか「文芸」7巻6号　昭和一四年六月一日　211-227頁
小寺正三「丹羽文雄選集」に寄す「文芸首都」7巻6号　昭

和一四年六月一日
十返一　文芸時評―丹羽文雄選集第一巻に就て「文芸汎論」9巻6号　昭和一四年六月一日
→『時代の作家』（昭和一六年三月一八日　明石書房）
＊「『丹羽文雄選集』読後感」に改題。
古谷綱武　断片―丹羽文雄について「早稲田文学」6巻6号　昭和一四年六月一日
花田京輔　丹羽文雄の文学―「薔薇合戦」解説『現代日本文学案内』昭和一四年六月一〇日　興亜書房　298-308頁
浅見淵　丹羽文雄選集第一・二巻「新潮」36年7号　昭和一四年七月一日
→『文学と大陸』（昭和一七年四月二〇日　図書研究社）
無記名　今月の小説―文芸春秋「三田文学」14巻7号　昭和一四年七月一日　＊継子と顕良
無記名　展望台―丹羽文雄と美談「読売新聞」昭和一四年七月一日
青柳優　文芸時評「早稲田文学」6巻7号　昭和一四年七月一日　＊小説の正体・継子と顕良
→『文芸時評大系昭和篇Ⅰ16』
S・O　文学的人物論―丹羽文雄「文芸」7巻8号　昭和一四年八月一日　156-160頁
無記名　新刊批評―堀辰雄「かげろふの日記」丹羽文雄「東京の女性」ほか「文芸」7巻8号　昭和一四年八月一日　223-239頁　＊東京の女性
無記名　新刊巡礼―古谷綱武編『丹羽文雄選集』「三田文学」14巻8号　昭和一四年八月一日
幸兵衛　晦渋なる表現―内部は概ね空つぽか「東京新聞」昭和一四年八月七日　＊大波小波
→『大波小波1』（昭和五四年三月五日　東京新聞出版局）
塩崎赳夫　丹羽氏の一夜の姑娘「日本学芸新聞」昭和一四年八月二〇日　＊一夜の姑娘
伊藤整　文芸時評（2）形と事実と心境―丹羽の「隣人」徳永の「長男」「中外商業新報」昭和一四年八月二九日
→『伊藤整全集14』（昭和四九年一月二〇日　新潮社）
『文芸時評大系昭和篇Ⅰ16』
正宗白鳥　文芸時評（3）新時代への期待―北原武夫の「桜ホテル」「読売新聞」昭和一四年九月七日　＊隣人
→『正宗白鳥全集23』（昭和六三年七月三一日　福武書店）
広津和郎　散文芸術諸問題「中央公論」54年10号　昭和一四年一〇月一日
→『広津和郎全集9』（昭和四九年八月一〇日　中央公論社）
板垣直子　丹羽文雄論「文学者」1巻10号　昭和一四年一〇月一日　119-124頁
無記名　新刊巡礼―『丹羽文雄選集』古谷綱武編（二～五巻）「三田文学」14巻10号　昭和一四年一〇月一日
紙屋庄八　今月の小説―中央公論「三田文学」14巻10号　昭和一四年一〇月一日　＊隣人
無記名　読んだものから―丹羽文雄「隣人」「三田文学」14巻10号　昭和一四年一〇月一日　＊隣人
芹沢光治良　〝眠られぬ夜〟に就て「読売新聞」昭和一四年一〇月一〇日
若子　散文精神是非―飛躍力喪失の危険「東京新聞」昭和一

四年一〇月一九日　＊大波小波

↓『大波小波1』（昭和五四年三月五日　東京新聞出版局）

窪川鶴次郎　現代流行作家論『現代文学論』昭和一四年一一月一日　中央公論社　457-476頁　＊妻の作品・殴られた人情・自分がしたこと

井上友一郎　丹羽文雄選集「文芸汎論」9巻11号　昭和一四年一一月一日

市川為雄　ブック・レヴュー丹羽文雄「海面」「早稲田文学」6巻11号　昭和一四年一一月一日　＊海面

無記名　新刊巡礼―「南国抄」丹羽文雄著（小説集）「三田文学」14巻12号　昭和一四年一二月一日　＊南国抄

窪川鶴次郎　文芸時評（終）邪魔なお談義―丹羽文雄の「太宗寺附近」「中外商業新報」昭和一四年一二月三日　＊太宗寺附近・南国抄・妻の作品

↓『現代文学思潮』昭和一七年七月二〇日　三笠書房

『文芸時評大系昭和篇Ⅰ16』

中野重治　文芸時評（3）対象への密着―丹羽文雄と松本隆二「東京朝日新聞」昭和一四年一二月四日　＊太宗寺附近

↓『中野重治全集11』（昭和五四年二月二五日　筑摩書房）

『文芸時評大系昭和篇Ⅰ16』

上田広　従軍作家に就て―上「読売新聞」昭和一四年一二月九日

中村武羅夫・青野季吉・板垣直子・中島健蔵・窪川鶴次郎　現代作家論―石川達三・丹羽文雄・高見順他「新潮」37年1号　昭和一五年一月一日　319-321頁

浦島太郎　創作合評―丹羽文雄「太宗寺附近」ほか「文芸」8巻1号　昭和一五年一月一日　256-259頁　＊太宗寺附近

鶴　今月の小説―文芸「三田文学」15巻1号　昭和一五年一月一日　＊太宗寺附近

無記名　新刊巡礼―『丹羽文雄選集』古谷綱武編（六・七巻）「三田文学」15巻1号　昭和一五年一月一日

無記名　展望台―辰年文壇人勢揃い「読売新聞」昭和一五年一月一日

火野葦平　帰還作家よりの返信―新たな前進へ　丹羽文雄へ「読売新聞」昭和一五年一月一四日　＊丹羽文雄「帰還作家への往信」への返信

↓『河童昇天』（昭和一五年四月二〇日　改造社　162-164頁）

古谷綱武　丹羽文雄著「或る女の半生」「知性」3巻2号　昭和一五年二月一日

中野重治「文学」における文学と人間との問題「日本評論」15巻2号　昭和一五年二月一日　＊面上の唾

↓『中野重治全集11』（昭和五四年二月二五日　筑摩書房）

五面寧　謙虚な傲慢―花形作家論3・丹羽文雄「東京新聞」昭和一五年二月一四日　＊大波小波

↓『大波小波1』（昭和五四年三月五日　東京新聞出版局）

田畑修一郎　肉体の解釈―丹羽の「再会」と芥川賞など「都新聞」昭和一五年二月二九日　＊再会

室生犀星　文芸時評（4）良心が作る清さ―丹羽の「再会」と石川の作品「東京朝日新聞」昭和一五年三月三日　＊再会

↓『文芸時評大系昭和篇Ⅰ17』（平成一九年一〇月二五日　ゆまに書房）

豊島与志雄　文芸時評5―客観的描写へ「読売新聞」昭和一

五年三月六日
大井広介　文芸月評―三月号創作欄概観　「現代文学」３巻３号昭和一五年四月一日　＊再会
↓『文芸時評大系昭和篇Ⅰ17』
嵯峨伝　創作月評　「新潮」37年４号　昭和一五年四月一日
＊再会
↓『文芸時評大系昭和篇Ⅰ17』
無記名　匿名文学放談会　「文学界」７巻４号　昭和一五年四月一日　234-252頁　＊丹羽・石川とは？
田辺茂一　文芸時評　「文学者」２巻４号　昭和一五年四月一日　242-245頁　＊再会
無記名　今月の小説―改造　「三田文学」15巻４号　昭和一五年四月一日　＊再会
北岡史郎　文壇時評―三月の文壇　「若草」16巻４号　昭和一五年四月一日　＊再会
↓『文芸時評大系昭和篇Ⅰ17』
横山敏男　流行作家の四長篇　「日本学芸新聞」昭和一五年四月二五日　＊家庭の秘密
↓『文芸時評大系昭和篇Ⅰ17』
窪川鶴次郎　文芸時評　「東京朝日新聞」昭和一五年四月二八日～五月二日　＊巻の青春
↓『現代文学思潮』（昭和一七年七月二〇日　三笠書房）
『文芸時評大系昭和篇Ⅰ17』
浅見淵　文芸時評　「中外商業新報」昭和一五年四月　＊巻の青春
↓『文学と大陸』（昭和一七年四月二〇日　図書研究社）
舟橋聖一　文芸時評（３）文壇の弊害―流行作家の悲劇的運命「読売新聞」昭和一五年五月三日　＊巻の青春
↓『文芸時評大系昭和篇Ⅰ17』
無記名　流行作家の実態時評（３）丹羽文雄の巻―ディレッタント的才能　「読売新聞」昭和一五年五月二一日
上司小剣　文芸時評（１）如是閑の日本観―日本評論の論文と小説　「読売新聞」夕刊　昭和一五年五月三一日
丹羽文雄　丹羽文雄論―本人の作家論　「新風」創刊号　昭和一五年六月一日　156-163頁
長与善郎　文芸時評（５）夫々に味あり―宇野、丹羽、室生の作品　「東京朝日新聞」昭和一五年六月一日　＊風俗
↓『文芸時評大系昭和篇Ⅰ17』
窪川鶴次郎　文学的感動の根源　「日本評論」15巻６号　昭和一五年六月一日　＊風俗
↓『昭和十年代文学の立場』（昭和四八年七月一五日　河出書房新社）
逸見広　文芸時評　「文学者」２巻６号　昭和一五年六月一日　222-230頁　＊巻の青春
無記名　今月の小説―新潮　「三田文学」15巻６号　昭和一五年六月一日　＊巻の青春
古谷綱武　丹羽文雄著「太宗寺附近」　「東京日日新聞」昭和一五年六月一七日　＊太宗寺附近
嵯峨伝　創作月評　「新潮」37年７号　昭和一五年七月一日
＊風俗
↓『文芸時評大系昭和篇Ⅰ17』
岩上順一　文芸時評　「文学者」２巻７号　昭和一五年七月一

日　232-241頁　＊風俗
牧屋善三　丹羽文雄著「太宗寺附近」「文学者」2巻7号　昭和一五年七月一日　225-227頁　＊太宗寺附近
無記名　今月の小説―改造　「三田文学」15巻7号　昭和一五年七月一日　＊風俗
亀井勝一郎　文芸時評③新しい事態―滑稽な小説家間宮、谷川氏など「都新聞」昭和一五年八月一日　＊或る女の半生
↓『亀井勝一郎全集3』（昭和四七年三月二〇日）
『文芸時評大系昭和篇Ⅰ17』
岡田三郎　文芸時評4―私小説の新道　ロマンティシズムの本質「読売新聞」夕刊　昭和一五年八月一一日
尾崎一雄　丹羽文雄『この絆』『猿の腰掛』昭和一五年八月一五日　高山書院　＊この絆
↓『尾崎一雄全集9』（昭和五八年八月二五日　筑摩書房）
中野重治　自分で自分に虚勢をつけること「日本評論」15巻9号　昭和一五年九月一日　＊文芸時評（都新聞）
↓『中野重治全集11』（昭和五四年二月二五日　筑摩書房）
酒井松男「太宗寺付近」「文芸汎論」10巻9号　昭和一五年九月一日　＊太宗寺附近
無記名　新刊巡礼―「太宗寺付近」丹羽文雄著（小説集）「三田文学」15巻9号　昭和一五年九月一日　＊太宗寺附近
無記名　今月の雑誌―中央公論「三田文学」15巻9号　昭和一五年九月一日　＊太宗寺附近
楢崎勤　文芸時評（1）丹羽、室生論「北海タイムス」夕刊　昭和一五年一〇月二日　＊浅草寺附近
↓『文芸時評大系昭和篇Ⅰ17』（平成一九年一〇月二五日　ゆまに書房）
浅見淵　丹羽文雄論『現代作家卅人集』昭和一五年一〇月二〇日　竹村書房　14-23頁　＊初出は昭和一五年三月（掲載誌不明）。
無記名　今月の雑誌―改造「三田文学」15巻11号　昭和一五年一一月一日　＊浅草寺付近
岩上順一　鑑賞と観照―丹羽文雄について「文学者」2巻12号　昭和一五年一二月一〇日
↓『文学の主体』（昭和一七年二月一三日　桃蹊書房）
深田久弥　創作概観『文芸年鑑　昭和15年度』昭和一五年一二月二〇日　第一書房　＊再会
赤木黒助　徳田秋声・丹羽文雄訪問記「読書と人生」4巻22号　昭和一六年一月一日　15-17頁
H・A　作品評「文芸」8巻2号　昭和一六年二月一日　＊九年目の土
↓『文芸時評大系昭和篇Ⅰ18』（平成一九年一〇月二五日　ゆまに書房）
無記名　今月の雑誌―新潮「三田文学」16巻2号　昭和一六年二月一日　＊九年目の土
市川為雄　文芸時評「早稲田文学」8巻2号　昭和一六年二月一日　＊九年目の土
↓『文芸時評大系昭和篇Ⅰ18』
徳永直　文芸時評（3）〝アルカリ地帯〟〝民族の海〟「北海タイムス」夕刊　昭和一六年二月九日　＊書翰の人
↓『文芸時評大系昭和篇Ⅰ18』
石田英二郎　二月の小説「新潮」38年3号　昭和一六年三月

一日　＊本となる日
↓『文芸時評大系昭和篇Ⅰ18』
矢崎弾　現代における批評蓄積の根底　『文芸の日本的形成』昭和一六年三月一日　山雅房　229-238頁
無記名　今月の雑誌―知性　「三田文学」16巻3号　昭和一六年三月一日　＊九年目の土
岡沢秀虎　文芸時評　「早稲田文学」8巻3号　昭和一六年三月一日　＊本となる日
↓『文芸時評大系昭和篇Ⅰ18』
榊山潤　国民文学の樹立へ6―熱意の表現　「読売新聞」夕刊　昭和一六年三月九日
無記名　今月の雑誌―文芸　「三田文学」昭和一六年五月一日　＊李香蘭
窪川鶴次郎　現代の文芸思潮『新文学論全集5文芸思潮』昭和一六年五月一八日　河出書房　＊闘魚
田辺茂一　作者と作品の位置―丹羽文雄の考察　『転轍』昭和一六年六月一五日　昭森社　11-14頁
宮本百合子　作品の主人公と心理の翳　「帝国大学新聞」昭和一六年六月三〇日　＊或る女の半生
↓『宮本百合子全集12』（昭和五五年四月二〇日　新日本出版社）
無記名　新刊巡礼―「闘魚」丹羽文雄著（長篇小説）「三田文学」16巻7号　昭和一六年七月一日　＊闘魚
井上友一郎　文芸時評―現代小説の不安について　「現代文学」4巻6号　昭和一六年八月二八日　＊暁闇
↓『文芸時評大系昭和篇Ⅰ18』
正宗白鳥　空想と現実　「日本評論」16巻9号　昭和一六年九月一日　＊暁闇
↓『文芸時評大系昭和篇Ⅰ18』
中島健蔵　丹羽文雄　『現代作家論』昭和一六年九月一九日　河出書房　72-80頁
無記名　中核体を衝く6―作家　悩み躓く中堅群　「読売新聞」昭和一六年一〇月七日
岡鬼太郎　新橋演舞場　「都新聞」昭和一六年一〇月一一日　＊闘魚
無記名　新刊巡礼―「逢初めて」丹羽文雄著（小説集）「三田文学」16巻11号　昭和一六年一一月一日　＊逢初めて
小田切秀雄　後世の文学史家は―実状と原則の乖離　「法政大学新聞」昭和一六年一一月五日　＊戦陣訓の歌（放送）
↓『小田切秀雄全集2』（平成一二年一一月二〇日　勉誠出版）
宮田戊子　丹羽文雄氏の心理的作品に就て　『近代日本文学の分析』昭和一六年一一月一八日　霞ヶ関書房　259-282頁
井上友一郎・高木卓・大井広介・坂口安吾・平野謙・佐々木基一・宮内寒弥　昭和十六年の文学を語る　「現代文学」4巻10号　昭和一六年一一月三〇日　32-53頁　＊怒濤・書翰の人・暁闇
小坂松彦　文芸時評―二三の新進作家とその方法　「赤門文学」1巻1号　昭和一六年一二月一日
↓『文芸時評大系昭和篇Ⅰ18』
無記名　読んだものから　「三田文学」16巻12号　昭和一六年一二月一日　＊実歴史

岩上順一　歴史形成の主体「日本評論」17巻1号　昭和一七年一月一日　＊実歴史
↓『新文学の想念』（昭和一八年二月二〇日　昭森社）
古谷綱武　三人の流行作家『人生紀行』昭和一七年二月二五日　明石書房　233－238頁　＊東京の女性
伊藤整　憂国の心と小説「知性」8巻7号　昭和一七年三月一日　＊執筆開始・勤皇届出
↓『感動の再建』（昭和一七年一〇月一三日　四海書房）
『伊藤整全集15』（昭和四九年四月一五日　新潮社）
保田与重郎　丹羽文雄『詩人の生理』昭和一七年三月一日　人文書院　86－87頁
並木公雄「怒濤」の持つ力に就いて「文芸首都」10巻4号　昭和一七年四月一日　＊怒濤
岩上順一　私小説論の再検—伊藤整・丹羽文雄・上林暁氏への示唆「法政大学新聞」昭和一七年四月一三日
中村光夫　文芸時評2「現代史」に就て「都新聞」昭和一七年四月一八日　＊現代史
↓『中村光夫全集6』（昭和四七年一二月一〇日　筑摩書房）
『文芸時評大系昭和篇Ⅰ18』
井上友一郎「現代史」を読む「現代文学」5巻5号　昭和一七年四月三〇日　＊現代史
福田恆存　他人の真実—文芸時評「新文学」17巻6号　昭和一七年五月一日　＊現代史
↓『文芸時評大系昭和篇Ⅰ18』
岩上順一　芸術の倫理「日本評論」17巻5号　昭和一七年五月一日　＊勤王届出
↓『新文学の想念』（昭和一八年二月二〇日　昭森社）
市川為雄　小説の転機—文芸時評「文芸主調」1巻3号　昭和一七年五月一日　＊現代史
↓『文芸時評大系昭和篇Ⅰ18』
丹羽文雄・杉山英樹・平野謙・井上友一郎・佐々木基一・野口冨士男・赤木俊・高木卓・坂口安吾・大井広介・宮内寒弥　丹羽文雄は何を考えているか「現代文学」5巻6号　昭和一七年五月二八日　2－6頁
↓『定本坂口安吾全集12』（昭和四六年九月一〇日　冬樹社）
『坂口安吾全集17』（平成一一年九月二〇日　筑摩書房）
鐘三吉　今月の小説—中央公論　改造「三田文学」17巻6号　昭和一七年六月一日　＊現代史（続）
杉山英樹・壇一雄・宮内寒弥・佐々木基一・平野謙・坂口安吾・大井広介・赤木俊・井上友一郎・高木卓・南川潤　歴史文学を中心に—本年度上半期を語る「現代文学」5巻7号　昭和一七年六月二八日　＊勤王届出
↓『定本坂口安吾全集12』（昭和四六年九月一〇日　冬樹社）
『坂口安吾全集17』（平成一一年九月二〇日　筑摩書房）
大井広介　丹羽文雄「現代史」「現代文学」5巻7号　昭和一七年六月二八日　＊現代史
山室静　文芸時評—欲の深さに就て「新潮」39年7号　昭和一七年七月一日　＊現代史
↓『文芸時評大系昭和篇Ⅰ18』
渋川驍　歴史的事実と現実性—文芸時評「文芸主調」1巻5号昭和一七年七月一日　＊現代史
↓『文芸時評大系昭和篇Ⅰ18』

無記名　読んだものから―中堅作家連中の歴史小説　丹羽文雄「勤王届出」「三田文学」17巻7号　昭和一七年七月一日

牧屋善三　丹羽文雄論「文芸主潮」1巻6号　昭和一七年八月一日　6-8頁

田宮虎彦　丹羽文雄の作品「文芸主潮」1巻6号　昭和一七年八月一日　8-10頁

恒松恭介　丹羽文雄覚書「文芸主潮」1巻6号　昭和一七年八月一日　17-19頁

伊藤整　歴史文学と現実―最近の長篇小説について（一）「朝日新聞」昭和一七年八月一一日　＊勤王届出

↓『感動の再建』（昭和一七年一〇月一三日　四海書房）

『伊藤整全集15』（昭和四九年一月一五日　新潮社）

『文芸時評大系昭和篇Ⅰ18』

古沢元　文芸月評「正統」1巻8号　昭和一七年九月一日

＊現代史

↓『文芸時評大系昭和篇Ⅰ18』

地引喜太郎　丹羽文雄寸感「青年作家」1巻8号　昭和一七年九月一日　21-24頁

伊藤整　報道文の性格―文芸時評「文芸」9巻10号　昭和一七年一〇月一日　＊ソロモン海戦従軍記

↓『文芸時評大系昭和篇Ⅰ18』

伊藤整　小説の復活『感動の再建』昭和一七年一〇月一三日　四海書房

↓『伊藤整全集15』（昭和四九年四月一五日　新潮社）

井野川潔　勤王届出（丹羽文雄）「文芸首都」10巻10号　昭和一七年一一月一日　＊勤王届出

宮内寒弥　創作月評十月―「胸つまる」思ひ　丹羽氏「海戦」の感動「帝国大学新聞」昭和一七年一一月二三日

↓『文芸時評大系昭和篇Ⅰ18』

高見順　谷崎潤一郎と丹羽文雄『文芸随想』昭和一七年一一月　河出書房

↓『高見順全集16』（昭和四六年一〇月二五日　勁草書房）

中谷孝雄　文芸時評―小説月評その他「新潮」39年12号　昭和一七年一二月一日　＊報道班員の手記・海戦

↓『文芸時評大系昭和篇Ⅰ18』

秋月文夫　新作品（伊藤・丹羽・日比野）「文芸首都」10巻12号　昭和一七年一二月一日

無記名　読んだものから「三田文学」17巻12号　昭和一七年一二月一日　＊実歴史

牧屋善三　丹羽文雄・人と作品「文芸主潮」2巻1〜7号　昭和一八年一月一日〜七月一日　6回（五月休載）

鬼生田貞雄　文芸時評―理性と情熱「文芸首都」11巻1号　昭和一八年一月一日　＊海戦

↓『文芸時評大系昭和篇Ⅰ19』（平成一九年一〇月二五日　ゆまに書房）

福田正夫　直面するもの―丹羽文雄氏の「海戦」を読む「日本評論」11巻2号　昭和一八年二月一日　＊海戦

田澤敏　丹羽文雄著『海戦』「現代文学」6巻3号　昭和一八年二月二八日　＊海戦

木村毅　日本の海洋文学3―近づく海軍記念日のために「読売新聞」昭和一八年四月三〇日　＊海戦

蓮田善明　文学古意「新潮」40年5号　昭和一八年五月一日

24-29頁　＊海戦
窪川鶴次郎　丹羽文雄論　『昭和文学作家論　下』昭和一八年六月　小学館
浅見淵　文芸時評　「文芸」11巻8号　昭和一八年八月一日　＊報道班員の手記
↓『文芸時評大系昭和篇Ⅰ19』
八木毅　丹羽文雄「執筆開始」以後　「九大文学」13号　昭和一八年九月二八日　36-43頁
谷崎精二　十一月文壇覚え書　「早稲田文学」10巻12号　昭和一八年一二月一日　＊春の山かぜ
↓『文芸時評大系昭和篇Ⅰ19』
安利兵衛　「春の山かぜ」と「北千島にて」「文芸主調」3巻1号　昭和一九年一月一日　＊春の山かぜ
↓『文芸時評大系昭和篇Ⅰ19』
十返肇　丹羽文雄論　『作家の世界』昭和一九年一月二〇日　明石書房　175-216頁
浅見淵　小説月評　「新潮」41年2号　昭和一九年二月一日　＊今日
↓『文芸時評大系昭和篇Ⅰ19』
岩田九郎　夜戦　『戦ふ文章』昭和一九年九月二〇日　研究社　81-84頁　＊ソロモン海戦従軍記
鬼生田貞雄　文芸時評―作家の責任　「文芸首都」13巻1号　昭和二〇年二月一日　＊十八歳の日記
↓『文芸時評大系昭和篇Ⅰ19』
正宗白鳥　文芸時評―「細雪」「新生」2巻2号　昭和二一年二月一日　＊篠竹
↓『正宗白鳥全集23』（昭和六三年七月三一日　福武書店）
『文芸時評大系昭和篇Ⅱ1』（平成二〇年一〇月二五日　ゆまに書房）
藤川徹至　文芸時評―欠落の表情　「日本文学者」3巻2号　昭和二一年二月一日　＊篠竹
↓『文芸時評大系昭和篇Ⅱ1』
藤川徹至　新文学創造の方途　「日本文学者」3巻3号　昭和二一年三月一日　＊巻紙と暗殺
↓『文芸時評大系昭和篇Ⅱ1』
無記名　新年の創作　「人間」1巻3号　昭和二一年三月一日　＊篠竹・魚心荘
↓『文芸時評大系昭和篇Ⅱ1』
平野謙　文芸時評（下）「文化新聞」昭和二一年三月一一日
↓『文芸時評大系昭和篇Ⅱ1』
なかの・しげはる　文芸時評―くさぐさの思い　「朝日評論」1巻2号　昭和二一年四月一日　＊篠竹
↓『中野重治全集11』（昭和五四年一月二五日　筑摩書房）
『文芸時評大系昭和篇Ⅱ1』
佐多稲子　文芸時評　「女性線」1巻2号　昭和二一年四月一日
↓『文芸時評大系昭和篇Ⅱ1』
日比野士朗　敗戦と作家　「東北文学」1巻3・4号　昭和二一年四月一日　＊篠竹・魚心荘
↓『文芸時評大系昭和篇Ⅱ1』
荒正人　文芸時評1　「東京新聞」夕刊　昭和二一年四月一二日　＊篠竹・憎悪・人と獣の間

↓『文芸時評大系昭和篇Ⅱ1』

榊山潤　文芸時評―素人と玄人のこと　「東北文学」1巻5号　昭和二一年五月一日

↓『文芸時評大系昭和篇Ⅱ1』

無記名　小説月評　「人間」1巻5号　昭和二一年五月一日　＊雨

↓『文芸時評大系昭和篇Ⅱ1』

小田切秀雄　戦後文学界の動向　「読売新聞」昭和二一年五月六日　＊篠竹

↓『小田切秀雄全集2』（平成一二年一一月二〇日　勉誠出版）

小田切秀雄　文学における戦争責任の追求　「新日本文学」1巻2号　昭和二一年六月一日

和井英一　文化時評　文学―居すわって自虐する文学　「人民評論」2巻6号　昭和二一年六月一日　＊憎悪

↓『文芸時評大系昭和篇Ⅱ1』

無記名　文芸特輯―終戦後の文学　「夕刊ひろしま」昭和二一年六月二六日　＊篠竹・雨

↓『文芸時評大系昭和篇Ⅱ1』

和井英一　文化時評　文学―文学の貧困　「人民評論」2巻7号　昭和二一年七月一日　＊憎悪

↓『文芸時評大系昭和篇Ⅱ1』

石川利光　創作月評　「新人」26巻4号　昭和二一年七月一日　＊八月一五日

↓『文芸時評大系昭和篇Ⅱ1』

中川隆一　丹羽文雄論―新しくない歌　「新日本文学」1巻4号　昭和二一年七月一五日　23-29頁

滝崎安之介　人間性と非人間性　「黄蜂」2号　昭和二一年八月一日　＊篠竹

↓『現実からの文学』（昭和二三年六月二〇日　八雲書店）

滝崎安之介　典型を描け　「中央公論」61年8号　昭和二一年八月一日　＊篠竹

↓『現実からの文学』（昭和二三年六月二〇日　八雲書店）

臼井吉見　展望　「展望」8号　昭和二一年八月一日

↓『文芸時評大系昭和篇Ⅱ1』

臼井吉見　終戦後の文学　「文学季刊」1号　昭和二一年八月一日　＊篠竹・魚心荘・雨・巻紙と暗殺

↓『文芸時評大系昭和篇Ⅱ1』

平野謙　傷痕の二重性　「読売新聞」昭和二一年八月一五日

↓『文壇時評上』（昭和四八年四月　河出書房新社）

『平野謙全集12』（昭和五〇年一一月二五日　新潮社）

相川潤　丹羽文雄―人情味と冷酷さ　「オール女性」1巻6号　昭和二一年九月一日　5-6頁

＊「匿名人物論　あの人はどんなひとかしら?」として掲載。

柴田錬三郎　自虐する精神の位置―文芸時評（一）「三田文学」20巻7号　昭和二一年九月一日　＊篠竹

↓『柴田錬三郎選集18』（平成二年八月二五日　集英社）

『文芸時評大系昭和篇Ⅱ1』

中川隆永　時代に肌をつける―丹羽文雄　「文学時標」11号　昭和二一年九月一〇日　5頁

十返肇　現代デカダニズム文学の一側面　掲載誌不明　昭和二一年一一月

↓『十返肇著作集　上』（昭和四四年五月二八日　講談社）
宮内寒弥　丹羽文雄氏へ—公開状　「風雪」創刊号　昭和二二年一月一五日　16-17頁
岩上順一　『人生の確立』昭和二二年一月二五日　萬星閣　＊古い恐怖・還らぬ中隊
井上友一郎・石川達三・石川利光・石川悌二・北條誠・小笠原貴雄・田村泰次郎・大西次丸・藤川徹至・寺崎浩　現代文学を語る　「風雪」1巻2号　昭和二二年二月一日　51-56頁
＊丹羽文雄と石川達三について
北條誠　創作短評—丹羽文雄「理想の良人」（人間二月号）「厭がらせの年齢」（改造二月号）「人間」2巻4号　昭和二二年四月一日　71頁　＊理想の良人・厭がらせの年齢
↓『文芸時評大系昭和篇Ⅱ2』（平成二〇年一〇月二五日　ゆまに書房）
小田切秀雄　小説短評　「自由新聞」昭和二二年四月二二日
＊理想の良人
↓『文芸時評大系昭和篇Ⅱ2』
青野季吉・伊藤整・中野好夫　創作合評2　「群像」1巻5号　昭和二二年五月一日　＊理想の良人・厭がらせの年齢
↓『群像創作合評1』（昭和四五年四月二四日　講談社）
小田切秀雄　戦後文学の一年　『新文化の情熱と感覚』昭和二二年五月一〇日　九州評論社　＊篠竹
↓『小田切秀雄全集2』（平成一二年一一月二〇日　勉誠出版）
岩上順一　戦後の文学界　「前衛」17号　昭和二二年六月一日
＊厭がらせの年齢・鬼子母神界隈
↓『文芸時評大系昭和篇Ⅱ2』
柴田錬三郎　自我の形成　「肉体」1号　昭和二二年六月一日　149-158頁　＊愛欲・鬼子母神界隈
↓『柴田錬三郎選集18』（平成二年八月二五日　集英社）
大井広介　文芸時評　「風雪」1巻6号　昭和二二年六月一日
＊海戦・厭がらせの年齢
↓『文芸時評大系昭和篇Ⅱ2』
小田切秀雄　丹羽文雄—反批判をこめて　「新大阪新聞」夕刊　昭和二二年六月二～四日　3回
↓『日本近代文学研究』（昭和二五年四月三〇日　東大協同組合出版部）＊「丹羽文雄—戦後」に改題
無記名　小説を通してみた三代の娘たち（昭和編）—「東京の女性」の節子　「オール女性」2巻4号　昭和二二年七月一日　26-27頁
田宮虎彦　文芸時評—作家の世界　「芸苑」4巻5号　昭和二二年七月一日　＊篠竹・雨・鬼子母神界隈・厭がらせの年齢・理想の良人
↓『文芸時評大系昭和篇Ⅱ2』
無記名　婦人雑誌評—婦人文庫・女性改造　「読売新聞」昭和二二年七月二五日
本多顕彰　二人の作家の場合—宮本百合子と丹羽文雄　「文明」2巻5号　昭和二二年八月一日　18-21頁
小林達夫　文芸時標　「文学行動」1号　昭和二二年八月一〇日　＊座談会「小説に就て」（文学界）
↓『文芸時評大系昭和篇Ⅱ2』
伊藤整　文芸時評（下）「東京新聞」夕刊　昭和二二年八月一

一日　＊座談会「小説に就て」（文学界）
↓『文芸時評大系昭和篇Ⅱ2』

滝崎安之介　終戦後の文壇への一瞥―現実認識としての文学「芸術研究」1号　昭和二二年八月二〇日　＊篠竹
↓『現実からの文学』（昭和二三年六月二〇日　八雲書店）

白井明（林房雄）　文壇東西南北「読売新聞」昭和二二年八月二五日
↓『文芸時評大系昭和篇Ⅱ2』

T　書評―理想の良人（丹羽文雄）「文明」2巻6号　昭和二二年九月一日　64頁

奥村美樹　文芸時評「肉体」1巻2号　昭和二二年一〇月一日　75頁

古谷綱武　丹羽文雄おぼえ書（一）―「非情の精神」について「風雪」1巻10号　昭和二二年一〇月一日　2-13頁

無記名　書評―丹羽文雄著『理想の良人』「文明」2巻7号　昭和二二年一〇月一日

青山光二　ワセダ派文学を批判す「東京新聞」昭和二二年一〇月七・八日

石川達三・高見順・中山義秀・荒正人　現代小説を語る座談会「文学季刊」4集　昭和二二年一〇月三〇日　56-74頁

高山毅　文芸時評―小説とは何ぞや「青年論壇」2巻6号　昭和二二年一一月一日　＊厭がらせの年齢
↓『文芸時評大系昭和篇Ⅱ2』

中村光夫　文学雑誌と雑誌文学「文学界」1巻5号　昭和二二年一一月一日
↓『文芸時評大系昭和篇Ⅱ2』

岩上順一　現代作家論（上）「人民戦線」16・17合併号　昭和二二年一一月一六日　50-56頁

キクチ・ショーイチ　文芸時評4「人民新聞」昭和二二年一一月一九日　＊哭壁・蕩児・川の相
↓『文芸時評大系昭和篇Ⅱ2』

無記名　次の連載小説―人間模様「毎日新聞」昭和二二年一一月二一日

臼井吉見　文芸時評（下）―たくましい職人「東京新聞」夕刊　昭和二二年一一月二五日　＊哭壁・私は小説家である
↓『文芸時評大系昭和篇Ⅱ2』

中野好夫・古谷綱武　問題作家を截る「果実」3号　昭和二二年一二月一日　＊理想の良人・厭がらせの年齢・雑草
↓『占領期雑誌資料大系　文学篇Ⅲ』（平成二二年三月三〇日　岩波書店）

古谷綱武　丹羽文雄おぼえ書（二）―「いや《ママ》がらせの年令《ママ》」をめぐって「風雪」1巻11号　昭和二二年一二月一日　28-33頁

平野謙　肉体への凝視―22年の文壇　日本文学「中部日本新聞」昭和二二年一二月二二日　＊厭がらせの年齢
↓『文壇時評　上』（昭和四八年四月　河出書房新社）
『平野謙全集12』（昭和五〇年一一月二五日　新潮社）

中野好夫　戦後文学―一九四七「新文学」4巻12号　昭和二二年一二月二五日　＊鮎・篠竹・海戦・現代史・厭がらせの年齢・理想の良人・私は小説家である
↓『文芸時評大系昭和篇Ⅱ2』

無記名　1947年の芸術ベストスリー—文学　「読売新聞」昭和二二年一二月二九日　＊厭がらせの年齢
↓『文芸時評大系昭和篇Ⅱ2』
広津和郎　文学について　「文学」5集　昭和二二年一二月三〇日　2-15頁
木下繁　小説談義　「現代人」1巻1号　昭和二三年一月一日　＊哭壁
↓『文芸時評大系昭和篇Ⅱ3』（平成二〇年一〇月二五日　ゆまに書房）
H　文学時標—新聞小説の範疇　「女性線」3巻1号　昭和二三年一月一日　＊人間模様
↓『文芸時評大系昭和篇Ⅱ3』
平田次三郎　文芸時評　「進路」3巻1号　昭和二三年一月一日　＊哭壁
↓『文芸時評大系昭和篇Ⅱ3』
亀井勝一郎　丹羽文雄論—作家論ノートⅢ　「文学界」2巻1号　昭和二三年一月一日
↓『亀井勝一郎全集4』（昭和四七年四月二〇日　講談社）
平田次三郎　文芸時評—時評の貧困　「三田文学」22巻1号　昭和二三年一月一日　＊厭がらせの年齢
↓『文芸時評大系昭和篇Ⅱ3』
平野謙　明日の文学　「岐阜タイムス」昭和二三年一月五日
↓『文壇時評上』（昭和四八年四月　河出書房新社）
『平野謙全集12』（昭和五〇年一一月二五日　新潮社）
岩上順一　一九四七年の文学（上）「人民新聞」昭和二三年一月五日　＊哭壁・厭がらせの年齢・海戦
↓『文芸時評大系昭和篇Ⅱ3』
野間宏　明確な人間像の確立　「文化新聞」昭和二三年一月七日　＊厭がらせの年齢
↓『文芸時評大系昭和篇Ⅱ3』
野間宏　一九四七年の文学（上）「人民新聞」昭和二三年一月八日　＊厭がらせの年齢
↓『文芸時評大系昭和篇Ⅱ3』
小田切秀雄　反省と建設（下）「夕刊新大阪」昭和二三年一月一四日　＊私は小説家である
↓『文芸時評大系昭和篇Ⅱ3』
藤川徹至　創作総評—丹羽文雄「哭壁」（群像連載）「文化新聞」昭和二三年一月一五日　＊厭がらせの年齢
↓『文芸時評大系昭和篇Ⅱ3』
市川為雄　新文学の萌芽　「東国」1号　昭和二三年二月一日　＊女商
↓『文芸時評大系昭和篇Ⅱ3』
青山光二　文芸時評　「文芸時代」1巻2号　昭和二三年二月一日　＊贅肉
↓『文芸時評大系昭和篇Ⅱ3』
小田切秀雄　丹羽文雄—最近の『日本の近代文学』昭和二三年二月一〇日　真光社
十返肇　文芸時評（上）「第一新聞」昭和二三年二月一五日　＊守礼の門
↓『文芸時評大系昭和篇Ⅱ3』
三島由紀夫　文芸時評　「時事新報」昭和二三年二月一七～一八日　＊哭壁

↓『決定版三島由紀夫全集27』（平成一五年二月一〇日　新潮社）
『文芸時評大系昭和篇Ⅱ3』
広津和郎・丹羽文雄・井上友一郎・田村泰次郎　小説の道を語る「風雪」2巻3号　昭和二三年三月一日　34-43頁
梅崎春生・野間宏・椎名麟三　今日の文学を語る「文芸大学」2巻3号　昭和二三年三月一日　2-12頁
片岡良一　新聞小説の新傾向2「時事新報」昭和二三年三月一〇日　＊人間模様
↓『文芸時評大系昭和篇Ⅱ3』
池田解子　作品短評―作家の自信へのうたがい「新日本文学」2巻3号　昭和二三年三月一五日　＊哭壁
↓『文芸時評大系昭和篇Ⅱ3』
井上友一郎　文芸時評（中）―丹羽の創造力「東京新聞」昭和二三年三月二三日　＊守礼の門
↓『文芸時評大系昭和篇Ⅱ3』
豊田三郎　創作月評―改造文芸・群像「文芸時代」1巻4号　昭和二三年四月一日　25-28頁　＊哭壁
福田恆存・花田清輝　芸術の創造と破戒「花」8号　昭和二三年四月一日　22-31頁
↓『文芸時評大系昭和篇Ⅱ3』
大井広介　六号文芸時評「風雪」2巻4号　昭和二三年四月一日　＊幸福
↓『文芸時評大系昭和篇Ⅱ3』
平野謙　文芸時評「文芸」5巻4号　昭和二三年四月一日　＊守礼の門
↓『文芸時評』（昭和三八年八月二五日　河出書房新社）
『平野謙全集10』（昭和五〇年九月二五日　新潮社）
田辺茂一　文芸放談「文芸首都」16巻4号　昭和二三年四月一日　＊守礼の門・断橋
↓『文芸時評大系昭和篇Ⅱ3』
古谷綱武　文芸時評「文芸大学」2巻4号　昭和二三年四月一日　＊哭壁
↓『文芸時評大系昭和篇Ⅱ3』
L　望楼―丹羽文雄「龍」1巻1号　昭和二三年四月一日　13頁
無記名　追放作家と執筆活動―小説における政治性の限界「読売新聞」昭和二三年四月五日
長沖一　世代について「夕刊新大阪」昭和二三年四月二五日　＊厭がらせの年齢
芳賀檀　最近の文学作品について（下）「中京新聞」昭和二三年四月三〇日　＊群像の座談（四月）
↓『文芸時評大系昭和篇Ⅱ3』
無記名　小説手帖「明日」2巻4号　昭和二三年五月一日　＊丹羽文雄について
古谷綱武　丹羽文雄論―社会小説の理念について「饗宴」10号　昭和二三年五月一日　22-35頁
広津和郎・平野謙・平林たい子　創作合評13「群像」3巻5号　昭和二三年五月一日　＊守礼の門・哭壁
↓『群像創作合評1』（昭和四五年四月二四日　講談社）
十返肇　小説月評「新小説」3巻5号　昭和二三年五月一日　＊守礼の門・哭壁

↓『十返肇著作集上』（昭和四四年五月二八日　講談社）
『文芸時評大系昭和篇Ⅱ3』

尾崎一雄　下曽我放談―その二　「新小説」3巻5～7号　昭和二三年五月一日～七月一日　＊小説論
↓『尾崎一雄全集10』（昭和五八年一一月三〇日　筑摩書房）

尾崎一雄　文学時感　「丹頂」1巻2号　昭和二三年五月一日
＊厭がらせの年齢・鬼子母神界隈・魚と女房たち
↓『尾崎一雄全集10』（昭和五八年一一月三〇日　筑摩書房）

伊藤整　丹羽文雄氏への手紙　「風雪」2巻5号　昭和二三年五月一日　＊厭がらせの年齢
＊「作家の姿勢―往復書翰」として掲載。
↓『伊藤整全集20』（昭和四八年一〇月一五日　新潮社）

八木義徳　創作月評―新潮・文芸春秋・光　「文芸時代」1巻5号　昭和二三年五月一日　＊父
↓『文芸時評大系昭和篇Ⅱ3』

豊田三郎　創作月評―改造文芸・群像　「文芸時代」1巻5号
昭和二三年五月一日　25-28頁　＊哭壁
↓『文芸時評大系昭和篇Ⅱ3』

平林たい子　戦後派新人　「読売新聞」昭和二三年五月三日
↓『文芸時評大系昭和篇Ⅱ3』

小原元　新聞小説の生態　「文化革命」8号　昭和二三年五月一五日　＊人間模様
↓『文芸時評大系昭和篇Ⅱ3』

暉峻康隆　丹羽文学の行方　「世界文化」3巻6号　昭和二三年六月一日　45-48頁

十返肇　文芸時評（下）「東京民報」昭和二三年六月二日　＊哭壁

豊田三郎　文芸時評（中）「世界日報」昭和二三年六月一五日
＊哭壁

小田切秀雄　丹羽文雄に　『人間的理想と文学』昭和二三年六月一五日　くれは書房
↓『小田切秀雄全集2』（平成一二年一一月二〇日　勉誠出版）

小田切秀雄　デカダンスとの対決　『人間的理想と文学』昭和二三年六月一五日　くれは書房　＊海戦・篠竹
↓『小田切秀雄全集2』（平成一二年一一月二〇日　勉誠出版）

田村泰次郎・女按摩　熱海夜話―揉まれ乍らの座談会　「オール読物」3巻7号　昭和二三年七月一日　21-25頁

瀬沼茂樹　文芸時評―風俗小説について　「新小説」3巻7号
昭和二三年七月一日　59-64頁
↓『文芸時評大系昭和篇Ⅱ3』

十返肇　文芸時評―最近の小説から　「文芸首都」16巻7号
昭和二三年七月一日　＊哭壁
↓『文芸時評大系昭和篇Ⅱ3』

中天狗　天狗草紙　「文学草紙」9号　昭和二三年七月五日
34-35頁

十返肇　文芸時評2　「時事新報」昭和二三年七月一〇日　＊哭壁
↓『文芸時評大系昭和篇Ⅱ3』

古谷綱武　多佳子の転落の予感―丹羽文雄の「女商」より
『小説のなかの女性たち』昭和二三年七月一五日　コバルト

社　174-182頁

平田次三郎　中堅作家論　「夕刊新大阪」昭和二三年七月二三～二六日　＊厭がらせの年齢・守礼の門・哭壁ほか

尾崎一雄　丹羽文雄の無名作家時代―作家のあのころ①　「東京新聞」昭和二三年七月二六日

伊藤整　終戦二年目の文学概観　『創作代表選集』昭和二三年七月三〇日　大日本雄弁会講談社　＊厭がらせの年齢

↓『伊藤整全集16』（昭和四八年六月一五日　新潮社）

十返肇　文芸時評―批評の不潔俗悪さ　「早稲田文学」15巻4号　昭和二三年八月一日　＊アルチザン

↓『文芸時評大系昭和篇Ⅱ3』

無記名　机辺ルポルタージュ・丹羽文雄氏の書斎　「文学の世界」2号　昭和二三年八月一〇日　43頁

G　戦後三年の展望（上）「中京新聞」昭和二三年八月一五日

＊厭がらせの年齢・理想の良人・人間模様・哭壁

↓『文芸時評大系昭和篇Ⅱ3』

佐藤静夫　達磨の目―丹羽文雄について　「文学」16巻8号　昭和二三年八月二〇日　33-35頁

S・M　文芸時評　「肉体」2巻4号　昭和二三年八月二五日

↓『文芸時評大系昭和篇Ⅱ3』

無記名　丹羽文雄―人物立看板　「座談」2巻8号　昭和二三年九月一日　22-25頁　＊宇野千代との対談

無記名　家庭の作家―丹羽文雄　「女性ライフ」3巻9号　昭和二三年九月一日

瀬沼茂樹　文学的風土―三大党派・えとせとら　「東京大学新聞」昭和二三年九月九日

↓『戦後文壇生活ノート上』（昭和五〇年七月一五日　河出書房新社）

伊藤整　創作展望　『文芸年鑑　昭和23年度』昭和二三年九月一〇日　新潮社　7-9頁

↓『伊藤整全集16』（昭和四八年六月一五日　新潮社）

平田次三郎　丹羽の「告白」もの　「東京新聞」昭和二三年九月二〇日　＊告白

無記名　春のアルバム―丹羽文雄　「風雪」別冊小説特集1号　昭和二三年一〇月一五日　グラビア

田辺茂一　文芸時評―追放と批評の責任　「文学集団」1巻6号　昭和二三年一〇月一五日　＊中年

↓『文芸時評大系昭和篇Ⅱ3』

平田次三郎　文芸時評―新人群像「中部日本新聞」昭和二三年一〇月一七日

↓『文芸時評大系昭和篇Ⅱ3』

宇野浩二　丹羽文雄『小説の文章』昭和二三年一〇月二〇日　創元社　195-198頁

寺崎浩　丹羽文雄―Un croquio　「文学者」2号　昭和二三年一一月一日　47-50頁

田宮虎彦　衰弱した小説　「夕刊新大阪」昭和二三年一一月一〇日　＊厭がらせの年齢

↓『文芸時評大系昭和篇Ⅱ3』

瀬沼茂樹　文芸時評―今年の文学界　「新小説」3巻12号　昭和二三年一二月一日　＊厭がらせの年齢・六軒・雑草・守礼の門

↓『戦後文壇生活ノート上』

『文芸時評大系昭和篇Ⅱ3』
西村孝次　文芸時評2—小説と社会　「知識人」1巻2号　昭和二三年一二月一日　＊私説金瓶梅
↓『文芸時評大系昭和篇Ⅱ3』
伊藤整　戦後文学の可能性　「朝日評論」3巻12号　昭和二三年一二月一日
↓『伊藤整全集16』（昭和四八年六月一五日　新潮社）
渋川驍　文芸時評—本年度の作品　「明日」2巻11号　昭和二三年一二月一日　60-61頁　＊哭壁
中村光夫・正宗白鳥・上林暁　創作合評19　「群像」3巻12号　昭和二三年一二月一日　＊哭壁
↓『群像創作合評1』（昭和四五年四月二四日　講談社）
浅見淵　哭壁について　「風雪」2巻12号　昭和二三年一二月一日　58-64頁　＊哭壁
鈴木信太郎　スケッチブック（2）—丹羽文雄氏と十余年　「文学集団」9号（七・八号合併号）　昭和二三年一二月一五日　34-35頁
無記名　四八年の回顧—創作について　「夕刊新大阪」昭和二三年一二月二〇日　＊哭壁
板垣直子　今年度の文壇を回顧・上　「中京新聞」昭和二三年一二月二一日　＊告白・哭壁
↓『文芸時評大系昭和篇Ⅱ3』
平野謙　一九四八年の文学を回顧す　「読売ウィークリー」　昭和二三年一二月二五日　＊厭がらせの年齢・哭壁・告白
↓『文壇時評上』（昭和四八年四月　河出書房新社）
『平野謙全集12』（昭和五〇年一一月二五日　新潮社）
無記名　新刊—丹羽文雄著『哭壁』「読売新聞」昭和二三年一二月二九日
岩上順一　デフォルメの様相　「文学」17巻1号　昭和二四年一月一日
丹羽文雄・石川利光・浜野健三郎・和田哲夫・加藤富康・吉岡達夫・多田裕計・野村尚吾・八木義徳・宮内寒弥　『哭壁』をめぐる　「文学者」3号　昭和二四年一月一日　63-69頁
杉村春子　丹羽文雄様—お芝居も観にいらして下さい　「読売ウィークリー」昭和二四年一月一・八日合併号
＊「今年は大いにやりましょう　芸術家№1の年賀交換」として丹羽文雄「杉村春子様—絶えず冒険を賭す意気込みで」と同時掲載。
中村光夫　中間小説　「文芸往来」1巻1号　昭和二四年一月一日
西村孝次　文芸時評　「塔」1巻2号　昭和二四年一月一日
↓『文芸時評大系昭和篇Ⅱ4』（平成二〇年一〇月二五日　ゆまに書房）
正宗白鳥　文芸時評　「読売新聞」昭和二四年一月一七日
↓『文芸時評大系昭和篇Ⅱ4』
無記名　あの日忘れ得べき　「アサヒグラフ」昭和二四年一月一九日　17頁
八木義徳　丹羽文雄著『哭壁』「日本読書新聞」昭和二四年一月二六日
伊藤整・福田恆存・神西清　創作合評21　「群像」4巻2号　昭和二四年二月一日　85-96頁　＊哭壁
↓『群像創作合評1』（昭和四五年四月二四日　講談社）

丹羽文雄・石川利光・浜野健三郎・和田哲夫・加藤富康・吉岡達夫・多田裕計・野村尚吾・八木義徳・宮内寒弥　『哭壁』をめぐる（承前）「文学者」4号　昭和二四年二月一日　83-87頁

中島健蔵　丹羽文雄―文人素描　「文芸往来」3巻2号　昭和二四年二月一日　66-67頁

無記名　作品月評　「文芸首都」17巻2号　昭和二四年二月一日　＊十夜婆々

↓『文芸時評大系昭和篇Ⅱ4』

荒正人　戦後派の衰頽　「毎日新聞」昭和二四年二月四日　＊哭壁・落鮎

↓『戦後文学の展望』（昭和三一年七月一五日　三笠書房）

伊藤沆　「哭壁」寸感　「作家」11号　昭和二四年二月　4-17頁

金原文雄　映画スタアと文士を結ぶ特ダネばなし　「映画」4巻3号　昭和二四年三月一日　21-23頁

三好十郎　小説製造者諸氏―主として風俗作家について　「群像」4巻3号　昭和二四年三月一日

亀井勝一郎　古風新風　「文学界」3巻3号　昭和二四年三月一日　＊哭壁

↓『亀井勝一郎全集4』（昭和四七年四月二〇日　講談社）

無記名　私のアルバム　「文学界」3巻3号　昭和二四年三月一日

正宗白鳥　読後感　「文学界」3巻3号　昭和二四年三月一日

＊哭壁・弱肉・十夜婆々

↓『正宗白鳥全集21』（昭和六〇年一月三一日　福武書店）

田辺茂一　文芸時評　「文芸時代」2巻3号　昭和二四年三月一日　＊文芸時評（東京新聞）

浅見淵　最近の文壇について　「夕刊新大阪」昭和二四年三月九～一〇日

↓『文芸時評大系昭和篇Ⅱ4』

か　作家と話題―丹羽文雄と「左翼」「高知新聞」昭和二四年三月一六日

高山毅　文芸時評―反省期の文学　「朝日評論」4巻4号　昭和二四年四月一日　＊哭壁・十夜婆々・弱肉

↓『文芸時評大系昭和篇Ⅱ4』

神西清　批評の生態―丹羽文雄氏の『哭壁』をめぐって　「新文学」6巻3・4号　昭和二四年四月一日　24-29頁

浅見淵　創作月評　「文芸往来」3巻4号　昭和二四年四月一日　＊弱肉

↓『文芸時評大系昭和篇Ⅱ4』

根岸茂一　同人雑誌評　「三田文学」24巻4号　昭和二四年四月一日　＊哭壁

無記名　丹羽文雄氏―春のアルバム　「風雪別冊」2輯　昭和二四年四月一五日　グラビア

鈴木信太郎　ゴールデンバットの名刺　『祭りの太鼓』昭和二四年四月二五日　朝日新聞社　259-266頁

平林たい子　丹羽文雄著『哭壁』「書評」4巻4号　昭和二四年四月　28-29頁　＊哭壁

河盛好蔵　文芸時評―文学診療簿　「社会」4巻1号　昭和二四年五月一日　＊貸間払底

↓『文芸時評大系昭和篇Ⅱ4』

浅見淵　創作月評　「文芸往来」３巻５号　昭和二四年五月一日　＊貸間払底
↓『文芸時評大系昭和篇Ⅱ４』
青山光二　ヘミングウェイと丹羽文雄　「早稲田文学」16巻２号　昭和二四年五月一日　45-47頁
小田切秀雄　作家の良心―丹羽文雄文学への新たな期待　「早稲田大学新聞」65号　昭和二四年五月二一日
↓『日本近代文学研究』（昭和二五年四月三〇日　東大協同組合出版部）
新庄嘉章　紋多―丹羽文雄について　「風雪」３巻６号　昭和二四年六月一日　78-80頁
十返肇　創作時標―最近の小説　「シナリオ文芸」４巻７号　昭和二四年七月一日　＊ある市井人の結婚
↓『文芸時評大系昭和篇Ⅱ４』
根岸茂一　創作月評　「三田文学」24巻７号　昭和二四年七月一日　＊柿の帯
猿取哲　丹羽文雄―同時代人　「毎日新聞」昭和二四年七月二四日
大森繁雄　丹羽文雄の〝妻の席〟文壇モデル事件―一つの社会時評　「週刊朝日」54巻31号　昭和二四年七月三一日　3-7頁　＊妻の席
井上友一郎・北原武夫　モデル・虚構・人生―『哭壁』をめぐって　「改造文芸」１巻７号　昭和二四年八月一日
杉浦明平　文芸時評―戦争責任と平和運動　「新日本文学」４巻８号　昭和二四年八月一日　＊文学上の疑問
↓『文芸時評大系昭和篇Ⅱ４』
丹羽文雄・林芙美子・井上友一郎　小説鼎談　「風雪」三巻七号　昭和二四年八月一日　106-116頁
↓『戦後文学論争上』（昭和四七年一〇月三一日　番町書房）
荒正人　文芸時評（上）―記録小説と文学　「東京新聞」夕刊　昭和二四年八月七日　＊日本敗れたり・有天無天
↓『戦後文学の展望』（昭和三一年七月一五日　三笠書房）
『文芸時評大系昭和篇Ⅱ４』
平野謙　文芸時評　初出未詳　昭和二四年八月　＊告白
↓『文芸時評』（昭和三八年八月二五日　河出書房新社）
『平野謙全集10』（昭和五〇年九月二五日　新潮社）
無記名　丹羽文雄―人物展望　「展望」45号　昭和二四年九月一日　36-37頁
亀井勝一郎　丹羽文雄―現代作家寸描集　「風雪」３巻８号　昭和二四年九月一日　56頁
↓『亀井勝一郎全集20』（昭和四八年六月二〇日　講談社）
荒正人　文学界の回顧　『文芸年鑑　昭和24年度』昭和二四年九月一五日　新潮社　3-8頁　＊哭壁
伊藤整　創作界の展望　『文芸年鑑　昭和24年度』昭和二四年九月一五日　新潮社　9-11頁　＊哭壁
↓『伊藤整全集16』（昭和四八年六月一五日　新潮社）
花田清輝　からっぽの袋―戦記文学の意図するもの　掲載誌不明　昭和二四年九月一七日　＊日本敗れたり
↓『花田清輝全集３』（昭和五二年一〇月一六日　講談社）
無記名　記録文学展望（下）「夕刊とうほく」昭和二四年九月二一日　＊日本敗れたり
↓『文芸時評大系昭和篇Ⅱ４』

中村光夫　二葉亭と女郎屋―丹羽文雄氏　「改造文芸」　1巻4号　昭和二四年一〇月一日　79-83頁
↓『中村光夫全集1』（昭和四六年一一月一五日　筑摩書房）
丸岡明　三田派・早稲田派―文壇早慶戦　「改造文芸」　1巻4号　昭和二四年一〇月一日　91-95頁
福田恆存　風俗小説について―丹羽文雄に　「作品」　4号　昭和二四年一〇月二五日　138-147頁
中村光夫　批評家とは何か―丹羽文雄氏に答う　「東京新聞」　昭和二四年一〇月二七～二八日
↓『中村光夫全集1』（昭和四六年一一月一五日　筑摩書房）
青野季吉　表現について　『現代文学論』　昭和二四年一〇月三〇日　六興出版社　＊哭壁
臼井吉見　記録と記録文学　掲載誌不明　昭和二四年一〇月
　＊日本敗れたり
↓『戦後8』（昭和四一年七月一〇日　筑摩書房）
正宗白鳥　政治と文学　「群像」　4巻11号　昭和二四年一一月一日　＊日本敗れたり
↓『正宗白鳥全集19』（昭和六〇年九月三〇日　福武書店）
丹羽文雄・井上友一郎・中村光夫・今日出海・福田恆存・河盛好蔵　批評家と作家の溝　「文学界」　3巻2号　昭和二四年一二月一日　90-99頁
↓『鑑賞と研究　現代日本文学講座10』（昭和三八年四月一日　三省堂）
『戦後文学論争上』（昭和四七年一〇月三一日　番町書房）
荒正人　創作月評（下）「東京日日新聞」昭和二四年一二月五日　＊当世胸算用
↓『戦後文学の展望』（昭和三一年七月一五日　三笠書房）
『文芸時評大系昭和篇Ⅱ4』
伊藤整　作家と批評家―丹羽、中村の論争に関連して　「東京新聞」夕刊　昭和二四年一二月五～七日
↓『戦後文学論争上』（昭和四七年一〇月三一日　番町書房）
『伊藤整全集16』（昭和四八年六月一五日　新潮社）
無記名　文化短信　「読売新聞」夕刊　昭和二四年一二月一三日　＊爬虫類
荒正人　創作月評　「日本読書新聞」昭和二四年一二月一四日
　＊当世胸算用
↓『文芸時評大系昭和篇Ⅱ4』
竹越和夫　異例の芥川賞　「時事新報」昭和二四年一二月一五日
↓『文芸時評大系昭和篇Ⅱ4』
鈴木信太郎　スケッチブック2―丹羽文雄氏と十余年　「文学集団」9号　昭和二四年一二月一五日　34-35頁
清水信　文芸時評―汚れたる指にて　「北斗」　3号　昭和二四年一二月一五日
↓『文芸時評大系昭和篇Ⅱ4』
白井明　1949年文壇十大ニュース　「読売新聞」昭和二四年一二月一九日　＊風俗小説論争
白井明　架空座談会　「読売新聞」夕刊　昭和二四年一二月二二日　＊座談「創作批評」（風雪）
河盛好蔵　本年度文壇の収穫　「朝日新聞」夕刊　昭和二四年一二月二四日　＊かしまの情・当世胸算用
↓『文芸時評大系昭和篇Ⅱ4』

荒正人　風俗小説と私小説　「夕刊新大阪」昭和二四年一二月二七日　＊当世胸算用
高山毅　四九年度文壇の回顧　「中京新聞」昭和二四年一二月二九日　＊かしまの情・当世胸算用
↓『文芸時評大系昭和篇Ⅱ4』
荒正人　ノン・フィクションの実態　「学苑」11巻12号　昭和二四年一二月　＊日本破れたり
↓『戦後文学の展望』（昭和三一年七月一五日　三笠書房）
伊藤整　一九四九年文壇回顧　「毎日新聞」昭和二四年一二月
＊当世胸算用
↓『伊藤整全集16』（昭和四八年六月一五日　新潮社）
ＫＫＫ　作家と細君―私小説は女性のギセイから生れた　「読売新聞」夕刊　昭和二五年一月一一日
無記名　丹羽文雄著「愛人」「読売新聞」昭和二五年一月一四日
河盛好蔵　文芸時評　「朝日新聞」昭和二五年一月二一日　＊爬虫類
↓『文芸時評大系昭和篇Ⅱ5』（平成二〇年一〇月二五日　ゆまに書房）
正宗白鳥　批評日記―新年の小説　「改造」31巻2号　昭和二五年二月一日　＊東京の薔薇　乳人日記
↓『正宗白鳥全集23』（昭和六三年七月三一日　福武書店）
佐々木基一・尾崎一雄・亀井勝一郎　創作合評33　「群像」5巻2号　昭和二五年二月一日　＊当世胸算用
↓『群像創作合評2』（昭和四五年七月一三日　講談社）
荒正人　風俗作家の風俗感覚　「人間」5巻2号　昭和二五年二月一日　＊人間模様・厭がらせの年齢
↓『文芸時評大系昭和篇Ⅱ5』
亀井勝一郎　当世胸算用　「文学界」4巻2号　昭和二五年二月一日　99-105頁　＊当世胸算用
↓『亀井勝一郎全集20』（昭和四八年六月二〇日　講談社）
『文芸時評大系昭和篇Ⅱ5』
河盛好蔵　丹羽文雄著「かしまの情」「文学界」4巻2号　昭和二五年二月一日　119-120頁
花田清輝　魂の平和を求めて―文芸時評　「文芸」7巻2号　昭和二五年二月一日
↓『花田清輝全集4』（昭和五二年一二月一六日）
平田次三郎　文芸時評3　「東京新聞」昭和二五年二月一七日
＊爬虫類
↓『文芸時評大系昭和篇Ⅱ5』
小田切秀雄　二月の小説3　「アカハタ」昭和二五年二月二五日　＊爬虫類
↓『文芸時評大系昭和篇Ⅱ5』
中村草田男　文芸時評（下）「東京日日新聞」昭和二五年二月二八日　＊爬虫類
↓『文芸時評大系昭和篇Ⅱ5』
小原庄助　哭壁―丹羽文雄　『官能小説』昭和二五年三月一日　裾花書店　25-36頁
亀井勝一郎・中村光夫・福田恆存　現代文学の欠陥を衝く　「風雪」4巻3号　昭和二五年三月一日　50-65頁
白井明　メモラビリア―菊池寛再生　「読売新聞」夕刊　昭和二五年三月一四日

荒正人　風俗小説の背後　「新世界新聞」昭和二五年三月一五日
↓『戦後文学の展望』（昭和三一年七月一五日　三笠書房）
岩上順一　創作にはどんな方法があるか　『文学案内』昭和二五年三月二五日　冬芽書房　88-102頁　＊丹羽の「非情の精神」について
小田切秀雄　丹羽文雄の問題　「中央公論」65年4号　昭和二五年四月一日　236-241頁
↓『昭和の作家たちⅡ』（昭和三〇年一一月二〇日　英宝社）
『近代日本の作家たち』（昭和四八年五月二〇日　法政大学出版局）
『小田切秀雄全集14』（平成一二年一一月二〇日　勉誠出版）
青野季吉・阿部知二・伊藤整・加藤周一・桑原武夫・小林秀雄・白井浩司・中村光夫・野間宏・中島健蔵　現代文学の全貌―文壇白書　「文芸」7巻4号　昭和二五年四月一日　106-132頁
勝本清一郎　文芸時評1―モデル小説の氾濫　「毎日新聞」夕刊　昭和二五年四月六日　＊日本敗れたり・乳人日記
竹中郁　文芸時評―最近のモデル小説　「大阪新聞」昭和二五年四月一一日　＊砂地
↓『文芸時評大系昭和篇Ⅱ5』
右近左近　アッパッパ的現実と風俗小説　「読売新聞」夕刊　昭和二五年四月一四日
中村光夫　現代風俗小説批判―風俗小説論四　「文芸」7巻5号　昭和二五年五月一日　87-105頁
↓『風俗小説論』（昭和二五年六月二五日　河出書房）
『中村光夫全集』（昭和四七年三月二五日　筑摩書房）
無記名　新刊―当世胸算用　「読売新聞」昭和二五年五月一日
北鬼助　文芸時評―文学と民衆　「産業経済新聞」昭和二五年五月一七日　＊砂地
↓『文芸時評大系昭和篇Ⅱ5』
暉峻康隆　丹羽文雄著『当世胸算用』「日本読書新聞」昭和二五年五月一七日
福田恒存　風俗小説について―丹羽文雄に　「作品」5号　昭和二五年六月一日　138-147頁
↓『福田恒存全集2』（昭和六二年三月三〇日　文芸春秋）
瀬沼茂樹　文芸時評　「新日本文学」24巻7号　昭和二五年六月一日　＊爬虫類・当世胸算用
↓『文芸時評大系昭和篇Ⅱ5』
高見順　文芸時評　「東京新聞」昭和二五年六月四～六日　＊袷時・砂地・水汲み
↓『文芸年鑑　昭和26年度』（昭和二六年四月三〇日　新潮社）
無記名　東京どろんこオペラ　「毎日新聞」昭和二五年六月一〇日
伊藤整　一九四九年度の小説　『文芸年鑑　昭和25年度』昭和二五年六月一五日　新潮社　7-9頁　＊当世胸算用
↓『伊藤整全集16』（昭和四八年六月一五日　新潮社）
西村孝次　文芸評論の諸問題　『文芸年鑑　昭和25年度』昭和二五年六月一五日　新潮社　15-17頁　＊風俗小説論争
北原武夫　文芸時評―人生がわかるといふこと　「中央公論」

65年7号　昭和二五年七月一日　＊裕時
↓『文芸時評大系昭和篇Ⅱ5』
荒正人　根強い私・心境小説　「毎日新聞」昭和二五年七月六日　＊爬虫類
↓『戦後文学の展望』（昭和三一年七月一五日　三笠書房）
伊藤整　文壇的鳥瞰図　「展望」56号　昭和二五年八月一日
↓『伊藤整全集16』（昭和四八年六月一五日　新潮社）
『文芸時評大系昭和篇Ⅱ5』
平林たい子　風俗小説　「文芸」7巻8号　昭和二五年八月一日　12-13頁
浅見淵　最近の長篇小説（上）―風俗作家の欠陥　「東京新聞」夕刊　昭和二五年八月七日　＊当世胸算用
↓『文芸時評大系昭和篇Ⅱ5』
瀬沼茂樹　創作月評―8月号　「日本読書新聞」昭和二五年八月九日　＊罪戻
↓『文芸時評大系昭和篇Ⅱ5』
伊藤整　風俗小説をめぐって　「毎日新聞」昭和二五年八月一一日
井上友一郎　風俗小説をめぐって―世話焼き批評　「毎日新聞」昭和二五年八月一一日
白井明・右近左近　匿名文学放談―匿名批評とモデル小説　「読売新聞」昭和二五年八月二一日　＊厭がらせの年齢
高山毅　文芸時評（上）―冒険的な試み　丹羽文雄の「罪戻」　「中京新聞」昭和二五年八月二三日　＊罪戻
↓『文芸時評大系昭和篇Ⅱ5』
小原壮助　とみに円熟へ―第一線人物論9・丹羽文雄　「東京新聞」夕刊　昭和二五年八月二四日　＊厭がらせの年齢
↓『大波小波2』（昭和五四年五月五日　東京新聞出版局）
河盛好蔵　文芸時評　「朝日新聞」昭和二五年八月二七日　＊好色の戒め
↓『文芸時評大系昭和篇Ⅱ5』
亀井勝一郎　作家の愚かさといふ事　「東京新聞」夕刊　昭和二五年八月二九日　＊好色の戒め
↓『亀井勝一郎全集4』（昭和四七年四月二〇日　講談社）
『文芸年鑑　昭和26年度』（昭和二六年四月三〇日　新潮社）
『文芸時評大系昭和篇Ⅱ5』
浅見淵　文芸時評（下）「東京日日新聞」昭和二五年八月二九日　＊好色の戒め
↓『文芸時評大系昭和篇Ⅱ5』
菱山修三　文芸時評―作家の良心　丹羽文雄と椎名麟三　「産業経済新聞」昭和二五年九月一日　＊好色
↓『文芸時評大系昭和篇Ⅱ5』
寺田透　丹羽文雄論　「展望」57号　昭和二五年九月一日　48-59頁
↓『寺田透・評論第Ⅰ期2』（昭和四四年一二月二〇日　思潮社）
花田清輝　林檎に関する一考察　「人間」5巻9号　昭和二五年九月一日
↓『花田清輝全集4』（昭和五二年一二月一六日）
無記名　丹羽文雄―作家白描　「人間」5巻9号　昭和二五年九月一日　70-73頁

勝本清一郎　文芸時評―サルトルと丹羽　「毎日新聞」夕刊　昭和二五年九月四日～五日　＊好色
↓『文芸時評大系昭和篇Ⅱ５』
青野季吉　最近の文芸書　「読売新聞」昭和二五年九月一一日　＊高圧架線
瀬沼茂樹　創作月評―9月号　「日本読書新聞」昭和二五年九月一三日　＊好色
↓『文芸時評大系昭和篇Ⅱ５』
高山毅　文芸時評（下）「都新聞」夕刊　昭和二五年九月二二日　＊好色
↓『文芸時評大系昭和篇Ⅱ５』
高見順　文芸時評（下）「東京日日新聞」昭和二五年九月二九日　＊爬虫類
↓『文芸時評大系昭和篇Ⅱ５』
無記名　色眼鏡「オール読物」５巻10号　昭和二五年一〇月一日
↓『文芸時評大系昭和篇Ⅱ５』
三島由紀夫・中村光夫・本多秋五　創作合評41　「群像」５巻10号　昭和二五年一〇月一日　＊罪戻
↓『群像創作合評２』（昭和四五年七月一三日　講談社）
寺田透　丹羽文雄「罪戻」―世界八月号所載　「人間」５巻10号　昭和二五年一〇月一日　65頁　＊罪戻
大岡昇平・浦松佐美太郎・三好十郎　小説月評　「文学界」５巻10号　昭和二五年一〇月一日　＊好色
↓『文芸時評大系昭和篇Ⅱ５』
高山毅　文芸時評（下）「都新聞」夕刊　昭和二五年一〇月二六日　＊こほろぎ
高見順　十月―短篇の貧困　「東京日日新聞」昭和二五年一〇月二七日　＊爬虫類
↓『高見順全集14』（昭和四七年三月二五日　勁草書房）
三島由紀夫・中村光夫・本多秋五　創作合評42　「群像」５巻11号　昭和二五年一一月一日　＊好色の戒め
↓『群像創作合評２』（昭和四五年七月一三日　講談社）
『文芸時評大系昭和篇Ⅱ５』
小原元　誠実の問題―文芸時評　「新日本文学」５巻11号　昭和二五年一一月一日　＊罪戻
↓『文芸時評大系昭和篇Ⅱ５』
川端康成　『新文章読本』昭和二五年一一月一〇日　あかね書房　＊厭がらせの年齢
↓『川端康成全集32』（昭和五七年七月二〇日　新潮社）
無記名　文壇集会―出版不況にもめげず　盛んな酒と文学論　「読売新聞」昭和二五年一一月一四日　＊十五日会について
福田清人　リアリズムの作家―丹羽文雄　『日本文学教養講座10　近代小説』昭和二五年一一月一五日　至文堂　236-242頁
福田清人　文雄・聖一・洋次郎　「国文学解釈と鑑賞」15巻12号　昭和二五年一二月一日　5-7頁
亀井勝一郎・中村光夫・青野季吉・井上友一郎　1950年の作品　「文芸」７巻12号　昭和二五年一二月一日　19-30頁　＊哭壁
井上友一郎　新年号の雑誌と作品　「読売新聞」昭和二五年一二月一八日　＊自分の巣
↓『文芸時評大系昭和篇Ⅱ５』

伊藤整　文芸時評　上―うまい小説よい小説　「毎日新聞」夕刊　昭和二五年一二月二六日　＊自分の巣
→『伊藤整全集16』（昭和四八年六月一五日　新潮社）
『文芸時評大系昭和篇Ⅱ5』
河盛好蔵　本年度の文壇　「信濃毎日新聞」昭和二五年一二月二八日　＊爬虫類
→『文芸時評大系昭和篇Ⅱ5』
河盛好蔵・滝井孝作・武田泰淳　創作合評44　「群像」6巻5号　昭和二六年一月一日　＊こほろぎ
→『群像創作合評2』（昭和四五年七月一三日　講談社）
田宮虎彦　「爬虫類」について　「文芸」8巻1号　昭和二六年一月一日　12頁
小原壮助　作家・批評家のミゾ　「東京新聞」夕刊　昭和二六年一月四日　＊風俗小説論争
→『大波小波2』（昭和五四年五月五日　東京新聞出版局）
月　読物雑誌―三月小説評　「時事新報」昭和二六年二月一五日　＊瓢簞を撫でる
→『文芸時評大系昭和篇Ⅱ6』（平成二〇年一〇月二五日　ゆまに書房）
平野謙　文芸時評　「読売新聞」昭和二六年三月一九日　＊爛れた月
→『文芸時評大系昭和篇Ⅱ6』
梅崎春生　文芸時評―訴え方の弱さ「動物」「爛れた月」「禁色」など　「東京新聞」夕刊　昭和二六年三月三一日～四月一日
→『文芸時評大系昭和篇Ⅱ6』
杉森久英　丹羽文雄―日本の顔14　「日本評論」26巻4号　昭和二六年四月一日　52-53頁
高橋義孝　文芸時評―現実反映の文学　「人間」6巻1号　昭和二六年四月一日
→『文芸時評大系昭和篇Ⅱ6』
平林たい子　さまざまな女の点景―丹羽文雄著「爬虫類」　「日本読書新聞」587号　昭和二六年四月四日
SUN・E　丹羽文雄著『爬虫類』　「週刊朝日」昭和二六年四月一五日　36頁　＊爬虫類
瀬沼茂樹　文芸時評―作者の表現したいもの　「中部日本新聞」昭和二六年四月二〇日　＊爛れた月
→『文芸時評大系昭和篇Ⅱ6』
阿部知二　文芸時評―悪気流の中の小説　「読売新聞」昭和二六年四月二三日　＊壁の草
小原壮助　『文学者』の有機的関連　「東京新聞」夕刊　昭和二六年四月二四日　＊爬虫類
→『大波小波2』（昭和五四年五月五日　東京新聞出版局）
山本健吉　文芸時評　「毎日新聞」昭和二六年四月二七日　＊歪曲と羞恥
→『文芸時評』（昭和四四年六月三〇日　河出書房新社）
亀井勝一郎　文壇の概観　『文芸年鑑　昭和26年度』　昭和二六年四月三〇日　新潮社　24-25頁　＊爬虫類
湯池朝雄　戦後作家論―丹羽文雄について　「近代文学」6巻5号　昭和二六年五月一日
亀井勝一郎　今日の二人の作家―『爬虫類』と『武蔵野夫人』を中心に　「文学界」5巻5号　昭和二六年五月一日　124-133

頁

↓『現代作家論』（昭和二九年四月二〇日　角川文庫）

『亀井勝一郎全集5』（昭和四七年九月二〇日　講談社）

紀尾泊園児　文芸時評―四月の作品から「文芸首都」19巻5号　昭和二六年五月一日　＊爛れた月

↓『文芸時評大系昭和篇Ⅱ6』

村松定孝　丹羽文雄の表現「文学者」11号　昭和二六年五月五日　65-72頁

杉浦明平　今月の小説―風俗作家の限界「夕刊新大阪」昭和二六年五月五日　＊壁の草

↓『文芸時評大系昭和篇Ⅱ6』

北原武夫　文芸時評「東京新聞」夕刊　昭和二六年五月八～九日　＊壁の草

↓『文芸時評大系昭和篇Ⅱ6』

山本健吉　創作月評―五月号「日本読書新聞」昭和二六年五月九日　＊壁の草

↓『文芸時評大系昭和篇Ⅱ6』

平林たい子　女性の業を画いた力作―丹羽文雄著「爬虫類」「図書新聞」95号　昭和二六年五月一四日　＊爬虫類

亀井勝一郎　現代文学の空白「読売新聞」昭和二六年五月二一日　＊爬虫類

大和太郎　文壇新地図「読売新聞」昭和二六年五月二八日

＊風俗小説について

丹羽文雄・高見順・阿部知二　創作合評49「群像」6巻6号　昭和二六年六月一日　＊爬虫類

↓『群像創作合評2』（昭和四五年七月一三日　講談社）

亀井勝一郎　作家素描―丹羽文雄「小説新潮」5巻8号　昭和二六年六月一日　122-123頁

↓『亀井勝一郎全集4』（昭和四七年四月二〇日　講談社）

正宗白鳥　読書雑記―小説、翻訳、中国文学「中央公論」66年6号　二六年六月一日　＊爬虫類・厭がらせの年齢・哭壁

↓『読書雑記』（昭和二九年六月二〇日　角川文庫）

『正宗白鳥全集21』（昭和六〇年一月三一日　福武書店）

西村孝次・北原武夫・高橋義孝　小説月評「文学界」5巻6号　昭和二六年六月一日　156-157頁　＊壁の草

↓『文芸時評大系昭和篇Ⅱ6』

無記名「爬虫類」丹羽文雄著「文学界」5巻6号　昭和二六年六月一日　127-128頁

村松定孝　作家の生き方の問題―続丹羽文雄論「文学者」12号　昭和二六年六月五日　54-61頁

荒正人　文芸時評（上）「毎日新聞」昭和二六年六月二七日

＊文学界の座談

↓『文芸時評大系昭和篇Ⅱ6』

小原壮助　目方の足らぬ小説「東京新聞」夕刊　昭和二六年六月二八日　＊歪曲と羞恥

↓『大波小波2』（昭和五四年五月五日　東京新聞出版局）

荒正人　文芸時評（下）「毎日新聞」昭和二六年六月二八日

＊歪曲と羞恥

↓『文芸時評大系昭和篇Ⅱ6』

福田恆存　文芸時評―名人の孤独「朝日新聞」昭和二六年六月二九日　＊歪曲と羞恥

↓『文芸時評大系昭和篇Ⅱ6』

武田泰淳　文芸時評（中）―安定と無造作　「東京新聞」夕刊　昭和二六年六月二九日　＊歪曲と羞恥
↓『文芸時評大系昭和篇Ⅱ6』
三好十郎・中野重治・山室静　創作合評50　「群像」　6巻2号　昭和二六年七月一日　＊壁の草
↓『群像創作合評2』（昭和四五年七月一三日　講談社）
十返肇　丹羽部屋　「新潮」　48年8号　昭和二六年七月一日　66-70頁
青野季吉　文芸時評―面白い匿名批評　「読売新聞」　昭和二六年七月二日　＊歪曲と羞恥
↓『文芸時評大系昭和篇Ⅱ6』
埴谷雄高　文芸時評　「夕刊新大阪」　昭和二六年七月七～八日
↓『文芸時評大系昭和篇Ⅱ6』
山本健吉　文芸時評―7月号　「日本読書新聞」　昭和二六年七月一一日　＊歪曲と羞恥
↓『文芸時評大系昭和篇Ⅱ6』
石川利光　十五日会　「毎日新聞」　昭和二六年七月二五日
平野謙　文芸時評　初出未詳　昭和二六年七月　＊爛れた月
↓『文芸時評』（昭和三八年八月二五日　河出書房新社）
『平野謙全集10』（昭和五〇年九月二五日　新潮社）
湯地肇　丹羽文雄について―「哭壁」その他　「近代文学」　6巻5号　昭和二六年八月一日　134-136頁
神西清・梅崎春生・本多秋五　小説月評　「文学界」　5巻8号　昭和二六年八月一日　＊歪曲と羞恥
↓『文芸時評大系昭和篇Ⅱ6』
亀井勝一郎・中村光夫　批評復興　「文学界」　5巻8号　昭和二六年八月一日　154-170頁
小原壮助　かけ離れた評価　「東京新聞」夕刊　昭和二六年八月一九日
↓『大波小波2』（昭和五四年五月五日　東京新聞出版局）
荒正人・平田三郎　贅肉（丹羽文雄）『日本の近代文学』　昭和二六年九月一日　実業之日本社　136-138頁
柴田錬三郎　文芸時評　「三田文学」　41巻5号　昭和二六年九月一日　＊劇場の廊下にて
↓『柴田錬三郎選集18』（平成二年八月二五日　集英社）
『文芸時評大系昭和篇Ⅱ6』
仲郷三郎　小説月評―虚空の花日　「神戸新聞」　昭和二六年九月三〇日　＊幸福への距離
↓『文芸時評大系昭和篇Ⅱ6』
無記名　日本を創る百人　「文芸春秋」　29巻13号　昭和二六年一〇月一日　8頁
山本健吉　文芸時評―10月号　「日本読書新聞」　昭和二六年一〇月三日　＊幸福への距離
↓『文芸時評』（昭和四四年六月三〇日　河出書房新社）
『文芸時評大系昭和篇Ⅱ6』
浅見淵　文芸時評（中）―血の通わぬ導いた深刻感　「東京新聞」夕刊　昭和二六年一〇月五日　＊幸福への距離
↓『文芸時評大系昭和篇Ⅱ6』
小原壮助　作品より面白い選評　「東京新聞」夕刊　昭和二六年一〇月八日　＊芥川選評
↓『大波小波2』（昭和五四年五月五日　東京新聞出版局）
平林たい子　文芸時評―丹羽氏の転換『異邦人』論争　「東京

タイムズ」昭和二六年一〇月九日　＊幸福への距離
↓『文芸時評大系昭和篇Ⅱ6』
古谷綱武　丹羽文雄の人と作品　『若き日の文学探求』昭和二六年一〇月一〇日　泰光堂　211-222頁
Ⅰ　丹羽文雄著『海は青いだけでない』「図書新聞」昭和二六年一〇月二二日
河上徹太郎・椎名麟三・花田清輝　創作合評54　「群像」6巻11号　昭和二六年一一月一日　＊幸福への距離
↓『群像創作合評2』（昭和四五年七月一三日　講談社）
浅見淵・石上玄一郎・八木義徳　小説月評　「文学界」5巻11号　昭和二六年一一月一日　165-166頁　＊幸福への距離
↓『文芸時評大系昭和篇Ⅱ6』
柴田錬三郎　文芸時評　「三田文学」41巻11号　昭和二六年一一月一日　＊幸福への距離
↓『柴田錬三郎選集18』（平成二年八月二五日　集英社）
『文芸時評大系昭和篇Ⅱ6』
SUN・K　丹羽文雄『海は青いだけでない』「週刊朝日」56巻49号　昭和二六年一一月二五日　42-43頁
山本健吉　一一月号の雑誌から―美しい充実した作品　「北国新聞」昭和二六年一一月二七日
↓『文芸時評大系昭和篇Ⅱ6』
河上徹太郎・河盛好蔵・中村光夫・山本健吉　座談会―今年の小説の収穫は何か　「文学界」5巻12号　昭和二六年一二月一日　80-95頁　＊幸福への距離
↓『文芸時評大系昭和篇Ⅱ6』
無記名　丹羽文雄著「海は青いだけではない」「文学界」5巻12号　昭和二六年一二月一日　161-164頁
平野謙　焦点ずれの『異邦人』論争　「明治大学新聞」昭和二六年一二月五日　＊爛れた月
↓『文壇時評上』（昭和四八年四月　河出書房新社）
『平野謙全集12』（昭和五〇年一一月二五日　新潮社）
井上孝　丹羽文雄著『幸福への距離』「図書新聞」昭和二六年一二月一〇日
中村光夫　実験小説について―新文学への転回　「読売新聞」昭和二六年一二月一〇日
右近左近　本年文壇の10大トピック　「読売新聞」夕刊　昭和二六年一二月一七日　＊風俗小説について
丸山明　創作評―川端の〝鬼気〟と丹羽の〝野望〟「時事新報」夕刊　昭和二六年一二月二一日　＊一つの階段
青野季吉　五一年の文壇回顧　「北国新聞」昭和二六年一二月二三日　＊幸福への距離
亀井勝一郎　新年号の作品から―江戸と昭和の道行　「朝日新聞」昭和二六年一二月二四日　＊女靴
高見順　文芸時評―日本における廿世紀文学　「東京新聞」夕刊　昭和二六年一二月二六日　＊実験小説
臼井吉見　新年号作品評　「河北新報」昭和二六年一二月二七日　＊太平
荒正人　前衛と後衛　「毎日新聞」昭和二六年一二月二九日　＊幸福への距離
↓『戦後文学の展望』（昭和三一年七月一五日　三笠書房）
河盛好蔵　1951年芸術ベスト・スリー　「読売新聞」昭和二六年一二月三一日　＊歪曲と羞恥

丹羽綾子　わが家の正月料理　「婦人公論」38巻1号　昭和二七年一月一日　206-207頁
丹羽桂子　父を語る　「婦人公論」38巻1号　昭和二七年一月一日　グラビア
無記名　丹羽文雄著「幸福への距離」　「文学界」6巻1号　昭和二七年一月一日　＊幸福への距離　167-169頁
臼井吉見　実験小説　掲載紙未確認　昭和二七年一月一日　＊実験小説是非・爛れた月・幸福への距離
↓『戦後8』（昭和四一年七月一〇日　筑摩書房）
無記名　日米〝海戦作家〟顔合せ─ミ氏と丹羽氏ソロモンの思出を語る　「読売新聞」昭和二七年一月七日
臼井吉見　今年度の文学界に期待するもの　「東京タイムズ」昭和二七年一月八日　＊実験小説・幸福への距離
↓『文芸時評大系昭和篇Ⅱ7』（平成二〇年一〇月二五日　ゆまに書房）
浅見淵　文芸時評─新年号　「日本読書新聞」626号　昭和二七年一月九日　＊幸福への距離
↓『文芸時評大系昭和篇Ⅱ7』
寺田透　実験小説の曖昧さ─丹羽文雄著「幸福への距離」「日本読書新聞」626号　昭和二七年一月九日
ジェームス・ミッチェナー　伝統と新味の文学─消えた海戦の残虐な印象　「読売新聞」昭和二七年一月九日
＊「十三才問答　日本の印象⑧」として丹羽文雄の「書き足りぬ異邦人─さかんな日本人の読書力」と同時掲載。
小原壮助　丹羽文雄と誤解─大波小波小特集　本年度期待の作家③　「東京新聞」夕刊　昭和二七年一月一一日
亀井勝一郎　ことしの文壇地図─武者小路に期待　「北海道新聞」昭和二七年一月二七日
↓『亀井勝一郎全集4』（昭和四七年四月二〇日　講談社）
無記名　丹羽文雄の実験小説　「毎日新聞」昭和二七年一月二八日
小原壮助　作家の生き方三種　「東京新聞」夕刊　昭和二七年一月三〇日
↓『大波小波2』（昭和五四年五月五日　東京新聞出版局）
永野藤夫　カトリック風俗小説論─丹羽文雄と中村地平の場合
「声」891号　昭和二七年一月　9-13頁
杉浦明平　丹羽文雄─『理想の良人』について　『作家論』昭和二七年二月一日　草木社
斎藤兵衛　文芸時評─新年号の諸作品　「文学界」6巻2号　昭和二七年二月一日　167-171頁　＊架空研究会
丸岡明　文芸時評─「名人生涯」と作中の「私」　「文芸」9巻2号　昭和二七年二月一日　34-35頁　＊一つの階段
三島由紀夫　文芸時評　「時事新報」昭和二七年二月一七〜一八日　＊哭壁
↓『決定版三島由紀夫全集27』（平成一五年二月一〇日　新潮社）
尾崎一雄　丹羽文雄　「読売新聞」昭和二七年三月一七日
荒正人　現代小説の宿命　「毎日新聞」昭和二七年三月二三日
＊媒体
↓『戦後文学の展望』（昭和三一年七月一五日　三笠書房）
平田次三郎　文芸雑誌四月号　「全国出版新聞」昭和二七年三月三〇日　＊小説作法

↓『文芸時評大系昭和篇Ⅱ7』

浅見淵　文芸時評―四月号「日本読書新聞」昭和二七年四月二日　＊媒体

↓『文芸時評大系昭和篇Ⅱ7』

平田次三郎　文芸雑誌展望「東京タイムズ」昭和二七年四月三日　＊小説作法

↓『文芸時評大系昭和篇Ⅱ7』

浅見淵　文芸時評―今月の小説「夕刊新大阪」昭和二七年四月四日　＊媒体

↓『文芸時評大系昭和篇Ⅱ7』

瀬沼茂樹　五月号の中間小説―限られた作品の場「夕刊信毎」昭和二七年四月八日　＊女の階段

↓『文芸時評大系昭和篇Ⅱ7』

荒正人　丹羽文雄『現代文学総説3』昭和二七年四月一〇日　学灯社

丹羽綾子　たのしわが家「サンデー毎日」31巻17号　昭和二七年四月一三日　31頁

西村孝次　文芸雑誌―五月号から「北国新聞」昭和二七年四月二五日　＊対談

↓『文芸時評大系昭和篇Ⅱ7』

阿部知二・梅崎春生・神西清　創作合評60「群像」7巻5号　昭和二七年五月一日　＊媒体

↓『群像創作合評3』（昭和四五年八月二七日　講談社）

丸山明・西村幸次・臼井吉見　小説月評「文学界」6巻5号　昭和二七年五月一日　159頁　＊媒体

田宮虎彦　文芸時評―ひどく初歩的な事「文芸」9巻5号　昭和二七年五月一日　34-35頁　＊媒体

十返肇　丹羽文雄論「早稲田文学」18巻5号（復刊7号）昭和二七年五月一日　78-85頁

↓『文壇と文学』（昭和二九年一二月一〇日　東方社）

『十返肇著作集下』（昭和四四年五月二八日　講談社）

瀬沼茂樹　六月号、中間小説展望「夕刊信毎」昭和二七年五月一一日　＊顔のない肉体

↓『文芸時評大系昭和篇Ⅱ7』

伊藤整　活躍した人々と作品『文芸年鑑　昭和27年度』昭和二七年五月三〇日　新潮社　31-35頁　＊幸福の距離・歪曲と羞恥

尾崎一雄　根岸にて（上）「東京新聞」昭和二七年六月二〇日

↓『尾崎一雄全集10』（昭和五八年一一月三〇日　筑摩書房）

尾崎一雄　丹羽文雄―顔「群像」7巻7号　昭和二七年七月一日　96-97頁

十返肇　文芸時評「文学者」25号　昭和二七年七月五日

↓『十返肇著作集上』（昭和四四年五月二八日　講談社）

村松定孝　丹羽文雄論「群像」7巻8号　昭和二七年八月一日　146-152頁

暉峻康隆　西鶴と現代文学「文芸」9巻8号　昭和二七年八月一日　35-39頁　＊当世胸算用・六軒・幸福への距離

榛原英治　文芸時評「早稲田文学」18巻8号　昭和二七年八月一日　＊髭

↓『文芸時評大系昭和篇Ⅱ7』

手塚富雄　九月号文芸時評「朝日新聞」夕刊　昭和二七年八月二二日　＊隣人

↓『文芸時評大系昭和篇Ⅱ7』
十返肇　丹羽文雄の親分ぶり　「別冊文芸春秋」29号　昭和二七年八月　32-33頁
亀井勝一郎　開会の辞―花形作家コンクールに寄せて　「オール読物」7巻9号　昭和二七年九月一日
↓『亀井勝一郎全集20』（昭和四八年六月二〇日　講談社）
十返肇　戦後小説とモデルたち　「小説公園」3巻8号　昭和二七年九月一日　＊ふたりの私・困った愛情
↓『文壇と文学』（昭和二九年一二月一〇日　東方社）
臼井吉見　壮観・丹羽文雄の生産力―人気作家論4　「東京新聞」夕刊　昭和二七年九月八日
杉森久英　文芸時評―9月号　「日本読書新聞」昭和二七年九月八日　＊隣人
↓『文芸時評大系昭和篇Ⅱ7』
悪七兵衛　文壇の保守党進出　「東京新聞」夕刊　昭和二七年一〇月七日
↓『大波小波2』（昭和五四年五月五日　東京新聞出版局）
XYZ　文壇走馬灯　「時事新報」昭和二七年一〇月一二日
佐藤観次郎　島木健作と丹羽文雄　『文壇えんま帖』昭和二七年一〇月二一日　学風書院
神西清　文芸時評　「朝日新聞」夕刊　昭和二七年一〇月二四日　＊遮断機
↓『文芸時評大系昭和篇Ⅱ7』
荒正人　丹羽文雄　『現代文学総説2』昭和二七年一〇月二五日　学灯社　317-320頁
手塚富雄　文芸雑誌（十一月号）評　「毎日新聞」昭和二七年一〇月二五日　＊遮断機
↓『文芸時評大系昭和篇Ⅱ7』
山本健吉　文芸時評（下）―分らぬ丹羽の力作　「読売新聞」昭和二七年一〇月二九日　＊遮断機
↓『文芸時評』（昭和四四年六月三〇日　河出書房新社）
『文芸時評大系昭和篇Ⅱ7』
浅見淵　文芸時評　流行作家の疲れ―丹羽の佳作「遮断機」「大阪新聞」夕刊　昭和二七年一〇月三〇日　＊遮断機
↓『文芸時評大系昭和篇Ⅱ7』
堀田善衛　文芸時評―概念規定の〝遮断機〟「東京新聞」夕刊　昭和二七年一〇月三一日　＊遮断機
↓『文芸時評大系昭和篇Ⅱ7』
臼井吉見　ルポルタージュ文学　掲載誌不明　昭和二七年一〇月　＊海戦
↓『戦後8』（昭和四一年七月一〇日　筑摩書房）
田口東一郎　創作月評11月号―今月も低調　方法的錯誤おかした『遮断機』「図書新聞」昭和二七年一一月一日
↓『文芸時評大系昭和篇Ⅱ7』
中野好夫　作家に聞く・丹羽文雄　「文学」20巻11号　昭和二七年一一月一日
平野謙　十一月号文芸雑誌から―『風媒花』の完結と『遮断機』「北海道新聞」昭和二七年一一月六日　＊遮断機
↓『文芸時評大系昭和篇Ⅱ7』
M　文芸雑誌　十一月号―新鮮な丹羽の意欲　収穫は武田の「風媒花」「西日本新聞」昭和二七年一一月七日　＊遮断機
↓『文芸時評大系昭和篇Ⅱ7』

亀井勝一郎　現代文学を築く人々　「読売新聞」昭和二七年一一月二一日
↓『亀井勝一郎全集4』（昭和四七年四月二〇日　講談社）
河盛好蔵　文芸時評─身につまされる魅力　「週刊朝日」57巻48号　昭和二七年一一月三〇日　50-51頁　＊遮断機
平野謙　文芸時評　初出未詳　昭和二七年一一月　＊遮断機
↓『文芸時評』（昭和三八年八月二五日　河出書房新社）
『平野謙全集10』（昭和五〇年九月二五日　新潮社）
佐々木基一・久保田正文・荒正人・平野謙　文芸時評　「近代文学」7巻12号　昭和二七年一二月一日　＊遮断機
↓『文芸時評大系昭和篇Ⅱ7』
大岡昇平・高橋義孝・平野謙　創作合評67　「群像」7巻12号　昭和二七年一二月一日　＊遮断機
↓『群像創作合評3』（昭和四五年八月二七日　講談社）
『文芸時評大系昭和篇Ⅱ7』
中村光夫　口語文と外国文学　「文学」20巻12号　昭和二七年一二月一日　＊実験小説
↓『中村光夫全集8』（昭和四七年九月二五日　筑摩書房）
前田純敬　中間雑誌小説評　新年号─相変わらず光る丹羽「西日本新聞」昭和二七年一二月二日　＊群馬
↓『文芸時評大系昭和篇Ⅱ7』
市川為雄　文芸時評─「遮断機」をめぐって　「文学者」30号　昭和二七年一二月五日　66-71頁　＊遮断機
無記名　丹羽文雄─顔　「週刊朝日」57巻50号　昭和二七年一二月一四日　30頁
吉田健一　文芸時評　「毎日新聞」昭和二七年一二月二三日
＊架空研究会
↓『文芸時評大系昭和篇Ⅱ7』
平田次三郎　新年号雑誌評　「神戸新聞」昭和二七年一二月二八日　＊続小説作法
↓『文芸時評大系昭和篇Ⅱ7』
臼井吉見　新年号創作月評　「東京タイムズ」昭和二七年一二月二九日　＊太平
↓『文芸時評大系昭和篇Ⅱ7』
青野季吉　文芸時評─息もつけない「演技」「西日本新聞」昭和二七年一二月二九日　＊青い街
↓『文芸時評大系昭和篇Ⅱ7』
板垣直子　一九五二年の文芸　「芸苑」7巻1号　昭和二八年一月一日
↓『文芸時評大系昭和篇Ⅱ8』（平成二〇年一〇月二五日　ゆまに書房）
広津和郎　「春の城」─新鮮な若さ　「読売新聞」昭和二八年一月一日　＊蛇と鳩
浦松佐美太郎・青山光二・峯雪栄・八木義徳・石川利光・丹羽文雄・十返肇　座談会「遮断機」をめぐって　「文学者」31号　昭和二八年一月五日　86-100頁　＊遮断機
本多秋五　文芸時評新年号　「日本読書新聞」昭和二八年一月一二日　＊青い街
↓『文芸時評大系昭和篇Ⅱ8』
亀井勝一郎　現代文学の思想的課題（下）「読売新聞」昭和二八年一月一七日
平松幹夫　アメリカ文学に学ぶもの　「読売新聞」昭和二八年

一月二三日　＊フォークナーへの感想
山本健吉　丹羽文雄作「世間知らず」の邦子―小説に描かれた婦人像「朝日新聞」夕刊　昭和二八年一月二五日
↓『小説に描かれた婦人像』（昭和三〇年五月一日　河出書房）
T　文芸時評「中部日本新聞」昭和二八年一月二七日　＊架空研究会
↓『文芸時評大系昭和篇Ⅱ8』
Z　文芸時評二月の雑誌―ばれた〝匿名〟（群像）「報知新聞」昭和二八年一月三〇日　＊架空研究会
木村恭介　丹羽文雄の文学―作品と作家研究「出版ニュース」228号　昭和二八年一月　1-6頁
三島由紀夫・亀井勝一郎・堀田善衛　創作合評69「群像」8巻2号　昭和二八年二月一日　＊架空研究会
↓『群像創作合評3』（昭和四五年八月二七日　講談社）
阿川弘之　切抜文芸時評2「新潮」50年2号　昭和二八年二月一日　＊架空研究会
↓『文芸時評大系昭和篇Ⅱ8』
斎藤兵衛（臼井吉見）新年号の諸作品―文芸時評「文学界」7巻2号　昭和二八年二月一日　＊架空研究会
↓『戦後10』（昭和四一年九月一〇日　筑摩書房）
『文芸時評大系昭和篇Ⅱ8』
天野酌久　反秀才文学の底流「東京新聞」夕刊　昭和二八年二月一九日
↓『大波小波2』（昭和五四年五月五日　東京新聞出版局）
悪七兵衛　芥川賞の選後評「東京新聞」夕刊　昭和二八年二月二〇日
↓『大波小波2』（昭和五四年五月五日　東京新聞出版局）
亀井勝一郎　ユニークな社会小説―丹羽文雄著「蛇と鳩」「朝日新聞」昭和二八年三月二日
臼井吉見　時評的書評　新形式世相文学―評論・ルポ・小説の混合体「読売新聞」昭和二八年三月二九日　＊蛇と鳩
↓『戦後11』（昭和四一年一〇月一〇日　筑摩書房）
十返肇　注目される丹羽文雄著『蛇と鳩』―最近の小説から「日本読書新聞」688号　昭和二八年三月三〇日　＊蛇と鳩
臼井吉見　文芸時評（中）「東京新聞」昭和二八年四月一日　＊別冊文芸春秋
↓『文芸時評大系昭和篇Ⅱ8』
梅崎春生　書評―丹羽文雄著『蛇と鳩』「文学界」7巻4号　昭和二八年四月一日　175-176頁　＊蛇と鳩
板垣直子　丹羽文雄論「文学」21巻5号　昭和二八年五月一日
SUN・H　新興宗教の表裏―丹羽文雄『蛇と鳩』「週刊朝日」58巻18号　昭和二八年五月三日　53-54頁　＊蛇と鳩
神西清　文芸時評（下）―煩悩具足の文学「朝日新聞」昭和二八年五月八日　＊無名の虫
↓『文芸時評大系昭和篇Ⅱ8』
臼井吉見　文芸時評―小説より面白いルポ物「読売新聞」昭和二八年五月八日　＊二人妻
十返肇　雑誌月評―思想性のない〝リレー小説〟「全国出版新聞」昭和二八年五月一〇日　＊二人妻
↓『文芸時評大系昭和篇Ⅱ8』

S　仕事部屋を訪ねて—丹羽文雄氏　「新刊ニュース」　4巻15号　昭和二八年五月二〇日　17頁
十返肇　文芸時評　「朝日新聞」　昭和二八年五月二四日　＊藤代大佐・板塀
↓『十返肇著作集上』（昭和四四年五月二八日　講談社）
『文芸時評大系昭和篇Ⅱ８』
大岡昇平　文芸時評—社会的視野の拡大　「東京新聞」　夕刊　昭和二八年五月二六日　＊藤代大佐
↓『大岡昇平全集14』（平成八年四月二五日　筑摩書房）
『文芸時評大系昭和篇Ⅱ８』
桶谷繁雄　私の文芸時評　「読売新聞」　昭和二八年五月二七日　＊藤代大佐
↓『文芸時評大系昭和篇Ⅱ８』
吉川英治　折々の記23　「読売新聞」　夕刊　昭和二八年五月二七日
梅崎春生　『蛇と鳩』　丹羽文雄著　「群像」　８巻６号　昭和二八年六月一日　175-176頁　＊蛇と鳩
木下順二・椎名麟三・手塚富雄　創作合評73　「群像」　８巻６号　昭和二八年六月一日　＊無名の虫
↓『群像創作合評３』（昭和四五年八月二七日　講談社）
豊谷沆　文芸時評　「作家」　59号　昭和二八年六月一日　＊「文学界」の丹羽文雄特集について
↓『文芸時評大系昭和篇Ⅱ８』
河盛好蔵　丹羽文雄著「かしまの情」　「文学界」　７巻６号　昭和二八年六月一日　119-120頁　＊かしまの情
中村光夫　小説案内（上）—丹羽文雄と堀辰雄　「毎日新聞」　昭和二八年六月三日　＊藤代大佐
↓『中村光夫全集６』（昭和四七年一二月一〇日　筑摩書房）
『文芸時評大系昭和篇Ⅱ８』
無記名　恋文—文学を散歩する　「アサヒグラフ」　57巻23号　昭和二八年六月一〇日　11-13頁　＊恋文
瀬沼茂樹　七月号中間雑誌展望　「東京タイムズ」　昭和二八年六月一九日　＊木の芽どき
↓『文芸時評大系昭和篇Ⅱ８』
臼井吉見　３つの新聞小説—時評的書評　「読売新聞」　昭和二八年六月二一日　＊恋文
↓『戦後11』（昭和四一年一〇月一〇日　筑摩書房）
無記名　書斎めぐり—本は一冊も置かない　丹羽文雄氏　「毎日新聞」　昭和二八年六月二二日
悪七兵衛　タバコ顔見世興行　「東京新聞」　夕刊　昭和二八年六月二四日
↓『大波小波２』（昭和五四年五月五日　東京新聞出版局）
SMT　問題の提示と解答—丹羽文雄と大岡昇平　「週刊朝日」　58巻27号　昭和二八年六月二八日　58-59頁　＊藤代大佐
西村孝次　活躍した人々と作品　『文芸年鑑　昭和28年度』　昭和二八年六月三〇日　新潮社　28-31頁　＊遮断機
SUN・H　戦後恋愛風景—丹羽文雄『恋文』　「週刊朝日」　58巻28号　昭和二八年七月五日　55-56頁　＊恋文
村松定孝　文芸時評—素朴なる一読者の立場から　「文学者」　37号　昭和二八年七月五日　＊藤代大佐・板塀

↓『文芸時評大系昭和篇Ⅱ8』
中村光夫　上半期の文学界―確立されつつある戦後文壇　「読売新聞」昭和二八年七月一〇日
天地人　人さまざま　丹羽文雄―失われぬ若い意欲　「朝日新聞」昭和二八年七月一七日
↓『人さまざま』（昭和二八年一二月二〇日　朝日新聞社）
無記名　丹羽文雄・石川達三―南極　北極　「人物往来」2巻7号　昭和二八年七月　106-107頁
井上靖　丹羽さんの顔　「図書新聞」昭和二八年八月一日
↓『井上靖全集24』（平成九年七月一〇日　新潮社）
無記名　丹羽文雄著『遮断機』「図書新聞」昭和二八年八月八日
野間宏　寺田透『丹羽文雄論』『文学の探求』昭和二八年八月一五日　未来社　230-233頁
十返肇　文芸時評　「朝日新聞」昭和二八年八月二九日　＊三枝の表情
↓『十返肇著作集上』（昭和四四年五月二八日　講談社）
中島健蔵　文芸時評（上）―現実と創作の現状　「東京新聞」夕刊　昭和二八年九月三日　＊母の日
↓『文芸時評大系昭和篇Ⅱ8』
十返肇　婦人のための読書案内　「読売新聞」昭和二八年九月一四日　＊遮断機
↓『十返肇著作集上』（昭和四四年五月二八日　講談社）
十返肇　婦人のための読書案内　「読売新聞」昭和二八年九月二一日　＊新興宗教で救われるか
↓『十返肇著作集上』（昭和四四年五月二八日　講談社）
十返肇　文芸時評（上）―作家と母の宿命　「朝日新聞」昭和二八年九月二八日　＊母の日
↓『十返肇著作集上』（昭和四四年五月二八日　講談社）
『文芸時評大系昭和篇Ⅱ8』
平野謙　文芸時評10月号―冷酷も愛情もなし　作家修業は鈍磨の修練か　「日本読書新聞」昭和二八年九月二八日　＊母の日
↓『文芸時評』（昭和三八年八月二五日　河出書房新社）
『平野謙全集10』（昭和五〇年九月二五日　新潮社）
『文芸時評大系昭和篇Ⅱ8』
三宅晴輝　私の文芸時評　「読売新聞」昭和二八年九月二八日　＊母の日
↓『文芸時評大系昭和篇Ⅱ8』
山本健吉　文芸時評　「大阪新聞」夕刊　昭和二八年一〇月一日　＊母の日
↓『文芸時評』（昭和四四年六月三〇日　河出書房新社）
『文芸時評大系昭和篇Ⅱ8』
十返肇　文壇主流の喪失―現代作家の意図と生態　「中央公論」68年11号　昭和二八年一〇月一日
↓『文壇と文学』（昭和二九年一二月一〇日　東方社）
臼井吉見　今月の作品から　「東京タイムズ」昭和二八年一〇月二日　＊母の日
↓『文芸時評大系昭和篇Ⅱ8』
瀬沼茂樹　文芸時評―社会的方法の実験　「東京新聞」夕刊　昭和二八年一〇月五日　＊母の日
↓『戦後文壇生活ノート上』（昭和五〇年七月一五日　河出

書房新社）
『文芸時評大系昭和篇Ⅱ8』
瀬沼茂樹　中間雑誌展望―人生の知恵を示す実のある諸作品「東京タイムズ」昭和二八年一〇月一六日　＊悪の宿
↓『文芸時評大系昭和篇Ⅱ8』
臼井吉見・中島健蔵・本多秋五　創作合評78「群像」8巻12号　昭和二八年一一月一日　＊母の日
↓『群像創作合評3』（昭和四五年八月二七日　講談社）
平野謙　文芸時評11月号「日本読書新聞」昭和二八年一一月二日
↓『文芸時評』（昭和三八年八月二五日　河出書房新社）
『平野謙全集10』（昭和五〇年九月二五日　新潮社）
『文芸時評大系昭和篇Ⅱ8』
瀬沼茂樹　十二月中間雑誌展望―安易な時事問題の扱い「神戸新聞」昭和二八年一一月一七日　＊首相官邸・欲の果て
山本健吉　丹羽文雄作「厭がらせの年齢」のうめ女―小説に描かれた婦人像「朝日新聞」夕刊　昭和二八年一一月二二日
↓『小説に描かれた婦人像』（昭和三〇年五月一日　河出書房）
久保田正文　雑誌月評―重量感ある丹羽の発言「全国出版新聞」昭和二八年一一月二五日　＊小説作法・鼎談太宰治
↓『文芸時評大系昭和篇Ⅱ8』
十返肇　文芸時評「中部日本新聞」昭和二八年一一月二五日
↓『文芸時評大系昭和篇Ⅱ8』
中村真一郎　文芸時評―案外多い各誌の収穫　文芸雑誌一年の回顧「京都新聞」昭和二八年一一月二九日　＊小説作法
↓『文芸時評大系昭和篇Ⅱ8』
臼井吉見・平野謙・高橋義孝・十返肇　丹羽文雄「遮断機」―今年の問題作を語る「文学界」7巻12号　昭和二八年一二月一日　136-156頁　＊遮断機
↓『文芸時評大系昭和篇Ⅱ8』
中島健蔵　1953年ベスト・スリー「読売新聞」昭和二八年一二月一〇日　＊蛇と鳩
瀬沼茂樹　一九五三年の展望「図書新聞」225号　昭和二八年一二月一二日
無記名　人・寸描―丹羽文雄「朝日新聞」昭和二八年一二月一九日
荒正人　長篇小説の誕生「東京日日新聞」昭和二八年一二月一九日　＊蛇と鳩
↓『戦後文学の展望』（昭和三一年七月一五日　三笠書房）
亀井勝一郎　二つの問題作―丹羽の「青麦」と堀田の「歴史」「読売新聞」昭和二八年一二月二〇日
↓『亀井勝一郎全集5』（昭和四七年九月二〇日　講談社）
瀬沼茂樹　一月号中間小説の展望「神戸新聞」昭和二八年一二月二九日　＊波の蝶
↓『文芸時評大系昭和篇Ⅱ8』
奥野健男　丹羽文雄論―自我不在の文学「早稲田文学」10・11号　昭和二八年一二月
↓『奥野健男作家論集1』（昭和五一年一月三一日　泰流社）
平野謙　一九五三年の回顧　掲載誌不明　昭和二八年一二月　＊遮断機
↓『文壇時評上』（昭和四八年四月　河出書房新社）

『平野謙全集12』（昭和五〇年一一月二五日　新潮社）
尾崎一雄　親友交歓「群像」9巻1号　昭和二九年一月一日
　グラビア
亀井勝一郎　今日の文学的問題「東京新聞」昭和二九年一月
　三・四日
→『亀井勝一郎全集5』（昭和四七年九月二〇日　講談社）
無記名　風俗小説から半ば脱皮―丹羽文雄の書下ろし「青麦」
　「朝日新聞」昭和二九年一月一五日　＊青麦
杉森久英　近刊の小説―「青麦」「天と地の結婚」「歴史」外
　「東京新聞」昭和二九年一月一五日　＊青麦
三好十造　退屈している作家「読売新聞」昭和二九年一月一
　五日　＊青麦
無記名　新・人物風土記―三重県「読売新聞」夕刊　昭和二
　九年一月一五・一八日
瀬沼茂樹　宗教的生活の確認―丹羽文雄著『青麦』「図書新
　聞」229号　昭和二九年一月一六日　＊青麦
無記名　人間の本質を凝視―丹羽文雄の書下ろし「青麦」「朝
　日新聞」昭和二九年一月一八日　＊青麦
高山毅　文芸時評―近ごろの長篇「都新聞」夕刊　昭和二九
　年一月二二日　＊青麦
→『文芸時評大系昭和篇Ⅱ9』（平成二〇年一〇月二五日
　ゆまに書房）
しかり　全日本的文学賞を「東京新聞」夕刊　昭和二九年一
　月二八日　＊大波小波
→『大波小波2』（昭和五四年五月五日　東京新聞出版局）
日沼倫太郎　創作月評二月号「図書新聞」昭和二九年一月三
　〇日　＊東京いそっぷ噺
→『文芸時評大系昭和篇Ⅱ9』
平野謙　文芸時評（下）「朝日新聞」昭和二九年一月三一日
　＊東京いそっぷ噺
→『文芸時評』（昭和三八年八月二五日　河出書房新社）
　『平野謙全集10』（昭和五〇年九月二五日　新潮社）
　『文芸時評大系昭和篇Ⅱ9』
佐々木基一　文芸時評二月号「日本読書新聞」731号　昭和二
　九年二月一日　＊東京いそっぷ噺
→『文芸時評大系昭和篇Ⅱ9』
白井健三郎　無思想的と思想的―丹羽文雄著「青麦」「日本読
　書新聞」731号　昭和二九年二月一日　＊青麦
山本健吉　丹羽文雄著『青麦』「文学界」8巻2号　昭和二九
　年二月一日　167-169頁　＊青麦
福田栄一　丹羽文雄―「青麦」に於けるアルカイックと思想
　現代作家研究ノート「文芸日本」2巻2号　昭和二九年二
　月一日　53-58頁　＊青麦
平野謙　二月号の文芸作品を読む―魅力のない『力作』「北海
　道新聞」昭和二九年二月二日　＊東京いそっぷ噺
→『文芸時評大系昭和篇Ⅱ9』
高山毅　長篇の機運「文学者」51巻3号　昭和二九年二月五
　日　＊青麦
→『文芸時評大系昭和篇Ⅱ9』
小野十三郎　二月の文芸時評―逆手に取った自然主義描写『む
　らぎも』『東京いそっぷ噺』「夕刊新大阪」昭和二九年二月
　五日　＊東京いそっぷ噺

↓『文芸時評大系昭和篇Ⅱ9』
十返肇　現代文学の動向　「世潮」1巻1号　昭和二九年二月
↓『文壇と文学』（昭和二九年一二月一〇日　東方社）
『十返肇著作集上』（昭和四四年五月二八日　講談社）
寺田透・北原武夫・神西清　創作合評82　「群像」9巻3号
昭和二九年三月一日　＊青麦
↓『群像創作合評4』（昭和四五年一一月二〇日　講談社）
十返肇　文芸時評論　「群像」9巻3号　昭和二九年三月一日
＊蛇と鳩
↓『文壇と文学』（昭和二九年一二月一〇日　東方社）
『十返肇著作集上』（昭和四四年五月二八日　講談社）
十返肇　文壇クローズアップ─野間賞の「蛇と鳩」「小説新潮」8巻4号　昭和二九年三月一日　22-23頁　＊蛇と鳩
無記名　文学きのうきょう　「新潮」51年3号　昭和二九年三月一日　＊東京いそっぷ噺
↓『文芸時評大系昭和篇Ⅱ9』
亀井勝一郎　丹羽文雄の思想　「文学界」8巻3号　昭和二九年三月一日　105-111頁
↓『現代作家論』（昭和二九年四月二〇日　角川文庫）
『亀井勝一郎全集5』（昭和四七年九月二〇日　講談社）
福田栄一　丹羽文雄─「遮断機」に於ける罪の場所　「文芸日本」2巻3号　昭和二九年三月一日　65-70頁
梅崎春生　文芸時評─現実感持つ『女は恐い』「中部日本新聞」昭和二九年三月二三日　＊柔眉の人・女は恐い
↓『文芸時評大系昭和篇Ⅱ9』
戸塚文子　私の文芸時評─四月号の作品から　「読売新聞」昭和二九年三月二五日　＊柔眉の人・女は恐い
↓『文芸時評大系昭和篇Ⅱ9』
青野季吉　文芸時評（上）「東京新聞」夕刊　昭和二九年三月二七日　＊女は恐い
↓『文芸時評大系昭和篇Ⅱ9』
佐々木基一　文芸時評4月号　「日本読書新聞」昭和二九年三月二九日　＊女は恐い
↓『文芸時評大系昭和篇Ⅱ9』
平野謙　文芸時評─真山、丹羽の力作　「朝日新聞」昭和二九年三月三〇日　＊柔眉の人
↓『文芸時評』（昭和三八年八月二五日　河出書房新社）
『平野謙全集10』（昭和五〇年九月二五日　新潮社）
『文芸時評大系昭和篇Ⅱ9』
十返肇　4月号の創作批評　「中国新聞」夕刊　昭和二九年三月三一日　＊柔眉の人
↓『文芸時評大系昭和篇Ⅱ9』
十返肇　文壇クローズアップ　「小説新潮」8巻5号　昭和二九年四月一日
↓『文壇風物誌』
日沼倫太郎　文芸時評─四月号から　「図書新聞」昭和二九年四月三日　＊柔眉の人・女は恐い
↓『文芸時評大系昭和篇Ⅱ9』
無記名　文学を見る─丹羽文雄　「毎日グラフ」昭和二九年四月一四日　16頁
SUN・F　丹羽文雄「小説作法」「週刊朝日」59巻17号　昭和二九年四月一八日　65-66頁

無記名　創作の秘密さぐる—丹羽文雄著『小説作法』「朝日新聞」昭和二九年四月一九日

無記名　私の暮らし7—丹羽文雄一家　「週刊読売」13巻18号　昭和二九年四月二五日　56-57頁

SMT　中間小説評　小説新潮6月号—佳作、丹羽の「暗礁」「読売新聞」昭和二九年四月二八日

臼井吉見　文芸時評—一人合点の新人群　「朝日新聞」昭和二九年四月二九日　＊暗礁

荒正人・佐々木基一・久保田正文・平野謙　文芸時評　「近代文学」9巻5号　昭和二九年五月一日　＊柔眉の人

↓『文芸時評大系昭和篇Ⅱ9』

河上徹太郎・青野季吉・中村光夫　創作合評84　「群像」9巻5号　昭和二九年五月一日　＊柔眉の人

↓『群像創作合評4』（昭和四五年一一月二〇日　講談社）

無記名　文学きのうきょう　「新潮」51年5号　昭和二九年五月一日　＊柔眉の人・女は恐い

↓『文芸時評大系昭和篇Ⅱ9』

亀井勝一郎　文学狂女—薄気味の悪い小説　「文学界」8巻5号　昭和二九年五月一日　＊女は恐い

↓『亀井勝一郎全集補巻2』（昭和四八年一二月二〇日　講談社）

藤原審爾　丹羽文雄の生活と意見　「文学界」8巻5号　昭和二九年五月一日　142-147頁

無記名　丹羽文雄著「柔媚の人」「文学界」8巻5号　昭和二九年五月一日　173-175頁　＊柔媚の人

朝広正利　煩悩の逆効果—丹羽文雄「柔眉の人」読後感　「文芸首都」22巻5号　昭和二九年五月一日　＊柔眉の人

田畑麦彦　方法的逆効果—丹羽文雄「柔眉の人」読後感　「文芸首都」22巻5号　昭和二九年五月一日　＊柔眉の人

荒正人　戦後文学と「家」「読書新聞」昭和二九年五月三日　＊厭がらせの年齢

↓『戦後文学の展望』（昭和三一年七月一五日　三笠書房）

伊藤整　「小説作法」について　「図書新聞」昭和二九年五月一五日　＊小説作法

↓『伊藤整全集11』（昭和四九年二月一五日　新潮社）

浅見淵　ポオズのない心易さ—丹羽文雄著「小説作法」「日本読書新聞」昭和二九年五月一七日　＊小説作法

寺田透　「幸福の距離」について　『現代日本作家研究』昭和二九年五月二五日　未来社

杉浦明平　文芸時評6月号　「図書新聞」昭和二九年五月二九日　＊息子・暗礁

↓『文芸時評大系昭和篇Ⅱ9』

丹羽綾子　夫を描く—〝世話好きで太っ腹でも怒ったら大変〟「朝日新聞」昭和二九年五月三〇日

平田次三郎　文芸時評—六月号の雑誌から　「信濃毎日新聞」夕刊　昭和二九年五月三一日　＊息子

↓『文芸時評大系昭和篇Ⅱ9』

板垣直子　丹羽文雄・武田泰淳の仏教文芸　「大法輪」21巻6号　昭和二九年六月一日　38-43頁

矢端乙実　丹羽文雄論　「上毛国語」6号　昭和二九年六月

十返肇　文壇クローズアップ—当世作家志望者気質　「小説新潮」8巻9号　昭和二九年七月一日　＊蛇と鳩

↓『文壇風物誌』（昭和三〇年六月一〇日）
無記名　文学きのうきょう　「新潮」51年7号　昭和二九年七月一日　＊弘法大師の末裔・隣家
↓『文芸時評大系昭和篇Ⅱ9』
高山毅・平田次三郎・八木義徳・小田仁二郎・十返肇・杉森久英・石川利光　「小説作法」と「贋の季節」をめぐって　「文学者」49号　昭和二九年七月五日　＊小説作法
十返肇　活躍した作家と作品　『文芸年鑑　昭和29年度』　昭和二九年七月八日　新潮社　28-31頁　＊蛇と鳩・青麦・遮断機・母の日・欲の果て
亀井勝一郎　中堅作家論―その完成と未完成　「読売新聞」　昭和二九年七月二六日　＊哭壁・爬虫類・遮断機
↓『亀井勝一郎全集5』（昭和四七年九月二〇日　講談社）
自烈亭　中間小説評　別冊文芸春秋40号―丹羽の出来栄え　「読売新聞」　昭和二九年七月二九日　＊薄色の封筒
亀井勝一郎　小池徹郎「『青麦』の問題性」　「文学界」　8巻8号　昭和二九年八月一日　＊青麦
↓『亀井勝一郎全集5』（昭和四七年九月二〇日　講談社）
小池徹郎　「青麦」の問題性　「文学界」　8巻8号　昭和二九年八月一日　150-154頁　＊青麦
石川利光　最近の丹羽先生　「文章倶楽部」　6巻8号　昭和二九年八月一日　18頁
自烈亭　中間小説評　オール読物9月号―碁に似る丹羽文学　「読売新聞」　昭和二九年八月一二日　＊煩悩腹痛記
宮柊二　16編の小説　「読売新聞」　昭和二九年八月二三日　＊舞台界隈
小谷剛　さもしい根性―読書と執筆　「朝日新聞」　昭和二九年八月三〇日
十返肇　文壇クローズアップ―書きおろし長篇時代がくるか　「小説新潮」　8巻12号　昭和二九年九月一日　190-192頁　＊青麦
板垣直子　丹羽文雄・武田泰淳の仏教文芸　「大法輪」　21巻9号　昭和二九年九月一日　38-43頁
高見順　文芸時評（下）―昭和文学の幾山河　「東京新聞」　夕刊　昭和二九年九月一日　＊舞台界隈
↓『文芸時評大系昭和篇Ⅱ9』
自烈亭　中間小説評　小説新潮10月号―圧巻「彼と小猿七之助」　「読売新聞」　昭和二九年九月二日　＊虫
伊藤整　疲れぬ流行作家たち―文芸時評　「朝日新聞」　昭和二九年九月三日
↓『伊藤整全集17』（昭和四八年七月一五日　新潮社）
十返肇　文芸時評―九月号文芸、総合誌から　「信濃毎日新聞」　夕刊　昭和二九年九月六日　＊舞台界隈
十返肇　丹羽文雄の文章　『文章読本』　昭和二九年九月一五日　河出書房　178-189頁　＊遮断機
天竺徳兵衛　あたらあの筆力も　「東京新聞」　夕刊　昭和二九年九月一七日　＊襤褸の匂い
↓『大波小波2』（昭和五四年五月五日　東京新聞出版局）
自烈亭　中間小説評　別冊小説新潮―当代第1級の〝娯楽〟　「読売新聞」　昭和二九年九月一八日　＊誤解
瀬沼茂樹　十月号中間小説の佳品　「信濃毎日新聞」　夕刊　昭和二九年九月二〇日　＊虫・襤褸の匂い

亀井勝一郎　丹羽文雄「庖丁」「週刊朝日」59巻40号　昭和二九年九月二六日　＊庖丁
→『亀井勝一郎全集5』（昭和四七年九月二〇日　講談社）
奥野健男　十月号の諸作品から「河北新報」昭和二九年九月三〇日　＊青麦第二部
阿部知二・臼井吉見・佐々木基一　創作合評89「群像」9巻10号　昭和二九年一〇月一日　＊舞台界隈
→『群像創作合評4』（昭和四五年一一月二〇日　講談社）
富士正晴　東郷文士訪問日記「新潮」51年10号　昭和二九年一〇月一日　90-107頁　＊爬虫類など
無記名　文学きのうきょう「新潮」51年10号　昭和二九年一〇月一日　＊舞台界隈・虫
→『文芸時評大系昭和篇Ⅱ9』（平成二〇年一〇月二五日　ゆまに書房）
花田清輝　文芸時評―シラミつぶしに「新日本文学」9巻11号　昭和二九年一〇月一日　＊舞台界隈
→『文芸時評大系昭和篇Ⅱ9』
十返肇　行動の表現『文章講座3　文章表現』昭和二九年一〇月二五日　河出書房
北原武夫・臼井吉見　小説診断書「文学界」8巻11号　昭和二九年一一月一日　＊青麦第二部
→『文芸時評大系昭和篇Ⅱ9』
今官一　丹羽文雄『文学のふるさと』昭和二九年一一月一日　毎日新聞社　141-146頁
須賀明　小説の読物化　文芸時評「文学者」8巻11号　昭和二九年一一月五日　＊武蔵野日記・青麦第二部
→『文芸時評大系昭和篇Ⅱ9』
自烈亭　中間小説評　天才を描く力作2つ―火野葦平と坂口安吾「読売新聞」昭和二九年一一月六日　＊今年の柿
自烈亭　中間小説評　つまらぬ〝花形〟―純文学のカミシモ「読売新聞」昭和二九年一一月一三日　＊目撃者
久保田正文　戦争未亡人・道子「恋文」（丹羽文雄）『世界文学のなかの女性』昭和二九年一一月三〇日　新評論社　141-147頁
佐古純一郎　〝青麦〟の問題「表現」昭和二九年一一月
無記名　丹羽文雄氏―人物列車「週刊読売」昭和二九年一二月一二日　グラビア
無記名　今年の出版界―一言でつくせば〝企画が貧困〟「読売新聞」昭和二九年一二月一八日　＊小説作法
自烈亭　中間小説評　意外の健筆・船山馨―イカサマ老人を浮彫り「読売新聞」昭和二九年一二月二五日　＊生理
本多顕彰　小説案内―「異国」と「どぶ漬」・丹羽文雄の新しい試み？「毎日新聞」昭和二九年一二月二八日　＊どぶ漬
→『文芸時評大系昭和篇Ⅱ9』
亀井勝一郎　一九五四年の優秀作品「別冊文芸春秋」43号　昭和二九年一二月
→『亀井勝一郎全集補巻3』（昭和五〇年二月二八日　講談社）
平野謙　文学界の回顧　掲載誌不明　昭和二九年一二月
→『文壇時評上』（昭和四八年四月　河出書房新社）
『平野謙全集12』（昭和五〇年一一月二五日　新潮社）
無記名　丹羽文雄―人物案内「群像」10巻1号　昭和三〇年

一月一日　159頁
平野謙　文芸時評　新年号　「図書新聞」　昭和三〇年一月一日
　＊きまぐれの線・どぶ漬・街の草
↓『文芸時評』（昭和三八年八月二五日　河出書房新社）
『平野謙全集10』（昭和五〇年九月二五日　新潮社）
『文芸時評大系昭和篇Ⅱ10』
久保田正文　文芸時評　新年号―パターン意識の空しさ　「日本読書新聞」　昭和三〇年一月一日　＊気まぐれの線
↓『文芸時評大系昭和篇Ⅱ10』
川口松太郎　続人情馬鹿物語　「小説新潮」　9巻1号～16号　昭和三〇年一月一日～一二月一日
↓『川口松太郎全集15』（昭和四三年一二月　講談社）
『続人情馬鹿物語』（平成一九年六月三〇日　論創社）
自烈亭　中間小説評　圧巻・海音寺の「兵児行状記」―サツマ武士のモラルを描く　「読売新聞」　昭和三〇年一月一四日
　＊軟風
三宅正太郎　文壇右往左往12―昭和文壇万華鏡2　「小説公園」　9巻4号　昭和三〇年二月一日　144-153頁
↓『作家の裏窓』（昭和三〇年四月一五日　北辰堂）
小原元　文芸時評―失われた現実像　「新日本文学」　10巻2号　昭和三〇年二月一日　＊気まぐれの線
↓『文芸時評大系昭和篇Ⅱ10』
亀井勝一郎　現代人と宗教意識　「知性」　2巻2号　昭和三〇年二月一日　38-40頁　＊蛇と鳩
神西清・中村真一郎　小説診断書　「文学界」　9巻2号　昭和三〇年二月一日　＊気まぐれの線
↓『文芸時評大系昭和篇Ⅱ10』
尾崎一雄　世に出るまで　「小説新潮」　9巻4号　昭和三〇年三月一日
無記名　作家故郷へ行く―三重県　丹羽文雄氏　「小説新潮」　9巻4号　昭和三〇年三月一日　1-5頁
↓『尾崎一雄全集10』（昭和五八年一一月三〇日　筑摩書房）
荒正人　中間小説と免罪符　「文学界」　9巻3号　昭和三〇年三月一日　142-146頁
尾崎一雄　気の弱さ、強さ　「文学界」　9巻3号　昭和三〇年三月一日
↓『尾崎一雄全集10』（昭和五八年一一月三〇日　筑摩書房）
村松定孝　丹羽文雄論　『近代日本文学の系譜　下』　昭和三〇年三月五日　寿星社　178-191頁
大岡昇平・寺田透・三島由紀夫　創作合評95　「群像」　10巻4号　昭和三〇年四月一日
↓『群像創作合評4』（昭和四五年一一月二〇日　講談社）
本気　恥を天下にさらせ　「東京新聞」　夕刊　昭和三〇年四月五日　＊小説作法
↓『大波小波3』（昭和五四年七月五日　東京新聞出版局）
自烈亭　中間小説評　力作「戦果の歌」　石野径一郎―小説新潮5月号　「読売新聞」　昭和三〇年四月九日　＊押花
大岡昇平・寺田透・三島由紀夫　創作合評96　「群像」　10巻5号　昭和三〇年五月一日
↓『群像創作合評4』（昭和四五年一一月二〇日　講談社）
浅見淵　現代作家論―丹羽文雄氏の文学　「東京新聞」　夕刊　昭和三〇年五月一一～一二日

＊後「丹羽文雄論」に改題
↓『昭和の作家たち』（昭和三二年一二月二五日　弘文堂）
『浅見淵著作集1』（昭和四九年八月三〇日　河出書房新社）
高橋義孝　文芸時評（上）―女の話す形の小説「笛壺」「花も雪も」「人形」など「東京新聞」夕刊　昭和三〇年五月二六日
↓『文芸時評大系昭和篇Ⅱ10』
自烈亭　中間小説評「オール読物」7月号―中心作がない「読売新聞」昭和三〇年五月二六日　＊箱の中の子猫
大岡昇平・寺田透・三島由紀夫　創作合評97「群像」10巻6号　昭和三〇年六月一日
↓『群像創作合評4』（昭和四五年一一月二〇日　講談社）
十返肇　二十九年度の文壇―活躍した作家と作品『文芸年鑑昭和30年度』昭和三〇年六月一日　新潮社　28-30頁　＊柔眉
山本健吉　佳作、丹羽の「崖下」―文芸時評「読売新聞」昭和三〇年六月二〇日
↓『文芸時評』（昭和四四年六月三〇日　河出書房新社）
『文芸時評大系昭和篇Ⅱ10』
瀬沼茂樹　七月の中間小説―第三の新人登場「北海タイムス」昭和三〇年六月二三日　＊箱の中の仔猫・人形
↓『文芸時評大系昭和篇Ⅱ10』
北原武夫　新人推薦への疑問「中部日本新聞」昭和三〇年六月二四日　＊崖下
↓『文芸時評大系昭和篇Ⅱ10』
無記名　内奥に潜む丹羽氏の美しさ―中年男の魅力を探る「週刊読売」14巻25号　昭和三〇年六月二六日　7-8頁
奥野健男　文芸時評　7月号―新時代への困惑と動揺「日本読書新聞」昭和三〇年六月二七日　＊崖下
↓『文芸時評大系昭和篇Ⅱ10』
無記名　小説描写の伝記―丹羽文雄著「久村清太」「秦逸三」「朝日新聞」昭和三〇年六月二八日
青野季吉　文芸時評―熟練した筆致「崖下」「朝日新聞」昭和三〇年六月二九日　＊崖下
↓『文芸時評大系昭和篇Ⅱ10』
無記名　丹羽文雄―作家の二十四時6「新潮」52年7号　昭和三〇年七月一日　153頁
井上友一郎　私の見た丹羽文雄「新潮」52年7号　昭和三〇年七月一日　157-159頁
丹羽文雄・荒正人・桶谷繁雄「小説作法」理解のために「文学界」九巻七号　昭和三〇年七月一日　138-145頁
青野季吉　練熟した筆触『崖下』―文芸時評「朝日新聞」昭和三〇年七月二日
外村繁　文芸時評（上）―不合理の中の人間像「崖下」と「転身」の主人公「東京新聞」夕刊　昭和三〇年七月三日
↓『文芸時評大系昭和篇Ⅱ10』
無記名　新刊ダイジェスト―丹羽文雄著『青麦』「読売新聞」昭和三〇年七月二三日
田野辺薫　丹羽文雄論―贋性としての浄土真宗伝説「文芸首都」25巻8号　昭和三〇年八月一日　72-83頁
座間三郎　中間小説評　小説よりおもしろい―芥川賞「白い

人」の選後評　「読売新聞」昭和三〇年八月一八日
和木清三郎　石坂洋次郎と丹羽文雄―「三田文学」のころ（昭和文学人物史）「文学界」9巻9号　昭和三〇年九月一日　87-89頁
石原慎太郎　丹羽文雄論―人間の行為様式の透視者　「文芸」13巻14号　昭和三〇年九月一日　34-36頁
青野季吉　文芸時評―風刺小説と厳しさ　「朝日新聞」昭和三〇年九月二七日　＊業苦
↓『文芸時評大系昭和篇Ⅱ10』
奥野健男　文芸時評　10月号―自我と作品との関連性　「日本読書新聞」昭和三〇年一〇月三日　＊支那服の女・業苦
↓『文芸時評大系昭和篇Ⅱ10』
浅見淵　十月の文芸、総合誌諸作品　「河北新報」昭和三〇年一〇月五日　＊支那服の女・業苦
↓『文芸時評大系昭和篇Ⅱ10』
SSS　野球、柔道と日本文学　「東京新聞」夕刊　昭和三〇年一〇月一〇日　＊大波小波
↓『大波小波3』（昭和五四年七月五日　東京新聞出版局）
SUN・F　自己を語る―中野好夫編『現代の作家』「週刊朝日」60巻42号　昭和三〇年一〇月一六日　70-71頁
富沢有為男　中間小説の強打者―山本周五郎と丹羽文雄　「大阪新聞」夕刊　昭和三〇年一〇月二七日　＊鳥黐
↓『文芸時評大系昭和篇Ⅱ10』
中島健蔵・安部公房・平野謙　創作合評102　「群像」11巻11号　昭和三〇年一一月一日　＊業苦
↓『群像創作合評4』（昭和四五年一一月二〇日　講談社）
中村真一郎　私の今月の問題作五選　「文学界」9巻11号　昭和三〇年一一月一日　＊支那服の女
↓『文芸時評大系昭和篇Ⅱ10』
小田切秀雄　私の今月の問題作五選　「文学界」9巻11号　昭和三〇年一一月一日　＊業苦
↓『文芸時評大系昭和篇Ⅱ10』
杉森久英　丹羽文雄著「小説作法実践編」「東京新聞」昭和三〇年一一月四日
柴田錬三郎　本当の〝小説勉強指導書〟―丹羽文雄著『小説作法実践編』「日本読書新聞」823号　昭和三〇年一一月一四日
亀井勝一郎　文芸時評―たった一つの問題作　「読売新聞」昭和三〇年一一月二二日　＊彷徨
↓『文芸時評大系昭和篇Ⅱ10』
↓『亀井勝一郎全集5』（昭和四七年九月二〇日　講談社）
平野謙　小説案内　「毎日新聞」昭和三〇年一一月二三日　＊彷徨
↓『文芸時評』（昭和三八年八月二五日　河出書房新社）
『平野謙全集10』（昭和五〇年九月二五日　新潮社）
『文芸時評大系昭和篇Ⅱ10』
浅見淵　十二月号　総合文芸誌の創作―梅崎、丹羽、芝木らに注目作　「京都新聞」昭和三〇年一一月二四日　＊彷徨
↓『文芸時評大系昭和篇Ⅱ10』
梅崎春生　文芸時評（上）―文体の生理と効果　「失われた詩集」「彷徨」「山間」「声」など　「東京新聞」夕刊　昭和三〇年一一月二八日　＊彷徨
↓『文芸時評大系昭和篇Ⅱ10』

奥野健男　文芸時評12月号―模索と試行の乱立　「日本読書新聞」昭和三〇年一一月二八日　＊彷徨
↓『文芸時評大系昭和篇Ⅱ10』
浅見淵　丹羽文雄会見記　「群像」11巻12号　昭和三〇年一二月一日　192-195頁
田宮虎彦　丹羽文雄　「文芸」12巻16号　昭和三〇年一二月一日　32頁
青野季吉・臼井吉見・山本健吉・平林たい子・十返肇　1955年の作家たち　「文芸」12巻16号　昭和三〇年一二月一日　109-121頁
富士正晴　文芸時評十二月号―力の入った丹羽の『彷徨』安定感の出てきた中堅作家　「図書新聞」昭和三〇年一二月三日
↓『文芸時評大系昭和篇Ⅱ10』
十返肇　小説家の随筆書　「読売新聞」昭和三〇年一二月二四日　＊私の人間修業
亀井勝一郎　一九五五年ベストスリー（アンケート）「読売新聞」昭和三〇年一二月二五日　＊崖下
↓『文芸時評大系昭和篇Ⅱ10』
小泉譲　丹羽文雄著『告白』「北国新聞」昭和三〇年一二月三一日　＊告白
亀井勝一郎　期待する作家　「京都新聞」昭和三一年一月一日
本多顕彰　文芸時評　「群像」11巻1号　昭和三一年一月一日
↓『文芸時評大系昭和篇Ⅱ11』（平成二〇年一〇月二五日　ゆまに書房）
村松定孝　丹羽文雄と「鮎」「国文学解釈と鑑賞」21巻3号　昭和三一年一月一日　33-36頁
高見順・丹羽文雄　僕らの世代　「文芸」13巻3号　昭和三一年一月一日　117-125頁
武田泰淳・埴谷雄高・椎名麟三　創作合評104　「群像」11巻1号　昭和三一年二月一日　＊彷徨
↓『群像創作合評5』（昭和四六年一月日　講談社）
『文芸時評大系昭和篇Ⅱ11』
奥野健男　自然主義文学の挫折　「文学界」10巻2号　昭和三一年二月一日　＊菩提樹
↓『日本文学の病状』（昭和三四年一月一日　五月書房）
『奥野健男文学論集1』（昭和五一年九月一〇日　泰流社）
堀秀彦　本の中に生きる女たち―丹羽文雄『雨跡』のなかの賀志子　「朝日新聞」昭和三一年二月一九日
↓『本の中に生きる女たち』（昭和三三年三月二五日　春陽堂書店）
井上靖　初めて描かれる人間親鸞の姿　「主婦の友」40巻3号　昭和三一年三月一日　157頁　＊親鸞とその妻
兎見康三　文芸時評―文学は消耗品か　「読売新聞」昭和三一年三月一九日
↓『文芸時評大系昭和篇Ⅱ11』
平野謙　今月の小説ベスト3　「毎日新聞」昭和三一年三月二〇日　＊海の声
↓『文芸時評』（昭和三八年八月二五日　河出書房新社）
『平野謙全集10』（昭和五〇年九月二五日　新潮社）
『文芸時評大系昭和篇Ⅱ11』
山本健吉　文芸時評四月　「朝日新聞」昭和三一年三月二二日　＊海の声

↓『文芸時評』（昭和四四年六月三〇日　河出書房新社）
　『文芸時評大系昭和篇Ⅱ11』
十返肇　三つの力作　丹羽文雄「海の声」―文芸時評　「中日新聞」昭和三一年三月二三日　＊海の声
↓『文芸時評大系昭和篇Ⅱ11』
荒正人　文芸時評4月号　「日本読書新聞」昭和三一年三月二六日　＊海の声
↓『文芸時評大系昭和篇Ⅱ11』
奥野健男　文芸時評（中）―〝私〟に属する部分　「東京新聞」夕刊　昭和三一年三月二八日　＊海の声
↓『文芸時評大系昭和篇Ⅱ11』
重　四月号・文芸・総合誌の作品―力作「海の声」と「夏の嵐」「北海タイムス」昭和三一年三月二九日　＊海の声
↓『文芸時評大系昭和篇Ⅱ11』
山室静　四月諸雑誌の小説から　「東京タイムズ」昭和三一年三月三〇日　＊海の声
↓『文芸時評大系昭和篇Ⅱ11』
手塚富雄　文芸時評―質のよい今月の作品　「産経時事」昭和三一年三月三一日　＊海の声
↓『文芸時評大系昭和篇Ⅱ11』
チユニック風　丹羽文雄の新造語　「東京新聞」夕刊　昭和三一年四月六日　＊海の音
↓『大波小波3』（昭和五四年七月五日　東京新聞出版局）
無記名　時の人―文芸家協会理事長に選ばれた丹羽文雄　「毎日新聞」昭和三一年四月二四日
座間三郎　中間小説評　佳作・松本の「ひとりの武将」―井上靖が人物を創造する　「読売新聞」昭和三一年四月二六日
　＊妻は知らず
富沢有為男　今月の大衆文芸　「大阪新聞」夕刊　昭和三一年五月一〇日
↓『文芸時評大系昭和篇Ⅱ11』
臼井吉見　見逃せぬ実質的な仕事　「日本経済新聞」昭和三一年五月一〇日　＊菩提樹
↓『文芸時評大系昭和篇Ⅱ11』
無記名　青麦『日本の名著』昭和三一年五月二〇日　角川小説新書　107-108頁
臼井吉見　丹羽文雄著「菩提樹」「週刊朝日」60巻42号　昭和三一年五月二六日
↓『丹羽文雄作品集6』月報1
　『戦後12』（昭和四一年一一月一〇日　筑摩書房）
杉森久英　大作らしい重量感―丹羽文雄著「菩提樹」「図書新聞」349号　昭和三一年五月二六日　＊菩提樹
毒　文芸時評―六月号の小説から　「夕刊新大阪」昭和三一年五月二七日　＊厭がらせの年齢
↓『文芸時評大系昭和篇Ⅱ11』
無記名　5行書評―丹羽文雄著『菩提樹』「読売新聞」夕刊　昭和三一年六月八日
十返肇　丹羽部屋『現代文壇人群像』昭和三一年六月一五日
　六月社　179-180頁
田宮虎彦　あとがき『飛び立ち去りし』昭和三一年六月二〇日　角川小説新書　＊人間模様
山本健吉　最近の長編小説（下）―「飢える魂」の分裂と

「筏」の方法　「東京新聞」夕刊　昭和三一年六月二七日　＊飢える魂　世間知らず
↓『文芸時評大系昭和篇Ⅱ11』
石川利光　小説とモデル―丹羽文雄「蛇と鳩」「文芸」13巻11号　昭和三一年七月一日　68-76頁
村松定孝　丹羽文雄の宗教思想―「菩提樹」をめぐる問題「文学研究」13号　昭和三一年七月　16-20頁
青山光二　苦悩と救済の思想―稀代の人間通の人間に対する寛容な眼「日本読書新聞」858号　昭和三一年七月二三日　＊菩提樹・飢える魂・崖下
大岡昇平　憑かれた人々―文壇ゴルフ銘々伝「小説新潮」10巻11号　昭和三一年八月一日
↓『大岡昇平全集15』（平成八年三月二五日　筑摩書房）
伊藤整　亜流に毒される文体―丹羽文雄の文体「文学界」10巻8号　昭和三一年八月一日　26-29頁
↓『作家論』（昭和三六年一二月五日　筑摩書房）
『伊藤整全集20』（昭和四八年一〇月一五日　新潮社）
田野辺薫　丹羽文雄―贋性としての浄土真宗伝説「文芸首都」25巻8号　昭和三一年八月一日　72-83頁
藤原審爾　丹羽文雄著『崖下』「図書新聞」昭和三一年八月一八日
渥美かをる　小説に出てくる親子―丹羽文雄『青麦』酒ずきの〝わが父〟「中日新聞」昭和三一年八月二六日
寺田弥吉　新しい親鸞像の結実を待望する「主婦の友」40巻9号　昭和三一年九月一日　234頁　＊親鸞とその妻
瀬沼茂樹　現代作家筆禍帳「新潮」53年9号　昭和三一年九月一日　＊中年
↓『現代文学の條件』（昭和三五年一一月　河出書房新社）
石原慎太郎　丹羽文雄論―人間の行為様式の透視者「文芸」13巻14号　昭和三一年九月一日　34-36頁
↓『孤独なる戴冠』（昭和四一年七月　河出書房新社）
梁取三義　丹羽文雄と借金『随筆二等兵物語』昭和三一年九月一日　彩光社　141-142頁
長田恒雄　仏教思想と文学の問題―丹羽文雄「菩提樹」を中心に「北国新聞」昭和三一年九月二日　＊菩提樹
杉浦明平　丹羽文雄『現代日本の作家』昭和三一年九月一五日　未来社　271-275頁
無記名　文芸閑談・丹羽文雄ほめる十返肇氏「北国新聞」昭和三一年九月一八日
佐伯彰一　文芸時評10月号「日本読書新聞」昭和三一年九月二四日　＊湿気
↓『文芸時評大系昭和篇Ⅱ11』
中村真一郎　文芸時評（中）「東京新聞」夕刊　昭和三一年九月二八日　＊湿気・母の晩年
↓『文芸時評大系昭和篇Ⅱ11』
奥野健男　戦後作家『体系・文学講座7日本文学』昭和三一年九月　青木書店
＊篠竹。のち「戦後文学の展望」に改題。
↓『日本文学の病状』（昭和三四年一月一日　五月書房）
『奥野健男文学論集1』（昭和五一年九月一〇日　泰流社）
山本健吉　文芸時評一一月「朝日新聞」昭和三一年一〇月二二日　＊さまざまの嘘

↓『文芸時評』（昭和四四年六月三〇日　河出書房新社）
中村光夫　文芸時評　「東京新聞」昭和三一年一〇月三〇日〜一一月一日　＊さまざまの嘘・処世術便覧
↓『中村光夫全集6』（昭和四八年一二月一〇日　筑摩書房）
浅見淵　十一月号諸雑誌の文芸作品　「北海道新聞」昭和三一年一一月四日　＊さまざまの嘘
↓『文芸時評大系昭和篇Ⅱ11』
中野恵海　丹羽文雄と親鸞（上）「相愛女子短期大学研究論集」3巻2号　昭和三一年一一月　101-122頁
平野謙　文芸時評　「毎日新聞」昭和三一年一一月二一日　＊厭がらせの年齢
↓『文芸時評』（昭和三八年八月二五日　河出書房新社）
『平野謙全集10』（昭和五〇年九月二五日　新潮社）
浅見淵　丹羽文雄会見記　「群像」12巻12号　昭和三一年一二月一日
↓『昭和の作家たち』（昭和三二年一二月二五日　弘文堂）
『浅見淵著作集1』（昭和四九年八月三〇日　河出書房新社）
丹羽桂子　大きな子供―翳る年頃（またはオー・マイ・パパ）「オール小説」昭和三一年一二月一五日　グラビア
正宗白鳥　新年号読後感―文芸時評　「読売新聞」昭和三一年一二月一七日
↓『文芸時評大系昭和篇Ⅱ11』
↓『正宗白鳥全集23』（昭和六三年七月三一日　福武書店）
奥野健男　文芸時評　「西日本新聞」ほか　昭和三一年一二月二五日
↓『文芸時評大系昭和篇Ⅱ11』
山本健吉　文芸時評一月　「東京新聞」夕刊　昭和三一年一二月二八日　＊もとの顔
↓『文芸時評』（昭和四四年六月三〇日　河出書房新社）
『文芸時評大系昭和篇Ⅱ11』
A・B・C・D・E・F・G　文壇総まくり（下）「東京新聞」夕刊　昭和三一年一二月三一日　＊菩提樹
↓『文芸時評大系昭和篇Ⅱ11』
十返肇　戦後10年の文学界　「婦人画報」昭和三二年一月一日　＊厭がらせの年齢
無記名　父と娘　「知性」4巻2号　昭和三二年二月一日　グラビア
楠長之助・神津久人　『近代作家』昭和三二年二月一五日　文芸評論社
臼井吉見　文芸時評　「朝日新聞」昭和三二年二月一八日　＊芥川賞選評について
↓『戦後9』（昭和四一年八月一〇日　筑摩書房）
平野謙　文芸時評　「毎日新聞」昭和三二年二月一九日　＊厭がらせの年齢
↓『文芸時評』（昭和三八年八月二五日　河出書房新社）
『平野謙全集10』（昭和五〇年九月二五日　新潮社）
ひょうたんなまず　〝批評家の小説〟論議　「東京新聞」夕刊　昭和三二年二月二一日
↓『大波小波3』（昭和五四年七月五日　東京新聞出版局）
無記名　作家への道―「鮎」を書く迄　「文章倶楽部」9巻4号　昭和三二年四月一日　22頁

竹内良夫　丹羽文雄『文壇のセンセイたち』昭和三二年四月一五日　学風書院　152-161頁

十返肇　見事〝わく〟を破る―二つの新しい新聞小説「毎日新聞」昭和三二年四月一六日　＊日日の背信

臼井吉見　文芸時評「朝日新聞」昭和三二年四月一七日　＊お吟

→『戦後9』（昭和四一年八月一〇日　筑摩書房）

正宗白鳥　文芸時評―作家は人間気質か「読売新聞」昭和三二年四月一九日　＊お吟

→『正宗白鳥全集23』（昭和六三年七月三一日　福武書店）

平野謙　文芸時評「毎日新聞」昭和三二年四月二〇日　＊お吟

→『文芸時評』（昭和三八年八月二五日　河出書房新社）

『平野謙全集10』（昭和五〇年九月二五日　新潮社）

無記名　本の中に生きる女たち―丹羽文雄著『日日の背信』の幾子「朝日新聞」夕刊　昭和三二年四月二一日

小松伸六　新聞小説への背信―丹羽文雄著「日日の背信」「図書新聞」昭和三二年四月二七日　＊日日の背信

福永武彦　文芸時評―短編の制約の中で「中日新聞」ほか　昭和三二年四月二八日　＊お吟

山本健吉　文芸時評五月「文学界」11巻5号　昭和三二年五月一日　＊お吟

→『文芸時評』（昭和四四年六月三〇日　河出書房新社）

平野謙　新聞小説時評「日本読書新聞」昭和三二年五月一三日　＊日日の背信

→『文壇時評上』（昭和四八年四月　河出書房新社）

『平野謙全集12』（昭和五〇年一一月二五日　新潮社）

平野謙　文芸時評「毎日新聞」昭和三二年五月一六日　＊悔いなき愉悦

→『文芸時評』（昭和三八年八月二五日　河出書房新社）

『平野謙全集10』（昭和五〇年九月二五日　新潮社）

山下肇　六月号の創作から―力作「海と毒薬」「信濃毎日新聞」昭和三二年五月二七日　＊悔いなき愉悦

→『文芸時評大系昭和篇Ⅱ12』（平成二〇年一〇月二五日　ゆまに書房）

原田義人　文芸時評六月号―力作型の問題小説「日本読書新聞」昭和三二年五月二七日　＊悔いなき愉悦

→『文芸時評大系昭和篇Ⅱ12』

本多顕彰　文芸時評（中）カタルシスの欠如―石川「発作」と丹羽「悔いなき愉悦」「東京新聞」夕刊　昭和三二年五月二九日

→『文芸時評大系昭和篇Ⅱ12』

尾崎一雄・上林暁・外村繁　創作合評121「群像」12巻6号　昭和三二年六月一日　＊お吟

→『群像創作合評5』（昭和四六年一月一六日　講談社）

山本健吉　文芸時評六月「文学界」11巻6号　昭和三二年六月一日　＊悔いなき愉悦

→『文芸時評』（昭和四四年六月三〇日　河出書房新社）

荒正人　事実から出発する丹羽文雄『小説家―現代の英雄』昭和三二年六月五日　光文社　32-37頁

無記名　丹羽文雄―現代日本作家事典「文章倶楽部」9巻7号　昭和三二年七月一日　14-15頁

無記名　人とそのとき―丹羽文雄　「サンデー毎日」昭和三二年七月二八日　グラビア

本多秋五　文芸時評（下）「東京新聞」夕刊　昭和三二年七月三〇日　＊祭の夜

↓『文芸時評大系昭和篇Ⅱ12』

扇谷正造『おふくろの味』昭和三二年八月一日　春陽堂

十返肇　文芸時評「図書新聞」昭和三二年八月三日　＊祭の夜

↓『文芸時評大系昭和篇Ⅱ12』

井上靖　親鸞とその妻「読売新聞」広告　昭和三二年八月三日

平野謙　新聞小説時評「日本読書新聞」昭和三二年八月二六日　＊日日の背信

↓『文壇時評上』（昭和四八年四月　河出書房新社）

『平野謙全集12』（昭和五〇年一一月二五日　新潮社）

白井健三郎　文芸時評9月号「日本読書新聞」昭和三二年八月二六日　＊なきぼくろ

↓『文芸時評大系昭和篇Ⅱ12』

進藤純孝　丹羽文雄の小説と思想性―絶望的な人間の宿業「図書新聞」昭和三二年八月三一日　＊親鸞とその妻

進藤純孝　醜女に託した祈り―丹羽文雄著『悔いなき愉悦』「中日新聞」昭和三二年九月一日

板垣直子　宗教と文学『文学概論　古い文学新しい文学』昭和三二年九月一五日　森の道社　＊蛇と鳩

佐古純一郎　丹羽文雄の「飢える魂」について『文学はこれでいいのか』昭和三二年九月一五日　現代文芸社　149-157頁

↓『佐古純一郎著作集4』（昭和三五年八月一〇日　春秋社）

大竹新助　丹羽文雄「遮断機」「蛇と鳩」『文学散歩―本の中にある風景』昭和三二年九月一五日　現代文芸社　113-114頁

奥野健男　押し出す仏教的世界観―丹羽文雄の近作三著「日本読書新聞」昭和三二年九月一六日　＊悔いなき愉悦・親鸞とその妻・露の蝶

平野謙　今月の小説ベスト3「毎日新聞」昭和三二年九月一八日　＊祭の衣装

↓『文芸時評』（昭和三八年八月二五日　河出書房新社）

『平野謙全集10』（昭和五〇年九月二五日　新潮社）

『文芸時評大系昭和篇Ⅱ12』

高橋義孝　文芸時評―作家の力か、材料か「毎日新聞」昭和三二年一〇月五日　＊祭の衣装

↓『文芸時評大系昭和篇Ⅱ12』

浅見淵　創作活動―昭和時代『日本の近代文芸と早稲田大学』昭和三二年一〇月一五日　理想社

三枝康高　太平洋戦争と戦後の文学『近代日本文学史』昭和三二年一〇月二〇日　角川書店

↓『現代史のなかの作家たち』（昭和四一年五月一日　有精堂）

平野謙　新聞小説時評「日本読書新聞」昭和三二年一〇月二八日　＊四季の演技

↓『文壇時評上』（昭和四八年四月　河出書房新社）

『平野謙全集12』（昭和五〇年一一月二五日　新潮社）

遠藤周作　肉欲に対する恐怖について『恋することと愛すること』昭和三二年一〇月　実業之日本社

中野恵海　丹羽文雄と親鸞（下）―小説「青麦」を中心として　「相愛女子短期大学研究論集」4巻2号　昭和三二年一一月　97-125頁

無記名　文学にみるふるさと⑦―菜の花と崇願寺　「朝日新聞」昭和三二年一一月五日

平野謙　新聞小説時評　「日本読書新聞」昭和三二年一一月二五日　＊悔いなき愉悦・日日の背信

→『文壇時評上』（昭和四八年四月　河出書房新社）

『平野謙全集12』（昭和五〇年一一月二五日　新潮社）

ジロリ　現代小説の評判記　「東京新聞」夕刊　昭和三二年一一月二九日

→『大波小波3』（昭和五四年七月五日　東京新聞出版局）

瀬沼茂樹　一九五七年版―縮刷文芸年鑑　「図書新聞」昭和三二年一二月一四日　＊飢える魂

→『戦後文壇生活ノート上』（昭和五〇年七月一五日　河出書房新社）

臼井吉見　文芸時評　「朝日新聞」昭和三二年一二月二〇日　＊新潮新年号

→『文芸時評大系昭和篇Ⅱ12』

江藤淳　文芸時評　「日本読書新聞」昭和三三年一月一日　＊金木犀と彼岸花

→『文芸時評』（昭和三八年一〇月二五日　新潮社）

『全文芸時評上』（平成元年一一月二八日　新潮社）

和田芳恵　『愛欲の位置』の題子―名作のモデルをたずねて13　「婦人朝日」昭和三三年三月一日　168-175頁

無記名　井上靖と三島由紀夫―人気作家の秘密と魅力　「サンデー毎日」37巻11号　昭和三三年三月一六日　3-11頁

たまゆら　再刊した『文学者』　「東京新聞」夕刊　昭和三三年四月一八日

→『大波小波3』（昭和五四年七月五日　東京新聞出版局）

尾崎一雄　われらの俳句　「風報」5巻5号　昭和三三年五月一日　＊「春風やおれのしょんべん曲りけり」の引用。

→『尾崎一雄全集11』（昭和五九年二月二五日　筑摩書房）

無記名　不十分な追求―丹羽文雄『藤代大佐』　「週刊朝日」63巻27号　昭和三三年六月二九日　62-63頁　＊藤代大佐

十返肇　丹羽文雄と舟橋聖一―宿命のライバル　「日本」1巻7号　昭和三三年七月一日　73-75頁

十返肇　新聞小説は変わりつつある　「婦人公論」43巻7号　昭和三三年七月一日　144-149頁　＊日日の背信

十返肇・中村八朗　丹羽文雄・丹羽先生の横顔―新聞小説家評伝3　「三友」昭和三三年七月一一日　4-5頁

佐古純一郎　丹羽文雄著『運河』　「図書新聞」昭和三三年七月一二日

組坂若松　「柔媚の人」の作家―丹羽文雄　「海員」10巻8号　昭和三三年八月一日　86-87頁

瀬沼茂樹　丹羽文学の力作―「運河」　「日本読書新聞」昭和三三年九月一六日　＊運河

無記名　丹羽文雄―一頁作家論　「群像」13巻10号　昭和三三年一〇月一日　167頁

無記名　丹羽文雄―三笠・丹羽別荘にて　「新潮」55年10号　昭和三三年一〇月一日　グラビア

山本健吉　鮎について　「酒」6巻11号　昭和三三年一一月一

日　58-68頁
無記名　コテクール小説―丹羽文雄『運河』「週刊朝日」63巻47号　昭和三三年一一月二日　65-66頁　＊運河
小田切秀雄　文芸時評―現代文学のアンバランス「中日新聞」昭和三三年一一月一九日
十返肇　文芸時評「図書新聞」昭和三三年一一月二九日　＊天衣無縫
↓『十返肇著作集上』（昭和四四年五月二八日　講談社）
田中保徳　現代文学に現れた女性像―丹羽文雄作『運河』「婦人朝日」昭和三三年一一月三〇日　168-175頁　＊運河
村松定孝　丹羽文雄論―その親鸞的思考を中心に「明治大正文学研究」25号　昭和三三年一一月　68-80頁
十返肇　働く女性の生き方「婦人公論」43巻13号　昭和三三年一二月一日　388-389頁　＊東京の女性
虫　たちよみ文芸雑誌「週刊東京」4巻49号　昭和三三年一二月六日　99頁　＊天衣無縫
無記名　丹羽文雄著「幸福への距離」「図書新聞」479号　昭和三三年一二月六日　＊幸福への距離
浦松佐美太郎　丹羽文雄氏に望む「読売新聞」夕刊　昭和三三年一二月八日
臼井吉見　文芸時評「朝日新聞」昭和三三年一二月二〇日　＊吹き溜りの人生
↓『戦後9』（昭和四一年八月一〇日　筑摩書房）
十返肇　文芸時評「図書新聞」昭和三三年一二月二〇日　＊ふき溜りの人生・天王の末裔
↓『十返肇著作集上』（昭和四四年四月二八日　講談社）
無記名　手なれた愛欲小説―丹羽文雄『禁猟区』「週刊朝日」63巻53号　昭和三三年一二月二一日　65-66頁
無記名　新刊―丹羽文雄『禁猟区』「日本経済新聞」昭和三三年一二月二八日
山本健吉・荒正人・臼井吉見　流行作家「群像」14巻1号　昭和三四年一月一日　202-205頁
村松剛　文芸時評―支那事変と短篇小説の方向「日本読書新聞」昭和三四年一月一日　＊水溜り
↓『文芸時評大系昭和篇Ⅲ1』（平成二一年一〇月二五日　ゆまに書房）
日秋七美　文芸時評「作家」124号　昭和三四年二月一日　＊天皇の末裔
↓『文芸時評大系昭和篇Ⅲ1』
大宅壮一　量産日本一の早稲田文学―「くそリアリズム」の主流「週刊朝日」64巻8号　昭和三四年二月二二日
都竹伸政　亭主の光―作家対挿絵家「別冊文芸春秋」68号　昭和三四年二月二八日
浜野健三郎　文芸時評―新人の文章について「早稲田文学」20巻4号　昭和三四年四月一日
↓『文芸時評大系昭和篇Ⅲ1』
大岡昇平『パルタイ』の評価について―作家と批評家の争い「朝日新聞」昭和三四年四月三日　＊小説家の感動する小説
↓『大岡昇平全集15』（平成八年四月二五日　筑摩書房）
安部大悟　丹羽文雄Ⅰ・Ⅱ『仏教と文学の広場』昭和三四年四月一五日　百花苑　160-187頁

十返肇　文芸時評　「図書新聞」昭和三四年五月二日
＊天衣無縫
↓『十返肇著作集上』（昭和四四年五月二八日　講談社）
十返肇　文芸時評　「図書新聞」昭和三四年五月九日　＊飢える魂
↓『十返肇著作集上』（昭和四四年五月二八日　講談社）
『文芸時評大系昭和篇Ⅲ1』
荒正人　第二次大戦後の文学Ⅰ　『日本文学史14』昭和三四年五月一一日　岩波書店
十返肇　昭和十年代作家の到達点　「群像」14巻6号　昭和三四年六月一日　168-173頁　＊天衣無縫
↓『十返肇著作集上』（昭和四四年五月二八日　講談社）
無記名　丹羽文雄著『愁眉』「図書新聞」昭和三四年六月二七日
五『親鸞とその妻』に現れた宗教と道徳　「朝日新聞」昭和三四年七月二六日　＊親鸞とその妻
奥野健男　現代的感覚で描く―丹羽文雄著「親鸞とその妻」「日本読書新聞」昭和三四年八月一〇日
倉沢良介　声の人物評⑨丹羽文雄―飾り気のないドライな話術「日本週報」昭和三四年八月一五日　32-33頁
小沢正明　丹羽文雄の「生母もの」と「マダムもの」『良識昭和近代文学史』昭和三四年九月二三日　私家版　43-48頁
小沢正明　丹羽文雄作「哭壁」『良識昭和近代文学史』昭和三四年九月二三日　私家版　161-164頁
瀬沼茂樹　経済小説「日本読書新聞」昭和三四年一〇月五日
＊世間胸算用
↓『戦後文壇生活ノート上』（昭和五〇年七月一五日　河出書房新社）
小田切秀雄　文芸時評（下）新興宗教を描く冒険―野間宏「君の地獄」「アカハタ」昭和三四年一〇月二〇日　＊架橋
↓『文芸時評大系昭和篇Ⅲ1』
河上徹太郎　現代青年の行為と実存―文芸時評「西日本新聞」昭和三四年一〇月二一日　＊架橋
↓『文芸時評大系昭和篇Ⅲ1』
三浦朱門　初老の〝あく〟の強さ―文芸時評「東京新聞」夕刊　昭和三四年一〇月二三日　＊架橋
↓『文芸時評大系昭和篇Ⅲ1』
中村真一郎　文芸時評11月号―若い小説家の記憶「週刊読書人」昭和三四年一〇月二六日　＊架橋
↓『文芸時評大系昭和篇Ⅲ1』
清岡卓行　文芸時評11月―女の世界を描けるか？「日本読書新聞」昭和三四年一〇月二六日　＊架橋
↓『文芸時評大系昭和篇Ⅲ1』
臼井吉見　文芸時評「朝日新聞」昭和三四年一〇月二八日
＊架橋
↓『戦後10』（昭和四一年九月一〇日　筑摩書房）
『文芸時評大系昭和篇Ⅲ1』
無記名　丹羽文雄氏の秋「週刊読売」18巻47号　昭和三四年一一月一日　巻中グラビア
西田勝　文芸時評（下）「東京大学新聞」昭和三四年一一月四日　＊架橋
↓『文芸時評大系昭和篇Ⅲ1』

平野謙　今月の小説ベスト3―異常と正常と　「毎日新聞」昭和三四年一一月二八日　＊ふき溜りの人生
↓『文芸時評』（昭和三八年八月二五日　河出書房新社）
『平野謙全集10』（昭和五〇年九月二五日　新潮社）
『文芸時評大系昭和篇Ⅲ1』

田野辺薫　ヴェテラン作家の近業　「図書新聞」532号　昭和三四年一二月一九日　＊架橋

無記名　激しい迫力で描く醜い人間関係―丹羽文雄著『架橋』　「朝日新聞」昭和三四年一二月二〇日　＊架橋

二如坊　批評家と作家の境界　「東京新聞」夕刊　昭和三四年一二月二五日
↓『大波小波3』（昭和五四年七月五日　東京新聞出版局）

阿部知二・亀井勝一郎・平林たい子　創作合評152　「群像」15巻1号　昭和三五年一月一日　＊ふき溜りの人生
↓『群像創作合評7』（昭和四六年二月二四日　講談社）

村松定孝　丹羽文雄論―その親鸞的思考を中心に　「明治大正文学研究」25号　昭和三五年一月

松原義男　武蔵野日々14―丹羽文雄と私　「文学者」3巻4号　昭和三五年三月一〇日　46-48頁
＊丹羽の連載随筆「武蔵野日々」に全文掲載。

阿部大悟　近代文学と親鸞　『人生と仏教シリーズ　近代文学と親鸞』昭和三五年三月一五日　百華苑　1-29頁

平野謙　今月の小説　「毎日新聞」昭和三五年三月二四〜二五日　＊小説家の感動する小説
↓『文芸時評』（昭和三八年八月二五日　河出書房新社）
『平野謙全集10』（昭和五〇年九月二五日　新潮社）
『文芸時評大系昭和篇Ⅲ2』（平成二一年一〇月二五日　ゆまに書房）

原田義人　文芸時評―とぼしい問題作　「週刊読書人」昭和三五年三月二八日　＊小説家の感動する小説
↓『文芸時評大系昭和篇Ⅲ2』

十返肇　文壇裏街放浪記　「別冊文芸春秋」71号　昭和三五年三月　9回
↓『文壇風物誌』（昭和三〇年六月三〇日　三笠書房）

亀井勝一郎　現代の餓鬼草紙―丹羽文雄著『ふき溜りの人生』　「東京新聞」昭和三五年四月二〇日

無記名　病窓に映る人生の哀歓―丹羽文雄著『ふき溜りの人生』　「朝日新聞」昭和三五年四月二二日

河上徹太郎　文芸時評（下）「読売新聞」昭和三五年四月二三日　＊小説家の感動する小説
↓『文芸時評』（昭和四〇年九月三〇日　垂水書房）
『河上徹太郎全集8』（昭和四七年一月三一日　勁草書房）
『文芸時評大系昭和篇Ⅲ2』

荒正人　愚男愚女の人生―丹羽文雄『ふき溜りの人生』「日本経済新聞」昭和三五年四月二五日

佐古純一郎　丹羽文学の陰画と陽画―『ふき溜りの人生』『顔』「図書新聞」昭和三五年四月三〇日

江藤淳　現代小説断層　「新潮」57年5号　昭和三五年五月一日　＊小説家の感動する小説
↓『江藤淳著作集2』（昭和四二年一〇月二八日　講談社）

青山光二　丹羽文雄著「顔」―激しい切りこみ　容易ならざる人間性の深淵を拓く　「週刊読書人」昭和三五年六月一三日

尾崎秀樹　群像を描きわける―丹羽文雄著「ふき溜りの人生」「日本読書新聞」１０５７号　昭和三五年六月一三日

十返肇　罪の意識をえがく―丹羽文雄著「顔」「日本経済新聞」昭和三五年六月二〇日　＊顔

河上徹太郎　文芸時評（下）「読売新聞」昭和三五年六月二二日

↓『文芸時評』（昭和四〇年九月三〇日　垂水書房）

『河上徹太郎全集８』（昭和四七年一月三一日　勁草書房）

『文芸時評大系昭和篇Ⅲ２』

吉田健一　七月号の文芸作品「神戸新聞」夕刊　昭和三五年六月二三日　＊めぐりあひ

↓『文芸時評大系昭和篇Ⅲ２』

田野辺薫　一九五九年の大衆文学『文芸年鑑　昭和35年度』昭和三五年六月三〇日　新潮社　64-70頁　＊禁猟区

十返肇　本年度上半期の文壇「産経新聞」夕刊　昭和三五年七月五日　＊ふき溜りの人生

↓『文芸時評大系昭和篇Ⅲ２』

中村光夫　文芸時評（下）「朝日新聞」昭和三五年七月二〇日　＊水溜り

↓『中村光夫全集６』（昭和四七年一二月一〇日　筑摩書房）

『文芸時評大系昭和篇Ⅲ２』

谷崎潤一郎　丹羽文雄氏の「顔」をほめる「毎日新聞」昭和三五年七月二五日　＊顔

↓『顔』（昭和三五年五月二〇日　毎日新聞社）帯

平野謙　今月の小説（下）ベスト３―即自的すぎる「毎日新聞」昭和三五年七月二六日　＊水溜り

↓『文芸時評』（昭和三八年八月二五日　河出書房新社）

『平野謙全集10』（昭和五〇年九月二五日　新潮社）

山本健吉　文芸時評―才能を証明するもの　三社連合（北海道・中部日本・西日本）昭和三五年七月二六日　＊水溜り

↓『文芸時評』（昭和四四年六月三〇日　河出書房新社）

『文芸時評大系昭和篇Ⅲ　２』

無記名　軽井沢の作家たち④―親鸞の系譜をひく作品に努力「朝日新聞」昭和三五年七月二八日

山室静　文芸時評（中）―文学を甘く見るな　沢野久雄氏と中村真一郎氏の二作「東京新聞」昭和三五年七月二九日　＊水溜り

↓『文芸時評大系昭和篇Ⅲ２』

瀬沼茂樹　一九六〇年上半期の動向「新刊ニュース」11巻8号　昭和三五年八月一日　＊厭がらせの年齢・六軒・雑草・守礼の門

↓『戦後文壇生活ノート上』（昭和五〇年七月一五日　河出書房新社）

久保田正文　文芸時評―激動期の文学的実感「新日本文学」15巻8号　昭和三五年八月一日　＊身辺多忙

十返肇　文芸時評「図書新聞」昭和三五年八月六日

↓『文芸時評大系昭和篇Ⅲ２』

↓『十返肇著作集上』（昭和四四年五月二八日　講談社）

無記名　〝恋愛論〟が読ませる―丹羽文雄著「人生作法」「中日新聞」昭和三五年八月七日

斯波四郎　丹羽文雄著「鎮花祭」―極彩色のエネルギー「週刊読書人」昭和三五年八月八日

無記名　丹羽文学の支え―丹羽文雄著「人生作法」「朝日新聞」昭和三五年八月一七日
瀬沼茂樹　作家の随筆集の風趣―丹羽文雄著「人生作法」「東京新聞」昭和三五年八月一七日
浦松佐美太郎　尼僧の恋―丹羽文雄著『人生作法』「週刊朝日」65巻37号　昭和三五年八月二九日　69-70頁
田野辺薫　丹羽と舟橋―百万人の作家（19）「日本読書新聞」昭和三五年八月二九日
安岡章太郎・遠藤周作・吉行淳之介　創作合評160「群像」15巻9号　昭和三五年九月一日　＊水溜り
↓『群像創作合評7』（昭和四六年二月二四日　講談社）
平野謙　随想集にみる作家の生き方―丹羽文雄と中山義秀「図書新聞」568号　昭和三五年九月三日　＊人生作法
↓『新刊時評上』（昭和五〇年八月二九日　河出書房新社）
進藤純孝　丹羽文雄著「人生作法」―作家の根性「週刊読書人」昭和三五年九月五日　＊人生作法
十返肇　文芸時評―倉橋由美子への批評を批評する「風景」1巻1号　昭和三五年一〇月一日
↓『文芸時評大系昭和篇Ⅲ2』
大河内昭爾　宿命の文学―丹羽文雄「人生作法」「文学者」95号　昭和三五年一〇月一〇日　40-42頁
↓『現代の抒情』（昭和三七年九月一五日　早稲田大学出版部）
『追悼丹羽文雄』（平成一八年四月二五日　鳥影社）
無記名　大衆文学評「中日新聞」昭和三五年一〇月一二日
＊若木

佐伯彰一　あまりに丹羽的な―丹羽文雄著「親鸞とその妻」「日本経済新聞」昭和三五年一一月二一日
無記名　丹羽文雄著『水溜り』「図書新聞」昭和三五年一一月二六日　＊水溜り
奥野健男　リアリズムへの疑問―中村光夫批判「中央公論」77年13号　昭和三七年一二月一日　＊風俗小説論争
↓『文学的制覇』（昭和三九年三月三〇日　春秋社）
江藤淳　１９６０年・人と作品・論争の展開と女流の活躍―深まった『文学の困惑』「中日新聞」昭和三五年一二月一一日
＊有情
↓『文芸時評』（昭和三八年一〇月二五日　新潮社）
『全文芸時評上』（平成元年一一月二八日　新潮社）
無記名　丹羽文雄と井上靖「週刊新潮」5巻49号　昭和三五年一二月一二日　28頁
無記名　大衆文学評「中日新聞」昭和三五年一二月一四日
山本健吉　ことしの読売小説ベスト・スリー「読売新聞」夕刊　昭和三五年一二月一七日
↓『文芸時評』（昭和四四年六月三〇日　河出書房新社）
平野謙　一九六〇年展望―文学「週刊読書人」昭和三五年一二月一九日
↓『文壇時評上』（昭和四八年四月　河出書房新社）
『平野謙全集12』（昭和五〇年一一月二五日　新潮社）
手塚富雄　新年号の文学作品「神戸新聞」昭和三五年一二月二四日　＊雪・感情
↓『文芸時評大系昭和篇Ⅲ　2』（平成二一年一〇月二五日　ゆまに書房）

篠田一士　文芸時評（中）持ち味に頼る作品―昭和十年代作家に共通する態度「東京新聞」夕刊　昭和三五年一二月二五日　＊感情
↓『文芸時評大系昭和篇Ⅲ2』
河上徹太郎　文芸時評（下）―丹羽氏の短篇「雪」と「感情」「読売新聞」夕刊　昭和三五年一二月二七日
↓『文芸時評』（昭和四〇年九月三〇日　垂水書房）
『河上徹太郎全集8』（昭和四七年一月三一日　勁草書房）
『文芸時評大系昭和篇Ⅲ2』
山本健吉　文芸時評―丹羽文雄の活躍　新聞三社連合（北海道・中部日本・西日本）昭和三五年一二月二七日　＊顔・雪・感情
↓『文芸時評』（昭和四四年六月三〇日　河出書房新社）
高橋喜久晴　宗教と文学の相関―椎名麟三と丹羽文雄をめぐって「文化と教育」（静岡大学）11巻12号　昭和三五年一二月　21-23頁
奥野健男　文芸時評「週刊読書人」昭和三六年一月一日　＊雪
↓『文学的制覇』（昭和三九年三月三〇日　春秋社）
十返肇　自伝的恋愛小説論「小説中央公論」2号　昭和三六年一月一日　＊わが恋愛論
↓『文壇風物誌』（昭和三〇年六月三〇日　三笠書房）
亀井勝一郎　丹羽文雄―人と作品「小説中央公論」2号　昭和三六年一月一日
↓『亀井勝一郎全集補巻1』（昭和四八年四月一六日　講談社）
平野謙　丹羽文雄『顔』「毎日新聞」昭和三六年一月一日
↓『新刊時評上』（昭和五〇年八月二九日　河出書房新社）
平野謙　高見順への注文「日本経済新聞」昭和三六年一月三日
↓『文壇時評上』（昭和四八年四月　河出書房新社）
『平野謙全集12』（昭和五〇年一一月二五日　新潮社）
無記名　最近の文学賞小説「毎日新聞」昭和三六年一月三日　＊顔
長田恒雄　歌のたたり「読売新聞」夕刊　昭和三六年二月三日　＊何日君再来
外村繁　再出発のころ「読売新聞」夕刊　昭和三六年二月一五日
無記名　丹羽文雄著『ゆきずり』「図書新聞」昭和三六年二月二五日
奥野健男　文芸時評「週刊読書人」昭和三六年二月二七日　＊娘たち
↓『文学的制覇』（昭和三九年三月三〇日　春秋社）
無記名　大衆文学評「中日新聞」昭和三六年三月五日　＊中年女
無記名　いずみ「読売新聞」昭和三六年三月七日　＊恋文
瀬沼茂樹　ベストセラー繁昌記―戦記文学「週刊読書人」昭和三六年三月二七日　＊海戦
Z　雑誌評―別冊小説新潮「読売新聞」夕刊　昭和三六年三月二七日　＊最後の火
無記名　大衆文学評「中日新聞」昭和三六年四月一九日　＊中年女

無記名　丹羽文雄著『雪』「図書新聞」昭和三六年四月二九日

村松定孝　丹羽文雄—現代作家の心理判断・新しい作家論「国文学解釈と鑑賞」26巻14号　昭和三六年四月　124-128頁

無記名　8万枚の長距離作家〝丹羽文雄〟「サンデー毎日」40巻18号　昭和三六年五月一日　グラビア

無記名　転落者の生活の歌—丹羽文雄『雪』「サンデー毎日」40巻21号　昭和三六年五月二八日　72頁

尾崎秀樹　大衆文学—1960年『文芸年鑑　昭和36年度』昭和三六年六月一五日　新潮社　69-72頁　＊鎮花祭・顔

無記名　短評—中年女「読売新聞」夕刊　昭和三六年七月二○日　＊中年女

無記名　丹羽文雄著『中年女』「図書新聞」昭和三六年七月二二日

無記名　愛欲とその救い—丹羽文雄著「中年女」「朝日新聞」昭和三六年七月二八日

水谷昭夫　風俗小説論争—近代文学論争事典「国文学解釈と鑑賞」26巻9号　昭和三六年七月

無記名　雑誌評—小説新潮10月号「読売新聞」夕刊　昭和三六年九月六日　＊ちかくの他人

吉田健一　大衆文学時評（下）—現代人の非人間性「読売新聞」夕刊　昭和三六年九月一三日　＊ちかくの他人
→『大衆文学時評』（昭和四〇年九月三〇日　垂水書房）
『吉田健一著作集15』（昭和五四年一一月四日　集英社）
『文芸時評大系昭和篇Ⅲ3』（平成二一年一〇月二五日　ゆまに書房）

小松伸六　〝肉体〟と〝精神〟の迷路—丹羽文雄著「献身」「読売新聞」夕刊　昭和三六年九月二一日　＊献身

無記名　人間の〝弱み〟—丹羽文雄著「献身」「朝日新聞」昭和三六年九月二二日　＊献身

十返肇　丹羽文雄著「献身」—粘り強く重厚に描く「週刊読書人」昭和三六年九月二五日　＊献身

村松剛　アリ地獄の美女—丹羽文雄「献身」「日本経済新聞」昭和三六年九月二五日

河上徹太郎　文芸時評（上）—「群像」印刷メニューの味「読売新聞」夕刊　昭和三六年九月二八日　＊高圧架線
→『河上徹太郎全集8』（昭和四七年一月三一日　勁草書房）
『文芸時評大系昭和篇Ⅲ3』

奥野健男　サディズムとマゾヒズム「婦人公論」46巻12号　昭和三六年一〇月一日
→『文学的制覇』（昭和三九年三月三〇日　春秋社）

福田恆存　新国語審議会採点「毎日新聞」昭和三六年一〇月一八～二〇日
→『福田恆存評論集』（平成二一年三月二〇日　麗澤大学出版会）

無記名　雑誌評—オール読物11月号「読売新聞」夕刊　昭和三六年一〇月一四日　＊蕩児客

吉田健一　大衆文学時評（下）—奇妙な制約の存在　邪魔される小説の発達「読売新聞」夕刊　昭和三六年一一月七日
＊結婚前後
→『大衆文学時評』（昭和四〇年九月三〇日　垂水書房）
『吉田健一著作集15』（昭和五四年一一月四日　集英社）
『文芸時評大系昭和篇Ⅲ3』

無記名　雑誌評―小説新潮12月号　「読売新聞」夕刊　昭和三六年一一月一〇日　＊結婚前後

壇一雄　青春放浪10　「読売新聞」夕刊　昭和三六年一一月二八日

小田切秀雄　昭和文学の試練　『日本現代史大系　文学史』　昭和三六年一一月三〇日　東洋経済新報社　335-367頁

村松定孝　小説わざおぎ考―丹羽文雄の演技に寄せて　「国文学解釈と鑑賞」26巻13号　昭和三六年一一月一日

片口安史　心理診断リポート―丹羽文雄　「国文学解釈と鑑賞」26巻14号（臨時増刊）　昭和三六年一一月　121-123頁

村松定孝　丹羽文雄―現代作家の心理判断・新しい作家論　「国文学解釈と鑑賞」26巻14号（臨時増刊）　昭和三六年一一月　124-128頁
↓『現代作家の心理判断と新しい作家論』（昭和三七年一月三〇日　至文堂）

吉田健一　大衆文学時評（上）文学の効用を考える―丹羽氏の「坂の途中」を読んで　「読売新聞」夕刊　昭和三六年一二月五日　＊坂の途中
↓『大衆文学時評』（昭和四〇年九月三〇日　垂水書房）
『吉田健一著作集15』（昭和五四年一二月四日　集英社）
『文芸時評大系昭和篇Ⅲ　3』

村松定孝　丹羽文雄『美しき嘘』―ロマンの結実へ見事な第一歩　「読売新聞」夕刊　昭和三六年一二月七日　＊美しき嘘

無記名　丹羽文雄と井上靖　「週刊新潮」昭和三六年一二月一二日　28頁

本多秋五　文芸時評（上）―架空と現実の「私」「東京新聞」夕刊　昭和三六年一二月二三日　＊有情
↓『文芸年鑑　昭和38年度』昭和三八年七月五日　新潮社
『文芸時評大系昭和篇Ⅲ3』

江藤淳　文芸時評（上）「朝日新聞」昭和三六年一二月二五日　＊有情
↓『文芸時評』（昭和三八年一〇月二五日　新潮社）
『全文芸時評上』（平成元年一一月二八日　新潮社）
『文芸時評大系昭和篇Ⅲ3』

河上徹太郎　文芸時評　「読売新聞」夕刊　昭和三六年一二月二五～二六日　＊有情
↓『文芸時評』（昭和四〇年九月三〇日　垂水書房）
『河上徹太郎全集8』（昭和四七年一月三一日　勁草書房）
『文芸時評大系昭和篇Ⅲ3』

村松剛　文芸時評　「中日新聞」夕刊　昭和三六年一二月二六日　＊悪事

平野謙　今月の小説（下）―戦争体験の行方　「毎日新聞」夕刊　昭和三六年一二月二七日　＊有情
↓『文芸時評』（昭和三八年八月二五日　河出書房新社）
『平野謙全集11』（昭和五〇年一〇月二五日　新潮社）
『文芸時評大系昭和篇Ⅲ3』

村松剛　この一年に思う　「毎日新聞」夕刊　昭和三六年一二月二九日　＊有情
↓『文芸時評大系昭和篇Ⅲ3』

杉浦明平　一月号の文芸雑誌　「東京タイムズ」昭和三六年一二月三〇日　＊有情
↓『文芸時評大系昭和篇Ⅲ3』

白井浩司　日本文学1月の状況―精神の営為として　「週刊読書人」　昭和三七年一月一日　＊有情
牽牛星　読者の期待に応え得るか　「出版ニュース」　昭和三七年一月一日　＊有情
↓『文芸時評大系昭和篇Ⅲ４』（平成二一年一〇月二五日　ゆまに書房）
十返肇　実感的文学論　「文学界」　16巻1～12号　昭和三七年一月一日～一二月一日
↓『実感的文学論』（昭和三八年一〇月一五日　河出書房新社）
『十返肇著作集上』（昭和四四年五月二八日　講談社）
浜野健三郎　人間丹羽文雄の悩み　「毎日新聞」　昭和三七年一月一三日
d　週刊誌評―週刊読売　「読売新聞」　夕刊　昭和三七年一月二〇日　＊息子の抵抗
本多顕彰　出版時評―はたして心配ないか　出版契約書第８条の問題　「読売新聞」　夕刊　昭和三七年一月二五日　＊丹羽のスピーチについて
十返肇　文芸時評　「風景」　３巻２号　昭和三七年二月一日　＊有情
↓『十返肇著作集上』（昭和四四年五月二八日　講談社）
『文芸時評大系昭和篇Ⅲ４』
佐伯彰一　文芸時評―現代小説における「父親」　「文学界」　17巻2号　昭和三七年二月一日　＊有情
↓『文芸時評大系昭和篇Ⅲ４』
進藤純孝　丹羽文雄著『有情』　「図書新聞」　昭和三七年三月一〇日
青山光二　丹羽文雄著「有情」―家庭内の出来事、素材に　「週刊読書人」　昭和三七年三月一二日　＊有情
x　雑誌評―小説新潮　「読売新聞」　夕刊　昭和三七年三月一四日　＊息子の抵抗
無記名　深刻な父と子の谷間―丹羽文雄『有情』　「サンデー毎日」　41巻11号　昭和三七年三月一八日　78頁　＊有情
無記名　丹羽文雄著『山麓』　「図書新聞」　昭和三七年五月五日　3頁
x　雑誌評―早稲田公論6月創刊号　「読売新聞」　夕刊　昭和三七年五月二九日　＊妻の場合
臼井吉見　風俗小説の諸相　『小説の味わい方』　昭和三七年六月一六日　新潮社　＊厭がらせの年齢・贅肉
↓『戦後10』（昭和四一年九月一〇日　筑摩書房）
無記名　文芸レンズ⑦恋文―丹羽文雄　「アサヒグラフ」　1988号　昭和三七年七月二〇日　26-27頁
ベアテ丹羽　まだ見ぬ異郷の父、母へ　「婦人倶楽部」　43巻8号　昭和三七年八月一日　144-145頁
十返肇　丹羽文雄氏のこと　『けちん坊』　昭和三七年八月一日　文芸春秋新社　＊顔
山本健吉　丹羽文雄―十二の肖像画12　「群像」　17巻11号　昭和三七年一一月一日　200-211頁
↓『十二の肖像画』（昭和三八年一月二〇日　講談社）
『山本健吉全集10』（昭和五九年九月二〇日　講談社）
進藤純孝　丹羽文雄『欲望の河』―人妻という名の娼婦　「マドモアゼル」　3巻11号　昭和三七年一一月一日　238-239頁

武田繁太郎　丹羽文雄著「欲望の河」―興味深いひとつの解答「週刊読書人」昭和三七年一一月五日　＊欲望の河
無記名　丹羽文雄著『欲望の河』「図書新聞」昭和三七年一一月一〇日　3頁　＊欲望の河
村松剛・佐伯彰一・奥野健男　永井荷風と丹羽文雄―新作家論12ヶ月「文学界」16巻12号　昭和三七年一二月一日　219-238頁
福田宏年　文芸時評―私小説と芸術家小説「文学界」16巻12号　昭和三七年一二月一日　＊可愛・囃子の夜
↓『文芸時評大系昭和篇Ⅲ4』
URA　現代女性の生き方を探る―長編小説三編「週刊サンケイ」11巻55号　昭和三七年一二月三日　100頁
無記名　当用漢字（音訓表）は必要なし「週刊サンケイ」11巻55号　昭和三七年一二月三日　100頁　＊国語審議会のアンケートについて
奥野健男　一九六二年の文学状況「週刊読書人」昭和三七年一二月一七日　＊有情
↓『文学的制覇』（昭和三九年三月三〇日　春秋社）
村松剛　文芸時評（下）―死が主題の好短篇　遠藤周作の「男と九官鳥」「東京新聞」夕刊　昭和三七年一二月二四日　＊可愛・囃子の夜
↓『文芸年鑑　昭和39年度』（昭和三九年六月二〇日　新潮社）
林房雄　文芸時評（上）「朝日新聞」昭和三七年一二月二五日　＊可愛・囃子の夜
↓『文芸時評』（昭和四〇年四月一五日　桃源社）
『文芸時評大系昭和篇Ⅲ4』
平野謙　今月の小説（上）―老大家見えぬ新年号「毎日新聞」夕刊　昭和三七年一二月二八日　＊可愛・囃子の夜
↓『文芸時評』（昭和三八年八月二五日　河出書房新社）
『平野謙全集11』（昭和五〇年一〇月二五日　新潮社）
『文芸時評大系昭和篇Ⅲ4』
平野謙　「顔」における小説家魂「毎日新聞」昭和三八年一月一日　＊顔
↓『新刊時評上』（昭和五〇年八月二九日　河出書房新社）
無記名　求道作品の結晶「毎日新聞」昭和三八年一月一日　＊顔
磯田光一　文芸時評「東京大学新聞」昭和三八年一月九日　＊可愛・囃子の夜
↓『文芸時評大系昭和篇Ⅲ5』（平成二一年一〇月二五日　ゆまに書房）
十返肇　文芸時評「風景」4巻2号　昭和三八年二月一日　＊可愛・囃子の夜
↓『十返肇著作集上』（昭和四四年五月二八日　講談社）
十返肇　贋の季節「肉体」の登場「文学者」昭和三八年二月一日　＊遮断機・私は小説家である
↓『十返肇著作集上』（昭和四四年五月二八日　講談社）
佐古純一郎　戦後文学における罪の追求「月刊キリスト」昭和三八年三月　＊遮断機
↓『戦後文学論』（昭和三八年五月一〇日　昌美出版）
青山光二　中間小説時評（上）―楽しめる作品が多い「東京

新聞」夕刊　昭和三八年五月一三日　＊女医
↓『文芸時評大系昭和篇Ⅲ5』

渡辺守順　無動寺谷―丹羽文雄「親鸞とその妻」『比叡山　文学散歩』昭和三八年五月二〇日　白川書院　76-78頁

和田芳恵　母と女の人生模様・鮎〈丹羽文雄〉『女性のための名作・人生案内』昭和三八年五月二〇日　創思社　108-110頁

佐々木基一　文芸時評（下）―目立つ理詰めの構成　「東京新聞」昭和三八年五月二八日　＊夏の夜以来
↓『文芸時評大系昭和篇Ⅲ5』

平野謙　今月の小説（上）「毎日新聞」夕刊　昭和三八年五月二八日　＊夏の夜以来
↓『文芸時評』（昭和三八年八月二五日　河出書房新社）
『平野謙全集11』（昭和五〇年一〇月二五日　新潮社）
『文芸時評大系昭和篇Ⅲ5』

青柳瑞穂　六月号の文芸雑誌「京都新聞」昭和三八年五月二九日　＊夏の夜以来
↓『文芸時評大系昭和篇Ⅲ5』

奥野健男　文芸時評　新聞三社連合　昭和三八年五月二九～三〇日　＊夏の夜以来
↓『文学的制覇』（昭和三九年三月三〇日　春秋社）

矢野八朗　丹羽文雄との一時間「オール読物」昭和三八年六月一日

林房雄　文芸時評（上）「朝日新聞」昭和三八年七月二七日
＊貰ひ人と少女
↓『文芸時評』（昭和四〇年四月一五日　桃源社）
『文芸時評大系昭和篇Ⅲ5』

山室静　文学8月の状況「週刊読書人」昭和三八年七月二九日　＊貰ひ人と少女
↓『文芸年鑑　昭和39年度』（昭和三九年六月二〇日　新潮社）
『文芸時評大系昭和篇Ⅲ5』

無記名　文学者の傾向「群像」18巻8号　昭和三八年八月一日　190-194頁

無記名　文学者の軍隊歴―特集・戦争と文学者「群像」18巻8号　昭和三八年八月一日　212-215頁

尾崎秀樹　今月の大衆文学「中日新聞」昭和三八年八月二七日　＊老人の価値

山本健吉　文芸時評（中）「東京新聞」昭和三八年八月三〇日
↓『文芸時評大系昭和篇Ⅲ5』

青山光二　文芸時評（下）「東京新聞」昭和三八年一〇月一三日　＊肌の棘
↓『文芸時評大系昭和篇Ⅲ5』

日沼倫太郎　丹羽文雄的原点「文芸」2巻11号　昭和三八年一一月一日　200-203頁
↓『文学の転換』（昭和三九年四月五日　南北社）

平野謙　今月の小説（上）「毎日新聞」夕刊　昭和三八年一一月二九日
↓『文芸時評下』（昭和四四年九月三〇日　河出書房新社）
『平野謙全集11』（昭和五〇年一〇月二五日　新潮社）
『文芸時評大系昭和篇Ⅲ5』

無記名　女医「群像」18巻12号　昭和三八年一二月一日

無記名　円熟した人生観の興味―丹羽文雄『女医』「サンデー

毎日」42巻50号　昭和三八年一二月八日　83-84頁
浅見淵　中間小説時評（上）「東京新聞」昭和三八年一二月九日　＊闇の力
↓『文芸時評大系昭和篇Ⅲ5』
尾崎一雄　師走あれこれ「朝日新聞」昭和三八年一二月二二日
↓『尾崎一雄全集11』（昭和五九年二月二五日　筑摩書房）
平野謙　文芸時評（下）「毎日新聞」夕刊　昭和三八年一二月二四日　＊或る青年の死・節操・闇の力
↓『文芸時評下』（昭和四四年九月三〇日　河出書房新社）
『平野謙全集11』（昭和五〇年一〇月二五日　新潮社）
『文芸時評大系昭和篇Ⅲ5』
河上徹太郎　文芸時評「読売新聞」昭和三八年一二月二五～二六日　＊土地の風
↓『文芸時評』（昭和四〇年九月三〇日　垂水書房）
『河上徹太郎全集8』（昭和四七年一月三一日　勁草書房）
『文芸時評大系昭和篇Ⅲ5』
林房雄　文芸時評（下）「朝日新聞」昭和三八年一二月二七日　＊土地の風
↓『文芸時評』（昭和四〇年四月一五日　桃源社）
『文芸時評大系昭和篇Ⅲ5』
佐古純一郎　文学1月の状況—〝伝記的発想〟の流行「週刊読書人」昭和三九年一月一日　＊ある青年の死
↓『文芸時評大系昭和篇Ⅲ6』（平成二一年一〇月二五日　ゆまに書房）
奥野健男　文芸時評「中日新聞」夕刊ほか　昭和三九年一月一〇～一一日　＊ある青年の死・土地の風
↓『文芸時評大系昭和篇Ⅲ6』
槌田満文　母の日『名作365日』昭和三九年一月一三日　河出書房新社　93頁
↓『名作365日』（昭和五七年一〇月一〇日　講談社）
槌田満文　10月17日—金木犀と彼岸花『名作365日』昭和三九年一月一三日　河出書房新社　185頁
林房雄　文芸時評（下）「朝日新聞」昭和三九年一月二六日　＊浜娘
↓『文芸時評』（昭和四〇年四月一五日　桃源社）
『文芸時評大系昭和篇Ⅲ6』
平野謙　文芸時評（下）「毎日新聞」夕刊　昭和三九年一月三一日　＊浜娘
↓『文芸時評　下』（昭和四四年九月三〇日　河出書房新社）
『平野謙全集11』（昭和五〇年一〇月二五日　新潮社）
『文芸時評大系昭和篇Ⅲ6』
山本健吉　現代文学の背景13菩提樹—「業」に生きる男女「読売新聞」昭和三九年二月二三日
浅見淵　中間小説時評（下）「東京新聞」夕刊　昭和三九年三月一三日　＊再婚
↓『文芸時評大系昭和篇Ⅲ6』
無記名　丹羽文雄—文壇人物論「群像」19巻4号　昭和三九年四月一日　143頁
尾崎一雄　実録「風報」始末記「中央公論」79年5号　昭和三九年五月一日
↓『尾崎一雄全集10』（昭和五八年一一月三〇日　筑摩書房）

日沼倫太郎　文芸時評―本質見抜けぬ裁断批評　「日本読書新聞」昭和三九年六月一日
↓『文芸時評大系昭和篇Ⅲ6』
小松伸六　昭和三十八年大衆文学（現代小説）『文芸年鑑　昭和39年度』昭和三九年六月二〇日　新潮社　81-84頁　＊女の絆
浅見淵　中間小説時評（下）「東京新聞」夕刊　昭和三九年七月一二日　＊餞別
↓『文芸時評大系昭和篇Ⅲ6』
河上徹太郎　文芸時評（上）「読売新聞」昭和三九年七月二七日　＊朝顔
↓『文芸時評』（昭和四〇年九月三〇日　垂水書房）
『河上徹太郎全集8』（昭和四七年一月三一日　勁草書房）
『文芸時評大系昭和篇Ⅲ6』
瀬沼茂樹　文芸時評―清潔な生活をうたう・丹羽文雄『朝顔』「中日新聞」夕刊　昭和三九年七月二八日　＊朝顔
↓『文芸時評大系昭和篇Ⅲ6』
白井浩司　文芸時評「信濃毎日新聞」昭和三九年八月二一日　＊汽笛
↓『文芸時評大系昭和篇Ⅲ6』
瀬沼茂樹　文芸時評（下）「東京新聞」夕刊　昭和三九年八月二三日　＊汽笛
↓『文芸時評大系昭和篇Ⅲ6』
浅見淵　中間小説時評（下）―ベテラン作家に佳作「東京新聞」夕刊　昭和三九年九月一一日　＊山の女
↓『文芸時評大系昭和篇Ⅲ6』
河上徹太郎　文芸時評（上）「読売新聞」昭和三九年八月二九日　＊井上友一郎「丹羽文雄」
↓『文芸時評』（昭和四〇年九月三〇日　垂水書房）
『河上徹太郎全集8』（昭和四七年一月三一日　勁草書房）
『文芸時評大系昭和篇Ⅲ6』
村松定孝　丹羽文雄の魅力を探る「国文学解釈と鑑賞」29巻10号　昭和三九年九月一日　41-46頁
井上友一郎　丹羽文雄―小説風人物論「群像」19巻10号　昭和三九年一〇月一日　100-116頁
飯野博　文芸時評―「諦念」を歌うな「文化評論」36号　昭和三九年一〇月一日　＊芥川賞選評
↓『文芸時評大系昭和篇Ⅲ6』
浅見淵　丹羽文雄『浜娘』「マドモアゼル」5巻11号　昭和三九年一一月一日　300-301頁　＊浜娘
林房雄　文芸時評（下）「朝日新聞」昭和三九年一一月二七日　＊命なりけり
↓『文芸時評』（昭和四〇年四月一五日　桃源社）
『文芸時評大系昭和篇Ⅲ6』
無記名　歴史小説に意欲―丹羽氏　30年間書きまくる「朝日新聞」昭和三九年一一月二九日　＊芸術員会員に五氏
無記名　時の人―芸術会員に内定した丹羽文雄「読売新聞」昭和三九年一一月二九日
上田三四二・秋山駿・月村敏行・松原新一　既成文壇批判「群像」19巻12号　昭和三九年一二月一日　191-192頁
無記名　芸術院入りの丹羽文雄「朝日ジャーナル」6巻50号　昭和三九年一二月一三日　52頁

村松定孝　丹羽文雄の出発『作家の家系と環境』昭和三九年一二月二五日　至文堂　218-229頁

瀬沼茂樹　文芸時評「中日新聞」夕刊　昭和三九年一二月二五日

山本健吉　文芸時評「読売新聞」昭和三九年一二月二五日

＊一路・雪の中の声・世間師・欲の果て

↓『文芸時評』（昭和四四年六月三〇日　河出書房新社）

『文芸時評大系昭和篇Ⅲ6』

B　素顔208・道程―作家丹羽文雄氏「朝日ジャーナル」6巻52号　昭和三九年一二月二七日　83-86頁

無記名　〝女人成仏〟を求めて八万枚―丹羽文雄・その人と文学「週刊朝日」69巻54号　昭和三九年一二月二七日　16-23頁

頴田島一二郎　文学への誘い―丹羽文雄著「海の蝶」「神戸新聞」昭和四〇年一月一三日

平野謙　今月の小説（下）「毎日新聞」夕刊　昭和四〇年一月三〇日　＊一路・雪の中の声・世間師・欲の果て

↓『文芸時評下』（昭和四四年九月三〇日　河出書房新社）

『平野謙全集11』（昭和五〇年一〇月二五日　新潮社）

『文芸時評大系昭和篇Ⅲ7』（平成二一年一〇月二五日　ゆまに書房）

村松定孝　舟橋聖一と丹羽文雄「国文学解釈と教材の研究」10巻2号　昭和四〇年二月一日　116-121頁

無記名　昭和十年代作家所属同人雑誌一覧「群像」20巻3号　昭和四〇年三月一日　245頁

十返千鶴子　丹羽さんの足のうら「文芸」4巻3号　昭和四〇年三月一日　15-18頁

河野多恵子　丹羽文雄『命なりけり』「マドモアゼル」6巻3号　昭和四〇年三月一日　304-305頁

日下部桂　丹羽文雄母を語る『新松本平文学散歩』昭和四〇年三月一日　新信州社　247-251頁

城市郎　中年・その他―丹羽文雄『発禁本』昭和四〇年三月一五日　桃源社　98-108頁

無記名　昭和十年代作家の定義「群像」20巻4号　昭和四〇年四月一日　212-213頁

高橋義孝　文芸時評「信濃毎日新聞」昭和四〇年四月二九日

＊耳たぶ

↓『文芸時評大系昭和篇Ⅲ7』

平野謙　今月の小説「毎日新聞」夕刊　昭和四〇年四月二九〜三〇日　＊耳たぶ

↓『文芸時評下』（昭和四四年九月三〇日　河出書房新社）

『平野謙全集11』（昭和五〇年一〇月二五日　新潮社）

『文芸時評大系昭和篇Ⅲ 7』

浅見淵　中間小説時評―丹羽文雄の力作『病巣』「東京新聞」夕刊　昭和四〇年五月一二日

信嵐「苦悩と救済」の思想を追及―人気作家を評定する⑪「東京新聞」夕刊　昭和四〇年五月二四日

村松定孝　丹羽文雄―昭和10年代における作家活動とその位相「国文学解釈と教材の研究」10巻7号　昭和四〇年六月一日　98-101頁

無記名　元陸軍中佐の恋愛作戦要務令―丹羽文雄「恋文」「週刊読売」24巻28号　昭和四〇年六月二七日　15-17頁

→『生きている名作のひとびと』（昭和四一年三月　読売新聞社）
和田芳恵　昭和三十九年大衆文学（現代小説）『文芸年鑑　昭和40年度』昭和四〇年六月三〇日　新潮社　88-90頁
奥野健男　昭和十年代文学は何か?　「文学界」19巻7号　昭和四〇年七月一日　＊蛇と鳩・鮎ほか
→『現代文学の機軸』（昭和四二年三月二〇日　徳間書店）
『奥野健男文学論集3』（昭和五一年一一月三〇日　泰流社）
山本容朗　丹羽文雄『だれもが孤独』「マドモアゼル」6巻7号　昭和四〇年七月一日　306-307頁
無記名　〝親鸞〟に取組む丹羽文雄氏　「週刊文春」7巻29号　昭和四〇年七月一九日　18頁
無記名　戦後の雑誌一覧　「群像」20巻8号　昭和四〇年八月一日
今日出海　丹羽文雄と舟橋聖一―ライバル物語2　「文芸春秋」43巻9号　昭和四〇年九月一日　118-126頁
貝殻六平　大衆文学時評（上）―甘ったるい受賞作　直木賞にもっと権威を　「読売新聞」夕刊　昭和四〇年九月三日　＊傘と祭り
浅見淵　昭和文壇側面史　「週刊読書人」昭和四一年一月一〇日～四二年三月六日
→『昭和文壇側面史』（昭和四三年二月二四日　講談社）
久保田正文　丹羽文雄著『雪の中の声』「日本経済新聞」昭和四一年一月一七日
平野謙　今月の小説（下）「毎日新聞」夕刊　昭和四一年一月二〇日　＊世間・野犬
→『文芸時評下』（昭和四四年九月三〇日　河出書房新社）
『平野謙全集11』（昭和五〇年一〇月二五日　新潮社）
『文芸時評大系昭和篇Ⅲ8』（平成二一年一〇月二五日　ゆまに書房）
浅見淵　中間小説時評（下）「東京新聞」夕刊　昭和四一年一月二一日　＊半裂き・無軌道・女心・喋り口・情死の内容
→『文芸時評大系昭和篇Ⅲ8』
池田岬　文芸小説―小説はおもしろくないか　「宴」5巻1号　昭和四一年三月一日　＊野犬
→『文芸時評大系昭和篇Ⅲ8』
島尾敏雄　迷路のなかで―文芸時評　「文学界」20巻3号　昭和四一年三月一日　＊野犬・靴直し
→『文芸時評大系昭和篇Ⅲ8』
無記名　丹羽文雄著「魔身」「日本読書新聞」昭和四一年四月二五日　＊魔身
山本健吉　文芸時評　「読売新聞」昭和四一年四月二九日　＊茶の間
→『文芸時評』（昭和四四年六月三〇日　河出書房新社）
青木令一　魚田の味―丹羽文雄「鮎」について　『岐阜文学どらいぶ』昭和四一年五月一日　岐阜県ユネスコ協会　57-65頁
浅見淵　中間小説時評（下）「東京新聞」夕刊　昭和四一年五月一三日　＊少年の日
→『文芸時評大系昭和篇Ⅲ8』
進藤純孝　文芸時評　「産経新聞」夕刊　昭和四一年五月二六

日　＊一路
↓『文芸時評大系昭和篇Ⅲ8』
磯田光一　二つの小説作法―丹羽文雄と大岡昇平　「国文学解釈と教材の研究」11巻5号　昭和四一年五月一日　94-99頁
尾崎秀樹　今月の大衆文学―丹羽文雄『母の始末書』「中日新聞」夕刊　昭和四一年六月二二日
平野謙　今月の小説（上）「毎日新聞」夕刊　昭和四一年六月二九日　＊一路
↓『文芸時評下』（昭和四四年九月三〇日　河出書房新社）
『平野謙全集11』（昭和五〇年一〇月二五日　新潮社）
『文芸時評大系昭和篇Ⅲ8』
無記名　ロマンコーナー―　朝顔　「日本読書新聞」昭和四一年八月二二日
無記名　根底に〝救い〟への確信―丹羽文雄著『一路』「朝日新聞」昭和四一年九月四日
無記名　すさまじい迫力―丹羽文雄著『母の始末書』「朝日新聞」昭和四一年九月一三日
浅見淵　中間小説時評（下）「東京新聞」夕刊　昭和四一年九月一三日　＊昔の路
↓『文芸時評大系昭和篇Ⅲ8』
無記名　丹羽文雄著『一路』―寺院の中の女の一生　因果観と兄妹相姦テーマに　「毎日新聞」昭和四一年九月一八日
浅見淵　丹羽文雄著『一路』―宗教小説へ新生面・親鸞研究がみのる力作　「読売新聞」夕刊　昭和四一年九月二三日
小田切進　戦後日本文学の核となって―「群像」の二十五年「群像」26巻10号　昭和四一年一〇月一日　310-324頁
日沼倫太郎　人間煩悩の克服の主題を追求―丹羽文雄著「一路」「図書新聞」878号　昭和四一年一〇月一日　7頁　＊一路
奥野健男　現代の純文学とは何か　「文学界」20巻10号　昭和四一年一〇月一日　＊命なりけり・海戦
↓『現代文学の機軸』（昭和四二年三月二〇日　徳間書店）
『奥野健男文学論集3』（昭和五一年一一月三〇日　泰流社）
無記名　ロマンコーナー　―　母の始末書　「日本読書新聞」昭和四一年一〇月一〇日
日沼倫太郎　現代文学への提言1―批評の基軸、転換を　「読売新聞」夕刊　昭和四一年一〇月二二日　＊一路
竹内良夫　丹羽文雄と太宰治　『太宰治の魅力』昭和四一年一一月　大光社　57-70頁
浜野健三郎　老いを知らぬ文壇の横綱　「家の光」42巻12号　昭和四一年一二月一日　86-89頁
まつもとつるを　『一路』について―丹羽文雄小論　「文学者」168号　昭和四一年一二月一〇日　5-15頁　＊一路
進藤純孝　文芸時評　「産経新聞」夕刊　昭和四二年一月二六日　＊蛾
↓『文芸時評大系昭和篇Ⅲ9』（平成二一年一〇月二五日　ゆまに書房）
日沼倫太郎　文芸時評　「中国新聞」昭和四二年一月二六日　＊蛾
↓『文芸時評大系昭和篇Ⅲ9』
平野謙　二月の小説（下）「毎日新聞」夕刊　昭和四二年一月

二七日　＊蛾
↓『文芸時評下』（昭和四四年九月三〇日　河出書房新社）
『平野謙全集11』（昭和五〇年一〇月二五日　新潮社）
『文芸時評大系昭和篇Ⅲ9』
松原新一　文芸時評2月　「週刊読書人」　昭和四二年一月三〇日　＊蛾
山本健吉　文芸時評　「読売新聞」　昭和四二年一月三〇日　＊蛾
↓『文芸時評』（昭和四四年六月三〇日　河出書房新社）
『文芸時評大系昭和篇Ⅲ9』
大久保典夫　丹羽文雄・女性を見つめ罪の意識を追究　「福井新聞」　昭和四二年二月一日
↓『現代文学と故郷喪失』（平成四年九月五日　高文堂出版社）
河盛好蔵　胸打つ情熱と誠実―丹羽文雄　「一路」「読売新聞」夕刊　昭和四二年二月一日
無記名　丹羽文雄の「親鸞とその妻」『主婦の友社の五十年』　昭和四二年二月一四日　主婦の友社　434頁
浅見淵　〝丹羽道場〟を開放―丹羽文雄と文学者　「週刊読書人」　昭和四二年二月二〇日
伊藤整・平林たい子・武田泰淳　創作合評238　「群像」　22巻3号　昭和四二年三月一日　＊蛾
↓『群像創作合評10』（昭和四六年八月三一日　講談社）
宇野博　名著の履歴書　編集者による記録集54―丹羽文雄著『蛇と鳩』「図書新聞」　昭和四二年三月一一日
竹西寛子　現代人の救い―新興宗教媒介に描く・丹羽文雄著「蛇と鳩」　「図書新聞」　昭和四二年三月一一日　5頁
進藤純孝　文芸時評　「産経新聞」　夕刊　昭和四二年三月一四日　＊水捌け
↓『文芸時評大系昭和篇Ⅲ9』
清水信　母を書いて三十年―丹羽文雄　『作家と女性の間』　昭和四二年三月二五日　現文社　68-71頁
無記名　文壇の寛容―標的　「朝日新聞」　夕刊　昭和四二年四月六日
清水信　文壇県別帖41―三重県の巻　「週刊読書人」　昭和四二年四月一七日～五月一日　3回
小野茂樹　菩提樹―丹羽文雄　『大分県と文学』　昭和四二年五月三日　藤井書房　133-137頁
日沼倫太郎　丹羽文雄―リアリズムと伝統　『現代作家案内』　昭和四二年五月二三日　三一書房　46-53頁
浅見淵　中間小説時評　「東京新聞」　夕刊　昭和四二年六月一〇日　＊薄倖・樒の木
↓『文芸時評大系昭和篇Ⅲ9』
浅見淵　中間小説―一九六六年　『文芸年鑑　昭和42年度』　昭和四二年六月二五日　新潮社　83-85頁　＊半裂き・親鸞
紅野敏郎　「敦子」について―初期作品の検討ということ　「文学者」　175号　昭和四二年七月一〇日　52頁　＊敦子
吉井徹郎　丹羽文雄の「菩提樹」とK. STRONGの〝THE BUDDHA TREE〟「文学者」　175号　昭和四二年七月一〇日　96-89頁　＊菩提樹
無記名　丹羽文雄・井伏鱒二―文学文芸の歩み　「国際写真情報」　昭和四二年九月一日　49頁

瀬戸内晴美　極楽トンボの記　「新潮」64年9号　昭和四二年九月一日
↓『瀬戸内晴美随筆選集1』（昭和五〇年四月三〇日　河出書房新社）
大久保房男　戦後の文士④いいほうの文壇ボス―発表舞台の一人占めを気にする　「週刊読書人」昭和四二年九月一一日
無記名　現代作家の徹底的研究　「小説セブン」昭和四二年一〇月　20頁
まつもとつるを　丹羽文雄論―小説家・この孤独で怪異な魂の生成史　「文学者」179～185号　昭和四二年一一月一〇日～四三年五月一〇日　7回
↓『丹羽文雄の世界』（昭和四四年四月一六日　講談社）
日沼倫太郎　文芸時評　「信濃毎日新聞」昭和四二年一一月二五日　＊一路
↓『文芸時評大系昭和篇Ⅲ9』
武田繁太郎　文学の執念に憑かれて―小説・丹羽文雄　「小説宝石」昭和四三年一月一日　284-312頁
巌谷大四　菩提樹（丹羽文雄）『日本文学１００の案内』昭和四三年一月一五日　334頁　共同出版社
武田勝彦・村松定孝　丹羽文雄「菩提樹」について―海外における日本文学研究16　「国文学解釈と教材の研究」13巻3号　昭和四三年二月　132-137頁
大谷晃一　丹羽文雄『顔』『関西名作の風土』昭和四三年三月一日　創元社　199-207頁
↓『大谷晃一著作集1』（平成二〇年六月三日　沖積舎）
無記名　憂楽帖―十返肇氏をしのぶ丹羽氏　「週刊読書人」昭和四三年三月四日
石川利光　救いなき人間苦―丹羽文雄著『蛾』「朝日新聞」昭和四三年三月五日
浅見淵　中間小説時評（上）「東京新聞」夕刊　昭和四三年三月一四日　＊塵の人
↓『文芸時評大系昭和篇Ⅲ10』（平成二一年一〇月二五日　ゆまに書房）
無記名　ロマンコーナー―蛾　「日本読書新聞」昭和四三年四月一日
虚（平野謙）美しい女の異常な人生遍歴―丹羽文雄著『晩秋』「週刊朝日」73巻14号　昭和四三年四月五日　86-87頁
↓『新刊時評下』（昭和五〇年九月一五日　河出書房新社）
平野謙　文藝時評　「毎日新聞」夕刊　昭和四三年四月二九～三〇日　＊蛾
↓『文芸時評下』（昭和四四年九月三〇日　河出書房新社）
『平野謙全集11』（昭和五〇年一〇月二五日　新潮社）
福場日出彦（記者）私のふるさと・丹羽文雄さん―菜の花にからむ愛憎　「サンケイ新聞」昭和四三年五月一二日
荒木太郎　丹羽文雄著『蛾』「図書新聞」969号　昭和四三年七月一三日
沢野久雄　厭世的なボールについて―丹羽ゴルフ学校入学の記　「中日新聞」夕刊　昭和四三年八月八日
大河内昭爾　〈横超〉のイメージ―「一路」覚え書　「現代文学序説」5号　昭和四三年九月一日　2-14頁　＊一路
↓『追悼丹羽文雄』（平成一八年四月二五日　鳥影社）
谷沢永一　「風俗小説論」の論　「国文学解釈と鑑賞」33巻11号

昭和四三年九月一日　133-140頁　＊風俗小説論争
↓『谷沢永一書誌学研叢』（昭和六三年七月一〇日　日外アソシエーツ）
平野謙　10月の小説（上）「毎日新聞」夕刊　昭和四三年九月三〇日　＊広津和郎の死についての談話
↓『文芸時評下』（昭和四四年九月三〇日　河出書房新社）
『平野謙全集11』（昭和五〇年一〇月二五日　新潮社）
『文芸時評大系昭和篇Ⅲ10』
無記名　稲荷大社―蛇と鳩・丹羽文雄『京都の文学地図』昭和四三年一一月一日　文芸春秋　62-65頁
進藤純孝　世相がにじみ出る町―丹羽文雄著『蛇と鳩』「東京新聞」昭和四三年一二月三日
浅見淵　中間小説時評（下）「東京新聞」夕刊　昭和四三年一二月一〇日　＊私の告白・蛙
↓『文芸時評大系昭和篇Ⅲ10』
石川達三　心に残る人々『心に残る人々』昭和四三年一二月二〇日　文芸春秋
安岡章太郎　1月の小説（上）「毎日新聞」夕刊　昭和四三年一二月二五日　＊肉親賦
↓『文芸時評大系昭和篇Ⅲ10』
佐伯彰一　文芸時評（上）「読売新聞」昭和四三年一二月二五日　＊肉親賦
↓『日本の小説を求めて』（昭和四八年六月三〇日　冬樹社）
『文芸時評大系昭和篇Ⅲ10』
中村光夫　文芸時評（下）「朝日新聞」昭和四三年一二月二七日　＊肉親賦
↓『文芸時評大系昭和篇Ⅲ10』
篠田一士　文芸時評（上）「東京新聞」夕刊　昭和四三年一二月二七日　＊肉親賦
↓『文芸時評大系昭和篇Ⅲ10』
奥野健男　文芸時評「産経新聞」夕刊　昭和四三年一二月二八日　＊肉親賦
↓『状況と予兆』（昭和四七年一二月一五日　潮出版社）
『文芸時評大系昭和篇Ⅲ10』
安岡章太郎『犬をえらばば』昭和四四年一月二五日　新潮社
花田清輝・武田泰淳・寺田透　創作合評261「群像」24巻2号　昭和四四年二月一日　＊肉親賦
進藤純孝　老婆連想する陰湿さ―丹羽文雄『厭がらせの年齢』「東京新聞」昭和四四年二月一〇日
奥野健男　文芸時評「産経新聞」夕刊　昭和四四年三月一日　＊芥川賞選評
↓『状況と予兆』（昭和四七年一二月一五日　潮出版社）
『文芸時評大系昭和篇Ⅲ11』（平成二一年一〇月二五日　ゆまに書房）
無記名『婚外結婚』が提示した一夫一婦制への疑問「週刊新潮」14巻14号　昭和四四年四月五日　38-39頁
無記名　来年は多難の年―丹羽文芸家協会会長が発言「毎日新聞」昭和四四年四月二五日
池田岬　生々しい問題意識―丹羽文雄著「婚外結婚」「図書新聞」１０１５号　昭和四四年六月七日　＊婚外結婚
本多顕彰　全人格の解明に期待―丹羽文雄著『親鸞』「読売新聞」夕刊　昭和四四年六月一〇日

佐古純一郎　丹羽文雄「親鸞」・宗教、文学間の根本問題—厳粛な回帰の事実「東京新聞」昭和四四年六月一九日　＊親鸞

石川利光　二百号を迎える『文学者』—新人送り出す捨石に「朝日新聞」夕刊　昭和四四年六月二一日

瀬戸内晴美　丹羽文雄と自転車「文学者」12巻8号　昭和四四年八月一〇日　22-23頁

哲　丹羽文雄—ズバリ同業批判「朝日新聞」昭和四四年八月一七日

河野多恵子　丹羽文雄—十万枚を仕事始めとする作家「小説セブン」13号　昭和四四年一〇月一日　21-28頁　＊現代作家の徹底的研究

村松定孝　丹羽文雄の世界『日本現代小説の世界』昭和四四年一〇月三〇日　清水弘文堂　151-188頁

巌谷大四『文壇紳士録』昭和四四年一〇月三〇日　文芸春秋

藤村健次郎　文士の公職追放『戦後文壇事件史』昭和四四年一一月三日　読売新聞社

浅見淵　丹羽文雄「親鸞」全五巻完結の意義—親鸞の人間性を追尋「週刊読書人」昭和四四年一一月一七日

無記名　裏窓「週刊読書人」昭和四四年一一月二四日　＊親鸞完結について

伍藤信綱　丹羽文雄「芸術三重」創刊号　昭和四四年一二月一日　40-41頁

無記名　非情な歴史をバックに—丹羽文雄著「親鸞」「毎日新聞」昭和四四年一二月一六日　＊親鸞

篠田一士　文芸時評「東京新聞」夕刊　昭和四四年一二月二六～二七日　＊枯草の身

→『文芸年鑑　昭和46年度』（昭和四六年六月二五日　新潮社）

奥野健男　文芸時評「サンケイ新聞」夕刊　昭和四四年一二月二七日　＊親鸞

→『状況と予兆』（昭和四七年一二月一五日　潮出版社）

『文芸時評大系昭和篇Ⅲ11』

津田孝　文芸時評「赤旗」昭和四四年一二月三〇日　＊枯草の身

→『文芸時評大系昭和篇Ⅲ11』

瀬戸内晴美　真砂町の先生「群像」25巻1号　昭和四五年一月一日

→『瀬戸内晴美随筆選集1』（昭和五〇年四月三〇日　河出書房新社）

荒正人　丹羽文雄の『親鸞』「小説新潮」24巻1号　昭和四五年一月一日　90-91頁　＊親鸞

和田芳恵　無表情な文体—丹羽文雄「親鸞」「文芸」9巻1号　昭和四五年一月一日　242-244頁　＊親鸞

江藤淳　文芸時評（下）「毎日新聞」昭和四五年一二月二六日　＊無慚無愧・一路

→『文芸時評』（昭和三八年一〇月二五日　新潮社）

『全文芸時評上』（平成元年一一月二八日　新潮社）

『文芸時評大系昭和篇Ⅲ12』（平成二一年一〇月二五日　ゆまに書房）

奥野健男　文芸時評「サンケイ新聞」夕刊　昭和四五年二月二八日　＊無慚無愧

↓『状況と予兆』（昭和四七年一二月一五日　潮出版社）
『文芸時評大系昭和篇Ⅲ12』
佐伯彰一　文芸時評（下）「読売新聞」昭和四五年二月二八日
＊無慚無愧
↓『日本の小説を求めて』（昭和四八年六月三〇日　冬樹社）
『文芸時評大系昭和篇Ⅲ12』
上田三四二　文芸3月―常習的飢渇と文学の場「週刊読書人」昭和四五年三月二日　＊無慚無愧
↓『文芸時評大系昭和篇Ⅲ12』
磯田光一　文芸時評（上）「東京新聞」夕刊　昭和四五年三月二日　＊無慚無愧
↓『文芸時評大系昭和篇Ⅲ12』
森川達也　文芸時評「京都新聞」ほか（共同通信）昭和四五年三月二四日　＊無慚無愧
↓『森川達也評論集成5』（平成九年四月三〇日　審美社）
『文芸時評大系昭和篇Ⅲ12』
佐々木・遠藤周作・秋山駿　創作合評275「群像」25巻4号
昭和四五年四月一日　＊無慚無愧
阿川弘之　水蟲軍艦「小説新潮」23巻5号　昭和四五年四月一日
↓『日本海軍に捧ぐ』（平成一三年一月一九日　PHP文庫）
荒正人　問われる協会運営手腕―丹羽文雄「流動」昭和四五年四月一日　60-63頁
松本鶴雄　丹羽文雄―親鸞の生き方　善鸞の生き方「文学者」13巻4号　昭和四五年四月一〇日
↓『現代作家の宿命―背理と狂気の時代』（昭和四七年三月三一日　笠間書院）
無記名　あの先生この生徒―丹羽文雄・富島健夫「小説ジュニア」4巻7号　昭和四五年五月一日
松本鶴雄　無慚無愧―女の業の深さ「読売新聞」夕刊　昭和四五年五月一九日
開高健　紙の中の戦争1「文学界」24巻6号　昭和四五年六月一日
村松定孝　丹羽文雄「国文学解釈と教材の研究」15巻10号
（100人の作家に見る性と文学）昭和四五年七月二五日
哲　実力者70年代の百人6丹羽文雄―ズバリ同業者批判「朝日新聞」昭和四五年八月一七日
無記名　点描―大河小説「蓮如」にかける丹羽文雄氏「朝日新聞」夕刊　昭和四五年九月七日
尾崎一雄　俳句の楽しみ「朝日新聞」昭和四五年九月二〇日
＊「春風やおれのしょんべん曲りけり」の引用
↓『尾崎一雄全集11』（昭和五九年二月二五日　筑摩書房）
村松定孝　早稲田リアリズムと丹羽文雄「国文学研究」43号
昭和四六年一月　432-446頁
無記名　日本の顔―丹羽文雄「文芸春秋」49巻4号　昭和四六年四月一日　グラビア
武蔵野次郎　中間・時代小説時評―股旅・やくざ物の開拓者「週刊読書人」昭和四六年四月一九日　＊書かれざる小説
池田岬　俗聖の文学11―丹羽文雄「早稲田文学」3巻6号
昭和四六年六月一日　150-159頁
↓『俗聖の文学』（昭和五〇年七月　講談社）
無記名　年輪をしみじみ…―丹羽文雄著『古里の寺』「毎日新

聞」昭和四六年六月八日　＊古里の寺

八木義徳　新刊時評―無慚無愧「新刊ニュース」22巻12号　昭和四六年六月一五日　31-33頁

池田岬　反権威主義つらぬく背骨―一般書の本棚「図書新聞」1117号　昭和四六年六月一九日　6頁　＊古里の寺

池田岬　俗聖の文学12―丹羽文雄（承前）「早稲田文学」3巻7号　昭和四六年七月一日　128-143頁

↓『俗聖の文学』（昭和五〇年七月　講談社）

赤頭巾　正に円熟の頂上―〝一路〟業を追って「読売新聞」昭和四六年八月一二日

佐伯彰一　文芸時評（上）―愉しい短篇ずらり「読売新聞」夕刊　昭和四六年九月二九日　＊尼の像

↓『日本の小説を求めて』（昭和四八年六月三〇日　冬樹社）

無記名　作家愛蔵の写真「新潮」68年12号　昭和四六年一一月一日　グラビア

伊丹十三　伊丹十三の編集するページ―衝撃の告白「脱毛の人来れ！」「週刊読売」30巻50号　昭和四六年一一月五日　51頁

大河内昭爾　率直な心情の重み―丹羽文雄著「仏にひかれて」「読売新聞」昭和四七年一月七日

上田三四二　人妻の情事描き妙―丹羽文雄著「解氷」「東京新聞」夕刊　昭和四七年一月一七日　＊解氷

八木毅　丹羽文雄と菜の花「中日新聞」昭和四七年四月一六日

無記名　書評―私の読んだ本「仏にひかれて」読売新聞社「暮しの手帖」（第2世紀）17号　昭和四七年四月

紅野敏郎　岡田三郎・豊田三郎・野口冨士男ら―「あらくれ」「作家精神」前後「文学」40巻5号　昭和四七年五月一日

↓『昭和文学の水脈』（昭和五八年一月二五日　講談社）

帯正子・近藤啓太郎　対談名作のヒロイン―厭がらせの年齢「サンケイ新聞」昭和四七年五月一五日

江藤淳　文芸時評「毎日新聞」昭和四七年五月二五日

↓『全文芸時評下』（平成元年一一月二八日　新潮社）

川端康成　丹羽文雄―「朗らかな、ある最初」「秋」「新潮」69年7号　昭和四七年六月一日　16-17頁　＊朗らかな、ある最初・秋・作家論抄

紅野敏郎　田辺茂一・伊藤整ら―「文学者」の時代「文学」40巻6号　昭和四七年六月一日

↓『昭和文学の水脈』（昭和五八年一月二五日　講談社）

武田友寿　作家と宗教（続）―丹羽・野間宏・武田泰淳の場合「三田文学」59巻6号　昭和四七年六月一日　36-48頁

↓『救魂の文学』（昭和四九年六月二八日　講談社）

大河内昭爾　丹羽文雄と親鸞「太陽」109号　昭和四七年六月一二日　100-101頁　＊親鸞

↓『追悼丹羽文雄』（平成一八年四月二五日　鳥影社）

入江隆則　作家の〝無断引用〟「東京タイムズ」昭和四七年七月七日

山本容朗　丹羽文雄『現代作家その世界』昭和四七年九月五日　翠楊社　106-115頁

福島克之　久村清太、秦逸三伝『帝人の歩み7』昭和四七年一〇月一日　帝人　127-128頁

無記名　つぎの朝刊連載小説―渇き「東京新聞」昭和四七年

一一月九日　＊渇き
巌谷大四・藤田圭雄・山本健吉　「名作自選日本現代文学館」を語る「ほるぷ新聞」152号　昭和四七年一一月一五日
谷沢永一　「鍵」私注『谷崎潤一郎研究』昭和四七年一一月二〇日　八木書店　＊創作合評（群像）
↓『谷沢永一書誌学研叢』（昭和六三年七月一〇日　日外アソシエーツ）
浅見淵　史伝・早稲田文学37―尾崎と丹羽の活躍「早稲田文学」4巻12号　昭和四七年一二月一日
↓『史伝早稲田文学』（昭和四九年二月二五日　新潮社）
久保田正文　無断引用・借物・盗作「教育」22巻13号　昭和四七年一二月　＊蓮如
↓『久保田正文著作選』（平成二一年七月一三日　大正大学出版会）
大河内昭爾　文壇人国記―三重Ⅰ「月刊ペン」5巻12号　昭和四七年一二月
↓『文壇人国記　西日本』（平成一七年三月七日　おうふう）
無記名　孤独をいやす文学　丹羽文雄―仏門の中に人間の業みる「ほるぷ新聞」158号　昭和四八年一月二五日　＊「名作自選日本現代文学館」の作家たち
尾崎一雄　明治は遠く―「文学界」27巻2号　昭和四八年二月一日
↓『尾崎一雄全集11』（昭和五九年二月二五日　筑摩書房）
無記名　丹羽文雄氏が「蓮如」再開―休載から五ヶ月ぶりに「毎日新聞」夕刊　昭和四八年二月六日　＊蓮如
平野謙　昭和文学私論―丹羽文雄の「告白」「毎日新聞」夕刊　昭和四八年四月二〇日　＊告白
↓『昭和文学私論』（昭和五二年三月二〇日　毎日新聞社）
江藤淳　文芸時評「毎日新聞」昭和四八年四月二六日　＊立松懐之の行為
↓『全文芸時評下』（平成元年一一月二八日　新潮社）
小田切秀雄　丹羽文雄『近代日本の作家たち』昭和四八年五月二〇日　法政大学出版局
平野謙　昭和文学私論―戦時下における表現の自由の問題「毎日新聞」夕刊　昭和四八年五月二一日　＊報道班員の手記
↓『昭和文学私論』
平野謙　昭和文学私論―執筆禁止ということ「毎日新聞」夕刊　昭和四八年五月二二日　＊告白
↓『昭和文学私論』
新延修三　丹羽文雄『朝日新聞の作家たち―新聞小説誕生の秘密』昭和四八年一〇月二五日　波書房　140-148頁
武本行生　丹羽文雄論「蝶」2～5号　昭和四八年一一月二五日～五二年一月二〇日　4回
加倉井健蔵　丹羽文雄と烏山「国語―教育と研究」13号　昭和四八年一一月
野村尚吾　無辺な眼―「丹羽文雄文学全集」刊行に際して「毎日新聞」夕刊　昭和四九年一月二二日
尾崎一雄　贈呈署名本の処置「サンケイ新聞」夕刊　昭和四九年一月二四日
↓『尾崎一雄全集11』（昭和五九年二月二五日　筑摩書房）
無記名　仏門縁りの文壇人―文壇うわさコーナー「小説サン

デー毎日」6巻2号　昭和四九年二月一日　103頁
小田切進　丹羽文雄『哭壁』『日本の名作』昭和四九年二月二五日　中央公論社　226-229頁
石川利光　丹羽文雄文学の魅力―その量と質　「新刊ニュー」284号　昭和四九年三月　12-14頁
薬師寺章明　評伝武田麟太郎130―だれもがモデル　「図書新聞」昭和四九年四月一三日　＊マダムものとの比較
無記名　ニュース・アラカルト―「丹羽文雄文学全集」の配本始まる　「読売新聞」昭和四九年五月五日
大河内昭爾　丹羽文雄全集の刊行―全体像ようやく明瞭に「サンケイ新聞」夕刊　昭和四九年五月一一日
亀井俊介・新倉朗子・亀井規子　『日本文学と西洋文学』昭和四九年五月二〇日　集英社
松本鶴雄　激しい変貌の過程を網羅―『丹羽文雄文学全集』全28巻刊行によせて　「週刊読書人」昭和四九年六月一〇日
竹内良夫　デビューと同時に二度目の結婚―丹羽文雄　「週刊大衆」17巻25号　昭和四九年六月二〇日　112-114頁
武田友寿　宗教の救済と文学の救済―丹羽文雄の宗教小説をめぐって　「国文学解釈と鑑賞」39巻8号　昭和四九年七月一日　44-50頁
萬田務　丹羽文雄―現代作家と宗教　「国文学解釈と鑑賞」39巻8号　昭和四九年七月一日　97頁
大河内昭爾　「一路」（丹羽文雄）「国文学解釈と鑑賞」39巻8号　昭和四九年七月一日　146-147頁　＊一路
↓『追悼丹羽文雄』（平成一八年四月二五日　鳥影社）
臼井吉見　丹羽文雄のことども―風俗小説論争の周辺　「文学界」28巻9号　昭和四九年九月一日　210-227頁
↓『田螺のつぶやき』（昭和五〇年一一月一五日　文芸春秋）
野村尚吾　母子二代にわたる性のうめき―丹羽文雄『渇愛』（上・下）「サンデー毎日」昭和四九年九月二九日　97-98頁
村松定孝　丹羽文雄　「国文学解釈と鑑賞」39巻14号（作家の性意識）昭和四九年一一月五日　36-43頁
畑下一男　丹羽文雄―作家論からの臨床診断　「国文学解釈と鑑賞」39巻14号（作家の性意識）昭和四九年一一月五日　44-45頁
無記名　文壇告知板―丹羽文雄　「週刊サンケイ」昭和四九年一一月一四日　63頁
久保田正文　菊池賞受賞を喜ぶ―同人雑誌の栄誉　「文芸春秋」51巻18号　昭和四九年一二月一日　324頁
近藤富枝　芥川賞・直木賞作家を数多く育てた文壇の模範夫婦丹羽文雄さんと綾子夫人―夫婦の履歴書2　「主婦の友」59巻2号　昭和五〇年二月一日　144-149頁
福田宏年　丹羽文雄―昭和50年をつくった700人　「文芸春秋デラックス」2巻3号　昭和五〇年二月一日　182頁
大河内昭爾　小説昭和五十年史―『菩提樹』と丹羽文雄　「小説ｃｌｕｂ」28巻4号　昭和五〇年三月一日　274-277頁
海編集部　作家訪問記　丹羽文雄　「海」7巻5号　昭和五〇年五月一日　162-163頁
三枝康高　文学による太平洋戦争史111―武漢作戦とペン部隊7　「図書新聞」昭和五〇年五月三一日　＊還らぬ中隊
三枝康高　文学による太平洋戦争史112―武漢作戦とペン部隊8　「図書新聞」昭和五〇年六月七日

三枝康高　文学による太平洋戦争史113―武漢作戦とペン部隊9　「図書新聞」昭和五〇年六月一四日

奥野健男　作家の表象―丹羽文雄　「新刊ニュース」300号　昭和五〇年七月一三日

↓『素顔の作家たち』（昭和五三年一一月二五日　集英社）

池田岬　一つの疑謗に繋ぐ「もののあわれ」―丹羽文雄　『俗聖の文学』昭和五〇年七月二〇日　講談社　269-310頁

大河内昭爾　丹羽文雄　「国文学解釈と鑑賞」40巻8号　昭和五〇年七月一日　127頁

篠田一士　ふたたび三つの小説を　『続日本の近代小説』昭和五〇年九月三〇日　集英社　＊海戦

無記名　蓮如の旅　「中央公論」90年11号　昭和五〇年一〇月一日　グラビア

無記名　インテリ・ゴルファーの「考え過ぎ」にまた1ページを追加する「丹羽式上達法」「週刊新潮」21巻2号　昭和五一年一月八日　38-41頁

江藤淳　文芸時評　「毎日新聞」昭和五一年一月二三日　＊舟橋聖一の夢と人生

↓『全文芸時評下』（平成元年一一月二八日　新潮社）

無記名　文壇の長老―丹羽文雄　「月刊ペン」9巻2号　昭和五一年二月　グラビア

藤本四八　大器素描―丹羽文雄　「月刊ペン」9巻2号　昭和五一年二月　131頁

無記名　名著有景33浄瑠璃寺―丹羽文雄「顔」「週刊文春」18巻9号　昭和五一年三月四日　グラビア　＊顔

孝　顔145　丹羽文雄―作家　業を追って〝日々充実〟「読売新聞」夕刊　昭和五一年五月一〇日

吉田和夫　名作の舞台8―「恋文」丹羽文雄　東京・渋谷　「読売新聞」昭和五一年八月二九日

無記名　人間・生き方の集大成に―つぎの朝刊連載小説「魂の試される時」を執筆する丹羽文雄氏　「読売新聞」夕刊　昭和五一年九月八日

後藤宏行　「丹羽文雄論」ノート―親鸞と西鶴にかかわる転向の一ケースとして　「名古屋学院大学論集人文・自然科学篇」13巻1号　昭和五一年九月　1-30頁

丹羽綾子　主人中心の食事―快食毎日　「小説サンデー毎日」8巻10号　昭和五一年一〇月一日　12頁

武田友寿　丹羽文雄―批評のよろこび　『作家の印象―出会いの歳月』昭和五一年一〇月五日　中央出版社　165-177頁

友川泰彦　青麦（丹羽文雄）「文学地帯」47号　昭和五一年一一月　147頁　＊青麦

河野多恵子　丹羽文雄「有情」の父親―心を打った男たち　「日本経済新聞」夕刊　昭和五一年一二月二〇～二二日　3回

大久保房男　文士の手紙　「日本近代文学館報」昭和五一年

↓『文士と編集者』（平成二〇年九月一八日　紅書房）

鈴木敏夫　大作家N氏の著名な侵害　『実学・著作権　下』昭和五一年　サイマル出版会

＊発行月日未掲載。初出（Foreign Publication News No.186・187。未見）では実名表記だが、単行本収録のさいに匿名にされ増補。

横山政男　俳人協会賞に輝く　銀座・呑み屋の女将・鈴木真砂

女(70)の心意気　「週刊朝日」82巻1号　昭和五二年一月七日　162-163頁
高　文学観、小説観を十二分に展開―丹羽文雄著「創作の秘密」「週刊読売」36巻7号　昭和五二年二月一二日　105-106頁
蛙　文学が一生の業という怖ろしさ―丹羽文雄「創作の秘密」「週刊朝日」82巻7号　昭和五二年二月一八日　115-116頁
村松定孝　早稲田文学人物誌15―丹羽文雄　「早稲田文学」10号　昭和五二年三月一日
↓『早稲田文学人物誌』(昭和五六年六月一日　青英社)
藤井了諦　丹羽文雄の創作の世界―宗教小説「一路」にみられるもの「同朋国文」10号　昭和五二年三月　＊一路
根本正義　戦時下の児童文学と丹羽文雄　「桐」1号　昭和五二年三月
無記名　美少女を愛した川端康成「酒席のてんまつ」「アサヒ芸能」昭和五二年六月三〇日　16頁
河野多恵子　人間直視の眼―丹羽文雄氏　文化勲章の人びと「朝日新聞」夕刊　昭和五二年一〇月二八日
無記名　長い道のり　なお意欲―母の像追い50年　「朝日新聞」夕刊　昭和五二年一〇月二八日
無記名　半世紀に書いた原稿12万枚―さわやかこの朝　「毎日新聞」夕刊　昭和五二年一〇月二八日
無記名　文化勲章の丹羽文雄さん―書くことといっぱい　「読売新聞」夕刊　昭和五二年一〇月二八日
水上勉　痕を抱く大きな人―丹羽文雄の足跡　「長崎新聞」ほか　昭和五二年一〇月三一日
小泉譲　「菜の花物語」―丹羽文雄のある部分　「ちくま」103号　昭和五二年一一月一日　22-25頁
紅野敏郎　第三次「早稲田文学」の意義　「文学」45巻11号　昭和五二年一一月一日
↓『昭和文学の水脈』(昭和五八年一月二五日　講談社)
無記名　丹羽文雄氏に文化勲章―書いた原稿十二万枚　「週刊小説」6巻42号　昭和五二年一一月一八日　8頁
松本鶴雄　作家における新聞小説の位置―長塚節、漱石、丹羽文雄、伊藤整を中心に　「国文学解釈と鑑賞」42巻15号(現代新聞小説事典)　昭和五二年一二月六日　19-23頁
由木義文　親鸞―丹羽文雄　「国文学解釈と鑑賞」42巻15号(現代新聞小説事典)　昭和五二年一二月六日　221頁
由木義文　人間模様―丹羽文雄　「国文学解釈と鑑賞」42巻15号(現代新聞小説事典)　昭和五二年一二月六日　263頁
由木義文　日日の背信―丹羽文雄　「国文学解釈と鑑賞」42巻15号(現代新聞小説事典)　昭和五二年一二月六日　283頁
山本祥一朗　親の醜悪部分を徹底的に―丹羽文雄の場合　『作家と父』　昭和五二年一二月六日　大陸書房　9-18頁
小澤春雄　丹羽文雄の文学　『文学と旅の道標―若き電電人のために』昭和五二年一二月一五日　電気通信協会　207-211頁
無記名　丹羽文雄―仏門に人間の業みる　「ほるぷ図書新聞」昭和五二年一二月一五日
藤田明　横光利一・丹羽文雄―とくに中学時代の作品　『三重の文学』昭和五二年一二月一五日　桜楓社　179-200頁
門脇恒　打ち方、スタイルいろいろあるが、フォームは文なり「週刊アサヒ芸能」33巻2号　昭和五三年一月一二日　32-33頁

尾崎一雄　あの日・この日「群像」33巻1号～35巻7号　昭和五三年一月一日～五五年七月一日

↓『続あの日・この日』（昭和五七年九月二〇日　講談社）

田中澄江　人間の生き方の真実―丹羽文雄著『魂の試される時』（上・下）「波」12巻2号　昭和五三年二月一日

松本鶴雄　丹羽文雄「蛾」「国文学解釈と鑑賞」43巻4号　昭和五三年二月一二日　112-115頁　＊蛾

無記名　丹羽文雄―人と道「潮」226号　昭和五三年三月一日　グラビア

藤田明　丹羽文学を歩く「四日市百撰」昭和五三年五月～五四年一月　①～⑦、番外編①②

田辺茂一　丹羽文雄―進言二つ三つ『あの人この人五十年』昭和五三年六月一日　東京ポスト　235-238頁

鶴　人物交差点―丹羽文雄「中央公論」93年7号　昭和五三年七月一日　44-45頁

無記名　日本人「中央公論」93年7号　昭和五三年七月一日　グラビア

無記名　ヘルスパトロール―丹羽文雄「週刊現代」21巻1号　昭和五四年一月一四日　95頁　＊1月4・11日合併号

無記名　風俗小説論争「流動」11巻1号　昭和五四年一月　209頁

無記名「パルタイ」論争「流動」11巻1号　昭和五四年一月　289頁

久米宏　抱腹絶倒SF短編―ボクの読んだ本から⑧「宝石」昭和五四年二月　404-406頁　＊惑星

山本容朗　ここだけの話―文壇よもやまばなし「噂の真相」昭和五四年四月一日　32-33頁

尾崎一雄　閑中忙―謝辞で言い落したこと「連峰」11号　昭和五四年五月一日

↓『尾崎一雄全集12』（昭和五九年五月三〇日　筑摩書房）

福島保夫　淀橋区下落合二ノ六一七―私の中の丹羽文雄「文芸復興」65集　昭和五四年六月二五日　16-22頁

＊以後77集（昭和六〇年四月一五日）まで13回連載。

↓『柘榴の木の下で』（昭和六〇年一一月一五日　栄光出版社）

津村節子　鋭い人間洞察の随筆集―『私の年々歳々』（丹羽文雄著）「週刊サンケイ」28巻29号　昭和五四年七月五日　117-118頁

桶谷秀昭　文芸時評　三社連合　昭和五四年八月　＊帰郷

↓『回想と予感』（昭和五七年一〇月二〇日　小沢書店）

山本茂　丹羽文雄の小説『山肌』で話題沸騰―夕暮れ婦人を急襲する「かあすう病」「サンデー毎日」58巻46号　昭和五四年一〇月二八日　156-159頁

山本容朗　高見順と丹羽文雄―酒客往来　新宿交遊学⑦「潮」246号　昭和五四年一一月一日　300-303頁

丹羽綾子　丹羽夫人のビーフシチュー「主婦の友」63巻11号　昭和五四年一一月一日　102-103頁

巌谷大四　三重県『現代文壇人国記』昭和五四年一一月一〇日　集英社　137-139頁

上田三四二　丹羽文雄「菩提樹」―性の煩悩と仏教『愛のかたち　日本文学の名作をよむ』昭和五四年一一月三〇日　彌生書房　101-104頁

吉村昭　青年のように…―「日本の作家」の横顔「小説新潮」34巻1号　昭和五五年一月一日　402頁　＊グラビア　篠山紀信

無記名　肉親への温かい鎮魂―丹羽文雄著「蕩児帰郷」「読売新聞」昭和五五年一月二八日　＊蕩児帰郷

無記名　父の年齢に達した自分を　自らへの鎮魂歌として綴る連作―丹羽文雄著「蕩児帰郷」「ほるぷ新聞」昭和五五年二月一日　＊蕩児帰郷

瀬沼茂樹　親鸞世界に深い思い―丹羽文雄著「蕩児帰郷」「東京新聞」昭和五五年二月一六日　＊蕩児帰郷

大河内昭爾　生涯の罪の姿の深さ・心の深い翳りを率直に告白する―丹羽文雄著「蕩児帰郷」「毎日新聞」昭和五五年二月二五日

臼井吉見　丹羽文雄著「最初の転落」『草刈鎌』昭和五五年二月二五日　筑摩書房　240-241頁

無記名　作者のみずみずしい自伝的連作―丹羽文雄著「蕩児帰郷」「週刊朝日」85巻9号　昭和五五年二月二九日　127-128頁

無記名　丹羽文雄氏を囲んで―一月に四日市・都ホテルで「芸文協ニュース」6号　昭和五五年三月三一日

大竹新助　私の詩的風景―長良川の「鮎」「新刊ニュース」356号　昭和五五年三月
↓『文学の中の風景』（平成二年一一月二〇日　メディアパル）

大竹新助　女性と人間の業を描いた丹羽文雄『名作のふるさと5』昭和五五年三月　さえら書房　80-96頁

保正昌夫　はらからの複眼図絵―丹羽文雄著『蕩児帰郷』「群像」35巻4号　昭和五五年四月一日　290-291頁

金子昌夫　日本の文学者が辿り着いたひとつの文学的影像「50冊の本」3巻4号　昭和五五年四月一日　46-47頁　＊蕩児帰郷

八木義徳　大きな目―「蕩児帰郷」丹羽文雄「新潮」77年4号　昭和五五年四月一日　223頁　＊蕩児帰郷

無記名「真珠の小箱」5伊勢志摩の春夏「伊勢新聞」昭和五五年五月二日

大久保房男　型通りと型破り「みそさざい」昭和五五年五月
↓『文芸編集者はかく考える』（昭和六三年四月　紅書房）

澤野久雄　作者の若々しい情熱、盛んな好奇心―丹羽文雄著「山肌」（上・下）「波」14巻6号　昭和五五年六月一日

無記名　次の朝刊連載小説「樹海」を執筆する丹羽文雄さん―好奇心ますます「読売新聞」昭和五五年九月二二日

丹羽綾子　疎開記―野菰の花の咲く村で「食・食・食」24号　昭和五五年一〇月一〇日　76-81頁

保正昌夫　しなやかな眼―丹羽文雄『彼岸前』「群像」36巻1号　昭和五六年一月一日　280-281頁

無記名　各界県人の横顔―作家丹羽文雄氏「伊勢新聞」昭和五六年一月二六日　＊文庫へのみち

小田切進　丹羽文雄記念室　三重・四日市市―自筆原稿など四千点「中日新聞」ほか　昭和五六年一月二六日
↓『続文庫へのみち―郷土の文学記念館』（昭和五六年一二月　東京新聞出版局）

松本鶴雄　リアルな老人達の生態―丹羽文雄『彼岸前』「文学

界」35巻2号　昭和五六年二月一日　220-221頁

藤田明　丹羽文雄「一路」―文学と三重「中日新聞」夕刊昭和五六年三月四日　三回　＊一路

藤田昌司　多士済々な三重県―作家の風土15　滋賀・三重・奈良・和歌山「日版通信」499号　昭和五六年三月五日

Dennis Keene　ATONEMENT（Shokuzai）Japanese Literature Today 6　昭和五六年三月　6-18頁

奥野健男　国家に挑戦する人間精神「サンケイ新聞」昭和五六年九月二六日　＊沈黙・春の蟬

→『文芸時評上』（平成五年一一月二五日　河出書房新社）

川村二郎　文芸時評「文芸」20巻11号　昭和五六年一一月一日　＊沈黙・春の蟬

→『文芸時評』（昭和六三年一一月八日　河出書房新社）

桶谷秀昭　文芸時評　三社連合　昭和五六年一一月　＊沈黙・春の蟬

→『回想と予感』（昭和五七年一〇月二〇日　小沢書店）

中村八朗　新しい女性の生き方―丹羽文雄著「四季の旋律」上下「サンケイ新聞」昭和五六年一二月一五日

無記名　丹羽文雄『再会』『青麦』―文学の中の方言12「朝日新聞」昭和五六年一二月一九日

岡正基　冷静に女の実相描く―「中年」丹羽文雄著「伊勢新聞」昭和五七年一月二一日

梅原稜子　容赦のない、豊穣な人生を識るとき―丹羽文雄著「樹海」「波」16巻5号　昭和五七年五月一日　34-35頁

河野多惠子　新しい頂点みせる傑作―丹羽文雄著「樹海」「朝日新聞」昭和五七年五月二四日

→『河野多惠子全集9』（平成七年八月一〇日　新潮社）

『文学1983』（昭和五八年四月一八日　講談社）

電　味わいの深い随想集―丹羽文雄『をりふしの風景』「朝日新聞」昭和五七年五月二四日　＊をりふしの風景

西尾幹二　文芸時評　共同通信　昭和五七年五月二四日　＊妻

→『文学1983』（昭和五八年四月一八日　講談社）

奥野健男　人間・自然・時代の豊かな交流「サンケイ新聞」昭和五七年五月二九日　＊妻

→『文芸時評　上』（平成五年一一月二五日　河出書房新社）

『文学1983』（昭和五八年四月一八日　講談社）

大久保房男　気になる文章「みそさざい」昭和五七年五～七月

→『文芸編集者はかく考える』（昭和六三年四月　紅書房）

横山政男「妻」の急病に生死の深淵を見た丹羽文雄「週刊朝日」87巻26号　昭和五七年六月一八日　22-23頁

奥野健男　痛快な文明批判「サンケイ新聞」昭和五七年六月二六日　＊わが家の風物詩

→『文芸時評上』（平成五年一一月二五日　河出書房新社）

無記名　内奥の苦悩描いた大作―丹羽文雄著「蓮如」第一巻「読売新聞」昭和五七年七月四日

奥野健男　愛国者の心情で綴る「サンケイ新聞」昭和五七年八月二八日　＊悔いの色

→『文芸時評上』（平成五年一一月二五日　河出書房新社）

山本容朗　丹羽文雄『作家の人名簿』昭和五七年九月一二日　文化出版局　190-191頁

岡正基　ふるさとと文芸―丹羽文雄「芸術三重」26号　昭和

五七年九月三〇日　4-12頁

森川達也『己の宿命に答える…』—丹羽文雄著「蓮如」第一巻「中日新聞」昭和五七年一〇月二五日

↓『蓮如3』（昭和五七年一一月二〇日　中央公論社）帯

松永伍一　丹羽文雄の母—母の肖像11「婦人と暮らし」89号　昭和五七年一一月一日　126-130頁

重松明久『蓮如』無断引用事件の真相「潮」284号　昭和五七年一二月一日　172-181頁

奥野健男　極限状況を切迫した文体で「サンケイ新聞」昭和五七年一二月二五日　＊夜のおどろき

↓『文芸時評上』（平成五年一一月二五日　河出書房新社）

佐伯彰一『妻』丹羽文雄「群像」38巻1号　昭和五八年一月一日　282-283頁

白川正芳　生々しい筆致で語る男と女—丹羽文雄著『短編集妻』「日本経済新聞」昭和五八年一月九日

無記名　百肖像40—丹羽文雄「毎日グラフ」36巻7号　昭和五八年二月二〇日　50-53頁

大河内昭爾　丹羽文雄の〈蓮如〉「国文学解釈と教材の研究」28巻4号　昭和五八年三月一日　127頁　＊蓮如

磯田光一『戦後史の空間』昭和五八年三月二〇日　新潮社　＊日本敗れたり

山折哲雄　著書『人間蓮如』をめぐって—『小説蓮如』の著者丹羽文雄からきびしい批評の言葉うける「南御堂」250号　昭和五八年五月一日　＊蓮如

大久保房男　ワセダ・ボーイ「連峰」59号　昭和五八年五月

↓『文芸編集者はかく考える』（昭和六三年四月　紅書房）

阿部浩二　文芸作品と注『著作権とその周辺』昭和五八年六月一〇日　日本評論社　183-188頁　＊無断引用問題

川西政明　文学概観'82『文芸年鑑　昭和58年版』昭和五八年六月　新潮社　48-49頁　＊妻

佐々木充　昭和十七年—中島敦「光と風と夢」丹羽文雄「海戦」「国文学解釈と鑑賞」48巻11号　昭和五八年八月一日　64-69頁　＊海戦

大久保房男　煩悩具足「新生」1巻4号　昭和五八年八月一日　＊親鸞・蓮如

↓『文士と編集者』（平成二〇年九月一八日　紅書房）

水上勉「蓮如」を読む「新潮」80年9号　昭和五八年八月一日　260-262頁　＊蓮如

↓『文芸遠近』（平成七年一一月二〇日　小沢書店）

丹羽文雄・河野多恵子「小説作法」と現代文学の地平「別冊潮」二号　昭和五八年八月二日　354-367頁

大久保房男　常識と文士「鷹」20巻8号　昭和五八年八月

↓『文芸編集者はかく考える』（昭和六三年四月　紅書房）

中村光夫・江藤淳・磯田光一「文学界」五十年の歩み「文学界」37巻11号　昭和五八年一一月一日　140-160頁

無記名　点描—丹羽氏、しみじみ受賞の喜び「朝日新聞」夕刊　昭和五八年一二月一九日　＊野間文芸賞・新人賞の贈呈式

村上隆　ひねりと壁—村上隆の知的ゴルフ連載⑦「新潮45+」3巻4号　昭和五九年四月一日

根本正義　丹羽文雄『昭和児童文学の研究』昭和五九年四月五日　高文堂出版社　108-117頁

無記名　愛欲地獄のはてに煩悩の炎を燃やしつくした日々「週刊朝日」89巻21号　昭和五九年五月一八日　142-151頁
美作太郎　引用と盗用のけじめ―丹羽文雄氏の〈無断引用〉『著作権　出版の立場から』昭和五九年一〇月八日　出版ニュース社　18-19頁
大河内昭爾　鮎（丹羽文雄）「国文学解釈と鑑賞」49巻14号（現代作品造型とモデル）　昭和五九年一一月五日　195-196頁
大河内昭爾　厭がらせの年齢（丹羽文雄）「国文学解釈と鑑賞」49巻14号（現代作品造型とモデル）　昭和五九年一一月五日　272-273頁
大河内昭爾　蛇と鳩（丹羽文雄）「国文学解釈と鑑賞」49巻14号（現代作品造型とモデル）　昭和五九年一一月五日　273-274頁
早瀬圭一　厭がらせの年齢・丹羽文雄　『長らえしとき』昭和五九年一一月一五日　文芸春秋
横山政男　芸術院会員の選考をめぐる丹羽文雄・阿川弘之論争の中身「週刊朝日」89巻51号　昭和五九年一一月二三日　20-24頁
阿川弘之　丹羽文雄氏への質問状「文学界」38巻12号　昭和五九年一二月一日　178-183頁
↓『大ぼけ小ぼけ』（昭和六一年一〇月　講談社）
『阿川弘之全集18』（平成一九年一月二五日　新潮社）
無記名　新人国記'84　三重県③―宗教の門に生まれ「朝日新聞」夕刊　昭和五九年一二月一九日
無記名「ひと我を非情の作家と呼ぶ」を書いた丹羽文雄さん「読売新聞」昭和五九年一二月二四日
無記名　丹羽文雄「すばる」7巻4号　昭和六〇年四月一日　11-14頁
吉村昭「文学者」と丹羽先生「すばる」7巻4号　昭和六〇年四月一日　11頁
無記名　丹羽文雄『わが家の夕めし』昭和六〇年六月　朝日新聞社
無記名　歎異抄で母の生涯納得―丹羽文雄著「わが母、わが友、わが人生」「朝日新聞」昭和六〇年八月六日　＊わが母、わが友、わが人生
丹羽綾子　お年玉「クロワッサン」昭和六〇年一二月一五日　11-14頁
林忠彦　丹羽文雄『文士の時代』昭和六一年四月二五日　朝日新聞社
三木卓　鷹揚さと抱擁力ある人―倶楽部作家の生活も気遣った丹羽文雄さん「週刊読書人」昭和六一年五月五日
小坂多喜子　丹羽文雄―傘寿の会『わたしの神戸わたしの青春　わたしの逢った作家たち』昭和六一年五月一〇日　三信図書
無記名　丹羽文雄「エイジシュート達成」「読売新聞」昭和六一年五月二二日
都築久義「丹羽文雄の故郷」―四日市崇顕寺「中部の旅」4巻6号　昭和六一年六月　56-57頁
小坂多喜子　丹羽文雄への素朴な疑問「文芸復興」80集　昭和六一年一一月一日　28-31頁
馬渡憲三郎　丹羽文雄「国文学解釈と鑑賞」別冊（現代文学研究・情報と資料）昭和六一年一一月二〇日　429-430頁

石阪幹将　丹羽文雄―厭がらせの年齢　「国文学解釈と教材の研究」31巻9号　昭和六一年一一月二〇日　112-113頁
尾形明子　丹羽文雄「鮎」の和緒　『昭和文学の女たち』昭和六一年一二月二〇日　ドメス出版　53-56頁
尾形明子　丹羽文雄「厭がらせの年齢」のうめ女　『昭和文学の女たち』昭和六一年一二月二〇日　ドメス出版　169-171頁
篠田一士　文芸時評　「毎日新聞」夕刊　昭和六一年一一月二八日　＊人間舟橋聖一
↓『創造の現場から』昭和六三年七月二〇日　小沢書店）
中田浩二　文芸'86―12月　「読売新聞」夕刊　昭和六一年一二月二三～二四日　＊夫と妻
川原浩　告白（丹羽文雄）『私の読書手帖　一九八三―八六』昭和六二年一月五日　秋田文化出版社　276-281頁
河野多恵子　文芸時評（2）思いがけない出来事　「知識」昭和六二年二月一日　280-283頁　＊夫と妻
佐藤和子　厭がらせの年齢―丹羽文雄　『日本文芸鑑賞事典14』昭和六二年三月一七日　ぎょうせい　171-180頁
佐藤和子　親鸞―丹羽文雄　『日本文芸鑑賞事典19』昭和六二年三月一七日　ぎょうせい　195-214頁
無記名　大波小波―人間・丹羽文雄　「中日新聞」夕刊　昭和六二年五月二〇日
村松友視　丹羽文雄著『人間・舟橋聖一』　「新潮」84年6号　昭和六二年六月一日
磯田光一　丹羽文雄『蓮如』解説―俗念のパラドックス　『近代の感情革命』昭和六二年六月一五日　新潮社
佐藤和子　菩提樹―丹羽文雄　『日本文芸鑑賞事典16』昭和六二年六月一七日　ぎょうせい　259-272頁
色川武大　丹羽文雄『人間・舟橋聖一』「波」21巻7号　昭和六二年七月一日
無記名　週刊新潮掲示板―藤原敏雄　「週刊新潮」32巻27号　昭和六二年七月九日　143頁
鈴木信太郎　ゴールデンバットの名刺―丹羽文雄氏　『美術の足音今は昔』昭和六二年七月　博文館新社
本城靖　三重の文学碑39　「緑苑」97号　昭和六二年八月一日　18頁
紅野敏郎　木靴―外村繁・浅見淵・尾崎一雄・古木鉄太郎・小田嶽夫ら　「国文学解釈と鑑賞」昭和六二年九月一日
↓『雑誌探索』（平成四年一一月一〇日　朝日書林）
早瀬圭一　厭がらせの年齢・丹羽文雄　『長らえしとき』昭和六三年一月一〇日　文芸春秋
早瀬圭一　武蔵野「有料福祉」の現場から　『長らえしとき』昭和六三年一月一〇日　文芸春秋
佐藤和子　鮎―丹羽文雄　『日本文芸鑑賞事典10』昭和六三年二月一七日　ぎょうせい　89-100頁
藤井了諦　講義ノート―丹羽文雄の「菩提樹」について―宗教的実存を中心に深層心理の探究　「同朋国文」20号　昭和六三年三月
谷田昌平　丹羽文雄―天衣無縫の生き方から生まれた文学　『回想　戦後の文学』昭和六三年四月二五日　筑摩書房
高橋のぶ子　書評・文学の年齢―丹羽文雄氏と高橋のぶ子　「新潮」昭和六三年五月一日
Sepp Linhart　老人の歴史としての日本戦後史

「福岡ユネスコ」23号　昭和六三年五月　36-45頁

田中励儀　従軍する作家たち『講座昭和文学史3』昭和六三年六月一〇日　有精堂　57-67頁　＊還らぬ中隊

森英一　風俗小説と中間小説『講座昭和文学史3』昭和六三年六月一〇日　有精堂　235-244頁　＊哭壁・海戦

都築久義　丹羽文雄―肉親への憎悪が文学の原点「中日新聞」夕刊　昭和六三年六月一五日

竜　味わいの深い随筆集―丹羽文雄「をりふしの風景」「朝日新聞」夕刊　昭和六三年九月一八日

尾形明子　丹羽文雄「魂の試される時」の萩『現代文学の女たち』昭和六三年九月一八日　ドメス出版　156-158頁

津村節子　丹羽先生のこと『女の引出し』昭和六三年一一月　中央公論社

大草実・萱原宏一・下村亮一　続・老記者の置土産4―丹羽文雄の出世談義「経済往来」昭和六三年一二月　188-191頁

藤井了諦　丹羽文学の転身とその人生観等について―菩提樹を中心に「同朋学園仏教文化研究所紀要」10号　平成元年一月

福島保夫　落花の道―若月彰氏のこと「文芸復興」85号　平成元年七月一〇日

↓『うゐのおくやま』(平成一一年八月三一日　武蔵野書房)

福島保夫　事件の顚末―小説「蓮如」場合「文芸復興」86号　平成元年一二月一〇日　＊蓮如

↓『うゐのおくやま』(平成一一年八月三一日　武蔵野書房)

無記名　丹羽文雄さん―非情な作品　柔和な老境「読売新聞」平成二年二月五日

藤浪敏雄　日本一の多作家・丹羽文雄記念室―本の前線・読書の前線「週刊読書人」平成二年五月一四日

福島保夫　事件の顚末―小説「蓮如」場合「文芸復興」87号　平成二年七月一〇日　＊蓮如

↓『うゐのおくやま』(平成一一年八月三一日　武蔵野書房)

曾根博義　戦前・戦中の文学―昭和8年から敗戦まで『昭和文学全集』別巻　平成二年九月二〇日　小学館

無記名　丹羽文雄『早稲田と文学の一世紀』平成二年一〇月九日　早稲田大学図書館　176頁

中野恵海　丹羽文雄『親鸞』「国文学解釈と鑑賞」55巻12号　平成二年一二月一日

大久保房男　文士の社会「全作家」28号　平成二年一二月一〇日　8-21頁

福島保夫　新富町相馬ビルアパート「文芸復興」88号　平成二年一二月一〇日

↓『うゐのおくやま』(平成一一年八月三一日　武蔵野書房)

川津誠　微小なる敵意「昭和文学研究」22号　平成三年二月

田中励儀　丹羽文雄「鮎」論―〈生母もの〉の虚構性「同志社国文学」35号　平成三年三月　128-138頁

福島保夫　疎外された理由「文芸復興」89号　平成三年六月一日

↓『うゐのおくやま』(平成一一年八月三一日　武蔵野書房)

丸川実子　丹羽文雄参考文献調査「書誌調査」91号　平成三年六月二二日

紅野敏郎　逍遥・文学誌4―逸見広・丹羽文雄・酒井松男・八木東作・水守三郎らの「正統文学」と「アトラス・セリー」

「国文学解釈と教材の研究」36巻12号　平成三年一〇月一日　162-165頁
→『文芸誌譚』（平成一二年一月二一日　雄松堂書店）
無記名　編集手帳―旧友への追悼文　「読売新聞」平成三年一〇月七日　＊人間舟橋聖一
紅野敏郎　逍遥・文学誌5―文学党員　「国文学解釈と教材の研究」36巻13号　平成三年一一月一日　154-157頁
→『文芸誌譚』（平成一二年一月二一日　雄松堂書店）
金田浩一呂　融通無礙な大人（丹羽文雄）『文士とっておきの話』平成三年一一月二五日　講談社
無記名　作家の追悼文集次々―遠藤周作さんと読む・背後に潜む批評が面白い　「読売新聞」平成三年一二月二日　＊人間舟橋聖一
紅野敏郎　逍遥・文学誌―「新正統派」の意義　「国文学解釈と教材の研究」37巻4～7号　平成四年四月一日～六月一日　3回
→『文芸誌譚』（平成一二年一月二一日　雄松堂書店）
福島保夫　欠落した評伝　「文芸復興」91号　平成四年六月二〇日
→『うゐのおくやま』（平成一一年八月三一日　武蔵野書房）
高木真美子　量産作家丹羽文雄　「書誌調査」92号　平成四年六月二二日　127-131頁
丸川実子　丹羽文雄参考文献調査　「書誌調査」92号　平成四年六月二二日　216-220頁
弓場端子　丹羽文雄の「母」　「書誌調査」92号　平成四年六月二二日　260-264頁
大久保典夫　丹羽文雄・女性を見つめ罪の意識を追究　『現代文学と故郷喪失』平成四年九月五日　高文堂出版社　192-194頁
無記名　文壇と早稲田　『早稲田大学百年史』平成四年一一月二〇日　668-715頁　早稲田大学出版部
無記名　丹羽文雄記念室　「オーパス」5巻3号　平成五年三月一日　17頁
丸山和香子　『厭がらせの年齢』―肉親すべてが死を望むもなお生き続ける老女　『煌きのサンセット　文学に「老い」を読む』平成五年四月一日　中央法規出版　183-185頁
中井正義　丹羽文雄『女靴』『短歌と小説の周辺』沖積社　平成五年七月三〇日　182-187頁
紅野敏郎　逍遥・文学誌30―現実・文学（第二次）「国文学解釈と教材の研究」38巻14号　平成五年一二月一日　162-165頁
→『文芸誌譚』（平成一二年一月二一日　雄松堂書店）
中島信吾　私の会った人―丹羽文雄さん　太宰もあきれた、色男ぶり　「朝日新聞」夕刊　平成六年五月二〇日
中田浩二　丹羽文雄　文壇随想、素顔の作家たち　「ＴＨＩＳ ＩＳ 読売」5巻5号　平成六年八月一日　296-299頁
北上次郎　情痴小説の研究9丹羽文雄『献身』―3人の愛人を持つ男　「鳩よ！」平成六年八月一日～九月一日
→『情痴小説の研究』（平成九年四月　マガジンハウス）
須崎テル子　オルゴールの蓋をあけて―丹羽文雄「生母もの」私見　「泗楽」1号　平成六年一〇月一〇日　39-44頁
一見幸次　四日市周辺　「芸術三重」50号　平成六年一〇月二三日　27-32頁
田中励儀　丹羽文雄の従軍―〈ペン部隊〉から「還らぬ中隊」

へ　「同志社国文学」41号　平成六年一一月　237-248頁
大河内昭爾　仏教と近代文学　『仏教文学講座2』平成七年二月　勉誠社　281-302頁
杉崎俊夫　丹羽文雄　『日本文学と仏教10　近代文学と仏教』平成七年五月二九日　岩波書店　213-231頁
半田美永　丹羽文雄の出発―文壇デビュー作「鮎」の彼方に「中日新聞」（三重版）平成七年七月一〇日
須崎テル子　ふたつめのオルゴールの蓋をあけて―丹羽文雄の描く父親像と仏教的なもの　「泗楽」2号　平成七年一〇月一〇日　49-57頁
荘司徳太郎　私家版・日配史195　『私家版・日配史』平成七年一一月二〇日　出版ニュース社　445頁　＊妻の座
鈴木繁　Dimmesdaleの告白の必然性について―丹羽文雄の『菩提樹』との比較から　「佐賀大学教養部研究紀要」28号　平成八年三月　31-74頁
大久保房男　文学の制作は孤独なれど　「新潮45」15巻9号　平成八年九月
↓『文士とは』（平成一一年六月一二日　紅書房）
須崎テル子　丹羽文雄の「椿の記憶」―富中時代の作文と「泗楽」3号　平成八年一〇月一〇日　99-105頁　＊椿の記憶
無記名　散歩道・文学―鈴木真砂女（鴨川付近　下）「朝日新聞」（千葉版）平成八年一一月二九日　＊天衣無縫
大久保房男　原稿の字と揮毫の字　「花も嵐も」平成九年一月
↓『文士と編集者』（平成二〇年九月一八日　紅書房）
紅野敏郎　逍遥・文学誌44―博浪沙通信　「国文学解釈と教材の研究」40巻3号　平成九年二月一日　156-159頁
↓『文芸誌譚』（平成一二年一月二一日　雄松堂書店）
大久保房男　文士の女房が死屍累々　「新潮45」16巻2号　平成九年二月　＊贖罪
↓『文士とは』（平成一一年六月一二日　紅書房）
無記名　あの言葉　戦後50年―昭和50年代　恋文横丁　「読売新聞」平成九年六月八日
田中励儀　丹羽文雄の南方徴用―ツラギ海峡夜戦から「海戦」へ　「昭和文学研究」35号　平成九年七月　93-105頁
加山郁生　「鮎」丹羽文雄―女の〈業〉を凝視した名短編！『性と愛の日本文学』平成九年七月二五日　河出書房新社
須崎テル子　丹羽文雄とふるさと―菜の花がいっぱい咲いていた頃　「泗楽」4号　平成九年八月一日　75-86頁
森逸郎　丹羽文雄、近藤啓太郎―両先生をお訪ねして　「泗楽」4号　平成九年八月一日　109-111頁
紅野敏郎　逍遥・文学誌75―制作　「国文学解釈と教材の研究」42巻11号　平成九年九月一日　152-155頁
由里幸子　探究・記者の目―南京事件の情景　心開かせる「証言」「朝日新聞」（GK版）平成九年一〇月一八日　＊海戦
西島健男　「不倫」作品考―旬の風景　「朝日新聞」（GK版）平成九年一一月七日　＊飢える魂
櫻本富雄　『寫眞週報』の匿名文芸　『戦時下の古本探訪　こんな本があった』平成九年一一月一〇日　インパクト出版会　175-194頁
常盤井慈裕　解題―菜の花　『論集　高田教学』平成九年一二月二〇日　真宗高田派宗務院　355-356頁
間瀬昇　丹羽文雄―愛欲の沼　『作家と作品　生と死の塑像』

平成九年一二月　近代文芸社
福田信夫　「風俗小説」論争　『中村光夫論』平成一〇年三月九日　武蔵野書房　231-265頁
八木福次郎　古本屋の手帖―『蘭梦抄』　「日本古書通信」平成一〇年三月一五日
→『古本蘊蓄』（平成一九年一〇月一日　平凡社）
大村彦次郎　丹羽文雄と舟橋聖一の復活―中間小説物語4　「ちくま」325号　平成一〇年四月一日　34-37頁
→『文壇うたかた物語』（平成七年五月二五日　筑摩書房）
斎藤平　三重県方言と近代文学作品　「皇学館論叢」31巻3号　平成一〇年六月一〇日　1-18頁
津村節子　合わせ鏡―作家と作品　「朝日新聞」平成一〇年六月二一日
出久根達郎　老後への心得―朝茶と一冊　「週刊新刊全点案内」23巻28号　平成一〇年七月一四日
紅野敏郎　逍遥・文学誌86～88―星座　「国文学解釈と教材の研究」43巻9～11号　平成一〇年八月一日～一一月一日　3回
→『文芸誌譚』（平成一二年一月二二日　雄松堂書店）
須崎テル子　崇顕寺住職丹羽房雄師をお訪ねして―若かりし日の丹羽文雄の思い出　「泗楽」5号　平成一〇年八月一日　42-50頁
大久保房男　「第三艦隊将ニ沈没」しかかった頃　『吉行淳之介全集』月報11　平成一〇年八月一〇日　新潮社
→『文士とは』（平成一一年六月一二日　紅書房）
青木正美　作家と執筆量―古本屋控え帳146　「日本古書通信」63巻8号　平成一〇年八月一五日
萬田務　丹羽文雄と宗教　『心の棲み家　昭和の作家群像』平成一〇年八月　双文社出版
小田切秀雄　丹羽文雄と石川達三―風俗と文学をこえるもの　『日本文学の百年』平成一〇年一〇月二八日　東京新聞出版局
たまわし永　私の「丹羽文雄論」について　「TETRAPOD」6号　平成一〇年一〇月　70-71頁
たまわし永　菜の花の道―丹羽文雄・望郷の衝動　「TETRAPOD」6号　平成一〇年一〇月　72-87頁
紅野敏郎　逍遥・文学誌89―文芸首都　「国文学解釈と教材の研究」43巻12号　平成一〇年一一月一日　162-165頁
→『文芸誌譚』（平成一二年一月二二日　雄松堂書店）
加地伸行　〈老い〉の悲しみと生きる気力と　『家族の思想―儒教的死生観の果実』平成一〇年一一月四日　PHP新書　＊厭がらせの年齢
渡部直己　「風俗作家」の不敬小説　「湘南文学」12号　平成一一年一月一日　131-135頁
無記名　丹羽文雄―丹羽文学を生み出した三重県での幼少期　「信用保証レポート」117号　平成一一年一月
八木毅　「雪国」執筆に丹羽作品の影　「朝日新聞」平成一一年二月九日
紅野敏郎　逍遥・文学誌95「随筆趣味」―鏑木清方・土師清二・丹羽文雄・宮川曼魚ら　「国文学解釈と教材の研究」44巻6号
平成一一年五月一日　164-167頁

↓『文芸誌譚』（平成一二年一月二二日　雄松堂書店）

鏡味明克・村合真由子　丹羽文雄の作品における四日市方言「名古屋方言研究会会報」16号　平成一一年五月三〇日　37-44頁

紅野敏郎　逍遥・文学誌97「読書感興」「国文学解釈と教材の研究」44巻8号　平成一一年七月一日　168-171頁

↓『文芸誌譚』（平成一二年一月二二日　雄松堂書店）

無記名　昭和の御代の文学の発禁―暗黒の言論ファッショ時代「別冊太陽」平成一一年七月一六日　152-156、173頁

須崎テル子　作家丹羽文雄を育んだ土壌―父教開師とその周辺を探る「泗楽」6号　平成一一年八月一日　112-121頁

石原慎太郎「アンポ・ハンタイ」の頃―哀悼　江藤淳「文芸春秋」77巻9号　平成一一年九月一日　266-269頁

無記名　四日市高100年の歩みを振り返る―私立博物館で展示「朝日新聞」（三重版）平成一一年九月一〇日

大橋毅彦　丹羽文雄『一夜の姑娘』『言語都市・上海』平成一一年九月三〇日　藤原書店　160頁

津田加須子　土佐の文人12―田宮虎彦（下）「朝日新聞」（高知版）平成一一年一〇月一四日

田中励儀　南方徴用後の丹羽文雄―「みぞれ宵」から「甘酒」まで「芸術至上主義文芸」25号　平成一一年一一月二七日　48-57頁

無記名『恋文』丹羽文雄『朝日新聞連載小説の120年』平成一二年一月一日　朝日新聞社　80-81頁　＊『朝日現代用語　知恵蔵2000』別冊付録

坂上博一　風俗小説論争『新研究資料　現代日本文学2』平成一二年一月三一日　明治書院

津坂治男　三重の文学誌28丹羽文雄「中日新聞」（三重版）平成一二年二月一日

池田浩士　丹羽文雄の前線と銃後『戦時下の文学―拡大する戦争空間』平成一二年二月二五日　インパクト出版会　50-72頁

無記名　GHQ検閲で「禁止」の原稿発見―丹羽文雄氏の未発表作「対人間」「朝日新聞」（中部版）夕刊　平成一二年三月二日

無記名　おあしす―発禁処分とされた丹羽文雄氏「対人間」の肉筆原稿が見つかる「読売新聞」平成一二年三月二日

無記名　丹羽文雄氏に幻の原稿―政治小説「対人間」四日市の学芸員、神田で発見「読売新聞」（中部版）平成一二年三月二日

無記名　GHQ検閲で削除された原稿残っていた―四日市市立博物館所有「朝日新聞」（三重版）夕刊　平成一二年三月二日

秦昌弘　GHQによる掲載禁止作品―丹羽文雄「對人間」「研究紀要」7号　平成一二年三月三一日　32-35頁

小山秀司　カメラアングル　丹羽文雄「鬼子母神界隈」「建設月報」53巻6号　平成一二年六月　59-61頁

須崎テル子　丹羽文雄と同人誌『文学者』の係わり―彼の育てあげた作家たち「泗楽」7号　平成一二年八月一日　54-69頁

須崎テル子　丹羽文雄と「作文」―ゆかりの作家小論「芸術三重」57号　平成一二年一一月三日　16-17頁

音谷健郎　戦争体験の行方4―丹羽文雄氏　愛欲作家の気骨「朝日新聞」（大阪版）夕刊　平成一二年一一月二五日

青木正美　丹羽文雄「母の晩年」『近代作家自筆原稿集』平成一三年二月五日　東京堂出版　140-141頁

無記名　生涯一作の定説覆る―丹羽文雄氏の未発表句発見「朝日新聞」（名古屋版）平成一三年二月二三日

藤寿々夢　赤羽尭『砂漠の薔薇』論（下）「郷土作家研究」26号　平成一三年三月三一日　70-81頁

大久保勇　丹羽文雄論「三重の文学」20号　平成一三年四月　5-20頁

清水信　丹羽文雄　わが愛する作家「三重の文学」20号　平成一三年四月

大河内昭爾『蕩児帰郷』「楽しいわが家」平成一三年七月　79-81頁
↓『随筆　井伏家のうどん』（平成一六年四月二〇日　三月書房）

須崎テル子　丹羽文雄展と本田桂子さん「泗楽」8号　平成一三年八月一日　104-114頁

永井博　丹羽文雄「菜の花時まで」論―四日市から東京へ「四日市大学論集」14巻1号　平成一三年九月一日　290-300頁

大河内昭爾　丹羽文雄展『随筆　朝の読書』平成一三年一〇月一〇日　三月書房　282-285頁
＊菜の花時まで

永井博　丹羽文雄論覚え書き―「鮎」を中心に「リーラー『遊』」2号　平成一三年一〇月三〇日　139-152頁

無記名　元気あるく―望郷深く、丹羽の句碑「朝日新聞」平成一三年一一月二三日

無記名　丹羽文雄と仏教文学―文学を歩く「週刊古寺をゆく」50号　平成一四年二月一二日　33頁

関義男　丹羽文雄『業苦』と『煩悩具足』『日本文学のなかの障害者像　近・現代篇』平成一四年三月一一日　190-197頁　明石書店　＊業苦・煩悩具足

無記名　丹羽文雄『世界の文学10』平成一四年四月二〇日　朝日新聞社　288頁

玉井久之　堕落僧の救済をめぐって―グレアム・グリーンと丹羽文雄の場合「関西外国語大学研究論集」76号　平成一四年八月　17-34頁

須崎テル子　わたしの『厭がらせの年齢』考―丹羽文雄の作家だましひ「泗楽」9号　平成一四年八月一日　94-106頁

紅野敏郎　本・人・出版社45―十返千鶴子編『十返肇　その一九六三年夏』「国文学解釈と鑑賞」67巻9号　平成一四年九月一日　196-199頁

久保田昭雄『一路』『白露』平成一四年九月一五日　文芸社　122-125頁

清水信　丹羽文雄―記録づくめの文豪・文化勲章受章作家「文化展望・四日市ラ・ソージュ」20号　平成一五年二月二〇日　62-65頁

志水雅明　故郷出奔と「菜の花時まで」―丹羽文雄（上）四日市『発掘街道の文学』平成一五年二月　伊勢新聞社

志水雅明　帰らざる故郷への「帰郷」―丹羽文雄（下）四日市『発掘街道の文学』平成一五年二月　伊勢新聞社

草柳大蔵　わが事において後悔せず『絶筆　日本人への遺言』

平成一五年三月七日　海竜社

十返千鶴子　長いきゴッコ「季刊文科」24号　平成一五年六月一日　171-174頁

河野多恵子・大河内昭爾　対談丹羽文学のすがた―「鮎」か「贅肉」か「季刊文科」24号　平成一五年六月一日　6-24頁

秦昌弘　作家を展示する―丹羽文雄文学展「季刊文科」24号　平成一五年六月一日　175-178頁

須崎テル子　丹羽文雄の戦記物考―「海戦」を中心に「泗楽」10号　平成一五年八月一日　170-183頁　＊海戦

秦昌弘　丹羽文雄「生母もの」その手法の成立―初出誌「鮎」を通して「泗楽」10号　平成一五年八月一日　83-88頁

秦昌弘　校訂「鮎」「泗楽」10号　平成一五年八月一日　89-106頁　＊鮎

大久保房男　終戦直後の頃―主に丹羽文雄について「季刊文科」25号　平成一五年一二月　88-97頁

宮川逸雄　丹羽文雄著「庖丁」―ブックエンドの話「とさのかぜ」30号　平成一五年一二月三一日　9頁　＊庖丁

無記名　県北文学紀行―丹羽文雄「或る女の半生」「げいびグラフ」88号　平成一五年

紅野敏郎　逍遙・文学誌151「新女苑」創刊号―横光・矢田津世子・丹羽・井伏・片岡鉄兵・空穂・達治ら「国文学解釈と教材の研究」49巻1号　平成一六年一月一日　166-169頁

小谷野敦　昭和恋愛思想史（14）―姦通のモラル・巻正平の敗北「文学界」58巻3号　平成一六年三月一日　320-329頁

河原功　日本人作家の見る淡水―日本統治期台湾文学と淡水との関わり「成蹊論叢」41号　平成一六年三月一〇日　65-73頁

宮部修『文章をダメにする三つの条件』平成一六年三月一七日　PHP文庫　＊創作の秘密

黒田大河　重層化する〈声〉の記憶―時局雑誌『放送』と戦時放送「文学」5巻2号　平成一六年三月二五日　84-91頁

内藤誼人『実践！反論×反撃法』平成一六年四月五日　PHPエディターズグループ　＊小説作法

大河内昭爾『蕩児帰郷』『随筆　井伏家のうどん』平成一六年四月二〇日　三月書房　79-81頁

無記名　厭がらせの年齢（丹羽文雄）『あらすじで味わう日本文学』平成一六年四月　廣済堂出版

大川渉　凄まじい勢いで書く丹羽文雄―九十歳、青山光二が語る思い出の作家たち7「ちくま」400号　平成一六年七月一日　44-47頁

無記名「ある喪失」丹羽文雄―若い2人のほろ苦い恋物語「中部経済新聞」平成一六年七月一〇日　＊ある喪失

須崎テル子　百歳を迎える丹羽文雄―『有情』を再読する「泗楽」11号　平成一六年一一月一日　70-81頁　＊有情

堀江敏幸　バン・マリーへの手紙5―運河について「図書」667号　平成一六年一一月一日　34-39頁

津村節子　私の文学的歩み『津村節子自選作品集』1～6　平成一七年一月一九日～六月二二日　岩波書店
↓『ふたり旅』（平成二〇年七月二五日　岩波書店）

早川義夫　いい文章には血が流れている「朝日新聞」平成一七年一月二三日　＊友を偲ぶ（知恵の森文庫）

由里幸子　文芸の風　第3部延びた時間1─老いを見つめる「朝日新聞」平成一七年二月一六日　＊厭がらせの年齢
志水雅明　自己さらす、丹羽文学の強さ─生誕100歳年「朝日新聞」夕刊　平成一七年二月一六日
永井博　丹羽文雄「鮎」試論─和緒に寄り添って「四日市大学論集」17巻2号　平成一七年三月一日　15-24頁　＊鮎
小谷野敦　姦通のモラル─巻正平の敗北『恋愛の昭和史』平成一七年三月一〇日　文芸春秋　250-267頁　＊顔
無記名　丹羽文雄さん死去─共感呼んだ介護手記「朝日新聞」夕刊　平成一七年四月二〇日
無記名　丹羽文雄さん死去─文壇でも精神的支柱「産経新聞」夕刊　平成一七年四月二〇日
田辺聖子　談話「産経新聞」夕刊　平成一七年四月二〇日
三好徹　談話「産経新聞」夕刊　平成一七年四月二〇日
浦田憲治　評伝─「愛欲」から「救済」に関心「日本経済新聞」夕刊　平成一七年四月二〇日
黒井千次　強じんな生命力「日本経済新聞」夕刊　平成一七年四月二〇日
大河内昭爾　包容力のある方「日本経済新聞」夕刊　平成一七年四月二〇日
川村湊　私財投じ後輩育成「毎日新聞」夕刊　平成一七年四月二〇日
瀬戸内寂聴　巨星が落ちた「読売新聞」夕刊　平成一七年四月二〇日
渡辺淳一　戦後文学に新時代「読売新聞」夕刊　平成一七年四月二〇日
大河内昭爾　おおらかな多産の作家「東京新聞」夕刊　平成一七年四月二一日
↓『追悼丹羽文雄』（平成一八年四月二五日　鳥影社）
瀬戸内寂聴　巨星の死─丹羽文雄先生と愛娘「毎日新聞」夕刊　平成一七年四月二一日
吉村昭　丹羽文雄氏を悼む─爽やかな壁あった　途方もなく大きな存在「読売新聞」夕刊　平成一七年四月二一日
↓『ひとり旅』（平成一九年七月　文芸春秋）
瀬戸内寂聴　丹羽文雄氏を悼む─大御所と呼ばれた人　生家の寺の風景、心に「日本経済新聞」平成一七年四月二二日
津村節子　丹羽文雄さんを悼む─「文学者」支えた先生「朝日新聞」夕刊　平成一七年四月二三日
藤田明　展望三重の文芸─昭和文学の巨星、逝く「朝日新聞」（三重版）平成一七年四月二七日
大河内昭爾　丹羽文雄さんを悼む「産経新聞」平成一七年四月二八日
↓『追悼丹羽文雄』（平成一八年四月二五日　鳥影社）
大河内昭爾　丹羽文雄氏を悼む　共同通信　平成一七年四月
↓『追悼丹羽文雄』（平成一八年四月二五日　鳥影社）
吉村昭　今週の本棚─この人この3冊　丹羽文雄「毎日新聞」平成一七年五月八日
秋山駿　21世紀を読む─丹羽文雄の文学　風俗描く凄さと巨きさ「毎日新聞」平成一七年五月一〇日
大村彦次郎　重鎮の〈死に様〉に想う─亡びゆく者、汝の名は…「The Last Waltz」「en-taxi」10号　平成一七年五月
藤田明　展望三重の文芸─医師の目生かし、生老病死描く

「朝日新聞」（三重版）平成一七年六月一日
佐野洋　最高のゴルファー　追悼丹羽文雄　「小説新潮」59巻6号　平成一七年六月一日　326-327頁
無記名　蓋棺録―丹羽文雄　「文芸春秋」63巻7号　平成一七年六月一日　440-443頁
竹西寛子　耳目抄242丹羽文雄氏逝去　「ユリイカ」37巻6号　平成一七年六月一日　26-30頁
瀬戸内寂聴　丹羽文雄、岡本敏子―艶やかに激しく生きて「婦人公論」90巻12号　平成一七年六月七日　66-68頁
川本三郎　「罪の意識」と向き合った百年間　「諸君！」37巻7号　平成一七年七月一日　340-341頁
高井有一　夢か現か（24）小綬鶏は啼かず　「ちくま」412号　平成一七年七月一日　24-27頁
長薗安浩　遺書、拝読（19）『厭がらせの年齢』新潮社刊著・丹羽文雄　「中央公論」120年7号　平成一七年七月一日　293-295頁
神田力　岩田豊雄「海軍」『石ころ道の霜柱』平成一七年八月一五日　文芸社　63-67頁　＊海戦
紅野敏郎　逍遙・文学誌172～173―街　「国文学解釈と教材の研究」50巻10～11号　平成一七年一〇月一日～一一月一日　2回
青山光二　凄まじい勢いで書く丹羽文雄　『文士風狂録―青山光二が語る昭和の作家たち』平成一七年一二月一〇日　筑摩書房
泉麻人　泉麻人の東京版博物館―恋文横丁の灯、消える　往時の姿、留める「遺跡」「朝日新聞」平成一八年一月一五日
無記名　ポケットに一冊―「鮎・母の日・妻」丹羽文雄　「読売新聞」平成一八年一月一五日
永井博　丹羽文雄の習作期についての覚え書　「リーラー『遊』」4号　平成一八年二月一〇日　136-162頁
井上三朗　丹羽文雄の『青麦』について（1）「山口大学文学会志」56号　平成一八年三月一三日　27-40頁
玉井久之　「罪」と「救い」をめぐって―ナサニエル・ホーソーンの『緋文字』と丹羽文雄の『菩提樹』の比較研究　「関西外国語大学研究論集」83号　平成一八年三月　37-55頁
松原新一　「時評」担当を終えて（下）―文学の重みとは何か「読売新聞」（西部版）平成一八年四月一三日
大澤理子　〝淪陥期〟上海における日中文学の〝交流〟史試論―章克標と『現代日本小説選集』太平出版印刷公司・太平書局出版目録（単行本）「東京大学中国語中国文学研究室紀要」9号　平成一八年四月一五日　74-95頁
無記名　土佐カルチャー人物伝倉橋由美子さん2―論争起こしたデビュー作　「朝日新聞」平成一八年六月一七日　＊平野謙との「パルタイ」論争について
紅野敏郎　逍遥・文学誌181「若草」十周年記念号―夢二・青児・信太郎・鉄兵・信三郎・今井邦子・丹羽・武田・一雄・岡田三郎・中谷ら「国文学解釈と教材の研究」51巻8号　平成一八年七月一日　152-155頁
秋山駿・川本三郎・紅野敏郎　リレートーク丹羽文雄―人と文学「別冊早稲田文学」1号　平成一八年七月三〇日　213-227頁
前芝憲一　厭がらせの年齢　たらい回しにされる老婆―丹羽文

雄『昭和の結婚小説』平成一八年九月一〇日　おうふう　148-149頁
無記名　丹羽文雄さんの代表作「親鸞」、推敲した本2冊を発見「毎日新聞」（三重版）平成一八年一二月一二日
無記名「親鸞」を修正、丹羽文雄直筆―四日市市立博物館が保管「朝日新聞」夕刊（名古屋版）平成一八年一二月一三日
無記名「親鸞」に丹羽氏自筆の書き込み―記念室へ寄贈の著書「読売新聞」（北勢版）平成一八年一二月一四日
井上三朗　丹羽文雄の『青麦』について（2）「山口大学文学会志」57号　平成一九年三月一三日　1-15頁
濱川勝彦　丹羽文雄『蓮如』試論―作家の姿勢「皇学館論叢」40巻2号　平成一九年四月一〇日　1-30頁
高樹のぶ子　今週の本棚―『現代語訳　好色五人女』井原西鶴著「毎日新聞」平成一九年四月二九日
荒井とみよ　丹羽文雄『還らぬ中隊』『中国戦線はどう描かれたか―従軍記を読む』平成一九年五月一一日　岩波書店　87-91頁
奥出健　書評　濱川勝彦・半田美永・秦昌弘・尾西康充編著『丹羽文雄と田村泰次郎』「解釈」53巻7・8号　平成一九年七月一日　55-57頁
無記名　記者ノート―占領期の文学、見直しへ「読売新聞」夕刊　平成一九年七月二日　＊厭がらせの年齢
井上三朗　濱川勝彦・半田美永・秦昌弘・尾西康充編著『丹羽文雄と田村泰次郎』「国文学解釈と鑑賞」72巻8号　平成一九年八月一日　184頁
西川美和　丹羽文雄「厭がらせの年齢」―読書委員が選ぶ「夏のコワ～い一冊」「読売新聞」平成一九年八月一二日
無記名　文学Ｙｏｕ舗道　中部の舞台を訪ねて14―丹羽文雄「菩提樹」「毎日新聞」（東海版）平成一九年九月一二日
田中励儀　濱川勝彦・半田美永・秦昌弘・尾西康充編著『丹羽文雄と田村泰次郎』「日本近代文学」77号　平成一九年一一月一日　333頁
大河内昭爾　丹羽文雄『知っ特　現代作家便覧』平成一九年一一月二〇日　140-141頁
無記名　僧職丹羽文雄　秘めた作家魂　四日市時代の写真みつかる「朝日新聞」平成一九年一一月二一日
荻生待也『文彩百遊―楽しむ日本語レトリック』平成二〇年一月一五日　遊子館　＊「爬虫類」を引用
菅聡子〈よろめき〉と女性読者―丹羽文雄・舟橋聖一・井上靖の中間小説をめぐって「文学」9巻2号　平成二〇年三月一日　54-68頁
宮部修『一夜漬け文章教室』平成二〇年三月三日　ＰＨＰ新書
磯部彰　私の読書―朗読にそなえ、本を読もう「音声表現」3号　平成二〇年三月二〇日　4-9頁
黛まどか　黛まどかの恋ものがたり―卯波の灯　東京・銀座「読売新聞」（大阪版）平成二〇年三月二六日　＊恋文
岡田卓也　逆転勝利を導いたのは「絶対不利は絶対有利に通じる」の教訓『トップの決断力―私たちはこうして危機を乗り越えた』平成二〇年四月三日　週刊ダイヤモンド社
小沢純　追悼文を読む―丹羽文雄（１９０４～２００５）「太宰治スタディーズ」2号　平成二〇年六月一九日　37-38頁

大森光章　丹羽文雄―五人目の先生　『続たそがれの挽歌』　平成二〇年六月二八日　菁柿堂　281-311頁

久松健一　原稿の下に隠されしもの―〝引用・模倣・盗用・盗作〟を通じて文芸の創造のなんたるかを考える　「明治大学教養論集」437号　平成二〇年九月三〇日　19-46頁

無記名　文学周遊136―岐阜　「日本経済新聞」夕刊　平成二〇年一〇月二五日

辻井喬　叙情と闘争60　「読売新聞」平成二〇年一〇月二五日

→『叙情と闘争』（平成二一年五月二五日　中央公論新社）

瀬戸内寂聴　奇縁まんだら103　「日本経済新聞」平成二〇年一二月二一日

→『奇縁まんだら』（平成二〇年四月一六日　日本経済新聞出版社）

濱川勝彦　丹羽文雄『親鸞』における信心の形成―「越後時代」を中心に　「神女大国文」20号　平成二一年三月一五日　42-69頁

永井博　排除の論理とその批判的契機―丹羽文雄「厭がらせの年齢」論　「金沢大学国語国文」34号　平成二一年三月　78-87頁

大河内昭爾　文壇の内と外5―「私小説」の誕生　「季刊文科」44号　平成二一年四月三〇日　148-151頁　＊恋文

根本正義　『少国民版　ソロモン海戦』論―丹羽文雄の従軍体験と児童文学　「現代文学史研究」12号　平成二一年九月　120-128頁

永井博　丹羽文雄「贅肉」論―琴の入籍拒否が意味するもの　「四日市大学論集」22巻2号　平成二二年三月　156-148頁

鈴木俊彦　丹羽文雄・素顔の文壇大御所　『昭和を彩った作家と芸能人』平成二二年五月二〇日　国書刊行会　103-105頁

曾根博義　犬も歩けば近代文学資料探索9―『丹羽文雄選集第三巻　薔薇』　「日本古書通信」974号　平成二二年九月一五日　33頁

坂本満津夫　丹羽文雄『鮎』から『一路』まで―母を訪ねて三千里『親鸞』と『蓮如』　『私小説の「嘘」を読む』平成二二年一〇月二一日　鳥影社　147-157頁

小谷野敦　演劇評論家挫折の記　『能は死ぬほど退屈だ―演劇・文学論集』平成二二年一一月二〇日　論創社　58-67頁

＊風俗小説論争

保阪正康　昭和史の大河を往く236―第13部　作家たちの戦争（20）　丹羽文雄が目撃した『海戦』の生と死　「サンデー毎日」89巻53号　平成二二年一二月五日　52-55頁

青山光二　丹羽文雄へ―命と引きかえになりかねないその場所で（弔辞　劇的な人生に鮮やかな言葉）　「文芸春秋」89巻1号　平成二三年一月一日　281-283頁

宗像和重　丹羽文雄「対人間」解題補遺―『占領期雑誌資料大系』文学編完結にあたって　「インテリジェンス」11号　平成二三年三月　91-98頁

半田美永　丹羽文雄　「昭和文学研究」62号　平成二三年三月　66-69頁

杉原志啓　さあ、面白い戦記物語を読もう―丹羽文雄『海戦』　「表現者」36～39号　平成二三年五月一日～一〇月一日　四回

ii　新聞記事・消息欄ほか

無記名　作家のスナップ―丹羽文雄　「文芸首都」2巻10号　昭和九年一〇月一日
無記名　展望台―丹羽文雄への投書群　「読売新聞」夕刊　昭和一三年二月四日
無記名　展望台―火野葦平へ友達激励　「読売新聞」夕刊　昭和一三年六月一〇日
無記名　文士連隊を結成―廿二氏を選抜決定　「朝日新聞」昭和一三年八月二七日
無記名　従軍22作家決る　来月中旬、勇躍戦地へ　「読売新聞」夕刊　昭和一三年八月二七日
無記名　ペンの陸軍部隊―冬服持参と一決　漢口以上進撃のハリキリ方　「読売新聞」昭和一三年八月三一日
無記名　颯爽ペン部隊出陣―きのう陸軍班の13氏勇躍壮途へ　「読売新聞」昭和一三年九月一二日
無記名　文士団4氏内地引き揚げ　「読売新聞」夕刊　昭和一三年一〇月九日
無記名　展望台―「文学者」創刊　「読売新聞」夕刊　昭和一三年一一月一三日
無記名　「文学者」披露会　「読売新聞」夕刊　昭和一三年一二月二一日
無記名　時局型の旗の下へ―「都会芸術」総動員　「読売新聞」昭和一四年一月四日
無記名　「開拓文芸」たのもしい出発　「読売新聞」昭和一四年二月五日
無記名　春芽ぐむ―都会文学懇話会　「読売新聞」夕刊　昭和一四年二月一〇日
無記名　元総監と文士、春宵の懇談　「読売新聞」昭和一四年三月五日
無記名　日満文学の握手―懇談会6日に発会式　「読売新聞」昭和一四年六月二日
無記名　〝大陸文芸〟陣きょう初顔合せ　「読売新聞」夕刊　昭和一四年六月七日
無記名　責任転嫁を痛憤　日本映画協会が公開状―丹羽文雄・北川冬彦氏へ近く1本　「読売新聞」夕刊　昭和一四年一〇月一二日
無記名　消息―丹羽文雄　「現代文学」5巻7号　昭和一七年七月二八日
無記名　我が旗艦火砲の真只中―ソロモン海戦　壮絶！眼前に敵甲巡轟沈　「読売新聞」昭和一七年八月二五日
無記名　作家も一役買う―軍人援護に街頭進出　「読売新聞」夕刊　昭和一七年九月二三日
無記名　軍人援護強化運動に協力―日本の母顕彰報告会　「読売新聞」昭和一七年一〇月八日
無記名　日本の母を頌う―軍人援護の文学報告会　「読売新聞」昭和一七年一〇月九日
無記名　風塵録　「読売新聞」昭和一七年一〇月二九日
無記名　中央公論社賞きまる　「読売新聞」昭和一八年三月一七日
無記名　第二回中央公論文芸賞決定　「中央公論」58年4号

昭和一八年四月一日　101頁　＊海戦

無記名　丹羽氏の従軍記絶版　「朝日新聞」昭和一八年六月二七日

無記名　「報道班員の手記」絶版　「読売新聞」昭和一八年六月二七日　＊報道班員の手記

無記名　あす第2回発表―文筆家仮指定　「読売新聞」昭和二三年三月二八日

無記名　火野、丹羽氏ら61名―文筆家の第2次仮指定発表　「読売新聞」昭和二三年三月三〇日

無記名　岩田、丹羽、石川氏ら非該当―文筆家追放　「朝日新聞」昭和二三年五月一五日

無記名　石川、丹羽、岩田氏ら非該当　「読売新聞」昭和二三年五月一五日

無記名　太宰治氏の告別式　「読売新聞」昭和二三年六月一六日

無記名　映画スタアと文士を結ぶ特ダネばなし　「映画」4巻3号　昭和二四年三月一日　21-23頁

無記名　愛情は咲く花のごとく　「婦人の光」3巻4号　昭和二四年四月一日　グラビア

無記名　〝瓜二つ〟告知板　「アサヒグラフ」51巻16号　昭和二四年四月二〇日　14頁

無記名　ゴタゴタ続き文芸家協会　「旋風」2巻4号　昭和二四年五月一日　29-31頁

三宅邦子　丹羽文雄先生にお会いして―作家訪問　「映画スタア」1巻5号　昭和二四年六月一日　26-27頁

無記名　日曜の午後―丹羽文雄氏一家　「主婦之友」33巻8号　昭和二四年八月一日　23頁

無記名　記録文学の映画化―「日本敗れたり」企画すすむ　「読売新聞」昭和二四年八月六日

無記名　彼とそのグループ　丹羽文雄―気負ったお人好し　「読売新聞」昭和二五年一〇月一六日

無記名　文壇集会―出版不況にも負けず　「読売新聞」夕刊　昭和二五年一一月一四日　＊十五日会

無記名　早稲田派の新人文芸同人誌　「読売新聞」夕刊　昭和二六年四月二六日　＊文学者

無記名　バタヤ新風景　「読売新聞」昭和二六年四月二九日　＊あひる会について

無記名　よみうり抄　「読売新聞」昭和二六年七月九日　＊首の像を依頼

無記名　よみうり抄　「読売新聞」昭和二六年九月三日　＊風俗小説について

無記名　よみうり抄　「読売新聞」昭和二六年九月一七日　＊手術

無記名　よみうり抄　「読売新聞」昭和二六年一一月二八日　＊文学者

無記名　日米〝海戦作家〟顔合せ―ミ氏と丹羽氏　ソロモンの思い出を語る　「読売新聞」昭和二七年一月七日

近藤日出造　アルバイト見たて　大工―丹羽文雄　「読売新聞」夕刊　昭和二七年八月三〇日

無記名　同業者の健康保険　結成機運盛り上がる―文芸など9組合、徴収も順調　「読売新聞」昭和二八年六月二七日

無記名　3日に創立総会―文化信用組合（東京）「読売新聞」

昭和二九年一〇月二八日
無記名　野間賞に丹羽氏の「蛇と鳩」「朝日新聞」昭和二八年一二月六日
無記名　丹羽文雄氏に〝野間賞〟「毎日新聞」昭和二八年一二月六日
無記名　野間文芸賞に丹羽氏「読売新聞」昭和二八年一二月六日
無記名　人寸描―野間文芸賞受賞の丹羽文雄「朝日新聞」昭和二八年一二月一九日
無記名　実は〝五万七千枚書いた〟―昨夕賑やかに丹羽文雄受賞祝賀会「東京新聞」昭和二九年一月二七日
＊野間文芸賞受賞祝賀会パーティ。二六日、東京駅ステーションホテル
無記名　丹羽文雄一家「週刊読売」13巻18号　昭和二九年四月二五日　56頁
無記名　作家芸能人長者番付ベスト・テン「週刊読売」14巻2号　昭和三〇年一月一六日
無記名　夢が破れた〝文化人の信用組合〟―都から業務停止「読売新聞」昭和三〇年一一月一〇日
無記名　師走の劇界をのぞく「読売新聞」夕刊　昭和三〇年一二月一一日　＊庖丁（新橋演舞場）
瀬川照美　読者の声「主婦の友」40巻1号　昭和三一年一月一日　348頁　＊親鸞とその妻　和歌山県
無記名　消えた「文学者」「京都新聞」昭和三一年一月一三日
大沢雅子　読者の声「主婦の友」40巻2号　昭和三一年二月一日　236頁　＊親鸞とその妻　三重県
吉沢量子　読者の声「主婦の友」40巻2号　昭和三一年二月一日　236頁　＊親鸞とその妻　東京都
無記名　文芸家協会理事長に丹羽氏「毎日新聞」昭和三一年四月二二日
尾崎スエノ　読者の声「主婦の友」40巻5号　昭和三一年五月一日　153頁　＊親鸞とその妻　和歌山県
無記名　四日市浜田小学校校歌できる―丹羽文雄氏が作詞「中日新聞」昭和三一年五月二三日
渡辺よしい　読者の声「主婦の友」40巻6号　昭和三一年六月一日　153頁　＊親鸞とその妻　新潟県
岩井義子　読者の声「主婦の友」40巻7号　昭和三一年七月一日　167頁　＊親鸞とその妻　大阪府
戸上容子　読者の声「主婦の友」40巻8号　昭和三一年八月一日　212頁　＊親鸞とその妻
浅見淵　現代作家への心酔と解説―村松定孝著「丹羽文雄」「日本読書新聞」867号　昭和三一年九月一四日
無記名　丹羽こうさん死去「読売新聞」昭和三一年九月二一日
無記名　丹羽こうさん告別式「読売新聞」昭和三一年九月二六日
井上道子　読者の声「主婦の友」40巻10号　昭和三一年一〇月一日　93頁　＊親鸞とその妻　福岡県
山本美津子　読者の声「主婦の友」40巻11号　昭和三一年一一月一日　233頁　＊親鸞とその妻　東京都
安田君子　読者の声「主婦の友」40巻12号　昭和三一年一二月一日　222頁　親鸞とその妻　秋田県

田中和子　読者の声　「主婦の友」41巻2号　昭和三二年二月一日　270頁　＊親鸞とその妻　茨城県
無記名　父と娘　「知性」4巻2号　昭和三二年二月一日　グラビア
斎藤滝三郎　読者の声　「主婦の友」41巻3号　昭和三二年三月一日　267頁　＊親鸞とその妻　山形県
山形幸子　読者の声　「主婦の友」41巻4号　昭和三二年四月一日　194頁　＊親鸞とその妻　兵庫県
無記名　文芸家協会の園遊会　「新潮」54年6号　昭和三二年六月一日　グラビア
竹腰ヒサ子　読者の声　「主婦の友」41巻7号　昭和三二年七月一日　114頁　＊親鸞とその妻　名古屋市
無記名　一等女房を診断する　「婦人画報」635号　昭和三二年七月一日　222頁
無記名　日本文学代表団の中国訪問　「新潮」54年12号　昭和三二年一二月一日　グラビア
河野町子　読者の声　「主婦の友」42巻1号　昭和三三年一月一日　310頁　＊親鸞とその妻　福岡県
無記名　民放番組審議委員会が内定　「読売新聞」昭和三三年一月八日
山田敬子　読者の声　「主婦の友」42巻2号　昭和三三年二月一日　201頁　＊親鸞とその妻　東京都
無記名　会長、理事長ら留任―文芸家協会　「読売新聞」昭和三三年四月二〇日
無記名　故筈見恒夫につづこう　「主婦の友」夕刊　昭和三三年六月三〇日　＊追悼式での弔辞
塚本宣江　読者の声　「主婦の友」42巻7号　昭和三三年七月一日　180頁　＊親鸞とその妻　埼玉県
無記名　この勝負いかになりますや？　「娯楽よみうり」昭和三三年一〇月三日　11頁
無記名　文芸家協会でも反対声明へ―警職法　「読売新聞」昭和三三年一〇月二五日
関根和子　読者の声　「主婦の友」42巻11号　昭和三三年一一月一日　235頁　＊親鸞とその妻　大分県
西村まきゑ　読者の声　「主婦の友」43巻2号　昭和三四年二月一日　232頁　親鸞とその妻　三重県
山田美子　読者の声　「主婦の友」43巻2号　昭和三四年二月一日　232頁　＊親鸞とその妻　東京都
安松咲子　読者の声　「主婦の友」43巻3号　昭和三四年三月一日　230頁　＊親鸞とその妻　福岡市
無記名　文壇登龍門―芥川直木両賞選考委員会　「文芸春秋」37巻9号　昭和三四年九月一日　グラビア
無記名　文壇三つの道場―丹羽部屋　「週刊読書人」昭和三五年二月八日
無記名　丹羽文雄氏を再選―日本文芸家協会理事長に　「朝日新聞」昭和三五年五月七日
無記名　丹羽文雄氏を再選―日本文芸家協会理事長に　「毎日新聞」昭和三五年五月七日
無記名　文芸家協会理事長に丹羽氏3選　「読売新聞」昭和三五年五月七日
無記名　人―日本文芸家協会理事長に三選された丹羽文雄　「毎日新聞」昭和三五年五月八日

無記名　火野葦平の母堂をかこむ会　「読売新聞」夕刊　昭和三五年五月二〇日
無記名　人―日本文芸家協会理事長に三選された丹羽文雄　「朝日新聞」昭和三五年五月二二日
無記名　「文学者」百号記念の祝賀会―丹羽氏の「顔」受賞祝いもかねて　「毎日新聞」昭和三六年三月一一日
無記名　〝近く小説も9999枚に〟―盛大に丹羽氏と「文学者」祝う会　「毎日新聞」昭和三六年三月一五日
無記名　文芸地理学5―中部（東海・北陸）「毎日新聞」昭和三六年三月一六日
無記名　あの人この人―題名は〝婦人の作〟丹羽文雄氏　「週刊読売」20巻12号　昭和三六年三月一九日　86頁
無記名　大遠忌記念の文芸講演会　「読売新聞」昭和三六年四月二三日
無記名　波乱をふくんだ文芸家協会総会　「毎日新聞」昭和三六年六月二二日
無記名　青野季吉氏の葬儀　「読売新聞」夕刊　昭和三六年六月二五日
無記名　丹羽文雄氏ら48人―国語審議会新委員きまる　「朝日新聞」昭和三六年九月二七日
無記名　〝言論表現の自由〟―文芸家協会、〝サド裁判〟で声明　「読売新聞」昭和三六年一〇月六日　＊談話
無記名　国語審議会の新委員―45氏が本決まり　「読売新聞」昭和三六年一〇月二六日
無記名　有情多忙　「週刊サンケイ」10巻50号　昭和三六年一〇月三〇日　グラビア
無記名　このごろ　「週刊サンケイ」10巻51号～11巻30号　昭和三六年一一月六日～三七年六月二五日
＊「だれもが孤独」の末に毎回掲載。
無記名　手帳―賞を独りじめした井上靖氏　「読売新聞」夕刊　昭和三六年一二月一八日
無記名　沖縄復帰促進懇談会が発足　「読売新聞」昭和三六年一二月二四日
無記名　架空座談会―兵之介・家康・恒子一同に　「中日新聞」昭和三七年一月一日
＊丹羽文雄「欲望の河」、山岡荘八「徳川家康」、角田喜久雄「兵之介闇問答」、山川惣治「少年エース」、荻原賢次「クラリさん」の登場人物による架空座談会。
無記名　息子の抵抗・父のショック―青い目の花嫁めぐる丹羽文雄家　「週刊読売」21巻4号　昭和三七年一月二八日　8-14頁
無記名　丹羽文雄における父と子の関係　「新週刊」2巻3号　昭和三七年一月二八日
無記名　文芸家協会70周年　「読売新聞」夕刊　昭和三七年三月九日
無記名　感銘与えた正宗氏の弔辞―犀星氏の葬儀　「読売新聞」夕刊　昭和三七年三月三〇日　＊丹羽の弔辞
無記名　ノーベル文学賞は美人投票?―文芸家協会三人委　代表選出持ち越し　「読売新聞」夕刊　昭和三七年四月七日
無記名　文芸家協会の総会　「読売新聞」昭和三七年四月二一日
無記名　欲しいのか、欲しくないのか―ノーベル賞をめぐる

「三人委」旋風　「週刊サンケイ」11巻20号　昭和三七年四月二三日
無記名　著作権法を手直し―丹羽文雄氏ら30委員決まる　「毎日新聞」昭和三七年五月二日
無記名　著作権法の審議会―丹羽文雄氏ら30氏を発令　「読売新聞」昭和三七年五月二日
無記名　よみうり寸評　「読売新聞」夕刊　昭和三七年五月二日　＊所得について
無記名　文芸家協会代表には丹羽氏―ノーベル三人委　「朝日新聞」昭和三七年五月八日
無記名　協会、丹羽理事長を4選―日本文芸家協会　「毎日新聞」昭和三七年五月八日
無記名　文芸家協会から丹羽氏―ノーベル文学賞推薦委に　「読売新聞」昭和三七年五月八日
無記名　手帳―石川達三氏を囲む友情の会　「読売新聞」夕刊　昭和三七年五月二五日
無記名　ノーベル賞候補作家を推薦　「読売新聞」夕刊　昭和三七年六月二七日
無記名　作家にむらがる女たち―丹羽文雄氏の場合　「週刊読売」21巻35号　昭和三七年九月二日　34-35頁　＊女は恐い
無記名　吉川英治氏の葬儀　「読売新聞」夕刊　昭和三七年九月一二日　＊弔辞
無記名　まわり出した著作権改正問題　「週刊サンケイ」11巻43号　昭和三七年九月一七日　82頁
無記名　よみうり抄―女流新人賞　「読売新聞」夕刊　昭和三七年九月一八日

Ⅰ　国語問題と文士の立場　「週刊サンケイ」11巻48号　昭和三七年一〇月二二日　83頁　＊国語審議会について
無記名　正宗白鳥氏の葬儀―教会に賛美歌と祈り　「読売新聞」夕刊　昭和三七年一〇月三〇日
無記名　作家の実家―丹羽文雄・僧家　「マドモアゼル」3巻12号　昭和三七年一二月一日　240頁
無記名　森繁さんや九ちゃんも―池田首相囲んで芸術文化懇談会　「読売新聞」昭和三八年一月一二日
無記名　読者と編集者―「読売文学賞」の意味　「読売新聞」昭和三八年二月四日
無記名　よみうり抄　「読売新聞」夕刊　昭和三八年四月二二日　＊文芸家協会総会
無記名　理事長に丹羽氏5選―日本文芸家協会　「読売新聞」昭和三九年五月七日
無記名　しめやかに佐藤春夫氏の葬儀　「読売新聞」昭和三九年五月七日
無記名　各界トップクラスで―近代文学館を励ます会　「読売新聞」夕刊　昭和三九年五月九日
無記名　文学読者の傾向　「群像」19巻8号　昭和三九年八月一日
無記名　芸術院会員に五氏　「朝日新聞」昭和三九年一一月二九日
無記名　丹羽文雄氏ら五人―芸術院会員に　「毎日新聞」昭和三九年一一月二九日
無記名　芸術院新会員―丹羽文雄氏ら5人　「読売新聞」昭和三九年一一月二九日

無記名　時の人—芸術院会員に内定した丹羽文雄　「読売新聞」　昭和三九年一一月二九日
無記名　王様の名は「多聞」—丹羽文雄氏一家の避暑　「週刊文春」　7巻31号　昭和四〇年八月二日　62-65頁
無記名　故高見順氏の葬儀　文学の〝友〟500人が参列　「読売新聞」　昭和四〇年八月二一日
無記名　「日韓」拒否　12日の統一行動—批准期成会あす発足　「読売新聞」　昭和四〇年一〇月一五日　＊日韓条約批准期成会について
無記名　きょう準備委任命—明治100年記念行事　「読売新聞」　昭和四一年四月一五日
無記名　会長に丹羽文雄氏—日本文芸家協会　「朝日新聞」　昭和四一年四月二一日
無記名　日本文芸家協会会長に丹羽文雄氏　「毎日新聞」　昭和四一年四月二一日
無記名　会長に丹羽氏　「読売新聞」　昭和四一年四月二一日
無記名　文芸家協会の四代目親分になった丹羽文雄氏　「東京新聞」　昭和四一年四月二三日
無記名　日本で61歳の誕生日—ショーロホフ氏　「読売新聞」　昭和四一年五月二五日
無記名　丹羽家のスパルタ式育児法　「週刊文春」　8巻40号　昭和四一年一〇月一〇日　18頁
無記名　亀井氏の文芸家協会葬　「読売新聞」　夕刊　昭和四一年一一月一八日
無記名　読売文学賞決定　「読売新聞」　夕刊　昭和四二年二月一日
無記名　読売文学賞者略歴　「読売新聞」　夕刊　昭和四二年二月一日
無記名　読売文学賞授賞式　「読売新聞」　夕刊　昭和四二年二月四日
青木記者　丹羽文学の全部を収集—横浜の松原義男さん　「神奈川新聞」　昭和四二年六月一四日
無記名　富田常雄氏（作家）死去　「読売新聞」　昭和四二年一〇月一七日
無記名　文芸家協会で「花宴」問題を取り上げ　「読売新聞」　夕刊　昭和四三年三月八日
無記名　文壇を〝追放〟された女流作家　なら筆を折るといわせた山崎豊子女史—丹羽文雄氏に私　「週刊現代」　10巻14号　昭和四三年四月一一日　40-44頁
無記名　早稲田派で会場いっぱい—「側面史」の浅見氏はげます　「読売新聞」　夕刊　昭和四三年五月二七日
丹羽綾子　朝食の演出　「婦人倶楽部」　49巻6号　昭和四三年六月一日　58頁
無記名　第2部長に丹羽文雄氏を選ぶ　「朝日新聞」　昭和四三年六月一三日
無記名　芸術院第2部長に丹羽文雄氏を新任　「読売新聞」　昭和四三年六月一三日
立原正秋　「早稲田文学」編集長就任の弁　「読売新聞」　昭和四三年九月八日
無記名　しめやかに広津氏の協会葬　「読売新聞」　夕刊　昭和四三年九月二七日
無記名　にぎやかに復刊記念パーティー—「早稲田文学」「読

売新聞」夕刊　昭和四四年一月二〇日

無記名　「麦と兵隊」など歌う―東京葦平忌　「読売新聞」夕刊　昭和四四年二月二七日

無記名　来年は多難の年「安保」や「外国資本流出」―丹羽文芸家協会会長が発言　「毎日新聞」夕刊　昭和四四年四月二五日

無記名　富士のすそ野で「文学者の墓」序幕―丹羽文雄氏ら二五〇人参加　「毎日新聞」昭和四四年一一月七日

無記名　丹羽文雄氏の「親鸞」出版記念会　「読売新聞」夕刊　昭和四四年一一月一二日

無記名　丹羽文雄氏、初めての出版記念会―「親鸞」完成で　「毎日新聞」夕刊　昭和四四年一一月一四日

無記名　しめやかに伊藤整氏の葬儀　「読売新聞」夕刊　昭和四四年一一月二一日

無記名　丹羽文雄氏ら受賞―仏教伝道文化賞　「毎日新聞」昭和四四年一二月一四日

無記名　しめやかに盛大に―獅子文六氏の葬儀　「読売新聞」夕刊　昭和四四年一二月一八日

清水信　丹羽文雄三題　「芸術三重」2号　昭和四五年一二月一日　65頁

丹羽綾子　たくあんの煮つけ―ここがコツです母の味　「サンケイ新聞」昭和四七年四月二四日

無記名　理事長に丹羽氏―日本文芸家協会　「毎日新聞」昭和四七年五月七日

無記名　よみうり抄　「読売新聞」昭和四七年五月九日

無記名　理事長に丹羽氏―日本文芸家協会　「毎日新聞」昭和四七年六月六日　＊正式決定

無記名　丹羽理事長就任まで―文芸家協会の舞台裏　「読売新聞」昭和四七年六月八日

無記名　〝無断引用〟で論争―丹羽文雄氏の「蓮如」など　「朝日新聞」夕刊　昭和四七年六月二〇日

無記名　連載小説「蓮如」に丹羽氏が無断引用―学術書から福井大教授が抗議　「京都新聞」昭和四七年六月二一日

無記名　丹羽文雄氏が無断転載―「告訴も」重松福井大教授　「毎日新聞」昭和四七年六月二一日

無記名　〝丹羽氏・独裁〟を叱る舟橋氏の腕の冴え　「週刊サンケイ」21巻28号　昭和四七年六月三〇日　39頁

無記名　学術書の〝無断引用〟で問題化―ジャーナル'72文壇　「週刊読書人」昭和四七年七月一〇日

無記名　文芸家協会役職を辞退―無断引用で引責　「朝日新聞」昭和四七年一〇月一〇日

無記名　文芸家協の役職辞退―無断引用で引責　丹羽文雄氏が表明　「東京新聞」昭和四七年一〇月一一日

無記名　丹羽文雄氏が正式辞退―無断引用で文芸家協会の全役職　「サンケイ新聞」昭和四七年一〇月一一日

無記名　丹羽文雄理事長の辞任承認―文芸家協会　「日本経済新聞」昭和四七年一〇月一二日

無記名　新理事長に山本健吉氏―丹羽氏〝引用〟事件で　「毎日新聞」昭和四七年一〇月一二日

山本健吉　新理事長に山本健吉氏　「毎日新聞」昭和四七年一〇月一二日　＊談話

重松福井大教授　新理事長に山本健吉氏　「毎日新聞」昭和四

七年一〇月二二日　＊談話
無記名　丹羽氏、無断引用を陳謝―重松教授宅を訪ね　「毎日新聞」夕刊　昭和四七年一〇月二六日
無記名　丹羽氏、重松氏と和解―「蓮如」の無断引用　「朝日新聞」昭和四七年一〇月二七日
無記名　丹羽氏、重松教授と和解―「蓮如」の無断引用問題　「サンケイ新聞」昭和四七年一〇月二七日
無記名　丹羽氏と重松教授が和解―「蓮如」断引用事件　「日本経済新聞」昭和四七年一〇月二七日
無記名　泡言録　「週刊読書人」昭和四七年一〇月三〇日　＊無断引用について
無記名　今年も〝泣かせる贈賞式〟に―第7回吉川英治賞　「読売新聞」夕刊　昭和四八年四月一三日
無記名　〝文壇大御所〟になるための条件　「噂」３巻10号　昭和四八年一〇月一日　20-30頁
無記名　手帳―谷崎潤一郎賞　女流文学賞　吉野作造賞　贈呈式　「読売新聞」夕刊　昭和四八年一〇月一八日
無記名　森、野呂氏に芥川賞　直木賞該当なし　「読売新聞」昭和四九年一月一七日　＊丹羽の談話
無記名　手帳―ゆれた選考会のふん囲気　芥川賞・直木賞　「読売新聞」夕刊　昭和四九年一月一八日
無記名　「文学者」がついに終刊―苦しい出版事情に勝てず　「毎日新聞」夕刊　昭和四九年三月六日
無記名　丹羽方式に感謝―「文学者」の廃刊　「読売新聞」夕刊　昭和四九年三月二八日
無記名　恩人は丹羽夫人―終刊の『文学者』謝恩会　「毎日新聞」夕刊　昭和四九年三月二九日
武藤薫香　気流―「文学者」の廃刊を惜しむ　「読売新聞」昭和四九年四月二日
無記名　意気盛ん！長寿会員のお祝い　今年は46人―日本文芸家協会「読売新聞」夕刊　昭和四九年四月二〇日
無記名　丹羽さん有難う！―「文学者」謝恩の会　「週刊小説」昭和四九年四月二六日　グラビア　＊一九・二六日合併号
無記名　丹羽氏らに決まる―菊池寛賞　「朝日新聞」昭和四九年一〇月一二日
無記名　丹羽文雄氏氏ら―菊池寛賞を受賞　「中日新聞」昭和四九年一〇月一二日
無記名　菊池寛賞に丹羽文雄氏ら　「毎日新聞」昭和四九年一〇月一二日
無記名　菊池寛賞に丹羽文雄氏ら　「読売新聞」昭和四九年一〇月一二日
無記名　菊池寛賞、多彩な授賞式　「読売新聞」夕刊　昭和四九年一一月一四日
無記名　よみうり抄　「読売新聞」夕刊　昭和五〇年二月八日　＊日本随筆協会発足。丹羽理事。
無記名　別れの焼香１２００人―舟橋さんの思い出新たに　「読売新聞」昭和五一年一月一八日　＊舟橋聖一葬儀。丹羽弔辞。
無記名　よみうり寸評　「読売新聞」夕刊　昭和五一年二月一〇日　＊芥川賞について
無記名　よみうり抄　「読売新聞」夕刊　昭和五一年三月六日

＊早稲田文学復刊。
無記名　よみうり抄　「読売新聞」夕刊　昭和五一年三月二四日　＊武田麟太郎33回忌。丹羽発起人。
無記名　丹羽文雄氏が文芸家協会理事に復帰　「朝日新聞」昭和五一年五月一日
無記名　丹羽文雄氏再び理事に―文芸家協会　「東京新聞」夕刊　昭和五一年五月六日
無記名　慶応閥に負けた丹羽氏　「アサヒ芸能」昭和五一年六月三日　42頁
無記名「アマのゴルフ―私の苦闘編」を出す丹羽文雄―プライベートニュース　「週刊朝日」81巻27号　昭和五一年六月二五日　36-37頁
無記名　監事に丹羽文雄氏―本年度評議員会終わる　「日本近代文学館」32号　昭和五一年七月一五日
無記名　手帳　にぎやかに贈呈式―吉野作造賞　谷崎潤一郎賞　女流文学賞　「読売新聞」夕刊　昭和五一年一〇月二二日
無記名　故和田芳恵氏（作家）の葬儀　「読売新聞」昭和五二年一〇月六日　＊葬儀委員長
無記名　島尾氏の作品誤解していた―五賞贈呈式　丹羽氏が異例の祝辞　「京都新聞」昭和五二年一〇月二三日
無記名　文化勲章―丹羽文雄氏ら五氏　「朝日新聞」夕刊　昭和五二年一〇月二八日
無記名　文化勲章―晴れの受章者　「京都新聞」夕刊　昭和五二年一〇月二八日
無記名　モデルはみんな母―丹羽文雄さん　「京都新聞」夕刊　昭和五二年一〇月二八日
無記名　文化勲章―丹羽文雄氏ら5人　「サンケイ新聞」夕刊　昭和五二年一〇月二八日
無記名　喜びの声―「仕事の総決算ですね」淡々と丹羽さん　「サンケイ新聞」夕刊　昭和五二年一〇月二八日
無記名　ひと味違う受章の言葉―死に際まで書く　「東京新聞」夕刊　昭和五二年一〇月二八日
無記名　文化勲章受章者決まる　「日本経済新聞」夕刊　昭和五二年一〇月二八日
無記名　道極めなおひたむき―頭から離れぬ親鸞　「日本経済新聞」夕刊　昭和五二年一〇月二八日
無記名　文化勲章―丹羽文雄氏ら五氏　「毎日新聞」夕刊　昭和五二年一〇月二八日
無記名　半世紀に書いた原稿一二万枚　「毎日新聞」夕刊　昭和五二年一〇月二八日
無記名　文化勲章　文化功労者―受章10氏の略歴　「読売新聞」夕刊　昭和五二年一〇月二八日
無記名「これからです」受章の喜び―文化勲章丹羽文雄さん　「読売新聞」夕刊　昭和五二年一〇月二八日
無記名　丹羽文雄氏謝罪の理由　「アサヒ芸能」昭和五二年一一月三日　27頁
無記名　52年『文化勲章』の人々　「週刊新潮」21巻44号　昭和五二年一一月三日　21頁
片山敬章　気流―丹羽文雄氏の文化勲章を喜ぶ　「読売新聞」昭和五二年一一月三日　＊投書
無記名　文化勲章五氏に伝達―胸にずしり責任…　「朝日新聞」昭和五二年一一月四日

無記名　5氏の功績たたえ文化勲章伝達式　「京都新聞」昭和五二年一一月四日
無記名　文化勲章の伝達式―栄光の重みそれぞれに　「サンケイ新聞」昭和五二年一一月四日
無記名　「重いです、文化勲章」―受賞の五氏、秋晴れまばゆく　「毎日新聞」昭和五二年一一月四日
無記名　五氏の胸、「随一」の輝き―皇居で文化勲章伝達式　「読売新聞」昭和五二年一一月四日
無記名　〝引用の仕方〟で指針―文芸家協会近く会報に発表　「読売新聞」昭和五二年一二月七日
無記名　手帳―丹羽文雄氏を祝う会盛大に　「読売新聞」夕刊　昭和五三年一月一九日
無記名　丹羽文雄氏の文化勲章を祝う会―週間ダイアリー　「週刊読書人」昭和五三年二月六日
無記名　お住まい拝見～初秋・作家の別荘　「ショッピング」115号　昭和五三年九月一日　114-115頁
無記名　文化功労選考委10氏―政府任命　「読売新聞」夕刊　昭和五三年九月一九日
無記名　四日市に「記念室」オープンで　文豪・丹羽文雄氏―ふるさとの良さかみしめる　「中日新聞」夕刊　昭和五三年一一月二一日
無記名　「丹羽文雄記念室」を拝見　四日市市立図書館―隠れた一面に興　「朝日新聞」昭和五三年一二月二日
無記名　日本画　若いころの丹羽文雄―四日市の「記念室」に展示　「朝日新聞」（北勢版）昭和五三年一二月二二日
無記名　始動した〝早稲田村〟建設に早くもあがる危惧の声　「週刊現代」昭和五四年一月二五日　41頁
無記名　奥さんにやさしいねぎらい―文化勲章を祝う会尾崎一雄さん　「読売新聞」夕刊　昭和五四年八月六日
無記名　夏だより　軽井沢でおおいそがし丹羽文雄氏　「読売新聞」夕刊　昭和五四年八月二九日
無記名　丹羽文雄記念室　来月満一年―名実ともゆたかに　「毎日新聞」昭和五四年一〇月二三日
丹羽直樹　わが関白宣言―外人女房の場合　「現代」13巻12号　昭和五四年一二月一日
無記名　随筆など100冊寄贈―丹羽文雄氏が記念室に　「毎日新聞」昭和五五年一月二三日
無記名　手帳―多数の参列者で新田次郎氏の葬儀　「読売新聞」夕刊　昭和五五年二月二七日　＊弔辞
無記名　「丹羽文雄記念室」へ収集家が寄贈―初版本などどっさり　「朝日新聞」（北勢版）昭和五五年六月五日
無記名　丹羽文雄氏の貴重な書簡も―横浜の愛読家が寄贈　「伊勢新聞」昭和五五年六月五日
無記名　四日市市立図書館の丹羽文雄記念室―一挙に652冊も増える　「中日新聞」昭和五五年六月五日
無記名　貴重な〝丹羽文学〟やはり郷里に―「紅蛍」など初版本652冊　「毎日新聞」（北勢版）昭和五五年六月五日
無記名　小説初版本、９割そろう―四日市図書館　「読売新聞」（中部版）昭和五五年六月五日
無記名　手帳・感激の青山光二氏―平林たい子文学賞授賞式　「読売新聞」夕刊　昭和五五年六月六日
無記名　丹羽氏ら十人に―文化功労者選考委員　「朝日新聞」

昭和五五年八月二六日

無記名　河野多恵《ママ》子さん、たった一人の贈呈式—谷崎潤一郎賞「読売新聞」夕刊　昭和五五年一〇月一六日

成沢直子　気流—「樹海」の連載で楽しみまた一つ　「読売新聞」　昭和五五年一一月四日　＊投書

無記名　つかの間の里帰り—丹羽文雄氏、四日市へ　「伊勢新聞」昭和五五年一一月七日

無記名　自分の原稿に感慨深げ—丹羽文雄氏が四日市市立図書館に　「中日新聞」昭和五五年一一月七日

無記名　丹羽文雄氏が郷里に—記念室充実に感激　「毎日新聞」（北勢版）昭和五五年一一月七日

無記名　丹羽文雄門下が「龍の会」—76歳の誕生日と夫人の出版記念　「読売新聞」夕刊　昭和五五年一一月二〇日

無記名　よみうり抄—日本文芸著作権保護同盟会長に丹羽文雄氏　「読売新聞」夕刊　昭和五五年一一月二二日

無記名　松原さんに紺綬褒章伝達—四日市図書館「丹羽文雄文庫」に貴重な初版本652冊寄贈　「毎日新聞」昭和五六年一一月七日

無記名　丹羽文雄氏—あのころの私　本紙を飾った有名人「サンデー毎日」61巻17号　昭和五七年四月一一日

無記名　丹羽文雄夫人の歩行困難が一夜で全快した長生術の秘密「女性セブン」21巻4号　昭和五八年一月二七日　224-227頁

無記名　文筆・結婚生活50年—〝龍の会〟が祝った丹羽文雄誕生日の集い　「婦人公論」68巻1号　昭和五八年二月一日グラビア

無記名　遺言の通り　しめやかに—尾崎氏の通夜　「中日新聞」昭和五八年四月三日

無記名　これも文学、これも人生—私小説作家・尾崎一雄の死「FOCUS」昭和五八年四月一五日　44-45頁

無記名　文化往来—尾崎一雄の百日祭　「日本経済新聞」昭和五八年七月一四日

無記名　丹羽氏に野間文芸賞　「朝日新聞」昭和五八年一一月一二日　＊蓮如

無記名　野間文芸賞に丹羽文雄氏　「中日新聞」昭和五八年一一月一二日

無記名　第36回野間文芸賞・丹羽文雄氏「蓮如」が受賞　「日本経済新聞」昭和五八年一一月一二日

無記名　野間賞に丹羽文雄氏　「毎日新聞」昭和五八年一一月一二日

無記名　丹羽氏しみじみ受賞の喜び—野間文芸賞・新人賞の贈呈式　「朝日新聞」夕刊　昭和五八年一一月一九日

無記名　手帳　野間賞再受賞—感無量の丹羽文雄氏　「読売新聞」夕刊　昭和五八年一二月二〇日

無記名　私の昭和22年—「小説新潮」創刊の頃　「小説新潮」40巻2号　昭和六一年二月一日　グラビア

無記名　出版かわら版—メガネ替えスコア上昇？　「読売新聞」夕刊　昭和六一年六月一二日

無記名　貴重な肉筆原稿贈る—鈴鹿の衣斐さん　「フォークナーに就いて」「中部読売新聞」昭和六一年八月六日

無記名　丹羽文雄さんの句碑—生家の近く来春春除幕　「中部読売新聞」昭和六一年九月五日

無記名　〝古里は菜の花もあり父の顔〟—文豪丹羽さんの句碑を建立「中日新聞」昭和六一年九月六日
無記名　丹羽文雄氏の句碑建立—唯一の俳句を刻み来春、鵜の森公演に「毎日新聞」（三重版）昭和六一年九月六日
丹羽綾子　お惣菜カード「ＬＡＳＥＩＮ」２号　昭和六一年九月　258頁
無記名　気流　ふるさとは今—三重県ゆかりの人「読売新聞」昭和六一年一二月一六日
無記名　里帰りの丹羽さん　自作校歌聞き感激「毎日新聞」夕刊　昭和六二年五月二日
無記名　丹羽文雄さんの句碑完成—23日に夫妻招き除幕式「毎日新聞」（三重版）昭和六二年五月一三日
無記名「思い出の菜の花」文豪帰郷—四日市出身の丹羽文雄さん・句碑除幕式で「中部読売新聞」昭和六二年五月二三日
無記名　丹羽文雄さん夫妻が帰郷—きょう四日市・句碑除幕式に出席「毎日新聞」（三重版）昭和六二年五月二三日
無記名　唯一の句　故郷に刻む—丹羽文雄氏　四日市での碑の除幕「朝日新聞」（三重版）昭和六二年五月二四日
無記名　〝古里は菜の花もあり父の顔〟—作家丹羽文雄さんの句碑　四日市の生家近くに建立除幕式「中日新聞」昭和六二年五月二四日
無記名　古里感動、自筆の句碑—除幕式「無上の喜び」丹羽さん「中部読売新聞」昭和六二年五月二四日
無記名　〝わが校歌〟に感激—四日市・丹羽さんの句碑除幕「毎日新聞」（三重版）昭和六二年五月二四日
藤浪敏雄　週刊新潮掲示板「週刊新潮」32巻24号　昭和六二年六月一八日　131頁
無記名　藤浪敏雄様へ—週刊新潮掲示板「週刊新潮」32巻27号　昭和六二年七月九日　143頁
無記名　懐かしの愛蔵本に再会—四日市市立図書館で　松原志代子さん「毎日新聞」（北勢版）平成元年八月一三日
無記名　丹羽文雄氏夫妻の米寿と傘寿を祝う「読売新聞」平成三年二月四日
無記名　武蔵野市名誉市民に丹羽さんら３氏「朝日新聞」平成四年九月二五日
無記名　結婚—丹羽文雄氏の「愛孫」が見初めた「社長令嬢」「週刊新潮」39巻22号　平成六年六月二日　128頁
＊「丹羽氏の孫で本田隆雄ジョンソン社長の息子、路晴氏と雑貨卸会社・天正堂の中野英一社長の娘、由紀子さん」として掲載。
無記名　拝見有名人宅19—丹羽文雄邸—作家志望の若者が巣立った「文豪の家」「週刊読売」54巻15号　平成七年三月二六日　175-177頁
無記名　あの言葉　戦後50年—昭和50年代　恋文横丁「読売新聞」平成七年六月一五日
榊原浩　文庫探索—丹羽文雄紀念室（上）「朝日新聞」夕刊　平成七年六月一七日
榊原浩　文庫探索—丹羽文雄紀念室（中）「朝日新聞」夕刊　平成七年六月二四日
榊原浩　文庫探索—丹羽文雄紀念室（下）「朝日新聞」夕刊　平成七年七月一日

↓『文学館探索』平成九年一一月一日　新潮社　211-215頁

無記名　丹羽文雄生誕記念碑完成式　「読売新聞」（三重版）平成八年五月一二日

無記名　おあしす―三重・四日市で作家・丹羽文雄生さんの誕記念碑が完成　「読売新聞」（中部版）平成八年五月一二日

無記名　文豪・丹羽文雄邸、三重・四日市に〝望郷〟移築―「将来は寄贈」　文化の拠点に　「読売新聞」（中部版）平成九年六月二〇日

無記名　幕閉じる「平林たい子賞」―不遇な作家の力作に光、遺志の途絶え惜しむ声　「読売新聞」夕刊　平成九年七月二二日

無記名　文筆・結婚生活50年―〝龍の会〟が祝った丹羽文雄誕生日の集い　「婦人公論」68巻2号　平成九年一一月一日　グラビア

無記名　明治人・大正人51―俳人・鈴木真砂女さん　91歳　「読売新聞」夕刊（大阪版）平成一〇年五月九日

無記名　丹羽綾子さん（作家・丹羽文雄氏の妻）死去　「読売新聞」平成一〇年九月二七日

無記名　丹羽綾子さん死去―作家丹羽文雄氏の妻　「毎日新聞」平成一〇年九月二七日

吉村英夫　長谷川一夫と丹羽文雄　代役の話　「朝日新聞」（三重版）平成一〇年七月一八日

無記名　丹羽綾子さん死去　「朝日新聞」平成一〇年九月二七日

無記名　丹羽綾子さん死去―作家丹羽文雄氏の妻　「毎日新聞」平成一〇年九月二七日

無記名　丹羽綾子さん（作家・丹羽文雄氏の妻）死去　「読売新聞」平成一〇年九月二七日

無記名　丹羽文雄と「文学者」展―おう盛な作家活動の軌跡　「北日本新聞」平成一一年九月二一日

無記名　気軽に文学散歩―四日市のマップ、市教委が無料配布　「読売新聞」（三重版）平成一二年八月八日

無記名　文芸列車　「諸君！」32巻10号　平成一二年一〇月一日　グラビア

無記名　よみうり寸評―作家の原稿美麗はワープロで解決　「読売新聞」夕刊　平成一二年一〇月二六日

無記名　遠望細見　中州夢舞台―名物ママ　半世紀の歴史に幕　「読売新聞」（西部版）平成一三年一月五日　＊丹羽が常連

無記名　丹羽文雄さん紹介―CD-ROM完成（四日市の市立図書館）「中日新聞」（北勢版）平成一三年二月一日

無記名　四日市が誇る「郷土の賢人」文化人や研究者の資料展示―文化会館で開催　「読売新聞」（三重版）平成一三年二月一七日

無記名　丹羽文雄さん未発表俳句あった―二羽秋の昏　「中日新聞」（北勢版）平成一三年二月二日

無記名　作家・丹羽文雄氏の人と文学紹介―出身地の四日市で企画展　「朝日新聞」（三重版）平成一三年二月二三日

無記名　丹羽文雄氏の未発表句発見―生涯一作　定説覆る　「朝日新聞」（名古屋版）平成一三年二月二三日

無記名　丹羽文雄さんの軌跡たどる―四日市で企画展　「中日新聞」平成一三年二月二三日

無記名　丹羽文雄文学一堂に―来月13日まで　四日市市立博物

館で「四日市ホームニュース」平成一三年二月二四日

秦昌弘　文豪丹羽文雄　その人と文学展「中日新聞」平成一三年二月二六～二八日　3回

無記名　作家・丹羽文雄のすべて―郷里の四日市で初の企画展　原稿や愛蔵品など「読売新聞」（三重版）平成一三年二月二八日

無記名　彩遊記　七言一行書軸―良寛「読売新聞」（名古屋版）平成一三年三月三日

無記名　四日市ゆかりの文学マップ―句碑・散策コース紹介　市教委「朝日新聞」（三重版）平成一四年一〇月四日

無記名　丹羽文雄さん生誕100年―四日市で来月12日に記念シンポ「読売新聞」（三重版）平成一六年一一月二四日

無記名　丹羽文雄さんの功績振り返り―生誕100周年シンポ、展示会　四日市「毎日新聞」（三重版）平成一六年一二月四日

無記名　100歳記念、ゆかりの品ずらり―四日市、作家丹羽文雄さん「朝日新聞」（三重版）平成一六年一二月一二日

無記名　東京の記憶―恋文横丁　米兵への思いを訳した代筆屋「読売新聞」平成一七年一月三一日

無記名　丹羽文雄さん死去―「親鸞」で人間の業描く・100歳「朝日新聞」夕刊　平成一七年四月二〇日

無記名　共感呼んだ介護手記　娘・桂子さんも今はなく―故丹羽文雄さん「朝日新聞」夕刊　平成一七年四月二〇日

無記名　作家丹羽文雄さん、愛欲の中に人間の業―娘が介護手記、反響「朝日新聞」夕刊（名古屋版）平成一七年四月二〇日

無記名　丹羽文雄さん死去―「親鸞」「蓮如」仏教文学生む・100歳「中日新聞」夕刊　平成一七年四月二〇日

無記名　小説「親鸞」・文化勲章　丹羽文雄さん死去「日本経済新聞」夕刊　平成一七年四月二〇日

無記名　丹羽文雄さん死去・100歳―「厭がらせの年齢」「親鸞」「蓮如」仏教的作品を執筆「毎日新聞」夕刊　平成一七年四月二〇日

無記名　丹羽文雄さん死去―認知症を娘が描写「毎日新聞」（大阪版）夕刊　平成一七年四月二〇日

無記名　丹羽文雄さん死去―地元の三重・四日市に愛情「毎日新聞」（中部版）夕刊　平成一七年四月二〇日

無記名　丹羽文雄さん死去　文壇最長老、波乱の人生―晩年は家族が介護の日々「読売新聞」夕刊　平成一七年四月二〇日

無記名　丹羽文雄さん死去・100歳―作家「親鸞」「蓮如」「日日の背信」「読売新聞」夕刊　平成一七年四月二〇日

無記名　故郷への愛情、随所に―20日死去した小説家・丹羽文雄さん「朝日新聞」（三重版）平成一七年四月二一日

無記名　丹羽文雄さん死去―お経を上げてあげたい、生家で住職　弟・房雄さん「中日新聞」平成一七年四月二一日

無記名　丹羽文雄さん死去―四日市出身、故郷は心のよりどころ　大好きだった菜の花畑「毎日新聞」（三重版）平成一七年四月二一日

無記名　余禄「毎日新聞」平成一七年四月二一日

無記名　〝最後の文豪〟丹羽文雄さん死去―古里の四日市、足跡しのぶ「読売新聞」（三重版）平成一七年四月二一日

無記名　丹羽文雄さん死去―三重・四日市で句碑除幕　87年が

最後の帰郷に　「読売新聞」平成一七年四月二一日
無記名　よみうり寸評―丹羽文雄さん逝く　自身、晩年の姿で高齢化社会を体現　「読売新聞」夕刊　平成一七年四月二一日
無記名　故丹羽文雄さんの日本文芸家協会葬　「朝日新聞」平成一七年四月二二日
無記名　葬儀　丹羽文雄さんの日本文芸家協会葬―20日死去「毎日新聞」平成一七年四月二二日
無記名　丹羽文雄さんの文芸家協会葬　「読売新聞」平成一七年四月二二日
無記名　憂楽帖―長寿　「毎日新聞」（大阪版）夕刊　平成一七年四月二六日
無記名　故郷への愛情、随所に―20日死去した小説家・丹羽文雄さん　「朝日新聞」（三重版）平成一七年四月二七日
無記名　丹羽文雄さん400人がしのぶ―日本文芸家協会葬　「朝日新聞」平成一七年五月一〇日
無記名　丹羽文雄さん死去―文芸家協会葬、作家ら400人参列「毎日新聞」平成一七年五月一〇日
無記名　丹羽文雄さんの文芸家協会葬　「読売新聞」平成一七年五月一〇日
無記名　丹羽文雄氏、追悼の輪―16日に三重大で作品語るシンポ　「朝日新聞」（三重版）平成一七年七月二五日
無記名　丹羽文雄さんの新記念室、市立博物館に開設―四日市「読売新聞」（三重版）平成一七年八月三〇日
無記名　丹羽文雄氏の居間、市立博物館に移設―四日市市が補正予算　「朝日新聞」（三重版）平成一七年九月二一日
無記名　丹羽文雄さん　一周忌でしのぶ会―23日、四日市「毎日新聞」（三重版）平成一八年四月六日
無記名　23日に丹羽文雄さん偲ぶ会―没後一年、四日市市が主催　「読売新聞」（三重版）平成一八年四月一三日
無記名　郷土愛、作家の素顔　丹羽文雄氏の追悼企画展　四日市　「朝日新聞」（三重版）平成一八年四月一九日
無記名　丹羽文学ファン、業績しのび集い　四日市　「朝日新聞」（三重版）平成一八年四月二四日
無記名　丹羽文雄さん死去―菜の花に囲まれ　しのぶ会、360人参列　四日市　「毎日新聞」（三重版）平成一八年四月二四日
無記名　丹羽文雄さん偲ぶ会に350人―一周忌に合わせ、四日市市主催　「読売新聞」（三重版）平成一八年四月二四日
無記名　丹羽文雄記念室が四日市博物館に完成―当時の家再現「毎日新聞」（三重版）平成一八年一二月五日
無記名　丹羽文雄記念室、9日にオープン―四日市市立博物館内　「読売新聞」（北勢版）平成一八年一二月五日
無記名　丹羽文雄記念室が四日市博物館にオープン―遺族ら70人が祝う　「毎日新聞」（三重版）平成一八年一二月一〇日
無記名　丹羽文雄さん古里に帰る―四日市に記念室オープン著書や机など展示　「読売新聞」（北勢版）平成一八年一二月一〇日
無記名　文豪の応接間、市立博物館に―丹羽文雄記念室が完成四日市　「朝日新聞」（三重版）平成一八年一二月一二日
無記名　丹羽文雄記念室が四日市にオープン―所蔵１０００点、応接間も　「朝日新聞」（愛知版）平成一八年一二月一二日
無記名　丹羽文雄「親鸞」の修正本を読み解く―あす四日市で

セミナー　「朝日新聞」（愛知・岐阜・三重版）平成一八年一二月一五日

無記名　四日市学シンポジウム―「ふるさと・四日市の文学者たち」「毎日新聞」（三重版）平成一九年一月一〇日

無記名　古里の作家を語る「四日市学」シンポ　「読売新聞」（北勢版）平成一九年一月一一日

無記名　三重の文豪語るシンポジウム―3月10日、津で「朝日新聞」（北勢版）平成一九年一月一九日

無記名　地元出身作家テーマにシンポ―故郷とのかかわり講演　四日市大　「読売新聞」（三重版）平成一九年一月三一日

無記名　三島由紀夫・清張…自筆原稿や掛け軸―資料続々寄贈、町田市民文学館で特設展　「朝日新聞」（多摩版）平成一九年二月八日　＊「親鸞」原稿展示

無記名　町田市民文学館―三島や清張の原稿展示　「読売新聞」（多摩版）平成一九年二月一〇日　＊「親鸞」原稿展示

無記名　四日市市―郷土の文豪、丹羽文雄さんの作品選を市内の小中学校などに配布　「毎日新聞」（三重版）平成一九年四月一九日

無記名　丹羽文雄作品選―四日市市が発行　「読売新聞」（北勢版）平成一九年四月二一日

無記名　丹羽文雄作品選、市内学校に配布―四日市　「朝日新聞」（三重版）平成一九年五月三一日

無記名　ゆかりの品から作家・丹羽文雄知って―30日、四日市で催し　「朝日新聞」（三重版）平成一九年九月二七日

無記名　僧職・丹羽文雄、秘めた作家魂―四日市時代の写真見つかる　「朝日新聞」（名古屋版）夕刊　平成二〇年一一月二二日

無記名　四日市ゆかりの人物　功績を―市文化協会「111人のドラマとその横顔」発刊　「毎日新聞」（三重版）平成二一年一月一〇日

無記名　四日市の偉人111人　市文化協会が功績まとめ冊子―「郷土史知る資料に」「読売新聞」（三重版）平成二一年一月二一日

小松美知雄　何で「なので」が猛威をふるう―違和感はいっぱいあるけど…　共同通信　平成二三年八月一九日　＊丹羽の原稿について

iii　介護に関するもの

本田桂子　仏様に似てきた92歳の父・丹羽文雄　「婦人公論」81巻10号　平成八年九月一日　192-204頁

無記名　長女が明かす恍惚の人・丹羽文雄―家族に毎日「初めまして」と挨拶　「週刊読売」55巻41号　平成八年九月二二日　20-25頁

岡崎康次　長寿社会を生きる　隠すことをやめた―娘は父と向き合った　「毎日新聞」平成九年一月一二日

無記名　本と人「父・丹羽文雄介護の日々」本田桂子さん―修羅の日々を明るく　「読売新聞」平成九年六月八日

無記名　「CARE―ケア　痴呆介護の基礎知識」を読売新聞社が出版　「読売新聞」平成九年六月八日

無記名　「父・丹羽文雄介護の日々」―長女がつづり、大きな

反響「朝日新聞」平成九年六月一〇日
本田桂子　わが父・丹羽文雄アルツハイマーと闘えり　「女性セブン」35巻23号　平成九年六月一九日　68-74頁
無記名　新刊—本田桂子著「父・丹羽文雄介護の日々」「毎日新聞」平成九年六月二九日
本田桂子　仏様に似てきた93歳の父・丹羽文雄（続）「婦人公論」82巻7号　平成九年七月一日　194-199頁
大河内昭爾　感謝の気持ちを支えに—本田桂子著「父・丹羽文雄介護の日々」「週刊読書人」平成九年八月八日　＊父・丹羽文雄介護の日々
無記名　よみうり寸評—優しい心で優しい介護　「読売新聞」夕刊　平成九年九月一六日
無記名　「父・丹羽文雄介護の日々」本田桂子著　「読売新聞」夕刊　平成九年一〇月三日
俵萠子　『癌と私の共同生活』平成九年一〇月四日　海竜社
　＊『父・丹羽文雄介護の日々』について
無記名　旬の一冊—「父・丹羽文雄介護の日々」本田桂子著「読売新聞」平成九年一〇月一四日
瀬戸内寂聴・本田桂子　よく介護し、よく遊べ　「ミマン」89号　平成九年一一月一八日　75-82号
本田桂子・鵜飼哲夫　著者インタビュー—本田桂子「父・丹羽文雄　介護の日々」「ＴＨＩＳ　ＩＳ　読売」8巻9号　平成九年一一月　332-335頁
本田隆男　義父・丹羽文雄を介護する妻へ　「婦人公論」82巻13号　平成九年一二月一日　176-181頁
無記名　丹羽文雄父娘の、「老い」をめぐる日々—ＮＨＫ　「毎日新聞」夕刊　平成一〇年四月二四日
無記名　作家・丹羽文雄老いと痴ほう—29日、ＮＨＫでドキュメンタリー　「読売新聞」夕刊　平成一〇年四月二八日
本田桂子・本田隆男　夫婦の階段—「おままごと」の新婚生活から「父・丹羽文雄」の介護の日まで　「週刊朝日」103巻19号　平成一〇年五月一日　110-113頁
山根畋子　みんなの広場—痴ほうの丹羽文雄先生を見て考えた「毎日新聞」平成一〇年五月九日　＊投書
本田桂子　本田桂子さんの場合—親のこと、選択のとき3「いきいき」17号　平成一〇年五月一〇日　74-77頁
若松黎子　みんなの広場—痴ほうの丹羽文雄氏をテレビで見て「毎日新聞」平成一〇年五月一四日　＊投書
諌山男二　みんなの広場—生涯かけ、煩悩追求の丹羽先生「毎日新聞」平成一〇年五月二三日　＊投書
無記名　料理研究家本田桂子氏—私の介護録　「日本経済新聞」平成一〇年七月一二、一九、二六日。全3回。
無記名　介護体験で慰められる—著名人の本に反響　「日本経済新聞」夕刊　平成一〇年八月二七日
本田桂子　私についての物語146—本田桂子さん　「クロワッサン」22巻17号　平成一〇年九月一〇日　131-134頁
無記名　介護は心の健康から—本田さん記念公演　アルツハイマーデー　「朝日新聞」（兵庫版）平成一〇年九月二一日
本田桂子　父・丹羽文雄の介護で学んだ、まだらボケの姑との接し方　「婦人公論」83巻16号　平成一〇年九月二二日　46-49頁
本田桂子・舛添要一　老いてなお、幸せであるために　「婦人

公論」83巻19号　平成一〇年一一月七日　62-66頁

無記名　本田桂子さん—父・丹羽文雄さんの介護体験を語る　「朝日新聞」平成一一年三月六日

無記名　肉親の介護を披露—作家・丹羽文雄さんの長女　「朝日新聞」（山口版）平成一一年九月五日

瀬戸内寂聴・本田桂子　癒されるべきは介護者である—ひとりで抱えこまないために　「婦人公論」84巻20号　平成一一年一〇月一五日　13-18頁

本田桂子　本田桂子さんのケアノート　「読売新聞」平成一一年一〇月一七日

本田桂子　ケア・フォア・ケアテイカー—父・丹羽文雄の介護を通して　「心と社会」30巻4号　平成一一年一二月　42-47頁

無記名　父・丹羽文雄—介護の日々　「太陽のかお」平成一二年三月二六日

本田桂子　朗らか介護日記—父・丹羽文雄とともに　「論座」60～73号　平成一二年五月一日～一三年三月一日　14回
→『娘から父・丹羽文雄へ贈る　朗らか介護日記』（平成一三年一一月一〇日　朝日新聞社）

本田桂子　父・丹羽文雄95歳の食卓—今はもう、好きなものを存分に召しあがれ　「婦人公論」85巻18号　平成一二年一〇月一五日　60-61頁

無記名　BOOKほん—本田桂子著『老いの食卓　父丹羽文雄』「毎日新聞」平成一二年一〇月二二日

無記名　本田桂子著「父丹羽文雄—老いの食卓」「読売新聞」平成一二年一〇月二九日

無記名　本田桂子「父丹羽文雄—老いの食卓」「主婦の友」84巻11号　平成一二年一一月一日　111頁

本田桂子　使いやすさ追求を—介護保険元年を振り返る　「読売新聞」平成一二年一二月二六日

西村立名　この人　本田桂子さん—長女で丹羽文雄氏を介護しながら、郷里四日市で文学展を開く　「中日新聞」平成一三年二月二二日

無記名　「介護日記」を連載　本田桂子さん　「朝日新聞」平成一三年四月一六日

無記名　素粒子—本田桂子さん　「朝日新聞」夕刊　平成一三年四月一六日

無記名　本田桂子さん死去—父・丹羽文雄氏を介護　「朝日新聞」平成一三年四月一六日

無記名　本田桂子さん　「伊勢新聞」平成一三年四月一六日

無記名　父・丹羽文雄氏を介護　本田桂子さん　「東京新聞」夕刊　平成一三年四月一六日　＊蕩児帰郷

無記名　本田桂子さん　65歳死去—父・丹羽文雄氏を介護　「毎日新聞」平成一三年四月一六日

無記名　本田桂子さん（料理研究家、作家・丹羽文雄氏の長女）死去　「読売新聞」平成一三年四月一六日

本田桂子　「介護保険」親身な運用を　「中日新聞」夕刊　平成一三年四月一九日

岩岡千景　夢半ばで逝った〝介護戦士〟本田桂子—苦悩の中、明るさ失わず　「東京新聞」平成一三年四月一九日

加藤修　料理研究科　本田桂子さん—父の介護と闘い〝戦死〟「朝日新聞」平成一三年五月一四日

本田隆男　痴呆の義父・丹羽文雄とわが妻「壮絶なる介護生活14年」「週刊現代」43巻18号　平成一三年五月一九日　60-63頁

中村聡樹　本田桂子さんを悼む　「論座」73号　平成一三年六月一日　94-95頁

本田隆男・西村美智代　朗らかな介護者　本田桂子さんが遺したもの　「論座」74号　平成一三年七月一日　120-127頁

瀬戸内寂聴・本田隆男　本田桂子さんの思い出―夫婦のきずな介護のこころ　「論座」79号　平成一三年一二月一日　194-201頁

無記名「あんしん介護、しっかり介護」中央公論新社刊―ケアノート18人分が本に「読売新聞」平成一三年一二月九日

瀬戸内寂聴　いつか介護者になるすべての人に　「週刊朝日」107巻8号　平成一四年三月一日　116-117頁

林義夫『百寿越えへの招待状』平成一五年三月一〇日　文芸社

川北義則『「いま」を10倍愉しむ思考法則』平成一五年五月二一日　PHP文庫

市岡進『間違いだらけの健康常識―健康は生活がすべて』平成一五年八月一五日　文芸社

板倉徹　丹羽文雄　『すこやかな老後をおくろう　痴呆症（アルツハイマー病・血管障害性痴呆）にならないために』平成一五年一一月　ブレーン社

丹羽多聞アンドリウ　作家・丹羽文雄―99歳の日常　「文芸春秋」81巻14号　平成一五年一二月一日　168-173頁

関口茂久『図版 心理学入門』平成一七年一〇月一一日　ふくろう出版

iv　ゴルフに関するもの

中村寅吉　ミリオンテックス各界名士ゴルフ診断―丹羽文雄氏「文芸春秋」36巻4号　昭和三三年四月一日　25頁

無記名　理論と自信と実際と―サンデー毎日ゴルフ　「毎日グラフ」昭和三三年七月二〇日

無記名　関西「読売ゴルフ場」開場式　「読売新聞」夕刊　昭和三六年四月二〇日

無記名　よみうり抄―第15回よみうり文壇ゴルフ　「読売新聞」昭和三六年四月二八日

無記名　よみうり抄―第16回よみうり文壇ゴルフ　「読売新聞」夕刊　昭和三六年一〇月一四日

無記名　作家の余技拝見―丹羽文雄・ゴルフ　「マドモアゼル」3巻9号　昭和三七年九月一日　250頁

無記名　文壇ゴルフ教室―ハンディ8の丹羽氏　弟子の指導に解説　「週刊サンケイ」11巻48号　昭和三七年一〇月二二日　80頁

水上勉　現代の姿勢11―上　誠実こもる低姿勢　「読売新聞」昭和三八年四月一三日

富田常雄　さろん―フォーム　「読売新聞」昭和三八年四月二〇日

大岡昇平　ゴルフ　「週刊新潮」8巻19号　昭和三八年五月一三日

↓『大岡昇平全集15』（平成八年三月二五日　筑摩書房）

無記名　ゴルフで生活が変わった—丹羽文雄さん　「毎日新聞」夕刊　昭和四一年五月一七日

川口松太郎・井上靖　丹羽文雄ゴルフ学校に挑戦する　「週刊サンケイ」16巻2号　昭和四二年一月九日　27-28頁

丹羽文雄　丹羽文雄ゴルフ学校に挑戦する　「週刊サンケイ」16巻10号　昭和四二年三月六日　40-41頁

丹羽文雄・片山豊　勝負はゴルフ場で　「週刊サンケイ」16巻29号　昭和四二年七月一〇日　38-41頁

無記名　チャレンジゴルフ　「文芸春秋」45巻9号　昭和四二年九月一日　グラビア

無記名　丹羽文雄氏が3度目の優勝—第27回読売文壇ゴルフ「読売新聞」昭和四三年六月一四日

大岡昇平　保国隆君のこと　「Ｇｒｅｅｎ Ｗａｙ」1巻3号　昭和四五年一月一〇日　＊ゴルフについて

↓『大岡昇平全集15』（平成八年三月二五日　筑摩書房）

石川利光　丹羽学校出席とりまぁす　「ゴルフダイジェスト」昭和四五年五月一日

北條誠　丹羽学校出席とりまぁす　「ゴルフダイジェスト」昭和四五年六月一日

中村八朗　丹羽学校出席とりまぁす　「ゴルフダイジェスト」昭和四五年七月一日

川口松太郎　丹羽学校出席とりまぁす　「ゴルフダイジェスト」昭和四五年八月一日

秋山庄太郎　丹羽学校出席とりまぁす　「ゴルフダイジェスト」昭和四五年一〇月一日

宮田重雄　丹羽学校出席とりまぁす　「ゴルフダイジェスト」昭和四五年一一月一日

大久保房雄　丹羽学校出席とりまぁす　「ゴルフダイジェスト」昭和四五年一二月一日

原大　ゴルフ・丹羽文雄氏—シングル悠々堅持　「読売新聞」昭和四六年三月一五日

松木康夫　ゴルフ　「週刊新潮」17巻25号　昭和四七年六月二四日　94頁

門脇恒　丹羽学校プロに挑戦1—丹羽校長　アウトはボブ・トスキに2アップ　「週刊小説」1巻22号　昭和四七年七月二一日　58-59頁　＊丹羽文雄・澤野久雄・ボブ・トスキ

門脇恒　丹羽学校プロに挑戦2—丹羽校長　4ストローク差でボブ・トスキに敗退　「週刊小説」1巻23号　昭和四七年七月二八日　74-75頁　＊丹羽文雄・澤野久雄・ボブ・トスキ

無記名　丹羽学校プロに挑戦3—風間完氏一・五差でプロを制す　「週刊小説」1巻26号　昭和四七年八月一八日　112-113頁
＊秋山庄太郎・風間完

無記名　丹羽学校プロに挑戦4—水上勉氏、謝敏男にアンダーパーで喰いつく—石坂洋次郎氏、マイペースで楽しむ（前半戦）「週刊小説」1巻31号　昭和四七年九月二二日　30-31頁　＊水上勉・石坂洋次郎・謝敏男

無記名　丹羽学校プロに挑戦5—水上勉氏、2オーバーで惜しくもプロに及ばず—石坂洋次郎氏、悠揚として健闘（後半戦）「週刊小説」1巻32号　昭和四七年九月二九日　70-71頁
＊水上勉・石坂洋次郎・謝敏男

無記名　丹羽学校プロに挑戦6—第4戦前半　柴田錬三郎氏、

円月殺法で謝プロに1アップ―名手、生沢朗氏は〝シビレ〟がきて苦戦　「週刊小説」1巻34号　昭和四七年一〇月二〇日　64-65頁　＊柴田錬三郎・生沢朗・謝敏男
無記名　丹羽学校プロに挑戦7―第4戦後半　柴田錬三郎氏、謝プロと引き分け―パットに泣いた生沢朗氏3ダウン　「週刊小説」1巻35号　昭和四七年一〇月二七日　114-115頁　＊柴田錬三郎・生沢朗・謝敏男
無記名　丹羽学校プロに挑戦8―番外編　前半　加藤芳郎、小島功コンビ　川井プロに僅か1打差　「週刊小説」1巻38号　昭和四七年一一月一七日　94-95頁　＊加藤芳郎・小島功・川井プロ
無記名　丹羽学校プロに挑戦9―番外編後半　川井プロ、後半スパートで加藤芳郎、小島功をひき離す　「週刊小説」1巻39号　昭和四七年一一月二四日　＊加藤芳郎・小島功・川井プロ
無記名　丹羽学校プロに挑戦10―謝敏男を相手に丹羽校長、城山氏大奮闘　「週刊小説」2巻4号　昭和四八年二月一日　60-61頁　＊丹羽文雄・城山三郎・謝敏男
無記名　丹羽学校プロに挑戦11―城山さん、世界チャンピオンに一打差で涙　「週刊小説」2巻5号　昭和四八年二月九日　126-127頁　＊丹羽文雄・城山三郎・謝敏男
無記名　ローラちゃんの魅力にまいった!―ローラ・ボーVS丹羽文雄・生沢朗氏　軽井沢で決戦　「週刊小説」2巻37号　昭和四八年九月二八日　グラビア
無記名　攻守縦横・丹羽文雄氏―噂の強豪アマチュア・ゴルファーの実戦を見る　「週刊大衆」昭和五〇年一月一六日
無記名　ゴルファー望見―丹羽校長のこと　「小説サンデー毎日」8巻10号　昭和五一年一〇月一日　72-73頁
城山三郎　丹羽校長のこと―ゴルファー望見①　「小説サンデー毎日」昭和五一年一〇月一日　78-79頁
無記名　よみうり抄―丹羽氏文化勲章祝賀ゴルフコンペ　「読売新聞」夕刊　昭和五三年一月一一日
無記名　〝校長先生〟汗びっしょり―テレビCMに出る　「丹羽ゴルフ学校」「FOCUS」昭和五七年九月一七日　10-17頁
無記名　「このトシで、こんな思いができるとはなァ」文壇初の快挙を達成した八十一歳、丹羽文雄さんのこの笑顔　「週刊読売」44巻22号　昭和六〇年五月二六日　グラビア
古山高麗雄　スコアカード交遊録(77)作家・古山高麗雄さんの巻―文壇ゴルファーを育てた丹羽文雄　「週刊サンケイ」35巻18号　昭和六一年三月二七日　186-177頁
無記名　昭和が生んだもの―ゴルフブーム大衆コース　「日本経済新聞」夕刊　平成元年一月二六日
無記名　文士悠遊―丹羽ゴルフ学校に集まる優秀な生徒の顔ぶれ　「週刊現代」31巻4号　平成二年一月二七日　16-17頁
大久保房男　軍艦マーチを流すゴルフ場　「武蔵」平成二年一〇月
→『文士と編集者』(平成二〇年九月一八日　紅書房)
松木康夫　丹羽文雄氏が教えるエグゼクティブのためのゴルフ健康法(エグゼクティブのための医療講座)「DECIDE」9巻5号　平成三年五月　64-65頁
無記名　ゴルフ好きが集まって30年―「丹羽学校」が記念コン

ペ「読売新聞」夕刊　平成四年一一月一〇日
丸田勲　丹羽文雄―ゴルフ（銀座ゴルフ）「週刊宝石」12巻47号　平成四年一二月一七日　188-191頁　＊「大東京　文士が愛した店15をノスタルジックに散歩する」として掲載。
生島治郎　生島治郎のトラブルショット32―上品か下品か「週刊読売」51巻54号　平成四年一二月一七日　42-43頁　＊丹羽学校30周年記念ゴルフコンペに参加して
荒川由紀子　ゴルフ・昭和（戦後）―文士が血道を上げた野球と打球「サライ」11巻4号　平成一一年二月一八日　120-121頁
石原慎太郎　文壇のゴルファーたち―わが人生の時の人々「文芸春秋」78巻9号　平成一二年七月一日　412-423頁
↓『わが人生の時の人々』（平成一四年一月一五日　文芸春秋）
大久保房男　文士ゴルファーと武蔵カントリークラブ「武蔵」平成一二年一一月
↓『文士と編集者』（平成二〇年九月一八日　紅書房）
本田桂子　父のレッスン「週刊ゴルフダイジェスト」平成一三年一月～四月
無記名　丹羽文雄―ゴルフを愛した文士たち「週刊ゴルフダイジェスト」平成一三年一〇月二日　グラビア
真耶耕介『ゴルフ交遊録―わが忘れじのゴルフ』平成一七年八月一五日　文芸社
無記名　ゴルフ残照5―丹羽文雄「週刊ダイヤモンド」平成一八年五月六日　88-89頁
無記名　文壇ゴルファーの総帥―丹羽文雄『パーゴルフエグゼ2007winter』平成一九年
三好徹　文壇ゴルフ覚え書「青春と読書」42巻1号～43巻6号　平成一九年一月一日～二〇年六月一日
↓『文壇ゴルフ覚え書』（平成二〇年九月一〇日　集英社）
三好徹　文壇ゴルフの総帥　丹羽文雄「週刊パーゴルフ」別冊　平成一九年一月一四日
↓『文壇ゴルフ覚え書』（平成二〇年九月一〇日　集英社）
う　丹羽文雄―文士のゴルフ交遊録「サライ」20巻1号　平成二〇年一〇月二日　70頁
三好徹　青蕃会ゴルフのこと―品性高潔、偉大な先輩たち「読売新聞」夕刊　平成二〇年一〇月一八日

v　映画・演劇評、研究書書評ほか

無記名　ラジオ版　連続物語―丹羽文雄還らぬ中隊「読売新聞」昭和一四年四月二四日
無記名　新作映画評―「東京の女性」伏水監督作品「読売新聞」夕刊　昭和一四年一一月五日
安　文学座の「勤王届出」「東京新聞」昭和一八年四月四日　＊戯曲「勤王届出」（文学座）
岩田豊雄　評に答ふ「東京新聞」昭和一八年四月七日　＊勤王届出（文学座）
山田肇　劇評―文学座公演「朝日新聞」昭和一八年四月一三日　＊勤王届出
山　文学座の「勤王届出」「毎日新聞」昭和一八年四月二五日

＊勤王届出
無記名「今年菊」劇化―来月東宝劇団が上演「読売新聞」昭和一九年二月二〇日
無記名　古映画〝無断焼直し〟―文芸家協会から三社へ抗議「読売新聞」昭和二三年九月二七日　＊東京の女性
無記名　トピック抄「読売新聞」昭和二三年一二月一〇日
＊「厭がらせの年齢」上演（新作座）
む　映画評―人間模様「週刊朝日」54巻27号　昭和二四年七月二三日　26頁　＊人間模様
無記名　身につまされる俳優達―〝貸間の情〟映画化に悲喜劇「読売新聞」夕刊　昭和二五年一月一一日
無記名　映画評―女の四季「読売新聞」昭和二五年三月四日
無記名　小説の映画化―芸術より宣伝力「読売新聞」夕刊　昭和二五年四月一九日
K　今月の映画評―怒りの街「読売新聞」夕刊　昭和二五年五月一六日
無記名　綜芸プロ―雨跡「読売新聞」昭和二五年一一月五日
無記名　日本映画紹介―薔薇合戦「キネマ旬報」817号　昭和二五年一一月上旬号　40頁
無記名　日本映画紹介―孔雀の園「キネマ旬報」821号　昭和二六年新春特別号　72頁
無記名　今週の映画評　暴夜物語（大映）「読売新聞」夕刊　昭和二六年二月六日
無記名　日本映画紹介―暴夜物語「キネマ旬報」823号　昭和二六年二月上旬決算特別号　56頁
双葉十三郎　日本映画批評―孔雀の園「キネマ旬報」823号　昭和二六年二月上旬決算特別号　62頁
無記名　日本映画批評―暴夜物語「キネマ旬報」825号　昭和二六年三月上旬春季特別号　57頁
無記名　日本映画紹介―蛇と鳩「キネマ旬報」874号　昭和二八年三月下旬号　42頁　＊他に「グラフィック蛇と鳩」（3頁）を掲載。
O　映画「蛇と鳩」―面白味ある風俗時評「毎日新聞」夕刊　昭和二八年四月七日
杉山平一　日本映画批評―蛇と鳩「キネマ旬報」879号　昭和二八年五月下旬号　58頁
無記名　恋文・鮮やかな絹代監督「読売新聞」夕刊　昭和二九年一二月一四日
無記名　村松定孝著「丹羽文雄」「図書新聞」363号　昭和三一年九月一日
無記名　日本映画紹介―飢える魂「キネマ旬報」974号　昭和三一年一一月上旬号　78頁
無記名　新作グラフィック―飢える魂「キネマ旬報」976号　昭和三一年一一月下旬号　11頁
無記名「日日の背信」「近くて遠きは」―松竹で映画化「毎日新聞」夕刊　昭和三一年一二月二四日
佐藤勝治　日本映画批評―飢える魂「キネマ旬報」980号　昭和三二年一月上旬特別号　96頁
斎藤良輔　シナリオ―日日の背信「キネマ旬報」1010号　昭和三二年一月下旬号　117-137頁
無記名　日本映画紹介―日日の背信「キネマ旬報」1012号　昭和三二年二月下旬号　89頁　＊他に「新作グラビア」

（11頁）を掲載。

無記名「日日の背信」ドラマに「毎日新聞」夕刊　昭和三二年三月一二日

外村完二　日本映画批評―日日の背信「キネマ旬報」１０１４号　昭和三二年三月下旬号　77頁

無記名〝キメ細やかな心理描写を〟―映画「日日の背信」中村監督の抱負「毎日新聞」夕刊　昭和三二年四月八日

無記名「日日の背信」撮影開始「毎日新聞」夕刊　昭和三二年一二月二七日

無記名　撮影始まる「毎日新聞」夕刊　昭和三三年一月一〇日

岡本博　心理のスレちがい「毎日新聞」夕刊　昭和三三年二月一七日

無記名　イキのあう撮影―丹羽文雄の「四季の愛欲」「読売新聞」夕刊　昭和三三年三月二八日

無記名　丹羽文雄氏の「運河」撮影スタート「毎日新聞」夕刊　昭和三三年五月三〇日

無記名　新作グラビア―四季の愛欲「キネマ旬報」１０１９号　昭和三三年五月下旬号　11頁

Q　背骨のない空しさ―四季の愛欲「週刊朝日」63巻26号　昭和三三年六月二二日　69-70頁

無記名　日本映画紹介―四季の愛欲「キネマ旬報」１０２１号　昭和三三年六月下旬号　86頁

松浦健郎「名作シナリオ集」―日活作品　運河（脚本）「キネマ旬報」１０２４号　昭和三三年臨時増刊名作シナリオ集（夏）93-118頁　＊他に「特別グラビア」（５頁）を掲載。

外村完二　日本映画批評―運河「キネマ旬報」１０３１号　昭和三三年一〇月下旬号　61頁

無記名　役はセールスマン―「東京の女性」の山本富士子「毎日新聞」夕刊　昭和三五年三月一八日

無記名　日本映画紹介―東京の女性「キネマ旬報」１０７１号　昭和三五年四月上旬特別号　94頁

押川義行　日本映画批評―東京の女性「キネマ旬報」１０７２号　昭和三五年四月上旬号　79頁

無記名　衿子に京マチ子―丹羽文雄氏の「顔」を映画化「毎日新聞」夕刊　昭和三五年六月二〇日

無記名　白い南風―丹羽文雄の原作を池内らで「サンケイ新聞」夕刊　昭和三六年一月七日

無記名　岡田茉莉子と井上監督仲良しコンビ実現―丹羽文雄原作「水溜り」の映画化で「読売新聞」夕刊　昭和三六年二月二三日

玉　落ち着いた佳作―「水溜り」（松竹）「読売新聞」夕刊　昭和三六年四月一二日　＊水溜り（映画評）

無記名　日本映画紹介―水溜り「キネマ旬報」１０９８号　昭和三六年四月下旬号　90頁　＊他に「特別グラビア」（９頁）、「新作グラビア」（21頁）を掲載

押川義行　日本映画批評―水溜り「キネマ旬報」１０９９号　昭和三六年五月上旬号　86頁

無記名　日本映画紹介―白い南風「キネマ旬報」１１０７号　昭和三六年八月下旬号　92頁

無記名　本誌連載小説「献身」を映画化「読売新聞」夕刊　昭和三六年九月二六日

無記名　「献身」の撮影終わる—意欲を見せた朝子の叶　「読売新聞」夕刊　昭和三六年一〇月二五日
無記名　日本映画紹介—献身　「キネマ旬報」1113号　昭和三六年一一月下旬号　86頁
無記名　愛と憎しみのもつれ—NTVで丹羽文雄の「運河」　「読売新聞」夕刊　昭和三七年四月二四日
無記名　エゴと愛を浮きぼり—連ドラ丹羽文雄の「献身」　「読売新聞」夕刊　昭和三七年五月一日
無記名　四人姉妹の結婚描く—丹羽文雄原作の「山麓」　「朝日新聞」夕刊　昭和三七年六月六日
川合伸旺　〝役柄ほど悪くない〟—舞台でしぼられるのが望み　「読売新聞」夕刊　昭和三七年六月二九日
平　スクリーン—山麓・安定した演出　「読売新聞」夕刊　昭和三七年七月二日
草壁久四郎　映画・山麓（東映）—現代女性の恋愛、結婚観　「毎日新聞」夕刊　昭和三七年七月四日
広田芳子・木戸とよ子　映画の中の家庭—「山麓」　「毎日新聞」　昭和三七年七月一一日
無記名　新作グラビア—山麓　「キネマ旬報」1130号　昭和三七年七月上旬号　11頁
無記名　日本映画紹介—山麓　「キネマ旬報」1132号　昭和三七年七月下旬号　84頁　＊他に「特別グラビア」（3頁）を掲載。
市川沖　日本映画批評—山麓　「キネマ旬報」1133号　昭和三七年八月上旬号　74頁
無記名　こんどは有名人で—NHK「この人この道」「読売新聞」夕刊　昭和三七年九月一八日　＊丹羽出演
無記名　小畑絹子主演の連ドラ—NTVで「悔いなき煩悩」　「読売新聞」夕刊　昭和三七年一一月二七日　＊丹羽出演
無記名　手帳—兄弟、親子、夫婦作家を拾う　「読売新聞」夕刊　昭和三八年一月九日　＊小笠原忠「未完の火」
無記名　よろめき物—悔いなき煩悩（ニホン放送）「週刊サンケイ」12巻22号　昭和三八年五月二七日　65頁
無記名　団体に弱い大劇場　「読売新聞」昭和三八年六月一七日　＊菩提樹（明治座）
安藤鶴夫　「つづみの女」の疑問—明治座の新派公演　「読売新聞」夕刊　昭和三八年七月一二日　＊菩提樹（明治座）
本地盈輝　一応成功の混成一座—明治座　「演劇界」21巻8号　昭和三八年八月一日　55-56頁　＊菩提樹（明治座）
無記名　丹羽氏の原作から—「この世の愁い」「朝日新聞」昭和四〇年五月三日
本地盈輝　新しい財産の『鹿鳴館』—明治座　「演劇界」21巻11号　昭和三八年一一月一日　31-32頁　＊顔（明治座）
岡田太郎　よろめきドラマ—強い愛情の姿　「朝日新聞」昭和三九年六月一四日　＊日日の背信、飢える魂
無記名　有馬稲子、久しぶりに映画出演—大映の「庖丁」「読売新聞」夕刊　昭和四一年六月一五日
無記名　有馬稲子が出演を辞退—大映「庖丁」を延期　「読売新聞」夕刊　昭和四一年七月一四日
増田れい子・森啓裕　カバー・ストーリー—自分の顔　「サンデー毎日」45巻36号　昭和四一年八月二一日　102-107頁
保正昌夫　独自な視点の設定—松本鶴雄「丹羽文雄の世界」

「群像」24巻1号　昭和四四年六月一日　311-313頁

池田岬　批評の原点に触手　自己に回帰する文学—松本鶴雄著「丹羽文雄の世界」「図書新聞」１０１８号　昭和四四年六月二八日

村松定孝　松本鶴雄「丹羽文雄の世界」・丹羽その人との対決—言語不信の倍加とその回帰を告白「週刊読書人」昭和四四年六月三〇日

松本鶴雄　丹羽文学の入門書—すべてが巻末論文に収斂「図書新聞」昭和四七年一月二二日　＊大河内昭爾「小説家の中の宗教」

薬師寺章明　罪業の凝視の果てに—文学のエッセンスの収録「日本読書新聞」昭和四七年二月二八日　＊大河内昭爾「小説家の中の宗教」

無記名　10月からのドラマ「献身」—〝年中夢中の献身を〟山本陽子が主役の弁「読売新聞」夕刊　昭和四九年五月二一日

無記名　あの役この役　新珠三千代—陰のある役が好き「読売新聞」夕刊　昭和五二年六月一〇日

無記名　ビデオテープ「朝日新聞」昭和六〇年七月一〇日
＊「この人・丹羽文雄ショー・健筆81歳」（ＮＨＫ）。

竹森仁之介「柘榴の木の下で」の刊行に寄せて「文芸復興」79号　昭和六一年四月一日

南弥太郎　ある読後感「文芸復興」79号　昭和六一年四月一日　＊福島保夫『柘榴の木の下で』

後藤順一郎「柘榴の木の下で」感想「文芸復興」79号　昭和六一年四月一日

落合茂　密着取材の強み「文芸復興」79号　昭和六一年四月一日　＊福島保夫『柘榴の木の下で』

大河内昭爾ほか　福島保夫著『柘榴の木の下で』誌上出版記念会—著者に寄せられた諸家のことば「文芸復興」79号　昭和六一年四月一日
＊大河内昭爾・太田俊夫・加藤富康・駒田信二・小泉譲・小山耕二路・鈴木俊平・十返千鶴子・中村八朗・八木憲爾・八幡政男・吉田タキノ。

無記名　丹羽多聞アンドリウ—ドラマ初演出は「まあまあ」「朝日新聞」夕刊　平成六年八月一六日

無記名　紀伊から見つめた文学史—若手研究者ら、近代の事典を執筆「朝日新聞」（三重版）平成一五年一月二八日

無記名　昼ドラが放送一万回—骨太の愛憎劇ひとすじに　東海テレビ「朝日新聞」夕刊　平成一五年二月一〇日

vi　小説

川端康成　愛犬安産「東京日日新聞」昭和一〇年一月二一日
↓『純粋の声』（昭和一一年九月一日　沙羅書房）
『川端康成全集1』（昭和五六年一〇月二〇日　新潮社）

尾崎一雄　男児誕生「文芸」6巻4号　昭和一三年四月一日
↓『続　暢気眼鏡』（昭和一三年一二月一五日　砂子屋書房）
『尾崎一雄全集1』（昭和五七年二月二〇日　筑摩書房）

尾崎一雄　落梅「風報」創刊号　昭和二二年九月一日　＊「厭がらせの年齢」について

↓『こほろぎ』（昭和二三年八月一日　共立書房）
『尾崎一雄全集２』（昭和五七年四月二〇日　筑摩書房）
尾崎一雄　霖雨「群像」５巻11号　昭和二五年一一月一日
＊丹羽との出会いを描く
↓『小鳥の声』（昭和二七年六月三〇日　三笠書房）
『尾崎一雄全集４』（昭和五七年八月二五日　筑摩書房）
尾崎一雄　もぐら横丁「群像」６巻10号　昭和二六年一〇月一日
↓『もぐら横丁』（昭和二七年六月二五日　池田書店）
『尾崎一雄全集４』（昭和五七年八月二五日　筑摩書房）
尾崎一雄　冬眠居日録「別冊小説新潮」７巻２号　昭和二八年一月一五日　＊丹羽宅訪問
↓『水源地』（昭和二八年七月　白燈社）
『尾崎一雄全集５』（昭和五七年一〇月二〇日　筑摩書房）
瀬戸内晴美　小説丹羽文雄「婦人公論」529号　昭和三五年一一月一日　249-259頁
↓『有縁の人』（昭和五四年四月三〇日　創林社）＊「春の旅」に改題
十返肇　わが浮気白昼夢「週刊小説」昭和三八年二月二五日
小笠原忠『火の蕾』昭和三九年九月一〇日　河出書房新社
井上友一郎　丹羽文雄—小説風人物論「群像」19巻10号　昭和三九年一〇月一日　100-116頁
野口冨士男　暗い夜の私「風景」昭和四三年一〇月一日
↓『暗い夜の私』（昭和四四年一二月一二日　講談社）
富島健夫　青春の野望「週刊プレイボーイ」昭和四九年一月一日～五一年八月
↓『錦ヶ丘恋歌』（昭和五一年九月二五日　集英社）
『愛と夢と現身と』（昭和五一年一二月二五日　集英社）
『早稲田の阿呆たち』（昭和五二年三月二五日　集英社）
『富島健夫小説選集』（昭和五五年九月　実業之日本社）
富島健夫　青春の野望　学生作家の群れ「週刊プレイボーイ」昭和五四年七月～八月
↓『学生作家の群れ』（昭和五五年一一月二五日　集英社）
富島健夫　青春の野望　人生進むべし「週刊プレイボーイ」昭和五七年四月六日～五八年四月八日
↓『人生進むべし』（昭和五八年七月二五日　集英社）
山崎百合子『死刑囚からの恋うた』平成元年四月二九日　草思社　＊菩提樹
津村節子　瑠璃色の石「新潮」96年10号　平成一一年一〇月一日　6-117頁
↓『瑠璃色の石』（平成一一年一二月二五日　新潮社）
『津村節子自選作品集１』（平成一七年一月　岩波書店）
沢木統『時の砦』平成一九年九月一五日　文芸社　＊恋文

Ⅳ　全集・選集・作品集・文庫解説

i　個人全集・選集

丹羽文雄　編集に寄せて『丹羽文雄選集1』昭和一四年四月二〇日　竹村書房　4-7頁
古谷綱武　解説『丹羽文雄選集1』昭和一四年四月二〇日　竹村書房　287-307頁
古谷綱武　解説『丹羽文雄選集2』昭和一四年五月二〇日　竹村書房　304-316頁
古谷綱武　解説『丹羽文雄選集3』昭和一四年六月二〇日　竹村書房　313-330頁
古谷綱武　解説『丹羽文雄選集4』昭和一四年七月二〇日　竹村書房　290-296頁
古谷綱武　加盟同人雑誌一覧『丹羽文雄選集4』昭和一四年七月二〇日　竹村書房　297-326頁
古谷綱武　解説『丹羽文雄選集5』昭和一四年八月二〇日　竹村書房　252-260頁
古谷綱武　解説『丹羽文雄選集6』昭和一四年九月二〇日　竹村書房　273-283頁
古谷綱武　解説『丹羽文雄選集7』昭和一四年七月二〇日　竹村書房　227-228頁
古谷綱武　編者のノート『丹羽文雄選集8』昭和一四年七月二〇日　竹村書房　229-249頁
十返肇　解説『丹羽文雄文庫4』昭和二九年二月一〇日　東方社　295-316頁
＊1～3巻の解説を含む。
十返肇　解説『丹羽文雄文庫5』昭和二九年三月一〇日　東方社　307-312頁
十返肇　解説『丹羽文雄文庫6』昭和二九年四月二〇日　東方社　329-334頁
十返肇　解説『丹羽文雄文庫7』昭和二九年五月二〇日　東方社　327-331頁
十返肇　解説『丹羽文雄文庫8』昭和二九年六月一〇日　東方社　317-322頁
十返肇　解説『丹羽文雄文庫9』昭和二九年七月一〇日　東方社　335-340頁
十返肇　解説『丹羽文雄文庫10』昭和二九年八月一〇日　東方社　254-259頁
十返肇　解説『丹羽文雄文庫11』昭和二九年九月一〇日　東方社　331-336頁
十返肇　解説『丹羽文雄文庫12』昭和二九年一〇月一〇日　東方社　293-298頁
十返肇　解説『丹羽文雄文庫13』昭和二九年一一月一〇日　東方社　310-315頁
十返肇　解説『丹羽文雄文庫14』昭和二九年一二月二〇日　東方社　318-322頁
十返肇　解説『丹羽文雄文庫15』昭和三〇年一月二五日　東

方社　322－327頁
十返肇　解説『丹羽文雄文庫16』昭和三〇年二月二五日　東方社　262－267頁
十返肇　解説『丹羽文雄文庫17』昭和三〇年三月二五日　東方社　353－357頁
十返肇　解説『丹羽文雄文庫18』昭和三〇年四月二五日　東方社　290－295頁
十返肇　解説『丹羽文雄文庫19』昭和三〇年五月二五日　東方社　282－287頁
十返肇　解説『丹羽文雄文庫20』昭和三〇年七月一〇日　東方社　273－278頁
十返肇　解説『丹羽文雄文庫21』昭和三〇年八月二〇日　東方社　293－297頁
十返肇　解説『丹羽文雄文庫22』昭和三〇年九月二〇日　東方社　291－295頁
十返肇　解説『丹羽文雄文庫23』昭和三〇年一〇月一五日　東方社　260－264頁
十返肇　解説『丹羽文雄文庫24』昭和三〇年一〇月二五日　東方社　272－277頁
十返肇　解説『丹羽文雄文庫25』昭和三〇年一二月一五日　東方社　288－293頁
十返肇　解説『丹羽文雄作品集6』昭和三一年一二月二〇日　角川書店　385－394頁
十返肇　解説『丹羽文雄作品集5』昭和三二年一月一五日　角川書店　453－460頁
十返肇　解説『丹羽文雄作品集7』昭和三二年二月一五日　角川書店　425－431頁
十返肇　解説『丹羽文雄作品集2』昭和三二年三月一五日　角川書店　461－470頁
十返肇　解説『丹羽文雄作品集3』昭和三二年四月一五日　角川書店　367－374頁
十返肇　解説『丹羽文雄作品集4』昭和三二年五月一五日　角川書店　434－442頁
十返肇　解説『丹羽文雄作品集1』昭和三二年六月一五日　角川書店　377－386頁
十返肇　解説『丹羽文雄作品集8』昭和三二年七月一五日　角川書店　307－312頁
十返肇　解説『丹羽文雄作品集別巻』昭和三二年八月一五日　角川書店　363－368頁
浅見淵　解説『丹羽文雄自選集』昭和四二年一〇月一五日　集英社　390－397頁
河野多惠子　編集を終えて『丹羽文雄の短篇30選』昭和五九年一一月二二日　角川書店　769頁

ii　作品集

古谷綱武　解説『南国抄』昭和一四年八月四日　新潮社　299－301頁
牧屋善三　附記『小説修業』昭和一六年五月三〇日　明石書房　149－153頁
榊原豪　解説『朗読文学選現代篇　大正昭和』昭和一八年五

月一五日　大政翼賛会宣伝部　74‐75頁
古谷綱武　解説　『南国抄』昭和二二年一〇月一五日　新潮社　340‐343頁
中村八朗　解説―丹羽文学の発展『結婚式』昭和二六年九月一五日　北辰堂　259‐265頁
浦松佐美太郎　解説　『厭がらせの年齢・鮎』昭和二七年一二月一〇日　筑摩書房　229‐232頁
亀井勝一郎　解説　『遮断機』昭和二八年七月一五日　東西文明社　231‐243頁
神西清　解説　『欲の果て』昭和二九年七月八日　新潮社　270‐275頁
↓『神西清全集6』（昭和五七年一月三一日　文治堂書店）
浅見淵　解説　『蛇と鳩』昭和三〇年七月二五日　講談社ミリオン・ブックス　287‐288頁
浅見淵　解説　『庖丁』昭和三〇年九月五日　毎日新聞社　224‐226頁
十返肇　解説　『告白』昭和三〇年一一月二五日　講談社ミリオン・ブックス　213‐214頁
石川利光　解説　『雨跡』昭和三〇年一二月一五日　河出新書　202‐206頁
小泉譲　解説　『家庭の秘密』昭和三一年七月二五日　三笠書房　304‐306頁
亀井勝一郎　解説　『悔いなき愉悦』昭和三三年八月二〇日　講談社　244‐251頁
十返肇　解説　『当世胸算用』昭和三三年一二月二五日　東方社
北山茂夫「天平の開花」に寄せて『現代人の日本史3　天平の開花』昭和三四年三月三一日　河出書房新社　315‐318頁
十返肇　解説　『東京の女性』昭和三五年四月二〇日　東方社
十返肇　解説　『純情』昭和三六年一月一五日　東方社
十返肇　解説　『禁猟区』昭和三七年六月二〇日　新潮社
十返肇　解説　『幸福への距離』昭和三七年一〇月一五日　東方社
十返肇　解説　『告白』昭和三八年一二月二五日　講談社　213‐214頁
↓『十返肇著作集下』（昭和四四年五月二八日　講談社）
浅見淵「厭がらせの年齢」について『有情』昭和三九年二月一〇日　雪華社
伊藤整「鮎」について『有情』昭和三九年二月一〇日　雪華社
亀井勝一郎「青麦」について『有情』昭和三九年二月一〇日　雪華社
竹谷富士雄　装幀について『有情』昭和三九年二月一〇日　雪華社
十返肇「有情」について『有情』昭和三九年二月一〇日　雪華社
村松定孝「崖下」について『有情』昭和三九年二月一〇日　雪華社
横田正和　口絵写真について『有情』昭和三九年二月一〇日　雪華社
十返肇　解説　『告白』昭和四二年二月二八日　213‐214頁　雪華社
十返肇　解説　『母の晩年』昭和四二年一一月二五日　東方社

中村八朗　先生の人と作品—師弟問答　『新人生論』昭和四六年六月一五日　秋元書房
大河内昭爾　解説　『人生有情』昭和四八年一一月三〇日　いんなあとりっぷ　232-240頁
無記名　作品を鑑賞するにあたって『丹羽文雄作品選』平成一九年三月九日　四日市市民文化部市民文化課

iii　文庫

古谷綱武　解説　『厭がらせの年齢』昭和二三年七月五日　新潮社
古谷綱武　解説　『贅肉』昭和二五年二月二五日　春陽堂
富永次郎　解説　『哭壁』昭和二六年四月五日　新潮社
亀井勝一郎　解説　『遮断機』昭和三〇年三月一〇日　角川書店
十返肇　解説　『愛欲の位置』昭和三〇年六月五日　角川書店
十返肇　解説　『恋文』昭和三〇年八月五日　角川書店
十返肇　解説　『爬虫類』昭和三〇年一一月五日　新潮社
十返肇　解説　『青麦』昭和三一年九月五日　新潮社
十返肇　解説　『鮎』昭和三一年九月二〇日　角川書店
十返肇　解説　『庖丁』昭和三一年一〇月三〇日　角川書店
十返肇　解説　『菩提樹　下』昭和三二年九月一〇日　新潮社
十返肇　解説　『蛇と鳩』昭和三二年一一月二〇日　角川書店
十返肇　解説　『日日の背信』昭和三三年二月一五日　新潮社
亀井勝一郎　解説　『青麦』昭和三三年二月二〇日　角川書店
亀井勝一郎　解説　『蛇と鳩』昭和三五年九月一五日　新潮社
→『亀井勝一郎全集補巻1』（昭和四八年四月一六日　講談社）
十返肇　解説　『魚紋』昭和三六年三月五日　角川書店
十返肇　解説　『飢える魂』昭和三六年八月二五日　新潮社
十返肇　解説　『禁猟区』昭和三七年六月二〇日　新潮社
十返肇　解説　『顔』昭和三八年七月三〇日　新潮社
十返千鶴子　解説　『運河』昭和三九年三月五日　新潮社
浅見淵　解説　『美しき嘘』昭和四一年七月三〇日　新潮社
十返肇　解説　『告白』昭和四二年二月二八日　角川書店
日沼倫太郎　解説　『命なりけり』昭和四三年六月三〇日　新潮社
瀬沼茂樹　解説　『哭壁』昭和四四年五月三〇日　新潮社
十返肇　解説　『菩提樹』昭和四五年九月三〇日　新潮社
瀬沼茂樹　解説　『一路』昭和四六年七月一日　講談社
松本鶴雄　解説　『献身』昭和四六年九月三〇日　新潮社
大河内昭爾　解説　『仏にひかれて』昭和四九年一一月一〇日　中央公論社
八木毅　解説　『悔いなき煩悩』昭和五二年五月三〇日　集英社
八木毅　解説　『鮎』昭和五三年一月三〇日　集英社
八木毅　解説　『白い椅子』昭和五三年四月一五日　講談社
無記名　年譜（〜昭和53年4月）『白い椅子』昭和五三年四月一五日　講談社
八木毅　解説　『再会』昭和五三年五月三〇日　集英社
八木毅　解説　『書翰の人』昭和五三年九月三〇日　集英社

八木毅　解説『有情』昭和五四年八月二五日　集英社
八木毅　解説『魔身』昭和五五年三月一〇日　中央公論社
野口冨士男・丸谷才一　花柳小説とは何か『花柳小説名作選』昭和五五年三月二五日　集英社　408-429頁
八木毅　解説『厭がらせの年齢』昭和五五年一〇月二五日　集英社
八木毅　解説『好色の戒め』昭和五六年四月二五日　集英社
八木毅　解説『母の晩年』昭和五六年九月二五日　集英社
大河内昭爾　解説『親鸞（四）』昭和五六年一〇月二五日　新潮社
山田智彦　解説『干潟』昭和五七年七月二五日　集英社
八木毅　解説『解氷の音』昭和五八年四月二五日　集英社
磯田光一　解説『蕩児帰郷』昭和五八年八月一〇日　中央公論社
中村八朗　解説『魂の試される時　下』昭和五八年八月二五日　新潮社
古山高麗雄　解説『ゴルフ談義』昭和五八年一一月一〇日　潮文庫
中村八朗　解説『山肌　下』昭和五九年六月二五日　新潮社
澤野久雄　解説『ゴルフ上達法』昭和六〇年一〇月一〇日　潮文庫
磯田光一　解説『蓮如（八）』昭和六〇年一二月一〇日　中央公論社
↓『近代の感情革命』（昭和六二年六月一五日）
林真理子　解説『四季の旋律』昭和六一年五月二五日　新潮社
澤野久雄　解説『ひと我を非情の作家と呼ぶ』昭和六三年六月二〇日　光文社文庫
河野多恵子　解説『樹海　下』昭和六三年六月二五日　新潮社
保阪正康　解説『海戦（伏字復元版）』平成一二年八月二五日　中央公論社
中島国彦　丹羽文雄の出発『鮎・母の日・妻　丹羽文雄短篇集』平成一八年一月一〇日　講談社
中島国彦編　丹羽文雄年譜『鮎・母の日・妻　丹羽文雄短篇集』平成一八年一月一〇日　講談社
中島国彦　著書目録『鮎・母の日・妻　丹羽文雄短篇集』平成一八年一月一〇日　講談社

ⅳ　文学全集

伊藤整　終戦二年目の文学概観『創作代表選集1』昭和二三年七月三〇日　講談社　1-4頁　＊厭がらせの年齢
↓『伊藤整全集16』（昭和四八年六月一五日　新潮社）
青野季吉　この期間の概観『創作代表選集2』昭和二四年三月三一日　講談社　＊守礼の門
川端康成　編集者の言葉『日本小説代表作全集19』昭和二四年五月三〇日　小山書店　＊哭壁
↓『川端康成全集34』（昭和五七年一二月二〇日　新潮社）
河盛好蔵　この期間の収穫『創作代表選集3』昭和二四年八月二〇日　講談社　1-3頁　＊哭壁・十夜婆々・貸間の情

伊藤整　この期間の傾向　『創作代表選集4』昭和二四年一一月一日　講談社
↓『伊藤整全集16』（昭和四八年六月一五日　新潮社）

本多秋五　解説　『新日本代表作選集1』昭和二四年一一月二五日　実業之日本社　317-336頁　＊厭がらせの年齢

青野季吉　解説　『現代日本小説大系49』昭和二五年一月二〇日　河出書房　317-319頁　＊鮎・贅肉・煩悩具足・継子と顕良

木々高太郎　作品解説　『現代小説代表選集6』昭和二五年五月一日　光文社　499-504頁　＊東京の薔薇

佐多稲子　この期間の動き　『創作代表選集6』昭和二五年一〇月一〇日　講談社　＊砂地

大下宇陀児　作品解説　『現代小説代表選集7』昭和二五年一月二〇日　光文社　421-426頁　＊東京どろんこオペラ

中村光夫　この期間の傾向　『創作代表選集7』昭和二六年四月三〇日　講談社　1-3頁　＊爬虫類

阿部知二　二十六年前半の覚書　『創作代表選集8』昭和二六年九月一五日　講談社　1-3頁　＊爬虫類　爛れた月

中野重治　解説　『現代日本小説大系59』昭和二七年四月一五日　河出書房　315-326頁　＊海戦

伊藤整　活躍した人と作品　『創作代表選集9』昭和二七年四月三〇日　講談社　1-4頁　＊幸福への距離

井上友一郎　あとがき　『創作代表選集12』昭和二八年一二月二五日　講談社　392-394頁　＊藤代大佐

井上靖　あとがき　『創作代表選集13』昭和二九年五月五日　1-3頁　＊母の日

十返肇　まへがき　『創作代表選集13』昭和二九年五月五日　講談社　1-3頁　＊青麦・母の日

浦松佐美太郎　解説　『昭和文学全集46』昭和二九年一〇月一五日　角川書店　418-421頁　＊蛇と鳩・贅肉・鮎

亀井勝一郎　丹羽文雄　『現代日本文学全集47』昭和二九年一一月二〇日　筑摩書房　405-413頁

椎名麟三　あとがき　『創作代表選集17』昭和三一年五月五日　講談社　348-349頁　＊彷徨

村松定孝　丹羽文雄論　『現代文学　丹羽文雄』昭和三二年一月三〇日　芸文書院

十返肇　まえがき　『創作代表選集19』昭和三二年四月二〇日　講談社　1-4頁　＊母の晩年

小田切秀雄　解説　『続発禁作品集』昭和三二年七月一五日　北辰堂　239-248頁　＊中年
↓『小田切秀雄全集18』平成一二年一一月二〇日　勉誠出版

十返肇　解説　『現代国民文学全集10』昭和三二年一〇月一五日　角川書店　446-448頁

浦松佐美太郎　丹羽文雄と合理主義精神　『新選現代日本文学全集13』昭和三四年二月一五日　筑摩書房　430-434頁

浅見淵　解説　『新選現代日本文学全集13』昭和三四年二月一五日　筑摩書房　435-439頁

無記名　著者略歴　『新選現代日本文学全集13』昭和三四年二月一五日　筑摩書房　439頁

吉田精一　注解　『日本文学全集43』昭和三五年三月二〇日　新潮社　537-538頁

亀井勝一郎　解説　『日本文学全集43』昭和三五年三月二〇日

新潮社　551-560頁
↓『亀井勝一郎全集補巻1』（昭和四八年四月一六日　講談社）
亀井勝一郎　丹羽文雄集作品解説　『日本現代文学全集87』昭和三七年四月一九日　講談社　450-453頁
浅見淵　丹羽文雄入門　『日本現代文学全集87』昭和三七年四月一九日　講談社　456-459頁
↓『亀井勝一郎全集補巻1』（昭和四八年四月一六日　講談社）
十返肇　解説　『サファイア版昭和文学全集14』昭和三七年六月五日　角川書店　434-439頁
中村光夫　解説　『世界短篇文学全集17』昭和三七年一二月二〇日　集英社
中谷博　解説　『現代の文学14』昭和三八年一〇月五日　河出書房新社　581-588頁
亀井勝一郎　人と文学　『現代文学大系46』昭和三九年九月一〇日　筑摩書房　486-502頁
↓『亀井勝一郎全集補巻1』（昭和四八年四月一六日　講談社）
鶴見俊輔　解説　『昭和戦争文学全集5』昭和三九年一二月三〇日　集英社　485-491頁
平野謙　解説—体験者と表現者の問題　『戦争の文学1』昭和四〇年七月一日　東都書房　436-444頁
村松定孝　注解　『日本の文学55』昭和四〇年一二月五日　中央公論社　522-526頁
浅見淵　解説　『日本の文学55』昭和四〇年一二月五日　中央公論社　528-538頁
瀬沼茂樹　注解　『豪華版日本文学全集19』昭和四一年一一月三日　河出書房新社　414-416頁
日沼倫太郎　解説　『豪華版日本文学全集19』昭和四一年一一月三日　河出書房新社　423-434頁
小田切進　注解　『日本文学全集63』昭和四二年一月一二日　集英社　398-404頁
竹西寛子　作家と作品—丹羽文雄　『日本文学全集63』昭和四二年一月一二日　集英社　405-433頁
吉田精一　注解　『日本文学全集30』昭和四二年九月一五日　新潮社　537-538頁
亀井勝一郎　解説　『日本文学全集30』昭和四二年九月一五日　新潮社　553-562頁
杉森久英　丹羽文雄伝　『現代日本文学館37』昭和四三年九月一日　文芸春秋　3-16頁
瀬沼茂樹　注解　『現代日本文学館37』昭和四三年九月一日　文芸春秋　431-440頁
杉森久英　解説　『現代日本文学館37』昭和四三年九月一日　文芸春秋　441-445頁
保昌正夫　注釈　『カラー版日本文学全集27』昭和四三年一二月二〇日　河出書房新社　348-357頁
無記名　本文カラー挿画・説明　『カラー版日本文学全集27』昭和四三年一二月二〇日　河出書房新社　364頁
荒正人　解説　『カラー版日本文学全集27』昭和四三年一二月二〇日　河出書房新社　365-378頁
亀井勝一郎　丹羽文雄集　作品解説　『豪華版日本現代文学全

集33』昭和四四年一月三〇日　講談社　529-532頁
浅見淵　丹羽文雄入門　『豪華版日本現代文学全集33』昭和四四年一月三〇日　講談社　536-539頁
八木義徳　鑑賞　『日本短篇文学全集42』昭和四四年二月五日　筑摩書房　267-272頁
浅見淵　文学入門　『グリーン版日本文学全集32』昭和四五年二月二〇日　河出書房新社　427-434頁
中村八朗　作家の横顔　『グリーン版日本文学全集32』昭和四五年二月二〇日　河出書房新社　435-440頁
紅野敏郎・柳正吉　注解　『現代日本の文学27』昭和四五年六月一日　学習研究社　438-444頁
野村尚吾　評伝的解説　『現代日本の文学27』昭和四五年六月一日　学習研究社　449-480頁
中島健蔵　丹羽文雄　『現代日本文学大系72』昭和四六年一月一四日　筑摩書房　399-401頁
浅見淵　丹羽文雄論　『現代日本文学大系72』昭和四六年一月一四日　筑摩書房　402-404頁
浅見淵　丹羽文雄会見記　『現代日本文学大系72』昭和四六年一月一四日　筑摩書房　404-406頁
浅見淵　回想の丹羽文雄　『現代日本文学大系72』昭和四六年一月一四日　筑摩書房　407-409頁
瀬沼茂樹　解説　『新潮日本文学28』昭和四六年三月一二日　新潮社　544-556頁
↓『作家の素顔』（昭和五〇年四月三〇日　河出書房新社）
平野謙　解説　『戦争文学全集2』昭和四七年二月一八日　毎日新聞社　423-431頁
小松伸六　あとがき　『現代の小説』昭和四七年三月一五日　三一書房　319-328頁　＊声
保昌正夫　風俗小説論　改題　『戦後文学論争　上』昭和四七年一〇月三一日　番町書房　543-547頁
小田切進　丹羽文雄『有情』ほか　『日本名作自選文学館』別冊　昭和四七年一二月一日　ほるぷ出版　26-29頁
無記名　著者紹介―丹羽文雄　『日本名作自選文学館』別冊　昭和四七年一二月一日　ほるぷ出版　92頁
瀬戸内晴美　丹羽先生のこと　『日本名作自選文学館』別冊　昭和四七年一二月一日　ほるぷ出版　92-95頁
新庄嘉章　強靭な神経　『日本名作自選文学館』別冊　昭和四七年一二月一日　ほるぷ出版　95-97頁
野村尚吾　解説　『昭和国民文学全集26』昭和四九年四月二五日　筑摩書房
巌谷大四　解説　『現代作家掌編小説集　上』昭和四九年八月八日　朝日ソノラマ
浦松佐美太郎　丹羽文雄と合理主義精神　『現代日本文学12』昭和四九年九月一日　筑摩書房　430-434頁
浅見淵　解説　『現代日本文学12』昭和四九年九月一日　筑摩書房　435-439頁
無記名　著者略歴　『現代日本文学12』昭和四九年九月一日　筑摩書房　439頁
巌谷大四　あとがき　『現代の小説』昭和四九年九月三〇日　三一書房　343-350頁　＊老いの鶯
青山光二　あとがき　『現代の小説』昭和五〇年四月三〇日　三一書房　343-351頁　＊漣

八木毅　解説　『新潮現代文学10』　昭和五五年二月一五日　新潮社　436-440頁
佐藤喜一　解説　『北海道文学全集12』　昭和五五年一二月一〇日　立風書房　380-388頁　＊暁闇
入江隆典　まえがき　『文学１９８２』　昭和五七年四月一六日　講談社　1-10頁
河野多恵子　まえがき　『文学１９８３』　昭和五八年四月一八日　講談社　1-11頁
河野多恵子　丹羽文雄・人と作品　『昭和文学全集11』　昭和六三年三月一日　小学館　１０８２-１０８７頁
栗坪良樹　「厭がらせの年齢」改題　『日本の短篇　下』　平成一年三月二五日　文芸春秋　603-604頁
小林宏　解説　『栃木県近代文学全集6』　平成二年一月八日　下野新聞社　542-544頁　＊逆縁
河原功　内地作家略年譜　『日本統治期台湾文学日本人作家作品集別巻』　平成一〇年七月二〇日　緑陰書房　603-604頁
無記名　年譜・作品解説　『日本統治期台湾文学日本人作家作品集別巻』　平成一〇年七月二〇日　緑陰書房　619-623頁　＊台湾の息吹
紅野謙介　解題　『戦後占領期短篇小説コレクション2』　平成一九年六月三〇日　藤原書店　266頁

Ⅴ　月報・内容見本・パンフレットほか

ｉ　個人全集

丹羽文雄選集　竹村書房

月報１　丹羽文雄選集１　昭和一四年四月二〇日
鎌原正巳　作者と編者の友情
古谷綱武　解説について
無記名　書房だより
月報２　丹羽文雄選集２　昭和一四年五月二〇日　＊未見
月報３　丹羽文雄選集３　昭和一四年六月二〇日　＊未見
月報４　丹羽文雄選集４　昭和一四年七月二〇日　＊未見
浅見淵　丹羽文雄のこと
→『蒙古の雲雀』（昭和一八年五月二〇日　赤塚書房）
月報５　丹羽文雄選集５　昭和一四年八月二〇日
尾崎一雄　古谷君の熱心さ
読者だより
猪野静枝（宇都宮）／立花長造（淀橋）／山中重雄（熊本）／谷口武夫（大阪）／新田淳（台北）／菊地又平（東京）
無記名　書房だより
月報６　丹羽文雄選集６　昭和一四年九月二〇日

岡部千葉男　丹羽さんの横顔
読者だより
　関準（四街道）／高橋勝己（川口市）／岡本馨（山口県）
／佐藤智（東京市）／宇野正盛（芝）
無記名　書房だより
月報7　丹羽文雄選集7　昭和一四年一〇月二〇日
永島一朗　丹羽文雄氏との交遊
読者だより
　菊地又平（豊島区）／山下良一（横須賀市）／曾我部極
（愛媛県）／山下正太郎（岡山市）／岡本馨（山口県）／高
　木光雄（哈爾濱）
無記名　書房だより

丹羽文雄選集　改造社

月報1　丹羽文雄選集1　昭和二三年七月二五日
　丹羽文雄　私の選集に就いて
古谷綱武　「丹羽選集」の編者として
月報2　丹羽文雄選集2　昭和二三年一一月一〇日
田村泰次郎　丹羽文雄と郷土
広津和郎　一つの転換期
月報3　丹羽文雄選集3　昭和二四年二月二五日
井上友一郎　丹羽さんと贅肉
火野葦平　盲腸見舞
月報4　丹羽文雄選集4　昭和二四年一二月二〇日
尾崎一雄　昔話
田宮虎彦　丹羽さんのこと

丹羽文雄作品集　角川書店

月報1　丹羽文雄作品集6　昭和三一年一二月二〇日
尾崎一雄　誤植
田宮虎彦　丹羽さんのこと
丹羽文雄　「菩提樹」に就いて
無記名　「菩提樹」評（週刊朝日）
無記名　編集室
月報2　丹羽文雄作品集5　昭和三二年一月一五日
井上友一郎　丹羽さんと私
浅見淵　回想の丹羽文雄
　↓『昭和の作家たち』『浅見淵著作集1』
丹羽文雄　思い出
無記名　編集室
月報3　丹羽文雄作品集7　昭和三二年二月一五日
宇野浩二　妙な思ひ出
円地文子　丹羽さんと宗教
丹羽文雄　「飢える魂」の思い出
無記名　編集室
月報4　丹羽文雄作品集2　昭和三二年三月一五日
井上靖　旅の丹羽文雄
　↓『井上靖全集24』（平成九年七月　新潮社）
古谷綱武　最初の選集
丹羽文雄　戦後短篇の思い出
亀井勝一郎　丹羽文雄（抄）
無記名　編集室
月報5　丹羽文雄作品集3　昭和三二年四月一五日

青野季吉　丹羽文雄のこと
小田切秀雄　戦争中の丹羽文雄
丹羽文雄　哭壁と海戦のこと
無記名　編集室
月報6　丹羽文雄作品集4　昭和三二年五月一五日
高見順　ひとつの試論
→『高見順全集16』（昭和四六年一〇月　勁草書房）
丹羽文雄　一言
火野葦平　丹羽文雄の若さ
無記名　編集室
月報7　丹羽文雄作品集1　昭和三二年六月一五日
永井龍男　ある最初
田村泰次郎　丹羽文雄の風土
丹羽文雄　思い出
無記名　編集室
月報8　丹羽文雄作品集8　昭和三二年七月一五日
中村八朗　丹羽先生のこと
本多顕彰　「日々の背信」のテーマ
丹羽文雄　「日々の背信」を終って
無記名　編集室
月報9　丹羽文雄作品集別巻　昭和三二年八月一五日
源氏鶏太　丹羽さんと私
浦松佐美太郎　書くことは考えること
丹羽文雄　三作に就いて
編集部　丹羽文雄随筆・評論年表
無記名　編集室

丹羽文雄自選集　集英社　昭和四二年一〇月一五日
月報
石川利光　丹羽先生のこと
河野多恵子《ママ》　爽やかなお祖父さまぶり

丹羽文雄文学全集　講談社
月報1　丹羽文雄文学全集1　昭和四九年四月八日
尾崎一雄　崇顕寺
梶野豊三　「菩提樹」のころ
丹羽房雄　崇顕寺と兄、文雄
小泉譲　評伝　丹羽文雄（一）
＊月報28まで連載
→『評伝　丹羽文雄』（昭和五二年一二月　講談社）
月報2　丹羽文雄文学全集10　昭和四九年六月八日
瀬沼茂樹　葉書一枚—古い記憶から
古谷綱武　その選集の編者の思い出
三輪勇四郎　追憶
小泉譲　評伝　丹羽文雄（二）
月報3　丹羽文雄文学全集17　昭和四九年七月八日
石坂洋次郎　丹羽学校
河野多恵子　三大幸運の一つ
杉村信造　文雄さんと私
小泉譲　評伝　丹羽文雄（三）
月報4　丹羽文雄文学全集8　昭和四九年八月八日
新庄嘉章　文隆館時代
川口ひろ　戦前のこと

東見敬・　文雄さんの思い出
小泉譲　評伝　丹羽文雄（四）
月報5　丹羽文雄文学全集3　昭和四九年九月八日
川崎長太郎　丹羽君のこと
森竜吉　「倶会一処」
岡本時金　中学時代の丹羽文雄氏
小泉譲　評伝　丹羽文雄（五）
月報6　丹羽文雄文学全集12　昭和四九年一〇月八日
中谷孝雄　思い出すことなど
津村節子　四半世紀の無償の行為
相馬利雄　丹羽先生のこと
小泉譲　評伝　丹羽文雄（六）
月報7　丹羽文雄文学全集5　昭和四九年一一月八日
寺崎浩　観察家
今里広記　文学と人間と
鈴木真砂女　秋の暖炉
小泉譲　評伝　丹羽文雄（七）
月報8　丹羽文雄文学全集18　昭和四九年一二月八日
井上友一郎　堂々たる丹羽さん
芝木好子　丹羽先生の文学
小泉譲　評伝　丹羽文雄（八）
月報9　丹羽文雄文学全集6　昭和五〇年一月八日
水上勉　丹羽さんの寛容
辻井喬　丹羽先生のこと
小泉譲　評伝　丹羽文雄（九）
月報10　丹羽文雄文学全集23　昭和五〇年二月八日

源氏鶏太　丹羽さんと私
小田切秀雄　戦争下の検閲と丹羽文雄
小泉譲　評伝　丹羽文雄（十）
月報11　丹羽文雄文学全集16　昭和五〇年三月八日
近藤啓太郎　三十五年前の一光景
大久保房男　丹羽文雄論の勧め
→『文芸編集者はかく考える』（昭和六三年四月　紅書房）
小泉譲　評伝　丹羽文雄（十一）
月報12　丹羽文雄文学全集4　昭和五〇年四月八日
牧屋善三　丹羽さんと私
伊藤桂一　丹羽先生のこと
小泉譲　評伝　丹羽文雄（十二）
月報13　丹羽文雄文学全集13　昭和五〇年五月八日
立原正秋　無事の人
富島健夫　入門記
小泉譲　評伝　丹羽文雄（十三）
月報14　丹羽文雄文学全集24　昭和五〇年六月八日
小田嶽夫　雑談・丹羽文雄氏
松本鶴雄　ある感想
小泉譲　評伝　丹羽文雄（十四）
月報15　丹羽文雄文学全集15　昭和五〇年七月八日
澤野久雄　与えられたショック
窪田稲雄　「哭壁」とその時代
小泉譲　評伝　丹羽文雄（十五）
月報16　丹羽文雄文学全集25　昭和五〇年八月八日

耕治人　丹羽氏と平林さん
武田友寿　作家と宗教
小泉譲　評伝　丹羽文雄（十六）
月報17　丹羽文雄文学全集22　昭和五〇年九月八日
福田清人　丹羽さんの代役
佐木隆三　『恋文』再読
小泉譲　評伝　丹羽文雄（十七）
月報18　丹羽文雄文学全集7　昭和五〇年一〇月八日
和田芳恵　丹羽さんのあれこれ
↓『順番が来るまで』（昭和五三年一月二〇日　北洋社）
重松明久　歴史小説と親鸞
小泉譲　評伝　丹羽文雄（十八）
月報19　丹羽文雄文学全集9　昭和五〇年一一月八日
田宮虎彦　丹羽さんのこと
大河内昭爾　講演旅行の記
小泉譲　評伝　丹羽文雄（十九）
月報20　丹羽文雄文学全集11　昭和五〇年一二月八日
吉村昭　強靭な知性
上田三四二　女人生母
小泉譲　評伝　丹羽文雄（二十）
月報21　丹羽文雄文学全集2　昭和五一年一月八日
浦松佐美太郎　丹羽文雄の新しい境地
佐伯彰一　批評家・丹羽文雄
小泉譲　評伝　丹羽文雄（二十一）
月報22　丹羽文雄文学全集19　昭和五一年二月八日
青山光二　思い出すまま
村松定孝　印象そのおりおり
小泉譲　評伝　丹羽文雄（二十二）
月報23　丹羽文雄文学全集14　昭和五一年三月八日
井上靖　「海戦」讃
↓『作家点描』（昭和五六年二月　講談社）
『井上靖全集24』（平成九年七月　新潮社）
松原新一　人間の事実をめぐって
小泉譲　評伝　丹羽文雄（二十三）
月報24　丹羽文雄文学全集20　昭和五一年四月八日
後藤明生　散文家の目
中村脩吉　丹羽文雄と女性
八木毅　「闘魚」のころ
小泉譲　評伝　丹羽文雄（二十四）
月報25　丹羽文雄文学全集21　昭和五一年五月八日
森茉莉　贋ものでない可能性
福島保夫　戦時下のころ
小泉譲　評伝　丹羽文雄（二十五）
月報26　丹羽文雄文学全集26　昭和五一年六月八日
八木義徳　一冊の本から
竹西寛子　丹羽さんの選評
小泉譲　評伝　丹羽文雄（二十六）
月報27　丹羽文雄文学全集27　昭和五一年七月八日
新田次郎　不動の姿
尾崎秀樹　思い出のなかの「勤王届出」
小泉譲　評伝　丹羽文雄（二十七）
月報28　丹羽文雄文学全集28　昭和五一年八月八日

石川利光　二次、三次の全集を
中村八朗　断片
小泉譲　評伝　丹羽文雄（二十八）

ii　文学全集

武田麟太郎　丹羽文雄　『新日本文学全集9　武田麟太郎集』月報第7号　昭和一五年一一月一二日　改造社
無記名　刊行者より　『新日本文学全集』月報第7号　昭和一五年一一月一二日　改造社
中島健蔵　丹羽文雄の文学　『三代名作全集』月報第18号　昭和一七年一〇月二〇日　河出書房
無記名　編輯室から　『三代名作全集』月報第18号　昭和一七年一〇月二〇日　河出書房
無記名　丹羽文雄に就て　『三代名作全集』月報第19号　昭和一七年一二月一五日　河出書房
無記名　編輯室から　『三代名作全集』月報第19号　昭和一七年一二月一五日　河出書房
古谷綱武　交友での印象　『現代日本小説大系49』月報12　昭和二五年一月二〇日　河出書房
板垣直子　戦争文学の経緯　『現代日本小説大系59』月報50　昭和二七年四月一五日　河出書房
板垣直子　戦争文学の推移　『現代日本小説大系50』昭和二七年四月一五日　河出書房

『昭和文学全集46丹羽文雄・火野葦平集』月報46　昭和二九年一〇月一五日　角川書店
青野季吉　丹羽文雄
石川利光　丹羽先生の一断片
新庄嘉章　早高時代の丹羽文雄
無記名　主要研究書目・参考文献

『現代日本文学全集47丹羽文雄・舟橋聖一集』月報21　昭和二九年一一月二〇日　筑摩書房
尾崎一雄　丹羽文雄に関する昔話
広津和郎　稀なる長距離作家
吉田精一　研究書目・参考文献

『現代文学　丹羽文雄』月報「芸文」4　昭和三二年一月三〇日　芸文書院
寺崎浩　「丹羽文雄のこと」
＊他に小泉譲『八月の砂』の広告として、丹羽文雄「小泉君のこと」／中村八朗「小泉譲君の青春」／群仁次郎「小泉譲論」が掲載されている。

『現代国民文学全集10　丹羽文雄集』月報10　昭和三二年一〇月一五日　角川書店
新田次郎　先生の眼
近藤啓太郎　横顔
峰雪栄　先生の断面
瓜生卓三　丹羽先生のお洒落について
小泉譲　丹羽先生のこと
編集室より

『日本国民文学全集31　昭和名作集5』月報24　昭和三二年一

二月一五日　河出書房新社
村松剛　自意識のうた
吉田精一・三好行雄　主要研究書目年表
『新選現代日本文学全集13　丹羽文雄集』付録6　昭和三四年二月一五日　筑摩書房
井上友一郎　丹羽さんのこと
和田芳恵　丹羽文学の女性像
田宮虎彦　丹羽さんの周囲
村松定孝　丹羽文学私感
『日本文学全集43　丹羽文雄集』付録　昭和三五年三月二〇日　新潮社
田宮虎彦　京都で
石川利光　丹羽先生のこと―無類の文学愛好家
『日本現代文学全集87　丹羽文雄・火野葦平集』月報　昭和三七年四月一九日　講談社
伊藤桂一　伊勢びとのあたたかさ―丹羽先生の人と文学
新庄嘉章　丹羽文雄の太っ腹
『昭和文学全集14　丹羽文雄集』付録「丹羽文雄アルバム」　昭和三七年六月五日　角川書店
瀬戸内晴美　怖い人
富島健夫　師の一言
市川為雄　丹羽氏の上州旅行
林青梧　丹羽先生と私
丹羽文雄　写真解説
『現代の文学14　丹羽文雄集』月報6　昭和三八年一〇月五日　河出書房新社
尾崎一雄　昔ばなし
河野多恵子　偉大さの一端
『現代文学大系46　丹羽文雄集』月報15　昭和三九年九月一〇日　筑摩書房
永井龍男　ある最初
井上友一郎　丹羽理事長
水上勉　大きな掌
村松定孝　私の名作鑑賞―「柔媚の人」の昌と万里子
無記名　参考文献
『日本の文学55　丹羽文雄集』付録23　昭和四〇年一二月五日　中央公論社
丹羽文雄・浅見淵　丹羽文学の周辺
↓『対談日本の文学』（昭和五一年六月　筑摩書房）
谷崎潤一郎　丹羽文雄氏の『顔』をほめる
川端康成　こまやかに味わい深い労作
平野謙　『顔』における小説家魂
無記名　現代小説の流れ23―風俗小説について
『豪華版日本文学全集21　丹羽文雄集』しおり（18）　昭和四一年一一月三日　河出書房新社
丹羽文雄のことば―愛と人生と救い（小説からの抜粋）
『現代日本文学館37　丹羽文雄集』附録　昭和四三年九月一日　文芸春秋
無記名　丹羽文雄スケッチ
無記名　編集部だより
村松定孝　日本文学史の側面―海外での「菩提樹」論
『カラー版日本文学全集22』しおり22　昭和四三年一二月二〇

日　河出書房新社
　本多顕彰　丹羽文雄と親鸞

『カラー版日本文学全集27　丹羽文雄』しおり22　昭和四三年一二月二〇日　河出書房新社
　本多顕彰　丹羽文雄と親鸞
　三宅章太郎　次回配本
　竹谷富士雄　さしえについて

『グリーン版日本文学全集32　丹羽文雄』月報32　昭和四五年二月二〇日　河出書房新社
　水上勉　鈴鹿連峯
　後藤明生　初対面の錯覚

『現代日本の文学27　丹羽文雄集』月報17　昭和四五年六月一日　学習研究社
　浅見淵・丹羽文雄・新庄嘉章　青春を語る―早稲田の青春
　紅野敏郎　丹羽文雄主要参考文献
　涌田佑　丹羽文雄旅行ガイド―四日市文学散歩
　深川英雄　読者通信　描写＝一つの感想

『現代日本文学大系72　丹羽文雄・岡本かの子集』月報43　昭和四六年一月一四日　筑摩書房
　小田切進　丹羽文雄・岡本かの子研究案内
　河野多恵子　救いと励まし
　十返千鶴子　原稿の入った封筒

『新潮日本文学28　丹羽文雄集』月報31　昭和四六年三月一二日　新潮社
　丹羽文雄　中学生時代の作文―わが文学の揺籃期
　吉村昭　丹羽文雄氏の貌

『日本文学全集豪華版63　丹羽文雄集』月報18　昭和四七年七月八日　集英社
　井上靖　丹羽さんの色紙
　楢崎勤　丹羽さんのこと
　野村尚吾　二つの例外

『筑摩現代文学大系48　丹羽文雄集』月報53　昭和五二年七月一五日　筑摩書房
　無記名　参考文献

＊『現代文学大系46』（昭和三九年九月一〇日）月報15の増補改訂

『昭和文学全集11』月報15　昭和六三年三月一日　小学館
　森常治　学者を育てる―丹羽先生の知られざる側面

iii　内容見本・パンフレット

丹羽文雄作品集内容見本　竹村書房
　＊未見。平野謙が広告文を書く（平野謙「文学運動の流れのなかから」）

丹羽文雄作品集内容見本　角川書店　昭和三一年
　丹羽文雄　私の読者のために
　丹羽文雄作品集を読む人に（推薦文）
　　伊藤整（→伊藤整全集24）／浦松差美太郎／尾崎一雄／亀井勝一郎／川端康成／永井龍男
　無記名　編集室だより

十返肇　丹羽文雄文学入門
無記名　丹羽文雄略年譜
無記名　丹羽文雄研究書目・参考文献
丹羽文雄作品集広告　角川書店　昭和三一年一二月一日　読売
新聞広告
川端康成　人間会場
永井龍男　小説の蔵
丹羽文雄文学全集内容見本　講談社　昭和四九年二月
永井龍男　丹羽文雄素描
↓『ネクタイの幅』（昭和五〇年六月一六日　講談社）
編集部　刊行にあたって
丹羽文雄　著者の言葉
井上靖　文学の大河
↓『井上靖全集24』（平成九年七月一〇日　新潮社）
西脇順三郎　人間究明の文学
大谷光紹　待望久しい全集
田村泰次郎　丹羽さんの仕事
石川達三　丹羽全集推薦
瀬戸内晴美　海のような人
秋山駿　人生に親身な文学
無記名　丹羽文雄略年譜
『豹の女』付録　昭和二二年一〇月一九日　河出書房
＊附録「書きおろし長篇小説叢書月報　No.2　丹羽号」（昭和二二年一〇月一八日）
寺崎浩　豹の女／編輯室
日本敗れたりチラシ　昭和二四年一〇月一五日　銀座出版社
＊単行本『日本敗れたり』に封入されたもの。
後藤勇　読者のために（銀座出版社社長）
迫水久常　真実を語る勇気―『日本敗れたり』を読んで
清水幾太郎　待たれる続編
鈴木文史朗　骨も肉もある貴重な文献
辰野隆　興味津々の述作
「現代の文学14」広告　昭和三八年一〇月　河出書房新社
河野多恵子　丹羽作品の女性
瀬戸内晴美　女をみる眼
中谷博　丹羽文学の代表的最新作
新潮社版『親鸞』チラシ
井上靖　［親鸞］推薦文
↓『井上靖全集24』（平成九年七月一〇日　新潮社）
丹羽文雄記念室パンフレット　昭和五三年一一月　四日市市立
図書館
無記名　丹羽文雄記念室／展示品の一部（写真五葉）／無記
名　丹羽文雄年譜抄／無記名　展示品目録／ご協力いただい
た方々／思い出のアルバム（写真七葉）

iv　帯、カバーほか

河盛好蔵　戦後一級の作品『当世胸算用』カバー　昭和二五年四月二五日　中央公論社
河盛好蔵　帯文『蛇と鳩』昭和二八年三月一〇日　朝日新聞社
十返肇　帯文『朱乙家の人々』昭和二八年五月一五日　講談社
浦松佐美太郎　帯文『恋文』昭和二八年五月三〇日　朝日新聞社
亀井勝一郎　帯文『遮断機』昭和二八年七月一五日　東西文明社
亀井勝一郎　帯文『庖丁』昭和二九年九月一〇日　毎日新聞社
伊藤整　帯文『蛇と鳩』昭和三〇年七月二五日　講談社
広津和郎　推薦文『露の蝶』昭和三〇年八月二五日　雲井書店　カバーソデ
十返肇　愛の福音書『今朝の春』カバー　昭和三一年六月五日　角川書店
小泉譲　帯文『家庭の秘密』昭和三一年七月二五日　三笠書房
井上友一郎　重量ある交響曲『虹の約束』カバー　昭和三一年八月三〇日　角川小説新書
広津和郎　稀なる長距離作家『東京の女性』カバー　昭和三二年一月三〇日　角川書店
十返肇　人生に、なまに直面した手ごたえ『忘却の人』カバー　昭和三二年八月二〇日　角川書店
十返肇　帯文『運河　上』昭和三三年六月一五日　新潮社
谷崎潤一郎　帯文『顔』昭和三五年五月二〇日　毎日新聞社
＊毎日新聞　昭和三五年七月二十五日
川端康成　帯文『顔』昭和三五年五月二〇日　毎日新聞社
丹羽文雄　帯文『無慚無愧』昭和四五年四月二五日　文芸春秋
小林秀雄　帯文『仏にひかれて―わが心の形成史』昭和四六年一二月一五日　読売新聞社
大河内昭爾　帯文『人生有情―告白・わが半生の記』昭和四八年一一月三〇日　いんなあとりっぷ社
江藤淳　帯文『山肌　上』昭和五五年六月二〇日　新潮社
澤野久雄　帯文『山肌　下』昭和五五年六月二〇日　新潮社
川口松太郎　大作の完成『蓮如1』昭和五七年九月二〇日　中央公論社　帯
廣瀬杲　出会いの楽しみ『蓮如1』昭和五七年九月二〇日　中央公論社　帯　＊大谷大学学長
森川達也　帯文『蓮如3』昭和五七年一一月二〇日　中央公論社
河野多惠子　帯文『妻』昭和五七年一一月二四日　講談社
村松定孝　島木健作と丹羽文雄『島木健作全集5』月報7　昭和五六年九月　国書刊行会

Ⅵ　辞典類

小田切秀雄　丹羽文雄『現代日本文学辞典』昭和二四年七月二五日　河出書房
小田切秀雄　厭がらせの年令《ママ》『現代日本文学辞典　増訂版』昭和二六年七月三一日　河出書房
中村光夫　風俗小説『新潮社増補新訂日本文学大辞典』別巻昭和二七年四月一五日　新潮社
→『中村光夫全集8』（昭和四七年九月二五日　筑摩書房）
村松定孝　丹羽文雄『近代日本文学事典』昭和二九年五月三〇日　東京堂出版　559-561頁
無記名　丹羽文雄『縮刷　日本文学大辞典　全』昭和三〇年一月二〇日　新潮社
無記名　丹羽文雄『昭和人名辞典Ⅲ』昭和三一年六月一日　中央探偵社　688頁
無記名　丹羽文雄『昭和人名辞典Ⅱ　1』（第九版）昭和三一年九月一日　中央探偵社　618頁
石上堅　丹羽文雄『総合編年　近代文学事典』昭和三三年一〇月一日　一歩社書店　242頁
石上堅　贅肉『総合編年　近代文学事典』246頁
石上堅　風俗小説『総合編年　近代文学事典』272-273頁
石上堅　海戦『総合編年　近代文学事典』303頁
石上堅　厭がらせの年齢『総合編年　近代文学事典』323頁
石上堅　哭壁『総合編年　近代文学事典』328-330頁
村松定孝　鮎『日本文学鑑賞事典　近代編』昭和三五年六月三〇日　東京堂出版　30-31頁
村松定孝　厭がらせの年齢『日本文学鑑賞事典　近代編』75-76頁
村松定孝　遮断機『日本文学鑑賞事典　近代編』323-325頁
村松定孝　菩提樹『日本文学鑑賞事典　近代編』642-643頁
浅見淵　丹羽文雄『現代日本文学大事典』昭和四〇年一一月三〇日　明治書院
無記名　丹羽文雄『新潮日本文学小辞典』昭和四三年一月二〇日　新潮社
村松定孝　厭がらせの年齢『大日本百科事典2』昭和四三年三月五日　小学館　295頁
浅見淵　丹羽文雄『増訂縮刷版　現代日本文学大事典』昭和四三年七月五日　明治書院
村松定孝　丹羽文雄『大日本百科事典14』昭和四五年九月一五日　小学館　174頁
長谷川泉　丹羽文雄『世界大百科事典23』昭和四七年四月二五日　平凡社　497頁
松本鶴雄　丹羽文雄『小学館万有百科大事典』昭和四八年八月一〇日　小学館　458-459頁
松本鶴雄　親鸞『小学館万有百科大事典』459頁
松本鶴雄　顔『小学館万有百科大事典』459頁
日沼倫太郎　丹羽文雄『ビクトリア現代新百科9』昭和四八年九月一〇日　学習研究社　401頁
無記名　丹羽文雄『コンサイス日本人名辞典』昭和五一年三

月二〇日　三省堂
小田切秀雄　丹羽文雄『現代日本朝日人物事典』昭和五二年三月一日　朝日新聞社　991頁
廣島一雄　丹羽文雄『世界文学シリーズ　日本文学案内　近代篇』昭和五二年九月一日　朝日出版　138-139頁
野村尚吾　丹羽文雄『日本近代文学大事典3』昭和五二年一一月一八日　講談社　21-22頁
暉峻康隆　近代文学と西鶴『日本近代文学大事典4』昭和五二年一一月一八日　講談社　91-92頁
松原新一　近代文学と仏教『日本近代文学大事典4』116-118頁
紅野敏郎　出版社（昭和）『日本近代文学大事典4』202-206頁
佐々木基一　昭和期の文学『日本近代文学大事典4』213-218頁
玉井乾介　新聞小説『日本近代文学大事典4』242-244頁　＊新聞小説作法
小田切秀雄　戦争文学『日本近代文学大事典4』260-262頁　＊還らぬ中隊
瀬沼茂樹　中間小説『日本近代文学大事典4』282-284頁
寺田透　日本近代文学とバルザック『日本近代文学大事典4』364-365頁
高村勝治　日本近代文学とヘミングウェイ『日本近代文学大事典4』373-374頁
水谷昭夫　日本文芸家協会『日本近代文学大事典4』418-419頁
堀江信男　オール読物『日本近代文学大事典5』昭和五二年一一月一八日　講談社　40頁
紅野敏郎　改造『日本近代文学大事典5』63-65頁　＊象形文字・厭がらせの年齢
紅野敏郎　改造文芸『日本近代文学大事典5』64頁
紅野敏郎　群像『日本近代文学大事典5』81-83頁　＊哭壁
野口冨士男　現代文学『日本近代文学大事典5』98頁
渡部芳紀　思索『日本近代文学大事典5』138頁　＊有天無天
高橋新太郎　週刊読売『日本近代文学大事典5』156-157頁　＊菩提樹
保昌正夫　小説『日本近代文学大事典5』165頁
山敷和男　小説界『日本近代文学大事典5』165頁　＊私説金瓶梅
和田繁次郎　小説新潮『日本近代文学大事典5』166-167頁　＊女靴
堀江信男　小説中央公論『日本近代文学大事典5』167-168頁
橋爪静子　女性『日本近代文学大事典5』177頁
橋爪静子　新女苑『日本近代文学大事典5』196頁　＊藍染めて
保昌正夫　新生『日本近代文学大事典5』198-199頁　＊鬼子母神界隈
保昌正夫　新正統派『日本近代文学大事典5』199頁　＊朗らかな、ある最初
北島秀明　新風『日本近代文学大事典5』206頁　＊丹羽文雄論
曾根博義　新文学『日本近代文学大事典5』208頁
岡本卓治　世紀『日本近代文学大事典5』219頁

高橋新太郎　大和　『日本近代文学大事典5』　247頁　＊最初の頁
友野代三　中央公論　『日本近代文学大事典5』　262-264頁
和田芳恵　東京新聞　『日本近代文学大事典5』　284-285頁　＊渇き
千葉俊二　日本　『日本近代文学大事典5』　302頁　＊染められた感情
井口一男　日本小説　『日本近代文学大事典5』　310頁　＊人間模様（人間図）
小野寺凡　光　『日本近代文学大事典5』　334頁
磯貝勝太郎　日の出　『日本近代文学大事典5』　337-338頁　＊おもかげ
唐井清六　風報　『日本近代文学大事典5』　346-347頁
小田切進　文学界　『日本近代文学大事典5』　362-364頁　＊爬虫類
紅野敏郎　文学行動　『日本近代文学大事典5』　365頁
野口冨士男　文学者　『日本近代文学大事典5』　367頁　＊面上の唾
村松定孝　文学者　『日本近代文学大事典5』　367頁
角田旅人　文学生活　『日本近代文学大事典5』　367-368頁
野口冨士男　文芸　『日本近代文学大事典5』　371-372頁　＊太宗寺附近
和田芳恵　文芸　『日本近代文学大事典5』　373-374頁
保昌正夫　文芸春秋　『日本近代文学大事典5』　381-383頁　＊守礼の門
保昌正夫　文芸城　『日本近代文学大事典5』　383頁　＊或る生活の人々
安藤靖彦　文芸汎論　『日本近代文学大事典5』　387頁
千葉俊二　文壇　『日本近代文学大事典5』　396頁
上田正行　文明　『日本近代文学大事典5』　397頁
野村尚吾　毎日新聞　『日本近代文学大事典5』　409-411頁　＊日日の背信
佐々木雅発　街　『日本近代文学大事典5』　412-413頁
庄野誠一　三田文学　『日本近代文学大事典5』　416-419頁
山田有策　読売評論　『日本近代文学大事典5』　443-444頁
笠井秋生　歴史小説　『日本近代文学大事典5』　450頁　＊序章
小田切秀雄　丹羽文雄『中年』―発売禁止主要書目改題　『日本近代文学大事典6』昭和五三年三月一五日　講談社　216頁
村松定孝　丹羽文雄　『国民百科事典10』　昭和五三年三月二〇日　平凡社　463頁
東郷克美　丹羽文雄　『近代日本文学小事典』　昭和五六年二月二〇日　有斐閣　193頁
大河内昭爾　丹羽文雄　『現代作家事典　新版』　昭和五七年七月五日　東京堂出版
井口一男　厭がらせの年齢　『日本文学事典』　昭和五七年九月二〇日　平凡社　27頁
井口一男　親鸞　『日本文学事典』　平凡社　214頁
村松定孝　丹羽文雄　『日本文学事典』　平凡社　297頁
日沼倫太郎　丹羽文雄　『グランド現代百科事典23改訂版』　昭和五八年六月一日　学習研究社　23頁
松本鶴雄　丹羽文雄　『近代作家研究事典』　昭和五八年六月三〇日　桜楓社　308-310頁

巖谷大四　丹羽文雄　『20世紀　WHO'S　WHO　現代人物事典』昭和六一年一一月一〇日　旺文社　798頁

無記名　丹羽文雄　『日本文学史辞典』昭和六二年二月二五日　角川書店

松本鶴雄　丹羽文雄　『大日本百科全書18』昭和六二年一一月一〇日　小学館　164頁

松本鶴雄　厭がらせの年齢　『大日本百科全書2』昭和六二年一一月一〇日　小学館　616頁

松本鶴雄　親鸞　『大日本百科全書12』昭和六二年一一月一〇日　小学館　710頁

浅見淵　丹羽文雄　『増補改訂新潮日本文学辞典』昭和六三年一月二〇日　新潮社　964-966頁

無記名　丹羽文雄　『コンサイス日本人名辞典』平成二年四月一五日　三省堂

松本鶴雄　丹羽文雄　『現代日本朝日人物事典』平成二年一二月一〇日　朝日新聞社

無記名　丹羽文雄　『作家・小説家人名事典』平成二年一二月二〇日　日外アソシエーツ　446頁

無記名　丹羽文雄　『新潮日本人名事典』平成三年三月五日　新潮社　1331頁

松本鶴雄　丹羽文雄　『明治大正昭和作家研究大事典』平成四年九月三〇日　桜楓社　436-437頁

矢野貫一　小説修業　『近代戦争文学事典1』平成四年一一月二五日　和泉書院　172頁

矢野貫一　ソロモン海戦従軍記　『近代戦争文学事典1』　180頁

＊サンデー毎日掲載

矢野貫一　ソロモン海戦従軍記　『近代戦争文学事典1』　184頁

＊キング掲載

矢野貫一　報道班員の手記　『近代戦争文学事典1』　184頁　＊初出

矢野貫一　報道班員の手記　『近代戦争文学事典1』　201頁　＊単行本

山根和子　丹羽文雄　『日本児童文学大事典2』平成五年一〇月三一日　大日本図書　51頁

無記名　丹羽文雄　『コンサイス日本人名辞典』平成五年一二月一〇日　三省堂

大河内昭爾　丹羽文雄　『日本現代文学大事典　人名・事項篇』平成六年　明治書院　264頁

矢野貫一　還らぬ中隊　『近代戦争文学事典4』平成七年七月一〇日　和泉書院　90-91頁　＊初出

矢野貫一　還らぬ中隊　『近代戦争文学事典4』　92-93頁　＊続編

矢野貫一　還らぬ中隊　『近代戦争文学事典4』　96-97頁　＊単行本

無記名　丹羽文雄　『新版　角川日本史辞典』平成八年一一月二〇日　角川書店　828頁

無記名　丹羽文雄　『時代別日本文学史事典　現代篇』平成九年五月二〇日　東京堂出版

山名美和子　青麦　『新版ポケット日本名作事典』平成一二年三月二四日　平凡社　20頁

安宅夏夫　厭がらせの年齢　『新版ポケット日本名作事典』平成一二年三月二四日　平凡社　52-53頁

無記名　丹羽文雄『新版ポケット日本名作事典』平成一二年三月二四日　平凡社　463頁
大路和子　蓮如『歴史時代小説事典』平成一二年九月二五日　実業之日本社　278-279頁
大路和子　丹羽文雄『歴史時代小説事典』424-425頁
無記名　丹羽文雄『コンサイス日本人名辞典』平成一三年九月一〇日　三省堂　1014頁
無記名　丹羽文雄『日本人名大事典』平成一三年一二月六日　講談社　1445頁
井上明芳　丹羽文雄「厭がらせの年齢」『現代文学鑑賞事典』平成一四年三月二五日　東京堂出版
無記名　丹羽文雄『新訂　作家・小説家人名事典』平成一四年一一月三〇日　日外アソシエーツ　566頁
無記名　丹羽文雄『人物素描事典』平成一四年一一月三〇日　大空社　381頁
荒井真理亜　丹羽文雄『紀伊半島近代文学事典』平成一四年一二月二〇日　和泉書院　174-178頁
大河内昭爾　鮎『日本現代小説大事典』平成一六年七月一〇日　明治書院　43頁
無記名　丹羽文雄『20世紀日本人名事典　そ～わ』平成一六年七月二六日　日外アソシエーツ　1924頁
大河内昭爾　一路『日本現代小説大事典』平成一六年七月一〇日　明治書院　78頁
大河内昭爾　厭がらせの年齢『日本現代小説大事典』89頁
大河内昭爾　親鸞『日本現代小説大事典』538頁
大河内昭爾　丹羽文雄『日本現代小説大事典』1314-1315頁
宮辺尚　強力伝『新田次郎文学事典』平成一七年二月一五日　新人物往来社　＊丹羽の序文を引用
矢野貫一　海戦『近代戦争文学事典9』平成一七年一一月二五日　和泉書院　196-197頁　＊初出
矢野貫一　海戦『近代戦争文学事典9』205-211頁　＊単行本
矢野貫一　海戦『近代戦争文学事典9』402頁　＊文庫本
矢野貫一　現代日本小説大系第五十九巻『近代戦争文学事典9』293-295頁
矢野貫一　戦争文学全集2『近代戦争文学事典9』340頁
矢野貫一　書翰の人『近代戦争文学事典9』357頁
浦西和彦　丹羽文雄『四国近代文学事典』平成一八年一二月一五日　和泉書院　327頁　＊南国抄
矢野貫一　ソロモン海戦『近代戦争文学事典10』平成二〇年六月一〇日　和泉書院　194-196頁
無記名　厭がらせの年齢　丹羽文雄『知らないと恥ずかしい日本の名作あらすじ200本』平成二〇年一二月一九日　宝島社文庫　134頁
出原隆俊　丹羽文雄『滋賀近代文学事典』平成二〇年一一月二〇日　和泉書院　265-266頁　＊親鸞とその妻
矢野貫一　十勇士に応ふ『近代戦争文学事典11』平成二二年六月二五日　和泉書院　215-216頁
矢野貫一　少国民版ソロモン海戦『近代戦争文学事典11』217頁

Ⅶ　年譜・参考文献

i　単行本

四日市市立図書館丹羽文雄記念室編　丹羽文雄記念室展示品目録　平成元年三月現在（平成元年三月三一日　四日市市立図書館丹羽文雄記念室）　41頁

四日市市立図書館丹羽文雄記念室編　丹羽文雄著作目録（平成九年一〇月一〇日　四日市市立図書館）　89頁
＊四日市市立図書館丹羽文雄記念室所蔵の単行本に収録された作品を、五〇音順に配列した目録。

ii　個人全集・選集

古谷綱武　第一巻作品年譜　『丹羽文雄選集1』昭和一四年四月二〇日　286頁

古谷綱武　著書総目録　『丹羽文雄選集1』昭和一四年四月二〇日　308-309頁

古谷綱武　著書収録作品一覧　『丹羽文雄選集1』昭和一四年四月二〇日　310-314頁

古谷綱武　収録作品年譜　『丹羽文雄選集2』昭和一四年五月二〇日　303頁

古谷綱武　文学的略歴　『丹羽文雄選集2』昭和一四年五月二〇日　317-322頁　＊～昭和13年。

古谷綱武　収録作品年譜　『丹羽文雄選集3』昭和一四年六月二〇日　312頁

古谷綱武　執筆総年譜　『丹羽文雄選集3』昭和一四年六月二〇日　331-348頁

古谷綱武　収録作品年譜　『丹羽文雄選集4』昭和一四年七月二〇日　289頁

古谷綱武　収録作品年譜　『丹羽文雄選集5』昭和一四年八月二〇日　251頁

古谷綱武　作品年譜　『丹羽文雄選集5』昭和一四年八月二〇日　261-264頁
＊単行本収録作品を採録。

古谷綱武　収録作品年譜　『丹羽文雄選集6』昭和一四年九月二〇日　272頁

古谷綱武　丹羽文雄対照年譜　『丹羽文雄選集6』昭和一四年九月二〇日　284-295頁
＊誕生からの年譜と一般（文学史）との対照年譜（～昭和13年）。

編集部　丹羽文雄随筆・評論年表　『丹羽文雄作品集　別巻』月報9　昭和三二年八月一五日

編集部　年譜　『丹羽文雄作品集　別巻』昭和三二年八月一五日　369-385頁

小泉譲　年譜・著作目録（小説）『丹羽文雄文学全集28』昭和

五一年八月八日　講談社　421-462頁
小泉譲　著書目録（小説）『丹羽文雄文学全集28』昭和五一年八月八日　講談社　463-500頁
小泉譲　著作目録（随筆・評論）『丹羽文雄文学全集28』昭和五一年八月八日　講談社　501-534頁
小泉譲　著書目録（随筆・評論）『丹羽文雄文学全集28』昭和五一年八月八日　講談社　535-537頁
清水邦行　略年譜・主要作品一覧『丹羽文雄の短篇30選』昭和五九年一一月二二日　角川書店　773-790頁
清水邦行　全集・選集（目録）『丹羽文雄の短篇30選』昭和五九年一一月二二日　角川書店　791-792頁

iii　文学全集ほか

無記名　主要研究書目・参考文献『昭和文学全集46』月報46　昭和二九年一〇月一五日　角川書店
吉田精一　研究書目・参考文献『現代日本文学全集47』月報21　昭和二九年一一月二〇日　筑摩書房
村松定孝　丹羽文雄年譜・参考文献『作家論シリーズ　丹羽文雄』昭和三二年七月二八日　東京ライフ社
無記名　丹羽文雄略年譜『丹羽文雄作品集内容見本』昭和三一年　角川書店
無記名　丹羽文雄研究書目・参考文献『丹羽文雄作品集内容見本』昭和三一年　角川書店
十返肇　年譜『現代国民文学全集』昭和三二年一〇月一五日　角川書店　449-454頁
吉田精一・三好行雄　主要研究書目年表『日本国民文学全集31　昭和名作集5』月報24　昭和三一年一二月一五日　河出書房新社
無記名　年譜『日本文学全集43』昭和三五年三月二〇日　新潮社　539-549頁
無記名　著者紹介『長編小説全集9　丹羽文雄集』昭和三六年一一月二一日　講談社
無記名　参考文献目録　丹羽文雄『鑑賞と研究　現代日本文学講座7』昭和三七年二月二〇日　三省堂　354-356頁
久保田芳太郎・中村完　丹羽文雄年譜『日本現代文学全集87』昭和三七年四月一九日　講談社　463-469頁　＊～昭和36年
久保田芳太郎・中村完　丹羽文雄参考文献『日本現代文学全集87』昭和三七年四月一九日　講談社　477頁
久保田芳太郎、中村完　年譜『サファイア版昭和文学全集14』昭和三七年六月五日　角川書店　440-448頁
編集部　年譜『現代の文学14』昭和三八年一〇月五日　河出書房新社　575-580頁
小泉譲　年譜『現代文学大系46』昭和三九年九月一〇日　筑摩書房　478-485頁
小泉譲　丹羽文雄年譜『日本の文学55』昭和四〇年一二月五日　中央公論社　539-549頁
無記名　著者紹介『現代文学14　悔いなき煩悩』昭和四一年四月二五日　東都書房
瀬沼茂樹　年譜『豪華版日本文学全集19』昭和四一年一一月

三日　河出書房新社　417-422頁
小田切進　丹羽文雄年表『日本文学全集63』昭和四二年一月一二日　集英社　434-440頁
無記名　年譜『日本文学全集30丹羽文雄集』昭和四二年九月一五日　新潮社　539-551頁
瀬沼茂樹　丹羽文雄年譜『現代日本文学館37』昭和四三年九月一日　文芸春秋　446-454頁
瀬沼茂樹　年譜『カラー版日本文学全集22』昭和四三年一二月二〇日　河出書房新社　358-363頁　*～昭和43年。
無記名　丹羽文雄略年譜『現代長編文学全集16　丹羽文雄集』昭和四四年二月六日　講談社　395-396頁
久保田芳太郎・中村完　丹羽文雄年譜『豪華版　日本現代文学全集33　丹羽文雄・井上靖集』昭和四四年一月三〇日　講談社　544-550頁
久保田芳太郎・中村完　丹羽文雄参考文献『豪華版　日本現代文学全集33　丹羽文雄・井上靖集』昭和四四年一月三〇日　講談社　556頁
松本鶴雄　丹羽文雄略年譜『丹羽文雄の世界』昭和四四年四月一六日　講談社　259-272頁
無記名　年譜『日本文学全集22丹羽文雄集』昭和四四年一〇月三〇日　新潮社　539-551頁
無記名　丹羽文雄年譜『グリーン版日本文学全集32』昭和四五年二月二〇日　河出書房新社　415-425頁
紅野敏郎　丹羽文雄主要参考文献『現代日本の文学27』月報17　昭和四五年六月一日　学習研究社
編集部　年譜『現代日本の文学27』昭和四五年六月一日　学習研究社　445-448頁
清水信　丹羽文雄論・資料『芸術三重』2号　昭和四五年一二月一日　58-59頁
伍藤信綱　丹羽文雄・研究文献『芸術三重』2号　昭和四五年一二月一日　60-61頁
清水信　丹羽文雄略年譜『芸術三重』2号　昭和四五年一二月一日　62-64頁
久保田芳太郎・中村完　丹羽文雄年譜『現代日本文学大系72』昭和四六年一月一四日　筑摩書房　427-431頁
久保田芳太郎・中村完　著作目録『現代日本文学大系72』昭和四六年一月一四日　筑摩書房　436-437頁
無記名　年譜『新潮日本文学28』昭和四六年三月一二日　新潮社　557-567頁
久保田芳太郎・中村完　丹羽文雄年譜『一路』昭和四六年七月一日　講談社文庫
小田切進　年譜『日本文学全集63』昭和四七年七月八日　集英社　438-448頁
中野恵海　丹羽文雄年譜『近代文学と宗教―丹羽文雄と親鸞など』昭和四七年一二月一〇日　桜楓社
小泉譲　丹羽文雄年譜『アイボリーバックス日本の文学55』昭和四八年一一月二〇日　中央公論社　539-551頁
無記名　丹羽文雄略年譜「丹羽文雄文学全集内容見本」昭和四九年二月
久保田芳太郎・中村完　丹羽文雄年譜『昭和国民文学全集26』昭和四九年四月二五日　筑摩書房　451-454頁
無記名　参考文献『筑摩現代文学大系48丹羽文雄集』月報53

昭和五二年七月一五日　筑摩書房
＊『現代文学大系46』（昭和三九年九月一〇日）月報15の増補改訂。

小泉譲　年譜　『筑摩現代文学大系48丹羽文雄集』　昭和五二年七月一五日　筑摩書房　478-488頁
＊『現代文学大系46』（昭和三九年九月一〇日）の増補改訂。

無記名　年譜　『白い椅子』　昭和五三年四月一五日　講談社文庫　733-741頁

編集部　年譜　『新潮現代文学10　魂の試される時』　昭和五五年二月一五日　新潮社　441-445頁

久保田芳太郎　丹羽文雄参考文献　増補　『日本現代文学全集増補改定版87』　昭和五五年五月二六日　講談社

久保田芳太郎　丹羽文雄年譜　増補　『日本現代文学全集増補改定版87』　昭和五五年五月二六日　講談社　479-480頁　＊昭和37～52年

福島保夫　参考資料一覧　『柘榴の木の下で―私の中の丹羽文雄』　昭和六〇年一一月一五日　栄光出版社

清水邦行　丹羽文雄年譜　『昭和文学全集11』　昭和六三年三月一日　小学館　1082-1087頁

無記名　丹羽文雄著作年譜　『丹羽文雄と「文学者」』　平成一一年九月九日　東京都近代文学博物館　28-36頁

無記名　丹羽文雄年表　『「ひと我を非情の作家と呼ぶ」　文豪丹羽文雄　その人と文学』　平成一三年二月二二日　四日市市立博物館

丹羽文雄記念室　「丹羽文雄の生い立ちとその作品」　平成一七年　丹羽文雄記念室

中島国彦　著書目録　『鮎　母の日　妻　丹羽文雄短篇集』　平成一八年一月一〇日　講談社文芸文庫

秦昌弘　丹羽文雄略年譜　『母、そしてふるさと　丹羽文雄作品集』　平成一八年四月二三日　四日市市立博物館　162-169頁

岡本和宜　丹羽文雄研究史　『丹羽文雄と田村泰次郎』　平成一八年一〇月二五日　学術出版会　351-365頁

秦昌弘　丹羽文雄年譜　『丹羽文雄と田村泰次郎』　平成一八年一〇月二五日　学術出版会　375-385頁

無記名　丹羽文雄略年譜　『丹羽文雄作品選』　平成一九年三月九日　四日市市民文化部市民文化課　74-81頁

かわじもとたか　丹羽文雄　『古書目録にみた序文検索』　平成二二年一〇月二五日　杉並けやき出版　366-367頁

iv　雑誌

小泉譲　丹羽文雄著作目録　「文学者」16巻7号～17巻1号　昭和四八年七月一〇日～昭和四九年一月一〇日　7回

小泉譲　丹羽文雄著作目録　付記　「文学者」17巻1号　昭和四九年一月一〇日　73-75頁
＊「随筆・エッセイ集」、「文庫本目録」。

深井人詩　丹羽文雄参考書誌―「丹羽文雄展」に関連して　「早稲田大学図書館紀要」28号　昭和六二年一二月一五日　140-160頁

Ⅷ 書誌

i 研究書

中津原睦三『出版内容見本書誌』昭和四六年　佐藤典雅発行（私家版）

福島鋳郎『戦後雑誌発掘―焦土の精神』昭和四七年八月三〇日　日本エディタースクール出版部

紅野敏郎・栗坪良樹・保昌正夫・小野寺凡『展望戦後雑誌』昭和五二年六月一五日　河出書房新社

中津原睦三『出版内容見本書誌　第2集』昭和五二年一一月　佐藤典雅発行（私家版）

成瀬露子『一人書房』昭和六二年二月二八日　成瀬書房

高木健夫『新聞小説史年表』昭和六二年五月三〇日　国書刊行会

紅野敏郎『近代日本文学誌』昭和六三年一〇月二一日　早稲田大学出版部

桑原宏『豆本への招待』平成六年六月二〇日　未来工房

福島保夫『書肆「新生社」史』平成六年一二月二〇日　武蔵野書房

紅野敏郎『文芸誌譚』平成一二年一月二一日　雄松堂書店

大屋幸世『日本近代文学書誌目録抄』平成一八年三月二四日　日本古書通信社

井川充雄『戦後新興紙とGHQ―新聞用紙をめぐる攻防』平成二〇年一一月五日　世界思想社

田坂憲二『文学全集の黄金時代　河出書房の1960年代』平成二〇年一一月九日　和泉書院

大屋幸世『近代日本文学書の書誌・細目八つ』平成二一年二月二〇日　日本古書通信社

ii 雑誌総目次ほか

『改造目次総覧』全3巻　昭和四一年一二月一二日～四三年九月一五日　新訳書房

小田切秀雄編『現代日本文芸総覧』全3巻補巻1　昭和四四年一一月三一日　明治文献

『改造執筆者索引』昭和四七年六月一五日　新訳書房

慶応義塾三田文学編『三田文学総目次』昭和五一年七月二六日　講談社

『文芸春秋総目次』昭和五一年七月二六日　講談社

『中央公論総目次』昭和五一年七月二六日　講談社

『文芸首都総目次』昭和五二年六月一八日　文芸首都総目次編集会

東京大学社会科学研究所編『戦後雑誌目次総覧　政治・経済・社会　1945年8月-1949年12月』全2巻　昭和五四年三月三一日　東京大学出版会

『春陽堂書店　発行図書総目録（1879年～1988年）』平

成三年六月三〇日　春陽堂書店
小田切進編『文芸通信総目次・執筆者索引』平成四年五月　日本近代文学館
『鎌倉文庫と文芸雑誌「人間」』平成五年三月二五日　大空社
『角川書店図書目録　S20-50年』平成七年一〇月二七日　角川書店
『新潮社100年図書総目録』平成八年一〇月一〇日　新潮社
『新潮文庫図書総目録　1914-2000』平成八年一〇月一〇日　新潮社
『戦前期四大婦人雑誌目次集成Ⅰ婦人公論』全10巻　平成一四年三月二五日　ゆまに書房
『戦前期四大婦人雑誌目次集成Ⅱ主婦之友』全7巻　平成一五年七月一八日　ゆまに書房
『戦前期四大婦人雑誌目次集成Ⅲ婦人画報』全10巻　平成一六年八月二四日　ゆまに書房
『文芸雑誌小説初出総覧　1945-1980』平成一七年七月二五日　紀伊国屋書店
『筑摩書房図書総目録　1940-1990』平成一八年一月二〇日　筑摩書房
『戦前期四大婦人雑誌目次集成Ⅳ婦人倶楽部』全10巻　平成一八年三月二二日　ゆまに書房
山川恭子編『戦前期『週刊朝日』総目次』全3巻　平成一八年五月二五日　ゆまに書房
『文芸雑誌小説初出総覧　1981-2005』平成一八年七月二五日　紀伊国屋書店
勝又浩監修『文芸雑誌内容細目総覧』平成一八年一一月二七日　日外アソシエーツ
山川恭子編『戦前期『サンデー毎日』総目次』平成一九年三月二三日　ゆまに書房
『文芸雑誌小説初出総覧　作品名篇』平成一九年七月二五日　紀伊国屋書店

iii　雑誌掲載論文

森英一『北国新聞』文芸関係記事年表稿（昭和篇）「金沢大学教育学部紀要（人文科学・社会科学編）」31～58号　昭和五九年二月～平成一九年二月　9回
大屋幸世　戦後文化・文芸雑誌細目総覧「鶴見大学紀要　国語国文学篇」24～31号　昭和六二年三月～平成六年三月　5回
勝又浩「都新聞」・「東京新聞」（昭和十年代）文芸欄署名記事一覧「昭和文学研究」19～34号　平成元年七月～九年二月　9回
谷口優美「夕刊新大阪」新聞細目「千里山文学論集」46～53号　平成三年八月～七年三月　5回
向川幹雄、前田貞昭、斉藤祥文、清水昌子、瀬尾紀子、福田愛子、宮城達夫　大阪朝日新聞文芸関係記事調査報告（1939年）・（1940年）「兵庫教育大学研究紀要第二分冊」14号　平成六年二月
中西由紀子『月刊西日本』総目次「叙説」2号　平成一五年八月

増田周子「「銀座百点」細目」『関西大学文学論集』54巻1～2号　平成一六年七～一〇月　2回
張允馨『小説公園』総目次「叙説」3～4号　平成一九年八月～二〇年八月　2回
小田光雄　石塚友二と沙羅書店『古本探究2』平成二一年八月二〇日　論創社　54-64頁
小田光雄　尾崎士郎と竹村書房『古本探究2』平成二一年八月二〇日　論創社　81-90頁

iv　社史ほか

野口冨士男『日本ペンクラブ三十年史』昭和六二年三月三一日　日本ペンクラブ
『講談社の歩んだ五十年　昭和篇』昭和三四年一〇月二〇日　講談社
『講談社の80年』平成二年七月二〇日　講談社
『中央公論の80年』昭和四〇年一〇月一八日　中央公論社
『文芸春秋三十五年史稿』昭和三四年四月八日　文芸春秋新社
『文芸春秋70年史』平成三年一二月五日　文芸春秋
『秋田魁新報百年史』平成七年二月二日　秋田魁新報社
『朝日新聞百年史』平成七年七月二五日　朝日新聞社
『京都新聞百二十年史』平成一二年一〇月　京都新聞社
『熊日四十年史』昭和五七年一〇月一日　熊本日日新聞社
『熊日50年史』平成四年一〇月一日　熊本日日新聞社
『高知新聞百年史』（資料集　資料・年表）平成一六年一二月二〇日　高知新聞社
『神戸新聞100年史』昭和四七年一二月一日　神戸新聞社
『佐賀新聞百年史』昭和五九年一〇月　佐賀新聞社
『山陽新聞百三十年史』平成二一年五月二五日　山陽新聞社
『時事通信社50年史』平成七年一一月一日　時事通信社
『上毛新聞百年史』昭和六二年年五月一日　上毛新聞社
『中日新聞三十年史』昭和四七年一二月一日　中日新聞社
『激動を伝えて一世紀―長崎新聞社史』平成一三年九月五日　長崎新聞社
『新潟日報50年史』平成四年一一月一日　新潟日報
『西日本新聞百十年史』昭和六三年一〇月　西日本新聞社
『日本経済新聞社百年史』昭和五一年一二月二日　日本経済新聞社
『北の大地にきざむ―北海道新聞60年史』平成一五年五月三一日　北海道新聞社
『毎日新聞の40年』平成三年九月一日　毎日新聞社
土方正巳『都新聞史』平成三年一一月二五日　日本図書センター
『読売新聞百年史』昭和五三年三月三一日　読売新聞社
『琉球新報百年史』平成五年九月一五日　琉球新報社
『早稲田大学百史』昭和四七年　早稲田大学
『宝塚80年史』平成六年九月九日
『朝日放送の50年』平成一二年三月三一日　朝日放送
『関西テレビ放送10年史』昭和四三年一二月一日　関西テレビ
『TBS50年史　資料編』平成一四年一月　東京放送
『テレビ朝日社史』昭和五九年二月一日　テレビ朝日

『東京放送の歩み』昭和四〇年五月一六日　東京放送
『日本テレビ　大衆とともに25年』昭和五三年八月二八日　日本テレビ
『毎日放送の40年』平成三年九月一日　毎日放送
『よみうりテレビの20年　写真と証言』昭和五四年七月　読売テレビ放送

v　映画・ドラマ目録

飯尾肇『テレビドラマ全史　1953-1994』平成五年　東京ニュース通信社
細谷勝雄『日本映画索引』平成五年五月　創栄出版
日本映画史研究会『日本映画作品辞典　戦前篇』平成八年五月二五日　科学書院
日本映画史研究会『日本映画作品辞典　戦後篇』平成一〇年　科学書院
AVエクスプレス編『日本映画大全集　増補改訂版』平成一五年一月　メタモル出版
江藤茂博『映画・テレビドラマ原作文芸データブック』平成一七年一月二〇日　勉誠出版
スティングレイ・日外アソシエーツ編『日本映画原作事典』平成一八年一月二〇日　日外アソシエーツ

vi　翻訳目録

日本ペンクラブ編『近代日本文学翻訳書目』一九七九年（昭和五四年）講談社インターナショナル
実藤恵秀監修『中国訳日本書綜合目録』一九八〇年（昭和五五年）中文大學出版社
『韓國世界文學文獻書誌目錄總覽』一九九二年（平成四年）檀國大學校出版部
黒古一夫監修、康東元著『日本近・現代文学の中国語訳総覧』平成一八年一月二〇日　勉誠出版
Japanese Literature in Foreign Languages 1945～1995
Catalog of materials on Japan in Western languages in the National Diet Library
Index Translationum" Unesco [etc.] 1932-92
Modern Japanese literature in translation : a bibliography
Index Translationum" Unesco

vii　書誌索引・記事索引

『アンソロジー内容総覧　日本の小説　外国の小説』平成九年六月二五日　日外アソシエーツ
『大宅壮一文庫雑誌記事索引総目録　人名編4　た-に』昭和六〇年六月　大宅壮一文庫
『大宅壮一文庫雑誌記事索引総目録　1985-1987　人名

編2　た-わ』昭和六三年一二月　大宅壮一文庫
『大宅壮一文庫雑誌記事索引総目録　1988-1995　人名編3　ち-ふ』平成九年一月　紀伊国屋書店
『近代日本文学作家論索引1』　昭和五四年三月三一日　大阪府立中央図書館
『近代日本文学作家論索引2（昭和52〜54年）』昭和五五年三月三一日　大阪府立中央図書館
『近代日本文学作家論索引3（昭和55〜57年）』昭和五八年三月三一日　大阪府立中央図書館
『近代日本文学作家論索引4（昭和58〜59年）』昭和六〇年三月三一日　大阪府立中央図書館
『近代日本文学作家論索引5（昭和60〜61年）』昭和六二年三月三一日　大阪府立中央図書館
『近代日本文学作家論索引6（昭和62・63年）』平成元年三月三一日　大阪府立中央図書館
『近代日本文学作家論索引7（1989・1990年）』平成三年三月三一日　大阪府立中央図書館
『現代日本執筆大事典3』昭和五三年一一月三〇日　日外アソシエーツ
『現代日本執筆者大事典77／82　3』昭和五九年七月二五日　日外アソシエーツ
『最新文化賞事典』平成八年一月三一日　日外アソシエーツ
『雑誌記事索引　第4期　昭和23-29年』日外アソシエーツ
『雑誌記事索引　第3期　昭和30-39年』日外アソシエーツ
『雑誌記事索引　第2期　昭和40-49年』日外アソシエーツ
『雑誌記事索引　第1期　昭和50-59年』日外アソシエーツ
石山洋編『雑誌記事索引集成　明治・大正・昭和前期人文科学編　劇・映画　宝塚文芸図書館月報』平成八年三月　全4冊
『雑誌記事索引　累積索引版　1985-1989』紀伊国屋書店
『雑誌記事索引　累積索引版　1980-1984』紀伊国屋書店
『週刊誌記事索引81／87』昭和六三年二月二〇日　日外アソシエーツ
『シリーズ大東亜戦争下の記録Ⅰ　大東亜戦争書誌』全3巻　昭和五六年一〇月九日　日外アソシエーツ
『新訂　読書案内　日本の作家　伝記と作品』平成一四年五月二七日　日外アソシエーツ
『人物研究・伝記評伝図書目録　日本人・東洋人篇　下（ナ-ワ）』平成六年三月三一日　図書流通センター
深井人詩『人物書誌索引』昭和五一年三月一〇日　日外アソシエーツ
深井人詩・渡辺美好『人物書誌索引78／91』平成六年六月二五日　日外アソシエーツ
『人物文献目録85』昭和六二年二月一〇日　日外アソシエーツ
『人物文献目録86』昭和六二年一一月二〇日　日外アソシエーツ
『人物文献目録87-88』平成三年七月一〇日　日外アソシエーツ
『人物文献目録89-90』平成六年一月二〇日　日外アソシエーツ
『人物文献目録91-92』平成七年八月二一日　日外アソシエーツ
『人物文献目録93-94』平成九年一月二九日　日外アソシエーツ
『人物文献目録2002-2004』平成一七年一二月二六日

日外アソシエーツ
『人物文献目録２００５-２００７』平成二〇年六月二五日　日外アソシエーツ
『人物レファレンス事典Ⅲ』昭和五八年三月一〇日　日外アソシエーツ
『人物レファレンス事典　明治大正昭和　す〜わ』平成一二年七月二五日　日外アソシエーツ
福島鋳郎・大久保久雄共編『戦時下の言論　下』昭和五七年三月一〇日、日外アソシエーツ
『総合記事索引81／87』昭和六三年四月二二日　日外アソシエーツ
『総合記事索引88／94』平成七年一一月二一日　日外アソシエーツ
『総合記事索引95／97』平成一〇年六月二六日　日外アソシエーツ
『総合記事索引１９９８／２０００』平成一三年五月二八日　日外アソシエーツ
『総合記事索引２００１／２００３』平成一六年五月二五日　日外アソシエーツ
『総合記事索引２００４／２００６』平成一九年八月二七日　日外アソシエーツ
『続　人物研究・伝記評伝図書目録　日本人・東洋人篇』平成一三年一月一五日　図書流通センター
『伝記・評伝全情報　日本・東洋編　下　た〜わ　45／89』平成三年八月二〇日　日外アソシエーツ
『伝記・評伝全情報　日本・東洋編　90／94』平成七年五月三〇日　日外アソシエーツ
『伝記・評伝全情報　日本・東洋編　95／99』平成一二年六月二六日　日外アソシエーツ
『伝記・評伝全情報　日本・東洋編　２０００-２００４』平成一七年七月二五日　日外アソシエーツ
紅野敏郎　叢書・文学全集・合著集総覧『日本近代文学大事典６』昭和五三年三月一五日　講談社
『日本の賞事典』平成一七年九月二五日　日外アソシエーツ
『日本の小説全情報　27／90』平成三年一二月二〇日　日外アソシエーツ
『日本文学近・現代作家作品論文献目録』昭和六一年三月二五日　福岡県立図書館
『日本文学研究文献要覧　１９６５-１９７４（昭和40年代）Ⅱ（現代日本文学）編』昭和五二年四月一八日　日外アソシエーツ
『日本文学研究文献要覧　１９６５-１９７４（昭和40年代）Ⅱ（現代日本文学・補遺）編』昭和五二年九月二四日　日外アソシエーツ
『日本文学研究文献要覧　現代日本文学Ⅰ　１９７５-１９８４』平成六年五月二五日　日外アソシエーツ
『日本文学研究文献要覧　現代日本文学Ⅱ　１９７５-１９８４』平成六年五月二五日　日外アソシエーツ
『日本文学研究文献要覧　現代日本文学　１９８５-１９８９』平成七年六月二〇日　日外アソシエーツ
『日本文学研究文献要覧　現代日本文学　１９９０-１９９４』平成一一年四月二六日　日外アソシエーツ

『日本文学研究文献要覧　現代日本文学Ⅰ　1975-1984』平成六年五月二五日　日外アソシエーツ

『日本文学研究文献要覧　現代日本文学Ⅱ　1975-1984』平成六年五月二五日　日外アソシエーツ

『日本文学研究文献要覧　現代日本文学Ⅰ　1975-1984』平成六年五月二五日　日外アソシエーツ

『年刊人物情報事典1981下』昭和五六年七月三〇日　日外アソシエーツ

『年刊人物情報事典1982』昭和五七年九月一〇日　日外アソシエーツ

『明治・大正・昭和前期雑誌記事索引集成』平成六年　皓星社

Ⅸ　他作家の研究書・全集ほか

i　作家

『阿川弘之全集』全20巻　平成一七年八月二五日～一九年三月二五日　新潮社

『浅見淵著作集』全3巻　昭和四九年八月三〇日～一一月一〇日　河出書房

『伊藤整全集』全24巻　昭和四七年六月一五日～四九年六月一五日　新潮社

『井上靖全集』全28巻別巻1　平成七年四月二〇日～一二年四月二五日　新潮社

臼井吉見『戦後』全12巻　昭和四〇年一二月～四一年一一月一〇日　筑摩書房

『大岡昇平全集』全23巻別巻1　平成八年七月二二日～一五年八月二五日　筑摩書房

『奥野健男作家論集』全5巻　昭和五二年一月三一日～五三年七月三一日　泰流社

『尾崎一雄全集』全15巻　昭和五七年二月二〇日～昭和六一年一月三〇日　筑摩書房

『尾崎一雄展』昭和六一年三月二八日　神奈川文学振興会

『尾崎士郎全集』全16巻　昭和四〇年一〇月三〇日～昭和四一

年一一月二五日　講談社
『小田切秀雄全集』全18巻別巻1　平成一二年一一月二〇日　勉誠出版
「囲む会」編『小田切秀雄研究』平成一三年一〇月三一日　青柿堂
「囲む会」編『小田切秀雄の文学論争』平成一七年一〇月一七日　青柿堂
『亀井勝一郎全集』全21巻補巻3　昭和四六年四月二〇日〜五〇年二月二八日　講談社
間宮武『ひたすらに淫しひたむきに書く—小説 川上宗薫』平成二一年一一月二八日　鳥影社
『河上徹太郎全集』全8巻　昭和四四年五月三一日〜四七年一月三一日　勁草書房
『川端康成全集』全35巻補巻2　昭和五五年二月二〇日〜五九年五月二〇日　新潮社
『久保田正文著作選』平成二一年七月一三日　大正大学出版会
『河野多惠子全集』全10巻　平成六年一一月二五日〜七年九月一〇日　新潮社
浦西和彦『河野多惠子文藝事典・書誌』平成一五年三月三一日　和泉書院
今まど子『人物書誌大系40　今日出海』平成二一年七月三〇日　日外アソシエーツ
『坂口安吾全集』全18巻　平成一〇年五月二二日〜一一年八月二〇日　筑摩書房
『定本佐藤春夫全集』全28巻別巻2　平成一〇年六月一〇日〜一三年九月二〇日　臨川書店
『柴田錬三郎選集』全18巻　平成元年三月二四日〜二年八月二五日　集英社
『島木健作全集』全15巻　昭和五一年二月二〇日〜五六年九月一五日　国書刊行会
『瀬戸内寂聴全集』全20巻　平成一三年一月二五日〜一四年八月一〇日　新潮社
奥田富子『瀬戸内寂聴伝』平成二三年八月一日　日本文学館
『高見順全集』全20巻別巻1　昭和四五年二月二五日〜昭和五二年九月三〇日　勁草書房
『高見順日記』全8巻　昭和三九年三月一五日〜四一年五月一〇日　勁草書房
『続高見順日記』全6巻　昭和五〇年五月三〇日〜五二年一〇月三一日　勁草書房
坂本満津夫『高見順の「青春」』平成二〇年三月一日　鳥影社
大谷晃一『評伝武田麟太郎』昭和五七年一〇月二〇日　河出書房新社
↓『大谷晃一著作集』（平成二〇年八月一五日　沖積舎）
浦西和彦『人物書誌大系21　武田麟太郎』平成元年六月二二日　日外アソシエーツ
山内祥史編『太宰治論集作家論篇』全9巻別巻1　平成六年三月二二日〜七月一〇日　ゆまに書房
山内祥史編『太宰治論集同時代篇』全10巻別巻1　平成四年一〇月二三日〜五年二月二五日　ゆまに書房
山内祥史『太宰治著述総覧』平成九年九月二〇日　東京堂出版
『田畑修一郎全集』全3巻　昭和五五年八月七日〜一〇月一五日　冬夏書房

『田村泰次郎選集』全5巻　平成一六年四月二五日　日本図書センター
『津村節子自選作品集』全6巻　平成一七年一月一九日～六月二一日　岩波書店
『十返肇著作集』全2巻　昭和四四年四月二八日　講談社
吉行淳之介編『昭和文学よもやま話　十返肇著作集より』昭和五五年五月一日　潮出版社
『永井龍男全集』全12巻　昭和五六年四月一七日～五八年七月二一日　講談社
『中野重治全集』全28巻　昭和五一年九月二〇日～五五年五月二三日　筑摩書房
『中村光夫全集』全16巻　昭和四六年一一月一五日～四八年六月三〇日　筑摩書房
福田信夫『中村光夫論』平成一〇年三月九日　武蔵野書房
滝澤昌忠『新田潤の小説』平成二一年二月二五日　鳥影社
宮辺尚『新田次郎文学事典』平成一七年二月一五日　新人物往来社
平井一麥『人物書誌大系42　野口冨士男』平成二二年五月二五日　日外アソシエーツ
『花田清輝全集』全15巻別巻2　昭和五二年～五四年　講談社
矢富巌夫『火野葦平著作目録』平成一六年一二月二四日　創言社
池田浩士『火野葦平論』平成一二年一二月二五日　インパクト出版会
田中艸太郎『火野葦平論』昭和四六年九月一日　五月書房
『平野謙全集』全13巻　昭和四九年一一月二五日～五〇年一二月二五日　新潮社
中山和子『平野謙と「戦後」批評』平成一七年五月一八日　翰林書房
『平林たい子全集』全12巻　昭和五一年九月二五日～五四年九月二五日　潮出版社
『広津和郎全集』全13巻　昭和四八年一〇月二〇日～四九年一一月二〇日　中央公論社
坂本育雄『広津和郎研究』平成一八年六月二一日　翰林書房
橋本迪夫『広津和郎再考』平成三年九月二一日　西田書店
『福田恆存全集』全8巻　昭和六二年一月三〇日～六三年七月一日　文芸春秋
『本多秋五全集』全16巻別巻1　平成六年八月二五日～一一年七月二五日　菁柿堂
『正宗白鳥全集』全30巻　五八年四月三〇日～六〇年一〇月三一日　福武書店
『決定版三島由紀夫全集』全42巻別巻1　平成一二年一一月一日～一八年四月二八日　新潮社
『森川達也評論集成』全6巻　平成七年五月三一日～九年四月三〇日　審美社
『保田与重郎全集』全40巻別巻5　昭和六〇年一一月一五日～平成元年九月一五日　講談社
鵜飼清『山崎豊子　問題小説の研究』平成一四年一一月一五日　評論社
『吉行淳之介全集』全15巻　平成九年九月～一〇年一二月　新潮社
『吉村昭全集』全15巻別巻1　平成三年一〇月一〇日～四年一

月一〇日　新潮社

木村暢男『吉村昭年譜　平成18年度版』平成一八年六月　私家版

木村暢男『吉村昭年譜　平成20年版』平成二〇年六月一日　私家版

木村暢男『人物書誌大系41　吉村昭』平成二二年三月二五日　日外アソシエーツ

田辺聖子『ゆめはるか吉屋信子』上下　平成一一年九月二〇日　朝日新聞社

→『ゆめはるか吉屋信子』上下（平成一四年　朝日文庫）

『和田芳恵全集』全5巻　昭和五三年一一月～五四年五月　河出書房新社

ii　全集・叢書

『近代文学研究叢書』全76巻別巻1　昭和三一年一月二〇日～平成一三年五月七日　昭和女子大学近代文学研究室

『文芸時評大系　昭和篇』全40巻別巻5　平成一九年一〇月～平成二二年五月　ゆまに書房

『占領雑誌資料大系　文学編』全5巻　平成二一年一一月～二二年八月　岩波書店

iii　装丁家・画家

和田誠『装丁物語』平成九年一二月一〇日　白水社

大貫伸樹『装丁探索』平成一五年八月　平凡社

菊池信義『装幀思案』平成二一年三月一四日　角川学芸出版

臼田捷治『装幀時代』平成一一年一〇月五日　晶文社

臼田捷治『装幀列伝―本を設計する仕事人たち』平成一六年九月　平凡社

かわじもとたか『装丁家で探す本　古書目録にみた装丁家たち』平成一九年六月一五日　杉並けやき出版

『安野光雅装幀集』昭和五九年四月　岩崎書店

岩田専太郎『挿絵画壇の巨匠』平成一八年一月三〇日　河出書房新社

『装幀＝菊池信義の本』平成九年八月二九日　講談社

『菊池信義装丁』平成二〇年一一月一日　みずのわ出版

『小磯良平ブックワーク』昭和五九年六月　形象社

『佐野繁次郎装幀集成』平成二〇年一一月一日　みずのわ出版

『芹沢銈介作品集3』昭和五五年二月二六日　求龍堂

『芹沢銈介全集』全31巻　昭和五五年～五八年　中央公論社

『中川一政ブックワーク』昭和五九年四月　形象社

iv　戦記ほか

亀井宏『ガダルカナル戦記1』昭和五五年三月　光人社

手塚正己『軍艦武蔵　上巻』平成一五年四月二二日　太田出版
白井亀雄『濤声』平成一六年四月一五日　文芸社
半藤一利『遠い島　ガダルカナル』平成一七年四月　ＰＨＰ文庫　＊海戦
諏訪繁治『重巡「鳥海」奮戦記』平成一八年六月　光人社
→『重巡「鳥海」奮戦記』（平成二二年五月二一日　光人社文庫）
吉田一彦『米国側資料が明かすラバウルの真実』平成一九年六月一五日　ビジネス社
戸高一成『聞き書き・日本海軍史』平成二一年七月二二日　ＰＨＰ研究所

あとがき

私が書誌研究を始めるきっかけとなったのは、学生時代に作成した「三重県近代文学年表」であった。この年表は大学入学当初から在籍した半田美永教授の近代文学研究会が調査を続けていたものである。歴代の諸先輩が作成したカードは、信頼できるものもあれば、全く用をなさないものもあった。膨大な未整理の書誌カードを自分なりに整理し、個々の作家の全集や作品集を確認して、四回生の時に年表としてまとめた。その確認作業のなかで、最も悩まされたのが初出の確認であった。全集などに初出が示されているものはよいのだが、初出の記載がないもの、実際の作品にあたれないものは手も足も出なくなる。大学の四年間は、ひたすら該当作品をさがし続けた日々であった。

そんな苦労をした作家の一人が丹羽文雄であった。現在信頼されるテキストとして知られる講談社版『丹羽文雄文学全集』第二十八巻には、小泉譲氏作成の年譜が収録されている。小説編、随筆編に分類された年譜は、丹羽の膨大な作品に初出と原稿用紙枚数を記載した詳細なもので、十数万枚の原稿用紙に書いた作家の全貌を示すものとして素晴らしい出来だと信じていた。ところが、実際の作品に当たろうとすると、それほど参考にならないのである。

一例を挙げると、随筆編の昭和一三年六月一六日の項目に「川端康成」（原稿用紙六枚）が雑誌「改造」に発表されたとある。ところが、昭和一三年の雑誌「改造」には見当たらず、関忠果・小林英三郎・松浦總三・大悟法進編『雑誌『改造』の四十年―付・改造目次總覧』（昭和五二年五月、光和堂）の索引にも全く記載がないのである。では改造社発行の川端に関する著作かと探したところ、ようやく改造社版『川端康成選集』の月報三に掲載された「川端さん」であることがわかった。丹羽の全集年譜は相当確認の必要があると感じたものの、その膨大な作品量に怖気づいて調査しようとは思わなかった。

改めて丹羽文雄の書誌作成を開始したのは二〇〇四年ごろである。直接的なきっかけは学術出版会発行『丹羽文雄と田村泰次郎』の原稿依頼を受けたことにあった。野間文芸賞受賞作「蛇と鳩」を論じるにあたり、同時代評の調査、新興宗教に関するエッセイなどを調査するなかで、著作年譜の必要性を痛感したからだった。講談社版『丹羽文雄文学全集』収録の年譜は、あまり信頼できないことは以前から気付いていた。以前に有吉佐和子の著作目録を作成したのだが、その調査過程で丹羽文雄の全集未収録作品を発見していたこともあり、少しずつ丹羽の文献を集め始めた。

そのような調査の折、四日市市立図書館の丹羽文雄記念室を訪れた。記念室では丹羽の著作の大半を見ることが出来た。その当時、丹羽文雄記念室は四日市市立博物館への移館が進められていた。散逸することはなくとも、数年後の移館に伴って整理等が行われ、今後まとまった調査が困難になるように思われた。私は無理にお願いして、丹羽の著作を直接手に取り、メモを取った。とはいえ、あまりに膨大な作品群に作業は遅々として進まなかった。四日市市立図書館作成の目録を参考に、自分でデータを整理し、少しずつ確認していった。

調査が進まないうちに、四日市市立博物館に丹羽文雄記念室がリニューアルされ、大半の資料が移送された。調査が難しくなると思いながら足を運んだ博物館で、思わぬ資料を見ることができた。学芸員の秦昌弘氏から、丹羽の自筆メモ数冊を見せていただいたのだ。昭和九年ごろから、最晩年の昭和六〇年にいたる原稿執筆メモには、執筆年月日と原稿枚数が丹羽独特の字で書き込まれていた。また丹羽が整理した著作目録には、中絶した東方社版『丹羽文雄文庫』の企画内容などが書きしるされていた。丹羽の難解なメモを四苦八苦しながら読んで、全集未記載の作品を数多く発見することができたのである。

とはいえ、丹羽の膨大な作品の調査は、まだまだ不十分である。丹羽自筆のメモによると、昭和五九年時点で、小説が原稿用紙一二六九〇三枚、随筆が九三七三枚、計一三六二七六枚である。これには序跋文や選評は省かれており、その後の創作、戦中戦後の掲載禁止分を含めると、一四万枚を超えるであろう。それらを網羅することは困難である。全集目録掲載の作品も全て初出にあたることは出来なかった。戦前の初出誌は所蔵不明のものが多いためである。また、本書では帯も出来うるかぎり掲載したが、確認できたものは半分程度である。東方社発行の単行本は初版、重版の記載がなく、発行のたびに装幀が異なっている。装幀違いはまだまだあるだろう。

特に随筆は調査不足の感は否めない。自筆メモを参考に調査をしたが、掲載誌が明記されていないものも多い。単行本収録作品でも改題や抜粋があり、初出決定に至らないものもあった。また、地方紙は執筆日から相当経過して掲載されるため、多くが確認できなかった。その他にも談話、インタビュー、推薦文、帯文などを含むと、未確認の文章は相当数になるのではないかと思う。今後も地道に調査を続けたいと思う。

本書は丹羽文学研究の一里塚にすぎないものであろうが、まとまった形で発表できることは感慨ぶかいものである。本書収録の井上靖のカバー文、伊藤整、小林秀雄の帯文などは全集未収録である。文壇の大御所としての丹羽の文学活動、交友を知ることは、文壇史の一側面のみならず、昭和文壇史とも呼べるものであろう。本書が丹羽文学再評価につながれば幸いである。多くの御教示を賜りたい。

書誌作成にあたって、以下の文献をはじめ多くの文献を参考にした。

古谷綱武編『丹羽文雄選集』全七巻　昭和一四年四月二〇日～一〇月二〇日　竹村書房
村松定孝『作家論シリーズ　丹羽文雄』昭和三一年七月二八日　東京ライフ社
松本鶴雄『丹羽文雄の世界』昭和四四年四月一六日　講談社
小泉譲『評伝　丹羽文雄』昭和五二年一二月二六日　講談社
福島保夫『柘榴の木の下で―私の中の丹羽文雄』昭和六〇年一一月一五日　栄光出版社
福島保夫『うゐのおくやま―続・私の中の丹羽文雄』平成一一年八月三一日　武蔵野書房

東京都近代文学博物館編『丹羽文雄と「文学者」』平成一一年九月九日　東京都近代文学博物館
清水邦行『私家版　丹羽家での断章（その一）―思いつくまま』平成一二年三月九日　私家版
清水邦行『私家版　丹羽家での断章　その二（結）―思いつくまま』平成一八年四月二四日　私家版
大河内昭爾『追悼丹羽文雄　季刊文科コレクション』平成一八年四月二五日　鳥影社

特に古谷綱武氏、小泉譲氏の年譜、福島保夫氏、清水邦行氏の回想に多くの教示を受けた。

また、調査にあたっては、四日市市立図書館、四日市市立博物館をはじめ、以下の研究機関の資料を活用した。ここに厚く謝意を述べる。

愛知県立図書館　尼崎市立図書館　茨城県立図書館　大阪府立図書館　岡山県立図書館　神奈川近代文学館　神奈川県立図書館　京都府立図書館　近畿大学附属図書館　皇學館大学附属図書館　神戸市立図書館　神戸大学図書館　国立国会図書館　昭和女子大学図書館　名古屋市鶴舞図書館　奈良県立情報館　新潟県立図書館　日本近代文学館　日本大学図書館　国立民族学博物館　福岡県立図書館　北海道立図書館　三重大学図書館　三重県立図書館　山口県立図書館　横浜市立中央図書館　和歌山県立図書館　和歌山市民図書館　和歌山大学附属図書館　早稲田大学図書館　早稲田大学坪内博士記念演劇博物館　国際交流基金　大宅壮一文庫　大阪日日新聞社　河北新報　四国新聞社　中日新聞社　名古屋タイムズ社　山梨日日新聞社　ヤマザキ製パン株式会社　明治製菓株式会社　紀伊國屋書店　角川書店　春陽堂書店　新潮社　本願寺新報社　南御堂

最後に、本書上梓にあたって数々の御高配を賜った方々に御礼を申し上げたい。河野多惠子先生、秦昌弘氏からは推薦文、恩師半田美永先生から序文を賜った。秦氏の協力と教示がなければこのような調査は困難だったと思う。半田先生からは学生時代から丁寧な御指導をいただき、怠惰な私が今日まで研究を進めることができたのも、先生の指導と励ましに支えられたことによる。心より御礼申し上げたい。他にもさまざまな人の支えがあった。学会等の機会で様々な御意見を賜った先生方や先輩。日々刺激を与えてくれ、調査にも協力してくれた生徒たち。成果の上がらぬ研究を温かく支えてくれた両親と妻、愛娘紗依里。改めて御礼を申し上げたい。そして、このような機会を与えて下さった和泉書院廣橋研三社長にもこの場をお借りして御礼申し上げる。

岡本和宜

平成二十四年十二月一日

著者紹介

岡本和宜（おかもと　かずのり）

1975年和歌山生。1998年３月皇學館大学文学部国文学科卒業。2005年３月皇學館大学大学院文学研究科博士後期課程満期退学（国文学専攻）。文学修士。

現在　近畿大学附属和歌山中学校・高等学校講師。解釈学会会員、川端文学研究会会員、三重県近代文学研究会会員、日本近代文学会会員、日本近代文学館維持会員。

単行本

『伊勢志摩と近代文学』（1999年３月　和泉書院　共著）「年表」「参考文献」執筆。『紀伊半島近代文学事典』（2002年12月　和泉書院　共著）。『有吉佐和子の世界』（2004年10月　勉誠出版　共著）「年譜」「参考文献」執筆。『丹羽文雄と田村泰次郎』（2006年10月　学術出版会　共著）「丹羽文雄研究史」「丹羽文雄「蛇と鳩」論」執筆。

論文・資料

有吉佐和子未刊行作品「新蝶々夫人」論（2011年２月　解釈）。

有吉佐和子「日高川」論（2012年１月　近畿大学附属和歌山高等学校・中学校紀要）。

喜多村進の初期文芸活動（2005年３月　和歌山県立博物館研究紀要）。

川端康成の新感覚（2003年２月　近畿大学附属和歌山高等学校・中学校紀要）。川端康成「落日」論（2007年１月　同紀要）。「伊豆の踊子」論（2008年１月　同紀要）。「伊豆の踊子」の表現（2008年１月　同紀要）。「文学者」総目次（2009年２月　同紀要）。川端康成「十六歳の日記」論（『川端康成作品論集成５』2010年９月　おうふう）。

丹羽文雄書誌　　　近代文学書誌大系６

2013年３月５日　初版第一刷発行

著　者　岡　本　和　宜

発行者　廣　橋　研　三

〒543-0037　大阪市天王寺区上之宮町7-6

発行所　有限会社　和　泉　書　院

電話　06-6771-1467

振替　00970-8-15043

印刷／製本　亜細亜印刷　装幀／倉本　修

ISBN978-4-7576-0648-7　C3300